KUWEI

酷威文化

图书　影视

失落的
星阵 ①

【美】尼尔·斯蒂芬森 著

王方 译

Anathem

四川文艺出版社

献给
我的父亲母亲

【祝歌; 诅革】 ❶在原奥尔特语中，祝歌指的是为叙莱亚髦母祝髦的诗歌或音乐，自阿德拉贡时代起成为日常礼拜仪式的高潮。（由此弗卢克语中"圣歌"一词意指极富情感共鸣性的歌曲，即能够引发听众合唱的歌曲。）注：这个含义已经废止，仅用于不易与该词常用第二个义项发生混淆的仪节语境之中。❷在新奥尔特语中，诅革指的是将无药可救的修士或修女逐出马特及其工作岗位的奥特。（由此弗卢克语中的"诅咒"一词意指令人难以忍受的言论或思想。）见遣退。

——《词典》，第四版，改元 3000 年

Anathem

目录

前言

　　科幻作家尼尔·斯蒂芬森好作鸿篇巨制，算是一位十分高产的作者。1984年初出茅庐，12年后便以一部《钻石时代》（*The Diamond Age*，1995）夺得了当年的雨果奖。此后，创作的势头更是一发不可收拾，2009年又以新作《失落的星阵》（*Anathem*，2008）再度入围同一奖项。他凭借地理学和理论物理学的教育背景踏入科幻小说创作领域，其著作在科学构想方面可谓一丝不苟，极富说服力，却又不乏奇绝瑰丽。斯蒂芬森擅长消化各种前沿的学术理论，将它们巧妙地融入作品设定，总是给读者带来眼前一亮的新鲜感受。不仅如此，他也是一位"出格"的科幻作家，"贪婪"的触角甚至肆无忌惮地伸向了哲学、语言学、历史、宗教等诸多领域，并且皆展现出了不俗的实力。

　　《失落的星阵》便是这种野心的力证，理科生看得到量子力学、多宇宙论、核动力宇航船、轨道问题、基因编辑……文科生看得到认识论、语源学、语义学/句法学之争、后殖民文化论、反乌托邦，甚至还有一整部"哲学史"。可以说，这本书已经多元到了令人眼花缭乱的地步，甚至让人怀疑它到底能不能归入科幻小说的范畴。

　　当然，标准科幻的招牌元素在本书中有着十足的分量——自休·埃弗莱特在1957年提出量子力学多世界诠释论以来，多重世界和多重宇宙就成了科幻作

家手中的法宝。短短五六十年里，包含这一元素的科幻作品便已汗牛充栋，更有不少登上大小荧幕。作家们脑中的多宇宙模型可谓花样百出，比如因果域隔绝的视界平行宇宙，比如多世界并存的量子平行宇宙，再比如跟弦论有关的膜平行宇宙，但通常一个故事只会采用一种，《失落的星阵》却霸气十足地占了两种，也让这本书变得格外烧脑。

本故事发生的舞台是另一重宇宙里的一颗行星，有了外宇宙外星，必然有飞船，宇宙际穿越自然也少不了。不仅如此，斯蒂芬森还找来一票语言学家，专为这个星球上的居民打造了一套"外星"语言。对于读者而言，外星语想必已不是什么新鲜玩意儿，凡在银幕上看过《星球大战》（*Star Wars*）的都不会陌生：怪模怪样的外星人，非人的嗓音，听不懂的一串串音节，以及荧幕下方的一行地球语字幕。但此类"外星语"的创造，不外乎是为了营造陌生感和距离感，让外星的设定更具有说服力而已，导演可绝不会难为观众们通过它去理解情节。然而，本书的作者却不满足于小试牛刀的耍耍花腔。他所作的，是给这份文本加了一套密码，读者要用眼睛去识别陌生的书写，在里边搜索可能的语源，用头脑去拼凑它们的含义，必要时还得动手翻阅他附赠的"词典"。甚至合上书后，还要回味这些文字游戏的"妙趣"。

在接到本书试译稿的时候，译者曾惊讶于出版方的慷慨，虽然试译的字数并不是很多，但发来的原文稿子却不是常见的一两页书影，而是十多页的一整段情节，这对于理解上下文实在是有极大的帮助。但我只读了几段就开始气馁，一下子质疑起自己的阅读能力，一下子又质疑起手里的字典是不是不够全面。抱着如临大敌的心态，我搜索了大量关于这本书的资料，才发现原来还有一套专为它打造的《词典》，《词典》的后边还藏着一伙精通小语种的语言学家。结果，为了一两千字的试译段落，脚注里几乎加上了同样字数的考据和译法说明。其实我也曾考虑，是否把这些"外星"词汇直接意译为它们的本义，比如把"speely"翻译成视频？但那就像是交给读者一本画满了答案的谜题游戏，想想都觉得失礼和讨厌。于是只好下了番功夫，狠狠地破解了一把幕后工作者的语言学游戏，拆词源，摸构词规律，查隐喻……这样便有了今天这个中文译本，夹杂着拗口的陌生词汇，还有让人轻易不敢念出声的异体字。而这，就是广大英语读者在看到这本书原文时的感受：

"Fraa"是什么？看起来有点儿像是"Fra"，怎么读？发音也和"Fra"一样吗？意思呢？就是"Fra"吗？《词典》告诉大家：这就是阿尔布赫版的"Fra"，意思也和地球上的"Fra"有点儿像，又不大一样，就好像是这个"Fra"后边多了一个"a"。

让我们来把上边这段完全汉化一下：

"修士"是什么？看起来有点儿像是"修士"，怎么念？是念"xiūshì"吗？意思呢？就是"修士"吗？《词典》告诉大家：这就是阿尔布赫版的"修士"，读音也是一样的，意思也和地球上的"修士"有点儿像，但又不大一样，就好像是这个"修"的肩膀上多了一"丿"。

同时，在阿尔布赫星上，人们用"埊"（Saunt）尊称学术先贤及相关事物。为了做出区分，文中涉及宗教相关事物时使用了"圣"的称谓。

硬科幻、密码，想必就是这本书给绝大部分读者留下的初步印象，但如果您以为烧脑和解谜就是此书的全部，可就低估了斯蒂芬森的"用心"。看其他科幻作品时，可能很少有人会为自己不懂位形空间，不懂弦论，不懂量子物理而感到恼火，因为作者多半会巧妙地避开枯燥的核心理论阐述，以防自己的作品从招人喜爱的通俗文学变成惹人讨厌的理科教材，也避免在阐述的过程中暴露自己在科技理论方面的不足。斯蒂芬森却怀揣着满满的自信，不仅要把自己的设定暴露到每一个螺母，还要不厌其烦地给读者们上课，抛出一朵又一朵科技术语的蘑菇云，直到所有人都承认他是真正的行家，在这一方面，《失落的星阵》的"变态"程度远超克里斯托弗·诺兰拍摄的《星际穿越》（Interstellar）。如果您幸运地拥有良好的理科知识背景，读到这些段落时，也许还有点儿温故知新的感觉；若非如此，又不甘心放弃的话，大概就只好不停地求助于各种百科，一边翻阅此书，一边龇牙咧嘴地啃下那些难以下咽的术语了。

另外，即便是擅长破译密码，精通科技理论，可以轻松破解本书的"外星话"和科幻原理，也不代表您的阅读体验会一马平川。在科幻类作品中，向哲学、政治学、社会学、心理学、艺术致敬的并不罕见，比如杰夫·范德米尔的《遗落的南境》（The Southern Reach Trilogy）、薇若妮卡·罗斯的《分歧者》（Divergent）……当然，这类作品通常不会在科技理论方面大掉书袋，哲学之类的元素也主要是为作品的文学性服务，因此通常会被贴上软科幻的标签。欣赏这类作品时，读者不会为自己不熟悉康德，不了解胡塞尔，不清楚什么叫本体论、认识论，分不清柏拉图和新柏拉图主义而读不懂核心情节；不会为搞不清哥特建筑每一个构建的名称而弄不清主人公身处何地。是的，说到这里，诸位大概已经看出来了，《失落的星阵》还是一部无情碾压读者文化常识的"刑具"。这本

书大概是活百科全书和考据派眼中的乐园。

基于以上特点，可以说，在深入阅读后，这本书很难给不同读者带来一致或者相似的阅读感受。但我想引用《洛杉矶时报》的一句评论："这是一个抽丝剥茧的故事……分量十足——多达九百多页，阅读过程还要伴随着陡峭的学习曲线，但花的每一分力气都物有所值。"这本书带给人的乐趣是另类的，也是独特的，或许可以简单概括为：苦思冥想——茅塞顿开——久久回味。其实这也是本书的翻译工作给我带来的感受。

现在，这颗魔方在我的头脑中已经完全还原，我希望译文呈现出的本书的面貌，是作者交到每个读者手中最初的模样。若论一个观众应有的"职业道德"，我或许不该对书中情节与关键谜题做任何剧透。但是考虑到作者本身的西方文化背景，在书中设置了太多与西方历史、宗教、哲学、艺术相关的知识点——毕竟并不是所有中文读者都熟悉的东西——在这里给需要的读者提供一点外挂，或许还不算是太大的罪过……

当然，如果您希望自己独立完成这个游戏，获得完整的一手体验，请忽略以下文本。

A. 外挂初级版，可与书中形象对应的现实原型：

本书塑造的人、事、物	可对应的现实原型
集修院	修道院、集中营、大学校园的糅合
阿佛特人	象牙塔里的知识分子，严格的理性主义者，无神论者
慕像者	有神论者
理学者	知识分子
迷信狂	唯心主义者
伊塔人	网络程序员，IT人士
一年士	初级僧侣／学生
十年士	中级僧侣／博士
百年士	高级僧侣／学者

千年士	高僧大德 / 学术大家
市人	布尔乔亚 / 中产阶级 / 商人
工匠	手工艺人 / 高级技工
愚氓	文盲或教育层次低下的阶层
萨提亚人	帕提亚人
克诺乌斯	亚伯拉罕：基督教人物，希伯来人的祖先 米利都的泰勒斯：古希腊时期的思想家、科学家、哲学家，米利都学派创始人 毕达哥拉斯：古希腊数学家、哲学家，毕达哥拉斯学派创始人
忒伦奈斯	苏格拉底：古希腊著名的思想家、哲学家、教育家，西方哲学奠基人；古希腊三贤之一
普洛塔斯	柏拉图：古希腊哲学家；古希腊三贤之一，理念论创始人
嘉尔塔斯	阿基米德：古希腊哲学家、数学家、物理学家
狄亚克斯	芝诺：古希腊哲学家，埃利亚学派代表人物 耶稣：基督教人物，洁净圣殿者
阿德拉贡	毕达哥拉斯：古希腊数学家、哲学家，毕达哥拉斯学派创始人
堲伊文内德里克	弗里德里希·弗雷格：德国数学家、逻辑学家和哲学家，数理逻辑和分析哲学的奠基人
哈利康	库尔特·哥德尔：奥地利裔美籍数学家、逻辑学家兼哲学家 格奥尔格·康托尔：德国数学家，集合论的创始人
普洛克	埃德蒙德·胡塞尔：奥地利作家、哲学家，现象学的创始人 路德维希·维特根斯坦：英国哲学家，分析哲学的创始人之一 戴维·希尔伯特：德国数学家，提出了著名的希尔伯特问题 威拉德·冯·奥曼·蒯因：美国哲学家、逻辑学家，美国分析哲学的主要代表人物之一

多克斯   斯波克船长：影视作品《星际迷航》的主人公之一

友尔   动漫作品中的超级反派或科学怪人

墼布利   普罗米修斯：希腊神话人物，人类创造者，带给人类火种与知识的人
                            埃瓦里斯特·伽罗瓦：法国数学家，群论创始人之一

墼布克尔   迈克尔·法拉第：英国物理学家、电磁学家、化学家，电磁感应学说创始人

墼埃德哈   依纳爵·罗耀拉：天主教耶稣会创始人

墼伊拉斯玛   鹿特丹的伊拉斯谟：中世纪尼德兰著名的人文主义思想家和神学家

墼哥罗德   理查德·费曼：美国物理学家，量子电动力学理论创始人

墼亥姆   戴维·希尔伯特：德国数学家，提出了著名的希尔伯特问题
                            约瑟夫·拉格朗日：法国数学家、物理学家，拉格朗日中值定理发明人
                            威廉·哈密顿：英国数学家、物理学家、力学家

墼莱斯佩尔   勒内·笛卡尔：法国哲学家、科学家、数学家，解析几何创始人

墼蒙科斯特   阿尔伯特·爱因斯坦：德裔瑞士、美国籍物理学家，提出光量子假说，解决了光电效应问题，创立了狭义相对论、广义相对论等

墼唐加   艾伦·图灵：英国数学家、逻辑学家、密码学家，"计算机科学之父"

墼特雷德加   开尔文勋爵：英国物理学家，热力学温标与热力学第二定律创立者

墼巴里托   伊曼努尔·康德：德国哲学家、作家，德国古典理性主义哲学创始人

墼阿塔芒特   埃德蒙德·胡塞尔：奥地利作家、哲学家，现象学的创始人

瞖戛尔丹	奥卡姆的威廉：英格兰的逻辑学家、圣方济各会修士，奥卡姆剃刀定律创立者
巴里托夫人	朗布依埃侯爵夫人：法国贵妇，沙龙文化代表人物 乔芙兰夫人：法国贵妇，沙龙文化代表人物
忒穆涅斯特拉	阿里斯托芬：古希腊喜剧作家
帕弗拉贡	休·埃弗莱特：美国物理学家，多世界理论创立者
旧马特时代	中世纪
复兴时代	文艺复兴时代
践行时代	工业革命时代
第一次厄报	欧洲 1848 年大革命
第二次厄报	第一次世界大战
第三次厄报	第二次世界大战
埃特拉斯	雅典
巴兹帝国	罗马帝国 / 拜占庭帝国
裴利克林	古希腊广场
海中海	地中海
埃克巴	庞贝
奥利森纳	毕达哥拉斯学派的大本营
钟鸣谷	少林寺或武当山
奥尔特语	希腊语或拉丁语
弗卢克语	英语或其他地方性通用语言
理学家	科学家，尤指物理学家和数学家
理而上学	形而上学，哲学
戒律	圣本笃会规
巴兹正教	东正教 / 罗马天主教

巴兹对立教	基督教新教
凯尔科斯教	耶和华见证会
谷术	武术
阿德拉贡定理	毕达哥拉斯定理（勾股定理）
狄亚克斯耙子法则	对盲目乐观主义的警示
戛尔丹秤杆法则	奥卡姆剃刀定律
几何动力学	广义相对论
亥姆空间	位形空间
懒惰的游方士问题	旅行商问题
泰格龙	彭罗斯瓦片
莱斯佩尔坐标系	笛卡尔坐标系
埊阿尔瓦尔综合征	斯德哥尔摩综合征
斯芬尼克派思想	诡辩术
司康派思想	康德的先验理念论
番会思想	亚里士多德修辞学
普洛克派思想	本体论，唯名论
普洛特主义	柏拉图实在论
哈利康派思想	认识论
克诺翁	柏拉图的理型
叙莱亚理学世界	柏拉图理型世界
埊曼德拉斯特猜想	地球殊异假说
奥特	典礼
大集修	大会
善全素	抗抑郁物质
无忧草	圣约翰草
地组种植	互补栽培

斯皮里	视频
斯皮里摄录器	摄像机
遥闪	模拟视频
唧嘎	智能手机
句法机	计算机
舆图器	手持 GPS 定位设备
毂车	载重货车
摩布车	巴士
飞驰车	轿车
万灭者	微型核弹
达坂乌尔努德的推进系统	20 世纪 50 年代"猎户座计划"设计的核动力飞船推进系统
大罔	互联网
垩布克尔篮子	法拉第笼
哥罗德机	非确定性图灵机
垩罗伊粉	铝热剂
针孔马特	隐士修行所
阿塔芒特的铜碗	胡塞尔的铜烟灰缸

B. 外挂升级版，Q&A：

Q：咒士的能力是什么？是穿越吗？

A：不，要破解这个问题，需要仔细研读作者给出的关于亥姆空间的粉本。该粉本关系到作者构建的一套多宇宙模型——量子平行世界。相信有些读者对薛定谔的猫已耳熟能详，这个名猫就是对量子平行世界模型的生动诠释。电影《源代码》（*Source Code*）就是使用这种模型的典型。在《失落的星阵》中，每个人都同时置身于无数个版本的平行世界中，但一般人只能意识到自己存在于一个连贯叙事之中。咒士的能力是通过对意识的改造，让自己同时体验所有版本的叙事线条，并选择其中之一作为"现实"。弄清这个能力是破解本书核心谜

题的关键所在。

Q：达坂乌尔努德是从哪儿来的？是来自另一个版本的"平行叙事"吗？

A：不，要弄明白这件事，可以看看作者给出的关于有向无环图的粉本。该粉本关系到作者构建的另一套多宇宙模型——跟弦论有关的膜平行宇宙，达坂乌尔努德是一艘可以在膜与膜之间跳转的飞船。若问这又是什么，我也想不出有什么科幻作品可以帮您轻松地找到答案。好吧，这其实是传奇科学家霍金先生在生命临近终点时所关注和研究的问题。如果您是位好奇心旺盛的读者，可以去读一读霍金去世前十天还在修改的那份"终极作业"——2018 年 5 月发表在《高能物理杂志》(*Journal of High Energy Physics*)上的《永恒膨胀的平滑出口》(*A smooth exit from Eternal Inflation*，这个标题的翻译尚无定论，为了避免误导各位读者，我不得不直译，但这个标题实际上是个双关)。

Q：泰格龙是什么？嘉德是如何破解这个游戏的？

A：泰格龙的灵感来自美国科学家彭罗斯设计的彭罗斯瓦片问题，彭罗斯的灵感则来自伊斯兰教国家的传统马赛克拼花装饰。如果说传统拼花是一类复杂的平面几何问题，那彭罗斯瓦片就根本不是什么几何题，而是一个依靠单向线性思维无法破解的谜题。彭罗斯的醉翁之意，在于探讨人类的思维中与量子理论相似的能力。嘉德破解泰格龙，靠的正是通观所有版本平行世界的那种能力。如果这个问题触发了您对彭罗斯的兴趣，也许可以看看他那本《皇帝的新脑》(*The Emperor's New Mind: Concerning Computers, Minds, and the Laws of Physics*)。可以说，泰格龙也是作者树立的一种象征，它所象征的便是作者对人类意识的未来的幻想。

Q：大钟有什么特别之处？为何在马特世界有着那么重要的地位？

A：这是作者为他笔下的阿佛特人设立的一个文化符号，也是对二十世纪八十年代启动的"万年钟计划"的致敬。也许可以将它看作是作者本人对文明传承的反思与赞叹。但我想这个符号还包含着更丰富的层次。读者若有兴趣，可以了解一下美国得克萨斯州荒野之中那座仍在建造的万年钟，而且，本书的作者也是这个计划的参与者之一。

最后，还有一点要补充的：

作者这部硬科幻作品，可以说几乎已经硬到了眼睫毛，不论是多维空间、量子物理、多宇宙、哲学理论、语言学，都可谓讲得头头是道，完全可以自圆其说。但是在这本书里，还涉及许多低等数学、平面几何、立体几何的计算，不得不说某些计算是漏洞百出……也许这就是作者的"阿喀琉斯之踵"吧。本想在译本中加些脚注，对一些明显有误的计算加以说明，但想到对于部分读者来说，擦亮双眼，亲自捕捉穿帮镜头可能也是一种不容剥夺的乐趣，译者也就放弃了越俎代庖的念头，悬念还是留给诸位看客好了。

王方

2019 年 7 月

致读者的按语

如果您惯于阅读推想小说，享受自己解谜的乐趣，请略过本按。若非如此，那请先了解，本书故事发生的场景并非地球，而是一个叫作阿尔布赫的星球，此星球在诸多方面与地球相似。

发音提示："阿尔布赫"（Arbre①）发音近于"阿尔布"（Arb）略带尾音。该发音可请教法国人。亦可掐去词尾读作"阿尔布"。元音字母上方带两点者，两点表分音符，即该元音字母独立为一音节。如"德雅特"（Deät）读作"德阿特"（Dayott）而非"迪特"（Deet）。②

阿尔布赫星度量单位已转化并表达为地球度量单位。本故事发生在阿尔布赫人定立常用单位体系之后的近四千年，这些单位对于此时的阿尔布赫人已显古旧过时。本书相应地也使用了地球上的古老单位（呎、哩等）而非现代公制单位。

本书中奥尔特语文化的词汇发展是建立在阿尔布赫星古代语言基础上的，因此我也以地球上的古代语言为基础创造了一些词语。"祝歌 / 诅革"（anathem）即为第一个且最为突出的例子。它是用"圣歌"（anthem）和"诅咒"（anathema）这两个词所做的文字游戏，这两个词语分别源自拉丁语和希腊语。阿尔布赫星的古典语言奥尔特语有一套完全不同的词汇，所以用来指代"圣歌""诅咒"和"祝歌 / 诅革"的词语也是全然不同的，但它们又因近似关联的格式而联系在了一起。我并没有使用对于地球读者来说毫无意义和内涵的奥尔特语词语，而是

---

① Arbre：在法语中意为树，词源为拉丁语的"Arbor"（树），与本书自创词汇树种师（Arbortect）同根。

② Dayott 的英语发音对应国际音标为 [deɪ'ɑːt]，考虑本书中大量人物形象乃比照西方哲学史及科学史上名人创造，名称亦多有对应关系，德雅特本人未查实原型，其父克诺乌斯原型为古希腊哲学家毕达哥拉斯。翻译时为体现这种对应，音译及用字亦参照古希腊名人中文译名用字、古希腊神话及《圣经·旧约全书》（和合本）中文版本中的人名用字。

试着造出了一个地球词语，它与这个奥尔特语词语大致相当，同时还保留了一些奥尔特语术语的风味。我在本书其他很多地方也做了相同的尝试，并根据具体情况进行了比照调整。

一些阿尔布赫星动植物品种名称被转化为地球上近似对等物种的名称。因此尽管这些人物可能会说胡萝卜、土豆、狗、猫等，但并不意味着阿尔布赫星上真的有相同的物种。阿尔布赫星自然有自己的动植物。在这里，使用这些地球上的近似对等物种的名称是为了避免旁生枝节，比如如果提到的是胡萝卜在阿尔布赫星的对等物，就还得对其表型做出详细的解释。

下边是一张非常粗略的阿尔布赫星历史年表。在刚开始阅读本书时，这张表里的内容不会显示出太大意义，但读到一定的进度时，它就会成为有用的参考资料。

前3400年至前3300年： 克诺乌斯和他的女儿德雅特与叙莱亚生活的大概时间。

前2850年： 几何学之父阿德拉贡创立奥利森纳髻殿。

前2700年： 狄亚克斯驱赶迷信狂，按照公理原则创立理学并为其命名。

前2621年： 奥利森纳髻殿毁于火山爆发。游方时代发端。众多幸存理学者被吸引到埃特拉斯城邦。

前2600年至前2300年： 埃特拉斯黄金时代。

前2396年： 忒伦奈斯被处决。

前2415年至前2335年： 普洛塔斯生活的时代。

前2272年： 埃特拉斯被巴兹帝国强制吞并。

前2204年： 巴兹教创立。

前2037年： 巴兹教成为帝国国教。

前1800年： 巴兹帝国达到鼎盛。

前 16 世纪：	多种军事失利致使巴兹帝国急剧收缩。理学者退出公众生活。堃嘉尔塔斯撰写《世俗界》，由此开辟旧马特时代。
前 1472 年：	巴兹帝国灭亡，火烧图书馆。幸存的有文化者集中到了巴兹修道院或嘉尔塔斯马特。
前 1150 年：	秘法派兴起。
前 600 年：	复兴。清洗秘法派，初创《书》。
前 500 年：	马特系统蔓延，探索时代，发现动力学定律，现代应用理学诞生。践行时代发端。
前 74 年：	第一次厄报。
前 52 年：	第二次厄报。
前 43 年：	普洛克创立"圈子"。
前 38 年：	普洛克的著作遭哈利康驳斥。
前 12 年：	第三次厄报。
前 5 年：	大灾厄。
0 年：	大改组。第一次大集修。新马特体系创立。颁布《戒律书》与《词典》第一版。
121 年：	堃蒙科斯特集修院分裂为两派，句法学会和语义学会，这两派还分别创立了普洛克修会和哈利康修会。
190 年至 210 年：	堃巴里托院的阿佛特人在使用句法技术操纵核句法领域取得领先。新质诞生。
211 年至 213 年：	第一次劫掠。
214 年：	劫掠后大集修废止了大部分种类的新质。颁布《戒律书修订版》。番会从普洛克修会分离。伊文内德里克会从哈利康修会分离。
297 年：	堃埃德哈在伊文内德里克会之外建立了自己的修会。

300 年：	在佰岁纪大隙节期间，人们发现数所佰岁纪马特自200 年起便已发生脱轨（"百年疯"）。
308 年：	圣埃德哈创立埃德哈集修院。
320 年至 360 年：	数所集修院推进基因传序的实践理学研究，多为番会会士与哈利康会士合作兴起。
360 年至 366 年：	第二次劫掠。
367 年：	劫掠后大集修。基因传序操纵受到禁止。句法学会与语义学会划清界限。颁布《戒律书新修订版》。句法装置被清除出马特世界。伊塔人社群创立；许多前番会会士加入伊塔人。裁判所作为强制推行新规的手段而创立。所有的集修院都设立了秩序督察；现代戒尊制度建立，这种形式至少在后续的三千年中维持未变。
1000 年：	第一届仟岁纪大集修。
1107 年至 1115 年：	发觉危险小行星（"大钷"），促使世俗政权召集了一次非常大集修。
2000 年：	第二届仟岁纪大集修。
2700 年：	普洛克会与哈利康会之间渐渐增长的对立催生了关于雄辩士和咒士的世俗传说。
2780 年：	在一次旬岁纪大隙节期间，世俗政权开始认识到了雄辩士和咒士正在研发的特种实践理学。
2787 年至 2856 年：	第三次劫掠造成除三大无玷马特以外的所有集修院大幅减员。
2857 年：	劫后大集修重组集修院。宗产被取缔。通过多种措施降低了马特生活奢侈度。修会数量缩减。余下的修会人员重新分配，使得普洛克会和哈利康会的势力更趋"均衡"。颁布《戒律书新二修订版》。
3000 年：	第三届仟岁纪大集修。
3689 年：	我们故事的开始。

第 1 部

普洛维纳尔

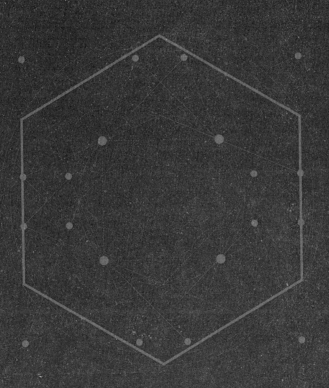

【墙外】　❶在古奥尔特语中，为其字面意"墙外"。常在提及古奥尔特时代带围墙的城邦时使用。❷在中奥尔特语中，指非马特世界；巴兹帝国灭亡后动荡与暴力甚嚣尘上的状态。❸在实践理学奥尔特语中，指未被马特世界再兴智慧开化的地理区域或社会阶层。❹在新奥尔特语中，与上面第二个义项相近，但常用来指那些紧邻院墙的墙外聚落，隐含繁荣、稳定等意思。

——《词典》，第四版，改元 3000 年

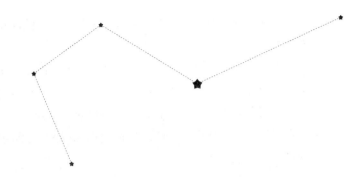

　　"你们那儿的人会把别人活活烧死吗？"就这样，敖罗洛修士开始了对弗莱克工匠的访谈。

　　这突如其来的问题让我觉得有些尴尬。这种尴尬仿若化作实体，蔓延到我的每一寸肌肤，就像一块晒热的泥巴糊在了我的头上。

　　敖罗洛修士念着一张泛着棕黄、看起来至少有五百年历史的叶子纸，继续问道："你们的萨满是踩着高跷到处走动吗？"随后抬起头，怕对方不明白，又补充了一句，"你们可能管他们叫牧师或者巫医。"

　　这下子尴尬凝成的"泥巴"直接在我的头上融化了，流淌到我头皮的每一个角落。

　　"小孩生病的时候，你们会不会祈祷？会不会对着一根涂了颜色的棍子献祭？还是，会把他的病归咎于某个老妇人的诅咒？"

　　好吧，现在尴尬已经热气腾腾地流到了我的脸上，塞住了我的耳朵，糊住了我的眼睛。我模模糊糊地听见敖罗洛修士问："你们相信自己能在某种来世见到你们死去的宠物吗？"

　　之前敖罗洛让我跟他来当听写员。只因为"听写员"这个词听起来似乎很了不起，我就欣然应允了，可绝没料到会是眼前这个状况。

　　他听说从墙外来的工匠得到批准，可以进到新图书馆来修一根朽坏的椽子。事实上，大隙节前我们才发现它坏了，而那椽子在高处，单凭我们的梯子根本就够不着，时间又太紧张，已经来不及搭脚手架了。这确实是个难得的机会，于是，敖罗洛打算趁机采访一下这名工匠，还让我把采访情况记录下来。

　　透过迷蒙的双眼，我看着面前这张叶子纸。它就跟我的大脑一样空白。我根本什么都没干。

　　不过，更重要的是记下工匠说的话。可到现在为止，他还什么都没说过。

访谈开始时他一直在一块石板上磨着一个不够锋利的东西，而此刻他则只是注视着敖罗洛。

"你认识的人里有没有因为看书被发现而被砍断手脚的？"

弗莱克工匠头一回把嘴闭紧了好一阵子，我敢肯定等他下次张嘴的时候，必然会说点什么的。于是我在纸边划拉起来，看看羽管笔是否可以流畅出墨。敖罗洛修士也安静下来，看着那个工匠，就好像他是望远镜目镜里新发现的一片星云一般。

弗莱克工匠问道："你干吗不干脆去拍斯皮里 ① 呢？"

"拍斯皮里？"在我把它写下来的时候，敖罗洛修士对着我反复念了好几遍。

"我刚来的时候——就是说，"我试着边写字边解释，所以话说得断断续续，"在我刚被录进来的时候，我们——我的意思是，他们——有种东西叫斯皮里……我们那时不说'拍斯皮里'——我们说的是'扫斯皮里'。"考虑到工匠，我说的是弗卢克语，虽然句子颠三倒四，但比起我说奥尔特语 ② 还是要好多了，"那是一种——"

"电影。"敖罗洛猜道。他看着工匠，也改说起了弗卢克语："我们猜'拍斯皮里'的意思就是使用外头流行的某种电影实践理学——你们所谓的'技术'。"

"电影，真是种稀奇的说法。"工匠说。他凝视着一扇窗户，就好像那是台正在播放历史纪录片的斯皮里一般。他没出声，却笑得直颤。

"这是实践理学奥尔特语，所以你听起来会有点儿奇怪。"敖罗洛修士承认道。

"你为什么不直接说它真正的名字？"

"拍斯皮里？"

"对呀。"

"因为十年前伊拉斯玛修士来马特的时候，人们说的还是'扫斯皮里'，而大概三十年前我来的时候，我们称其为'遥闪'。住在对面那堵墙里边的阿佛特

---

① 斯皮里（Speely）：阿尔布赫星世俗语中表示视频的名词，作者造此词汇有向电影大师斯皮尔伯格（Spielberg）致敬之意。

② 奥尔特语（Orth）：一种古典语言，是巴兹帝国所有阶层共同使用的语言，在旧马特时代，这种语言在嘉尔塔斯创立的马特世界和巴兹正教的修道院内使用。在践行时代，奥尔特语为科学用语与学术写作用语。经过复兴与现代化之后，奥尔特语成了阿佛特人的语言，他们几乎在所有场合都使用这种语言。奥尔特语使用的字母称为奥尔特字母。

人 ①，一百年才过一次大隙节的那些人，他们应该知道些别的叫法，可惜我没法跟他们对话。"

听到遥闪的时候弗莱克工匠就听不下去了。"遥闪根本是另外一码事！"他说，"你在斯皮里上是看不了遥闪的，你得给它增频，还得重做格式解析才行……"

这些东西让敖罗洛修士感到无趣，就像谈起百年士也让工匠觉得无聊一样，于是对话戛然而止，陷入了长久的停顿，久到足够让我把这些都写下来。我的尴尬不觉间已经不见踪影，就像是打着打着嗝儿，不知什么时候就停了下来。弗莱克工匠以为这场对话已经完结，转而察看起了他的人在那根坏橡子底下搭起的脚手架。

"我应该要回答你的问题。"敖罗洛修士开了腔。

"什么问题？"

"就是你刚才问的那个——如果我想知道墙外什么样，为什么不直接拍斯皮里？"

"噢。"工匠说。敖罗洛修士的注意力维持这么久，弄得他有点儿狼狈。修士总爱说"我患有注意力过剩症"，就好像这是件很有趣的事情。

"首先，"敖罗洛修士说，"我们没有斯皮里装置。"

"斯皮里装置？"

敖罗洛摆摆手，好像这样就能驱散语言错乱的乌云一般，他说："就是你们用来拍斯皮里的东西。"

"如果你有台老式的遥闪谐振器，我可以带一台我闲置在废品堆里的减频器给你——"

"我们也没有遥闪谐振器。"敖罗洛修士说。

"你买一台不就得了？"

这让敖罗洛顿了顿。我可以感觉到他的头脑里正在酝酿新一波让人尴尬的问题：你以为我们有钱吗？你以为我们受世俗政权保护的原因是坐拥金山？你以为我们的仟岁纪士知道怎么炼铁成金？但敖罗洛修士却克制住了一贯的冲动。"像我们这些活在嘉尔塔斯戒律下的人，仅有的传媒工具就是粉笔、墨水和石

---

① 阿佛特人（Avout）：誓愿服从嘉尔塔斯戒律者，居住在与世俗世界相对的马特世界。

头，"他说，"但也还有另外一个原因。"

"好吧，是什么原因？"弗莱克工匠问道，他被敖罗洛修士这种古怪的习惯气得够呛，修士总是喜欢宣布他将要说什么，却从不直接把话说出来。

"这很难解释，不过就我而言，只是把一台斯皮里录入装置，或者遥闪箱，或者随便你们叫它什么的……"

"斯皮里摄录器。"

"……对准什么，是采集不到对我有意义的东西的。我需要人动用全部的感官去搜集这些东西，并且在头脑里把它们熔炼圆满，然后转化成为语言。"

"语言。"工匠重复了一遍，目光犀利地在图书馆里扫视了一圈。"明天，奎因替我来，"他宣布道，然后略带戒备地补充，"要是你问我的话，我得去反扫那台新的克兰纳克斯补偿器了——扇出树有点儿要结成一团了。"

"我一点也听不懂这是什么意思！"敖罗洛惊叹道。

"别介意。你这些问题都可以问他，他能说会道。"这么短短几分钟里，工匠已经是第三次看他的唧嘎[①]屏幕了。我们已经坚持让他把这东西所有的通信功能都关了，但它还可以当个怀表来用。他似乎没有意识到，直接从窗口看出去就是一座五百呎高的大钟。

写完这句后我就完全停下笔来，把脸转向了一个书架，因为我怕有人看出来我被逗乐了。他说"奎因替我来"这句话的情形，实在有点儿像是当场决定的，或许是被我们吓到了。敖罗洛修士可能也看出来了，但神色正常。我只好竭力避免看他，我估计他还忍得住。

此时大院堂钟声奏响，普洛维纳尔[②]要开始了。"我的活儿来了。"我说。为了让工匠明白，我补了一句："抱歉，我得去给大钟上发条了。"

"我想知道——"他说着，把手探进工具箱拿出了一个塑料袋来，吹去锯末，打开封口（这种封口我之前从未见过），抽出一根手指大小的银管子，然后满怀期望地看着敖罗洛修士。

"我不知道这是什么，也不明白你想做什么。"敖罗洛修士说。

"一台斯皮里摄录器！"

---

① 唧嘎（Jeejah）：世俗世界普遍使用的手持式电子设备，集移动电话、影片播放器、网络浏览器等功能于一体。马特世界禁止使用。

② 普洛维纳尔（Provener）：马特世界最常举行的奥特仪式，通常在每天中午进行，与为大钟上发条有关。

"啊。看来你已经听说过普洛维纳尔了，既然你已经进来了，是想参观参观拍个电影吗？"

工匠点点头。

"假如你站在指定的地方的话，这是被准许的。别把它打开！"敖罗洛修士举起双手，随时准备避开镜头，秩序督察①会听说这件事的——她会罚我补赎②的！我送你去伊塔人③那儿。他们会告诉你该往哪里去。"

这种事还多得很，因为戒律就是由诸多法则组成的。在弗莱克工匠的心里，进到旬岁纪的马特城里来探险麻烦确实不小，我们的条款现在已经把他的头脑搅成一团乱麻了。

---

① 秩序督察（Warden Regulant）：掌管维护墙内戒律事务的戒尊，拥有调查和处罚的权力。理论上地位低于大主戒，但对调查对象有最终负责权，在某些特殊情况下也有权驱逐大主戒。

② 补赎（Penance）：作为惩罚，秩序督察向违反戒律的阿佛特人指派的枯燥乏味令人讨厌的杂务。

③ 伊塔人（Ita）：生活在马特世界的一个社会阶层，但他们与阿佛特人隔绝，担任着所有与句法装置和大晷相关的职能。

【回廊院】❶ 在古奥尔特语中，回廊院指所有封闭上锁的空间（忒伦奈斯被处决前就被拘禁在一所回廊院里，但令年轻弟子们困惑的是，这个早期义项并不包含后续义项中与马特相关的含义）。❷ 在早中奥尔特语中，回廊院指整座马特。❸ 在晚中奥尔特语中，回廊院指被一圈建筑包围起来的园林或庭院，被当作马特的中心。❹ 在新奥尔特语中，回廊院指所有宁静的，与尘嚣和娱乐绝缘的静修之所。

——《词典》，第四版，改元 3000 年

刚才听写的时候，我把球放成了凳子大小，一直坐在上面，这会儿用指尖在球上逆时针画了几圈，它便缩小得不足盈握。坐姿扯歪了身上的帛单，我一边把它拉正，把褶子抻平，一边往前跑，快速地飞奔而去。桌子、椅子、地球仪和走得慢腾腾的修女都被我抛在了身后。穿过一道石拱门，我跑进了缮写室，屋里到处弥漫着一股墨水味。这气味可能是古时候留下来的，据说曾有一位修士带着两位弟子在这里誊抄过书籍。不过我觉得很奇怪，既然只有他们三个用过这间屋子，那这气味不是早就应该散掉了吗？肯定是他们用的墨水太多，那股湿乎乎的味道已经深深地浸透了屋里的每一件东西。

在缮写室的另一头，有个小门洞通向老图书馆，这是座非常古老的建筑，在这座回廊院建造之初就已存在。它的石头地面比新图书馆的要古老两千三百年，我脚掌踩到的地方光溜溜的，几乎感觉不到一丝刮擦。这里记忆着前人的脚步，只要用双脚去感知，我闭着眼睛也不会走错。

回廊院是座中心有花园的矩形院落，围住花园的是一圈带屋顶的长廊。长廊朝里的一面是开放的，几根支撑顶棚的柱子把它和花园隔开。朝外的一面用围墙封闭起来，但墙上开着几道门，分别通向老图书馆、食堂和不同的课室。

经过这里，各种各样的物件会映入你的眼帘——雕花的书架侧壁、地面的石头拼花、窗户的边棂、门上的锻铁铰链、固定铰链用的手制钉子、环绕回廊院的柱头、花园里的小径和苗床——每一件东西都有着特别的形状，都是许久以前某位智者的心血。有些耗费了制作者毕生的时光，比如老图书馆大门；有些虽然只消磨了一个下午就做好了，却是千年酝酿一夕顿悟的成果；有些只是简单的纯几何形；有些则极尽繁复之能事，以至于让人猜不透，那花样到底是不是按照规律设计出来的。还有一些人像，有历史上真实存在过的人物——他们都以有趣的思想闻名；有某种人物类型的化身——慕像者、自然哲学家、市人和愚氓。如若有人问起这些，我也只能说清其中的四分之一。但总有一天我会把它们都说个一清二楚。

阳光倾泻在回廊中间的园子里，草地和砂石小径掩映在香草与灌木丛中，间或有一两棵树木。我把手伸过肩头，撩起帛单的褶边遮在头上，又扯了扯系在弦索下的另一边，让毛边垂在地上盖住脚面。随后双手插在弦索上边的布褶里，迈进了草地。随着天气逐渐热起来，这些绿草变得色泽黯淡，还有点儿扎脚。踏出回廊时我看了一眼大钟南面的钟盘，只剩十分钟了。

"利奥修士，"我说，"我想鹿砦莓并不在一百六十四种里。"我的意思是，它没有列在《戒律书新二修订版》准许种植的品种清单里。

利奥比我矮，却比我壮。他小时候胖乎乎的，现在长得倒是很结实。他正蹲在苹果树树荫下一块翻开的土地上，着迷地盯着泥土。他把帛单的褶边围在腰上，绕过两腿之间，打了个最简朴的结，剩下的部分则紧紧卷起，两端用弦索扎住，斜挎在背上，像个铺盖卷似的。这种穿法是他发明的。可根本没人跟他学。但必须承认，这样式虽然看起来有点儿蠢，天热的时候应该是很舒服的。他的屁股离地十时，把球弄成了脑袋大小，端坐其上。

"利奥修士！"我又叫了他一遍。但利奥头脑古怪，有的时候根本不搭理人。一根鹿砦莓的藤条弯垂下来，挡住了我的去路。我找了一段没刺的地方，一手薅住，把它连根拔了起来，我抡起藤条划着圈，用藤条顶上的小花蹭着利奥修士伤疤累累的头皮，同时还叫了一声："癞痢头！"

利奥朝后仰倒，就好像是被一根铁头棒砸了似的。他双脚一抬，扭着身子薅住苹果树的树根站了起来，屈膝挺背地立在一边，下巴微缩，几块泥巴从他汗津津的背上滑了下来。他的球滚到一边，掉进了杂草堆里。

"你听见我的话了吗？"

"鹿砦莓不在一百六十四种之列，没错。可也不在十一种里。所以大概用不着一看见就把它烧掉，甚至写进《纪事》里去。可以等等再说。"

"等什么？你在干吗？"

他指指那些泥土。

我弯下腰去看，因为帛单遮在头上，就没法用两侧的余光看到利奥修士了。这可不是人人都敢冒的险，人们一致认为，一定不能让利奥离开你的视野范围，因为你永远也不知道他会在什么时候突然跟你摔起跤来。我早就受够了他的挟头、锁喉、抱摔和压制，也受够了从他头皮上蹭下来的大块疮痂。但我知道现在他是不会攻击我的，因为我正在向他着迷的东西表达敬意。

利奥和我都是十年前录进来的，那时我们才八岁，和我们一拨来的孩子一共有三十二个。在我们来的头两年里，每天都要看着四个年长些的修士结队给大钟上发条，还要看着八个修女结队敲钟。后来我和利奥被选中，跟另外两个大一点的男孩一起结成了新的发条小队。同样地，也有八个跟我们一拨来的女孩被挑去学了敲钟，敲钟用不了那么大的力气，但在某些地方比上发条更难，因为钟声的变化要持续几个小时，得一直集中注意力。现在我们小队已经连续给钟上了七年多的发条了，每天一次，不过有时候利奥修士忘记参加，我们就只好三个人干活儿。两星期前他就忘过一次，结果秩序督察特蕾斯塔纳斯修女罚了他补赎，让他在一年里最热的这个时候给香草苗床除草。

只剩八分钟了，可是跟利奥唠叨这个是不会有用的。不管他想说什么，我都只能先顺着他，然后再想别的办法脱身。

"蚂蚁。"但出于对利奥的了解，我又纠正道，"蚁谷？"

我听见他笑了笑。"两种颜色的蚂蚁，拉兹修士。它们在打仗。抱歉，是我引起的。"他用胳膊肘拱了拱那堆连根拔起的鹿砦莓。

"你怎么肯定这就是战争？也许它们只是发疯地到处乱爬呢？"

"这正是我想弄清楚的，"他说，"在战争中，你会有战略和战术。比如侧翼攻击。可蚂蚁会侧翼攻击吗？"

这个词的意思我还勉强知道，就是从侧面进攻。这种术语是利奥从旧谷书——也就是谷术[①] 书——上"啃"来的，就像是从龙化石下巴上拔下牙齿。

---

① 谷术（Vale-lore）：武术。

"我猜它们会侧翼攻击，"我说，虽然我觉得这问题是个陷阱，觉得利奥正在用它对我进行侧翼攻击，"为什么不会呢？"

"让你蒙着了，它们当然会！你低头一看就会说：'噢，这看起来像是侧翼攻击。'可如果没有个指挥官看着战场，指挥它们行动，它们真能协调作战吗？"

"这有点儿像髻堂伽问题。"我指出。（那个问题是："足够大的一组细胞能自动思考吗？"）

"好吧，那它们能吗？"

"我见过一群蚂蚁一起搬走了我的一小块午餐，所以我知道它们能协调行动。"

"但如果一百只蚂蚁同时推一个葡萄干，我也是其中一只的话，就能感觉到葡萄干在动，所以葡萄干本身就是他们彼此交流的渠道。可如果我是战场上的一个单只蚂蚁——"

"痫痫头，该准备普洛维纳尔了。"

"好吧。"他说，接着就转身背对着我走掉了。就是因为这种话说到一半就不管的习惯，还有其他一些怪癖，利奥给自己赢了个脑残的名声。他又忘了他的球。我把球捡起来朝他扔了过去。球砸在他后脑勺上弹了起来，笔直向上飞了出去；不等球落地，他就伸出一只手，几乎看都没看就把它接住了。我可不想把那些"战士"弄到脚上，不管是活的还是死的，于是我绕过了那片"战场"，追着利奥跑了起来。

利奥把我远远甩在了后面，率先到了回廊院的转角，在一群慢慢走着的修女面前腾挪闪躲，样子又粗鲁又滑稽，弄得她们全都咯咯笑了起来，倒是都不介意。接下来这些修女就堵在了拱道中间，把我挡在了后头。因为我已经提醒过利奥修士了，他准是不会迟到了；结果我成了最后一个，成了等着挨白眼的家伙了。

【奥特】 ❶ 在原奥尔特语和古奥尔特语中指行动；或指某个实体——通常是个人——有意采取的行动。❷ 在中晚奥尔特语中，指一种正式的仪式，通常由一群阿佛特人共同举行，整个马特或集修院可通过奥特来执行某项集体行动，一般借由歌咏、礼仪性动作或其他仪式化行为来增加庄严感。

——《词典》，第四版，改元 3000 年

在某种意义上，大钟指的就是整座大院堂，底部建筑也包括在内。但大多数人说的"大钟"其实是指它的四面钟盘，这些钟盘安装在大院堂主楼——中央塔楼——的外墙高处。四面钟盘分别制作于不同年代，每一面显示时间的方式都和别的不一样。但四面钟盘却连着同一个机芯。每一面都显示着丰富的内容：几点几分，星期几，几月份，哪种月相，哪一年，还有好多艰深的宇宙学信息（看得懂的人自然用得上）。

主楼矗立在四根柱子上，下段的楼体横截面是正方形的，这个形状的楼体在整个楼高中占比最大。不过从钟盘再往上不远，正方形的四角就被切掉，变成了八边形，再往上不远，八边形又变成了十六边形，再往上则变成了圆形。主楼的屋顶是圆盘形的，或者说更像是透镜的形状，因为它的中部微微隆起，这样可以防止积水。屋顶上立着的还有星阵，包括一圈巨石、几座穹顶、一些庇檐和小尖塔，驱动星阵和驱动钟盘用的也是同一个机芯。

每面钟盘的下方都有一座钟架，每座钟架的外面遮挡着一组镂空花窗。在钟架的下方，楼体向外支出了几道斜坡状的石拱，起着巩固支撑的作用，叫飞

扶垛。主楼的外侧还有几座角楼，各有一座尖顶，角楼比主楼矮，也更粗些，但与主楼的整体风格一致。有四道飞扶垛使柱墩分别落脚在其中四座角楼的尖顶下方。一系列的拱券和镂空花窗交织成网，把几座角楼连在了一起，角楼的下半部分又与主楼的底部连通，共同形成了大院堂的总平面。

　　大院堂的石头穹顶，高耸陡直。在拱顶的上方还有一圈围着主楼的檐台式平顶。平顶上是守卫督察庭。它的内庭围着主楼的外墙而建，是"回"字形的，连甍接栋，分割成若干个储藏室和首脑室，内庭的外围还有一整圈露天步道，沿着它走上几分钟，守卫哨兵就可以巡视大院堂一周，四面八方一览无余（不过被飞扶垛、柱墩和尖塔挡住的地方除外）。支撑着这圈檐台的是密密麻麻的数十根托臂，托臂从檐台下方的墙壁突出，向上呈曲线形外伸。每根托臂的前端都是一只怪兽状的滴水嘴。这些怪兽保持着警戒的神态，有一半（守卫兽）向外凝望，还有一半（秩序兽）则曲着布满鳞片的脖颈，尖尖的耳朵和眯起的双眼朝向地上向四面八方铺展开来的集修院。在檐台之下，哨兵步道所对的位置，托臂之间夹着一个个矮墩墩的马特拱，那是秩序督察的窗口。整个集修院里只有很少几处地方是从这些窗口监视不到的——当然，我们对这样的地方了如指掌。

【圣】❶在新奥尔特语中，是对伟大思想家的一种尊称，几乎只用于已去世者。注：这个词直到改元 3000 年的仟岁纪奥尔特大集修上才得到承认。在此之前它一直被视为"博学者（Savant）"一词的错误拼写。在只用大写字母的石碑上，这个词被刻成"SAVANT"（如果地方太小刻不下，也缩写为"ST."）。在第三次劫掠后的几十年中，随着书写标准降低，字母 U 与 V 被混淆渐渐成了常事（石匠偷懒的问题），很多人开始把这个词误写作"SAUANT"。这个拼写又很快退化成了"saunt"（现已被接受）甚至"sant"（仍被反对使用）。在书面形式中，这几种形式都可以缩写为"St."。在一些传统修会中，这个词仍读作"萨凡特"，仟岁纪士的用法可能也是如此。

——《词典》，第四版，改元 3000 年

大院堂所在的地方原本是一座山的余脉，建造者硬是把它推成了一块平地，才建起了这座建筑。它的东面依稀可以看到一道峭壁，那上边坐落着仟岁纪马特。西面和南面的地势则向低处延伸，那里散布着其他几座马特和建筑群。从我们十年士住的马特到大院堂要走上四分之一哩的距离。在大院堂的门外，也就是我们常进的那扇大门外面，有一座石坪，在石坪与我们的马特之间还连着一条带顶棚的廊道，这条廊道共有七段阶梯，中间有缓台衔接。我们的十年士同伴大多都是走这条廊道去大院堂的。

我不想等着老修女们让出那条窄道了，于是加快脚步反身去了分会堂，所谓的分会堂其实不过是回廊院里一段比较宽的回廊。分会堂的后门是一段带顶的夹道，一侧是课室，一侧是作坊。夹道的墙上有一排壁龛，我们尚未完成的功课就塞在里边。没抄完的写本从壁龛口露出了边角，时间久了发了黄，打了卷，

让通道看起来更窄了。

我一路小跑至通道尽头，弓身穿过一道锁眼形状的拱门，跑上了一片草地。这片草地从回廊院一直铺展到大院堂高耸的台基脚下，也是我们与佰岁纪马特之间的缓冲隔离带。在草地的中央，将我们马特与佰岁纪马特隔开的是一堵十六呎高的石墙。墙那边的草地是百年士们牧饲牲畜的地方。

在我刚录进来的时候，我们曾用这块地方来堆放干草。几年前的一个夏末，利奥修士和杰斯里修士被派来察看，就是拿着锄头察看草地里有没有长出十一种里的植物。而当时这里确实长出了一小片像是无忧草的东西。于是他们就把它刨了，堆在草场的中间，还点了把火来烧。

结果一天下来，我们这边的整片草场都烟熏火燎的，残梗散碎，从墙那头儿传来的声音可以断定，火星也已经溅到了百年士的那边。在我们这边，修士和修女们站成了一条长队，隔挡在草场和种着我们大部分粮食的地纽之间。这条长队一直延伸到河边，我们把装满水的桶沿着队伍传上去，再把空桶传下来，水就浇在那些看起来最容易着火的地纽上。如果你曾在夏末时节见到过人们精心打理的地纽，就会明白我们为何如此紧张，这里的生物又多又密，到了这个季节，植株都已变得干燥易燃。

当值的秩序副督察在裁判所里给出了一份证言，他说最初的火苗产生了大量的烟，以至于他无法看清利奥和杰斯里的所作所为。于是整件事就作为一场意外事故被载入了《纪事》，这两个男孩也得以免除补赎。不过我知道，因为杰斯里后来告诉我了，在无忧草的火苗最初蔓延到周围的草地上时，利奥并没有把它扑灭，而是提议以火制火，用火谷来控制它。但他们放反火的尝试却只是把事情弄得更糟糕。就在利奥试图再放一把反反火来控制反火的当口，杰斯里把他拖到了安全的地方，他们已经连用来制服原火的反火都控制不住了。杰斯里用了两只手才抓住利奥，于是只好丢下了自己的球，以至于这个球至今还有一块地方是硬的，再也没法变得透明了。不过不管怎么说，这场火灾倒是给了我们一个借口，让我们有了机会把原来的一项空谈付诸实现，那就是在这片草场上栽种三叶草和其他的一些开花植物，用它们来养蜜蜂。墙外是实行贸易的，所以我们可以在日纪门前的市场上把蜂蜜卖给市人，再用这钱来购买集修院里做不出来的东西。即便墙外遭逢大变，无法交易，我们也可以把它当食物吃掉。

我在这片草地上朝着大院堂一路小跑，石墙在右，地纽在左，和火灾时一样，现在的地纽已嘉穗盈车。跑着跑着，我就将它们大部分抛在了身后，再往上一

点就是七重阶梯了，阶梯上已经挤满了阿佛特人。比起那些全身都裹在帛单里的修士，半裸的利奥前进速度要快上一倍，他就像是一只颜色出挑的蚂蚁。

大院堂的核心是一个叫作高坛的大厅，它的地面是八角形的（也就是 1 的 8 次方根对称群①，理学家们很可能就是按照这个来设计它的）。高坛的八面墙壁上都密密麻麻地布满了镂空花窗，有的花窗是石头的，有的则是木头的。我们管这些墙壁叫作屏，这是个令墙外人困惑的词，对他们来说，屏是用来看斯皮里或者玩游戏的东西。而对我们来说，屏是一种有许多孔洞的墙壁，是一道障壁，无法穿越，却可以透过它看到、听到、闻到对面的东西。

在大院堂的底层，在高坛的东西南北四面，各延伸出一座巨大的堂殿。如果你曾在慕像者的圣约堂里参加过婚礼或葬礼，那这些堂殿就会让你想起圣约堂里专门给客人们用的那块地方，客人们可以在那儿坐着，站着，跪着，抽打自己，倒地打滚，或者随便想干什么就干什么。而高坛对应的则是圣约堂里祭坛前面供牧师站立的位置。远观的时候，正是这四座堂殿使大院堂的基础显得异常庞大。

像弗莱克工匠这样的墙外来客，只要没有特殊的传染病，而且行为大致得体，就可以获准从日纪门进来，在北堂殿观看奥特。差不多一个半世纪以来都是如此。如果从日纪门进来参观我们的集修院，会有人引导你进入大院堂北面的正门，再沿着北堂殿的中廊一直走到尽头的屏前。那时你就会以为，大院堂的整个底层只有这一座堂殿和屏后面八角形的高坛，这是可以理解的。因为身处东、西、南堂殿的人也可能会犯同样的错误。这些屏朝向堂殿的一面是暗色的，而朝向高坛的一面是亮色的，因此要看到高坛里边很容易，而要看到其他屏的后面却是不可能的。这就给人造成了一种错觉，好像每座堂殿都独占着一间高坛。

东堂殿是空的，几乎不怎么使用，也不知道是为什么。若向年长的修女和修士问起，他们就会摆摆手，解释说这是大院堂的正式入口。要真是这样的话它也太"正式"了，都没人知道它到底有什么用了。那里曾装过一架管风琴，但第二次劫掠②时被抢走了，后来的《戒律书修订版》禁止了其他所有的乐器。

---

① 1 的 8 次方根对称群：1 的复数 8 次方根在极坐标上表示为 8 个点，它们之间的连线恰好构成一个正八边形。

② 劫掠（Sack）：一类违背大改组条款的恶性事件，指世俗入侵者对马特或集修院的暴力破坏与劫掠。一般专指大劫掠，即大多数或全部马特和集修院都在同一时间遭受劫掠。

在我们这拨人年纪还小的时候，敖罗洛曾经骗了我们好几年，告诉我们说曾经有种说法：等到髪埃德哈集修院为万年修士建造马特的时候，就会把这里变成万年士的髪所。"六百八十九年前已经向仟岁纪士提交过倡议书了，"他说，"再过三百一十一年就能知道他们的反应了。"

南堂殿是给佰岁纪士用的，他们可以从那半边的草地上溜达过去。这座堂殿对他们来说真是太大了。而我们这些十年士却只能挤在紧邻其侧的一个相当小的场所里，为了这事儿我们已经恼了三千多年了。

西堂殿的彩色玻璃花窗最漂亮，石雕也最精美，因为它是供独岁纪士们用的，这些人是所有阿佛特人里待遇最优厚的。不过他们人多，很容易就把那儿挤满了，所以以他们能占那么大的地方我们也没什么怨言。

在高坛的东南、东北、西南、西北，还有四面屏壁，它们的大小和形状与主方向上的四面屏壁一模一样，但却没有堂殿与之相连。这四面屏的暗面冲着大院堂的四角，布满了复杂的建筑构件，让人们的活动变得相当不便，但要让整座建筑屹立不倒，却又不能少了它们。我们就在西南侧的一角，这里是最拥挤的，因为十年士大约有三百人。因此大院堂西南角的两面墙上又向外拱出了两座角堂，为我们扩充了空间，也造成了这个角在结构上明显的不对称。

西北角连着大主戒的院落，那里仅供主戒本人、主戒的客人、督察和其他戒尊使用，所以一点也不逼仄。东南角是给千年士用的；与那里相连的是一条奇妙的手工雕刻石阶梯，这架石梯上升盘旋，连绵不断，一直通到他们的峭壁之上。

东北角正对着我们的西南角，那里是给伊塔人用的。那一面的入口直接通向他们的棚户，伊塔人的棚户都挤在大院堂的东北角和不远处的石崖之间，那面石崖就是集修院东北面的天然外墙。据说那边有条隧道可供伊塔人抵达大钟的地下装置，维护这些装置便是他们的职责。不过就跟大部分关于伊塔人的资讯一样，这个说法大概也只是民间传说罢了。

这样一来，进入大院堂的正式入口就已经有八个了。不过不复杂就不能算是马特建筑，所以大院堂还有数不清的小门，几乎从来没人使用，除了特别好奇的弟子之外，没人知道它们在哪儿。

在四叶草丛中，我没办法发足狂奔，只能一边闪避脚下的蜜蜂，一边尽可能地快走。不过我还是比阶梯上的人速度快，我很快就来到了草场门，这扇小门开在石坪的岩基上，就在一座砖石拱券的下边。我沿门后的一小段石阶爬到了石坪上面，又辗转通过了一连串古怪简陋的小储藏室，那里存放着不当季的

礼服和仪式用品。然后我来到了建筑部件杂凑的西南角，也就是被我们十年士当作堂殿的地方。一些正在往里走的修士修女挡住了我的去路。不过被柱子挡住的地方还有几个窄空。我们的衣橱就在其中一个窄空里，靠着柱基。衣橱里的衣服一大半都被扔在了地上。杰斯里修士和阿尔西巴尔特修士站在一旁，二人都已是一袭红袍，看上去一脸不悦。利奥修士正在绸布堆里扒拉着，找他喜欢的袍子。我单膝跪地，在他丢掉的一堆里找了件合我身量的，匆匆裹上，系好，努力让它不那么绊脚，然后赶紧排在杰斯里和阿尔西巴尔特身后。片刻之后，利奥也站起身来跟在我的后头，不过他站得太近了。我们从柱子后面走出来，杰斯里已经顾不上礼貌了，只能用胳膊肘开路，我们紧跟在他身后，挤过涌向屏壁的人群。不过人倒说不上太多。十年士今天大约只来了一半；其余的都在为大隙节做准备。我们的修士修女一排排地坐在西南屏前，高低错落。第一排坐在地上，第二排坐在脑袋般大小的球上，越往后的坐的球越大。最后一排坐的球已有一人多高，撑得像大气球一般，为了让这些大球待住不动，不让上边的人滚下来，只能把它们码得像盒装鸡蛋似的，互相挤着卡在墙壁之间。

祖修士门塔克赛尼斯拉开了那扇穿越屏壁的小门。这位修士年事已高，我们绝对相信，每天来开一次门是他尚在人世的唯一理由。我们四人都伸出脚来，在一只盛着松香粉的盘子里蘸了蘸，这样脚底才更容易抓牢地面。

接着我们鱼贯而入，像撒进茶杯的糖粒一般，融化进了巨大的空间。这间高坛被建造得有如一座贮光池，把照耀集修院的天光全部贮存于此。

站在屏壁之内仰头看去，你会看见光线从四面八方的彩色玻璃高窗倾泻进来，把约二百呎高的大院堂拱顶照得通亮。八面屏壁朝向高坛的一面皆为浅色，在如此充足的光线照耀下，亮得刺目，让人无法透过它们看到任何东西，仿佛整个大院堂里只有我们四个人。那些沿着峭壁逐级而下，来出席普洛维纳尔的千年士们，现在即便能透过自己的屏壁看到我们，也还是看不到北堂殿里穿着黄色圆领衫，拿着斯皮里摄录器的弗莱克工匠的。弗莱克同样也看不到他们。但他们都能观赏到高坛之内上演的同一场普洛维纳尔，这个历经千年丝毫未变的仪式。

高坛内有四根带齿槽的石柱，柱顶支撑着主楼的四角，柱脚直插入高坛中央的地面，我想象着它们穿过地面向下延伸，插入拱形的地窖，在那里，伊塔人正照管着他们负责的机件。这四根柱子横截面并非正圆，而是沿着对角线方向向外突出，就像老式火箭的垂直尾翼，只是不似那般纤薄。我们向内走去，从一根柱子旁经过，进到了大院堂的中央竖井。从这儿往上看，能看见比高坛拱顶高出一倍的主楼天花板，那上边就是星阵了。循着粘有松香粉的浅坑，我们站到了各自的位置上。

主戒屏的小门开了，走出了一个人，他的袍子样式比我们复杂，紫色代表着戒尊的身份。显然是主戒今天有事——可能正忙着做大隙节的准备工作，就派了一位副手来代劳。这位副手的身后还跟着其他几位戒尊。守卫督察德尔拉孔斯修士坐在了主戒席左侧，秩序督察特蕾斯塔纳斯修女坐在了右侧。

十五位身着绿袍的修士和修女排着队从独岁纪屏后走出，这是三位女高音、三位次女高音、三位男高音、三位男中音和三位男低音。今天轮到了独岁纪士领唱领颂，尽管他们已经训练快一年了，但估计也不会有太出色的表现。

戒尊做了奥特的开场白，拉开了普洛维纳尔的序幕。

至于今天的节目，如果你会看大钟，就能看出我们还有两个常礼拜日要过。也就是说，今明两天都不是规定的节假日，所以礼拜仪式也没有特别的主题。常礼拜日只上演默认的节目，就是一点点地总结我们的历史，提醒我们该怎么去认识我们所知道的全部事情。上半年是历数大改组之前发生的所有事情，从这些事中我们要总结出今后的发展道路。今天的礼拜与一千三百年前出现的有限群理学有关，它的发明者是髻布利。因发明这种理学，髻布利被秩序督察遣退了，在一座孤山上度过了余生，被一群将他奉为神明的愚氓包围。在他的启发下，那些愚氓甚至戒掉了无忧草，结果也因此变得乖戾，最终将他杀害，他们误以为肝脏是他的思考器官，还吃掉了他的肝脏。关于髻布利，要是你还想知道得更多，又恰巧身处集修院的话，就到《纪事》里去查吧，反正他的故事在普洛维纳尔上是不会再讲了。要知道，这类故事实在是太多了，多到一个人一辈子天天参加普洛维纳尔都听不到一个重复的。

在前边提到的那四根柱子中间，纵贯大院堂的中轴线上垂着一根链条，链条末端坠着一只重锤，另一端则向上延伸，升入我们头顶的筒状空间，渐渐消融在高处的飞尘与朦胧之中。

那只重锤是一坨遍体孔洞的灰色金属，像被虫子啃过似的，但它其实是一块有着四十亿年历史的镍铁陨石，与阿尔布赫星的地心是同一种物质。从上一场普洛维纳尔结束到现在，已经差不多二十四个小时了，在此期间，这块陨石一直向着地面垂降，马上就要到底了，我们几乎一伸手就能够着它。这只重锤担负着驱动大钟的职责，所以大部分时间里它都保持均匀的下降速度。不过到

了日出与日落的时候，它还需要为日纪门的开启与闭合提供动力，下降的速度会变得飞快，让人一不留神就吓一跳。

还有另外四只重锤，分别拴在四根链条上，沿着柱子上安装的四条金属轨道运行，运行的速度各不相同。因为它们不挂在正中，运动幅度也不是太大，所以没那么显眼。四个重锤形状各异，但都是正几何体：一个立方体、一个正八面体、一个正十二面体、一个正二十面体。它们是用黑火山岩雕琢而成的，材料取自埃克巴的石崖，靠雪橇跨越北极运送而来。大钟的发条每上紧一次，这四个重锤就会升起一点，虽然速度不同，但升到顶点之后都会一口气垂降到底。立方体一年垂降一次，用来开启岁纪门；八面体每十年垂降一次，用来开启旬纪门。而现在，旬岁纪的大隙节就要到了，所以它们俩马上就要到顶端了。十二面体和二十面体的工作原理也是一样，它们分别开启的是世纪门和千禧门。前者差不多已经升到了九成，后者大约七成。看着它们你就能猜出现在大概是3689 年。

顺着中央竖井向上望，可以看到主楼高处四面钟盘后方的空间。这个空间叫作钟穴①，旷大而通透，大钟的所有机械装置都集中于此。钟穴顶部还有一个全封闭的石室，第六只重锤就藏在这个石室之中，它是一个灰色的金属球体，沿着一根起重螺杆上下运动。大钟运转依靠的主要是中央重锤下降时释放的能量，但它的垂降区间是有限的，必须每天上一次发条把它提升至顶，每次上发条的时候，便由这第六只重锤来维持大钟的运转。同样的道理，如果每天一次的普洛维纳尔无法按时举行，那块陨石便会落在地上，停止运动，由第六只重锤接替它的工作。一旦出了这种事，大钟就得脱开它的大部分装置，进入节能的冬眠状态，仅靠金属球的缓慢垂降来驱动表盘的运转，直到下次上发条为止。这种情况只发生过几次，一次是由于第三次劫掠，还有几次是因为全集修院的人都病倒在床，无法给大钟上发条。人们并不确定大钟在这种模式下能走多久，猜测它应该能走上一百年左右。据我们所知，在第三次劫掠期间，千年士们避守高崖，其他几座马特空无一人，而它就这样自己走了七十年。

钟穴也是拉挂重锤的这几根链条的起点，这些链条分别挂在相应的转轴上，通过扣链齿与转轴联动，再通过连接转轴的齿轮组与擒纵机构联动，伊塔人负

① 钟穴（Chronochasm）：马特建筑的钟楼内部空间，用来安置大钟的机芯、钟盘和铃等相关设备。

责清洁和保养这些机件。正中那条挂着陨石的是主驱动链，连接着一整套齿轮组与链系，部分齿轮与链条巧妙地隐藏在支撑主楼的四根柱子内，向下通到我们脚下的拱形地窖里，连接着地窖中央的另一组机件，伊塔人负责在地窖内维护这部分机件。而我们在高坛的地面中央还可以看到这组机件的另一部分——一个从地下升出来的轮毂，矮墩墩的，看上去像个圆形祭坛。在轮毂外廓与肩齐平的高度，水平朝着四个方向伸出四根推杆，皆长约八呎。随着仪式的推进，我们四个走到轮毂跟前，一人握住一根推杆。待祝歌唱到指定的一拍，我们就像扳着绞盘拉起船锚的水手那样，拼尽全力推动推杆。但轮毂坚如磐石，我的右脚不禁在地上打滑，向后错了几吋才停住。从地窖到钟穴的数百呎间，众多的轴承和齿轮产生了巨大的静摩擦力，合我们四人之力也无法克服。但一旦轮毂先动起来，我们反而能轻易地推着它转动。让轮毂脱离静止，既可用蛮力，也可施巧劲儿，前者需要巨大的推力，后者只需小小的振动。不同的实践理学家可能会以不同的方式解决这个问题。在堽埃德哈，我们靠的是人声。

在很久之前，奥利森纳堽殿还屹立在埃克巴岛的黑岩之上，每天将近正午的时候，它巨大的穹窿之下都会聚起一群来自世界各地的理学者。他们的领袖（起初是阿德拉贡本人，后来换成了狄亚克斯或阿德拉贡的其他弟子）会站在日行迹上，等待正午时分从穹顶圆孔泄下的光柱将自己笼罩，在仪式的高潮来临时，人们会唱起祝歌，赞颂叙莱亚堽母，赞美她给我们带来父亲克诺乌斯的启示。到了后来，奥利森纳堽殿毁于一旦，幸存的理学者们踏上了游方之路，这项奥特只好宣告废止。又过了很久，理学者们遁入马特，堽嘉尔塔斯定下铁律，让这项仪式在整个旧马特时代得以贯彻。到了新裴利克林 ① 时代，马特解体，此仪式又被废止，接下来的践行时代也未恢复。直到大灾厄和大改组过后，它才以一种新的形式再度复兴，仪式的核心环节也变成了给大钟上发条。

现在人们传唱的叙莱亚祝歌已有了成千上万种不同的版本，因为每一位阿佛特作曲家都要在有生之年用这首歌来一显身手，创造过至少一个版本。所有版本的歌词和结构都一样，但曲调却千变万化。最古老的版本是单声部的，所有人唱的都是同一个音调。而堽埃德哈的版本是多声部的，不同声部唱不同的

① 裴利克林（Periklyne）：埃特拉斯古城邦内的一片露天场地，市场所在地，也是黄金时代理学者们惯常聚会和相约对话的地方。裴利克林（Periklyne）与"Periclean"谐音，后者词根为人名伯利克里（Περικλῆς, Pericles），伯利克里是古希腊民主政治家，雅典的经济文化全盛时期亦称伯利克里时期。

旋律，交织在一起形成和谐的曲调。在若干声部中，绿袍一年士只唱五个声部。其余的声部都来自屏壁外面。最低的声部一直都由千年士演唱。有传言说，他们发明了某种特殊的技术，可以让自己的声带变得松弛，我相信这是真的，因为我们马特里没有一个人的嗓音能像东南屏传来的隆隆声那般低沉。

这支祝歌开始简单，到了后来就复杂得让人跟不上了。在我们还有管风琴的时代，得让四个管风琴手手足并用才应付得来。在古代，这一段祝歌表现的是克诺乌斯之前无系统思维的混沌时代。作曲家对这一点认识得太透彻了，在这段音乐响起时，各种不同的音调纷繁杂扰，你用耳朵几乎都听不出是怎么回事。但它就像一个几何形体，初看之下没有任何秩序，有如一团乱麻，而待它微微旋转，所有的平面和顶点就一下子各归其位，让你一瞬间看透它的奥妙。这些音调也正是如此，它们在短短几个小节里聚拢起来，坍缩为一个纯音，在竖井里形成共振，所有的东西都随之颤抖。不知是碰运气的结果还是实践理学的功劳，总之这颤抖恰好能打破静摩擦力对轮毂的封印。利奥、阿尔西巴尔特、杰斯里和我，尽管都知道这一刻会发生什么，但轮毂开始转动的时候还是险些扑倒。片刻之后，齿轮组的齿隙咬紧，头顶的陨石也开始爬升。我们还知道，歌声再唱上二十拍，就会有大量的积尘和蝙蝠粪从几百呎的高处坠下，雨点般落在我们头上。

在古代的仪式里，这一时刻代表着启示的曙光在克诺乌斯的头脑中乍现。至此，歌声分成势均力敌的两股，代表克诺乌斯的两个女儿，一股代表德雅特，一股代表叙莱亚。我们绕着轮毂逆时针推行，第一圈步履沉重，第二圈渐趋稳健，跟上了祝歌的节奏。陨石以大约每秒两吋的速度匀速上升，从下到上大约要花上二十分钟。与此同时，挂着另外四根链条的链轮也会转动，带着另四个重锤上升，只是慢得多。每场普洛维纳尔过后，立方体会升高大约一呎，八面体升高大约一吋，其他两个依此类推。在我们上发条的过程中，钟穴高处石室里的球会缓缓下降，维持大钟的连续运转。

我还得说明一下，如果只是让一座钟表走上二十四个小时，哪怕是巨型钟表，也根本用不了这么多能量。我们注入这套系统的能量，绝大部分都是用来运转附属设备的，比如吊钟、大门、紧靠日纪门内侧的大天象仪、别处的小天象仪，还有星阵上那台天文望远镜的极轴。

我推着发条杆绕着轮毂转动，思绪却早早地飘远了。最初的几分钟，我的确曾以新鲜的眼光打量过这些东西，那只是因为我知道弗莱克工匠也在观看它们，我试着想象，假如被他问起，我该如何向他解释这些东西。但找准了步调之后，心跳开始逐渐平缓，汗水从鼻尖滑落，我很快便忘记了弗莱克工匠。一年士的咏唱比预想的要好——就是说没有差到让人只闻其声不辨其调的程度。有那么一两分钟，我思索起了垦布利的故事，之后的大部分时间里，我想的是自己和自己的处境。我知道在奥特仪式上不该想这些，这是自私的。但人的头脑中最难赶走的就是不由自主的念头。听我讲这些你可能会觉得乏味，也可能会觉得这是私事，不足与外人道。这种讲述甚至可能让你觉得缺乏道德——要是哪天这篇记述从壁龛里冒出来，让别的弟子看见，可就成坏榜样了。不过这也正是本故事的一部分。

我在这次上发条的时候想到，要是自己爬上守卫督察的檐台，从上边跳下去会变成什么样子。

如果这想法让你觉得无法理解，那可能是因为你不是阿佛特人。你吃的食物与我们不同，基因已经决定，你们的作物中含有善全素①传序②，甚至含有比善全素更强效的成分。忧郁的想法可能永远也不会进入你的头脑。即便忧郁来袭，你也有力量驱散它们。我却没有那种力量，也厌倦了以忧思为伴的日子。要让它们永远沉寂只有两个法子，一个是趁下个星期走出旬纪门，回到我的原生家庭，与家人住在一起（假如他们还能接纳我的话），跟他们吃一样的东西。另一个法子，就是来到大院堂，沿着我们西南角的旋梯爬上去。

---

① 善全素（Allswell）：一种天然化学物质，只要人脑中善全素浓度够高，就会产生一种几乎一切都很好的感觉。善全素水平可以人工调节，如摄入无忧草。

② 传序（Sequence）：有机生命体的遗传密码。在不同的语境中分别相当于地球上的"基因""遗传学的"或"DNA"。

【秘法家】 ❶ 在早期中奥尔特语中，指专攻未解之谜的理学家，特别是教导弟子研究这类问题的理学家。 ❷ 在晚期中奥尔特语中，指从改元前 12 世纪中叶到复兴时期主宰马特的学苑成员，他们坚称已经没有更多的理学问题需要解决；不鼓励理学研究；锁闭图书馆；沉迷于神秘事物和谜语。 ❸ 在实践理学奥尔特语和晚奥尔特语中是一个贬称，被称作秘法家的人在品质上与上一义项所指的对象相似。

——《词典》，第四版，改元 3000 年

"人们是饿得要死了，还是胖得生病了？"

奎因工匠搔着胡须，思索着这个问题："你说的是愚氓吧，我猜？"

敖罗洛修士耸了耸肩。

奎因觉得好笑。和弗莱克不同，他毫无顾忌地笑出了声，最后承认道："两种情况同时存在。"

"非常好。"敖罗洛修士带着一种"我们终于有进展了"的语气说道，边说还边向我瞥来，看我有没有记录下来。

我在这次访谈后曾跟敖罗洛修士有过一番争论。"老爹①，您拿那份五百年前的老问卷是要干吗呀？真是疯了。"

"那是八百年前誊抄的一份一千一百年前的老问卷。"他纠正道。

"您要是个百年士也就罢了，可短短十年世界怎么会有那么大的变化？"

---

① 老爹（Pa）：非正式的尊称，弟子用它来称呼比较高级的修士。

敖罗洛修士告诉我说，自大改组以来，十年内发生剧变的情况已经出现过四十八次了，其中两次还发展成了劫掠——因此突然的变化是最重要的。而且十年的跨度也不算小，墙外的人们沉浸于忙碌的生活，就算有变化他们可能也已经不记得了。因此，如果墙外有人注意到一位十年士在向一位工匠诵读一千一百年前的老问卷，就有可能给他们的社会带来好处。明白了这一点，就能理解为什么世俗政权不仅容忍我们，还要保护我们了（当然，他们也有不容忍不保护我们的时候）。"一个人每天刮脸的时候看自己脑门上的瘊子，可能是看不出它在变化的；但一年看它一次的医生就很容易看出这是癌肿。"

"说得好！"我说，"但您可从来都没替世俗政权操过心。您的真实目的是什么呢？"

他假装被这个问题弄糊涂了。但是看我不肯让步，也只好耸了耸肩，说道："不过是对 CDS 的一次例行检测。"

"CDS？"

"因果域剪切。"

这只能说明敖罗洛是在戏弄我。但有时候他这么干也是有意图的。

更正一下：他总是有意图的。只是，我并不总是看得出来。于是我把脸埋进双手咕哝道："好吧。痛痛快快来个够吧。"

"好吧。因果域不过是一套彼此间通过因果关系联系起来的事物的集合。"

"可宇宙间的一切事物不都是这样联系起来的吗？"

"事物间的联系取决于光锥[①]。过去的事物不会受我们影响。离我们太远的事物也不能以有效的方式影响我们。"

"不过，您也不能真在不同的因果域之间划出严格的、截然分明的界限吧。"

"总的来说，不能。但就因果关系而论，你我之间的联系要比你和遥远星系的外星人之间强得多。因此，你可以根据自选的逼近度水平，说你和我同属于一个因果域，而外星人则属于另一个。"

"好吧，"我说道，"您想选的逼近度是个什么水平，敖罗洛老爹？"

"唉，住在与世隔绝的马特里，真正的目的就是要把我们与墙外世界的因果联系减到最弱，不是吗？"

[①] 光锥（Light Cones）：在狭义相对论中，光锥是闵可夫斯基时空下能与一个单一事件通过光速存在因果联系的所有点儿的集合，并且它具有洛伦兹不变性。

"在社会层面上是这样的。文化层面上也是。甚至生态层面上也是。可我们和他们共用着一个大气层，我们也能听见他们的摩布车开来开去——在纯粹的理学层面上，根本就没有因果隔离！"

他好像没听见我说了什么。"如果有另外的宇宙，与我们的宇宙完全隔绝——在 A 宇宙和 B 宇宙之间没有任何因果联系——那它们的时间流动速率彼此相同吗？"

我思索了一会儿，说道："这是个没有意义的问题。"

"好笑的是，在我看来它就是有意义的。"他有点儿生气地驳斥道。

"好吧，那要看你怎么测量时间。"

他等我接着说下去。

"这取决于时间是什么！"我说。我尝试了各种解释途径，花了好几分钟，却发现每一条都是死胡同。

"好吧，"我最后说道，"我猜得用上秤杆法则① 了。既然没有可靠的论据来支持复杂的假说，我就只好选个简单的答案了。而最简单的答案就是，A 宇宙和 B 宇宙的时间运行是相互独立的。"

"因为它们是相互隔绝的因果域。"

"是的。"

敖罗洛说道："如果这两个宇宙都和我们的宇宙一样庞大，一样古老，一样复杂，而且彼此完全隔绝，但却有一个单个的光子出了意外，不知怎么跨越了两个宇宙，那会发生什么事呢？那是否足以将 A 宇宙和 B 宇宙的时间扭曲，达到永恒的同步？"

我叹了口气，每次中了敖罗洛的圈套我都只有叹气的份儿。

"反过来想，"他说，"如果两个因果域之间联系很不紧密，那它们的时间会不会发生小小的滑移，也就是剪切？"

"所以，说回您对弗莱克工匠的访谈，您是想让我相信，您只是在做检查，看看有没有发生墙内十年墙外千年的情况？"

"我觉得做个询问也没什么坏处。"他说。看样子就知道，他紧接着还有别的话要说。准不是什么好话。我赶紧抢先堵住了他的嘴。

---

① 秤杆法则（Steelyard）：一种经验法则，说的是一个人在比较两种假说时，总会倾向于简单的一种。也称作垫戛尔丹秤杆法则或戛尔丹法则。

"噢。这跟您那些万年马特的蠢故事有关系吗？"

有一次，在我们还是新弟子的时候，敖罗洛自称在《纪事》里读到过一件真事，说某处有座大门吱嘎作响地打开，一些阿佛特人从里边走出来，声称自己是过大隙节的万年士。这太荒唐了，因为在他讲这件事的时候，以马特为居所的阿佛特人也只有三千六百八十二年的历史。于是我们推测，他讲这个故事不过是想看看我们有没有用心听历史课罢了。但也许，这个故事是要传达某种更深的含义？

"只要专心，一万年里你可以干成很多事情，"敖罗洛说，"说不定能找到办法切断与墙外世界的所有因果联系呢？"

"这也太荒唐了。您是要给这些人加上咒士①那样的能力吗？"

"但是如果有人做得到，他的马特就会变成一个单独的宇宙，那里的时间也将不再与这个世界的其他部分同步。那就有可能实现因果域剪切了——"

"美妙的思想实验，"我说，"您的意思我明白了。谢谢您的这段粉本②。但请您告诉我，您不是真的指望在大门打开时看到 CDS 的证据吧！"

"这不是能指望的事儿，"他说，"大多数的证据得靠找。"

"你们在自己的棚屋，或者帐篷，或者摩天大楼，或者不管什么样的住所里头，是不是——"

"大多数人住不带轮子的拖车。"奎因工匠说。

"非常好。你们在那些东西里，是不是普遍使用一些能思考的、但不是人类的东西？"

"的确曾经用过，但它们都已经不能用了，我们也把它们扔掉了。"

"你识字吗？我指的不是认记号文③……"

"已经没人再用那个了。"奎因说，"你说的是你的内衣上印的那种告诉你别用漂白剂的符号吧。那种才是记号文。"

"我们没有内衣，也没有漂白剂——我们只有帛单、弦索，还有球。"敖罗

---

① 咒士（Incanter）：民间传说中的人物，人们常把咒士和哈利康会相提并论，据说他们能用某种加密的咒语改变物理现实。

② 粉本（Calca）：一段说明、定义或教义，可在发展某个较大的主题时加以利用，但会被择出对话主体之外，放在脚注或附录部分。

③ 记号文（Logotype）：世俗世界使用的一种简单书写系统，但在本故事发生的时代，记号文已然废弃，并被基纳文取代。

洛修士说着，拍拍盖在他头上的布、系在腰间的绳和坐在屁股底下的球。这个我们买单的便宜笑话让奎因放松了下来。

奎因站了起来，颀长的身子一抖，夹克衫就滑落了下来。他的身板并不厚实，却也有一身劳作者的肌肉。他把夹克的里子翻出来，用拇指捻出缝在领子背后的一沓标签。那上面有个公司的标志，是我在十年前就见过的，虽然现在已经简化了，不过我还认得出。那标志下方是一格会动的小图片。"基纳文①。记号文已经被它们淘汰了。"

我觉得我老了，对我来说这是种前所未有的感觉。

敖罗洛刚才还很好奇，但一看见基纳文就露出了失望的模样。"噢，"他用一种温和而礼貌的语调说，"你在讲诡话②。"

我有些尴尬。奎因则大吃一惊。随后他的脸也红了，看起来有点儿生气。

"敖罗洛修士不是那个意思！"我告诉奎因，并试图笑了笑，但笑声干巴得像是在抽气儿，"这是个古奥尔特语词汇。"

"它听起来真像是——"

"我知道！但敖罗洛修士根本不记得你想说的那个词。他说的不是那个意思。"

"那他是什么意思？"

敖罗洛修士像个旁观者似的，津津有味地看着奎因和我谈论他。

"他的意思是基纳文和记号文之间并没有真正的差别。"

"明明有差别啊，"奎因说，"它们互不兼容。"脸上红色不再，他屏住呼吸思索了一会儿，最后耸了耸肩。"我明白你的意思。我们本来可以仍旧使用记号文的。"

"那么你觉得它为什么会被淘汰？"敖罗洛问道。

"这样给我们带来基纳文的人就能获得市场份额。"

敖罗洛皱眉思量着这句话："听起来还是像诡话。"

"这样他们就能赚钱。"

"非常好。那这些人怎么实现这个目标呢？"

---

① 基纳文（Kinagrams）：世俗世界使用的一种简单表意文字，用来充当书面语言。

② 诡话（bulshytt）：一种谈吐方式（未必，但通常是商务或政治用语），措辞委婉，不失时机地闪烁其词，运用令人头脑麻木的陈词滥调以及其他类似的修辞手段，给人造成一种不知所云的印象。这个词与英语俚语"bullshit"（狗屁）发音近似。

"让记号文变得越来越难用，再让基纳文变得越来越好用。"

"多讨厌啊。人们怎么不起来造反？"

"在他们的引导下，久而久之我们都相信基纳文真的是更好的了。所以我猜你是对的。这真的是诡——"但他说到一半又停了下来。

"你可以说。这不是个坏词。"

"得啦，我不会说的，在这儿，在这个地方说这个词让我觉得别扭。"

"随你便，奎因工匠。"

"咱们说到哪儿了？"奎因来了个自问自答，"你问我识不识字，而且问的不是这种字，而是那种字，那种写奥尔特语用的不会动的字。"他冲我手里这张写满那种字，黑压压一片的页子点了点头。

"是的。"

"要是我父母逼我学，或者不得不学的话，我应该能学会。但我不识字，因为没人逼过我。"奎因说，"我儿子嘛，他这会儿可就不一样了。"

"他父亲逼他学了？"敖罗洛修士插了进来。

奎因微笑着："是的。"

"他读书吗？"

"随时都在读。"

"他多大了？"显然这不是问卷上的问题。

"十一岁。而且他还没被捆在柱子上烧死。"奎因说这话时语气很严肃。不知道敖罗洛修士明不明白，这是奎因在拿他开涮呢。他没做任何表示。

"你们有罪犯吗？"

"当然。"

一听奎因答话的口气，敖罗洛就把问卷跳着翻到了新的一页。

"你怎么知道？"

"什么？"

"你说当然有罪犯，但看到某个人的时候，你怎么能看出他是不是罪犯？罪犯有烙印？刺青？还是被锁起来的？谁来判决哪个是罪犯，哪个不是？判决者是个剃光眉毛、手摇银铃的女人？还是个戴着假发、拿锤子敲木头的男人？怎么判断被告有没有罪？是把他套进一个磁铁圈里，还是用一根一靠近罪孽就会发颤的叉头棒？是等皇帝亲自判决，用朱红墨水写出来，再封上黑蜡发密诏？还是让被告光着脚从烤盘上踩过去？或许有种无处不在的实践理学电影设备，

也就是你们说的斯皮里摄录器，能把一切都记录下来，但要看里边的内容，就得先去找一班太监，他们一人记得一段数字，把这班人凑齐了，就能拼出一长串数字，用这串数字才能解开设备的秘密。会不会有一群暴民出来朝着嫌疑人扔石头，直到把他砸死？"

"你不会是认真的吧？"奎因说，"你进这集修院才多少年？三十年？"

敖罗洛修士叹了口气，看着我。"二十九年十一个月三星期又六天。"

"显而易见，你这是为了大隙节在突击做准备——可你不会真的认为世事有了这么大的变化吧！"

"奎因工匠，"敖罗洛修士边说边再次看向我，为了让自己的话显得斩钉截铁，他还顿了顿，"现在是大改组以来的第三千六百八十九个年头。"

"我的日历也是这么说的。"奎因肯定道。

"明天就是 3690 年了。不单是独岁纪马特，连我们旬岁纪马特也要过大隙节。按古代的规矩，我们的大门都要敞开。在十天的时间里，我们可以随便出去，也欢迎你这样的参观者进来。接下来，十年以后，世纪门也会敞开，那将是我这辈子能见到的第一次，可能也是最后一次。"

"那大门关闭的时候，你会在门里还是门外呢？"奎因问。

我陷入沉默，这可是我从来都不敢问的问题。不过奎因替我问出来了，我不由得暗自庆幸。

"只要还配留下，我是非常愿意留在里面的。"敖罗洛修士说道，跟着还一脸快活地瞥了我一眼，像是看穿了我的心思，"因为再过上差不多九年，我就有望被召进上迷园了，那是一座隔在我们马特和佰岁纪马特之间的迷宫。我得走完迷宫，找到一道装在黑屋子里的栅栏门，门的那边会有一个百年士来接我（除非他们全都死了，消失了，或者变成怪物了），他也会问我一些让我觉得奇怪的问题，就像我问你的这些问题一样。因为那会儿他们也该跟我们一样准备过大隙节了。他们那儿有一套书，里边记载着三千七百多年来他们自己和其他集修院的人听说过的所有司法惯例。一分钟前我跟你念的这一大串，只不过是一本跟我胳膊一样厚的书里的一小段。所以，虽然你会觉得可笑，但如果你能简单地描述一下你们是怎么甄别罪犯的，我将不胜感激。"

"我的回答也会被写进那本书里？"

"如果是个新的答案，那就会。"

"好吧，我们现在还有治安大夫，每逢月朔他们就会坐在密闭的紫箱子里到处巡视……"

"是的，这我记得。"

"但每月巡视一次并不能满足需求——当权者的保护措施做得不好，治安大夫有的都滚下山去了。所以当权者安装了更多的斯皮里摄录器。"

敖罗洛修士跳到了新的一页："谁能读取它们？"

"我们也不知道。"

敖罗洛开始翻另一页。不等他翻完，奎因就接着说："但如果犯的罪重到一定程度，当权者就会在罪犯的脊梁上夹个东西，让他当上一阵子瘸子。过后这个东西会自动脱落，那时他们就恢复正常了。"

"这东西会弄出伤口吗？"

"不会。"

新的一页。"你们看到戴这种装置的人时，能看出他们犯了什么罪吗？"

"能，上边标着呢，基纳文。"

"盗窃、人身伤害、敲诈勒索？"

"没错。"

"煽动叛乱？"

奎因停了好久才说："这种我还从来没见过。"

"异端？"

"那应该是天堂督察负责处理的。"

敖罗洛修士猛地举起两臂，帛单从头上落了下来，一边的胳肢窝露了出来，然后他又垂下胳膊，用双手捂住脸。这是种挖苦人的姿势，课室里哪个弟子冥顽不灵的时候他就喜欢这样。奎因显然明白了，变得有些尴尬。他的后背往椅子上一靠，仰面朝天，然后又低下头来，看着他该修理的那扇窗户。不过敖罗洛修士这夸张的姿势自有一种谐谑，并没让奎因觉得不自在。

"好吧，"最后奎因说，"我从来没想过这种事，但既然你提到了，那应该说，我们有三套系统……"

"紫箱子里的家伙、脊梁夹，还有我和伊拉斯玛修士都没听说过的这种叫作天堂督察的新东西。"敖罗洛修士说着，拼命地翻起了问卷，一直往后翻了好多页。

奎因工匠突然想到了什么："我一直没提他们，是因为我以为你们对他们了如指掌！"

"因为，"敖罗洛修士找到了他想找的那页，边扫视边说，"他们宣称自己来自集修院……为少数配得上的人带来了马特世界的启迪。"

"是呀，不是这样的吗？"

"不是，他们不是。"看见奎因如此吃惊，敖罗洛继续说，"这种事每隔几百年就会发生一次。每隔几百年就会有些江湖骗子跳出来，仗着跟马特世界的关系向世俗政权提要求——这是一种欺诈。"

当我将问题脱口道出时，答案已经昭然若揭："弗莱克工匠——他是不是，天堂督察的追随者，一位信徒？"

奎因和敖罗洛都激动地看着我，只是激动的原因并不一样。"是的。"奎因说，"他干活儿的时候就听他们的广播。"

"这就是他要拍摄普洛维纳尔的原因，"我说，"因为天堂督察自称是我们的一员。那如果这个地方真有什么神秘或者……好吧，神奇之处，就会让天堂督察显得更伟大或者更权威。而弗莱克工匠既然是天堂督察的信徒，那他自然会觉得这里也有他的一部分。"

敖罗洛一言不发，让我顿时陷入了尴尬。不过事后一想就明白了，其实他什么也用不着说，因为我说的显然没错。

奎因有点儿摸不着头脑："弗莱克没拍斯皮里呀。"

"你说什么？"我说。

敖罗洛修士还在走神，想着天堂督察的事。

"他们没让拍。他的斯皮里摄录器太好用了。"奎因解释道。

敖罗洛修士到底是老于世故，一听这话就僵住了，噘起嘴巴，流露出不安的神色。而我却浑然无觉，还在问："这到底是什么意思？"

敖罗洛修士伸出一只手，压在我的腕上，示意我不要再写了。我猜他肯定还想用另一只手去捂奎因的嘴。奎因还在说着："鹰眼、防抖、动态对焦——这些功能组合在一起，能从你们大院堂的这头儿看到那头儿，连屏壁都能看穿。至少他是这么听那——"

"奎因工匠！"敖罗洛修士断喝一声，声音大得引来了图书馆里所有的目光，随后，他把声音压得低低的，"我怕你要跟我们说的是你朋友弗莱克从伊塔人那儿听来的事。我必须提醒你，这是我们的《戒律》不允许的。"

"对不起，"奎因说，"这真让人糊涂。"

"我知道。"

"好吧。忘了斯皮里摄录器。对不起，咱们说到哪儿了？"

"咱们在说天堂督察。"敖罗洛修士说，稍稍放松了下来，终于也放开了我的手腕，"依我看，需要弄清的只有一点，就是他到底是由遣退者变成的秘法家，还是个摇瓶子的，如果是前者就会非常危险。"

【凯斐多赫列斯】 ❶一位来自奥利森纳髶殿的弟子，在埃克巴岛火山爆发中幸免于难，成了四十位次要的游方士之一。此人年老时也曾现身于裴利克林，不过有些学者相信，裴利克林的凯斐多赫列斯肯定是奥利森纳髶殿的凯斐多赫列斯的儿子或同名者。他以配角的身份出现在很多场伟大的对话中，最有名一场的是犹拉洛布斯对话，在这次对话中，他不失时机且冗长的插话，给受到对手挖苦的忒伦奈斯制造了机会，让其摆脱了仓皇失措的颓势，稳住阵脚，转换了主题，发动了对斯芬尼克思想的系统性歼灭。而正是这段占据对话后三分之一的反击，导致了犹拉洛布斯的公开自杀。凯斐多赫列斯的对话现存十一篇，游方时期流传下来的有三篇，裴利克林时期流传下来的有八篇。尽管才华横溢，他给人的印象却是令人无法忍受的自以为是和迂腐，义项❷的含义即由此而来。❷自以为是或迂腐到令人无法忍受的对话者。

——《词典》，第四版，改元 3000 年

"要我琢磨，他就是'遭退者变成的秘法家'。"这是我后来对敖罗洛修士说的。当时我正在食堂的后厨里削胡萝卜，敖罗洛则在吃胡萝卜。"我甚至猜得到他们为什么危险：因为他们愤愤不平，想要回到诅革他们的地方，甚至想反攻倒算。"

"是的，这就是奎因和我在守卫督察那儿耗了整整一下午的原因。"

"但'摇瓶子的'又是什么？"

"你想象一下，有个巫医，生活在一个没人知道怎么造玻璃的地方。偶然之间，海滩上冲来了一只玻璃瓶子。它自然会令人感到很神奇。于是这巫医就把

它捡起来，顶在一根棍子上到处招摇，好让同胞们相信他本人也很神奇。"

"那摇瓶子的就不危险了吗？"

"不危险。不过是他的同胞们太好唬了。"

"那些吃掉垫布利肝脏的愚氓呢？显然他们就没被唬住。"

为了隐藏笑意，敖罗洛修士假装查看起一个土豆来："这一点我同意，但别忘了，垫布利是独自住在一座孤山上的。因为他被遣退了，所以不再拥有阿佛特人的三器①，也远离了马特世界的奥特，而对于那些迷信摇瓶子者的人来说，这些东西才最能把他们唬住。"

"那你和守卫督察决定怎么办？"

敖罗洛修士向四下瞥了几眼，让我意识到自己太不小心了。

"大隙节期间多加戒备。"

这次我把声音压低了："所以说，世俗政权要派……我不知道……"

"带晕眩枪的机器人？弓弩骑兵阵？催眠瓦斯？"

"我猜是的。"

"那得看天堂督察跟大佬②们相像到什么程度。"敖罗洛修士说。他就喜欢管世俗当权者叫大佬。"这事儿咱俩就很难弄清楚了。显然，我是连一鳞半爪都猜不出来的。守卫督察办公室才是为这种事儿而生的，我相信，咱们说话这会儿德尔拉孔斯修士正在研究这事儿呢。"

"那会不会导致……您知道……"

"一次劫掠？地方性的还是世界性的？我当然不认为会酿成第四次劫掠。要是那样的话，德尔拉孔斯修士应该已经从别处的守卫督察那儿听到风声了。即便是地方性的也不可能。不出意料的话，顶多在第十夜来点小打小闹；不过小打小闹也是闹，所以在为大隙节做准备的时候，我们就把真正重要的东西都搬到迷园里去了。"

"您跟奎因说的是，墙外的剧变都已经酿成两回劫掠了。"我提醒他。

沉默了片刻，敖罗洛修士说了句："是吗？"紧接着，不等我再往下说，他就换上了一副快乐修士的脸孔，这是课室里的弟子们烦躁的时候他专用的哄小孩招数，"你不是真的在担心第四次劫掠，对吧？"

---

① 阿佛特人的三器：前文提到的帛单、弦索和球，是每个阿佛特人仅有的三件个人财产。

② 大佬（Panjandrum）：敖罗洛修士对世俗政权高层官员的蔑称。

我干掉了一根胡萝卜，低声叨念了三遍狄亚克斯耙子法则。

"三千七百年，三次大劫掠，不算糟啦，"他指出，"世俗世界的统计数字比这吓人多了。"

"我刚才是有一点点担心来着，"我说，"但在您对我使出凯斐多赫列斯那套之前，我要问的并不是这个。"

敖罗洛什么都没说，可能是因为我正攥着一把大刀。我又累又躁。刚才为了搜罗炖菜用的食材，我把球捏成个斗大的篮子，拿着它搜遍了回廊院附近的地纽，发现所有的作物都被人收光了。于是我只好跑到河对岸，去外墙附近的地纽里洗劫了一番。

我抓起一根来之不易的胡萝卜，拿着它朝天上一指。"您教我的只有关于星星的那些事儿，"我说，"历史我可是从别人那里学来的——主要是从科尔兰丁修士那儿。"

"他可能告诉你们那几次劫掠是由于我们的过错吧。"敖罗洛说——我注意到，他这个"我们"的打击面可不小，把嘉尔塔斯婆婆和后来所有的阿佛特人都装进去了。

在我跟瘌痢头聊天时，他偶尔就会突然伸手，轻轻照着我的锁骨推上一把，只消这么一下，他就能把我推得双臂乱摆，要是再来一下准得把我推倒。按他那些谷术书上的说法，这是在告诉我他发现了我的站姿不对。我认为这是谬论，但身体似乎却总是认同利奥修士，每每都会反应过度。有一次我曾试着稳住不动，结果却拉伤了一条背深肌，疼了三个星期。

敖罗洛修士的最后这句话，就是在精神上以利奥的方式对我造成了触动，我却无从开口反驳，尴尬地硬撑——脸涨得通红，心跳得飞快。就像是昔日对话中的一幕：忒伦奈斯先诱使对手吐出愚蠢的言论，再把对手当成胡萝卜，放在砧板上来切。

"每次劫掠过后都会发生一次改革，不是吗？"我说。

"让咱们用耙子法则来修正一下你这个句子吧，应该说每次劫掠都给马特世界带来一次改变，改变后的状况延续至今。"

敖罗洛修士已经改变了讲话的风格，这意味着我们的确进入了对话的状态。别的修士也停下了手中的活计，削土豆皮的也不削了，剁香草的也不剁了，全都围拢了来，眼巴巴地等着我被推翻。

"好吧，'改变'。你爱叫它什么就叫它什么吧。"说完我还哼了一声，我知道我已经让自己陷入了完全被动的境地；这就相当于我又被利奥修士轻推了一把，已经四仰八叉地倒在了地上。根本就不该提什么凯斐多赫列斯，我正在为此付出代价。

我忍不住朝窗外瞟了一眼。厨房的南窗外是一园香草，香草园的南面便是地纽，最近的几块归年迈者耕种，好让老人家下地时不用走太远。为了遮挡阳光，避免厨房里热上加热，这边的房檐伸得很远。檐下的阴凉里，并肩坐着图莉亚修女和艾拉修女，她们在窗根底下，削着做凉鞋用的轮胎。我可不想让图莉亚听着我被推翻，因为她是我的爱慕对象，最好也别让艾拉听见，因为那会让她开心。幸运的是，她们还照常说着自己的事情，对屋里的情况浑然不觉。

"爱叫它什么就叫它什么？好奇特的说法呀，伊拉斯玛弟子。"敖罗洛说，"让我看看……我能叫它胡萝卜或者地板砖吗？"窃笑之声四起，如同麻雀飞出钟塔一般。

"不，敖罗洛老爹，'每次劫掠过后都会发生一次胡萝卜'可是说不通的。"

"为什么呢，伊拉斯玛弟子？"

"因为'胡萝卜'一词的含义跟马特世界的'改革'或者'改变'是不一样的。"

"所以，由于词语拥有特定含义这一显著属性，我们就必须留意使用正确的词语？这是不是对你刚才那句话的正确陈述？还是我弄错了？"

"是正确的，敖罗洛老爹。"

"也许还有哪位在新圈子和改良老番会得了大学问的，已经听出了错误并有意纠正一下。"敖罗洛修士朝我们周围的六七个弟子扫视一圈，眼神平静得像一条吐着芯子的毒蛇。

没人吱声。

"很好，看来这里没人想要支持墅普洛克的新奇假说。那我们就可以在词语有含义的假设下继续了。说'劫掠过后发生改革'和'劫掠过后马特世界发生改变'有什么区别呢？"

"我想这和'改革'一词的含义有关。"我说。这么说是因为我已甘心被推翻了，倒不是我喜欢这样，而是因为，能听敖罗洛修士表露自己对日月星辰以外事物的观点，实非寻常之事。

"啊，或许你可以详细说明一下，因为我天生就没有你对词语的这种才能，伊拉斯玛弟子，听不懂你的论点我很苦恼啊！"

"那好吧，敖罗洛老爹。改变听起来更像是狄亚克斯的措辞——它根除了一切的主观情感判断，然而在我们说改革的时候，就会给人一种感觉，好像马特世界的运转在过去有哪里不对似的，所以才——"

"所以我们活该被劫掠？有必要让那些大佬来修理我们？"

"既然您是这么说的，而且还是这种口气，敖罗洛老爹，看来您是觉得已经发生的改变都是不必要的——都是世俗政权错误地强加于我们的。"由于激动，有几个词都让我说得结结巴巴的。我已经隐约看到了一条能把敖罗洛逼入死角的路径。因为那些改革——那些变化——对马特世界来说太根本了，就像每天举行普洛维纳尔一样不可或缺，他几乎都找不到一个可以反对它们的立足点。

但敖罗洛修士只是悲伤地摇摇头，似乎是无法相信我们在课室里汲取的营养竟如此寡淡。"你得温习一下堃嘉尔塔斯的《世俗界》了。"

敖罗洛这种花大把时间盯着天文望远镜的阿佛特人，一向都以学习历史不走寻常路著称，所以我并没有笑。但有几个人却在那儿面面相觑，嗤笑出声。

"敖罗洛老爹，我去年读过了。"

"你读的可能是中奥尔特语译本的节选本。在秘法派兴起之前不久，在旧马特时代占统治地位的是早期普洛克思想，很多这类译本都受到了它的影响。别看你们咯咯傻笑，可一旦开始注意到这一点，它就会变得非常明显。有些段落他们翻得很差，因为其中的含义让他们顾虑重重；于是在节选的时候，他们就会因为羞耻而故意落下这些段落。与其读这种东西，你们还不如费点力气去读读嘉尔塔斯的原文。古奥尔特语并不像有些人想让你们相信的那么难懂。"

"那读原文的时候我该学些什么呢？"

"在马特世界的创建纲领中，堃嘉尔塔斯本人强调，之所以要创建马特世界，并非出于对世俗世界的顺应，而是一种反抗。一种对立平衡。"

"以集修院为堡垒的精神？"一个听众说——提出这个是想引敖罗洛上钩。

"这顶帽子我可不喜欢，"敖罗洛说，"但如果我再滔滔不绝，菜可就永远也炖不好了，很快就得让那两百九十五个饿肚子的阿佛特人找头儿告状去了。这么说吧，伊拉斯玛弟子，世俗政权能够或应该'改革'马特世界的这种观念，堃嘉尔塔斯是永远也不会接受的。但她应该会承认，那些人的确有力量对我们施加改变。"

【普洛克】践行时代晚期的一位理而上学[①]者，人们认为他在大灾厄中受戮而死。在第二次和第三次厄报之间短暂的稳定时期，普洛克曾是一个名为圈子的同好会领袖，该会宣称符号根本没有含义，所有假装意味着什么的话语都不过是一种玩弄句法的游戏，或是一些将符号组合在一起的规则。大改组之后，他被封为墅蒙科斯特集修院句法学会的主保墅人。因此，他也被视为所有发源于句法学会的修会的先驱，与这一派修会对立的是起源于语义学会的修会，后者的主保墅人是墅哈利康。

——《词典》，第四版，改元 3000 年

"我听说厨房里上演了一场推翻[②]秀？"

"相信我，这完全不值一提。"

科尔兰丁修士，新圈子修会的同侪之首，已经坐在了我这张桌子对面。

在我来集修院的头九又四分之三年里，他几乎从没搭理过我，只有在课室里才迫不得已地看看我；可近来他却待我亲如好友。这也是意料之中的。如果一切顺利，大隙节时将会有三四十个新阿佛特人加入我们中来。虽然此刻人还没来，但我已经能在身边感觉到他们幽灵一般的存在了，在这些幽灵的衬托之下，我好像也显得有点儿资历了。

按照往常的惯例，不久之后，选遴奥特的钟声将会敲响，所有十年士都会

---

① 理而上学（Metatheorics）：英语单词"Metatheory"的译名为元理论，相似译法见"元数学"（Metamathematics）和"元逻辑学"（Metalogic）等。在本书中，它被设定为一个有特定含义的阿布尔赫星语单词，并被等同于地球语言（英语）中的"形而上学"（Metaphysics），故参照"理学"（Theorics）一词的翻译原则，将这个名词译作"理而上学"。

② 推翻（Plane）：用作名词，指在对话中将对手的主张彻底推倒。

云集而来，观看我发愿加入某一个修会。

我们这拨人里有十一个录士，是直接从墙外录进来的。另外二十一个则是从独岁纪马特毕业后才来的，来这儿之前都已经度过了至少一年的戒律生涯。他们就比我们这些录士显得更有资历。在集修院里，逢大隙节才会录取新员，而大多数人毕业也都在这个时候。但如果某位一年士表现出超群的天分，也可以先走过独岁纪马特和旬岁纪马特的迷园，提前毕业。但这种情况我只见证过三次。至于墙外人怎么录进集修院，低级马特的人怎么升入高级马特，A 地马特的人怎么转到 B 地马特，整套流程可就复杂了，解释起来也没有意思。总而言之，要让十年士的人数维持在三百人的标准规模，我们就得趁这次大隙节招进大约四十个新人。其中一部分应该是毕业于独岁纪马特的阿佛特人，人数现在还不知道，如果不够四十个，就会通过录新员和收弃婴补足，弃婴的来源主要是医院和棚户区。

等这些事宜尘埃落定，就要轮到我面临自己的选择了。科尔兰丁修士是代表新圈子来探我口风的，甚至可能是来招揽我的。

敖罗洛和他的几位理学研究助手都是埃德哈会士，我也一向被看作他们的弟子。他们整天都凑在一间小小的课室里工作，每次等他们走了以后，我都会跑进去看他们写在石板上的东西，那些字迹乱作一团，一串一串、一片一片都是等式和图表，二十个符号里可能只有一个是我认识的。眼下我正在攻克敖罗洛留给我的一道题目，他给了我一块载有塈坦克雷德星云的照相记忆板，让我解答跟其中星核的重原子核形成有关的问题。这可绝对不是新圈子成员的训练模式。所以新圈子的人又怎么会突发奇想，认为我会在选遴时选中他们呢？

"敖罗洛是位令人赞叹的理学家，"科尔兰丁修士说，"遗憾的是我没能得到他更多的教诲。"

这话的漏洞很明显：科尔兰丁还要跟敖罗洛在同一座马特里共度六七十年呢。此刻敖罗洛就坐在食堂另一头儿的桌子边上，如果这话真代表他的本意，那他怎么不直接端着炖菜碗坐过去呢？

好在我的嘴里塞满了面包，一时无法对科尔兰丁修士展开忒伦奈斯式的分析，才没有令他陷入难堪的窘境。咀嚼给了我时间，让我意识到他说的不过是礼节性的废话而已。埃德哈会士从不这么说话。我的时间都花在埃德哈会士身边了，已经把这一套都忘掉了。

我试着让脑筋活络起来，搜刮起了脑袋里的社交辞令，不管怎么说，大隙节前温习温习总没坏处。"您只要坐到敖罗洛的身边，说上两句错话，保证就能听到他的教诲啦。"

科尔兰丁修士被我逗得咯咯直笑："只怕我对星星知之甚少，连错话都说不来呢。"

"哦，他今天倒是破天荒说了些跟星星没关系的。"

"我也听说了。谁能猜到我们的宇宙学家竟是个死语言的迷信狂呢。"

这么句话突然冒出来，弄得我一时摸不着头脑——它就像水果罐头，没等你嚼就滑进了肚。我终于领教了礼节性废话的奥妙，前头的傻笑原来是卖乖，后头这句才让我买单。我还没来得及认真琢磨，就瞧见利奥和杰斯里拿起碗进了厨房。另两个弟子也站起身来，尾巴似的跟在他们身后。

我捕捉着他们的视线，才发现塔穆拉祖修女正抱着双臂站在出口。

她像在课室里抓到丢纸团儿的现行犯一般，扭过头来狠狠剜了我一眼。我完全不知道发生了什么，但还是告别了科尔兰丁修士，拿起碗进了厨房。那里还有七个弟子在急匆匆地洗碗，但和我一样，他们也什么都不知道。

【咒士】传说中的人物，在世俗人心目中与马特世界有关联，据说咒士会用某种密码编成的咒语改变物理现实。这种传说的产生与马特世界在第三次劫掠前进行的工作有关，它在流行文化中被进一步夸大，演义出了各种咒士（与哈利康会传统有关）与死敌雄辩士（与普洛克会传统有关）斗法的故事。史学家中流行一种学术观点，认为第三次劫掠发生的主要原因，就在于很多世俗人对娱乐与现实缺乏分辨能力。

——《词典》，第四版，改元 3000 年

几分钟后，三十二名弟子就全到齐了，跟塔穆拉祖修女一块儿挤在供十八人使用的髻哥罗德课室里面。"我们要不要换到宽敞些的髻文斯特尔去？"艾拉修女提议。她是个领袖式的人物，不仅在敲钟队里自封为头儿，到了别的地方也是一样，只要被那双探照灯似的眼睛一扫，所有人都得听她的。背着艾拉的时候，人们总爱说，在我们这茬儿弟子里面，她是最有可能成为秩序督察的。

塔穆拉祖修女假装没听到。她已经在这儿生活了七十五年，自然深知每间课室的大小。她选在这里肯定是有理由的——我想，或许是因为在如此逼仄的空间里，任何人的无知与无聊都无处遁形。而且因为地方太小只能站着，我们便把球都收成丸子大小揣进了帛单。

由于拥挤，我们已经靠得够近了，但我却发现有些修女靠得比我们还近，甚至趴在彼此的肩头抽泣着。我颇为喜爱的图莉亚就在其中。我十八岁了，图莉亚要比我小一点。最近我还想过，等她一成年就要去追她。有时候，不管有没有必要我都要多看上她一眼，她偶尔也会回我个眼神。此刻我也想试着捕捉她的眼光，但她却故意看向别处，一双红肿的眼睛盯着石板上方的大玻璃花窗。

（a）外边天色已晚，花窗的色彩已经黯淡；（b）窗上的画也绝非赏心悦目，画的是在践行时代间谍机关的地牢里，塈哥罗德和助手们被胶皮管子抽打的场面；（c）这窗子对她来说也不算新鲜，她的人生差不多有四分之一都是在这间课室里度过的。所以我估计，端详窗户并不是她真正的目的。

虽然愚钝，我终于还是明白了过来，这已是我们这拨弟子最后一次聚在一起了，这样的齐聚一堂，在我们三十二个的人生中，都是最后一次。女孩们对此有超常的敏感，故而颇为感伤，但男孩们只有超常的迟钝，直到心仪的女孩哭起来才有了反应。

不过塔穆拉祖修女可没有如此儿女情长的心思。她宣布："我们的话题是像志和像志的起源，假如你们的知识充足，也理解这些知识的重要性，能让我满意，大隙节这十天你们就可以去墙外转转。不然的话，你们要为自身安全着想，就应当守在回廊院里。伊拉斯玛弟子，什么是像志？我们为什么要关心像志？"

为什么塔穆拉祖修女第一个问题就点到了我？可能是因为我跟敖罗洛修士一起抄录过那些访谈，所以她才会最先想到我。我决心也要把这个问题回答得像模像样。"好吧，外人——"

"世俗人。"塔穆拉祖修女纠正道。

"世俗人知道我们的存在，但又不大了解该如何看待我们。事实对他们来说太复杂了，也记不住。于是他们就用了一种简单化的表现形式，把我们画成漫画，用漫画来取代事实。他们从忒伦奈斯时代就开始作这种漫画，对我们形象的刻画却总是变来变去。但如果退远些看它们，你会发现某些模式是一次次反复出现的，就像，就像——混沌系统的吸引子。"

"别给我作诗了。"塔穆拉祖修女眼珠一转说道。窃笑声四起，我强忍着才没朝图莉亚的方向看过去。

我接着说："好吧，很久以前，一位研究墙外事务的阿佛特人对那些模式做出了定义，并以一种系统的方式把它们写了下来。这些模式就叫作像志。学习像志之所以重要，是因为如果我们知道某一个外人——对不起，某一个世俗人——脑子里装着哪一种像志，就能知道他怎么看待我们，也好猜出他会怎么对待我们。"

塔穆拉祖修女不置可否，但把目光从我的身上移开了，这正是我求之不得的。"奥斯塔邦弟子，"她盯着一位二十一岁胡子拉碴的修士说，"忒穆涅斯特拉像志是什么？"

"它是最古老的。"他开始回答。

"我没问它有多老。"

"它来源于一出古代的喜剧。"他试探着。

"我没问它从哪儿来的。"

"忒穆涅斯特拉像志……"他重新开始回答。

"我知道它叫什么。它是什么？"

"它把我们描绘成了小丑，"奥斯塔邦修士略带鲁莽地说道，"但是……是带有邪恶的小丑。这是一种两段式的像志：一开始我们粉墨登场，比方说，拿着捕蝶网子蹦蹦跳跳，看着云彩琢磨形状……"

"跟蜘蛛说话。"有人插嘴。不等塔穆拉祖修女训斥，又有人开了口："倒着看书。"还有人说："把尿装进试管里。"

"因此它一开始看起来只是喜剧式的，"奥斯塔邦修士抢回了发言权，"但到了第二段，阴暗面就显露了出来——一个容易上当的少年被引入了歧途，一个有责任心的母亲被引诱得发了疯，一个政治领袖被引着做下了愚蠢透顶的决定。"

"这是一种把社会堕落归咎于我们的方式——把我们变成了堕落之源，"塔穆拉祖修女说，"它的来源是？杜林弟子？"

"《织云者》，埃特拉斯剧作家忒穆涅斯特拉写的一出讽刺剧，指名道姓地讽刺了忒伦奈斯，在忒伦奈斯受审判时还被当作了证据。"

"怎样才能知道你碰到的人是否信这种像志？奥尔夫弟子？"

"与他们谈话，内容不超出他们的理解范围时，他们可能还得显得彬彬有礼，但只要我们一谈起抽象概念，他们就会变得不可思议地充满敌意……"

"抽象概念？"

"好吧……比方说，叙莱亚堑母传下来的所有知识。"

"按从 1 到 10 的尺度，它的危险程度是？"

"鉴于忒伦奈斯身上发生的事情，我得说是 10。"

塔穆拉祖修女并不赞许这个回答："也不能因为你对风险评估过了头就对你太严厉，但是……"

"忒伦奈斯死于世俗政权有秩序的庭审判决——而非暴民行动，"利奥自告奋勇地说，"暴民行动更不可预测，所以也更难抵御。"

"很好，"听到利奥给出这样有理有据的回答，塔穆拉祖修女显然有点儿意外，"那我们就把它的危险程度评为 8 吧。哈莱克弟子，多克斯像志的起源是什么？"

"践行时代的一部系列电影。是一部探险剧，讲的是一艘军用飞船前往星系中的偏远地带，去阻止敌对外星人建立霸权，他们在一次伏击中因超光速推进系统被破坏而迷失航向。船长是个热血冲动的人。他的大副多克斯是位理学家，聪明，但缺乏感情，而且冷血。"

"杰斯里弟子，多克斯像志是怎么评价我们的？"

"说我们对世俗政权有用处。我们的才能值得赞美。但我们是盲目的，或者说是残缺的，这两种说法都可以。造成这种缺陷的原因，呃……"

"就是那种让我们显得有用的品质。"图莉亚说。她这敏捷的应变能力，也是我爱慕她的原因；眨眼间她就能够停止啜泣，成为一屋人里最聪明的一个。

"如何分辨一个人是否受多克斯像志影响？图莉亚弟子，你再说说？"

"他们对我们的知识感到好奇，钦佩我们，但却带着一种屈尊俯就的姿态——在富于直觉和常识的领袖面前，我们只能处于从属地位。"

"危险程度呢？布兰奇弟子？"

"我觉得很低。不管怎么说，这基本也是我们生存状况的写照。"

这话引起一阵哄笑，弄得塔穆拉祖修女不大高兴。"艾拉弟子。友尔像志与多克斯像志有什么共同点？"

思索了一会儿，艾拉修女才试着回答："也出自践行时代的娱乐素材？但友尔像志的来源是一套连环画，不是吗？"

"后来还拍成了电影。"利奥修士插嘴道。

有人在艾拉的耳边悄悄提了个醒，她一下就都想起来了："是的。友尔被说成是理学家，但从他真正所做的事情来看，你会发现他其实更像一位实践理学家。因为研究化学药品，他的皮肤变成了绿色，后脑勺上还长出一根触须。他总是穿一身白色的实验袍，是个有犯罪倾向的精神病，总在计划征服世界。"

"阿尔西巴尔特修士，雄辩士在像志里是什么样的？"

他胸有成竹地说道："极擅长歪曲话语和迷惑世俗人，更糟的是，他们影响世俗人的方式是潜移默化的。雄辩士利用独岁纪马特为自己招募、训练走狗，再让他们回到世俗世界去攫取显赫的地位，比如跻身市人阶层——但他们实际上都是雄辩士阴谋的傀儡。"

"啊，不管怎么说，这个像志言之有理！"奥尔夫弟子说。

所有人都看向他，想知道他是不是在开玩笑，弄得他大吃一惊。

"我猜我们已经知道你要选哪个修会了！"一个修女恼羞成怒，众所周知，她是要去新圈子的。

"是因为他恨普洛克派？还是因为他社交无能？"她的同伴咕哝了一句，声音虽小，却也并非轻不可闻。

"够了！"塔穆拉祖修女说，"世俗人可不了解我们这些修会的区别，所以不光是普洛克派，我们所有人都可能因为刚才这种像志受到攻击。咱们继续吧。"

于是话题又回到了像志上。蒙科斯特：古怪、可爱、蓬头垢面的理学家，心不在焉，与人为善。彭达尔特：高度紧张，神经质，自以为无所不知，爱管闲事的修士，但不谙世故，缺乏血性，总输给更有阳刚气的世俗人。克莱乌：一位元老级理学士，极为睿智，能解决世俗世界的任何问题。鲍德：玩世不恭的骗子，牺牲普通人的利益，过着奢侈的生活。彭塔布利：秘密守护者，守护着自古以来由克诺乌斯本人传下来的宇宙奥秘，挂在嘴上的理学只是一种伪装，不过是向无知群众隐藏真正力量的烟幕而已。

算下来，塔穆拉祖修女讲到的像志总共有十来种，虽然我全都听说过，但要不是今天这样挨个数一遍，我还真意识不到竟有这么多。最有意思的是它们的危险系数。一番问答之后，我们得出了结论，最危险的并不是大家意料中的友尔像志，而是摩西雅尼克像志，它是克莱乌像志与彭塔布利像志的结合，讲的是我们想要走出大门，教化世界，引领一个全新的时代。每隔一百年或一千年，在佰岁纪大门或仟岁纪大门开启的前夕，人们对这种像志的信仰就会达到一次高潮。它的危险在于，它会把人们的期望煽动到发狂的地步，也会给马特世界招来众多朝觐者和大量的关注。

参与过敖罗洛修士的那次访谈，我已知道了摩西雅尼克像志的厉害——所谓的天堂督察，打的就是这种幌子。戒尊们也意识到了这一点，所以守卫督察才要求塔穆拉祖修女组织我们进行了这场讨论。

最后，我们这拨人全都得到了她的准许，可以在大隙节期间到墙外去走动，这也是所有人意料中的结果：威胁禁足，不过是为了警告我们多留神一点儿。

这场讨论也着实有趣，直到晚钟响起才宣告结束。戒律规定我们每天更换寝室，不能在同一间小寝连过两夜。每晚的住宿安排都张贴在食堂里的石板上。我们得回去看看自己该睡在哪里，和谁同寝。于是整班人马便走出课室，沿着回廊朝食堂走去，一路走一路谈笑，议论着想了解我们的外人编出来的那些滑稽形象：多克斯、友尔，还有各种可笑的人物。靠走廊墙边有一排长凳，几位年长的修士和修女正坐在那儿编着凉鞋，人人都冲我们摆着张臭脸，因为这种活儿通常是我们的专利。

我可不想跟他们对上眼神，于是把目光投向了别处，正看见从另一间课室出来的敖罗洛修士，胳膊底下夹着一捆页子，上面乱糟糟地涂满了验算过程。他本打算走回廊，但一看我们这么多人，就拐进了花园，直奔大院堂方向去了。我想起了那块髻坦克雷德星云照相板，还躺在星阵顶上的工作室里接灰，压在底下的页子上，也只有一堆有头无尾的笔记和胡涂乱抹。这让我心生惭愧，敖罗洛一上去就会看到它们，也会发现我已经好几天没做功课了。

几分钟后，我已经进了一间三人共用的小寝，盖着帛单枕着球躺了下来。你可能会以为，我躺在那儿酝酿睡意的时候会想点儿跟大隙节或像志有关的事情。但从刚才在回廊院看见敖罗洛修士开始，晚餐时科尔兰丁修士那句滑不溜丢的话就一直在我的脑中盘旋。我还没品出味道它就已经下了肚，这会儿变成了一个讨厌而挥之不去的念头。

"我也听说了。"科尔兰丁修士是这样说的。可我和敖罗洛的对话仅发生在晚餐前的一个小时。旁观者里有谁会溜去新圈子分会堂传小道消息？怎么会有人操这个心？

科尔兰丁曾是特蕾斯塔纳斯修女的爱人，他们都是新圈子成员，直到去年还保持着私情。后来有一天，夏员[①]奥特的钟声响起，将有人退休的消息传遍了集修院。我们在大院堂举行了集会，主戒宣布了夏员者的名字：我们的秩序督察。尽管他长年累月地罚我们补赎，但唱起这段髻咏还是令大家感伤，因为他通情达理且明察善断。

主戒斯塔索随即任命了新秩序督查，也就是特蕾斯塔纳斯修女。这让人有点儿意外，因为她还年轻，不过也没什么争议，毕竟她的聪明众所周知。于是她搬进了主戒的院落，在那儿有了自己的寝室，也开始和别的戒尊一起用餐。但有谣传她与科尔兰丁修士私情未了。有些持怀疑论的阿佛特人相信，戒尊们使用了一种设备，安装在集修院里各个角落，能让他们听到我们说话。相信这论调的人时多时少，它流行与否取决于人们对戒尊的看法。自从特蕾斯塔纳斯修女当上了秩序督察，相信的人就多了起来。我现在也不可能不考虑这种情况

---

① 夏员（Regred）：为高级阿佛特人举办的退休奥特。

了：可能是她听了我和敖罗洛的对话，又传给了科尔兰丁。

　　另一方面（抛开上面那种可能）也不得不承认，我自己也觉得纳闷：敖罗洛怎么会突然对古奥尔特语翻译错误有了兴趣？

　　"谁能猜得到我们的宇宙学家竟然是个死语言的迷信狂①呢？"好吧，"迷信狂"可是个万古长青的词儿，从原奥尔特语一直保存到了弗卢克语，拼写几乎一点也没变过。在弗卢克语里，这个词不过是泛指热爱某种事物的人，我一开始觉得科尔兰丁就是这个意思。然而在原奥尔特语里，这个词用在修士身上可就不是一种恭维了，尤其是对敖罗洛这样的理学家，绝对是种贬损。死语言这个词也选得很有意思。既然敖罗洛还在阅读，那它又怎么会真的是死语言？如果敖罗洛关于译本的那些话是正确的，那科尔兰丁不予论证就给原文扣上"死"的帽子，难道不是卑鄙鬼祟地妄下论断吗？

　　我躺在那里无法入睡，忧虑着这些事情，感觉像是过了好几个小时。突然，我有了顿悟——敖罗洛修士说的话，就算令我尴尬或赤裸裸地痛苦，也从不会像科尔兰丁修士的话这样，让我大半夜跟自己的帛单打架。想到这里，我觉得最好还是加入埃德哈会——如果埃德哈会肯要我的话。对此我没抱太大的信心。

　　我领悟起纯理学知识从不像有些弟子那么迅速。这一点肯定已经被人发现了。我想知道：为什么塔穆拉祖修女问我的是第一个也是最简单的一个问题？是不是她觉得我没法应付更难的问题？为什么敖罗洛让我做听写员而不是理学工作？为什么现在科尔兰丁都来游说我了？这些事放到一块儿，似乎就能得出一个结论：我不适合进埃德哈会，有人想试着帮我软着陆。

---

① 迷信狂（Enthusiast）：在原奥尔特语中，迷信狂是对奥利森纳�殿一些早期自然哲学家的贬称，这些自然哲学家不愿或不能进行缜密的思考，因而受到了狄亚克斯的驱逐。在弗卢克语里，这个词的意思相当于狂热分子，不特指具体人群。

第 2 部

大隙节

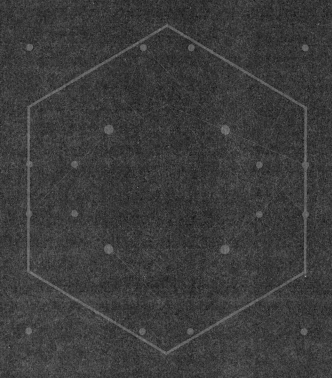

【伊塔人】 ❶ 在晚期实践理学奥尔特语中，Ita 是一组首字母缩写（因此古代文献中有时写作 ITA），因为几次厄报和大灾厄时期的信息留存不详，故其准确语源已不可考。学者们几乎一致认为前两个字母是"信息技术"（Information Technology）的缩写，"信息技术"是践行时代晚期句法装置①行业的诡话用语。第三个字母的来源尚存争议，存在有多种假说：权威（Authority）、协会（Associate）、分部（Arm）、档案（Archive）、聚合者（Aggregator）、联合（Amalgamated）、分析师（Analyst）、代理（Agency）和助理（Assistant）。这个字母的含义关系着伊塔人在大改组前担当的职能，不同的假说代表着不同的猜想，因此不同的学派支持不同的假说。❷ 在早期新奥尔特语中（第二次劫掠前），指集修院专门研究句法装置实践理学的部门。❸ 在晚期新奥尔特语中，指的是一个被剥夺了公民权的工匠阶层，伊塔人获准在三十七座集修院内从事与大钟相关的工作，但须严格遵守与阿佛特人的隔离政策。这些集修院违背了第二次劫掠后改革的技术规定，在建造大钟时纳入了带句法装置的子系统，伊塔人的职责就是维护这套子系统。

——《词典》，第四版，改元 3000 年

———————————

① 句法装置（Syntactic Device）：在地球上称作计算机。

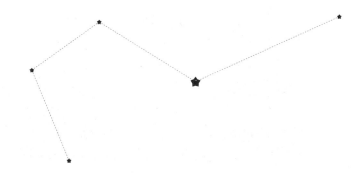

　　3689 年的最后一夜，我做了个梦，梦见敖罗洛修士正在为某种事烦恼，旁人也注意到了他的不安，但包括他本人在内，所有人都讳莫如深。于是他的烦恼成了个秘密。但大家也知道问题的所在："行星"脱离了轨道，大钟出了差错。大钟的附属装置里有一台大天象仪，坐落在日纪门与北堂殿之间的前廊，是一座太阳系的机械模型，用来显示所有行星与卫星的实时位置。它已准确无误地运转了三十四个世纪，现在却出了差错。天象仪上的大理石球、水晶球、钢球和青金石球都已经对不上行星在天上的位置了，敖罗洛修士只用一支小天文望远镜也能看得出来。出错的原因梦里没说，但按我理解这肯定跟伊塔人有关，因为驱动天象仪的就是他们在大院堂地窖里管理的装置。

　　有传言说，这套系统也在细微地校正着主钟表的运行速率。所以如果地下室里的差错一直不解决，问题就会严重到有目共睹，比如太阳不及天顶就鸣响午钟，或者太阳已升起日纪门还不开。

　　按正常的逻辑，应该是天象仪的小偏差先出现，过后才会发生这些大麻烦才对。但在梦里，两种情况是同时发生的。所以尽管我看到天象仪显示着错误的月相，也看到市人在午夜里逛进日纪门，还是闹不明白让敖罗洛烦恼的问题的根源在哪儿。可不知为什么，这些问题对我的困扰都比不上钟塔传来的钟声：吊钟正鸣响着错误的变奏调……

　　我睁开了眼睛才听到大隙节的钟声。或者说我同寝的修士们都是如此。钟声的调子变化多端，要仔细听上几分钟才能听出奏的是哪段。钟塔的机械装置可以自己奏几种固定的调子，比如报时。但要召集奥特或宣告其他事件，敲钟队就得让吊钟与机械装置脱离，靠人力敲出各种变奏调和置换调。这些曲调的编写有特定的模式与法则，我们都学过。这样做是为了将消息传遍整个集修院，而不让墙外的人听出消息的内容。

　　不过大隙节倒没什么可保密的。这是 3690 年的第一天；因此不单日纪门，岁纪门与旬纪门都会在日出时分开启。就算是外人，只要看过日历的都心知肚明，我们自然也是一样。但不知何故，听到钟声响起却没有一个人爬起来，直到钟塔传来的调子已开始前后颠倒，上下翻转，反向回旋，我们才终于有了动作。

　　我们坐了起来，寒冷的小寝里是三个赤身裸体的修士，和乱七八糟堆在草铺上的帛单、弦索、球。这种日子得穿得正式，只靠自己是很难搞定的。霍尔巴恩修士第一个下了地，我便斜探着身子去摸索他那块翻卷的暖烘烘的帛单，用手指头找着毛边，拽了过来。小寝里的第三个人，阿尔西巴尔特修士，是最后一个醒的，被我和霍尔巴恩凶了一顿，他才终于抓起了那块帛单的齐边。我俩一人拎着帛单一头，到走廊上把它展开来。睡觉的时候，为了取暖，霍尔巴恩修士把它弄成了厚厚的短被，还毛茸茸的。

　　我和阿尔西巴尔特把这块帛单攥成一束，一人揪住一头用力拔河，把它抻到了原来的三倍长，也薄了不少。霍尔巴恩把弦索团在手心里，往帛单底下一钻，起身时让它挂住左肩。接下来他只要站在原地时左时右地转圈，必要时抬抬胳膊就行了，阿尔西巴尔特和我则像天象仪上的行星那样绕着他转动，把帛单缠在他的身上，有的地方展平，有的地方打褶。这种缠法是出了名的不牢靠，所以我俩还得帮他按着，等他自己用弦索东勒西捆，在关键的地方打上结，绑结实了我们才松了手。等他腾出手来，又跟阿尔西巴尔特一起帮我缠好。最后才轮到我俩帮阿尔西巴尔特缠。阿尔西巴尔特凡事都喜欢排最后一个，这样才能得到最好的结果。倒不是他爱慕虚荣。恰恰相反，他似乎是我们这拨人里最适合马特生活的一个。他是个魁梧的大个子，一直在拼命留胡子，让自己看起来更显老。但在缠帛单这种事儿上，他却总坚持样式正统，不像利奥修士那般时刻追求标新立异。

　　缠好帛单，我们又花了点工夫，拿弦索多绕出些道道，把兜帽整出点形状：这种罩衣也只能靠这些来显示一点个人风格了。

　　编好的凉鞋堆在寝楼门口的地上。我把脚伸进鞋堆，扒拉着想找双自己能穿的。当初编戒律的人都住在暖和的地方。所以戒律只准许每个阿佛特人拥有一块帛单、一条弦索和一个球，对鞋子却只字未提。对我们来说，这在夏天倒不成问题。但天马上就该冷了。而且大隙节期间我们可能还要去墙外，去走那些有玻璃碴和其他危险品的城市街道。因此我们对自己稍稍放松了要求，大隙节的时候穿轮胎做的凉鞋，冬天穿软底棉靴。这种习惯在堃埃德哈由来已久，裁判所到现在还没来找过麻烦，所以我们应该也不会有事儿。我找到了一双合适的凉鞋，绑在了自己脚上。

最后，我们仨又把球拿出来，调到拳头大小，一边往大院堂那边溜达，一边把弦索末端垂下的那截绕在球上，编成个简单的网子把它兜住，再让球充气把弦索绷紧。三个人都把球点亮，让它发出柔和的绯红色光芒。它的光亮刚好可以给我们照路，而绯红的颜色则是十年士的标志，这么做是为了跟一年士区分，因为过一会儿我们就得和他们混在一起了。

弄好以后一松手，球就在右胯旁垂下，贴着大腿摆动起来。黑暗之中两三百人一起走向大院堂时，那景象看起来煞是迷人。如果你想把自己变成堅徒雕像的模样，可以一只手捧着发亮的球，另一只手抚着它，凝视远方，做出痴迷于克诺乌斯之光的样子。

四十个起得更早的阿佛特人已经聚在了高坛之内。我们进来时他们正唱着旬岁纪大隙节的行列堅咏。织就这支堅咏的旋律，十年来我都从未听过，或者说，自从那个日出时分，我走进旬纪门，眼看着铁石的大门轧轧地合上，把我熟识的一切都关在门外以来，还从未听到过这段旋律。这旋律深深渗入我的脑海，弄得我几乎站立不稳，差点儿倒在别人身上，那人是利奥，这回他倒没趁势扭胯把我顶翻，还像扶圣像画似的推着我站直了身子，随后便将注意力转回到了奥特上。

所有的音乐都合着大钟的拍子，大钟就是它们的节拍器和指挥。演奏又持续了一刻钟：没有吟诵，没有布道，只有音乐。

天空澄澈，日出之际，光便从星阵顶上的石英棱镜泄入了竖井。音乐停了。我们也熄灭了球的光芒。从天而降的光束，我印象中起初是翡翠色的，抑或是我的眼睛骗了我，一眨眼工夫它又变了颜色，变成了你在黑暗的小寝里点亮灯火时，从手背透出的颜色。高坛里一片寂静，静得令人难耐，我们都在担心大钟出错（像我梦里那样），担心大门不会开启。

然而片刻之后，中央重锤就开始下坠，和每天日纪门开启时一样地下坠。但今天它仿佛成了一声号令，让所有人都仰起脖颈，望向了主楼支柱与大院堂拱顶的交会之处。我们听到了动静，也切实看到了。下坠了！两个重锤都在下坠，沿着轨道一路向下，同时开启了岁纪门与旬纪门。

我们全都喘息着、惊叫着、欢呼着，很多人还忍不住擦拭眼睛。我甚至听得到千年士们在东南屏后发出应和。立方体和八面体坠到了视平线的高度，所有人都呼喊了起来。我们为它们鼓掌，像欢迎颁奖礼上的名人。它们快坠到地面时，我们都肃静下来，像在担心它们会砸在地上。但是越靠近地面它们就下坠得越慢，最终缓缓停在了离地面仅一掌之遥的地方。所有人都笑了。

从某种角度来说这的确可笑。大钟不过是一部机械，此时它不会做别的动作，只会让重锤下坠。但眼看着一切发生，还是带给人妙不可言的感受。唱诗班该在此时唱一支复调，他们却几乎无法成声，但走板荒腔也成了乐音。

在歌声掩映下，听得到外面的淙淙水声。

【阿佛特人】　❶誓愿在一年或多年间服从嘉尔塔斯戒律者；修士或修女。❷阿佛特人的复数。❸阿佛特人正式编制的社群，如分会或马特。

——《词典》，第四版，改元 3000 年

"建造大钟是没有所谓正确方式的。"教我们现代史（大改组后的历史）的时候，科尔兰丁修士常这样讲。这是种委婉的措辞，他要说的是垩埃德哈的实践理学已经有点儿疯魔了。

我们集修院坐落在一道河湾内侧，河湾盘绕在一座石崖脚下，石崖在一条山脉的末端，这山脉向东北绵亘百哩，山顶的冰川雪峰便是河流的水源。河的上游是连串的瀑布，夜晚的时候，只要愚氓不弄出太大的噪声，就能听到轰轰的水声。水流过瀑布，淌入了河道，在排水通畅的草原上打了个弯，就像从兴奋中放松了下来，变得温柔而宁静。建造集修院时，我们也将草原连带一哩半河段围在了墙内。

从我们这儿逆流而上，靠近瀑布的地方还有处易于架桥的河段，也是墙外人喜欢定居的地方。这个定居点时大时小，大的时候几乎把我们团团围住，摩天大楼里的办公室职员都可以俯瞰我们的棱堡；小的时候，又收缩到只剩下一座渡口加油站或一个炮台。我们的河段也没少受害，锈蚀的钢梁，生满苔藓的大块人造石，还有建在渡口后来垮掉的桥梁残骸，统统都顺流而下到了我们这里。

我们的领地大部分在河湾内侧，几乎所有的建筑都坐落在这边，对岸只有少量土地和防御工事。防御工事与河流平行，河流直行的地方就砌起围墙，河流转弯的地方就建起棱堡。数个棱堡中有三座装了大门，分别是独岁纪、旬岁纪和佰岁纪大门（仟岁纪大门位于山崖之上，形式不同）。每座大门有一对门扇，

各有特定的开合时间。这地形带来一个实践理学问题——三座大门的开合应受大钟控制，但大门到大钟有很长的距离，而且是隔河相望。

实践理学家靠水力解决了问题。在远离围墙的瀑布上游，有一段岩石河岸高高在上。他们在那儿挖了个露天蓄水池，并让池水灌入一条向南的水渠，这水渠避开瀑布，避开桥梁，也避开了河湾，向着大院堂延伸。水流先通过一小段隧道；又流过半哩高架渠，越过崎岖的地面；再俯冲进地下暗渠，流过市人城镇的脚下；最终涌入日纪门外的池塘。水在管道里受重力增压，在池塘中形成了两眼喷泉。在这两眼喷泉之间、池塘的正中，有一条堤道，沿着它向北可以通到市人城镇的中心广场，向南可以通到我们的日纪门。

这个池塘的水位高于河面，也高于平原。在它的底部设有几个出水口，每个出水口装着一个光滑的巨型花岗岩球阀，起着节流作用。不同的出水口负责给不同的地方供水，一股水流通向主戒的院落，供给那里的池塘、人工渠和喷泉，这股水流从院落流出后继续向下，在独岁纪马特与旬岁纪马特之间形成部分屏障。另三个出水口各连着一套水管、虹吸和渡槽系统，分别通向独岁纪、旬岁纪和佰岁纪大门。但这三套系统只在大隙节期间给水。此时下坠的重锤已开启了两组阀门，将水注入了独岁纪和旬岁纪大门的导水系统。

在某些方面，这种方法可能的确是异想天开，也不够可靠，但直到这一天，我终于明白了它的好处。这是套注水缓慢的水利系统，渡槽内的水流要经过七重阶梯的旁侧，绕过回廊院的外墙，穿越岸边的草地，最终抵达河流。有了这种设计，在我们结束仪式从大院堂走出以后，还可以快步跟上渡槽中的水流，与它同步前行，同时抵达河边。

渡槽的尽头是一座石桥，桥身跨越河流两岸，这头连着一座圆塔，那头连着外墙的一座棱堡。圆塔里面有个蓄水池，正被渡槽送下来的水一点点充满，水池边缘有个溢水口，正对着下方一架水车的叶片。大多数人到得还及时，亲眼见证了水从蓄水池中溢流出来，一边泄入河中，一边带动着水车转了起来。水车又通过一套不锈钢齿轮带动起一根转轴。这根转轴有我的大腿那么粗，越过桥面通到对岸（如果你不知道它的用途，可能会误以为这是根很粗的扶栏），到了对岸又插入棱堡，驱动起另一套连着大门合页轴的齿轮。

我们听到了大门开启的声音，全都朝它跑了过去，但快到跟前却放慢了脚步，我们对将要发生的情况一无所知。

唔……其实我们差不多已经知道了。但我还年轻，迷上某种想法的时候还是会忘了狄亚克斯耙子法则。敖罗洛讲的那个脱离时间，在因果域剪切的横流中飘荡的马特，的的确确乱了我的心。有那么一会儿，我任凭想象奔流，假想自己就活在这样一座马特之中，对于大门打开时外边会是怎样一番景象，我已没了主意。自命不凡的愚氓开着摩布车举着干草叉和燃烧瓶冲进来？饥民们爬进来刨地里的土豆？摩西雅尼克朝堼者们期望看到某些神明之类的面孔？尸骸遍野？大片未开垦的荒野？最有趣的是，门开到一人宽的时候，进来的会是什么人？男人还是女人？老人还是青年？端着冲锋枪的人还是手无寸铁的婴儿？是一箱黄金还是一包炸弹？

　　大门慢慢打开，我们终于看到门外有三十来个世俗人，大概是前来观望的。还有好几个人姿势笨拙地戳在那里；过了一会儿我才明白过来，他们或是在用斯皮里摄录器拍我们，或者是在用唧嘎给别处的人发着讯息。一个小孩骑在父亲肩上吃着什么，她已经烦了，正扭着身子想要下来；父亲则咬着牙弓起腰，扭过身子让她再看一会儿。一位妇人领着八个穿得一模一样的小孩，肯定是从某所市人学苑来的。一个可怜巴巴的女人抱着个包袱缓缓向大门走来，她看上去像是刚经历了一场别人都没有经历的天灾，我猜那包袱里是个新生的婴儿。六七个男女围着一件冒着烟的东西，这物件周围零散地摆着几个色彩鲜艳的大箱子，有人正坐在箱子上吃着让人眼馋的大三明治。我想起了几个差不多已经忘掉的弗卢克语单词：烧烤、冷却箱、奶酪汉堡。

　　有一块空地，也可能是别人让出来的地方，正中间站着一个男人，举着旗杆摇着一面世俗政权的旗帜。他的姿势带着股得意扬扬的挑衅意味。还有一个人冲着个能放大声音的设备喊叫，我猜估计是个想让我们入教的慕像者。

　　最先进门的是一男一女，穿着墙外人参加婚礼或重大商务交易时穿的衣服，还有三个小孩，穿着迷你版的这种衣服。男人身后拖着一辆红色手推车，车上装着一个花盆，里面长着一棵树苗。三个小孩都伸手扶着花盆，防止它在车轮轧上石子时翻倒。女人空着手走在前面，走路姿势看起来有点儿别扭，后来我才想起，是城外女人穿的鞋子让她走成了这样。这女人一边微笑一边拼命擦着眼泪。她好像认出了伊尔玛祖修女，径直走到她的跟前，解释了起来，说她的父亲生前曾全心拥护集修院，喜欢进日纪门来听讲和读书。三年前他去世的时候，孙辈们种下了这棵树苗，现在他们希望能在这儿找个合适的地方将它栽下。伊尔玛祖修女说，只要它是一百六十四种里的就没有问题。市人妇女向伊尔玛

保证，他们知道我们的规矩，已经想尽办法调查过了，它确定属于此列无疑。在她跟伊尔玛交谈的时候，她丈夫还拿着唧嘎围着她们换着角度拍照。

门外那个拿扩音器的男人有个年轻副手，他瞧见这家人既没有被我们屠杀，也没被探针插进七窍，便跟着走了进来，向我们递来一张张写着东西的纸页。不幸的是上边全是基纳文，我们都看不懂。但我们已经得到过警告，碰到这种东西最好先礼貌地收下，跟他们说过一会儿再看就可以了——总之千万别跟这种人展开忒伦奈斯式的对话。

这个人发现了那可怜巴巴的妇女，猜到她是想把婴儿留在这里，便试着用弗卢克语土话跟她搭讪。那女人先是一缩；接着意识到没什么危险，就冲他破口大骂了起来。六七个修女赶上前去将她护住。那慕像者也火了，一副要打人的样子。我这才发现德尔拉孔斯修士正紧盯着那个男人，并朝几个向他靠近的魁梧修士使着眼色。不过那拿扩音器的男人尖叫一声，肯定是在叫那小伙儿的名字。小伙儿回头一瞧，他便仰头朝天上看看（"权威者正看着呢，傻瓜！"），又朝小伙儿看看（"冷静，接着发那些重要的传单！"）。

一个高个儿男子朝我走了过来，是奎因工匠。他身边还有个小号奎因，除了没有胡子，简直就是他的翻版。"恭贺大隙节，伊拉斯玛修士。"奎因说。

"恭贺大隙节，奎因工匠。"我还礼道，接着看向他的儿子。他儿子正看着我的左脚，被我一瞧便抬起眼来，可目光却没在我脸上停留，而是迅速移到了我的兜帽顶上，好像我的脸还不如帛单的褶子引人注意。"恭贺——"我刚一开口就被打断了。

"那座桥是按照拱形结构原理建造的。"

"巴尔布，这位修士向你祝贺大隙节呢。"奎因边说边拉着他的手向我伸来。但巴尔布竟把父亲的胳膊往下一扯——因为他看桥的视线被这条胳膊挡住了。

"由于向量势能的关系这座桥的桥面为一条悬链曲线。"巴尔布继续说道。

"悬链。它源自奥尔特语中的——"我开始说。

"它源自奥尔特语中的链子一词，"巴尔布宣布，"悬链曲线与一条水平悬挂的链子所形成的曲线形状相同，上下颠倒。但开启大门的驱动轴肯定是直的，除非是用新质做的。"他看见了我的球，又拿眼睛打量了片刻。"但那是不可能的，因为堃埃德哈集修院修建于第一次劫掠之后。所以它肯定是用旧物质制成的。"他的眼光又回到驱动轴上，这根轴看上去与桥拱的走向一致，但中间穿过了一些等间距排列的雕花石块。"那些石块里肯定藏着万象接头。"他给出了结论。

"正确，"我说，"这根轴——"

"这根轴是由八段直杆通过万象接头连接而成的，万象接头则藏在那些雕像的底座里面。雕像的底座叫作基座。"说完巴尔布就飞快地迈开步子，他是第一个过了桥进入我们马特的外人。奎因给了我一个难以形容的表情，便匆匆追了上去。

那个可怜的妇人突然又跟修女们吵了起来。她似乎从某些愚昧人士那儿听说，我们会花钱买她的孩子。那些修女尽可能温柔地向她陈明了真相。

又进来了几个外人。这群人一共六个，大部分是男的，都穿着体面但并不昂贵的衣服。他们碰到了一小群长老级的阿佛特人。走在最前头的那位访客披着一件色彩俗丽的厚袍子，袍子底端还带着个地球仪图案。我估计这是某个新流行的巴兹对立教[1] 的神父。他正在和哈里嘉斯特莱梅修士攀谈，哈里嘉斯特莱梅是个大高个儿，秃头，健壮，还蓄着胡须，看上去仿佛刚与忒伦奈斯结束了一场关于本体论的激烈争论，才从裴利克林走出来一般。他是位地质理学家，也是埃德哈分会的同侪之首。他彬彬有礼地倾听着来人讲话，却不断朝两位紫单戒尊使着眼色，那是守卫督察德尔拉孔斯和主戒斯塔索。

经过他们身边时，我又听到另一位访客也在和某个修士说着话。那是一位女访客，正在跟杰斯里修士交谈。我估计她大概三十岁，但因为发型和化妆，墙外女人的年龄很不好猜；再打量之下，她应该是一个化过妆的二十五岁女子。她正亲切地关注着杰斯里，向他询问着与马特生活相关的问题。

好像过了好久，我才终于引起了杰斯里的注意。他很有礼貌地告诉那女人，他已经说好了要跟我一起去墙外。她看向我，我则享受着她的注视。然而紧接着她的唧嘎里就迸出了一串音符，她便向我们告辞，去接电话了。

---

[1] 巴兹对立教（Counter-Bazian）：巴兹正教的同源宗教，巴兹对立教与巴兹正教植根于相同的经书，敬仰相同的先知，但反对巴兹正教的权威性和某些学说。

【愚氓】 ❶践行时代晚期和大改组早期的弗卢克语中，是将"底线"
（Baseline）一词截断后形成的俚语词汇，"底线"是实践理学商业诡
话中的词汇。这似乎是一个后来变成形容词的名词，它的形容词意为
"常见"或"广泛共享"。❷名词，未受过专门教育、没有技术、胸
无大志且不希望获得他人认可的墙外人。❸对愚蠢粗俗者，特别是
以愚蠢粗俗为傲者的贬称。注：人们并不赞成这个语义，因为它暗示，
愚氓之所以成为愚氓，是因为个人的先天缺陷或乖张的错误选择；人
们更愿意接受第二项语义，因为它不带有这种暗示。

——《词典》，第四版，改元 3000 年

这是我和杰斯里十年来第一次走出集修院。

我注意到的头一件事儿，便是人们在我们的墙外堆了很多破烂儿。似乎有
的破烂儿原来都堆到大门上了，但为了迎接大隙节，它们又被清理到了两旁。

这十年里，旬纪门外的这块地方被工匠们当作了工场，所以墙堆上的多是
些板材、管子、绕电线绕管子的卷盘和长柄的工具。我们沉默地走了一会儿，
不说话，只是看。但我们很快就习惯了这一切，忘记了我们修士的身份，快得
超乎你的想象。

"你有没有觉得那女的想跟你来段私情？"我问道。

"一段……你想说的是哪种？"

"亚特兰式私情①。"这个名称取自改元 17 世纪的一位旬岁纪修士，每十年

① 亚特兰式私情（Liaison, Atlanian）：一种不常见的私情，发生在十年士和城外居民之间，因此每隔十年才能相会一次。

里他只有十天时间与真爱相会，剩下的时间则为她写诗，并将写好的诗偷偷送出马特。那可都是些真正的好诗，有些地方的人还把它们刻在了石头上。

"为什么你觉得一个女人会想谈这种私情？"他问道。

"好吧，没有怀孕的危险，假如你的伙伴是个修士的话。"我指出。

"这个问题可能有时是很重要，但我想在这个时代她们要想避孕也很容易啊。"

"当我是开玩笑的好了。"

"噢，对不起。那么……她也许会因为我的头脑而想跟我在一起。"

"或者是你的心灵。"

"哈？你觉得她是慕像者？"

"你没看见她跟谁一块儿来的吗？"

"某种——代表团？谁知道呢，我想他们是那么叫的吧。"

"我敢打赌，他们是天堂督察的人。那个头头儿还戴了条假弦索呢。"

我们已经走得很远了，旬纪门也消失了在一条弯道后面。我抬头看了主楼一眼，把星阵上的那圈巨石当作罗盘，找到了自己的方位。现在我们上了一条依河流走势而建的大马路。穿过马路照直往前，上了坡是个高堂广厦的市人社区；顺着马路往右走会经过商业区，最终行至日纪门，我们可以从那里回到集修院；而顺着马路往左，则是我度过人生中最初八年的城乡接合部。

"往这边一直走吧。"我边说边转向了左边。

走出几步以后，杰斯里突然来了句："再说一遍？天堂督察？"他总是用这种讨厌的方式要求别人给他做解释。

我说："摩西尼亚克。"说完又跟他讲了一会儿敖罗洛修士对弗莱克和奎因的访谈。

走着走着，周围的景致也发生了变化：作坊越来越少，货栈越来越多。因为此处的河段能走驳船，所以人们多在这里存放货物。这里的车也更多了：有很多是专在这种地区运输重型货物的毂车，这是一种十二个轮子的大车，看上去和我记忆中一个样。还有几辆疾驰而过的飞驰车，车顶上绑着稍小些的货物。飞驰车的样式更为丰富。它们的车主多是些工匠，显然没少在改造车子外形和颜色上花工夫，可这么干好像除了自娱自乐也没什么别的目的，也有可能是种竞赛，就像鸟儿攀比翎毛那样。不管怎么说，它们的风格颇为多样，所以只要开过去一辆特别奇怪或者特别花哨的，我俩就要停下交谈盯上它半天。那些司机也会回瞪着我们。

"唉，我根本不关心什么天堂督察。"杰斯里下了结论，"我一直忙着帮敖罗洛的团队做验算呢。"

"那你觉得昨晚塔穆拉祖修女干吗要操练咱们？"我问。

"我就没想过这些，"杰斯里说，"我只能说，你对周遭的一切都明察秋毫是件好事。你是不是打算——"

"加入新圈子？图谋当上戒尊？"

"是呀。"

"不。用不着我打算了，因为别人全都替我打算好了。"

"对不起，拉兹！"他说，可这口气听起来与其说是抱歉不如说是恼火——他在为我的恼火而恼火。跟他说话很费劲，有时候我宁愿好几个月都躲着他。但我渐渐发现，跟他说话就算恼人也值得。

"忘了这个吧，"我说，"敖罗洛的团队在忙什么？"

"我也不知道，我做的只是验算。轨道力学。"

"理学的还是——"

"完全是实践理学的。"

"你觉得他们发现了另一颗恒星的行星？"

"那怎么可能？要想发现那个，他们还得比照从别处的天文望远镜得到的信息。显然，十年来我们什么信息都没得到过。"

"那就是离得更近的什么东西？"我说，"就是只用咱们的天文望远镜就能看明白的？"

"是个小行星。"杰斯里说道，他已经厌烦了跟我慢慢猜谜语。

"是不是大鈤？"

"要是那样的话敖罗洛应该兴奋得多。"

说起大鈤，可是个很古老的笑话。对我们来说，那些大佬几乎从来都没干过什么有用的事儿，只有那么几次差点儿成了例外，其中一次是他们发现有颗巨大的小行星将要撞上阿尔布赫。这件事儿在 1107 年差点儿成了真。于是成千上万的阿佛特人被召集到一起举办了一次大集修，建造了一艘宇宙飞船，想用它把陨星推出轨道。可到了 1115 年飞船升空的时候，宇宙学家已经计算出，这颗陨星其实只会与我们擦身而过，于是这就变成了一项研究任务。当初建造飞船的地方就是现在的堃拉布集修院，这座集修院是根据发现这颗陨星的宇宙学家命名的。

在我们的右方，市人居住的山坡已渐渐消失了踪影。横在我们面前的是一条从右向左汇入河流的支流。要跨越这条支流得过一架钢桥，这座桥有些年头了，经历了建造、锈蚀、衰朽、废弃，又被人用新质拼凑起来重新投入使用。桥面上有一条磨得几乎看不见的虚线，暗示开车的人们，可以对走在最外侧车道与扶栏之间的行人适当地客气一点儿。走到一半时，我们才看见另一个行人正推着手推车迎面走来，车上还有一堆摞得老高的塑料袋，可现在掉头回去也晚了，我们也只好相信那些毂车、飞驰车和摩布车没有撞死我们的打算，尽可能快地硬闯过去。在我们的左侧，可以看到脚下这条支流正蜿蜒流过冲积平原，在一哩开外的地方汇入干流。我小时候，两条水脉的夹角处几乎全是树木与沼泽，但现在看来，这里已经修成了一座抵御大水的堤坝，堤坝上还盖起了一些建筑——最显眼的是一座万人级的大型露天竞技场。

"咱们要不要去看场比赛？"杰斯里修士问。我不知道他是不是认真的。在我们所有人里，他看起来是最像运动员的。他不常运动，但一运动起来就变得坚定果敢、气势汹汹，尽管没什么技巧，却总能做得很好。

"我想你得花钱才能进去。"

"也许咱们可以卖点蜂蜜。"

"咱俩都没带呀。要不过几天再去吧。"

杰斯里看起来对我的回答不怎么满意。

"再说这么一大早的他们也不会开赛。"我补充到。

不一会儿他又有了新主意："咱们找几个愚氓打一架去吧。"

我们差不多到了桥头，恰巧遇上了一辆疯狂的飞驰车，开车的跟我们差不多大，单手扶着操纵面板，另一只手拿着唧嘎按在脸上，车开得就像刚嗑了跳草。我们惊险躲过，吓得够呛，以至于生理兴奋，呼吸急促，找人打架的这种念头好像也不是那么蠢了。我微笑着，考虑起这个主意来。我和杰斯里常年给大钟上发条，因此练得身强体壮，但墙外许多人的情况就相当糟糕了——我现在明白奎因说的同时饿死和胖死是什么意思了。

我回头看看杰斯里，他只是怒容满面地扭开了脸。看来他并不是真的想跟愚氓打架。

我们终于到了城乡接合部，也就是我出生的地方。这里有一座看起来好似大商场的建筑，占了整整一片街区，但实际上是某座新建的巴兹对立教的圣约堂。建筑门前的草地上有一尊高五十呎的白色雕像，是个一手举灯笼一手举铲子的大胡子先知。

路边的沟里一层一层净是乱扔的包装袋，缝隙里还钻出一丛丛的跳草和鹿砦莓。这些包装袋被尾气熏得灰蒙蒙的，在这层灰膜底下，褪了色的基纳文像垃圾袋里的蛆一样蠕动着。这些基纳文，这些商标，这些零食的名字我都是头回见，可实质上都是些换汤不换药的无聊玩意儿。

我现在理解杰斯里想打架的愚蠢念头了。

"真扫兴。"我说。

"是呀。"杰斯里说。

"这些年天天念《纪事》，天天听普洛维纳尔上那些奇奇怪怪的故事……我猜有点儿……"

"让我们对大隙节的期望过高了。"他说。

"对了。"我突然想起了什么，"敖罗洛有没有跟你讲过万年士的事儿？"

"因果域剪切什么的？"杰斯里看着我，露出奇怪的神色，惊讶于敖罗洛竟会对我吐露衷肠。

我点点头。

"那是他们喂咱们吃大粪的经典例子，不过是想让无聊的东西在我们眼里显得刺激罢了。"但我觉得杰斯里的这个论断是临时起意、毫不严谨的，这件事儿敖罗洛跟所有弟子都讲了无数遍，哪还有什么刺激性可言呢？

"他们没有喂咱们吃大粪，杰斯里。只是咱们活在一个无聊的时代而已。"

他又换了种思路："这是种招人的策略，或者说得更准确点儿，是种留人的策略。"

"什么意思？"

"在里面，我们唯一的娱乐就是等着过大隙节——等开门的时候看看外边会是什么样。如果看到的东西同样是大粪，而且还更脏更恶心，那除了签约回去再待上十年等下次再看看有没有变化，我们还能干些什么呢？"

"也可以更上一层楼啊。"

"去当百年士？你没有发现那对我们毫无价值吗？"

"因为他们的下一次大隙节也是我们的下一次。"我说。

"然后我们就会在再下一次之前死掉。"

"活到一百三也没什么稀罕的。"我提出了异议，但这只能说明我在心里做了跟杰斯里一样的计算，也得出了一样的结论。他哼了一声。

"要当百年士，你我都生得太早了，要当千年士，咱们又生得太晚。要能早生一两年，咱们还有可能作为弃婴被直接送上峭壁。"

"那咱们连一次大隙节都等不到就得死掉了。"我说，"另外，我或许有可能成为弃儿，可你讲过的自己的家世，我觉得你成不了。"

"马上见分晓。"他说。

我们沉默着走出了一哩地。虽然一言不发，我们还是处于对话之中，这是一场游方式对话。这种对话不同于师父讲弟子听的学苑式对话，也不同于对抗性的裴利克林式对话，游方式是两个实力相当的对手一边游逛一边试着解决问题。我们上了一条更大的马路，路旁是成排的商铺，卖的都是批量生产的货物，那是愚氓们买东西的地方，商铺中间还零星点缀着几个赌场：这些没有窗户的"房子"其实是一个个工业用的立方箱，只是外面装点着五颜六色的彩灯。在过去机动车比较多的时代，整条马路都是车行道，画满了标线。现在车子少了，路上净是行人和踩着踏板车、滑板车、脚踏驱动装置的人。可他们都不走直线，而是像流过岛链的洋流般穿插蛇形，我们也只好裹在其中，一会儿走马路，一会儿走商铺周围的石板路。这些石板上爬着一条一条蜿蜒的裂缝，裂缝里还钻出一溜一溜的跳草，时间一长，跳草上挂了好些被风刮来的垃圾和包装袋。黎明之后，太阳曾一度躲入云层，这会儿又出来了。为了找个地方整理帛单，把脑袋遮好，我们躲进了一家商铺的阴凉处。这是家向年轻人兜售彩色轮胎的铺子，他们可以用这些东西来美化自己的飞驰车和提了速的摩布车。

"你是有欲求的，"我说，"至今还没得到满足，所以你才郁郁寡欢。但我觉得你想要的并不是物质，因为这些东西你连看都不看。"我把脑袋甩向一幅新质彩色轮胎的广告。那屏幕上不断有各种丰乳肥臀的裸女闪现在轮子的两旁。

杰斯里盯着它看了一会儿，耸了耸肩："我猜我也可以离开集修院，学着喜欢上这些玩意儿。可说心里话，这看起来可真够蠢的。如果你去吃他们吃的那些东西说不定能有点儿用。"

我们穿过石板路，继续往前走。"你看，"我说，"起码从践行时代开始，人们就已经明白了，只要你的血液里有足够的善全素，你的大脑就有一百种法子告诉你一切都好——"

"但如果没有，就会落得你我这样的下场。"他说。

我试着让自己生气，结果却笑了出来。"好吧，"我说，"既然说到这儿了，

刚才咱们路过的隔离带里就有一棵无忧草——"

"我也看见了，那家二手色情书店旁边也有一棵。"

"那棵看起来更新鲜。咱们本来是可以采点吃的，那样的话，咱们血液里的善全素水平最终也能上来，咱们也就能在这儿或者任何地方快乐地生活下去了。或者也可以回集修院去，努力诚实地获取快乐。"

"你可真够好骗的。"他说。

"你可是人们心目中的埃德哈会金童啊，"我说，"人们都认为你对这种事儿会问都不问就照单全收的。坦白地说，我大吃一惊。"

"那你现在是什么人，拉兹？愤世嫉俗的普洛克会士？"

"人们好像是这么想的。"

"你看，"杰斯里说，"我看见那些勤奋用功的老阿佛特人了。那些顿悟了的人——被克诺乌斯之光照亮的人——才去干理学。"他说这话时带着嘲讽的口吻，发现自己竟毫无章法地从一个想法跳到了另一个想法，令他十分沮丧。"天赋没那么高的人就去走退路——切石头或者养蜜蜂。那些真正痛苦的人要么出走了，要么跳出了大院堂。剩下的人只是看起来快乐，谁管它是不是真的。"

"肯定比外头这些人快乐呀。"

"我可不同意。"杰斯里说，"比如说敖罗洛修士吧，这些人就跟他一样地快乐。他们得到的是他们想要的：轮胎上的裸女。他得到的也是他想要的：对宇宙奥秘的顿悟。"

"那咱就接着往下说吧——你想要的是什么？"

"发生点儿什么事儿吧，"他说，"什么都可以。"

"你在理学上取得重大的进步？算吗？"

"当然，可我又有多少胜算呢？"

"那得看天文台的入信[1]了。"

"对啊。所以这不是我能控制的。那没入信的时候我又该干点什么呢？"

"研究理学啊，你这么有理学头脑。喝喝啤酒。只要有聊得来的修女就跟她们谈谈泰维亚式私情。这有什么不好的？"

他专心致志地踢着一块石头，看着它在石板路上蹦来蹦去。"我一直在看玻

---

① 入信（Givens）：通过天文望远镜之类的设备或眼睛、耳朵之类的感觉器官，从外部世界传输到本地或大脑的一串数据。

璃花窗上那些小鱼小虾。"他说。

"哈？"

"你知道的。就是那些画着髹徒的窗户。髹徒本人总被画得很大。他们几乎一个人就能填满一整扇窗户。但要仔细看，你还能看见那些穿戴帛单弦索的小小人儿——"

"在他们的膝边挤作一团。"我说。

"对，崇拜地仰视着髹徒。那些助手，那些弟子，那些在某个节骨眼上证明过辅助定理、念过草稿的二流角色——也许除了管那扇窗户的怪老头儿，没人知道他们的名字。"

"你不想也落得个抱膝盖的下场。"我接道。

"说得对。可这是什么道理呢？为什么他们偏偏就是这些人，而不是那些人？"

"那你是想要一整扇属于自己的窗户喽？"

"要是那样的话，我身上就得发生点儿有意思的事儿，"他说，"比研究理学更有意思的。"

"给你个机会，在'更有意思的事儿'和善全素之间你选择哪个？"

趁着我们给一辆巨型翻斗毂车让路的当儿，他思索着这个问题。

"你终于问了个有趣的问题。"他说。

说完这话，他就变成了一个讨人喜欢的同伴。

半小时过后，我宣布我们迷路了。杰斯里快活地接受了现实，好像这是件比认识路还让人满意的事儿一样。

一辆方头方脑的车子开了过去。"刚才已经开过去三辆坐满小孩的大轿子车了，"杰斯里说，"你们这片居民区有学苑吗？"

"这种地方可没有学苑，"我提醒他，"他们有稳校。"

"噢，是呀。这个词源自——弗卢克语的旧词——呃，文化……"

"稳定化中心。但别这么叫它，差不多有三千年都没人这么说了。"

"对。稳校也是。"

在大轿车拐弯的地方，我们也拐了弯。过了大概一分钟，我俩之间的关系突然变得脆弱了起来。在马特里，他的市人出身和我的愚氓出身都算不了什么。但自打我们踏出旬纪门的那一刻起，这个事实就浮现出来，好像一个从黑水下

冒出来的沼气泡。它不可见地升腾起来，越胀越大，恰在此时冒出水面，化作一大股易燃的臭气。

我的稳校，如今看起来，就像一个敷衍了事的模型匠照着它旧时规模拼凑出来的半倍大的仿品。有些房间还被板子封了起来，当年我在这儿的时候它们可都是人满为患的。这也佐证了此地人口的缩减。说不定等我成为祖修士的时候，这儿都能长出森林来。

一辆空了的大轿车开出了泊位。在下一辆还没泊进来的时候，我瞥见了一大群小孩，正背着巨大的背包蹒跚迈入彩灯纷乱的窄小过道：那是一条通风廊，里边码着一溜机器，供应着零食、饮料，发出各种博人注意的噪音。他们可以从那儿拿上早餐进入房间，透过窗户，我和杰斯里能看到房间里的样子：有的屋里，孩子们对着同一块大屏幕看着同一个节目；有的屋里，孩子们一人抱着一块平板在看。这些房间的尽头是光秃秃的体育馆外墙，那里正传来一阵低沉的咚咚声，是某种体育运动发出的声音。我认得这种击打声，跟我在这儿的时候一个样。

杰斯里和我已经十年没看过电影了，竟然在那儿站了好几分钟，仿佛被催眠了。好在我已清醒了过来，便拿胳膊肘捅了捅杰斯里，把他给捅醒了。我领着他走过孩提时代游逛过的一条条街道。这儿的人热衷改车，也同样热衷改造房子，所以虽然有的房子我还认得，却已不再是我梦归故里时看到的样子，这些老房子要么是顶上架出一个新房顶，要么是侧面伸出一间新箱屋。整个居民区也只有我记忆中的一半大小，这对我来说倒也有好处。

我们找到了我被录进集修院以前住的地方：两间箱屋挨在一起连成了一个 L 形，还有一道 L 形的铁丝网与之相连，围出了一个杂草丛生的院落，院子里扔着一辆报废的摩布车和两辆报废的飞驰车，最旧的那辆还是我亲手帮忙组装的。大门上画着四种符号，是四个时代的"入侵者死"，可要我看，画四个远不及单画一个有威慑力。淤塞的排雨槽里长出了一棵树苗，高度已经快赶上我的小臂了。播下这颗种子的不是风就是鸟。我好奇的是它要长上多久才能把排雨槽彻底撑碎。箱屋里面，斯皮里正播放着响声震天的电影，我们呼唤了好半天，还把门摇得咣咣作响，才终于出来了一个人，她是个年约二十的女人。对于当年八岁的我来说，她那时应该是个大女孩。我试着回想那些大女孩的名字。

"莉亚？"

"那些家伙走的时候她就搬走了。"女人解释道，就好像每天都有戴兜帽的人来她门前念叨失散亲友的名字似的。她扭回头去，瞟向屋里的斯皮里，看着画面上的大爆炸。待爆炸声平息，我们才听见一个男人问话的声音。她跟他解释着自己在干什么。他却没太听清，于是她又用更大的声音重复了一遍。

"我猜你不在的时候你们家发生了某种派系分裂。"杰斯里说。我真想狠狠地给他一拳。但当我瞧见他的脸色时才发现他并不是在耍心眼儿。

那女人再次转过脸来看着我们。我透过两个"入侵者死"中间的窄缝瞧着她，却不敢断定她看不看得到我的脸。

"我以前的名字叫威特。"我说。

"去大钟那儿的男孩啊。我记得你。近来怎样？"

"很好。您可好啊？"

"马马虎虎。你妈妈不在这儿。她搬走了。"

"远吗？"

她眼珠一转，见我竟然指望她能说出个远近，不禁生起气来。"比你走着能到的地方可远多啦。"

里面的男人又嚷嚷了起来。她只好又背转身去朝他简单地解释一番。

"她似乎不信奉德拉维库拉尔像志。"杰斯里说。

"你怎么看出来的？"

"她说的是你去了大钟那儿，是自愿的。而不是说你被阿佛特人带走或拐走了。"

那女人又把脸转了回来。

"我有个继姐叫珂尔德，"我朝那辆最旧的飞驰车点了点头，"那车以前就是她的。是我帮忙把它放在那儿的。"

女人的脸上闪过了好几种情绪，让我明白了她对珂尔德有着复杂的看法。最后她重重地呼了口气，肩膀往下一沉，下巴往下一坠，一脸微笑，我猜她就是要人看出自己在假笑。"珂尔德整天都在忙活。"

"忙什么？"

这个问题比"远吗"还让她生气。她把目光猛地转向了斯皮里。

"我该去哪儿找她？"我又试探道。

她耸了耸肩，说："你们来的时候可能已经路过那儿了。"她随即便提到一个地方，的确是我们来时路过的，才出了旬纪门不远我们就路过了那里。说完她就朝后退了一步，里边的男人又在让她汇报情况了。"你们自便吧。"她边说边

摆着手，消失在了我们的视野里。

"现在我真的想见见珂尔德了。"杰斯里说。

"我也是。咱们走吧。"说完，我背身离去——这或将成为我与这里的最后一次告别，下次大隙节我应该不会回来了吧。又或者等到七老八十的某一天，我会重新想起这儿。不过沧海桑田，一个地方森林化的速度总是快得惊人……

"继姐是什么？你为什么要用那个词？"

"在有些家庭里，人们之间的亲属关系并不那么清楚。"

我们走得更快了，话也少了，没多久就回到了那座桥的另一头。珂尔德工作的地方离集修院很近，所以我们就先去了市人区，去了杰斯里家的房子。

在我们从旬纪门出来的时候，在杰斯里的夸夸其谈之前，他曾有那么几分钟一言不发，心烦意乱。现在我突然明白了，他在期待家人站在门前迎接自己。所以当我们来到他的旧居时，我实则比到了自己家还要紧张。一个门房让我们进了前门，我们踢掉了脚上的凉鞋，好让湿润的青草清洁和抚慰饱受摧残的双脚。走入环绕主宅的浓荫时，我们掀掉兜帽，慢下脚步，四下的凉意沁人心脾。

家里只有一个女仆，再无他人，这女仆说的弗卢克语我们几乎一个字也听不懂。她好像是在等我们，还递来了一张纸页，不是我们集修院里那种从页子树上摘下来的页子，而是用机器制造出来的纸。它看起来像一份用印刷机或者句法机印出来的正式文件。抬头是昨天的日期。这其实是杰斯里的妈妈写给他的私人留言，一行行整齐的字母都是她用机器打出来的。留言是用奥尔特语写的，只有几处错误（她不会用虚拟语气）。里边有些术语我们不大熟悉，但大意是说杰斯里的父亲工作繁忙，正在很远的地方为某个很难说清是什么的团体工作。但从地理位置来看，我们知道这肯定是某个世俗政权组织。昨天她也恋恋不舍地含泪出发，赶去与他一起工作了，出于他事业的需要，她也得出席一些同样很难说清的社会活动。他们万分希望能想法子回来参加第十夜的宴会，也正在竭尽所能地让杰斯里的三个兄长和两个姐姐一起回来。另外，她还为杰斯里烤了些点心（女仆把它们端给我们的时候我们已经知道了）。

杰斯里带着我参观了这栋房子，它看起来像座马特，只是人没那么多。他家甚至还有一座精美的钟表，让我们研究了好一阵子。我们把书从书架上拿下来看，看得都有点儿入了迷。看着看着，那座精美的钟表就响了起来，街对面巴兹教的主教座堂也同时敲响了钟声，我们意识到书是哪天读都行的，才不好意思地把它们放回了书架。不一会儿工夫，我们来到了走廊上，吃起了剩下的点心，边吃边看着那座主教座堂。巴兹建筑是马特建筑的表亲，只不过我们建筑上那些又窄又尖的部件在巴兹建筑上是又宽又圆的。但这个镇子在世俗世界的地位并没有堃埃德哈集修院在马特世界那么显赫，所以跟大院堂一比，这座主教座堂就显得微不足道了。

"你觉得快乐了吗？"杰斯里冲着那些点心开起了玩笑。

"如果让我吃上两个星期，我肯定会乐不思蜀的，"我说，"这就是大隙节只有十天的缘故。"

我们溜达到了草地上。随后便离开那里下山去了。

珂尔德工作的地方是一座全金属打造的场院，这标志着它的古老——虽然不及石质建筑，但它的历史或许也可以追溯到践行时代中期了，那时钢铁已变得廉价，也有了热力发动机驱动的轨道交通。此处距世纪门四分之一哩，位于河流的一条人工支流末端。人工支流的作用是让河中的驳船可以驶入这片区域，并通达道路和铁轨。这里的建筑杂乱无章，但也因巨大和沉寂而显得庄严。场院外围有半圈围栏，有我两倍高，是用一块块波纹钢板焊连围成的，钢板的底端有的埋在土里，有的浇筑在混凝土地面上，为了防风还用废旧钢轨加了支撑，不过作为风撑显然是结实得过了头。说实在的，过头得也太明显了，杰斯里和我都不约而同地指出了这一点，然后又争论起了这么做的意义来。与围栏相衔的是钢箱堆成的围墙，这些箱子是践行时代晚期用来封装船运或陆运货物的。有的箱子里装满了垃圾，还有的塞着金属废料，它们规格不一，乱堆一团，看起来就像是有生命的一样。不过有些的确是有生命的，里边已经长出了鹿砦莓。场院里面靠边的一圈草木茂盛，中间却是一片夯土地。

主体建筑基本上就是一座高架顶棚，骑跨在运河末端的二百呎河面之上。它的桁架非常高大，上边架着一台桥式起重机，起重机下垂着一根生锈的链条，每个链环都有我脑袋那么大，最下面还挂着一只大钩子。以前我们从大院堂上看到过这座建筑，但从没仔细留意过。高架顶棚的侧面连接着一座高顶大厅，共同构成了一个T字形。大厅的四壁下半部分是砖墙，上半部分是波纹钢板，在它的侧墙又接出一间低矮的棚式箱屋。这箱屋竟充满了家居风情，仿木质的门啦，乡村风格的风向鸡啦，放在这里显得无比怪诞。我们敲了敲门，又等了一会儿才推门进去，生怕这是另一个"入侵者死"的地方，所以我们还弄出了不少动静。可那儿一个人也没有。

　　这间箱屋原本的设计是用来居住，但所有东西都被改成了办公用的。原本的淋浴间里放了一只存档案的高柜子。一面墙上开了个洞，一根细管穿出，连在热饮机上。原本的卧室里还戳着一座小便池。这屋里没什么装饰，除了出厂时原装的那些土里土气的点缀，就剩几块形状古怪的金属片了——我估计那是些机械零件——其中有些受了几乎无法想象的损伤，已经弯曲或折断了。

　　跟随着一串油腻腻的靴子印，我们来到了箱屋的后门。这道门大敞四开，直通巨型洞窟般的大厅。我俩弯腰探身跨过门槛，进来的一瞬间竟犹豫迟疑起来。这地方太大了，仅靠人工光源很难照亮，因此厅里大部分光线都是透过墙壁高处的半透明板子照进来的自然光，那些板子的周边还带着一圈朦胧的光晕。因为多年沉积的油烟，墙壁和地板都黑了。头顶的桁条上垂下了更多的链条与钩子。四周光线的涤荡让它们显得无比纤弱，几乎要被吞没了。地板铺展开去，渐渐没入了氤氲与暗影之中。四周稀稀落落地蹲伏着团团块块的机器，有的不到一人高，有的和藏书室一般大小。每个机器的主体部件都是一大坨金属块：远看平滑圆润，近看却很粗糙——让我猜测这是用古法翻铸出来的，就是在沙子里挖模，再把熔化的铁水浇进去做出来的。这些粗糙铸铁的某些部位，经过加工被削出了平面、钻出了圆孔、切出了直角，露出金属赤裸的灰色，形成了短粗的支脚——凭此铸件能被螺栓固定在地上，以及长长的 V 形槽——供螺杆驱动的其他铸件在上面滑动。在主体金属块的两侧和底部布满了蜿蜒曲折的铜线网络，结构非常对称，一移动就冒出闪亮的天蓝色火花。卷须似的金属线和管件在这些机器上蜿蜒盘绕，就像常春藤攀附着巨石，我的视线随着这些卷须延伸到它们集中的地方去，在那里偶尔能意外地瞥见一两个穿深色工作服的人。这些人有时会干一点儿什么活计，但更多的时候只是在思考。机器偶尔也会发出点儿噪音，但大多数时间都是安静的，只有温热的谐振箱发出低沉的嗡鸣。谐振箱通过跟我脚踝一般粗的输入输出电缆机器相连。

　　整个大厅里只有六七个人，但在他们姿态里的某种东西让我们不敢靠近。有个人推着一辆生锈的推车朝我们走来，车上堆满了胡乱打着卷的金属刨花。

　　"劳驾，"我说，"请问珂尔德在这儿吗？"

　　那个男人转过身，伸手指向立在大厅中央的一件又大又复杂的物体。在它的上方，飞溅的电火花泛着蓝光，照亮了屋顶桁架那简洁的阿德拉贡几何形，也照出了缭绕的烟雾那无比复杂的流形，交相呼应之下，简洁的变得更简洁，复杂的也变得更复杂。如果在天文望远镜里看到与电火花一般颜色的星星，我就会说它是一颗蓝矮星，也能猜出它的温度远远高于我们的太阳，它的能量主要以紫外线和 X 射线的形式辐射出来。但矛盾的是，这个房子大小的复杂物体——蓝色电火花的能量来源本身——却发出一种橙红色的光，而那些致命的射线只能从物体边缝隐隐透出，在地板光滑之处留下影子。我俩走近的时候，都觉得它像是一块巨大的红色方形琥珀，但其中包裹的两个黑影不是昆虫，而是人。两个剪影时不时变换着姿势，边缘还有波纹泛起，扭曲抖动着。

我们终于看出，这是一台用帘幕围住的机器，帘幕是用啫喱状物质做成的，挂在一圈方形的滑轨上。上方的高能光线可以直射出来杀死椽子里的微生物，却不会照到地上使人失明。帘幕之所以在我们眼中是红色的，显然是因为这种材料只允许红色的低能光线通过。而对于蓝色的高能光线，它成了不透明的钢板。

我们绕着帘幕走了一圈，它的大小差不多相当于两座并在一起的箱屋。透过发红的啫喱很难看清那机器的细节，但隐约能看见一张平板式的工作台，大到可以躺下十来个人，台面可以轻易地前后推移，就好像是煎锅里的一块自由滑动的冰。大工作台正中还立着一座稍小的圆形桌台，小桌台可以迅速而精准地旋转、倾斜。在整个机器的顶部还有一座桥形铸铁架，上面安装着一个强悍有力的升降装置，装置末端承载着的是那致命光线的来源——火花隙。

在桥形架的顶端还有一条管钢臂，伸向二人所在的站台。钢臂的末端悬吊着一只匣子，是用折弯的金属板组装出来的，与那些砂模铸铁的大件截然不同，看起来有点儿不搭调。这只匣子表面布满了发光的数字。匣子里面肯定全是句法处理器，是用来测量或控制机器动作的。它也有可能兼具测量与控制的功能，因为一台真正的句法处理器应该拥有在测量基础上做出决断的能力。看到这个，我的反应当然是赶紧背转身去，离开这个房间。但杰斯里却看得津津有味。"不要紧，现在是大隙节嘛！"说着他还抓住我的胳膊让我转回身来。

帘幕里边有个人说起了 X 轴之类的东西。杰斯里和我惊讶地面面相觑，不敢相信竟然能听到这样的话。这就像是在听一个油炸师傅说中奥尔特语，没想到，墙外的人竟也懂得这个。

伴着喷溅的火花，又有只言片语从机器处传来："三次样条。""渐屈线。""彼兰插值法。"

我们都忍不住去看那台句法处理器正面的一排排红色数字。这些数字一直在变。有一项数字表示时钟，百分之一秒跳一次。其他几项——我们渐渐才看

明白——是指示工作台方位的。它们如实地显示着大工作台的 X 坐标与 Y 坐标，小工作台的旋角与倾角，还有一台嘶嘶作响的喷射器的高度。有时候只有一项数字在变，其他的都不变，这代表着简单的线性运动。还有些时候所有的数字都同时变化，呈现出一系列的参数方程组。

杰斯里和我一言不发地看了半个小时。我主要是想弄清这些数字的变化规律。但同时也想知道，为何这个地方会跟中央竖井里装着神圣钟表的大院堂有相似之处。

过了一会儿，倒计时好像停止了。时钟数字定格在零上，不再发光。珂尔德伸手拉开了帘幕。她摘下黑色的护目镜，抬起一条手臂用袖子擦了擦额头。

站在她身边的那个男人——我猜是个客户——穿着宽松的黑裤子和黑色长袖套头衫，头戴一顶黑便帽。杰斯里和我同时意识到了他的身份。我们惊得目瞪口呆。

那个伊塔人也同样明白了我们的身份，抬起脚就要往后退，随着他惊落的下巴，那满脸的黑色络腮长胡须一下子就堆到了胸口上。但他随后的举动可谓惊人。他克服了从小养成的条件反射，摆脱了一看到我们就畏缩逃避的惯性思维，把抬起的脚又落了回去。他就那么站在原地，注视着我们——难以置信，但此时此地杰斯里和我确实难以提出异议。

面对这种情况，我俩实在有些不知所措，只得往后退去，退至听不到他们说话的地方。与此同时，珂尔德正在一样接一样地处理着一些零散但必要的工作——用某种类似奥特的方式关闭了机器并为下次开机做准备。

那伊塔人摘下了便帽，把它拉成了接近蘑菇形的大礼帽——他们只有在自己人面前才戴便帽，外出时得戴大礼帽，好让我们不用靠近就能认出他们。弄完后他又把帽子戴回头上，还朝着我们抛来一个挑衅的眼神。

正如我们从不让伊塔人进入高坛，他也把我们进到这里看成了一种冒犯。就好像我们犯了亵渎神明的罪过一般。

或许是受到了相同的冲动驱使，杰斯里和我也戴起了兜帽来"武装"自己。

在刻板印象里，伊塔人卑怯、狡猾、恶毒。但对于这样的名头，此人似乎并没有避之不及，他甚至还表现出了一副欣然接受、引以为傲的样子——尽管他没跟我们说一个字，却竭尽所能地加深了伊塔人在我们心中的不良印象。

在等待珂尔德和伊塔人结束交易的过程中，我一直思索着这个地方与大院堂的种种相似：比如，我在步入大厅时曾何等惊讶，惊讶于如此的光明与如此的黑暗同时存在。我的脑海里冒出了一个声音——一个普洛克派老夫子的声音——告诫我这是哈利康派的思维方式。实际上我看到的只是一堆毫无意义的古代机器：全是句法，没有语义。我自称我在其中看到了含义，但这种含义在我的头脑之外并无现实性可言，是我用自己的头脑把这种含义带进大厅的，也是我把这含义粘贴在这些钢铁古董上玩起了语义游戏。

但思索得越久，我就越肯定我所获得的顿悟是合情合理的。

普洛塔斯[①]，忒伦奈斯最伟大的弟子，曾登上埃特拉斯附近的山顶，俯瞰那片养育了城邦的平原，观察云的影子，比较云与影子的形状，由此获得了那个家喻户晓的顿悟：尽管影子的形无疑与云的形相符，但云的形却比影子的形复杂得多，也更完美。影子的形不仅因损失了一个空间维度而变形，还因投射到不规则的地形上而扭曲。在徒步下山的路上，他的顿悟更进了一步，他发现每次回头观望，山的形看上去都不尽相同，但他知道山的形是绝对且唯一的，眼中的这些变化也只是他在改变视点的时候想象出来的。进而他得到了自己毕生最伟大的顿悟：这两种观察，尽管一者关乎云，一者关乎山，但皆是同一个更高级的统一理念投射在他脑中的影子。他一回到裴利克林便宣告了他的教义：我们所想所知的所有事物都是一个更高级世界里的更完美事物的影子。这已成了普洛特主义的精髓教义。既然普洛塔斯这样说了还能受人尊敬，那我又何尝不能认为，我们的大院堂和这座机械厅都是存在于别处的某种更高存在——某个神圣场所——的影子呢？而且这个场所既把影子投在了大院堂和机械厅，也投在了巴兹教圣约堂、古代圣林之类的地方。

在我思考的时候，杰斯里一直盯着珂尔德的机器。随着珂尔德在控制键上的一通操作，升降装置底端的火花隙一直回缩到最高点，大台面也自动向前推移开来。珂尔德到大台前，撑手跃上了它的钢制板面，然后谨慎地走到了那个能倾斜旋转的小台跟前（小台本身也是一台尺寸惊人的机器）。她把一只脚伸到小台上，并没有踩下去，而是来回扫动，把上面那些银色的金属碎片和刨花扫了下去。这些边角料坠地的时候发出了似有若无的乐音，有的还带着一缕螺旋形的薄烟。一位助手推着空的手推车，拿着扫帚和铲子凑上来，把它们扫成了一堆。

---

① 普洛塔斯（Protas）：以新柏拉图主义代表人物普罗提诺（Plotinus）为原型的人物。

"这是雕刻整块金属的机器，"杰斯里说，"不是用刀切，而是用电火花把材料熔掉——"

"岂止是熔掉，你还记得那光的颜色吗？"我说，"它把金属变成了——"

"等离子体。"我们异口同声地说。

杰斯里接着补充道："而且它切掉的只是不想要的部分。"

又一个问题来了：想要的是什么呢？答案就在旋转台的台面上：一件银白色的金属雕塑，平滑弯曲如鹿角；一些部位凸隆起来，还带着完美的圆柱形穿孔，感觉是用来安装球形把手的。珂尔德从她穿着的衣服兜里抽出了一把扳钳——不过她穿的那个与其说是衣服，倒更像是马具，主要作用只是把工具缚固在她的身上。拧开了三个夹固的台钳，她就把扳钳放回了原来的口袋，然后挺胸屈膝，抻直了腰背，举起双臂，紧紧抱住她那件作品的两个叉头。那件东西被抱离了台面。她像从树上救一只猫似的把它从机器上拿了下来，放在了一辆看起来比山还老的钢铁推车上。伊塔人伸出双手摸了起来。从高帽子的摇动来看，他正在弯腰查看着某些细节。然后他点了点头，跟珂尔德说了几句话，便推着推车消失在了烟雾与宁静之中。

"这是大钟的部件！"杰斯里说，"地窖里肯定有什么东西断了或者磨坏了！"

我也承认这东西的样式让我想起了大钟的部件，但我冲他嘘了一声，因为现在使我更感兴趣的是珂尔德。她一边用抹布擦着手，一边躲着脚下的金属边角料朝我们走过来。她的头发剪短了。我一开始以为她个头很高，可能是因为我记忆中的她就是个高个子。可实际上她还没有我高。绑了一身的五金工具让她显得敦实健壮，而她的脖颈和前臂也确实结实。她走了几步又突然停下，站住不动了。她的站姿颇有几分坚定从容，看上去就跟能站着睡觉的马一样似的。

"我猜我认识你，"她对我说，"但你叫什么？"

"伊拉斯玛，现在叫这个。"

"是个老垦徒的名字吗？"

"是的。"

"我再没开动过那辆旧飞驰车。"

"我知道。我刚见过它。"

"我把它的一些零件带到这儿来加工，就再也没拿回去。"她盯着自己的右掌心看了看，又抬头看看我。我明白她的意思是"我的手是脏的，但如果你不介意，我想跟你握握手"。

我伸手握住了她的手。

吊钟的声音飘了进来。

"谢谢你让我们见识了你的机器，"我说，"你想不想看看我们的？那是普洛维纳尔。杰斯里和我得去给大钟上发条。"

"我看过一次。"

"今天你可以从我们看的地方再看一次。恭贺大隙节。"

"恭贺大隙节，"她回复说，"好吧，真没办法，我会去看看的。"

到草场时，我们不得不跑起来。珂尔德在机械厅的时候，脱下了她那身马具，但里面还有一件小马甲，我猜其中装的应该是她时刻不离身的东西。为了跟上我们突然飞奔的步伐，她也跑了起来，结果浑身叮当作响，还跟跄了两步，直到把几根皮带勒紧了，她才渐渐追上来，随我们一起奔过三叶草地。我们的草场已经被野餐的世俗人占领，甚至有些人还烤起肉来。他们看着我们奔跑，仿佛我们的迟到是一场专为他们演的娱乐节目。小孩们被轰着往前，好看得更清楚一点。大人们用斯皮里摄录器瞄着我们，高声大笑，好看着我们出糗。

我们跑进草场门，跑上台阶，冲进了一间休息室，差点儿绊倒在利奥和阿尔西巴尔特上。这屋里靠墙堆着几排落满灰的长凳和长桌，利奥跪坐在地上。阿尔西巴尔特坐在一条短板凳上，叉着两腿，俯着上身，让流出的鼻血直接滴在地上。

利奥的嘴唇肿了，还流着血，左眼圈也成了棕色，估计明天就该青了。他瞟着屋里一个昏暗的角落发呆。阿尔西巴尔特颤抖着呻吟了一声，好像刚刚止住哭泣的样子。

"打架了？"我问。

利奥点点头。

"你俩打起来了？还是——"

利奥摇摇头。

"我们被袭击了！"阿尔西巴尔特冲着地上那摊血嚷道。

"在里边还是外边？"杰斯里问道。

"墙外。在去我爸爸的圣殿的路上。我只想去看看他会不会跟我说点什么。有辆车一而再再而三地擦过我们身边，像秃鹰一样绕着我们盘旋。车上下来了

四个男的。有一个胳膊上吊着绷带的，在一边看着给另外三个叫好。"

杰斯里和我都看着利奥，他马上明白了我们的意思。

"没用，没用。"他说。

"什么没用？"珂尔德问道。听到她的声音，阿尔西巴尔特抬起了眼睛。

利奥一向是那种对客人不以为意的家伙——没想到这会儿他却开口答话道："我的谷。我练的谷术，都没用了。"

"不会吧！"杰斯里惊呼。但好笑的是，这些年来再没人比杰斯里更热衷于向利奥说教了，他总爱说他的谷术有多么没用。

为了回答这个问题，利奥摇摇晃晃地站起来，悄悄走到杰斯里身边，抓住他的兜帽边缘，猛地往下一扯，蒙住了他的脸。因为帛单缠得太啰唆，这下子杰斯里不仅看不见，胳膊也被绊住了，想要把脸露出来都难得出奇。利奥又用胳膊肘轻轻一拱，他就完全失去了平衡，我一把把他抱住，才推着他站了起来。

"他们就是这么干的？"我问道。利奥点了点头。

"把头仰起来，别低着。"珂尔德对阿尔西巴尔特说，"这儿有一条血管。"她指指自己的鼻梁，"把它捏住。这就对了。我叫珂尔德，我是……伊拉斯玛的继姐。"

"真是神了！"阿尔西巴尔特按照珂尔德说的捏住了鼻子，说话声都变得嗡嗡的，"我叫阿尔西巴尔特，不管你信不信，我是本地巴兹教大主教的私生子。"

"血流得慢点了吧，我想。"珂尔德说。她从一个口袋里掏出两小团紫色的东西，展开后成了一双手套，这是用某种有弹性的膜做成的。她扭着双手戴了进去。我困惑了一会儿，才意识到这是预防感染的措施：我以前可从没想过这种做法。

"好在我个头儿大，供血量足。"阿尔西巴尔特指出，"否则我恐怕就得血尽而亡了。"

珂尔德的马甲上有一排细细高高的口袋。她从两个口袋里抽出两支白色纤维材料做的雪茄形塞子，跟她的小手指头差不多大，下边还拖着两条线。"这究竟是什么东西？"阿尔西巴尔特好奇地问道。

"止血栓，"珂尔德说，"要是你愿意的话，可以一个鼻孔塞一只。"她把它们放进阿尔西巴尔特血淋淋的手里，又紧张又期待地看着阿尔西巴尔特小心翼翼地把它们塞了进去。利奥、杰斯里和我则一言不发地旁观着。

艾拉修女抱着一大捧破布走了进来，大部分都被扔在地上去盖那摊血迹了。

她和珂尔德用剩下的布擦着阿尔西巴尔特嘴唇和下巴上的血。擦血的过程中她们一直打量着彼此，好像争着要把自己当成科学家，把对方当成标本。等我终于醒悟过来给她们做介绍时，她们已对彼此十分了解、连名字都无关紧要了。

珂尔德又从另一个口袋里掏出个有好多零件的金属物件。这东西原本是折叠起来的，打开后就成了一把小剪刀。她用这剪刀把阿尔西巴尔特鼻孔下吊着的线头给剪掉了。

艾拉修女是个又爱发号施令又苛刻的人，直到这会儿，我还害怕她和珂尔德会像篮子里的两只猫那样把对方扑倒在地。但她一看到那两个止血栓，就朝珂尔德露出了愉快的神色，珂尔德也开心地回望着她。

我们把阿尔西巴尔特架了出去，用一件大红袍子遮住了他的"残骸"，登场时只迟了几分钟。迎接我们的是一阵窃笑，他们还以为我们是在墙外喝醉了。笑话我们的多是大隙节的访客，但我也隐隐听到了千年士的讥笑。本以为今天得靠杰斯里和我来当主力了，可事实正相反，利奥和阿尔西巴尔特在上发条时使出的力气比平时还大。

普洛维纳尔结束之后，守卫督查走出了高坛，穿过我们这面屏壁的小门来找利奥和阿尔西巴尔特谈话。杰斯里和我伫立在侧。珂尔德也在跟前当听众，这让利奥不由得说了很多弗卢克语，气坏了德尔拉孔斯修士。阿尔西巴尔特却不受影响，仍坚持说着"无赖之徒"这样的字眼。

一听他们描述的车子和打扮，珂尔德就知道了这些无赖的身份。"他们是当地的——"她说到一半就住了嘴。

"黑帮？"德尔拉孔斯提醒说。

她耸耸肩，说："一个墙上贴着虚构黑帮的斯皮里旧画报的黑帮。"

"太妙了！"阿尔西巴尔特称赞道。

而德尔拉孔斯修士还没琢磨过味儿来："那么，他们就是某种……'黑帮而上者'？"

"但他们也真干黑帮的勾当，"珂尔德说，"只是说那些也没什么必要。"

显然，德尔拉孔斯提这些问题的本质，是想弄清楚这个黑帮信的是哪种像志。但有一个对于我和珂尔德来说显而易见的道理，他却好像还没有领会：有些外人打阿佛特人，可能并不是因为他们赞同某种阿佛特人如何如何的荒唐理论，而只是因为打人比不打人更开心罢了。他还以为那些无赖会劳神去学什么理论呢。

于是珂尔德和我都心生挫败，继而觉得无聊（就像敖罗洛喜欢说的，无聊是挫败感的面具）。我与她眼神交会，心照不宣地闪到一旁。一看没人阻止，我俩就顺势溜之大吉了。

前面说过，我们十年士用的是两座簇拥在一起的角堂，而非堂殿。最瘦的那座角堂里有一条旋梯，通向楼廊。楼廊是贴着高坛内壁的一圈拱廊，位于屏壁之上，尖顶高侧窗之下。

楼廊一头还有条通向敲钟点的小阶梯。珂尔德对此饶有兴趣。我看着她的视线沿敲钟绳向上，直望到主楼上方绳子隐没的地方。我敢说她不看到绳子另一头连着什么是不会罢休的。于是我们走到楼廊的另一头，开始攀登另一条阶梯。这条阶梯呈"之"字形，一直通到大院堂西南角楼的顶上。

马特建筑师们一碰到墙壁就束手无策。他们设计起柱子来得心应手；设计拱券亦是他们的长项；而对于拱顶，也就是三维的拱券，他们更是无所不知。但若要他们建一堵简单的墙壁，他们就得崩溃。世界上的任何人都会砌一堵墙壁，他们却非要填上一大套拱券和花窗格子。如果人们抱怨风、飞虫及其他一些在普通建筑中用墙壁就可以抵挡的东西，建筑师们便会大费周章地打造彩色玻璃镶嵌画来填补窟窿。但我们也没力气填补所有的窟窿。风雨天里，有些漏风的地方会让建筑陷入地狱般的惨境。但在今天这种天气还是很好的，因为你可以到处看个通透。我们攀着阶梯登上这座西南角楼，往下望，高坛之内的景象一览无余；从窗口看出去，整座集修院尽收眼底。

再往上去就是飞扶垛的柱墩和角楼的尖顶了，大致和秩序督察总部的高度相当。尖顶不用梯子或登山器械是上不去的，楼梯则只能通到柱墩的顶部。到达柱墩顶部以后，尖顶之下是座镂空的石雕，刻着行星、卫星以及研究这些星星的早期宇宙学家，可谓整座集修院最精美的石雕之一。石雕的镂空处形成了一条供人行走的通道，通道的正中有座吊闸，这是一道可用摇柄升降的栅栏门。门后有一道在飞扶垛上凿出来的露天石阶，爬上去，就可以登上主楼。此刻吊闸正抬着，意味着我们还能继续上行。假如它落下的话，我们唯一可去的也就只有通往秩序督察庭的拱桥了。

珂尔德和我穿过石雕朝吊闸走去，为了让她看个仔细，我们走得很慢。出了吊闸我们便一路向上。我让她走在前头，以免挡住她的视野，而且要是她感觉眩晕我也能上前搀扶，毕竟此处是远离地面的高空，若站在地上观看，我们脚下的这道拱券也只有鸟骨般粗细。她双手扶着铁栏杆走得不紧不慢，看上去乐在其中。沿着阶梯上去，在拱券与主楼相接的地方有一圈围绕主楼的水平步道，贴着步道的一个墙角处有道可供进出的楔眼（一种非常复杂的马特式拱道），穿过它我们便进入了主楼。

进来后只有一条上行的路线，是一道沿主楼万花墙内侧盘旋而上的楼梯。有胆量爬到这个高度的游客寥寥无几，很多阿佛特人又不在墙内，整个主楼里就只有我们俩人。我让她低头朝高坛俯视。两座摞在一起的督察庭就位于我们脚下，它们都是方形回廊式庭院，回廊中心的便是主楼的中央竖井，挨着竖井的廊道向内侧开放，所以从那里也可以俯视高坛，仰望星阵。

刚才在楼廊上珂尔德就开始关注敲钟绳的走向，此刻她终于心满意足地看着它们连上了排钟（即前文所提"吊钟"——编者注）。但排钟上显然还连着别的东西：那是些通往钟穴的转轴和链条。钟穴是自动报时机械的所在，她自然也想看看那些机械。我们便一路向上，有如两只沿竖井螺旋上行的蚂蚁，时不时停下喘口气，让珂尔德得闲看看发条装置，琢磨琢磨石块的拼嵌。这部分的建筑结构要简单很多，没了可操心的拱顶和扶垛，建筑师就肆无忌惮地玩起万花墙来。这镂空的墙壁是用手工雕刻的石块交织而成，组成的图案是泡沫状的分形（fractal foam）。她已经着了迷。我也忍不住地看着它们，想着自己为它们耗掉的时光，作为弟子，打扫这些石块和发条装置上的鸟粪全是分内之事……

"那你们也只有大隙节才能来这儿喽。"她突然肯定地说道。

"你怎么会那么想？"

"好吧，你们不是不许跟自己马特以外的人接触吗？可如果你们和一年士、百年士、千年士都能随时走上这道楼梯，你们就有可能碰到对方了。"

"你瞧瞧这楼梯的设计，"我说，"楼梯上的所有地方我们几乎都一目了然，这样就能做到彼此保持距离。"

"那天黑了怎么办？或者爬到顶上，在星阵上碰见什么人了怎么办？"

"还记得咱们经过的那个吊闸吗？"

"角楼顶的那个？"

"对呀。唉，那你也记得另外三座角楼吧。其实每一座上都有个类似的吊闸。"

"一座马特一个？"

"没错。天黑的时候，司钥长会关掉三个只留一个。司钥长是个戒尊——是秩序督察的副手。所以一到晚上，这条楼梯和星阵就今天归十年士，明天归百

年士，后天归千年士……"

爬到百年重锤所在的高度时，我们停住脚步让珂尔德看了一会儿，顺便又透过南面的万花墙向外观望，看了看她工作的机械大厅。捋着上午走过的路线，我也找到了杰斯里家在山坡上的房子。

珂尔德还在挑着我们戒律的毛病："这些督察什么的——"

"戒尊。"我说。

"他们能跟所有马特的人交流吧，我猜？"

"还能跟伊塔人、世俗世界和其他集修院的人交流。"

"所以，当你们跟他们说话的时候——"

"噢，你瞧，"我说，"人们总以为马特是绝对封闭的，这是种误解。我们从来都没有过这种打算。你说的这种情况是有戒律来管束的。我们得跟别的马特的人保持距离。需要避免信息泄露的时候，我们就得保持沉默并用兜帽遮头。如果万不得已非得跟别的马特的人交流，就得通过戒尊来沟通。他们受过各种专门的训练，比如，在跟千年士说话的时候，他们的脑子就会屏蔽所有的世俗信息。这便是戒尊的服装与发型与众不同的原因——三千七百年来几乎一直如此。他们说话时只用一种很传统的古奥尔特语。另外我们也有不用语言沟通的方式。举个例子，假如敖罗洛修士想连续五晚观察同一颗星星，他会先向主戒汇报，如果他的计划听起来合理，主戒就会指示司钥长，这几天晚上只开我们的吊闸，其他几个都关上。这几座吊闸从哪个马特都能看到，所以，仟年纪马特的宇宙学家们只消往下一看，就知道他们当天不能用星阵了。我们还能利用马特之间的迷园沟通，比如从那儿传递物品或者过人。但对空中的飞行器或穿墙而过的吵闹音乐我们就毫无办法了。以前墙外还有过摩天大楼，他们居高临下地俯视了我们两百多年！"

最后一句话引起了珂尔德的兴趣："你有没有看到堆在机械厅的那些旧工字钢？"

"啊——那些是摩天大楼的钢架？"

"想不出还能是什么别的了。我们有一箱旧照片，拍的是一队队奴隶把这些东西拖到我们那儿的样子。"

"照片上有日期吗？"

"有呀，大约是七百年前的。"

"背景是什么样的？是城市废墟，还是——"

她摇摇头，说："参天密林。有的照片里他们还在用滚木推钢梁。"

"哦，2800 年前后的确有过一次文明崩溃，这就对上号了。"我说。

连到机芯各个部位的转轴与链条在钟穴里纵横交错。此处也是几条重锤链的起点，每条链子都连着一套轴承和齿轮。

不知怎的，珂尔德越看越生气，这会儿终于发作了："活儿可不能这么干！"

"什么活儿？"

"造钟啊，要想让它走上一万年，这么干可不行！"

"为什么不行？"

"唉，你看看这些链条吧，就为这个！销、轴承面、链环，所有这些东西——每一样都会断裂、磨损、污染、锈蚀……设计师到底是怎么想的？"

"他们想的是只要这里一直有阿佛特人居住，就会有足够的人手对它进行维护。"我答道，"不过我明白你的意思。你想的是另外一种万年钟——也有那种根本不用维护就能走上一万年的。这完全取决于设计师的态度。"

这话够她琢磨一会儿的，于是我们默默不语地接着往上爬。我在前头带路，因为往前的路线迂回盘绕，我们得在一条条窄道与楼梯之间不停辗转，这些窄道和楼梯连通到不同的机械装置，这倒让珂尔德感到如鱼得水。实际上，她一直在研究钟表的工作原理，已经看得太久了。我想着已到了食堂开饭的时间，便开始不安了起来，然后又想起现在是大隙节，只要我愿意，也可以去墙外讨个奶酪汉堡吃吃。习惯了随时都能吃上饭的珂尔德则根本不关心这些。

她观察着两个相互角力的骨头棒形杠杆："它们让我想起了今天上午我给萨曼做的那个零件。"

我举起了双手。"别跟我说他的名字——或者任何事儿。"我祈求道。

"为什么你们不能跟伊塔人说话？"她突然生气地问道，"这太蠢了。有些伊塔人非常聪明。"

如果昨天有哪个工匠胆敢如此放肆地评价集修院里的知识分子——甚至是伊塔人——我肯定会付之一哂，但珂尔德是我的同胞，我俩有相似的传序，她的天资也与我一般无二。我们的食物里有种成分会令修士不育，所以修女无法怀孕，也无法在集修院里生下更聪明的人类。从遗传学角度来看，我和珂尔德才是同一块布上剪下的料子。

"这是一种类似于卫生学的做法。"我说。

"你们觉得伊塔人脏？"

"卫生学说的并不是真正的脏净。它是关于种系的，是要防止那些一旦传播就有危险的传序蔓延。我们并不是认为伊塔人因为不洗澡所以脏。但他们的唯一职能就是跟那些杂交式传播的信息打交道。"

"为什么？这么做是为了什么？是谁搞出这些蠢规矩的？他们在怕什么？"

她的声音很大。要是她在食堂里这么说话我肯定会感到难为情。但这钟穴里只有愚钝无知的机器，听着她一个人大声说话倒让我觉得开心。我一边接着往上爬，一边搜肠刮肚地想着她能听得进去的解释。复杂的机件大半已被我们踩在脚下，那些部分都是驱动钟盘的。上边还有十几根转轴，从天顶上的孔洞穿出，连接着星阵上的设备，比如天文望远镜的极轴，以及天顶同步仪，后者是在每天中午调节大钟时间用的，不过它只在晴天工作。这些转轴中，最粗的一根驱动着堃米特拉与米拉克斯大天文望远镜，绕着这根轴还有一段旋梯，从这里上去就是星阵了。

"你们用来切割金属的那台大机器——"

"叫五轴电火花磨床。"

"我注意到它有两根手握的曲柄。工作结束后你就是操纵它们推转台子的。我打赌哪怕只是操纵手柄你也能把金属切出形状，不是吗？"

她耸了耸肩："的确，能切割非常简单的形状。"

"但你松开手柄切换到句控模式的时候它就变成了更厉害的工具，是吗？"

"厉害多了。句控机床几乎没有做不成的形状。"她把手伸进后裤兜，掏出了一只怀表，往下一垂，就亮出了一条柔滑的银色链子，它的所有链环都是没有接缝的，"这条链子是我出师的作业，是我用一整块钛切割出来的。"

我摸了摸那条链子。它就像一股细细的冰水流过我的指尖。

"好吧，句法机对其他工具同样也可以起到增益作用。比如读写基因传序的工具，调节蛋白质的工具，设计核合成程序的工具。"

"那些是什么我就不知道了。"

"因为那些都已经没人做了。"

"那你是怎么知道的？"

"我们在学第一次和第二次劫掠的历史时学过——但学的只是抽象概念。"

"好吧，那些又是什么我也不知道，所以你能只说重点吗？"

我们已登上了通往星阵的最后一级旋梯。我推门走了出去，在光亮中眯起了双眼。珂尔德已经有点儿急躁了起来。听过敖罗洛和弗莱克工匠、奎因工匠谈话，我知道他们对我们的拐弯抹角有多不耐烦。于是我住了口，领着她四处转了一会儿。

此刻我们置身于主楼屋顶之上，屋顶是个架在主楼天花拱顶上的巨大石盘。这个石盘近乎平面，只有中间微微隆起，是为了让雨水流走。石面上雕刻或镶嵌着各种宇宙学的曲线和符号。沿着圆盘的边缘立着一圈巨石，标记着特定的天体在一年中不同时候升起和降落的位置。巨石圈内还矗立着几栋独立的建筑。其中最高的是一座小尖塔，位于圆盘正中，塔身上绕着双螺旋的阶梯，而它的塔尖就是大院堂的制高点。

星阵上体积最大的建筑是大天文望远镜的双穹顶。它周围星罗棋布地缀着一些小得多的穹顶，还有一间不带窗的暗室和一间有暖气的小堂，暗室是用来研究照相记忆板的，而小堂是敖罗洛常常工作和给弟子们讲课的地方。我领着珂尔德朝那边走去。我们连进了两道厚重的包铁硬木门（在这么高的地方天气会变得很严酷），进了一间安静的小屋，拱券和彩色玻璃玫瑰窗让它看起来像旧马特时代的建筑。桌子上，敖罗洛给我的照相记忆板还摆在我上次放的位置。这是一只碟子，大约有我两个手掌大，三指厚，是用深色的玻璃质材料做成的。这块板子里嵌着堲坦克雷德星云的图像，窗口投进的阳光让它显得黯淡，我把板子推到阳光照不到的地方，图像才鲜明了起来。

"这差不多是我见过的最笨重的照片了，"珂尔德说，"是什么古代科技之类的东西吗？"

"这可不是照片。一张照片只能捕捉一个瞬间——是没有时间维度的。你看见靠近表面的图像是什么样的了吗？"

"看见了。"

我把指尖放在板子侧面，向下一滑。图像就随着我的手指向玻璃的深处退去。随着后退，星云也发生了变化，向中心收缩了。但它周围那些固定恒星的位置都没有改变。当我的指尖滑到板子底部时，星云已经变成了一颗极明亮的单个星体。"在板的底层，我们看到的是 490 年爆炸当晚的坦克雷德星。就在它的光穿透我们大气层的那一刻，堲坦克雷德刚好抬头注意到了它。他跑去自己集修院的星阵，在大天文望远镜里放了一块这样的照相记忆板，用那台望远镜瞄准了这颗超新星。然后那块板子就一直放在那里，每个晴朗的夜晚拍一张星云爆炸的图片，他们一直等到 2999 年才把它取出来，做成一批拷贝发给了千年士们。"

"科幻斯皮里的背景里老能看到类似的东西,"珂尔德说,"但我一直没有意识到那是爆炸。"她把手指放在板子侧面滑了几下,让它以一秒几千年的速度快进,"但这再明显不过了。"

"这板子还有各种别的功能。"我说着还向她演示了如何放大图像的某个局部,一直把它放大到分辨率的极限为止。

珂尔德看到我做这项操作,便指着板子说道:"这里边应该装着某种句法机。"

"是的。正是有了它才让这块板子比照片厉害——就像是你们的五轴磨床有了'脑'以后也变得更厉害了一样。"

"但这不违反你们戒律吗?"

"某些实践理学是进了祖父条款而得到豁免的。就像制作我们球和帛单的新质,还有这些板子之类的。"

"它们是在——什么时候进入祖父条款的?这些决定又是什么时候做出来的?"

"第一次和第二次劫掠之后的大集修上。"我说,"你看,实际上在践行时代终结之后,集修院还是会使用句法处理器,并且还将它们与其他工具结合在一起,获得了巨大的力量,既可以制造新质,又可以操控传序。这让人们想到了大灾厄,产生了恐慌,从而导致人们发动了第一次和第二次劫掠。关于伊塔人的规定和不能使用某些实践理学的规定就是从那时开始制定的。"

这对珂尔德来说还是太抽象了,但她突然之间想到了什么,眼睛也瞪大了:"你说的是不是和咒士有关?"

我不由自主地做出了愚蠢的反应,把头转向了窗外,望向仟年纪马特的方向,那是峭壁上的一座要塞,高度和主楼的屋顶齐平,但由于城墙遮挡着看不到里边。珂尔德以为这就是答案。更糟的是,她等的好像就是这个答案。

"咒士的传说诞生于第三次劫掠之前。"我说。

"他们的敌人——你们管他们叫什么来着……"

"雄辩士。"

"是的。他们到底有什么区别?"她满脸天真与期待地看着我,在手指头上绕着表链。我忍不住实话实说——好让她明白自己的问题有多么愚蠢。"呃,如果你看过这类的斯皮里,你肯定知道得比我多。"我说,"我曾经听过一种荒唐的解释,说雄辩士能改变过去,也乐于此道,而咒士能改变未来——但只是勉强而为。"

她点了点头，好像并不觉得这是什么荒唐的说法："他们为雄辩士的作为所迫。"

我耸耸肩："再说一遍：这都是你在那些故事里偶然看到的虚构的情节——"

"但那些人应该就是咒士。"她说着还冲峭壁点了点头。

我开始有点儿不安了，于是带着她走出小堂，回到了露天的屋顶上，一出来她就立刻把目光转向了千年士的马特。我终于想通了，她只是想说服自己，相信那座居高临下、威压着他们市镇的峭壁上住的陌生人并没有危险。我也很乐意帮她，尤其希望她在出去后能把这个好消息传播一下。这种关系修补正是大隙节的根本目的所在。

但我也不想对她说谎。"我们的千年士有些与众不同，"我说，"在下边这些马特里，比如我们马特，是几个修会混在一起的。但峭壁上的人全都属于同一个修会：埃德哈会。他们的宗系可以上溯到哈利康。如果非要论你的那些民间传说中有什么真实性可言，那就是把千年士归在了咒士这事儿。"

跟雄辩士与咒士之争相关的事儿她好像已经听够了。我们便继续在星阵上闲逛，不过当我看到公共棚屋里走出一个肩背红色线缆的伊塔人时，还是不得已退避了一下。珂尔德发现了我的动作："与其这么麻烦地避着伊塔人，你们又为什么让他们住在附近呢？直接让他们滚蛋不是简单得多吗？"

"他们维护着大钟的某些特定部分。"

"这我也能干啊。又不是多难的事儿。"

"好吧……实话跟你说，这个问题我们自己也在问呢。"

"就冲你们这些人，肯定得有十二种不同的答案。"

"有种老生常谈的说法认为，他们是世俗政权派来监视我们的间谍。"

"啊。这就是你们瞧不起他们的原因吧。"

"是呀。"

"是什么让你们觉得他们在监视你们？"

"唤召。这是一种奥特，通过唤召，会把一位修士或修女从马特世界召唤出去——去为大佬们做某些实践理学工作。从此以后我们就再也见不到他们了。"

"他们就那么消失了？"

"我们会看着他们走出大院堂，骑上马或者登上直升机之类的东西，边看边唱一种专门的祝歌——那是一种哀伤告别的歌曲。而他们，是的，说得好，就'消

失'了。"

"那伊塔人跟这有什么关系？"

"嗯，就好比说世俗政权得了一种需要治疗的疾病吧。他们怎么可能知道在所有这些集修院里哪一个修士或者修女碰巧是治疗这种疾病的专家呢？"

在她思考这个问题的时候，我们登上了小尖塔外面的旋梯。旋梯的每一磴儿都是整块的石板或石块，是从建筑侧面垂直伸出来的：设计得很大胆，攀登者也得有胆量，因为这阶梯是没有扶手的。

"听上去当权者们真是捡了个大便宜。"珂尔德评论着，"你们有没有想过，人们对大灾厄和咒士的恐惧，不过是当权者手里的棍子，用来抽打你们，好让你们按他们的意愿行事？"

"这就是髳帕塔嘉论断，诞生于改元 29 世纪。"我告诉她。

她哼了一声："好吧，我认输。那髳帕塔嘉后来怎么样了？"

"实际上她的论断也曾活跃一时，她还创立了自己的修会。现在可能还有什么地方有他们的分会呢。"

"跟你说话真没劲。原来我这个小脑袋瓜想得出的所有想法都是两千年前哪个髳者想剩下的，还早就被人说烂了。"

"真不是我故作聪明，"我说，"但你这句话正是髳洛拉命题，诞生于改元 16 世纪。"

她笑了："真的？！"

"真的。"

"正好两千年前，一个髳徒提出了这种想法？"

"人类头脑能够产生的所有思想都已经被人想完了——这是种非常有影响力的思想……"

"可是等等，难道髳洛拉的这种'没有新思想'的思想不新吗？"

"根据正统古洛拉会士的说法，这就是'最后的思想'。"

"啊。好吧，那我就得问问了——"

"'最后的思想'诞生以后的两千一百年里，我们在这儿都干了些什么？"

"是呀。我就不客气了。"

"不是所有人都同意这个命题的。而且所有人都不喜欢洛拉会士。有人管髳洛拉叫换汤不换药的秘法家，还有人说得更难听。但身边有个洛拉会士倒是件好事。"

"为什么这么说？"

"不论什么时候，只要有人说自己想出了一种新思想，洛拉会士就会像豺狼一样扑上去，努力证明那其实是五千年前或者多少年前的思想。而且很多时候他们都是对的。虽然会让人羞愤交加，但这么做至少可以防止人们浪费时间老调重弹。而且为了做到这点，洛拉会士也必须得是出色的学者。"

"这么说的话，我想你不是洛拉会士。"

"对。可笑而讽刺的是：洛拉去世后，她本人的弟子断定，她这种思想在四千年前也已经有一位游方哲学家想过了。"

"这真好笑——不过不也证明了洛拉的观点吗？但我想知道这对你有什么好处？你为什么还留在这儿？"

"思想是好东西，即便是旧的。那些最先进的理学，就算想要理解也得研究上一辈子。而要想把已经存在的这些思想传下去，也需要……所有的这些人。"我挥起胳膊，朝脚下的整个集修院比画着。

"所以你们，我也说不好，就像是园丁？在照料一批珍稀花卉。这儿就像是你们的温室。你们得让这间温室一直维持工作，否则那些花就会灭绝……但是你们从不……"

"我们难得培育出新花种，"我承认，"但有时候一个人也会中了宇宙射线（灵感迸发）。就是它把我引到这条路上来的，你上来就明白了。"

"是吗？是什么东西？我这辈子一直都在瞧着这个小破东西，觉得顶上应该有台天文望远镜，还有个满脸褶子的老修士盯着它看啊看。"

我们已经上到了这个"小破东西"——小尖塔——的顶部。塔顶是一块石板，宽度差不多是我身高的两倍。这儿有两台怪模怪样的装置，但并不是天文望远镜。

"天文望远镜都在下边那些穹顶里，"我说，"不过你可能都没看出来。"我已经想好了怎么跟她解释那些新质镜的工作原理：先用引导星激光探测大气的密度波动，再改变镜面形状以抵消密度波动造成的变形，用它们收集光线并将光线反射到一块照相记忆板中。但她对眼前的东西更感兴趣。那是一尊大理石犂徒雕像，这个犂徒肌肉发达，手里捧着一块比我的脑袋还大的石英棱镜，指向南方。

不等我解释，珂尔德就看到阳光射入棱镜的一个面，又向下折射到屋顶的一个洞里，照亮了里边的一些金属件。"这个我听说过。"她说，"是在每天中午

同步大钟时间用的，对吗？"

"阴天除外。"我说，"不过就算是核子寒冬，天阴上一百年，大钟走时也不会偏差太多。"

"这又是什么？"她指着一个拳头大小，垂直朝上的玻璃球面镜问道。这个玻璃镜镶在一个石刻的基座上，高度跟举棱镜的雕像相同。"这应该也是一种天文望远镜吧，因为我看见你们插照相记忆板的插槽了。"她说着还捅了捅基座上的槽口，这道口子就在镜片下边，"但这东西看起来好像不能动。你们怎么用它瞄准？"

"它是不能动，我们也不需要它瞄准什么，因为这是个鱼眼镜头。它可以看到整个天空。我们管它叫克莱斯提拉之眼。"

"克莱斯提拉——就是古代神话里那种眼观六路的怪兽。"

"正确。"

"那它有什么用？我想天文望远镜的用处是专门看一个地方，而不是看所有的东西。"

"大鉝来临的那段时间，人们对小行星兴趣正浓，于是乎全世界所有星阵都装上了这种东西。你说的对，如果要瞄准一个地方，用这个是不行的。但用它记录天空中快速运动的物体却很棒。比如陨星划过的长长光道，我们通过记录和测量就能判定飞过天空的石头的类型——判定它们来自哪里，是什么质地，有多大。"

但是克莱斯提拉之眼没有什么能动的部件，所以没有抓住珂尔德的注意力。我们已经没有更高的地方可去了，她对宇宙学的好奇心也已到了极限。她把那块挂着银链子的怀表掏出来看时间。我笑她这是站在大钟顶上看表。她不解其意。我提议教她利用太阳和巨石的相对位置看时间，但她推说可以下次再了解。

她觉得有点儿晚了，担心着要干的工作和要办的事情——都是墙外人一辈子操心的东西。于是我们下了楼，走上草场，看到旬纪门的时候，她才放松了一点儿，回想起我们刚才的讨论。

"那么——那个叫堑什么的论断，你是怎么想的？"

"帕塔嘉？就是说咒士的传说是捏造的，是大佬们用来控制我们的？"

"对。帕塔嘉。"

"噢，问题是，世俗当权者也是一会儿换一个的。"

"最近是一年一换。"她说，但我也听不出来她是不是认真的。

"所以很难理解他们怎么会四千年如一日地坚持一种策略。"我指出，"要照我们看，换得这么勤，我们都懒得去关心了，只有大隙节前后除外。你可以把这儿看成一座动物园，这里关的都是不想关心这些事儿的人。"

我猜我的话听起来有点儿自得，也有点儿戒备。我站在旬纪门的门槛上跟她道了别，说好这星期会找时间再见一面。

我边从桥上往回走，边想着今天跟我说话的人们。我可能是所有人里最不满现状的一个，但当我听到杰斯里和珂尔德对这个系统提出质疑时，却毫不迟疑地为它辩护，竟然还要解释它好在哪里。乍看上去我简直是疯了。

【新质】固体、液体或气体，具有天然元素或天然元素化合物所不具备的物理特性。这些特性来源于其原子核。将更小的粒子组合成原子核的过程叫作核合成，这个过程通常发生在衰老的恒星内部。从某种意义上来说，物质遵循的物理定律在宇宙形成不久后便已定型。在大改组后的两百年中，这些定律得到了人们充分的理解，某些阿佛特人还在实验室里实现了核合成，这种合成所遵循的物理定律与本宇宙现有的自然定律略有不同。事实证明，大部分新质都没有什么实用价值，但人们发现了一些变种，经过不懈的改进，终于制造出了一些有用的物质，这些物质或者异常强劲，或者异常柔软，或者拥有可用句控技术调节的特性。第一次劫掠之后，推出了一项改革举措，禁止阿佛特人开展进一步的新质研究。马特世界仍在少量生产新质，用以制作帛单、弦索和球。墙外则使用新质生产多种产品。

——《词典》，第四版，改元 3000 年

利奥修士把身上的帛单改成了新的样式，看起来像个从邮政列车上滚下来的包裹，不过这样一来敌人就再也没法蒙住他的脸了。为了验证效果，我们足足忙活了一刻钟，利奥越来越得意，可惜杰斯里一个问题就毁了他的心情——这种缠法能挡子弹吗？

珂尔德过来了，一块儿来的还有个叫罗斯克的，是个跟她有私情的年轻男子。他俩跟我们一起在食堂吃了晚餐。今天她带的扳手少了，首饰多了，都是她自己用钛做的。

阿尔西巴尔特这次终于平安抵达了父亲的圣殿，但他父亲坚持，如果他不忏悔不皈依巴兹正教就不跟他说话。

利奥在城乡接合部游逛，盼着歹徒们成帮结伙地来打他，结果却只有不断让他搭顺风车和给他买饮料的。

杰斯里的家人挨个回了镇上，他也时不时去看看他们。我陪他回去过一次，被他们的聪颖、优雅和财富之丰厚给惊呆了。但那不过是金玉其外。他们知道的事情很多，知其然却不知其所以然。而且奇怪的是，这反而让他们更加确信自己是正确的。

利奥被杰斯里那句话刺激着了，他说服了几个新朋友，带他去了山脚下的一处废采石场，那里是人们用投射类武器射击固定目标、自娱自乐的地方。他把三宝之二当成了靶子，对着他的帛单和球举起了武器，射出了子弹和宽头箭。子弹似乎穿过了帛单的编织孔隙——新质纤维拉伸开来，给子弹让了路。撑开的缝隙揉一揉就合拢了。但刀片般锋利的箭头却把纤维切断了，在布料上留下了无法修复的洞眼。不过球和帛单不同，如果你想用手指把它戳穿，它就会像焦糖一样无限地变形和拉伸。子弹把它打得几乎从里到外翻了个面，还像棍子打气球一样把它打飞了出去。利奥的结论是，可以用球来抵挡枪击：子弹还是会射入你的身体，但它会把球拉成一个手指形的长条，这就可以防止子弹碎裂，也能防止它旋转，揪着变形的球还能把子弹从伤口里拔出来。我们听完都松了一口气。

珂尔德又来过一次，这次没带罗斯克。我俩把整个马特好好逛了一通，还到迷园里去转了转。起初我们谈了谈原来的家庭成员们的去向，后来我们又就她希望自己十年后身在何处这个话题聊了聊。

大隙节到了第八天，我已经厌倦了，也彻底混乱了。我迷上了自己的继姐。这可能会给我招来各种坏事儿。不过想得越多就越明白，我对她的迷恋和私情无关。

我会整天整天地想她，过分在乎她会怎么想我，也希望她能来得更多一点，更关注我一点。然后我就想起，过几天大门就要关了，十年都不能再跟她联系了。她好像从没忘记这点，一直跟我保持着距离。不管怎样，我猜集修院里她最感兴趣的是跟伊塔人有关的事物，在某种意义上，她随时都能接触到那些，因为她在为伊塔人做东西。

大隙节每一天的所思所感都够我写出本书的，而且每一天都截然不同。但到了第八天末尾，这事儿终于有了了结，我也能做个简练得多的总结了。

【私情】 ❶ 在奥尔特语和晚期奥尔特语中，指一些修士与修女之间的亲密关系（通常为性关系）。私情几乎只发生在二人之间。最常见的组合是一位修士和一位与之年龄相仿的修女。私情有好几种类型。嘉尔塔斯阿妈 ① 在《戒律》中提到了四种，这四种私情都是她所禁止的。旧马特时代晚期，髥佩尔和髥埃莉斯的情书在他们去世之后曝光，他们的私情（佩莱莉斯式）也因此出了名。复兴之前不久，几座马特迈出了非同寻常的一步，修改戒律，批准了佩莱莉斯式私情，意味着修士修女之间一对一的私情得到了准许。大改组时期采用的《戒律书（修订版）》中，描述了八种类型的私情，批准了其中两种。《戒律书（新二修订版）》中，描述了十七种类型的私情，批准了四种，另对两种采取默许态度。每种得到批准的私情都要遵守特定的规章，还要举行隆重的奥特，在奥特上，当事人要当着至少三名证人的面表明同意遵守规章。如果某个修会或集修院准许了《戒律》许可范围之外的私情，就要接受裁判所的处分；但其准许的私情可以少于《戒律》允许的类型；那些一类私情也不准许的，便是名义上的独身者修会或独身者集修院。❷ 践行时代晚期的诡话词汇，因此无法明确定义，但显然与个体间的接触或关系有某种关联。

——《词典》，第四版，改元 3000 年

敖罗洛修士注意到了我的心烦意乱，让我在太阳快落山的时候到星阵去。

---

① 阿妈（Ma）：非正式的尊称，弟子用它来称呼比较高级的修女。

他预约了当晚髦米特拉与米拉克斯（M&M）天文望远镜的使用权。天空阴沉沉的，但他仍抱着一丝转晴的期望，傍晚时分就上来对准了望远镜，换上了一块新的照相记忆板。我在 M&M 控制器旁边找到他时，他刚做完准备工作。我们走了出去，在巨石圈附近溜达了起来。好半天舌头不听使唤，但过了一会儿，我还是把自己对珂尔德的感觉和想法告诉了敖罗洛。他问了各种我从没想过的问题，又仔细倾听了我的回答。而我的回答似乎都印证了他的想法，就是我对珂尔德并没有产生任何不宜于兄弟姐妹的感情。

敖罗洛提醒我，珂尔德是我所脱离的那个生物学家庭的唯一成员，更不用说，她还是我真正了解的唯一一个墙外人。他向我保证，我对她的频繁回想是正常的，也是健康的。

我还向他讲起我俩从各个方面质疑《戒律》和大改组的那些谈话。他又向我保证，这也是大隙节一项不成文的传统。这是阿佛特人脱离体制的一次机会，这样接下来的十年里他们就不用一直担心自己脱轨了。

当我们来到星阵的东南面时，他放慢了脚步，停了下来。"你知不知道我们生活在一个美丽的地方？"他问道。

"怎么会不知道？"我反问，"每天我都要进一次大院堂，看着高坛，唱着祝歌——"

"你嘴上说着'是'，防备的语气却带着相反的意思。"敖罗洛说，"你还没有看过这个。"他伸手朝东北方一指。

从那边绵延而来的山脉难得一露峥嵘，冬季被阴云隐蔽，夏季被雾霾遮挡。此时正值夏冬之交，上周还赤日炎炎，但从大隙节第二天起，气温便骤然下降，我们也把帛单蓬起，弄成厚厚的冬装。几小时前我刚进主楼时，外面还是暴风骤雨，但趁我爬楼的工夫，交杂咆哮的雨水和冰雹已渐渐平息。待我登上星阵找到敖罗洛时，暴风雨已踪影全无，只剩下零星的大水滴随风飘洒，如太空中的陨石一般，步道上还堆积着小小的冰雹，好似泡沫。我们几乎置身于云端。天空如海浪拍击礁石陆岬一般拥向山峦，又发了半个小时的寒威。云已渐渐散去，天色却一点也没亮起来，因为太阳已经落下了。但凭着宇宙学家的眼光，敖罗洛却注意到，山的一侧有一块地方比别处更亮。我第一眼看到他指的那块光斑，猜想是冰雹挂在山脊的树的枝头上发出的银光。但我们看着看着，光斑的颜色却变暖了，也越来越大，越来越亮，还顺着山腰向上爬去。已经暗下来的树木也被它照亮，熠熠生辉，像着了火似的。这是从西天的云缝里远远射来

的光线，此刻正伴着日落一点点升高。

"我想让你见识的就是这种美。"敫罗洛告诉我，"领会和热爱近在眼前的美，再没有比这更重要的事儿了，不然你就没无法抵御四面八方袭来的丑。"

难以置信，敫罗洛修士这样一个人，竟会吐出如此富于诗意、如此多愁善感的言论。我万分错愕，都忘了要问敫罗洛，他说的丑是指什么。

不过至少我睁开了眼睛，看到了他想让我见识的东西。山上光线的色彩丰富了起来：绯红、金黄、桃红、肉粉。数秒之间，光芒流淌过仟岁纪马特的围墙与高塔，如果我是个慕像者，就会称其为神圣，并把这当作神明必然存在的证据。

"美是有穿透力的，就像光线能够射穿云层。"敫罗洛接着说，"当它照射到能够反射它的东西时，你的目光就会被吸引到那里。但你心知那光并不是山或塔发出的。你心知那是从另一个世界照耀进来的什么东西。别听那些人说什么美只在观看者的眼中。"敫罗洛指的是新圈子和改良老番会，但他可能只是和当年的忒伦奈斯一样，警告弟子别受斯芬尼克学派的妖言蛊惑罢了。

光线又在最高处的矮护墙上徘徊片刻，便消退了。眼前的一切瞬间化作了深绿、深蓝和深紫。"今晚能见度会很好。"敫罗洛做了个预报。

"您要留在这儿吗？"

"不。咱们得下去了。我们跟司钥长之间有了点儿麻烦。我还得去拿几份笔记。"敫罗洛匆匆走开，我留下独自待了一会儿，惊喜地看到山峦上空又一次出现的小小的"日出"：光线不着痕迹地扫过空荡荡的天际，捕捉到一两朵纤小的薄云，把它们照得像掷入火中的棉球一般。我俯视着黑暗中的集修院，完全没有了跳下去的欲望。对美的发现会让我活下去。我想着珂尔德和她所拥有的美，她制作的物品之美，她举手投足的美，还有她在思考时面庞上流露出来的万千情思。在集修院里，更多时候，美是存在于理学论证之中的——那才是人们积极追求并培育的美。美也存在于我们的建筑和音乐之中，就算我不去注意，它们也永远存在。敫罗洛参透了个中奥妙，这些美，无论我领会到其中的哪一样，都可以知晓自己正活着。这种对活着的知晓，并不是只有用锤子砸自己的大拇指才能体会到的，而是意味着我与某种东西——我正体验着的，也恰是我灵魂一部分的东西——同在。这既是个理由，让我不必去死，也是种暗示，暗示死并非一切。我知道我此刻已濒于沦落为慕像者的危境。但既然人也可以如此美丽，就很难不认为，人的身上有某种东西来自克诺乌斯透过云层所见的那另一个世界。

　　敖罗洛在楼梯口和我碰了头，胳膊底下还夹着一些笔记。我们下楼前，他又最后看了一眼天空中开始显现的恒星与行星，就像是一位管家在数着汤匙。我们默默地走下阶梯，用球照着脚下的路。

　　和敖罗洛修士预言的一样，司钥长葛雷狄克修士已经等在了吊闸那里。他的身边还站着一个纤瘦的身影。我们走下飞扶垛的时候，看出那是葛雷狄克的上司——特蕾斯塔纳斯修女。"呃，看来我们要被罚补赎了。"我嘀咕道，"这恰恰证明了您的观点。"

　　"你说的是哪种观点？"

　　"四面八方袭来的丑。"

　　"我倒不这么想，"敖罗洛修士说，"这是个例外。"

　　我们下到石雕处，跨过了门槛。葛雷狄克在我们身后猛地拉下了铁栅。我看向他的脸，以为是我们下来得太晚，耽误了时间把他气着了。但并非如此。他很不安，只想离开那里。我们全都眼睁睁地看着他在那里笨手笨脚地摸索钥匙环。他给吊闸上锁的时候，我先后望向北方一年士和东方百年士的两座吊闸。那里的铁栅也是关着的。看来整个星阵都关闭了。这或许是大隙节期间的安全保护措施。

　　我以为等葛雷狄克走了以后，特蕾斯塔纳斯修女会把我和敖罗洛训斥一顿。但葛雷狄克看着我的眼睛说："跟我来，伊拉斯玛弟子。"

　　"去哪儿？"我问。司钥长提出这种要求实非寻常，这并不是他的职责。

　　"去哪儿都行。"他边说边朝向下的楼梯点了点头。我看着敖罗洛，他耸了耸肩，同样地也朝楼梯点点头。我又看着特蕾斯塔纳斯修女，她只是回头盯着我，装出一副极有耐心的模样。她是个三十岁出头、不失魅力的女人，精明、有组织能力、自信——这种女人在世俗世界可能会去从商，还会在某个商号里迅速蹿入管理层。她当秩序督察的第一个月里，就为了很多鸡毛蒜皮的违规罚人补赎——净是些前任秩序督查不会计较的小事儿。年长的阿佛特人曾跟我保证这只是新官上任三把火。但我十分确信她这次会为下来得太晚罚我和敖罗洛补赎，所以我都犹豫要不要等她罚完了再走。但很显然她到这儿来另有目的。于是我便离开了她和敖罗洛，跟着葛雷狄克修士下了楼。

　　特蕾斯塔纳斯修女等我和葛雷狄克走出好远，才低声对敖罗洛说起话来。她说了大概一分钟，像在做一次事先排练过的小型演讲。

　　敖罗洛停顿了很久才回答，嗓音充满了紧张感。他在争辩着什么。这不是他平时对话时的那种冷静的嗓音。有什么东西在搅扰着他。由此可知，特蕾斯塔纳斯修女并没有罚他补赎，因为被罚补赎必须逆来顺受，否则就得加倍再加倍。他们在谈什么更重要的事情。显然是特蕾斯塔纳斯修女让葛雷狄克把我带走的，这样她才能和敖罗洛私下交谈。

这对我和敖罗洛在星阵上的交谈来说，可不算是个圆满的结局。但这件事也进一步证明了他的观点——"四面八方袭来的丑"，而为了应对"丑"的挑战，我得学会把"领会美，抵御丑"的思想付诸实践。

"你必须如此并坚持如此，否则就会死。"第二天早晨醒来时，我已经想不起这到底是敖罗洛说的许多话中的一句，还是我自己脑子里得出的结论了。不管怎样，我还是振奋而坚定地起了床。

在食堂里，我看到了敖罗洛修士，他跟我隔了几张桌子，独自坐着。他吝啬地冲我挤出了一个微笑，下一秒就看向了别处。他并不想向我讲述他与特蕾斯塔纳斯修女的争吵。他吃得很快，吃完就站起身径直朝旬纪门走去，到市镇上去消磨又一天的时光了。

比起跟特蕾斯塔纳斯的争吵，我更看重他之前跟我的谈话。但我知道不能在食堂说这个。这逃不过狄亚克斯的耙子；阿佛特人不会认为这是合理的言论。那些偏普洛克派的人会说我已经成了一个慕像者。要为自己辩护，我还不得不扯出各种各样在他们听来荒唐可笑、模糊不清的想法来。不过与此同时，我也知道，这就是那些氅者们所做的。他们是凭审美而非逻辑来评判理学论证的。

我并不是唯一一个满腹心事的。阿尔西巴尔特也独自坐着，几乎什么都没吃就偷偷地溜了出去。后来图莉亚端着她的碗走过来坐在了我的旁边，我才高兴了一会儿就明白了过来，她只是来谈论阿尔西巴尔特的。最近阿尔西巴尔特总爱在大庭广众之下做出沉思的样子，就像是在等着我们去问他哪里出了毛病似的。我就从不理他，因为觉得这种招数让人讨厌。但图莉亚修女总会时不时地去看看他。她说我也应该去看看他。于是我照办了，只因这是她的请求。

在大改组之后，氅埃德哈会的第一批修士和修女来到了这块被河流冲刷的岩坡，边实施爆破与水力切割，边清除碎石和风化石，并把这些石头挪到周围，堆砌成了集修院的围墙。他们一直打到了山脉中心坚实的岩层，把这块岩层也劈碎了，劈下的石片与石棱落入谷底，有一些几乎都滚到了墙边。岩坡被砍成了岩阶，岩阶又被砍成了峭壁。第一拨千年士在峭壁的正面凿出了一道蜿蜒向上的窄阶，登上去之后便再没下来过了，他们在峭壁顶上扎了营，开始建造自己的围墙和塔。下面的山谷在几个世纪里仍旧是一片乱石滩。阿佛特人聚拢在乱石滚落的地方，把乱石雕成了大院堂的构件。这些乱石如今几乎都已不见踪影，土地也变得平坦、肥沃，不再有石块夹杂。但仍有少数几块巨砾，点缀在草场的周围，部分是为了装饰，部分是为了给我们的石刻家提供原材料，仍有人在对大院堂的怪兽滴水嘴和顶饰之类做着小修小改。

我找到了阿尔西巴尔特，他坐在一块被愚氓们随手丢弃的空饮料瓶包围的巨砾之上。在他的四周，游客们正躺在草丛里睡着觉。在草场的另一头，利奥正绕着一尊塈佛洛嘉雕像蹦跶，他把帛单的一头向它抛去，让它飘到雕像的脑袋顶上，再像抽鞭子一样猛地往回一抽。他们的行为在我看来稀松平常、无聊至极。但现在正是大隙节，此刻草场上正有一群游客在那里观赏、指点、讥笑，还在拿斯皮里摄录器拍摄着。这就是大隙节另一个有用的功能：提醒我们——我们是何等的怪诞，能生活在这么一个逍遥法外的地方有多么走运。

阿尔西巴尔特修士就是个证据。他正长篇大论地念叨着什么，不仅用纯正的中奥尔特语念出主题句，还用古奥尔特语和原奥尔特语做着注脚。他在解释自己为什么会因为父亲拒绝同自己讲话而感到委屈，他觉得自己只是试图在父亲的宗教与马特世界之间建立桥梁，并没有严重背弃父亲的信仰。

这可够令人震撼的了，从克诺乌斯的两个女儿互不理睬到现在已经过了七千年了，而一个十九岁的少年竟要实现如此雄心勃勃的计划！不过我还是听着他在那儿抱怨。部分原因在于，这么做可以给图莉亚留下我是个大好人的印象；另一部分原因是我不想当洛拉会士；但还有一部分原因在于阿尔西巴尔特说的几乎跟昨晚我与敖罗洛的讨论一样疯狂。所以也许我听完了他的牢骚，他也会听我吐露些心声。但随着谈话（如果倾听阿尔西巴尔特说话也能叫谈话的话）的继续，这个希望却泡了汤。他从没想过我可能也有想要讨论的事情——这些事或许不如他的心事那么漂亮，那么重大，但对我却很重要。我等待着时机。可还没来得及见缝插针，他就已经彻底转换了话题，用一首《精美的珂尔德》狂想诗对我发起了伏击。我想说的一句也没说成，却被迫陷入了珂尔德是不是精美的想法之中。他想知道她会不会愿意接受一段亚特兰式的私情。我想不会。但我又有什么资格评判呢？而且一个（a）不育且（b）十年才能出来一回的男友看起来的确像是安全的男友。于是我耸了耸肩，承认一切皆有可能。

这之后我就回图莉亚修女那儿汇报去了。

  图莉亚是在十七年前被人在日纪门前发现的，当时她身上裹着报纸，躺在一个掀开盖子的啤酒冷却箱里。那时她的脐带蒂已经脱落，意味着她已经太大，被世俗世界影响得太深，所以千年士们已经无法接纳她了。而且起初她还生着病，于是就被安置在了独岁纪马特，毕竟从那里到公共医疗点更方便一些。在她六岁卒业穿越迷园之前，（据我想象）一直被居住在那座马特的市人的妻女们疼爱着。她独自一人现身于我们这边的迷宫出口，郑重地向她见到的第一位修女做了自我介绍。不管怎么说，她在外面并没有家人。看着我们这些人在大隙节期间应付家人的场面，她或许已经明白了自己有多么幸运。平常她谈起任何事情来都头头是道，但现在看着我们这些人，她显得很是不明所以。她见到我和我的继姐四处闲逛聊天时，毫不迟疑地就断定我的一切心思都很单纯，没有任何问题。所以我想，试图向她解释我跟敖罗洛讨论的那些事儿是没有任何好处的。

  与其跟她说这些，不如去跟那些到独岁纪马特旅游的墙外人说说话。

  我们住的是个小马特，又简朴又安静。独岁纪马特却完全相反，把它建造出来就是为了威慑那些从外面来的人：每年有十天用来威慑墙外来的旅游团，剩下的时间用来威慑住在这儿的一年士，那些人发愿以后少说也要在这儿住上一年。一年士里卒业进入旬岁纪马特的寥寥无几，倒是很有些"来这儿找点儿感觉以便讨老婆"的意味——这种刻薄的描述是我从一位老修士那儿听来的。但大多数一年士都是到马特世界来镀金的年轻男女，确实把这儿当成了步入成人社会和找对象的本钱。追随哈利康派的人，出去后常会从事实践理学家或者工匠的工作；追随普洛克派的人，常会进入法律、公关或政治领域。杰斯里的母亲，二十岁出头那会儿在这儿待过两年，出去后不久便嫁给了杰斯里的父亲。他父亲比母亲年龄稍长，曾在这里待过三年，还运用所学开启了自己的职业生涯。

【面】❶ 在狄亚克斯理学中，三维空间中的二维流形称之为面。
❷ 高维空间中的类似流形亦称为面。

【道场】指古埃特拉斯的裴利克林中央较为宽敞的露天平地，起初理
学家们在道场的地面上涂写演算，后来道场变成了进行各种对话的
场所。

【推翻】用作动词，指在对话过程中彻底推翻对手的主张。

——《词典》，第四版，改元 3000 年

大隙节第十天黎明的时候，养蜂人蓝姐修女发现，蜂房里半夜进了坏人，
砸坏了一些陶器，还顺走了几箱蜂蜜酒。如这般刺激的事件简直亘古未有。我
进食堂吃早饭的时候，所有人都在议论这件事情。到了七点多他们都还没聊
完，但我得在九点钟赶到岁纪门去，只好先走一步。比较好走的路线是从旬纪
门出去，往北穿过市人城镇，从墙外进入岁纪门。但我想起了昨天图莉亚给我
出的主意，她让我按照她六岁时的路线从下迷园过去。根据推测，她穿过迷园
大概花了半天的时间。以我现在的年纪，我希望自己可以在一个小时之内通关，
不过为了保险起见，我还是提前两个小时就动身了，穿过迷园最终花了一个半
小时。

大钟敲响九点的钟声时，我已衣冠楚楚地站在了通向大门的桥头、带有雉
堞的棱堡之下，岁纪门在我的面前升起。这座桥和这座大门的设计都与旬岁纪
马特相似，但尺寸却翻了一倍，装饰也更为富丽。此刻，透过岁纪门可以看到
一片广场，大隙节的第一天，那里曾云集了四百多人，在那里迎接他们结束一
年隐居生活的亲人朋友，看着他们在日出时分蜂拥而出。

这天早晨的观光团大约有二十多人。其中三分之一是穿制服的十岁小孩，

看那老师的修女做派，我猜他们来自巴兹正教学苑之类的地方。其他人则身份各异，有典型的市人，典型的工匠，也有典型的愚氓。愚氓最好辨认，离着老远就能一眼看出来。他们都很肥胖。虽然工匠和市人里也有胖子，但他们会有意识地用衣着遮掩。愚氓们现在流行穿一种类似运动衫的衣服（颜色鲜艳，背上带有数字），但上衣尺码超大，肩缝能奔拉到胳膊肘，下摆能盖到膝盖。裤子则说长不长、说短不短，只比上衣下摆长出一拃，还露着几吋短粗的小腿。脚下踩着巨型厚底鞋。头上顶着松松垮垮的帽兜，上面印着醒目的饮料商标，下半截一直奔拉到背上。帽兜外边还箍着深色的护目镜，即便在屋子里也从不摘掉。

但愚氓与众不同的不只是衣着。他们走路（一种摇摇摆摆的散漫步态）和站立（一种夸张无礼的姿势，在我看来有些敌意）也自有一番姿态。所以隔着老远我就看出，今早这个观光团里的愚氓一共四个。这倒一点儿也没让我苦恼，因为前九天的观光都没出过什么大事儿。德尔拉孔斯修士已经得出了结论，这个时期的愚氓信的是一种无害的像志。虽然他们摆出的架势极其唬人，但是本质上并没有多少危险性。

为了站得高点儿，我退到了桥面上。等观光团的人凑齐后，我向他们问了好，做了自我介绍。学苑的孩子们在前边整整齐齐地站成一排。愚氓们一起站在后边，为了装酷还特意跟人群隔开一段距离，有的用手指头按着唧嘎屏幕，有的嗡着大如水桶的糖水瓶子。还有两个迟到者正挤过广场飞速赶来，为了不让他们落下，我故意走得慢些。

我已经知道世俗人的注意力持续不了多久，所以靠墙一侧的岸边就没带他们细看，只把页子树园和地纽指点一番，便领着他们过桥进了独岁纪马特的核心地带。我们来到了一块楔形的红石板前面，那是块阿佛特人的合葬墓碑，上面刻着逝者的名字。对于这件东西我们有个政策：只要没人问就不讲。今天恰好没人问起，也就免去了不少尴尬。

第三次劫掠一开始，集修院就被围攻了一周。因为每座马特围墙都和外界相接，全院的人加起来也守不住这么长的防线，而独岁纪马特围墙较短，又有天然水障，稍容易守卫，于是到了第三天，十年士和百年士就打破戒律，撤到了这里。而千年士当然还留守高崖。

围攻又延续了一周，看得出世俗政权无意参与这场劫掠。于是在某一天的黎明之前，大多数阿佛特人齐聚到岁纪门后，排成了楔形的战阵，然后突然把门打开，强行冲过广场，从惊讶的围攻者身边闯过，进入市镇之中。他们花了一个小时，洗劫了市镇与围攻者的补给库，搜集了一批集修院内无法生产的药品、维生素和弹药。接下来的事态更让侵略者惊讶，他们不但没有逃散，还重新聚成更小的楔阵，再次闯过广场冲回了门内。他们一口气跑过了石桥，过了河就立刻把桥炸毁，还从废墟里拾取碎石扔了下去。冲出去的人数是五百。回来的人数是三百。这三百人中又有两百因在战役中负的伤而死在此处。这楔形的花岗岩下便是他们的坟冢。他们抢来的物资被送上高崖给了千年士。高崖下的三座马特第二天便全部陷落。随后的七十年里，只剩下千年士在未受侵犯的高崖上独自存活。除了这里，世界上还有两座仟岁纪马特未受到暴力侵犯和掠夺，逃过了第三次劫掠。不过也有很多地方的阿佛特人，事先从多种渠道得到预警而幸免于难，带着尽可能多的书逃到了偏远的地方，熬过了那几十年的时光。

为了强调葬在这里的人们已经回归，这座楔形纪念碑便指向了大钟，而非墙外的城市。

从石碑的尖端往前五十步，便是叙莱亚之路的入口。除了大院堂，叙莱亚之路便是集修院里最重要的代表性建筑。这组建筑在风格上更接近巴兹式，而非马特式——横线多，竖线少，为的是让人想起广为传播以纳百川的圣约教。

我站在门口又等了一会儿，待两位迟来者匆匆进入才把门关上。看到巴尔布没有跟来，我总算是舒了口气，甚至还有点儿得意。大隙节的头两天里，奎因的儿子几乎参加了每一场观光。他不仅把导游的每句话都牢记在心，而且问题也多得吓人。然后他又渐渐开始纠正起修士和修女的口误来，见他们不够啰唆的时候还要详细展开他们的话。有几个富于心计的修女，曾试过用别的事儿使他分心，但他的视线转移却不会持续太久，因此他仍旧会一如既往地"狂轰猛炸"。对奎因和他的前妻来说，让巴尔布整天在集修院里到处乱跑好像就是种满足，这无异于告诉我们，他们想让巴尔布成为录士。

设计叙莱亚之路的建筑师玩了个小小的花招，富丽堂皇的大门之后，是个黑暗逼仄、令人意外的空间——它让人想起迷园，只是远没有那么复杂而已。这里的墙壁和地板用发绿的棕色页岩板铺就，开采这些岩石的地方是一处令博物学家着迷的矿藏，那里沉积着大量早期生命形态的化石。在等待眼睛适应黑暗的过程中，我尽可能多地向观光团解释这些，然后又请他们看了几分钟的化石。有的人有先见之明，随身带了光源，比如学苑的孩子和一些退休的市人，

他们已分散到了室内的各个角落。那位修女教师还带了张地图，知道那些真正不可思议的化石该去哪儿看。我向其余的人递上了一筐手电，让他们拿取传递。有的人拿了，有的人却向我摆手谢绝。这些人可能是巴兹对立教原教旨主义者，他们相信阿尔布赫星是在稍早于克诺乌斯的时代瞬间创造出来的，而且一诞生就是今天这个样子。他们把忽视这段观光当作一种沉默的抗议。还有几个人戴着耳塞，听着唧嘎里的录音导览。愚氓们则只是盯着我毫无回应。我注意到其中有个人的胳膊上吊着绷带。我想了半天才想起在哪儿听说过这条绷带。结论显而易见，他们正是攻击利奥和阿尔西巴尔特的那帮人。缠得一本正经的帛单让我感到无助——这正是那种一把就能扯下来蒙住脸的缠法——真遗憾，没多看看利奥最近是怎么穿的。

后退着躲远了一点儿，我才宣布："这个厅同时具有两重意义。一方面，它是古代化石的展厅，这些化石大部分都是些样子古怪有趣的生物，但它们并未演化成如今我们所知的任何物种。它们是进化的死角。另一方面，这个地方也象征着克诺乌斯之前的思想世界。那个时代汇集了各种古怪的思维方式，就像一座动物园，其中大部分思想如今看来都显得很疯狂。它们也同样是进化的死角，除了在一些偏远地区的原始部落留存之外，几乎都灭绝了。"我边说边领着他们绕过了几个转角，走向一处大得多也亮得多的空间。"它们的灭绝是因为一件事情，"我接着说，"这便是七千年前此人在河边行走时发生在他身上的事情。"我边说边踏入圆厅，也加快脚步让观光者们跟着走了进来。

为了不破坏气氛，这次我沉默的时间较长。圆厅中央是一尊雕塑，已经有了六千多年的历史；几乎自诞生之初，它就成了举世闻名的杰作。它来到这片大陆和这座圆厅的历史本身也是个漫长而又生动的故事。这件雕塑是用白色大理石雕刻而成，两倍于真人的身高，不过因为安置在一座巨大的石基座上，看上去显得更加高大。这座像刻的是克诺乌斯，上了年纪，但肌肉健壮，有着长长的波浪状须发，姿态舒展地仰靠在一段粗糙扭曲的大树根上，充满敬畏与惊讶地凝望天空。他的一只手举着，仿佛是要遮蔽异象，又无法抵挡窥视的诱惑；另一只手握着尖笔。还有一把尺子、一支圆规和一块记事板散落在他的脚边，记事板上精确地刻着圆形与多边形线条。

巴尔布第一次来到这里时没有仰头，是因为他的大脑结构特殊，让他对人类的面部表情视而不见。其他的所有人，甚至是看过很多次的我，都会忍不住抬头看看是什么把可怜的老克诺乌斯弄成了这样。答案是一孔眼窗（至少从安放在这里开始这尊雕像就看着它），或者说是圆厅穹顶正中的一个形如等腰三角形的孔洞，从这个孔洞可以射入一束阳光。

"克诺乌斯是一位大师级的石匠。"我开始讲道，"有一块刻有他名字的古代记事板，上边有个描述他的形容词，字面意思是被提拔的或崇高的。这块石板制作于他看到异象之前，可能意味着他特别擅长石匠工艺，也可能意味着他在自己所处的时代是一位地方宗教生活中的圣人。他曾受国王之命修建一座神庙。建造神庙的石头采自几哩外的河流上游，是通木筏运输到建筑所在地的。"

这时有个愚氓插嘴问了个问题，我只得停下来解释，说这一切都发生在很远的地方，我说的既不是我们这条河也不是我们这里的矿场。又有一部唧嘎奏出了可笑的曲调，我只好等着它的主人把它掐掉再继续开始。

"克诺乌斯总是先在石蜡记事板上进行草算，然后再去采石场指导石工。有一天他正在试着解一道跟切割石头有关的几何题，是道特别困难的题目。他坐在河边一棵大树的树荫里，正解着题的时候，获得了那次改变他的头脑与人生的异象。

"对于上面这段故事，大家并没有什么异议。但克诺乌斯并没有直接描述他所见的异象，而是经了这两个女人之口。"我伸手指向了两尊稍小的雕像，它们（理所当然地）与克诺乌斯像共同形成了一个等腰三角形，"这是他的女儿叙莱亚和德雅特，人们认为她们是一对友爱的孪生姐妹。"

那几个巴兹对立教教徒走在了我的前头。他们已经到了德雅特脚下并开始下跪祈祷。有几个人在背包里翻找蜡烛。还有几人因拍照时看着唧嘎屏幕而失足跌撞在一起。德雅特是身披斗篷双膝跪地的形象，面朝克诺乌斯，从眼窗进来的光线被她的衣物挡住了，照不到她的面孔。

而叙莱亚髻母则相反，她直立着，一只手将斗篷帽子掀开，仰头直视着光线；另一只手指向眼窗，嘴唇微张，好像正要说出她的所见。

我讲述了关于这两尊雕像的传说。改元前 2270 年，巴兹皇帝坦图斯刚从埃特拉斯废墟掠来了这尊旧克诺乌斯像，为了给它做陪衬，他便命人制作了这两尊雕像。由于出产克诺乌斯像的大理石矿也落入了他的手中，所以这两尊像的石材也采自同一个地方，是用特制的驳船运到巴兹帝国的。接受委托的是当时最卓越的雕刻家，他用了五年时间才把那两块石头雕成了这两尊雕像。

在雕像正式揭幕的时候，坦图斯被叙莱亚的面容深深打动，于是下令把那位雕塑家带到自己面前，问他叙莱亚到底要说些什么。雕塑家拒绝回答。但坦

图斯一再要求。雕塑家便指出，这尊雕像的艺术精髓和唯一优点就在于它的模棱两可。着了迷的坦图斯又问了他很多相关的问题，然后便抽出帝王之剑刺入了雕塑家的心脏，让他再也答不出口，以免颠覆自己的作品。和所有好故事一样，这个故事后来也受到了学界质疑，不过观光到了这个节骨眼上，不讲也不行，况且那些愚氓听完都乐坏了。

就我而言，这两件雕塑如此赤裸裸地宣传对叙莱亚的支持和对德雅特的反对，简直让我尴尬。不过那些慕像者的看法似乎完全相反。经过了大隙节的十天，德雅特像的基座上已经堆满了蜡烛、小饰品、花朵、动物填充玩具、迷信用品、死人相片和纸条，被装点得艳俗无比。大门关闭后，一年士们还得花上好几个星期才能清理干净。

"德雅特和叙莱亚出门去寻找父亲，发现他正在树下出神。她俩都看了他记录印象的记事板，也都听了他的叙述。不久以后，克诺乌斯因为说了某些冒犯国王的话而被流放，很快便死在了流放地。两个女儿则开始分别向人们讲述起不同的故事。德雅特说克诺乌斯仰望天空，看到云彩自动分开，向他展示了金字塔形光柱的异象，那是一般人眼所看不到的。他在其中看到了另一个世界：那是个一切都光明完美的天国。据她说，克诺乌斯得出了结论，认为崇拜物质性的偶像是一种错误，因为这些偶像只是对居住在另一个世界的真神的粗劣模仿，我们应当崇拜真神本尊，而非自己用双手制作出的人造物，就比如他自己还没造完的那座。

"叙莱亚说克诺乌斯获得的实际上是对几何学的顿悟。被她姊妹德雅特曲解为金字塔的，其实是个一闪即逝的等腰三角形：那不是克诺乌斯用尺规在记事板上作出的那种粗略、不精确的再现，而是纯粹的理学客体，可以做出绝对论断的理学客体。我们在物质世界绘制和测量的三角形只不过是一种再现，只是多多少少忠实地再现了存在于某个更高级世界的完美三角形而已。我们必须停止将二者混为一谈，应当把头脑用在研究纯粹的几何客体上。

"你们会发现这个房间有两个出口，"我指出，"一个在靠近德雅特像的左侧，另一个在靠近叙莱亚像的右侧。这象征着二人的追随者现如今的巨大分歧，我们称德雅特的追随者为慕像者，而叙莱亚的追随者在很久以前被称作自然哲学家。若通过德雅特那边的门，很快你就会发现自己已经出了这座馆，很容易就能找到回岁纪门的路。很多参观者会认为跟自己有关的事物已到此为止，那就可以选择从这里出去。但如果跟着我通过另一道门，就意味着你将继续在叙莱亚之路上前进。"我给他们留了几分钟漫步和拍照，然后便走出圆厅，带着他们进了一间画廊，这里陈列着克诺乌斯去世后几个世纪里的绘画作品与工艺品，除了德雅特的朝圣者，其他人都跟了上来。

挨着圆厅的这间画廊是个通景画厅，是一间带有拱顶的长方形大厅，充足的光线从高侧窗射入，照亮了厅里的湿壁画。厅的中间是一座等比缩小的奥利森纳髻殿模型。我解释说，这座髻殿的创立者是阿德拉贡，他是阿德拉贡定理的发现者，这个定理讲的是一个直角三角形斜边的平方等于另外两条边的平方之和。为了向这一定理致敬，这个厅的地板上还装饰着许多该定理的图解证明，只要站在这儿看得足够久，每个人都能把它看明白。

"我们现在处于大改组前（改元前）约 2900 年到改元前 2600 年。"我说，"阿德拉贡把奥利森纳变成了一座髻殿，供人们专门研究 HTW，即叙莱亚理学世界——克诺乌斯瞥见的那个更高级存在。奥利森纳髻殿的人来自世界各地。你们会发现到这个厅还有一个入口，是从户外直接通进来的。这道门是有纪念意义的：很多人曾选择过另一条道路，也曾在慕像者之中徘徊，却终因寒冷而进入了这里，试图把他们的思想与奥利森纳的思想调和起来。他们中有些人获得的成就比没走过异路的人还多。"

我看了看那几个愚氓。他们又回到圆厅去消磨了些时间，推测起克诺乌斯某些（藏在衣褶下的）解剖学零件的尺寸来，然后又争论起他们更喜欢哪个女人：是摆出跪姿方便行事的德雅特呢？还是开始脱衣服的叙莱亚呢？进到这个厅后，他们凑到了一幅最惹眼的湿壁画底下，这幅画画的是一个暴怒的黑胡子男人正挥舞着一把耙子，冲下髻殿的阶梯，恐吓着一群精神错乱、眼珠乱转的掷骰子者。很显然，这些愚氓喜欢这幅画。到目前为止，他们表现得还足够温驯。于是我靠近了他们，向他们解释起来："这个人是狄亚克斯。他以思想条理分明著称。这些人是迷信狂，是对奥利森纳运用数字的方式有误解的人。他们憧憬的是各种各样疯狂的数字崇拜。这些人对奥利森纳的渗透令狄亚克斯感到越来越悲哀。有一天他唱罢祝歌，从髻殿出来时看到这些人在用骰子算命，便气急败坏地从一位园丁手里抢过耙子，用它把迷信狂赶出了髻殿。此后他便开始执掌奥利森纳。他创造了理学这个名词，他的追随者则自称理学者，以示与迷信狂的区别。狄亚克斯还说过一句话，至今仍对我们非常重要——你永远不应因为想要相信某事而相信它。我们称之为'狄亚克斯耙子法则'。有时我们也会对自己反复使用这个法则，提醒自己不要用主观情感蒙蔽自己的判断。"

这段解释对四个愚氓来说太长了点儿，刚说完耙子之争，他们就转身走了。我注意到他们中的一个——那个胳膊上吊绷带的——沿着他的脊梁隆起了一条奇怪的鼓棱棱的脊，有几时还从他的运动衫领口上伸了出来。这个东西刚才一直被垂下的帽兜后摆遮着，但他一转头，我就看清楚了。就像是附着在他脊梁上的一条外骨骼脊椎。顶端是个长方形的标牌，比我手掌小些，上边写着一个基纳文，是一个大个子的简笔人物在用拳头打一个小个子。这就是奎因跟我和敖罗洛说的脊梁夹。我猜让这个男人右臂失灵的就是它了。

远端的天花板上还有一幅湿壁画，画着埃克巴火山喷发和奥利森纳垫殿被毁。后边一连串画廊里展示的绘画作品和工艺品则出自随后的游方时代，那里的几座壁龛里还画着七位最伟大的和四十位居次要地位的游方士。

走过几间画廊，我们进到了一间大椭圆厅，里边陈列着以埃特拉斯城邦为中心的理学黄金时代的雕像与湿壁画。天花板的一头画着仰视云彩的普洛塔斯，另一头画着他的老师忒伦奈斯与对话者们迈步走过道场，这些对话者表情各异，有的尴尬，有的迷醉，有的内敛，有的愤怒。走在最后的两人交头接耳，正谋划着什么，这预示着忒伦奈斯的审判与处决。还有一幅描绘城市的，画面很大，几个场景在画中清晰可辨，我指出了盘踞在山顶的慕像者神庙，那是忒伦奈斯受死之地；山脚下的市场是裴利克林；裴利克林中心宽敞的道场，那是几何学家画图和人们公开辩论的场地；还有裴利克林一旁浓荫掩映的葡萄藤，藤荫下正有几位理学者在教授弟子，"学苑"一词即由此而来，意思就是"藤下"。那位修女教师对此最有共鸣，能让孩子们看看这幅画，劳神费力带他们走这么一趟也算值了。

沿着椭圆厅再往前走，墙面上开始出现理学者与帝王将相并立的形象，理学者们都站在皇帝或将军的右手边，自然而然地将这个厅与下一间大厅的内容衔接了起来。椭圆厅的后面便是叙莱亚之路的最后一厅，这里展示的全是巴兹帝国的荣耀，它的神庙、圣殿、围墙、道路、军队、图书馆和（越往后走数量越来越多的）圣约堂历历可见。看着看着，画中为帝王将相出谋划策的就不再是理学者，而是巴兹圣约教的教士和主教了。理学者们缩小成了背景深处的小人儿，有的斜倚在图书馆的台阶上，有的在往国会大楼里走，去向那些闭目塞听的高官显贵进献金玉良言。

大厅的最后是洗劫巴兹和火烧图书馆的湿壁画，画面中藏着一道狭窄、朴素得不搭调的小拱门，便是大厅的出口，若没有那尊腋下夹着几本破书的堃嘉尔塔斯像，你可能都找不到它在哪里——嘉尔塔斯扭头望向的就是出口方向。从这里出去是一座有着高石墙的内庭，里面没有任何装饰，除了空气一无所有。它象征着理学者退隐马特世界，标志着改元前 1512 年旧马特时代的发端。

从这里开始叙莱亚之路就延伸成了一条环廊，围绕在独岁纪回廊院的周围。环廊的外侧还是空的，有朝一日可能还会增设秘法派、复兴和践行时代，甚至厄报和大灾厄的展览。而现有的所有精彩展品我们都看完了，一般来说观光之旅也就到此为止了。

于是我对每个人的光临都表示了感谢，还告诉他们，如果想再回顾刚才观赏过的东西，欢迎返回前面的展厅。我也欢迎所有人来参加第十夜的晚宴，最后表示如果他们有什么问题我也很愿意回答。

那几个愚氓似乎想马上回去欣赏一下巴兹帝国战役和火烧图书馆的壁画。一位退休的市人走上前来对我的服务表示感谢。学苑的孩子们问了我最近学习的内容。我试着向孩子们解释他们没听说过的理学话题，那两位最后赶来的游客就站在一旁等待时机。不一会儿，修女教师便遗憾地打断了我（或者是打断孩子们），催促着孩子们走了。

两位迟到者是一男一女，大概都有五十多岁。我想他们之间并没有什么私情。两人都是一身商人打扮，也许是某个商号里的同事。两人的脖子上都挂着胸牌，那是墙外人用来标示个人身份和开启某处门禁的卡片。集修院里并不需要这种东西，于是他们都把胸牌掖进了胸口的衣兜里。他们是有眼光的游客，一直跟在观光团的最后，只要一个人注意到什么精彩的细节，另一个就会把头凑过去讨论一番。

"我对你讲的克诺乌斯的女儿很感兴趣。"那个男的宣布。听口音他应该来自这片大陆的另一头，那边的城市比这里大，比这里密集，集修院也大得多，一个就能装下十多个分会，不像我们这种小地方，只有三个分会。

他接着说："我总以为阿佛特人会强调她们两人的差异。但我觉得你好像是在暗示一种——"说到这儿他便停住，好像在寻摸着某个弗卢克语词典里没有的词汇。

"共同的立场？"那女的提了个醒，"她们之间的相似性？"她的口音，肤色和面部的骨骼结构，说明她来自另一片大陆，那里是当代世俗政权的大本营。根据这个线索，我在脑子里编出了一个合理的故事：这两个人住在一个远方大城市，为同一个雇主工作，从事一项全球性的业务，他们为了某种目的到本地的办公点来出差，听说今天是大隙节的最后一天，于是决定花几个小时来看上一看。我还猜想，他们年轻时可能也曾在某个独岁纪马特里待过几年。可能那个男人的奥尔特语太久不用已经不灵光了，也许用弗卢克语来讨论会让他更舒服些。

"哦，我想很多学者都会认同，德雅特和叙莱亚说的都是一个人不应把象征和被象征之物混为一谈。"我说。

他就好像被我戳到了眼睛似的："这算什么开场白？'我想很多学者都会认同……'你干吗不直接说你想说的？"

"好吧。德雅特和叙莱亚说的都是一个人不应把象征和被象征之物混为一谈。"

"好多了嘛。"

"对德雅特来说，象征物是一个偶像。对叙莱亚来说，象征物是记事板上的三角形。对德雅特来说，被象征物是天堂的真神。对叙莱亚来说，被象征物是HTW 里的纯理学三角形。所以，您是否认同我说的她们之间确有共同点存在？"

"是的，"那男人不情愿地说道，"但阿佛特人讨论问题几乎从不这么虎头蛇尾。我还等你进一步展开呢，就像阿佛特人对话那样。"

"您的意思我完全明白。"我说，"可我刚才并不是在对话。"

"可你现在是啊！"

我权当他是在打趣，只还以呵呵一笑，但愿没显得太失礼。他的脸上现出一丝干巴巴的笑意，整个人看上去却很严肃。那女的则显得不大自在。

"但刚才不是，"我说，"刚才我是在讲故事，故事就必须要讲得通。如果说德雅特和叙莱亚有着相同的理念，只是用不同领域的事物解释了自己的想法，故事就讲得通。但如果说她们把父亲看到的异象解释成了完全相反的事物，故事就讲不通了。"

"你只要说出德雅特是个疯子，就完全讲得通了呀。"他提出了异议。

"是啊，那是真的。可能是因为观光团里有不少慕像者吧，我没法那么直言不讳。"

"所以只是出于礼貌，你就说了你自己并不真信的东西？"

"其实问题在于我强调的是什么。我相信我之前说的关于共性的话，而且您也相信，因为您在这一点上是认同我的。"

"你认为在这座集修院里持这种思想状态的人有多少？"

听到这话，那女人就像闻见什么东西臭掉了似的，侧过身去压低声音对那男人说道："思想状态是个贬义的说法，不是吗？"

"完全正确。"男人目不转睛地看着我说，"这儿有多少人像你这样看待这件事？"

"这是典型的普洛克派与哈利康派之争。"我说，"追随哈利康、伊文内德里克和埃德哈的阿佛特人追求的是纯理学的真理。而普洛克会、番会一派对整个抽象真理的想法都心存质疑，他们更愿意把克诺乌斯的故事归结为童话故事。他们之所以肯费唇舌支持叙莱亚，既是因为她象征的东西尚可接受，也是因为她的姊妹比她还糟。但我认为在他们心目中，HTW 并不比天堂更加可信。"

"那埃德哈会士相信 HTW ？"

那女人瞟了他一眼，他赶紧补充道："我专门提到埃德哈会士，是因为这里毕竟是髻埃德哈集修院。"

如果他是我们的修士，说起话来还可以随便一点儿。但他是个世俗人，莫名其妙地知道很多事情，而且还显得像个大人物。面对这样的情况，要是在大隙节的第一天，我可能还会说点模棱两可的话。但大门已经敞开了十天，我已经养成了一种粗鲁的政治性条件反射。所以现在回答问题已经不是为了我自己，而是为了我的集修院，更主要地是为了埃德哈会；毕竟世界各地的埃德哈分会都把我们视为他们的母会，他们的分会堂里都挂着我们大院堂的图片。

"如果您直白地问一位埃德哈会士，他有可能会不大情愿承认这一点。"我说道。

"为什么？这儿可是髻埃德哈集修院啊。"

"它已经分裂了。"我告诉他，"在第三次劫掠之后，三分之二的埃德哈会士已经落户到了别的集修院，让新圈子和改良老番会驻了进来。"

"啊，当权者把普洛克派的修会安插到了这儿来监视你们，是吗？"这回那女人真的伸出手来按住了他的小臂。

"您好像把我当成埃德哈会士了，"我说，"可我还没参加选遴呢。我连髻埃德哈会要不要我都不知道呢。"

"为了你好，我希望你能加入。"

这场交谈自始至终都在朝着诡异的方向发展，话说到这个份儿上，我已经不知道该怎么往下接了。幸运的是那个女的将我们拉出了僵局："考虑到最近那些天堂督察教的事儿，我们来的路上就在推测，阿佛特人是否已经感觉到了压

力，想要改变自己的观点了。我们想知道，你对德雅特和叙莱亚的观点是否受了某种世俗的影响。"

"啊。这倒有趣了，"我说，"就在几天前我还完全没听说过天堂督察教呢。如果我对德雅特和叙莱亚的观点能反映出点儿什么，那也只是最近我出于个人原因一直在思考的某些事情。"

"很好。"那男人说着便转身走开了。女人回头对我做了个"谢谢"的口型，就跟着他一起朝回廊院溜达过去了。

不一会儿工夫，普洛维纳尔的钟声响起。我穿过独岁纪马特的院区，看到那里已经被翻了个底朝天。许多阿佛特人和墙外的雇工在一起打扫宿舍，为迎接明天开始集修生活的新人做着准备。

我破天荒地提前很久到了大院堂。找到阿尔西巴尔特后，我警告他要小心那四个愚氓。我俩的最后一句话被利奥无意中听了个正着，所以我只好在取袍子的时候重讲了一遍。杰斯里是最后一个来的，他喝醉了。他的家人在家里好好招待了他一顿。

仪式快开始的时候，主戒进入了高坛，跟他一起进来的还有两位紫袍的访客。如果是其他集修院的戒尊，以这样的方式登场倒也没什么不寻常的，所以我也没多想。但他们帽子的形状有点儿不一般。阿尔西巴尔特第一个认出了他们。"看来我们这儿来了两位裁判所的贵客。"他说。

听了这话，我向高坛的那头儿望去，却认出了刚才和我说话的那一男一女。

整整一下午我都在草场上摆桌子。好在跟我搭档的是阿尔西巴尔特。虽然他可能有点儿神经过敏，但因为常年给大钟上发条，一身脂肪底下也藏着牛一样的体格。

三千年来，集修院一直执行着一项政策：接收所有的折叠桌椅，加以利用并永不丢弃。这项政策的明智只得到过一次体现：那是 3000 年的仟岁纪大隙节，为了在饕餮盛宴上大快朵颐，也为了见证世界末日，当时有两万七千五百名朝觐者从大门蜂拥而入，这些桌椅终于派上了用场。我们拥有各种各样的折叠椅，有竹子的、加工铝的、航天复合材料的、注塑的、钢筋边角料的、手工木雕的、曲木的、先进新质的、树桩雕的、树枝捆的、废旧黄铜的、草编的。桌面有老林木料的、刨花板的、纯钛挤压的、再生纸的、草板的、藤编的，还有各种我都猜不出到底是什么的材料的。有两呎长的，也有二十四呎长的，有的轻如干花儿，有的重如水牛。

"你应该想想，这么多年了肯定有人发明过什么法子……噢，比如说……轮子。"阿尔西巴尔特说这话的时候，我们正在跟一张十二呎长的桌子搏斗，这怪物看起来可能曾在旧马特时代挡过长矛。

把这些东西从地窖里和椽子顶上拖出来真是个愚蠢透顶的任务。还不如让阿尔西巴尔特聊聊检察官和裁判所来得容易。

关键是，两位检察官的光临可能压根儿就不是什么大事儿，但如果是大事儿就肯定是真正的大事儿了。裁判所早已成了一种"没那么精神错乱，甚至有点儿官僚化的程序"。有事实为证，就是即便我们没惹麻烦也能随时见到秩序督察和她的幕僚。秩序督察尽管需要向主戒做汇报，但实际上他们属于裁判所的分支机构。在某些特定的情况下，他们甚至有权罢免主戒（阿尔西巴尔特说得起劲儿，还讲了些过去的主戒因发疯或犯罪而被罢免的先例）。而且全世界的集修院必须保持一致的裁判标准，否则大改组就失去了效力和意义。可要是没有戒尊这么个精英阶层挨家挨户地走动和监视，又怎能做到这一点呢？这群精英，通常是长期向修士修女滥施补赎从而受到注意和提拔的秩序督察。走动监视随时都在发生。只是我过去从未注意罢了。

"普洛维纳尔之前发生的一些事儿让我感到有点儿不安。"我对他说。

我们来到了草场上，码起第二座桌子阵来。修女和较年幼的修士匆匆忙忙地跟在我们身后，往桌边摆着椅子，往桌面上铺着纸。年长睿智的修士们拉着线，在我们的头顶搭起了一套几乎没有重量的支架；一会儿还要用它们撑起一座天篷来。离开饭还有好几个小时，在草场中央的一处露天厨房里，年长的修女们已经开始用菜肴的香味折磨起我们来了。有一张桌子设计得特别过分，阿尔西巴尔特和我已经奋斗了十分钟，还没解开桌子腿的锁闭机关。它是改元 5 世纪一场世界大战中剩余的军事物资，必须以正确的顺序按下一些杠杆和按钮才能把桌子腿展开。它的起落腿下别着一张叠成好几折的深棕色页子：一份操作说明书，是一位名叫博洛的修士在 940 年写的，这位老兄成功打开了桌子，想向后世显摆一下，才写下了这份东西。可写到桌子各个部件的名称时，他用的都是些深奥到无法形容的术语，而且这页子还被耗子啃过。我们简直要失去耐性了，简直想把桌子带到主楼上扔下去，想把博洛修士这张毫无用处的说明书丢进地狱之火里，然后逃到旬纪门外去找点儿烈酒，阿尔西巴尔特修士和我一致同意坐下来休息一会儿。趁此机会，我便同阿尔西巴尔特讲了我跟瓦拉克斯和

昂纳利的谈话——从小道消息得知，瓦拉克斯和昂纳利就是那两位男女检察官的名字。

"乔装改扮的检察官，嗯，这种事儿我想我还没听说过。"阿尔西巴尔特说。他忧虑地盯着我的脸补充道："这说明不了什么，是选择性偏见的问题——检察官要是跟普通人无异，也就不会被人注意或者议论了。"

不知怎的，这并没给我带来多少安慰。

"他们东奔西跑肯定得用某种交通工具吧。"阿尔西巴尔特坚称，"我就从来没想过要怀疑这是怎么一回事。他们不可能有自己的专机和专列，对吧？对他们来说，穿上普通人的衣服，和别人一样买票才合情合理。要是我，就会猜他们是碰巧刚从机场赶来，赶上你开始带团观光，就一时兴起打算跟上看看，要知道圆厅里那些雕像可是人人都想看的。"

"言之有理，但我还是觉得……被架在火上烤了。"

"被烤了？"

"对。那个瓦拉克斯骗我说出了我绝不会对检察官说的话。"

"要是那种话，你又为什么要跟一个完全陌生的人说呢？"

这种话毫无用处。我瞟了他一眼。

"你说的话有那么糟吗？"他试探着问。

"也没什么。"我想了一会儿，总结道，"我的意思是，我的话可能听起来非常 HTW，非常埃德哈。如果瓦拉克斯是普洛克派的，现在肯定在恨我。"

"但这也没什么出格的啊。比这荒谬得多的话也有人说过，有好几个修会几千年来一直在说着奇谈怪论，也没在裁判所那儿惹上过麻烦，至今还兴旺发达呢。"

"这我知道。"我说。往草场另一头看了一眼，刚好看见科尔兰丁和几个新圈子成员正在排练晚上要唱的颂歌。隔着几百呎远，都能瞧见他们咧嘴笑着互相握手的样子。我觉得自己像狗似的，老远就能闻到他们的自信。我也想跟他们一样。而不是像顽冥不灵的埃德哈会理学家那样，围绕着几根天篷支柱的顶点向量问题争论得不可开交。

"我说被架在火上，是说到头来我可能会把自己的桥给烧掉。我跟瓦拉克斯说的话会传到特蕾斯塔纳斯修女耳朵里，然后再传到她的另一半那儿。"

"你怕新圈子不肯选你？"

"是啊。"

"那你正好可以躲开那股臭气。这对你更好。"

"什么臭气，阿尔西巴尔特？"

"等咱们这拨人大多数都参加埃德哈会的时候，这个地方就会弥漫起一股臭气来了。因为新圈子和改良老番会只能捡点残羹冷炙了。"

我试着装作不经意地四下望了望，害怕这话被他嘴里的哪个"残羹冷炙"听到。但附近只有一个人，便是那位太古时代的祖修士门塔克赛尼斯，他正拖着步子到处转悠，想看看有什么可做的事情，但又太过骄傲而耻于下问。我拿着那张被耗子啃过的博洛修士开桌古卷走到他跟前，请他帮忙翻译一下。他简直已经迫不及待了。阿尔西巴尔特和我把这个谜题留给了他，又步履沉重地回大院堂取下一张桌子了。

"你凭什么觉得会变成那样？"我说。

"敖罗洛已经跟我们很多人都谈过了——不止你。"阿尔西巴尔特说。

"招募我们？"

"科尔兰丁那才是招募——这就是我们不信任他的原因。敖罗洛只是谈话，是让我们自己做出结论。"

【诡话】 ❶在践行时代晚期和大改组早期的弗卢克语中，是对一般性错误言论的贬称，特别是指明知故犯的错误或混淆视听的言论。❷在奥尔特语中是个更偏于技术性和客观性的术语，所指的言论（未必，但通常是商务或政治用语）措辞委婉，不失时机地闪烁其词，运用令人头脑麻木的陈词滥调以及其他类似的修辞手段，给人造成的是一种不知所云的印象。❸根据改元之后的第二个千年时期一个激进修会——髡哈利康骑士会——的说法，指古斯芬尼克学派、旧马特时代秘法派、践行时代的商业及政治机构，以及大改组以来所有他们认为受到普洛克思想影响的人的全部言论及著作。由于他们在演说、对话、私人交谈等场合频繁响亮地使用这个词插话，第三次劫掠前马特世界明显存在的普洛克派与哈利康派的分歧受到了激化。第三次劫掠前不久，哈利康骑士会会士全部都被遣退，所以人们对其知之甚少。（他们常常出现在世俗娱乐节目中，是因为人们把他们和咒士混淆了。）

用法注释：在马特世界，如果在课室或食堂突然喊出这个词，会让人想到与义项❸相关的事件，因此应避免这种情况。以温和的语调说这个词时表示义项❷的含义，它在很久以前已经失去了或许曾经有过的粗鄙含义。在世俗世界这个词很容易被误解为义项❶，常被视为粗鄙甚至猥亵的语言。诡话常谈的墙外人脑中有种本能的反应，当他们说诡话被人指出时，往往更容易感到（或装作）被冒犯。碰到这种情况，马特世界的旁观者几乎总是无计可施。他如果被迫使用这个"冒犯性的"词汇，就会被当作讨厌分子踢出礼节性的对话，如果换一种方式说同样的内容，就意味着他本人也成了诡话的传播者，为他试图抨击的东西增砖添瓦。后一种情况或许就是诡话具有骇人的稳定性与弹性的原因。这种左右为难的困境不是本词典能够解决的问题，最好留待专门负责与世俗世界交涉的戒尊去解决。

——《词典》，第四版，改元 3000 年

天篷差不多已经支好。制作这些支柱的新质还是集修院刚创立时候的产物；随着黄昏降临，它们开始在周身发出柔和的光芒，连门塔克赛尼斯修士都被照得容光焕发。天篷之下，庆祝第十夜的是一千二百名客人、三百名旬岁纪修士和五百名独岁纪修士。

第十夜原本是庆祝丰收的节日，恰在每个日历年的最后一天。人们在第二次劫掠前曾精心编写过一些传序，拜其所赐，我们拥有了几种几乎可以全年栽种的粮食。而且我们还有温室，即便是隆冬时节也可以栽种不那么耐寒的作物。但比起此时地纽上出产的应季作物，前边那些东西简直就不值一提。

地纽的出现比克诺乌斯的时代还早，是居住在世界另一面的埃特拉斯人和巴兹人发明的。玉米在地里笔直生长，能长到一人高，晚夏时节便会结出生满杂色籽粒的果实。与此同时，它也能充当爬藤类荚豆的棚架，荚豆可以为我们提供蛋白质，同时还能给土壤补充养分，滋养玉米。在荚豆藤与玉米梗交织成的网络中，还有三种其他的蔬菜。离地面最远，虫子够不着的是红色、黄色和橙色的枫茄，它们能为我们提供维生素，还能为沙拉、炖菜和酱汁增味。中间的是空心的椒荚。匍匐在地上的是多个变种的葫芦。地下还生长着两种块茎植物，另有些叶菜类蔬菜可以利用作物间隙里的阳光。最初的古代原始地纽包含八种植物，几千年来，在不依靠干预或修补传序的情况下，栽种者们已将它们的生产效能开发到了极致。而我们的地纽效能更甚，我们还增加了其他四种植物，其中有两种只是用来补充土壤养分的。地纽的耕种始于每年的化冻时分，此刻已到了它们最辉煌的时节，炫耀着墙外看不到的丰富色彩与风味。这也就是在此时举办大隙节的原因。这是马特世界的居民与墙外的邻居分享好运的方法，同时还能为他们减轻在冬天养活婴孩的负担。

我为珂尔德和她的男友罗斯克留了座位。珂尔德又带来了我们的一个表弟达思，他是个十五岁的男孩。我对他还有模糊的印象。他以前是个总要跑到医疗点去修补各种可怕外伤的小孩。也不知怎的，他竟活了下来，为了这个场合还穿了身说得过去的衣裳。那些凹痕和伤疤都藏在了他那一头卷曲的棕色乱发之下。

阿尔西巴尔特稳稳坐在了"精美的"珂尔德对面；摆出一副不知道罗斯克是怎么回事儿的样子。杰斯里安排了他全家坐我们旁边的桌子，他自己与我背向而坐。接着杰斯里又招呼了敖罗洛，说服他跟我们这拨人坐在了一块儿。敖罗洛又引来了利奥和其他几个孤魂野鬼，我们这张桌子就渐渐坐满了。

达思有一个糖果般无忧无虑的灵魂，可以不带一丝尴尬地问出非常肤浅的问题。我也努力本着同样的精神回答着他的问题。

"你知道，我也是个愚氓，表弟。"我说，"所以愚氓和我们之间的差别并不在于聪明与否。明摆着不是那么回事儿。"

谈到这个话题时，已是酒过三巡，菜过五味，聊天的也聊了好一会儿，唱歌的也唱了好半天，明显可以看出我们跟愚氓的确没什么差别。早年灾祸不断却未丧失判断力的达思，正东张西望地为这个论点找着证据——从他的脸上就能看出这点。看完他便问道："那为什么要劳神费力地建围墙——分出墙外和墙内？"

敖罗洛嗅到了风声，转过身来看着达思："如果你见过针孔马特就不难理解这事儿了。"

"针孔马特？"

"有的马特不过是个小小的单间公寓，除了墙上挂的电子钟，就只有一书架的书。只有一个阿佛特人住在里边，没有斯皮里也没有唧嘎。可能每隔几年会有个检察官进来戳戳他的脑袋，看看是不是一切正常。"

"这是为什么？"达思问。

"这正是我想让你想的。"敖罗洛说着便背转身去，继续和杰斯里的父亲谈话了。

达思举起了双手。阿尔西巴尔特和我都笑了，但并不是在笑他。"这就是敖罗洛老爹的卑鄙手段。"我告诉他。

"今天夜里你可没觉睡了，只能睁着眼睛躺上一宿，去想他到底是什么意思了。"阿尔西巴尔特说。

"喔，你们这些家伙就不能帮帮我吗？我可不是修士。"达思央求道。

"什么事能让一个人独自坐在单间公寓里读书和思考？"阿尔西巴尔特问，"一个人要感到此生不虚，有什么是必不可少的？"

"我不知道。可能他们是实在怕羞？害怕开阔的空间？"

"广场恐惧症可不是正确答案。"阿尔西巴尔特有点儿不悦地说。

"要是你去过的地方和在工作中碰到的事情比你身边物质世界里的事物还要有趣呢？"我试着问。

"好——吧……"

"可以说，我们和你们之间的差别在于我们受到了……另一个世界的异象传染。"我本来想说"更伟大的"或"更高级的",但最后说的却是"另一个"。

"我不喜欢这个传染的比喻。"阿尔西巴尔特开始说奥尔特语。我在桌子底下用膝盖顶了他一下。

"你的意思是,比如外星之类的?"达思问。

"这么看这问题倒也有趣。"我说,"但我们中大多数人都不认为那是推想斯皮里中所演的外星。或许它是这个世界的未来,也或许是我们到达不了的另一重宇宙。或许只不过是个幻想。但至少它活在我们的灵魂中,让我们不由自主地被它吸引。"

"那个世界是什么样子?"达思问。

有人的唧嘎在我的身后发出了铃声。声音不大,但却让我的脑子卡了壳。"首先,那个世界绝没有这些东西。"我告诉达思。

那个唧嘎响了半天,我不禁转过身去。方圆二十呎内,所有的眼睛都盯着杰斯里的哥哥,他正在自己身上到处乱拍,不知道唧嘎到底放在了哪个兜里。最后他终于把它掏了出来,关掉了声音。他站起身来,就好像自己吸引的目光还不够多似的,又大声吼出了自己的名字:"是我,格雷恩博士。"他像一位圣人似的凝望着远方,继续说道,"明白。明白。它们也能侵害人类?真的吗?!我只是开个玩笑。好吧,我们怎能知道这是不是已经发生了?"

人们纷纷把脸转回餐桌上,谈话却因杰斯里哥哥时不时的打断而迟迟未能重新开始。

阿尔西巴尔特以他独有的方式清了清嗓子,听起来像要宣布世界末日一般:"主戒要开始讲话啦。"

我转过身去看杰斯里,他也意识到了同样的问题,正向他哥哥挥着手臂,他哥哥的目光却跳过他盯着远处,正在为火碱的批发价跟人讨价还价。他是个非常强势的谈判者。在场的女士——杰斯里的姊妹和嫂子——已经感到了羞耻,扯了扯他哥哥的胳膊肘。他旋即把身子一拧,昂首阔步地离开了我们:"对不起,博士,最后一句我没听清?跟幼虫有关吗?"但说句公道话,我环顾四周,发现他只是一大堆使用唧嘎的人中的一个。

刚才斯塔索已经向我们致辞了两次。第一次是对所有的人的礼节性问候,却唠叨个没完让我们无法入座。第二次是吟诵咒词,那是狄亚克斯用那只刚挥完耙子,水泡未蜕的手亲自写成的。如果你听得懂原奥尔特语,却刚好是个糨糊脑瓜、数字崇拜的迷信狂,那这段咒词就会让你觉得自己特别不受待见。而其他人会觉得这只是给聚会增添典雅趣味的作料而已。

这会儿他又在宣布，接下来我们要欣赏的是埃德哈会代表团的节目。斯塔索的弗卢克语很糟，这个句子到了他嘴里就成了命令我们欣赏节目。于是人群中爆发出一片笑声，弄得他不知所措，还求着（坐在他那张高桌两侧的）检察官们给他解释。

三个修士和两个修女唱了一首五段式赞美诗，另有十二个人在他们的面前成群地打转。虽然从我们坐的地方看去那只是在乱兜圈子，实际上却并非如此。在一个包含若干张量和一个度规的理学方程式中，他们每人代表一个高次或低次指数。随着他们在高桌的前边来回移动、穿插和变换位置，便完成了一场涉及四维流形曲率的验算，其中包含着对称化、反对称化、升幂和降幂。如果一个不懂任何理学的人从上方俯视，很可能会把它看作是一种乡村舞蹈。音乐声尽管每隔几秒就被唧嘎的响声打搅一次，却仍很美妙。

节目过后是一通宴饮。宴饮将歇，新圈子的修士们又唱起了他们的歌曲，这可比那个"张量舞"受欢迎多了。歌声唱罢又是一阵吃喝。斯塔索稳步推进着晚宴的进程，就像珂尔德操纵着她的五轴磨床。我们不常见他忙活成这样，但他今晚的表现可给自己挣足了面子。对游客来说，这只是顿附送怪异消遣节目的免费大餐，但实际上这是和普洛维纳尔一样古老而重要的仪式，要想顺利完成又不引起裁判所的责难，就得在一些特定的环节上多加小心。即便没有瓦拉克斯和昂纳利坐在那儿让他递盐罐子，斯塔索也是那种会把事情做得一板一眼的人。

哈里嘉斯特莱梅修士被推到了台上，代表埃德哈分会发言。他说的就是我刚跟达思提过的话题，却表达得一团糟。哈里嘉斯特莱梅本是世上最风趣的人物，你要是直接上前问他什么，他肯定会对答如流，但如果给他时间准备，他就准得抓瞎，唧嘎断断续续的鸣叫也分散了他的注意力，把他的发言搞得支离破碎。留在我记忆里的只有一个碎片，即他的总结句："如果这一切显得暧昧不明，那是因为它的确暧昧不明；如果它令你感到烦恼，尽管厌恨它；但如果它给你慰藉的感觉，那你就来对了地方，可以考虑留下来了。"

接下来是科尔兰丁代表新圈子发言。

"过去的十天我都和家人待在一起。"他边说边朝一桌市人致以微笑，那桌的客人也还以微笑，"善解人意的他们特意趁大隙节时重聚于此。为了生计，我的家人都在各地忙碌，我在此地亦是如此，但为了这几天的团聚，我们都放下了各自的常务、各自的生计，以及各自的其他任务。”

“我本人嘛，到外面去看斯皮里啦。”敖罗洛用只有我们五个人听得到的声音说道，“有的很劲爆。有的很搞笑。”

科尔兰丁继续说：“为了免除饥饿、例行公事的做饭，正因此而变得截然不同。比如我的普琳姨妈在馅饼脆皮上剜花刀，这不单是为了给馅饼放气，也是种无数代人代代相传的仪式——可以说，这是一种召唤，召唤着那些做着相同事情的祖先。再比如说，当我们谈到密尔特爷爷清理排水管时从门廊顶上跌下来的事情时，我们不只是在陈述那场家庭装修造成的灾难，我们也在庆祝，庆祝我们是如何爱着彼此——或充满欢笑，或充满泪水，或同时充满了欢笑和泪水。所以你可以说，所有事物实际涉及的都不是它们表面看起来所涉及的东西。换个语境，这话听起来可能会显得有点儿不吉利。但显而易见完全不是那么回事。我们都懂，你们一定也懂。那些生活中的仪式非常像是我们修士和修女常年在这座集修院里所做的事情。谢谢你们。”科尔兰丁说完便坐下了。

略显愤慨的嘀咕声从阿佛特人中冒出来，他们可没那么理所当然地赞同这话，但大多数访客的掌声淹没了这些嘀咕。接下来轮到可怜的弗兰德玲修女站起来代表改良老番会说几句话了，但现在就算她念上一段经济学报表也没人在意了。大部分阿佛特人都被科尔兰丁的口才，或油嘴滑舌，惹恼了，敖罗洛也在其中。但他指出，科尔兰丁值得称道之处在于，他在一个尴尬的时刻给我们打了马虎眼，可能还给我们挣了点儿墙外人的同情。

“你怎么看出一个人是不是真的油嘴滑舌？”杰斯里小声问我。

“不知道。怎么看？”

“如果没有更年长更睿智的人指出来，你可能完全意识不到他的油嘴滑舌，可一旦有人指出，就会羞得你脸颊发烫。”

几位代表发言过后，乐声响起，阿佛特人大多起了身，洗盘子的洗盘子，取甜点的取甜点。那些刚才还令人敬畏的节目变得亲切可人了起来。其实每年的这个时节，墙外的商场和电梯里用大喇叭演奏的传统曲目，都是在大隙节期间流传出去的马特音乐的衍生版本，因此当访客们从我们这些“帛单怪”的口中听到熟悉的曲调时，都感到了惊喜。

甜品是用宽托盘烤成的单层蛋糕。按照座次，一盘蛋糕被端到了阿尔西巴尔特面前，跟蛋糕一块儿送来的还有一把铲刀，这铲刀带有一块小孩巴掌大小的扁刃。阿尔西巴尔特把刀拿了起来，准备为大家切蛋糕。但他下刀之前，我

突然有了个主意，便叫他停下。"咱们让达思来切吧。"我说。

"作为主人，服务可是咱们的责任啊。"阿尔西巴尔特提出了异议。

"一会儿你可以给大家端，但我想让达思来切。"我坚持说。我掰开阿尔西巴尔特紧握的手，把铲刀抢过来递给了犹犹豫豫的达思。

然后我便指导着他，一步步地切起了蛋糕。我教他的方法非常特别，实际上是一道古老的几何题[*]。这还是我刚来的时候，敖罗洛教给我的——为了不让背井离乡的我夜夜哭泣。切这块蛋糕着实花了一番工夫，但完成之后，从达思的脸上就能看出，他已经完全懂了，我也心安理得地向他祝贺："恭喜。你已经解出了一道几千年前的几何题啦。"

"他们那时候就有单层蛋糕了吗？"

"没有，但他们有土地和其他需要计量的东西，同样的法子对它们也管用。"

"啊哈。"达思边说边狼吞虎咽地吃掉了蛋糕的一角。

"你说啊哈的样子就好像这根本没什么大不了一样，但对于我们来说，这却是大事儿一桩。"我说，"为什么一道切蛋糕的几何题也能用在土地上呢？蛋糕和土地可是不同的东西。"

这话已经有点儿超出了达思的理解能力，他只想吃他的蛋糕，但珂尔德明白了。"我猜这对我来说更好理解，因为我在工作中要花很多时间去思考几何问题。但答案嘛，几何就是……好吧……几何。它是纯粹的，跟你把它应用在哪儿没有关系。"

"几何之外的其他理学也是如此。"我说，"你可以证明某个道理。之后还可以用各种不同的方式来证明同一个道理；但不论方式如何，道理都是一个道理。不论讨论这个道理的是谁，年纪多大，说的是蛋糕还是牧场，得出的结论总是一样的。这就好像是来自另一个世界或另一个存在层面的真理一样。很难不让人相信，在某种意义上真的存在着另一个世界——并非只是我们的想象！而且那就是我们想要到达的地方。"

"最好不用先死了才能去。"阿尔西巴尔特插了一句。

"我在切割零件的时候，有时也会心神不宁。"珂尔德说，"我会想着它们的形状想到睡不着觉。这是不是——或许——类似于你们研究的东西带给你们的

---

[*] 见粉本 1。（原作注，粉本内容见本书"外篇"）

感觉？"

"为什么不呢？你的头脑里随时装着让你着迷的几何。有人可能会说，那只是你大脑神经元的一种放电模式。但它也是一种独立的现实。而且对你来说，思考这种现实就是一种有趣有益的生活方式。"

罗斯克是个推拿师，他能用手推拿人的身体来治疗疾病。"我曾治疗过一些因为不良姿势患上神经压迫的患者。"他说，"我跟我的老师讨论治疗方法的时候用的是唧嘎——没有图像，只有语音。我们长时间地谈论患者的神经、肌肉和周围的韧带，讨论我该如何利用它们来缓解病症，闪念间我突然想到，整件事情非常诡异——与我们两个人都有关的这个人体的图像，或说模型，是存在于他的头脑和我的头脑中的，但……"

"似乎也存在于第三个地方，"我提示说，"一个大家共用的地方。"

"就是这种感觉。有一阵子它都让我变得不正常了，但我随后又把它赶出了头脑，因为我觉得自己只是一时中了邪。"

"噢，从克诺乌斯开始，这种想法就一直折磨着人们，令人抓狂，而这里就像是一座给欲罢不能者准备的避难所。"我说，"它并不是为所有人准备的，但它是无害的。"

"从第三次劫掠以来，至少。"罗斯克说。

这句话说得如此无辜，倒让它显得十倍的粗鲁。我看到珂尔德的脸红了，我猜她可能得在饭后教训上他一顿了。任谁都会猜想，他是不是真不明白这话有多让人讨厌。

人们冲我们做着嘘声，让我们安静，因为已经到新成员在高桌前亮相的奥特了。

已经录进来的有八名弃婴。有一个生着病，要待在独岁纪马特，那里更便于医生照看。有两个还带着脐带蒂，意味着他们注定要去仟岁纪马特，但会先在百年士中逗留上一小段时间。我们会顺着上迷园的路把他们送过去。余下的五个稍大一点，会被送到百年士那里。

还有三十六个待录的小孩。他们中有十七个会直接来我们的马特，其中包括巴尔布。其他人会留在一年士那儿，至少一开始是这样。幸运的话，他们中的一些人今后也会卒业进入我们马特。

卒业转来我们马特的一年士有二十一个，十二个来自我们的独岁纪马特，还有九个来自别处的山区小集修院，那里是为我们输送人员的地方。

这些人都被带到了高桌前面，得到了大家的掌声欢迎。明天大门关闭之后，我们还要举办一种冗长得多，也乏味得多的仪式，以便庆祝他们的到来。今晚则是专供墙外当局表演的废话专场。按照一项古老的传统，出席晚宴的级别最高的大佬应当站出来，亲自将这些新成员正式移交给我们。从这一刻开始，他们就要脱离世俗世界，开始接受马特世界的管辖了。我们要负责为他们提供吃住，在他们生病时照料他们，在他们去世后埋葬他们，并在他们行为不端时惩罚他们。就好像他们在此刻已经从一个国家的公民变成了另一个国家的公民一样。换句话说，这在法律层面上也是一桩大事，所以有必要通过宣誓和敲钟来隆重庆祝。还有一项传统也差不多同样古老，就是在场的官员应借此契机"发表某些言论"。

这次登场的竟是大隙节第一天早晨那个衣服上绑着绳索，带着一队人马出现在旬纪门前的怪人。原来这个人就是市长。

他先代表神自上向下感谢了所有人，又代表所有人自下向上感谢了神，谨慎起见，还向他所未能提及的所有人和超自然存在表示了感谢，之后便开始说："即便是你们这些生活在髡埃德哈的人也必须明白，及至今日，在首席治安官的《第十一集团法》的强令之下，地方版图发生了极大幅度的重划，几乎已经彻底改变了政治图景。在所有光复辖区联合召开的全体会议上，已经通过了一个不可推翻的重大决策，将八个四分省中的五个置于新一代领导人的执掌之下，我可以向你们保证，新一代的领导人会远比他们的前任更为重视新巴兹对立教、其他宗教乃至无宗教归属选民的利益与优先权，但与我们有着共同关注的……"

"如果有八个，为什么还叫四分省？"敖罗洛问道，引得专心致志听讲的杰斯里父亲投来了一个恼火的表情——他正在记笔记。

"因为原本是四个，这个名字是沿用下来的。"阿尔西巴尔特说。

杰斯里的父亲看起来放松了一点，他以为干扰已经结束了。但我们的对话才刚刚开始。

"新巴兹对立教是什么？"利奥想要知道。杰斯里的哥哥嘘了他一声。令我意外的是，杰斯里竟然起来为利奥辩护了："你嚷嚷你那些寄生虫的时候我们可没让你闭嘴。"

"不，你们也嘘了。"

"我敢打赌，那是天堂督察的蠢货事业的委婉说法之一。"我对利奥说。这为我引来了一大波的嘘声。杰斯里的父亲叹了口气，好像这样他就能凌驾于这一切之上似的，还用一只手遮住了耳朵，但已经太迟了，我们已经种下了一棵论辩与揭丑的分支树。市长继续谈到了我们大钟的美丽，我们大院堂的庄严，还有修士和修女歌声的恢宏。每一句话说得都像蜜糖那么甜，但我却感觉这是种不好的预兆，好像他正驱策着他的全部选民拿着燃烧瓶聚集到我们的门前。杰斯里和他哥哥之间的争论已经升级成了桌面之上炮火零星的狙击战，默默组成维和部队的愤怒的女士们则以瞪眼睛和拉胳膊的方式来努力镇压他们。我们对到底有几个四分省的吹毛求疵，让杰斯里的哥哥认定了我们是一群毫无价值的书呆子。杰斯里则告诉他这种想法是一种早在埃特拉斯城邦还没建立的时候就已经产生了的像志。

利奥以一种诡异的方式无声地消失了，这肯定也是他从什么谷术书上学来的。奇怪的是，尽管学了这么多的搏击技术，利奥却痛恨争执。

我一直等到接纳新成员的钟声响起，才找借口溜出起立鼓掌的人群。我想呼吸点新鲜空气。根据传统，狂欢要到黎明才会平息，大扫除也要等到大门快关闭的时候才会开始，我应该也不会错过太多。

洒在草场上的既有满月的光芒，也有从大天篷裙边透出的光线，当我转身回望，大天篷就像半个硕大的麦秸色月亮，浮在黑暗的海面之上。利奥的影子显现在草场上。他正用习以为常的怪异舞姿移动着身形。他的帛单，一头简单地绑在身上，另一头却像一桶肥皂泡似的狂飘乱舞——有时还向下抖动几下，这是为了猛地抽回好重新抛出：这就是他在堃佛洛嘉雕像头上玩的那套。奇怪的是这竟然让人看入迷了。我并不是他唯一的观众，还有几个游客正围在他的身边。四个大块头男人，都穿着颜色相同的衣服，背上写着号码。

帛单啪的一声捆在了 86 号头上，他被蒙了起来，看起来像个幽灵似的。他手脚并用地挣扎踢打，而脑袋却成了一颗固定的圆钮——就像利奥练脚用的靶子，他飞出完美的一脚，踢了上去。

我朝着他们跑去。

86 号仰面朝天向后倒去，利奥也随着惯性飞了过去。他垫着 86 号的身子落了地，又灵巧地打了个滚，像蜘蛛似的匐低身子，抽回了帛单。79 号居高临下地跑了过来。利奥抛出帛单猛地一扫，帛单就缠住了 79 号的膝盖。接着他又往起一站，扯着 79 号的双膝一提，对方来不及撑地，摔了个狗啃泥。利奥一抽帛单，79 号身体倒立劈了个叉。利奥顺势给他的腿心来了一记肘击，转而寻找下一个对手。

下一个对手是正奔跑过来的 23 号。利奥转身佯走。但速度不是太快。23 号追了上去，不免一脚踩上了利奥身后拖地的帛单。这下他可乱了阵脚，脚步也跟跄了起来。利奥觉察到了——怎么可能觉察不到呢？帛单的另一头就系在他腰间。他回过身来大力一拽。23 号倒没摔倒，只来了个趔趄，屁股一撅，把脑袋送到了前面。利奥伸脚一绊，一手按着他后脑勺，另一只手顺势一搂，把他搂得跪在了地上。23 号还没明白过来怎么跪下的，一边肩膀就着了地，翻了个跟头，结结实实地躺在了地上。接下来的情况可想而知，利奥该朝他暴露的喉咙来个"决杀"了。他的确出了手，但半道就停了下来，和往常对付我一样，他忍住没砸向那人的气管。

只剩下一号敌人了。我的意思就是 1 号，因为他后背上就是个大大的号码 1。这就是那个胳膊吊绷带的男人。他用剩下的一只好手在 86 号兜里翻了一通，然后才站起身来，百分之百可以肯定他手里拿的是一支枪。

他的脊梁夹突然亮了，红蓝交替地闪着光。他爆了句粗口，把枪一丢，就倒了下去。一瞬间，他身上的所有肌肉失去了弹性，被夹子传来的信号轧住了。这下四个攻击者都倒下了，草场也恢复了平静，只剩下他们的唧嘎还在哀鸣。

不远处响起了一串孤零零的掌声。我猜是个喝多了的愚氓。但循声望去，却看到了一个身披帛单、头戴兜帽的人。他不住地喊着一句古奥尔特语，意思是太好了、呜啦、干得漂亮之类的。

我昂首阔步地朝他走去，还冲他喊道："你是喝多了还是傻啊！差点儿都出人命了。就算你是真混——难道不知道咱们这儿现在藏着两个检察官吗？"

"没事儿，两个里的一个已经从傻瓜会场溜出来啦。"那修士说着，把兜帽一掀，正是裁判所的瓦拉克斯。

我猜不出我的脸这会儿成了什么德行，但可以告诉你，它肯定是瓦拉克斯有生以来见过的最搞笑的东西。他拼命按捺，不想表现得太明显。"对我们和我们来这儿的原因，人们的看法总是令我惊讶。"他说，"忘了这事儿吧。这点事儿算不了什么。"他仰头望向主楼的顶上，接着说道："更大的事情已经临头了，在偏乡僻壤的垩埃德哈，一个年轻修士拿几个乡下游民练练谷术又算得了什么？看在神的分儿上。"（这话听来滑稽，因为我们几乎没人信神；但也许这不过是句骂人话，是从那些来自大地方，见过大世面，把我们这里当作"偏乡僻壤"的人的口头禅。）"看在神的分儿上，抬高你的眼光吧。想想更大的事情——就像你今天早晨那样。学学你朋友以一敌四的决心吧。"瓦拉克斯说着便扯起了兜帽盖在头上，回身往天篷走去。

从另一条路匆匆赶来的守卫督察和秩序督察与他碰了个正着。两位督察分立两旁，给他让了道。他们互相点着头，说了些还没人费心教过我的敬辞。

看来两位督察都紧张了起来。正常情况下，他们两位的职权泾渭分明——这是明摆着的事儿。但在大隙节期间，由于围墙失灵十天，情况也变得复杂了。

特蕾斯塔纳斯修女想罚利奥念《书》。德尔拉孔斯修士却对这里发生的事情表示满意，只挑剔了一点瑕疵：利奥在注意到四个愚氓从背后溜过来时，应当警示他人而不是自己跟他们正面对质。

"那这到底算是违规还是不算？"特蕾斯塔纳斯修女问。

"在我看来，这是可以忽略的违规，"德尔拉孔斯说，"不过我不是秩序督察。"

"好吧，我是，"特蕾斯塔纳斯修女无所谓地说道，"作为一个修士，在大隙节期间，在本该去欢迎新成员和收拾桌子的时候，却打架斗殴，这在我看来都够得上遣退了。"

这话简直蛮横得让人无法忍受，利奥的冲动如火花一般的迸进了我的脑袋，弄得我忍不住脱口而出道："如果我是您，我会在进一步做决定之前听听检察官瓦拉克斯的意见。"

特蕾斯塔纳斯修女转过身来看着我，从头到脚，就好像她过去从来没见过我似的。有可能她的确没见过。"你跟我们尊贵的客人私下相处的时间实在是多得引人瞩目啊。太蹊跷了。"

"都是偶然的，我向您保证。"但特蕾斯塔纳斯修女已经为此对我产生了嫉妒——我意识到的时候已经太晚了。这就好比她渴慕着与瓦拉克斯和昂纳利来一段私情，但他们却看上了我。她绝不相信我跟他们相遇仅仅是出于偶然。她要能相信这是偶然也就当不上秩序督察了。

"显然你对裁判所可以对我们行使的权力没什么概念。"

"呃，我知道的。他们可以判我们集修院最高一百年的察看，在此期间我们只能吃营养足够但不好吃的食物。如果一百年后我们仍无好转，他们就会把这个地方清理个底朝天。而且他们有权开除任何一位戒尊并任用他们选的新人……代替他……或她。"我支吾起来，因为我终于察觉到了这番话意味着什么——可惜为时已晚。我只是把阿尔西巴尔特下午跟我说过的话一股脑儿地反刍了一遍。但对于特蕾斯塔纳斯来说，当然，这听上去就是一种嘲弄。

"也许你觉得堃埃德哈现在的戒尊们没有很好地行使他们的职责？"特蕾斯

塔纳斯修女异常平静地指出，"可能德尔拉孔斯——或者斯塔索——或者我——应该被换掉？"

"我可从来没想过这种事儿！"我说，不等"迄今为止"脱口而出，我就赶紧咬住了自己的舌头。

"那你为什么要跟检察官们秘密私会？你可是戒尊之外唯一一个跟他们说过话的人——而且你已经这么干过两回了，还都是在绝对私密的场合。"

"这太疯狂了，"我说，"这太疯狂了。"

"这比你这个年龄的男孩想象的危险多了。你的天真——加上你还不肯承认自己有多么天真——给我们所有人都带来了危险。我要罚你念《书》。"

"不！"我无法相信。

"第一章到……呃……噢……第五章。"

"您肯定是在开玩笑！"

"我相信你知道自己该怎么做。"她说着看向草场另一边的大院堂。

"好吧。好吧。第一章到第五章。"我重复着转身走向天篷。

"站住。"特蕾斯塔纳斯修女说。我站住了。

"大院堂在那边，"她说，声音听上去很开心，"你好像走错了方向。"

"我继姐和我表弟在那边。我只是要跟他们解释一下，说我必须离开。"

"大院堂，"她重复道，"在那边。"

"我不可能在日出前完成五章。"我指出，"等我从补赎室出来的时候大门就关了。我必须得去跟我的家人告别。"

"必须？奇怪的用词。既然你们这些拜倒在叙莱亚脚下的人如此热衷于语义学，就让我给你上上这门课吧。你必须去大院堂。你想要跟你的家人告别？成为一个修士的全部要旨就在于你得摆脱那些奴役着墙外人的'想要'。我强迫你现在就做出选择是为了你好。如果你这么迫不及待地想要见你的家人，那就去见他们——然后继续朝前走，一直走到大门外头，永远也不要再回来。如果你要留在这儿，现在就必须直接去大院堂。"

我搜寻着利奥，希望他能给珂尔德和达思带个口信，但他眼下不在跟前，他正跟德尔拉孔斯讲他的战斗呢，况且我也不想再给特蕾斯塔纳斯修女更多的机会，让她对我说出我不能如何如何。

于是我背转身去，把家人抛在身后，朝着大院堂迈开了步子。

第 3 部

选遴

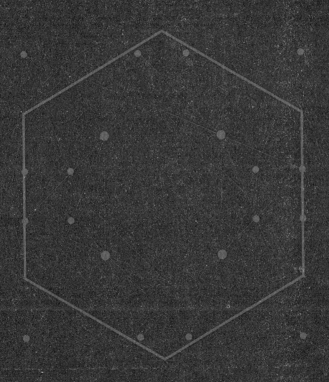

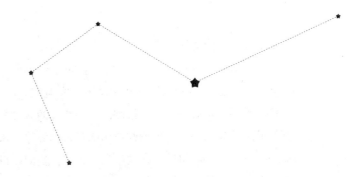

　　无聊是挫败感的面具。要品味敖罗洛修士的这句至理名言，还有比秩序督察的补赎室更好的地方吗？狡猾的建筑师把这地方设计成了挫败感的放大镜。这间补赎室连门板都没有。我与自由之间只隔着一道窄窄的拱券，是旧马特时代的洋葱形尖拱，一圈石头被昔日的囚徒画满了涂鸦。补赎结束前，我既不能溜出去也不能接待访客。拱券的开口正冲着秩序督察庭内侧的环廊。廊道上随时有人走来走去，办各种差事的低级戒尊都在这里穿梭往来。视线越过环廊朝中央竖井里看去，可以看到高坛上方的拱顶，但因为廊道栏杆的遮挡，我无法看到两百呎下的高坛地面和那里上演的普洛维纳尔。我能听得到音乐声，能看得见竖井中链条和敲钟绳——我们小队上发条时，链条会滑动；图莉亚小队敲钟时，钟绳会摇摆。但是我看不见他们的人。

　　这间小室另一面的视野倒是好些。那面墙的窗子也是马特拱的形状，透过它可以看到一片草场。但它不过是挫败感和无聊的另一面放大镜，如果愿意，我也可以整天低头看着兄弟姐妹们在集修院里自由地闲逛，猜测他们讨论什么有趣的问题，或者讲着什么好笑的故事。窗口上方，从守卫督察庭伸出的檐台挡住了大片的天空，只能看到水平线往上大约20°的地方。我的窗口差不多正对着世纪门，如果把脸贴在玻璃上，还能在右边看到旬纪门的一角。因此在第十夜过后太阳升起的时候，我听到了大隙节闭幕仪式的声响。水阀启动的声音传来，我从门洞望出去，看到了链条应声而动。跑到补赎室另一头，望向窗外，我看到银色的水流淌过明渠，流向旬纪门的方向，也看到大门嘎嘎作响地关了起来。墙外零零星星还有几个旁观的人。我又想到了珂尔德，兴许她正在那儿孤苦伶仃地站着，盼着我在最后一刻奔跑出去，给她一个告别的拥抱。这个念头把我好一通折磨。不过大门一关它便又迅速退去。我看着阿佛特人卸下了天篷，折起了桌子。我吃掉了特蕾斯塔纳斯修女的手下放在门口的一片面包和一

碗牛奶。

然后注意力便转移到了《书》上。

《书》的编写只有一个目的，就是惩罚它的读者，所以对它还是少说为妙。学习它、抄写它、背诵它是一种极端而严厉的补赎。

说到补赎，也有些没那么极端的。和所有的人类居所一样，集修院也堆积着各种肮脏乏味的杂务，比如给花园除草，比如修下水道，比如削马铃薯，比如屠宰牲畜，等等。如果社会秩序完美无瑕，我们就得轮流干这些事情。但事实上总有些规矩被人时不时打破，秩序督察就会罚坏规矩的人去干最不受欢迎的工作。这个制度并不算太坏。虽然你可能因为在食堂喝得太多而被罚疏通厕所，一整天都不那么好过。但实际上厕所必不可少，有时还免不了要堵上一堵，叫墙外的水管工来又不大方便，所以只能由修士修女来清理它们。这类补赎至少还能给人带来满足——因为这种工作是有意义的。

但《书》就完全没有意义，它是专为补赎而制造出的一种酷刑。《书》的内容一共十二章。和地震级数的算法一样，这些章节的严酷程度是呈指数增长的，所以第六章比第五章要糟糕十倍，其他的章节以此类推。第一章只是给犯了错的小孩子略施惩戒用的，通常一两个小时就能完成。第二章就代表着你得熬上一个通宵了，不过任何一个有自尊心的肇事者都能一天以内搞定。第五章通常意味着好几个星期的折磨。第六章及以上的判罚就要诉诸主戒和裁判所了。第十二章相当于终身的禁闭苦役；到 3690 年为止，只有三个阿佛特人完成过这章，出来后全都精神错乱到了极点。

谁要是被判罚了第六章往上，起码也得在补赎室里待上几年。很多人宁肯离开集修院也不愿意受这个罪。那些坚持着承受下来的，出来时都变了样子：闷闷不乐，形容枯槁。这可能有点儿耸人听闻，所谓的念《书》，就是抄写指定的章节，把它们背下来，再看着戒尊的板子答些相关的问题。但《书》里的内容经过几百年的精雕细琢，就像最难啃的骨头，都是些让人发疯又不得要领的胡话：这险恶的用心在开篇部分还是显山露水的，可越到后头就越不着痕迹了。它是座没有出口的迷宫，是个花上几个礼拜也只能简化成 2=3 的等式。第一章只有一页，是用胡言乱语炮制出来的童谣，有点儿像韵文，又不完全押韵。第四章是整整五页的圆周率数字。不过《书》里的随机内容也只有这点儿，因为只要掌握点儿技巧，真正随机的东西并不难背——所有背过第四章的人心里都有数。更难背，更难答的，是那些看似有意思又不完全说得通的内容，是那些在一定程度上自有一套内在逻辑的内容。在马特世界，这种东西隔三岔五就会自己冒出来——毕竟不是人人都有成为垩徒的潜质。它们的作者会受到羞辱，会被遣退，但他们走后裁判所还会重新审视他们的"作品"，一旦发现了这种要命的品质，就会变本加厉地把它编进《书》里，攒成一个更损的版本。要想完成判罚，走出补赎室，你就得像学量子理学的贯通群论那样，彻彻底底地掌握它们。这种惩罚，目的就是让你明白，你正在煞费苦心地把一种智力毒药灌入自己的每一个脑细胞里。这远比你能想象的更令人羞耻，在耗了几个星期费尽千辛万苦终于完成第五章的时候，我已经不难理解，为何一个人被判罚——比如说第九章——会遭受永久性的摧残。

关于《书》就说到这儿吧。还有一个更有趣的问题：为什么我会在这里？看来特蕾斯塔纳斯修女是希望检察官离开之前我都不要露面。只判第三章肯定是不够久。判到第四章应该是够了，可她还是给我判到第五章，因为她知道，我刚好是那种擅长背数字的人。

在补赎室的这些天里，每个清晨都能听到黎明奥特的声音，这是种只有少数狂热的仪式迷才会参加的奥特，现在让我也日日伴着它的钟声醒来：从补赎室里仅有的一张木板床上坐起，扯起帛单裹在身上，对着地上的孔洞小便，用石盆里的冷水洗脸，吃我的面包，喝我的牛奶，把空盘子放在门口，坐在地上，在木板床上摆好《书》、笔、墨水瓶和几张纸页子，再把球放在右胳膊肘的位置当垫子用。每天普洛维纳尔之前，我会先念上三个小时的《书》，再干点儿别的，清清脑瓜。到了利奥、杰斯里和阿尔西巴尔特给大钟上发条的时候，我就做上一通俯卧撑、下蹲起和压腿。因为少了一个人，他们三个就得干得更卖力，也会变得更强壮，我可不想出来的时候被他们落下。

我的队友肯定已经设法弄清了这间补赎室的位置，因为每天普洛维纳尔过后他们都会在我窗口正下方的草场上吃午餐。他们也不敢抬头看我或冲我招手——特蕾斯塔纳斯肯定盯着他们，就等他们犯这种错误呢——但每次开饭的时候他们都会端起一大杯啤酒，先举杯致意，再喝上一大口。我明白，这是做给我看的。

这是一段只能以《书》为伴的禁闭时光，好在还有充足的墨水和纸页子，为了换换脑子，也为了排解孤独，我便动手写下了你们读到的这段记述。写着写着，一个想法就在我的脑中盘桓了起来——在这几周来发生的种种事情之中，一定存在着某种我看不出来的模式。

进了补赎室两周后的一天，一阵奇怪的钟声打断了我的早课。透过门洞向外看去，只见从敲钟台通向排钟的绳子动了起来。我转到了木板床的另一边，背对着窗口，以便看清绳子的张弛。所有阿佛特人都应该能用耳朵分辨不同的变奏调。但这从来都不是我的长项。音调在耳朵里融成了一片，我无法听出其中的规律。但观察绳子的运动就容易一些，我的眼睛比耳朵更适合这项任务。看得出，一条绳子的运动取决于另外几条的前几下运动。只看了一两分钟，我就凭着一己之力认出了这段旋律，是选邀的通知。我们这拨里有人要加入某个修会了。

变奏调响起后，过了半个小时奥特才开始，又听了半个小时的垩歌垩咏，才听到斯塔索念出杰斯里的名字。接下来是《归戒颂》的歌声。歌声有力但并不圆润——由此可知，接纳他的是埃德哈会。自钟声响起到奥特结束，我始终无法把注意力集中到《书》上，到普洛维纳尔之前，我几乎毫无进展。

第二天，同一曲变奏调再度响起。又有两个人加入了埃德哈会，还有一个——艾拉——加入了新圈子。不出所料，我们一直都觉得她会当上戒尊。但不知为什么，我却直到深夜都没能入睡。就好像艾拉已经去了别的隐修院，去了一个我再也见不到她的地方，我再无法与她争辩，再无法与她比赛解题。这是个荒唐的想法，因为她并不会离开埃德哈，我仍可以每天在食堂与她共进晚餐。但我的脑中仍有一种顽固的意识，认为艾拉的决定是我个人的损失，让我生受失眠之苦。

凭借视觉识别选邀变奏调的经历也让我学到了一些东西。在我记录这几周的事件之时，一直有种好像漏掉了什么的感觉。现在终于写到了我跟敖罗洛修士在星阵上的谈话，写到了后来他和特蕾斯塔纳斯在吊闸的那段含混的争吵，于是我向窗外望去，望向这场争吵发生的地方，发现虽然现在是白天，但吊闸竟然是关着的。我也能看到百年士的吊闸，也关着。在这儿的整段时间里，我一直关注着这两扇吊闸，它们从没开过。随着日子一天天过去，我越来越肯定，星阵已经彻底关闭了，而且就是从大隙节的第八天，司钥长在我和敖罗洛身后拉下铁栅的那一刻起。我十分确定，星阵的关闭在整个垩埃德哈集修院的历史上都没有先例，而这，肯定就是敖罗洛与特蕾斯塔纳斯之间那场争吵的主题。

如果说检察官在两天后的到来并非巧合，会不会太过牵强？我们星阵和世界上所有星阵看到的都是同一片天空。要是真有什么东西不想让我们看见，那不光我们的星阵得关，其他星阵肯定也得关。这条命令肯定是在大隙节的第八天通过大阇传过来的，特蕾斯塔纳斯修女应该是从伊塔人那儿得到的消息；我估计瓦拉克斯和昂纳利也是在那一天启程前往"偏乡僻壤"的埃德哈的。

一切都显得合情合理，但却无法帮我理解那个问题，那个最令人费解且最重要的问题：他们为什么要关闭星阵？在集修院里，星阵是戒尊们最不可能关心的东西。他们的职责是防止世俗信息流入阿佛特人的脑袋，以便维护戒律。可从星阵获取的信息来自永恒的自然，而且大都是千万年前的信息。称得上近期事件的，顶多也就是某个岩态行星上的沙尘暴，或者某个气态巨星上的涡流脉动。从星阵看到的东西怎么可能跟世俗挂钩呢？

我觉得自己像是个糊涂的修士，大半夜里被烟味儿熏醒，才发现自己睡得太死，着了火都不知道，醒过来时火都已经在屋里闷烧了好几个小时，把屋子都烤热了。这不仅让我警醒，也让我对自己的迟钝感到羞愧。

但这已然无济于事，现在的选遴几乎是一天一场。近一年来，我感觉自己正渐渐地在理学和宇宙学方面落于人后，有好几次都打算破罐子破摔，干脆加个非埃德哈修会当个戒尊算了。然而我刚刚坚定立场，要投身埃德哈会探索叙莱亚理学世界，就被特蕾斯塔纳斯罚了"第五章"。这下子别说实现抱负了，还得成天困在这间屋子里念这些胡言乱语，眼睁睁地看着别人占了先——用掉了埃德哈分会的名额。严格来说分会招新并没有限额。但如果埃德哈会一口气收下十多个新人，弄得别家无人可选就麻烦了。二十年前敖罗洛入会那会儿，埃德哈一气儿招了十四个人，这事儿到今天还是人们的谈资。

一天下午，普洛维纳尔刚刚结束，钟声便再度响起。一开始，出于惯性思维，我以为又是选遴——最近已经有五个人加入了埃德哈会，三个人加入了新圈子，一个人加入了改良老番会。但我心底里又隐隐觉得，这段曲调好像跟从前听过的都不一样。

我再次放下笔，坐到能看见绳子的地方，要是补赎能换个时候就好了。没几分钟我就看出，这的确不是选遴。不知道是不是诅革①，弄得我心都悬了起来。不过我还没看出个所以然来钟就停了。于是我又一动不动地坐了半个小时，听着人们陆续走进堂殿。来了很多人——整个集修院的所有阿佛特人都放下手头的事情到这儿来了。所有人都在说话，他们的声音都很激动。我一个字都没听清。

---

① 诅革（Anathem）：将无药可救的修士或修女逐出马特世界的奥特。

但他们的声调让我觉得有大事发生了。尽管害怕，慢慢地我还是想通了，应该不是诅革。人们要是来旁观自己人遣退，就不会说这么多话了。

仪式开始了。没有音乐。我听见主戒用古奥尔特语喊出了熟悉的口令："集修院正式集会"。接着他又用新奥尔特语宣读了一些大改组时代的套话。末了，他口齿清晰地吆喝了一句："唤召髻埃德哈修会佰岁纪分会帕弗拉贡修士。"

原来这是一场唤召①。唤召奥特，算上这次，我这辈子才只见过三次。前两次都是在我十岁前后发生的。

我正琢磨着，一片悲吟随着一阵叹息自下方的高坛涌了上来：我估计，叹息来自大多数的阿佛特人，悲吟则来自永远失去了自家兄弟的百年士们。

此时我干了件疯狂的事：一脚踏出了补赎室的门槛。不过我知道这不会有事。我跨过廊道，扒着扶栏向下望去。

高坛内只有三个人：一个是紫袍的斯塔索，另外两个，从帽子可以看出是瓦拉克斯与昂纳利。屏壁后是则是一片喧哗，弄得奥特都停了下来。

我本打算只扒着栏杆偷看一眼，看看到底发生了什么。但既没人用光晃我，也没人拉警报。上边一个人都没有。也不可能有人，我明白了，唤召的钟声一响，所有人都必须到大院堂集合，参加这场奥特——必须，因为奥特之前没法知道唤召的是谁。

我突然想到，这会儿我也应该是在下面的！就算按规定我得随时待在补赎室里受罚，但发生了唤召这种特殊情况肯定就不用如此了。

那为什么秩序督察的人没来叫我？这可能是个漏洞，我估计，他们根本没制定这项程序。要么就是他们跟我一样，也没听出这段变奏调来，直到开始了才明白这是唤召——也就来不及上来叫我了。奥特不结束他们就不能上来。

奥特不结束他们就不能上来。

那我就可以自由活动了，至少可以自由一会儿，只要在秩序督察和她的手下爬上来之前回到补赎室就行。反正我已经错过了唤召！那现在何不再惹点儿麻烦，干点儿遗臭五十年的事儿呢？

之前的锻炼有了成效。我沿着廊道一路狂奔，顺着阶梯三步并作一步地蹿过守卫督察庭，抵达了钟穴底部。从这儿往上就是金属楼梯了，得放轻脚步别

---

① 唤召（Voco）：一种很少举行的奥特，当世俗世界需要利用某位阿佛特人的才能时，世俗政权可通过唤召奥特将此人召唤到马特世界之外。除了极个别的情况，被召唤的阿佛特人将再也不会回到马特世界。

弄出太大的动静。不过金属楼梯也有金属楼梯的好处，遮挡视野的东西少了，下面发生的事情随时都能看得一清二楚。在我视线所及之处，高坛里没发生什么变化，但顺着竖井传来的声音变成了哀伤别离的挽咏，是百年士为他们即将告别的兄弟唱的。没有人背得出这支歌曲，他们不得不打开鲜少使用的挽咏集，一页页翻找着它的曲谱，好一会儿才唱出声来。这是支五声部的合唱，熟悉曲调又花了些工夫。等到歌声应节合律，我已经爬到了钟盘的背面，正努力保持冷静，学着利奥的动作，生怕帛单的下摆被齿轮卡住。这支哀伤的骊歌听得人肝肠寸断——比葬礼上的挽歌还令人动容。当然，对帕弗拉贡是何许人我毫无概念，他的长相我也一无所知，更不知道他研究的是什么。但那些歌唱者知道，他们的歌声自有种令人感同身受的力量。

而且，我和帕弗拉贡修士都在独自探索未知的领域，基于此，或许我能对他的心境略知一二。

现在我已到了钟穴的顶部——主楼的拱顶近在咫尺，那上边架着的便是星阵。有几根转轴穿透拱顶，连接着星阵上的极轴驱动器。围绕着最粗的一根转轴，一道旋梯将钟穴与星阵连通。我爬到旋梯顶上，伸手按住门闩，低头看着脚下的高坛。佰岁纪屏壁的小门开了，帕弗拉贡修士走出，独自站在了高坛中央。小门又在他身后关上。

星阵的小门也在同一时刻被我拉开。日光倾泻了进来。我吓了一跳。这怎么可能不被人发现？

冷静，我告诫自己，能看到这儿的只有竖井里的四人。所有人的眼睛又都盯着帕弗拉贡修士。

又往下看了一眼，我发现了自己的一个逻辑漏洞。所有人的眼睛都盯着帕弗拉贡修士——但帕弗拉贡修士本人除外！他选在这个时刻昂起头来，正正地凝望着上方。为什么不呢？这是他最后一次打量这里的机会。换了我也会做相同的事情。

他离我太远了，看不出他的表情。但他肯定看见了从小门漏下去的光束。

他呆立片刻，思索片刻，然后缓缓地低下头去，与斯塔索四目相对。"我，帕弗拉贡修士，听候您的召唤。"他说——这是一段祷文的开篇，得念上一两分钟才能念完。

我踏上星阵，把门在身后轻轻关上。

本以为到处都得是积尘和鸟粪——星阵开放的时候，保洁工作花掉了敖罗

洛弟子们大把的时间。但情况并非如此。肯定有人上来打理过了。

我来到了那间没有窗子的实验室，进了三道遮光的铁皮门，拿起一块没拆封的空白照相记忆板。

该用它记录些什么呢？我根本不知道戒尊不想让我们看的是什么，也不知道该把望远镜对着哪里。

实际上我已经有了想法，估计是一颗正在飞来的小行星。这是我想得出的关闭星阵的唯一原因。但即便如此也无济于事。要想拍下这么块石头，只能用米特拉与米拉克斯大天文望远镜，但如果不知道精确的轨道参数，用了大望远镜也没法瞄准。而且在这个节骨眼上，用大天文望远镜瞄准势必会招来所有人的注意。

好在有一件设备是无须瞄准的，因为它根本动不了：克莱斯提拉之眼。这个念头一冒出来，我就立刻冲向了小尖塔。

还没爬到塔顶，我就察觉了这种方法的问题所在。克莱斯提拉之眼可以看到半个宇宙，从这边的地平线看到那边的地平线，这千真万确。由于阿尔布赫星的自转，照片中固定不动的恒星会显现为环形条纹，快速飞行的物体会显现为发亮的直线，可如果是小行星，即便个头再大，留下的痕迹也会模糊，而且轨迹也不会太长。

不过一到塔顶，我就把这些细节抛诸脑后了。毕竟除了这个也没别的可用了，必须得试试。回头再整理结果吧，能看见什么算什么好了。

鱼眼镜头的下方有一道卡槽，刚好能装进我手里这块记忆板。我撕开包装的封口，探进手掌托住记忆板不透明的底面，把封套取了下来。一阵风刮来，封套从我的手里飞了出去，啪的一声糊在了墙上，已经够不着了。记忆板是个毫无特征的碟子，就像磨望远镜反射镜用的玻璃坯，只是颜色更深，就像黑曜石一样。我一打开记忆键，记忆板最底下一层就变成了和太阳一样的颜色，因为太阳是它现在感应得到的唯一光源。由于记忆板还未放入卡槽，没有透镜或反射镜的组织，光线尚无法形成任何图像——没有缓缓划过西南天穹的冬日寒阳，也没有北方高空中冰封的云朵，也不会有我的脸。

但过一会儿就不一样了，把它插入卡槽之前，我拉起帛单盖在头上，拼命往前拽，把它拉成一条遮光的长筒。不知道这种谨慎有没有必要，假如这块板最终落到了秩序督查手里，就算做了这种手脚，我也还是会被查出来的。但既然是行诡秘之事，就不应该马马虎虎。

我把板子插入了鱼眼下方的卡槽，把它推到底，又把防尘盖重新盖好。现在，它将记下克莱斯提拉之眼看到的一切——从我遮着头脸匆匆走出视野的背影开始——直到录满为止，按照现在的设置，可以连续拍上几个月。

到时候我还得回来，把它取走——这是个我完全没过脑子的小问题。

我一边想着这个小问题一边朝尖塔下走去，一个庞然大物突然嗒嗒巨响着从千年士的高崖前飞过。吓得我魂不附体。它与我虽远隔千呎，给人的感觉却近得像扇在脸上的一个巴掌。眼看着它呼啸而过，我一下子没站稳，坐了个屁墩儿，差点儿从没有扶栏的楼梯上滚下去。这是架飞机，短粗的机翼可以旋转，变成一架双旋翼直升机。它似乎把大院堂当成了机场塔台，划着弧向日纪门前的广场俯冲而下。它已经飞到了我看不见的地方，于是我小心翼翼地站起来，跑下小尖塔，不要命地朝星阵边缘冲去。可就算再不要命，一想到有可能掉下楼去，我还是调整着方向让自己撞向一块巨石，最后终于两手撑着巨石刹住了脚步。我扒着巨石的一角偷眼看去，刚好瞧见飞机竖起旋翼准备在广场上降落的一幕。旋翼的洗流吹皱了池塘的水面，两股喷泉都被吹成了"八"字形。

过了一会儿，两个身披紫袍的人出了日纪门，进入了我的视野。螺旋桨的气流很强，瓦拉克斯和昂纳利都把帽子摘了下来，以免被吹飞。紧跟在他们身后的是帕弗拉贡修士，他正斜着身子抵着风头，一身帛单迎风狂摆，要不是双手紧攥，又把身体紧紧抱住，他肯定得被气流剥个精光。瓦拉克斯和昂纳利在飞机门两边站住，等帕弗拉贡赶上前来，就一人一把扶着他爬了上去。随后他俩也上了飞机。舱门自动关闭时，螺旋桨已经转了起来，带着飞机离了地。飞行员随即加大油门，那家伙眨眼间就蹿到了五十呎高的空中。机翼倾斜，它开始朝前加速，从池塘和市人城镇的上空掠过，斜着身子转了个弯，朝着西边飞走了。

这简直太酷了，真想马上到食堂去跟朋友们吹嘘一下。

这时我才想起来，自己是个逃犯。

等我回到钟穴的时候，唤召早就结束了。人声依旧鼎沸，但随着人们走出堂殿，竖井里很快就安静下来。多数人将会离开，少数人则会顺着角楼上来，回督察庭来接着工作。我怕自己赶不上他们上楼的速度，一阵手忙脚乱，磕磕碰碰。不过就算紧张，爬到低处时还是得尽可能地小心。

最先上来的，是守卫督察庭的两个年轻戒尊，他们想趁飞机飞远之前到阳台去看上一眼，所以拼尽力气加快脚步爬了上来。但我还是比他们先到一步，在守卫督察庭的廊道上找地方躲了起来。这一层堆满了只有守卫督察才欣赏得了的"装饰品"，里头净是些英雄人物的胸像和全身像。其中最恶心的是一尊阿穆尼克特鲁斯等身青铜像，此人是第三次劫掠时期的守卫督察。塑像摆出了他人生中最后二十个小时保持的姿势：跪在一堵胸墙后，紧紧凝视着来复步枪上的准星，这条枪和他的身高一般长。阿穆尼克特鲁斯是用青铜铸出来的，但他的枪和身边的一堆空弹壳却是货真价实的古董。塑像的基座便是他的石棺。我就躲在了石棺后头，看着那两人健步如飞地跑过廊道，朝着西边的阳台奔去。他们刚一过去我就站起身来，为了不再碰到这种情况，我特意绕了条远路，三蹦两跳地下到了秩序督察庭。我手脚并用地爬回回廊的围栏后面，保持着这个姿势飞快地爬行，一口气爬回了补赎室里。真没想到瞧见这地方我会这么高兴。

剩下的就只有一个小问题了：现在的我仍是汗流浃背，气喘吁吁，心跳如鼓，膝盖和手掌也擦伤了，还因疲惫和紧张而发着抖。我能做的也只有拿几张空白页子擦擦脸上的汗，用帛单把能挡的地方都挡住，躲到窗前，背对着门口往球上一坐，装出盯着外面欣赏风景的样子。只要在秩序督察的人到来之前能尽力控制住呼吸就行了。

"伊拉斯玛修士？"

我回过头去。是特蕾斯塔纳斯修女，她刚爬完楼，脸色看起来红扑扑的。第十夜之后我还没跟她再说过话。此刻的她，显得出奇的正常，出奇的有人情味，就像我俩是刚聊完天的熟人一般。

"嗯？"我说，生怕多说一个字就会在声音上露馅。

"你知道刚才发生了什么吗？"

"我在这儿很难听得明白。不过好像是唤召。"

"就是唤召，"她说，"而且你应该也在底下才对。"

我装出一副被吓傻了的表情。但不知道她是嫌我装得不够像还是装得太容易，不尴不尬地晾了我好一会儿才说："我就不罚你念《书》了，这次先不罚，尽管理论上来讲这的确是个大错。"

我心说，再罚，你就只能罚我念第六章了——这么一来我就可以上诉了——那可不是你想对付的情况。

"谢谢您，特蕾斯塔纳斯修女。"我说，"要是万一我在这儿的时候咱们再来一场唤召，我是不是应该下去看看？"

"正确，"她说，"你得去主戒屏的后头看。然后马上就得回来。"

"肯定回来，除非被点名的是我。"我说。

这种时候她竟听不出我是在说笑，她似乎只觉得一阵不安，不安中进而又生出了恼火。"你的第五章念得怎么样了？"她问。

"估计再过一两周就准备好了。"我说。

说完我就怀疑起自己来，能不能在这段时间里取回克莱斯提拉之眼的那块记忆板，并把它悄悄带出这里呢？

离去之前，特蕾斯塔纳斯修女好像真的冲我笑了一下。这可能跟两位检察官刚刚离去有关，不管她罚我念《书》的背后有着什么样的动机，这动机也已经随他们而去了。不管怎么说，我已经明白，惩罚我的理由和目的现在都成了过去，剩下的就只有例行公事了。这让我迫不及待地想赶紧收摊。在这一天余下的时间里，我在第五章上取得的进展比之前一个星期的都多。

第二天选遴的钟声又再度响起。又有两个人加入了埃德哈会，两个人加入了新圈子，而改良老番会还是一个也没有。

新圈子点的名字里有一个是利奥。这让我大吃一惊，一度怀疑自己是不是听错了。很难说我是为了什么会有这种想法，显然这事儿完全在情理之中，利奥显然就是个守卫督察的候选人。他在第十夜与愚氓的搏斗肯定给德尔拉孔斯修士留下了无比深刻的印象。要为守卫督察工作就意味着要成为戒尊，出于某种原因，要成为戒尊就得成为新圈子的成员。所以我还有什么可吃惊的呢？（我当天夜里躺在木板床上清醒地想到）是因为利奥和我已在同一个普洛维纳尔小队里共处多年，我已经渐渐习惯了他的存在，并以为他、我、杰斯里与阿尔西巴尔特就应该永远待在同一个团队里边。而且我相信他们也有同样的感觉，也是这么以为的。可感觉是会变的，我也开始明白起来，我还在这间补赎室里的时候，它们就已经迅速地变了。

两天后，阿尔西巴尔特加入了改良老番会。也算走了狗屎运了，底下竟没人听到我喊出的那声"什么？！"就算我自觉主动地失眠一宿，也不会有任何顿悟来给我解释这件事情。改良老番会，自打成立以来就一直是个奄奄一息的修会。

也只有从这儿出去才能弄清是怎么回事儿了。那之后我就放弃了每天的锻炼，也不写日记了，除了学第五章什么也不干了。等到我准备接受考试的时候，已经有十一个人进了埃德哈会，九个人进了新圈子，六个人进了改良老番会。就算我还有机会，拖得越晚机会也就越少。我有时会悲观地想，罚我念《书》

是不是特蕾斯塔纳斯修女的招募策略？是不是要迫使我加入某个非埃德哈的修会，逼我去当一个永远被攥在别人手掌心里的低级戒尊，到主戒庭里去跑腿打杂？普通的修士和修女只受戒律约束。但戒尊却是串在一根权力链条上的：这就是行使权力的代价。

在我考试的前一天，又有一个人加入了新圈子，三个人加入了改良老番会。四个人里有两个是阿尔西巴尔特口中的"残羹冷炙"，还有一个聪颖绝伦。现在我们这拨就只剩下我和另外一个人了。要不是图莉亚的名字还没有出现，我肯定想不出另外一个是谁，毕竟我没有抄下选遴者的名单。

考官有三个。特蕾斯塔纳斯修女并不在场。这起初让我如释重负，随后就变得火冒三丈。为了这次补赎，我刚牺牲了一个月的光阴，还失去了加入墅埃德哈会的最后一丝机会。好歹她也露个面吧。

他们一上来就问起第二章来，以为我只在第一天匆匆看过，现在已经忘光了。但我已经料到了他们的把戏，头一天刚花了几个小时把第一到第三章复习了一遍。

当我背出圆周率第127位到283位数字的时候，他们的斗志便已熄灭。在第五章上我们只耗了两个小时，这简直是格外的开恩。但最近为了给选遴让路，每天的各种事务性工作都比平时开始得晚。而且时节已近冬至，天也黑得早了，更容易给人带来时间已晚的错觉。我都听见考官们的肚子咕咕作响了。考试组的头头儿是斯佩里空修士，他是位六十多岁的戒尊，要是没有特蕾斯塔纳斯修女，他应该就是现在的秩序督查。末了他好像还觉得意犹未尽，想把我烤得再焦一点儿，于是再度燃起了斗志。可我才振作精神答了一个问题，另两位考官就摆出架势强调，表示一切都结束了。斯佩里空便拿起眼镜举到脸前，照着一张旧纸页子念了通经，宣布我的补赎结束，可以走了。

尽管感觉已经很晚了，但离开饭还有一个小时。我问他们是否可以回补赎室去拿落在那里的笔记。斯佩里空就给我开了一张通行证，准许我在秩序督察庭停留到晚饭之前。

我谢过他们，起身离开，朝我那间补赎室走去，沿途碰到戒尊就挥一挥手里的通行证。来到补赎室，从木板床底下拿日记的时候，一个主意突然冒出来控制了我的大脑——为什么不趁现在潜入星阵去把那块记忆板取回来？半分钟前我向考官道别的时候，还完全没想过这件事儿呢。

当然我的头脑还没被冲昏。我用帛单的下摆裹起日记，走出了那间补赎室——真希望永远也不要再回来了。顺着廊道走五十步，便来到了秩序庭的西南角，这儿有一条供十年士走的楼梯。几个修士修女正爬上爬下，为守卫庭换岗做着准备。看到一个人爬上来了，我便闪到一边给他让路。他戴着兜帽闷头爬楼，也不看路，直到看见我的脚才掀掉兜帽，露出一颗新剃的脑袋——是利奥。

千言万语不知从何说起，我们大眼瞪小眼，好半天语无伦次。也可能只是因为我还在秩序督察庭，所以才一句话也不想说。"我跟你一块儿走吧。"我说着便转身跟他一块儿朝上爬去。

我们一边往守卫督察庭走，他一边咕哝："你得去找图莉亚谈谈。你得去找敖罗洛谈谈。你得去找所有人谈谈。"

"你是去新岗位上班吗？"

"德尔拉孔斯给我派了份儿实习的活儿。嘿，拉兹，见鬼，你到底想要去哪儿？"

"星阵。"

"但是那儿——"他一把抓住我的胳膊，"喂，傻瓜，你会被遣退的！"

"要是去不成，我宁愿被遣退。"这么说可真够蠢的，可我没管住自己的嘴，也没想管，"回头再跟你解释。"

我带着利奥走出拥挤逼仄的内庭廊道，上了守卫督察庭的外围步道，装出要去檐台站岗的样子。途中碰到一处狭窄的拱门。他做了个先请的手势。我便一脚踏入拱门——同时马上意识到：我把后背留给了他。但意识到也没用了，我的胳膊已经被他扭了起来。我知道，现在要是动一动，接下来两个月我的胳膊都得吊在绷带里。于是在挣扎和束手就擒之间，我选择了后者。

但我的嘴却没闲着："又来了，癞痢头。明明是你先找的茬儿——你倒还动上手了。"

"你是在给自己找麻烦。我是要防止你越陷越深。"

"这就是新圈子的作风？"

"你连状况都搞不清楚，就别对选遴说三道四了。"

"好吧，如果你放我走，让我去星阵，我一会儿就到食堂去搞个清楚。"

"看吧。"他边说边扳着我转了个身，让我面朝着来时的路。阶梯上一片寂静。我差点儿以为是我们被发现了。但随后就看见一队戴高帽的黑衣人沿着飞扶垛的阶梯向上爬去。他们进了上边的那道楔眼，踏得铁梯叮当作响。

"哈，"我说，"难怪上边那么干净。"

"你已经上去过了？！"利奥大吃一惊，把我扭得生疼。

"饶了我吧！我保证一步也不上去了。"我说。

利奥放了手。我慢慢收回胳膊，小心翼翼地把它们恢复到正常的位置，才站起来转回身看着他。

"你看见什么了？"利奥也想知道。

"还什么都没看见呢，但是我放了块记忆板，把它拿回来才可能——可能——弄到一点线索。"

他思忖着："难度可够高的。"

"你这是答应了，利奥？"

"我只是说说。"

"伊塔人上去的时间固定吗？"

利奥张开嘴刚要回答，就露出一个狡猾表情："不告诉你。"接着他好像突然想起了什么，"瞧，我都迟到了。"

"你从什么时候开始关心那个的？"

"好多事都变了。我得走了，这就得走。一会儿再跟你说吧，行吗？"

"利奥！"

他回头看着我："什么？！"

"帕弗拉贡修士是谁？"

"敖罗洛会的东西有一半是他教的。"

"那另一半是谁教的？"我刚问出来他就已经走了。我在原地站了一分钟，听着伊塔人在上边的动静，不知道他们会不会检查那些装记忆卡的设备。要能假扮成伊塔人就好了。

接着我的胃就咕咕叫了起来，一双脚好像是直接长在了胃上，带着我直奔食堂而去。

上次看斯皮里已经是十年前了，但我还能想起一类镜头：一个宇航员踏进星际港的酒吧，或者一个牛仔跨进灰扑扑的沙龙，霎时间所有人都安静下来。这就是我进食堂时的情景。

我来早了——这是个错误，我先坐下的话，不管谁想坐我旁边我都只能被动接受。几个先来的埃德哈会士已经占了几张餐桌，我试着捕捉他们的眼光，他们的眼光却全都闪躲开了。取餐的时候，我排在了两位埃德哈会宇宙学家的身后，但他们都拿后背对着我，还做出激烈讨论什么定理的样子。通过他们的谈话可以听出，最近十年邮寄到埃德哈的书和期刊，都在大隙节期间一股脑儿地堆到了图书馆门口，他们讨论的新定理就是在那里边看到的。

今天负责分发晚餐的是改良老番会。阿尔西巴尔特多给了我一勺炖菜，还握了握我的手——这是我收到的第一份温暖问候。我们说好了晚一点儿聊聊。他看起来很高兴。

我决定找张空桌子坐下，看看会发生什么。没几分钟，新圈子的修士修女们便将我团团围住，每个人都在我面前欢天喜地地品评着我的补赎时光。

过了一刻钟，科尔兰丁修士也抱着个东西出现了，他怀里的东西黑咕隆咚，看起来很旧，还结着硬皮，就像一具婴儿木乃伊。他把那家伙放在桌上，剥了几层外皮。露出一只古老的木酒桶。"这是我们分会送你的，伊拉斯玛修士。"他用这句话代替了问候，"承受过非凡的补赎才配得上非凡的美酒。它无法补偿你失去的几个星期，却可以帮你忘掉跟《书》有关的一切。"

这本应是尴尬的一刻，因为我想他跟特蕾斯塔纳斯修女还保持着私情。而科尔兰丁却自有他的乖巧。我也乐得承情。这桶酒既是一种姿态，也是抹平尴尬的良方。不过看着他手忙脚乱地拔塞子，一丝不安还是掠过了我的心头。这该不会也是庆祝我加入他们修会的意思吧？

科尔兰丁修士好像读懂了我的心思。"这只是为了庆祝你重获自由——不用想太多！"他说。

又有人拿出个木匣，打开盖子，亮出了一套小小的银杯。每只杯子上都刻着新圈子的徽章。一位修士和一位修女从丝绒衬垫的凹槽里把它们一只只取出，还用帛单小心地擦拭。科尔兰丁则忙着和塞子搏斗，这精巧的小玩意儿是用黏土和蜂蜡做的，取的时候很容易碎掉，把酒液弄脏，没个金刚钻可揽不了这瓷器活儿。光看科尔兰丁的动作，就让人浮想联翩，想到集修院的往昔盛世。当年的集修院比现在讲究，比现在富裕，也比现在显得更有历史。

这酒桶的木料明显是弗洛恩橡木，意味着里边装的是图书馆葡萄酒，肯定是别的集修院酿好再送到这儿来酿陈的。

图书馆葡萄是第二次劫掠前诞生的品种，是下弗洛恩集修院的阿佛特人用转序技术培育出来的。它的细胞核里携带着不止一个品种的基因传序，弗洛恩的阿佛特人把他们听说过的葡萄传序都编了进去——这些人可是葡萄的专家，要是哪种葡萄连他们都没听说过，那肯定也不是什么值得一提的品种。除了葡

萄的传序，它还携带着千万种浆果、水果、花卉和香草的基因片段，引用了这些片段，宿主细胞的生化信息系统会生成味道独特的分子。每个细胞核都是个档案库，比巴兹大图书馆还要庞大，它所存储的编码可以生成千万种分子，形成人类在自然界闻到过的一切气味。

但细胞核携带的传序虽多，葡萄藤却没办法把它们一下子全表达出来，它不可能同时是一百种不同的葡萄，所以它会"选择"表达哪一种基因，成为哪一种葡萄，借用什么样的味道——因为弗洛恩人在蛋白质表达里手工编入了数据收集决断程序。这套程序复杂得令人无法想象，阳光、土壤、天气或风的细微变化都逃不过图书馆葡萄的"知觉"。栽种者在一切环节上的成败都会影响到果汁的味道。图书馆葡萄还有种传奇的天赋——不管栽种者如何哄骗，都别想让一株藤两次结出同一种葡萄。第二次劫掠的时候，真正的行家都给抓起来贴着墙根排成一排枪毙了。为了安全起见，很多现代造酒师宁愿挑选传统的葡萄品种。跟图书馆葡萄拉关系的事儿就留给了敖罗洛修士这样的狂人，他已把这当成了自己的副业。当然，图书馆葡萄本就厌恶堃埃德哈的环境，加上五十年前敖罗洛的前辈不当剪枝，葡萄至今仍然耿耿于怀，向土壤中释放着有毒的信息素。它们故意结出又小又苦的浅色葡萄。用这种葡萄酿的酒……真不是一般人喝得惯的，我们从来都没想过要拿它卖钱。

而树木和酒桶倒是对我们青睐有加。下弗洛恩人忙着培育图书馆葡萄时，几哩外一所乡村马特里的上弗洛恩人却在种树制桶上吃了瘾。弗洛恩橡木的心材细胞生命力旺盛——即使被采伐下来，切成板条，箍成木桶，仍然留有一部分活性，它们会有选择地从酒液中吸收某些分子，将一部分释放回酒液，另一部分推向桶外，让它们沉淀在木桶的表面，形成一层光泽馥郁的硬痂。有如图书馆葡萄对气候与土壤的挑剔，这种木材对储存条件也异常敏感。如果造酒师对木桶处置不当，没能提供它们所需的外界刺激，同样也会受到惩罚。他们会发现酒液里最有价值的树脂、糖分和单宁都丁点儿不剩地冒出桶外，变成了硬痂，而桶里剩下的只有干净无味的溶液。这种木材喜好的温湿条件与人类相仿，它的细胞也会对震动产生响应。和乐器一样，酒桶也会与人声共鸣，把酒桶储存在合唱团排练的地窖里面，酒的味道也会跟码放在餐厅墙边的桶里的不同。堃埃德哈的气候本就适宜弗洛恩橡树生长，我们的酿陈技艺更是闻名遐迩。酒桶对我们的食堂和大院堂颇为喜爱，对我们的谈话和歌声也反响热烈。没这份儿好运的集修院也会把酒桶运来这里酿陈。于是好东西就落到了我们的手里。

我们本不该擅自取用，但偶尔也会偷偷作弊。

科尔兰丁成功地取下塞子，把酒倒入了棕色的石英烧瓶，又用烧瓶把酒分入几只小银杯里。第一杯被送到了我的手中，但我知道最好不要立马喝掉。待到桌边每个人都拿到了一杯——科尔兰丁修士才接过最后一杯，把它举了起来，看着我的眼睛说道："敬伊拉斯玛修士，为他的自由干杯——祝他与自由长伴，享之酣畅，用之明智。"

接着四处便响起一片叮叮当当的碰杯之声。那句"用之明智"令我不安，但我还是把杯中物一饮而尽。

这东西美妙至极，如一本好书般令人迷醉。待站着敬酒的人们落座，我才看到食堂里其他的地方。有几桌人看到这里敬酒，也朝我们举杯致意。其他人则自顾自地交谈。而我最想见的几个人，都独自靠边站着：敖罗洛、杰斯里、图莉亚和哈币嘉斯特莱梅。

晚餐拖得越来越久，也越来越无节制。他们不断将我的酒杯注满。被人照顾的感觉真好。

"得抬他上床去啦，"我听到一个修士说着，"他不能再喝了。"

几只手伸到我的胳膊底下，搀着我站了起来。我任由他们护送着，直到回廊院才得以脱身。

在大院堂的那些天里，集修院里所有无法从秩序督察窗口看到的地方都被我弄得一清二楚。我绕着回廊院转了几圈，只想让脑袋清醒清醒，然后就走进花园，坐到了一条隐蔽的长凳上。

"你还清醒吗？还是明早再说？"一个声音问道。我四下打量一番，才发现是图莉亚来了。肯定是她把我叫醒的。

"请坐。"我拍着身边的一截长凳。图莉亚与我稍隔着一段坐了下来，一条腿盘在座位上，好让自己面朝着我。

"很高兴看到你出来，"她说，"发生了很多事情。"

"我也听说了。"我说，"能简单说说吗？"

"有些……可疑的事情跟敖罗洛扯上了关系。但没人知道是怎么回事。"

"得了吧，星阵被关了！还有什么是我不知道的？"

"谁都知道星阵被关了，"我的语气让她有点儿恼火，"可没人知道是为了什么。我们觉得敖罗洛知道，但他不说。"

"好吧，对不起。"

"这也影响了选遴。一些人们原本以为会加入埃德哈会的弟子都加入了别的修会。"

"我发现了。为什么呢？这是什么道理？"

"我不确定有道理可言。大隙节前，所有弟子都清楚地知道自己要做什么。然后一下就出了这么多事儿：检察官来了，你被罚了补赎，星阵被关了，帕弗拉贡修士被唤召，人们为这些事儿感到震惊——都另做打算了。"

"怎么打算？"

"所有人都从政治出发思考问题了。要不是这样，他们也不会做出那些决定。这些事儿首先就让人怀疑，加入埃德哈是不是明智之举。"

"你的意思是埃德哈会在政治上出了局？"

"在政治上他们从来都是局外人。但看了你身上发生的事情，人们开始觉得，在集修院里对政治不闻不问是不明智的。"

"我有点儿明白了，"我说，"像阿尔西巴尔特那样的人，去了对他求之不得的改良老番会——"

"就可以在那儿成为显要人物，马上就能。"

"我注意到了，晚餐时是他在分发主菜。"这个职位通常是留给高级修士的。

"他在那儿能当上同侪之首或者戒尊。也许还能当上主戒。而且还能跟最近发生的一些蠢事做斗争。"

"那么那些已经去了埃德哈会的——"

"是佼佼者中的佼佼者。"

"比如杰斯里。"

"正是。"

"我们要庇护你们埃德哈会，在政治前线上保护你们，这样你们就能去做你们最擅长的事情了。"我说。

"呃，大致就是如此——可你说的'你们'和'我们'指的是谁？"

"显然是说明天你要加入的埃德哈会，和我要加入的新圈子。"

"那只是人人期待的，却不是将要发生的，拉兹。"

"你们已经在埃德哈会给我留了位置吗？"

"用的是粗暴得可怕的方式。"

"真不敢相信埃德哈会这么迫切地想让我加入。"

"并非如此。"

"什么？！"

"要是让他们不记名投票，你得的票数不见得会比我多。对不起，拉兹，但我得实话实说。特别是很多修女都想让我加入。"

"那我们为什么不一起加入？"

"那是不可能的。我了解得也不详细——但科尔兰丁和哈里嘉斯特莱梅之间已经订下密约了。已经决定了。"

"如果埃德哈会不想要我，那咱们干吗还讨论这些？"我问，"你瞧见新圈子为我开的那桶酒了吗？他们对我求之不得。所以为什么我不加入他们，而你不投入埃德哈分会修女们爱的怀抱呢？"

"因为这不是敖罗洛想要的。他说他需要你成为他团队中的一员。"

太让我感动了，这句话和那桶红酒真让我左右为难，简直想哭。我一言不发地坐了好一会儿。

"好吧。"我说，"敖罗洛也有不知道的事情。"

"你说什么呢？"

我四下里看了看。回廊院对我来说太小也太安静了。"咱们走走吧。"我说。

我们朝着河对岸走去，一路无话。过了河，溜达到围墙的阴影之中，我才告诉她唤召那天我做的事情。

"噢！"她又沉默了良久才说，"不管怎么说，那就是注定的了。"

"注定什么了？"

"你肯定得去埃德哈。"

"图莉亚，那什么也注定不了。首先，这件事除了你和利奥没别人知道。其次，我可能永远也没办法把那块记忆板拿回来。第三，那里边可能没什么有用的东西。"

"净是细枝末节。"她嘲讽道，"你根本没听懂我的意思。你的所作所为刚好证明敖罗洛是对的。你的确属于他的团队。"

"那你呢？图莉亚，你属于哪里？"

她并不想回答这个问题。我只好又问了一遍。

"该发生的在第十夜都已经发生了。大家都已经做出了决定。也许过后我们会觉得这些主意也没那么糟。"

"可这应该看成是我的错吗？"

"谁在乎呢？"

"我在乎。我当时也没法从补赎室里出来跟外边的人说呀。"

"我一点儿也不喜欢你这种思维方式。"她说,"好像你在主楼上的时候,我们大家是大人——而你只是小孩。"

这话听得我站在那儿喘着粗气干瞪眼。图莉亚又往前走了几步,冲我质问道:"这应该看成是我的错吗?"她学着我的话说,"谁在乎呢?就这样吧。结束了。"

"我在乎,因为这会大大影响埃德哈会其他人对我的看法——"

"别在乎了,"她说,"或者起码别再往下说了吧。"

"好吧,"我说,"对不起,可我一直以为可以跟你说说这些心情——"

"你以为我下半辈子就想当个这样的人?听集修院里所有人说这种东西?"

"显然不是。"

"没错。咱们就到这儿吧。你去找哈里嘉斯特莱梅。我去找科尔兰丁。告诉他们我们明天就各自加入他们修会。"

"好吧。"我假装无所谓地耸了耸肩,转身往回朝着桥的方向走去。图莉亚跟了上来,和我并肩走着。我沉默良久——展望前景让我有点儿走神,想着自己将要加入一所不想接受我的分会,会里还有许多成员要责备我占了图莉亚的位置。

图莉亚对我如此严厉,让我的心里有点儿想要恨她。但让我高兴的是,一过桥那个念头就沉寂下去。就算将来它还会一次次冒出来,我也会尽可能地忽略它。在这种情况下加入埃德哈会真是可怕得要死。但是不倚靠图莉亚或任何人的肩膀,勇往直前的感觉更好——这种感觉才对。就像是理学论证,只要知道自己走的是正轨就可以了,其他的一切都是小节。敖罗洛说的那种美正从黑暗之中向我射来一束微光,我将沿着它的方向前进。

"你想跟敖罗洛谈谈吗?"听了我吐露的信息,哈里嘉斯特莱梅修士问出了这样一句话。他没有吃惊,也没有喜出望外,除了疲惫一无所有。只要看一眼老分会堂烛光下的那张脸,就能看出他在过去几个星期里是多么的疲惫不堪。

我思量着。显然早晚是要跟敖罗洛谈的,但现在还不是时候。一想到跟图莉亚的谈话成了那个样子,我就不想再花上半宿跟人倾吐心情了。

"他在哪儿?"

"我想应该正在草地上跟杰斯里做裸眼观测。"

"那我就不去打扰他们了。"我说。

我的话似乎让哈里嘉斯特莱梅颇感欣慰。这个弟子终于有点儿大人样了。

"图莉亚好像觉得他想让我……来这儿。"我边说边环顾着这所老分会堂：它只是回廊院里一段拓宽的走廊，几乎只用来举办礼仪性活动——但依旧是这所世界级修会的心脏，是髡埃德哈本人踱着步子研究出自家理学的地方。

"图莉亚是对的。"哈里嘉斯特莱梅说。

"那这里就是我想来的地方，就算人们对我不冷不热也无所谓了。"

"如果你这样看问题，那就说明你关心的主要是自己的个人福祉。"他说。

"我不确定是否可以苟同。"

"哦，"他略带讽刺地说，"或许有些人不想让你来是另有原因吧。你刚才说的是'不冷不热'，而不是'冷淡'或'热情'。那咱们就说说这些不冷不热的人吧。"

"您也是其中之一吗？"

"是的。我们，不冷不热的这些人，只是担心——"

"担心我跟不上。"

"正是。"

"好吧，就算真是这样，如果您需要知道圆周率的某几位数字，也随时可以找我。"

哈里嘉斯特莱梅礼节性地对我呵呵一笑。

"您看，"我说，"我知道您担心这个。我会加油干的。这是我欠阿尔西巴尔特、利奥和图莉亚的。"

"怎么讲？"

"他们为了集修院能有更好的未来做出了牺牲。或许这能让下一代的戒尊比我们现在的更好——也能让埃德哈会在平静中工作。"

"除非——"哈里嘉斯特莱梅修士说，"当上戒尊会改变他们。"

第 4 部

诅革

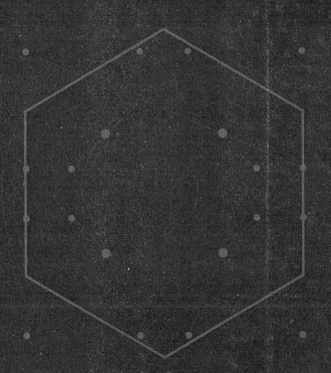

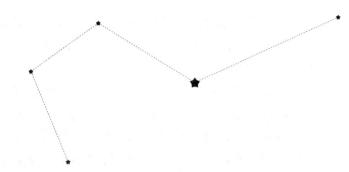

　　入了埃德哈会六周后，我绝望地卡在了一道题上，这题是敖罗洛脚底下那些抱膝盖的给我出的，为的是让我知道我并没有真正理解两个超曲面相切是什么意思。我想出门散散心，便心不在焉地思考着题目，踏过结冰的河面，来到旬纪门和佰纪门之间的一片高地上，在页子树林间溜达起来。

　　尽管传序师已尽了最大的努力，这种树的叶子里也只有十分之一是上等的纸张材料，适合制作常见的四开书。这种树叶最常见的瑕疵是尺寸小和形状不规则，有这种缺陷的叶子放在切纸框里是切不成矩形的。这样的叶子在十片里大约会有四片——寒冷或干燥的年份会多一点，风调雨顺的年份会少一点。还有的叶子有虫子眼儿或者粗叶脉，这种叶子做成纸张也很难写字，只能用来积肥。靠近地面的叶子常有这两种瑕疵。最好的叶子多长在中部的树杈上，而且要靠近树干的才好。树种师①把页子树中段的枝丫设计得又短又粗，方便小孩子爬上爬下。我当弟子的时候，每年秋天都有个把星期要在这些树杈上度过，我得把最好的叶子摘下来，扔给树下的大人，由他们把叶子敛到筐里。每天采摘完毕，我们还会在树上拉起绳子，拴着叶柄把叶子挂在上边，花上一季把它们晾干。第一次严霜过后，我们会把叶子拿进屋里，摞成一摞，压在一块成吨重的石板下边。叶子要用石板压上一百年左右才够火候。所以我们每次压上一叠新叶子，也会去找一叠压了一百年的，如果看上去已经能用了，我们就把石板搬开，把叶子取出来。取出后我们会挑拣出质量比较好的，放到切纸框里切成白纸页子，或分发到集修院各处，或装订成册。

　　不过我很少在收获过后来这片林子。这个季节走进来，几乎已经看不出我

———————————

① 树种师（Arbortect）：利用基因改良技术设计新树种的人。

们的采摘留下的痕迹了，还有大量的叶子打着卷挂在树上，落在地上。我踏着泥泞的融雪穿行其间，找寻着那棵我最爱攀爬的大树。所有的白页都在周围喧哗躁动，让人记忆混沌，我游荡了半天才找到那棵树。待我终于来到树下，便忍不住爬上了低处的枝丫。在我还是个小男孩的时候，一爬到这棵树上，就会想象自己正置身于密林深处，置身于一个浪漫的地方，而不是在这个被赌场和轮胎店包围，被围墙圈起来的马特之中。可现在枝干光秃秃的一览无余，向东边一眼就能看到林子的边缘，树林外，常春藤盘绕的沙孚宗产①也一目了然。我觉得自己很蠢，现在阿尔西巴尔特大部分时间都待在那里，他肯定已经透过窗户瞧见我了，于是便下了地，朝那边走了过去。他一直闹着要我去看他，我一直都在找借口推辞。这下可算是溜不掉了。

　　林子周边是一圈低矮的树篱，我得翻过去才行。植物枝叶乱糟糟地挡住了去路，我伸手一扒拉，却蹭到了凉冰冰的石头，立刻疼了一下。这原来是一道爬满植物的矮石墙。于是我用手撑着跳了过去，又费了点工夫才把帛单和弦索从藤植上扯下来。我跳进了一块地纽。此时这里尽是枯焦之色，最后一季土豆被刨起的地方，黑土都被翻了起来。翻墙的行为让我觉得自己像个入侵者似的。沙孚把宗产安置于此，或许就是想营造这样一种感觉？他们自己人可能都慢慢地厌倦了这一套，所以才干脆连宗系都放弃了。但拆墙实在是太费事，所以这个麻烦就留给了蚂蚁和常春藤。近年来，改良老番会的人养成了到此处退隐的习惯，好在没人反对，他们也就慢慢在这里"安居乐业"了。

---

① 宗产（Dowment）：最常用的含义是马特世界里由宗系积累传承下来的财富。宗产几乎都是建筑和建筑内的物品。

【戛尔丹秤杆法则】 一种经验法则，归于戛尔丹修士（改元前 1110—
前 1063）名下，说的是每个人心里都有一杆秤（一根可绕中心支点
转动的杠杆，是一种原始的称重量具），在面对两种假说的时候，往
往愿意接受分量轻、"翘得高"的一头。该法则的结论是，较"轻"、
较简单的假说比较"重"、较复杂的假说更受人欢迎。这个法则也可
称作髻戛尔丹秤杆法则或简称秤杆法则。

——《词典》，第四版，改元 3000 年

　　我一面与入侵者的罪恶感做着斗争，一面踏上台阶，推门而入的一刻，眼
前的景象真是非常安逸。改良老番会的木匠们正给这间小石屋铺着木地板，镶
着护壁版。确切地说，以木工为副业的阿佛特人并不是普通"木匠"，而是善于
精工细作的"细木工"，他们把一切都装配得妥妥帖帖，严丝合缝，手艺好得连
珂尔德都得嫉妒。这间屋子的形状近似立方体，十步见方，靠墙码着一排排的
书。温暖的火苗在右边的壁炉里跳跃，充足的天光从左边的飘窗倾泻进来，洒
了一地。这座飘窗形如凹室，和坐在上头看书的阿尔西巴尔特一样"心宽体胖"。
他手里的书又老又旧，书页脆得只能拿镊子去夹。他应该压根儿没看见我在爬
树——我本可以悄悄溜走。不过幸亏没走，在这里看到他也是件开心事。
　　"你简直就是沙孚本人。"我说。
　　"嘘。"他边嘘边拿眼睛瞟着四周，"你这样讲别人会生气的。噢，每个修会
都有自己的世外桃源，总有个把滋润的小角落，能把玉髓棺材里的髻嘉尔塔斯
都气得打滚。"
　　"相当滋润，这么一说还真是——"
　　"得了吧，冬天冷得像地狱。"

"那也可以这样讲嘛，'冷得像嘉尔塔斯的——'"

"嘘。"他又嘘了一次。

"你看，阿尔西巴尔特，我想埃德哈分会可能就没有这种滋润的小角落，就算有也没人告诉过我。"

"他们当然与众不同。"他转着眼珠，上上下下地打量着我，"可能等你资格再老点——"

"噢，那十九岁的你又算什么？改良老番会的同侪之首？"

"时间的确不长，但我已经跟分会的成员们打成一片了。他们也支持我的计划。"

"什么？——让我们跟慕像者和解？"

"改良老番会里有些人甚至信神。"

"那你呢，阿尔西巴尔特？"眼看他就要第三次嘘我了，我赶紧找补着，"好啦，好啦。"他终于坐不住了，带着我转悠了起来，向我展示起了宗产盛世留下的工艺品：有黄金的酒杯，也有压在玻璃板底下的镶嵌宝石的书皮。我说他们修会肯定还有一个喝酒的秘密据点，他一听脸都红了。

关于餐具的讨论也让他想起了食物，于是他把书放回了书架，拉着我离开了沙孚宗产，直奔午餐而去。我们都没去参加普洛维纳尔，新来的小修士已经开始学着上发条了，他们接替了我们一周中几天的工作，因此我们才享有了这种奢侈。

估计要不了两三年，我们就彻底不用再给大钟上发条了。到那时我们就有了充足的业余时间，可以培养一项能改善集修院生活的实用技能，当作自己的副业。不过在那之前，我们还不必确定自己的选择，可以先多尝试几种事情，看看自己喜欢什么。

比如说种葡萄吧。我们这儿本不是葡萄喜欢的地方，地理位置太靠北了。但好在集修院的外墙与页子树林间有一面南坡，它们才纡尊降贵地落户于此。跟它们打交道绝非易事，而敖罗洛修士就把跟图书馆葡萄交际当成了副业。

当我问到阿尔西巴尔特有什么兴趣时，他说的是："养蜂。"

一想到阿尔西巴尔特被一大群蜜蜂团团围住的画面，我就乐了起来。"我总觉得你最后会干一样室内工作，"我说，"而且是对着死物的。我觉得你应该是书籍装帧匠。"

"的确，在这个季节养蜂还真是对着死物的室内工作。"他说，"也许等蜜蜂结束冬眠醒过来以后我就不那么喜欢这活儿了。那你呢，伊拉斯玛修士？"

尽管阿尔西巴尔特还不知道，但这其实是个敏感话题。一个人需要副业的理由还有另外一种：如果到头来你发现自己无法胜任副业之外的任何工作，还可以放弃书本、课室和对话，在余生中专心当个工人。这就叫退路。走退路的阿佛特人有一大把，他们成了做饭的、酿啤酒的、刻石雕的，这些人是谁也并非秘密。

"你是有资格挑选像养蜂这样有趣的事儿的，"我指出，"顶多被看成古怪的嗜好——因为你永远不需要退路。除非哪天改良老番会突然招到整整一大批的天才。但对我来说，走退路的可能性就大些了，所以我得挑一件能正经干上八十年而不让自己疯掉的事儿。"

阿尔西巴尔特并没有不失时机地对我施以劝慰，向我保证我其实是个聪明人，而我说的这种事并不会发生。我也全不介意。在六周前经历了和图莉亚的那场粗暴的谈话之后，我已经不愿意再花时间苦闷了，而是把更多的时间花在了努力精进学业上头。"可能性还是有的，"我告诉他，"我可以去维护星阵的设备，维持它们的正常运转。"

"那你也得上得了星阵，这条前途才谈得上光明。"他指出。他这话放在现在说还算安全，因为我们正踏着泥泞的融雪在页子树林间穿行，附近一个人也没有，除非特蕾斯塔纳斯修女正以手附耳地躲在页子堆里。

我停住脚步扬起了头。

"你以为树上能掉下个检察官来？"阿尔西巴尔特问。

"不，你看那个。"我说着，指着星阵。从我们站的这个小高坡上可以清楚地看到星阵，而仰仗树林的遮蔽，大院堂那边的人却很难看到我们。所以我们可以随心所欲地久久注视那里。髹米特拉与米拉克斯双筒望远镜还保持着三个月前星阵被关闭时的姿态——扭着镜头瞄着北方的天空。

"我想，如果敖罗洛用 M&M 观测的是什么他们不想让他看的东西，那从他最后一天上去时将这台望远镜指向的方位，我们就可以得到点线索。那天夜里他可能还拍了些照片，只是我们还没看到。"

"那你现在能从 M&M 的指向得出结论吗？"阿尔西巴尔特问。

"我只知道敖罗洛想看北极上空的什么东西。"

"北极上空有什么，除了北极星？"

"只有北极星，"我说，"没别的了。"

"什么意思？肯定得有点儿什么吧。"

"但我用肉眼可看不出来。"

"求求你了，告诉我吧，那是什么？还有，咱们能不能去个暖和点、有吃的的地方？"

我们再次前进，阿尔西巴尔特在前头扒拉着页子开路，我在他身后说道："我原来猜过那是一块陨石。"

"你是说小行星？"他说。

"是的。但陨石不应该在北极上空。"

"怎能这么说，难道陨石不可以来自各个方向吗？"

"可以的，但它们和行星是在一个平面上的，大多数会以较低的倾角过来。所以应该看黄道附近，也就是我们说的黄道平面。"

"可这只是统计式论证。"他指出，"也有可能是一块与众不同的陨石呢？"

"但这不符合秤杆法则。"

"埊夓尔丹秤杆法则只是个有用的指导原则。可现实中的种种事物都跟它不符，"阿尔西巴尔特指出，"包括你和我。"

敖罗洛坐到了我们这桌。我已经好久没跟他说过话了。他坐在一个能透过窗子眺望山峦的位置，带着一种跟我刚才看星阵时差不多的情绪。这是个晴朗的日子，山峰看上去无比清晰，近得好像扔块石头都能砸到似的。"不知道今天夜里布利岗上视野如何。"他叹道，"不管怎么说，肯定比这儿强。"

"就是那个愚氓吃掉埊布利肝脏的地方？"我问。

"正是。"

"那地方就在附近？我还以为远在另一片大陆呢。"

"噢不。布利是埊埃德哈的人！你可以在《纪事》里查到——我们把他的遗物都封存在什么地方了。"

"你的意思是那儿真的有个观测点？还是又在拿我寻开心？"

敖罗洛耸耸肩："我也不知道。埃斯特马尔德在那儿造了一台天文望远镜——就在他放弃誓愿跑出日纪门以后。"

"埃斯特马尔德是——"

"我的两位老师之一。"

"帕弗拉贡是另一个？"

"是的。他们俩是一起在这儿成长起来的。埃斯特马尔德走了，帕弗拉贡在一天晚饭后进了上迷园，那之后我二十多年都没见过他，直到——哦——你懂的。"他突然一转念，问道，"帕弗拉贡被召唤的时候你在干吗？当时你应该还在给奥提佩忒当座上宾吧。"

奥提佩忒是个古代神话人物，她曾趁她父亲睡着的时候爬到了他身上挖出了他的双眼。我还从来没听人这么形容过特蕾斯塔纳斯修女。阿尔西巴尔特乐得汤都从鼻孔里喷出来了，而我沮丧地咬着嘴唇摇摇头。"这么说不公平，"我说，"她只是奉命行事罢了。"

敖罗洛摆出了一副要推翻我的架势："你知道，在第三次厄报的时候，那些犯下恐怖罪行的人都爱说——"

"他们只是奉命行事，我们都知道。"

"伊拉斯玛修士患上了埜阿尔瓦尔综合征。"阿尔西巴尔特说。

"第三次厄报的时候，那些人用推土机把小孩推进熔炉。"我说，"第三次劫掠中，那些人把埜阿尔瓦尔俘虏关押了三十年，他成了他们集修院里唯一的幸存者。比起这些，特蕾斯塔纳斯修女把天文望远镜锁上几个星期还算不上什么吧，不是吗？"

这时敖罗洛眨了眨眼睛，做出了让步："我的问题你还没回答呢。唤召的时候你在做什么？"

我当然愿意告诉他，也的确告诉了他——只是跟他开了个玩笑。"没人看着的时候，我跑到星阵上去做观测了。不幸的是天上有太阳。"

"该死的光球。"敖罗洛啐道，然后他好像突然想到了什么，"可你知道，我们的设备在白天也能看到一些东西，只要是非常亮的就行。"

既然敖罗洛决定陪我把玩笑开下去，我也没必要这么快收山。"不幸的是M&M指向了错误的方向。"我说，"我没来得及把它扭转过来。"

"方向怎么错了？"敖罗洛问。

"它并没有指向什么发亮的东西——比如小行星或者……"我支吾了起来。

杰斯里坐在了附近的一张空桌子边，面朝着我和敖罗洛，一动不动，也没吃东西。他要是一头狼的话，耳朵肯定会朝着我们竖起来。

敖罗洛说："把话说得有头有尾对你来说有那么难吗？"

我感到一阵局促，阿尔西巴尔特看上去也是一样。这个话题明明是以玩笑开的头，现在敖罗洛修士却想引出个严肃的结论——不过我们可想不出会是什

么结论。

"除了超新星，很亮的物体应该就只有很近的物体了，也就是太阳系内的物体。而太阳系内又大又近的东西都在黄道平面上。所以，敖罗洛修士，要带着这种痴心妄想大白天跑到星阵去观天，我就得把现在对着北极的 M&M 转到黄道平面上才有机会真的看到点什么。"

"我只希望你的痴心妄想是有内在一致性的。"敖罗洛修士解释道。

"好吧，这下子你觉得如何？"

他耸耸肩。"你说的颇有道理。但也别太看不起两极了。很多东西都会聚在那里。"

"比如说？经线？"我嘲弄道。

阿尔西巴尔特也掷出相同的腔调："迁徙的鸟儿？"

杰斯里："指南针？"

紧接着一个高音爆了出来："极轨道。"

我们转过头，看见巴尔布正端着一盘食物朝我们走来。他肯定是在排队的时候支着耳朵听我们说话来着。此时他正用自己还没变声的小尖嗓儿解着谜语，声音尖得从布利岗都能听见。从他的嘴里说出这么生僻的字眼，弄得一食堂的人都转过头来。"根据定义，"他继续用唱歌般的调调喋喋不休地背着书，"极轨道卫星绕阿尔布赫星一周必经过两极上空各一次。"

敖罗洛把一片切得厚厚的面包塞进嘴里，掩饰着笑意。巴尔布现在就站在我旁边，手里的盘子离我耳朵只有几吋，可他完全没有要坐下的意思。

我感觉自己被监视了，看了看隔着几张桌子的科尔兰丁，他立刻做出看向别处的动作。但巴尔布的声音他还是听得见的："一台瞄准北极的天文望远镜有很大可能性能观测到——"

我抓住他帛单上一道松垂的衣褶，猛地往下一拽。他一条胳膊往下一沉，托盘里的东西都滚到了盘子一头儿，托盘也失去了平衡。他一时手松，整个托盘都被打翻在了地上。

所有的脑袋都转向了我们这边。巴尔布站在那儿惊讶道："我的胳膊被一股未知来源的力控制了！"他声明。

"太对不起了，是我的错。"我说。巴尔布呆呆地看着地上的那堆东西。我知道他的脑子现在正在想着什么，站了起来，在他面前摆好架势，双手放在他的肩膀上说："巴尔布，看着我。"

他看着我。

"这是我的错。是我挂到了你的帛单。"

"如果是你的错，那你就应该把它清理干净。"他就事论事地说。

我说："同意，我马上就清理。"我起身去拿桶。杰斯里紧跟着问了巴尔布一个圆锥曲线的问题。

【粉笔；粉本】 ❶ 在原奥尔特语和古奥尔特语中，粉笔指的是用来在坚硬表面上做记号的白垩或类似材料。❷ 在中晚奥尔特语中，粉本指的是演算，特别是那些因冗长、烦琐，需要耗费大量粉笔的演算。❸ 在实践理学奥尔特语和晚期奥尔特语中，粉本指一段说明、定义或教义，可在发展某个较大的主题时加以利用，但因为技术性过高，过于啰唆或深奥，会被择出对话主体之外，放在脚注或附录部分，以免分散读者的注意力，脱离论述主线。

——《词典》，第四版，改元 3000 年

　　苦差事一桩接着一桩，艾拉修女不怀好意地提醒我，今天午餐后轮到我打扫厨房了。我干了半天活儿才发现巴尔布，他一直在这里，但只是跟在我屁股后头，却不动手帮忙。一开始我还为此恼火，把这当成了他社交无能的又一桩罪状。但很快也就想通了，觉得还是这样好点儿，有些事一个人干反而容易。跟人沟通协调太麻烦了，往往得不偿失。不过很多人还是会试图帮忙，这样做或是出于礼貌，或是为了与人建立社交纽带。巴尔布的头脑却全然不受这些东西的干扰。他没有动手，而是跟我说起话来，依我看这倒是种更好的"帮助"。

　　看着我跪下把半条胳膊伸进被油污堵住的下水沟里，他郑重其事地品评着："那些轨道就跟你现在干的事儿一样无聊。"

　　"我听说伊尔玛祖修女已经在教你这些东西了。"我咕哝着。清理下水道的动作让我轻而易举地掩盖了自己的懊恼。我到这儿以后，第二年才学到轨道。可巴尔布才来了两个月。

　　"一大堆的 xyz ！"他叫道，听得我忍不住笑出声来。

　　"是啊，"我说，"真是不少。"

"想知道愚蠢在哪里吗？"

"当然，巴尔布。说吧。"我说着，顶着二十加仑洗碗水的回压，从下水道里用力扯出一把菜根。咕噜一声，下水道通了。

"随便一个愚氓，晚上站在草地上就能看出有些卫星在极轨道上，有些卫星在赤道轨道上，愚氓都知道这是两种不同的轨道！"他大声说道，"但如果你算明白了那些 xyz，猜猜会怎样？"

"怎样？"

"它们看起来就只是一堆 xyz，再也不像老笨愚氓看到的：极轨道是极轨道，赤道轨道是赤道轨道。"

"比这还糟，"我指出，"盯着这些 xyz 你甚至都没法看出它们是轨道。"

"什么意思？"

"轨道是静止的。"我说，"卫星虽然在不断地运动，但运动方式总是固定。可 xyz 是没法表现出这种稳定性的。"

"对呀，好像了解这些理学只是把我们变得更蠢而已！"他兴奋地笑着，还夸张地回头看了一眼，就像我们干了什么罪大恶极的坏事儿一样。

"伊尔玛是在让你用最讨厌的方法来计算轨道呢，"我说，"她用的是堃莱斯佩尔坐标系 ①，这样一来，等她跟你讲轨道实际上是怎么回事的时候，就显得简单多了。"

巴尔布惊呆了。

我接着说："这就像用锤子敲自己的脑袋——一旦停下不敲了你就会觉得非常舒服。"这是世界上最过时的笑话之一，但巴尔布还是头一回听，乐得手舞足蹈，在厨房里跑了好几个来回才消停下来。要在几周前，瞧见他这副模样我还会感到惊慌并试着让他冷静，但我现在已经习惯了，我知道如果靠近他的身体只会让事情变得更糟。

"那正确的计算方法是什么？"

"轨道参数。"我说，"是六个数字，可以告诉你跟一颗卫星运动相关的所有东西。"

"可我已经有了六个数呀。"

---

① 堃莱斯佩尔坐标系（Lesper's Coordinates）：也称莱斯佩尔坐标系，相当于地球上的笛卡尔坐标系。

"哪六个？"我试探他道。

"卫星在堃莱斯佩尔坐标系 x、y、z 轴上的位置——这是三个。还有它在这三个方向上的运动速度——这是另外三个。一共六个。"

"可就像你说的，看着这六个数也不能把它们画成一条轨道，甚至都看不出它是一条轨道。我要告诉你的是，运用更多的理学知识，你就能列出一套由六个数字组成的轨道参数，这是一套非常好用的参数，只要看上一眼，你马上就能知道轨道是过极点的还是环绕赤道的了。"

"那伊尔玛祖修女为什么不一上来就给我讲这个呢？"

我没办法告诉他，是因为他学得太快了。但如果用明显的外交辞令来搪塞，巴尔布肯定会一眼看穿并推翻我的。

于是我顿悟到：和伊尔玛一样，我也有责任在正确的时机把正确的东西教给弟子。

"你以后就不要再用堃莱斯佩尔坐标系了，"我宣布，"开始用另一种的空间吧，就像真正的、成熟的理学者那样。"

"平行次元之类的吗？"巴尔布问。显然，他跟我一样，来这儿之前看的都是同一类斯皮里。

"不。我说的空间不是能用尺子测量的物理空间，你也没法在这种空间里运动。它是一种抽象的理学空间，遵循的是一种叫作'作用量原理'的法则。宇宙学家喜欢用的空间有六个维度，一种维度是一项轨道参数。但这是一种专用的工具，只能在这个学科里使用。还有一种更常用的，是堃亥姆在践行时代早期发明的……"于是我教了巴尔布关于亥姆空间 [1] 或者位形空间的粉本 *，发明这个空间的亥姆也和巴尔布一样地讨厌 xyz。

---

① 亥姆空间（Hemn Space）：即地球上所谓的位形空间、状态空间或相空间。

＊ 见粉本 2。（原作注）

【**百年疯**】（贬义俚语）失去理智，精神失常，在理学道路上迷失方向。"发百年疯"这一表达方式可追溯至第三次佰岁纪大隙节，当时一些佰岁纪马特内已经发生了令人惊愕的状况，待到大门开启时便一齐展现在人们眼前。比如，墅兰姆巴尔弗：在开门前刚发生了大量的自杀事件。墅泰拉摩尔：什么事儿都没有——连人都不见一个。墅拜亚丁：出现了一个过去人们闻所未闻的宗教派别，自称玛塔尔隐修会（现在仍存在）。墅莱斯佩尔：人类已经消失，只有一种人们前所未见的树栖高级灵长动物。墅芬德拉：地下墓窟里出现了一座粗糙的核反应堆。这些事故催生了现行的裁判所和戒尊机构，包括有权对所有马特实施戒律监管的秩序督察。

——《词典》，第四版，改元 3000 年

傍晚将至的时候，我碰到了刚从一间课室走出的敖罗洛，我俩便站在塞满纸页的壁龛旁聊起天来。我知道最好别问之前讨论的那个奇怪的白日宇宙观测问题。既然他已经下定决心要按那种方式教我们，那就别想让他直接说出答案了。而且不管怎么说，更让我担心的还是他在那之前说的。"听我说，您不是想要离开这儿吧？不是吧？"

他流露出一丝笑意，却什么都没说。

"我原来一直担心您会跑进迷园去当百年士——那已经够糟糕的了。可您刚才说话的样子，又让我觉得您是想跟埃斯特马尔德一样去当浪士①。"

---

① 浪士（Feral）：居住在世俗世界，与马特世界毫无联系，有文化且拥有理学头脑的人。通常是放弃誓愿，遭到遣退的前阿佛特人。实际上这个名号也用于那些从未当过阿佛特人的自学成才者。

敖罗洛巧妙地回答道:"你这么担心是什么意思?"

我叹了口气。

"讲讲'担心'是怎么回事吧。"他继续说道。

"什么?!"

"假装我是个从来不会'担心'的人,我迷惑不解,请告诉我该怎么'担心'吧。"

"好吧……我猜第一步是想象将来可能发生的一系列事件。"

"我一直都在这么做啊。可我还是不担心。"

"是一系列有着坏结果的事。"

"那你是担心会有一只粉红色的龙飞到咱们集修院来对着我们放神经性毒屁吗?"

"不。"我紧张地笑着说。

"我不明白。"敖罗洛面无表情地说,"那可是一系列有着坏结果的事。"

"但那是胡说八道嘛。根本就没有什么粉色的神经毒屁龙。"

"好,"他说,"那就是蓝色的。"

杰斯里正好路过,注意到敖罗洛和我正在对话,于是就凑了过来,但不是很近,做出旁观者的姿态:双手揣在帛单里,颔着首,也不看我们的眼睛。

"这跟龙的颜色没关系。"我抗议道,"神经毒屁龙就是不存在的。"

"你怎么知道?"

"从来也没人见过呀。"

"但也没人见过我离开集修院——可你还是在担心。"

"好吧。我更正一下:有这么一种龙的想法就是不合逻辑的。在进化史上就没有先例。自然界就没有哪种代谢途径能产生出神经毒气来。那么大的动物也不能飞,因为这是基本比例定律。总之原因很多。"

"嗯,所有的理由都是生物学的、化学的、理学的……那我猜,对这些东西一无所知的愚氓就该整天担心粉色的神经毒屁龙了吧?"

"也许您可以怂恿他们担心这个。但事实并非如此,存在……存在某种有效的过滤机制……"片刻思量之后,我朝杰斯里使了个眼色,把他拉入了对话。不一会儿他就把手从斗篷里抽出来,走上前来。"如果你担心粉色的,"他说,"你就还得担心蓝色的、绿色的、黑色的、斑点的和条纹的。而且不只要担心放神经毒屁的,还得担心扔炸弹的和喷火的。"

"不仅是龙，还有蚯蚓、大乌龟、蜥蜴……"我补充着。

"而且不只是物理实体，还有神仙、鬼怪等。"杰斯里说，"你一旦敞开闸门把粉色神经毒屁龙放进来，也就把其他所有可能性都放进来了。"

"那他们为什么不连那些一块儿担心呢？"敖罗洛修士问。

"我担心！"阿尔西巴尔特叫道，他看见我们在说话，就过来看看是怎么回事。

"伊拉斯玛修士，"敖罗洛说，"一分钟前你还说可以怂恿愚氓担心粉色神经毒屁龙的。你要怎么怂恿呢？"

"噢，我可不是普洛克派。但如果我是的话，我猜我会给他们编些令人信服的故事，解释那些龙是从哪儿来的，结果就会搞得他们非常担心。但如果杰斯里突然跳出来警告他们，说有条纹喷火乌龟，哎呀，他们就得把他装在推车上推进疯人院去了！"

所有人都笑了起来——连一贯不喜欢被人开玩笑的杰斯里都笑了。

"靠什么让你的故事令人信服呢？"敖罗洛问道。

"噢，它首先需要自洽，还要跟所有愚氓了解的真实世界恰合。"

"那应该怎么说呢？"

准备去食堂值日做晚餐的利奥和图莉亚途径我们身旁。最后几句话被利奥听见了，他便插嘴道："你可以说流星就是被点着了的龙屁！"

"很好。"敖罗洛说，"那么当一个愚氓抬头看见流星的时候，他就会认为这是粉龙传说的证据。"

"而且他还会就此驳斥杰斯里，"利奥说，"他会说：'你个傻瓜，条纹喷火乌龟跟流星有什么关系？'"大家又一次笑了起来。

"条纹喷火乌龟直接出自墅伊文内德里克的晚期著作。"阿尔西巴尔特说。

所有人都安静了下来。直到刚才，我们还一直以为大家只是在开玩笑。"阿尔西巴尔特修士跳转话题啦。"敖罗洛以一种温和的抗议声调说道。

"伊文内德里克是位理学者。"杰斯里指出，"这可不是他写得出来的东西。"

"恰恰相反，"阿尔西巴尔特见招拆招，"在他的晚年，在大改组之后，他——"

"打断一下，如果你不介意的话。"敖罗洛说。

"当然不。"阿尔西巴尔特说。

"如果咱们只谈神经毒屁龙的话，你们觉得能分出多少种颜色来？"

　　大家意见不一，从八到一百种不等。图莉亚觉得她还能分出更多，利奥则相反。

　　"就好比说十种吧。"敖罗洛说，"现在我们再考虑一下不同颜色组合出来的双条纹龙吧。"

　　"那就得有一百种组合了。"我说。

　　"九十种。"杰斯里纠正我说，"红条儿红地儿的不能算。"

　　"算上不同宽度的条纹，我们是不是就能得出一千种组合来了？"敖罗洛问。大家一致认可。敖罗洛接着说："那现在接着算斑点的、花格的，还有斑点花格条纹结合的。"

　　"上百万种！上千万种！"大家纷纷猜着。

　　"我们光是考虑神经毒屁龙就有这么多了！"敖罗洛提醒我们，"何况还有蜥蜴、乌龟、神……"

　　"嘿！"杰斯里叫了出来，还瞥了阿尔西巴尔特一眼，"这可就要变成理学者才做得出的争论了。"

　　"怎么会呢，杰斯里修士，理学内容何在？"

　　"数量，"杰斯里说，"不同脚本的巨大数量。"

　　"请你解释解释。"

　　"一旦你对这些不必拥有内在意义的假设敞开大门，很快就会发现自己正在面对着无穷多的可能性。"杰斯里说，"这样意识就会把它们当作同等无效的东西加以拒绝，从而不再担心它们。"

　　"对愚氓和髡伊文内德里克来说都是如此吗？"阿尔西巴尔特问道。

　　"必定如此。"杰斯里说。

　　"所以这就是人类意识的一个固有特征——过滤能力。"

　　阿尔西巴尔特越来越自信，而杰斯里却感觉他正掉进陷阱里，变得越来越谨慎了。"过滤能力？"杰斯里问。

　　"别装傻了，杰斯里！"和利奥他们同去食堂值日的艾拉修女叫道，"你自己刚说过，意识会拒绝数量过多的假说脚本，并且不会担心。这要不算'过滤能力'，我真不知道它还能算是什么了！"

　　"对不起！"杰斯里不假思索地回了一句，又环视了一圈我、利奥和阿尔西巴尔特，就像是刚遭遇了抢劫，在寻求证人帮助一般。

　　"那意识是依据什么筛选出那些值得担心但数量微小的可能性的？"敖罗洛

问道。

"可信度。""可能性。"大家小声说着，似乎没有一个人拥有大声发言的自信。

"先前伊拉斯玛修士提过，可以做点儿什么来把故事讲得令人信服。"

"得靠亥姆空间，也就是位形空间的论点。"我不假思索地脱口而出，"这就关系到理学者伊文内德里克了。"

"请你解释解释？"敖罗洛提议道。

要不是刚跟巴尔布讲完，我还真答不上来。"以我们在亥姆空间的现有位置为出发点，遵循任何一种可信的行为准则都没办法到达一个含有粉色神经毒屁龙的点。但对于一个连贯的故事，也就是用一个接一个的时刻串联起来的故事，可信的确只是个技术术语。您只要把行为准则抛出窗外，就能授世界以自由，让它在亥姆空间里任意游荡，演变成任意的结果。但那也就完全没有意义了。每个人都知道，连愚氓都知道，世界从一个时刻向下一个时刻的演化，是受到行为准则统领的，这种准则限制着我们的世界，让它经过一连串的点，讲出一个自洽的故事。因此人们就会担心那些比较可信的后果，比如您的离开。"

"您要离开？！"图莉亚叫了出来，她完全惊呆了。其他人的反应也差不多。敖罗洛笑了，我生怕有人忙着跑去散布谣言，连忙向大家解释了这场对话是怎么开始的。

所有人都镇定下来之后，杰斯里说道："我想你说的没错，伊拉斯玛修士。但我觉得你在秤杆法则上出了点问题。只是为了解释意识可以凭本能嗅出哪种未来假说可信且值得担心，就把亥姆空间和行为准则都扯进来，好像是杀鸡用了宰牛刀啊。"

"这我承认。"我说。

但阿尔西巴尔特却一脸沮丧——他对我的不战而败感到失望。

"别忘了这还关系到髻伊文内德里克呢，"阿尔西巴尔特说，"这位理学者可是半辈子都在运用缜密的运算，推演位形空间的种种行为准则。他关于意识的论述，我觉得并不是天马行空的想象，他提出人类的意识能够——"

"别冲着我们发百年疯了！"杰斯里对他嗤之以鼻。

阿尔西巴尔特顿时僵住了，张着嘴，脸都红了。

"这个话题可以收场了。"敖罗洛宣布，"我们不能老在这儿待着——而且还饿着肚子。"利奥、图莉亚和艾拉得到暗示，都离开这里直奔厨房而去。艾拉回头冷冷地瞪了杰斯里一眼，便凑到图莉亚身边，议论起什么来。我完全想得出她在抱怨什么：是杰斯里先勾起了这场大有可为的辩论，可阿尔西巴尔特试图展开的时候，他却临阵脱逃了，还把阿尔西巴尔特奚落了一顿。我试着朝艾拉咧嘴笑了笑，她却没发现，值得注意的事太多了。结果我只好站在那儿对着空气傻笑，像个白痴。

阿尔西巴尔特追着杰斯里，一路争辩着穿过了回廊院。

"回到咱们刚才说的。"敖罗洛继续说道，"你为什么这么担心？伊拉斯玛？是不是除了想象粉色神经毒屁龙你就无事可做了？还是你特别擅长利用亥姆空间查找那些前景堪忧的可能性？"

"您是可以帮我回答这个问题的，"我说，"假如您肯告诉我您是否打算离开的话。"

"我整个大隙节几乎都是在墙外度过的。"敖罗洛叹了口气，有种终于被逮住了的感觉。"我原本以为那里应该是一片废土，一座文化与知识的坟墓。但我所见并非如此。我去看了斯皮里。太享受了！我去酒吧跟人聊了一些相当有趣的话题。愚氓，我喜欢他们。有些人很有意思。我并没有显微镜下看臭虫的意思。他们的形象已经印在我的脑袋里了——真令我永生难忘。这也让我差点儿着了魔。但后来有一天晚上，我碰到了一个聪明的愚氓，就跟这座集修院里的人一样聪明。那天我们聊得兴致益然，结果到了最后我才发现，他竟然相信太阳是绕着阿尔布赫星转的。我简直目瞪口呆，你懂的。我想要纠正他的认识，他却对我的论辩嗤之以鼻。这才让我想起，就算要论证阿尔布赫绕着太阳转这种最基础的问题，也需要大量的细致观测和理学研究。真得好好感谢我们的前辈。这也终归让我意识到，自己住在了大门正确的一边。"

他停顿片刻，眯起眼睛看向山脉，好像在掂量还要不要接着跟我讲下去。终于，他发现我正满怀期待地看着他，只好做了个投降的动作。"我回来时发现了一捆埃斯特马尔德寄来的旧书信。"他说。

"真的吗？！"

"他差不多每年都从布利岗寄一封信过来。当然，他也知道这些信件直到下一次大隙节才能递进来。他给我讲了一些自己的观测，他用的天文望远镜是自己造的，镜片也是手工磨的。想法很好，读起来也很有意思。不过当然比不上他在这儿做的研究。"

"但他原本是可以上那里去的。"我指着星阵说道。

敖罗洛觉得好笑："当然。相信不久的将来我们也可以重新上去。"

"为什么？怎么会？您这么说的根据是什么？"虽然知道问了也是白问，我还是问道。

"就算是我也跟你拥有一样的天赋吧，就是预见事情会如何发展的天赋。"

"多谢了。"

"噢，我还能进一步发挥这种能力，想象出当一个浪士会变成什么样子。"他说，"看了埃斯特马尔德的信就了然了，注定是生计维艰。"

"您觉得他的选择正确吗？"

"不知道。"敖罗洛毫不犹豫地说，"这问题很大。人类个体追求的是什么？我是说除了食物、水、遮风避雨的地方和繁殖以外。"

"快乐，我猜。"

"这个你凭借肤浅的手段就能得到，只要吃外边人吃的食物就行。"敖罗洛指出，"可墙外的人还是会有渴念的东西。他们总要加入各种各样的宗教。目的何在呢？"

我想到了杰斯里的家人和自己的家人。"我猜人们都愿意认为，自己不仅活着，同时也在传扬一种生活之道吧。"

"正确。人们需要一种感觉，觉得自己属于某项可持续发展的事业——某项没有他们也能继续运转的事业。这可以给人以一种稳定感。我相信，人们对这种稳定感的需求和其他各种外在的需求一样根本。但获得稳定感的途径不止一条。我们不一定要把愚氓亚文化看得多高，但你得承认它是稳定的！所以市人也拥有一种截然不同的稳定。"

"和我们一样。"

"和我们一样。但埃斯特马尔德需要的也不是那个。他可能觉得独居在一座山岗上才能更好地满足这种需求吧。"

"也可能他对稳定感的需求不像我们这么高？"我问。

大钟开始报时了。"你要错过跟弗莱塔修女的迷人谈话啦。"敖罗洛说。

"这听上去像在转换话题。"我指出。

敖罗洛耸耸肩——话题是变了，你就认了吧。

"噢，"我说，"好吧。我去跟她谈话了。但如果你要走，请不要不告而别，好吗？"

"假如真有这种事儿的话，我保证会尽可能提前告诉你的。"他使出一种哄小孩的口气，就像在跟一个精神错乱的人说话似的。

"谢谢您。"我说。

然后我便去了塈哥罗德课室，在巴尔布旁边找了个空座位坐下——他的周围总是空的。

按规矩，我们现在应该管他叫塔文纳尔修士，这是他入戒时改的名字。但总有些人要多花些时间才能成长为名副其实的阿佛特人。阿尔西巴尔特从第一天起就成了阿尔西巴尔特；甚至都没人记得他在墙外的名字了。可巴尔布在很长一段时间里还会被人叫作巴尔布。

不管叫什么名字，这个男孩都将使我得救。他有很多不懂的东西，但从来不怕问人，他会一而再，再而三地问，直到完全弄懂为止。我决定收他做弟子。可能有人会觉得我是乐善好施，甚至还有人觉得我在给自己找退路，想把照顾巴尔布当副业。随他们去吧！实际上这主要是出于我个人的兴趣。就为了坐在巴尔布身边，我在过去六个星期里学的理学知识比大隙节前六个月学的都多。现在我明白了，出于学习理学的愿望，我过去选择的捷径最终都变成了远路，就像地图上的近路，都不是真正的捷径。每次看到杰斯里领先，我都会慌忙选择一种看起来更容易的方法，结果却误读了方程式，把事情变得更难了——不，不是更难，而是更慢。巴尔布就不怕被人领先，因为与众不同的大脑构造让他没办法从别人的脸上看出这种事来。他也没有这种千里之志。他完全是个自我中心的近视眼。他只想立刻马上弄明白眼前这块板子上写的问题或等式，全然不顾别人的感受。不管是晚饭当中还是宵禁以后，他都只想站在那儿一直问啊问。

想起来了，很久以前艾拉和图莉亚也是用类似的方式学习的。看到两个姑娘站在课室外喋喋不休地讨论刚学到的东西，杰斯里给她们起了个"双背怪"的外号。不管是什么，两人都必须同时弄明白，即便两人都明白，明白的方式不一样也不行。她们俩必须要以相同的方法理解一件事情才行。她们你一言我一语，叽叽喳喳讲解问题的声音把我们的头都吵疼了。尤其是我们小的时候，一看见双背怪就要双手捂着耳朵跑开。但这种方式对她们却是有用的。

就算巴尔布没有什么千里之志，但这种肯在跬步之内逢山开道的劲头，却让他比过去的我更迅捷、更坚定地迈向了远大的目标。现在我也要与他齐步前进。

为了挑选副业，我曾试过教新来的弟子唱歌。他们在墙外时都听过音乐，但真正懂得如何做音乐的却寥寥无几。所有的东西都得教。简直是精神折磨。我是不会把这当成副业了。但我现在每周还会腾出三个下午在我们角堂的一间凹室里教他们。

一次我教完他们，离开时碰巧遇到了来守卫督察庭执行任务的利奥修士。"跟我来，"他说，"带你看样东西。"

"新式掐筋术？"

"不，不是那个。"

"你知道我是不该站在高层看墙外的。"

"好啦，我也还没出戒尊培训期呢——我跟你是一样的。"他说，"我让你看的不是那些。"

于是我跟着他上了阶梯。爬着爬着我就担心了起来，他该不会是在密谋突袭星阵吧。接着我又想起那天敖罗洛说的关于"担心"的话，便努力把这个念头赶出了脑海。

快到西南角楼的楼顶时，他提醒我说："你不该看墙外，但可以回忆你在大隙节期间看见的东西，对吧？"

"我想是的。"

"好吧，那你注意到什么没有？"

"什么？"

"在墙外，你注意到什么没有？"

"这算什么问题？我注意到的东西没有一万也有一千。"我简直气急败坏。利奥回过头来冲我绽出一脸灿烂的笑容，我知道这是他愚蠢的幽默感在作怪。他的幽默谷术。

"好吧，"我说，"你说我应该注意什么？"

"你觉得城市是变大了还是变小了？"

"小了。毫无疑问。"

"你怎么这么确定？你看了人口普查数据吗？"又是一笑。

"当然没有。我不知道。只是感觉罢了，跟那些地方的样子有关。"

"什么样子呢？"

"有点儿……荒。草长得太疯了。"

他转过身来举起一根食指，摆出一副忒伦奈斯在裴利克林演说的姿势。"保持这个想法，"他说，"跟我一起穿越敌人的领地。"

我们看了看锁闭的吊闸，什么都没说。二人沿着拱桥进了秩序督察庭，又顺着内庭廊道绕到上行的楼梯口。待到我们抵达上层的安全地带，来到阿穆尼克特鲁斯像跟前时，他说："我曾经想过以园艺为副业。"

"好啊，你这些年净因为打我被罚拔草了，冲你拔过的那么些草，你也绝对称职。"我说，"但你到底为什么想干这个？"

"我带你瞧瞧草地上发生的事情。"他边说边拉着我上了守卫檐台。几个哨兵正在绕着檐台巡逻，他们裹着厚厚的冬帛单，脚下蹬着棉靴。利奥和我刚爬完楼，倒也没觉得多冷。但为了遵守戒律，我们还是停下脚步，戴上了兜帽。兜帽的边沿会遮挡部分视野，这样我们趴在胸墙上往外探身时，就可以只看到集修院的地面，而不会看到墙外。

利奥指着草地的外缘。那里与沙孚宗产隔河相望。除了几棵常青的灌木，地上的一切都已枯萎焦黄。一眼就能看出，遍布地面的三叶草在河岸附近稀疏了起来，还夹杂着一些深色粗糙的斑块，那是喜爱岸边沙质土壤的野草群落。更靠近岸边的地方，可以看到一条清晰的边界，边界内还是三叶草的地盘，边界外就只有乱糟糟的枯枝了，尽是鹿砦莓之类的东西，枯枝丛里还能看到星星点点的绿色，那是些顽强到严寒都无法摧毁的家伙。

"我猜你今天要说的是杂草。但我看不出你想说明什么。"我说。

"春天一到，我就要在那个地方重现一场特兰塔耶之战。"他宣布。

"改元前 1472 年。"我用机械的腔调答道，这是个所有弟子都烂熟于心的年份，"我猜你是想让我扮演那个被萨尔夵一箭射穿耳朵眼儿的装甲步兵吧？没门！"

他耐心地摇了摇头。"不是用人，"他说，"是用植物。"

"再说一遍？"

"我在大隙节时看到荒草树木进犯城镇，就想到了这个主意。它们从人类手中夺回城镇的速度非常缓慢，所以人们都注意不到他们。这片草地可以代表巴兹帝国的粮仓，肥沃的特兰尼亚平原。"利奥说，"这条河就是分隔平原与北方省份的孔图斯河。改元前 1474 年的时候，那些省份已被马背弓箭手们占领很久了。抵御蛮族潮的只剩下几个防御前哨了。"

"我们能不能把沙孚宗产想成其中之一？"

"只要你愿意，这么想也没问题，无所谓的。反正到了改元前 1473 年的寒冬，萨提亚人便已率领旱原游牧部落跨越了结冰的河面，在特兰尼亚的岸边建起了几座桥头堡。到了开战的时节，他们已经有了三支整装待发的部队。另一边，奥克萨斯将军在一次军事政变中废黜了巴兹皇帝，并夸下海口，要像驱赶老鼠一样把萨提亚人赶到河里去。经过几周的演习，奥克萨斯军团便在特兰塔耶附近的乡间平地与萨提亚人开了战。萨提亚人导演了一场佯退。大笨蛋奥克萨斯就中了奸计，陷入夹击，遭到了包围——"

"又过了三个月就轮到了火烧巴兹帝国。但你想用这些野草干什么呢？"

"我们要让这些入侵品种从河岸边长到三叶草地里。星星花藤可以贴地匍匐前进，它们就像轻骑兵——快得令人难以置信。鹿砦莓慢些，但抓地抓得更牢——就像步兵。最后树也要跟上，把地盘永久占据下来。只要稍稍除点草，修点枝，我们就能让这些植物上演一场特兰塔耶之战，不过得六个月才能演完。"

"这真是我听说过的最疯狂的主意。"我说，"你简直就是个疯子。"

"你愿意来帮我吗？还是接着教底下那些小家伙怎么唱准调调？"

"这是骗我拔草的花招吗？"

"不。我们是要让草生长——记得吗？"

"那野草赢了以后呢？咱们又不能在回廊院里放火。那还不如打劫养蜂场，把蜂蜜酒一口气喝光呢。"

"那个已经被别人干了——在大隙节的时候。"他一本正经地提醒我，"不，我们确实有可能需要清除它们。但假如人们喜欢，我们也可以把主动权交给自然，放任树木在它们征服的地方长成树林。"

"这个计划的确有让人喜欢的地方——夏天一到，就可以好好欣赏阿尔西巴尔特被愤怒的蜜蜂围追堵截了。"我说。

利奥笑了起来。我心中暗想，他的计划其实还有一个优点——在大家的眼皮子底下犯傻。而迄今为止，我尝试的各种副业都是些合乎情理的正派工作，比如照看巴尔布，教弟子唱歌，一看就是给自己准备退路的套路。但要是花上一个夏天干点儿荒唐透顶的事儿，就等于在标榜自己根本不打算找退路，准能气死埃德哈分会那些不想要我的人。

"我干。"我说，"但我猜咱们得等到几周后植物长出来再动手吧。"

"你画画很棒，不是吗？"利奥问。

"比你强点儿——也谈不上有多好。画点儿科技插图还行。巴尔布倒特别擅长这个。怎么了？"

"我在想，咱们应该做份记录。随着战役的推进，可以画点儿图来记录战场

的情况。这儿就是个绝佳的观察点。"

"要不要去问问巴尔布，看他有没有兴趣？"

利奥显得不大自在。可能他觉得巴尔布太讨厌了；也可能他觉得巴尔布还是新弟子，不该干副业。"没关系，我自己来吧。"我说。

"太棒了，"利奥说，"什么时候能开始？"

随后的一个星期，我和利奥读了一些关于特兰塔耶之战的历史，又在地上打了些桩，标记出几个重要地点，比如奥克萨斯将军身中八箭自刎之处。我做了个餐盘大小的长方形框子，用纵横交织的细线在框子里拉上网格。我打算画图的时候把它立在胸墙上，透过它来观察地面，用它的边缘和细线的交叉点作参照来画图；如果我一夏天都用这种办法画图，就能保证所有图上的位置都一一对应了。有朝一日，我们可以把这些图排成一排，人们可以一路走过去，像看一部展开的斯皮里一样，边走边观看野草之战。

利奥花了很多工夫在岸边的灌木丛里翻找，搜寻特别有侵略性的野草。他用黄色的星星花代表萨提亚骑兵，红色的和白色的代表他们的盟军。

我们早晚得惹祸上身。

果不其然，计划才实施了几个星期，一天晚饭的时候我就看到斯佩里空修士进了食堂，身边还跟着一位秩序督察庭的年轻戒尊。食堂里的说话声一下低了下去——好像随时爆发的权力已将整间屋子烤焦。斯佩里空的目光在食堂里扫视着，直到找到了我的脸，才心满意足地拿起餐盘，盛了些饭菜。戒尊可以跟我们一起用餐，但他们很少这样做。跟我们一起进餐，他们就得时刻高度集中注意力，防止泄露世俗信息，根本无法放松心情地好好吃饭。

所有人都注意到了斯佩里空看我的眼神，所以一阵沉寂过后，又出现了以我为谈资的短暂喧哗。这回我倒一点儿也不觉得担心了。他能指控我什么呢？图谋放纵野草滋生？或许他们对我和利奥干的事儿有误解。唯一的难点仅在于，该怎么跟斯佩里空这种人去解释。

那位年轻的戒尊名叫罗莎，她吃得很快，一吃完就站起身来，抱着一大包厚厚的纸走出了食堂，随着她的腰肢扭动，那包纸也跟着一扭一扭。斯佩里空的胃口好些，但也没要啤酒和葡萄酒。几分钟后，他往后一靠，抹了抹嘴，站起身朝我走来。"我想知道，你可不可以到墅贞拉来跟我说几句话。"他说。

"当然。"我边说边瞥向屋子另一头的利奥，他正在另一张桌前进餐，"您想要修士利奥参加吗？或者——"

"不必了。"斯佩里空说。这可让我落了单，跟着斯佩里空绕着回廊院去往堑贞拉的途中，我也产生了焦虑的症状——心跳加速、手心出汗。

堑贞拉是最狭小、最古老的课室之一，历来都是给埃德哈会顶级的理学家用的，他们或是在这儿一起工作，或是在这儿给高级的学生讲课。这间课室我这辈子都没进过几回，从来不敢随便往里闯，甚至不敢提想要进去的要求。课室里只有一张小桌，最多只能坐下四人。罗莎已经在桌上摆了几样东西：一簇小光苞投下一块块柔和的光斑，光斑在桌面上融成一片，照亮了一叠空白页子和几份手稿——或是手稿的摘录。旁边还有一只敞着盖的墨水瓶，以及几支码得整整齐齐的蘸水笔。

"堑埃德哈集修院旬岁纪马特埃德哈分会伊拉斯玛修士面谈。"斯佩里空说道。罗莎在一张空白页子上写下了一行符号——那不是常见的巴兹字母，而是一种速记文字，是戒尊誊抄文本时专用的。斯佩里空紧跟着念出了日期和时间。罗莎用笔的技巧把我震住了——她小手一挥就是一整行，行间歇笔的时间也很短暂，笔头滑过之处留下了一串串简单的连笔符号，真不明白，这么几个符号怎能传达我们说出的那么多信息呢？

我的眼光移到了桌上其他几份写本上。它们大多是用同样的速记文字写成的。但至少还有一份是用传统书法写的，是我的书法。伸头凑近了我才看出几个单词。我认出来了，那是我在大院堂补赎室里写的日记。我看到了弗莱克、奎因和散罗洛的名字。

我的动作都痉挛了，在某种原始的应激性恐惧反应机制驱使下我叫了起来："嘿，那是我的！"

斯佩里空又让罗莎记下了这句话："该对象承认十一号文件是他的。"

"你们从哪儿拿的？"我问话的声音听起来简直比巴尔布还嫩。罗莎的手再次掠过纸面，这句话也化作了永恒。

"从它所在的地方。"斯佩里空快活地答道，"你知道你自己的日记放在哪里，不是吗？"

"我以为我知道。"它在堑哥罗德课室外一个壁龛的高处，够得着的人寥寥无几。可是从壁龛里拿别人的页子——阿佛特人简直再干不出比这更粗鲁的事儿了。只有在某个人死了或者被遣退的时候才能去动他的页子。

"但是，"我接着说，"但是你们不应该——"

"为什么不让我来评判我们该做什么不该做什么呢？"斯佩里空说这句话的时候做了个手势，让罗莎住手，她便没把这句话写下来。然后他又做了另一种手势解除了封印，她才又写了起来。"这次质询并非直接与你有关，实际上也不需要占用你太多的时间。我们想了解的事情大多数你已经在日记里提供了。我们需要的只是澄清和确认。大隙节前一天，敖罗洛修士与一名叫奎因的墙外工匠在新图书馆面谈时，你是否充当了听写员？"

"是的。"

"请出示三号文件。"斯佩里空说。罗莎又拿出另一份手稿，也是我亲笔写的：敖罗洛与奎因面谈的记录。我没有再劳神问他们是从哪儿弄来的了。显然他们也翻过敖罗洛修士的壁龛了。蛮横之至！但看到这个，我也放松了下来。敖罗洛与那些工匠的谈话没有任何问题。即便是秩序督察也得承认，而且，整段谈话期间，图书馆里一直有他人在场，他们都能证明这场谈话是完全无害的。这肯定是对敖罗洛修士的刁难，卑鄙而盲目，肯定什么事也不会有，而且——我希望——这只会让斯佩里空修士显得像个白痴。

斯佩里空先让我确认了三号文件也是我写的，之后才说："你在现场记录的'敖罗洛与奎因的谈话'和你事后记在日记里的版本有些出入。"

"是的，"我说，"我也不愿如此。"我朝着罗莎点了点头。"可我不会速记。我只能写下跟敖罗洛所做的研究密切相关的事情。"

"你说的是什么研究？"斯佩里空问道。

本以为这是再明显不过的事儿，但我还是解释道："他对墙外政治气候的研究——是为大隙节做的正常的准备工作。"

"谢谢。这样的出入还有几处，但我想请你注意的是奎因访谈的末尾，那段跟斯皮里摄录器技术性能有关的部分。"

这问题来得如此突然，让我大脑一片空白："呃，我记不清有没有这样的话题了。"

"你写这些的时候记性可一点儿也不含糊。"他说着还伸手越过罗莎的肩膀拿起了日记，"根据这里记的，我引一句奎因工匠的话，'弗莱克没拍斯皮里呀'。你的记忆清晰一点儿了吗？"

"是的。在这之前一天，普洛维纳尔的时候我们曾经送弗莱克工匠去见伊塔人，让他们带他去北堂殿。弗莱克想拍一段斯皮里。但后来奎因告诉我们他的计划没能实现。伊塔人不让弗莱克在大院堂使用他的斯皮里摄录器。"

"为什么不让？"

"因为画质太好了。"

"怎么一种好法？"斯佩里空问。

"奎因唠叨了一些商业诡话，我在日记里试着记了。"我说。

"你说你试着记，是不是说你写在日记里的只是你猜测的意思？我再引一段——'鹰眼、仿抖、动态对焦——这些功能组合在一起，能从你们大院堂的这头儿看到那头儿，连屏壁都能看穿'。奎因是否真的用了这几个词？"

"我不知道。部分是出于我的记忆，部分是我根据学过的知识猜出来的。"

"请解释一下'根据学过的知识猜出来的'是什么意思？"

"噢，这个故事的重点，也就是伊塔人不允许弗莱克使用斯皮里摄录器的根本技术原因，在于他从他要坐的地方——也就是北屏后边——可以用他的斯皮里摄录器透过高坛拍到千年士和百年士们。我们用肉眼是无法透过屏看到其他堂殿的，这是由于亮色屏和暗色孔隙的反差，宇宙学家管这种亮度叫高反照率。此外还有距离和其他一些因素。关键是伊塔人看了弗莱克的斯皮里摄录器型号，看出它组合了一些功能，可能拍到肉眼看不到的东西。接下来就是试着给商业诡话编意思的傻瓜游戏了，我试着编出了斯皮里摄录器制造商用来描述这些功能的词。但根据我的宇宙学经验，我很清楚哪些东西是必要的：某种对焦和放大功能、从杂乱背景中识别模糊图像的方法、弥补手抖造成的图像损失的图像稳定功能。"

"这就是你'根据学过的知识猜出来的'。"斯佩里空说，"受过教育的，也就是说所有拥有宇宙学设备知识的人，都能得出你对弗莱克的斯皮里摄录器做的这些推论吗？"

"是的。"

"你在日记里说，"斯佩里空继续说道，"敖罗洛修士的手落在我的腕上，阻止我再写下去。这是为什么？"

"敖罗洛这是老于世故。"我说，"他看出了话头的方向。奎因就要聊到世俗事务了，还有关于弗莱克和伊塔人之间发生的事儿，那显然是不应当向我们透露的信息。"

"但既然你的耳朵还露着，为什么敖罗洛要按你的手？他为什么不捂你的耳朵？"

"我不知道。或许这的确不是最合理的做法。但人们在这种时候都没办法一

直保持头脑清醒吧。"

"除非他们是故意的。"斯佩里空说，"好啦，不管怎么说，关于'敖罗洛与奎因的谈话'的问题，我要问你的就这些了。但你还得回答另一个问题。"

"是吗？"

"大隙节的第九夜你在哪儿？"

我想了一分钟，蹙起了眉头。"这问题听起来容易，可对普通人来说还真不好回答呀。"

斯佩里空迫不及待地附和道："是呀，但如果你说的'普通人'指的是'非戒尊'，那我得告诉你，我对自己在那天晚上做过的事也没什么特别的记忆。"

"好吧，按照排班，我要在次日早晨当导游，所以我睡得不算晚。我吃了晚饭，然后就上了床，这是可以肯定的。我还想了很多事。"

"真的吗？"斯佩里空问，"想了什么？"

我的表情肯定变得很奇怪。他笑着说："只是好奇而已。我想这无关紧要。"他又拿起另一张页子，"根据《纪事》记载，那天晚上安排的是你与布兰奇修士和奥斯塔邦修士同寝。如果我问他们，他们会不会都说那天夜里你跟他们一起在寝室里？"

"我想不出他们还能怎么说。"

"很好，"斯佩里空说，"就这样吧。谢谢你的配合，伊拉斯玛修士。"

斯佩里空为我开了门。一出来我就看到等在走廊上的布兰奇修士和奥斯塔邦修士。

那天晚上，我预见未来和编故事的天赋却开了小差。我完全想不出斯佩里空与我约谈是何用意，认为这不过是进一步证明了关于特蕾斯塔纳斯修女的传言。据说她身体有恙，即将被送到公共医疗点去住院康复——希望好得慢点儿吧。

第二天我早早起了床，去食堂值日发早餐。之后一上午都和巴尔布在课室里研究外微积分的基本原理，这本是我应该在几年前就理解了的知识，但直到现在才真正领悟。当我的脑筋再也转不动的时候，才发现自己犯了个愚蠢的错误——普洛维纳尔的钟声响了。

今天该我们老小队上发条了，于是我便赶往大院堂。出席者稀稀落落，戒尊们几乎都没有现身。我没见到敖罗洛修士和他的高级学生，杰斯里也没出现，于是利奥、阿尔西巴尔特和我只好三个人干了四个人的活儿。

经过这番体力劳动和课室里那漫长的一上午，我已经饿极了，在食堂里狼吞虎咽。快吃完的时候，敖罗洛进来了，只拿了很少的一点午餐，独自坐在了那个窗边的座位，这里已经成了他情有独钟的位置：天气晴朗的时候，坐在那里可以望出窗外，俯瞰群山。今天并不晴朗，但给人一种感觉，似乎用不了多久，就会有股澄澈的冷流将云彩吹散。我吃完便走过去，坐在了他的身边。我猜斯佩里空肯定也拿那些问题纠缠过他了。但我不想谈这些。他肯定已经厌烦透了。

他对我微微一笑。"感谢那些戒尊，"他说，"我很快就能再次做观测了。"

"他们要开星阵了？这真是个好消息！"我叫道。敖罗洛又微笑了起来。这就说得通了。戒尊们受到了某种惊吓。他们误解了敖罗洛在大隙节前的行为，但我不知道他们是怎么误解的。现在他们终于明白了自己的错误，一切都要恢复正常了。

"必须承认，我在 M&M 里放了一块记忆板，我一直渴望能把它拿回来。"他说。

"他们什么时候开放星阵？"

"不知道。"敖罗洛说。

"你会先看些什么？"

"噢，我现在还不想说，不是什么需要借助 M&M 才能看到的东西。一台小点的天文望远镜就够了，甚至一支市售的斯皮里摄录器也可以。"

"斯佩里空问了我各种关于那个摄录器的问题——"

他把手指放在了嘴唇上。"我知道，"他说，"你那样回答是很好的。"

我走了一会儿神，思考着这件事的意味。消息是好消息。但当人们再次踏上星阵的时候，就会发现我放在克莱斯提拉之眼里的记忆板，那会给我带来很多麻烦。现在我觉得自己把它放在那儿是很愚蠢的。可我该怎么把它拿回来？

敖罗洛望向另一侧的窗外，看着大钟上的时间。"几分钟前我碰见了图莉亚。她和艾拉在召集敲钟队。她让我给你带个口信。"

"是吗？"

"她没法来吃午饭了。晚饭时再和你见面。"

"就这口信？"

"是的。她们得敲一段不寻常的变奏调——需要全神贯注地准备。再有半小时左右就要开始了。她似乎觉得你是所有人里最看重这件事的，我也不知道为什么。"

唤召。

又要唤召了。所以我又有机会潜入星阵了——这才是图莉亚真正想要传给我的信息。

敖罗洛明白这一切吗？他知道要发生什么吗？

可一旦钟声响起，我再跑上大院堂的楼梯，就一定会迎面碰到下楼参加奥特的秩序庭和守卫庭人员。我只能在钟声敲响之前上去，躲在什么地方才行。

现在我也有了完美的借口，这得感谢利奥。

我站起身来。"大院堂见。"我对敖罗洛说。

"好。"他说着还眨了眨眼，"也许见不到。"

我僵了片刻，又开始怀疑他知道了多少。这让他眉开眼笑起来。"我只是说，谁也不知道在这样一场奥特后谁会留在大院堂，谁会离开。"

"您认为您会在唤召上被点名？"

"这是最不可能的！"敖罗洛说，"除非是你被召唤——"

我哼了一声。他又在拿我寻开心。

"要召唤也是你被召唤，"他说，"记住，我已经看到了你这几个月来的进步。我为你感到骄傲。骄傲，但并不意外。继续坚持吧。"

"好的，"我说，"我会坚持的。实际上，我一会儿还有几个问题要问您。不过现在我得跑啦。"

"跑吧。"他说，"上楼时要留心脚下。"

我转过身，逼着自己闲庭信步——而不是冲刺出食堂。我从存放东西的壁龛里拿出了我的素描框和速写，以看起来并不匆忙的最快步伐走向了大院堂。来到楼廊时，我仔细端详着敲钟的阳台，看到艾拉和图莉亚的小队正在那里排演，只是做着动作，却没有真拉绳子。图莉亚看见了我。我移开了目光，不想表现得太明显，然后便走向另一侧，以最矫捷的步伐登上了西南角楼的阶梯。

秩序庭人头攒动，我从没在这层见过这么多人，但他们都很安静，好像都在预谋着什么。这也在情理之中，毕竟唤召在即。特蕾斯塔纳斯修女竟然也出现了，她正从一间办公室去往另一间。她看起来有点儿吃惊，但随后目光便落在了我的绘画工具上，她看到我登上了通往守卫庭的阶梯。她好像想到了什么，但马上又抛到了脑后。

利奥在阿穆尼克特鲁斯雕像旁等我，因为爬楼而涨红着脸。他跟上来走到了我的旁边。"别去檐台了，"他说，"太显眼了。跟我来。"

我边跟着他走边用兜帽遮住脑袋，绕过了内庭廊道。我俩都一言不发，因为到处都是耳朵。最后他闪身进了一间四壁满是厚重木门的屋子——他们管这里叫集合室，是小队在执行任务前集合，下达指示和整装的地方。

"这都是你策划的，对不对？"我耳语道。

"我只是制造了些机会，以备不时之需。"利奥打开了其中一扇门，是一间储藏室，里面整整齐齐地码着一排排金属箱子。紧接着他就抓住我胸前的帛单，猛地一拽，又一把将我推了进去。不等我站稳，门就在我背后关上了。这儿很暗，我被藏起来了。

不到一分钟，就响起了一段陌生的变奏调。

眼睛已经适应了黑暗，我小小地冒了个险，把球弄出了一点微弱的光亮。码在我周围的箱子上现出用漏字板喷成的令人费解的单词和数字，我越来越肯定箱子里装的是弹药。我听过关于这些东西的故事。它们的有效期只有几十年，过期后就得从大院堂上扔下去，用铲子装进货车运走，处理掉。到时候全集修院的人就得排着队站在楼梯上，手把手地把新弹药传上去。这种事已经好多年没发生过了，但有些年纪大的阿佛特人还清楚地记得那个情形。

不管怎么说，想想这些事儿也能让我在听着钟声，等人们集合的半小时里不至于太闷。任何人从这里下去都用不了半小时。他们可以把手头的事情再干上十五分钟、二十分钟，等最后一刻再冲下去。所以离这层的人完全走空应该还有好半天。又等了一会儿，德尔拉孔斯修士本人下达了清场的命令，要求所有人立刻下楼。他不想把别人留在自己后边，也不想跑着下楼。

这一番喧闹过后，我想集合室已经安全了。于是我打开储藏室的门，等了一会儿，让眼睛适应了光线才爬出门来，又在通往廊道的门后蹲了一分钟，侧耳倾听。但什么声音都没有——连高坛和堂殿里也一片寂静，整个大院堂有如一座无人的废墟。

我怕德尔拉孔斯回头来找掉队分子，而且也没什么理由非得匆匆忙忙，于是我一直等到斯塔索的声音响起，宣布集会召开，才跳出藏身之处，冲向楼梯，飞奔而上。斯塔索这段话念得有点儿慢，还有点儿断断续续，好像在照着一段草草写就的讲稿发言，又好像需要时不时积攒力量才说得出话来。

爬到一半，上到钟盘背后的时候，"诅革"这个词第一次进入了我的耳中。

我双膝一软，就像一只被什么东西突然碰到后背的野兽，再也迈不动步子，只能停下，蹲下身来，省得碰到什么发出声响。

这不可能是真的。这地方已经两百年没举行过诅革奥特了。

不过也得承认，图莉亚敲的听上去的确是段没听过的变奏调——并不是唤召。奥特开始前，人头攒动的大院堂死一般地寂静。现在人们却开始喃喃低语，发出了一种我从未听过的低沉沙哑之声。

从大隙节至今，所有的事情都以一种新的方式产生了意义，就像一堆碎片被抛到空中，组成了一面镜子。

我脑子里有种声音，告诉我必须继续前进。这是我拿回记忆板的唯一一机会。那上边存了些什么图像已无关紧要。但敖罗洛几分钟前已经用他自己的方式告诉了我，他想要 M&M 里的那块板。我必须把两块板都拿回来。如果这事儿走漏了风声，我就有大麻烦了——也许会被遣退。更可怕的是，我还会辜负敖罗洛。

我已经在这条过道上蹲了多久了？浪费时间！浪费时间啊！我逼着自己动了起来。

他们会叫到谁的名字？或许是我的？如果我没走出来的话，会发生什么？这简直有种黑色幽默的味道。当我想到应答召唤的办法时，幽默变得更黑了：我可以从竖井的中心跳下去。走运的话还能砸到特蕾斯塔纳斯修女。那可就成了垩埃德哈和整个马特世界的永恒传说了。或许还能登上本地的报纸。

但那样就取不回克莱斯提拉之眼里的记忆板了，也取不回敖罗洛想要的 M&M 里的记忆板。为了它，冒点儿险也值了。

听着斯塔索喋喋不休地念着一段关于戒律和为什么必须遵守戒律的古文，我继续爬着，但速度不是很快，可能是因为我知道，他就要念出遣退者的名字了，我想听听是谁。已经到顶了，我把手放在通往星阵的小门上，又结结实实地磨蹭了一分钟。

他终于说出了"敖罗洛"。不是"敖罗洛修士"，因为从那一刻起他已经不再是一名修士了。

我又怎会感到惊讶？从听到"诅革"的一刻起，我就已经知道是敖罗洛了。但我还是大声说出了"不！"没人听见，因为同一时刻所有人都喊出了这个字；它像一声鼓点跃上了竖井。鼓点熄灭的时候，一种极为怪异的声音接替了它，我之前从未听过这样的声音：下边的人在尖叫。

既然我一直都知道，又为什么要喊出那个"不"？不是不相信，而是拒绝，是一次宣战。

敖罗洛已经做好了准备。他立刻出现在了我们那扇屏的门前，不待昔日的兄弟姐妹开口道别，就重重地将门关在了身后，否则这道别或许就得花上一年。这样离开更好，就像被一棵倒下的大树砸死一样。他踏入高坛，把球掷到地上，接着解开了弦索。弦索落在了他的脚踝周围。他踏出一步，弯腰撩起了帛单的下摆，从头顶上褪了下来。有那么一刻，他赤身裸体地站在那里，怀里抱着团成一团的帛单，笔直向上凝望着竖井，和唤召奥特上的帕弗拉贡修士一样。

我打开了通往星阵的小门，让光流泄进来。敖罗洛看到之后低下了头，有如一位向神祈祷的慕像者。于是我便走了出去，把门在身后关上了。大院堂内可怖的一幕完全消失了，取而代之的是星阵上的一派寂寥。

与此同时，我大声啜泣了起来，大张着嘴，好像在呕吐，眼泪从眼眶滑落，像血从伤口涌出。我感到悲伤——而不是意外——打从斯佩里空修士问起斯皮里摄录器的那一刻，我就已经知道了。我没去预见，是因为——不到走投无路的一天，不到真正发生的时候，不到此时此刻——这事儿想想都太可怕了。所以我不必像下面那些修士和修女那样把时间浪费在惊讶上；我直面着一生中最强烈最饱满的悲痛。

通往小尖塔的路我不是看着走而是摸着走的，因为除了明暗我几乎已经看不出任何东西了。爬到顶上时，我仍在歇斯底里地抽泣，用帛单擦了几把脸，做了几次深呼吸，稳定了半天情绪，终于打开了积满灰尘的盖子，把记忆板从克莱斯提拉之眼里取了出来。我把它裹进帛单，这帛单却让我想起敖罗洛脱下它的一幕。

在阿佛特人唱着愤怒的歌曲诅革他的时候，他只能赤身裸体地站在那里。他们可能已经唱起来了。人们在唱这首歌时应当带着发自内心的诅咒。这对于那些根本不认识他的千年士和百年士可能还容易一点。但我猜，十年士的屏后应该也有少数心口如一的声音。

我进入了 M&M 的控制室，去寻找敖罗洛放进物镜的那块记忆板，应该是星阵关闭前我们最后一次来时放进去的。但那里是空的。有人已经先我一步没收了它。就像他们此刻要做的，翻遍他用过的壁龛，拿走所有他写的东西。

然后，我做了件可能有点儿傻的事情，但对我来说却是必须的：我跑到了观看帕弗拉贡修士和检察官登机的地方，蜷缩在同一块巨石的底下，等待着敖罗洛走出日纪门。在他走出高坛，走出阿佛特人的视野时，他们给了他一块蔽体用的粗麻袋片，和一块皱巴巴的橙色金属箔面救生毯，当他走出大门，来到寒风吹袭的广场上时，便用这毯子裹住了肩膀。他苍白的脚踝瘦成了皮包骨，插

在一双黑色的旧工作靴里，他一路拖着步子鞋才没掉。他头也不回地离开了集修院，不一会儿就消失在了一股喷泉的后方。我便趁着这个时候背转身去，朝楼下走去。

在我回到钟穴，听到诅革结束的时候，觉得能在敖罗洛走出墙外后看上他最后一眼也是一种幸运。大院堂里的人只看到了前方的未知将他吞没，这是令人恐惧的（也正是诅革奥特的用意）。但我至少看到了他走出去的样子。这并不会让恐怖与悲伤减少分毫。但看见他尚且存活于人世，靠着自己的力量在世俗界行走，就让人拥有希望，希望墙外会有人对他施以援手——也许在天黑之前，他就能穿上别人的旧衣服，坐在大隙节期间他常常光顾的酒吧里面，喝着啤酒找起工作了。

留在仪式现场的人们则重新宣着誓，重新对戒律表着忠心。很高兴我错过了这一节。我用一张素描纸包起了记忆板，把它藏在了一箱弹药的后边，过后利奥随时可以把它取回来。

唯一的问题是：我的缺席会不会被别的十年士发现？但三百来号人凑在一块儿，这种事儿很容易被忽略的。

为防止别人问起，我捏造了一个故事：敖罗洛已经暗示了即将发生的事情（想来他的确暗示了，只是我太迟钝没能领会而已），而我因为害怕自己承受不了便逃过了这场奥特。这仍会给我带来麻烦，但我并不怎么在意。让他们遣退我吧，那样我就可以弄清楚敖罗洛去了哪里，并去找他。或许是布利岗？

可事实证明我根本不必跟任何人撒这个谎。没人注意到我的缺席，或者即便注意到了也全不在意。

接下来的几个星期里，人们开始一点点地还原敖罗洛被遣退的始末，有如要将考古发掘坑里的碎片，一片片地拼成骷髅。在各种谣言或看似可靠的假信息误导之下，我们好几次都差点儿以为找出真相了，结果全是逻辑的死胡同，弄得我们晕头转向了好一阵子。无可奈何，我们所有人的心灵都遭受了三度烧伤。

不知通过什么办法，大隙节前，他就已经知道了星阵会出事。他让杰斯里做了一些演算，但却没让他看提取演算条件的照相记忆板；实际上，他大费周章地向杰斯里和其他学生掩盖这项工作的本质，有可能是为了保护他们，不想让他们承担任何后果。

当奎因工匠谈到弗莱克那只斯皮里摄录器的技术性能时，敖罗洛的脑中产生了一个想法，便是可以用这种设备来进行宇宙学观测。在大隙节的第九天夜里，星阵关闭之后，敖罗洛去了蜂房，偷了几箱蜂蜜酒。他穿上墙外人的衣服，把自己装扮得像个外来客，把战利品藏进一只带轮子的大啤酒冷却箱里，溜出了旬纪门。他在那里跟一个可疑人物接上了头，用蜂蜜酒换到了一台斯皮里摄录器。据说这个人可能是他在墙外酒吧闲荡时遇见的。实际上，大隙节期间他频繁出入此类场所，完全就是为了去招募这么个人。

敖罗洛从事副业的小葡萄园是一块从大院堂上很难监视到的地方。冬天的时候，他有时也会去那里给葡萄剪枝。大隙节过后的几个星期，他在那里架起了一座简易观测台，是一根可以自由转动的立柱，有一人多高，在与眼睛齐平的高度绑着一根可以上下跷动的横木。他在横木上挖了一个安装斯皮里摄录器的凹槽。他可以把斯皮里摄录器牢牢地固定在横木上，借助这个支架长时间追踪观测天空中的某个目标。这种设备兼具图像稳定、变焦和弱光增强功能，让他可以把想看到的东西看得清清楚楚。

敖罗洛盗窃集修院财产，在大隙节期间串通罪犯，在葡萄园从事被禁止的观测——这些构想震惊了所有人，但故事却讲得通，而且这也正是敖罗洛才想得到的逻辑性极强的计划。渐渐地我们也都接受了这个版本。

因为我在这个故事里的角色，一些埃德哈会士已将我视作了叛徒，认为我就是那个把敖罗洛出卖给秩序督察的家伙。这种事儿要放在诅革之前，准得闹得我整宿睡不着，夜夜睡不着，感觉糟糕透顶。我会在单数夜里为自己向斯佩里空泄密而引咎自责，在双数夜里为分会那些人的误解而闷气攻心。但既然这一切都已经发生了，担心这些也只能是水中捞月了。尽管敖罗洛并不是我的父亲，尽管他还活着，我却把斯佩里空修士当成了在我眼前杀我父亲的仇人。而我对特蕾斯塔纳斯修女的感觉还要更阴暗，因为我怀疑就是她以某种卑鄙的手段在幕后策划了一切。

敖罗洛看见什么了呢？我们可以从杰斯里在大隙节前做的那些运算里得到些线索。但秩序督察已经从他们的壁龛里抄走了一切，所以我们只能依靠杰斯里的记忆了。有一点他颇为肯定，敖罗洛曾试图计算太阳系内某个物体或某些物体的轨道参数。一般来说，这表示有颗小行星正在与阿尔布赫星相似的日心轨道上运动。换句话说，就是大铌那类的情况。但杰斯里有种直觉，根据他记得的一些数字，那个被计算的物体应该不是绕着太阳转，而是绕着阿尔布赫星

转的。这是极不寻常的。几千年来人们一直在观测天空，却只给阿尔布赫星找到了一颗卫星。日心轨道内的小行星有可能在经过平动点附近时被捕获至阿尔布赫轨道，但它却无法稳定在任何一条轨道上，最终不是变成一颗陨石撞上阿尔布赫星或月球，就是被甩出阿尔布赫－月球系统。

有可能敖罗洛看的是阿尔布赫－月球系统的三角平动点，可能那里有一团陨石和尘埃凝成的隐约可见的云雾，在月球的公转轨道上追逐着月球或被月球追逐。但不明白为何秩序督察会对这样一个课题抱有如此强烈的敌意。正如巴尔布所指出的，M&M 的指向说明敖罗洛在用它拍摄极轨道上的物体，而那似乎不应该是自然界的物体。

在我们当中，杰斯里第一个鼓起勇气说出了这一切所暗示的东西：“那不是自然界的物体，而是人类制造和发送上去的东西。”

春天尚未完全来到。冬季已经结束，但严寒的威胁仍在。球根发出的绿芽钻破了晶状的泥冰。我们中的几人已经在下午割掉了地纽上枯萎的庄稼秆和藤蔓。我们将它们保留上大半个冬天，既是为了防止土壤遭受侵蚀，也是为了防止小动物在里边做窝，但现在已经到了时候，该将它们割掉，烧成灰，用来滋养土地了。此时，晚饭过后，我们来到了黑暗的室外，把白天砍掉堆起来的枯秸点着，生起一个大火堆来，不过它烧不了多久就会熄灭。杰斯里找到一瓶敖罗洛以前酿的怪酒，我们几个传着喝了起来。

“它有可能是其他实践理学文明制造出来的。”巴尔布说。他这话从理论上来说，当然是对的。但在情理上却惹人恼火。杰斯里不顾可能遭到的嘲笑，表示了异议。我们也顶着同样的风险，或沉默或出声地表示了附和。我们最不想听的就是巴尔布那些暴眼儿太空怪的幻想。

关于巴尔布，还有一个问题：他是奎因的儿子，而在某种意义上，正是奎因轻率地谈起了现代斯皮里摄录器的种种好处，才酿成了这一切。这很难说是巴尔布的错，但人们的头脑里的确产生了一种负面的联想，这联想在尴尬的时候就会浮出水面——而巴尔布又总是在不断地制造大量的尴尬时刻。

“那倒是可以解释星阵的关闭。”阿尔西巴尔特说，“但作为另一种论点，我们也可以假设世俗政权分成了两个或更多的派系——可能还进行了战备武装。其中一派可能在极轨道发射了一颗侦察卫星。”

“或者几颗，”杰斯里说，“因为我有印象，我计算的不止一个物体。”

"有没有可能是一个时不时改变轨道的物体？"图莉亚问。

"不像。物体的轨道从一个平面切换到另一个平面需要耗费很多能量——几乎相当于把卫星发射到初始位置的能量。"利奥说。

所有人都看着他。

"间谍卫星谷，"他怯怯地说道，"一本践行时代的太空作战书上说的。轨道面变化机动很费钱！"

"极轨道上的卫星无须切换轨道面。"巴尔布哼了一声，"它只要等上足够长的时间就能把阿尔布赫星上各个地方都看个遍。"

"还有一个重要的原因让我喜欢杰斯里的假说。"我说。所有人都转过头来看着我。我一向不是个多话的人。但诅革以来的几个星期里，我已经被看作是一切与敖罗洛相关事宜的权威者了。"从敖罗洛在大隙节前几天的行为来看，他那时就已经知道会有麻烦了。不管看到的是什么，他肯定知道那是个世俗事物，而戒尊一旦发现，就会立刻阻止他继续观看。如果只是块陨石的话他就不会如此了。"

我只是附和了大家的共识而已。其余的大多数人都点着头。但阿尔西巴尔特似乎把我说的当成了一种挑战。他清了清嗓子，像在对话一样铿锵有力地回答道："伊拉斯玛修士，你所说的就这句话本身而言是有道理的。但也仅限于这句话而已。因为诅革的钟声落在了敖罗洛的头上，我们就很容易习惯性地替他打抱不平。但在大隙节前你就看出他是这样想的了吗？"

"你的观点我完全明白，阿尔西巴尔特修士。我们就不必浪费时间围着这堆火投票表决了。敖罗洛和世上所有阿佛特人一样乐于遵守戒律。"

"但发射一颗新的侦察卫星明显是世俗事件，不是吗？"

"是的。"

"而且，因为这种实践理学差不多已经存在了一千年——久到利奥修士都能从古书里读到了——那敖罗洛观测这样一颗卫星也就不可能学到什么新东西了，不是吗？"

"大概是学不到——除非它使用了什么新发明的实践理学。"

"但这样的新实践理学也是世俗事件，不是吗？"图莉亚插嘴道。

"是的，图莉亚修女。因此也是与阿佛特人无关的。"

"所以，"阿尔西巴尔特说，"如果我们承认的前提是敖罗洛修士是一名尊重戒律的真正的阿佛特人，我们就不能同时相信他在天空中看到的是一颗最近才从阿尔布赫星表面发射的卫星。"

"因为,"利奥补充着这个想法,"他已经把这类东西全都视为对我们没有意义的了。"

这些想法都有道理,但却让我们走投无路。或者,至少我们已经不愿再想了。

但巴尔布除外。"因此它肯定是一艘外星飞船。"

杰斯里深深地吸了口气,又重重地叹了出来。"塔文纳尔修士,"他用了巴尔布的阿佛特名说道,"记得提醒我,回图书馆的时候我要给你看些研究资料,你就知道这有多不像是真的了。"

"不像,但不是不可能?"塔文纳尔修士反击道。杰斯里又叹了口气。

"杰斯里修士,"我边说边试着捕捉他的眼光,向他做了个鬼脸——这种信号巴尔布是察觉不到的,"塔文纳尔修士似乎非常热心于这个话题。而火很快就要灭了。我们只能在这儿待几分钟了。为什么你不先走一步带他去看那些资料呢?我们会把火熄灭收拾好一切的。"

所有人半天都没说一句话,因为我们所有人——包括我在内——都被刚才发生的一幕震惊了:我竟然在支使杰斯里。简直史无前例!但我并不在乎。我没工夫去关心那些细枝末节。

"好吧。"杰斯里说着便被巴尔布拖着,脚步沉重地走进了黑暗。剩下的人都沉默地站在那里,直到嘶嘶作响的火焰与汩汩流过冰滩的河水冲走了巴尔布的问题。

"你想谈谈那块记忆板吧。"利奥猜测着说。

"是时候把那东西拿下来看看了。"我说。

"我都奇怪你怎么不着急,"图莉亚说,"我简直迫不及待地想看了。"

"别忘了敖罗洛身上发生的事,"我说,"他就是不够小心。要么就是他根本不在乎被抓到。"

"你在乎吗?"图莉亚问。这问题坦率得令人感到不自在。但并没有人回避。他们都看着我,热切地期待听到我的回答。在斯塔索叫出敖罗洛名字的那一刻击中我的悲痛,时至今日仍伴我左右,但我已经学会将它转化为愤怒的火焰——不是反应激烈而上蹿下跳的发火,是冷冽而无法消解的愤怒。它们沉淀在我的肺腑里,让我咀嚼着那些最不愉快的想法。它扭曲了我的面孔;我之所以知道这一点,是因为那些年轻的弟子的表现。曾经,当我在走廊或草场上鼓励他们的时候,他们都向我致以愉快的问候,而今见到我却都避开了双眼。

"坦白地说，不。"我说。这是谎言，但给人的感觉却很好。"我不在乎我是否被遣退。但你们这些伙计也都要被牵连进去，所以为了你们我也要小心。记住，这块记忆板可能根本没有任何有用的信息。即便有，我们可能也得盯着它看上几个月甚至几年才能看到些什么。所以咱们现在谈的是一次长期而秘密的战役。"

"好吧，我觉得咱们为了报答敖罗洛也应当一试。"图莉亚说。

"如果你们愿意我可以随时把它拿下来。"利奥说。

"我知道沙孚宗产地下有一间黑屋，咱们可以在那里看它。"阿尔西巴尔特说。

"很好。"我说，"我只需要你们一点点帮助。其余的我自己来做。如果我被抓了，我会说你们什么都不知道，我也会对发生的一切负责。他们会罚我念第六章，或者更糟。而那样的话我就会出走，试着去找敖罗洛。"

这些话让图莉亚和利奥产生了截然不同的情感。她看起来像要哭泣，而他看起来像要打架。但阿尔西巴尔特只是对我的动作如此缓慢而感到不耐烦。

"还有比陷入麻烦更严重的事情。"他说，"你是个阿佛特人，伊拉斯玛修士。你发了愿要遵守戒律。这是你人生中最庄严和重要的事情。那才是你应当重视的。会不会被抓和被罚都只是小节。"

阿尔西巴尔特的话对我产生了强烈的影响，因为那是真的。我已经有了现成的答案，但却无法大声说出口：我已经不再尊重那誓愿。或者，至少我已不再信任那些执行戒律的人。但我无法对这些仍旧尊重它的朋友们完完全全地说出来。我的思绪转动了片刻，寻找着回应阿尔西巴尔特的对策，其他人则心安理得地站在那里，拨弄着即将熄灭的火焰，等着我开口。

"我信任敖罗洛，"我终于说道，"我相信，在他的心中，他从未亵渎过戒律。惩罚他的只是那些并不明白该真正做些什么的低智者。我想他是——他会成为——一位——"

"说出来吧！"图莉亚叫道。

"髶徒。"我说，"我愿为髶敖罗洛被抓。"

第 5 部

唤召

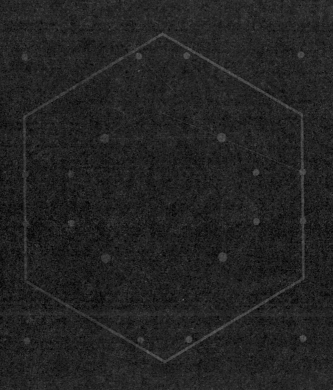

【**宗系**】 ❶（墙外）血脉传承的世系。❷（墙内）一般指在第三次劫掠改革前获得了帛单、弦索和球之外财产的阿佛特人的世系，这些阿佛特人在去世时会将财产移交给选定的继承人。一些宗系积累（或谣传积累）的财富（见宗产）催生出了鲍德像志。宗系在紧随第三次劫掠的改革中被废除。

——《词典》，第四版，改元 3000 年

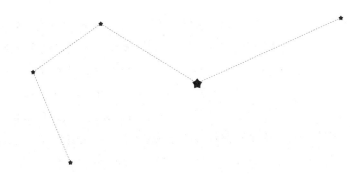

　　沙孚宗系的后世或许说得上富有，但沙孚修士本人却几乎没积累什么财产，也没这个打算。只要顺着石板台阶下到他与继承人造出来的这间地窖，你就会马上明白。我写的是"地窖"，但更准确地来说是一些地窖——我一直没数清到底有几个——它们错综复杂地连接在一起，构成了一组没人能够完全看懂的图形。在那么小的一座建筑底下能有这么些地窖可真是很厉害。当然，阿尔西巴尔特做出了解释：沙孚的副业就是砖石匠。他这项工程大约始于 1200 年，当时只是作为一项古怪的消遣。他原本只想建一座细塔，在顶上造一间可供一个阿佛特人静坐沉思的房间。这座塔建好之后，他把它传给了一名弟子，这名弟子注意到塔已经开始倾斜了，便花掉了一生中的大部分时间去为它更换地基，那是项很需要技巧的工作，是在原有的建筑下面挖出地穴，在里边填上巨大的石块。最后他造出来的地基已经超过了实际所需。他将这些传给了另一位砖石匠，这位砖石匠又做了更多的挖掘工作，造了更多的地基，砌了更多的墙。这项工作持续了几代，直到后来，这个宗系才开始聚敛起建筑本体之外的财富，并因此有了储存财产的需要。于是原来的老地基就被重新发掘开，砌了墙，墁了地，搭了拱顶并扩充了面积。宗产的弊端之一是，那些富有的阿佛特人可以以较好的饮食和居所为交换条件，让那些不太富有的阿佛特人为他们做事。

　　不过，自第三次劫掠之后，又过了几百年，到了改良老番会退隐于沙孚宗产的时候，泥土已经把这些地窖掩埋了大半。我无法确定这些土是怎么进去的，又是怎样把地窖的地面深深埋没的。有些进程是人类无法参透的，因为它进展得太缓慢，太不明显了。改良老番会的人勤于修缮该建筑的地上部分，却对那些地窖几乎置之不理。沿着楼梯下到底的时候，右手边会有一个房间，里边存放着葡萄酒和一些银餐具，这些东西只有在特殊的场合才会拿出来。而其他房间里都是一派荒废的景象。

阿尔西巴尔特一反常态，在这里倒成了一位勇敢的探索者。他的地图就是藏在图书馆的古代建筑平面图，他的工具就是镐头和铲子。他的探险还有个隐秘的目标，那是一间位于深层的地下室，据传说是沙孚宗系存放黄金的地方。这种地方，就算是真的存在，也肯定在第三次劫掠中被人发现并洗劫一空了。但要是能找到还是很有趣的。而且对改良老番会也有好处，因为最近几年里，其他修会的阿佛特人常把一种谣言当作茶余饭后的谈资，他们说改良老番会的人在那下面找到了财宝，聚敛起了财富。阿尔西巴尔特只要找到这间深层地下室，请人们自己来看看，这些谣言也就不攻自破了。

但没什么可着急的，从来就没人着急过，也没人指望在阿尔西巴尔特头发变白以前能有什么结果。他有时会跺着双脚走回来，踏过盖满泥土的桥面，弄得我们浴室里满是泥沙，一到这种时候，我们就知道他又探险去了。

直到有一次，他又带着我下了台阶，这次他没往右，而是往左转去，又领着我在窄得令他难以容身的过道里七拐八绕一番，进了一间泛着潮气的小脏屋，给我看了地面上一块生锈的铁板，真是让我大吃一惊。他用力拉起了铁板，底下是一个空洞，还有一架他从集修院什么地方偷来的铝制梯子。"我还不得已锯掉了一小截梯子腿呢，"他坦白地说，"因为天花板太低了。你先请吧。"

传说中的藏宝窖宽、高大约都是一臂展。地上全是泥，阿尔西巴尔特在上面铺了一块塑料防水布，这样一来，怕水的东西就不会被泥土沤烂了，"比如你的瘦屁股，拉兹"。噢，这里什么珍宝都没有。只有失望的愚氓在墙上刻画的一大堆涂鸦。

这简直是我能想得到的最脏的工作场所。但我们几乎别无选择。我总不能坐在木板床上，用帛单蒙着头看一块被禁的记忆板吧。

我们使出了最古老的"书里的把戏"。图莉亚在老图书馆里找了一本在书架上沉睡了一千一百年的大厚书，是一本关于基本粒子学说的纲目，这种学说在 2300 年到 2600 年之间流行过一段，但毕费纳布拉斯特早已证明了它的错误。我们在每一页上挖一个窟窿，最后在书里掏出了一个能放下照相记忆板的洞来。利奥把它夹在一摞别的书里带上了守卫庭，又在晚餐时把它带下来，交给了我，它已经变得重多了。第二天，我又在早餐时把它给了阿尔西巴尔特。晚餐时我再遇到他，他便告诉我那块记忆板已经就位了。"我看了一点点。"他说。

"看到了什么？"我问他。

"伊塔人一直在勤勤恳恳地为克莱斯提拉之眼做保洁，让它始终一尘不染。"

他说，"有个伊塔人每天都去为它除尘，有时还会在上边吃午饭。"

"是个好地方。"我说，"但我想知道的是晚上观测到的东西。"

"我把那些留给你了，伊拉斯玛修士。"

现在只差一个常常光顾沙孚宗产的借口了。这个节骨眼上，政治局面倒给我制造了机会。一直有人质疑改良老番会占领宗产的行为，觉得这是一种不劳而获的卑鄙行径。可如果问起来，改良老番会的人又总会坚称，欢迎所有人到这里来，任何人都可以在这里工作。但另外两个修会，特别是埃德哈会士却很少去那里，部分是出于修会间一贯的对抗，部分是由于当下的事态。

"你的兄弟姐妹以后会怎么看你？"有一天普洛维纳尔过后，图莉亚在回程的路上这样问我。她的腔调毫无暖意，只带着一种好奇与分析的味道。我转了个身，开始倒退着走路，想看看她的脸。她生气地耸起了眉头。再有不到一个月她就成年了。往后她就可以在戒律的许可之下谈私情了。我们的关系变得尴尬了起来。

"你问这个干吗，只是好奇吗？"我说。

"别再出洋相，我就告诉你。"

我并没意识到自己在出洋相，但还是转过身去，和她并肩走在了一起。

"现在又出现了一派新看法，"图莉亚说，"认为遣退敖罗洛实际上是对他在选邂季拉拢生员的报复。"

"哇喔！"这便是我最慷慨的陈词了。我好一会儿没再说话。这是我听过的最荒唐的事儿。如果偷蜂蜜酒卖到黑市去买违禁商品都不能成为遣退的原因，那招致诅革的还会是什么？况且——

"这种说法很邪恶，"我说，"因为即便用逻辑思维就可以把它击得粉碎，但你的大脑中还是会有某种原始的条件反射要你去相信这种事儿。"

"好吧，埃德哈会里有些人的脑子已经被这种原始反射支配了。"图莉亚说，"他们不愿相信蜂蜜酒和斯皮里摄录器。很显然，敖罗洛在一桩三方交易里充当了掮客，把阿尔西巴尔特送进了改良老番会，用来交换——"

"别说了，"我说，"我不想听这个。"

"你知道敖罗洛干了什么，所以你容易接受蜂蜜酒和摄录器。"她说，"可其他人接受起来却有困难——他们想把这事儿变成一桩政治阴谋，还想说蜂蜜酒的事儿从来也没发生过。"

"特蕾斯塔纳斯修女都不会这么令我齿冷。"我说。我的余光看到图莉亚转

过脸来看着我。

"好吧。"我承认,"换个说法吧。我不认为她是个阴谋家。我想她只是个单纯的恶人。"

这似乎让图莉亚满意了。

"你看,"我说,"敖罗洛修士曾说,集修院和外边的世界没什么不同,只不过闪闪发亮的东西没那么多罢了。我原来不明白这想法从何而来。现在他走了,我才明白。我们的知识并没让我们变得更好或更明智。我们就跟为取乐而殴打利奥和阿尔西巴尔特的愚氓一样卑劣。"

"敖罗洛有办法了吗?"

"我想他有,"我说,"大隙节期间他就在试着向我解释。寻找含有美的事物——它会告诉你有一道光线正闪耀自——噢——"

"一个真实的地方?还是叙莱亚理学世界?"她的表情又变得令人难解。她想知道我是否相信这些,而我也想知道她是否相信。我掂量着,她要承认这个得冒更大的风险。而作为埃德哈会士,我倒是可以蒙混过关。"是的。"我说,"我不知道他会不会用这个字眼。但那就是他的意旨所在。"

"哦,"她思索了片刻,"这总比把你的生命浪费在叨咕阴谋论上好些。"

那还用说吗,我想。但我并没说出来。图莉亚选择参加新圈子,可是付出了货真价实的代价。作为新圈子的一员,谈到HTW这种被他们视为迷信的思想时,她必须得谨慎小心。如果愿意,她也可以相信这种东西,但只能私下里一个人信,试图从她那儿刺探这些事儿是不成体统的。

不过我现在倒有了去沙孚宗产转悠的借口:我接受改良老番会的邀请,是为了充当各个修会之间的调停者。

每天早饭过后,我都会去听一堂课,通常和是巴尔布一起,再跟他一起做些证明,解些题目,直到普洛维纳尔和午餐时分。午餐过后,我就会走到户外,来到草地的边缘,这是我和利奥准备野草大战的地方,我会在这里干一会儿活,或假装干一会儿活。同时留意着河对岸小丘上沙孚宗产的飘窗。阿尔西巴尔特在挨着他那把大椅子的窗台上放了一摞书。如果那里有别人在,他就会让书脊朝着窗户。我从草地上就能瞧见那些深棕色的书皮。但如果他发现那里只有他自己,就会把书掉转过来,让白色的页边露在外边。一看到这个信号我就会停下工作,到回廊的壁龛去取我的理学笔记,带着它们过桥,穿过页子树林前往沙孚宗产,做出去那里学习的样子。几分钟后,我就可以进入那间深层地下室里,盘腿坐在防水布上研究那块记忆板了。完成之后我还得经过地窖回到上边。在踏上石板阶梯前，我还会得到另一个信号：如果房子里有别人，阿尔西巴尔特就会关上楼梯尽头的门，但如果只有他一个人，门就会稍稍打开一点。

　　比起一般的照片，照相记忆板有很多优点，其中之一便是自带光源，这样你就可以在黑暗之中使用它。这块板开始和结束的时刻都是白天。如果把它退回最初始的位置，画面就会变成一团没有影像的白光，只带着一点淡淡的蓝调子：那是没有聚焦的日光与天光，是帕弗拉贡修士的唤召奥特上，我在小尖塔顶上激活它的时候投上去的。如果我把记忆板调到播放模式，就能看到记忆卡滑进克莱斯提拉之眼时录下的短暂有趣的变换图像，然后就会突然出现无比清晰但带有几何变形的图像。

　　画面上大部分是天空的图像。太阳是个边缘整齐的白色偏心圆。圆盘的边缘是一圈参差不齐的暗边，就像奶酪饼上结的霉皮儿：那是地平线，四面八方的地平线连成了一个圆圈。根据鱼眼镜头的成像原理，我们眼中的“下”——靠近地面的一侧——总是朝向圆盘的边缘，“上”则总是朝向中心。如果几个人围成一圈站在克莱斯提拉之眼周围，他们的腰部就会出现在图像的边缘，他们的头则会像轮子辐条一样朝向中间。

　　很多信息都挤在板的边缘位置，我必须使用放大功能才能看清它们。天亮时，圆盘形的天空中总有一条看起来像深色缺口的东西。仔细一看才发现，这是立在克莱斯提拉之眼旁边的那座举着棱镜的雕像。它就像是地图上的指北针，给了我一个可以给其他东西定向的参照点。还有一道长度只及半径一半的浅色缺口，很难看出是什么。但把它转到正向，等眼睛适应了变形以后，我就看出那是个人形，身体的大部分被帛单遮着，只露着一截前臂。一条条缺口向外（实际是下）辐射，一直通到圆盘的边上，在靠近边缘的地方被放得很大，形成了奇怪的图像。这个怪物，就是凑在克莱斯提拉之眼基座跟前的我，刚刚把记忆板插进去，盖上防尘盖的我。第一次看到这个画面时，我都笑出了声，因为我的胳膊肘变得像月亮一样大，放大了看，还能看见一个瘊子，连汗毛和雀斑都数得出来。我还想通过蒙头来隐藏身份呢，真是个笑话！如果特蕾斯塔纳斯修女发现了这块板，她只要挨个检查每个人的右胳膊肘就能抓到犯人。

　　接着播放还可以看到，随着我的离去，那道人影形成的缺口也渐渐融入了深色的地平线环。几分钟后，一股黑烟在圆盘靠边的部位形成了一条长弧：是那

架飞机带着帕弗拉贡修士去了大佬那里。通过定格和放大，可以把飞机看得一清二楚，因为距离比较远，它的变形并不严重：可以看到螺旋桨和发动机的废气凝成的尾迹，飞行员的脸几乎都被深色的头盔遮住了，那是用来遮挡阳光的，他的嘴唇在翕动，好像在对着从脸颊一侧伸过来的麦克风说话。再往前快进几分钟，还能看到飞机从另一个方向飞回来，这次可以从侧窗里看见帕弗拉贡修士的脸，他正回眸凝视着集修院，就好像初次看到这个地方一样。

然后，用手指沿着记忆板的侧面往上滑一小段，太阳就沿着弧形的轨迹落入了地平线下。板面暗了下来。所有的星星肯定都映在上边，但我的眼睛还没有适应黑暗，看得不是很清楚。有几颗红色的彗星划过——那是飞机的灯光。然后板面又亮了起来，太阳再度从边缘冒出，向着天空的方向升起，照亮了又一个早晨。

如果我沿着板的侧面，用手指一口气滑到头，这块板就会像频闪灯一样一闪一闪：总共会闪七十八次，每闪一次就是记忆板装在克莱斯提拉之眼里的一天。放到最后几秒的时候，我将速度放慢，便看到自己又出现在了楼梯顶上，在敖罗洛修士被诅革的时候走向克莱斯提拉之眼，去取记忆板。但我憎恨这个部分，我憎恨自己脸上的表情。我只是完整地检查一遍，确认在我取回之前，这块板是否一直都在记录。

我清除掉了最初和最后几秒的记录，这样即便这块板被没收了，里边也已经没有我的影像了。然后我又开始详细地重新查看了起来。阿尔西巴尔特提到在里边看到了伊塔人。千真万确，就在第二天，正午稍过一点，一个深色的鼓包从边上冒了出来，在大约一分钟的时间里，几乎遮住了整个天空。我把影像倒回去，又用正常速度播放了一遍。这是一个伊塔人。他出现在楼梯顶上，拿着一个喷瓶和一块抹布。他花了一分钟时间清洁了棱镜，然后便来到克莱斯提拉之眼跟前，这时他的图像才变得巨大，他在往镜头上喷清洁液。我往后一缩，就好像清洁液都喷到了我的脸上。他仔仔细细地擦着镜头。我可以看到他的鼻孔深处，还能数出他的头发；我能看到他眼球上的小血管，还能看见他虹膜里的纹路。毫无疑问，这就是萨曼，我和杰斯里在珂尔德的机械厅里碰上的那个伊塔人。当他从镜头前退开时，瞬间就变得小多了。但他并没有立刻从小尖塔顶上下去。他在那儿站了一会儿，隐没在镜头边缘，又出现，凑过来稍稍逼近克莱斯提拉之眼，最后终于离去了。

我把最后一点儿又重新放大了看了一遍。他擦完镜头后低头看了看，好像是掉了什么东西。他弯下腰去，后背消失在了镜头的边缘。等他站起来再次出现在画面里的时候，手上多了样新东西：一个书本大小的长方形物体。我不用放大就能看出那是什么——防尘套，就是一天前我从这块记忆板上撕掉的那个。风把它从我手里刮走了，因为我离开时太过匆忙，就像个白痴一样把它留在了掉落的地方。

萨曼把它翻过来掉过去地查看了起来。过了一会儿，他好像弄明白了，便把头转过来看着我——其实是看着克莱斯提拉之眼。他凑过来凝视着镜头，然后把头一歪，伸手往下，（虽然看不见，但我猜是）戳了戳盖着记忆板卡槽的小门。他的脸上现出了某种东西。如果我愿意，我可以放大他的眼睛，看看是否能倒映出他究竟看到了什么。但没这个必要了，因为他脸上的表情已经说明了一切。

在我把记忆卡放进克莱斯提拉之眼后不到二十四小时，集修院里就已经有其他人知道了。

萨曼又在那儿站了一分钟，仔细思量着。然后他把防尘套叠了起来，塞进了他斗篷的胸袋里，转身离开了。

我把记忆卡快进到了一个多云的夜晚，将自己投入了一片近乎绝对的黑暗之中，坐在这个地洞里，试着让自己恢复过来。

我想起了那天晚上站在篝火旁时，我还批评过敖罗洛的大意，还告诉朋友们我会更加小心。我简直就是个傻瓜！

看着萨曼捡起防尘套推想原委的样子，我感到一阵脸红心跳，就好像自己正在现场看着他做这一切似的。但这不过是几个月前的录像罢了，到现在也还没出现任何后果。当然，萨曼可以挑选别的时候再泄露这个秘密。

真让人身心俱疲。但我也无能为力。为几个月前的错误在这里发窘太浪费时间了。还是想想我现在在该干点儿什么吧。坐在黑暗里发愁？还是继续查看这块板里的内容？按理说这不是个多难的问题。我必须把郁积在肺腑中的那股怒气化作行动，不必出乎意料，不必令人吃惊。如果我入的是另两个修会中的一个，可能已经在职业生涯里付诸行动了。有这怒气作为动力，有个十年二十年我就可能会当上戒尊，要那些冤枉敖罗洛的人好看了。可事实上我加入了埃德哈会，这让我在集修院内部的政治环境里毫无权力。所以我只能去想怎么谋杀斯佩里空修士了。这股怒气也真的一度让我产生过这种念头，我发现自己会时不时地

陷入对谋杀的构想之中——厨房里已经备好了大刀。

有这块记忆板可看，有这个地方可用，真是我的幸运。它让我在斯佩里空修士的喉管之外有了可供行动的对象。如果我足够卖力，如果我足够幸运，或许我就能得出某些可以在食堂里大声宣布的结果，可以将斯佩里空、特蕾斯塔纳斯和斯塔索羞辱一番。之后我还可以在他们遣退我之前，怀着满腔憎恶冲出集修院的大门。

与此同时，这项研究也满足了我心底想要以实际行动响应敖罗洛遭际的需求。我发现只有这项行动才能将我的愤怒化回悲痛。在愤怒化回悲痛之后，年轻的弟子也不再回避我，我的脑子里也不再充斥着斯佩里空修士被割断动脉鲜血喷涌的画面。

别无选择，我只能把萨曼和防尘套抛在脑后，专注于克莱斯提拉之眼在夜晚看到的东西。我已经摸清了这七十七个夜晚的天气情况，一多半是阴天，真正晴朗可查的夜晚只有十七个。

眼睛一适应黑暗，我就轻而易举地找到了北，因为所有的星星都是绕着北极旋转的。如果把图像定格或按正常速度播放，星星就会变成不动的光点。但如果加速播放，除了北极星以外的每颗星星都会沿着以北极点为圆心的弧线运行，因为阿尔布赫星就在北极点下方自转。那些更加精密的望远镜连接着大钟驱动的极轴系统，所以不存在这个问题。阿尔布赫星"向前"自转的时候，这些望远镜也会按照与阿尔布赫星自转相同的速度"向后"旋转，这样那些星星就显得稳定了。但克莱斯提拉之眼并没有这个构造。

这块记忆板有多种不同的操控方法，可以按不同的方式"讲述"它所看到的东西。截至此时，我还只是把它当作一台斯皮里摄录器，只用了它的播放、暂停和快进按钮。但它也可以做到斯皮里摄录器做不到的事情，比如把一段时间内的图像整合在一起。这是对实践理学时代一种技术的效仿，当时还没有这样的记忆板，宇宙学家用的是一种涂着化学感光剂的板。由于他们看的很多东西光亮都很微弱，所以常常需要把这些板一次性曝光几个小时。照相记忆板也可以以这种方式工作。如果以斯皮里摄录器的模式"播放"一段记录，你可能几乎什么都看不见，只能看见几颗星星和一点点朦胧的光，但如果你将记忆板设置为显示一段时间叠加的静态图像，就会出现盘旋的星系或星云。

于是我做了第一项试验，挑选了一个晴朗的夜晚，把克莱斯提拉之眼在这天夜里捕捉到的所有光亮叠加成一幅静态图像。第一次的结果不是很好，因为我设置的起始时间太早，结束时间太晚，薄暮和黎明的光亮把所有东西都冲淡了。不过做了一些调整后我就得到了想要的图像。

那是一个黑色的圆盘，上边镂刻着成千上万条同心的细弧线，每一条都是一颗恒星或一颗行星留下的轨迹。交叉划过这幅图像的还有几条红色的虚线和明亮的白色条纹：那是飞过我们上空的飞机发出的光。中间的几条线是高空飞行的飞机留下的，几乎都是直线。所有线条都汇集到星空边缘，成了一束粗粗的白色曲线：那是飞机们在本地机场着陆时，沿着跑道滑行留下的大致重合的轨迹。

苍穹之中只有一样东西是不动的——北极星。如果我们的假想是正确的，敖罗洛修士的确是在找极轨道上的某样东西，假如它亮到足以在这块板上现形，它就应该显示为北极星附近的一道条纹。它可能是直线，或者近似于直线，垂直于那些星星留下的无数道弧线，因为星星的移动是东西向的，而它的移动是南北向的。

不止于此，这样的卫星在一天夜里应该留下不止一道这样的条纹。杰斯里和我已经算了出来，一颗低空轨道的卫星应该一个半小时就绕阿尔布赫星一圈。比如，如果它在午夜时分留下了一道经过北极的条纹，那它在一点半的时候应该留下另一条，然后三点时再留下一条，四点半再留下一条。它应该一直保持在同一个轨道面上。但在这九十分钟里，阿尔布赫星应该沿纬线方向自转过 22.5°。所以同一颗卫星留下的下一道条纹不应和上一道重合。它们应该成 22.5°（或 $1/8\pi$）的夹角。它们看起来应该像是一张馅饼上的切痕。

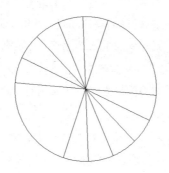

我在深层地下室里第一天的工作就是让这块记忆板显示出第一个晴朗夜晚的长时间曝光图像，然后放大北极星附近的区域，查看像是馅饼切痕的图形。

成功来得如此轻易，简直都让我失望了。因为那里不止有一颗这样的卫星，所以图形看起来复杂得多。

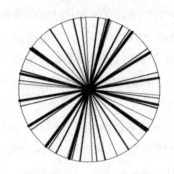

但如果看得足够久，我就能看出那是几组叠加在一起的饼切痕。

"希望落空了。"我在晚饭的时候告诉杰斯里。我们设法避开了巴尔布，坐在了食堂的一角。

"再说一遍？"

"我曾想，如果我能在一条极轨道上发现什么，一切就都可以结束了。谜题解开，案件告破。但并非如此。在极轨道上有好几颗卫星，甚至可能还有践行时代。旧的坏掉，坠落下来，于是大佬们又发射了新的。"

"这没什么新鲜的。"他指出，"如果你在夜里出去，面对北极站着，等上足够久，你用裸眼也能看到这些东西飞过极点。"

我嚼着一口食物，努力遏制着想照他鼻子揍上一拳的冲动。但这就是理学。并不是只有洛拉会士会说"这没什么新鲜的"，人们一直都在干重新发明轮子的事情。这没什么可耻的。就算周围的人都惊叹："天哪，轮子，以前还从来没人想到过呢。"顶多也只能让当事人感觉好点，却无法改变任何事实。但我冒这么大风险，干了这么多工作取得的结果，只换来一句"这不是什么新鲜东西"，还是令人感到刺痛。

"我没说这是什么新东西。"我努力克制着对他说，"我只想让你知道我第一次在这块板上花了几个小时后所发生的事情。我猜我造成了一个问题。"

"好吧。什么问题？"

"敖罗洛修士肯定已经知道极轨道上有好几颗卫星了，这也不是什么大事。对一位宇宙学家来说，它们并不比从天上飞过的飞机更引人注意。"

"只是惹人讨厌的东西罢了,分散注意力。"杰斯里点头道。

"所以他冒着被诅革的风险,到底要看什么?"

"他不止冒着被诅革的风险。他——"

我摆手让他别说了:"你知道我的意思。现在不是来凯斐多赫列斯那套的时候。"

杰斯里的目光凝视着我左肩后方的某个地方。要是换了别人,肯定得被我这话噎得又尴尬又气愤。但他却没有,他一点也不在乎。我真嫉妒他!"我们知道,他需要用斯皮里摄录器来看它。"杰斯里说,"那就是裸眼不大能看到的东西。"

"用斯皮里摄录器是没法像记忆板那样做长时间曝光的。所以他得用另一种方式来看东西了。"我插了一句。

"自从星阵被关,他也就只能站在葡萄园里,冻着屁股,用斯皮里摄录器瞄着北极星,等着看有什么东西闪过去。"

"如果有东西出现的话,就会从探视镜里飞快地划过。"我说,我们现在在互相补充对方的句子,"但那又如何?他能发现什么呢?"

"时间。"杰斯里说,"他能知道那东西闪过去的时间。"他的目光移到了桌面上,就好像那是敖罗洛的斯皮里似的。"他可以把时间记下来。九十分钟后他还会再次看到它。他会看见同一只鸟再次飞过北极。"利奥管卫星叫鸟——这是他从书上学来的军用俚语,我们也都跟着他用起了这个说法。

"听上去简直就跟盯着钟表上的时针一样无聊。"我说。

"好吧,但你要记住,鸟可不止一只。"他说。

"我不是要记住——而是已经看了它们整整一个下午了!"我提醒道。

但杰斯里正沉浸在自己的思路中,没工夫理会我和我的懊恼。"它们的轨道高度不可能相同。"他说,"肯定有高有低,轨道高的转一周花掉的时间就得更长。不是九十分钟,而是九十一或者一百零三分钟。通过给这些轨道计时,通过足够的观测,敖罗洛就能编出——"

"一份普查表。"我说,"一份北极上空所有鸟的清单。"

"一旦他掌握了这个,不管那里发生什么变化,有什么不正常的,他都能发现。但必须是在他完成这个普查表以后,按你说的——"

"他一直是在黑暗中摸索,而且用了不止一种方法,不是吗?"我说,"他能看见鸟飞过北极,但却无法知道那是哪一只鸟,除非那只鸟有什么不同寻常

的地方。"

"所以如果我们真的要按他的足迹前进，"杰斯里说，"你的第一个目标就应该是编出这么一份统计表来。"

"这对我来说比对敖罗洛容易多了。"我说，"只要看着记忆板上的条纹，就能看出来有些间距比更宽，那些饼切得比别的块儿大。那些肯定就是飞得高的鸟。"

"一旦看惯了这些图像，根据它们的总体外观你就能注意到异常之处。"杰斯里推测。

这话说得可真容易，反正不是他来干！

说到最后，他显得有点儿疲惫和厌倦了。他不再看人的眼睛，目光在饭厅里游移起来，好像在搜寻着什么更有意思的人——但过后他还是把注意力移回到我的身上。"换个话题吧。"他说。

"赞成。说出你的题目。"我回应道。不知他有没有听出我在开他的玩笑，但他什么都没表露出来。

"帕弗拉贡修士。"

"那个被召唤的百年士？"

"是的。"

"敖罗洛的师父？"

"是的。根据秤杆法则，他的召唤和敖罗洛的麻烦必有关联。"

"有道理。"我说，"我猜我想得跟你差不多。"

"一般来说，无论如何，我们在下次佰岁纪大隙节前是没法了解一位百年士在研究什么的。但在帕弗拉贡二十二年前进入上迷园之前，他写过一些论文，后来在 3670 年的旬岁纪大隙节期间被邮递到了外面。二十年后，也就是几个月前的大隙节，我们图书馆又按惯例收到了寄给旬岁纪马特的邮包。所以我就把那些东西都看了一遍，想看看有没有跟帕弗拉贡的研究有关的。"

"看起来够迂回的。"我指出，"但我们这儿已经有了帕弗拉贡的全套作品了，不是吗？"

"是呀。但那并不是我要找的。"杰斯里说，"我更想知道的是，是什么人在外面关注着帕弗拉贡；是谁读了他 3670 年邮出去的著作，并对他的思想感兴趣？因为——"

我明白了，说道："因为世俗世界肯定有什么人说了'帕弗拉贡是我们的人——把他拉出来，带到我们这儿来！'"

"没错。"

"那你发现了什么？"

"哦，是这样。"杰斯里说，"原来帕弗拉贡同时拥有双重职业。"

"什么意思，是副业吗？"

"可以说他的副业是哲学——理而上学。普洛克派甚至会说这是宗教。一方面，他是个正当的宇宙学家，做着跟敖罗洛一样的工作。但他在业余时间会思考一些大问题，并把它们写下来——于是才被外面的人注意到。"

"什么样的问题？"

"我现在不想说那个。"杰斯里说。

"哦，见鬼——"

他举起一只手稳住了我："你自己读吧！我对那没兴趣。我只想知道是谁选中了他，还有为什么。宇宙学家多的是，对吧？"

"肯定的。"

"所以如果说他是被召唤去回答什么宇宙学问题的，你又得问了——"

"为什么专门挑他？"

"对呀。研究宇宙学的人很多，但研究他感兴趣的理而上学的人却很少。"

"我明白你的想法了。"我说，"秤杆法则告诉我们，他被召唤为的就是理而上学——而非宇宙学。"

"是的。"杰斯里说，"况且关注帕弗拉贡的理而上学的人并不太多，至少从3680 年到 3690 年寄来的信件来看并不多。不过巴里托有个修女，名字叫阿库洛阿，看起来的确很崇拜他。关于帕弗拉贡的研究，她已经写了两本书了。"

"十年士还是——"

"不，这就是问题所在。她是个独岁纪士，一口气当了三十四年。"

那她是个教师吧，毕竟也没有别的理由可以让人在一所独岁纪马特里待这么多年了。

"新伊文内德里克会士。"杰斯里说道，我还没问他就答了。

"我对这个修会知之甚少。"

"好吧，还记得敖罗洛给我们讲的吗？髻伊文内德里克在他的生涯后期研究了一些截然不同的东西。"

"实际上，我想是阿尔西巴尔特给我们讲的，不过——"

杰斯里对我的纠正不置可否："新伊文内德里克会士感兴趣的就是那种东西。"

"好吧，"我说，"所以你认为是阿库洛阿修女告发了帕弗拉贡？"

"不可能。她是个哲学教师，一年士……"

"是呀，但却是三大院的一年士！"

"那就是我要说的，"杰斯里有点儿焦躁地说，"世俗界很多大人物年轻时都进过三大院，待上几年后才出去开展自己的职业生涯。"

"你是不是认为这位修女在十年或者十五年前有个弟子，后来成了大佬？阿库洛阿给那位弟子讲了关于帕弗拉贡修士的一切，告诉他帕弗拉贡是多么伟大、多么睿智。而现在，出了一些事情——"

"出了些事情，"杰斯里肯定地点了点头，"让这位前弟子说'帕弗拉贡就是最后一根稻草了，没有他在我们就完啦'！"

"但会是什么事情呢？"

杰斯里耸耸肩："问题就在这里，不是吗？"

"也许我们能通过调查帕弗拉贡的著作找到点线索。"

"显然是的。"杰斯里说，"但有困难，因为阿尔西巴尔特在用它们给你打暗号。"

我想了半天才明白过来："飘窗窗台上的那摞书——"

杰斯里点了点头："阿尔西巴尔特把帕弗拉贡写的所有东西都拿到沙孚宗产去了。"

我笑了："那关于阿库洛阿修女呢？"

"图莉亚正要读她的著作，"杰斯里说，"看看能不能弄清她是否有什么弟子会跟这件事沾边儿。"

【钟鸣谷】　❶一座山谷，以溪流众多著称，这些溪流源自山上的冰川融水，顺崖壁流下时发出的乐音会让人联想到钟鸣之声。也叫作溪流谷或千溪谷（用于诗歌）。❷改元 17 年建于钟鸣谷的一座马特，专注于武术和相关问题的研究与发展（见谷术）。

【谷术】　❶在新奥尔特语中，是一个综合性术语，涉及武装与非武装的武术、军事史、战略和战术。在马特世界，这些事物均与钟鸣谷的阿佛特人密切相关，自改元 17 年钟鸣谷马特建立以来，他们便开始专攻这类话题。

注：在弗卢克语的通俗口语中，这个词有时简称为"谷"，不过要注意这种变体强调的是谷术中的武术，并不包括更为学术性和官僚化的内容。在墙外，"谷"是一种娱乐类型，也是一种门派（喜爱这项活动的世俗人建立的组织，他们不仅观看谷术，也亲自操练谷术）。

——《词典》，第四版，改元 3000 年

地洞里的工作让我忽视了身边发生的一切。现在杰斯里让我了解到，兄弟姐妹们都是如此用功，这又让我怀疑起了自己在记忆板上付出的努力。这块板存下了整整十七个晴朗的夜晚。熟练以后，我只用半个小时就能做出一个夜晚的长期曝光图像。接下来再用半个小时和一只量角规，我就能量出所有条纹之间的夹角。如杰斯里所料，有些鸟的轨道夹角略大于其他的鸟，说明它们的轨道周期更长，但同一只鸟在每个夜晚的所有轨道夹角都是一样的。所以在某种意义上，只需观测一个夜晚就能粗算出普查表了。不过我还是把十七个晴朗夜晚的图像都测了一遍，只是为了滴水不漏，但坦白地说，我也不知道接下去还能干些什么了。每次有机会下到那间地下室，我都能匆匆测完一夜或两夜的图

像，但这种机会不是每天都有。

我完成这项工作大约花掉了三个星期，页子树都发芽了，鸟儿也飞向了北方。修士修女们开始在地纽上戳来戳去，争论着应当在什么时候播种。"蛮族"野草的部落开始在河岸上集结，准备入侵肥沃的"特兰尼亚平原"。阿尔西巴尔特的帕弗拉页已经读了三分之二。再有几天就是春分了，大隙节开幕时还是秋分的清晨——一晃就是半年！不明白这段时间都去了哪里。

和前面的千万个年头去了同一个地方，是的，我把它花在了工作上。我的工作是秘密的，被禁止的，还有可能给我带来遣退，但这有什么关系？集修院可不在乎这些。也许有些人很在乎吧。但集修院就是让阿佛特人耗费毕生时间研究这些事业的地方。而且现在我有了一项事业，就以一种前所未有的方式成了集修院的一员，这个地方对我来说也就成了对的地方。

考虑到阿尔西巴尔特、杰斯里和图莉亚都在专心忙着其他的事情，我就没把萨曼的事儿告诉他俩。我把这个话题留给了利奥。我们在草地上诱导星星花沿特定方向生长的时候，我把这件事告诉了他。之所以告诉利奥，也是因为他是那种不论想到什么都会立刻去做的人。

对于失去敖罗洛这件事，我俩的反应截然不同。我把报仇的念头藏在了心底。而利奥则不同，他越来越迷醉于各种奇怪的变种谷术了。两周前，他曾试着让我对把谷产生兴趣，我猜他是受了狄亚克斯驱赶迷信狂的启发。我以不想得血液传染病为由婉言拒绝了——用把子当武器会给人造成大量的穿刺伤。上周他又开始热衷于铲谷，我们又花了很多工夫在岸边的岩石上磨铲子。

有一天，他又一次带着我下到河边，我以为他又要干这种事儿了。但他带我走得比平时更远，还一直不断地回头看着。当弟子的时候，这种偷偷摸摸的探险对我来说简直是家常便饭，我知道他是在查看秩序督察窗口的视线范围。昔日的习惯复苏，我沉默了下来，从一个隐蔽处移到另一个隐蔽处，最后来到河流拐弯的地方，在这个地方，河岸形成了一块可以遮挡视线的突崖。所幸此刻没人在这儿谈情说爱，况且这种地方也不适合谈情说爱：一地烂泥，好多虫子，很可能还会被泛舟游河的阿佛特人打搅。

这时，利奥转过脸来看着我，弄得我以为他要跟我调情。

但没有，毕竟这是利奥。

"我想让你揍我的脸。"他说，说的就像是让我给他挠挠背似的。

"时刻梦寐以求，"我说，"可你怎么会想要挨揍？"

"几百年来，肉搏一直是军事训练的常用元素。"他像对弟子讲课一样对我说，"很久以前人们就发现，不论受多少训练，新兵在第一次被揍脸的时候都会把学到的东西全部忘光。"

"你的意思是一生中的第一次？"

"是啊。在吵个架都会遭人白眼的和平盛世，这是一个普遍的问题。"

"没被揍过脸也是问题？"

"是的，"利奥说，"如果你在战场上跟想要杀你的敌人短兵相接时，这就是个问题了。"

"但是利奥，"我说，"你已经被揍过脸了，就在大隙节的时候。你还记得吗？"

"是的，"他说，"我已经试着从那次经验中吸取教训了。"

"那你为什么又让我揍你的脸？"

"看看我是不是学成了。"

"为什么是我？为什么不是杰斯里？他看起来更在行。"

"问题就在这儿。"

"我明白你的意思了。那为什么不是阿尔西巴尔特？"

"他不仅不会真动手，还会抱怨手疼的。"

"如果你带着一张开了花的脸去吃饭，该怎么跟别人解释呢？"

"我在与坏人坏事做斗争。"

"换一个借口吧。"

"我在练习跌倒，着地姿势不对。"

"可要是我不想弄伤自己的手呢？"

他微笑着拿出一双厚厚的皮手套。我戴上它们的时候，他建议说："要是你担心受伤，在关节的地方塞点破布就成。"

塔穆拉祖修女和伊尔玛祖修女坐着一条平底船从旁边经过。我们便假装拔起草来，直到她们划出我们的视野。

"好啦。"利奥说，"我的目标就是把你一击撂倒——"

"噢，你现在才告诉我！"

"咱们不早都来过一百多遍了吗？"他说，好像这样就能让我放心似的。"这就是咱们来这儿的原因。"他跺着河岸边湿润的沙子，"地是软的。"

"为什么——？"

"如果用手挡了脸，就没法实现我的目标了。"

"明白了。"

他突然扑过来把我撂倒了。"你输了。"他起身的时候宣布。

"好吧。"我叹了口气，也站了起来。他立刻转身再次把我撂倒了。我闹着玩儿似的照他脑袋给了一下子，可惜动作慢了，他还是把我撂倒了，不过没有刚才那么容易了。我觉得好像脑袋瓜里每一条肌肉都绷紧了。他刚才把一只脏手按在了我的脸上，狠狠推了一把才站稳脚步。这个信息很明确。

下一拳是真打的，可惜我脚跟还没站稳，打得不够狠。他的体位也太低了。

这招过后，我压低了重心，双脚稳稳地站在泥里，从胯到拳撑足了力道，一拳正中他的颧骨——然后被撂倒。"好！"他呻吟着从我身上爬了下去，"看来你真的能让我速度变慢——这就是重点，记得吗？"

这套动作估计又重复了十几回。我受的伤比他重多了，已经忘了我们这是要干吗了。我顶多只能让他暂时往后退上一大步，但他终究还是会把我撂倒。

"咱们比画了多久了？"我躺在泥里，躺在一个伊拉斯玛形的坑里问道。只要我不起来，他就没法再撂倒我。

他双手掬起一大捧水泼在脸上，洗了洗鼻孔和眉头淌出的血。"这就够了。"他说，"我想学的已经学到了。"

"学到什么了？"我斗胆坐了起来问。

"自从大隙节那顿以后，我已经适应了挨打。"

"废了这么大劲儿就为了得到这样一个消极的结果？"我叫着跪了起来。

"如果你要这么想……"他说着掬起了更多的水。

机不可失时不再来——我一骨碌站起身，一脚踹在了他的背上，他一头扎进了河里。

后来，等利奥的理智终于恢复到相对正常的水平，开始专心磨起铲子的时候，我才将话题拉回到记忆板里看到的东西：主要是萨曼在中午的活动。

我已经不再为自己被发现的事情发愁了，现在想到的是另一个问题：为什么发现防尘套的和去机械厅找珂尔德的是同一个伊塔人呢？只是巧合吗？我思忖着，要么这只是个巧合，要么萨曼就是负责执行重要任务和星阵相关事宜的高阶伊塔人。不过猜也是白猜。

"这个伊塔人有没有试着跟你交流？"利奥肿着嘴唇问道。

"你是说，比如，半夜溜进马特来给我递纸条？"

利奥正了正身子，这是他被问题难住时的一贯表现。铲子也在石头上停了下来，好一会儿他才回过味儿来。"不，我不是说在现实里。"他说，"我的意思是，在记忆板上——你知道的。"

"没有，癞痢头，得承认我连想都没想过——"

"要论监视的话，可没人比他们更懂行了。"利奥指出。

"你要是承认堑帕塔嘉的说法，那就肯定是了。"

看到我连这个都不信，利奥似乎对我的幼稚感到了失望。他又回过头接着磨起铲子。那声音真让我牙根发酸，但我想，要是有间谍在偷听的话，他肯定也被折磨得够呛。

眼看我在集修院的地位就要降格为受庇护的幼稚分子了，我说："好吧，回答我。如果我们完全处于他们的监视之下，那我和这块记忆板的事儿他们也该知道得一清二楚了，对吧？"

"噢，对，你应该这么想。"

"那怎么什么都没发生呢？"我问他，"斯佩里空和特蕾斯塔纳斯可不像是会对我手软的样子。"

"这我倒不意外。"他坚持道，"我不觉得有什么可奇怪的。"

"你是怎么想的？"

他半天没说话，时间长得都够他当场编出个理由来了。他把磨铲子的石头浸到河里。"伊塔人不可能把他们知道的一切都告诉秩序督查。他们的情报那么多，特蕾斯塔纳斯要想都听完，得把全天的工夫都搭在陪伊塔人上。哪些事儿说，哪些事儿不说，伊塔人肯定有自己的选择。"

顺着利奥的话想下去，可以想出各种有趣的情节，够我想上好半天的。但我可不想一直张着嘴巴傻站着，于是便弯下腰拎了把铲子。它已经锋利得不能再锋利了。我东张西望地寻找着需要铲掉的鹿砦莓，不一会儿就找到一株，一铲子挖了下去，利奥也跟着干了起来。

"那伊塔人的责任可就大了。"我边说边提起铲子往下一杵，铲在了鹿砦莓藤的根部。藤条一下子倒掉了好几根，太过瘾了。

"前提是他们得跟我们一样聪明。"利奥说，"好吧。他们靠操作复杂的句法机为生。他们创造了大阁。没有人比他们更懂得知识就是力量了。只要在什么该说什么不该说上动动脑筋，他们还不是要风得风要雨得雨？"

我边琢磨他的话，边放倒了整整一平方码的鹿砦莓。

"你是说，在我们不知道的地方，伊塔人和戒尊之间也有一整套的政治世界？"

"肯定是，否则他们就不是人。"利奥说。

接着他便使出了超循环题法：用一种问题已经解决了的口吻，以胜利者的姿态转换了话题。"那么回到我刚才的问题：萨曼有没有在记忆板上做些别的事情向你传递过信息？或者至少暗示他知道自己的影像被录下来了？"他把磨铲子的石头丢进了河里。

应对超循环题法的正确方式是：嘿，别那么快！但利奥这个问题实在是有趣，我也就不想小题大做了。又兴味盎然地铲了一会儿鹿砦莓，我才不得已地承认："不知道。不过我算腻了饼切痕了，也不知道还有什么可算的了，好吧，我会看看的。"

但那之后差不多一个星期我都没去成地下室。集修院在准备春分的庆祝活动，我得排练堼咏；野草战争有了进展，我得为它画图；我还得种自己的地纽。而等我空闲的时候，沙孚宗产似乎又总有其他人在。这个地方竟然火了起来。

一天下午，我正帮着阿尔西巴尔特往木工房里搬蜂窝框子，他就跟我抱怨了起来："尊你所愿，我邀请了所有人使用宗产，现在他们真来了，我都没法在那儿工作了。"

"我也一样啊。"我指出。

"现在还得干这个。"他抄起了一把灰铲，但我敢肯定他该拿的不是这个，而他还在漫不经心地挑选着给框子打补丁的材料，"惨了！"

"你会干木工活吗？"我问。

"不会。"他承认了。

"帕弗拉贡修士的理而上学怎么样了？"

"关于那个，我已经知道了一些事儿。"他说，"此外，我想这也是敖罗洛想让我们学习的。"

"怎么会？"

"还记得我们最后一次跟他对话吗？"

"粉色毒屁龙。当然。"

"在我们把它诉诸笔端之前肯定得换个更庄重点的名字。"阿尔西巴尔特做了个鬼脸，"不过，我相信敖罗洛是鼓励我们去思考他师父的一些重要思想。"

"奇怪的是他当时并没有提到帕弗拉贡。"我指出，"我记得他提到了墼伊文内德里克的晚期著作，但——"

"一环扣一环。我们早晚能找到通往帕弗拉贡的道路。"

"看来你已经找着了？"我说，"那是什么？"这问题看起来名正言顺，但阿尔西巴尔特却畏缩了。

"会让普洛克派恨我们的东西。"

"比如叙莱亚理学世界？"我问。

"他们是那么叫的，但那是为了间接证明我们的幼稚。不过最晚从普洛塔斯开始，HTW 的思想就已经发展成为理而上学了。所以可以说，要用经典普洛特主义的眼光去看帕弗拉贡思想，就像是一个掰着手指头算算术的人看现代群论。"

"但它们还是有关联的？"

"当然。"

"我在想那次跟检察官的谈话。"

"瓦拉克斯？"

"是的。不知道他会不会对这个话题感兴趣——"

"纠正一下，他感兴趣的是我们是否对它感兴趣。"阿尔西巴尔特指出。

"是的，正是——如果他感兴趣，就能证明假想的阿库洛阿的重要弟子是存在的了。"

"我想咱们应该先等图莉亚修女找到此人确实存在的证据，然后再对这位假想弟子进行审慎的推测。"阿尔西巴尔特说，"否则所有的推测都通不过耙子法则。"

"好吧，能不能给我点线索，"我说，"不用把你知道的全讲一遍了，就说说为什么世俗世界会有人觉得帕弗拉贡的研究有重要的实际意义呢？"

"可以啊，假如你愿意帮我修修这个蜂巢的话。"

"你知道原子对撞机、粒子加速器吗？"

"当然。"我说，"都是践行时代的设备，庞大而且昂贵，是用来验证基本粒子及其力学理论的。"

"是的。"阿尔西巴尔特说，"如果某种理论是你不能验证的，那它就不是理学，而是理而上学，是哲学的一个分支。所以，如果你想接受这种思维方式，那我们的实验设备就成了划分理学与理而上学界限的工具。"

失落的星阵
Anathem

"哇喔。"我说，"我敢打赌，哲学家准得把你这种思维方式臭骂一顿。这就好像是说，哲学什么都不是，只是糟糕的理学而已。"

"会有一些理学家这样讲。"阿尔西巴尔特认可道，"但那些人讲的实际上并不是哲学家定义的哲学。他们讲的是超过现有设备能证明的理学边界的理学研究。就因为他们管这叫哲学或理而上学，哲学家都被逼疯了。"

"你说的都是什么东西啊？"

"好吧，他们是在推测今后的理论会是什么样子。他们在发展这种理论，还试图用这种理论制造出可被验证的预言。在晚期践行时代，这通常意味着建造一台更大更昂贵的粒子加速器。"

"然后便发生了大灾厄。"我说。

"是的，从那以后理学家就再也没有昂贵的玩具了。"阿尔西巴尔特说，"但有没有加速器是不是真那么重要呢？谁也说不清。当年为了建造那些最大的机器，他们几乎已经把能在这个星球上弄到的钱全花光了。"

"我以前还真不知道这些，"我说，"总以为外面的金钱是取之不尽用之不竭的。"

"那也有可能，"阿尔西巴尔特说，"但大部分金钱都被花在色情读物、糖水和炸弹上了，能搜刮出来造粒子加速器的就只有那么多。"

"所以即便没有大改组，宇宙学可能也会出现转折点。"

"在那以前转折就已经发生了，"阿尔西巴尔特说，"在践行时代快结束的时候，理学者们面临的现实情况就是：在他们的有生之年，已经造不出能够验证他们毕生所学的机器了。"

"所以那些理学者才迫不得已去观测宇宙寻求入信了？"

"是的。"阿尔西巴尔特说，"与此同时我们也还有像帕弗拉贡修士这样的人。"

"意思是既是理学者也是哲学家的人？"

他思索着。

"根据你的要求，我也不想把帕弗拉贡的研究内容一股脑儿堆给你，"他发现我正看着他，便解释道，"可要想言简意赅地说明白，我还得加把劲儿再想想。"

"这才公平嘛。"我挥了挥手里的横锯说。

"你可以把帕弗拉贡想成伊文内德里克那种人的后辈，或许敖罗洛也是。"

"理学终结后转向哲学的理学者。"我说。

"不是终结，是停顿，"阿尔西巴尔特纠正我说，"等堃本约这样的地方有了研究成果就会继续。"

堃本约是一座仟岁纪马特，建址地下两哩深处有一座空盐矿。那里的人在完全黑暗的地方安置了一大排晶体粒子探测器，由修士和修女轮流盯着，看这些设备什么时候发出闪光。他们每一千年发表一次观测成果。第一次发表时，他们曾非常肯定地表示，机器曾在三个不同的时间出现闪光，但自那之后就再也没有任何成果了。

"所以，等结果的时候，他们便沾惹起伊文内德里克这种探到理学边界的人的思想了？"

"是的。"阿尔西巴尔特说，"这种思想数量众多，就在大改组前后，围绕着多重宇宙的主题，出现了各种各样的思想。"

"我们的宇宙不是唯一一个宇宙的思想？"

"是的。帕弗拉贡在不研究这个宇宙的时候写的就是那些东西。"

"现在我有点儿糊涂了。"我说，"因为你刚刚还说他研究的是 HTW。"

"好吧，你可以想想普洛特主义，就是那种相信存在另一个纯理学形式的现实的思想，你可以把它想成最早、最简单的多重宇宙论。"他指出。

"因为他们相信存在两个宇宙，"我试着继续，"一个是我们的宇宙，一个是等腰三角形的宇宙。"

"是的。"

"但我听说的多重宇宙论，就是大改组前后的那些，可完全是另一码事啊。在那些理论中，有多个与我们彼此独立的宇宙，但这些宇宙都是相似的。那里充满了物质、能量和场。这些东西总在变化，并不是永恒不变的三角形。"

"并不总像你想的那样，"阿尔西巴尔特说，"帕弗拉贡遵循的那一派传统，相信经典普洛特主义不过是另一种多重宇宙论。"

"你怎么可能——"

"我要是不把所有东西都告诉你，就没法讲出要点。"阿尔西巴尔特举起了他那双胖手，"照我的理解，他相信某种形式的叙莱亚理学世界，还有就是存在其他的多个宇宙。那些就是阿库洛阿修女的兴趣所在。"

"所以，如果假设阿库洛阿的重要弟子真的存在……"我说。

"……因为多重宇宙不知怎的成了热点话题，所以这个弟子才召唤了帕弗拉贡。"

"我们也可以猜想，正是让多重宇宙论热起来的事件导致了星阵的关闭。"

阿尔西巴尔特耸耸肩。

"好吧，可能会是什么事件呢？"

他又耸了耸肩："那是你和杰斯里的事儿。不过也别忘了，可能只是大佬弄错了。"

终于有一天我得了机会，进到沙孚宗产的地下室里，花了三个小时观看萨曼吃午饭。他几乎每天都去，但有时早有时晚。如果天气好，时间又合适，他就会坐在小尖塔上，把吃的东西摆在一小块布上，边吃边欣赏风景。有时他还会读点书。我看不出他吃的是什么美味佳肴，但看上去比我们的午饭好多了。有的时候，如果风从东北边刮过来，我们也能闻到伊塔人做饭的香味——每一次都像是在奚落我们。

"有结果啦！"又一次跟利奥在草地单独碰面的时候，我冲他喊道，"有眉目了。"

"是吗？"

"你是对的，我想。"

"什么是对的？"时间太久，他已经忘了我们先前谈到萨曼了，我只好给他提了个醒。他这才想了起来。"哇噢，"他说，"这可是个大新闻。"

"可能吧。我还没太弄明白呢。"我说。

"他干了什么？在镜头前举出符号了？还是用了符号语言？"

"萨曼可比这聪明多了。"我说。

"什么呀？听起来就像在说你的老朋友似的。"

"看到现在，我几乎真觉得他是我的老朋友了。我们一块儿吃了那么多顿午饭。"

"那他是怎么跟你说话的？"

"头六十八天里，他干的事儿的确很无聊。"我说，"不过第六十九天就有情况了。"

"第六十九天？这对我们其他人有什么意义吗？"

"噢，那天是在冬至后两周左右，也是敖罗洛被遣退的九天前。"

"好吧。那萨曼在第六十九天干什么了？"

"哦，一般来说，他上到塔顶的时候，会先从肩膀上解下背包，把它挂在矮护墙的柱头上；然后开始擦镜头，擦完镜头就坐在一呎来宽的护墙墙头上，从包里把午餐从拿出来，在那儿吃饭。"

"好吧。那第六十九天又发生了什么呢？"

"那天他不仅背了背包，还在一条胳膊底下夹了个像书一样的东西。他先把那东西放在护墙头上，才依次干起了平常的那些事。"

"所以那件东西暴露在了克莱斯提拉之眼的视野里？"

"没错。"

"你能放大了看吗？"

"当然。"

"你看得见书的标题吗？"

"我发现那根本不是一本书，利奥。那是另一个防尘套，就和第一天萨曼在塔上发现的那个一样。只不过这个更大更沉，因为它装的是——"

"另一块记忆板！"利奥叫道，然后闭上嘴琢磨了起来，"我想知道这意味着什么。"

"好吧，我们只能猜他是在星阵上别的地方捡到的。"

"他没把那东西留在那儿吧，我猜。"

"没，他吃完饭就把它带走了。"

"我想知道他为什么选在那天去劫一块记忆板。"

"哦，我想，斯佩里空修士对敖罗洛的调查，就是在第六十九天前后开始发力的。现在你可能还记得，我在第七十八天趁着诅革的时候溜上去，检查了M&M——"

"发现是空的，"利奥点着头说，"所以，第六十九天，斯佩里空可能给萨曼下了命令，让他去拿敖罗洛落在 M&M 里的记忆板。萨曼也照办了。但斯佩里空还不知道你放在卡莱斯提拉之眼里的那块，所以就没让他拿那个。"

"可萨曼知道。"我提醒他说，"他第二天就发现了。"

"而且还故意没告诉斯佩里空。但在第六十九天，他却没想隐瞒自己拿了敖罗洛记忆板的事实。"利奥摇着头，"我不明白。为什么他要冒险让你知道这些？"

我举起了双手。"也许对他来说这种事儿没那么危险吧。他已经是个伊塔人了。他们还能拿他怎样？"

"说得好。他们不可能像我们那么怕秩序督察。"

一提我们怕秩序督查这事儿就让我上火，但想到自己最近偷偷摸摸的行径，

我也无可争辩。

我意识到，自己已经好多了，已经开始从失去敖罗洛修士的打击中缓过来了，已经开始忘记曾是多么悲伤、多么愤怒了。而利奥提到秩序督察的时候，又提醒了我。

总之，这下子我俩都沉默了下来，我想着我的心事，利奥则消化着我说的那些。我们实实在在地干了好一会儿活儿，还真干出了一番成绩——我指的是野草。

"好吧，"他终于开了口，"那后来又发生了什么？"

"第七十天，阴天。第七十一天，下雪。第七十二天，下雪。因为镜头被盖住了，所以什么都看不见。第七十三天是个大晴天，萨曼上来的时候雪已经化得差不多了。他又做了例行的打扫，还吃了午饭。但那天他戴了副护目镜。"

"像太阳镜那样的？"

"更大更厚。"

"像登山者用的？"

"我一开始也是那么想的。"我说，"但实际上我把第七十三天看了好几遍才看明白。"

"看明白什么？"利奥问，"天色很亮，又有雪，他就戴了深色护目镜呗。"

"的确是深色的，"我说，"我不觉得那是户外运动者用的普通护目镜。我以前见过那副护目镜，利奥。大隙节的时候，我在机械厅见到珂尔德和萨曼的时候，他们就带着那东西，保护眼睛不受电弧伤害。电弧的光可跟太阳一样亮。"

"但为什么萨曼突然开始戴这个去擦镜头了？"

"他擦镜头的时候其实并没戴上，那时候护目镜是挂在他脖子的。"我说，"他擦完镜头才戴的，戴上后又跟平常一样吃起午饭。但他吃东西的时候，始终直勾勾地盯着太阳。萨曼在观察太阳。"

"而他在第六十九天以前从来没这么干过？"

"没，从来没有。"

"所以你觉得他发现了什么——？"

"也许是从敖罗洛修士的记忆板里看到的？"我说，"或者是斯佩里空跟他说了什么？或者是通过大闼从其他集修院的伊塔人那儿打听来的小道消息？"

"可为什么要观察太阳？跟你一直看的完全不沾边嘛，不是吗？"

"完全不沾边，但肯定有用。这是个大大的暗示——萨曼的礼物。"

"那你也开始看太阳了吗？"

"我没有护目镜呀，"我提醒他说，"但我的记忆板上有二十多个晴朗的白天。所以从明天起，我起码可以先看看三四个月前太阳到底怎么了。"

【三大院】 垩蒙科斯特、垩特雷德加和垩巴里托集修院，这三座集修院不仅地理位置靠近，还有很多其他的相同点，比如它们都建立于改元 0 年，人口较多，获得的捐助较高，且因昔日的成就而享有较高的地位。

——《词典》，第四版，改元 3000 年

第二天一早的理学课后，杰斯里、图莉亚和我跑了出来，到草地上去谈话。这是今年第一个真正春意盎然的日子，所有人都在户外溜达着，所以我们在这儿说话也不会太惹眼。

"我想我发现了阿库洛阿的重要弟子。"图莉亚宣布。

"你说的是假想的阿库洛阿重要弟子。"杰斯里纠正道。

"不，"我说，"如果图莉亚已经发现了这么个人，那就不再是假想的了。"

"我错啦。"杰斯里说，"那个重要的弟子是谁呢？"

"伊葛涅莎·佛拉尔。"图莉亚说。

"这个姓氏听起来并不怎么耳熟啊。"杰斯里说。

"这个家族几百年来一直很富有，就世俗标准而言是个名门望族。他们与马特世界关联甚密，尤其是跟巴里托。"

垩巴里托是座临海的集修院，它的附近有一处绝佳的大型港湾，在海面水位正常、没有冰封且入海的河流没有断流或分流的时候，那里便会繁忙如织。自大改组以来，巴里托集修院大约有三分之一的时间处于大城市的包围之中，所以它也以城市化和世俗性著称，和许多大家族都有牵连，其中就有佛拉尔家族。普洛克派在巴里托很有势力，在那里的独岁纪马特培养过许多世俗青年，这些人后来都进入了法律界、政界和商界。

"关于她的事儿，我们能知道些什么？"杰斯里问道。

这个问题很妙。独岁纪大隙节是一年一度的，我们的独岁纪士每年都会趁着这个时候回顾前一年的世俗界新闻摘要。每到十年一度的旬岁纪大隙节前夕，他们又会把前十年的摘要选编成一本旬岁纪摘要集，并把它邮寄到我们的图书馆来。摘要集筛选新闻只有一个标准，就是被筛选时它是否仍显得有意思。这条标准几乎会筛掉世俗世界日常报纸上登载的所有新闻。杰斯里问的便是：伊葛涅莎·佛拉尔做什么登得上旬岁纪摘要集的事情。

"她在政府机构取得过重要的地位，曾是拥有最高权力的十几个人物之一，因为站到了天堂督察教的对立面，被天堂督察给除掉了。"

"被杀了？"

"没有。"

"被打入地牢了？"

"没有，只是被解雇了。我猜她现在换了一份工作，但仍有权力发动唤召，能够召唤帕弗拉贡这样的人。"

"那她是阿库洛阿修女的弟子吗？"

"伊葛涅莎·佛拉尔在巴里托的独岁纪马特度过了六年，写过一篇论文，比较了帕弗拉贡和另一个人的学说，那另一个人是……"

"是一个与帕弗拉贡相似的人。"杰斯里不耐烦地说。

"是的，几百年前的一个人。"

"这论文你读了吗？"

"我们没有复制件，也许再过十年就有了。我已经去了下迷园，通过铁栅栏塞条子发出请求了。"

巴里托的某些人——兴许是独岁纪马特的弟子，会把佛拉尔的论文抄下来寄给我们。但如果一本书很受欢迎，就算没人请求，弟子们也会把它抄下来，并将抄本传到其他的马特。

"你觉得有钱人家会不会有这本书的印刷本呢？"杰斯里说。

"这书太平庸了，大概不会有。"图莉亚说，"不过我知道它的题目，叫作《世界多元性：哈利康派多重宇宙理念比较研究》。"

"嗯。感觉我们好像成了普洛克派放大镜底下的臭虫了。"我说。

"巴里托就是受普洛克派主导的。"图莉亚提醒我，"她总不能给它起名叫《为何哈利康派比我们聪明这么多》吧。"等我想起图莉亚现在属于一所普洛克派修

会的时候已经太晚了。

"那她是对多重宇宙感兴趣了。"杰斯里说,总算没让话题演变成争吵,"到底发生了什么能从星阵上观测到的事情呢?这和多重宇宙又有什么关系?"除非知道答案,否则杰斯里不会问这种问题的。果然,他马上就补充道:"是太阳出了问题,我敢打赌。"

我本想嘲笑他一顿,但一想到萨曼也在看太阳,就忍住了。"有什么肉眼可见的东西吗?"

"太阳黑子,耀斑,它们能影响气候之类的。从践行时代起,大气层已经不能再保护我们免受某些东西的侵害了。"

"好吧,如果问题出在太阳上,那为什么敫罗洛要看北极呢?"

"极光。"杰斯里煞有介事地说道,"极光会与耀斑发生呼应。"

"可这段时间我们一次像样的极光也没见过呀。"图莉亚的脸上露出猫一样的狡黠。

"极光用裸眼就能看到。"杰斯里回应道,"我们这块记忆板不止能看极光,也能看日轮本身。"

"我发现,一知道里头有好东西,它就成了'我们的'记忆板了。"我指出。

"要是特蕾斯塔纳斯修女发现了,它就还是'你的'记忆板。"图莉亚说。我和她都笑了,但杰斯里却坚定地没有笑出来。

"说真的,"图莉亚接着说,"这个假说并不能解释帕弗拉贡为什么被召唤。任何一个宇宙学家都能看耀斑。"

"你是问耀斑和多重宇宙有什么关系?"杰斯里说。

"正是。"

"可能的确没有关系。"我猜道,"可能伊葛涅莎·佛拉尔只是想找个宇宙学家,碰巧想起了帕弗拉贡这个名字吧。"

"可能她被当作了异端,正在受迫害,他们想把帕弗拉贡也拉出去一块儿烧死。"杰斯里提出。但这些想法我们只讨论了一小会儿就放弃了,大家都觉得,帕弗拉贡被选中肯定有着更合理的原因。

"好吧,"杰斯里说,"古代理学家在思考恒星的时候,发现自己谈论的其实就是多重宇宙。他们思考的是恒星的形成和恒星内部发生的事情。"

"核之类物质的形成。"图莉亚说。

"不止如此,还有恒星灭亡时,那些核是怎么吹散到空间中形成行星和——"

"和我们。"我说。

"是的。"杰斯里说，"这就带来一个问题，为什么这些过程凑到一块儿就刚好产生了生命？这是个难解的问题。慕像者们会说，'啊，看，神造宇宙就是为了我们'。但多重宇宙给出的答案却是，'不，肯定有许多的宇宙，只有一些能够产生生命，而大部分则不能——我们看到的只是能让我们存在的这一个宇宙而已'。而阿库洛阿修女热衷研究的所有哲学问题也都是从这儿来的。"

"我想在你猜测太阳出问题的时候，我就看出你要说什么了。"我说，"如果现在观测太阳，或许会发现某些与我们原本了解的核理论和恒星理论相矛盾的新现象。或许从这儿就能引申到帕弗拉贡感兴趣的多重宇宙理论了。"

"更有可能是伊葛涅莎·佛拉尔误以为如此，所以才拉走了帕弗拉贡，现在正在支使着他做无用功呢。"杰斯里说。

"可我觉得她很聪明。"图莉亚提出了异议，但杰斯里充耳不闻，因为结论已经在他的脑子里形成了。他转向了我。"我想下去跟你一起看。"他说，"如果你有事儿，我自己去也行。"

我不喜欢这个主意，有一打反对的理由，却一个也说不出口，因为只要一说，我就成了一头想要独占记忆板的猪。"好啊。"我说。

"你确定这是个好主意吗？"图莉亚说——听起来她十分确定这不是个好主意。但没等他们吵起来，我们就看到艾拉修女从草地的另一头儿朝我们走了过来。"呜——呼——"杰斯里说。

艾拉修女的相貌与众不同，让我永远都捉摸不透；有时我会在课堂上或普洛维纳尔时不自觉地凝视着她，想要看清她的脸。她的头很圆，脖子很细，大隙节时她又剪了一头短发，更加突出了这个特点；打那之后，有个修女就一直帮她修剪这种发型了。她眼睛很大，鼻子精致，嘴很宽。她是个瘦骨嶙峋的小个子，而图莉亚则是中等身材。不过艾拉的外貌与灵魂倒真是配套。

她没有浪费时间打招呼。"这三个月来，伊拉斯玛修士已经当了八百场热烈讨论的核心人物喽。小心隔墙有耳。这种地方在上边和沙孚宗产都可以看得一清二楚。"她开始出招了，"不用费劲儿解释了，我知道你们这些家伙正在谋划一件事情，已经好几周了。"

我们全都呆立在了原地。我的心脏嗵嗵直跳。艾拉已经对着我们仨拉开了架势，那对探照灯似的眼睛在我们脸上扫来扫去。

"没错。"杰斯里说，"我们不会费那个劲儿的。"不过他也就说出这么一句来，接下来又是一段长长的沉默。我以为艾拉会怫然作色，要威胁把我们送进裁判所，然而她的脸却慢慢松弛了下来。有一瞬间，我想她要表露的可能是另外一种情感——一种我猜不出的情感。但她的表情旋即变得漠然而果决，转过身走开了。她刚走出几步，图莉亚便跟了上去，把我和杰斯里留在了原地。"真诡异。"杰斯里说。

我却不知该说些什么。艾拉加入新圈子的那天夜里，让我在补赎室里辗转难眠的凄凉感再次袭来。

"你觉得她会告发我们吗？"我问他。

我用的是一种半信半疑的腔调，意思是"你真的蠢到相信她会告发我们吗？"但杰斯里只听懂了字面的意思，他说："这是在秩序督察那里挣分儿的大好时机。"

"可她是趁周围没人的时候悄悄靠近我们的。"我指出。

"也许她是想跟咱们谈笔交易？"

"交易？我们有什么可卖的？！"我哼了一声。

杰斯里想了想，耸了耸肩："我们的身体？"

"你是故意的吧？就算你想开这种玩笑，怎么不说'我们的好感'呢？"

"因为我既不觉得我对她有好感，"杰斯里说，"也不觉得她对我有好感。"

"得了吧，她也没那么糟吧。"

"她那出丑剧才刚落幕，你怎么能说得出这种话呢？"

"也许她只是想要警告我们别那么明显呢？"

"好吧，她可能确实有这个意思。"杰斯里让了步，"那接下来咱们就别在大庭广众之下说话了。"

"你有更好的主意吗？"

"有啊。沙孚宗产的深层地下室，下次阿尔西巴尔特给我们发信号的时候。"

结果只过了四个小时，阿尔西巴尔特就发出了信号。一切都很顺利——表面上看不出任何问题。杰斯里和我分别在不同的地方看到了信号，都去了沙孚宗产。除了阿尔西巴尔特，那里一个人也没有。杰斯里便和我一起下去了。

但在其他方面，这次行动却从一开始就不大对头。我每次去沙孚宗产的时候，都会从页子树林后边迂回绕道前行，同一条路从不走两遍，而杰斯里过桥后却是径直走过去的。不过那天我的路线也没比他好到哪儿去，一路上我至少碰上了四拨人，都是出来踏青的人。在离宗产一箭之遥的地方，我又差点儿被裹在帛单里享受私情的塔丽修女和布兰奇修士绊倒。

终于进到屋里的时候，我都已经萌生了退意，但杰斯里却不想离开。阿尔西巴尔特也越来越紧张，不停地东张西望，眼光从门移到窗，又从窗移到门。但杰斯里终于说服了我，我们便一块儿下了地下室，挤进了我曾独自消磨了大把时光的小小空间。他的加入把一切都打乱了。我已经习惯了镜头造成的几何变形；但他还没有，他耗费了很多时间，不停地把各种东西缩小放大，看它们到底是什么模样。这跟我头几次做的毫无二致，但此刻却让我想要尖叫。他好像不明白——我们根本没时间干这个。当他碰到什么特别感兴趣的东西时，又会过分大声地说话。我们俩还都得出去小便；我还得告诉他，阿尔西巴尔特是怎么用那扇小门打出"没人"信号的。

差不多过了两三个小时，我们才真正开始观察起太阳来。在记忆板上，太阳的亮度和远方的恒星是一样的。记忆板只能发出有限的光亮，所以太阳看起来并不是一个致盲的热核反应大火球，而是个轮廓鲜明的圆盘——它当然是整块板上最亮的东西，但却不会亮到让你无法直视。如果把它放大，再把亮度调低，就能观察黑子了。我可看不出它们的数量是不是有什么异常，杰斯里也一样。把日轮变黑，观察周围的空间，我们也能看到耀斑，但仍旧是看不出什么异常。我们俩都不是这方面的专家。我们过去从来就没怎么关注过太阳，只把它看成是一颗又讨厌又任性的恒星，只恨它妨碍我们观测其他的星星。

我们浪费了整整一个下午，终于灰了心，开始相信关于萨曼和护目镜的假说是错的，在想要离开时，却发现楼梯顶上的那扇小门关上了——房子里还有别人，现在出去不安全。

我们等了半个小时还是如此。可能是阿尔西巴尔特误关了门？我悄悄爬上去，把耳朵贴在了门上。他正在跟什么人说话呢，他们的声音隐隐约约，但听得越久我就越肯定，那个人是艾拉修女。她跟踪我们到了这儿！

我下去汇报了这个消息，杰斯里说了一堆关于艾拉的坏话。又半个小时过去了，她还在。我俩都饿了。阿尔西巴尔特肯定已经陷入了困兽一般的恐惧之中。

显然，我们的秘密已经泄露了，或者马上就要泄露了，至少泄露给了一个人。我们蹲在黑暗之中，像两只困在陷阱里的耗子，有的是时间想清楚我们的下场。假装什么事儿都没有，接着看记忆板已经毫无意义了。又没别的可干，于是我们就用铺在地上的塑料布把记忆板包了起来，然后尽可能地找了个隐蔽的角落，

也就是阿尔西巴尔特挖到的最远处，用他的铲子挖了个四呎深的洞，把记忆板埋了下去。埋好以后，我们又用心地在上面盖了层土。然后我又爬了上去，把耳朵贴在门上听了听。这次没有说话声了，但门还关着。

"我想阿尔西巴尔特已经扔下我们吃晚饭去了。"我告诉杰斯里，"可我打赌她还没走。"

"在这种时候离开可不是她的性格。"杰斯里说。

"我说，这可是有史以来你对她的最高评价了。"

"你觉得我们该怎么办，拉兹？"

听见杰斯里征求我的意见，感觉还真是奇怪。这份荣幸，让我忍不住呲摸了半天才开口："要是她打算告发我们，我是铁定没跑儿了。可你还有机会，所以咱们得一块儿出去。你把脸蒙上，直接从后门溜出去。我靠近艾拉，跟她说话，这样就能分散她的注意力，你就有时间跑进黑暗里了。"

"就这样吧，说定了。"杰斯里说，"谢谢，拉兹。记住：如果她想要的是你的身体——"

"闭嘴。"

"好吧，行动吧。"杰斯里一边说一边掀起帛单蒙在了头上，但我看到他同时还摇了摇头，"你能相信吗？在这种地方能让人觉得刺激的也就只有这种事儿了。"

"说不定有一天你的愿望就会实现，世界上也会发生些大事儿的。"

"我想它可能就能实现我的愿望。"他边说边朝那间深层地下室点了点头，"不过到目前为止，还只有黑子而已。"

门开了，一道光突然照在了我们的脸上。

"你们好啊，小子们，"艾拉修女说，"迷路了吗？"

杰斯里用兜帽遮着头，她看不见他的脸。尽管出了这段小插曲，他还是决定按照计划行事。他蹿上台阶，从艾拉的身边冲了过去，直奔后门。我跟在他的后面，刚到艾拉修女面前，就听到大厅里发出砰的一声巨响。杰斯里趴在了门槛上，帛单都掀到了腰部以上，乱糟糟地堆在身上。

"躲也没用，杰斯里。不管到哪儿我都认得出你的微笑。"艾拉叫道。

杰斯里爬了起来，让帛单垂下来重新盖在屁股上，跑掉了。我的眼睛这才适应了光亮，看到艾拉在后门两边各放了一把椅子，把自己的弦索绑在门两边的椅子腿上，在齐脚踝的高度做成了一道绊脚索。因为少了弦索，她只能把帛单松垮地披在身上，用一条胳膊把它揽住。她转身走到门边，取回了那条弦索。

"阿尔西巴尔特一小时前就走了，"她说，"我想他光凭出汗就减掉了一半的体重。"

我可笑不出来，我知道，只要她愿意，也可以同样地把我和杰斯里损上一顿。

"舌头被猫吃了？"过了好一会儿她才问。

"还有多少人知道？"

"你是说，我告诉了多少人？还是有多少人自己猜出来了？"

"我猜……两者都算。"

"我谁都没告诉。至于另一个问题嘛，我猜只有和我一样对你如此关注的人才能猜出来，那也许就意味着……一个也没有。"

"你为什么要关注我？"

她眼珠一转："好问题。"

"你看，你想要什么，艾拉，你想要的是什么？"

"作为游戏规则之一，我没法告诉你。"

"如果是你想在秩序督察手下谋个高位，当她的门徒，那就去吧，去告诉她吧。我会趁着日出从日纪门滚出去，去找敖罗洛。"

她正往身上系着弦索，一听这话，突然变得像只泄了气的皮球，帛单也好像瞬间大了一倍。她双肩往下一塌，头也垂了下去，那双大眼睛合了好一会儿。这种时候，换作任何一个姑娘都会心灰意冷。

很难说清我的感觉有多么怪异。我的身子靠在墙上，脑袋往后重重地一撞，好像试着要逃离自己这身讨厌的、有罪的皮囊一般，但无处可逃。

她睁开了眼睛，眸中闪着泪光，一切都映在其中——和我一样对你如此关注的人，一个也没有。

她用轻得几乎听不见的声音说："你得洗个澡了。"

我一生中第一次真正明白了一语双关的意思。但艾拉已经走了。

【十一种】 禁止在墙内栽种的植物品种清单，遭禁的原因通常是其不良药效。《戒律》规定，一旦在马特内发现十一种中的品种，必须即刻连根拔除、烧毁，并将该事件载入《纪事》。最初由髡嘉尔塔斯制定的清单中只有三种植物，但近几百年来，随着阿尔布赫星的开发、新植物品种的发现，它们的数目也在不断增加。

——《词典》，第四版，改元 3000 年

要想洗掉刚才弄出的这片污糟，我恐怕只能把自己变成慕像者，踏上朝圣之旅，走遍天涯海角去找一口魔泉了。想到下个星期我将在马特里遭受的责难，朝圣的艰辛都成了愉快的享乐。艾拉跟谁都没说，她拉不下那个脸。但以图莉亚为首，所有的修女都看出了她的痛苦。到第二天早饭的时候，人们已经全都认定这是我的错了。我想知道这到底是怎么回事。我做过几种设想，第一种显然是大错特错了：我想艾拉会跑回去，冲进一间课室，对着一屋子惊愕的修女把这个故事讲出去；第二种设想是：有人看见她晚饭都没吃就一脸愁云惨雾地回了家，之后不久又看见我偷偷摸摸地往回走，由此才推出肯定是我对她干了什么坏事。但直到后来我才明白，真相简单得多：别人都看得出艾拉在关注着我，所以一旦艾拉难过，就只会是我干了坏事，至于干的是什么，无关紧要。

我一下子受到了马特里所有年轻女性的"遣退"。在我的眼里，所有女孩的脸上无时无刻不挂着惊恐的表情，因为她们在看到我的时候，已经只做得出这一种表情了。

随着时间推移，情况变得越来越糟。我情愿艾拉把我的所作所为写在纸上，钉在我的胸前，那反而不会像现在这么糟；人们越是对我干的事情一无所知，就越是疯狂地发挥想象。年轻的修女对我避之犹恐不及；年长的则在食堂里冲我横

眉竖眼：不管你干了什么，年轻人……我们都知道，反正是你的错。

接下来四天我都没碰见艾拉，按概率来说这是不可能的。这说明可能有其他修女在替她望风，监视我的动向，好告诉她别去哪里。

阿尔西巴尔特被吓得够呛，几乎三天都没怎么说过话，直到第三天晚餐时，他才浑身是泥地跑来对我耳语，说他已经把记忆板从我和杰斯里埋的（"太容易被找到的"）地方挖了出来，把它埋到一个好得多的（"安全可靠的"）地方了。

杰斯里和我都知道，要是一件东西阿尔西巴尔特觉得藏得安全可靠，别人就别指望能找到了。我们也只能先等他冷静下来。

我终于知道为什么一直看不到艾拉了：她和图莉亚把时间都花在大院堂了，她们在给吊钟做保养，在练习各种怪异的变奏调，在向准备给她们接班的小女孩们传授知识。

晴天越来越多了。我可以看到小尖塔的塔尖，有时还能瞧见萨曼吃着午饭，戴着护目镜定定地凝视太阳。杰斯里跟我讨论要不要把一块玻璃熏黑了，拿它来做同样的事儿，但我们都知道弄不好会瞎掉的。我甚至想过要翻墙出去，跑到机械厅去跟珂尔德借一个焊接面具来。但这也不能让我完全忘掉艾拉的问题。起初我以为这件事只是关乎我的名誉。但随着时间推移，我想得越来越多，事情的本质也就变得越来越清楚：人家向我敞开心灵的时候，我却在人家心里留下了一片污糟，现在它已经关闭了。我是唯一一个能清洁那片禁地的人；但要想做到这一点，我就得先进入那里。可我想不出该怎样做，特别是对于艾拉这样一个性情炽烈的人。

终于有一天，我在实施野草计划的时候突然想到，对于像她这样的人，也许单方面解除武装才会有效。和利奥一起在河岸边工作，让我能够接触到许多春季的野花。而姑娘们正在大院堂的钟塔上做着保养。突然之间，一切都变得明了了，来不及多想我就行动了起来。十分钟后，我怀抱着一束花，梦游般地沿着大院堂的阶梯拾级而上，我把花藏在了吊单里，因为有一朵是十一种里的，我可不能明目张胆地举着它经过秩序督察庭。

吊闸还锁着，沿飞扶垛向上的阶梯依旧不通，主楼的上部仍然禁止通行。我们的钟琴在钟穴的下端，从守卫督察庭顺着一架梯子爬上去就能到达。这条路线最远只能到达钟琴下方的维护室，是没法上到主楼高处的，所以我也不用惦记偷偷上去观测被禁的天空了。

吊钟本身是暴露在室外的。下边的这间小棚子里装着一些能让吊钟奏鸣的机

械。我能听见艾拉和图莉亚正在里边说着话。这架梯子的顶端通向一道开在小棚子地板上的活板门。爬的时候，我的心跳得像一口钟；我紧紧地抓着梯子蹬，生怕自己掉下去。为了腾出双手来爬梯子，我把花塞在帛单里面，这下子汗水都流到了花上。真恶心。艾拉被图莉亚的俏皮话逗得笑了起来。听见她还能笑出来，我感到一阵高兴，然后又不知怎的懊恼了起来——她已经不再为我而难过了。

想要静悄悄地进去是不可能了。我用力往上一推，才把那道活板门推开。姑娘们都安静了下来。我想，比起我的脸，还是鲜花给人的第一印象好一点，年轻的女士看到我的脸肯定会尖叫出声的，于是就先把花从入口送了上去，放在地板的一边。但这也只能起到拖延的作用。因为我的脸连着我的其他部分，它迟早还是要和我一起上去的。我把这令人感到遗憾的东西从活板门口探了出来，四处望了望，却没看到任何东西；这间棚子有窗户，但都被蒙上了。不过双眼已经适应了黑暗的姑娘们却认出了我，变得更安静了，如果有可能，她们简直要变成化石了。我把身体的其余部分也从门口送了上来。

图莉亚把她的球点亮了。她和艾拉正背靠着墙壁，并排坐在地板上。我想问问她们在干什么，但犹豫了一下，觉得还是应该先把该说的说完了再问。于是我跪在活板门的一边，重新拾起了花束。趁着这会儿我才意识到，我根本没做过什么计划，也没想好要说什么。但我毕竟是跟艾拉修女一起长大的，也知道她对各种事儿的反应，估计向她请求许可应该是错不了的。"艾拉，假如不会让你觉得太讨厌，我想要把这些送给你。"

她俩里至少有一个吸了口气。两个人都没反对。这地方比我想得要大，但到处都是横七竖八的梁和柱子，我不确定自己能不能站直身子，于是就双膝着地向她们坐的地方爬去。什么东西从我身边掠了过去——是蝙蝠吗？但等我定下神来，再数屋里的人数时，才发现只剩下我们俩了。刚才那个肯定是图莉亚了，她就像斯皮里中的太空船船长一样，把自己远程传送了出去。

"谢谢你。"艾拉说——语气中还带着戒备，"你是带着这些东西从秩序庭上来的？我猜肯定是。"

"是的。"我说，"怎么了？"不过我已经知道是怎么了。

"这一枝是堃钱德拉灾星吧，不是吗？"

"堃钱德拉灾星在一年中的这个时候会开出模样古怪的花朵，我认为这是种美。"我本打算要拿它来比喻艾拉的样貌，但却犹豫了起来，不知道怎样组织语言来描述她相貌的清奇。

"但这是十一种里的一种！"

我正在酝酿着自己的比喻句，却被她的辩论句给打断了，弄得我有点儿紧张起来。"我清楚的。"我说，"你看，我把它夹在里面，就是因为它是被禁的。而你和我之间发生的事儿，我闯的这些祸，也都跟另一件被禁的事儿有关。"

"我简直无法相信，你竟举着它们从裁判所的鼻子底下上了楼。"

"好吧。既然你都说了，这的确是够蠢的。"

"我要说的不是这个字。"她说，"谢谢你带来的这些花。"

"别客气。"

"要是你肯坐过来，我就给你看点东西，我打赌你绝对想不到是什么。"她说。这次我非常确定这不是双关语了。我坐到图莉亚先前坐过的地方时，艾拉已经爬了起来，在这里她至少能站直了，她轻轻走向图莉亚离开时忘记关上的活板门，把它给关上了。她坐到了我的旁边，熄灭了她的球。现在周围彻底暗了下来，一片漆黑，我们面前只剩下一块孤零零的白色光斑，大概有艾拉的巴掌大小，看起来像是悬浮在空中一般。我可不觉得这是块偶然的光斑；姑娘们就是为了这块光斑才坐在这儿的。我伸出右手想去摸索它（左手已经占上了，不知怎的它已经环在了艾拉的肩头）。对面的墙上靠着一块木板，上边钉着一张空白页子，那个光斑就投在页子上边。现在我的眼睛已经适应了，我能看出，那个光斑是圆的——实际上是个正圆。

"你还记得 3680 年的日全食吗？当时我们做了一种暗箱，这样就能不灼伤眼睛来观看日食了。"

"是一个箱子，一面带个针孔，另一面是一张白纸。"我回忆道。

"图莉亚和我在这儿做春季扫除。"她说，"我们注意到太阳光的斑点在地上和墙上移动。光线是通过墙壁高处的一个旧窗口射进来的，就在那儿。"她扭过身指向黑暗中一处不可见的地方，然后不知怎的便跟我靠得更近了，"我们觉得它开在那里是为了给这个地方通风的，后来又用板子封起来，可能是怕蝙蝠进来。光线就从木板间的缝隙里进来了。我们修补了那个缝隙——几乎全都堵住了。"

"'几乎'的意思就是正好留了个小针孔？"

"没错，我们在这下边还立了一块屏。显而易见，随着太阳在天空中移动，我们也得移动它。"

很多时候，如果不加这个"显而易见"还能显得有点儿礼貌，但艾拉却总会旁若无人地插上这么个"显而易见"。我一生中有一半以上的时间，都在时不时地为这个"显而易见"而恼火。不过此时我已无暇顾及，羡慕图莉亚和艾拉的聪明还来不及呢。要是我能想出这种点子就好了。不需要用玻璃磨成的透镜或者镜子，你就能瞧见远处的东西。只要一个针眼儿就能行。不过它投出来的图像是模糊的，所以你只能在一间黑屋子———一间暗室———里观察。

显然图莉亚已经把关于记忆板、关于萨曼、关于我的观测的事儿全都告诉了艾拉。但此刻我觉得好像已经好几年都没关心过那些事儿了，也早就不关心怎么收拾自己闯的祸了。实际上，当我们并肩坐在黑暗中的时候，我发现自己对太阳几乎一点兴趣也提不起来。它还在发光，光合作用也没问题，也没有大个儿的耀斑，只有几个黑子。谁在乎呢？

几分钟后，要关心太阳就变得更困难了：吻，可不是课室里教过的题目。我们得靠试验和犯错来学习，就算是犯错也不坏。

"一个闪光。"过了一会儿，艾拉声音含糊地说道。

"我也是！"

"不，我想我看到了一个闪光。"

"我听说，在这种时候看到星星也是正常的——"

"别自以为是了。"她说着就把我甩在了一边，"我刚才又看见一个。"

"哪儿？"

"屏幕上。"

虽然眼神还有点儿模糊，我还是把注意力转移到了屏幕上。除了刚才那个白色的圆盘什么都没有。

然后……

一个闪光。一个针尖大的光点，比太阳还亮，我还不敢确定是否真的看到了，它就消失了。

"我想——"

"又来了！"她叫道，"不过稍微移动了一点。"

我们又看到了几次。她是对的。所有的闪光都位于日轮图像内部的右下方，但每一次都稍稍往上往右偏一点。如果把这些点画在纸上，就会连成一条指向太阳右侧的线。

要是敖罗洛的话会怎么做？"我们需要一支笔。"我说。

"没有笔。"她说，"它们差不多一秒出现一次，也可能更快。"

"还有什么尖的东西吗？"

"大头针！"这张纸是艾拉和图莉亚用四颗大头针固定在木板上的。我担心她拔掉一枚大头针后，纸会卷起来蹭到她热乎乎的小手。

"我会扶稳木板的。你在纸上看见闪光的地方戳洞就可以了。"我说。

在我们做准备的时候，又出现了几次闪光。我跪在旁边，双手把木板按在墙上，用膝盖稳稳地顶住木板的底边。她趴在地上，用胳膊肘支着身子，把脸凑到纸的跟前，映着纸面反射的微弱光线，我能看见她眼睛和脸蛋儿的曲线。她是集修院里最美的姑娘。

我看见了她眼中反射出了又一个闪光。她每在纸上戳一个孔，手就抬一次。

"如果我们知道确切的时间就好了。"我说。

戳。"显而易见，几分钟的工夫，"戳，"就要戳到纸面外头了。"戳。

"然后我们就可以跑到外头去看，"戳，"大钟。"戳。

"你注意到这些闪光有什么有趣的地方吗？"戳。

"它们并非一闪即灭。"戳。"亮起来很快，"戳，"但暗下去很慢。"戳。

"我说的是颜色。"戳。

"某种蓝色？"戳。

一声刺耳的巨响突然传来，吓得我差点儿犯了心脏病——是钟楼的自动机械开始工作了。大钟在报两点的时。在这种时候，一般人都会捂上耳朵。但我不敢，艾拉会拿那根大头针戳我的。戳……戳……戳……

我估计她的听力恢复了之后才说："这下就知道时间了。"

"将近两点的时候我一连戳了三个洞。"她说。

"太好了。"

"我想这是条曲线。"她说。

"曲线？"

"好像——造成这些闪光的东西并不是沿直线运动的。它在改变行进的方向，"她说，"它显然是在我们和太阳之间飞行的——现在正好飞到日轮前面。但这些针孔在我看来并非直线。"

"哦，假设它是在做轨道运动，那还真是怪异。"我说，"轨道运动应该是沿直线运动的 [1]。"

---

[1] 轨道运动应该是沿直线运动的：这里并非指轨道运动真的是直线运动，而是指短时间内排除公转的影响，观察地点为地球上某一固定点时，极轨道在日轮上的投影是直线。

"除非它是在改变方向。"她坚持道,"也许这些闪光跟它的推进系统有点儿关系。"

"现在我想起过去在哪儿看到过那种蓝光了。"我说。

"哪儿?"

"珂尔德的车间。他们有一台用等离子体切割金属的机器。它发出的光就是蓝色调子的,和炽热的恒星无异。"

"它移出日轮的边缘了。"她说,然后又说了声,"嘿!"

"嘿什么?"

"它停下了。"

"不再闪光了?"

"不闪了。我肯定。"

"好吧,在我挪动这块板之前,在日轮的边上刺一圈针孔吧,这样我们就能知道闪光与日轮的相对位置了。通过位置和时间——我们就能找到它了。"

"找到什么?"

"在一年中的这个时候,太阳下午两点的位置是可知的,也就是说此刻这个东西经过的是一颗所谓的固定恒星。我们追踪的这个发出等离子闪光的东西,也位于相同的位置。这就意味着,如果它不再改变轨道,每绕轨道一圈就都会经过相同的固定恒星。我们就能在天空中找到它了。"

"但它改变轨道似乎并非难事。"艾拉边说边一丝不苟地用一串针孔圈出了太阳的轮廓。

"但要解开这个谜,现在我们还缺少一些条件——可能——它只有在经过太阳附近的时候才会发出这种闪光。不过既然我们有了这个暗箱,就能随时观看了。"

"为什么它处在太阳这个位置时会发生变化?"

"我想它在隐蔽自己。"我说,"如果它在夜空里也这么闪光,任何人都会用肉眼看到它的。"

"但我们用一个针孔和一张纸就能发现它呀。"艾拉指出,"所以这是种相当差劲的隐蔽方法。"

"而且萨曼似乎也能用焊接护目镜看到它。"我说,"不过区别在于,像你、我和萨曼这样的人……"

"怎样呢?"她说,"有知识?"

"是呀。不管它是什么东西，它或它们并不在乎有知识的人知道它们在那儿。它们就是要让我们知道它们的存在——"

"那就是世俗政权所不愿意的——"

"那就是敖罗洛因为看它而被遣退的原因。"

离开之前我们又花了一会儿工夫，要干的事儿还多着呢。我把那张纸卷了起来，塞进了我的帛单。艾拉捡起了那束花。我这才想起当初是为什么上这儿来的，也想起我们在艾拉注意到闪光之前做的事情。刚才竟然让这个念头从脑中溜走了，我觉得自己像个傻瓜。不过此时艾拉想起了那朵髻钱德拉灾星，正不知如何是好。于是我们交换了一下：我把那张图纸给了她，她把花给了我，这样就能由我来承担偷偷带花下去的风险了。

"咱们接下来该干点什么？"我大声问了出来。

"关于什么的？"

我们打开了活板门。光线一下子变得很足。我差点儿说出"就在我们看见闪光之前……"，突然间却看到了她脸上的表情——正因害怕受伤而变得僵硬。幸亏这句话没有脱口而出。

"你想不想——我们该不该——"我开了口，然后便闭上了眼睛，说，"我想我们应该在所有人面前坦诚这一切。"

"我没问题啊。"她说。

"我准备安排在明天，我想。在普洛维纳尔之后。"

"我要告诉图莉亚。"她说。一听她说出这个名字时的语调，我就明白艾拉已经什么都知道了，她知道我曾迷恋过她最好的朋友，"你想让谁当你的见证人？"

本想说利奥，可一想到杰斯里这个呆子，我就决定选他了。"我们可以让哈里嘉斯特莱梅或者随便哪个在场的做自由见证人。"我说。

"咱们要宣布哪种私情？"她问。

这不是个难题。人们在建立和解除私情的时候都应该做出宣告。这是种减少闲言碎语和阴谋诡计的法子，否则闲话就会在马特里肆意蔓延。髻埃德哈集修院承认的私情有好几种，最不严肃的是蒂维式，最严肃的是佩莱莉斯式——它就相当于婚姻。佩莱莉斯式，对两个四十五分钟以前还彼此憎恨的孩子，对我们这个年纪的人来说是不可能的。如果我说"蒂维式"，艾拉准得把我从活板门推下去摔死，那样我就得在人生的最后四秒钟里后悔自己没说埃特雷旺式了。

"如果让人知道你正跟大傻瓜伊拉斯玛修士处在埃特雷旺式私情之中，你能受得了吗？"

她微笑道："能。"

"好吧。"然后我便尴尬了起来，好像应该再吻她一两下？这回总算没问题了。

"现在，我们要不要把刚发现的藏在绕阿尔布赫星轨道上的外星飞船告诉大家？"她用微弱而腼腆的声音问道，这太不像她了。不过她可不是我这种以大麻烦为家常便饭的家伙，我想，在面对这种问题的时候她也只能听从一个惯犯的了。

"只告诉几个人。我肯定利奥就在下边的守卫庭。我会先去那儿找他，告诉他——"

"没问题。不过我们应该分头走，直到私情公开为止。"

她在爱情与外星飞船的话题之间跳跃得如此敏捷，简直弄得我晕头转向，可能还有点儿头昏眼花。"那我过一会儿在下面和你碰头。咱们有机会就向别人散布一下消息。"

"拜拜，"她说，"别忘了你的禁花。"

"不会的。"我说。

她就那样顺着梯子爬下去了。

等了一会儿以后，我也下去了，在守卫督察庭的一间阅览室里找到了利奥。他正在研读一本关于践行时代战争的书，那是一场发生在大城市废弃地铁隧道里的巷战，两军的弹药都用光了，只能用磨尖的铲子搏斗。他面无表情地看了我一会儿，但我看上去肯定更加面无表情。我这才意识到，刚发生的事儿并不会写在我的脸上。我得跟人交流才成。

"前一个小时发生了不可思议的事情。"我宣布。

"比如说？"

我也不知道该先说哪个，但最后还是觉得，"外星飞船"的话题更适合守卫督察的阅览室。于是我完完整整地给他讲了一遍。他看起来有点儿糊里糊涂的。直到我说起了闪光轨迹的弯曲和等离子体，他的脸才像百叶窗似的唰地一变。"我知道这是什么。"他说。

他如此肯定，让我丝毫不怀疑他真的知道。我只是好奇他是怎么知道的："你怎么——"

"我知道这是什么。"

"好吧。这是什么？"

他这才把眼光从我脸上移开，在阅览室里四处扫视起来。

"它可能就在这儿……也可能在老图书馆。我会找到它的，过后我会给你看的。"

"你为什么不直接告诉我？"

"如果不拿一本别人写这东西的书给你看，你是不会相信的。它就是那么奇怪。"

"好吧。"我说，然后又加了一句，"恭喜！"这似乎才是此刻该说的。利奥"砰"的一声合上他的书站了起来，转过身去，径直朝书架走去。

回到回廊院时我才明白，事情的发展远比我希望得缓慢。晚餐轮到我值日，于是余下的半个下午我都花在了厨房里。艾拉和图莉亚不用做饭，但她们得分发晚餐。艾拉把一个热土豆盛进我的碗里时，她看我的表情给了我一种难以言表的感动。在往土豆上浇炖菜的时候，我从图莉亚的表情中看出，艾拉已经把一切都告诉她了。"那个针孔太棒了！"我告诉她。门塔克赛尼斯修士用他的碗轻轻推着我的背，想让我挪得快点儿，他一点儿也不明白我的心思，只是越来越恼火。

晚饭的时候利奥没来。杰斯里来了，但我没法跟他说，因为我们坐的这张桌子人太多了，有巴尔布，还有其他一些人。阿尔西巴尔特坐得离我们要多远就有多远，迟到已经成了他的习惯。晚饭后轮到他打扫卫生。杰斯里起身要去课室跟其他几个埃德哈会士一起做证明。这些家伙会一直工作到天亮的。但我这会儿无论如何也没法跟他说话，因为我得截住哈里嘉斯特莱梅修士，安排一场明天举行的小奥特，好当着见证人的面宣告艾拉和我的私情，并将它记到《纪事》里去。

还有点儿时间，我可以去研究研究下午两点太阳在天空中的那个位置。晚钟过后，弟子们都上床睡觉去了，我独自来到草地上，坐在一条板凳上，对着天空中的那个位置瞪了一个小时，哪怕能看见一颗经过的卫星也好。但结果只是自取其扰，因为要是这艘飞船用肉眼都能瞧见，哪还用得着那些诡计。它又小、又暗，或者太高，没法反射出亮到能用我们的肉眼看见的光。但我需要独自在这儿坐上一会儿，凝视黑暗，好让思绪稳定下来。一个小时里，我的大脑来回

在两个话题之间游移。待到完全筋疲力尽的时候，我才起身爬进了一间没人的寝室，酣睡一场。

早餐时，利奥出现在了饭厅。我们目光相遇的时候，他意味深长地瞥了一眼他刨出来的那本大书：《践行时代的外大气层武器系统》。

太棒了。

杰斯里没吃早饭。过后，为了准备下午的事情，艾拉和我差不多花掉了一上午的时间。要宣布蒂维式私情，只要摘下帽子就行了，但要宣布埃特雷旺式私情，每个当事人都应该先跟一位年长的修士或修女谈过才行。我做完这一切的时候，普洛维纳尔的钟声已经响了。这是我们旧小队给大钟上发条的日子，这种日子已经越来越少了。我找到了杰斯里的寝室，把还在睡觉的他从木板床上拽了起来，催着他行动了起来。我们一路冲刺到了大院堂，和平常一样迟到了。但经历了最近发生的一切，老小队重聚的感觉真好，我比过去更加享受给大钟上发条这种简单的体力劳动了。

奥特结束后，我们四个一起到食堂去吃了午饭。但在那个场合我们没谈成飞船。我们谈的全是一会儿要为艾拉和我举办的那场奥特。我是小队里第一个投身于私情的，所以这差不多也就成了一场单身汉聚会。我们又喧闹又欢乐（至少我们相信我们很欢乐），人们连续两次要求我们小声一点儿，还拿严重的补赎威胁了我们——结果倒激得我们更喧闹、更欢乐了。

在这段时间里，我的心神有时会游离，享受地看着朋友们脸上的表情，回想着最近发生的种种事情。与此同时，我也想起了被遣退的敖罗洛，想起他正在墙外的什么地方，努力寻找着自己的道路。这让我感到悲伤，甚至还勾起了一丝昔日的愤怒。但这都没能阻止我与好友共聚的快乐，部分原因在于我与艾拉的事带来的强烈刺激。但同时也是因为，我越来越坚信，艾拉、图莉亚和我已经战胜了想把我们锁在星阵之外的斯佩里空和特蕾斯塔纳斯之流，摆脱了他们对我们所知所想的控制。我们只需找到一种不会让我被遣退的方法来宣布即可。我再也不想离开集修院了——只要艾拉还在这里，就再也不想了。

哪儿都看不到她和图莉亚，过了好久我们才发现这是为什么：她们要在大院堂值日。我们刚吃完饭不久，钟声就响了起来。我们坐在那儿听了一会儿，想听出是哪种变奏调。但第一个听出来的是巴尔布。"唤召。"他宣布，"世俗政权要召唤我们中的一员啦。"

"看来帕弗拉贡修士没把事情搞定。"在我们把啤酒一饮而尽的时候，杰斯里用嘶哑的声音说道。

"或许是他在召唤支援。"利奥提出。

"或许他犯了心脏病。"阿尔西巴尔特说。最近他满脑子都是这些黑暗的想法，于是我们几个都狠狠地瞪着他，直到他举手投降为止。

我们闲庭信步地踏过草地，朝着大院堂走去。虽然走得不快，却到得很早，结果我们都站到了紧挨着屏壁的前排。我们到了之后，唤召的钟声又持续了几分钟。然后八个敲钟人也从阳台上下来，在靠后的地方找好了位置。一支百年士合唱团出现在了高坛中，唱起了一首单声部的圣咏。我想到后边去，离艾拉近一点，但戒律规定，在私情公开之前是不能表现得像情侣般如胶似漆的，所以只好再等上几个小时了。

跟上次帕弗拉贡修士的唤召不同，这回斯塔索身边一个检察官也没有了。他念了一段和之前一样的开场白，虽然钟声已经响了半天，但直到他说完这段话，才算告诉我们，这次是要来真的了。我想知道是哪位阿佛特人将与我们告别——这次会不会是我们十年士中的一位？还是和帕弗拉贡修士一样，是与我们素不相识的其他马特的成员？

到了斯塔索要念人名的时候了，我也变得非常紧张。大院堂静得有如沙孚宗产的深层地下室一般。所以当他在这个节骨眼上突然停下，开始上上下下摸索衣服时，我真有种想要尖叫的冲动。他掏出一张折叠起来的纸，折口处还封着一坨蜂蜡。他打开这张纸时花的时间简直有一辈子那么长。他把纸展平了凑到眼前，露出了一脸惊讶的表情。

这真是个尴尬的时刻，连他都觉得有必要解释一下了。他宣布："这上边有六个名字。"

用乱哄哄来形容几百个站在原地交头接耳的阿佛特人显然不对，但这个词所表达的感觉是正确的。单人的唤召已经够稀罕了。一次召唤六个的情况还从来没出现过吧——有过吗？我看着阿尔西巴尔特。他看出了我的心思。"没有。"他小声说道。

"为了大铷也没有过。"

我看着杰斯里。"就是它了！"他告诉我。这个它指的就是他所期盼的与众不同的事儿。

斯塔索清了清嗓子，等待着咕哝声渐渐变小。

"六个名字。"他继续说道。大院堂再度安静下来，只有警车的哀叫和发动

机的轰鸣在日纪门外渐渐远去。"其中有一个已经不属于我们了。"

"敖罗洛。"我说。与此同时，还有上百个声音叫着他的名字。斯塔索的脸都红了。"唤召。"他叫道，可是嗓子却卡住了，只好咽口唾沫再试一把，"唤召旬岁纪马特埃德哈分会的杰斯里修士。"

杰斯里回过身在我肩上拍了一掌，力气大得足够我疼上三天的。这下我是不会把他忘掉了。拍完他便转过身去，走出了我们的生活。

"佰岁纪马特埃德哈分会的伯图拉修女……同一分会的阿塔夫拉克斯修士、旬岁纪马特埃德哈分会的格拉顿修士……以及旬岁纪马特新圈子分会的艾拉修女。"

在我恢复意识的时候，她已经踏上了屏壁门的门槛。她也和我一样震惊。她踟蹰着，望向我的方向，泪水已经滚出了眼眶。

几个月前，在我眼看着帕弗拉贡修士迈出这一步的时候，我已经明白得一清二楚了，这个地方的任何一个人都永远也不会再见到他了。现在同样的事情发生在了艾拉身上。可我还没能充分意识到这一点。此时此刻充斥我头脑的只有她脸上的表情。

后来他们告诉我，我冲到她身边的时候还撞了两个人。

她的一条手臂绕在我的颈上，吻了我的双唇，又把湿润的脸颊在我的脸上贴了片刻。

门塔克赛尼斯修士在我们中间把门关上的时候，我低下头，看到了一张塞进我帛单的纸卷，上面还带着细小的孔。我把它藏好以后走上前去，把脸贴在了屏上，杰斯里、伯图拉、阿塔夫拉克斯、格拉顿和艾拉已经沿着帕弗拉贡与敖罗洛离去的路走了出去。所有人都歌唱起来，除了我。

【大灾厄】　一场世界性大灾难，关于它的记载很贫乏，但通常被认为是一场人祸，它给践行时代画上了句号，接踵而至的便是大改组。

——《词典》，第四版，改元 3000 年

"你明白我的意思，"利奥说，"这太疯狂了，如果我不拿一本书给你看，你是不会信的。"

他、我、阿尔西巴尔特、图莉亚和巴尔布一起围坐在沙孚宗产的大桌子边上。《践行时代的外大气层武器系统》像一具待检的尸体般摊在桌面上。他让我们看的是一面折叠的插页。花了一刻钟，我们才把这张古老的插页完好无损地展开，这可是工厂制造的真正的纸张。我们看着一艘绘制得精密而又细致的巨大飞船。它的头上是个突出的圆锥帽，像是火箭的尖，其他的所有部分看上去都很古怪。它实际上并没有发动机。一般的火箭尾端都带有喷嘴，但这艘飞船的尾端只有一个扁平的大圆盘，看起来就像一个餐具的底座。圆盘朝上的一面伸出几根短粗的圆柱，连接着圆锥帽底下的一组圆形压力舱，我猜这些压力舱就是飞船的本体。

"减震器，"利奥指着那些圆柱说道，"只是个头儿比较大。"他让我们注意看船尾的圆盘，圆盘的正中有个小孔，"这地方会吐射原子弹，一个接一个的。"

"这是什么？我还是看不明白。"

"你听说过那些光着脚在火炭上行走，表演超能力的慕像者吗？"他望向壁炉的方向。那里燃烧着我们点起的火苗。这个季节其实已经不需要生火了。我们还开了几扇窗，微风拂过草地，拨弄着三叶草的幼芽，送进来一股新鲜的青草气息。随风而来的还有一支支悲伤的歌曲。这次六人唤召让大部分的阿佛特人受到了震撼，他们能做的也只有为之创作音乐了。这间屋里的我们，之所以

选择另一种方式来面对我们的损失，只是因为我们了解他人所不了解的事情。我们一到这儿就生起了火，但并不是为了取暖，只是想以原始的方式给自己带来舒适。远在克诺乌斯之前，远在语言发明之前，人类就开始以这样的行为，在他们无法理解的黑暗宇宙中为自己划定空间，这种行为也成了人们确认家人与朋友的习惯。利奥走到壁炉旁，用拨火棍在一段发红的原木上敲了敲，敲下来几块发亮的木炭。他把一块木炭扒拉到一边的石头上。这块炭差不多有核桃那么大，又红又热。

我开始紧张了起来。

"拉兹，"他说，"你会不会把它装在兜里带着到处走？"

"我没有兜。"我开了个玩笑，却没有人笑。

"对不起。"我说，"不，就算有兜我也不会把它放进去的。"

利奥朝自己左掌心里啐了一口，把右手的指尖蘸进口水里，然后便用那几个手指捏起了那块炭——听得见嘶的声音。我们都吓得直缩。他平静地把那块炭丢回了火里，随后把发烫的指尖在大腿上抹了几把。

"有点儿烫手。不过没有危险。"他向大家报告，"声音是唾沫在火炭的热量作用下蒸发时发出的。想象一下吧，这艘飞船的底盘外面就涂着一层具有相同作用的东西。"

"和唾沫一样的作用吗？"巴尔布问。

"是的。原子弹爆破放出的等离子体会让它挥发，变成气体向外膨胀，继而推进圆盘。减震器会将冲击均化，形成平稳的推力，这样加速的时候坐在前面舱里的人就会感觉平稳顺畅了。"

"很难想象离原子弹爆破点这么近会是什么样子。"图莉亚说，"而且还不是一颗，而是一连串。"

她的声音听起来相当不自信。我们也都一样，只有巴尔布的除外。他之前就已经熟读过这本书了。"它们是特殊的炸弹。非常小。"他边说边环起双臂比画着炸弹的尺寸，"这些炸弹的设计很特别，它们爆炸的时候不会朝着各个方向飞散，只会朝飞船的方向发射大量的等离子体。"

"我也觉得很难理解，"阿尔西巴尔特提出，"但我赞成咱们先把质疑挂在一边，继续前进。证据就在眼前，在这儿。"他指着书。"还有这儿。"他又把手放在艾拉戳过眼儿的那张页子上。随后他便露出一脸受了打击的表情。我想他可能是在我或图莉亚或我们俩的脸上看出了什么。对我们来说，现在这张页子就像阿佛特人供在髻物匣里的髻人遗物一般。

"也许，"阿尔西巴尔特说，"现在讨论这个还太早，也许——"

"也许已经太晚了。"我说。图莉亚向我投来了赞许的一瞥，似乎大家也都是这样想的。

"毕竟，你会出现在这里已经让我感到惊讶了，也很高兴，阿尔西巴尔特。"我说。

"你在说我——啊——我这几周来显得太不稳重了。"

"这是你说的，不是我说的。"我尽力保持着一本正经的表情。

他扬起了眉毛："我觉得戒尊们不至于苛刻到连在金属箔上戳个小眼儿，让太阳光投在纸上都不许的地步吧，你说呢？我们的做法无懈可击。"

"我倒不这么想。"我说，"我还有点儿失望呢，我们干的事儿竟然再也不会打破任何规矩了。"

"我知道你肯定会觉得不适应，伊拉斯玛修士，但过一阵子你就习惯了。"

这句玩笑巴尔布没听明白。我们只好给他解释一番，但他还是不明白。

"那么我想知道，有没有可能是这些飞船里有一艘走失了？"图莉亚说。

"走失？"利奥重复道。

"比如——船员叛变了，飞去了什么未知的地方。现在，过了几千年，他们的子孙后代又回来了。"

"甚至有可能不是他们的后代，而是本人。"阿尔西巴尔特指出。

"因为相对论！"巴尔布叫道。

"没错。"我说，"想想吧，如果飞船可以以相对论速度飞行，那它们飞出去几十年再回来，我们这儿就可能已经过了几千年了。"

大家都喜欢这种设想。我们简直都坚信这是真的了。但还有一个问题。"这种飞船可一艘也没造出来呀。"利奥说。

"什么？！"

他好像觉得我们会为此责怪他似的，赶紧补充："这只是一项计划而已。只在践行时代末期画过一些概念图，除此之外就什么都没有了。"

"就是大灾厄之前！"巴尔布做着注解。

我们好一会儿没说出话来。要放弃一个令人激动的想法还真得花点儿时间，费点儿力气。

"此外，"利奥接着说，"这种飞船只能用于太阳系内的军事行动。他们确实想过要让飞船以相对论速度飞行，但那样飞船得比这大得多，外形也得改一改。"

"圆锥帽就不需要了。"巴尔布说——这是他的奇思妙想。

"所以，如果我们接受这种想法——那我和艾拉看到的蓝色闪光就是一艘使用这种推进系统的轨道飞船——"我朝那张带孔的页子点着头说。

"——那它肯定是外星文明的产物。"阿尔西巴尔特说。

"杰斯里修士相信，高级生命形式在宇宙中肯定是极为稀有的。"巴尔布告诉我们。

"他接受的是墼曼德拉斯特猜想。"阿尔西巴尔特点着头表示同意，"在数亿颗行星上，存活的都只有单细胞流体，连多细胞生物都没有，就更别提文明了。"

"咱们说杰斯里的时候还是用现在时吧——他又没死。"图莉亚说。

"我承认错误。"阿尔西巴尔特心不在焉地说道。

"巴尔布，杰斯里在给你讲这些的时候，还有没有提到别的理论？"图莉亚问。

"有啊——关于另一个宇宙的另一种理论。"巴尔布干脆地说道。图莉亚高兴得揉乱了他的头发，又推了他一把，这可真是个错误，因为他一下子就狂乱了起来。我们不得不用诅革来吓唬他，又把他轰到了外面，他绕着沙孚宗产跑了五圈才安静下来。

"这东西从哪儿来可不是我们讨论的主要内容。"利奥指出。

"同意！"阿尔西巴尔特说。听到利奥命令的口吻，我们也只好同意了。

"它肯定是从哪儿来的。谁管它。但它落在了围绕阿尔布赫星的极轨道上，而且留在那个轨道上已经有一阵子了——它在干什么呢？"我说。

"侦察，"利奥说，"极轨道就是干这个用的。"

"所以它们是在研究我们了。绘制阿尔布赫星的地图。窃听我们的通讯。"

"学习我们的语言。"图莉亚说。

我接着说："敖罗洛不知怎的意识到了这一点。他可能刚好看见它在进入极轨道时的减速燃烧。或许别人也看到了。大佬们知道了这件事。他们给戒尊传了话：'给你们提个醒，我们认为这是件世俗事务，与你无关，所以不要插手。'于是戒尊们就乖乖地下令关闭了所有的星阵。"

"检察官被派到这儿来就是确认星阵是否关闭的。"利奥说。

"帕弗拉贡修士被召唤，就是去什么地方研究这件事儿的吧。"图莉亚说。

"除了他，"阿尔西巴尔特说，"可能别的集修院里还有跟他一样的人吧。"

"这艘飞船留在了轨道上，可能有时也要点燃发动机调整一下方向。但为了隐藏踪迹，它只有在经过阿尔布赫星与太阳之间的时候才会这样做。"

"就像蹚河而走不留脚印的逃亡者。"巴尔布插了一句。

"可昨天发生了某些变化。肯定出了什么大事儿。"

"根据戛尔丹秤杆法则，你和艾拉见证的那场变化，肯定和昨天那场前所未有的六人唤召有联系。"阿尔西巴尔特说。

我一直不愿去碰那件神圣的遗物，但现在却不得不碰了。艾拉把它交给我是有理由的。我们把它展开在桌面上，用几本书压住它的四角。

"要是不懂得该死的几何，我们就看不出这是什么。"巴尔布抱怨道。

"你的意思是？针孔和屏幕在主楼里的位置？哪面朝上，哪面朝北？"我说，"我承认我们得把这些都测量出来。"

巴尔布已经转身朝出口走去了——他要马上去测量。

但我却忍住了。我也和他一样迫不及待地想做那些测量，但在这种时候敖罗洛总会提出又聪明又简单的办法。这种办法会让我发觉自己把一切都弄得太复杂了，简直跟白痴一样。可不能再那么干了。

"我们为什么不先量一下这个角呢？"我说，"它从一个方向来，这是它的初始轨道。投下那些炸弹后，它开始走曲线，直到运行方向改变，进入它的最终轨道为止。我们至少可以量一下这两个轨道的夹角。"

于是我们量了一下，结果差不多是 $\pi/4$——45° 角。

"这样一来，如果我们假设它是从一条极轨道出发的，那到它转向结束时，它的新轨道就大致介于极轨道和赤道轨道的夹角之间了。"利奥说。

"你认为它这样做的意义何在？"我问，对于外大气层武器系统，利奥的知识比这间屋里任何一个人都丰富得多。

"如果你在一个地球仪或一张世界地图上画出这样一条轨道的轨迹投影，那它的任何一点都不会高于 45° 纬线。它会是北纬 45° 与南纬 45° 之间的一条正弦曲线。"

"99% 的人都居住在这个区域。"图莉亚指出。

"目前为止，他们可能已经画完阿尔布赫星每一吋土地的地图了。"阿尔西巴尔特提醒我们。

"他们第一阶段的侦察已经完成了，"利奥下了结论，"昨天开始就是第二阶段，这个阶段是什么，谁知道？"

"肯定是在干什么。"巴尔布说。

"大佬们知道。"我说,"他们一直在担心这个。几个月前就已经准备好应急计划了——我们之所以会知道这一点,是因为敖罗洛的名字也在那份名单上。所以这份名单肯定是在他被诅革前写好并封上的。"

"我打赌,瓦拉克斯和昂纳利在大隙节的时候就已经把它交给斯塔索了。"图莉亚说,"从那以后斯塔索就一直揣着它,等信号一到就拆封,念出那些名字。"她的脸上浮现出心烦意乱的表情,"令我困扰的是他们还选中了艾拉。"

"直到上个星期我才充分认识到你们俩有多亲近。"我说。

但图莉亚想听的不是这个。"不是这个意思,"她说,"我的意思是,的确,我爱她,我不能忍受她的离去。但是为什么会是她?帕弗拉贡——敖罗洛——杰斯里——那也就算了。这我都能接受。但他们为什么选艾拉?他们想要她这样一个人去做什么?"

"去组织大量的人。"阿尔西巴尔特毫不犹豫地说。

"这,"图莉亚说,"就是困扰我的地方。"

"看在神的分儿上,抬高你的眼光吧。"

图莉亚提到检察官,让我想起了第十夜与瓦拉克斯的那次谈话。紧接着发生的事情让我把这件事给忽略了。但我能想起他仰视星阵的样子——也有可能他的目光抬得更高,看的是太空。我想起来了,他当时面对的就是北方。更大的事情已经临头了,在偏乡僻壤的垩埃德哈,一个年轻修士拿几个乡下游民练练谷术又算得了什么……想想更大的事情……学学你朋友以一敌四的决心吧。

那到底是什么意思?外星飞船是个威胁?我们很快就不得不以悬殊的实力与它对抗?还是我想得太多了?还有,在我跟瓦拉克斯一开始的谈话中,为什么他要考问我对叙莱亚理学世界的看法?对于像他那样一个人,在那种时候关心理而上学也太奇怪了。

也许我太过穿凿附会了,也许瓦拉克斯就是那种爱把想法说出来的人。

"抬高你的眼光"的意思看来已经相当明显了。

现在我工作起来已经不需要太多的鼓励了。自打敖罗洛被诅革以后,能让我保持理智的事情只有一件,就是研究那块照相记忆板。失去敖罗洛对我来说是彻头彻尾的意外,而失去艾拉就没有那么可怕,至少她不是被遣退的。但我还是感觉糟透了——在她走出我人生的那一刻,我只能像只受惊的动物那样站在原地。我们才刚刚开始，我就失去了她。唉，多说无益，我真的需要有点儿事情可做。

我们几人侵入了钟塔上的那间小棚子，把我们能搜刮到的所有测量设备都带去了。阿尔西巴尔特找了一堆大院堂的建筑图纸，最早的还是改元 4 世纪的。我们以三种不同的方式测算着这间暗室的几何元素，不断地比对着结果，直到三个结果都一致为止。这次测算修正了我们在沙孚宗产粗算的结果：飞船的新轨道与赤道面夹角大约为 51°，这意味着它几乎经过了所有有人居住的区域上空。在大灾厄过后，气候变得又热又干的几百年里，人们开始逐渐向两极迁移。再后来，大气层中二氧化碳含量下降，使气候变得温和起来，为了躲开极地附近的太阳辐射，人们又开始朝着赤道回迁了。实际上，如果飞船要做的只是监视星球上的所有居民，那 51° 已经超出了它所需的实际轨道夹角。

我们一直在思考这个谜题，直到阿尔西巴尔特指出，看看世界上所有拥有万年钟和成千上万阿佛特人的大型集修院，便会发现其中离赤道最远的一座就在北纬 51.3°。

这一座刚好就是偏乡僻壤的垦埃德哈。

消息不胫而走。大唤召过后不到一个月，我们知道的那点儿关于飞船的事情，在旬岁纪马特差不多已经尽人皆知了。戒尊们也无力压制此事，但他们还是没有开放星阵。我发现自己开始接到越来越多的邀请，让我加入那些深夜的课室工作。我们研究了利奥在那本书中找到的图纸，做了一些理论推导，比如这样一艘飞船会有什么样的功能，再比如这种飞船要进行星际旅行得有多大的尺寸。有些只是简单实践理学计算，比如关于减震器的部分。有些则是极富挑战性的工作，比如推测等离子体在撞击圆盘时会发生什么作用。这些理学对我们来说太过高深。给人的感觉是，我们好像就要证明洛拉理论是错的了，因为我们相当确定，以前——在阿尔布赫星上——还从来没有任何人想到过这些，而且一些年纪稍长的阿佛特人就要找到证明这一点的证据了。

大唤召过了大约八周以后，在一个夏日的傍晚，阿尔西巴尔特提出："这会让你对叙莱亚理学世界产生怀疑的。"他正在假装照顾蜜蜂，而我正在假装照顾野草。萨提亚骑兵已经深入了特兰尼亚平原，在奥克萨斯将军的第四与第三十三军团之间形成了一个楔形。所以阿尔西巴尔特和我在草地上相遇也就毫不奇怪了。在我们这个纬度，一年中的这个时节总有很长的白昼，即便晚餐已

经过了几个小时，天还是微微亮着。

"你是怎么想的？"我问他。

"你跟其他埃德哈会士在课室里埋头苦干，试图弄清这艘外星飞船的理学原理，"他说，"但这些原理外星人肯定很久以前就掌握了，否则他们就没法把它造出来，也没法驾着它遨游星际。但我的问题是：这两种理学是同一种理学吗？"

"你的意思是，咱们的理学和外星人的理学？"

"是呀。我看见你帛单上的粉笔灰了，伊拉斯玛修士，它们是你在晚饭后写那些方程式的时候弄上去的。但几千年前，在别的行星上，双头八肢的外星人也会在类似于石板的东西上写出相同的方程式吗？"

"我敢肯定外星人用的符号跟我们不一样。"我刚开了个头。

"显而易见！"他就大喝一声。

"你说起话来怎么跟艾拉一样。"

他气得翻了个白眼，接着说道："也许他们用小方块代表乘号，用圆圈代表除号或者别的什么吧。"说完还甩了甩手，暗示他想让这个话题进行得快点。

"也可能他们根本不写方程式。"我说，"他们可能用音乐或者别的什么来证明事物。"毕竟这也不算太牵强，因为我们的垦咏里就有类似的东西，过去也有过几个这样从事理学研究的修会。

"可算有点儿进展了。"这个想法把他弄得兴奋了起来，我真后悔把它提出来，"假如像你说的，他们有一套用音乐研究理学的系统。那也许出现悦耳和声或美妙的音调时，就证明某件事是对的啦。"

"你这可真是有点儿钻牛角尖了，阿尔西巴尔特。"

"对你的朋友和弟兄宽容一点嘛。你是不是认为，你和其他埃德哈会士在石板上做的那些证明，外星人都可以用自己的方法一一对应地做出来？它们说的都是一回事，表达的也是相同的真理？"

"要是我们不这么想，压根儿就没法做理学研究了。但是阿尔西巴尔特，咱们说的已经不是新东西了。克诺乌斯就看见过，叙莱亚也理解过，普洛塔斯还把它形式化了。帕弗拉贡思考的也是它——这就是他被召唤的原因。现在再重复一遍又有什么意义呢？我累了。天再黑一点我就要去睡觉了。"

"我们该怎么跟外星人沟通？"

"不知道。有人猜测他们已经在学习我们的语言了。"我提醒他。

"要是他们没法说话呢？"

"一分钟前你还在让他们唱歌呢。"

"别这么讨厌，伊拉斯玛修士，你知道我的意思。"

"也许吧，但是真的太晚了。我凌晨三点还在跟人谈等离子体。嘿，我想现在天真的已经够黑了，我要去睡觉了。"

"听我说完。我是说我们可以在叙莱亚理学世界里通过普洛特形式，也就是理学真理跟他们交流。"

"听起来你好像只是要找个借口，把自己埋在沙孚宗产的一堆旧书里似的。你是要让我——允许你，还是赞成你？"

他耸了耸肩："你是外星飞船的首席专家啊。"

"好吧。好，请便吧，我会支持你的。我会告诉所有人你没疯的——"

"太棒了。"

"——如果现在你能帮我解决一个真正让我挠头的问题就好了。"

"你还有什么可挠头的呢，伊拉斯玛修士？"

"为什么仟岁纪马特看起来像是在发光？"

"什么？"

"你看。"我说。

他转过脸来仰头望向峭壁。那里发着红宝石般的光。按常理来说这是不应该的。

当然，我们总能在那块峭壁上看到柔和的光。如果天气合适，石壁有时也会染上落日的光芒，就像我和敖罗洛在大隙节看到的那次。刚才的几分钟里，随着暮色渐渐暗淡，我已经注意到了那里的红光，猜测肯定还是上次那种情况。可现在太阳已经完全落下去了，而且这光的红色也完全不像阳光的颜色。它有种闪烁的颗粒感。

光源的方向也不对。如果是太阳光，照亮的应该是马特与峭壁的西面。但这片古怪的红光是打在房顶、小尖塔和塔顶上的。下边所有的东西都笼罩在这束光里。简直就像是一架飞机高高盘旋在峭壁上空，笔直向下打出的光束。如果真是这样，它也太高了，高得我们都看不见、听不着。

草地上的修士和修女越来越多，都是从回廊院里跑出来看这片光的。大多数人沉默不语——有如眼巴巴等待天兆的慕像者一般。但不远处的一群理学者中，却爆发了一场愈演愈烈的争论，间或可以听到"激光""色彩""波长"一类的字眼。这触发了我的记忆：我知道以前在哪见过这种带颗粒感的光了：M&M

的引导星激光。

这也是解谜的关键。一束激光可以在不发生严重散射的情况下射出很远的距离。用这束光照射仟岁纪马特的东西不一定非得近在眼前。它也可以远在万里之外。它可能是，也只可能是那艘外星飞船。

草地上响起了一片惊呼，甚至还夹杂着些许掌声。定睛细看，我看到一柱烟从仟岁纪马特的墙后升了起来。有那么一瞬间，我以为是激光把那里点着了，以为那是致死射线，拼命咽了口唾沫，感到一阵心烦意乱，随后理智还是占了上风。要想把东西点着，应该用红外激光，只有那种光才能让东西发热。但这道激光肯定不是红外，因为我们能看到它。那柱烟并不是建筑着火冒出来的。那是千年士点的。他们把草一类的东西扔进了火里，让马特的上空弥漫着烟和蒸汽。

激光在穿透真空或洁净的空气时，从侧面是看不见的。但如果像这样放出烟雾，烟雾的颗粒就会使光散射到各个方向，让射线在空中形成一道闪闪发光的线条。

奏效了。那道射线可能长达万哩。我们永远无法看到它的全貌，因为它通过的路线大部分是大气层外的真空。但借着千年士放的烟幕，我们便可以看到这束光线的最后一段，这段也有几百呎长，足够我们看出这道光的来源了。

当然我也有占便宜的地方，因为我知道这艘外星飞船的轨道面，知道它会经过哪些恒星的前方，而恒星的位置是固定的。我用一只手举起自己的帛单，挡住了石崖上的大部分光线。眼睛适应黑暗之后我就能看到那些恒星了。

然后，就在我已经知道了的位置，我看到一个红色的光点正沿弧线划过天际，周围还有一圈带有颗粒感的光环，这是激光经过大气层的时候产生的。我把它指了出来。周围的人也看到了它，找到了飞船。草地变得像诅革时的大院堂一样寂静。

那颗流星闪了一下，又消失在了黑暗之中。红光也消失了。草地上爆发出一阵掌声，但却带着犹豫和神经质，刚刚响起就安静了下去。

"我感觉自己像个傻瓜。"阿尔西巴尔特说，他转过脸来看着我，"我把这辈子担心害怕过的东西都想了一遍，结果发现自己根本就怕错了东西。"

唤召的钟声在凌晨三点敲响。

没人留意这奇怪的钟点。根本就没人睡觉。人们来得很慢，到得很晚，大多数人都把他们觉得有用的书和其他东西带来了——万一自己被点了名就用得上了。

斯塔索召唤了十七个人。

"利奥。"

"图莉亚。"

"伊拉斯玛。"

"阿尔西巴尔特。"

"塔夫纳尔。"还有其他几个十年士。

我跨过了高坛的门槛——给大钟上发条的时候，我已经跨过它成千上万遍了。但每次给大钟上发条的时候，我都知道，只要过几分钟，门塔克赛尼斯修士就会将那扇门再次打开。而这一次，我背对着这三百张面孔走进去，将再也见不到他们——除非他们也被召唤，并跟我被送到同一个地方。

我站到了几个熟人身边，旁边还有一些陌生人：他们都是百年士。

点名的声音停了下来。人数太多了，我都没数清，还以为这就点完了。我看着斯塔索，等他接着主持奥特的下一部分。他盯着手里的名单，表情变得令人难解：他的脸和身子都僵硬了。他缓慢地眨了眨眼，还把名单凑到近处的一支蜡烛前面，像是看不清楚上面的字似的。他把那行字看了一遍又一遍，最后终于强迫自己抬起眼光，直勾勾地望向了高坛那边的仟岁纪屏。

"唤召，"他说，但语声嘶哑。他只好清了清嗓子，再次说道："唤召仟岁纪嘉德修士。"

一切都变得无声了，抑或是血液在我的耳中奔流。

漫长的等候。仟岁纪屏的小门终于开了道缝，现出了一位老修士的剪影。他在原地站了一会儿，等待灰尘散去，这道门可不常开。接着他踏入了高坛。有人在他的身后把门关上了。

斯塔索又念了些正式召唤我们的句子。我们则念出回应召唤的句子。屏壁后的阿佛特人开始唱起悲伤道别的祝歌。他们把五脏六腑都唱了出来。千年士用异常深沉的低音震撼着整个大院堂，对身体的震撼强烈过对耳朵的冲击。旬岁纪的亲人们已经唱得我汗毛直立，鼻酸眼热了，千年士的歌声则更是有过之而无不及。他们将会想念嘉德修士，他们要让他深入骨髓地领受这份心意。

和帕弗拉贡与敖罗洛一样，我也笔直地仰头向上望去。烛光只能照亮我们头顶上很近的地方。但我抬起头并不是真想看到什么。我这样做，只是为了防

止洪水自我的鼻孔和眼眶泛滥，肆意奔流。

其他人在我的身边挪起了脚步，我才低下头来，发现一位低级戒尊正领着我们向外走去。

"有种假说，你知道，是说我们现在就要被送进毒气室了。"阿尔西巴尔特咕哝道。

"闭嘴。"我说。我实在不想再听他这种鬼话了，便放慢了脚步，让他走到我的前头。这一让就是好半天，因为他的身后还拖着一大麻袋的书，那是他用自己的半块帛单扯成的。

戒尊们郑重地披着紫袍，领着我们从空荡荡的北堂殿走了出去，一直到了日纪门内侧的前廊。我们聚集在了大天象仪的脚下。日纪门已经敞开，但外面的广场却空空如也，并没有飞机等着我们，公共汽车也没有，连一双轮滑鞋都没有。

几位低级戒尊正挨个给我们发着东西。发到手的是一只本地百货商场的购物袋，里边有两套粗布工装、一件衬衫、几条内裤、几双袜子，底下还有一双休闲鞋。过了一会儿我又领到了一只背包，里边装着一只水壶、一塑料袋洗漱用品和一张货币卡。

包里还有一块手表。我琢磨了半天才明白过来，一旦我们离开堥埃德哈，走到几哩之外，就再也看不到大钟了。

特蕾斯塔纳斯修女向我们宣布："你们的目的地是堥特雷德加集修院。"

"这是大集修吗？"有人问。

"从现在开始，是的。"她回答。听到这个消息，所有人都立刻停止了讨论。

"我们怎么去那里？"图莉亚问。

"怎么去都行。"特蕾斯塔纳斯说。

"什么？！"被召唤的人们异口同声地叹道。作为唤召的一种待遇，至少应该能像帕弗拉贡修士那样，乘坐某种交通工具疾驰而去——这也是对背井离乡者的一种安慰。可发给我们的只有休闲鞋一双。

"你们不能在露天的地方穿戴帛单弦索，白天晚上都不行。"特蕾斯塔纳斯接着说，"球得缩成拳头大小，或者再小一点，也不能用球照明。你们不能一起从这座门出去——我们会把你们分成两组或三组。如果愿意，过一会儿你们可以在集修院外的某个地方碰头。最好找个有屋顶的地方。"

"对于他们的监视有什么对策吗？"利奥问。

"我们也不知道。"

"堃特雷德加离这儿有两千哩地呢。"巴尔布提了出来。这可说到点上了。

"有些本地的圣约教组织正在招募汽车和司机带你们过去。"

"天堂督察教的人？"阿尔西巴尔特问——这也正是我想问的。

"也有他们的人。"特蕾斯塔纳斯说。

"不用啦，谢谢。"有人喊了出来，"大隙节的时候，他们的人还想让我改宗来着。但她的论据太差劲了。"

"呵！呵！呵！呵！呵！"我的耳边传来一串笑声。

我扭头一看，是嘉德修士，他就站在我的身后，手里还拎着购物袋和背包。他的笑声不是很大，所以别人都没发现。嘉德修士的身上还带着一股烟气，连购物袋里的东西他都懒得瞧一眼。他见我回头，就直视着我的眼睛——看上去非常开心。"当权的肯定正尿裤子呢，"他说，"除非他们现在穿的不是裤子。"

这个时候还乐得起来的也只有他了，一下子出了这么些事儿，别人都给吓蒙了。我倒还好，反正已经吓习惯了，就跟被人揍惯了脑袋的利奥一样。

我爬上天象仪旁的石凳，冲着大家说："集修院南面有条通到大河的小运河，就在佰纪门西边不远处，这条小运河上跨着一座有桁架的大棚子。它的旁边还有一座机械厅，那是集修院附近最大的建筑物，你们肯定能找到。那个棚子可以当咱们的集合地点。咱们可以按特蕾斯塔纳斯修女说的，分拨过去，到那儿集合，然后再计划下一步的事情。"

"那什么时候集合呢？"一个百年士问道。

我考虑了一下。

"在咱们——我的意思是他们——敲普洛维纳尔钟的时候集合吧。"

KUWEI

酷威文化

图书 影视

失落的星阵②

Anathem

【美】尼尔·斯蒂芬森 著

王方 译

四川文艺出版社

第 6 部

游方

【游方】 ❶游方时代指古代的一个时期，始于改元前 2621 年奥利森纳髻殿毁灭之际，几十年后，随着埃特拉斯黄金时代的兴起而告终。❷游方家指的是奥利森纳髻殿毁灭之后仍然在世的理学者们，他们曾周游于古代世界，有的独行，有的与同类相伴。❸游方家对话指的是据推测发生在游方时代的对话，许多游方者对话被记录了下来，收录在马特世界的文献中。❹在现代，游方士指的是某些在个别情况下离开马特，在世俗世界旅行的阿佛特人，他们试图奉行戒律的精神而非条款。

——《词典》，第四版，改元 3000 年

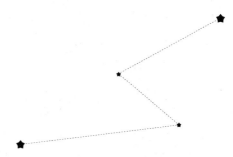

我们轮流去盥洗室换了衣服。那双鞋子简直让我忍无可忍。我赶紧把它们踢掉，放在了一张凳子底下，在前廊的地板上找了块干净地方，把帛单铺开叠好。叠帛单的时候我才发现，穿上了这身粗布工装，弯腰和下蹲都成了难事。我简直无法相信竟然有人能穿着这种东西过一辈子。

我把帛单压缩到书本大小，用弦索捆起来，和球一起放进了商场购物袋，塞到了背包底下。穿上新衣服的利奥正在前廊比画他的谷术，动作别扭得像是神经错乱。图莉亚的衣服完全不合身，她正跟一位百年士修女商量着交换。

"这是大集修吗？"

"从现在开始，是的。"

历史上只举行过八次大集修。从大改组那次开始，每逢千禧年举办一次，这四次的主要工作是修编《词典》和处理千年士的相关事务。此外还有四次，大钚出现之前一次，三次劫掠过后各一次。

巴尔布先是变得神经兮兮，接着就失了控，最后干脆发起疯来。戒尊们全都不知该拿他如何是好了。

"他不喜欢变化。"图莉亚提醒我，这话的潜台词是：他是你的朋友——是你的问题。

巴尔布也不喜欢被包围，于是我和利奥向他围拢过去，把他逼到了一个角落，阿尔西巴尔特正在那里守着他的书堆。

"唤召会打破戒律，因为受召唤者要独自行动，一走出集修院就浸没在世俗世界里了。"阿尔西巴尔特吟诵了起来，"那就是他们不能回马特世界的原因。大集修就不一样了，咱们这么多人一块儿被召唤，可以结队出发，在游方的过程中也能遵守戒律。"

"游方的出发点和终点都是马特。"巴尔布突然冷静了下来。

"是的，塔文纳尔修士。"

"当我们到达髻特雷德加的时候……"

"还会为我们举办归戒奥特。"阿尔西巴尔特给他提了个醒，"还有呢？"

"我们会跟其他阿佛特人一起参加大集修吧。"巴尔布猜道。

"还有呢？"

"他们想让我们干的事情干完之后，我们还会再来一次游方，回到髻埃德哈。"巴尔布继续说。

"是的，塔文纳尔修士。"阿尔西巴尔特说。我都能感觉到他在努力控制着情绪，才没有加上句"只要我们别让外星人的致死射线烧成灰，也别被天堂督察送进毒气室"。

巴尔布冷静了下来，但好日子长不了。一旦我们走出日纪门，肯定会随时发生小小的破戒行为。巴尔布则肯定一次也不会放过。为什么，为什么呀，为什么他要被召唤？他还是个崭新的弟子呢！整个大集修我都得一直当保姆了。

不过，随着天象仪上代表阿尔布赫星的青金石小球滴答作响，缓缓转动，凌晨的时光一点点消逝，我也稍稍镇定了下来，想起自己现在对理学的认识，也有巴尔布的一半功劳。我又怎么能抛弃他呢？

外面天色亮了起来。被召唤者中有一半人已经出发了。戒尊们让十年士与百年士结伴，因为很多百年士都不会讲弗卢克语，也应付不来世俗世界的种种事务，需要十年士帮忙才行。利奥已经陪着两个百年士上路了。阿尔西巴尔特和图莉亚也按照要求做好了准备。

我不能光着脚出去。可我的鞋还在天象仪旁边的那张凳子底下。现在嘉德修士正坐在上边，就在那双鞋的正上方。他低垂着头，双手交叠着放在腿上。这肯定是某种高深的千年士冥想。要是为了拿鞋而贸然打扰，他会把我变成蝾螈之类的东西的。

没人想要打扰他，别人也不想。图莉亚和阿尔西巴尔特先后陪着两拨百年士走了。没出发的只剩三个人了：巴尔布、嘉德和我。嘉德还穿着帛单，系着弦索。

巴尔布朝着嘉德修士径直走去。我一个箭步跟了上去，跟他一块儿到了嘉德跟前。

"嘉德修士必须要换衣服。"巴尔布卖弄着自己学了不到一年的奥尔特语，马上就露了馅。

　　嘉德修士抬起头来。我一直以为他的双手叠放在腿上，这会儿才发现他手里正拿着一把一次性剃刀，还包着彩色包装袋。我的背包里也有把一样的，是普通的牌子货。嘉德修士正在辨认包装上的说明。那上面大个儿的字母是他从没见过的基纳文，但小字是用我们使用的字母印成的。

　　"根据这份文件，这种动力润滑条是根据什么原理输入能量的？"他问，"是永久的还是暂时的？"

　　"暂时的。"我说。

　　"你们看这些是违反戒律的。"巴尔布抱怨道。

　　"闭嘴。"嘉德修士说。

　　尴尬而长久的停顿过后，我试探着说："我一点儿也没有冒犯您的意思，但是——"

　　"该走了？"嘉德修士问，然后像看腕表一样瞧着天象仪查看着时间。

　　"是的。"

　　嘉德修士站起身来，把帛单一撩，从头顶上脱了下来。几个戒尊抽着冷气背过身去。过了好一会儿，什么都没发生。我从他的购物袋里翻出一条内裤，递给了他。

　　"需要我解释一下吗？"我指着内裤前面的开口问道。

　　嘉德修士从我手里接过内裤，看明白了开口的作用。"拓扑学是命中注定的[①]。"他边说边穿了起来，一次伸一条腿。很难看出他的年龄有多大。他皮肤松弛，上面已经生出了斑点，但他穿内裤的时候，单腿平衡的动作却异常完美。

　　嘉德修士随后把衣服一件件穿着妥当，再没闹出什么乱子来。我拿回了我的鞋，费了半天劲才想起该怎么系鞋带。令人吃惊的是，巴尔布竟然顺从了嘉德修士的命令，真的闭上了嘴巴。这么简单的招数，我以前怎么从来都没试过呢？

　　我们三人趿拉着鞋子，时不时还要提一把裤子，磕磕绊绊地走出了日纪门。广场上空无一人。我们走过喷泉之间的堤道，进入了市人的城镇。这里原本有一座老市场，在我六岁那年，当权者把此地改名为"古市"，又把老建筑拆掉，

[①] 拓扑学是命中注定的：这句话原文是"Topology is destiny"。这是一句双关语，"topology"一词还有局部解剖学的含义，用在这里表现了不食人间烟火的老学究对自己身体器官的幽默暗示。

重新建了一座市场，专卖画着老市场的 T 恤衫和其他东西。与此同时，原来在老市场开小摊儿的人们则迁到了市镇边缘，在一处叫作新市的地方，重新经营起了实际上的老市场。古市的周围又出现了一些赌场，给参观古市和办理集修院相关事务的人提供饮食，但没人想要参观一所被赌场包围的古市。坦白地说，集修院也没那么有吸引力，所以这些赌场也显得肮脏而落寞。有时我们能在夜晚听到赌场地下室舞厅里传出的音乐，但此刻它们却静得可怕。

"我们可以在这儿吃到早餐。"巴尔布说。

"赌场的饭馆太贵了。"我反对说。

"他们有个早餐部，可以免费吃早餐。我和我父亲有时候会在那儿吃。"

这让我泄了气，但我也没法质疑他的逻辑，于是便跟在了巴尔布的后边，嘉德则跟着我。这家赌场里到处都是一模一样的走廊，简直就是一座迷宫。为了省钱，他们把灯光打得很暗，地毯也不洗；霉味呛得我们直打喷嚏。最后我们来到了一间没有窗户的地下室。一些浑身肥皂味儿的胖男人三三两两地坐在桌子边上。这里没什么可供阅读的东西。墙上有台斯皮里，正播放着新闻、天气预报和体育节目。这是嘉德修士头一回见到电影实践理学，开始还很不喜欢，花了会儿工夫才习惯。我和巴尔布去餐台取吃的，就让他在那儿看斯皮里。我们把餐盘放在桌上，又回去找正在看球赛的嘉德修士。坐在旁边一桌的男人正试图跟他谈论屏幕上的一支球队。嘉德修士的 T 恤衫上正好印着那支球队的标志，这让那个男人彻头彻尾地产生了误会。我挡在了嘉德修士和斯皮里中间，设法引回了他的注意力，带着他来到餐台前取餐。千年士很少吃肉，因为他们的峭壁上没有地方养牲畜。看起来他像是要把过去的损失全补回来似的。我试着把谷类食品指给他看，但他知道自己想要的是什么。

我们吃东西的时候，斯皮里上蹦出了一条新闻，显示的是一座在夜色笼罩下的马特石塔，镜头是从远处拍摄的，石塔被一束从上方照下来的带有颗粒感的红光罩着。这幅场景很像昨夜的千年马特。但新闻里放的是一座我从来没见过的建筑。

"这是髻兰姆巴尔弗集修院的千年螺旋塔，"嘉德修士称，"我在画上见过它。"

髻兰姆巴尔弗位于另一片大陆。我们对它几乎一无所知，因为他们和我们没有共同的修会。我最近还听到过这个名字，但是想不起来是在哪儿听到的了——

"三座无玷马特之一。"巴尔布说。

"你们是这么叫我们的吗？"嘉德问道。

巴尔布是对的。我们的岁纪门里那座楔形纪念碑上嵌着一块石板，刻着第三次劫掠的历史，上边就提到了世界上仅有的三座未受侵犯的千年马特：髻埃德哈、髻兰姆巴尔弗和——

"第三座是髻特雷德加。"巴尔布接着说。

斯皮里像是在响应他的话，此刻呈现在我们眼前的正是一座好像从石崖上刻出来的马特。这座马特也笼罩在一束红光之下。

"真奇怪。"我说，"为什么外星人要用光照三座无玷马特？那都是古代历史了。"

"他们要告诉我们些事情。"嘉德修士说。

"他们要告诉我们什么？他们确实对第三次劫掠的历史感兴趣？"

"不，"嘉德修士说，"他们可能是要告诉我们，他们已经知道埃德哈、兰姆巴尔弗和特雷德加是世俗政权存放核废料的地方了。"

幸亏我们说的是奥尔特语。

我们来到了城外主干道上的一处加油站，我买了一台舆图器。那里卖的舆图器有各种不同的尺寸和样式。我买的这台跟书本差不多大。边上有一圈装饰用的花纹，疙里疙瘩，看起来像是越野车的轮胎。这种舆图器是给喜欢越野的人用的，带有地形显示功能。一般的舆图器就没有这种装饰，通常只显示道路和购物中心。

我们一出门就打开了舆图器。几秒后，上边闪出了一条错误信息，然后出现了整块大陆的缺省图。它本应指示出我们现在的位置，但却没有。

"嘿，"我回到店里去找售货员，"这东西坏了。"

"不，它没坏。"

"不，它坏了。它没法定位出我们的位置。"

"噢，今天所有的舆图器都定不了位。相信我。你的舆图器工作正常。嘿，它显示出来地图了，不是吗？"

"是的，可是……"

"他是对的。"另一个顾客说道，他是个毂车司机，刚来的一辆加长型毂车就是他的，"卫星都失灵了。我的也定不了位了。所有的都不行了。"他哧哧地

笑着，"你买的不是时候。"

"意思是说，从昨天夜里开始的？"

"是呀，大概从凌晨三点开始的。别担心。掌权的还得靠它呢。军队可离不开这东西。他们马上就会修好的。"

"不知道这跟昨天夜里那些大石头上的红光有没有关系？"我只想听听他们会说什么，"我在斯皮里上看见的。"

"那是他们在过节呢——他们在搞什么仪式，"那售货员说，"我是这么听说的。"

这对另一个顾客来说还是新闻，于是我问售货员他是从哪儿听来的。他拍了拍挂在脖子上的唧嘎："我们教的早间新闻说的。"

我本可以顺理成章地接着问：天堂督察教吗？但又怕表露出这种兴趣，会让自己显得像从集修院里逃出来的。于是我点了点头便走出了加油站，带着巴尔布和嘉德朝机械厅的方向走去。

"外星人干扰了导航卫星。"我告诉他们。

"也可能是把那些卫星都打掉了。"巴尔布说。

"那我们就买个六分仪好了。"嘉德修士提议道。

"六分仪四千年前就停产了。"我告诉他。

"那咱们就做一个吧。"

"我都不知道六分仪的零件有哪些。"

他觉得这很可乐："我也不知道。我是说我们可以从头开始设计一个。"

"对，"巴尔布轻蔑地说，"只不过是几何学，拉兹。"

"在现在这个时代，这块大陆上布满了硬面道路网，到处都是标志和其他的导航辅助标记。"我说。

"噢。"嘉德修士说。

"相比之下，与其从头开始设计六分仪——"我挥着舆图器，"——我们用它就能找到去垒特雷德加的路。"

这让嘉德修士略显失落。不过话音刚落，一家办公用品店就出现在我们眼前。我赶忙进去买了个量角器给嘉德修士，给他的自制六分仪提供了第一个部件。他深受感动。我意识到，这是一样在他眼中有意义的墙外头的东西。他瞪着那家店铺问道："这是座阿德拉贡垒殿吗？"

"不是。"说着我便转身离开了店铺，"那是实践理学。他们造轮椅坡道和门掣的时候还得用原始的三角几何学。"

他落在了我的身后，回头久久看着那家办公用品店，说道："不管怎么说，他们肯定还是有悟性的——"

"嘉德修士，"我说，"他们对叙莱亚理学世界一无所知。"

"噢？真的吗？"

"真的。在外边，人们只能瞒着别人偷偷琢磨叙莱亚理学世界，琢磨这个的人只有两种下场，要么疯掉，要么进堃埃德哈。"我扭过头看着他，"不然您觉得巴尔布和我是从哪儿来的？"

弄明白了这一点，巴尔布和嘉德才高高兴兴地跟着我上了路。我领着他们沿着堃埃德哈西边一条宽阔的弧形道路朝机械厅走去，途中他俩一直在讨论着六分仪。

"不得不说，你来的可真不是时候。"珂尔德看见我的头一句话就是这个。

我们闯进来的时候她跟同事们好像正在开会。所有人都直勾勾地瞪着我们，特别是一个年长的男人。"那人是谁？为什么这么讨厌我？"我回瞪着那人问道。

"原本应该是我的老板。"珂尔德说。我发现她的脸颊湿湿的。

"哦，嗯，是啊。我都没想过你还会有老板。"

"外边的人大多数都有老板，拉兹。"她说，"老板摆出那种脸色的时候，你那样回瞪他是很失礼的。"

"噢，那是彰显社会地位优越性的姿态吗？"

"是呀。而且别人在工作场所开私人会议的时候随便闯进来也是不对的。"

"好吧，不过既然你们老板已经注意到我了，也许应该告诉他——"

"你叫了一群人中午在这儿聚会？"

"是呀。"

"可从他的立场，就会产生这种想法：你，一个彻头彻尾的陌生人，事先也没征求过他的意见，就邀了一大票同样陌生的人跑到这儿来集会，这里不仅是他的私人产业，还是一个运行着很多危险设备的工业厂区。"

"哦，珂尔德，可这事儿真的很重要。而且不会花很长时间的。你和你同事就是为了这个开会的吗？"

"这是会议的第一项议程。"

"你觉得他会对我展开肉体攻击吗？我还懂一点谷术，虽然没有利奥精通，"

但是——"

"人们一般是不会那么解决问题的，在外边这么干是要引起法律纠纷的。不过你们有你们自己的法律，所以他也不会动你。而且听起来当局好像希望他能支持你们在这里集会。他想跟他们讨价还价，想要笔补偿金。他也在跟保险公司谈，确保这个时间不会让他的保险合同失效。"

"哇哦。外边的事情还真复杂啊。"

珂尔德抽搭着鼻子望了望主楼的方向："他们已经不在……那里了？"

我思索了一会儿："我猜我在第十夜的失踪，让我在你的眼里显得很奇怪吧？就像你们老板的保险合同给我的感觉一样？"

"没错。"

"好吧，那不是出于我的本意，我也受了很大的伤害。也许就像这件事给你带来的伤害一样。"

"不一样的，"珂尔德说，"就在你进来的十秒前，我刚刚被开除了。"

"那也太不合理了！"我抗议道，"就算按墙外的标准，也太不合理了！"

"是也不是。对我来说，在我完全不知情的情况下，你做出的一个决定就能让我被开除，这的确很不合理。但另一方面，我在这儿也是个异类。我是个女孩，我用机器做首饰，我帮伊塔人做零件，还赚得盆满钵满。"

"哦，真的很抱歉——"

"别再说了。"她提出。

"如果我能做点儿什么的话——如果你想加入马特——"

"就是刚把你遣退的那个马特？"

"我只是说，如果我能做点什么对你有帮助的事儿的话——"

"让我来一次冒险吧。"

珂尔德旋即意识到这话听上去有多怪异，一下子变得不知所措了。她举起双手说道："我不是说什么宏大的冒险。只要能有点儿什么事儿，让开除显得没什么大不了的就行。来点儿让我老了以后还能回忆的事儿。"

此刻，我头一次审视起了过去十二个小时里发生的事情来，觉得有点儿头晕。

"拉兹？"过了一会儿，她问道。

"我无法预测未来，"我说，"不过就我目前所知，恐怕只能给你一场宏大的冒险了。"

"太棒了！"

"可能是那种以宏大的葬礼收场的冒险。"

这让她稍稍安静了下来，不过过了一会儿她还是说："你们需要开车的吗？需要工具吗？需要钱吗？"

"我们的对手是一艘装着原子弹的外星飞船。"我说，"我们只有一把量角器。"

"好吧，那我会回家看看还能不能再找一把尺子和一条绳子。"

"那太好了。"

"中午在这儿见，只要他们还让我回来就行。就这么说定了。"

"我会让他们同意的。嘿，珂尔德——"

"嗯？"

"可能现在求你不是时候……但是，你能帮我个忙吗？"

我走进跨在运河上的顶棚下边，坐在了一条木板架上，拿出舆图器来研究面板的使用方法。这花费的时间比我想的要长，因为这东西不是给识字的人用的。那些帮助信息太蹩脚，我到底还是没弄明白它的搜索功能怎么用。

看到阿尔西巴尔特来了，我便问他："布利岗到底在哪儿？"此时离正午只剩半个小时了。被召唤者已经到了差不多一半。飞驰车和摩布车也凑成了一小队，也不知道是偷的、借的，还是捐的。

"我就知道你会这么问。"阿尔西巴尔特说。

"可惜布利的遗物全在髻埃德哈。"我提醒他说。

"曾经在。"他纠正我道。

"太棒了！你偷了什么？"

"一千三百年前记述布利岗情况的笔记。"

"还有他的宇宙学笔记吗？"我企盼着。

这回运气可没那么好了，阿尔西巴尔特换上一副惊奇的脸孔。"你干吗要髻布利的宇宙学笔记啊？"

"因为宇宙学笔记里应该记着他观测地点的经纬度啊。"

随后我才想起，我们连自己的经纬度都没法确定。也许舆图器的用户界面上原本是应该显示这些信息的。

"唉，也许这样倒更好。"阿尔西巴尔特叹了口气。

"什么？！"

"我们应该直接去壑特雷德加的。布利岗跟它并不在一个方向上。"

"我觉得布利岗离这儿不会很远。"

"你不是刚说你不知道它在哪儿吗？"

"我有了个初步的想法。"

"你甚至都不确定敖罗洛是不是去了布利岗。你怎么说服十七个阿佛特人绕道去找一个他们几个月前才诅革过的人呢？"

"阿尔西巴尔特，我没法理解你。要是你不打算去找敖罗洛，干吗费劲儿去偷布利的遗物？"

"我偷它们的时候，"他指出，"还不知道这是一次大集修。"

我想了半晌，终于明白了他的逻辑。"你不知道我们还要回去？"

"没错。"

"你是打算，在我们干完他们要我们干的事儿之后——"

"我们就可以去找敖罗洛，去当浪士了。"

这完全是出于利害的考虑，也是个中肯的建议，不过对于手头的问题却毫无用处。

"阿尔西巴尔特，你有没有注意过那些壑者的人生规律？"

"不多。你想让我注意的是什么规律？"

"他们中有很多人，在人人都认为他们是壑者之前，都曾经遭到过遣退。"

"假如你是对的，"阿尔西巴尔特说，"那离敖罗洛封壑应该也不远了，他还不是壑者呢。"

"对不起，"一个刚来没多会儿，两手揣在兜里东游西逛的男人问，"你是领队吗？"

他看着我。我自然而然地四处张望，想看看巴尔布和嘉德又惹了什么新麻烦。巴尔布就站在不远的地方，在看几只鸟在屋顶的钢梁上做窝。他已经一动不动地看了整整一个钟头了。嘉德蹲在地上，拿一根断了的螺丝当笔，在土地上画着图形。我们刚来没多久，嘉德修士就跑到机械厅里逛了一圈，琢磨起了那些车床的操作方法。珂尔德的前老板几乎真的要揍我了。但那之后，嘉德和巴尔布就表现得颇为得体了。所以怎么又有人问起我是不是领队来了？不过他看起来既不愤怒也不恐惧，更像是……迷路了。

我猜假装是领队应该对我有利，至少在穿帮之前还能捞点什么。

270

"是的，"我说，"我是伊拉斯玛修士。"

"噢，见到你很高兴。费尔曼·贝勒。"他边说边犹犹豫豫地伸出一只手来——他不确定我们是否了解这种问候方式。我把他的手紧紧握了一握才松开。这是个五十多岁的矮胖男人。

"你的舆图器不错啊。"

他一上来就说这个，简直让我摸不着头脑，不过我终于想起，外人是可以拥有三件以上的财产的，他们闲聊的时候常拿这种话题当开场白。

"谢谢。"我试着说，"但糟糕的是它不管用了。"

他呵呵一笑："别担心。我们会带你们去的。"我猜他是个本地的司机志愿者。"我说，你看，那儿有个人想跟你谈谈。我们也不知道应不应该——你知道的——让他过来。"

我看过去，瞧见一个头戴黑色高帽的男人，正站在太阳底下盯着我看。

"请让萨曼过来吧。"我说。

"你不是认真的吧。"费尔曼一走，阿尔西巴尔特就语带责备地冲我说道。

"是我让人叫他来的。"

"你能叫谁去找伊塔人啊？"

"我让珂尔德帮的忙。"

"她也在这儿吗？"他马上换了一副全新的腔调。

"我猜她和她男友随时都会出现，"说着我就从木板架上跳了下来，"现在，找出布利岗的位置吧。"我把舆图器递给了他。

普洛维纳尔的钟声响起，触发了我脑子里一连串的开关，我就像古代堅者做心理学实验用的倒霉狗，先是一股罪恶感涌了出来：又迟到了！接下来四肢便感觉到了上发条带来的疼痛。随后是午饭前的饥饿感。最后又是一种受伤的感觉——没有我们，他们也照样能给大钟上发条。

"我们讨论很多事情都要用奥尔特语，因为我们中真正讲弗卢克语的人并不多。"我把木板架当成指挥台，站在上面对着所有人说，底下有十七个阿佛特人、一个伊塔人，还有一批墙外人，墙外人有时会开小差去用唧嘎，人数忽多忽少，总共十来个的样子，"图莉亚修女会把我们说的一些话翻译过来，但我们谈话中也会有很多只跟阿佛特人有关的事情。而你们可能也想自己谈些跟后勤有关的事情——比如午餐之类的。"我看见阿尔西巴尔特点着头。

然后我就换成了奥尔特语。我稍等了一会儿才切入正题，想看看会不会有人指出，我实际上并不是领队。但的确是我召集了这次会议，我也站到了这个木板架上。

而且我还是个十年士。我们的领队的确应该是个十年士，一个能讲弗卢克语，能处理墙外事务的十年士。但我也不是这方面的专家。然而百年士就更无能为力了。嘉德修士和百年士也不大知道该选择哪个十年士当领队，因为他们几个小时前还没见过十年士。不过他们都见过我和我们小队给大钟上发条，这让我、利奥和阿尔西巴尔特有了脸熟的优势。杰斯里倒是天生的领导者，可他已经走了。因为提到午餐，我已经赢得了阿尔西巴尔特的忠诚。利奥又太蠢笨古怪。所以未经投票我就成了领队。其实我也没想好该说些什么。

"咱们得分开坐在不同的车里。"我磨磨蹭蹭地说道，"现在还按早晨在前廊分的组，十年士和百年士混合编组。这样比较简单一些。"看到一位比我年长些的十年士——怀博特修士——正要开口反对，我连忙补充道："如果你们愿意，过后还可以换。不过所有的十年士都得保证自己负责的百年士不要独自坐在没人讲奥尔特语的车上。我想我们都很乐意承担这样的责任。"我边说边直视着怀博特修士的眼睛。他原本好像已经做足了推翻我的准备，却不知为什么又咽了回去。"这些小组和车辆该怎么分配呢？我的继姐珂尔德，就是那位穿工具马甲的年轻女士，愿意用她的飞驰车载我们几个人。'飞驰车'是个弗莱克语单词，意思是一种工业化的车辆，看起来像个有轱辘的箱子。她想让我和她的私情伙伴罗斯克跟她坐一辆车，罗斯克就是那位跟她在一起的长头发的大个子。我邀请了伊塔人萨曼加入我们。我知道你们有些人会反对（他们已经反对了起来），但我会让他跟我坐一辆车。"

"让伊塔人跟一位千年士在一块儿可是大不敬。"另一位十年士蕾斯莱特修女说。

"嘉德修士，"我说，"很抱歉我们在讨论您的事儿，但好像把您本人的意见给忽略了，并不是说您不能选择您要坐哪辆车。"

"我们在游方期间也应该遵守戒律。"巴尔布好意地提醒着我们。

"嘿，你要把外人给吓着了。"我开起了玩笑。看得出，在我的修士修女同伴身后，那些听着我们争论的墙外人已经显出了疲惫之色。图莉亚把我最后这句话翻译了出来。那些外人都笑了。阿佛特人都没笑，但也稍稍镇定了下来。

"伊拉斯玛修士，能让我说两句吗？"阿尔西巴尔特说。我点了点头。阿尔西巴尔特用所有人都听得见的洪亮声音冲着巴尔布说："我们得到的是两个相互矛盾的指令。一个是要求游方期间遵守戒律的古代常规指令。另一个是运用一切必要手段前往塈特雷德加的新指令。他们并没给我们提供一节封闭车厢或者任何可以用作移动隐修院的交通工具。能用的只有小型私人汽车，而我们却不会开车。我告诉你说，新指令是优先于旧指令的，所以咱们必须得跟外人结伴旅行。跟伊塔人结伴肯定不会比跟外人结伴更坏。照我说还要好些，因为伊塔人跟我们一样了解戒律。"

"萨曼跟我一起坐珂尔德的车。"不等巴尔布插嘴表示反对，我就下了结论，"嘉德修士想坐哪辆车都可以。"

"我就按你说的来，如果不满意再换。"嘉德修士说。这让另外十六个阿佛特人都沉默了半响，只因为这是他们头一次听到他的声音。

"那也许马上就会有令您不满的事情了，"我告诉他说，"因为珂尔德的飞驰车第一站将是布利岗，我得去那儿试试能否找到敖罗洛。"

现在外人们真的开始有点儿担心了，因为阿佛特人已经变得非常愤怒，非常吵闹，我自命领队的任期也眼看就要到头了。但趁着他们还没拉我下台把我诅革掉，我朝着萨曼点了点头，他向前迈了一大步。我弯下腰抓住他的手，把他拉了上来，和我站在了一起。修士碰触伊塔人的奇观瞬间分散了人们的注意力。接下来，萨曼开始说话，这太引人注目了，因此他一开口周围就安静了下来，人们几乎全都专心致志地听着。也有几个佰岁纪修女堵住耳朵闭起眼睛作为无声的抗议，还有三个人背转身去不看他。

"斯佩里空修士曾让我取回塈米特拉与米拉克斯望远镜里的一块照相记忆板，那是敖罗洛修士在秩序督察关闭星阵的几个小时之前放进去的。"萨曼用带着奇怪口音的正确奥尔特语说道，"我服从了他的命令。但他没有下达任何要对这块记忆板信息保密的命令。所以在把这块板交给他之前，我做了一份拷贝。"说着萨曼便从肩上挎的一个包里拿出一块照相记忆板来，"这里边就是敖罗洛修士捕捉的图像，但他本人还没看到过。我现在就把这幅图片调出来。"他边说边操纵着记忆板的控制键，"几分钟前，伊拉斯玛修士已经在这里看过了。如果其他人愿意，也可以看看。"他把它递给了离得最近的一位阿佛特人。另外几人也围了上去，不过还有几个人仍然连萨曼的存在都不肯承认。

"我们得小心别让它被外人看到了，"我说，"因为我想他们对于我们要面对的东西还一无所知。"在这里，我们指的是阿尔布赫星上的每一个人。

但已经没人听我的了，因为他们全都去看记忆板上的图像了。记忆板显示的东西并不会强迫谁同意我的意见，但它的确对我们进行到一半的争论起了巨大的分散作用。那些向着我的人得到了更大的信心。其他人也变得没那么紧张了。

决定谁坐哪辆车就花了一个小时。我简直无法相信这件事竟会如此复杂。人们不断改变着心意。联盟一会儿建立，一会儿紧张，一会儿瓦解。内部联盟的时存时续有如虚粒子一般。珂尔德的厢式大飞驰车有三排座位，坐着她、罗斯克、我、巴尔布、嘉德和萨曼。费尔曼·贝勒有一辆可以在崎岖路面行驶的大摩布车。他想要带上利奥、阿尔西巴尔特和三个决定加入我们的百年士。我们觉得我们几个人坐两辆最大的车就足够了，但在最后一刻，又有个一直在用唧嘎通话的外人宣布他要带着他的飞驰车加入我们的队伍。这个男人叫加涅里埃尔·克拉德，很显然他是来自某个巴兹对立教的慕像者，但我们还不知道他是不是天堂督察教的。他的车是辆敞篷飞驰，后座上是一辆轮胎很宽、胎纹很深的三轮车摩托，几乎已经被占满了。他的车上只能再坐三个人。但没人想坐加涅里埃尔·克拉德的车。我有点儿替他尴尬，但也还没到想要自己爬上那辆车的地步。最后一刻，他的几个年轻同伴终于走上前来，往后备厢里扔了一只露营袋就爬上了他的车。这样布利岗分队就整备齐全了。

直奔特雷德加的分队用了四辆摩布车，每辆车上一名车主或司机，还有一个十年士，这几个十年士是图莉亚、怀博特、蕾斯莱特和奥斯塔邦。其他的乘客是那些不想参加敖罗洛远征的百年士，还有些志愿加入这次旅程的外人。

同行的外人几乎都来自宗教团体，只有珂尔德和罗斯克除外，这让阿佛特人全都有点儿不自在。我估计要是这个地区有军事设施的话，世俗政权可能就会派装扮成平民的军人来拉我们了。但既然没有，他们也只有灵机一动临时组织志愿者了，在这种时候，这种地方，也就意味着只能找宗教人士了。我把这些跟大家解释了一番，才让他们稍稍安心了一点。十年士似乎比较容易理解，但百年士却很难明白，他们不断追问驱策这些司机志愿者的是何等道义，这让安排人们上车的过程变得更加漫长。

加涅里埃尔·克拉德可能已经四十多岁了，但因为身材纤瘦，且不留胡子，看起来要年轻一点。他说自己知道布利岗在哪儿，还说会带我们过去，让我们跟在他的后边。说完他就上了自己的飞驰车，发动了引擎。费尔曼·贝勒慢慢开到了与他并排的位置，隔着车窗冲他笑着，他便打开车窗，与贝勒攀谈了起来。看到那辆车上几个人瞪着贝勒的眼神，我马上就判断出来，他们的意见产生了分歧。

我又被泥巴一样的尴尬糊了一头一脸。原来听到加涅里埃尔·克拉德信誓旦旦的口气，我还以为他跟费尔曼·贝勒已经把行程计划谈妥了。现在看来显然不是那么回事。我已经做好了最坏的准备，克拉德想带我们去哪儿就去哪儿吧。

我算是明白了，当领队就是件苦差事，因为人们会不断地让我犯错，迫我下台。

"领队！"我对自己说道。

"哈？"利奥问。

"再也别让我干这种蠢事儿了。"我冲着一脸困惑的利奥说道，说完便朝克拉德的车子走去。利奥和阿尔西巴尔特在不远处尾随着我。克拉德和贝勒现在已经大鸣大放地吵了起来。我真心不想掺和，但也不能坐视不理。

我意识到，问题就在于我们对布利岗的位置一无所知，而克拉德则以知情人自居。这是我的错。错就错在不该承认我不知道它的确切位置。在集修院里，承认无知是件好事儿，因为这是迈向真理的第一步。但在这里，却只会给克拉德这种人制造乘虚而入的机会。

"抱歉！"我叫了一声，贝勒和克拉德停止了争吵，看着我，"我有个弟兄从集修院带出了一份古代文件，它可以告诉我们该往哪儿去。我们可以结合文件中的信息，伊塔人的技术和舆图器上的地形图，自己找到我们要去的地方。"

"我刚好知道你们的朋友去了哪里。"克拉德开始了。

"我们是不知道，"我说，"但如我所说，我们一早就会弄清楚的。"

"只要跟我走就行啦——"

"这个主意不大可靠。要是我们跟不上你就惨了。"

"要是没跟上你们可以通过唧嘎呼叫我。"

真让人痛苦，因为克拉德说得比我在理，可我也不能就此退缩："克拉德先生，如果你愿意，可以开在前边，享受领先于我们的喜悦，但如果你看后视镜的时候发现我们不见了，那只能是因为我们在路线问题上坚持己见。"

这下子克拉德和他的乘客们可要恨我一辈子了，但至少不用再争论了。

可这样一来，我和萨曼就不得不换到费尔曼·贝勒车上，和阿尔西巴尔特坐到了一块儿。我们仨得成为导航者。为了保持人数的平衡，利奥和一位百年士换到了珂尔德的飞驰车上，他们得跟在我们后边。加涅里埃尔·克拉德开着他的飞驰车飞驰而去，还朝我们扔了几块石头。

"这人的行为真像是文学作品里的恶棍，简直好笑。"阿尔西巴尔特品评道。

"是啊，"一位百年士也说，"他好像从来没听说过什么叫铺垫。"

"他可能的确没听说过，"我说，"不过请记住，我们的司机是这辆车上唯一一个外人，所以为了表示对他的礼貌，我们不要一直说奥尔特语。"

"没问题，"那个百年士说，"我也想看看能不能对弗卢克语做一点语法分析。"

这位叫作卡尔莫拉图修士的百年士有点儿呆头呆脑，不过既然他愿意坐上这趟车去找敖罗洛，心地就不会太坏。他比敖罗洛年长五到十岁，我猜他是帕弗拉贡的朋友。

"往东北方向去，与山脉平行的路有几条？"我问贝勒，多希望他说"只有一条"。

"好几条。"可他说，"你想走哪条，老板？"

"根据定义，山岗是个独立的山头，不属于山脉，"阿尔西巴尔特说用奥尔特语说，"所以——"

"它隆起于山脉南部的高原。"我用弗卢克语接着说，"所以我们没必要走山路。"

贝勒发动了车子。我向图莉亚挥手道了别。她看着我们离去，稍稍显出了震惊的神色。我们的出发的确显得唐突，但我也怕再等下去还要节外生枝。图莉亚选择直接去特雷德加，这样她就能去找艾拉了。或许我也应该那样做。但这是个两难的抉择，我想我的选择是正确的。如果运气好，我们分队只会比图莉亚分队晚两天到特雷德加。看起来只是她的带队工作更出色而已。

开出市镇前，我们在一个地方停了一次车，或者不如说是稍微减了一下速，只花了一点点时间就买好了食物。我记得小时候见过这种餐馆，但百年士们没见过。我不禁以他们的眼光审视着这一切：看不见的女招待，意义不明的对话，从窗口飞出的一包包热腾腾、油腻腻、散发着香味的食物，封在袋子里的调料，在高速路的车子上东倒西歪地吃东西，满车都是乱糟糟的垃圾，久久不散的讨厌气味。

【巴兹正教】巴兹帝国的国教，在巴兹帝国灭亡后仍然存续，并在帝
　　国灭亡后建立了一套与嘉尔塔斯马特系统平行且独立的马特系统，一
　　直是阿尔布赫星最大的信仰之一。

【巴兹对立教】巴兹正教的同源宗教，巴兹对立教与巴兹正教植根于
　　相同的经书，敬仰相同的先知，但反对巴兹正教的权威和某些学说。

——《词典》，第四版，改元 3000 年

　　快餐吃完的时候，主楼已经消失在了视野里。大部分的愚氓区也被我们甩
在了身后，现在穿越的是城市与乡野之间的"潮汐带"，随着城市边界时进时退，
这里的人烟也时有时无。在真正的潮汐带，你会看到漂流木、死鱼和带着根须
的海草，而这里只有枯树、死于车轮的动物和乱蓬蓬的跳草。在真正的潮汐带，
随处可见乱扔的空瓶子和破船，而扔在这里的则是空瓶子和破车。再往前，景
色开始变得单调，充塞视野的只剩下一片工场，人们在山上采伐油木，再拉到
这里来切割加工成燃油。一辆辆的油罐毂车在此处造成了交通堵塞。但他们几
乎都是入城方向的，所以我们很快就摆脱了拥堵，进入了一片果蔬园区。

　　与我同车的，除了费尔曼·贝勒，还有阿尔西巴尔特、萨曼和两位百年士：
卡尔莫拉图与哈尔布莱特。另一辆车上坐着珂尔德、罗斯克、利奥、巴尔布、
嘉德和另一位百年士：克里斯坎修士，他也是埃德哈会士。我注意到一个统计学
上的怪异之处：我们之中只有一位女性，而且还是我的继姐——一个特立独行的
女性。如此不对称的数字在墙内并不常见。当然，就算在墙外，也要看是什么
时代，哪种宗教、哪种社会形态占主导地位。我不由得对个中缘由产生了好奇，
回忆起人们在出发前为了坐哪辆车换来换去的漫长一幕。当然，对敖罗洛的看

法和对寻找敖罗洛的看法，才是人们决定加入哪组的重要因素。但也许这种突击行动有着某种吸引男人却令女人倒胃口的东西吧。

刨去涅里埃尔·克拉德，我们共有十二个人。这个人数正是田径队和军事小队的标准规模。据推测，早在石器时代，自然组合而成的狩猎队伍也常是这个规模，这个人数更容易让人觉得自在。不过这是不是已经写在我们传序中的统计学异常点呢？还是我们的原始本能呢？这我就不得而知了。我想起了直奔特雷德加的那队人马，想起了图莉亚和其他修女，她们会不会为我造成的这种局面而恨我？但这个想法不一会儿就被我抛在了脑后，因为我们还得想着怎么导航。

阿尔西巴尔特带来的图纸上画的是一连串山脉的远景，看着这张图纸，结合着《纪事》里跟垒布利有关的线索，加上萨曼从超级唧嘎里查来的信息，我们在舆图器上找到了三座孤立的山头，推测布利岗就是其中的一座。这三个山头在地图上构成了一个边长约二十哩的等边三角形，离我们所在的位置有两三百哩吧。看起来并不是很远，可我们指给费尔曼的时候，他却告诉我们，明天之前别指望能到了。他说那一带都是"新砂石路"，我们的车会开得很慢。就算今天能到，天也该黑了，什么事儿也干不成。所以最好先找个地方过夜，明天早上早点出发。

起初我还不明白什么叫"新砂石路"，直到几小时后，我们下了高速主路，开上一条新铺的路时我才算领教了。这路面上铺满了高低错落的石板，直接开在土路上也不会比这更慢。

跟萨曼坐在一起，显然让阿尔西巴尔特不大自在，从他对萨曼的那份儿客气就看得出来。最后他还是借口晕车，换到了费尔曼旁边，用弗卢克语跟他聊了起来。我坐到了他后边的座位上，想要补个觉。但车子颠簸得厉害时，我也会偶尔睁下眼，模模糊糊地瞟见仪表盘上摇来摆去的宗教吉祥物。我对宗教了解不多，但可以肯定费尔曼信的是巴兹正教。按程度来讲，巴兹正教跟加涅里埃尔·克拉德的信仰一样疯狂，只是这种疯狂要传统得多，也陈腐得多。

不过，要是一伙宗教狂徒想要诱拐这几车阿佛特人，肯定也得使点儿迂回的招数。正因如此，听他提到神的时候，我便突然警醒了起来。

此前他一直不提这个，倒让我觉得无法理解。如果你真心信神，又怎会不时时刻刻想着他，张口闭口提到他？而贝勒这么一个慕像者，却能聊上几个钟头都不提他的神。或许他的神跟我们眼下的事情关系不大？或者对他来说，神

278

的存在是再明显不过的事儿，所以他觉得根本没必要说出来，就像没有必要随时指出我在呼吸空气一样，想来还是这种可能性更大一些。

贝勒的语气透着无奈，却不愠不火。这是和蔼可亲的叔叔在冥顽不灵的侄子面前显出的无奈——我们看上去也挺聪明的，可怎么就不信神呢？

"我们是遵守司康派戒律的。"阿尔西巴尔特告诉贝勒——总算有机会澄清这个问题了——他显得很开心，还有点儿如释重负的感觉。我想他太乐观了，他还以为能让贝勒用我们的方式去理解这件事呢，太自信了。"这跟不信神并不是一码事儿。不过——"他犹豫着补充道，"——我也能理解，为什么没接触过司康派思想的人会觉得这就是一码事儿。"

"我还以为你们的戒律是堃嘉尔塔斯创立的。"贝勒说。

"确实。我们有很多规矩都可以直接上溯到嘉尔塔斯制定的准则。不过还有很多是后来补充的，也有几条被取消的。"

"那我猜司康就是给这些准则做补充的另一个堃者喽？"

"不，司康是一种小点心。"

贝勒勉强挤出个尴尬的"呵呵"，这是外人听别人讲无趣的笑话时才有的反应。

"我说的是真的，"阿尔西巴尔特说，"司康主义就是根据这种小茶点命名的。这是诞生于复兴之后、大灾厄之前的一种思想体系。如果您愿意的话，可以把它看成是践行时代文明的巅峰。在它出现之前的两三百年，由于古马特体系已被冲破，阿佛特人也混入了世俗世界，他们交往的多是富人和权贵，也就是那些老爷太太。到了这个时候，人类的足迹已经踏遍了全球，也已画出了世界地图，实践领域也用上了刚研究出的动力学法则。"

"机械时代？"贝勒搜肠刮肚地想了半天，试探着问道，这应该是很久以前他在学苑读书时学过的词儿。

"是的。那个时代，聪明人只要穿梭于各式各样的沙龙，谈谈理而上学，写写书，给贵族和实业家的小孩教教课，就能过活。那是两个世界关系最和谐的时候，呃——"

"我们和你们的关系？"贝勒提醒道。

"是的，这种关系是从埃特拉斯黄金时代开始的。言归正传，当时曾有一位地位显赫的贵妇，名字叫巴里托，她丈夫是个拈花惹草的白痴，不过这倒不重要，她常利用丈夫出门的时候在自家宅邸举办沙龙。据说，每天她家司康饼出炉的

时候，最出色的理而上学家都会在此聚会。年复一年，这个沙龙时有新人加入，也有老人离开，唯有巴里托夫人始终在场。她写了一些书，不过她自己也小心地做了说明，说书中记录的思想并不属于某个个人，而是集体的智慧。有人给这种思想取了个绰号，叫司康派，而这个名字也成了它的永久称号。"

"几百年后，这些思想又融入了你们的戒律之中？"

"是的，不过与其说它是行为准则，不如说是一套思维习惯，是很多阿佛特人在跨入马特大门之前就养成了的习惯。"

"比如不信神？"贝勒问。

他说这话的时候，轮下本是一马平川，但我却觉得车子好像已经开到了万仞悬崖之上，贝勒只要一打方向盘就能把我们掀下深渊。让我吃惊的是，阿尔西巴尔特倒很从容，要知道那些远不及现在危险的状况都能把他整得高度紧张。

"追究这种问题无异于吃馅饼大比拼。"阿尔西巴尔特开始说道。

"吃馅饼大比拼"是我和利奥、杰斯里、阿尔西巴尔特爱用的说法，意思是死啃书本，劳而无功。但这让贝勒完全糊涂了，他还以为我们说的是司康饼，于是阿尔西巴尔特又不得不费了一番唇舌，解释馅饼和司康饼有什么差别。

"我尽量概括地讲一下吧，"阿尔西巴尔特终于回到了正题，接着说，"司康派出现的时候，人们已经彻底弄清了一件事情：我们是用大脑来思考的，而大脑获得的信息来自眼睛、耳朵和其他的感觉器官。"他敲着自己的脑袋说。"关于这一点，当时存在着两派令人无法认可的观念，而司康派则是脱颖而出的第三条路。前两派里有一派比较幼稚，认为大脑是直接与现实世界交互的。比如你仪表盘上的这个按钮，我可以用眼睛看它，也可以伸手摸它——"

"别动！"贝勒警告他说。

"我看到你看它和思考它的样子，也可以得出'它真实存在'的结论，就好像是我自己的眼睛和手指告诉我的一样，而我在思考它的时候，思考的也就是真实世界的事物。"

"这不都是明摆着的嘛。"贝勒说。

一阵尴尬的沉默随之而来，最后还是贝勒用幽默打破了沉默——"我猜这就是你们说它幼稚的原因吧。"

"而与之对立的一派辩称，对于脑壳外面的世界，我们所想、所知的一切都是幻象。"

"这好像只能说是自作聪明吧。"贝勒略加思考后说。

"司康派对这两种观念都不十分感冒。如我所说,他们发展出了第三种态度。他们说,'当我们想着这个世界,或者说想到任何事物的时候,我们思考的实际上是通过眼睛、耳朵等器官传输到大脑的一串数据——即入信'。回到我刚才举的例子,我被输入了一幅按钮的视觉图像,还被输入了一段触摸它的感觉记忆,而我需要处理的是跟这按钮相关的一切,也就是这些信息,我的大脑不可能也没办法把握到这个按钮实际的物理存在,因为单凭我的大脑根本就做不到。我的大脑能处理的只有通过神经传导进来的视觉和触觉,也就是入信。"

"好吧,我猜我明白你的意思了。它倒不像你说的第二种那么自作聪明。不过看起来也是换汤不换药。"贝勒说。

"不一样的。"阿尔西巴尔特说,"不过要想弄明白为什么不一样,就又要吃馅饼大比拼了。因为司康派以这种理念为出发点,发展出了整整一套理而上学体系。这种理念很有影响,若是不先把它吃透,都没办法进行理而上学的研究。后来出现的多个理而上学流派,都与司康派脱不了干系,不是驳斥司康派思想的,就是对它的修正或发展。如果把吃馅饼大比拼进行到底,您能得出的最重要的一个结论就是——"

"神是不存在的?"

"不,跟这不是一码事儿,也没这么简单,有些话题并不在它的研究范围之内,比如神的存在。"

"不在研究范围内?是什么意思?"

"如果按照司康派的逻辑进行论辩,您就会得出这样一个结论,即我们的头脑无法有效地思考神的问题,因为如果您说的神指的是巴兹正教的神,那它显然是非时空的,并不存在于时间与空间之中,所以是没法思考的。"

"可神是无处不在,无时不在的啊。"贝勒说。

"那您说这话的真正含义是什么呢?您的神超乎这条道路,超乎这座山,也超乎这个宇宙里所有物理性实体的总和,不是吗?"

"是啊。当然了。否则我们就沦为自然崇拜者了。"

"所以您对神的定义中关键的一条就是他要超乎许许多多的东西。"

"当然。"

"那好,顾名思义,'超乎'的意思就是在时空之外。而司康派要说的就是,只要是无法用感官体验的事物,我们就根本没法对它进行有效思考。不过看您的表情我就知道,您并不认可。"

"不认可。"贝勒肯定道。

"但这不是重点。重点在于，在司康派之后，致力于理学和理而上学的人就不再谈论神了，也不再谈论宇宙出现前是否存在自由意志之类的话题了。我说'我们遵守司康派戒律'就是这个意思。到大改组的时候，这种思想就已经根深蒂固了。它在毫无争议，甚至不知不觉的情形下融入了我们的戒律之中。"

"好吧，可四千年来你们都守在集修院里，有那么多的空闲时间，难道就没人想到过神？讨论过神？"

"我们的空闲时间并没有您想象中那么多。"阿尔西巴尔特温和地说，"但不管怎样，还是有很多人花了很多工夫思考这个问题，还专门成立了否定神或相信神的修会。这些思潮在马特世界里此起彼伏，但好像还没有一种能够动摇司康主义在我们心目中的固有地位。"

"那你信神吗？"贝勒坦率地问道。

受到这个话题的吸引，我朝前凑了上去。

"我最近刚看了不少书，讲的都是尚未被人采信的非时空性事物。"我知道，他说的是叙莱亚理学世界的数学对象。

"那不违反司康派戒律吗？"贝勒问道。

"违反，"阿尔西巴尔特说，"但只要对巴里托夫人写过的东西心里有数，别以幼稚的心态去读，就一点问题也没有了。司康派常为人诟病的一点，就是他们对纯理学知之甚少。很多看过巴里托著作的理学家都会说：'等一下，这里有个漏洞，我们在进行理学论证的时候就能直接关联到非时空对象啊。'我最近读的书就是关于这个的。"

"那么你能通过研究理学看见神了？"

"不是神，"阿尔西巴尔特说，"并不是会被教会承认的那种神。"

说完这话，他就设法转换了话题。和我一样，他也想知道当局在召唤志愿者的时候是怎么跟费尔曼他们说的。

但看样子说的不多。他们只听说，世俗政权碰到了某种只有阿佛特人擅长解决的难题。要把一些修士修女从 A 地带到 B 地，才能让他们为当局排忧解难。费尔曼·贝勒这样的人对我们有着本能的好奇。他们都在学苑里学过大改组的历史，也明白我们在他们的文明建设中担负着特定的使命，只是发挥作用的机会凤毛麟角。这种稀罕事自然让他们心醉神驰，哪怕一辈子能见证一回也好，若能参与其中，即使完全不明所以，也会让他们感到自豪。

下午最热的时候，我们开到了一处废弃的农场附近，农场的边上有一行挡风的树木，我们就把车停在了这片树荫底下。克拉德已经消失了好几个小时，但珂尔德的车还跟在我们后头。车子停下之后，有人下车散步，也有人在车上打盹儿。山脉的遮挡把西北的天空压得黑沉沉的，若是不知那里有山，你可能会以为是风暴临头。海上吹来的水汽大部分被拦在了山坡的另一面，汇入了那条流经集修院的河流。结果山坡的这面就成了干旱地带。能在这里自然生长的只有一簇簇草丛和低矮的芳香灌木。世俗政权隔几代就会在这里开发灌溉一阵儿，届时会有人搬到这儿来种植谷物和豆类，但现在刚好赶上荒芜期，看看那些道路，那些农场，以及舆图器上所谓的城镇就明白了。老灌溉渠里横七竖八地长满了野草，到处都是刺和蒺藜。利奥和我沿着沟渠瞎溜达，但光顾着看脚下有没有蛇，我俩都没怎么说话。

萨曼好像一直想说点儿什么。于是我决定一会儿换下座位，把我们俩都换到珂尔德的飞驰车上，让利奥和巴尔布去坐费尔曼的摩布车。巴尔布还想跟嘉德在一块儿，但我们都知道，嘉德肯定已经有点儿烦了，所以还是换了过来。珂尔德开了一路，已经累了，于是换成罗斯克来开车。

"费尔曼·贝勒正在联络这山上的一个巴兹机构。"萨曼告诉我。

这种表达方式有点儿古怪，因为巴兹帝国在五千二百年前就已经灭亡了。"巴兹正教的机构？"我问道。

萨曼的眼珠一转："是的。"

"一所宗教机构吗？"

"差不多。"

"你怎么知道的？"

"这不重要。我只是想告诉你，加涅里埃尔·克拉德并不是唯一一个有打算的人。"

我也想问问萨曼他的打算是什么，但话到嘴边又咽了回去。可能他想知道巴兹教士会怎样对待伊塔人吧？

我的打算是要看那块照相记忆板，我知道，除了开车的珂尔德，这辆车上所有人肯定都已经研究过了。此前我只是短暂地看过一眼。珂尔德和我一起坐到了后座。阳光很刺眼，于是我们在头上遮了块毯子，像玩露营游戏的小孩一样缩在黑暗之中。

这就是敖罗洛迫不及待地想要拍下来的东西：能不能认出是艘飞船？几小

时前萨曼给我看过这块板子，在那之前我只知道它能靠等离子爆炸来变速，能用红色的激光照东西。根据这一点点线索，可以展开各种各样的猜测：它有可能是一颗被掏空的小行星；可能是能在真空中生存，会用括约肌投放炸弹的外星生命；可能是用我们无法承认为物质的东西建造的；也可能只有一半在这个宇宙，还有一半在另一个宇宙。所以，我做好了思想准备，等着一幅一眼看不出是什么东西的图像出现在眼前。事实上，我看到的的确是个谜，不过并不是我预测中的那种。刚才没时间研究，也没时间解析。现在总算有时间了，我得好好看一看。

那图像上，沿着飞船运动的方向有些划痕似的道道。敖罗洛修士可能对望远镜做了设定，让它跟踪飞船在天空的运动轨迹并进行拍摄，但这需要猜出它的运动方向和速度，而他猜得并不完全准确，所以拍到的图像产生了一点径向模糊。估计敖罗洛在大隙节前的几个星期里已经拍了一大批这种图像了，随着他越来越了解如何追踪目标、如何设定曝光，这些图像也应该一张比一张好，眼下这张可能是这一连串图像里的最后一张。萨曼还对图像做了一些句法处理，让它变得不那么模糊，挽回了许多不处理就无法看到的细节。

图中呈现的是个二十面体，每一面都是一个等边三角形。萨曼第一次给我看的时候我就看出来了。而问题就出在这里，因为这样的形状既可能是天然的，也可能是人造的。几何学家喜欢二十面体，大自然也喜欢，病毒、孢子和花粉里都有天生二十面体的。所以它也可能是个适应太空的生物，或者是气体云中结出的巨大晶体。

"这东西可没法加压。"我指出。

"因为这些面都是平的？"珂尔德说，她的语气不像问句，倒像是陈述句。她在工作中接触过压缩气体，深知所有能加压的容器都应该是圆的：不是圆柱、圆球，就是圆环。

"接着看吧。"萨曼建议。

"那些角，"珂尔德说，"不知道你们管它们叫什么——"

"顶角。"我说。这20个三角面汇聚成了12个顶角，每个顶点连着5个三角形。这些顶角看起来有点儿往外凸。一开始我还以为是拍虚了。但仔细看过后我便确信，每一个顶点都是一个小球。它们把我的目光引到了棱上。这12个顶角连成了30条棱边，它们共同构成了一个网络。在这些棱边的部位也凸起了一条一条的圆垄——

"就是那个！"珂尔德说。

我完全明白她的意思。"减震器。"我说。因为这是一目了然的：这 30 条边就是 30 条细长的减震杠，就像珂尔德的飞驰车上装的那些，只是更大些而已。这艘飞船的框架就是 30 条减震杠构成的网络，30 条减震杠又汇聚成 12 个顶角。这东西整个就是一个庞大的抗震系统。

"那些角上肯定都是球窝关节，这样减震杠才能发挥作用。"珂尔德说。

"是呀——否则框架就没法活动了。"我说，"但还有一大部分我没看明白。"

"那些平面是用什么做的，那些三角形？"珂尔德说。

"是呀。减震装置如果想发挥作用，那光把三角形边框做成有伸展性的也是没用的，里边的东西也要跟着变形才行。"于是我们又琢磨了一会儿那些三角形的飞船外壳。我觉得这些表面挺有意思，它们看上去坑坑洼洼的，不是平滑的金属板，而是用一块块的东西砌成的。

"几乎可以肯定是拉毛水泥。"

"我刚想说是混凝土。"珂尔德说。

"想想碎石拼嵌吧。"萨曼提醒道。

"好吧，"珂尔德说，"碎石拼嵌的确能带给它混凝土不具备的性能。可它们是怎么拼起来的？"

"太空中漂浮着很多小石块。"我说，"从某种角度来看，碎石是你可以从太空中获取的最充足的固体资源。"

"是的，可是——"

"但这并不能回答你的问题。"我承认，"谁知道呢？也许他们编出了某种网格来绑定石块呢？"

"防冲蚀构造啊。"珂尔德一边说一边点头。

"什么？"

"这个你在河边就能看见，是防止水土流失用的。在河岸容易被冲蚀的地方，人们就会建造这种东西，先用金属丝编成四四方方的网兜，往里面装一堆石头，再把方块网兜一个挨一个地铺成一片，用金属丝把它们绑起来，连成一体。"

"这个比方打得好。"我说，"太空里一样需要防冲蚀。"

"怎么讲？"

"微流星和宇宙射线会不断地从四面八方射来。如果用一层贱金属壳或者碎石拼嵌层来包裹你的飞船，就能大幅度减少这种问题。"

"嘿，等等，"她说，"这面看起来不大一样啊。"她指着一个面，那上面有个圆圈。我们一开始没注意到，因为这是个靠边的面，透视变形让人很难看出那是个圆。这个圆圈显然是用别的材质做的：它给人的感觉又硬又光滑。

"不光是这个，"我指出，"而且——"

她也发现了："这面的边缘也没有减震杠。"三条边都是简单的直棱。

"我明白了。"我说，"这是推进盘。"

"什么？"

我跟她解释了原子弹和推进盘的事情。她理解起这种事儿来比我们所有人都顺理成章。在利奥给我们看的那本书里，飞船的推进盘、减震器和船舱是一层摞一层的。而这个是封套式的：整个外壳就是减震器，同时也是护甲。而且我还意识到，它也是个遮蔽罩。不管里边挂的是什么，都能用它遮得严严实实的。

一旦认出推进盘也就找到了船尾，我们的目光便自然落到了它的对面：船首。那个面在这幅图上看不到。但可以看到与之相邻的一条减震杠。那上面还有字，是一行印得整整齐齐的字符，应该是用某种语言写成的铭文。有些字符很容易让人看成是我们的巴兹字母，比如那些圆圈，还有那些简单的线条组合。但还有一些跟我见过的所有字母都不一样。

不过它们跟我们的字母还是很接近的，就像是我们字母的亲戚。有的干脆就是巴兹字母上下颠倒或左右翻转后的样子。

我一把掀开了头上的毯子。

"嘿！"珂尔德抱怨了一声，闭起了眼睛。

嘉德修士回过头来看着我的脸。他看起来有点儿想笑。

"这些人——"我不再管他们叫外星人了，"——跟我们是亲戚。"

"我们已经开始管他们叫表亲了。"坐在嘉德修士旁边的百年士克里斯坎修士说道。

"这该怎么解释？！"我问着，就好像他们可能知道这种事儿似的。

"其他人已经在猜测了，"嘉德修士说，"但不过是在浪费时间而已——因为这还是个假说。"

"这东西有多大？有人试着估算过它的直径吗？"我问。

"我通过天文望远镜和这块板子的设定知道了它的直径。"萨曼说，"大约有三哩。"

"让我帮你省省脑子吧。"克里斯坎修士看着我的脸说，语气里还带着点好笑，"如果想利用这艘飞船部件的旋转来产生伪重力——"

"就像科幻斯皮里里那种老式环形空间站吗？"我问道。

克里斯坎一脸迷茫："我从来没看过斯皮里，不过我想咱们说的是一回事儿。"

"抱歉。"

"没关系。要是你琢磨的就是这个问题，想制造一个和我们阿尔布赫星的重力水平相当的二十面体，并且里面真的藏着这样一种东西——"

"我想象的就是这种。"我同意了他的假设。

"那它的直径就得有两哩，半径就是一哩，八十秒就得自转一圈，才能产生和阿尔布赫星一样的重力。"

"听起来是合理的。可行。"我说。

"你们在说什么？"珂尔德问。

"你能在一架一分半钟转一圈的旋转木马上生存吗？"

她耸了耸肩："能啊。"

"你们是不是在讲表亲是从哪儿来的啊？"罗斯克扭头喊了一句。他并不懂奥尔特语，却能从个别听过的单词和我们的语调中听出些门道。

"我们争论的是这种讨论到底有没有用处。"我说，但是公路噪音太大了，坐在后座上嚷嚷，要让前座的人听清可着实有点儿困难。

"要是看书和斯皮里的话，有时候你会看到一种宇宙科幻的情节，讲一个古老的种族，分成几拨殖民到不同的星系，后来彼此之间失去了联系。"罗斯克主动说道。

车里其他的阿佛特人都像咬了舌头似的缄默不语。

"罗斯克，问题在于，我们有一套化石记录——"

"那可以上溯到上百亿年前，没错，对于我的想法这的确是个问题。"罗斯克承认。我猜要是换了别人，早就当着面把这个想法五马分尸了，但是罗斯克太喜欢它了，完全舍不得放弃——他从来也没听说过什么狄亚克斯耙子法则。

珂尔德又把毯子蒙回了头上，接着说道："我们刚才还谈到了另一个想法，你知道，就是关于平行宇宙的整体观。而嘉德修士指出，这艘飞船很显然是属于这个宇宙的。"

"太煞风景了。"我叹了一句——当然用的是弗卢克语。

"是呀。"她说，"跟你们这些人一起出来可真没劲，总这么讲逻辑。说到这个——你注意到那个几何证明式了吗？”

"什么？"

"刚才他们一直在说那东西，说个没完没了。"

我也钻回了毯子底下。她已经知道怎么移动和放大记忆板上的图像了，于是便把飞船的一个面放大了，拖到画面中间。图像放大后变得更模糊，条纹也更明显了，但可以看到一个充满整个画面的图形：

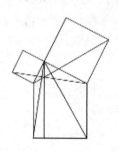

"在飞船上弄这么个图形显然很怪。"我说着又把图像缩小了一点，好看看这图形在什么位置。它在紧挨着船底的一个三角面上，就在三角形的正中。如果船的外壳是用碎石拼成的矩阵，那这个图形就是表面上的马赛克镶嵌，它是用一块块颜色较深的碎石精心拼成的。他们可真没少在这上面花功夫。

"这是他们的徽标。"我说，其实这只是我的猜想。但也没人开口反对。我又把图像重新放大，仔细查看起那几根线连成的网格。这显然是个证明式——而且几乎可以肯定，这就是阿德拉贡定理，属于弟子们常做的那类题目。我也好像突然变回了那个在课室里跟杰斯里比赛解题的弟子，开始拆分三角形，找起证明所需的直角和其他元素。任何从奥利森纳课室出来的弟子此刻都应该已经得到答案了，可我的平面几何有点儿烂——

等等！脑子有个声音在说。

我又从毯子底下冒出头来，这回留了神，没再晃着珂尔德的眼睛了。

"真让人发毛。"我说。

"利奥用的也是这个词儿。"罗斯克回头喊道。

"你们这些家伙怎么都觉得它让人发毛？"珂尔德想知道原因。

"请给出这个弗卢克语常用词'发毛'的定义。"嘉德修士说。

我试着跟千年士解释了起来，但这种发自本能的感觉却并不好用奥尔特语来说明。

"是一种与恐惧感相结合的精神直觉？"嘉德修士试着猜道。

"恐惧有点儿言过其实了，但您说的也差不多。"

现在得回答珂尔德的问题了。我也试着解释了几次，都是一张嘴就不对头。我看见萨曼正瞧着我，于是想出个点子："我们这儿的萨曼是一位信息专家。对他来说，沟通的意思就是传输一连串的字符。"

"比如减震杠上的这些字母？"珂尔德问道。

"正是，"我说，"但是表亲用的字母跟我们不同，语言也不一样，所以他们写的信息对我们来说就跟密码一样。必须先破解密码，才能把它翻译成我们的语言。表亲也不想这样，于是在这个问题上，他们决定——"

"绕过语言。"我的狼狈相已经连萨曼都看不下去了。

"正是，所以他们就直接用图了。"

"你觉得他们把它放在这儿是为了让我们瞧见？"珂尔德问道。

"否则干吗还要费劲儿在飞船外面画东西？他们想用我们看得懂的东西来给自己做记号。而这就是让人发毛的地方，他们事先已经知道我们能看懂这东西了。"

"可我就看不懂啊。"珂尔德提出了抗议。

"你只是现在还不懂。但你还是认识它的。对我们来说，让你看懂这个图可比破解一门外星语言要容易多了。我看嘉德修士好像已经把它解出来了。"我的目光落到他腿上的一张页子上，他已经把那个图形照着画了下来，证明的过程中还加上了一些记号和标注。

逻辑。证明。表亲也有这些，跟我们一样。

准确地说，是跟我们这些集修院里的人一样。

拥有核武器的阿佛特人！

在一座以炸弹为动力的集修院里，从一个星系漫游到另一个星系，与他们的星际同胞进行接触。

"振作！拉兹！"我对自己说。

"是的。"一直盯着我看的嘉德修士说，"请吧。"

"表亲来了，"我说，"世俗政权用雷达发现了他们，跟踪了他们，为他们而忧虑，给他们拍了照片，看到了这个。"我指着嘉德修士膝头的几何证明式。"他

们把这认成阿佛特人的东西了，于是就担心了起来。他们发现，不知怎的，阿佛特人也已经观测到了这艘飞船，观测到它的至少有一个修士，就是敖罗洛。"

"是我告诉他的。"萨曼说。

"什么？"

萨曼显得一脸不自在。我猜的完全是驴唇不对马嘴，他实在听不下去了，只好纠正起我来。"世俗政权给我们发来了一条消息。"他说。

"'我们'指的是伊塔人？"

"三级网络。"

"哈？"

"别管那个了。他们让我们绕过戒尊，直接把这件事告诉集修院里最杰出的宇宙学家。"

"然后呢？"

"没有更多的指示了。"萨曼说。

"所以你就选了敖罗洛。"

萨曼耸了耸肩："有一天夜里，我趁他一个人在葡萄园里跟葡萄赌气的时候找到了他，告诉他我在查看邮件往来协议路线的时候碰巧发现了这件事。"

那些乱七八糟的伊塔词汇我一个也没听懂，但大概意思是明白了。"世俗政权还命令你们装作这都是你们自己的意思——"

"这样的话，东窗事发的时候他们还可以把自己择得一干二净。"萨曼说。

"我怀疑他们没有这个先见之明。"正当我和萨曼鬼鬼祟祟地聊到激动处时，嘉德修士不温不火地插了这么一句。"咱们用用耙子法则吧，"嘉德接着说，"世俗政权有雷达，但却没有照片。要得到照片，他们就需要天文望远镜和会用天文望远镜的人。可他们并不想把戒尊牵扯进来，于是就想出了萨曼刚才说的那种策略。这只是为了尽可能快，尽可能低调地弄到照片罢了。但他们真弄到照片的时候，就看见了这个。"他把手掌按在腿上那张几何证明式上。

"他们这才意识到自己犯了大错。"我的语调平静了不少，"他们把表亲的存在和本质泄露给了自己最不希望知情的人。"

"这才有了星阵的关闭和敖罗洛身上发生的事情，"萨曼说，"也是因为这个我才上了这趟车，我可不知道他们会怎么处置我。"

我一直以为萨曼是获得准许才踏上这次旅程的。到这会儿我才意识到，事情远没有那么简单。听一个伊塔人表达自己对摊上事儿的畏惧，这感觉可够新鲜的，因为通常都是我们担心他们的诡计，比如让敖罗洛掉进坑里这一出。但我看问题的角度突然变了，一下子明白了他的立场。正是因为人们对伊塔人的一贯看法，所以就算所有事儿都大白于天下，也没人愿意相信萨曼的故事，没人愿意为他挺身而出。

"所以你拷贝了这份记忆板，把它留在自己手里，以便——"

"给自己留一手。"他说。

"你还在克莱斯提拉之眼里现了身，用一种留有转圜余地的方式宣告了你的知情——你掌握了一些信息。"

"这是广告。"萨曼说着，腮帮上的胡子动了动，脸的形状也变了变——他这是表示自己在笑。

"好吧，的确奏效。"我说，"所以你就到了这里，被一帮慕像者拉着，上了这条不知去向的路。"

珂尔德已经听够了奥尔特语，挪到前座去挨着罗斯克了。我感到抱歉，但有些东西几乎没法用弗卢克语讲出来。

我也很想问问嘉德修士关于核废料的事儿，但这个话题又不便当着萨曼的面提。于是我也描了一份飞船上的几何图形，研究起来，但不一会儿就陷入了困境。珂尔德和罗斯克用车上的音响放起了音乐，起初声音比较小，后来见没人反对就放大了一些。嘉德修士肯定是头一回听流行音乐，面对这局面我窘得手足无措，五内俱焚。但千年士却处之泰然，和拿起电动剃须刀的时候一样平静。我把几何题放在一边，开始望着窗外听起了音乐。尽管我对墙外文化怀有偏见，但这些歌曲却时时令我惊艳。它们十之八九并不起眼，但偶尔一两个变奏也足以说明作曲者的悟性。不知是墙外的音乐都这么好听，还是珂尔德对好歌独具慧眼，只挑了好听的歌存在唧嘎上。

音乐，午后的炎热，飞驰车的颠簸，缺觉，离开集修院带来的震惊——种种刺激一股脑儿袭来，也难怪我解不出题了。但随着天色渐晚，日头西斜，车窗外荒弃的城镇和灌溉渠也越来越少，沿途的景色渐渐变成了单调的荒漠，只有零星的石头废墟作为点缀，我的思绪又被吸引到了另一件事上。

原来我一直觉得敖罗洛已经死了。当然那并不是字面意义上的死，也没有被埋葬，那只是对我而言的死。这就是诅革的作用：无须肉体伤害便可将一个阿佛特人消灭。我已经习惯了他的这种死亡。现在又得用短短几个小时去适应新的情况——我又要见到敖罗洛了。我知道，现在他随时都有可能出现在我们的

视野里，抑或是他为了观测夜空而攀爬峭壁的身影，抑或是吃肝愚氓的后人们丢出的一堆乱石，和乱石下一具枯槁的尸骸。一想到其中任意一种画面随时有可能出现在眼前，我就再也不能思考别的事情了。

珂尔德朝我转过脸来。她伸手够着控制面板，调低了音响，反复说着什么。我已经进入了一种离魂的状态，动了动身体才恢复过来。

"费尔曼在用唧嘎跟咱们通话。"她解释说，"他想停车。尿个尿顺便谈点事儿。"

这俩主意都正合我意，于是我们在弯曲的坡道上找了处较宽的路段靠边停了车。这条坡道我们已经下了三分之一，再开上半个小时，车子就会进入一条平底的山谷。这山谷一直通到远方的地平线，谷中全无葱茏滋润之色，尽是一片衰相，羸弱的溪流在这里走向死亡，猛烈的山洪也只能把满腔愤怒倾倒在无动于衷的荒土之上。参差嶙峋的棕色玄武岩抛出远超其高度的瘦长的影子。二三十哩之外矗立着两座孤山。我们围着舆图器研究了一番，确信它们就是我们之前锁定的三个目标之二。至于第三个，好像就是我们脚下的这座，刚才已经绕过它的高处，一会儿还会扫荡它的低坡。

费尔曼想跟作为领队的我谈话。我摆脱掉最后一丝魂不守舍，打起了精神。

"我知道你们这些人不信神，"他开了腔，"但考虑到你们的生活方式，我想你们会更乐意住在——"

"巴兹教僧侣的住处？"我试探着问。

"是的，正是。"发现我已经知道了，差点儿把他吓着。其实我只是碰运气蒙对的。之前萨曼提到费尔曼跟"巴兹机构"通话的时候，我曾想象过主教座堂那种富丽堂皇的地方。但那是在看到眼前这番景象之前。

"那两座山上是不是有个修道院？"我问道。

"就在比较近的这一座上，你可以在北坡半山腰上看到它。"

有了费尔曼的提示我才看到，那片山坡上有一块平地，是一片被深绿色笼罩的新月形平台，那深绿色的估计是树。

"我曾在那里清修。"费尔曼说，"每年夏天都会送我的孩子们过去。"

我一开始还不明白什么是清修，后来才意识到这就是我一生的生活方式。

费尔曼误解了我的沉默。他转过身来，掌心冲外举起双手。"要是你们不愿意，那我们也有足够的水、食物和卧具，所以也可以随便找个地方宿营。不过我本来以为——"

"你说的可行，"我说，"只是不知道他们是否接纳女性。"

"僧侣们有自己的院子，和营地是隔开的。营地里随时都有女性——他们也有女性工作人员。"

这一天的事儿已经够多的了。太阳已经偏西了。我也累了，耸了耸肩。"就算再不济，"我说，"也能当个不错的故事，到了堑特雷德加还能给人讲讲。"

利奥和阿尔西巴尔特一直在边上转悠。费尔曼·贝勒一走，他们就扑了上来。二人都是一脸焦躁，任何人跟巴尔布待上几个小时都得是这副表情。"伊拉斯玛修士，"阿尔西巴尔特先开了口，"咱们还是现实点儿吧。瞧瞧这景色，没有人能独自在这种地方生存的。到哪儿去弄食物、水和药啊？"

"山上还有个地方长着树呢。"我说，"这可能就意味着那里有新鲜水源。像费尔曼这样的人都会把孩子送来过夏令营，这地方又能坏到哪儿去呢？"

"那是绿洲！"利奥饶有兴味地吐出了这个带有异域情调的字眼。

"是呀。既然近处这座山上能有这么大一片绿洲，连修道院和夏令营地都能装下，那远处那座山上就不能有个可供林栖涧饮的地方，能容下布利、埃斯特马尔德和敖罗洛这样的浪士吗？"

"但食物的问题还是没法解决啊。"阿尔西巴尔特指出。

"好吧，那我原来想象出的画面还得改善改善。"没必要跟他们解释，因为他们的脑袋里肯定也是这样一派场景：一个绝望的人，住在山顶上，以苔藓为食。

"但肯定还是有办法的，"我接着说，"那些巴兹教僧侣就做到了。"

"他们是大社区，而且还有布施供养。"阿尔西巴尔特说。

"敖罗洛告诉我，埃斯特马尔德从布利岗给他寄信都寄了好几年了。而且堑布利也在那儿住过一段——"

"那是因为愚氓们崇拜他。"利奥指出。

"好吧，或许我们也能找到一小撮儿膜拜敖罗洛的愚氓。也不知道那儿有没有什么营生，兴许还有旅游业呢。"

"你在开玩笑吗？"阿尔西巴尔特问。

"看看咱们停车的这截加宽路段吧。"我说。

"这儿怎么了？"

"你们觉得为什么要把加宽路段放在这里？"

"毫无概念，我又不是实践理学家。"阿尔西巴尔特说。

"更容易错车？"利奥猜道。

我伸手一指，让他们注意到了眼前的风景。"放在这里为的就是这个。"

"什么？因为风景优美？"

"是呀。"我说着又把头转向利奥，发现他已经迈步准备开拔，便跟了上去。阿尔西巴尔特还留在原地仔细审视那片风景，好像只要盯得足够久就能找出我的逻辑漏洞似的。

"你抽空看过那个二十面体了吗？"利奥问我。

"看了。那个几何图形我也看到了。"

"你觉得这些人跟咱们很像吧。他们应该也和我们一样赞同叙莱亚垩母的观点吧。"他想试试能否把这种想法加到我的头上。

觉察到他的侧翼攻击，我已经提高了戒备："噢，我想他们拿阿德拉贡定理作徽标明显是有所企图的。"

"这艘飞船可是全副武装的。"他说。

"显而易见。"

他已经摇起头来："我说的不是推进用的炸弹。那些几乎不能当武器用。我说的是飞船上的其他东西——只要仔细找，很容易就能看见。"

"我没看见什么像武器的东西啊。"

"一哩长的减震杠里藏得下不少装备呢。"他说，"而且谁知道那些碎石拼嵌下边藏着什么。"

"能给我举个例子吗？"

"那些三角面上有些等间距排列的东西。我想那是天线。"

"所以呢？他们显然应该有天线。"

"那是相控阵。"他说，"是军事设备。就是用来瞄准 X 射线激光器或者高速冲击器的。要想知道得更多我还得查书。还有，我不喜欢船顶上的那排行星。"

"什么意思？"

"有一根靠前的减震杠上画着一排圆形图案，一共是四个。我想他们画的是行星，就像践行时代军用飞机上的那种。"

我想了一会儿才明白他说的是什么："等一下，你觉得它们是毁灭者？"

利奥耸了耸肩。

"好吧，再等等。"我说，"它们有没有可能是某种比较善意的东西？也许那些行星代表的是表亲的老家呢？"

"我只是觉得所有人都想找个和和美美的解释，都被这种渴望冲昏了头——"

"而你作为准守卫督察，就得有更强的警惕性，"我说，"干得漂亮。"

"谢谢。"

我们沉默地沿着宽阔路段来回溜达，偶尔也会遇见一两个下车活动筋骨的人。当我们碰到独自散步的嘉德修士时，我决定抓住机会。

"利奥修士，"我说，"嘉德修士告诉我，髫埃德哈的仟岁纪马特是大改组前后世俗政权放置核废料的三个地点之一。其他两处在兰姆巴尔弗和特雷德加。昨天夜里这些地方都被表亲的飞船用激光照了。"

听到这话，利奥并没有我预料得那么惊讶："在守卫督察那边，一直有人怀疑三座无玷马特没遭到劫掠是有原因的。有一种假说，认为这些地方是万灭者和践行时代其他危险剩余物资的垃圾场。"

"拜托。你们说的可是我的家。别叫它垃圾场嘛。"嘉德修士说。他倒显得挺乐呵，一点儿也没有被冒犯的意思。他真是有点儿……如果我能这么评价一个千年士的话，他真是有点儿顽皮。

"您见过那些东西吗？"利奥问。

"噢，见过呀。就装在圆筒形的罐子里，放在一个岩洞里。我们每天都能看见。"

"为什么？"

"有很多原因。比如，我的副业就是缮屋顶。"

"缮屋顶是什么意思？"我问。

"这是一种古老的职业：用茅草造屋顶。"

"这在核废料库能有什么用啊？"

"岩洞的洞顶会结出冷凝水，淋在罐子顶上。这么淋上几千年，罐子就算不被蚀穿，也得被顶上的石笋压碎。为了避免这种情况，我们一直在用茅草给这些罐子缮顶。"

这可真够诡异的，我都不知该说什么好了，只能接着说些礼貌性的废话："噢，明白了。那些草您是从哪儿弄来的？您那里能种草的地方不多吧，不是吗？"

"我们也不需要太多的草，缮得好的屋顶可以用上很长时间。我弟子阿芙拉黛尔修女上次缮的屋顶，到现在还一直用着呢，都一百年了。"

我和利奥又往前走了几步，才猛然琢磨过味儿来；我俩交换了个眼神，都没说话。

到达营地以后，我和利奥进我俩的寝室去放背包时，才终于有了单独说话的机会。"他这是在涮咱们玩儿呢。"我说，"是对咱们管他们马特叫垃圾场的报复。"

利奥什么都没说。

"利奥，他哪儿有那么老！"

利奥把包放下，挺直身子，活络起了肩膀，对他来说，这是一种恢复平衡的办法，好像只要摆出胜者的姿势就能将对手击败似的。"咱就别操心他的岁数了。"

"那你是觉得他真有那么大岁数？"

"我是说咱们不用为这个担忧。"

"我倒没觉得有什么可担忧的，但要能知道会很有趣吧。"

"有趣？"利奥又活络了一通肩膀，"瞧，咱们这是在说诡话，你同意吗？"

"是的，我同意。"我马上说。

"那就得了。要是不想被捆在柱子上烧死，咱们就得有话直说，说完闭嘴。"

"好吧。你是从守卫督察的角度看这件事的。我明白你的意思。"

"好。那咱们都清楚现在到底在说什么了吧。"

"要是不修复细胞核里的传序，一个人是不可能活那么久的。"我说。

"特别是守着辐射物工作的人。"

"这我还真没想过。"我沉思了片刻，回想着刚才跟嘉德修士的谈话。"他怎么可能不小心泄露这种事情呢？他肯定知道，即便是稍微暗示一下——呃——他是那种能修复自己细胞的人，都够危险的。"

"你在开玩笑吧？这可不是无心之失，他这是故意的，拉兹。"

"他就是要让我们知道——"

"这是对我们以命相托的信任啊。"利奥说，"你没注意到他今天是怎么打量每一个人的吗？他选中了咱们，我的弟兄。"

"哇哦！要真是这样，我可太荣耀啦。"

"得啦，你就臭美吧，"利奥说，"这种荣耀从来都是离不开责任的。"

"你觉得是什么样的责任？"

"我怎么知道？我只想说，他不会无缘无故地被召唤，他们肯定是指望他干些什么事儿的。他就要开始制定战略了。而我们都会成为这个战略的一部分，成为士兵、走卒。"

他这话说得我一时张口结舌,脑子都不好使了。

随后才恢复了思绪。

"反正我们已经成了走卒。"我说。

"是的。如果有选择的话,我宁愿给一个看得见的人当走卒。"利奥说罢,还露出了一个招牌式的微笑,这是他昨夜以来第一次展露笑容。他已经变得比我以前认识的那个利奥严肃多了。不过飞船上那一排毁灭者的徽标——如果确有其事的话——也的确给了他严肃起来的理由。

我们阿佛特人总爱说自己生活艰苦朴素,那是跟膏粱锦绣的巴兹教士相比。可至少我们的建筑是石头的,无须太多的维修。而这里的建筑都是木头的:在高高的山坡上,一座小小的圣约堂,一圈栅栏,围着一眼泉水,便成了一座修道院。在修道院外,靠山下道路的一面,有两排上下铺的寝室,和一座带有食堂和会议室的大房子。这些建筑都养护得很好,但朽坏显然在不断地发生,如果人去楼空,不出几十年,这地方就得变成一堆废柴。

僧侣们的起居场所无法得见。我们留宿的寝室虽然干净,墙上和铺板上却刻满了涂鸦,是那些来过夏令营的小孩弄上去的。不过也算是走了狗屎运,我们来的时候没赶上小孩。据说几天前刚走了一拨,还有一拨马上要来。在这儿上班的有六个年轻人,其中四个趁着休息回了城。剩下的两人和主管清修中心的巴兹教牧师给我们准备了一顿简餐。我们把包放进寝室,在公共浴室匆匆洗了澡,便全体来到食堂,在成排的折叠桌边坐了下来。这些桌子跟我们大隙节用的那种很像,整个饭厅都散发着一股绘画用品的气味。

听说这里的僧侣只有四十三人,和我们那儿的人数相比真是少得可怜,我们一个分会都有百十来人。陪我们一起用餐的还有四位从修道院下来的僧侣。不清楚他们是像戒尊那样地位特殊的人物,还是四十三人中仅有的几个对我们心存好奇的人。这四位都是胡须花白的老者,他们都想见见嘉德修士。巴兹正教用的奥尔特语有七成跟我们的一样。

你可能以为,经过了刚才那番对话,我和利奥肯定想坐到嘉德修士身边,但实际上我们的反应却恰恰相反,坐得能离他多远就有多远——我们就像斯皮里中的秘密特工,卖力保持着伪装,尽可能不露声色。阿尔西巴尔特跟几个百年士直到最后一刻才匆匆赶来——他们一直猫在一间小屋里做演算来着。他一脸狂躁,拼命地想要跟人说话。他直到最后才捞着机会仔细查看那块照相记忆板。现在他终于看到表亲飞船上那个几何证明式了，简直都要爆炸了。我觉得有点儿对不住他，因为他一进食堂就发现，要是跟我和利奥坐在一块儿，就没法挨着嘉德修士和几位巴兹教僧侣了，反之亦然。费尔曼·贝勒发现了他的踌躇，便站起身来招呼他。拒绝人家的好意不免显得失礼，于是阿尔西巴尔特只好跟费尔曼坐在了一块儿。

我们每次开饭前都要缅怀髻嘉尔塔斯。这是有原因的，尽管滋养我们头脑的是各式各样的思想，从克诺乌斯以来的思想家都对我们有恩，但我们吃饱肚子靠的却是戒律规范下的协作互助，这就要归功于嘉尔塔斯了。慕像者也有他们自己的餐前仪式。巴兹正教是后农耕时代的宗教，献祭用的活物已经换成了象征性的祭品；开饭前，他们要先用假祭品比画上一通，对神赞颂一番，再求神布德施惠。清修中心的主管牧师习惯性地开始了动作，但才做到一半就乱了方寸，因为他发现所有的阿佛特人都没低头，只是好奇地盯着他。我觉得他并不是出于我们不信奉他的信仰而感到烦恼——这个他肯定早就习惯了，他主要是在为自己的失礼感到难堪。于是仪式一结束，他便恳求我们，让我们讲讲马特世界有什么传统的祝福或祷告仪式。前面已经说过，我们这群人男女比例失调，所以既没有女高音也没有女低音，不过男高音、男中音和男低音倒是足够，合唱一支简单古老的嘉尔塔斯祷歌还是没问题的。嘉德修士唱低音，我发誓，桌上的银餐具都跟着他的声音震动了起来。

那四位僧侣似乎很喜欢这首歌，我们唱完他们也站起身唱了一段祷歌，听上去和我们那首一样古老。这首歌肯定是在他们的僧侣时代早期，也就是巴兹帝国刚灭亡的时候创作的，因为歌词里的古奥尔特语跟我们的毫无二致，曲调也明显是马特音乐与僧侣音乐分野之前的风格。要是不把精力都花在听歌词上，你很可能会误以为这是我们的歌曲。

过去二十四小时里出了那么多事，餐桌上我们却只能聊些场面话，因为我们只能用弗卢克语交谈，还不能当着主人的面提飞船的事情。我渐渐地心生沮丧，又因沮丧而无聊，因无聊而昏昏欲睡，多数时候只管埋头吃东西。珂尔德和罗斯克则只管聊自己的。他俩不是教徒，看得出这场合也让他们觉得很尴尬。一位年轻的女职员想让他们自在一些，使出了浑身解数，却适得其反。萨曼一心一意地摆弄着唧嘎，他不知用了什么法子，把它连进了清修中心的通信系统。巴尔布找了一张营地规章表背了起来。三位百年士凑在一块儿聊着自己的话题；他们不会说弗卢克语，也没有千年士的光环，不像嘉德修士那样集巴兹教僧侣的关注于一身。我发现阿尔西巴尔特正跟费尔曼聊得兴致勃勃，珂尔德和罗斯克也凑了过去，于是我也靠上前去听听他们在说些什么。费尔曼似乎还惦记着司康派，想了解得更多一些。阿尔西巴尔特也没别的法子打发时间，就讲起了《苍蝇、蝙蝠和蚯蚓》的粉本，这是向弟子解释司康派时空理论的传统方法。

"您看桌上那只苍蝇。"阿尔西巴尔特说，"不，不用把它轰走。看看就行，您看它眼睛的大小。"

费尔曼·贝勒很快地瞥了一眼就把目光收回到他的饭食上："是呀，看起来半拉身子都是眼睛。"

"实际上那是成千上万只小眼睛构成的。这么多的眼睛看起来好像有点儿多余。"阿尔西巴尔特身子往后一仰，把手一扬，差点儿打到我的脸上，"但如果我在这里挥手，离得远它就不在乎，因为它知道没有威胁。可要是我把手离近点儿——"

阿尔西巴尔特把手往前一伸，苍蝇就飞走了。

"——它那个微小的脑可以通过成千上万个构造简单的小眼睛获取信号，再把这些信号整合成正确的图像，而且这图像不仅是空间的，还是时空的。它知道我的手在哪儿，也知道我的手要是接着挥动，很快就会拍到它身上——所以还是走为上策。"

"你觉得表亲也长着这种眼睛？"贝勒问。

阿尔西巴尔特话锋一转："他们也有可能更像是蝙蝠。能凭借回声探测到我的手。"

贝勒耸耸肩："好吧。也许表亲会像蝙蝠那样吱吱叫。"

"另一方面，如果我挪动身子拍苍蝇，桌子也会产生振动，即使是又瞎又聋的动物也能感觉得到，比如蚯蚓……"

"你这是要说什么呀？"贝勒问。

"让我们来做个思维试验吧。"阿尔西巴尔特说，"请设想一只普洛特苍蝇。我是说纯粹的理想形式的苍蝇。"

"意思是？"

"只有眼睛，没有别的感觉器官。"

"好吧，我想想。"贝勒努力让自己提起兴致。

"现在，再来只普洛特蝙蝠。"

"只有耳朵？"

"是的。现在是普洛特蚯蚓。"

"意思是只有触觉？"

"是的，没有眼睛，没有耳朵，也没有鼻子——只有皮肤。"

"咱们要把五感全来一遍吗？"

"再多就没意思了，三个就可以了。"阿尔西巴尔特说，"我们设想一个房间，房间里放着一样东西，比如说一根蜡烛，再把苍蝇、蝙蝠和蚯蚓放进这间屋里。苍蝇可以看见蜡烛的光。蝙蝠可以冲它叫，听见它的回声。蚯蚓可以感觉它的温度，还能在上边爬，感觉它的形状。"

"听起来有点儿像那个古代寓言故事，就是六个盲人和——"

"不！"阿尔西巴尔特说，"完全是两回事。几乎截然相反。六个盲人拥有的感官都是一样的——"

贝勒明白了，点了点头："是呀，苍蝇、蝙蝠和蚯蚓的感觉器官是不同的。"

"而且六个盲人对自己摸到的东西有着不同的见解——"

"但苍蝇、蝙蝠和蚯蚓的见解是一样的？"贝勒扬了扬眉毛问道。

"听起来你还有点儿怀疑，不过就是这样，它们感知的是同一样东西，不是吗？"

"没错，"贝勒说，"但你说它们三个见解一致，我就不大明白了。"

"这是个有趣的问题，咱们可以做一番探究。先把规则稍微改改吧，"阿尔西巴尔特说，"把危险系数定得高点，它们就必须得取得一致了。现在把屋子中间的蜡烛换成陷阱吧。"

"陷阱？！"贝勒笑了起来。

阿尔西巴尔特一脸得意。

"用意何在呢？"贝勒问。

"您可以看到，现在有危险了。要是它们不弄清那是什么东西，就会被抓住。"

"为什么不是一只拍向它们的手？"

"这个我也想过，"阿尔西巴尔特承认，"但可怜的蚯蚓反应太迟钝了，不能让它跟不上另外两位的速度。"

"好吧。"贝勒说，"我还以为它们迟早都要被陷阱抓住呢。"

"它们非常聪明。"阿尔西巴尔特插了一句。

"但是——"

"好吧，那咱们把小房间换成大山洞，把一只苍蝇、一只蝙蝠和一只蚯蚓换成成千上万的苍蝇、蝙蝠和蚯蚓。山洞里还有成千上万的陷阱。一个陷阱可以抓住或杀死一个倒霉蛋，别人目睹悲剧就会吸取教训。"

贝勒又给自己盛了点蔬菜，一边盛菜还一边琢磨，过了好一会儿才说："好吧，我猜你是要说，只要经过足够的时间，被捉住的家伙够多，苍蝇就能看出陷阱的样子，蝙蝠就能听出陷阱的声音，蚯蚓也能感觉出它的形状。"

"布陷阱的人是打算把它们都杀光的。所以他们不断地给这些陷阱做伪装，改换它们的设计。"

"那好吧，"贝勒说，"所以苍蝇、蝙蝠和蚯蚓得足够聪明才能认出经过伪装的陷阱。"

"陷阱可能什么模样的都有，"阿尔西巴尔特说，"所以他们必须把周围所有的东西都研究一遍，才能弄清它们会不会是陷阱。"

"好吧。"

"现在，再把一些陷阱挂到绳子上。这样蚯蚓就够不着了，也感觉不到它们的摆动。"

"蚯蚓可惨了。"贝勒说。

"到了夜里苍蝇也什么都瞧不见。"

"可怜的苍蝇。"

"洞里有的地儿很吵，蝙蝠一到这些地方就什么都听不见了。"

"哦，看来苍蝇、蝙蝠和蚯蚓好像得学会合作才行。"贝勒说。

"怎么合作呢？"听起来他的一条腿已经陷进了阿尔西巴尔特的陷阱。

"呃，交流吧，我猜。"

"噢。那蚯蚓要跟蝙蝠说些什么？"

"可这些跟表亲有什么关系？"贝勒问。

"这些全都跟他们有关。"

"你觉得表亲是苍蝇、蝙蝠和蚯蚓的混血？"

"不，"阿尔西巴尔特说，"我想我们才是。"

"啊——！"贝勒叫了一声，所有人都笑了起来。

阿尔西巴尔特抬起双手，好像在说："我还能怎么把这事儿说得更清楚啊？"

"请解释一下吧。"贝勒说，"我还不习惯这种事儿，我的脑子都累了。"

"不，还是你来解释吧，蚯蚓该对蝙蝠说些什么呢？"

"可蚯蚓不会说话啊！"

"这不是关键问题。蚯蚓经过长期学习已经学会把身子扭成不同的形状，蝙蝠和苍蝇通过形状就能知道它的意思了。"

"好。那——让我看看——苍蝇可以在蚯蚓的背上爬，用这种方式给蚯蚓发信号。诸如此类的吧。所以我猜这些动物能发明可以让另外两种动物理解的信号：蚯蚓对蝙蝠，蝙蝠对苍蝇，等等。"

"我同意。那么现在它们该对彼此说些什么呢？"

"噢，等一下，阿尔西巴尔特。你跳得太快了！就算是蚯蚓可以把身子扭成C形或者S形，苍蝇从上往下就能辨认出来。可这是字母，不是语言啊。"

阿尔西巴尔特耸耸肩："但语言是一点点发展出来的。猴子间的嗷嗷乱叫就可以发展成一种原始的语言，比如'石头底下有蛇'之类的。"

"好吧，很好，如果你要说的就只是石头和蛇的话，也罢。"

"这个思维实验里的世界，"阿尔西巴尔特说，"就是个形状不规则的巨大山洞，里面遍布着陷阱：有的陷阱是刚摆上的，还有危险；也有一些已经弹起来，没有危险了，可以忽略不计。"

"你特意说它们是机械装置，是不是想说这些陷阱是可以看得出来的？"

"这样您和我都能认出它来，也能明白它的工作原理。"

"好吧，简单来说，就是一个齿轮咬着另一个齿轮，另一个齿轮连着根杠杆，杠杆又连着弹簧？"

阿尔西巴尔特点了点头："是的。这才是苍蝇、蝙蝠和蚯蚓必须告诉对方的东西，知道了这些，它们就能分辨出哪个是陷阱，哪个不是了。"

"好吧。就像树上的猴子用固定的叫声指示'石头'和'蛇'一样，它们也给'杠杆''齿轮'之类的东西发明了专用的符号——也就是词。"

"这就够用了吗？"阿尔西巴尔特问。

"对于复杂的发条装置来说肯定不够。你看，两个齿轮光是靠得近还不行，二者的齿必须咬合到一起才能发生联动。"

"靠近程度，距离，尺寸。可蚯蚓该怎么测量两根杆之间的距离呢？"

"爬在一根杆上，把身子抻长了去够另一根。"

"要是两根杆离得太远呢？"

"就从这一根爬到那一根，一边爬一边记着爬了多远。"

"那蝙蝠呢？"

"可以计算回声在两根杆之间反弹的时间差。"

"苍蝇呢？"

"苍蝇就简单了：比较眼睛里看到的图像就好了。"

"很好，就像您说的这样，蚯蚓、蝙蝠和苍蝇都分别探测出两根杆之间的距离，可它们怎么比较自己的记录呢？"

"比如，蚯蚓可以用你说的扭成字母的方法，把它知道的东西翻译出来。"

"那一只苍蝇会怎么跟另一只苍蝇说它看到的东西呢？"

"不知道。"

"它会说，蚯蚓似乎想用扭来扭去的动作说明什么事情，但我不会在地上蠕动，也想象不出看不见是种什么感觉，所以我完全不明白它到底想告诉我什么！"

"哦，我刚才说的就是这个，"贝勒抱怨着，"他们必须要有语言——而不只是符号。"

阿尔西巴尔特问道："唯一一种能发挥作用的语言会是什么呢？"

贝勒思索了一会儿。

"他们想要跟对方交流的是什么呢？"阿尔西巴尔特给他提了个醒。

"三维的几何信息。"贝勒说，"而且因为机件部件会活动，所以还需要时间信息。"

"如果蚯蚓对苍蝇、苍蝇对蝙蝠或者蝙蝠对蚯蚓说话，说的只可能是胡言乱语。"阿尔西巴尔特引导着贝勒。

"就像是对一个盲人说'蓝色'一样。"

"对盲人说'蓝色'是没用，但描述几何形状和时间是就不一样了。这就是它们可以共享的唯一一种语言。"

"这让我想到了表亲飞船上的几何证明式。"贝勒说，"你是不是说我们就像蚯蚓，表亲就像蝙蝠？那些几何式是我们能跟对方交流的唯一方式？"

"噢，不是的。"阿尔西巴尔特说，"我要说的根本不是这个。"

"那你要说的是什么？"贝勒问。

"您知道多细胞生物是怎么进化来的吗？"

"呃，单细胞有机体为了互惠而凑到了一块儿？"

"是的，也有一个把另一个包裹起来的情况。"

"我听说过这个概念。"

"我们的大脑就是如此。"

"什么？！"

"我们的大脑就是为了互惠而凑在一块儿的苍蝇、蝙蝠和蚯蚓。大脑的这些部分时刻不停地在跟彼此说着话，把它们领会到的东西翻译成共通的几何语言。大脑就是这么一种东西。意识就是这么来的。"

贝勒慌乱了几秒才抑制住尖叫着逃跑的冲动，又细细地琢磨了好几分钟。阿尔西巴尔特则一直认真观察着他的表情。

"你不是真的想说我们的大脑是这么进化出来的吧。"贝勒试探着问。

"当然不是。"

"哦。幸亏不是。"

"但我跟您说，费尔曼，我们的大脑在功能上跟这么进化出来的东西没什么区别。"

"因为我们的大脑也得随时进行那样的活动，好让——"

"好让我们保持意识，能把我们的各种感官知觉整合成一个协调一致的模型，一个囊括了我们自身和周围环境的模型。"

"这就是你之前讲的那套司康派的东西吗？"

阿尔西巴尔特点了点头："差不多。不过这是后司康派的东西。这种论点比司康派出现得晚，是在第一次厄报前后，由一些深受司康派影响的理而上学家想出来的。"这些东西，对费尔曼·贝勒来说已经是无关紧要的细节了。但阿尔西巴尔特却朝我这边瞟了一眼，像是在肯定我的猜测：他在研究伊文内德里克晚年著作的时候一直在读这类东西。

听他们聊得起劲儿，我也迟迟未去。直到人们的谈兴淡了，我才直奔寝室而去，打算好好地睡一觉。但阿尔西巴尔特飞快地蹿出食堂，追了上来，还把我撞了个跟头。

"有什么事儿吗？"我问他。

"几位百年士在晚饭前刚做了个小演算。"

"我注意到了。"

"算出的数字出了问题。"

"什么数字？"

"飞船的尺寸不够大，没法在可接受的时间里从一个星系飞到另一个星系。它带的原子弹不足以把它自身的质量加速到足够的速度（相对论速度）。"

"哦，"我说，"也许它是从一艘我们还没看到的母舰分离出来的呢，也许母舰足够大吧。"

"可它看上去不像是那种运载器。"阿尔西巴尔特说，"它很巨大，里面的空间说不定能容下几万人。"

"要说是穿梭机就太大了——而要说是星际巡航舰又太小了。"我说。

"正是。"

"看来你也只能瞎猜了。"

"唉，你说的是。"他一耸肩膀说道。可我敢说，他心里已经有了想法。

"好吧。那你是怎么想的？"我问他。

"我想它来自另一个宇宙，"他说，"也就是因为这个，帕弗拉贡才会被召唤。"

话到此处，我们已经来到了寝室的门口。

"咱们住的这个宇宙已经够让我困惑的了，"我说，"况且已经这个点儿了，不知道我还有没有能耐再去琢磨另一个宇宙。"

"那就晚安吧，伊拉斯玛修士。"

"晚安，阿尔西巴尔特修士。"

一阵钟声将我唤醒，我没听出那是什么钟。随后才想起自己身在何处，明白过来这不是我们的钟声，而是僧侣的，是唤他们起床去进行某种凌晨仪式的。

我的思绪已清晰了大半。前一天从四面八方涌来的想法、事件、人物和图像都已被整理了出来，像一张张页子似的卷起来插进了不同的柜格。倒不是说哪件事儿得到了真正的解决。所有的问题都还是我脑袋粘在枕头之前的样子，悬而未决。但我的大脑已在这几个小时里发生了变化，适应了周围世界的新形态。我猜这就是睡觉时没法干别的事儿的原因：睡眠才是我们工作得最卖力的时候。

钟声渐渐弱了，到了最后，已经分不清那到底是钟声还是我的耳鸣。还有个低沉的声音仍未消歇，平稳、单调，却因遥远而显得不甚分明。我莫名地知晓，这声音已在我耳中响了几个钟头了，夜里翻身的时候，拉被子的时候，半梦半醒之间我都会听到这个声音，并在重新入梦之前猜想这是什么声音。很容易把它猜成某种夜鸟的鸣叫。可对鸟类的歌喉来说，这声音又太低了：就像是有人在吹一根十呎长的笛子，笛子里还有一半塞满了石头、灌满了水。而且鸟类似乎也不会大半宿在同一个地方不停地叫。要么就是某种庞大的两栖动物，蹲在泉边的石头上，为了求偶而疯狂地震着气囊吼叫。但这声音很规律。也许是发电

机的嗡鸣？山谷里灌溉用的水泵？开着空气制动器下坡的卡车？

好奇心和膀胱的充盈让我没能再度睡去。最后我蹑手蹑脚地爬了起来，没有吵醒利奥。我扯起了毯子，差点儿习惯性地把它裹在身上。随即迟疑了一下，想起现在应该穿墙外的衣服。但天色未明，我连昨夜扔在地上的那堆衣裤都看不见。于是只好按原计划行事，从床上扯下毯子，裹在身上出了门。

那声音好像从四面八方同时传来，但当我如厕完毕，踏入清晨的冷空气时，就渐渐明白了它的来源：那边是一段依山而建的岩石护土墙，是僧侣们为防止陡坡路段塌方修建的。我朝着那边走了过去，突然有种如梦方醒的感觉，惊讶得直摇头，我怎么会这么蠢，把这声音想成了两栖动物，想成了卡车。那显然是人类的声音。有人在唱歌，或者说是单音低鸣，因为我醒来后这声音就一直保持着同一个音高。

忽然音高有了轻微的变化。好吧，那这就不是单音低鸣了。这是一支髺咏，一支非常非常缓慢的髺咏。

我不想走到跟前去打扰嘉德修士，便踩着湿软的草地，从清修中心的射箭场绕了过去，在百呎开外找了个能看到他的地方站住了。这条护土墙由一段段直墙和几座圆柱形小塔连缀而成，小塔的直径大约四呎，顶是平的。嘉德修士把打了包的帛单翻了出来，蓬到冬装的厚度，裹在身上，爬到了一座可将南面沙漠尽收眼底的小塔之上。他在塔顶盘腿而坐，双臂外展。左面的天边已泛起紫色的微明，星光也淡了。右面还有几颗明亮的恒星与行星闪耀，与新来的天光较量着，可随着时光一分一秒地流逝，就一个接一个地投了降。

我一直站在那里观察聆听，可能站了几个小时。我有了一种想法，也许只是我的想象，我想嘉德修士唱的可能是一支宇宙志髺咏，是唱给被晨曦吞噬的星辰的安魂曲。这音乐的确是有着宇宙运行般的缓慢速度。有些音符要拖上好久，比我一口气的时间还长。他肯定有什么技巧，可以一边唱一边呼吸。

在我身后，山坡高处的修道院里响起一记钟声。一位教士用古奥尔特语唱起了祷歌，一支合唱队与之相和。这可能是在召集"黎明奥特"之类的。他们的歌声盖过了嘉德修士的髺咏，有点儿扫兴。不过我得承认，要是让珂尔德起床来看看这一切，她大概很难分辨他们之间的区别。我不知道嘉德修士唱的是什么，但那肯定是数千年的理学研究与数千年的音乐传统融合的产物。可究竟为什么要把理学融入音乐？又何至于坐在美景之中把这支曲子唱上一整夜呢？是不是有点儿小题大做了？

　　六年前，我度过了生命中那个多事之秋，从高声部一路下降，之后一直在唱男低音。在我们马特，男低音很多时候唱的都是单音低鸣。如果把同一个音唱上三个小时，你的大脑就会发生一些变化。而你若跟一群人站在一块儿合唱一个低音，引起了大院堂的自然共振，那影响效果还会强烈更多倍（再加上靠墙堆放的千万只酒桶，就更不用说了）。我深信，声波在脑中引起的物理震动会改变大脑的工作方式。假如我不是一介十九岁的十年士，而是个满脸褶子的千年士，也许就可以底气十足地断言：大脑在这种状态下能以独一无二的方式进行思考。所以我想，嘉德修士成宿地歌唱并不只是出于他对音乐的爱好。他准是在做什么事情。

　　太阳升起的时候，我离开了嘉德修士，四处走了走。食堂传来锅碗瓢盆和蒸汽的声音，告诉我清修中心的工作人员已经起来做早饭了，于是我也回寝室换上了墙外的衣服，去食堂搭了把手。虽然在有些方面我可能对墙外人毫无用处，但我会做饭。嘉德修士和我们另外几个伙伴也一个个地溜达进来，想要帮忙，但都被拒绝了，工作人员让他们去吃饭。

　　早餐的时候，除了昨天和我们共进晚餐的四位，又来了另外三位僧侣，其中有一位耄耋老者，耳背得厉害，他也想要跟嘉德修士攀谈。别的阿佛特人因此便都没上前去凑趣。这些僧侣似乎把跟千年士谈话当成了至高无上的荣幸，所以我们何必还要妨碍他们呢？他们以后就不会再有这个机会了。

　　早餐结束时，他们送了我们一些书。我让阿尔西巴尔特把书收下，他还发表了一番漂亮的演讲。他们很喜欢他的发言，弄得我都有点儿紧张了，因为他像是要鼓励他们见证阿佛特人与僧侣之间的各种固有关联。但好在也没出什么岔子。这些人待我们很友善，而且真心实意，也不图回报——我敢肯定，世俗政权也不会偿付他们一分一毫！这就是阿尔西巴尔特的发言让我不安的原因——他好像在说，作为对他们的报答，我们将来还有可能跟他们来往。我踩了下他的脚趾头，他好像明白了。又过了几分钟，我们便踏上了下山的征程，僧侣的书也收进了阿尔西巴尔特的活动图书馆。

【伊拉斯玛】 改元 14 世纪墅巴里托集修院的一位修士，与乌唐提娜修女共同创立了一个理而上学的分支学派，名为复杂普洛特主义。

——《词典》，第四版，改元 3000 年

　　在修道院和布利岗之间，横亘着一道很大的峡谷，谷中蜿蜒着一条很小的河流，河上只有一座适合使用的桥梁。过桥前还不用为选择路线费心，可一过桥就碰到了分叉路口。摆在眼前的路有两条，左边一条是绕山脚而过的平路，右边一条是上山的路，从河岸边一直通到舆图器上标出的桑布勒居民区。于是我们走了右边这条路，车子开出一个多小时以后，我们发现眼前光秃秃的山坡上出现了一个刷锅球似的东西。那是一片茂密的树木。离得更近些时，还能看到居民区纵横交错的墙壁、屋顶和栅栏，将树木隔成一片一片的。有几棵比较高大的树木围成了一个长方形，中间是一片草坪，这里的浓荫显然吸引了一代又一代的居民，树的后面是一座巴兹对立教的圣约堂，它木构的尖顶从树冠顶上露了出来。两辆车子不约而同地朝着那片绿地开去。一下车就能听到从圣约堂传来的歌声，却一个人也看不到。此时，全镇的人都在那座建筑里面，圣约堂后的土地上还停着加涅里埃尔·克拉德的飞驰车——他也在里面。

　　看来在这儿找到敖罗洛或埃斯特马尔德（假如他还活着）的可能性不大。不过我们还是得到了一点线索：若是两三个浪士住在附近，只要到桑布勒来弄点食物药物，还是可以生存下去的。至于如何支付这些东西的费用，那就是另一个问题了。不过卡尔莫拉图修士指出，在桑布勒应该不用考虑太多的经济问题。附近又没有别的市镇，这片土地也无法耕种作物，又没有什么产业。他提出了一种理论，认为桑布勒跟我们昨夜留宿的修道院一样，也是个宗教社区。要真是这样的话，只要埃斯特马尔德和敖罗洛能给这些村民帮上点忙，也许就不用

花钱买东西了。

"他们也可能只靠乞讨为生，"嘉德修士提出，"就像某些古老的修会。"

似乎喜欢乞丐说的阿佛特人更多一些，他们不愿相信埃斯特马尔德或敖罗洛会为这样一些人做事。这引起了一场热烈的讨论。如果此刻圣约堂内是一片安静或冥想的氛围，我们的争辩肯定会打搅到他们，但那地方比我们想象得还要嘈杂，充满了大喊大叫一般的歌声。终于有人退出了辩论，对照着舆图器观察起了这座山岗，发现从桑布勒出发，刚好有一条通向山顶的盘山土路，卡尔莫拉图修士猜测，桑布勒这个地名就是古称"堲布利"^①的缩写。我们只用了几分钟就找到了那条路的起点：就是圣约堂后边的那片土地。但我们一时半会儿却没法把车子开上去。因为这块地上现在停满了汽车：其中有几辆闪闪发亮的摩布，它们的车主估计在桑布勒都算得上市人了，而占多数的还是些灰头土脸的大轱辘飞驰车。车场中间原本还有条可容一车通过的窄空，但加涅里埃尔·克拉德的飞驰车刚好把出口堵了个严严实实。

从舆图器上看，从这儿到山顶只有四哩路，我也不想闲待着，于是便用草坪上的压水井给瓶子里加了水，朝盘山路走了过去。利奥也跟了上来，一起来的还有百年士里最年轻的克里斯坎修士。在桑布勒信众的飞驰车之间穿行时我还觉得有点儿怪异，但从克拉德的飞驰车旁挤过去后，我们就踏上了弯弯曲曲的盘山道，小镇也很快消失在视野之中。只过了一会儿，圣约堂的叫喊声就再也听不到了，只有沙漠吹来的旱风带着香脂植物的刺鼻气味，噼啪作响地向我们扑来。我们爬得越来越起劲，很快便登上了高处，气温也渐渐低了下来。当我们绕到桑布勒的背面时，通向山顶的道路便尽收眼底，还能看到几栋建筑、几座旧天线塔和一座多面体穹顶的骨架残骸。我们猜这是个军事遗迹，倒也没什么稀奇的，毕竟，经历了几千年的开拓，这种东西几乎遍布星球上所有的地方。

沿着盘山路又绕了半圈，桑布勒便再度出现在我们脚下，从这里还能向山下的朋友们挥手。圣约堂里的仪式丝毫没有要收场的意思。原本还以为那两辆车很快就能赶上我们，换句话说，我们本来只想爬爬山练练腿脚，没打算一路走到山顶的。但就目前的情况来看，我们也许能比开车的先到山顶。不知为什么，这倒激发了我们的竞争欲，让我们爬得更快了。我们发现了一条别人走出来的

---

① 桑布勒的原文为"Samble"，堲布利的原文为"Savant Bly"。

小道，于是便顺着往上爬了一两百呎，结果让我们少走了一圈的盘山路。

走完这段捷径，便到了一处可以观赏风景的地方，我们歇了歇脚，喝了口水，又为我们的成就感叹了一番。借此机会，我向克里斯坎问道："您认识帕弗拉贡修士吗？"

"我是他的弟子。"克里斯坎说，"你是敖罗洛的弟子吗？"

我点了点头："您知道吗，在帕弗拉贡穿过迷园进入你们马特之前，敖罗洛也曾是帕弗拉贡的弟子。"

克里斯坎修士什么也没说。如果帕弗拉贡对克里斯坎提敖罗洛，或者提自己过去当十年士时的事情，就会违反戒律。但要谈起一个人的工作，这种信息很容易就会泄露出来。我接着说："帕弗拉贡和另一位叫作埃斯特马尔德的十年士一起工作，共同培养了敖罗洛。他们是同时离开的：帕弗拉贡进了迷园，埃斯特马尔德出了日纪门。而埃斯特马尔德来的就是这个地方。"

克里斯坎问道："敖罗洛的名声怎样？我是说诅革以前。"

"他是我们中最优秀的。"这问题让我吃了一惊，"为什么这么问？帕弗拉贡的名声如何？"

"一样的。"

"然而——？"我敢说他接下来要说的第一个词肯定是"然而"。

"他的副业有点儿奇怪。他从事的不是多数人那样动手的副业，他的嗜好是研究……"

"我们知道，"我说，"多重宇宙和（或）叙莱亚理学世界。"

"你看过他的著作了。"克里斯坎说。

"二十年前的旧作。"我提醒道，"对于他最近的研究我们就一无所知了。"

克里斯坎沉默了好一会儿，然后耸了耸肩，说道："跟这次大集修似乎有很大的关系，所以我猜告诉你们也没问题。"

"我们不会告发你的。"利奥向他许诺。

克里斯坎没领会这种幽默。"你们有没有发现，人们在谈到叙莱亚理学世界的时候，最后总会画同一个图表？"

"是呀——既然你也提到了它。"我说。

"两个圆圈或两个方块。"利奥说，"还有个箭头把它们连在一块儿。"

"一个圆圈或方块代表叙莱亚理学世界，它是箭头的起点。"我说，"另一个被箭头指向的圆圈或方块就代表这个世界。"

"这个宇宙。"克里斯坎纠正我说，"如果你愿意，也可以说是因果域。那箭头代表的是？"

"信息流，"利奥说，"关于三角形的知识顺着它流进我们的大脑。"

"因果关系。"我想起了敖罗洛讲过的因果域剪切，于是便猜着说道。

"这两种说法是一回事。"克里斯坎提醒我们，"这种图表是一种断言，认为与理学形式相关的信息可以从 HTW 来到我们的宇宙，并对这里造成可测的影响。"

"等一下，可测？你说的是哪种测算啊？"利奥问，"您可没法给三角形称重，也没法往阿德拉贡定理上钉钉子。"

"但你可以思考这些事物，"克里斯坎说，"而思考就是发生在神经组织里的一种物理过程。"

"你可以往脑子里插探针去测量它。"我说。

"没错，"克里斯坎说，"普洛特主义的根本前提就在于，大脑在接收叙莱亚理学世界传来的信息流时，脑探针会显示出与非接收状态不同的结果。"

"我猜也是这样，"利奥承认，"可照您这么说也太简略了吧。"

"先别管这个了。"克里斯坎说。我们正走在一段陡坡路上，又被太阳一照，全都气喘吁吁，大汗淋漓，他也不想在这种问题上浪费精力。"咱们还是回过头来，说说那两个方框组成的图表吧。帕弗拉贡属于对它提出质疑的一派，他们提出的质疑是'为什么只有两个方框？'，这一派的传统可以上溯到改元 14 世纪髻巴里托的乌唐提娜修女。据说有一次乌唐提娜走进了一间课室，碰巧看到石板上画着两个方框组成的这种传统图表，便问出了'为什么只有两个'的问题，当时画图的是一位名为伊拉斯玛的修士。"

利奥转过头来看着我。

"是的，"我说，"与我同名。"

克里斯坎接着说："乌唐提娜对伊拉斯玛说：'我看到你在给弟子们讲有向无环图，可是什么时候你才能讲点更有趣的东西？'伊拉斯玛回答说：'请原谅，但这并不是有向无环图，完全是另外一码事。'这话让乌唐提娜修女感觉受了冒犯，毕竟她是位耗尽毕生心血钻研这类问题的理学者。她说：'是不是有向无环图我一眼就看得出来。'伊拉斯玛也被惹恼了，但反思过后，他还是下决心信服了这位姊妹的高见。于是乌唐提娜和伊拉斯玛便发展出了复杂普洛特主义。"

"是与简单普洛特主义相对应的吗？"我问道。

"是的，"克里斯坎说，"简单普洛特主义是只有两个方框的那种。而复杂普

洛特主义可以包含任意数量的方框和箭头，只是那些箭头永远也不会连成环。"

我们绕到了山岗的阴面，这里的地面被一层雨季的淤泥盖着，可以在上边毫不费力地画图。趁着喝水休息的当儿，克里斯坎又教了我们一套关于复杂普洛特主义的粉本*。它讲的主要是，从叙莱亚理学世界接收信息的因果域远远不止我们一个宇宙，我们的宇宙可能只是多重宇宙网上的一个节点，信息就像灯芯里的灯油一样，一直在这个网络里朝着一个方向流动。其他宇宙可能跟我们的宇宙没什么区别，但有可能在灯芯图里居于我们的上游，向我们传送信息；也可能居于我们的下游，从我们这里承接信息。这种说法似乎非常激进，但至少帮我理解了帕弗拉贡被召唤的理由。

"现在我也想问你们十年士一个问题。"我们起身后，克里斯坎说道，"埃斯特马尔德是怎样一个人？"

"我们录进来之前他就出走了，"我说，"所以我们也不知道。"

"噢，那好吧，"克里斯坎说，"反正我们很快就知道了。"

我们沉默着走了没几步，利奥便机警地瞥向已经不远的山头，说道："我对埃斯特马尔德倒有点儿研究。也许在闯进他家之前，我能给你们讲点儿我知道的。"

"真有你的。你知道些什么？"我问。

"他可能属于那种如果不出走就会被遣退的情况。"利奥说。

"真的吗？！他干了什么？"

"他的副业是铺地砖，"利奥说，"新洗衣房地面上那些特别漂亮的地砖就是他铺的。"

"那些几何纹样。"我说。

"是的。但他似乎在打着这个幌子探究一道叫作泰格龙的古代几何题。那就是个拼地砖问题，它的起源可以一直上溯到奥利森纳垫殿。"

"不会就是那个把一大群人逼疯了的问题吧？"我问。

"美忒克兰斯被火山灰掩埋的时候，就站在奥利森纳垫殿前的十边形场地上冥思苦想泰格龙问题。"克里斯坎说。

我说："拉贝梅凯斯在被巴兹士兵的长矛刺穿的时候，也在海滩上思考这个

---

* 见粉本 3。（原作注）

问题。"

利奥说："叙莱亚的女儿卡尔拉修女，认为自己已经找到了答案，于是把解法画在了一条路的路面浮土上，而这条恰是通往上考尔邦的道路，她刚画好，一支由国王鲁达派上前线送死的军队就从上边踏了过去。后来她就再也没能恢复神智。为解决这个问题，人们已经在理学领域辟出一个完整的子学科了。自古至今，一直有人过分地关注这个问题，做一些对自己有害无益的事。这种执迷也被一代一代地传了下来。"

"你说的是宗系。"克里斯坎说。

"是的。"利奥答道，再次露出了紧张的神色。

"你说的是哪个宗系？"我问。

"就是宗系，人们就是这么叫它的，"克里斯坎说，"有时候也叫古宗系。"

"噢……我还是不明白。它是以哪些集修院为根据地的？"

克里斯坎摇了摇头："你是把它当成修会了，可宗系是可以上溯到大改组之前的——甚至比髽嘉尔塔斯还早。有人认为它创立于游方时代，是由那些曾与美忒克兰斯共事过的理学者创立的。"

"那些人可没跟他一块儿被埋在三百呎的地下。"利奥补充了一句。

"要是这么说，情况就完全不同了。"我说，"如果这是真的，那这宗系根本就不属于马特世界。"

"问题就在这儿，"利奥说，"宗系比整个马特、修士、修女的概念还早上几百年。所以不可能指望它遵循我们这些修会的一般规定。"

"你用的是现在时。"我指出。

克里斯坎露出了不安的神色，但什么都没说。利奥又朝上瞥了一眼，脚步也慢了下来。

"怎么了？你俩为什么这么紧张？"我问。

"也有人怀疑埃斯特马尔特是宗系成员。"利奥说。

"可埃斯特马尔德是埃德哈会士啊。"我说。

"这就是问题的一个方面。"利奥说。

"问题？"我问。

"是的。"克里斯坎说，"起码对你我来说是。"

"为什么？因为您和我都是埃德哈会的？"

"是的。"克里斯坎飞快地瞥了一眼利奥。

"噢，对利奥我是可以以命相托的。"我告诉他，"您能跟我这个埃德哈会同人说的话，都可以当着他的面说。"

"好吧。"克里斯坎说，"你没听说过这事儿倒也不奇怪，因为你加入娶埃德哈会才只有几个月，而且你只是一个——呃——"

"只是个十年士？"我说，"接着说吧，我不介意。"但其实我有那么点儿介意。利奥站在克里斯坎背后冲我做了个鬼脸，让我宽心。

"不然的话你应该已经听到关于这种事儿的流言蜚语了，有各种议论。"

"怎么说？"

"首先，埃德哈会士普遍有点儿古怪——有点儿神秘。"

"我当然知道，是有人喜欢这么说。"我说。

"正是如此。"克里斯坎说，"那你就应该知道，我们埃德哈会士受人睥睨的一个原因，就是我们对叙莱亚理学世界的执着似乎已经超过了对戒律和大改组原则的忠诚。"

"行吧，"我说，"我想这是不公平的，但我能明白为什么有人会有这种想法。"

利奥补充了一句："也有人是假装有这种想法，把这当成打埃德哈会士脸的武器。"

"那你就想象一下吧，"克里斯坎说，"如果存在，或者说人们认为存在过一个相当于超级埃德哈会的宗系，会是什么样子。"

"您是不是说，有人认为我们修会跟宗系有关？"

克里斯坎点了点头："有人甚至已经提出指控，说埃德哈会只是个幌子——它的真实面目其实是泰格龙信徒赖以寄生的宿主。"

鉴于埃德哈会几千年来在理学领域做出的诸多贡献，我都懒得去驳斥这种谬论，但一个词却引起了我的注意。

"信徒。"我重复道。

克里斯坎叹了口气。"散播这种流言的人——"他开口道。

"——就是那些把我们对叙莱亚理学世界的信仰视同于宗教信仰的人。"我得出了结论，"这也符合他们的目的：散播埃德哈修会内部有个秘密教派的说法。"

克里斯坎点了点头。

"真有吗？"利奥问。

要是能让他把这话咽回去，我还真想给他一拳。克里斯坎可不了解利奥的幽默，被这话狠狠地噎了一下。

"那从事副业的时候，埃斯特马尔德实际上干了什么吗？"我问利奥，"他看书了？解泰格龙了？还是点着蜡烛念咒了？"

"主要是看书——一些非常古老的书。"利奥说，"留下这些古书的人生前都曾被怀疑是宗系的人。"

"似乎挺有趣，但也不碍别人的事吧。"我说。

"人们还注意到他对仟岁纪马特抱有过分的关注。举行奥特的时候，他甚至会趁千年士歌唱时记谱。"

"不记谱怎么可能真正理解那些髻咏的含义？"

"他还总去上迷园。"

"好吧，"我承认，"这是有点儿不正常……关于宗系的传言里是不是就有这条？说宗系成员违反戒律——和别的马特的人沟通？"

"是的。"克里斯坎说，"这种说法也符合那一整套的阴谋论。人们在污蔑埃德哈会的时候，通常会说埃德哈会士认为自己的工作比别人的更出色更重要，说他们对叙莱亚理学世界的追求已经凌驾于戒律之上了。所以，在追求真理的时候，如果需要与其他马特的阿佛特人或外人沟通，他们就会毫无内疚地去做。"

越说越离谱了，我开始觉得这可能是那些怪咖百年士心血来潮编出来的。但我什么都没说，因为我想起了敖罗洛在葡萄园里跟萨曼说话的事儿，还有他违反禁令做观测的事儿。

利奥哼了一声："外人？什么样的外人会在意一个六千年前的神秘理学问题？"

"就是这两天我们碰见的这些人。"克里斯坎说。

我们的脚步已完全停下了。我向前迈了一步："好吧，如果你说的这些都是真的，那咱们跑到这儿来可就对自己一点好处也没有了。"

克里斯坎马上明白了我的意思，但利奥看起来还是一脸迷惑。我接着说："髻特雷德加满是世界各地来的阿佛特人。戒尊们肯定会登记都有谁来了，从哪个集修院来的。而我们这支从埃德哈集修院来的，主要是埃德哈会士的队伍——就要迟到了——"

"迟到的原因是我们违反规定——混迹于慕像者之中——"利奥开始明白了。

"——来找两个不守规矩的修士，这两个人还刚好就是克里斯坎说的那种典型。"

　　我和利奥几分钟后便登了顶，把气喘吁吁的克里斯坎落在了后面。这场诡异的谈话弄得我们莫名地紧张，实际上余下的路我们都是跑过去的——并不是为了赶时间，只是想把精力耗尽。

　　从山顶的样子来看，这里可能从髻布利时代起就已经是个宜居之所了。之所以会存在这样一个地方，是因为山顶上有块巨大的硬石透镜体，尽管方圆几哩外的岩土层都已被冲刷殆尽，它却禁受住了冲蚀，护住了下方那些不够坚硬的岩土。山顶上的地方很宽绰，足够建造一栋杰斯里家住的那种大宅了。但是千百年来，这地方已经挤挤插插地盖满了各式各样的建筑。地面的最下层是砖石垫底：这些砖头石块是直接用砂浆抹在山顶的硬石表面上的。后代的建造者又在这层底子上直接浇筑了人造石，建起了小掩体、警卫亭、碉堡、设备间，还有碟形天线和塔楼的基座。这些东西后来还改造过，建筑与建筑之间连起了各种管线。这些管线有的报废了，有的拆除了，有的锈蚀了，有的换成了新的，有的被掩埋了。那些石头，不论是天然的还是人造的，都被一个时代或另一个时代的金属建筑染上了深棕色的锈迹。这么大点儿一块地方，建成这样也是够复杂的，够孩子们探上几个钟头的险了。我和利奥比孩子也大不了多少，自然也禁不起这种诱惑。但我们的脑子里还装着别的事情。于是我们找起了人类居住的迹象。最显眼的是立在旧天线塔基座上的一座反射式天文望远镜。我们先去了那里。这东西看起来有点儿像珂尔德或她的朋友在工作坊里用钢铁边角料制作的艺术品。朝里面看，还能看见一面手工打磨的透镜，直径足有十二时以上，看起来很完美。不难看出，这望远镜连着一台用马达、齿轮箱和轴承拼凑出来的极轴驱动器，天知道这些东西是从哪儿找来的。从这里开始，我们跟随着一连串明显的弦索，走到了平台的另一头，沿着基座外侧的楼梯下去，到了这组建筑东南面一处较低的露台上。这里已经架起了烤肉的架子，摆上了防雨的塑料桌椅，还支起了一把大伞。一只塑料箱子里整整齐齐地放着些小孩的玩具，好像孩子们有时会来这儿玩，但不是每天都来。露台的一边有道门，通向一座塞满了小房间的杂院，虽然这些房间比设备间还小，但还是被改造成了一处人家。住在这儿的不管是谁，反正不可能是敖罗洛。看墙上的照片，这家住着一位老人和一位稍显年轻的妻子，他们的子孙少说也有两代。墙上的照片很多，圣像也很多，所以这显然是个慕像者家庭。我们把这些印象消化了一番，过了好几秒才明白过来，我们闯进了别人的家。蠢透了，阿佛特人就爱犯这种傻。我俩手忙脚乱地退了出去，差点儿撞在一块儿摔倒在地。

退回露台后，我们才注意到这里光溜溜的人造石地面。既然埃斯特马尔德那么热衷于铺砖，那这里怎么会没铺地砖呢？但我们又看到一条向上的楼梯，上边是一块向外突出的岩架，岩架上有一座砖砌的窑。窑的四周堆满了常年工作留下的各种物件：黏土、模子、盛釉料的罐子和成千上万的地砖和残片，这些砖跟埃德哈新洗衣房地面上的一样，都是简单的几何形。埃斯特马尔德之所以还没在露台上铺砖，是因为他还没找到完美的拼法。他还没解开泰格龙问题。

"他是已经疯了？"我问利奥，"还是快了？"

克里斯坎从另一条路赶了上来。他一见我们，就说自己看到了另一处更小的住所。我们便跟着他沿这片房子的南翼绕了回去。

我们一眼就看出了这是什么。针孔马特的种种特征一目了然。这是整片房子的一个犄角，要穿过一条狭长逼仄的小道才能进去，小道的尽头还立着一道栅栏，是最近刚用塑料布和三合板做出来的，充其量只算得上是个象征性的屏障。进了这道屏障，置身于这个环境给了我们一种回到家的感觉。这儿不过是另一片没有屋顶的石台。房地产商会管这个叫露台。但在我们眼里，这就是一座迷你隐修院。所有的世俗植物都被一丝不苟地拔干净了，只留下一片陈旧且污渍斑斑的石头地，还有几件生活必需品，都是手工制作的。几根木料用绳子一捆，再绷上一块麻布，便是一副棚架，棚架下是一张桌子和一把椅子。墙角放着一只生锈的油漆桶，桶盖上压着一块石头。利奥打开盖，皱起鼻子闻了闻，宣布自己发现了敖罗洛的夜壶。这桶是空的，而且已经干了。火盆底下的灰是冷的。水罐也是空的，还有一个曾经放过食物的木头柜子，里面也被清空了，只剩了一点调料、碗盘和火柴。

一扇破旧的木门通向敖罗洛的寝室，里面差不多也是这个风格。不过那挂钟倒出奇的现代，一组发光的数字显示着时间，还是精确到百分之一秒的。书架是用旧楼梯踏板和砖块搭起来的，上边放着几本机器印刷的书和几张手写的页子。有一面墙上用图钉钉满了敖罗洛的图表和笔记。另一面墙上全是照片，看得出敖罗洛是在试着用上面那台手工望远镜捕捉飞船的图像。但最典型的图像也不过是一大片代表恒星轨迹的白色细条纹里夹着一根白色的粗条纹。但在这组照片的一角，敖罗洛还贴了几张不相干的图片，有的是从出版物上撕下来的，有的是用句法机打印出来的。乍看之下，这些照片拍的不过是地上的一个大洞：也许是个露天矿坑。

还有一些页子相互交叠着，形成了一组马赛克，页面与页面之间还画了一

些线条，形成了一个树形的关联网。最靠上的一页标的是"奥利森纳"。在这页的顶端写着阿德拉贡的名字。从他的名字引出了两个箭头，其中一个垂直向下指着狄亚克斯的名字，再往下就什么也没有了。还有一个箭头斜向下指着美忒克兰斯的名字，从美忒克兰斯又分出了三个分支树，包含了若干世纪若干地方的若干人名。

"呃噢。"利奥说。

"我不喜欢这东西的样子。"我承认。

"这是宗系的东西。"克里斯坎插了一句。

这时门开了，一场暴力冲突紧随而至。不过倒不持久，一秒钟就结束了，也不严重。但毕竟是货真价实的暴力，把我们的思绪一下子扯到了十万八千里外，一时半会儿甭想回得来了。

简而言之，就是一个男人闯了进来，被利奥制服了。打斗结束的时候，利奥已经坐在了那男人的胸口上，着迷地查看起了从他腰间武器套里拔出来的一支发射性武器。"你有刀子之类的东西吗？"利奥边问边向门口瞟去。又有几个人赶了上来，最前边的是巴尔布。

"从我身上下去！"那人喊道，我们想了一会儿才明白过来，他说的是奥尔特语，"把那个还给我！"我们注意到他岁数很大了，可他刚才进门的动作却敏捷得像个年轻人。

"埃斯特马尔德带了枪。"巴尔布宣布，"这是当地人的习俗。在他们眼里这不算是威胁。"

"好吧，那我敢肯定，我拿着这东西也不会让埃斯特马尔德觉得受到了威胁。"利奥说。他从埃斯特马尔德身上爬了下来，站起身，把枪口指向了天花板。

"你们没事儿不该到这里来。"埃斯特马尔德说，"至于我的枪，要么用它把我打死，要么把它交出来。"

交枪，是利奥连想都不会想的。

随着事态的发生，我被强烈的震惊和随之而来的困惑攫住，只能一动不动地站在原地。因为害怕帮倒忙，索性连忙都不敢帮了。可看看朋友们的脸色，又觉得还是应该出头，我也不想让自己显得笨嘴拙舌或者优柔寡断。"既然你刚刚断言我们不该来这儿，"我指出，"那武器到了你的手里对我们可没什么好处，顺便说一句，我们也不是无缘无故到这儿来的。"

这时候，其余几位游方成员也都拥上了露台。嘉德修士走了进来，用肩膀把埃斯特马尔德挤到了一边，只在屋里扫视了一圈，就端详起敖罗洛贴在墙上的页子和照片来了。这下子给他的打击比被利奥打倒、被我推翻还大，埃斯特马尔德终于明白自己没胜算了。他的身形缩小了一圈，眼光也避向了一边。和我们不同，他得在几分钟里习惯与一位千年士共处一室。

"利奥，外面很多人都带枪。"这是珂尔德的声音，"我明白你的误会是从哪儿来的，可你也得相信我，他是不会用这东西对付你们的。"没人答话。

"来吧，你们这些冒失鬼，来吃野餐吧。"

"野餐？"我说。

"只要天气好，"埃斯特马尔德说，"礼拜结束后我们都会在草地上来一场烧烤。"珂尔德一调停，他的心情似乎也好了点儿。

我朝门外瞥了一眼，碰上了露台上阿尔西巴尔特的目光。他扬了扬眉毛。是的。埃斯特马尔德已经变成慕像者了。

在集修院的时候，我们总把浪士描绘成长发披肩的野人，但埃斯特马尔德看起来就像是一位偶尔出来登山健身的退休化学家。

埃斯特马尔德仔仔细细地打量了我一番。"你肯定就是伊拉斯玛了。"他说。这好像让他心里的一块石头落了地。他长长地呼了口气，把被利奥按倒在地带来的震惊甩了个一干二净。"好吧。只要你们保证不攻击别人，我就邀请你们参加野餐。"他看出反对从我的脑子里流露到了脸上，微笑着补充道，"我是说'人不犯我我不犯人'。我也不相信他们会攻击你们；他们对阿佛特人可比你们对他们宽容得多。"

"敖罗洛在哪儿？"

嘉德修士仍旧背对着我们，盯着那张露天矿坑的照片，我们都被他那次音速的嗓音吓了一跳："敖罗洛往北方去了。"

埃斯特马尔德也吃了一惊，随即便恢复了微笑，好像他已经知道千年士是怎么看出来的了。"嘉德修士说得对。"

"我们要参加野餐。"嘉德修士用生硬的弗卢克语一字一顿地宣布，"利奥、伊拉斯玛和我最后下去，我们坐加涅里埃尔·克拉德的车。"

这指示传到了露台，人们都返身朝汽车走去。利奥把枪里的弹夹抽了出来，把它们分开还给了埃斯特马尔德。他接过枪后，也不情不愿地跟着克里斯坎一起离开了。他俩一走出那道简易门，嘉德修士就伸出手开始揭墙上的页子。利奥和我也帮了把手，又把我们揭下来的页子一块儿交给了嘉德修士。他把大部

分照片撂在一边，只挑出几张有地洞的递给了我。

千年士跨入敖罗洛的隐修院，把那些页子一股脑儿塞进了火盆。然后从敖罗洛的食品柜里取出了火柴。"看这标签，我推断这应该是一种引火用的实践理学工具。"他说。

我们给他演示了火柴的用法。他把敖罗洛的那些页子给点了。我们围着火堆站着，直到它们全部化成灰烬。嘉德修士随后还用棍子把灰都扒拉碎了。

"该去吃野餐了。"他说。

加涅里埃尔·克拉德开着车子环山而下，我们坐在敞篷飞驰车的后座上，像啤酒箱里的酒瓶似的，东倒西歪，摇来滚去，桑布勒村庄绿地上组织野餐的人群时不时映入眼帘。这些人对野餐的认真看上去一点也不亚于他们对礼拜的虔诚。

嘉德修士好像在想着别的事儿，一路上一言不发。就在我们快到桑布勒的时候，他敲了敲飞驰车的篷顶，用奥尔特语问克拉德，是否介意在这里停几分钟。克拉德操着一口粗野的奥尔特语说，完全没问题。

我从没想过像克拉德这样的人竟会懂我们的语言。但这也在情理之中。巴兹对立教的信徒从不相信教士或者别的什么中间人。他们相信所有人都应该自己阅读经书。尽管他们读的几乎都是弗卢克语译本，但也不难想象，总会有些特别狂热或特立独行的派系，为了不将自己不朽的灵魂托付于翻译而亲自学习古典奥尔特语，比如桑布勒人。

嘉德修士示意我下车。我跳下了飞驰车的后座，把他也搀了下来，这么做主要是出于礼貌，因为他看起来并不怎么需要帮助。我们走到百十来步开外、车道转弯的地方，此处视野甚佳，高原沙漠与北方山峦尽收眼底，还能看到山上点缀着片片积雪与斑斑云影。"我们就像俯瞰埃特拉斯的普洛塔斯。"他说了这么一句。

我微微一笑，却不是嘲笑——很多人都认为普洛塔斯的著作幼稚得令人尴尬，几乎只在打趣和讽刺别人时才会提他的名字。但这种态度并非古已有之，它也是随着时代发展才愈演愈烈的。嘉德修士可是来自与世隔绝六百九十年的千年马特，谁知道他会怎么想呢。我站在那里看着他，追随他的目光，眺望北方的云和投在山坡上的云影，看得越久，就越为自己没有窃笑而感到高兴。

"你觉得敖罗洛站在这儿的时候看到的是什么？"嘉德修士问。

"他是一位了不起的鉴赏家，喜欢从星阵上眺望山脉。"我说。

"你认为他看到的是美？这是个安全的答案，因为这的确很美。但他想的是什么？这种美能让他领悟到什么？"

"这我可就一点儿也答不上来了。"

"不要答。要问。"

"说得更具体点吧，您想让我做些什么？"

"去北方。"他说，"追随敖罗洛，把他找到。"

"可特雷德加在东南方。"

"特雷德加。"他重复着，就像是刚从一场关于特雷德加的梦里走出来似的，"那是野餐后我和其他人要去的地方。"

"我到这儿来已经算得上违规了。"我说，"我们已经损失了一天——"

"一天，一天！"在嘉德修士眼里，在这位千年士的眼里，我对一天时间的计较简直是个笑话。

"追上敖罗洛可能得花上几个月。"我说，"如果迟到，我可能会被遣退。就算不被遣退，起码也得再多罚几章。"

"你现在被罚到第几章了？"

"第五章。"

"第七章。"嘉德修士说。一开始我还以为他在纠正我。随后又害怕起来，生怕这是他对我的判决。最后我才明白过来，被罚到第七章的是他自己。

那肯定耗掉了他好几年的时光。

为什么？他是怎么惹上这种大麻烦的？

他没疯吗？

可他要是已经疯了或者无药可救了，又为什么会从千年士里被召唤出来？为什么他被唤召之后，他那些姊妹弟兄都唱得撕心裂肺？

"我有很多问题。"我说。

"要想找答案，对你来说最有效的办法就是向北去。"

我又把刚才的理由重复了一遍，他却扬起手制止了我："我会尽一切努力，保证你不会受到惩罚。"

嘉德修士在大集修上真有这么大的权力吗？这种事儿我可没处打听，也没有勇气当面问他。既然没有勇气，我能说的也就只剩一句了："好吧。野餐后我就上路。不过我也不知道这有什么用。"

"那就一直往北走，直到你明白为止吧。"嘉德修士说。

第 7 部

浪士

【罔络】 在原奥尔特语、古奥尔特语和中奥尔特语中，指一种具有网状编织结构的小袋或篮子。❷ 在早期实践理学奥尔特语中，指光学设备中一种由电线或细线布成的格状网络。❸ 在晚期实践理学奥尔特语和新奥尔特语中，指两台或两台以上句法装置相互联通的手段。

【大罔】 ❶首字母不大写时，指两个或两个以上较小的罔络互联构成的罔络。❷首字母大写时指集全世界所有罔络的优势于一身的最大的罔络。有时简称罔。

——《词典》，第四版，改元 3000 年

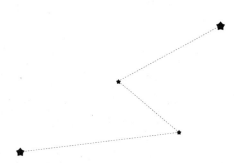

　　珂尔德非要跟我一起去，劝都劝不住。野餐一结束我们就爬上了她的飞驰车。为了找一条翻山北上的车道，我们又往回开了三十哩地。在路上第一个小镇，为了购买燃料、食物和保暖衣物，我用光了自己的现金卡，接着又把嘉德修士那张也花光了。

　　就在我们往飞驰车上装东西的时候，加涅里埃尔·克拉德也开着车子跟了上来。他的身边坐着萨曼。他俩都咧嘴笑着，这真是件稀罕事儿。不用说，他们这是要跟我们一起走了，也没什么可商量的。他们也为采购忙活了起来。克拉德有只装满硬币的弹药箱，萨曼有个可以刷电子货币的唧嘎。我想他们的资金应该是分别从各自的群体那里弄来的。再次见到克拉德并不是件开心事。如果他真的为这趟旅行在桑布勒募了款，问题可就来了，他真正的打算是什么呢？

　　克拉德又把三轮车装进了车子的后座，所以他车上也没什么富余地方，我们便把大件行李都放上了珂尔德的飞驰车。谁也不知道该去哪里，不知道该做什么打算，但我们心里似乎都有种感觉，觉得敖罗洛可能出于某种原因上了山。要是上山的话，或许就得在低温下露营了，所以我们也带了冬用的铺盖、帐篷、暖炉和燃料。萨曼觉得他也许能追踪到敖罗洛，克拉德则打算沿途跟他的教友们打听。

　　我们都爬回了车上，一路向北驶去。再开两个小时就到山麓了，克拉德知道那儿有几处宿营地，于是便带起路来。对于这种事儿他简直有强迫症，我也懒得跟他争。珂尔德倒是甘愿跟在后边。克拉德在仪表盘前坐得笔直，萨曼抱着发光的超级唧嘎把腰一弓，这让我们产生了一种感觉：他俩在一块儿肯定能把一切都想周到了。这俩人里哪个都不让人省心，但还好他们不听对方的意见，这倒让我放心了不少。

　　离了阿尔西巴尔特，离了利奥，连个商量事儿的人都没有，这不免让我有点儿难过。但车子一转向北方，朝山峦挺进，轻松的感觉就取代了难过。过去这二十四小时里听到、看到的太多了，一下子真是难以消化，不光是表亲的飞船，我生活了十年半的那个世界更是如此。单说核废料罐的草顶吧，要是在集修院里听到这种事情，我也许还容易接受一点儿。现在的任务只剩下一个了，就是坐在继姐身边，盯着窗外，漫山遍野地寻一个跑掉的修士，这倒让我觉得自在多了。有些事儿尽管来得突然，来得怪异，但头天夜里只在巴兹教修道院里睡了一觉，我的头脑就适应了变化。这一招也许还能再用一次：花上几天时间换脑子，也许不经意间得到的领悟要胜过跪在小屋里冥思苦想，或在课室里喋喋不休。

就算这一切都是个错误我也不在乎。我需要的只是一段休息时间。

珂尔德长时间地用唧嘎跟罗斯克通着话。他俩在桑布勒的村庄绿地吻别后就分开了，因为他还得回去工作。现在又有问题需要解决了。他们也不是一口气把话说完，而是时断时续，差不多通了得有十次话。这惹得我心烦意乱，真希望我们是在一个偏僻的没有信号的地方。不过没多久我就习惯了，也开始感到好奇：只为了几天的分离，罗斯克和珂尔德就有这么多话要说，那我和艾拉呢？我不禁想起昨天下午我们开车离去时图莉亚脸上的震惊。我肯定，她也在为我对艾拉的残忍而震惊。

"现在还有人写信寄信吗？"在珂尔德与罗斯克交谈的间隙，我问珂尔德。

"从这儿寄信可有点儿费事儿，不过答案是肯定的。"说完她就露出一个大大的微笑，"你是要给一个姑娘写信吧，拉兹？"

我压根儿没跟她提过艾拉，问的也不是什么引人遐想的问题，可她竟不费吹灰之力就看穿了我的心思，这让我吃了一惊，随后我又颇有些恼火。直到她的唧嘎响了起来，才给了我几分钟恢复镇定的时间，但这时她仍在看着我的面孔寻开心。

"跟我说说她嘛。"一挂断唧嘎她就提出了这个要求。

"艾拉。你见过的。她是——"

"我记得的。我喜欢她！"

"真的吗？我可没看出来。"

"你没看出来的事儿还多着呢。"珂尔德用天真的腔调轻飘飘地来了一句，我差点儿没琢磨过味儿来，随后半晌没说话。

"我们原本一直很讨厌对方，"我说，"尤其是最近。然后我们突然就走到了一块儿，很突然，不过的确妙不可言。"

珂尔德投来一个会心的微笑，差点儿把车从路上开下去。

"不过第二天她就被召唤了。当时我还不知道这是一场大集修，所以，实际上在那以后，对我来说她就已经死了。我想这对我来说是件相当难过的事儿。借着工作我才稍稍把它放下。结果昨天我又被召唤了——现在想想好像已经过了十年一样——于是我又有可能再次见到她了。可刚出来几个小时，我便决定先绕个小远，结果现在成了绕个大远了。就事实来说，因为听凭嘉德修士的支使，这样跑了出来，我实际上算是成了浪士，可能再也见不到她了。你可能会说这些事儿太复杂了。要在唧嘎上把这些事儿跟她说清楚也不知得花多长时间。"

这时罗斯克的电话打了进来，等珂尔德一把唧嘎挂掉，我就迫不及待地接着说了下去："跟你说吧，我并不是单为自己一个人的处境发牢骚。所有的事情都乱了套。这可是第三次劫掠以来最大的变故。这么多诡异的事情一一上演——简直就是对戒律的嘲讽。"

"可你的追求又不是那一套规矩。"珂尔德说，"你之所以走这条路，为的可是更大的目标。只要不改初心，你说的那些困扰都会不攻自破的。"

她的话本应给我带来莫大的安慰，可还是有点儿问题：这话的意思听上去……不就是克里斯坎说的那些宗系论者对埃德哈会士的指控吗？于是，在本能的驱使下，我什么都没说。

而珂尔德真正想说的还在后面："同样的道理，你可以一直盯着你俩之间那些错综复杂的来龙去脉，把你自己逼疯，但如果你要给她写信——这是个很棒的主意——就不该把这些牵扯进去，得把这些都略去。"

"略去？"

"是呀。只要告诉她你的感觉就好。"

"我觉得我被要得团团转。这就是我的感觉。你想让我跟她说这个？"

"不不不。你得告诉她你对她的感觉。"

我的目光落在了她的唧嘎上，它此刻正安安静静地躺在我们中间。"你真的没接过图莉亚的电话，没听她说过这事儿？我有种感觉，你们这些人好像有个自己的私人网络。就像是——"

"就像伊塔人？"这话要是我说就显得太无礼了，但她却只是觉得好玩儿。我俩都抬头望向前面的车子，看着萨曼在唧嘎屏幕映照下的背影。"没错，"珂尔德说，"我们就是女孩伊塔帮，要是你不照我们说的做，我们就罚你念《书》！"

　　我从珂尔德的行车记录簿上找了一张空白页，开始给艾拉写起信来。这真是一次糟得不能再糟的书写体验。写不了几笔就得撕掉重写。一次性塑料笔拉着黏糊糊的笔油在光溜溜的机制纸上划拉的感觉实在让我无法习惯。记录簿撕掉了一页又一页，这封信也重头写了一次又一次。

　　折腾到第四次我就放弃了，因为加涅里埃尔·克拉德领着我们开下了柏油路，上了土路。这种路面对克拉德的车子倒不算什么，珂尔德的车子就倒了霉。这里已是山脉的南麓，遍地都是油木种植园，条条土路在苗圃间纵横交错，路上净是横冲直撞的运料车，爆土狼烟不说，还处处是危险。受了半个小时的罪，车子到了高一些的地方，才终于摆脱了这个困境。到了这个高度，植物的生长季就变短了，而且这里的坡也很陡，可以说除了游憩之外，就再没有什么经济价值了。

　　克拉德带着我们来到一处设在山间小湖畔的宿营地。他说秋天会有人来这里打猎，但此刻却一个人也没有。我们的所有装备都是新的，使用前还得拆封，把包装箱、商标和说明书都处理掉。我们用这些废弃物点了把篝火，又续了些枯枝，好让它烧得久些。太阳落山的时候，篝火已经变成了炭火堆，我们又用它烤了奶酪汉堡。珂尔德在她的飞驰车上搭了张铺，我们三个男的则共用一顶帐篷。不过我一直在外面借着火光给艾拉写信，写到了很晚。这样也不错。这封信到了第七稿已变得颇为简短。我只是不断地问自己：如果命中注定我再也无缘与她相见，此刻又该对她说些什么？

　　新的一天来得清清爽爽，没有大事件，没有新面孔，也没有惊天大发现。我们在寒冷之中缓缓醒来，点上暖炉热了点口粮便上了路。克拉德很开心。他不是天生的乐天派，但在此时此地却一反常态，高高兴兴、昂首阔步地走来走去，给我们传授卷铺盖卷儿的不二法门，像伺候核反应堆似的精心侍弄营地暖炉。他在这种环境下倒是如鱼得水，旺盛的精力有了用武之地。我看出来了，对他自己所处的环境来说，他太过聪明，可又没得到成为阿佛特人的机会。他要是出身愚氓，应该已经进了集修院了。可他却生在了一个过分看重他的才智而不肯放他离去的教派团体。只是他的才智对那个教派全无意义。而且他已经当惯了十里八乡独一份儿的聪明人，现在跟其他聪明人凑到一块儿，反倒弄得他不知所措了。

　　萨曼却成了涸辙之鲋，他的唧嘎几乎捕捉不到任何信号了，但他倒也处之泰然，好像对伊塔人来说，没完没了的受罪只不过是家常便饭似的。他有一个跟珂尔德的马甲一样的单肩包，总在不断地从里面掏各种用得着的工具和小东西。这也可能只是我个人的感觉吧，因为我还不习惯拥有个人物品这件事情。

珂尔德的情绪不佳，不看她的时候一言不发，看她一眼又会招来一肚子牢骚。我觉得又烦又闷。等到终于再次上路的时候，我还以为都到了中午。但珂尔德车上的钟表却告诉我，到中午至少还有三个小时。

我们上了山。这对我来说可是桩新鲜事儿。其实一切旅行对我来说都应该是新鲜事儿。在我年岁尚幼，没进集修院的时候，也只不过离开过镇子几次，顶多是跟着长辈去附近的乡下探亲访友。而进入集修院后自然再也没旅行过了。旅行这种事儿我倒从没惦记过，因为我根本不知道有什么可惦记的。一路翻山越岭，看到了葱翠的森林、鲜嫩的草地，看到了古老的栈道、废弃的堡垒，看到了颓败的小屋、坍塌的宫殿，感受着广阔天地的召唤，我也动起了心思，如果有时间停留，有时间散散步，不妨去那些地方逛逛。这些景色都与集修院大相径庭，集修院里只有被人踩了千万遍的老路，去一趟沙孚宗产的地下室就算得上是探险了。既然我已受局势所迫离开了集修院，涉险到了这样的地方，那接下来情势还会将我带到何处？我的思绪又会游向何方？

珂尔德更换了车载音乐。头几天播放的流行歌曲现在听来就显得不够搭调了。与车窗外的美景相比，歌曲里那些精致的段落尚不够优美，粗糙的部分就更显得刺耳。她也有一张集修院音乐的录音，是我们在日纪门前市场上跟蜂蜜和蜂蜜酒一块儿卖出去的。她开始随机播放了起来，一上来就是一段第三次劫掠的哀歌。对珂尔德来说，这只是第 37 号选段。而对我来说，它却是我们音乐中最有震撼力的一部作品。这部作品我们一年只唱一次，每次唱它之前都要花上整整一周的时间，缅怀那些在火刑中逝去的先贤与失传的经典。不管怎么说，这种感觉倒也应景：要是表亲怀有敌意，还真有可能劫掠这个世界。

我们绕过一个转角，一堵高耸入云的紫色石崖便迎面而来。它肯定已在此处矗立了上百万年了。听着哀歌，看着眼前的景象，我的心中不禁生出了一股对整个星球的豪情。在此之前，我从未受过这般情绪的召唤，以往的阿尔布赫星的天空中，除了点点星光，还不曾有过别的东西。现在却不一样了，我不再觉得自己只是发条小队的一员，也不再觉得自己只是旬岁纪马特或埃德哈修会的一员，我已经把自己当成了这个世界的公民，一想到自己也能为捍卫这个世界贡献绵薄之力，就不禁感到自豪。做一名浪士我也心甘情愿。

到了墙外，让人感觉新鲜的不会只有赌场和斯皮里。就算是独行天涯、身

陷荒野，就算你没碰见一条商业街、没听过一句弗卢克语，你还是在不断地获得着信息，这些信息无关于世俗，却关系着未有世俗即已存在的这个世界，这个世界是滋生出文明与文化的土壤，也是它们覆灭后归去的地方。这个世界是世俗之源，也是马特之源，是七千年前两个世界共同的源头。

【海中海】　一个面积较小但形态复杂的咸水体，有三条与阿尔布赫星大洋连通的海峡，人们一般将其视为古典文明的摇篮。

——《词典》，第四版，改元 3000 年

我们翻越垭口，下到了一处小城——诺尔斯罗夫。这让我吃了一惊。舆图器我是看过。但在我脑中的地图上，这座山的尽头还在远得多的地方。

敖罗洛没找到，但起码我们已经在这块地盘上走了一遭，途中也记下了几个他有可能落脚的地方。依我看，可能性最大的是一座用侦查森林火灾的旧瞭望塔改成的小破马特。这座马特就在路边几哩远处，却高出了路面好几千呎。我们一开上垭口就注意到它了。要是一座颇具规模的大集修院，有可能的确不愿跟敖罗洛这样的人扯上关系，但这么个犄角旮旯的小马特，肯定会欢迎一位讲奥尔特语的流浪汉为他们带来新思想的。

为了吃点东西，上个厕所，我们把车停在了诺尔斯罗夫商业中心几哩开外的一座大型毂车加油站。这里既有住宿的房间也有停车场，既可以睡在屋里也可以睡在车上。我本打算把这里当成上山找敖罗洛的根据地。可一走进蒸汽氤氲、肉香弥漫的餐厅，就看到一排长途毂车司机齐刷刷地回头盯着我们，我也就打消了这个念头。这里显然没怎么招待过我们这样的顾客，也不乐意招待。我们之所以这么惹眼，也并非没有原因：除了我们四个，这屋里清一色都是跑单帮的。可就算是我们一个一个进来，也还是会引人注目。萨曼穿的是普通的墙外服装，却蓄着与众不同的长须长发，面部的骨骼结构也标志着他的种族。这里的人倒不可能认出他是伊塔人，就算他们知道伊塔人是怎么回事也没办法认出来，但他们肯定看得出他不是自己人。珂尔德的举止打扮也不像他们的女人，她的一举一动、一颦一笑都跟他们格格不入。作为外人的加涅里埃尔本可以混

迹其中，实际上却不是那么回事。他毕竟来自一个竭尽全力与底层文化保持距离的宗教团体，这在他的言谈举止和看人的眼神里表露无遗。还有我，我不知道自己看起来是个什么样子，但自打出了集修院的大门，我还没怎么接触过不知道我身份的外人。虽然此时我也想努力装成另外一种人，可必须承认我演得很糟。

要不是餐厅里装了好多斯皮里，我们可能还得吸引更多的注意。这些屏幕是从天花板上垂下来的，斜向下冲着餐桌，同步播放着一个节目。我们进来时，播的是黑夜里一栋起火的房子，房子周围都是救火队员。一个特写镜头推向冒着黑烟的窗口，有个女人探出身来。女人脸上裹着手巾，把一个婴儿扔了下去。我盯着屏幕，想看看接下来会发生什么，但图像却倒了回去，又放慢速度播放了两遍婴儿坠楼的画面。紧接着屏幕上就换成了一个球员炫技的画面。随后便是这个球员在比赛后程摔断腿的画面。这个镜头也慢速重复了好几遍，让人清清楚楚地看着他的腿从折断处打弯的样子。我们找到空餐桌坐下的时候，斯皮里又在播一个长相帅气、穿着体面的男子被警察逮捕的画面。我的伙伴们也会时不时地瞥上一眼屏幕，随后再移开目光。他们好像已经养成了某种免疫力。我却没法让目光离开屏幕，于是我找了个不正对斯皮里的座位。但每次画面切换的时候，我的目光还是会紧跟着一跃而上。我就像树上的一只猴子，周围哪里有东西快速移动就朝哪里看。

我们坐在了餐厅的一角，点完了餐便小声交谈起来。我们进门时骤然寂静的房间也慢慢地解冻了，又重新因人们的低语声活跃了起来。我突然意识到不该挑这张角上的桌子，因为要是出了乱子，我们就没法马上逃出去了。

我想念利奥了。他要是在的话就会评估风险，即便有危险，他也想得出办法。当然他有时也会做出别扭的判断，就像埃斯特马尔德和他的枪。可他至少不会忽略这方面的问题，我也就能担心点儿别的了。

就说萨曼吧。他加入的时候我是很高兴的，因为他会干很多我不会干的事儿。只有我们四个在湖畔露营时倒还完全没有问题。可现在我们已然深入世俗，让我又想起了阿佛特人与伊塔人不得接触的古老禁忌——我们已经彻头彻尾地破了戒。这些人知道这项禁忌吗？如果知道，他们明白当初为什么要立下它吗？换句话说，我们是不是在搅动古老的记忆，唤醒古老的恐惧？要是发生了暴乱，他们的警察是会保护我们还是加入暴民的行列中去？

加涅里埃尔·克拉德开始在唧嘎上跟当地的教友谈神论道。这行为越来越让人讨厌，他发现我们都在瞪着他看，便挪到一张空桌子去了。我问萨曼能否找找那座瞭望塔玛特的信息，他便开始浏览起唧嘎上的地图和卫星照片来，这些可远比舆图器上的预存线条图强多了。这样的图片我几乎见所未见，表亲们从飞船上看到阿尔布赫星肯定也是这个样子。这解答了一个从昨天早晨就萦绕在我头脑里的问题。"嘿。"我说，"我想敖罗洛也在看这种图片。他寝室的墙上还贴了几张。"

"怎么不早说？太不像话啦。"萨曼毫不客气地说道。这让我再次产生了那种感觉：好像我们阿佛特人只是一群孩子，而伊塔人根本不是什么从属阶层，而是我们的监护人。我简直想要向他道歉了，但又觉得这种道歉一旦开了头，可能就永远也停不下来。趁着尴尬还没变成泥浆糊得我一头一脸，我连忙收拢了思绪。

（斯皮里画面：一座旧建筑被炸毁，人们在欢呼。）

"好吧，既然提到这个，嘉德修士可是特意嘱咐我把它们都带在身上了。"我边说边从衬衫口袋里掏出了那张叠起来的地洞照片。照片在桌子上铺展开来。三颗脑袋都凑了上来。连走来走去捧着唧嘎发牢骚的加涅里埃尔·克拉德也停下脚步看了一眼。不过他的脸上并没露出认得什么的神情。"看起来像座矿。可能是冻土带的。"他纯粹充数地说了一句。

"太阳光几乎是直射进洞里的。"我指出。

"那又怎样？"

"所以不可能是高纬度的地方。"

这下轮到克拉德尴尬了。他装出忙着在唧嘎上跟人说话的样子，转身走开了。

（斯皮里画面：先是一名被绑架儿童的照片，随后是几个模糊的镜头，显示出一个小孩被一个戴大帽子的男人带出赌场的画面。）

"我有个想法，"我对萨曼说，"不知道可不可以用你的唧嘎扫描一下整个星球，看看有没有像这样的地方？我知道这可能就像是大海捞针。但如果我们系统地找，轮班找，找的时间足够长的话——"

对我这个想法，萨曼的回应跟我对克拉德冻土带的驳斥一个样。他举起唧嘎朝着这张照片拍了一下，然后又在那机器上摆弄了几秒，随后就把屏幕转过来拿给我看，正是这个地洞的影像。不过这是大闳传来的实时图像。

"你找到它啦。"我说。其实我倒宁愿能再慢点儿，也许我还能弄明白到底

发生了什么。

"是用大罔上一个现成的句法程序找到的。"他纠正我说，"从这里到那儿还有很远的路——它在海中海的一座岛上。"

"能告诉我岛的名字吗？"

"埃克巴。"

"埃克巴？！"我惊叫一声。

"能看出这是什么吗？"珂尔德问。

萨曼开始放大图像，但几乎已经没必要了。既然已经知道了那是埃克巴岛，我就再也不会把这个洞看成是露天矿坑了。这显然是一处发掘坑，坑口的外沿还堆着一圈挖出来的土。沿着坑壁有一条螺旋的斜坡通到平坦的坑底。就冲这份规整也不可能是矿坑。平平的坑底上还整整齐齐地划着方格呢。

"这是个考古发掘坑，"我说，"一个大发掘坑。"

"埃克巴有什么可挖的？"珂尔德问。

"我可以搜一下。"萨曼说着就要动手。

"等一下！缩小一点，再缩……再缩。"我对他说。

现在可以看出来了，这个坑位于一座孤山东南偏南的坡面之上，有点儿像个褪了色的疮疤。而这座山很大，孤零零地耸立在波光粼粼的海面之上，上半部分还覆盖着积雪，不过山顶上还有一个大坑，是个火山口。

"奥利森纳。"我说。

"是那座山吗？"珂尔德问。

"不。是那个坑。"我说，"已经有人在发掘奥利森纳圣殿了！这座圣殿在改元前 2621 年的一场火山爆发中被掩埋了。"

"谁在发掘？为什么要发掘？"珂尔德问。

萨曼又把图像放大。现在我知道该找什么了，在发掘坑的周围可以看到一圈围墙。围墙上还开着一道门。在围墙里面，几栋建筑围成了一个矩形的院落，是个回廊院。有一处屋顶上还耸起一座高塔。

"这是座马特。"我说，"我想起来了，我听过一个故事，可能是阿尔西巴尔特讲的，有个修会到埃克巴去试着发掘奥利森纳圣殿来着。不过我还以为只是几个脑子不正常的修士推着独轮车、扛着铲子去的。"

"这块地方的确看不到任何重型装备。"克拉德指出，"不过就算只有几个人用铲子挖，只要坚持得足够久，也是有可能挖出这么深的坑来的。"

这可有点儿气人了，这点道理还用得着跟我讲吗？我们的大院堂不就是用这种方式建起来的吗？但克拉德说得对，为了不让他再解释下去，我也只有拼命地表示赞成了。

"这些东西倒是有趣，"萨曼说，"但对咱们来说却可能只是死路一条。"

"同意。"我说。埃克巴并不在这片大陆上，说得准确点儿，它是在世界另一面，在位于四块大陆之间的海中海上。

"敖罗洛不在这座山里。"加涅里埃尔·克拉德边说边把唧嘎放进了口袋，"他已经离开这里继续前进了。"

（斯皮里画面：一对璧人在举行婚礼。）

"你怎么知道的？"萨曼问。这话听得我满心高兴。克拉德太自以为是了，我发现就算只跟他讨论个简单问题也会弄得人心力交瘁。萨曼却似乎从中品出了某种恶趣味。

克拉德答了话："他从桑布勒搭顺风车到了这里，前天夜里就睡在我堂弟的飞驰车后厢里，离这儿还不到一哩。"

"飞驰车的后厢？你堂弟家没有空床吗？"萨曼问。

"犹拉赛塔尔常常旅行，"克拉德答道，"他的车后厢比家还舒服。"

"你说的就是前天晚上的事儿？"我问，"真没想到我们已经追得这么近了！"

"可现在又在一点点地拉开距离啦……昨天早上犹拉赛塔尔帮敖罗洛准备了旅行装备，然后他就搭上一辆往北的毂车走掉了。"

"什么样的旅行装备？"珂尔德问。

"保暖衣物。"克拉德说，"是最暖和的衣物。这种事儿犹尔最在行，他就是吃这碗饭的。我敢肯定这就是敖罗洛到诺尔斯罗夫来找他的原因。"

"可敖罗洛为什么要一直往北走呢？"我问道，"那里什么也没有呀，我说的对吗？"

萨曼抓过了我的舆图器——这块显示屏比他的唧嘎屏幕大一些——他把地图的比例缩小，转向了东北方。"从这儿到北极之间，除了泰加林、苔原和冰以外几乎什么都没有。要说产业活动的话，也就这附近几百哩还有点儿油木种植园。再往北就只剩下几座资源开采营了。"

但舆图器上显示的东西似乎却跟他说的矛盾，那上面密密麻麻的全是道路网，每个道路交汇点都有一个地名，有些地方还有环形铁道。不过这些道路和地名都是浅棕色的，说明都已经废弃了。

（斯皮里画面：一架点了火的火箭从赤道沼泽升空。）

"敖罗洛去的是埃克巴！"珂尔德宣告着。

"你在说什么呀？"克拉德质问。

"埃克巴不在这片大陆上，得飞过去才成！"我说。

"他是要越过北极。"她解释说，"他去的地方是北纬83°的雪橇站。"

我们总是习惯把外面的政权当成一种千古不变的东西，称之为"世俗政权"。在某些外人看来，这种叫法未免显得简单粗暴，但他们嘴里的"掌权者"实际上也还是这么一回事。我们当然知道这太简单化了，但对我们来说这非常方便。不论我们墙外的是王国、共和国、专制君主国、教廷、无政府状态，还是人口灭绝的荒土，我们都可以先给它扣上个世俗政权的帽子，再用它来称谓与之相关的东西。

至于现在这个政权的组织形式，咱们在这儿就不细说了。这类的信息随处可见。要是你对大灾厄前的世界史一无所知，看看这种东西可能还会觉得有趣；但如果对那段历史略有研究，就会发现后来的一切都不过是这一段的周而复始。当今世俗政权的种种组织特点也会让你不同程度地想起它的古代前身，只是现在的政权没那么庄严，也没那么明晰了，这是因为首次实行这种制度的古人还相信自己干的是有意义的事业。

但有个细节还得在这儿讲讲——现在的世俗政权是联邦制的，行政单元大致按照阿尔布赫星的陆块划分。你可以在一个行政单元内自由旅行，但要跨越两个单元的界线就得办理公文。这种公文当然也不难办，除非你是个阿佛特人。

自大改组以来，我们就完全脱离了世俗政权的法律体系。他们没有我们的档案，对我们没有司法权，也没有责任；他们不能征召我们加入他们的军队，不能对我们征收赋税，除了大隙节期间，也不能踏入我们的大门。同样地，他们也不会给我们提供任何形式的帮助，即便我们受到犯罪集团或军队的直接攻击，他们也只在高兴的时候来保护我们一下。我们不能享受世俗政权提供的退休金和医疗保障——当然也没有身份证件。

写到这里，我已经明白，早晚有一天会有其他世界的人读到这些文字。所以也有必要讲讲我们的地理，我们总说自己的星球有十片大陆，但如果表亲或者别的什么天外来客，在第一眼看到阿尔布赫星的时候却会说我们只有七片大陆——他们才是对的。我们之所以算成了十片，是因为最早进行勘探的都是从海中海沿岸出发的，这里的海岸线曲曲折折，到处是海峡和半岛，当时的勘探者活动能力有限，船力或脚力无法到达的地方只能凭借猜想来补全。于是他们便不止一次地把两片被海峡或海湾隔开的陆地命名为不同的大陆，很久以后，当勘探者的脚步走得更远，探索得更深入时，才发现它们不过是同一片大陆伸入海中海的几个半岛而已。可惜到了那个时候，这些地方已经连同它们的古称一起进入了古典神话和历史典籍，我们已无法把它们从文化之中剔除掉了，就像无法抽掉大院堂的任何一块基石一样。①

同样地，在复兴时代，人们又从海中海出发，在星球的另一面发现了一片新大陆，不仅给它命了名，还绘制了地图。但过了几百年，人们又发现这片大陆一直向北延伸，覆盖了整个北极，然后又向南一路延伸到了海中海。原来这也不是什么新大陆，只是人们最熟悉的那片古老大陆的一翼，人们原本对此一无所知，就连住冰屋的土著人也只能到得了北纬80°附近。可要证明"旧"大陆与"新"大陆是同一片大陆，就必须到达北纬90°，也就是北极，然后再从另一面下到80°或80°以下的区域。直到大灾厄前的一个世纪，这项探险才得以成功，但它却没能改变人们认识地理的习惯——人们仍习惯把我们四人所在的陆块与海中海北岸的陆块称为两片不同的大陆。冰盖对陆地的隔绝远甚于海洋，一般人往来两地都不会走冰盖，他们通常会选择飞机或船。

但要乘坐飞机和船，就得过海关，出示公文。敖罗洛是不可能弄到那些东西的。所以他只能借助两片陆地连为一体这唯一的便利了，这不过是按逻辑办事。但珂尔德是第一个在头脑里完成这幅拼图的。

不。她是第二个。嘉德修士才是第一个。

"雪橇列车！简直就像童话书里的东西。"萨曼说，"现在还有开这个的吗？"

"关过一阵子，不过现在又开了。"克拉德补充着证据，"金属价格上涨了。人们又回到那些边远废墟去扒皮了。"

"我工作过的那个机械厅就一直在给雪橇车头制造零件。"珂尔德说，"在这么靠北的地方，已经没有比我们更大的机械厅了，所以他们的工作都送到了我们这里。我们工厂已经给他们造了一千多年零件了。而且那些零件得用特殊的

---

① 海中海（Sea of sea）：对应地球上的地中海（Mediterranean Sea），后者的英文名称衍生自拉丁语"Mare Mediterrāneum"，意为陆地中间之海。作者在书中对于海中海与埃克巴岛地理历史信息的描述均与地中海和克里特岛相似，而奥利森纳塈殿的描述与作者为其设定的历史地位则更接近希腊雅典的雅典娜神庙。

合金制作才不会被冻碎。"她谈起合金来就跟有些姑娘谈起鞋子一样兴致勃勃,又滔滔不绝地讲了好一会儿。开始听到雪橇列车,克拉德和萨曼都着了迷,但珂尔德越往后讲他们就越没兴趣。

我的脑袋里则回放着昨天嘉德修士在敖罗洛寝室里的场景。那些照片,他只看了不到半分钟就全明白了。就算相信千年士拥有近乎超自然的力量,这事儿还是显得有点儿怪。他肯定事先已经知道了什么。

"这个发掘坑。"我用手指头凿着那张照片说道。

所有人都一脸滑稽地看向我。我这才意识到自己打断了珂尔德关于合金的专题演讲。

(斯皮里画面:路边倒着一片大屠杀的牺牲者,还有一群歇斯底里地撕扯衣服满地打滚的妻子。)

我接着说:"我敢拿所有的能量棒①跟你们赌,它肯定已经挖了六百九十年了,你们只要查一下就知道了。"

"你认为这个洞是从3000年开始挖的?"加涅里埃尔·克拉德说,"为什么?你喜欢圆整数吗?"

克拉德可很少这样开玩笑,出于礼貌我也得先回个傻笑再作答:"我很确定嘉德修士知道这项工程。他一看照片就把它认出来了。所以我想这项工程肯定是在最近一次仟岁纪大集修的时候启动的。堅埃德哈的千年马特应该也派了代表去参加了那次大集修,所以他们才会听说这件事,并把这个消息带回了家,嘉德修士应该就是这么知道的。"

和往常一样,萨曼又开始唱反调了:"我倒不是不赞同,但就算你说的是对的,可依我看,嘉德修士能看一眼照片就认出这是奥利森纳还是太奇怪了。它也可能是地面上的任何一个洞呀,又没什么记号说明这是埃克巴。"

我们之前盯着的一直是那张大坑全貌的照片。还没怎么用上另外几张局部放大的。现在再看它们,我才看出一点古建筑地基的轮廓、柱子的残础和花砖地面。还有一个这样的符号:

---

① 能量棒(Energy Bar):一种零食。

　　我指了指这张照片。"这是日行迹。"我说，"奥利森纳髻殿是个巨大的暗箱。它的房顶上有个小洞，能在地板上投出太阳的影子。随着季节变化，每天举行正午仪式的时候——相当于我们现在的普洛维纳尔——阳光的斑点都会落在地板上不同的位置。经过一整年，它的轨迹就会在地板上画出这样一个图案。"

　　"那你认为嘉德修士是注意到了这张照片上的日行迹，于是就告诉自己说'啊哈，这肯定是奥利森纳髻殿'喽？要我说这思维也太敏捷了吧。"珂尔德说。

　　"噢，他是个相当聪明的家伙。"我回道。这可不是最明智的回答。要是杰斯里在这儿，估计已经把我推翻了。珂尔德有此怀疑也是对的。不过我不想在这一点上深挖。嘉德修士认出这个洞的速度只能说明他对此知之甚深，或许其他的仟岁纪修士也是如此。我担心这根线头要是抻得再用力点，我们就得回到关于宗系的那套胡言乱语了。

　　"噢，太有趣了。"萨曼盯着他的唧嘎说，"伊拉斯玛赌赢了。照片上这个洞的确是改元 3000 年开始挖的。"他又念出了屏幕上另一小段报道，抬起头来对我咧嘴一笑，"发起人就是埃德哈会士！"

　　"太棒了！"我咕哝道，真希望能把萨曼的唧嘎抢过来扔进茅坑。

　　"这些人主要是从髻埃德哈集修院去的。不过世界上还有很多别的马特也派出了自己的埃德哈会士去参加发掘。"

　　"那里住着多少阿佛特人？"珂尔德问。我都看见她脑袋瓜里的算式了：每个阿佛特人每天运二十独轮车的土，六百九十年后这个洞该有多大？

　　"关于这点，我不得不告诉你。"萨曼扮了个鬼脸，"围绕着这个话题的信息大部分都是废料。"

　　"这是什么意思？"克拉德问。我们都扭头看向他，因为他突然间变得戒备了起来。

　　萨曼从唧嘎屏幕上抬起眼，饶有兴味地注视着克拉德，沉吟片刻才用冷静的语调答道："任何人都可以在大冈上发布信息，而且什么话题都能发表。所以大冈上的信息绝大多数都是废料，必须加以过滤。这种过滤机制由来已久，大改组以来，我们的人一直在改进它和它的界面。它对我们来说就像伊拉斯玛修士他们的大院堂一样。我在查看一个既定话题的时候，不仅会看这个话题的信息，还要看它的元信息，它们会告诉我过滤系统在执行搜索的时候发现的事情。如果我检索'日行迹'，过滤系统就会告诉我，只有几个来源提供过关于它的信息，这些信息源大部分享有较高的信誉度——他们都是阿佛特人。如果我检索一位刚与男友分手的流行音乐明星，"萨曼朝斯皮里屏幕上一位泪流满面的女性点了点头，"过滤系统就会告诉我，最近很短的一段时间里大量关于这个话题的数据，大部分来自信誉度很差的信息源。当我检索埃克巴岛奥利森纳蛰殿发掘的时候，过滤系统告诉我，七百年来，信誉度很高和很低的人都发布过关于这个话题的信息，速度缓慢但步调稳定。"

如果萨曼想用这番解释来安抚克拉德，那他可算失败了。"什么样的人才能算信誉高的？坐在集修院里的什么修士吗？"

"是的。"萨曼说。

"那信誉低的又是什么人？"

"阴谋论者。或者那些发表只有志趣相投者才会看的不着边际的长篇大论的人。"

"那慕像者呢？"

"要看情况，"萨曼说，"得看慕像者写的是什么。"

"要是写埃克巴呢？奥利森纳呢？泰格龙呢？"克拉德边问边用食指重重地凿着一张蛰殿门前的十边形广场的照片。

"过滤系统告诉我，这方面的信息发布得非常多，"萨曼说，"显然你对此十分了解。要把它们整理出来很困难。看到过滤系统界面上显示出的这种发布模式，本能就告诉我其中大部分可能都是废料。当然这是种快速而又肤浅的判断。有可能是我错了。如果我用词不当冒犯了你，我就向你道个歉吧。"

"那我原谅你了。"克拉德气哼哼地说。

"好啦！"一阵尴尬的沉默过后，我说，"这已经很不错了。弄清了这些我们也省得浪费时间搜山了。显而易见，寻找敖罗洛这件事的整个前提都变了。你们谁都没想到他会跑到星球的另一面去吧？所以你们都想从这儿掉头往南走了吧。"

所有人都看着我。每个人脸上的表情都难以揣摩。

"也许这只是我的想法。"我补充道。

"这改变不了什么。"萨曼说。

"我可不想把自己的兄弟丢在泥潭里不管。"珂尔德说。

"要去天寒地冻的远北，总得多辆车子备用吧。"加涅里埃尔·克拉德说。他的逻辑是无懈可击的，但我一刻也不相信这是他想一块儿去的真实理由，尤其是"泰格龙"这个词从他嘴里溜出来以后。

"从这里到北纬 83° 的雪橇站，走大圆线还有两千哩。"萨曼摆弄着唧嘎说，"走高速还有两千五百多哩。"

"拉兹，如果你和萨曼学会了开车，咱们就可以轮着开，那样再有三四天就能到那儿了。"克拉德说。

"越往北路况肯定会越糟糕的。"珂尔德说，"要我估计得花上一个星期。"

不等克拉德争辩，她又补充道："而且我们还得改装车子呢。"

于是我们就在加油站身后的空场上扎营，开始做准备。加油站的人在弄明白我们只是去远北途中路过此地之后，就对我们放了心，也乐得为我们行个方便。他们认定我们也是一帮去废墟淘宝的流浪汉，只是比大多数同行更阔气，装备更好罢了。

第二天我们开着珂尔德的飞驰车出去，给克拉德的车买了新轮胎。然后又开他的车去给珂尔德买了轮胎。新轮胎的花纹更深，表面上还伸出一些钉子。珂尔德和格奈尔（加涅里埃尔·克拉德现在坚持让我们这么称呼他了）一块儿干了不少钳工活计，把车子的冷却剂和润滑油换成了防冻的。萨曼和我都不大懂修车技术，只好爱莫能助地靠边站了。萨曼用他的唧嘎研究着北上的路线，浏览起最近走过这条路的旅行者发布的日志。

"嘿，"我跟他说，"我的脑子里一直在重放昨天在斯皮里上看到的一个画面。"

"那个被烧死的图书馆员？"

"不。"

"泥石流冲垮学校？"

"不是。"

"脑损伤的男孩跟小狗玩耍？"

"不是。"

"好吧，我放弃了。"

"一艘火箭发射。"

他看着我："然后呢？爆炸了？掉进一所孤儿院了？"

"不是。就是火箭发射，就是发射本身。"

"他们在发射台上举行庆祝活动了？还是——"

"没放那个。他们应该放吗？"

"那我就该怀疑他们干吗要劳神放这个了。火箭发射又不是什么稀罕事儿。"

"噢，这种事儿我就不大清楚了，不过这艘火箭看起来特别大。"

萨曼看来终于明白我的意思了。"我会看看能查到什么的。"他说。

这时候来了一位女士，一把年纪却活蹦乱跳，她是格奈尔的教友，捧出了一只专为我们烤的蛋糕，然后拉着格奈尔没完没了地聊了起来。他俩聊天的时候，一辆溅满泥浆的大飞驰车隆隆作响地驶入了加油站，后边还拖着个小木房子，这辆车绕着我们转了两圈，占了四个停车位。看到这辆车，蛋糕女士的脸皱作一团，急匆匆地跑掉了。厢式飞驰车上蹒跚走下了一个络腮胡的大个子，他好奇地四处打量着，双手插兜朝着格奈尔踱了过来。靠近格奈尔的时候，他突然亮出了一张笑脸，伸出手来。稍做犹豫之后，格奈尔也伸出了手，任对方握着上下摇了几下。他们没说几句话，新来的这位就开始绕着我们的营地转悠起来，心里盘算着我们都有些什么，脑子里琢磨着我们在干些什么。几分钟后，他就走到那个有轮的后厢旁，掀起侧壁的一扇活门，拉出一个伸缩柜，点上炉子开始为我们烹起了热饮。

我们看着他支起灶台，吹掉茶杯里的灰尘，从口袋里掏出布擦壶的时候，格奈尔告诉我们："这就是犹拉赛塔尔·克拉德。我堂弟。"

"出什么事儿了吗？"我问。

"你指什么？"格奈尔不知所措地问。

"从您跟那位女士见到他的反应来看，显然是有故事。你们之间有麻烦吧。"

"犹尔是个异——"格奈尔刚说了几个字就马上改了口，"叛教者。"

我想问，除此之外他都一切正常吗？不过话到嘴边又咽了回去。

犹尔并没有劳神做什么自我介绍，但我一朝他走过去，他就回头冲我一笑，又跟我握了握手才接着忙活起来。他说："把手伸出来。"我照他说的做了，他便往我的手上放了一只托盘，又在托盘上放了几杯热饮。"给你的朋友们送去。"他说。

但我执意把他也拉上了。我们先给格奈尔送了一杯，然后走向萨曼并为他俩做了介绍。我也让珂尔德从她的车底下滑了出来。她站起身掸了掸身上的土，跟犹尔握了个手。他俩互相扮了个鬼脸，让我不禁怀疑他们从前就认识。但对于这点他俩都缄口不言。她接过杯子之后，二人就背对背转过身去，好像碰到了什么尴尬事似的。

犹拉赛塔尔·克拉德载着我进城办了几件事儿。我先去给艾拉寄了封信。我打算把它寄到墅特雷德加集修院，但因为地址填得不规范，邮局的女人给我找了好多麻烦——一如阿佛特人没有护照，集修院也没有地址。没在桑布勒野餐的时候托阿尔西巴尔特或利奥带信，可真是大错特错。要是托了他们，信可能已经直接交给艾拉了。而现在我就只能把它寄到集修院去，就算寄到了也有可能被戒尊截住，要是他们死守戒律的话，这封信就只能等下次大隙节时才能到艾拉的手上了，从现在起还有九年多的时间。真不敢想象，她在十年后读着一封毛头小子写的发黄书信时会怎么看我。

下一站是买口袋服的地方。这是一种橘黄色的大号连体服，裤腿上有道拉锁，可以拉起来把裤子变成睡袋。这种东西是给在北方打猎或拾荒的人用的。每件都自带一套催化发电装置；只要燃料囊里有燃料，电力就会沿着袖子和裤腿持续不断地输送到手套掌心和靴子底下的暖垫里。全新的口袋服卖得很贵，但犹尔帮敖罗洛弄的那套就很便宜。他知道上哪儿能买到改装过的二手货，也知道怎么把它们弄得更舒服。

搞定了口袋服，我们又搜寻了一些其他的必要工具和补给。每次当我建议进某家户外用品专卖店看看时，犹尔都会摇头叹气向我解释，在日杂店和食品店只要花十分之一的价钱就能买到更好的东西。当然他总是对的。他吃的就是野外导游这碗饭，是专带度假者上山旅行的行家。眼下他似乎还没有任务，因为他载着我在诺尔斯罗夫城里游逛了整整一天，又帮我琢磨还需要买点什么。如果碰到什么东西在商店里买不到，他就会许诺从自己的存货里给我们找。

浪费在车上的时间久得难以置信。交通状况总是很糟，或者说在我看来总是很糟。我还不习惯城里的车辆交通。当交通速度慢到将近停滞的时候，四周摩布车里的人们就会透过车窗打量犹尔这辆快要散架的飞驰车。成年人会很快把目光移开，孩子们却喜欢指指点点，他们还会盯着我们笑。这也不奇怪。跟那些开车上班上学的人相比，我和犹尔真是奇怪的一对。

一开始，犹尔好像还觉得应该当个好主人，有责任在交通堵塞的时候为客人提供娱乐。"听音乐吗？"他心不在焉地问道，一副对这东西不大感冒的样子。见我不反对，他就开始扒拉车载音响的一堆按钮，但那东西好像早就坏了，似乎根本就不能用。好在最后还是调出了一个随机节目。后来，等他一说起话来，我就伸手把它关了，他也没发现。

我猜让刚结识的人（他的客户）感到惬意也是他工作的一部分，他是靠讲故事做到这一点的。他很擅长讲故事。我撺掇着让他说说敖罗洛的事，但他说的并不多。敖罗洛对我来说可能非常重要，但对犹尔来说只是又一个需要提供

荒野旅行指导的新手罢了。不过这倒把话题引到了远北，他对那里知之甚详。

后来我问他是不是只去北方旅行，他笑着否认了，他说自己也曾在桑布勒以南做过几年河区导游，那里有一片奇石遍布的砂岩深谷。他说起了旅行中的逸闻趣事，但没讲多久就局促不安地停了下来。讲故事似乎是让人放松的好办法，也是消磨时光的利器，但他真正想谈的却是能够投入精力与智慧的题目。

经过一天的接触，他已经开始偶尔用"我们"代替"你们"了，开始说"我们至少应该准备四只扁平轮胎"，而不再说"你们需要更多的燃料，好把雪融化掉做成饮用水"。

犹尔的家的确像座垃圾堆，堆满了各种无法放进飞驰车的东西：野营装备、汽车配件、空瓶子、武器和书。他好像没有书架。那些书一摞摞地堆到了齐腰的高度，很多都是小说，但也有几堆地理书。墙上钉着几张巨幅照片，都是被风沙和流水塑造得千奇百怪的彩色沉积岩。他的寝室里还有几摞嵌着化石的扁平砂岩板，我们在那里又刨出了更多的装备。

直到他觉得该备的东西都备齐了，我们才又一次冒着交通堵塞的风险返回加油站。回程之中，我对他说："你也发现这个世界已经很古老了吧，不是吗？"

"是呀，"他不假思索地答道，"我花了好几年在那些河上泛舟。好几年啊。沿岸到处都能看到滚落的石头。这些石头都有几层楼高，全是从峡谷上方滚下来的。只要沿着一条峡谷走一趟，你就会发现这种事儿随时都在发生。"

"你是说石头滚落？"

"是呀。就像你沿着高速公路开车，会在路边看到小心打滑的警示牌，比如那边那个，傻瓜都知道车辆会打滑。如果你看见了好多小心打滑的警示牌，那就意味着打滑是常事。如果你在峡谷里看见好多滚下来的石头，也就意味着石头滚落是常事。于是我一直盼着能亲眼见证一回。每天我都载着乘客在河上泛舟，你知道，他们会打盹儿或者聊他们自己想聊的，而我却一直留意着峡谷壁，等着看石头滚下来。"

"可你从来也没见过。"

"从来也没有，一次也没有。"

"所以你就意识到，石头滚落的时间间隔肯定很大。"

"是呀。我曾经想弄清到底要间隔多久。我不懂理学。但我一直盯了那条河五年，还是没见过一块石头当着我的面滚下来。如果阿尔布赫星只存在了五千年，要是所有的石头都是在这短短五千年里滚下来的，那我怎么也应该见过几次石头滚落了吧。"

"你们教的人不喜欢你说的这些吧。"我试探着说。

"我离开桑布勒总是有原因的。"

谈话到此为止。已经到了交通晚高峰的时候，我们沉默地行驶了好久。一辆辆摩布车与我们擦肩而过，一面面车窗展示着一段段别人的人生，我不禁看得着了迷。而看过之后才惊讶地发现，犹尔的人生跟他们真是有着天壤之别。

犹尔就这样加入了我们的北上之旅，决定的过程毫无理性可言：既不组织证据，也不权衡利弊。但犹尔的一生就是如此。我意识到，他对加油站的拜访并非缘于格奈尔的邀请，而是纯粹的不请自来。他就这样出现了。他人生中的每一天都在跟新结识的人做着从未做过的事。这让他在同样身陷交通堵塞的人群中格格不入，就像我一样。

所以我才会入迷地观察那些摩布车里的人，试图看透他们的人生。几千年前，人类的工作便分化成了各式各样的职业，在这样的组织结构里，每个人都是可以被替换的零件，每一天做的都是千篇一律的事情。所有的故事都从他们的人生中流失掉了。也只能如此，生产经济就是这么来的。但却没人看出隐藏在这背后的意志——并不邪恶，却是自私的。打造这套体系的人觊觎的不是金钱，也不是权力，而是故事。

如果一天结束的时候，他们的雇员带着什么有趣的故事回了家，那准是出了问题：停电了，罢工了，要么就是发生了大屠杀。当权者无法容忍人们拥有自己的故事，除非是他们为了鼓动人心编出来的假故事。那些没有故事就活不下去的人，或是被赶进了集修院，或是干起了犹尔这样的职业。除此之外，就只能在业余时间寻找那种置身于故事中的感觉了，我猜这就是世俗人如此关心体育和宗教的原因。不然你还有什么办法置身于一场冒险之中呢？哪里还会有让你从始至终扮演重要角色的活动呢？而对我们阿佛特人来说，故事倒是现成的，在这场学习新知的事业中，我们每个人都是一分子。就算进展得没有杰斯里指望的那般迅速，但总是有进展的。在这个故事里，你能找到自己的位置，也能讲出自己的所作所为。犹尔也从自己每天经历的故事里毫不费力地得到了这种感觉，唯一的缺憾在于，世人并不怎么看重他的这些故事。也许就是因为这个，他才无法满足于只讲述自己在野外的功绩，还要讲述那些使自己受到启发的东西。

加油站终于到了。犹尔又支起了他的旅行厨房，做起了晚饭。他没有宣布

要加入我们的消息，但这一点从他的说话方式里显露无遗，于是过了一会格奈
尔就进了加油站，说服了经营者，让珂尔德把她的飞驰车在这里泊上几周。珂
尔德把自己车上的东西搬到了犹尔的车上。犹尔一边做饭，一边端详着搬家的
珂尔德，很快就语带戏谑地抱怨起来，说珂尔德把一大堆乱七八糟完全没用的
东西塞进了他带轮子的家里。很快珂尔德就回骂了起来。不到一分钟，他俩就
你来我往地爆起了惊人的粗口。这两个人逗趣起来别人根本插不上嘴，于是我
便溜到了萨曼那儿去了。

"我找到那段火箭发射的斯皮里了。"他告诉我说，"你说得对，它的确很大，
是当今最大的火箭之一。"

"还有呢？"

"载荷。"他说，"它的形状和尺寸都与一般的载人太空飞行器相符。"

"能装多少人？"

"最多八个。"

"好吧，那上面都有什么人？他们上去是干什么的？有没有这方面的信息？"

萨曼摇了摇头："没有，不过你可以把没有信息也看成是一种信息。"

"这话怎么讲？"

"根据当权者的说法，那是架无人火箭，是实验新系统用的，由句法机控制。"

我瞟了他一眼。他咧嘴一笑，举起手来："我明白，我明白！我去几个熟悉
的罔络里问问。用不了几天就能有结果的。"

"过几天我们都到北极了。"

"也许过几天，"他说，"去北极就成了明智之选。"

第二天一早，吃完犹尔和珂尔德准备的丰盛早餐，我们便开始了北上之旅。
珂尔德把她的飞驰车留在了停车场。我们就只能坐克拉德家的车子了，犹拉赛
塔尔的车上装着大部分装备，加涅里埃尔的车后座上载着他的三轮车。

第一程我们下山去了北面的滨海平原，在快到海边的地方右转，然后沿着
海湾的弧线左转。海湾的尽头有一座港口，因为在改元之初曾有过几百年不冻
的历史，所以曾是世界上第一等的大港。后来气候变了，这里和许多地方一样
变成了废墟，而这里的地理位置使它成了所有废墟中最"浅陋"的一处——最
容易被拾荒者采掘的地方。高架桥、防波堤和桥梁之类的大型港口工事已被拾
荒者们砸碎，人造石里的钢筋都被抽了出来，用船运到了需要金属的地方。瓦

砾堆上已生出了一望无际的森林。旧时代留下来的建造物只有一座吊桥，横跨在一条入海的大河上；这座桥因为位置较高，才未被涌起的浮冰挤垮。尽管这个季节此处并未上冻，却不难看到冰块撞在瓦砾岸边留下的创痕。这处海港废墟如今已经成了渔村兼毂车站。夏天时这里至少有几百位居民。过了此地，我们便冲向内陆，几乎一路向着正北行进。越往北房子越分散，零零星星就像山林里的人家。接着我们又开进了一片截然不同的风景：泰加林。这块地方太干太冷，树木很难长过一人高。高速公路上几乎已经看不到其他车子了。我们开了整整一个小时都没碰到过其他任何交通工具。最后我们找了一片临河的石滩，把车子停在路面上看不到的地方，钻进各自的口袋服宿了一夜。

次日一早，那台崭新的炉子罢了工，还是我们在离开桑布勒以后才买的呢。要是没有犹尔，我们余下的旅程就只能靠冷冰冰的能量棒度日。所以犹尔显得得意扬扬，在隆隆作响的工业燃烧器上不紧不慢地做了顿"轰轰烈烈"的早餐。看着堂弟干活，格奈尔也是一脸得色，但得意中还透着一丝恼火，好像在说，看我们培养的人多么优秀，连不信教了都这么能干。

因为路上没什么车，我便趁着珂尔德拆炉子时跟犹尔学了会儿车。然后珂尔德就发现那炉子的孔口堵了，她认为这是夜间低温使燃料析出的黏稠物造成的。

过了一会儿她突然说："你在生闷气哪。"我这才意识到自己走神儿了。她和犹尔一直在说话，我却一个字也没听见。她问道："有什么问题吗？"

"我只是无法相信现在这个时代还会碰到化学燃料的问题。"我说。

"对不起。咱们应该买名牌货。"

"不，不是这个意思。没什么可对不起的。我只是说，这种炉子用的技术已经是四千年前的老古董了。"

珂尔德陷入了窘境。"这辆车和车里的东西也一样啊。"她说。

"嘿！"犹尔假装受伤地叫了起来。

珂尔德嘲弄地翻了个白眼，又把注意力转移回我的身上："所有东西用的都是古董技术，除了你的球。但那又怎样？"

"我猜是因为我生活在几乎完全没有实践理学的地方吧，所以没什么机会想这个问题。"我说，"但眼下这种情况，我还是觉得太荒唐了。制造出这种垃圾根本就没道理嘛。一台炉子还要用这种又危险又靠不住的化学燃料，还要有个会堵的孔口。四千年了还做不出个更好的炉子吗？"

"是不是应该设计成可以拆开了修理的？"

"没必要，因为它根本就不该坏。"

"但要是先进成那样，就不知道我还能不能弄明白它是怎么回事了。"

"你可是那种只要有心就没什么事儿弄不明白的人。"

"谢谢恭维，拉兹，但你这是在回避问题。"

"好吧，我明白你的意思。你想问的实际上是一般人能否理解这种东西的工作原理……"

"我不知道什么叫一般人。但你看犹尔。他车上那个炉子就是自己做的，不是吗，犹尔？"

珂尔德突然把话头儿转向他，弄得犹尔有点儿不自在。不过犹尔还是顺着她的意思，眼睛瞟着别处点了点头："是呀。燃烧器是从拾荒者那儿弄来的，架子是焊的。"

"这也是可行的呀。"珂尔德说。

"我知道。"我说着还拍了拍自己的肚子。

"不，我的意思是这套方法是可行的。"珂尔德坚持道。

"哪套方法？"

她恼羞成怒："那套……那套……"

"不成方法，"犹尔说，"就是没有方法。"

"犹尔就知道这种炉子靠不住！"珂尔德边说边冲那坏掉的炉子点着头，"他是通过经验学习的。"

"噢，苦涩的经验，我的姑娘！"犹尔叫道。

"他碰到的拾荒者在北方的废墟里找到了更好的燃烧头，他就跟他们砍了价，然后想法子把它装了上去。可能后来还修了修。"

"我花了两年才让它运转正常。"犹尔承认。

"这里边没有哪种技术是只有阿佛特人才能明白的。"珂尔德下出了结论。

"好吧好吧。"我已经不想再接招了。再这么争论下去简直就是浪费口舌。我们，这些在大改组时退隐（或者按世俗历史书的写法，说成被赶进）马特的理学者，曾经有过利用实践理学改变物理世界的能力。在大改组之前，一般人都喜欢我们所做的改变。但实践理学越先进，能理解它的人就越少，人们也就越依赖我们，这可就不是他们想要的了。

　　珂尔德专门花了点时间，把自己知道的跟表亲有关的事儿都告诉了犹尔，还讲了从堃埃德哈、经桑布勒到诺尔斯罗夫这一路上发生的事情。犹尔听得很平静，这可把我气坏了。真想抓住他的肩膀摇晃一通，让他明白明白，这可是关乎宇宙的大事儿，有史以来最大的事儿。但他听着珂尔德的叙述，就好像在听她讲上班路上怎么修理爆掉的轮胎一样。也许在听坏消息的时候佯作镇静是野外导游的习惯吧。

　　不管怎么说，这倒给了我一个机会，可以用一种不让珂尔德这么生气的方式继续关于炉子的辩论了。他们的谈话告一段落时，我试探着说："我明白为什么你们——或者说所有人——都喜欢能拆开和能看懂的炉子。一般来说，我对这也没意见。但现在并不是一般时候。要是表亲对咱们怀有敌意，咱们该怎么对付他们？看起来他们的世界可没有经历过大改组这种事情。"

　　"理学者独裁政权。"犹尔说。

　　"不见得非得是独裁吧！你要是见过理学者私下里是什么样子，就会知道他们永远也不会那么有组织。"

　　可关于这一点，珂尔德跟犹尔的想法一致。"既然都到了建造这种飞船的地步了，"她说，"实际上也就是独裁政权了。你自己都说这得耗尽一整个行星的资源。那你觉得他们是怎么占有那些资源的？"

　　珂尔德看待事情的方式多数时候都和我一样，外人、阿佛特人之分对我俩根本就不是问题，所以听她这样讲，我受到的打击远远超出了自己的想象，好半天都没接茬儿。在这无休无止的行驶中，让谈话中断一两个小时根本不算什么。

　　而且正在发生的也不止这一件事，自打犹尔出现，珂尔德就完全变了。这两人就知道黏着彼此。不管他俩干什么，我都无法参与其中，这让我觉得嫉妒。

　　我们又经过了一座城市的废墟，几乎跟昨天那处港口一样"浅陋"，差不多已经被洗劫一空了。

　　"表亲的实践理学并没什么稀罕的，"我说，"我们在那飞船上看到的东西都是我们在践行时代就能做出来的。这让我觉得我们可以造出破坏他们飞船的武器。"

　　珂尔德微微一笑，气氛也松弛了下来。"你这话跟那天嘉德修士说的真像！"她叫了起来，这回显然是向着我的。

　　"噢？真的吗？那老头儿说了什么？"我都能听出从自己的话音里流淌出来

的酸楚。

嘉德嘟嘟囔囔的腔调被她学得惟妙惟肖。"'一次什么什么场爆发就能让他们的电力系统瘫痪。'然后利奥说:'请原谅,嘉德修士,可我们不知道该怎么制造这种场。''怎么会,那很简单,只要建造一个什么什么场诱导器的短语阵列就可以了。''对不起,嘉德修士,现在已经没人再研究那些理学了,而且这东西得学上三十年才能掌握!'就是这一类的呗。"

我笑了,但马上也在心里算起了日期,并意识到了一件事:"他们现在可能已经到了特雷德加了。也许已经开始讨论怎么制造那些什么什么场诱导器了。"

"但愿如此!"

"关于表亲,世俗政权可能到现在还对我们封锁着海量的信息。也许他们已经上去了,已经跟表亲谈上了。我打赌这次大集修的时候他们就要把所有信息提供给修士和修女们了。真希望我也在那儿。我已经受够了一无所知了!可结果我却要替嘉德修士去弄清为什么一个遣退者想要去造访一个有七百年历史的考古发掘坑。"我绝望地拍着仪表盘。

"嘿!"犹尔佯装愤怒地叫了一声,还假装要抢拳砸我的肩膀。

"我猜这就是走卒的角色。"我接着说。

"照我看,你对大集修的想象可真够浪漫的。"珂尔德说,"也太乐观了。还记得头一天在机械厅咱们试着安排十七个人上六辆车的事儿吗?"

"记忆犹新。"

"这次大集修可能也得跟那事儿一样,而且只会糟上一千倍。"

"除非有像我这样的人在那儿。"犹尔说,"你应该看看我是怎么把十七个乘客安排进六条船的。"

"好吧,犹尔没在特雷德加。"珂尔德指出,"所以你不会错过任何事儿的。放松一点,享受享受开车的乐趣吧。"

"好吧。"我笑了一笑,"你比我更了解人性。"

"那她跟我的问题又是怎么回事儿?"犹尔质问。

接下来的车程中,我们一直在两辆车里来回换座位。只有格佘尔除外,他一直留在自己的车上,不过有时候会让萨曼开。

次日,珂尔德趁着和我单独在一辆车上的几个小时里,告诉我她已经跟犹尔谈起了恋爱。

"哈,"我说,"我猜这就是你们俩要花那么多时间去'捡柴火'的原因吧。"

我倒不是想自作聪明，不过是想学学珂尔德和犹尔那种随意自如的调侃。但珂尔德却变得十分尴尬，我这才意识到这话戳到了她的痛处，于是赶紧拣些别的话来敷衍："好吧，既然你都告诉我了，这件事看来就是注定的了。但我猜我没看出来，因为我以为你还在跟罗斯克拍拖呢。"

珂尔德觉得我很傻："还记得那天我跟他在唧嘎上聊了好几次吗？"

"记得。"

"好吧，其实我们聊的就是分手的事儿。"

"噢，珂尔德，我也不想当个腐儒，不过你们的谈话我还是忍不住听了一半，可我觉得我没听到分手这种字眼儿啊，连沾点边儿的都没有。"

她看着我，就像在看一个疯子。

"我要说的是，"我举起双手说道，"我完全没想到事情会发展到这一步。"

"我也没想到。"珂尔德说。

"你是不是觉得……"我开了个头儿，又停下了。我想说的是你是不是觉得罗斯克已经知道了？但我意识到在这个当口儿说这种话无异于自杀。在我看来，这样处理重要关系可真是够离谱的，但随即便想起了我和艾拉的事情，可以断定，在这种事儿上我也没有资格评判我的继姐。

关于家人我俩谈得倒是很少，少得出奇，我说的是在我"去大钟那儿"之前我们共同的亲人。但只听得只言片语，我便惊讶地发现，不论是被关在一个集修院里的陌生人还是一家人，竟然都那么善于彼此折磨，让彼此疯狂，让彼此悲痛。珂尔德对这些事儿的知识之丰富、经验之深和态度之玩世不恭让她有时显得像个八十岁的老人。我不禁觉得她可能已经放弃了这些东西，从某一刻起便下定了决心，后半辈子要去操纵那些她能弄明白也能修理的东西，比如机器。无怪乎她要恨那些自己不能理解的机器了。无怪乎她不想浪费时间去理解那些她理解不了的事物——比如她现在为什么成了犹尔的女朋友。

在气候更暖的时代，这片冰原就像一只陶金盆，让文明在它的盆底上来来回回地晃荡了几千年，人们离去了，而建筑物却沉积下来，在他们的身后久久存留。在几千年的温暖时代，这片土地上的人口从没下过十亿，可现在却只能养活几万人了。多少人的身躯葬在这里？多少人的骨灰撒在这里？一百亿？两百亿？还是五百亿？假如有这么多人都用电，那他们得在墙壁里和地底下埋有多少哩的铜线？他们花在拉线埋线上的工作有多少人年[①]？如果一千个人里有一个电工，那他们布线的工作量差不多就能达到十亿人年。后来气候再度变冷，经历了几个世纪的变迁，文明又像冰川一样以难以察觉的速度迁移到了南方，拾荒者们便出现在这里，开始以一次一小时的艰辛劳动来逆转那十亿人年的工作量，将不计其数的铜线一码一码地回收起来。产业化劳作的职业拾荒者很快便收走了其中的九成。我见过一些拾荒工厂扫荡北方的图画，整座工厂的底下都装着履带，一趟开过就能把一整座城市夷为平地，它们处理废墟的方式跟采矿机器人在山上采金一样，先把建筑物碾成碎渣，再按密度对碎渣进行筛选。我们碰到的第一片废墟就是这种机器开过之后留下的排泄物。

手工扒废墟的花费更高。从他们的话里可以听出，这个行当是由世界市场的需求催生出来的。其他地方繁荣起来，金属价格升高的时候，拾荒者到那些履带工厂不会前往的偏远古城，拣些铜线、钢梁、铅管之类的值钱东西就可以维持生计。开车的时候，偶尔会在路边看到一些苔原黑市，还能看到人们拉着战利品陆陆续续向车道走来。他们的脚步有时会受到暴风雪和北极盗匪的拦阻，但这些东西最终还是会堆进摇摇欲坠的毂车斗里，那些破车看上去都锈到七八成了，要没有冰霜和大块脏雪冻着早散架了。为了寻求彼此的保护，这些毂车都结成了车队，想超过他们是没指望了，不过好在他们开得也不慢，而且在弄明白我们只是朝垦者而非盗匪之后，还让我们加入了他们的队伍，也给我们提供了一份安全保障。我们跟在他们的后边，但保持着一段距离，省的硬邦邦的铅坨和线团掉在地上时我们来不及避让。前面的车轮不断溅起带冰的泥点子，我们挡风玻璃的能见度也越来越低。我们只好一直开着侧窗，不时伸手出去用棍子挑着抹布擦泥。到了第三天，抹布也冻住了；我们还得不断地用炉子烧水给抹布化冻。透过敞开的车窗，我们看着路边一片又一片的废墟。这些地方各有各的防御工事，虽然也被拾荒者拆得乱七八糟，但还是能看得出模样：有导弹发射井，有飞机用的三哩跑道，有护墙，有石垒，也有成片的滚地龙，还有成趟的转传序蒺藜树。看得多了，我们也能从这些工事看出每个地方的建造年代了。

随着车子行进，窗外的景象一天比一天荒凉，所有的东西都落了灰，上了霜，结了冰，散了架，又渐渐地被冰雪压碎，掩埋，直至消失不见。再往后就

[①] 人年（Man-years）：表示人口生存时间长度的复合单位，是人数同生存年数乘积的总和。

只能看见旧雪橇场的残骸了：气候的变化和市场的波动让它们长期处于毫无保障的境地，只能以倒闭告终。公路两旁，一哩开外，已变成一片洁白的天地，而在路边出现的，却是我在整个旅程中见到的最恶心的景象。公路两旁的雪堆越来越高，越来越黑，到了最后，我们的路竟成了积雪中一条二十呎深的漆黑狭缝。那些毂车的速度慢得像走一样，我们进退两难，现在简直可以把发动机熄火，任后面的毂车推着我们一路到底。他们的车上都装着给驾驶室输送新鲜空气的通气管。而我们却没想到给自己的车子配上这种装备，所以到了最后一天就只能呼吸油腻腻的蓝色废气了。雪墙的内壁时有可以攀爬的斜坡，我们也在苔原市场上买了用废品做成的雪鞋，于是便轮换着开车，谁喘不上气了就爬到上面去，穿着雪鞋徒步走走，或者骑一会儿格奈尔的三轮车。

在最后一次踏雪的时候，犹尔终于问起了停车场恐龙的事来。

自打在诺尔斯罗夫与他开始同行，就可以看出犹尔的胸中藏着某种块垒，总想一吐为快。可他突然跟珂尔德成了一对儿，好几天都不肯再单独与我共处了。不过当他明显看出我不会为此生气之后，就又开始小心翼翼地寻找起跟我单独谈话的机会来。本以为他的话题会跟他和珂尔德有关。但犹尔这家伙总能给人带来意外。

"有人说那是恐龙，也有人说是龙。"我告诉他，"关于那个事件，我们得到的第一条训诫就是：人们所知的关于它的信息，没有一条是确切的——"

"是咒士把所有证据都抹掉了吗？"

"那是种杜撰。另外，我们还得到了第二条训诫：永远也不要跟世俗人讨论这个事件。"

他露出了失望的神色。

"抱歉，"我说，"但事实如此。关于这事的主流说法是，这次事件是由一个集团发起，由另一个集团结束的，姑且把发起者称之为集团 A，结束者称之为集团 B 吧。在流行的民间传说中，集团 A 就是所谓的雄辩士，集团 B 就是所谓的咒士。而这次事件之后只过了三个月就发生了第三次劫掠。"

"但那恐龙，或者说龙，是真的出现在了停车场里。"

在那条挤满毂车的狭缝右边，我和犹尔踏着结结实实的雪层，并肩走在离狭缝一箭之遥的地方。雪层之上还有很多横冲直撞的雪地车，开车的好些都是醉汉，所以离狭缝太近是不安全的。在我和犹尔的面前就是一处雪地车撞人留下的痕迹，看上去不过是一两天前的事情。看着临车的通气管从狭缝里伸出的

位置，就能知道我们的飞驰车在什么地方。雪橇场就快到了，已经可以看到几哩外的天线、炊烟和灯光了。可能因为靠近终点，车子的行驶似乎也在一点点加速，我们已经越来越跟不上了。但即便被飞驰车甩下，徒步也能走到那里，于是我俩也就不再费心去跟车了。

"和现在一样，在这个事件发生的时代，蒙科斯特集修院墙外几千呎的地方也有一座城市，"我说，"如果以 10 为满分，那这城市的富裕程度和实践理学水平就达到了 9。"

"现代是什么水平？"犹尔问。

"就算是 8 吧。不过蒙科斯特一带的社会已经发展到了鼎盛阶段，只是他们自己还浑然不觉。慕像者们也在攫取政治上的影响力。"

"什么教的？"

"我也不知道。那是一个处心积虑聚敛权势的派别。他们有种像志——"

"有种什么？"

"噢，"我说，"这么说吧，某种阿佛特人愿意相信的东西让他们感觉到了威胁。"

"比如世界是古老的？"犹尔说。

"是的。每年的大隙节都会出些乱子，不过最严重的一回发生在 2780 年的旬岁纪大隙节期间。十年士的马特在第十夜遭到了一次小规模的劫掠。但随后事态似乎平息了下去。大隙节落幕了。一切都恢复了正常。既然没事儿了，人们便又开始在集修院的墙外建设起来，一座购物中心的停车场就在阿佛特人的眼皮子底下建了起来。蒙科斯特有很多塔楼，只要从塔楼窗户往下看，就能看见建造的过程。停车场只用了几个月就竣工了。世俗人每天都会到那里去泊车。什么问题都没有。六年过去了。购物中心扩建了。为了能让停车场连接到新翼楼，建造者只得对它进行结构性改造。有个工人爬上四层，打算用空气动力锤破拆局部地板，结果却发现人造石里嵌着东西。看起来像个爪子。于是他们又扒开了更多的地板。这是重大的安全问题，因为如果承重部件内部嵌着爪子和骨头之类的东西，建筑结构就会出现问题。随着破拆的进行，建筑在他们的眼皮子底下变得摇晃塌顶，他们只好撑上许多支顶。扒开的地板越多，情况就越糟。整个地板都被扒开后，他们发现人造石里嵌着的竟是一整副爬行类动物的骨架，有一百呎长，可人造石却是四年前才浇筑成的。那些慕像者不知该如何是好。各种严重的骚乱和暴力事件出现在了集修院的墙外。随后的某天夜里，千年士的塔楼传出了髻咏的歌声。歌声持续了整整一夜。停车场第二天就恢复了正常。故事就是这么说的。"

"你相信这是真的吗？"犹尔问。

"有些事是确实发生了的。有案可查，现在还有记录。"

"你指的是？骨架的照片之类的？"

"主要是目击者的回忆，支顶建筑用的大批木料，木料场的书面记录，运料毂车的轮胎磨损之类的。"

"这些更像是外层的涟漪。"犹尔说。

"是呀。所以如果骨架突然消失了，又没有实物证据能证明它曾经真的出现过，那剩下不就只能是这些了吗？"

"只有这些记录了。"犹尔边说边用力地点着头，像是比我还明白似的，"只有涟漪，没有水花。"

"运木料的毂车轮胎并没有突然变新。木料场的文书也没从文件夹里消失。可现在事情出现了矛盾。世界不再具有一致性了——出现了逻辑悖论。"

"停车场前边还有一大堆永远用不到的支顶木料。"犹尔补充说。

"是啊。而且这也不是人力办不到的。显而易见，在停车场前有一堆木料，在文件柜里有几张纸是有人为可能性的。但由此产生的问题在于，整件事情不再合情合理。"我又想起了那次跟敖罗洛进行的关于粉红龙的对话——几个月来我第一次意识到，他选择龙来阐释观点并非偶然。他想提醒我们的正是犹尔现在谈到的这次事件。

我们听见身后传来一阵嘟嘟的马达声，回头看见加涅里埃尔·克拉德正骑着三轮车朝我们赶来。犹尔和我交换了个眼神，意思是不要当着他的面讨论这件事了。

犹尔弯下腰，掬起一捧雪，想要攥个雪球砸他的堂兄。不过实在是冷得攥都攥不动。

凌晨两点的时候，我们抵达了北纬83°的雪橇场，此刻的太阳只比平时稍低一点儿。陷在沟里的道路逐渐升高，爬上了一片用冰压成的高地，这块高地有一两哩宽，四周略高，中间略低，给人的感觉就像个大陨石坑。这里到处都能看到一种架在高跷上的活动箱屋，它们在冰上滑行的时候还能调整方向。这种箱屋的周围也是毂车最集中的地方，因为它们是各家废品经销商设立的总部，

司机们都忙着一家家地奔走，试图给车上的货物讨个好价钱。其余的建筑则是些旅馆、餐馆和妓院。

不过在这里最占地方的还是雪橇列车本身。我还是头一回见到这东西，阳光从它的背后斜斜地射过来，我竟把它看成了一座工厂。那车头看上去就像一台吞咽城市的粉碎机：驾驶台骑着两条巨型履带，上面有一整座电站和一大片的箱屋。车头的后边拖着六节雪橇，每一节底下都有一对平行的冰刀，可以顺着被车头履带压出的车辙滑行。第一节雪橇是用来载集装箱的，上面的集装箱已经摞了四层，一台笨重的轮式吊车还在往上面垒着第五层。后边几节是敞口的箱形斗。另一台装着大钳子的吊车正从雪地上抓起一团一团的废旧金属往斗里扔，那钳子大得可以一下抓起我们这两辆车子，货物被甩进车斗发出的声响也令人心惊肉跳。最后一节是平板拖车，是座移动停车场，此时已经停了一半左右的载货毂车。

起初我们还像没头苍蝇似的乱撞一气，但在路边站点跟几位毂车司机聊过之后，便大致了解了这个地方的工作流程，也得到了一些中肯的建议，知道了哪些事儿做不得。萨曼查出，两天前刚开走了一趟雪橇列车，我们现在看到的这趟还要装几天货才能出发。

这里没有交通规则，到处走动也有危险。暴发户们开着毂车和飞驰车横冲直撞，想往哪儿开就往哪儿开。所以就算只去很近的地方我们也宁愿开车。找到平板拖车的订位办公室后，我们给两辆车子都订了位置。不过我们为格奈尔的那辆飞驰车多付了些钱，把这辆车装在拖车靠边的位置；这样就可以用木板搭在车帮上做成跳板，把三轮车搬上搬下了。它就是我们在雪橇场活动的工具，不过一次只能载两个人，所以总有三个人没车可用。于是我们又在车头包了一间休息用的箱屋。这箱屋很便宜。厕所就是地板上的一个窟窿，不用的时候，可以用活门把洞口盖住，活门上还绑着配重用的铁块，这样就不会被北极的狂风吹起。我们用三轮车把飞驰车上的屯粮和其他东西运了下来，没几趟就把它们都搬进了箱屋，其中还有一整套武器，品种全得令人吃惊，既有发射性的，也有带刃的。犹拉赛塔尔·克拉德和加涅里埃尔·克拉德可能在宗教上意见不一，但他们对武器的态度却如出一辙。他们连存枪的箱子都是一个型号的，装子弹的盒子也一模一样。在雪橇场，公开携带武器的人很多，"镇子"边上还有个专供消遣的地方，人们可以朝着画有圆环的冰墙射击或扔飞镖，以此来打发时间。不过总的来说，这里比我们开车路过的那些地方更有秩序也更乏味。慢慢地我也明白了，这里毕竟是贸易场所，只能是这个样子。

　　一安顿下来，我和萨曼就骑上三轮车去扫荡周围的酒吧妓院，看看敖罗洛会不会在里边。珂尔德围着车头爬了一圈，慨叹着它的工作原理，犹尔跟在她的后边。他自称和珂尔德一样对这些东西感兴趣，可在我看来，他显然是怕她一个人出去有危险。

　　接下来的几天无所事事。我拿出随身带着的几本理学书，想读却无法集中注意力，结果大把的时间都睡了过去。萨曼在一间办公用的箱屋附近找了个可以连上大冈的地方。他每天去获取一次信息，回来后再仔细浏览。犹尔和珂尔德要么就去"捡柴火"，要么就挤在一个小唧嘎屏幕前面看斯皮里。加涅里埃尔·克拉德念着他的手抄本古巴兹文经书，终于流露出了我一直担心的那种兴趣——谈宗教——这也是他原本出于礼貌一直回避的话题。

　　我有一次差点儿就陷入险境了，还是萨曼救了我。那次他刚结束当天的例行远征，搜集完"粮草"回来，胡子上还挂着冰碴，在我困窘之际，他突然从唧嘎上抬起头来，匆匆朝房间另一头的我使了个眼色，又把目光移回到屏幕上。我便借机起身走了过去，蹲到了他的椅子旁边。

　　"咱们离开桑布勒以后，我开始试着连接几个冈络，"萨曼解释说，"这些冈络一般来说是不对我开放的，但我想如果我能解释自己在干的事情，也许就可以进去。果然没多久我就通过了认证，这些冈络的管理员可能在大冈上找到了信息，印证了我的说法。"

　　"怎么做到的？"我问道。

　　萨曼回答得不情不愿，可能是懒得跟我解释，也可能是还想对我们大肆破坏的戒律保持一点敬意："就说咱们买雪地轮胎的那个破烂小镇的餐厅吧……"

　　"诺尔斯罗夫。"我说。

　　"管它呢。假如那个餐厅为了安全保障装了斯皮里摄录器，就会拍下咱们去收款台为那些破烂食物付钱的镜头。这些信息就会被传到某个冈络上。如果有人查看这些图像，就会看到，我在这个日期确实曾和另外三个人一起在那儿出现过。利用类似的技术，他们还能查出另外几个人是谁。这样他们就会发现其中一个的确是髧埃德哈的伊拉斯玛修士。于是我说的事情就可以得到印证了。"

　　"好吧，可是怎么——"

　　"这并不重要。"但好像这种话他也说腻了，便刹住话头儿，闭上眼睛思索了一会儿，又试着重新解释起来，"如果你非要知道不可的话——他们可能对我

实行了阿萨莫克拉。"

"阿萨莫克拉?"

"非同步对称匿名缓和公开竞价信用拍卖。不要费劲分析语法,这个缩写在大改组之前就已经有了。真正的阿萨莫克拉已经是三千六百年前的事儿了。现在的做法虽然变了,但目的还是一样,所以用的也还是原来的说法。大多数情况下,信誉镜发生不可逆相变要花上好几天时间——这个并不重要——之后还要再花一天时间,确认这不是骗人的暂时性随机成核现象。我要说的是,直到最近我才刚刚得到我想要的许可。"他微微一笑,一粒冰碴从胡子上掉下来,落在了唧嘎的控制面板上。"我本想说'直到今天白天',可这该死的地方根本就分不出昼夜。"

"很好。你说的这些我似懂非懂,不过也许可以回头再解释。"

"那再好不过了。重点在于,我一直在试着获取你在斯皮里上瞧见的那次火箭发射的信息。"

"啊。那你成功了吗?"

"我是想说成功了。但你有可能不同意,因为你们阿佛特人总喜欢把信息工工整整地写进书里,再让别的阿佛特人交叉验证。但我们交换来的信息却是杂乱含混的,还有暗示性。这些信息常常还不是文字的,而是图像或者声讯。"

"你的批评我接受。那你查到的是什么?"

"有八个人坐着那艘火箭上了天。"

"那就跟我们推测的一样了,官方声明是骗人的。"

"是的。"

"都是些什么人呢?"

"不知道。到了这里信息就变得杂乱含混了。这件事非常隐秘。类似于军事机密。没有可以念给你听的乘客名单。也没有成摞的卷宗。我只有十秒钟图像很差的录像,是一辆飞驰车挡风玻璃上装的防碰撞斯皮里摄录器拍的,车主是个门卫,这段画面是他在离现场四分之一哩远的地方侧方位停车时拍下来的。当然,图像已经做过运动伪像处理了。"

萨曼用唧嘎放了一小段视频,那图像的确和他说的一样,很差。画面中有一辆带军队标志的车子,停在一栋大楼旁边。大楼的侧面开了一扇门。八个穿白色连体服的人走了出来,上了车。他们身后还跟着几个医生和技师打扮的人。楼门离车子大概有二十呎,我们看到的就是他们走过这段路的影像。萨曼把播放模式设置为无限循环。看头几十遍的时候，我们的注意力全都集中在前面的四个白衣人身上。脸是一点也看不清，但从步态中透露出的信息却也多得令人吃惊。三个白衣人排成一个来回变换的三角阵，始终把第四个白衣人围在中心，这个人的块头比其他三人都大，头发梳得颇有风度。此人的身子挺得笔直，闲庭信步，而那三个则是一溜小跑，前后穿梭。他的连体服也和那几个人略有不同：身上有两条十字交叉道道，简直就像是身上裹着几码——

"袍子。"我把图像定了格，指着他的衣服，"我以前见过这种东西——就在大隙节的时候。有个外人就穿这个，是天堂督察教教士。那是他们仪式用的服装。"

此时珂尔德也凑了过来，站在萨曼的椅子背后跟我们一块儿看着屏幕。"跟在后边的那四个，"她说，"是阿佛特人。"

在这之前，我们的眼光一直盯在那个高级教士和三个随从身上。队列里剩下几个人并没有太大的动作，只是排成一行从大楼走向车子而已。"为什么这么说？"我问道，"这几个人似乎只是对穿袍子那人毫无兴趣而已，也没什么别的了吧。哪有什么能表明他们是阿佛特人呀？"

"有啊。"珂尔德说，"走路姿势嘛。"

"你在说什么呀！？咱们都是二足动物！走路还不都是一个样？"我抗议着。而萨曼坐在椅子上扭回身，朝着珂尔德咧嘴一笑。他在拼命地点着头。

"你俩脑壳坏掉了吧。"我说。

"珂尔德是对的。"萨曼坚持道。

"大隙节的时候最明显了，"珂尔德说，"外人走起路来大摇大摆，懒懒散散，好像到处都是自己的地盘似的。"她闪身从椅子后面出来，在屋子中间以一种放松的步态摇摇摆摆地溜达了起来。"阿佛特人，还有伊塔人，就比较拘谨了。"她又把身子一挺，不带一丝风地快步走了回来。

尽管听上去像是无稽之谈，但不得不承认，大隙节期间，看到远处的人时，我也常通过走路姿势来分辨外人和自己人。我又把注意力转回到屏幕上。"好吧，就算你说的是对的吧。"我说，"这走路姿势我也觉得越看越眼熟。尤其是走在最后的那个高个儿。活脱脱就是——"

我半天都说不出一个字来。他俩全都看着我，还以为我出毛病了。我的眼睛已经无法从斯皮里上挪开了。又看了四遍，越看越肯定——我知道我看见的是谁了。

"杰斯里。"我说。

"噢,我的神哪!"珂尔德叫了起来。

"愿他的祝福和怜悯降临于你。"加涅里埃尔·克拉德低声咕哝着——他一听到有人用这个词赌咒就会习惯性地这样说。

"这绝对就是你那个朋友啊。"珂尔德说。

"杰斯里修士正跟天堂督察一块儿在太空上面!"就算喊出来我都不敢相信这是真的。

"我敢肯定他们正讨论着什么有趣的话题。"萨曼说。

几小时过后,我们刚拉下窗帘,准备睡觉,脚下便传来一阵嗡鸣和轰响,接着猛地一震,东西有一半都掉到了地上。格奈尔和我拉开口袋服的裤腿拉链,跑到了门外狭窄的走道上,往下一看,便看到还在原地滚动的履带碾压着地上的冰雪,爆起了闪闪发亮的冰霜云雾。我们沿着窄道一路小跑,再攀着尽头的梯子爬下去,跳到雪地上,发动三轮车朝着平板拖车开去。车头已经朝前搓了一段,车厢之间原本松弛的连接部件也绷紧了,爆炸般的巨响震得列车颠簸起来。但平板拖车边上的跳板还有几条没收起来,还能装车,所以离列车真正出发可能还有半个小时。我们沿着一条跳板猛冲上去,绕过一辆正往窄空里挪动的毂车,把三轮车开到了格奈尔的飞驰车跟前。我们把三轮车推上那块用木板搭成的跳板,又把木板塞到了飞驰车底下。接着我们又放掉了三轮车发动机里的冷却剂,装进了一只塑料罐子里。这项活计着实花了些工夫,干完的时候,列车已经开了起来,要是穿着雪鞋从地面回去肯定赶不上,我们便沿着雪橇边上的窄步道走回了车头。珂尔德和犹尔已经拉开窗帘,就着阳光烹制起丰盛的早餐来。北极就在前方了。这让我高兴。但一想到杰斯里兄弟已经上了太空轨道,来错地方的感觉又变得无比强烈。

"浑蛋!"我说,"王八蛋!"

所有人都看着我。我们已经吃完了这顿艰苦旅程中的豪华早餐。

犹拉赛塔尔·克拉德看着珂尔德,像是在说,这是你的继弟……你的问题。

"谁呀?怎么啦?"珂尔德问。

"杰斯里!"

"几小时前你还差点儿为他落泪呢,怎么现在就成了浑蛋了?"

"每次都是这样。"我说。

"他经常登上太空？"萨曼问。

"不。这很难解释，不过……就算我们这些人都加在一块儿，他们选的肯定也会是他。"

"他们是谁？"珂尔德问，"显然不是在大集修上选出来的。"

"没错。但世俗政权肯定去找了特雷德加的戒尊，跟他们说'给我们四个最优秀的阿佛特人'，他们就是这么办的。"我摇着头说。

"你肯定……有点儿自豪吧。"珂尔德试探着问。

我双手捂脸，叹了口气："他去跟外星人会面了。我却坐上了一辆垃圾。"说完我抬起头来看着格奈尔，"您知道天堂督察教的事儿吗？"

格奈尔眨了眨眼，愣了一下。这么长时间我都闭口不谈宗教，现在却问出一个如此直接的问题！他堂弟则重重地呼出一口气，把头转向一边，好像马上就要目睹一场交通事故似的。

"他们是异教徒。"他语气平和地说道。

"是的，可对您来说差不多所有人都是异教徒吧，不是吗？"我说，"您能再说具体点儿吗？"

"你不会明白的。"格奈尔说，"他们可不是什么随随便便的异教徒。他们是我们教的一个分支。"他看着犹尔。

"我们教的。"珂尔德冲犹尔扬了扬眉毛，生怕他没听见。

"真的？"我问，"桑布勒教的分支？"这对我们来说可是新闻。

"我们教是垩布利创立的。"格奈尔称。

"是在你们吃了他的……之前还是之后？"

"那个，"格奈尔说，"是为了丑化我们才编出来的古老谎言，就是为了把我们说成一帮野人！"

"人的肝儿可不好做呀，一煎就碎。"犹尔插嘴道。

"您是说垩布利变成了慕像者？跟埃斯特马尔德一样？"

格奈尔摇了摇头："没跟埃斯特马尔德多聊几句是你们的遗憾。他既不是你们心目中的慕像者，也不是我心目中的慕像者。垩布利也不是。而这就是我们跟天堂督察那拨人的区别。"

"他们认为布利是慕像者？"

"是的。他们认为布利是个先知式的人物，因为发现了神存在的证据才会被

遣退。"

"这太好笑了，因为如果他真的证明了神的存在，我们就会跟他说'证明得好，布利修士'并开始信神。"我说。

格奈尔冷冷地瞪了我一眼，让我明白了这话他一个字也不相信。"就算有这种可能性，"他用平稳的腔调说，"天堂督察教也不会这么说的。"

我回想起大隙节前夜塔穆拉祖修女组织的那场关于像志的讨论。"这是个布鲁马斯像志的例子。"我说。

"什么？"

"天堂督察教是打算编故事，说马特世界存在一个秘密的阴谋集团。"

"是的。"格奈尔说。

"有人发现了一件非常重大的事情——在这个例子里是神的存在。大多数心地纯洁的阿佛特人都想把这个消息传播出去。但阴谋集团却不惜一切代价也要保守秘密，还对他们进行了残酷的迫害。"

格奈尔正准备小心翼翼地说点儿什么，犹尔却先开了口："你说的没错。"

"真让人沮丧，"我说，"因为以阴谋论为基础的像志是所有像志里最难根除的。"

"不见得吧。"萨曼看着我的眼睛说道。

我尴尬地好一会儿说不出话来。还是珂尔德打破了沉默："表亲飞船的秘密还没公开呢。所以我们也不知道这督察教是怎么想的。不过可以猜到，他们把它看成了……"

"一个奇迹。"犹尔说。

"来自另一个世界，一个比我们的更纯粹更好的世界的访晤。"我猜道。

"一个不存在邪恶阴谋的世界，"珂尔德说，"来揭示真理了。"

"那照在三座无玷马特上的激光是怎么回事？"萨曼问道，"他们该怎么解释那个呢？"

"那得看他们知不知道三座无玷马特是核废料场。"我说。

"什么？！"克拉德兄弟一起叫了起来。

"就算不知道，"珂尔德说，"他们也能做出更神的解释来。"

格奈尔还有点儿找不着北，但仍然插了一句："天堂督察认为千年士是好人。"

"当然了，"我说，"他们知晓真理，却没法把话传出去，因为他们被纵容阴谋的十年士和百年士给挟持了，是这个意思吧？"

"是的。"格奈尔说，"所以他把激光解释成了——"

"祝福。"珂尔德说。

"赐福。"我说。

"访晤。"犹尔说。

"哎呀，这下他们可有的惊喜了！"萨曼兴致勃勃地说。

"也许吧。有可能。这咱们就不知道了。只希望对杰斯里来说别是什么恐怖的惊喜。"我说。

"杰斯里那个浑蛋？"珂尔德说。

"是呀，"我边说边笑了起来，"杰斯里那个浑蛋。"

我还以为终于不用再听加涅里埃尔·克拉德唠叨了，可马上就发现自己高兴得太早了——珂尔德又问了一句："那个督察是怎么从你们教分出去的，格奈尔？"不等她说完，背后的犹尔就淘气地伸手捂住了她的嘴，但她还是掰着犹尔的手指头，匆匆忙忙口齿不清地问出了后半句。

"我们是自己阅读巴兹文原文经书的，"格奈尔说，"所以你们可能会把我们想象成原教旨主义者。从这个意义上来说我们可能的确是的。但我们对马特世界在过去十五个世纪里发生的事情也并非视而不见，不管是旧马特世界还是新马特世界，我们都有所关注。神谕是不会变的。《经》是没法改写或者翻译的。但在《经》外，人们的知识和理解却在不断改变。那就是你们阿佛特人干的事情：把神在六千年前给我们的直接启示弃于不顾，却还想要理解神的造物。对我们来说你们简直就是自剜双眼，现在又想去探索新大陆了。你们是可悲的残废——但正是由于这个原因，你们才能养成我们所缺少的感官和才能。"

一阵沉默过后，我说："您讲的不对的地方我就不多说了。看起来您主要是想说，我们并不邪恶，也不是被误导的。你们认为我们最终还是会接受《经》的。"

"当然，"格奈尔说，"必然如此啊。但我们并不认为有什么掩盖真理的秘密阴谋。"

"他相信你们的困惑是真心实意的！"犹尔翻译道。格奈尔点了点头。

"您真体贴。"我说。

"我们还保留着髧布利的笔记呢。"格奈尔说，"我亲自读过。他显然并不是慕像者。"

"请原谅我下面的话，"萨曼说——这是他要冒犯什么人时惯用的开场白，

"一群慕像者，以一本他们明知是无神论者写的东西为基础，创立一个宗教，是不是脑子有点儿不正常？"

"我们认同他的奋斗呀，"格奈尔完全没感觉到受了侮辱，"他是为追求真理而奋斗的。"

"可你们不是已经知晓真理了吗？"

"我们知晓的是《经》里写的那些真理。还有《经》里没有的真理，我们能感觉到，却并不知晓。"

"这听起来有点儿像——"我开了个头就打住了。

"像阿佛特人说的？像埃斯特马尔德说的？还是敖罗洛说的？"

"请别把他扯进来。"

"好吧。"格奈尔耸了耸肩，"敖罗洛依然故我。就我所知他仍然遵守着戒律。我从来没跟他说过话。"

说到这个份儿上我也只能退缩了，心中默数一到十，祭出耙子法则。这些人关心的是永恒真理。他们相信真理已经写在了书上，但那只是部分真理，而非全部。他们相信自己的书是正确的，而别人的是错误的。在这一点上他们也无法免俗。要是跟我没关系也就罢了。可现在他们闹出了这么个新花样，竟然从一位阿佛特髻者身上挖出了灵感。我是不是觉得他们有道理都已经不重要了。

"你们能感觉到真理，但你们并不知晓。"珂尔德重复道，"那天你们在桑布勒举行礼拜——我们听到了你们在唱歌。那歌声很感人。"

格奈尔点了点头："这就是埃斯特马尔德参加的原因——不过他并不信。"

"他在理智上并不信服你们的论据，"珂尔德翻译着，"但他感觉到了你们的感觉。"

"正是如此！"加涅里埃尔·克拉德高兴了。实在不明白这有什么可高兴的。不过他是真的高兴了，像是发现了一位新皈依者似的。

"好吧，我虽然不信教，倒也能明白这种吸引力。"珂尔德说。

我冲她使了个眼色。犹尔则举起双掌拍在了自己脸上。珂尔德这才戒备了起来："我可不是说要加入你们教啊。只是刚在荒郊野岭开了几个小时的车，突然碰见这么一栋建筑，看见人们齐聚一堂，共同分享情感的羁绊，又听说他们几百年来都是这样做的，还是很令人震撼的。"

"我们教，还有我们桑布勒这样的镇子，"格奈尔说，"都快完蛋了。这就是我们在礼拜上如此激动的原因。"

这还是他头一回显出失意的模样，弄得我们都是一怔。犹尔把埋在掌心里的脸抬了起来，朝他的堂兄眨了眨眼。

"是天堂督察闹得吗？"萨曼猜道。

"他传播的是一种简单露骨的教义。这种东西蔓延起来就像传染病。那些接受了它的人就会掉过头来唾弃我们，好像我们是异教徒似的。这是要挤垮我们。"格奈尔说道，还冲着犹尔做了个不大友善的表情。

这事儿倒也挺有意思，但我想到的却是另一件事儿。埃斯特马尔德已经掉进深水区了，那敖罗洛呢？

我想起了星阵关闭前跟敖罗洛的那次交谈。那场关于美的谈话救了我的命。可回想起来，那也可以看作是敖罗洛心智崩溃的开始。他的疯狂似乎就是在我恢复理智的那一刻开始的。

但我随即又甩掉了这种想法。敖罗洛被遣退了，他能寻求庇护的地方只有一个：只有布利岗。而且就算是到了那里，他还在遵守着戒律。圣约堂里的歌声也没能打动他。他还以最快的速度离开了那里。

好吧——

等一下。并不是以最快的速度。他出发的时间只比我们早了一天——是激光照射无玷马特之后的那个早晨。为什么这件事会促使他匆匆上路呢？他为什么别的地方不去，偏偏要去埃克巴呢？

也许过几天我就可以亲口问他了。

【善全素】 一种天然化学物质，只要人脑中善全素浓度够高，就会
产生一种差不多一切良好的感觉。理学者在改元 1 世纪成功分离出了
药用善全素。人们通过传序改造技术培育了一种以善全素为代谢副产
品的野草，使其得到了推广。这种野草被命名为无忧草，被列为十一
种中的一种。

——《词典》，第四版，改元 3000 年

列车开出来——或者说我们从睡觉到走路，再从走路到睡觉的轮番交替——
差不多有两天了。我突然想要回归到工作状态了。从桑布勒到雪橇场的那段旅
程，作为阅读思考之余的歇息的确令人愉悦，但看到杰斯里的一刻我就惊醒了。
我在这里可以一觉睡上十二个小时，也可以看斯皮里，而我的朋友却仍和往常
一样努力地工作，还担负起了危险的使命。不过在这里想工作也难。雪橇列车
会不停地震动，偶尔还会急转弯，坐在车上跟坐在回廊院里完全是两回事儿。
阅读和写作都很困难，看个斯皮里也毫不轻松，出去就更不用想了。我也能理
解为什么这车上有那么多的瘾君子了。

出发前，萨曼还查了没有证件的情况下该怎样偷越边境。对流动务工人员
来说，偷越边境只能算是家常便饭，有些人已经把经验传到了罔上，由此我也
大概知道哪些事儿该做，哪些事儿不该做了。最重要的是绝不能一直坐在雪橇
列车上。另一侧站点的管理似乎比我们这面的严格得多，终点以北几个纬度有
一处哨站，会有公务人员从这里上车，在列车行驶的最后几个小时里把车从头
到尾扫荡一遍。也可以尝试躲过检查，但并不保险。偷渡者通常是不会这么做的，
他们一般会在列车到达哨站前跳车，跟愿意帮他们偷渡过境的当地雪橇客交易。

雪橇客也分两种。老派蛇头们根基稳固，开的是块头较大的长途雪橇列车，

可以跑上两三百哩，翻山越岭一直开到冰封的海岸边上。新派蛇头开的是小巧精悍的短途雪地车，只能绕过哨站包抄到雪橇场。但只要能过去，坐哪种都行。不过天气恶劣的时候小型雪地车是不会出来的。当然，如果世俗政权认起真来，两种蛇头都得被取缔，但既然不法分子只敢偷偷摸摸行事，还不至于给当权者打脸，他们也就乐得睁一只眼闭一只眼了。

由于表亲干扰了导航卫星，我们已无从知晓确切的维度，但根据航位推算也能知道列车走了多远。当我们感觉离哨站已经不远的时候，我便穿上所有的保暖衣物，又填满了口袋服的燃料囊。唤召时发的背包太小太新，也太漂亮了，好在犹尔说他的飞驰车上还有个旧的，比这个大，还是带金属骨架的。于是我俩都裹得严严实实，沿着狭窄的走道朝列车尾部的平板拖车赶去。我们行走的方向是顺风的，但雪橇轧到冰垄的时候脚步就会跟跄一下。他的车上盖了三呎积雪。我们一边铲，雪还一边往下落，降雪的速度似乎比我们铲得还快。但我们终于还是爬进了犹尔的飞驰车后厢，找到了那只军用旧背包，背上它，混在新同伴里我才不会太过显眼。我把小包里的东西倒进了这只大包，又在余下的空间里塞上了能量棒、备用衣物和其他七零八碎的东西，还在包的侧面绑了一双雪鞋，以备不时之需。

回到车头之后，格奈尔又给了我一些硬币：这点钱虽然没法让我摆阔，但只要砍砍价，支付我的旅费还是足够的。萨曼打印了一张雪橇场周边区域的地图。珂尔德给了我一个拥抱，还拍了拍我的脸。我走出箱屋，上了走道，拽起兜帽的假毛边护住面部，往列车的左侧看了看。三列小得多的雪橇列车就在这一侧如影随形地跟着我们，像是追随母兽的幼兽一般。它们是一刻钟前才从风雪中冒出来的，都是一台履带式雪地车拉着一连串的雪橇。有些雪橇是敞口的箱斗，也有一些是平板拖车，这些是用来走私货物的，这会儿就有一节雪橇正在装货；它就行驶在我们列车第三节雪橇的左侧，我们车上的几个男人则在往那节雪橇里扔箱子、踢袋子。不过还有几节雪橇的顶上扎着帐篷。我看到两个穿橙色口袋服的男人正跳进其中的一节。

萨曼给了我一条方针和两项原则：方针是要上一辆乘客较多的雪橇。这样安全系数高些；原则一是别让双脚着地，你会被抛下并且冻死，原则二容我一会儿再讲。

格奈尔和我在窄道上溜达了一刻钟，希望能找到比这三列再小点的车。跟这列巨型雪橇列车跑在一起，它们可能显得很小，但实际上远远大过我们在南

边公路上见过的多数汽车。这些大车可能是翻越山脉一直向西的。但我们也没看到更小、更灵巧的车子，在雪橇场附近跑短途的车子一辆也没有。它们今天都没出来——可能是因为天气太恶劣了。

一个眼尖的雪橇客盯上了我。他踩下油门，喷着浑浊的黑烟赶了上来。他的履带车后边只有一架雪橇。他摇下车窗，探出一张红扑扑、毛茸茸的脸，报了个价。我往后退了几步，看到了雪橇里面，是空的。我还一句话都没说呢，他就报了个更低的价格。

我觉得总不能碰见什么车就上什么车，于是便摇了摇头，转身走向另外一列更大的，正在上人的车子。如果走私车也能用专业来形容的话，那这列就显得更专业一些。可惜我来晚了，那架雪橇上已经挤满了人，看起来像个有组织的劳工团，一看他们瞪我的眼神就知道这里不欢迎我。而且这列车的要价也太高了。第三列稍小一些，履带车拉的雪橇既有载货的也有载客的，看起来还比较靠谱。雪橇上的乘客挺多，我也不用担心被扔下去。

看到我和另外两个单身客人正跟这列的司机还价，第一个雪橇客又冲了上来。他把车开到前头，好让我看到帐篷帘子里已经有了两名乘客。他一直敞着履带车的门，所以我也看得到他的仪表盘。那上面镶着块发光的屏幕，随着我们的移动，屏幕上显示着一条水平滚动的锯齿形声波轨迹线。这是用声波在前方冰层中探测冰缝的仪器。萨曼的原则二就是永远不要把自己托付给一列没有这个装置的车子。履带车的轮距只要够大，就能跨过大部分冰缝，但总有些冰缝可以把它和拖在后头的东西一口吞下。

我问那司机他要去哪儿。"科里亚。"他答道。而那两列长一些的客货混合列车都是去伊姆纳什的。我们知道最近的一班破冰船就是在三十一小时后从科里亚起航的，于是便跟他谈妥了价格，把背包扔进这辆只拖着一节雪橇的列车，成了它的第三位乘客。我按照惯例先付了司机一半的费用，把另一半留在口袋里，等到了以后再付。他又在大列车的两侧轮流招揽了一会儿客人，终于又在列车右边拉上了一个人。此时步道上已空无一人。三列小雪橇像是接到了统一信号，倏忽间全都离开了大列车。我估计巡查员上车的哨站肯定近在咫尺了。

在五十呎开外，我还能依稀看到大列车的影子，超过一百尺就什么都看不到了。一分钟过后，连大列车发动机的轰鸣声都淹没在了风雪之中，代之而来的是我们这辆小履带车的马达高音。

两周前，当我接受召唤走出集修院前廊的时候，这种事儿可真是怎么也想不到！即便是我下定决心要跨越北极追随敖罗洛的时候，也从未想过这趟旅行的最后一段会是这样。要是有个人在桑布勒就告诉我还得搭这种车，我肯定已经找借口直奔特雷德加了。不过要不是亲自走一趟，我也不会知道这其实没什么大不了的。这种事人们随时都在做。我要做的只是消磨二十四个小时，等着这玩意儿开到海边。

车厢里有两排面对面的侧座，够坐八个人，现在却只有我们四个乘客。我们四个都穿着口袋服，看起来一个模样。我的这件尽管已经穿了一个星期，但还是比他们的新。尽管为了给我弄这个破行囊大家已经费了老劲，但跟先上来的两位乘客一比，我这个还是太扎眼了，他俩带的都是捆着塑料绳、粘着塑料胶条的塑料购物袋。而后上来的这位带的是只旧手提箱，箱子外面是黄绳子捆出的整整齐齐的井字格。

先来的两位自称拉罗和戴格，后来的名叫布拉吉，都是墙外人常用的名字。我说我叫威特。发动机噪音很大，再想多聊也不容易，况且这几个人看上去并不健谈。拉罗和戴格抱着团蜷在一条毯子底下。我猜他们可能是哥俩。布拉吉是最后一个上来的，坐得离车尾的帐篷帘子最近。他的大块头（他比我壮一点）和笨重的行李箱很占地方。但我们也乐得把这块地方都让给他，因为车尾扬起的雪总是打着旋往里飞。

我的书都留给了珂尔德。这里也没人带斯皮里。外边除了飞旋的雪花就没可看的了。我把口袋服的接触式加热器调到能让手指、脚趾保持活动的最低热量，抱起胳膊，把腿架在背包上，瘫在木凳上，努力不去想时间过得有多慢。

自打我离开集修院的舒适环境，到现在仿佛已经过了好几年。但在雪橇上我又做起白日梦来，弟兄姊妹们的音容笑貌犹在眼前。阿尔西巴尔特、利奥、杰斯里……还有最让人心动的艾拉。我开始想象她在特雷德加的画面，可我对特雷德加知之甚少，只知道它比髦埃德哈更古老、更大、气候更宜人，花园与树林更加苍翠蓊郁，也更加芬芳。我也幻想着自己熬过这段旅程找到敖罗洛，回到特雷德加的画面，幻想那里的大门能为我敞开，但这也许只是妄想，要想不被遣退，接下来的五年里我大概只能与《书》为伴。这些画面转过一遭，我又掉进了一场半梦，梦见在特雷德加一座古香古色的饭厅里，来自世界各地的修士修女纷纷举起盛着琼浆玉液的酒杯，赞叹我与艾拉的那次针孔暗箱观测。然后又是一场白日梦，梦里只有我自己，在一座与世隔绝的花园里走了很久……

我越睡越沉。本以为这些梦会让我激动，但其实大脑编织这些梦的目的就在于给我安慰，让我平静。

雪橇转了个弯，我才稍稍清醒过来，意识到自己刚才已经睡着了。

经过一段短小宽阔的地峡，我们已经越过了北极。两个板块在远北碰撞，使得此处拱起了一道山脉，好在有二哩多厚的冰盖把它埋了起来，否则翻山就成了难事。大概从昨天起，脚下的陆地变得宽阔了起来，不过我们仍然靠着陆地板块的右侧行驶（现在我们已经开始南下，所以这面已经是西边了）。我们的路线并不完全贴边，因为这块陆地的西岸是一条陡峭的俯冲带山脉。山脉与冻结的海面之间难得平地，少有的平地也被山上滑下来的崎岖莫测的冰川盖住了大半。所以我们的车一直跑在离海岸数哩之遥的稳固冰原上。雪橇列车的终点也在这片冰原上。从那里出发有一条穿越冰原、苔原和泰加林的公路，公路南端连接着通往海中海的交通网。但往那边去的最后一座边境哨站离这儿还有好几百哩。我们坐的这种车没办法带着乘客开那么远绕过去。他们会绕过雪橇场右转，或说是向西转，从三条穿越海岸山脉的路线中选择一条，把我们带到一个海岸港口。到了港口就有南下的破冰船了。

珂尔德、萨曼和克拉德兄弟会从雪橇场直接开着飞驰车南下。要是今天天气好点儿有跑短途的蛇头就好了，那样就可以让他们带我绕过雪橇场，把我放在南边几哩的公路边上，我就可以从那里直接爬上犹尔的飞驰车了。可现在这四位只能先抛下我往南开，过几天到了更温暖的地带后再朝西转，翻山前往破冰船的母港——玛什特港了。我则要买票登上破冰船或者它的护航船，坐着它南下到玛什特港。等我们汇合之后，再开几天就能到海中海了。所以在我们的计划中，短途绕道上公路才是 A 计划，我现在执行的是 B 计划，坦白地讲我们对 B 计划讨论得并不细致，因为谁也没料到真会是这种情况。所以我一直心里打鼓，害怕决定做得太草率，也怕有些重要的细节还没想到，不过坐上这趟小雪橇的头几个小时里我已经翻来覆去想了个遍，相信应该是万无一失了。

总而言之，我一感觉到雪橇的转向，就知道它要驶上从内陆高原通往海岸的道路了。根据萨曼的说法，通往海岸的路有三条，其中有一条比另外两条好走得多，但有时会因雪崩而被封闭。雪橇司机从来都无法预先决定当天走哪条路线。他们会通过无线电听取其他蛇头的情报，临时再做决定。司机跟我们不在一节车上，带暖气的驾驶室也是封闭的，所以听不到他的无线电，我也就猜不出他要走哪条路线了。

　　不过几小时后，雪橇的速度便慢了下来，摇摇晃晃地停了车。我们几个坐车坐得浑身僵硬，都是好一番活络手脚。我看了看手表，惊讶地发现这趟车已经开了十六个小时。我肯定睡了有八九个小时，难怪身体会僵掉。布拉吉卷起了一侧的帘子，一团看不出方向的灰色亮光漫入了的帐篷。暴风已经停息，空中也不再飘雪，但云朵仍遮蔽着天空。我们停在了一面山坡上，但脚下的地还算平，有几道雪橇的轨迹划过山坡，我猜这便是我们司机选定的道路。

　　布拉吉丝毫没表现出下车的兴趣。我抬起脚来，作势要跨过他伸出的双腿，他却抬手制止了我。片刻过后，我们听到牵引车一阵砰砰作响，然后是冲破冰壳打开车门的刺耳声响。一双脚走下钢梯，嘎吱作响地踏上了雪地。布拉吉这才放下手，收回双腿，我现在可以过去了。直到这时我才想起萨曼的警告，别让双脚着地，免得被抛下。布拉吉像是经历过这个，似乎知道在司机从牵引车里下来之前就下车太过冒险。

　　我们在北纬 83° 的雪橇站买过雪地护目镜。我把它戴上便爬下了雪橇，发现一个面生的男人正在牵引车旁的雪地上朝上坡方向小便。我猜牵引车里肯定有床铺，这样两个司机就可以轮班倒着开车了。果不其然，之前见过的那位司机正从车门探出一张睡意蒙眬的脸，他也戴上护目镜爬下车来，跟他的同伴一块儿方便。他们没关车门，显然是为了听无线电通信。无线电偶尔会传出一两声变了调的怪声。听得出那是雪橇司机在交流路况信息，交换彼此的位置。但传出的声音断断续续。每当扬声器发声的时候，那两位司机就会停止交谈，把头转向开着的门努力去听。

　　拉罗和戴格也爬了出来，朝雪橇另一侧的下山方向走去。我听见他俩惊叹了一声，便开始兴奋地聊了起来。两个司机怒容满面，因为这样一来无线电里断断续续还变了调的说话声就更难听清了。

　　我也溜达到了雪橇的另一面。站在这里，下方覆盖着积雪的山坡一览无余，山坡绵延过一簇簇黑色的石头，伸向了一座 U 形山谷。我们在这山谷的北面。在我们的右手边，滑向海岸线的坡面又宽又平。左手边的山坡却渐渐陡峭，耸向了白色的山脉。所以我们应该已经越过了海岸地带的最高点，开始朝着冰封的海港下降了。

　　但引发拉罗和戴格惊呼的并不是这个。他们看着的是一条黑色的长龙，有十哩长，蒸汽缠绕，正从谷底向着山上爬行：那是一支重型车队，头尾相接地连成一趟。所有的车都是一个颜色。

"军车。"布拉吉边从雪橇上爬下来边说。他惊讶地摇着头。

"你觉得这是要打仗吗？"

"演习吧？"拉罗猜到。

"大型的，"布拉吉带着怀疑的语调说道，"装备都不对。"他的话带着权威和嘲讽，让我猜想他要么是个退伍军人，要么就是逃兵。他摇了摇头。"那是个山地师。"他说着指向车队的前头，我才发现还有好几十辆白色的履带车。"后边的都是平地部队。"他的手在空中一划，从第一辆深色毂车一路指点下去，又沿着车队留下的轨迹指向了冰封的海洋，从这里看去，那就像是一片夹杂着蓝色裂隙的白色高原。一条棕黄相间的印记延伸到我们要去的海港。接着是破冰船凿出的一条黑色水巷，后边涌来的浮冰正要将它淹没。

我不是实践理学家也不是伊塔人，但小的时候也看过不少斯皮里，加上从萨曼那儿听来的，已经对无线电的工作原理有了一般性的了解。可供无线电通信的带宽是有限的。大多数情况下都够用，即便在大城市也是如此。但军队用的带宽有很多，有时会把不归它用的部分也占了。走这条路的雪橇司机早就习惯独占近乎无限的带宽，已经对此产生了依赖，他们会一直相互通报天气和路况。但在今天的旅程中，我们的司机肯定注意到了这个新情况：传过来的讯息变少了，音质也变差了。他们也许一度以为这是设备失灵闹得，直到上了这段路的制高点才发现：成百上千或者成千上万的军车已经把无线电带宽霸占得一丝不剩了。

这件事太令人吃惊了，要不是布拉吉回头发现了司机的举动，我们简直可以站在那儿看上几个小时。他们俩正趴在牵引车上，敲着各种设备上的冰，检查着履带，敲击着牵引车和我们雪橇之间的搭钩，查看着发动机油箱的液面。布拉吉是个冷静而不苟言笑的人，但当他发现两个司机都上了牵引车，而自己还站在雪地上时就变得极度紧张，甚至有点儿一惊一乍了。很快他就因为过度的不安爬回了雪橇上。我也乐得仿效。不消一会儿我就坐回了自己的座位，我们听到牵引车的车门"砰"的一声关上了，冲雪橇后方几步远的拉罗和戴格叫了起来，他们还在为车队的景象而震惊呆立。戴格终于听到了我们的呼喊。他转头看向了我们，却似乎还不明白发生了什么。直到牵引车发动机的轰鸣响起，链条咬上齿轮的咔嗒声传来，他才终于觉悟。他拍了一下拉罗的肩膀，又扯着他的领子朝我们紧走了几步，拉罗被他拽得直趔趄。布拉吉又往后挪了挪身子，伸出一条胳膊要去拉他们上来。我也起身前去帮忙。牵引车发动机的轰鸣声更响了，我们听到了履带发出的独特的咔嗒声。拉罗和戴格几乎同时赶了上来；我和布拉吉一人拉着他们一只手，终于把他们拽了上来。他俩都被惯性抛到了雪橇的前部。履带的咔嗒声已经形成了稳定的节奏。

我们却没动。

布拉吉和我看了看外边的雪地，又彼此对望了一眼。

我们都跳了下来，朝雪橇侧面跑去。牵引车已经跑出去五十呎远了，还在加着速。原本挂着我们这节雪橇的搭钩正拖在车后的雪地上。

布拉吉和我追着它跑了起来。履带压过的雪层将将能承受我们的体重，但每跑上几步我们就会一脚陷进大腿深的雪里。不管怎样，还是我跑得更快。追了大概有一百呎，牵引车的侧门终于开了，副司机露了脸。他爬了出来，站在牵引车右侧履带上方一块类似踏板的东西上，向我亮出了背上挎的一杆长枪。

"你们要干吗？！"我喊道。

他伸手从驾驶室里拽出一大包东西扔在了雪地上：一箱能量棒。"我们现在必须改道啦。"他回头喊着，"那条路更长更陡。我们的油不够了。"

"所以你们要把我们扔下？！"

他摇了摇头，又扔出另一样东西：一罐口袋服燃料。"我们去看看能不能跟军队讨点燃料，"他喊着，离得越来越远，"就在那下头。然后我们就回来接你们。"然后他就猫腰进了驾驶室，把车门关上了。

逻辑很清晰：他们被那条车队惊到了。不再多弄点燃料他们就觉得不安全。如果他们带着我们去讨燃料，就会暴露他们蛇头的身份，让他们陷入麻烦。所以只好把我们撂在这儿一会儿。他们知道我们会反对，所以没跟我们商量就走了。

布拉吉追上了我。他不知从哪里弄来了一支小枪。但所有人都明白，朝牵引车后背开枪是没有意义的。只有这辆车，还有车里那两个人，才能带我们离开这里。

我和布拉吉拖着那些燃料和能量棒回到雪橇上时，发现拉罗和戴格正面对面跪着，握着对方的手飞速地念叨着什么。他们念的我一个字都听不明白，也从来没见过这样的举动，看了一会儿才恍然大悟，他们在祈祷。随后便是一阵尴尬。我朝后退了退，也给布拉吉让出块地方，要是他也想参加就来吧。但挂在他脸上的是对慕像者的不屑一顾。他捕捉到我的目光，又朝身后的帐篷帘子

摆了摆头。我跟着他一起走了出去。为了抵御寒冷，我俩都把自己裹得严严实实，还戴着帽子和护目镜。说话的时候，冰霜便飞速地凝结在我们的口罩上面。

从我们被甩掉开始，布拉吉隔几分钟就看一次表。"已经一刻钟了。"他说，"如果那些人过两个小时还不回来，我们就只能自救了。"

"你真觉得他们会把我们扔在这儿等死？"

布拉吉没回答这个问题，而是提出了他的想法："他们也可能会陷入别无选择的境地。他们有可能弄不到燃料。他们的牵引车也可能会坏掉，或者被军队霸占。重点在于，我们必须得有自己的计划。"

"我有一双雪鞋——"

"知道。我们还得再做三双，把你的水袋装满。"

口袋服的前边有几个可以装雪的袋子。过上一段时间这些雪就会融化，变成饮用水。这得消耗能量，但只要人吃得饱，口袋服的燃料够，就不成问题。目前来看，这两样我们都不缺。我们尽可能在袋子里装满了雪，又用司机留给我们的备用燃料加满了燃料囊。布拉吉打断了那两个祈祷者，坚持让他们也带上水和燃料。然后他又让我们每人吃了两根能量棒。只有这样我们才能干活。

雪橇上的帐篷是用活动金属杆支起来的。我们把帐篷拆了，把金属杆抽了出来。这倒吸引了拉罗与戴格的注意。顶篷没了，他们也就别无选择，只好加入我们的计划了。布拉吉有一把带小锯齿的便携工具；他把帐篷杆锯成了较短的几截。那两人看见还有活儿要干，也兴致勃勃地参加了进来。戴格是哥俩之中比较壮实的一个，他接替布拉吉锯起了帐篷杆。布拉吉则让拉罗把手边所有能用的粗绳和细绳都搜集起来。随后，他也学着拉罗解起了自己行李箱上的黄绳子。这条绳子竟有三十多呎。他打开了箱扣，把里边的东西倒了出来：是成百上千的小玻璃瓶子，外面裹着蓬松的气泡纸。我从没见过这样的东西，但猜想那应该是药品。"儿童商品。"布拉吉揣度着我脸上的表情解释道。

这行李箱的箱板是粗皮革的，我们把它裁成几块，用来做雪鞋的底板。我们又把帐篷杆弯成近似四边形的框子，用从拉罗和戴格的简易行李上拆下的细绳把箱子板扎在框子上。干这活儿得把手指头露出来才行，可手指露出来几秒就冻木了，所以这项工作花掉了好半天工夫。拉罗和戴格带的行李主要是旧衣服和家族纪念品，他们想把旧衣服扔了，但却不想扔家族纪念品。我从雪橇上拖下一条凳子，把它四脚朝上翻了过来，拆掉了松动的凳子腿，把它弄成了平底橇。我们把补给品放在上边，又用帐篷上剩余的材料把它们裹了起来。我这只背包的金属框和所有能当绳子用的东西也都被抽了出来。我把自己的能量棒和口袋服燃料都放进了公共补给品,多余的衣服扔掉,帛单、弦索和球(已经缩到了最小)塞进了口袋服的工具袋里。我本打算把弦索也当成备用的绳子,但绳子似乎已经够用了——拉罗又在雪橇上另一条凳子底下找到了五十呎,从帐篷上拆下来的绳子连起来还能接出五十呎。加上布拉吉的三十呎黄绳子,就可以把我们四个拴成一串,两人之间还能留出三四十呎的间隔。布拉吉解释说,如果有人失足滑下陡坡或掉进冰缝,这条绳子就能派上用场。

准备工作费了将近四个小时,我们出发时已经过了布拉吉计划的时间。山下的车队好像一时都没动过。布拉吉估计他们的海拔要比我们低两千呎。他说如果"一切都玩儿完了",我们就只能"一拉降落伞绳"顺着冰坡滑到谷底,等着军队可怜我们了。他们可能会逮捕我们,但应该不会让我们等死。不过这是下策,因为就算使出这招,也很有可能在滑到谷底之前掉进冰缝。

布拉吉带头。他拿着一根长帐篷杆,用来探查前方的雪地里有没有冰缝。他在腰间佩戴着"防身刺",那是一柄重型刀。他说如果我们之中有人掉进冰缝,他就会扑倒在地,用这把刀子卡住冰面,将自己牢牢固定住,防止大家一起滑下去。他让我走在最后,让我拿着从背包上拆下来的一块 L 形金属棍,有人掉进冰缝的话金属棍也可以像他那把刀子一样发挥作用。他甚至让我演练了一遍脸朝下倒在地上把金属棍的短臂插进冰里。戴格和拉罗一前一后地拴在我俩中间。平底橇则拖在我的身后。

第一段跋涉几乎寸步难行,令人灰心丧气,每走几步雪鞋就掉一次。这段远征好像还没开始就已经失败了。但我发现,接下来的整整一个小时我们都没再停顿过一次。我叼起水带的软管喝了口水,又缓慢地嚼起了能量棒。我四下张望,把周围的景致好好欣赏了一番。

善全素!一个念头击中了我,就像砸中鼻尖的一个雪球。我离开集修院已经有两个多星期了,一直在吃墙外的食物。利奥、阿尔西巴尔特他们可能用不了一周就到特雷德加了,他们在外边的时间不长,这些食物还无法发挥作用。但我已经在外边待得够久了,这种无处不在的化学物质肯定已经在我的脑子里扎了根,悄悄地改变了我思考事物的方式。

我那些弟兄姊妹们会怎么议论我最近这些决定?准没什么好话。看看这些决定让我陷入了何种田地!还有,置身于如此糟糕的处境,我竟然还在了无心事地闲逛,脑子里的念头只有一个:多漂亮的景色!

我努力迫使大脑切换成更严谨的思维状态，预测会发生哪些糟糕的后果，以便早做打算。布拉吉的"防身刺"在危急关头可以当锚来用——但如果我们中有人掉进冰缝，他也可以割断绳子让自己脱身。要是出了那种事儿我又该怎么办呢？

但这已经无济于事了。布拉吉已经自己当了领头羊，而这决定也是合理的。与其让这些令人恐慌的幻想在脑子里没完没了地转来转去，还不如只顾眼前。

这或许是善全素的作用？

我们在头几个小时里一直跟随着牵引车的车辙，但后来车辙拐进了一条弧形的山洼，朝山坳的方向去了，那是一条冰川支流切割出的新月形山谷。它会把我们一直带到军车队那儿去，于是我们便离开了这条轨迹，踏上了没有车辙的雪地。但我们还得先爬出弧形山洼，所以头一段走得很慢。爬上平缓的地段时，累得我都想照着布拉吉说的"一拉降落伞绳"了。要是我把自己扔下去，等那些军用毂车司机大发慈悲，最坏的下场会是什么呢？我是没犯过什么法的。只有我那三个同伴才需要用这种荒唐的办法来逃避官方。可不管怎么说，我跟他们是拴在一根绳上的蚂蚱，这根绳要是断了，他们和我都有性命之忧。这根降落伞绳必须得等他们来拉。

出了山洼上了山脊，海岸线便映入了我们的眼帘，近得令人吃惊。还有一段下坡路要走，但水平距离看起来已经不远了。已经可以分辨出港口的一栋栋建筑了，连停泊在港口的军用运输舰都能数得出来。海岸与山脚之间是一条脏乎乎的飞机跑道，边上停着一溜军用飞机。我们眼睁睁看着其中一架从跑道上起飞，向着南方飞去。

港湾里还有一两艘民用船，看到它们我们便有了主意，如果能安然无恙地下到那里，也可以花钱坐这种民用船，跟着下一班破冰船离开这里。看起来剩下的路程已经用不了一天了，但我们都知道那会是一段漫长艰辛的冲刺，于是便在山脊上歇了一阵，好为冲刺做足准备。我又逼着自己吃下了两根能量棒。这东西我已经吃腻了，但也许只是因为我在担心里边的善全素。我就着水把它们咽了下去，又重新填满了雪袋和燃料囊。我们的补给还很充足。雪橇司机给的很多——他们可能也觉得自己一时半会儿回不来吧。很庆幸我们采取了行动——走了出来，而不是瑟缩在帐篷里等待命运安排。

休息了一个小时，我们又把平底橇重新包上，再次开拔。下到半路的时候，我们走进了一条底部圆滑的山洼，又是一条弧形山洼，好像是拐向港口的。于是布拉吉决定顺着这条山洼下去。但走这条路也有风险，如果前面出现陡坡，我们就得原路折返。接下来几个小时里，我担心过好几次，但每次都是柳暗花明：转一个弯，登几步高，前面几哩路就出现在眼前，从没出现过什么过不去的坎儿。不过碰上比较陡的地方，平底橇总爱往我的前头跑，碰到这种情况我就有的忙了——办法只有一个，就是由着它跑到前头去拖着我，我再后仰身体来平衡它的重量。那几位倒是不用操这份儿心，每到这种时候他们都恨不得把我甩掉，连着我和拉罗的绳子也会被拉紧，提醒我他都不耐烦了。我真想把他拽过来扇他个嘴巴。好在布拉吉一直维持着队伍的步调，才没让我们失控。就算在看起来平整安全的路段，他也会按照相同的速度缓步前行，每走两步就用帐篷杆探一探前边的雪地。

我已经能分清每个人的雪鞋印了，有时也会注意到他们落脚点不一致的情况，每每都弄得我无比恼火：有时布拉吉会出于某种原因往一边跨上几步，但戴格却跨向了另一边，然后拉罗还会跟着他亲戚的脚步，逼得我也只能跟着他们，这样就不得不去踩布拉吉没探过的地方了。

我们可能已经向着港口下行了四分之三的海拔高度。往后的路应该好走一些了。拉罗和戴格都是壮体力劳动者，他们还有的是精力，跃跃欲试地想赶到步履沉重的布拉吉前头，冲到一个能吃上热饭、脱掉讨厌的口袋服的地方。

又碰到一段陡坡，平底橇再次跑到了我的前头，我又一次拽着两条绳子往后仰，可我却发现这次我被拽得失去了平衡。连着拉罗的那段绳子也被迅速拉紧了。我把重心全放在了左脚的雪鞋上，往后仰着，但前几个小时的下山路已经让我的腿部肌肉颤抖得用不上力了。我跪了下来，腰间的绳子把我朝前拽去。就在我的脸埋进雪里的前一刻，我瞥见了百呎开外的布拉吉，正拿着他的防身刺面向我站着。拉罗也滑到了，滚下了山坡，把我也一起拖了下去。而拴在布拉吉和拉罗之间的戴格已经不见了踪影。

接下来我就只能在脑子里回忆这幅画面了，因为拉罗和平底橇的拖拽，我是脸朝下摔倒的。拖着我的还有戴格，我意识到了，他肯定是掉进冰缝了！为什么布拉吉没拉住他？那条绳子，连接布拉吉和戴格的那三十呎黄色塑料绳太破了，肯定是崩断了。要么就是布拉吉手起刀落，割断了它。我成了唯一一个可以制止这一切的人，能拯救拉罗、戴格和我的也只有我自己了：我必须把那块 L 形金属棍插进冰里。我应该早点把它拿出来备用，我应该事先提防着点的。可为了腾出双手来拖平底橇，我已经把它插进口袋服外侧的套环里了。它还在

那儿吗？我奋力蹬着一条腿，把身子翻了过来。我的脑袋在雪地上翻起了一股激波，雪把我的脸都埋住了。我用鼻子喷着气，忍着不吸气。我上下摸索一番，终于摸到一样硬邦邦的东西，把它拔了出来——估计我是拿到它了。隔着连指手套很难把握动作。我就把那块东西尖头朝外，又一蹬腿翻回身来，恢复了趴着的姿势。一从雪中拔出脑袋，我就听见拉罗尖叫着什么——他肯定已经滑到冰缝边上了。我把全身的重量都压在那块 L 形金属棍上，把它往下压着。它勉勉强强地抓住了冰面，形成了一个支点；拖着拉罗和戴格的重量、拽着我往下滑的绳子拴在腰上，所以我的身体也绕着这个支点打了个转。金属棍猛地拉住了我的双手，但力量却不大。它似乎压根儿就没抓地。也可能的确抓地了，只是抓住的是一大片雪，现在雪块也松了，跟着我一块儿朝山下滑了起来。

运气真是糟透了；要是我们走的是压实的雪地，这块金属片还能抓得结实点，也还有点儿用，但昨天的暴风雪刚在压实的冰面上留下一层疏松的雪，太容易滑脱了。

腰间又是猛地一震，我知道平底橇也掉下去了。我把脸从雪堆里抬起，却觉得自己好像没在移动，这当然是因为我身下的雪也在跟我一块儿滑动。随后我就感到脚下一空。脚脖子底下也空了。膝盖底下也空了。然后是腰。绳子带着三个人[1]的重量把我猛地往下拽去。我猜掉进冰缝的时候我被拽了个后空翻。不过这种自由落体的恐怖我只体验了不到一秒，后背就传来一阵可怕的冲击。某件固定着的硬物抵住了我，让我停止了下坠，但绳子还在往下拽。落下来的还有一堆雪块，又往我的身上砸了一通，把我埋住。我想起了犹尔讲的一个稀里糊涂的故事，讲的是如果遇到雪崩，游泳技能就会变得很重要，还要在脸的前面保留一块空间，容纳一些空气。我不会游泳，但我的确抬着一条胳膊，胳膊肘弯着，挡在了鼻子和嘴的前边。压在我身上的雪已停止了增重，绳子的拉力也固定了。似乎是因为我卡在了半空，所以大部分崩落的雪块都从我身边滑下去了。

不知何故，我的脑中响起了杰斯里的声音："噢，你只是被浅浅地活埋了。"这个浑蛋！

然后这声音便停止了。除了自己的心跳，再也听不到别的声音了。

---

[1] 此时主人公受到的向下的拉力应当来自拉罗、戴格和平底橇，作者前文并未交待平底橇的重量相当于几个人。

　　我用胳膊肘朝外顶了顶。雪也稍微动了动，于是我面前就有了一个空洞，够呼吸一会儿的了。更重要的是，这样我就不会慌乱，也能睁眼了。眼前是一团昏暗的蓝灰色的光。我简直都听见阿尔西巴尔特的声音了："看书倒是够亮了！"还能听见利奥在搭茬儿："可你想到要带书了吗？"

　　不知为什么，我并没有掉到冰缝下面去。现在还没有。我想我掉的不太深。什么东西挡住了我的去路。我猜是平底橇卡在了冰缝的两壁之间，我又掉在了平底橇上。很硬。我动了动脚趾、脚腕，想看看脊梁骨有没有断。要能用手摸一下就更好了，但我一只手扭在身子旁边，另一只手勾在脸前，都被雪压得活动不了。好在勾起来的这只还能贴着身子往下挪挪。我摸到了胸袋的拉锁，缓缓拉开，然后又把手挪回面前，用牙咬着摘掉了连指手套，再把手伸进打开的口袋，把我的球摸了出来。

　　球上并没有开关。但它会认手势。你可以用手跟它们对话。我的手有点儿僵硬，但还是做出了旋松的手势，把球放大了。但不一会儿我就有点儿害怕了，因为它吞掉了我的空气补给，塞满了我面前的空洞，还压住了我的胸口。但我觉得压在我身上的雪应该不厚。于是我就让它继续膨胀。就在我觉得魂都要被挤出来的时候，一阵突如其来的噪音响起——一次小雪崩。我赶紧用相反的手势把球变小，身上压着的重量没了，面前的雪层也不见了，我发现自己正盯着蓝色的冰壁。天空也看得见了。还能看见布拉吉，他正站在冰缝的边上看着我。我坠落了差不多有二十呎。

　　"你是阿佛特人。"这就是他对我说的第一句话。

　　"是的。"

　　"你的戏法包里还有什么别的东西吗？我没有绳子了。绳子都跟着那两个基特人一块儿掉下去了。"他拍了拍围在他腰上的那段黄绳子。从绳结处垂下来的绳头差不多只有一呎了。断的刚好是他用防身刺割得到的地方，有可能是他在慌乱之中误割了绳子，也有可能是故意的。

　　"我想可能是你把它割断的。"我说。真不知道为什么我要这么说。我猜这可能就是阿佛特人总爱戳穿真相的古怪强迫症。

　　"可能就是我干的。"

　　我俩对望了片刻。我突然觉得布拉吉有着超乎寻常的理性——比一些阿佛特人还要理性。他也是个跟克拉德兄弟、珂尔德和奎因工匠一样的人，聪明得足以当上阿佛特人，却出于某种原因留在了墙外。但他好像在外边从未结交过

任何与自己相仿的人，这让他变得精于算计又冷酷无情。

"恐怕你并不在乎我的死活吧。"我说，"恐怕你的所有决定都是出于自私自利。你让我们活着，把我们带在身边，把我们跟你拴在一块儿，恐怕是因为你知道如果你掉下去了我们都会努力救你。但我们掉下来的时候你就会立刻割断绳子自保。你往这缝里看，只是出于好奇罢了。再没有别的原因了。然后你看见了我的球。你现在知道我是阿佛特人了。那你下一步的决定呢？"

这话让布拉吉产生了兴趣。他很少听有头脑的人清清楚楚地讲一件事情，有点儿陶醉于这种新鲜感。他细细思量起我的问题，还扭头朝山下望了一会儿，然后又转回脸来打量着我。"动动你的腿。"他说。

我照做了。"胳膊。"我也照做了。

"那两个基特人就没什么用了，只能成为累赘。"他说。

"这是对拉罗和戴格的种族污蔑吗？"

"种族污蔑？是呀，这就是种族污蔑。"他以嘲讽的口吻说道，"基特人只配挖沟和拔草。上来也是有害无益。可你也许能让我保命。你打算怎么从那儿出来？"

三千七百年来，我们一直活在一项禁令之下：除了帛单、弦索和球，我们不能拥有任何私人财产。关于这几样东西的妙用，苦中作乐的阿佛特人写了很多的书，多到汗牛充栋。很多把戏还被起了名字：墼阿布拉万棘轮啦，兰姆伽装置啦，懒修士啦。我倒不是这种把戏的专家，但这种书我和杰斯里小时候都翻过，虽然只是为了消遣，我们也算是练过几种。

弦索和帛单是用同一种东西做成的：那是一种纤维，可以紧紧盘成螺旋状，变得短粗而富于弹性，也可以放松，伸成一根细丝，变得细长而没有弹性。冬天的时候我们会让帛单的纤维盘起来。纤维会短上不少，但因为螺旋的中间是个气囊，所以帛单会变得又厚又暖和。夏天的时候我们会让纤维伸直，帛单就会变得又长又薄。同样地，弦索也可以变得短粗或者细长。

我先把球弄成脑袋大小，在外面裹上帛单，再用弦索把它们绑住。然后让球变大一点儿，帛单随着它一起胀起来。球便挤在了两面冰壁之间。因为冰缝上宽下窄，所以它只会往上走，却不会往下掉。我把球往上推推，让它找到新的平衡，它就会往上爬一点儿。然后我再让它膨胀，再推，再膨胀，再推，一次往上推几时。冰壁没有我想象中光滑，所以做起来并没有我讲得这么简单。不过掌握了诀窍也就快得多了。

"拿到了！"布拉吉叫道。那球也蹭着冰壁往上一蹿。一阵恐慌袭来，还好我挥舞着手臂抓住了弦索。随后我把弦索一点点放长，直到布拉吉把球从冰缝里整个掏了出去。现在我和布拉吉就被弦索连在了一起。他把防身刺卡在冰上，然后把我的弦索缠在了上边——反正他是这么说的。

我不想放弃这根拴着平底橇和拉罗、戴格的绳子，但也只有先把自己解脱出来才能想别的。我把手中的弦索拴在腰间的绳套上，再把自己从绳套里脱了出来。这下就摆脱掉了我牢牢绑在背后这块硬物上的几百磅分量。现在弦索成了我们与平底橇和拉罗、戴格的唯一联系。我教给布拉吉如何把球变小。缩小后他就把球扔回给了我。我再次把它挤在了冰壁之间。现在我已经可以自由活动了，便骑到了球上。这还是我在事故发生以来第一次把自身重量从那件阻止我下坠并救了我一命的硬物上移开。往下一看，原来真的是平底橇，斜着楔在了冰缝的两壁之间，就像卡在怪兽嘴里的一根刺。我的重量一移开，它就动了起来，不一会儿就掉了下去，又下坠了十呎才重新楔住。好在布拉吉把弦索的另一端拴在防身刺上，卡在了冰里，它还真没掉下去。我靠着球的膨胀从冰缝里脱了身，它一边膨胀一边把我往上顶，我也怕从球上掉下来，所以一只手还绕在弦索上。一爬出来，我就用自己的代用冰镐加了一个锚点，把弦索绑了上去。

一开始还能靠着弦索的收缩来拖起绳子（这是髫阿布拉万棘轮的一种简单应用），可没几分钟弦索里储存的能量就用光了。只要在太阳底下晒上一会儿，它的能量就能重新充满，可我们没时间了。况且它也存不了多少能量。所以我和布拉吉就只能靠着肌肉的力量往上拽了。平底橇一上来，接下来就好办多了。过了一会儿，借着底下积雪泛出的蓝光，我们就在冰缝的深处看到了拉罗的尸体。他身子下面的绳子只剩了不到十呎，尾巴上还有个笨拙的绳结。这绳结应该是足够结实，才会把拉罗、我和平底橇都拽下去，肯定是在我和平底橇停止下落的时候被震断的。戴格应该已经随着自由落体，坠到了冰缝底下，被落下来的雪给埋了。希望他在死前没有长时间遭受滑行跌坠的折磨。

布拉吉不断地冲我摆着臭脸，意思是说我们为什么要这么干？但我没管他，继续拉着绳子，一直把拉罗的身子拖到了冰缝的边上。

当我们终于把他翻上来的时候，他还抽搐着，喘息着，叫喊着他的神的名字。我终于理解布拉吉了。这回他可比我聪明，比我理性。他可能已经想过了，如果他还活着我们该怎么办？

我就这么半死不活地在雪地上躺了好几分钟。坠落时受伤的地方全都疼了起来。

除了继续也别无他法。摊上了一个伤员，把布拉吉弄得垂头丧气，不断地转着圈，跺着脚，如饥似渴地盯着坡下，想着要不要拼着运气一个人跑掉。不过几分钟过后，他还是决定留在我们的身边——权且如此。

拉罗的一条大腿骨折了，他的头也在坠落时受了伤，划出了几道血口子，又被雪埋了好一会儿，他已经非常虚弱了。

拉罗的一只雪鞋还挂在脚上。我把它脱下来，拆散了，做成夹板夹在了他的腿上。然后我把球弄大，放在雪地上。

球是一层多孔质的薄膜。每个气孔都是个小泵，可以把空气泵入泵出。它就像是个自充气的气球。这层薄膜的弹性常量，也就是延展性，是可控的。如果把延展性调低（即把它变硬）再泵入大量的空气，它就会变成一粒小硬丸子。而现在我所做的恰恰相反。我把延展性调得很高，再放出大部分空气，把它弄得软趴趴的，放在了铺在雪地上的帛单上。然后我让布拉吉帮我把拉罗翻到了球的中间。我们给他翻身的时候，他又哭喊着尖叫他的母亲和他的神。我认为这是个良好的信号，因为看起来他已经醒了。我把他翻进球里，再把帛单松松地裹在外头，只让他的头露在外面，然后又用弦索把这个包袱绑了起来。最后我给球充了点气，再把帛单放松一点。膨胀起来的球形成了一个气垫，把拉罗的全身都裹在了里面。我把帛单弄得又薄又滑，于是这个直径两三呎的包袱就可以很容易地雪地上滑动了。我是不可能再拖着它上坡了，但下坡应该还没问题。

我拖着拉罗，布拉吉拖着平底橇。我们用原先连接我和拉罗的那段好绳子把我俩拴在了一起，还按照原先的方式出发，布拉吉走在前面，用他的帐篷杆探查冰缝。

我努力不去想冰缝底下的戴格还有没有可能活着。我也努力不去想，如果这个地区所有的冰雪都消融殆尽，还得出现多少劳工的尸体。然后，我也努力不去想，敖罗洛是不是也会置身其中。

现在，只要确认我自己不在此列也就够了。我紧紧跟着布拉吉的足迹。要是他再掉进冰缝，我还会努力去救他——这就是他让我活下来的原因。但如果是我掉进去了，拉罗和我就都得死。所以我每一步都按着他的足迹落脚。几小时后，我已经陷入了麻木的状态，只知道双脚还在不断地移动。描述这种绝望、这种精神与肉体上的惨状也没什么意义。清醒的时候少得可怜，但只要能够思考，我就会提醒自己，还有过第三次劫掠和类似的时代，那些时候的阿佛特人经历的折磨远比这要严酷多了。

我已如此虚弱，根本猜不出布拉吉是什么时候弃我们而去的。还是拉罗的声音让我恢复了清醒。他尖叫着在球里挣扎，拼命想要爬出来。我告诉布拉吉得停一下，却听不到回答，四顾张望之下，才发现他已经走了。连着我们的绳子也牺牲在了他的防身刺下。这倒没什么可奇怪的：我们已经到了直通港口的谷底，几哩之外就是港口了，地面已经变成了黑色，还被轮胎和履带轧得光溜溜的。我们已经走到军用车队曾经过的路线上了，已经再也不用担心冰缝了。所以布拉吉就开溜了。我也再没见到过他。

拉罗发了疯地想要出来。也许是一个姿势保持得太久了。我怕他胡踢乱蹬地伤着自己，便给球充了点气，直到他一点也动弹不得了，才跪到他的身边，看着他的眼睛，试着跟他说点什么。但这竟超乎想象的困难。我知道有些人，比如图莉亚，就能毫不费力地做到这点，或者至少看起来像那么回事。犹尔则会运用自己的人格力量，只要冲着他的脸吼两声就成。可对我来说，这种事儿无论如何也容易不起来。他想知道戴格在哪儿。我告诉他戴格死了，这一点也没能让他平静下来，但我也不能骗他啊，而且我已经精疲力竭了，再也想不出更好的办法了。

发动机的声响划破了凝滞冷冽的空气。声音是从山谷上方传来的。一小队军用飞驰车朝着我们开了过来——大概是脱离大部队返回港口去执行什么任务的。

这些车子快到我们跟前时，拉罗已经克制住自己了——也就是停止了尖叫，变成了绝望、失控的抽泣。于是我把球松了松，解开了弦索，把他从包袱里拽起来，把这几样东西收进了口袋。

卡车里的伙计都是真正的职业军人。他们把我们带上了车，载着我们进了城。什么都没问，至少我不记得被问过什么。尽管没什么找乐子的心情，我还是觉得有点儿好笑。我对世俗世界的认识太简单了，只因为他们穿着制服，拿着武器，看起来有点儿像警察，我就以为这些兵也会像警察一样逮捕我们。但其实他们对执法根本没兴趣，我只用了十秒钟就完全想明白了。本地势力最盛的宗教是凯尔科斯教，他们带拉罗去的就是凯尔科斯教在当地主办的一所慈善诊所。接着他们把我放在了海边。在一家小酒馆里，我买了些像样的吃的，又

趴在桌上睡了一觉，直到最后被轰了出来。站在街上，我感觉自己被抻成了薄片儿，冲成了稀汤儿，仿佛苍白的北极日光也能把我射穿，晒伤我的心脏。但我还能走路，我还有钱——雪橇司机的车钱只收了一半。我买了下一班开往玛什特的船票，早早地上了船，爬上一张铺位，穿着那身可怕的口袋服又睡了一觉。

【凯尔科斯教；凯尔科斯圣约堂】　❶ 创立于改元 16 或 17 世纪的一种宗教信仰。这个名称是奥尔特语"戛纳凯鲁克斯"（Ganakelux）的缩写，意为"三角地"，如此命名是因为三角形在该教圣像学中有着重要的符号意义。❷ 凯尔科斯教的圣约堂。

【凯教徒】　凯尔科斯教或三角教信徒。

——《词典》，第四版，改元 3000 年

　　四天的航程差不多走了一半，我已恢复到了能够自省的状态。很长时间我都在食堂里一动不动地坐着，吃东西。我也只能一动不动地坐着，那次坠落中我的肋骨和后背都摔坏了，一动就疼，甚至一喘气就疼。比起能量棒来，这儿的食物还算不错。我之所以吃得这么多，可能是想让血液里的善全素水平再高一点，好把那些黑暗的念头都从脑袋里赶出去。

　　嘉德修士肯定不是让我来送死的，这不应该是他的计划。那到底是什么地方出了问题？是我愚蠢的抉择吗？这条越过北极的流动劳工路线应该已经开辟了很久，至少嘉德应该是听说过它，才会知道像敖罗洛这样的浪士可以走这条路去埃克巴。所以这应该是一条历史悠久而稳定的路线。可正因为它的历史悠久，才害得我们低估了它的危险性。我们都想当然地认为，一件事儿要是不安全，就不可能持续那么久了——要是让阿佛特人来掌权，事情就会是那样的。

　　但我们并没有掌权，事情也不是那样。

　　也有可能这条路线大多数时候都是安全稳定的，是那队军车让它陷入了混乱。

　　或者也可能只是我们不走运。

　　"看来您曾受过一番耙心之苦。"

我从自己的思绪中跳了出来，翻着眼睛朝上看去，我没有抬头，因为脖子正抽筋得厉害。一个男人正站在那儿看着我。大概三十多岁。我注意到他昨天就盯着我来着。他现在已经走了过来，对我说了这么句话，想以此来发起一场谈话。

说来惭愧，听了他的话我竟突然爆笑不止，足足一分钟才得以收敛。

按字面解释，"耙"是我们春天时在地纽里的一项劳作。四肢并用地爬过苗床，用手锄翻松土壤，并把野草连根攥起，堆放在一边准备烧掉，再用双手把土块碾碎，好让盘根错节的植物根系充分膨胀。所以当这个陌生人说我受过一番耙心之苦时，我就直接想到了耙地，我以为他是想说我看起来好像刚在土里爬过。我的确爬了。或者也许我看起来像一堆枯死的野草？也的确像。最后我才想起来，我这是在墙外，"耙"这个词在古代的本义早在几千年前就被人忘干净了，它已经成了一种诡话，已经脱离了具体的意义。

不过也没法向这位陌生人解释这个，我也只好坐在那儿无助地咯咯傻笑，笑得我肋骨都疼了，我希望他不会生气，不会给我来上一拳。但他很有耐性。眼看着一个人身陷如此可悲的境地，他甚至表现得有点儿难过。这也算是运气，因为他是个大个子，他要是给我一拳肯定轻不了。

想到这儿我就笑不出来了。"嘿，"我说，"你有多余衣服吗？我跟你买。"

"您的确需要干净的衣物。"陌生人说道。这让我重新笑了起来。我时不时地就会闻闻自己的气味。我知道已经很难闻了，不过我也不能大摇大摆地披上帛单。

"我确有超乎所需的衣物，也将乐于舍弃它们。"他说。

他说话的方式非常古怪。作为表达感情的方式，有些识字的世俗人会互相赠送一种买来的半成品书信，那是一种印着漂亮图画的硬纸片，字是用机器印的，而书信的内容就是这种矫揉造作的语言写的，可从没人会把这种话说出声，除了站在我面前的这个信口飞出"耙心之苦"的家伙。

他接着说："我不求任何回报。但我确实希望您能与我共同参加礼拜——在您更衣完毕以后。"

原来如此。这家伙想说服我皈依他们教。他一直在观察我，选中了我这个可怜虫，把我当成了等着他拯救的灵魂。

我也没更好的选择，而且在世俗世界周旋也的确需要更讲究点技巧，这再明显不过了。于是我便丢掉了那些发臭的衣服和口袋服，在水槽前勉勉强强地洗了个澡，穿上了这家伙给的散发着异香的衣服。然后，我走进了一间又热又挤的客舱，他们教正在那儿举行礼拜仪式。有十好几个信徒和一个法师，法师是个名叫萨尔克的强韧汉子，他显然一生都在这样的船上颠簸，为水手和渔夫们主持仪式。

他们属于凯尔科斯教——也就是三角教。这种教的信徒叫作凯教徒。它与加涅里埃尔·克拉德的信仰截然不同。凯尔科斯教是两千年前由某位聪慧的预言家发明的，此人必定是位谦逊非凡之人，因为人们对他知之甚少，他也就没有得到应有的崇拜。和大多数信仰一样，凯尔科斯教的分支就像我刚走过的冰川一样支离破碎。但所有的分支和派系都承认，在我们生活的世界之外还存在着另一个更伟大的——在一定意义上更真实的——世界。那个世界里有一个强盗，曾打劫过一家人。他把那家的父亲直接杀害了，又奸杀了那家的母亲，还把他们的女儿当作人质掳走了。不久以后，在躲避抓捕的过程中，他掐死了那个无辜的女孩。但最后他还是被抓了，并被打入了地牢，他一直在牢里等待法官审理他的案子，等了很久（"半辈子"）。在审讯之中，他承认了他的罪行。法官问他，他还有没有不该被处死的理由。这个死刑犯回答说，关在地牢的这些年里他的确想到了一条这样的理由。在反省自己犯下的可怕罪行时，有一件事情他怎样也无法从脑中赶走，便是他对那女孩、那个无辜者的谋杀，因为这女孩本来有可能去实现许多事情，现在却再也不能实现了。死刑犯论证到，每个人的灵魂都拥有创造一整个世界的能力，他们创造出来的这个世界，就跟法官居住的这个世界一样庞大和变化多端。如果对无辜者来说是如此的话，那对死刑犯来说就应当也是如此，所以他不应当被处死，也没有一个人应当被处死。

法官听了这话，便提出质疑：这个死刑犯是否真的拥有创造一整个世界的能力。死刑犯便接受了这项挑战，讲起了一个他脑中虚构的世界的故事，还在故事中讲到了这个世界的神明、英雄与国王。这个故事讲了一整天，于是法官便让法庭延了期。但他警告死刑犯，他的命运还悬而未决，是因为他发明的世界似乎跟现有的这个一样充满了战争、犯罪和暴行。死刑犯能缓刑多久就看他发明的这个世界如何了。要是在明天开庭时那个世界的种种麻烦还没得到令人满意的解决，那他就会在日落时分被处决。

第二天，死刑犯试着把故事讲得让法官满意，但又引入了一些新麻烦，催生了一批新的角色，这批角色在道德上跟前一批一样含含糊糊。法官没找到处决他的充分理由，于是再次将案子拖了下来，一天一天又一天。

　　我和杰斯里、利奥、阿尔西巴尔特、敖罗洛、嘉德、艾拉、图莉亚、珂尔德和其他所有人生活的这个世界，正是那个死刑犯当庭在头脑里一天天创造出来的。但法官早晚要做出终审判决，到时候这一切也得有个了结。如果对他来说，这个世界，也就是我们的世界，总体上还算说得过去，他就会让死刑犯活着，我们的世界就能继续存在于他的头脑之中。而如果这个世界总体上只能反映出死刑犯的邪恶与堕落，那法官就会判他死刑，而我们的世界也将不复存在。我们可以通过时刻不停的奋斗让这个地方变得更好，帮死刑犯继续活下去，以维持我们自身与我们世界的存在。

　　这就是那个陌生大个子——艾尔沃什——把他的衣服给我的原因。他是在努力阻止世界末日。

　　凯尔科斯是奥尔特语"三角地"的缩写。三角形是这种信仰的圣像。在刚才讲的这个故事里有三个关键人物：死刑犯、法官和无辜者。死刑犯代表的是富于创造性但有瑕疵的准则。法官代表审判与善良。无辜者是能够救赎死刑犯的灵感之源。这些角色本身都少了点什么，但三位一体便创造出了我们和我们的世界。对这三元组本质的讨论已经引发了上百场战争，但不管每个流派接受的是什么样的诠释，信仰的基础都是同一个故事。在眼下这个历史时期，凯尔科斯教已经完全落在了其他宗教的下风，还带上了苦涩的味道和启示灾变的色彩。整个信仰都是以法官迟早会做出判决为前提的，而那些信徒口中的法师，在需要对信徒进行情感鞭笞的时候，就会宣布审判即将来到。

　　今天的布道即是如此。凯尔科斯教与巴兹教不同，没有漫长复杂的礼拜仪式。仪式开头是一段萨尔克法师的高谈阔论，随后是他与教民的会谈，最后再以另一场高谈阔论收场。他想知道这间客舱里每个人最近都做了什么使世界更美好的事情。我们可能都有缺点，既然我们是从强奸杀人犯的脑袋里产生出来的，我们又怎能没有缺点呢？然而因为死刑犯在无辜者死亡之际获得了纯洁的灵感，我们又有能力让世界变得更美好，取悦于那位全知的法官。

　　这一切是如此疯狂，虚弱的我却无力抵挡，也只好试着假装合作。这听起来可能不像阿佛特人干的事情，但我们已经习惯了与各种古怪的宇宙学假说为伴，而且研究理学的时候也无时无刻不在做这种事，也就是，为了论证的目的，先假设一种假说是真的，再看它可以如何推演。

　　我几乎从记事起就听说过这个死刑犯的故事，但坐在这间客舱里，我又听说了另外两件跟这一信仰有关的事情，或者说是跟这个教派有关的事情。其一，在我们世界同时发生的不同事件（同一时间里每个人都在做不同的事情），是死刑犯拆分开来顺序向法官讲述的。因为没法把同时发生的百亿件事儿一块儿讲出来，所以他只好先把它们拆成更好叙述的较小事件，再将它们一件件讲出来。比如，对于法官来说，我跟布拉吉、拉罗与戴格一起下冰川的旅程就是个独立的故事，讲完这个以后，死刑犯还得回过头去讲一遍艾拉在这天做了什么。或者，要是艾拉这一天没做什么不寻常的事儿，没做什么重大的选择，死刑犯可能就不会讲她的事情，于是这一天她就能逃过法官监视。

法官一次只能把注意力集中在一个故事上。你的故事被讲出来时，你就处于法官的无情监视之下，他看见了你做的一切，也知道了你所想的一切——所以在这种时候做出正确的选择是非常重要的！如果你常常参加凯尔科斯教的礼拜，就会养成一种第六感，知道你的故事何时会被讲给法官，还有，你最好在此时做出正确选择。

其二，无辜者在死去时传给死刑犯的灵感是病毒式的。它也通过死刑犯传染给了我们。我们每个人都拥有同样的创造整个世界的能力。希望在于能有一个"天选之子"创造出一个完美的世界。如果发生了这样的事情，不仅他和他的世界，连同所有其他的世界和其他创造者，连同那个死刑犯，都会得到救赎。

当萨尔克把热切的目光投向我，问我最近做了什么救世之举的时候，我，一个假装配合者，便向他讲起了改编版下冰川。我完全没提到帛单、弦索和球。我也有意想避开戴格的死亡，或者说被扔下等死。可讲着讲着就发现不可能避开这个部分了。它便从我的嘴里倾泻而出，就像受伤的野兽肚子里流出来的肠子一样。局面也完全失去了控制。我本来只打算假装配合，就当是玩个智力游戏，但结果情感却占了上风，支配了我的话语。等我意识到的时候已经晚了，在这个教的整套配置里已经设计好了某种诱发这等情感的东西。我可不是第一个不慎陷入这种集会把肠子都抖搂出来的陌生人。他们早就料到会是这样了。他们就是这么打算的。这便是凯尔科斯教能延续两千年的缘由。

讲完后，我仔细端详着艾尔沃什，等着在他的脸上看到胜利者的神色。是呀，他彻底赢了我了。可他根本没有露出那种表情。他的脸上只有严肃，还略带着一点悲伤。似乎他已经知道了会发生什么。他以前就这样做过。是他自愿的。

接下来是长久的沉默，但并不令人尴尬。随后萨尔克法师告诉我，在那种环境之下，他看不出我的所为有何不妥。我明白这话的意思，那位法官在从死刑犯嘴里听到布拉吉、"威特"、拉罗和戴格的故事时，并没有得出应当处决死

刑犯的结论。这充其量只是段中性的口供。这让我大大松了口气，下一刻我就开始憎恨自己，竟然在情感上受到了一个巫医的摆布。

萨尔克总结说，如果这件事仍让我觉得难受，下次就应该努力表现得更好，让死刑犯更能在天国法庭上讲得出口。

还有几个人讲的故事更糟。我简直无法相信听到的事情。而且我不是唯一一个头回参加这种集会的人；从那几个人脸上的傻笑不难看出，他们也是被强拉来的。我怀疑有人是在给他们的故事添油加醋，就是想看看能不能把这位法师逼疯。

显然，按照这种仪式的规矩，所有人该讲的都讲完以后，法师还得来一场高谈阔论，做个收场。

"自古以来我们就一直在说，法官的最后审判即将到来。可它一直还没到来。可我今天要告诉你们，它已经来了。种种迹象与征兆已明显无疑！那位法官，或者他的执行官，已经在上边的天堂里现身了！他已经把红眼投向了那些集修院里的阿佛特人，对着他们宣了判。现在他就要把目光转向我们剩下的这些人了！那个所谓的天堂督察已经跑到他跟前去求情了，法官也看出来他是个什么东西，一怒之下把他扔了出去！对今天聚集在这间客舱里你们，他又将如何？那位死刑犯在开庭前的最后一天该讲谁的故事？他该讲到你吗？威特，还有你的所作所为？为了证明他和他创造的人物值得活着，他该讲到你吗？特莱德？还是你呢？忒拉斯？还是你？埃韦雷尔？你们的所作所为会以某种方式对末日审判起到关键作用吗？"

这是个严厉的问题——也是有意为之的。萨尔克法师并没打算回答这问题。他只是久久地深深凝望每个人的双眼。

除了我的。我正盯着一面舱壁，试图弄明白他是什么意思。法官已经在天堂现身？天堂督察已经被一怒之下扔了出去？我该按字面意思理解这些话吗？

如果天堂督察出了事儿，那对杰斯里意味着什么？我不顾一切地想要知道。但我不敢问。

仪式结束的时候我已精疲力竭，动都动不了了。这间客舱一空下来我便靠着钢铁的舱壁滑坐在地上。让船的发动机晃荡着我的脑子。

刚才还有一个信徒——如果这词儿用的没错的话——在跟艾尔沃什讲话。待客舱几乎空了，他们便朝我凑了过来。我坐了起来，努力积攒力量好抵御另一场冗长的宗教演说。

新来的这位名叫马尔特。"我想知道，"马尔特说，"你是个阿佛特人吗？"

我没动，也没说话。我拼命回忆着凯尔科斯教的人是怎么看待我们的。

"我这么问的原因在于，"马尔特接着说，"在我们上船以前，镇子里出现了一种传言，说前几天有个隐瞒身份的阿佛特人从冰川上下来，还遭遇了你刚才说的那种麻烦。"

我大吃一惊，不过时候不长。不难想到拉罗会怎么跟所有听他讲话的人胡说八道，怎么讲他跟一个自称威特的阿佛特人一块儿经历的诡异悲惨的冒险。也许我已经引起了人们的愤慨吧。

"我一直都想见见阿佛特人。"马尔特说，"我觉得这会是一种荣幸。"

"好吧，"我说，"你现在看见的就是。"

【佛特】　阿佛特人。墙外人对阿佛特人的贬称。与那些信奉极端丑化阿佛特人的像志的世俗人有关。

——《词典》，第四版，改元 3000 年

　　玛什特比髻埃德哈旁边的那座城市大三倍，就面积来说，是我在游方途中乃至一生之中到过的最大的城市。这艘船上的常客——也就是那些常常乘船往来此地与北极的乘客——这一次都大为惊愕，因为这次港口没像平常那样立刻放我们的船进港。无法靠岸上码头，我们就只能离岸行驶，一直待在外港。船桥上有消息传来，说是玛什特已经被军车折腾得一塌糊涂，各种安排随时都在变。

　　我把一天中的大部分时间都耗在了甲板上，就那么看着这个地方，享受着不那么严酷的气候。尽管玛什特位于北纬 57°，比埃德哈还要靠北，气候却比较温和，是因为有条暖水河从此地入海。话虽如此，这里也并不暖和，只是没冷到受不了的地步。只要保持干燥，穿件夹克就很舒服了，但保持干燥却不那么容易。

　　玛什特所在的峡湾有三条支峡。每一条都有不同的用途。一条是军用的，颇为繁忙。另一条商用的，大致建造于践行时代末期，自那时起就专门用于集装箱货物运输。正常情况下，我们的船也应该泊进这个区域的某个客用码头。第三条支峡最为古老，在距大改组一千年之前就建成了，都是砖石建筑，开发这条峡湾的时候，船只还需靠风力航行，装卸货物也靠人工。看得出这种设施现在还有人使用，因为总能看到较小的船只在那些岩石码头间进进出出。

　　老城区和港口都是在填埋过的潮滩上建造的，所以遍布着网状的运河水系，老玛什特的运河狭窄曲折，而商业区和军事区的水巷纵横阡陌。三道支峡间的

陆地则过于陡峭，难以建造建筑物。耸立的岩峰和岩脊上只有一些古老的城堡、奢华的游乐场和几座雷达站。城区的外围也有段依山的坡地：可以朦朦胧胧地看到一段墨绿色坡壁，壁面上挖着些难以辨认的结构，以不可思议的角度向上爬升了一哩，直入云霄。艾尔沃什向我解释说，在这些坡壁上盖满压实的积雪时就可以供人花钱从上面往下滑行。但现在这个引不起我的兴趣。

一天后，来了一艘拖船，把我们带到了老玛什特的一座码头。这种事儿还从来没有发生过，按照惯例，他们一向都是在"新"商业区登陆的。我着迷地看着拖船的运行与风景的变幻，看着老玛什特的货栈、圣约堂、主教座堂和市政中心，同时也开始思考，该如何才能找到珂尔德、萨曼、格奈尔和犹尔呢？或者我该怎样帮助他们找到我呢？他们会不会在商用港等我？我该去那里找他们吗？还是他们已经听说了这场交通变故，已经来老玛什特找我了？

一踏上跳板我就明白了，老玛什特才是正确的地方。因为军事区无法容忍杂乱，商业区也怕无章会带来亏损，于是所有的混乱都被推到了老城区，这里已经成了一个胡搭乱建的即兴王国。城里所有像样儿的客店都被从南方来的承包商包了，这些人是来参与军队北迁工程的，所以其他人只能睡在摩布车和飞驰车里，或者干脆睡在大街上。所有的门户都对人们锁闭着，许多门前还有守卫，所有能下脚的露天场所都挤满了人：码头的顶上，没盖房子的潮滩，还有拆除旧货栈留下的空地。这就是脚下的踏板要带我去的地方。我一边用眼睛扫视着人群，寻找着我的伙伴，一边磨蹭着往舷梯下走去。被人流推挤着，越往下走，看见的东西就越少。下了舷梯以后就彻底什么也看不见了。只有漫无目的地随着人潮涌来涌去。在这人潮中受阻不前或遇到逆流时，我便会侧过身来，站定了四顾一番。看我这样写，您可能会以为此地尽是可怕的贫困之相，但我越是观察越是明了，人们之所以奔涌而来，是因为这里到处是工作机会，我所见到的恰是一派繁荣之景，现在我也置身其中了。很多年轻男人在排着队跟一些看起来像包工头的大人物谈话。还有很多人是到这里来卖东西或为找工作的人服务，他们就在车摊上或露天火堆上做烧烤，兜售外套口袋里的神秘商品。还有些人举止怪异，我后来才意识到那是出卖肉体的。破旧的客马车也挤在人群里，用比走路还慢的速度一点点往前拱。除此之外，带轱辘的交通工具好像也就只有脚踏车和摩托单车了。各种宗教的布道者们纷纷雄踞在道路的要冲，举着吱啦乱响的喇叭吼着各式各样的福音和预言。地上到处是没人收拾的垃圾和露天排泄物，幸亏天气还不是太热。

　　长久以来，此地温和的气候一直吸引着世界各地的移民，他们或单枪匹马或成群结队地赶来，或攀上高坡或钻进山谷，以自己喜爱的方式安居。经年累月，他们形成了自己的服装样式，还演化出了鲜明的种族特征。我在一个车摊上买了点吃的，在垩埃德哈那顿最后的晚餐过后，这无疑是我吃过的最好吃的东西了，我就站在那儿吃着，望着人潮。有踽踽独行的长发山区汉子；有紧密簇拥的一大家子，男的戴着宽檐帽，女的蒙着面纱；还有个多种族构成的人群，穿着清一色的红 T 恤，不论男女，全都剃着光头。另有一群高个头儿高鼻梁的少白头，拉着满是海草的塑料箱子，沿街叫卖着新鲜的贝类，如果我没看错的话，他们应该是一个种族的。

　　下船之后又用了一个小时，我就明白了一件事，一天之内是别想找到珂尔德、萨曼和克拉德兄弟了。我开始考虑在哪儿过夜的问题，因为到了这个纬度，每天夜里太阳总要落下几个小时。我知道在这远北地方并没有什么大集修院。但这么古老的城市至少也会有一座小马特的，有可能还是旧马特时代的呢。我一边思忖该不该找人问路，一边踏上了海滨到巴兹教主教座堂之间的大道，在一排古老的建筑立面中寻找起像是马特建筑或者回廊院的东西来。

　　我发现了一台架在黑铁灯柱上的斯皮里摄录器，想起了萨曼有从这种设备上获取数据的能力。也许我这么走来走去是不对的。萨曼可能已经在斯皮里摄录器上找寻我了，但我一直在到处移动，所以他们就没找到我。于是我决定找个显眼的地方待上一会儿，看看有没有用处。刚才我还碰到了马尔特和艾尔沃什，他们给了我一所凯尔科斯教宣教招待所的地址，在那儿只要花很少一点钱就可以过夜了。所以既然有了这套备用计划，也许就可以找个地方坐等一会儿，赌上一把也值了。我在主教座堂前边的广场上找了个地方，正对着一台装在老玛什特市政厅正面的斯皮里摄录器。

　　而这里就是我被抢的地方。

　　起码一开始我以为是抢劫。坐在那儿的时候，我的注意力一直被五十呎外一个杂耍艺人吸引着。忽听得右后方一声叫："嘿，威特！"我一转脸就迎上一记猛拳。

　　倒下的时候，有人把我的汗衫从裤子里扯了出来，我的肚皮都露了出来。不知为什么我想起了利奥，他在大隙节期间就是被愚氓扯起帛单蒙住头才输的。所以我也没顾上护脸，只是笨手笨脚地把汗衫放下，塞回裤子里。有人的手正在那儿乱摸，有什么东西从我的裤腰里被抽走了。

那是我的帛单、弦索和球。为了安全，我把它们都包得整整齐齐地掖在了裤子里，还用汗衫盖着。

倒在地上看东西的视角实在太糟糕了。尤其是侧面着地蜷成一团，只能用一只眼角看东西。不过看得出那两个人正在拼命撕扯从我这儿偷去的东西，努力想把它们拆开。弦索掉了下来，叠成八折封的帛单散了，攒成小丸的球也滚了出来。它只弹了两下就被我抓住了。"他要用那个啦！"有人喊道。一只脚踩在了我的手上。又有个男人骑在我身上，用双膝把我夹住了。好在我还记得利奥说的，一旦被人骑住就再也爬不起来了，所以我一觉察到他要干什么，就灵机一动地打了个滚，膝盖一收，换成了跪伏的姿势，这样一来那人的重量就压在了我的背上，而我的腿还能用得上劲儿。我的手还被踩着，但已经把球按在了底下。我把球给变大了，让它把那个人的脚给顶了起来，等它胀到人头大小，就从我的手里滚了出去。我趁势把手缩回到身下，四肢并用，拼命一推爬了起来。我爬起来时，压在我身上的那人又伸手要抱我的腰，但我攥住了他一根小拇指，狠狠一掰。他尖叫着松了手。我便头也不回地跑了。"他给我下咒啦！"有人在尖叫，"那个佛特给我下咒啦！"

我真想告诉那家伙他有多傻，但更想远远地躲开那些神秘的袭击者。他们怎么知道我用过威特这个名字？我回头看了一眼。我跑过的地方，人群分开了一条空隙。空隙里冲出了好几个人，正在朝我奔来。这些人我以前从来没见过，不过他们的面部特征又有点儿眼熟：跟拉罗和戴格是一个种族的。基特人，布拉吉就是这么叫他们的。

我跑得过他们的人，却跑不过他们的叫喊："拦住他！拦住那个佛特！"但这么喊似乎也没什么用处。他们变聪明了："杀人犯！杀人犯！拦住他！"这下反倒对我更有利了，因为没人想要阻拦一个杀了人还在狂奔的大坏蛋。于是喊声又变成了："抓贼！抓贼！他偷了一个老太太的钱！"这下人群便涌了过来，有人还伸出腿来绊我。

我跳过了几条腿，但显然我必须冲出这片拥挤的广场才行，于是我就近闪进了一条出广场的街，又从这条街拐进了一条小巷。巷子窄得我一伸手就能够着两边的墙，但至少不用害怕大批暴民气势汹汹地涌进来。

一阵摩托车马达的轰鸣响起。他们在追我。一帮对这些小巷了如指掌的本地摩托小子正向着下一个交叉口包抄过去，这是打算堵截。

我试着推了几扇门，可全都上了锁。旁边几步就是货币兑换所，真不该在

武装警卫的眼皮子底下干这种事儿。他摘下枪来，对着领口嘀咕着什么。我退了回去，闯进了下一条侧巷，沿着这条巷子又跑了一百多码，前面出现了一座跨在窄运河上的小桥。我跑到的时候，刚好被两个摩托小子堵在了桥头。我朝下一瞥，看到运河里露着脏乎乎的河床。潮水肯定是退了。我想都没想就跳了下去，掉在柔软的泥里，打了个滚，有点儿疼，但并没摔伤。运河的一头是回城镇广场方向的，另一头直通天际：那是出海口的方向。我便朝着那头跑去，心想只要能跑到海滩就能偷着爬上一条小船，求人也行。就算是游泳也比在人群里安全。

但在泥地上我也跑不了多快。而且我也跑不动了。根本顾不上喘气。每隔几百呎就有一座桥，我看到前面的桥上已聚集了一拨人，正激动地对着我指指点点。

回头一看，后边的桥上人更多。他们已经举起了酒瓶和石块。往这两座桥下跑无异于自杀。运河的两岸直上直下，却是在古代用凹凸不平的石块砌的；我只好试着从那儿往上爬。一阵摩托车声向我逼近，什么东西已经砸在了我的头顶。

我掉进了运河中间齐膝深的水里，过了一会儿才醒过来。每次爬出水面喘口气都要被酒瓶石块多砸十几下。

"拦住了！拦住了！那个佛特哪儿都去不了了！把他围住。"某个自诩为头头儿的人喊着，是个身材短粗、头发蓬乱的基特人。"我们的证人就要到了！"他叫着。

于是我们都等起了"证人"。这拨人是自发聚集起来的。大多只是出于好奇被吸引到桥上或河边的，他们还以为自己帮忙抓的是个抢包犯，很快又被一拨新来的挤到了一边：这是一群手持唧嘎的基特人。证人也坐着脚踏出租车到了，一分钟后，围着我的就是清一色的基特人了。现在没人相信我是个抢包犯了。那他们相信什么？我怀疑大部分人可能根本不关心这到底是为了什么。

证人是拉罗。他的腿打上了军用的夹板。"就是他！我永远也不会忘了这张脸。他用佛特巫术救了自己——却让我们的族人戴格死了。"

我用眼神对他说"你肯定是在开玩笑"，但他脸上的表情如此真诚，弄得我都开始怀疑自己对这个故事的记忆了。

"警察就要来啦！"有人警告说。其实从我摔下来开始就一直有人这么喊。我倒希望警察来得快点儿。不过也不敢肯定他们对我能好到哪儿去。

"把它扔下去！"有人冲那头头儿喊着，那头头儿正走下桥头，朝岸边走来。紧跟着他的是个大块头，双手举起一块铺路用的大石头，狠狠地瞄着我。

那个头头儿伸手向下指着我："他是个佛特。拉罗为证。这两位还从他身上搜出了证据！"

两个基特小青年被用力推到了人群前面，差点儿掉进河里，就是打劫我的那一对。我的帛单、弦索和球就在他们手中。在头头儿的怂恿之下，他们还把这些东西举起来给所有人看。人群中发出呜呜啊啊的叫声，仿佛看到的是原子弹的瓤子。

"这个佛特违犯了古老的隔离法。他混到我们中间是来当间谍的。我们都知道他对可怜的戴格干了什么。要不是拉罗勇敢地摆脱了他的圈套，我们都能想到他会怎么设计拉罗。这种事儿我们能忍吗？"

"不能！"人群喊道。

"从警察那儿能得到正义吗？"

"不能！"

"我们要不要看看什么是正义？"

"要！"

那个头头儿冲举石头的大块头点了点头。他便笨手笨脚地把石头朝我扔了下来，因为动作太慢，我轻而易举地就闪到了一边。但跟它一起扔下来的还有一大堆更小更快的东西。跑来跑去不过是让我自己变成了一个活靶子，我一眼看见百呎开外有条通到上面的石头阶梯。如果能爬上去，至少我就能站到街面上，不至于陷在这么绝望的境地了，不至于陷在这群暴民的脚下。我跑了过去，背上又挨了好几个酒瓶、好几块石头，但我双手交叉抱住了后脑勺儿。

我顺利地爬了上去，但他们已经在阶梯顶上等我了。几乎还没爬上路面，我就被他们连推带绊地撂倒在地。还有一个人摔在了我的身上，也可能是想来抓我却乱了手脚。我抓住了他夹克的领口，他就保持着那个姿势变成了我的盾牌。人们你推我挤，都想冲进来端上几脚，可一瞧挡在前面的是自己人，大多数人便收住了脚。接着又伸过来几只手，把他拖了回去。这下我手里就只剩一件空空的夹克了。我拼命地站起身来，但马上又被推倒，只好蜷成一团交抱双臂捂住了脑袋。

几秒钟后，我听到了一声"呼啸"。

千真万确是人的叫声，但我却从没听到有人这样叫过。那声音令人不安，

就像我现在的心情。惊惶之下，我甚至怀疑是我自己叫出来的。听到呼啸，所有人都愣在了原地。没人打我了，也没人挤着来踹我了。围在我跟前的人也拼命寻找着声音的来源，想知道出了什么事儿。

我翻身躺了下来。看到四周已闪出了一片空地，空地中间还有个穿红 T 恤的光头男人。

他朝我走了几步，从兜里掏出一样东西，那东西迅速变大：是个球。不到一秒钟，球就变成了五呎大，但气充得并不太足。他把球对折起来盖在了我的身上，我全身上下都被护住，只剩下头和脚还露在外面，至少他松手之前我是不会再挨打了。但这球太轻了，一阵风就能把它吹走。他也想到了这点，便跃起身来站到了球上：这可是高难度动作，就算双脚并用也很难在球上站住。而这个人却把全身的重量都落在了一条腿上，另一条腿屈膝抬起。我们小时候也试过站在球上，但只是图个好玩儿。倒是有些成人会把这当成一种体操来锻炼平衡能力，放松身心。可在这种场合做柔软体操还真是够奇怪的。

他这个动作倒带来了意外的效果，周围这圈人变得比刚才更摸不着头脑了。但不消一会儿工夫，就有个年轻人盯上了我的脑袋，这是个引人瞩目的靶子，他朝我走来，铆足了劲儿抬腿踢来。我身子一绷，眼睛一闭。只听得上方传来一声尖锐的击打声。睁眼一看，袭击者正仰面倒下。紧接着一股湿乎乎的东西喷了我一脸：是血。旁边的地上还掉了几粒小石子。我眨着眼把糊在眼皮上的血弄掉，才发现那原来不是小石子，是牙。

又一声惨叫从人群外圈传来。这次的叫声与前一声截然不同。那是一个人受了无法用语言形容的痛苦才会发出的声音；听上去好像还带着惊讶，仿佛在问，还有比我挨的这下更疼的吗？所有人的注意力几乎都被这声惨叫吸引住了，只有一个基特人还在冲向我们，他带着一脸僵硬的怪笑，咧着嘴从兜里掏出刀子，弹出了刀刃。这回我看得比较清楚。那人朝我身上的球上做了个抬腿欲踢的假动作，又挥刀刺向他假意要踢的部位；但没等他明白过来，我的保护人就抓住了那只持刀的手，把它掰得翻了过去。他不仅废掉了那只手腕，还一个翻身从球上跃起，绕着那人的胳膊来了个空翻，噼噼啪啪一阵响过，他的关节和骨头全都完了。球从我的身上滚了下去。那把刀也掉在了地上，我伸手想去把它按住，但晚了一步——保护者已经将它踢了出去，飞出河沿就不见了。

我失去了保护。但已经无所谓了，因为人群已经涌向了惨叫传来的方向。我手脚并用地撑着上身跪了起来。

惨叫是的个成年的基特男人，被一个穿红 T 恤的光头女人牢牢抓着，扭成了一个复杂的摔跤姿势。光头女人的背后还站着一个十八九岁的男孩，后扑过去的基特人都被他给打倒了。等我看清这一切的时候，暴民们已经开始朝这两个人扔起了石头。我的保护者抛下我，钻过人群到了那两位红衣人身边，帮忙抵挡起了飞石。他们开始朝后退。大多数暴民追了上去，但也有一些溜了；朝一个落单的阿佛特人丢石头可能是种娱乐，但他们并不想卷进现在的这种局面。

我想着也许可以趁现在离开，一转身却发现那个基特头头儿正瞪着我。他有枪，正指着我呢。"不，"他说，"我们可没忘了你。走！"他枪口一摆，朝人群离去的方向指了指。那些人正沿着河边缓缓移动，把那几个红衣人逼向了百呎开外的一处开阔地，那是运河边位于道路交叉口处的一片广场。"转过身去，开步走。"他命令道。

我只好转身朝广场走去。暴民们大多已从我的身边跑过，大概有百十来人，我已经落在他们的外围。三位红衣人一边拖着人质撤退，一边努力摆脱追击者的石头和刀子造成的劣势，追击者们由小跑而狂奔，终于将他们逼到了广场上。

我也被俘虏者逼着踏上了广场。我的左手边就是运河的河沿，广场是朝着右边铺展开的。此刻从那边传来了一连片的战斗号子。所谓的战斗号子，就是天降红衣人来救我时听到的那种怪异呼啸。现在十几声号子连成一片进入了我们的耳中。第一声号子和刚才一样，只是把所有人都吓得一个愣怔。但我们很快就找到了声音的来源，喊号子的是一群谷术家，有的在打人耳光，有的在扭人胳膊拧人腿。我们的右翼已经拉起了一条红衣战线；他们在广场上布下了阵法，只等先来救我的那三位把人引来。被打的那些人，脸和身子都扭向了相反的方向。还没等我们看清是怎么回事，红衣人就已一人收拾一两个，把那些暴民打得挂了彩、倒了地。这组红衣人把队伍甩过来，先前那三位也放开了那个备受折磨的人质，两拨红衣人便汇成了一拨。暴民们终于明白过来，他们的右侧已经被红衣人包抄了，广场已是敌人的领地，而往左也已经到了河边，于是他们只好原路撤退。可后方也响起一阵号子，又有几个红衣人从运河里跃上岸边。原来他们刚才就藏在河沿下边，像攀岩者那样趴在粗糙的运河壁上，我们刚才浑然不觉地从他们身边走了过去。退路也被他们封住了。这帮暴民唯一的出路就只剩下了一条：若是不从红衣队与河岸中间挤过去跑到广场上，也就只能跳河了。有几个人已经从这条路线逃了出去，所有人看了都想如法炮制，结果倒酿成了一片恐慌。红衣人放了他们一马。不一会儿工夫，攻击我的人几乎

一个也不剩了。两条红衣队连成一线，松松地收成一个直径二十呎左右的圆圈。他们脸朝向外侧，脑袋不停地转来看去。圆圈里围着三个人：我，拿着枪的基特人头头儿，和一个不断移动脚步的红衣人，他始终挡在我和枪口之间。

圈上有个红衣女人大叫一声："火铳！"这是个老掉牙的奥尔特语单词，意思是长筒的火器。她两边的人听了，马上转了个身背对着她，面朝着不同的方向。其他人则全都自然地顺着那女人的目光，朝广场边上停着的一辆毂车看去。有个基特人已经拿着一杆长武器爬了上去，正拿它瞄着我们这边。叫出"火铳"的女人跃前一步，抬手一个侧空翻，倒立在了一个垃圾桶盖上，又顺势一弹，单足落到了一座饮水泉柱上，那只脚在柱子上一捻，猛地转了个方向，又蹿向一棵枝叶稀疏的树木。她伸长手臂，抓住枝条一荡，跳上了一条长凳，随后便消失在了一小撮儿行人之中，片刻后又冒了出来，径直冲那个拿枪的男人冲去，但随即再次改变方向，猫进一座小亭的后面。她就这样闪转腾挪，靠近了毂车顶上的枪手。她的路线变化得遽然迅猛，那枪手根本就瞄不准她。我要是他，根本就不会开火，就算是为了保命也不会，这套动作实在是让人神魂颠倒。

一声枪响。开火的却不是毂车上的男人，也不是圈子里那位站在我背后的头头儿。声响来自别的什么地方：很难找，因为广场周边所有的墙面都传来了回声。我双腿一软。

五呎开外，那个基特头头儿却倒了霉；这么一分神，他已经被一个红衣撂倒在地，还缴了械。

那个腾挪的女人继续靠近毂车上的枪手，而枪手则呆立在原地东张西望，试图分辨枪声的来源。

又一声枪响传来。那个狙击手的长枪打着转地脱了手，咔喇一声掉在了地上。他抓着自己的手号了起来。红衣女人停止了腾挪，用普通的步态落了地，径直走向了地上的枪。

"火铳！"又一个红衣人叫道。他指向了运河的对岸。他两边的人又转身背向他观看起另两个方向。其余的人则望向他指的方向，却是好一会儿才瞧见他指的东西。

运河对岸有一辆小吃车，被胆小机敏的车主扔在了那里。它的后边还停着一辆三轮车，隐蔽在小吃车的标牌和旗子后面。一个男人正操纵着三轮车的仪表盘：加涅里埃尔·克拉德。乘客席上还站着另一个男人：犹拉赛塔尔·克拉德。他正端着一杆长枪，从运河对岸冲毂车顶上的枪手喊道："第一枪是让你别动的。"他解释说，"第二枪是让你绝望的。要是第三枪响了，你就永远也别想知道那是干什么的了。举起手来。举起手来！"

那基特人举起了双手——挂了花的那只已经残了。

"滚！"犹尔吼叫着，把步枪扛到了肩上。

那基特人从毂车前面滚了下来，又在地上打了几个滚才爬起来溜了。

"拉兹，咱们得走了！"犹尔叫道，"其余这些穿红 T 恤的，不管你们是谁，也欢迎一起来，你们可能也跟我们一样，迫不及待地想离开这镇子吧。"

这片广场连着一座跨越运河的桥。格奈尔便越过那桥朝着我们开来。红衣人的圈子分开个口子，把他放了进来。他从这道口子开进来，略显紧张地看看他们，便挨着我停了下来。我已经活动不便了。犹尔弓下腰来，伸手从背后薅住我的腰带，像从河里捞起一段毫无知觉的树桩似的，一把将我扔上了三轮车。现在这辆小车变得格外拥挤。格奈尔小心翼翼地转了个弯，穿越广场开向了一条街道。他带着一只耳机，耳机的一头插在唧嘎上。萨曼肯定在给他提供指示。

那队红衣人则跟在三轮车的旁边一路小跑。他们显然也赞同犹尔的想法，觉得现在是时候出城了。一弄清我们要去的方向，他们就加快了步子，作势要超过三轮车，催着格奈尔也加大了油门。没跑多远他们就猛冲起来。没几分钟我们就开了一哩地，来到了一处宽敞些的地方，这里不像老玛什特那样铁轨密布，货栈林立，一般的汽车也可以在街上活动自如了。这时就有两辆车子不知从什么地方冒了出来，开到了我们身边：那是犹尔和格奈尔的飞驰车，开车的是珂尔德和萨曼。

后来我们弄清了红衣人的人数，一共二十五位。我们把他们全安排到了飞驰车和三轮车上。我从没见过有人能挤得这么结实。我们还让一些红衣人坐到了犹尔的飞驰车顶上，他们把胳膊肘挽在一起，以免掉下来。

珂尔德颇为平静地接受了这一切，要知道，在这些人挤上飞驰车的时候，珂尔德才知道她要载的十八位红衣人竟然是谷术家。她载着我们离开了那里，不时惊骇地看着我。"没问题。"我告诉她，"他们都是阿佛特人，肯定也是被召唤了，我不知道他们来自哪个马特——显然是专攻谷术的，有可能是钟鸣谷的分支或者某个类似的——"

在我的身后，有个红衣人听得直乐，他把所有话都翻成了奥尔特语，换来了一片咻咻的笑声。我陷入了尴尬。太可怕了，一脑门泥浆的尴尬。

这些人就是从钟鸣谷来的。

我努力想回头看看他们，但什么东西阻碍了运动。摸索了一阵，我发现了三只手，是我背后的谷士和他两边的弟兄，他们正用几团止血棉按着我的脸和头皮。那些口子，我一直没意识到它们。令珂尔德不安的原来不是塞进飞驰车里的陌生人，而是我的脸啊！

这段时间我一直都处在一种不对头的情绪之中。一开始，那两个基特人打劫我的时候，我被吓到了。这倒是正常的，也正是我逃跑的原因。然后我就让自己相信我能应付这个局面。相信我能在街上和运河里躲开那些暴民。相信我能跟拉罗讲点道理，为自己辩护。相信他们并没有真想杀我，这不会发生。相信警察随时会来。接下来我又懵懵懂懂地接受了我的命运。然后钟鸣谷的修士修女们来了。之后的一切都令人心醉神迷，还带有某种娱乐性，经历这一切的时候，我体内的某种化学物质水平一直高涨着，我的身体对伤痛与压迫都失去了反应。一分钟前我还给了珂尔德一个血淋淋的拥抱，就好像什么事儿都没发生过似的。

不过车子开起来没几分钟我就崩溃了。所有受伤的地方都开始向我的大脑传递着疼痛，就像是士兵听到点名就报起数来。各种腺体分泌到血液中的镇静物质都一下子断了货，就像是那种突然戒断的反应①。就好像我身子底下的陷阱突然张开了活动门。我仿佛变成了一团瑟瑟发抖哭泣着的神经，在痛苦中蠕动着、咕哝着。

我们跟着萨曼的导航开了二十分钟，到了河边的一片空场，这是一条从山地流入老玛什特支峡的河流。空场就在入海口的左岸。看上去可能古时候曾是一片宽阔的沙堤，但很久以前就铺起了砖石，在上面建起了一片工厂，这些工厂盖了拆，拆了盖，现在已成了一片废墟。空场的一头儿是一片供人休闲的船坞和野餐地，还有几个臭烘烘的茅坑。我们便把车停到了那里，还轰走了几个在那儿度假的闲人。我被人从犹尔的飞驰车上抬了下来，平放在一张野餐桌上。为了垫得软些，他们又在桌上铺了几张野营垫，垫子上还蒙了一层塑料布，这样我的血就不会把野营垫弄脏了。犹尔拿出他的医药箱，和别的装备一样，这

① 戒断的反应（Cold Turkey）：这一说法诞生于20世纪的美国，语源与感恩节食火鸡的风俗有关，在美语中最初表示说话直截了当，后主要用来指成瘾物质戒断的一种疗法，指毫无过渡地突然戒断某种物质，多用于成瘾较浅的情况。

医药箱也不是他在商店买的，是拿捡来的东西攒的。他打开箱子，从一只塑料管里倒出一些白色粉末，装进了一只大塑料袋：那是盐和杀菌剂。然后他又往塑料袋里加了两加仑自来水，配成了普通的消毒盐水。他把袋子夹在胳肢窝底下，一边用力挤压，一边用喷出来的水帮我冲洗伤口。每当他选中一个地方，就会猛地扯掉纱布，对着伤口冲上一通，直到我疼得尖叫才会罢手。冲完之后过了三十秒，格奈尔上场了，他用的东西气味很冲。直到这东西涂上我裂口的眼眉，我才意识到那是胶水，就是粘茶杯把手用的那种胶水。口子太大粘不住的话，还得用玻璃纤维胶带绑一下。等了一段时间，一位钟鸣谷的修女又用缝衣针和格奈尔钓鱼箱里的鱼线在我身上缝了起来。伤口用胶水、胶带和鱼线处理完后，还会有位红衣人在上面涂一层凡士林，再盖一块白色的东西。一位钟鸣谷的修士见怪不怪地检查了我全身所有骨折和出血的部位，看得出他是一位按摩师。他还一个挨一个地检查了我的脏器，查完了脾还要查肝。他给出的诊断是：轻微脑震荡、三根肋骨骨折、一条手臂骨螺旋形骨折，一只手两处轻微骨折，而且可能有一阵子都会小便带血。

理智渐渐回笼，我开始为自己在开车路上的崩溃感到羞愧。于是不到万不得已，我都尽量忍着不再叫唤。不知为什么我又想起了利奥。他一进集修院就崇拜起了跟谷术有关的一切。在垩埃德哈，他翻遍了所有钟鸣谷的人写的书，连那些自称到过钟鸣谷的或被谷士揍过的人写的东西都没放过。他要是知道我在这些人面前几乎完全没有忍住疼痛，肯定会羞愧至死的。

我听见有人在交谈，迫不及待地想要参与其中，可他们站得太远，根本听不清在说些什么。头上的伤口一粘完，我就瞧见萨曼在跟一位钟鸣谷来的高级修士说话，还有一位修女在安慰珂尔德，她只要一把脸转过来就会哭起来。又过了一会儿，他们终于认定我不会死了，也觉得可以跟我谈谈，于是谷士的同侪之首奥萨修士走了过来，跟我聊了起来。现在帮我处理伤口的只剩那位"女裁缝"了，她还沉浸在一项冗长枯燥的工作之中，缝着我头皮上一条长长的刀口，其他几位都收拾完垃圾离开了。犹尔走过去给了珂尔德一个熊抱，又把她拉到河边让她哭了个痛快。

奥萨修士大概五十多岁。他就是我在混战中遇见的头一个红衣人：那个用球把我盖住，又在球上单脚站立的人。他说："我们是昨天被召唤的。他们让我们去特雷德加。我们在地球仪上找了一条最快的路线，就是经过玛什特的这一条。"

钟鸣谷就在玛什特城外一百哩左右。从玛士特出发，有一条经过特雷德加

附近的越洋大圆线，所以他们才会来到这里。

"当地人把我们拉到了玛什特。你和我们是同时抵达此地的。我们派会说弗卢克语的人去找船时，你的法师就来找我们了。"

"我的法师？！"我叫了起来，然后就在奥萨脸上看到了一丝嘲弄。他是半开玩笑的。

不过也只有一半是玩笑。"萨尔克。"他说，"我们跟他很熟。他会来参加我们的大隙节，跟我们谈他的想法。"奥萨耸了耸肩，两手像天平一样上下掂着，我觉得他是想告诉我，他们要公正地评价萨尔克的言论。"不管怎么说，他在街上认出了我们，告诉我们有个落单的阿佛特人正在被一群暴民追赶。我们把这看作一次突发状况。"

一开始我还以为他想说的是弗卢克语单词"紧急"，不小心口误才说成了"突发状况"。后来才想起那些年利奥灌输给我的各种谷术知识。

在大改组那年，也就是改元元年，在人们完成勘测，为第一批新马特选定基址之后，一队新入戒的阿佛特人便启程前往沙漠中一处偏远之地，准备建造自己的马特，结果却遭到了一群多疑的当地人围攻。那地方遍地都是跳草种植园，他们误入了一间熬制跳草提炼违禁药物的棚子。这些阿佛特人手无寸铁，刚从世界各地被召集到一起，几乎还互不相识，而且多数人连奥尔特语都不会说。但其中几个人刚好曾是一个古老武术流派的门生，尽管这个门派诞生于世俗修道院，却跟当时的马特世界毫无联系。不管怎么说，他们还从未在武馆之外施展过技艺，但情势已把他们逼到了必须动手的地步。在打斗之中，有些人送了命，有些人表现得很好，还有些人完全僵在那里，还不如完全没练过武的。后来这种情况就被称作了"突发状况"。这场战斗之后，几位幸存者延续了他们的使命，创立了钟鸣谷马特。根据利奥的说法，他们花在肢体训练上的时间只有一半，另外一半时间都用来思考突发状况的概念，他们有这样一种理念：如果不知如何运用，所有的功夫都毫无用处，甚至可能比没有功夫还糟；动手的时机比想象中更难把握，等得太久会贻误战机，动手太早又会把局势弄糟。

"这次的敌人最突出的特点是轻率进攻。"奥萨修士说。他伸手往空中一抓，像是一把抓住了进攻者的腕子。这个富于表现力的姿势让我一下子就理解了他们的战术，而对此奥萨修士似乎也不打算再多说了。

"您是不是觉得，既然他们处在这种情绪中，就应该给他们一个发泄攻击欲的机会？"我想要从他嘴里再挖出点什么。奥萨修士微笑着点了点头。"所以您就抓住了那个人并开始……呃……"

说到这儿我打了个磕绊，没有讲出事实，没说他们折磨了那个基特人。我并不想对这些冒着生命危险救我的人太苛刻。奥萨修士只是继续微笑着点头。"这是种神经压迫术。"他说，"看上去伤得很重，但其实并没造成损害。"

这又带来了更多有趣的问题：伤害和貌似伤害之间有真正的差别吗？只要不造成临床伤病就可以折磨一个人了吗？但基于种种理由，现在也不是问这种问题的时候。"好吧，不管怎么说，的确奏效。"我说，"那些暴民开始掉过头来对付你们，你们就假装撤退，把他们引入陷阱，让他们陷入了恐慌。"奥萨修士继续点头微笑。此刻他并不想做任何分辩。"那制订这个计划你们花了多长时间？"我问他。

"没花什么工夫。"

"您能解释一下吗？"

"在突发状况下根本没时间构思计划，更没时间相互沟通。我只告诉他们，我们应该效法弗洛德勋爵的骑兵，使用他们在二次鲁什平原战役中营救泰拉辛亲王骑兵连的战术。只是高藤换成了运河岸，血腥断层换成了小广场。你也看得出，说这些话用不了多少时间。"

这些话我一点儿也听不明白，但还是像听懂了一样点了点头。其实我连他说的是哪个世纪哪场战争都猜不出来。

"那这些红 T 恤是怎么回事？"我问道，不过我自己已经猜出了个大概。奥萨修士惨然一笑。"是唤召的时候发的。"他说，"一个当地的圣约教会捐的。我也盼着赶紧到特雷德加呢，这样就能换回帛单和弦索了。"

"说到这个——"

他摇了摇头："你的帛单、弦索和球都丢了。或许我们能把它们弄回来——可我们现在马上就得走了。"

"当然！"我说，"没什么大不了的。"从某种意义上来说的确没什么。修士和修女常会弄丢这些东西。总能领到新的。但像这样失去它们却让我感觉很坏。它们已经陪了我十多年了，上面留下了很多的记忆。它们也是我跟马特世界最后的物理性联系了。既然它们不在了，我也就跟世俗人无异了。这样可能反倒安全，再也没人能从我身上搜出它们，拿着它们到处招摇并对我处以私刑了。但这其实让我感到孤独。

萨曼走过来跟犹尔说了几句话，犹尔拿着步枪一跃而起，抓着枪筒跑了几

步，用力一抢。那枪便打着转儿飞了出去，一直飞到河心，一头扎进水流里，消失了。大约一分钟后，来了两辆闪着警灯拉着警笛的摩布车，一群治安官从车里涌了出来。除了奥萨修士和正在给我缝针的修女，所有钟鸣谷的阿佛特人都一脸安详地盘腿坐在地上。那些治安官都看得目瞪口呆。演谷士故事的斯皮里又何止千千万万？他们是嫌疑人？这些警察想都不会去想。在他们眼里，这些人更像是旅游景点的摆设——动物园里的动物——电影明星。而且谷士们也深谙此道，很会利用这一点。他们在我们眼前摆着姿势，做出冥想的样子。那些警察自然照单全收。领头的警察跟犹尔和奥萨修士做了一番长谈，开始还显得有些紧张。拿针的修女继续在我的皮肉上飞针走线，我紧咬牙关，都听得见牙齿在咯咯作响。最后她打了个结，一言不发地走了——连看都没看我一眼。这让我顿悟了一件事：我之所以对这些人抱着热烈的情感，可能是因为他们救了我，也可能是因为我在进集修院以前看过太多关于谷士的斯皮里。然而这些谷士可不是因为人好才被召唤的。

珂尔德双手揣在兜里走了过来，把我的绷带挨个盘点了一遍。

"你看我身上包起来的地方也不过才这么一点儿。"我指出。

她才不吃这一套。

"咱们的计划实行得不大顺利。"我说。

她把眼光转向一边，抽泣了起来——在这漫长的一天里，这已经是最后的感情余震了："这不是你的错。我们怎么知道会是这样？"

"很抱歉把你卷进这种事里。我也不明白事情怎么会发展到这种地步。"

她直直地盯着我，但我猜除了一脸愚蠢的表情，她什么也看不到："你根本不知道接下来还会发生什么，是吗？"

"我猜是的。只知道军队正朝着北极进发。"一段记忆跃入我的脑海，"还有，船上有个法师讲了些奇怪的话，他说天堂督察被一怒之下扔了出去。"

刚说到这里，一辆破旧不堪的大轿车就从马路上开了下来。开车的就是萨尔克法师。这就是那种会让某些人相信灵魂与灵异现象的诡异巧合。为了解释这种巧合，我只好假设在我的意识认出他之前，我的无意识已经用余光瞥见了那辆车子。

"你还会跟我一起走吗？"珂尔德问。

"是呀。嘿——杰斯里怎么样了？他还好吗？"

"我们认为是的。你会知道最新消息的。"

我们看了看犹尔，不知他用了什么办法，已经让那位警长笑了起来。事情谈妥了。谈话的官方部分已经结束了。

那位长官走过来看了我一眼，对绷带的包扎方法赞叹了几句，又说我肯定是个非常坚强的家伙，还问我想不想追究这件事——正式起诉。一个纯粹的谎言脱口而出，我说，不。这样一来，似乎就了结了一桩交易。他们没跟我解释细节，不过大意就是我们所有人都可以走了。那些暴民头头儿也可以放了，只是他们还要为已经发生的伤害和侵犯受到处罚。这些治安官也可以免于堆积如山的文书工作。否则这次的书面工作得比他们平常做的多上十倍，只是因为这次的涉案者中有很多是阿佛特人，所以这件事的司法处境相当微妙。

这些外人离开之前，萨尔克法师一直显得无所事事。那辆大轿车属于玛什特的凯尔科斯教会，车身上画满了他们的三角圣像。车子很大，足够坐下所有的谷士。凯教会有位成员自愿载他们前往南边一座更大的城市，那里不像玛什特这么混乱，也有去特雷德加的交通路线。萨尔克解释说，那位司机正在赶来，但是因为城里的混乱，我们可能还得等上一会儿。

法师一边解释一边朝我瞥来，不知怎的，我感到一阵愤慨的战栗。我不愿意欠他的情，也不愿意在等司机的过程中满怀感激地听他再一次传销信仰。但与其说他是想跟我说话，不如说只是想看看我的状况，他的目光收回后我便为自己的反应感到了羞耻。凯尔科斯教把一个人的故事关联于法官的想法跟谷士们关于突发状况的概念真有天壤之别吗？这两种概念引发的似乎是相近的行为，我能捡回这条命，还得感谢萨尔克和奥萨在玛什特的同心同德。

我站了起来，一瘸一拐地走到他身边，伸出手来对他表示了感谢。他用力地握了握我的手，什么都没说。

"今天那个死刑犯可有好料跟那个法官讲了。"我大概是想跟他来点儿幽默。

他却脸色一沉："但讲这个故事也不得不讲那些表现恶劣的人。的确，就这件事而言，拜无辜者的灵魂所赐，结果还是好的。但不管怎么说，我很难相信法官在听了死刑犯今天的话之后，会对这个世界的最终判决做出多大改变，既不大可能变好，也不大可能变坏。"

这已经不是萨尔克法师第一次令我惊叹了，他怎能一面拥有如此的聪明智慧，一面又喷出如此陈腐的胡言乱语？"不过对您自己来说，"我指出，"您似乎选择了一种能够良好反映您的世界的行为方式。"

"我受了无辜者的感动。"他坚持道，"全都归功于她。"

"我向您致以我个人的感谢，"我说，"并请求您在下次听到无辜者的声音时向她转达我的谢意。"

他愤怒地摇了摇头，最后却还是笑了。如此严肃的一个人，竟然笑到了连咳带喘。"你根本就不明白。"

"说得对，"我说，"我现在根本就不是慕像者，但或许有朝一日我会试着跟您解释我是怎么理解所有这些事情的。"

他的反应不甚明朗，但也明白没什么好谈的了，便溜溜达达地走开了。我从犹尔的飞驰车上找了些白纸，开始给那些参加大集修的朋友写信。萨尔克法师又跟犹尔和珂尔德做了一番长谈，他们的谈话时而也会被打断，加涅里埃尔·克拉德的信仰当然与我们截然不同，但他一直在不远处踱来踱去，冒着火，时不时地冲上前去争论一些慕像学的细枝末节。

一辆摩布摇摇晃晃地开了过来，准备载谷士们南行的司机从车上下来，萨尔克法师则坐上它离开了。谷士们开始往大车上落座。最后一个上车的是奥萨修士。我递给了他一沓信件。"这是给我在特雷德加的朋友们的，"我解释说，"如果您不介意帮我带去的话。"

他欠了欠身。

"您已经帮了我这么多，所以就算拒绝也没有问题。"我接着说。

"你也帮了我们的忙，"他回道，"你帮我们在一次大的突发状况里创造了一次小突发状况，让我们得到了演练身手的机会。"

我什么都没说。我想知道他说的"大的突发状况"指的是什么，估计他说的肯定是表亲。他数了数我给他的信。"你参加大集修的朋友可够多的呀！"他边说边抬头揶揄地看了我一眼。这大概是间接地提问："你到底在搞什么鬼？！"不过我假装没有会意。"那封长的，是给一个叫艾拉的女孩。其他的是给别的弟兄姊妹的——"

"啊！"奥萨修士拿着其中一封叫道，"你认识那个有名的杰斯里！"

说杰斯里有名是什么意思——这我连想都不愿去想，于是我略过了这句话，把他的注意力吸引到这一摞的最后一封信上。"利奥，"我说，"利奥修士是个习谷者。"

"啊！"他叫道。好像利奥是独一无二的存在一般，好像千百年来世上千百万的习谷者都没存在过似的。

"主要是自学。但谷术对他非常重要。就算能从钟鸣谷马特最次要的成员手上接到这封信，也会成为他一生最大的荣耀。呃，别告诉他这是我说的。"

奥萨修士再次欠了欠身。"我会一丝不苟地按指示去办的。"他蹬上了车子踏板，"那么就此别过——除非你想——？"他来回地看着我和这辆摩布。

很难不为之所动。我想象着，自己和一群正牌的钟鸣谷阿佛特人，一块儿坐着车子南下，途中可能还会在赌场旅店住上一两晚，这样就可以顺顺当当地抵达特雷德加，与我的朋友们重聚。要是这些人能让他们坐上飞机，甚至一天就能到地方了。我拼命地想象着，琢磨着，向往着。

但我知道这一切都是白日梦。我必须收回心神。在这种思绪里沉湎越久就越难自拔。

"我也想坐上这趟车，跟你们一起去特雷德加，有如河流渴望归于大海。"我指着那条河说道，"但（如果只因为我被打了，因为思乡，因为害怕就）半途而废似乎也不对。嘉德修士，就是派我来的那位千年士，是永远也不会谅解的。"

这还是奥萨修士一整天里头一回大吃一惊。"千年士。"他重复道。

"是的。"

"那你最好还是完成这项任务吧。"

"我正是这么想的。"

他再次向我欠身——比前几次更深了，然后就转身上了车。我又去茅房尿了趟血，便上了犹尔的飞驰车。萨曼也上了这辆车。我们开上了南下的主路。我睡了过去。

他们说我只睡了半个小时，但我感觉比这要久得多。醒来后，我爬进了飞驰车的后厢，那里光线更暗，萨曼给我看了一段唧嘎上的斯皮里。

在这群人里，萨曼是唯一一个没对我的伤势和感情状况嘘寒问暖的。这听上去可能显得有点儿不近人情。不过坦白地说，到了这个时候，我早已经没那么多愁善感了。

"关于这段数据没有太多的说明，跟它的获取途径有关。"他一边播放一边提醒道。

图像的质量和往常一样，很差。我看了一分钟才确信这是一段彩色视频。所有的画面，要么是漆黑一团（太空、影子），要么是白得晃眼（所有被阳光照到的东西）。我慢慢意识到，这是用一台手持斯皮里摄录器从一扇肮脏的窗户对着外面拍的。"脱气。"萨曼说，我完全听不懂。他接着解释说，造太空舱的材

料在真空中会释放自身的挥发性成分，凝结在太空船的窗户上。"你不觉得这应该是个可以解决的问题吗？"我说。"这是匆忙赶工造出来的。"他答道。

视野里出现了一个正三角形，三角形中央是一个正圆。"这是外星飞船的屁股。"萨曼解释道，"就是尾部的推进盘。他们一直用这面对着我们的太空舱——想想吧。"

过了一会儿我试探着问："他们，表亲们，是不是没法确定我们的太空舱带没带核弹头？所以才用飞船防核的一面对着它？"

"这只是部分原因。"萨曼说着又冲我坏坏地咧嘴一笑——这是在怂恿我。

"他们能从那个部位发射核弹，所以只要他们愿意，随时都能把我们的太空舱轰掉。"

"你说对了。还有，我们从这个角度没法看清他们的飞船。没法收集军事情报。"

"核弹的发射口在哪里？"我问。

"别费劲了。你找不到的。相较于尾部的推进盘来说它的尺寸实在太小了。而且发射口在不使用时是被闸门关着的。除非闸门打开，否则你是看不到的。"

"那它会打开吗？"

"还是先看斯皮里吧。"萨曼伸手把音量调大了一点儿。音轨上传来含糊不清的噪音：呼呼声、嗡嗡声、吱吱声，还有各种音高的嗡鸣。噪音里偶尔也夹杂一两句话或一两个单词，但人们很少说话，即便说，多半也是简短的军事行话。

"不明飞行物！"有人说，"两点钟方向。"

画面转了向，也放大了，那个大三角形也在放大，最后黑色与白色被笔直的三角边分划开来，成为泾渭分明的两部分。在黑色部分，可以看到一个灰色的斑点：只是几个比黑色稍微浅的像素。不过这斑点越变越大，越变越亮。

"收到。"有人确认道。

那片暗沉的噪音又掺入了新的泛音。人们在交谈。我想我听出了一个奥尔特语句子的韵律。

"准备外出！"有人以认真的口气下达了命令。斯皮里摄录器第一次从窗口移开，转向太空舱内部，并重新对了焦。画面清晰得令人震惊，那段冗长枯燥的推进盘画面结束之后，场景也变得丰富多彩了。在一个不大的空间里，有几个人在飘来飘去。几个人固定在控制台前的椅子上。还有几个人抓着把手，把脸紧紧贴在窗户上。其中一个百分之百就是杰斯里。飘在太空舱中间的是那个发型特别的大块头男人。他看起有点儿不舒服。失重让他的头发显得很滑稽。他的脸浮肿发青，看得出他正想呕吐。他显得疲惫而冷漠——也许是止吐药的副作用？他那套唬人的行头已经不见了，露出了那些只有医生才想看的部位。两三个人正奋力把他塞进一套奇装异服里，那是一套弹性纤维做成的管筒网格。看上去他们已经忙活了好一阵子，只是到现在才全速发力，又有个人把自己从窗前推开，也飘过来帮忙。天堂督察（不知是不是这位，但大概应该错不了）已经清醒了过来，脾气也大了起来。他瞪着镜头举起了一根手指。一个助手飘了过来，挡住镜头说道："请给尊贵的殿下一些——"

"一些宁静①？"杰斯里在镜头外讥讽道。

一顿唇枪舌剑拉开了序幕。一个权威的声音命令他们闭嘴。一段技术性交谈取代了这段争吵，说的是那套正往天堂督察身上套的衣服。控制台又有位监察者报告了不明飞行物的最新动态。

杰斯里说："你就要成为第一个与外星人对话的人了。有什么打算吗？"

天堂督察的回答简短而含糊。他离麦克风比较远，身体也不大舒服，而且到了这个时候，他对杰斯里已经有了足够的认识，知道这种谈话是不会有什么好下场的。

斯皮里摄录器再次转过来对准了这位督察。他们已经把那堆管子套在了他身上，开始在外面组装太空服了，一次套上一条胳膊或者一条腿。

杰斯里在镜头外接着说道："你怎么知道那些几何学家会承认那个概念？"

督察又吐出了一句模糊不清的回答（平心而论，他现在的确没法好好说话，因为他们正在往他的头上套头套）。

"几何学家？"我问。

"显然是人们在大集修上给外星人起的称号。"萨曼说。

"我会根据自己的需要，试着对他们做一套基础的精神鉴定问答。"杰斯里接着说，"比如问他们对传染病有没有预防措施？这样就能知道他们是不是害怕我们的细菌了。"

天堂督察无视了杰斯里的建议，说了句俏皮话，逗乐了他的助手们。

---

① 一些宁静（Some Serenity）："serenity" 本意 "宁静"，加无主代词 "Your" 或 "His" 用作贵族称呼，译为 "殿下"。杰斯里接茬儿说的话也可理解为 "什么殿下？" 此处难以通过中文译文很好地呈现原文的双关讽刺效果。

"你在放大镜下看过细菌吗？"杰斯里试探着问道，"对你来说，那倒是很好的准备工作。那些东西看上去跟我们平常见到的东西截然不同，第一眼看到很容易被它的样子吓住，吓得不知所措。但如果能挺过这种情绪反应，你就能看到它们是怎么工作的，怎么把重量传递到地面的。还能数数它有多少个气孔。看看它长得对不对称。观察它们的周期性规律。我的意思是它们多久呼吸一次？知道了这个，我们就能推断它们的新陈代谢了。"

一个助手打断了杰斯里，告诉他祷告时间到了。那套衣服都已经穿戴得差不多了，就剩头盔了。督察的脑袋从一套巨大僵硬的甲壳里伸了出来，在耳机、麦克、头戴式护目镜的遮挡下已经无法辨认了。他套着厚重的手套仍尽可能地握着助手们的手。他们闭上了眼睛异口同声地念了些什么。一声巨大的金属碰撞（碎裂）声打断了他们。"接触，"有人叫道，"我们被一个远程操控装置抓住了。"

斯皮里摄录器的镜头掠过一个正在对表的机组人员，又重新瞄回那扇肮脏的窗户，对准了不明飞行物。这是一个骨架式的飞行器，全机械的，没有可供表亲驾驶的增压舱，那只是一套带六条机械手臂的框架，这些机械手臂长短不一，带着推进器喷嘴、聚光灯，还有朝向各个方向的碟形天线。其中一条手臂已经伸了出来，抓住了太空舱外面的一根天线支架。

现在事情进展得快了起来。头盔已经扣在了天堂督察的头上，机组人员也赶走了助手，调节起了宇航服的控制钮。太空服在系统激活时发出了令人费解的嘶嘶声和咔嗒声，透过头盔的玻璃罩，可以看到天堂督察的眼睛随着那些声音转来转去。进行到通信测试的时候，他动了动嘴，点了点头，又竖起了一根大拇指。

他们把他推进了太空舱一头的一个加压舱口，在他的身后关上了舱门，并旋着转轮把它关死了。现在他已置身于气闸室之中了。

"为什么他一个人去？"我问道。

"可能是表亲，对不起，几何学家想要如此。"萨曼说，"送一个来，他们说的。"

"于是我们就送了他？"我难以置信地问道。

萨曼耸了耸肩。"但这就是几何学家的战略，不是吗？要是他们让我们送去整整一个代表团，我们就可以两头下注了。但如果整个星球只能派一个代表，那我们选谁呢？我们的选择就会向他们泄露很多事情。"

"是呀，可为什么——？"

萨曼更夸张地耸了下肩膀，打断了我的话："你当真以为我能解释世俗政权为什么做这种决定吗？"

"好吧，对不起，别介意。"

从嘶嘶声、咔嗒声和机组人员的简短话语可以听出，气闸室的外侧舱门正在打开。几何学家的机器人探测器展开了一条小臂，伸向了飞船，伸到了这扇窗的可见范围以外。过了一会儿，手臂收回的时候已经抓起了天堂督察。钢爪抓住的是宇航服圆形肩部突起的一个金属支架，那刚好是个起吊点。几何学家也懂得我们的工程学，知道支架的用途。

不明飞行物脱离了太空舱，喷了一股燃烧气体，飘了出去，几秒之后，一组更大的推进器着了起来，探测器加速飞向了二十面体。天堂督察还在向我们挥着手。他在无线电里宣布："一切正常。"然后他的声音就变成了一阵尖利的吱吱声。机组人员便把这声音关了。"他们在干扰我们。"他说，"尊贵的殿下只能靠自己了。"

"不，"一个助手说，"神与他同在。"

斯皮里摄录器对着飞向二十面体的天堂督察拉近了镜头。他的身影已越来越难分辨，即使放到最大也看不清楚，但他似乎还在做着手势，敲着头盔，还困惑地举起双手。"好吧，我们知道了！"杰斯里说，"你听不见。"

"我担心他的脉搏。对他这个年纪的人来说跳得太快了。"一个机组人员说。

"你们还能得到遥测数据？"杰斯里问道。

"勉勉强强吧。他们最先干扰的是语音。现在也在攻击其他的频道了……不。没了。拜拜吧。"

"几何学家有种军人的强硬。"萨曼说，这话可能都不必说。

视频又继续了一小段，直到机器人探测器和督察缩成了一小团灰色的像素。接着镜头就关闭了，画面也变成了一片漆黑。萨曼把它停了下来。"在原版录像里，接下来四个小时基本上什么事儿都没发生。"他说，"他们一直坐在那里等。你的朋友杰斯里把督察的那些马屁精引入了一场哲学争辩，把他们碾压了一通。那之后就没人再想说话了。只有一件事值得注意，大约一个小时以后，干扰停了。"

"真的？那他们又能跟督察说话了？"

"我可没这么说。干扰信号是关掉了，但他们还是没法从督察的太空服接收到任何数据。很可能意味着那件太空服的电源关闭了。"

"是因为在天堂督察身上发生了什么还是……"

"大多数人都觉得是他脱掉了那件太空服。既然不用了，就可以关了，这样可以节约能量。"

"那就意味着……"

"那个多面体，人们就是这么叫它的，拥有可供我们呼吸的大气，是的。"萨曼说，"或者是督察到那儿的时候就已经死了。"

"天堂督察死了？"

萨曼又开始播放那段斯皮里。角上的时间标记已经跳到了几个小时后。

"从多面体传来了新信号，"一个机组成员疲惫地说，"重复脉冲波形。微波。高能。只能说他们在用雷达照射我们。"

"难道他们还不知道我们在哪儿吗？"有人讥讽道。

"别唠叨！"一个像是飞船船长的声音喝道，"你是否认为他们在瞄准我们？"

"说的是为发射武器而对目标进行瞄准。"萨曼翻译道。

"绝对就是那种窄波束信号，"另一个人说，"但是是稳定的——没有扫描。"

"底盘上有活动！"杰斯里叫道，"正中心。"

画面再次转到了那个三角中心的大圆。镜头随后推近。中间可以看到一颗深色的斑点。镜头继续推近，它慢慢地变大了，图形解析成了一个圆孔。

"退后些距离！"舰长命令道。

"紧急加速准备……三、二、一、启动。"另一个声音说道。然后所有东西都乱了套，混乱持续了一分钟之久。人和东西到处乱飘。可以听到很响的咔嗒声和嘶嘶声。太空舱加速后退的时候，所有未被固定的东西都贴到了靠近二十面体的舱壁上。拿斯皮里摄录器的女人也发出了喘息和咒骂，但很快又把它对回到窗户上。"那个洞口有东西出来了！"杰斯里说。我们再次看到一段长长的偏转推近镜头。但那个洞这回不再是边界整齐的黑色了。有点儿粉红，边缘也不大整齐。粉色的那部分在动，它从二十面体的底部分离。它被放了出来，漂流进了太空。那个洞口像虹膜似的收缩着关了起来。

"看上去不像核弹。"有人说。

"可真是太轻描淡写了。"萨曼嘀咕着。

"靠近它。"

"加速准备……三、二、一、出发。"太空舱开始向二十面体靠近，变速的时候又是一番混乱。又得等那位不知疲倦的女性拿着斯皮里摄录器回那个小脏窗户去重新对准镜头。

她喘了口气。

我也喘了一口。

"那是什么？"一个声音问道。他们看不到她——也就是我——所看到的东西，因为他们没有可以放大目标的光学设备。

"是他。"拿斯皮里摄录器的女人说，"那是天堂督察！"有个重要的细节她忍着没说——天堂督察是一丝不挂的，"他们把天堂督察从气闸室扔出来了！"

萨曼把画面停住了："这已经成了当下一句时髦的口头禅了。"他告诉我。

"不过从技术角度来说，那并不是气闸室。而是他们投放原子弹的出口。"

督察的身影这时还很小很模糊，但他一点儿一点儿变大了。我也不断地给自己打气，为看到更清楚的画面做着准备。"如果你愿意，我可以接着给你放，"萨曼不是很热情地提议道，"或者——"

"免了吧，这一整天我已经看够了血了。"我说，"是会爆炸还是怎样？"

"有那么点儿意思吧。他们把他弄回太空舱的时候——哦，简直是一团糟。"

"那些几何学家就那么——处决了他？"

"这就不知道了。有可能是自然死亡。他们尸检的时候发现了一处动脉瘤爆裂。"

"我猜他们可能发现了好多爆裂的东西！"

"噫！"珂尔德在前边说道。

"正是——所以也很难说这个瘤到底是在他被扔出去之前爆裂的，还是之后爆裂的。"

"这以后几何学家又发过什么通信吗？"

"这我们就不得而知了。这段斯皮里是不小心泄露出来的。此外的信息都被当局有效地控制住了。"

"是不是所有人都在看这段斯皮里？是不是全世界都知道这件事了？"

"为了控制这段斯皮里，当局已经把大阆封锁了大半。"萨曼说，"所以看过的人屈指可数。大部分人就算是听到了什么，也只能是道听途说。"

"这简直比事实本身更糟。"我说，并告诉了他关于萨尔克法师的事情。"这是什么时候发生的？"我问。

"就在我们穿越北极的时候。"他说,"第二天太空舱就着陆了。除了督察,所有人都安然无恙。同时,如你所见,军队也开始朝着北极进发。"

"我搞不懂那是怎么回事。"我提出。

"听说那个多面体轨道的地面轨迹局限在赤道附近的一个带内……"

"是的,所以如果去往远北或者远南,就能逃出它的下方范围——"

"也许也能逃出它的武器攻击范围?"

"那要看他们用的是哪种武器。但这在我来看没有意义,因为几何学家随时都可以任意转换轨道。头几个月他们还在这儿呢,一条极轨道,记得吗?"

"是啊,我当然记得。"萨曼说。

"然后他们就转换轨道了,而且……"

"而且什么?"看我沉默了下来,萨曼问道。

"……而且我看见,我和艾拉看见了他们转换轨道时投射核弹发出的光。'轨道面变化机动很费钱!'现在他们要想转换回极轨道,到达能垂直打击北极军事力量的位置,还得再发射那么多核弹。"我看着萨曼,"他们的燃料耗尽了。"

"你的意思是……核弹耗尽了?"

"是呀。核弹就是推进那艘飞船行进的燃料。他们只能储存那么多。一旦燃料不足了,他们就得……"

"去弄更多的来。"萨曼说。

"那就意味着,瞄上一种技术先进的文明,抢上一票。洗劫他们的核材料库。在我们星球上,就意味着——"

"埃德哈、兰姆巴尔弗和特雷德加。"萨曼说。

"这就是那天夜里他们用激光照下来时传递的信息。"我说,"就是我被召唤的那天夜里。"

"也是敖罗洛修士走下布利岗前往埃克巴的那天夜里。"珂尔德插了一句。

第 8 部

奥利森纳

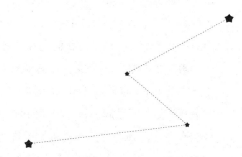

南下的路程走得很快。车子只开了四天三夜。因为钱快用光了，我们也只好宿营，让犹尔负责早饭和晚饭。然后再像幽灵一样穿梭于大众餐馆和加油站之间，用省下来的钱买燃油和午餐。

南行的第一天，窗外的景物大多是无边无际的油树生长区，间或夹杂着一些以油木经济为业的小城镇，人们在这里加工油木木材，将其切碎、加热，制成液态的燃油。随后两天路过的是我这辈子到过的人口最稠密的地带。这里的景色与我们那片大陆几乎没什么差别，到处都是一样的招牌和一样的商店。这些城市是如此密集，它们的城乡接合部都连成了一片，连一个开阔的乡村都看不到，只能沿着高速公路网从一段塞车跳到下一段塞车。我看到了几所集修院，但都只是遥望，因为它们建造的地方多在山上或是古城的中心，大型高速公路在修建的时候，遇到这种地方都会绕行或避开。巧的是，其中一座就是堲兰姆巴尔弗，就建在一块数哩宽的高耸的火山岩上。

我想到了"耙心之苦"。艾尔沃什在船上对我说这个词的时候，我还觉得可笑。但经历了玛什特的一番磨难，我是真真切切地感受到了"耙心之苦"。并不是草被拔起来烧掉的感觉，而是地被耙过草还剩在地里的感觉：一株植物，又嫩又弱，生死未卜。但它仍孤独地站立着，活着，周围没有任何东西能阻碍它的生长，也没有任何东西能保护它免受明日风暴的摧残。

第三天傍晚，天地变得开阔了起来，空气中也有了轮胎和汽油之外的气味，那是一种更古老的气味。我们在树下扎了营，把保暖衣物包了起来。第四天早餐的食材是珂尔德和犹尔从农家买的。我们所在的这片区域自巴兹帝国时代就已经有人定居和耕作了。当然，这里的人口也经历过无数次的盈亏更替。最近这里人口低迷，城乡接合部和城市都已萎缩，留下来的只有富人的别墅、马特、修道院、圣约堂、高级餐馆、学苑、度假村、静修中心、医院和政府机构，我

想它们都算得上是不屈的文明堡垒了。堡垒与堡垒之间则鲜有房屋，尽是开阔的田野和原始得令人吃惊的农业区。只有道路的交叉口扎堆儿盖着几座装修得粗陋俗丽的商铺，都是向我们这种"乌合之众"出售旅行必需品的，除此之外，大多数建筑都是以石片或板瓦铺顶的石屋和泥屋。随着我们一路前行，大地变得越来越干旱，越来越开阔。大道分成了一条条小道，不知不觉中变得越来越窄，越来越崎岖，越来越曲折。不知何时，我们已经驶上了一条没有尽头的单行道，开着车还会遇到一群群瘦得可怜的牲口，就像是一群长着蹄子的肉干，为了躲避它们，我们不得不频频停车。

第四天傍晚，车子开到了高一点儿的地方，让我们看到了远处的一座秃山。在我心目中，山峦都应该披着深绿色的外衣，笼罩在雾气之中。但这一座山看起来就像是被酸性溶液泼过似的，好像一切活物都被烧死了。这座山的结构和我见过的其他山峦无异，也有山脊和鞍部，只是像钟鸣谷的阿佛特人一样秃着头。粉橙色的落日令它发出了烛心般的光芒。我深受这表象的吸引，盯着它看了好一会儿，才意识到那表象之下一无所有。更远的地方还有几座这样的山，但它们的脚下却是一片毫无特征的深灰色几何平面，那是海。

那天夜里我们在海中海的沙滩上扎了营，第二天一早便沿着一条坡道，把车子开上了一趟开往埃克巴岛的渡轮。

【语义学会】　大改组后的几年中出现在马特世界的一些小集团，他们一般自称承袭哈利康衣钵。起这个名字是因为他们相信符号可以携带实际的语义内容。这种理念可以上溯到普洛塔斯和更早的叙莱亚。可比较句法学会。

——《词典》，第四版，改元 3000 年

穿透帐篷的光线将我唤醒，拍击海滩的细浪催我入眠，我像是一段翻滚在碎浪中的浮木，在睡眠与清醒之间无数次徘徊，孕育着一个模糊而平淡的梦境，那是关于几何学家的。脑中有一缕思绪，始终缠绕着带走天堂督察的探测器上的那几条遥控机械臂，并将无限黑暗的能量倾注其上；越发清晰的记忆被不断美化，构成了一个实见与想象、理学与艺术的杂糅体，将各式各样的奇思异想、恐惧与希望都编织了进去。我尽可能不让自己醒来，生怕与这个梦失之交臂，就那样迷迷糊糊地躺着、等待着，希望这梦可以继续，可以向我揭示点什么；但我只是越发的不安，思维中冒出来的，只有机械臂的关节、骨架、轴承和继动装置，无止无休，越演越细，在想象之中已变得和我自己的手臂一样复杂，有着珂尔德给萨曼制作的大钟零件那样的有机曲线，除此之外，什么都没有。直到梦境即将终结的时候，我的注意力才从机械臂转移到了摄像设备上，这是梦里唯一新鲜的东西，我猜那些探测器机体上肯定得有这种设备。被成群的聚光灯环绕着的地方，我猜便是镜头的所在，每当我努力注视它们，想与几何学家的目光交会时，都只能看到绝对黑暗衬托之下的暴烈的眩光。

日光、做饭的气味和别人说话的声音都没能将我唤醒，挫败感却让我醒了过来。再也不会有何进展了，我只能起床干活。

埃克巴的美是一种炎热而荒芜的美。为抵御阳光和炎热，光是搭棚就花了

我们一天的工夫。我们在陡峭的陆岬北面找到一处朝东的小海湾，一天里大部分时间都能感受到阴凉，犹尔还教给我们往沙子里打深桩的办法，这样临近傍晚的太阳照过来时还可以撑起油布来遮阴。唯一的一段暴晒是早晨，但那时天还没热到无可救药的地步。离岸半哩有个较小的岛屿，阻挡和分散了冲来的海浪，所以此处的浪头较小，却难以预料。这里的海湾太浅，而且礁石遍布，只能停泊最小的船只，因此就我们所知，从来没有人在这里定居，也没有谁对这里做过任何利用。我们一直担心会不会有戴着执勤徽章的人跑来把我们轰走，但这种情况并没有发生。这地方看来并不是什么人的私产，也不是公园。这里就是这里。埃克巴（除奥利森纳的马特之外）唯一一处真正的居民区位于渡口附近，到这里的直线距离有五哩，走海岸公路过去则要十五哩。那里有一座出售淡水的太阳能脱盐厂。我们到那儿的时候，犹尔往两只散着霉味的军用水袋里装满了水。有了这些水，加上我们在陆地上时从农家购买的食物，应该够一周的补给了。

在我们扎好营和支起篷布的第二天，大家都想休息一下，也心照不宣地达成了一致。背包底下的破书被翻了出来。有人一直在打瞌睡，有人一直在游泳。我从珂尔德那儿借了一把尖嘴钳，把我身上的"刺绣"都扯下来，坐在了齐颈深的浪里，一直坐到伤口麻木为止。关于治疗还可以讲得更多，但我已不想说了。这段时间看着我的身体集结再生之力也是件令人着迷的事，这也许就是我梦见那个外星探测器的金属肢和玻璃器官的原因。这诱使我思量起了头脑与身体的关系，并对此进行了一番哲学探讨。但我脑中的洛拉会士却说，这只能是浪费时间。还不如找个图书馆，看看更优秀的思想家是怎么说的。

昨天晚些时候，犹尔打破了宁静，把他的飞驰车发动了起来，带着几个人出去兜风了，车子两小时就绕着岛转了一圈。火山的位置当然也不是秘密，几乎从岛上任何地方都能看到它。正如哈里嘉斯特莱梅修士讲的，它很陡峭，也就是说它很危险。有些火山产生的岩浆是流动性的，会快速蔓延；但这种火山的外形都是平缓的圆包，人只要跑得比岩浆快就不会有危险。另一种火山产生的岩浆很黏稠，流动缓慢，会形成陡坡；这种火山才有危险，因为它的内部压力只有通过爆发才能得到释放。

我们来时坐的轮渡是从大陆出发向东南偏南行进的，这座岛是轮渡航线的最后一站，所以我们登陆的地点在岛的北面。岛屿的形状近似圆形，在它的西北缘有个缺口，是岛上幸存下来的唯一一处港湾，码头和城镇都建在这座港湾附近。而我们的营地位于东北方，这面是一连串靠得很近的小峡湾，分隔这些峡湾的指状山脊就是从火山口流下来的岩浆凝结成的，在人类定居埃克巴岛之前，它们就已经存在了好几百年。所以我们头几天看到的一直是火山的北面，尽管哈里嘉斯特莱梅告诫我们这座火山陡峭危险的话语就在耳旁，但从这里看去它却显得规整而优雅。昨天我们开着车顺时针绕了岛屿一周，沿着东岸开了几哩后便突然看到了它的南坡，改元前 2621 年爆发和坍塌的就是这一面，那次爆发埋葬了奥利森纳髻殿，还填平了岛屿东南岸的一座港湾，而在那之前，这座港湾也是一处登陆点，从海中海周边前来追随克诺乌斯的早期自然哲学家们，便是乘着大划艇和大帆船在这里上岸的。任何人都能一眼看出火山爆发的后果。火山灰和碎石沿着山坡从山顶一直堆到了海里。埃克巴岛的复建工作进展得非常缓慢，时至今日也没有好到哪儿去，车开到粗石扇形三角洲时道路就消失了，接下来好几哩都是不正规的砂石路。没有路牌，没有建筑，也没有任何改善路况的设施。不过环绕着岛屿东南面缓缓行驶了一段距离后，我们来到了一个地方，可以直接从火山锥裂口处看进去。在这里我们看到了一条与滨海公路相交的岔路，这条岔路开始的一段是沿着山坡笔直上去的，之后便不断地拐弯，形成了一条"之"字形的路线。这条路沿着光秃秃的坡面向上爬，一堵深色的墙壁重重描出了山坡的轮廓。不用看萨曼的卫星图像我们也知道，这就是那座建造于 3000 年的马特。

我们开上了这条岔路，刚到之字形道路的第一个转弯，就看到几座低矮的建筑在堆积的火山灰里挣扎着冒出了屋顶。过去一看，原来是一座类似门岗的东西，还有几个阿佛特人开着一个卖旅游纪念品的摊子。这几个人都公然穿戴着帛单和弦索。我们也没跟他们撒谎，但只显出一副旅游者的样子。他们倒是愿意卖东西给我们，是一种用火山灰做的肥皂，但也告诉我们，再往上的路就没法开车了。

后来我们到镇子里购买补给的时候，又看到了公开穿戴帛单弦索四处走动的阿佛特人。看起来不像是戒尊。那可就违反戒律了——阿佛特人开旅游纪念品摊也是。但由此也可以看出，在这里阿佛特人和外人的关系比在玛什特要融洽多了。我迫不及待地想要接近那些阿佛特人，问问他们是认识不认识敖罗洛，但掂量了一下，想着反正明天还能找到他们，倒不如先考虑一下再说。于是我又拖延了一宿，毫无斩获，只做了一堆遥控机械手臂的梦，没完没了，令人沮丧。

夜里睡得很差，早餐时我的话也不多，直到最后才说："假如那些几何学家

不是生物——不是像我们这样有血有肉，坐在机器控制台前的活物。那会不会是很久以前就死了的人，留下程序来自动运行飞船和探测器？"

结果我却成了绝对的话题终结者，只有萨曼，似乎还挺喜欢这个想法。"那样对我们倒是好得多。"他说。我纳闷了好一会儿，才明白过来，他说的我们指的是伊塔人。

我考虑了一下："你是说，那会让你们对世俗政权更有用处？"

他的脸一瞬间就僵住了，我知道我冒犯了他。"我们关心的可能不只是对他们有没有用。"他说，"伊塔人也可以有别的追求。"

"抱歉。"

"想想要是能跟这样一个系统交互，会多么的让人着迷！"他叫道。我轻而易举地得到了解脱。他为这个想法激动异常，并未执着于我的中伤："它最不济也得是一套具有充分决策能力的句法机。但它只能表现出几种特定的行动：飞船运动，传输数据，等等。它传输可观测的东西。"

"我们管那叫'入信'，不过请继续。"

"要想通过分析那些入信来掌握那套句法程序的工作原理，就需要进行一番解码工作。我们伊塔人也得举行一次自己的大集修。"

"那你们就能一劳永逸地解决那个相关性问题了。"我半认真地提出。

他不再心醉神迷地端详天空了，垂下眼光注视着我："你们研究过相关性问题了？"

我耸了耸肩："也许没有你们研究得多。我们在研究分裂的早期历史时学到过。"

"塈普洛克追随者与塈哈利康信徒的分裂？"

"是呀。不过称一群人为追随者，称另一群人是信徒好像有点儿不公平吧，如果你明白我的意思的话。不过不管怎么说，这的确就是我们所说的分裂。"

"普洛克会士对句法派的观点更友善一些……或者可能应该说是番会……"

说到这里，萨曼显得有点儿不大肯定，于是我提醒他说："记住，我们说的是相关性。你我都能做与事物相关的思考。我们脑中的符号是有含义的。问题在于，一台句法设备能否做与事物相关的思考，还是只能生成没有相关性的数码，也就是没有含义的——"

"没有语义内容。"萨曼说。

"是的。就在大改组之后，在塈蒙科斯特集修院，番当上了句法学会，也就是普洛克追随者的同侪之首。她所接受的观点是：相关性并不存在——相关性只是任何一台足够先进的句法机都能创造出来的一种错觉。当时伊文内德里克已经去世了，但他接受的观点和之前的哈利康一样，认为我们的头脑可以做到句法机做不到的事情——也就是说相关性是真实的——"

"我们的思想真的拥有一些超出并凌驾于'零和一'之上的语义内容。"

"是的。这关乎我们的头脑能够领会叙莱亚理学世界中的理想形式这一观念。"

"你们这些人，不是认真的吧？！"犹尔吼道，"我们来这儿是野营的！"

"这就是我们放松的方式。"萨曼也吼了回去。

"是呀，"我说，"如果我们是在工作，我们说的事情可就又枯燥又复杂了。"

"这比听布道还要糟糕。"犹尔抱怨道，但格奈尔可不上他的当。

"让我把这解释成你能听得懂的话吧，堂弟。"格奈尔说，"如果那些外星人只是个大计算机程序，萨曼在这儿动动手指头就能把它关了。那个程序都不会知道是有人在搞破坏。"

"只有在它不具备相关性的情况下才会如此。"我提醒他说，"如果它能够理解那些符号是关于什么东西的，它就会知道萨曼是不怀好意的。"

"所以它得备有一套疯狂的安全保护措施，"犹尔说，"就像那些核弹什么的。"

"如果缺乏相关性，它就会变得无比脆弱，所以你说的对。"萨曼说，"但系统要是带有货真价实的相关性，或假定如此，要蒙骗它可就难得多了。"

"那，"犹尔说着又看了他的堂兄一眼，"你只好'换一种法子'蒙骗他们了。"

"显然那个天堂督察口才可不怎么样，"格奈尔指出，"所以也许布道也并不像你想的那么容易。"

珂尔德清了清嗓子，捧着碗蹙起了眉："呃，倒不是说这个话题不吸引人，可是今天的计划是什么呀？"

这引来了久久的沉默。珂尔德接着说："我喜欢这地方，不过已经开始觉得有点儿毛骨悚然了。还有人觉得毛骨悚然吗？"

"你是在跟一帮大男人说话呢。"犹尔说，"这儿没人想知道你的感觉。"她朝他扬了一把沙子。

"我一直在研究一个问题，"萨曼说，"它本身就令人毛骨悚然，我无法理解为什么在这样一个鸟不生蛋的地方，大罔竟会这么好用……"

"那你现在明白了？"格奈尔问。

"我想是的。"

"你发现了什么？"

"这个岛整个就是个单独的数据包，为一个单独的实体所有。从旧马特时代就是如此了。当时这儿还是一个小公国。随着时代更替，它被不同的帝国踢过来踢过去。国王和大公不时兴的时候，它就会落入一个私人业主或信托基金的手里。等国王和大公又开始时兴了，它便会重新又回到大公或公爵之类的人手里。不过九百年前，它被一个私人基金会买下了，那是个类似于宗产的东西。而且他们肯定跟马特世界有联系——"

"奥利森纳发掘坑，就是我们昨天看见的那个新集修院，就是他们资助的？"

"资助，或者别的什么方式。"萨曼说。

"单独的一次大隙节只有十天，是不够组织起这么大一个项目的。"我指出。

"这处宗产肯定已经规划了很长时间了。"

"也没有那么难。"珂尔德说，"独岁纪马特一年就过一次大隙节。很容易跟他们讨论。有些一年士卒业后成了十年士。他们当中有些人又成了百年士，如此等等。如果这些人从 2800 年开始活动，那到 3000 年的千年大集修的时候，除了千年马特以外，在每个马特里都有他们的支持者了。"

珂尔德的这个脚本让我感到不安，因为这听起来有点儿龌龊，但我却无法驳斥她陈述的事实。我猜我的烦恼在于，我们阿佛特人愿意相信我们才是绝无仅有的眼光长远的思想家，是仅有的能够花上几个世纪孵化一项计划的人，而在她的这个脚本里，却设想出了一个与我们易位而居的世俗世界宗产集团。

萨曼可能也有着相似的感觉。"也有可能这恰恰是个相反的过程。"他说。

我叫道："你是说一伙阿佛特人为了买一座岛而在世俗世界成立了一家宗产？这也太匪夷所思了。"

但我们都知道这桩买卖是萨曼赢了，他显得轻松而得意。我却愤怒而狼狈。主要是因为这些都完完全全符合我最近几周听到的跟宗系有关的种种说法。

而且，每个人似乎都在等我做出答复。"如果像你说的那样，萨曼，那他们，不管他们是谁，无论如何都应该已经知道我们在这儿了。那我想我们就该直截了当。直接开车过去。我要直接走到大门口，敲门，陈述我要干的事情。"

这下我们都恢复了正常，开始为这一天做起了准备，除了格奈尔，他只是一个劲儿跟在萨曼后头打转。"什么样的实体买了这座岛，肯定得有更多的信息吧。我的意思是，得了吧！九百年来这个世上得发生多少事儿啊？"

"很多事儿啊。"萨曼说，"比如，你所属的那个教延续的年头就比这要长不少吧……"他转过脸来研究着格奈尔的表情，"你要说的就是这个吧，不是吗？你觉得这是某种宗教机构？"

格奈尔有点儿吃惊，似乎有点儿打了退堂鼓："我只是说，买卖不可能维持得这么久。"

"但要说埃克巴是一个秘密教会经营的，那就扯得有点儿远了。"

"当我在城里的街上看见公开走动的阿佛特人时，"格奈尔说，"就已经明白了，要解释这事儿就得'扯'得远点儿。"

"我们在玛什特的街上也见过阿佛特人。也许这儿的那些人也是被召唤了或者怎么着了吧。"犹尔边说边行动了起来。

我并不认为我们中有谁会觉得这话可信，包括犹尔自己，但这把我们带进了一个死胡同。"很多阿佛特人，"我说，"特别是普洛克会（番会）的人，都相信叙莱亚理学世界基本上就是种宗教。而且我也有理由相信，奥利森纳下头那些阿佛特人是最激进的 HTW 信徒。所以这到底是不是一个宗教团体，就得看你们怎么定义你们的说法了。"说到最后的时候，我已经变得支支吾吾，只是想象着，要是敖罗洛听见我讲这种斯芬尼克斯派的胡言乱语，是肯定会把我推翻的。连萨曼都转过脸来用怀疑的眼神死盯着我。但他什么都没说，因为我想他明白，我只是在试着让大家行动起来。"你看，"我对格奈尔说，"萨曼的调查才刚刚开始，我们之前也看到了，他得花上几天的工夫才能接入某样特定的东西。不管他们会不会为我敞开奥利森纳的大门，接下来的几天里你们都还有足够的时间去打听和了解。"

"是的，"格奈尔说，"但他们会不会给你开门呢？得看你说的是什么了。而这就取决于你知道些什么。所以也许等上几天更好。"

"我知道的比我说的要多，"我说，"而且我也想今天去。"

【美忒克兰斯】　一位古代理学者，在平面几何方面格外有才能，但在对话中通常保持沉默，在那场毁灭奥利森纳髦殿的火山爆发中葬身于火山灰下。根据那些相信古宗系存在的传说，他是古宗系的创始人（可能并非出于本意）。

——《词典》，第四版，改元 3000 年

两小时后，我已经独自站在了奥利森纳的大门前面。

那围墙有二十呎高，是用大块的棕灰色石头砌成的，这些石头纹理细腻，大小和形状都一模一样。我站在那里等人来应门就等了很久，晒得汗流浃背，倒是有了充足的时间，仔细地查看了这些石头，最后的结论是，这些石头都是用模子铸出来的，是用某种工艺把松散的火山灰熔铸粘结而成的一种混凝土。每一块大约都有一辆小独轮车大小，往大了说，两三个阿佛特人用简单的工具也能搬动。不管怎么说，这墙砌筑得极为规矩，因为所有的石块都是一模一样的。有的石块颜色稍稍偏棕，有的稍稍偏灰，但总体上看来，这面墙就像是用小孩玩的积木搭出来的。两扇门板是钢板做的，在这种气候环境下应该能用上很长时间。一敲完门我就往后退了几步，躲开了钢板辐射出来的蓄热，这两扇门大得足够两辆最大的毂车并排开进去。我回头看了看那个旅游纪念品摊，它就在几百呎下的山坡上。珂尔德斜倚在犹尔的飞驰车阴面，向我挥着手。萨曼用他的唧嘎拍了一张照片。这座大门的两旁是两座带有小网格窗户的圆柱形棱堡。左边的一座有扇小门，也是钢板的。过了一段时间，我又走到这扇小门前敲了敲。这扇门的上半截镶着一扇小窗，大约有我的巴掌大小。差不多十分钟过后，我听见门的另一面有动静。棱堡里面传来开门的声音，然后又是重重的关门声。一条铁闩哗啦一响。那扇小窗吱吱嘎嘎地开了。小窗另一面的房间很暗，我猜

里头应该凉爽宜人。但我的眼睛已经适应了埃克巴正午炽烈的阳光，什么都看不见。

"要知道你在拜访一个不属于你自己的世界，你不能进入此地，除非你誓愿永不再离去。"一个女人的声音响起，说的是带着当地口音的弗卢克语。这是她的分内之事。从嘉尔塔斯时代开始，这种地方的守门人说的就一直是这几句或者类似的套话。

"向您致敬，我的姊妹，"我说，"若您愿意，请让我们说奥尔特语吧。我是堑埃德哈集修院旬岁纪马特埃德哈分会的伊拉斯玛修士。"

停顿了一下，那扇小窗关上了，铁栓也拉上了。我等了一会儿。那小窗又再度打开，我听到一个老妇人深沉的嗓音。

"我是狄玛。"她说。

"向您致敬，狄玛姊妹。伊拉斯玛弟兄听候您吩咐。"

"我是不是你的姊妹，你是不是我的弟兄，在我的头脑中尚未分明，既然你如此穿戴而来。"

"我长途跋涉而来。"我回道，"我在世俗界游方途中，帛单、弦索和球都被人偷去了。"

"此地未召集大集修。我们也未在等待游方修士。"

"这似乎有些冷淡了吧，"我说，"奥利森纳既然是第一批游方士出发的地方，就应当敞开大门迎接归来者。"

"我们的职责是遵守戒律，而不是遵守任何好客的习俗。城里有旅馆，好客是他们的事情。"那小窗发出了一点儿声响，她好像要把它关上了。

"戒律的哪一部分准许阿佛特人卖肥皂给墙外的人了？"我问，"戒律中哪里说过穿帛单的修士可以在彼方的市镇里闲逛？"

"你的言谈有违你自称的阿佛特人身份，"狄玛说，"因为修士应当知道，戒律从一座马特传到另一座马特就会发生变化。"

"许多阿佛特人都不会知道这一点，因为他们永远也不会离开自己的马特。"我嘀咕着。

"正是。"狄玛说。我都能想象到她在黑暗中得意地笑着，得意自己如何灵巧地把话题转回到了对自己有利的一面——因为我正在外面，一个阿佛特人不该在的地方。

"我赞同你们的服装与马特世界其他地方的有所不同。"我开了腔。她打断

了我："我们没有接纳未发过誓愿的人的惯例。"

"那敖罗洛发过誓愿了吗？"

沉默了几秒。然后她便关上了小窗。

我等待着。过了一会儿我便转过身，向我的朋友们挥了挥手，做了一个大大的耸肩动作。我只是隔着门屏窥了一眼这座马特，再重新与他们联系竟变得出奇的困难，就算是这么一个简单的姿势，竟也成了难事。几分钟前我跟他们告别的时候，好像还能按时回去吃午饭似的。但就我所知，我可能下半辈子都得终老于此了。

果然，小窗又开了。"陈述你的事务，自命伊拉斯玛修士者。"一个男人用奥尔特语说道。

"仟岁纪修士嘉德想要知晓敖罗洛关于一些特定事务的看法，遣我前往询问。"

"被遣退者敖罗洛？"

"正是此人。"

"诅革的钟声若为此人而鸣，此人即终生不得再入马特。"那人指出，"况且蒙召唤派往特雷德加赴大集修者，不应该突然现身于世界另一面的另一座马特。"

在我们抵达埃克巴之前我就已经猜到了答案。某些线索也已支持了我的猜想。但奇怪的是，落实我的猜想的却是这地方的建筑。这里的建筑一丁点儿马特风格也没有。"您出的谜语是难猜的。"我承认，"然而细细想来，答案却一清二楚。"

"噢？那答案是什么？"

"这里并不是一座马特。"我说。

"不是马特是什么？"

"在嘉尔塔斯及其戒律出现前千年诞生的一个宗系的隐修院。"

"欢迎来到奥利森纳，伊拉斯玛修士。"沉重的门闩动了，那扇小门开了。

我上前一步踏入了奥利森纳，也进入了这个宗系。

敖罗洛原本有点儿发福，不过由于在髻埃德哈的时候常在葡萄园劳作，也常常攀爬星阵的阶梯，才依然保持着良好的体格。从埃斯特马尔德的相片上看，他在布利岗的时候已经减了一些体重，头发也蓬乱了起来，还长出了浪士才有的胡子。但当我在奥利森纳的大门口把他抱起来转了五圈后，却发现他的身子骨变结实了，既不肥胖也不枯槁，当我终于放开他的时候，泪水已经在他晒得黝黑并刮得干干净净的脸颊上留下了两道湿痕。这便是我的视线被泪水模糊前所见到的一切，后来我不得不独自跑到一边，在高墙的阴影里溜达了一通才恢复了平静。戒律从未告诉我该如何应付这样的事件：张开双臂拥抱一个死人。也许这意味着，对于马特世界来说，现在我也已经死去了，已经进入了某种来世。珂尔德、犹尔、格奈尔和萨曼则担任了为我送葬的角色。

我费了好大劲儿才想起他们还在外面，等着知道事情进展得如何。

这座隐修院里有一座小喷泉。敖罗洛为我舀了一瓢水。喝水的时候，我们一起坐在了钟楼的阴影里。这水带着一股硫黄的味道。

从何说起？"原本想跟您说的话有那么多，老爹，如果可以的话，我会从您被遣退讲起。在后来的几个星期里，我曾有那么多话想跟您说。但是……"

"它们全都倒流了。"

"对不起，您说什么？"

"那些事情在时光中倒流，它们一边倒流一边发生着变化——你的头脑改变着它们——所以无须多说了。好啦，让我们谈点新鲜有趣儿的吧。"

"好吧。您看起来很不错。"

"你却不然。这些疤得来的还体面吧？我希望。"

"不完全是。不过得了不少教训。"但我真不想告诉他那些故事。我们闲聊了几分钟，最后才意识到这有多么荒谬，于是便站起身四处溜达了起来。一位年轻的修士——如果可以这样称呼一个生活在不是马特的马特里的人的话——给我拿来了一条帛单和一根弦索，我把这身世俗的衣服换给了他。然后，敖罗洛带我沿着一条宽阔的小径离开了隐修院，这条路被无数双穿着凉鞋的脚踩实，又被无数辆独轮车轧过，一直通到一个大坑的边上，这坑大得足以装下好几座髻埃德哈大院堂。如果说我们的纪念碑是从地面向上建，在石头上垒石头，那他们的纪念碑就是一铲子一铲子向下挖出来的。这座坑的坑壁太陡了，土壤也太松、太不稳固了，因此他们用粘结的火山灰板把坑壁围护了起来。一道斜坡一直盘旋到了坑底。我开始往下走，但敖罗洛把我拉了回来。"你会发现没人在那下面。越往下就越热。我们都是在夜里挖的。如果你还想走走，我们可以上去看看。"说着他便指向了山腰上面。

看了萨曼的图片，加上昨天的考察之旅，我已经知道奥利森纳有两圈围墙，一圈内墙，一圈外墙。这两道围墙只有在大门所在的地方是重叠的。二十四呎

高的内墙封起了阿佛特人居住的隐修院和他们钻探的那个地洞。外墙则矮得多——可能只有六呎高——所以这更多的是一道象征性的围墙。外墙沿着山腰上部绕行了几千呎，圈起了火山口周围一片地区。从那些图片上可以清楚地看到，山顶部分已经开展了一些矿业工程，可能是为了汲取火山的热能。所以我估计那里会很热，气味难闻而且危险。但从山腰到山顶的中间区域，也就是敖罗洛和我经过的这块地方，已经靠着宗系的劳动变成了绿洲。他们还设法找到了水源，用它浇灌了葡萄、谷物以及各种结果子和产油的树木，同时这些树还能给山路遮阴。每走一步，温度就会稍稍下降一点，微风也会更清新一点。登山的时候我一直都觉得很暖和，但当我们爬到一定高度，停下脚步欣赏风景的时候，边啃着沿途偷来的果子，边吹着海边送来的凉风，汗马上就干了，我就把帛单又裹了裹。

我们越过了奥利森纳树园的上边界，穿过一片长满树瘤、枝干扭曲的树木，来到了一片倾斜的草坡，草坡上撒着一层灰尘似的东西，远远看去就像一片雾。但那实际上是一片白色的野花，也不知怎的就长在了那里。空中还有些五颜六色的虫子飞来飞去，但也没有多到讨人厌的地步。鸟儿正栖在一株株灌木和一丛丛带刺的植物上鸣唱，我猜就是它们在控制着昆虫的数量。我们在一段露出地面的树根上坐了下来，这里的树肯定是在火山平息后的那个春天种下的。敖罗洛解释说，这些还没有我高的树其实是阿尔布赫星最古老的活物。

那天下午我们谈的大部分都是这些观光导游性质的东西。从某种角度来说，谈这些远比谈那些沉重的话题令人欣慰，我们宁愿谈谈鸟和树，谈谈从坑里挖出了多少立方呎的土，谈谈发掘出了几座垦殿的建筑，而不是谈什么几何学家、大集修、宗系。后来我们又步行下了山，跟这里住的百十来位修士修女一起在饭厅吃了顿饭。他们的同侪之首是兰达舍尔修士，就是第三位在门口询问我的人，他郑重地向我致了欢迎辞，还以我之名向大家祝酒。这酒我一不小心就喝多了，它的味道远远强过敖罗洛在堃埃德哈那座饱受冰霜的葡萄园里酿出来的，喝完我便借着酒劲倒在一间单人寝室里。

宿醉弄得我浑身酸软难受，醒时我还以为自己睡过头了——但其实不然，天色还早，夜班的挖掘者刚带着他们的镐头、泥刀、刷子和笔记本从坑里上来，还唱着欢快的进行曲。他们修建了一座浴室，把火山温泉喷出的热水导入了几个竖井，只要在里面站上十秒就能把你冲得干干净净。我进了一个竖井，冲了起来，直到喘不上气出来，用新质的帛单擦干了身子。这对我多少有点儿益处。

但真正让我困惑的是重归马特世界带来的冲击，这里的时间观念与我已渐渐习惯的墙外世界截然不同。更糟的是还没人向我解释过这个地方的规矩。它在很多地方都与嘉尔塔斯会的马特相似。但他们却没让我发誓愿，我觉得我似乎可以随时走出那扇门去。只有在跟不明就里的人打交道时，他们才假装这是一座马特。阿佛特人的身份只是他们的幌子。但那也不是谎言，因为他们对自己工作的投入跟生活在堃埃德哈的阿佛特人毫无二致。也许还更甚，因为他们的工作不会受规矩的妨碍，也不用屈从于任何裁判所的命令。

一走出淋浴室，兰达舍尔修士就拦住了我，向我介绍了一位年龄与我相仿的姑娘，斯普丽修女。或者不如说是二次介绍，因为她便是昨天在门口跟我说话的第一个人。看到她我竟尴尬地想到了艾拉。兰达舍尔解释说，要是我想下去看废墟就得趁现在，否则就来不及了，因为再多等一会儿那里就太热了。斯普丽修女是来给我当向导的，她还带了一篮子食物，我们可以边走边吃。从他们的表情来看，看得出他们都期待着我做出激动不已的表现。还有比这更合乎情理的吗？我只能假装感激不已，其实我想做的是叫醒敖罗洛，跟他谈谈迫在眉睫的世俗事务。

昨天还不知道我在门前会碰到什么状况，所以我跟珂尔德、犹尔、格奈尔和萨曼制订了个计划，如果我进去了，他们就在那里等上我一个小时，一小时后如果什么都没发生，他们就会回去，三天后再来，到那时我就得想办法传话出去，告诉他们接下来该怎么办。我估计这三天一眨眼就会过去，所以说良心话，我没心思跟着一个刚认识的姑娘去旅游观光。但我还是怀着暴躁的情绪往坡道下走去，一条胳膊上还挎着斯普丽修女的野餐篮。

不过到达坑底的时候，我的情绪已截然不同，我踢掉了凉鞋，赤足感受着阿德拉贡踩过的铺路石、狄亚克斯挥舞过耙子的堃殿阶梯、一代又一代自然哲学家祭祀举行普洛维纳尔的日行迹，还有整个地方被火山灰掩埋的一刹那。我迷失在思绪中的美忒克兰斯伫立过的四处散落着地砖的十边形广场。

"你们找到他了吗？"几分钟后，我们从篮子里边拿水果吃边喝水的时候，我问斯普丽。

"谁？美忒克兰斯？"

"是啊。"

"找到了。他是我们，我是说他们，我的前辈们最先寻找的目标。他们找到他了，站立着，变成了——"她犹豫了，看起来有点儿畏惧和嫌恶。

"骷髅？"

"铸像，"她说，"他的全身铸像。如果愿意的话你可以看看。当然我们只是推测这就是美忒克兰斯。不过倒与传说完全吻合。他的头还低着，你知道，就好像正在看着那些地砖。"

我们享用小型野餐的这片广场——美忒克兰斯被掩埋并被铸成石像的地方——便是用以证明泰格龙问题的地方。这广场很平坦，呈十边形，可能有两百呎宽，地面上铺着光滑的大理石板。古代的时候，这片广场上备有大量用黏土翻模烧制成的地砖。模子有七种，因此地砖的形状也分七种。它们的形状可以拼出无数种的图案来。正方形或等边三角形就做不到这一点；它们拼在一起别无选择，只会形成连续的重复图案。但只要你有足够多的泰格龙砖块，就永远有不同的拼法，就能不断地做出新的选择，哪怕砖块只有七种形状。即便是到了现在，这地方还是散落着成百上千的砖块，现代奥利森纳人也还在拿它们拼一些小块的图案，这儿一片那儿一片的，到处都是。我蹲下来看着其中的一片，又向斯普丽投去了询问的目光。"请吧，"她说，"这是现代复制品。我们找到了原来的模子！"

我捡起一片砖块仔细看了起来。这刚好是个四边形：菱形的。它的表面上还铸着一道凹槽，弯曲着从一条边伸到了另一条边。我把它拿到十边形离我最近的一个顶点放了下去，它的钝角恰好完美地与十边形的角重合。

"啊，"斯普丽修女冲我揶揄道，"直奔最困难的问题了，哈？"

她说的当然是泰格龙问题了。她转身去了对面的顶点，也在那边放了一块砖块。我又搜罗了几种其他的砖块，凑齐了七种不同的形状。我随便选了一种放在第一块的旁边。这块砖也有一道弯曲的凹槽，所有的砖块都是这样，我旋转着这块砖，直到它的凹槽跟第一块的接上，变成一条连续的线条为止。它们之间的夹角处还能再放一块。这样又产生了新的机会，让你再放第四块，第五块……我就这样玩起了泰格龙。这个游戏的目标是从一个顶点开始拼砖块，让图案不断扩展，直到铺满整个十边形；但砖块上的凹槽要形成一条连续不断的曲线，从第一个顶点直到最后一个，也就是对面斯普丽修女放下砖块的地方。这条曲线必须要经过被铺满的十边形上的每一块砖面。一开始还挺容易——顺其自然就能拼下去。但到了一定的时候，这两个目标就产生了冲突——要把整个棋盘铺满就没法让曲线连续了。我只好把先把手头的放下，回过头去重新铺起，同时调转凹槽的方向好让这一段连接起来。问题圆满地解决了。可几分钟后我就发现在三个地方都出现了接不上的断头儿，再想把它们都连起来已然无望。在某个层面上来说，这只关乎外轮廓的形状和它如何发展的问题。对这个游戏来说，已经拼好的砖块对后边的砖块并没有影响——或许你会这样想。但其实拼好的任何一块砖都会决定十边形上所有其他砖块的位置。

古代的奥利森纳人推测，在拼十边形的游戏里砖块可以是非周期性的：任何图案都不会重复出现。这种非周期性砖块就被叫作泰格龙砖块。但人们并不知道该如何证明这一推测。如果使用正方形或三角形的砖块，或任何周期性的砖块体系，泰格龙问题便会自然而然地迎刃而解，当然也就不存在泰格龙问题了。但使用了非周期性砖块就不可能了，或者说至少是希望渺茫，除非你拥有神一般的能力，能一下子在头脑中看到整个图案。美忒克兰斯相信最终的图案存在于叙莱亚理学世界，也只有培养出看透叙莱亚理学世界的能力才能解决泰格龙问题。

斯普丽修女清了清嗓子。我抬头看了看，发现自己正蹲在一片五十呎宽的图案边上。天气已经热起来了。

"抱歉。"我说。

"有人会用棍子扒拉着拼砖。那样腰背就不会太累。"

"我们大概该走了吧，哈？"

"马上。"她应允道。

但她还要展示一些古建筑遗迹，我只好跟在她的后面。这些古建的屋顶全都不见了，这是很自然的。有好些柱子还立着；那些层叠的石块，原本是墙壁的下半截，现在已经被上半截塌下来的石块埋了一半。不过我们看的主要是这些建筑的台基、地板、阶梯和广场。坑里正在发掘的区域用细绳在地上拉着方格，这些格子讲究得连阿德拉贡都得赞叹。石块上还用毛笔工整地标上了字母和数字，都是过去几个世纪里的发掘者们标的。我知道上头有个类似博物馆的地方，他们发掘出的很多人造物品都放在了那里，大概也包括美忒克兰斯的铸像吧。我想那里大概应该没有太阳，通风良好，而且还凉快。"好吧，咱们离开这个烤肉坑吧。"我提出了建议，斯普丽修女也没反对。

我们在坑里待得比预想得更久，是因为这里太迷人了。但更主要的原因在于——虽然我可能并不是争强好胜的人——但这的确是我在这趟旅行中能做的唯一一件看起来跟杰斯里的太空探险一样酷的事儿。

经过了一段时间的恢复，我已经有点儿忘了自己的伤了，所以开始往上爬

的时候，我还跟昔日所有痴迷于泰格龙的几何学家一样，念叨着那些砖块儿。不过我的伤很快就开始给我上课了，兴奋也被疼痛一扫而光。余下的路程中就只剩沉默而漫长的蹒跚了。我得再冲一次澡了。我又一次睡着了，醒来的时候已经是下午了。敖罗洛在厨房值日。我去给他帮忙，但我们也没谈什么实际的。于是三天中的一天半就这么被我食不知味地吞掉了。当天晚上就寝前，我提醒敖罗洛，第二天我们一定得谈点重要的事儿了。于是我们便在第二天早饭后又一次徒步登上了那片草场。

【**司康派**】践行时代的一个理学家群体，他们常在巴里托夫人家中聚
会。关于人对外部事实的感知问题，司康派提出了一种支派理论，认
为我们并非直接领会物质宇宙，而是通过感觉器官的中介来领会。

——《词典》，第四版，改元 3000 年

"在我初登布利岗的时候，"敖罗洛说，"就像那些大改组后不能再用原子对
撞机的可怜宇宙学家一样。"

"是的，我看见那台天文望远镜了，"我告诉他说，"还有您打算拍的那些
二十面体的照片……"

他摇着头："用那个东西什么都看不见，所以我对外星人的研究只能以我能
观察到的为依据。"

我没明白这话的意思。"好吧，"我说，"那又是什么？"

他看着我，有点儿吃惊，就好像这答案本应昭然若揭一样："我自己呀。"

我感到不知所措。这只能说明我面对的还是那个敖罗洛。"自我观察怎么能
帮您理解那些几何学家呢？"我问。我已经告诉他了，人们现在是用这个词来
称呼那些外星人的。

"噢……从司康派开始说是个不坏的主意。还记得苍蝇－蝙蝠－蚯蚓吗？"

我笑了："几星期前才复习过。阿尔西巴尔特用它来跟一个外人解释我们为
什么不信神来着。"

"啊，但苍蝇－蝙蝠－蚯蚓说的并不是这个。"敖罗洛说，"它说的只是我
们单靠纯粹的思考是无论如何也得不出任何关于非时空性事物的结论的——比
如神。"

"的确。"

"司康派对他们自己的观察必定也适用于外星人的大脑。不管他们在其他方面与我们有多不一样，但他们肯定要把感官入信整合成他们周边世界的连贯模型——这个模型也肯定是悬挂在时空框架内的。总而言之，就是他们会如何共享我们关于几何学的观念。"

"但他们共享的并不止于此，"我指出，"他们好像还共享了真理和证明的观念。"

"这倒是个合理的假设。"敖罗洛谨慎地耸了耸肩膀说道。

"不仅是假设！"我抗辩道，"他们在飞船上画出了阿德拉贡定理！"

这对他来说还是个新闻。"噢？真的吗？太不要脸了！"

"您没看见那个吗？"

"我得提醒你，我还没看见自己拍的最后一张外星飞船照片就被遣退了。"

"当然。不过我以为您之前已经拍到过别的照片了——您都已经拍了好久了。"

"只有条纹和斑点！"敖罗洛自嘲道，"我才刚学会怎么把那东西恰如其分地拍出来。"

"那您还从没见过那个几何证明式？或者那些字母，那四颗行星？"

"没错。"敖罗洛说。

"好吧，那您还得再了解好多事儿呢，要是您想思考关于几何学家的问题的话，五花八门的新信息还多着呢！"

"我能看出那些新信息有多让你激动，伊拉斯玛，我也希望你对它们的研究一帆风顺，但恐怕对我来说那只能成为对主线研究的干扰。"

"主线——我不知道您这是什么意思。"

"伊文内德里克数据分析呀。"敖罗洛说，说得就像是一件显而易见的事儿似的。

"数据分析，"我翻译道，"应该是对入信的研究或辨识？"

"是的——我们的头脑必须处理的基本想法和印象，就是这个意义上的入信。堲伊文内德里克在原子对撞机被禁用之后，后半辈子研究的就是这个。当然，他的直接先驱是堲哈利康。哈利康认为，司康派的思想迫切需要一次彻底的修正，才能跟得上巴里托时代以来的新发现——也就是理学和它在物质世界应用方面的新发现。"

"好吧——那他是怎么做的？"

敖罗洛做了个鬼脸："很多记载都失传了，但我们认为他过于忙着驳斥普洛克，忙着摆脱普洛克派来纠缠他的那些小人物了。于是这个工作就落到了伊文内德里克的手上。"

"宗系一直以此为己任吗？"

敖罗洛冲我做了个鬼脸："不完全是。噢，原则上是个重要的任务。要不是外星大飞船都飞到头顶的轨道上了，这事儿可是出了名的没人爱干。"

"所以，那么……您现在觉得这件事儿值得一做了？"

"咱们还是单刀直入吧。"敖罗洛说，"你是怕我钻牛角尖吧。你是不是觉得，我在布利岗上追随这条研究路线，不是因为它值得，只是因为跟几何学家相关的可靠信息我一条也没有？现在既然我们已经有了证据，可以证明他们现在或过去在肉体与精神上都跟我们相似，那就应该放弃这条线路了？"

"是的，"我说，"我就是这么想的。"

"这一点我刚好不同意。"敖罗洛说，"但我们之间的关系已经不同了。我们已经不再是老爹和弟子了，我们现在是弟兄对弟兄，而弟兄之间的意见总是相左的，真诚而友善地相左。"

"谢谢您，可到现在为止我觉得这还是老爹与弟子的谈话啊。"

"主要是因为我比你先走了一步。"

对他的毫不客套我不置可否："听着，不知道我能不能让您先把伊文内德里克数据分析放在一边儿，但咱们真得先谈一小会儿世俗事务了。"

"悉听尊便。"敖罗洛说。

"我们好几个人都被召唤到特雷德加去参加大集修了。"我说，难以置信的是，对于我为什么会出现在奥利森纳，敖罗洛到现在还没表现出一丁点儿好奇，"其中有位嘉德修士，是个千年士。他陪着我、阿尔西巴尔特和利奥到了布利岗……"

"……看见我寝室墙上的那些页子了。"

"他——嘉德——很快，快得出奇，几乎一眼就看出您来了埃克巴，而且我猜他也看出您对几何学家有了自己的想法，对此他想了解得更多一点儿。"

"这既不快也不出奇。"敖罗洛说，"所有事情都是有关联的。对于嘉德修士来说，他一进去就应该马上明白了。"

"怎么会？你们这些家伙有联络吗？你们违反戒律了？"

"你说'你们这些家伙'是什么意思啊？你不会是对宗系也抱着什么肥皂剧

式的想法吧，嗯？"敖罗洛说。

"好吧，就说说这件事儿吧！"我抗辩道，"您该说些什么呢？"

"如果我对气象学感兴趣的话，"敖罗洛说，"我就会花很多时间去观测天气。我就会跟其他我从来没见过的气象观测者有很多交集。因为我们观测的都是相同的现象，所以我们所想的东西自然也会相似。被你想成神秘的宗系阴谋的那些事九成都能用这个来解释。"

"不过您不是在观测天气，您是在思考伊文内德里克数据分析啊？"

"没多大差别嘛。"

"但您的墙上并没有什么关于伊文内德里克数据分析的东西可以给嘉德修士看呀。只有关于奥利森纳的材料，还有个宗系图表。"

"被你当成宗系图表的东西实际上是试图理解叙莱亚理学世界的人的人物谱。而且如果你顺着这个树形图往下捋，这么说吧，再把所有盲信者、迷信狂、慕像者和死胡同都砍掉，你最后会发现它看起来其实并不怎么像树，倒更像根木桩。他的起点是克诺乌斯，一路经过美忒克兰斯、普洛塔斯和其他一些人，大概到一半的地方你就会碰上伊文内德里克。"

"所以只消看一眼您那棵树砍成的桩子，嘉德修士就能马上猜到您在研究伊文内德里克数据分析了？"

"他还应该猜到，我这么做是希望可以顿悟到几何学家的思维组织形式。"

"那埃克巴呢？他又怎么会猜到你去了埃克巴？"

"嘉德修士这辈子住过的所有寝室，都被创立这座马特的人住过。他应该知道或者推断得出，只要我到这个地方来，他们就会让我进门并为我提供食宿，而且我在这儿显然能比在布利岗过得更好。"

"好吧。"这让我觉得卸下了一副担子，这幅担子我可是从桑布勒一路扛到了现在。"所以并没有什么阴谋。宗系并没有通过什么密信搞联络。"

"我们随时都在联络，"敖罗洛说，"就是以我刚才提到的那种方式。"

"观察同一片云的气象学家。"

"把这当作我们谈话的背景蛮好。"敖罗洛说，"但你的担子还没卸呢，就是你带进这道门来的信息或任务，看起来好像相当重要的样子。嘉德修士给你派了什么使命？"

"他说'那就一直向北，直到你明白为止吧'。我猜这部分的任务我现在已经完成了。"

"噢，真的吗？我很高兴你明白了。可恐怕我对这些事儿还一头雾水呢。"

"您知道我说的是什么！"我猛地打断了他，"他暗示了我过后应该回特雷德加去。他还保证过我不会遇到麻烦。我猜他是想让我带上您，带您回去参加大集修。"

"那关于几何学家，我总得有点儿有用的想法才行。"敖罗洛试探着说。

"哦，那就是大集修的重点，"我提醒他说，"得有用。"

敖罗洛耸了耸肩："我恐怕还没有足够的入信可以使用——跟几何学家相关的。"

"我确信在那里可以得到所有的入信，在特雷德加。"

"他们搜集的可能恰恰是错误的信息。"他说。

"那就去那里告诉他们应该搜集什么吧！嘉德修士会需要你的帮助的。"

"对于我和嘉德修士这种脑袋瓜，这个叫大集修的东西就是一种世俗/马特杂交怪，改变它的行为就像是一种政治活动，那可是我最不擅长的了。"

"那就让我试着帮点忙吧！"我说，"告诉我您做了些什么。让我回去参加大集修并想法子让它发挥上作用。"

敖罗洛一言不发地看着我，他那个表情，说得好听点儿就是充满慈爱且忧心忡忡。他在等待我的脑子跟上我的嘴。

"好吧，"我说，"也借助一点别人的帮助吧，或许。"我想起了选遴之前跟图莉亚的那次谈话。

"我没法建议你在大集修上干些什么，"最后他说，"不过我很乐意解释一下我最近在干什么。"

"好啊——洗耳恭听。"

"这对你去参加大集修不会有什么帮助，实际上，它有可能还会害了你。因为这听起来太疯狂了。"

"好啦。不就是叙莱亚理学世界那些事儿吗，我早就习惯别人把我们想成疯子了！"

敖罗洛扬起了一条眉毛："比起那个，我觉得我要跟你讨论的东西还没有那么疯狂。不过叙莱亚理学世界嘛——"他朝着奥利森纳发掘坑的方向点了点头，"——是种令人如沐春风的疯狂。"他停了一会儿，又把目光移回到我的脸上。

"你现在在跟谁说话呢？"敖罗洛问。

这个怪问题让我乱了阵脚，过了好一会儿我才确定自己没有听错。"我在跟

敖罗洛说话。"我说。

"这个敖罗洛又是什么？如果一个几何学家降落到这里，跟你说起话来，你该怎么向它描述敖罗洛呢？"

"我会说，就是站在那儿的那个男人，那个非常复杂的、生着双足的、微微发热的、会活动的实体。"

"但那要看几何学家是怎么看待事物的了，它有可能回答说：'我什么也没看见啊，那儿只有一片真空，里面稀疏散布着一些概率波。'"

"好吧，'真空里稀疏散布着的一些概率波'正是对宇宙万物的准确描述，"我指出，"所以如果几何学家没法比这更有效地辨识物体，几乎就没法把它看成是有意识的生命。归根结底，如果它能跟我交谈，它就肯定是把我辨识为——"

"别急，"敖罗洛说，"咱们就假设你是通过在唧嘎上打字或者类似的方法在跟几何学家说话。现在你必须用那些数码来提供一段对敖罗洛，或者对你自己的描述，得是它能认识的。"

"好吧，我会先跟几何学家对描述空间的方式达成协议。然后说'注意位于我前方五呎的一块空间，大约六呎高，二呎宽，二呎深。在这个箱形空间内，我们称作物质的那种概率波比界外更为密集'。就是诸如此类的吧。"

"更密集是因为在这个箱形空间里有很多肉，"敖罗洛拍着他的肚子说，"但它的外面只有空气。"

"是的。我应该想到，所有有意识的实体都应该能分辨肉与空气的界限。界限以内的就是敖罗洛。"

"有趣的是，你竟然这么肯定有意识的生物应该能做什么。"敖罗洛提出了警告，"我看看……那这个呢？"他抓了一把自己的帛单。

"就像我能描述肉和空气的界限一样，我也能描述帛单材料和肉和空气的差别，解释说敖罗洛裹在帛单材料里。"

"那你就是在假设了！"敖罗洛责备我说。

"比方说？"

"假如跟你讲话的几何学家在它们的文明里已经被反复灌输过跟司康派相当的思想了。那他就会说，'等一下，你并不能真正了解事物本身，你不可以陈述事物本身——你只能陈述你的感知'。"

"的确。"

"那你就得用你真正能用的入信重新组织你的陈述了。"

"好吧，"我说，"不说'敖罗洛裹在帛单材料里'了，我说'当我从我站立的地方注视敖罗洛的时候，我看到的几乎全部是帛单，只露出一点属于敖罗洛的部分，他的头和他的双手'。但我没看出这有什么关系啊。"

"之所以有关系，是因为几何学家无法站在你所站的地方。它只能站在别的什么位置，从一个不同的角度看到我。"

"是这样没错，但帛单是整个裹着你的身体的呀！"

"你怎么知道我背后不是光着的？"

"因为我已经见过很多帛单了，我知道它们的用法。"

"但如果你是个几何学家，是第一次看见帛单呢——"

"我还是能推测出你的背后没有光着，因为如果你背后光着，那帛单垂下来的样子就不一样了。"

"那如果我把帛单脱掉，光着站在这儿呢？"

"那又怎样呢？"

"你该怎么跟几何学家描述我？你眼睛看到的会是什么？几何学家看到的又是什么？"

"我会跟几何学家说，'从我站着的地方，我看见的都是敖罗洛的皮肤。从你站着的地方看到的，噢几何学家，应该也是如此'。"

"那为什么应该也是如此？"

"因为没有皮肤，你的血和肠子、肚子都得流出来了。既然我没看见你身后有一摊血和肠子、肚子，我就能推测出你的皮肤还在原地。"

"就像你提出我的帛单裹着我的后背这个论断，你是根据可见的部分推测来的。"

"是的，我猜基本原理都是一样的。"

"好吧，看来你称之为意识的这个过程比你一开始可能以为的要复杂。"敖罗洛说，"一个人必须能够从真空里稀疏散布着的一些概率波中汲取入信——"

"即能看见物体。"

"是的，还要能运用技巧把那些入信整合成能被意识接受的看起来具有持续性的物体。但这还不是全部。你只能感知我的一面，但你一直都在对我的另一面做着推论——推论我的帛单裹着我的后背，推论我背面有皮肤——这些推论反映的是你对理学法则的本能理解。你之所以能做出这些推论是因为你在头脑里做了一些小小的思维实验：'如果帛单没有裹着后背它下垂的样子就会不同。''如果敖罗洛没有皮肤他的肠子肚子就会流出来。'在这些事例中，你都是在运用你对动力学法则的理解来对你头脑内部的一个小型虚拟宇宙进行探索，然后你就像播放斯皮里似的让那个宇宙以快进的方式运行，看看在那个宇宙里背后没有帛单或皮肤会发生什么。

"而在你向几何学家描述我的时候，你头脑中的活动还不止这一样，"敖罗洛停了一下，喝了口水，又接着说，"因为你永远也不能忘记你和几何学家处于不同位置的事实，你得考虑他们是从不同的视点看到我的，接受的入信也不一样。从你站的地方，你可能能看到我鼻子左侧的斑，但你拥有的智慧让你能够理解，几何学家从他所站的位置是看不到那个斑的。这是你的意识在不停地建造虚拟宇宙的另一种方式：'如果我站在几何学家的位置，我观看那个斑的视线就会被阻断。'你对几何学家产生共情的能力，想象一件东西在他人来看是什么样子的能力，不仅仅是一种礼貌。这是一种本能的意识过程。"

"等一下，"我说，"你是说，如果我不在想象中复写出整个宇宙来，我就没法预料到几何学家看不到那个斑吗？"

"不是精确的复写，"敖罗洛说，"而是极为近似的复写，其中所有东西都是一样的，只有你站的位置不同。"

"对我来说，要取得这个结果似乎还有简单得多的办法。也许我拥有站在那个角度看你的记忆。我只要从记忆中调出那个图像，告诉自己'嗯，没有斑'，就可以了。"

"这是种相当合理的想法，"敖罗洛说，"但我必须警告你，如果你要找的是一个关于头脑如何工作的简单易懂的模型，那这个想法可对你没有多大帮助。"

"为什么没有呢？我只是在说记忆。"

敖罗洛哈哈大笑，然后又控制了自己一下，尽量显得委婉地说："说了这么半天，咱们说的都是关于现在的。咱们只谈了空间——还没谈到时间呢。现在你要把记忆也带进讨论里来了。你提出，要调出你在一个不同的时间从不同的角度感知敖罗洛的鼻子的记忆：'我昨天晚饭的时候坐在他的右边时是看不到斑的。'"

"这看起来很简单啊。"我说。

"你可以问问你自己，你的大脑中是什么东西使你能够做这样的事情的？"

"哪样的事情？"

"在某天晚饭时接收一套入信。现在——或者是一两秒前吧——再接收另一套入信，总之就是每时每刻都要各接收一套！而且每一套入信讲的都是同一个人，敖罗洛。"

"我不觉得这有什么大不了的。"我说，"这不过是模式识别。句法设备都能做到。"

"它们能吗？给我举个例子吧。"

"好吧……我猜可以举个简单的例子……"我向周围看了看，碰巧发现头顶的高空中有一条飞机留下的尾迹。"比如雷达在满是飞机的天空中追踪一架飞机。"

"那你告诉我它是怎么工作的吧。"

"天线会四处转。它会发送脉冲。回声会返回来。根据回声返回的时间延迟，它就能计算出不明飞行物的距离。而且它也知道不明飞行物的方向——这很容易，就是回声返回来时天线的指向。"

"它一次只能察看一个方向。"敖罗洛说。

"是呀，它的视域极窄，只有朝各个方向不停旋转才能得到补偿。"

"跟我们有点儿像。"敖罗洛说。

这时我们开始并肩往山下走去。敖罗洛接着说："我没法一下子看到所有方向，但我常常会向边上瞥一眼，好确认你还在那里。"

"是呀，我猜是这样的。"我说，"您的头脑中有一个周围场景的模型，其中也包括位于您右手边的我。您只要一直按着快进按钮就能让它运行一会儿。但您还得常常用新的入信对它进行更新，否则就会跟实时发生的情况产生冲突。"

"雷达系统是怎么处理这种情况的呢？"

"哦，天线每转一圈就会把天上所有东西的回声都收集一遍。它会认清它们的位置。然后它会再次转动，再收集一套新的回声。新的这套和前一套是相似的。但所有不明飞行物的位置现在都稍有改变，因为所有的飞机都在移动，每一架都有自己的速度，自己的方向。"

"我也能看出人类是怎么观测的，观看屏幕上定位出的不明飞行物，就能在头脑中组装出一套模型，模拟出这架飞机在哪里和怎样移动，"敖罗洛说，"用同样的办法我还能把斯皮里的每一帧画面连接起来，在我的头脑中形成一个连续的故事。但雷达系统中的句法设备是怎么做到这一点的呢？它所拥有的不过是一份时时更新的数字清单。"

"如果只有一个不明飞行物就很简单。"我说。

"我同意。"

"或者只有几个，位置比较分散，移动又缓慢，路径不交叉。"

"我也同意。但如果有很多快速的不明飞行物，彼此靠近，路径交叉呢？"

"人类观测者就能简单地处理这个问题——就像看一段斯皮里那样。"我说，"句法机就必须能做人脑所做的某些事情才行。"

"那又是什么呢？准确地来说？"

"我们能感觉出什么是可信的。好比说有两架飞机，都坐满了乘客，都在以音速飞行，在雷达两次扫描的间隙，它们的路径呈直角相交。机器是无法区别这两个不明飞行物的。于是这些入信就有了几种可能的解释。一种是两架飞机都在同一时刻猛地拐了个直角，各自飞向新的方向了。另一种可能性是它们撞上彼此后又像橡皮球似的弹开了。第三种解释是这两架飞机处于不同的高度，所以它们没有相撞，只是继续沿直线飞行。这种解释是最简单的，而且也是唯一一种符合动力学法则的。所以句法机就必须配有程序来评估对入信的不同解释，并选择其中最可信的一种。"

"所以，我们还得教给这台设备一点东西，就是我们所了解的那些支配我们的宇宙在亥姆空间中运动的行为准则，还得命令它过滤掉那些偏离了可信世界轨迹的可能性。"敖罗洛说。

"那只能是非常粗糙的，我猜。因为它并不是真的知道如何运用亥姆空间中的行为准则以及所有那些东西。"

"我们知道吗？"

"我们中一些人知道。"

"理学者，是的。但一个完全没有理学知识的愚氓接球手也知道球可能怎么运动，更重要的是，他知道球不可能怎么运动。"

"当然。就算是动物也能做到这点。敖罗洛，伊文内德里克数据分析要把我们带到哪儿去呀？我看这跟我们在家的那次粉红龙对话有点儿联系，就是几个月前那次，不过——"

敖罗洛的脸上出现了一种滑稽的表情，他已经忘记了："噢，是的。关于你和你的担心。"

"是的。"

"那就是动物干不了的事儿了，"他指出，"它们会对近在眼前的具体威胁做出反应，却不会为未来几年里的抽象威胁而担心。那得有伊拉斯玛那样的头脑才能做到。"

我笑了："我最近已经没有那么担心了。"

"很好！"他伸出手来在我的肩上充满感情地重重一击。

"可能是因为善全素。"

"不，这是因为你现在有了真正要担心的事了。不过请提醒我一下，那次咱们说的是什么来着？就是粉红神经毒屁龙的那段。"

"咱们发展出了一种理论，认为咱们的头脑能把各种可能的未来设想为一些通过位形空间的轨迹，然后再把那些不符合现实行为准则的排除。杰斯里抱怨说这是杀鸡用了宰牛刀。我同意。但阿尔西巴尔特反对。"

"这是在帕弗拉贡修士被召唤之后的事儿了，不是吗？"

"是的。"

"阿尔西巴尔特此前一直在读帕弗拉贡的著作。"

"是的。"

"那你告诉我，伊拉斯玛修士，你现在是同意杰斯里还是同意阿尔西巴尔特？"

"要说我们的头脑中随时都在树立和推倒一个虚拟宇宙，我还是觉得有点儿奇怪。"

"我已经很习惯这种想法了，不这么想反而显得奇怪。"敖罗洛说，"不过也许咱们明天可以再溜达一趟，接着讨论这个问题。"此时我们已经到了马特的边上。

"我也这么想。"我说。

快到隐修院的时候，都能闻到做晚饭的气味了，我才想起第二天还要给我的朋友们送信息出去。但现在说这个也不是时候，我便决定第二天早晨再跟敖罗洛说。

我一直以为这能迫使敖罗洛做出决断，但我一跟他解释，他就指出了一个明显得令人难堪的漏洞：三天的期限完全是随意定的，所以最好的办法是把它抛到一边再也不提。他叫来了兰达舍尔修士，兰达舍尔提出可以把我的朋友们请进马特，让他们一直住到所有事情都解决了为止。我不禁大吃一惊，直到最后才想起，这里做事情的方法和别的马特不同，兰达舍尔用不着听任何人的，唯一的例外可能只有那个拥有埃克巴岛的宗产机构。后来我又觉得我那四个朋友

肯定没兴趣在这么个地方逗留。但两小时后，在我走出大门，下到旅游纪念品铺去跟他们解释这些事儿的时候，他们连商量都没商量就一致认可了。这件事弄得我有点儿紧张，于是我就陪着他们回到海湾去拆帐篷，又趁着下午匆匆地跟他们讲了一下马特的礼仪规范。我尤其担心加涅里埃尔·克拉德会对着他们祈祷。但犹尔带头儿开起了我的玩笑，很快所有人都嘲笑起了我的多虑，我也意识到了自己对他们的冒犯。所以在回到奥利森纳的路上我就什么都没再说了。他们把珂尔德、犹尔、格奈尔和萨曼从大门请了进来，还给了他们几间类似于客房的房间，这些房间跟隐修院是分开的，可以把唧嘎和其他的世俗物品放在那里。他们把唧嘎留在客房，穿着墙外的衣服与我们共进了晚餐，兰达舍尔修士郑重地向他们敬了酒，还致了欢迎辞。

　　第二天一早我便把他们叫醒，带着他们下到发掘坑去参观了一趟。格奈尔的表情看上去就像亲眼看见了神明显灵一般，不过平心而论，我跟着斯普丽修女下去的时候，脸上可能也是一幅类似的表情。

　　我问萨曼他有没有查到是谁在经营埃克巴，他说"查到了"，又说"结果很无聊"。经营埃克巴的是一个市人，第三次劫掠之后，他成了一位热衷于奥利森纳事物的迷信狂。他很有钱，于是便买下了这个岛，还为经营这事儿设立了基金会，并制定了一项冗长的地方法规，足有一千页之多，他打算把这当成一项永久性的法规，所以法规涵盖了他能想到的所有情况。拥有这项法规执行权的是一个混合了世俗与马特力量的理事会，萨曼讲得兴致勃勃，我却听得心不在焉……

　　在奥利森纳安顿几位朋友花了我两天的工夫。之后我才重新开始跟敖罗洛一起上山散步。

【对话】　理学者之间的交谈，通常为正式的对谈。"插话"指的是临时起意加入讨论。对话录指的是历史对话的书面记录；这类文献是马特文字传统的基石，可供弟子们研习、演练和背诵。经典形式的对话包含两名主讲人和若干旁观者，旁观者偶尔也会加入其中。其特点在于，对话成员中包括一名博学之士、一名求知的普通人和一名愚钝者。还有数不清的其他形式，比如学苑式、裴利克林式和游方式对话。

——《词典》，第四版，改元 3000 年

"我知道上次谈话没能完全满足于你，伊拉斯玛。为此我向你道歉。这些想法还悬而未决。我正被一种感觉折磨，觉得我几乎就置身于某种超乎我理解力的东西的眼皮子底下。我梦见自己置身于大海，踩着水，努力想要瞧见海岸边的灯塔。但视线却被浪头挡住了。蹿得最高的时候我也只能瞥一眼灯塔。但不等我记清楚看到的东西，就又因为自重落了下去，被一个浪头拍在脸上。"

"每次我努力想弄明白一件新事物时，都会有这种感觉。"我说，"然后，有一天突然就——"

"就明白了。"敖罗洛说。

"是的。想法就在那里，已经完全成型了。"

"很多人都提到过这种感觉，当然。我相信，它在深层上与我那天谈到的思维过程是有关联的。是大脑在利用量子效应，我确定。"

"我对这个知道的不多，只知道您刚讲的这些人们已经争议了很久很久了。"

听了这话他根本不为所动；但在我久久地注视他的眼睛之后，他终于耸了耸肩，好像在说，就这么着吧。"萨曼给你讲过堃哥罗德机吗？"

"没有。那是什么？"

"一种利用量子理学制造的句法机。在第二次劫掠之前，萨曼的前辈和我们的前辈就在一同研究这种东西。髻哥罗德机极擅长解决那些需要同时在多种可能的解决方案中进行筛选的问题。比如懒惰游方士的问题。"

"就是那个流浪修士造访一张地图上随机分布的多个马特的问题？"

"是的，这个问题是要找出一条能让他造访完所有目的地的最短路线。"

"我有点儿明白您的意思了。"我说，"一个人可以穷举出所有可能的路线——"

"但那样得花无穷多的时间。"敖罗洛说，"在一台髻哥罗德机上，你可以建立一种针对这个情景的通用模型，并对机器进行配置，让它实际上同时检查所有可能的路线。"

"这样一来，在任何一个给定的时刻，这种机器都不是处于一种固定可知的状态，而是处于多种量子状态叠加的状态。"

"是的，就像一个基本粒子可能上自旋也可能下自旋一样。它在同一时间处于两种状态——"

"直到有人对它进行观测时，"我说，"波函数才会坍缩成这个或那个状态。所以，归根结底，人们在利用髻哥罗德机进行某种观测——"

"而且这机器的波函数只会坍缩到一种特定的状态——也就是问题的答案。也就是出信，我相信伊塔人是这么叫它的。"念出这个有点儿陌生的行话术语时，敖罗洛还微微一笑。

"思考也常给人以这种感觉，我同意。"我说，"头脑里原本有一人团含糊不清的想法。突然之间，砰！它就坍缩成了一个清晰的答案，你知道这就是正确答案。但随时都有什么事情会突然发生，您不能简单地就把它们都归结为量子效应啊。"

"我知道。"敖罗洛说，"不过在我讲虚拟宇宙的时候，你看出我是说什么了吗？"

"在您让我注意到量子理学之前我还真不知道。"我说，"不过很显然您研究关于意识工作原理的理论已经有一段时间了。您提到过一些不同的现象，是所有自省者都会承认的现象，我就不费劲儿重复列举了，您试图把它们统一起来……"

"我的意识大统一理论。"敖罗洛打趣道。

"是的，您说它们都植根于大脑的一种特殊能力，就是能在脑中创立一个虚拟宇宙模型，并按时间向前推演，评估它们的可信度等。您要是把大脑当成一台普通的句法机，那可就太疯狂了。"

"同意，"敖罗洛说，"光是建模就得需要它有极强的处理能力，就更别提推演了。大自然应该已经找到更有效的方法来完成这项工作了。"

"但当您亮出量子这张牌的时候，"我说，"就把局面整个都改变了。现在您需要的只是在大脑里永久装载一个宇宙通用模型，就像墅哥罗德机的那张用来解决懒惰游方士问题的通用地图似的。那个模型可以存在于无数种可能的状态下，而您就可以拿各式各样的问题去问它了。"

"很高兴你能跟我一样地理解这件事儿，"敖罗洛说，"不过我也的确有诡辩的地方。"

"好家伙，"我说，"又来了。"

"在阿佛特人之中，传统很难消亡。"敖罗洛说，"在很长一段时间里，一直都有种传统，就是以量子理学发现者构建的这种理学方式为基础，来向弟子传授这种理学，这个传统可以一直上溯到厄报时代。伊拉斯玛，他们也是这么教你的。就算我今天是第一天遇到你，从你谈论这些事儿的用词上我也能看出这一点来：'存在于叠加状态'啦，'观察使波函数坍缩'啦，诸如此类的。"

"是的。我知道您要说什么。"我说，"还有好几个修会的理学者在用截然不同的模型和截然不同的术语，而且已经用了好几千年了。"

"是的，"敖罗洛说，"那你能猜出来我更喜欢哪种模型，哪种术语吗？"

"越接近多重宇宙的越好，我猜。"

"没错！所以当我听见你用老术语谈量子现象的时候——"

"弟子版？"

"是的，我必须在脑袋里把你说的翻译成多重宇宙术语。举个简单的例子，一个粒子上自旋还是下自旋——"

"您会说，在自旋受到观测的时候——也就是在它的自旋对宇宙其余部分产生影响的一刻——宇宙就分支为两个完整的，独立的，没有因果关系的，各行其是的宇宙。"

"就快让你说着了。但不如说这两个宇宙在观测进行之前就已经存在了，而且它们之间存在些许串扰。观测进行之后它们便各行其是了。"

"说到这儿，"我说，"我们就可以谈谈这在众人听来该有多疯狂了——"

敖罗洛耸了耸肩："芸芸理学者们迟早都会相信这个模型的，因为不相信这

个的话，到最后只会显得更疯狂。"

"没错。那么我想我知道接下来要做什么了。您想让我用量子理学的多重宇宙诠释来重新陈述一遍您关于大脑工作的理论吧？"

"如果你肯迁就我一下的话。"敖罗洛说着还做出个鞠躬的动作。

"好吧。来了。"我说，"这里的前提是，大脑里已经装载了一个相当精确的所在宇宙的模型。"

"至少是宇宙的一个局部，"敖罗洛说，"比如说，它不必包含其他星系的良好模型。"

"对。如果用弟子们学的老术语来讲，就是该模型的状态是这个宇宙——或者至少是这个模型——现在及将来多种可能状态的叠加。"

他举起一根手指："不是这个宇宙，而是——？"

"而是与这个宇宙稍有不同的多个假想替代宇宙。"

"很好。现在，就说这个装在每个人大脑中的通用宇宙模型——你知道它应该怎么工作吗？它看起来应该是什么样的？"

"一点儿也不知道！"我说，"对于神经细胞之类的我一无所知。它们怎么能装配到一起创造出这么个模型来？这个模型怎么能随时重新配置来表达那些假想的宇宙版本？"

"你说的有道理，"敖罗洛边说边扬起手来安抚了我一下，"那就让我们把神经细胞从这个讨论里剔除掉。不过，这模型有什么重要的特点呢？"

"它可以同时以多种状态并存，它的波函数要时时坍缩以给出有用的结果。"

"是的。现在，在量子理学的多重宇宙诠释中，这些东西看起来应该是怎样的？"

"那就没有叠加了。也没有波函数坍缩了。只有我——我的大脑——的许多个不同拷贝，每一个拷贝都真实存在于互不相同的平行宇宙之中。每个平行大脑中的宇宙模型都真实而明确地以这种或那种状态存在。而且它们之间还有干涉。"

他又给了我一点儿消化的时间。然后我才突然明白过来。就像之前谈到的那些想法一样，有什么东西突然就进入了我的脑袋。"您连模型都不再需要了，是不是？"

敖罗洛只是点头，微笑，打着示意的小手势，怂恿我接着往下说。

我接着说了下去，说着说着就明白了："这样就简单多了！我的脑子再也不需要支持这个极为细致、准确、可配置的，支撑量子叠加态的宇宙模型了！需要做的只有按照真实的样子去感知——去反映——那个它实际所处的宇宙。"

"那些变体，无穷多种其他可能的版本，都从你的大脑里清走了，"敖罗洛边说边用指关节敲敲他的脑壳，"被清到多重宇宙里去了，反正它们都存在于那里。"他把手朝天一张，做了个放飞小鸟的动作，"你要做的就只是感知它们而已。"

"但我的每一个变体并不是与其他变体完全隔绝、独立存在的，"我说，"否则就不起作用了。"

敖罗洛点了点头："量子干涉——相似量子态之间的串扰——会将你大脑的不同版本编织在一起。"

"你是说我的意识能延伸跨越多个宇宙？"我说，"那真是相当疯狂的说法。"

"我是说所有东西都能。"敖罗洛说，"这是伴随多重宇宙诠释而来的。大脑的唯一例外之处在于，大脑已经找到了运用它的方法。"

我们俩谁都没说话，一言不发地往山下走了一刻钟，天空也变成了深紫罗兰色。我产生了一种错觉，好像随着天色越来越暗，天空也在离我们而去，像个气泡似的膨胀起来，以每小时一百万光年的速度远离阿尔布赫而去，待它飞掠而去，现出星辰，我们才得见其真容。

群星之中有一颗在动。一开始动得不显山不露水，我只得站稳脚跟，仔细观察，才敢肯定它是真的在动。这不是错觉。我大脑中属于古代动物的那部分对于细微可疑的运动异常敏锐，已经从成百上千万的星星中找出了那一颗。它位于西方的天际，就在地平线上方不远处，起初还融于暮色之中。但随着它缓缓地、稳稳地升上黑色天幕，颜色与大小也在不断地变化。一开始还与其他的星星无异，只是针孔大的一点白光，但升得越高，颜色就越红。随后又渐渐变大，变成了一个橙色的圆点，继而还发出了黄色的光芒，拖出了一条彗尾。我的眼睛一直无法正确地估计它的距离、高度和速度。但彗尾的出现让我猛地清醒了过来：那东西并不是高高悬挂在太空之中，而是撕裂了天空，点燃了空气，喷吐着能量进入了我们的大气层。它在飞到天顶的时候已经慢了下来，显然到不了我们的正上方速度就会丧失殆尽。这颗流星的方向角一直未变：它直奔我们而来，越来越亮，越来越大，就像一颗直奔脑袋飞来的球。有一分钟左右，它就像个小太阳似的悬定在空中，向着各个方向发射出白热的空气射线。然后光

芒收敛了，消退了，它又从橙色变成了暗红色，变得难以辨认了。

我这才意识到，我的脑袋已经仰到了极限，正笔直地凝视着上方。冒着失去目标的风险，我低下头来四顾张望了一下。

敖罗洛正全速往山下奔跑，离我已经有一百呎远了。

我也不再追踪天上的东西了，随着他就跑了起来。等我追上他的时候，差不多已经到了发掘坑的边上。

"他们破译了我的日行迹！"他在喘息的间歇惊叫着。

我们在坑边一条齐腰高的拦绳前面停了下来，这是为了防止困倦或醉酒的阿佛特人跌进坑里，沿着坑的边缘打桩拉起的防护绳。我抬头看去，震惊得大叫了起来，我看到一个庞然巨物像压低的云彩一样悬在我们头顶上。不过它是正圆形的。我明白了，这是个巨大的降落伞。收成一束的伞绳底下挂着一个发着红光的重物。

伞绳颤动有声，伞盖模糊难辨，然后它们便在一丝不易察觉的微风里，飘向了他处。降落伞已经被抛掉了。那红热的东西像石头一样坠了下去，但很快便朝下冲出好几条蓝色的火苗，几秒钟后开始发出大得吓人的嘶嘶声。它瞄准的地方是发掘坑的坑底。敖罗洛和我沿防护绳绕到了下坑的坡道处。那里已经聚起了一大群修士和修女，他们与其说是害怕不如说是看得着了迷。敖罗洛从他们的身边挤了过去，径直跑向坡道，并用那比火箭还响的声音喊道："兰达舍尔修士，打开大门！犹尔，带着你的堂哥，开上你们的车。去把那个降落伞找回来！萨曼，你的唧嘎带了吗？珂尔德，带上所有的东西到坑底来找我！"然后他就动身下了坡道，独自冲进黑暗去迎接几何学家了。

我跟在他的身后，奔跑着。这是我人生中一贯的角色。在整件事发生的过程中，我一直都没看见那探测器——那飞船——或者不管它是什么——的存在，可现在它突然就出现在了那里，跟我处在了同一个水平高度上，就在几百呎外，正以稳定的速度落向奥利森纳塈殿。我被它的距离之近、它的热量和它的噪声惊得不知所措，后退一步，没站稳脚跟，一个跟跄跪在了地上。我就保持着这个姿势，看着它降下了最后的一百呎。只靠着那些火箭喷嘴上千次的细微伸缩与摆动，它就稳稳地控制住了高度和速度：肯定有什么异常精密的东西在操控着它，每秒钟都在做出无数次的决策。它是朝着十边形去的。就在最后的半秒钟里，发动机喷出的超高音速燃气羽流吹起了地砖，掀起了一场碎砖块的地狱风暴。它伸出了几条昆虫一样的腿，往下一蹲，消除了最后一点儿速度，发动机也暗了下去。不过嘶嘶声又持续了几秒，那是某种气体通过发动机时的动静，不仅把管道清吹干净了，还给探测器罩上了一层发蓝的寒云。

随后，奥利森纳便陷入了寂静。

我站起身来，匆匆跑下坡道，一边尽可能地快跑，一边不断把头扭向一边，尽可能地盯住那个几何学家的探测器。它的底部很宽，是碟形的，因为发热泛着黯淡的棕红色光芒。上面是个简单的形状，就像一只倒扣的桶，顶部微呈拱形。五道高而狭窄的舱口开在不同的方向，那些虫子腿就是从舱口上方的狭缝里伸出来的。拱顶的上面有点儿杂乱，我看得不是很明白，可能是开伞和脱伞的机械装置，也许还有些天线和传感器。在螺旋形坡道上追赶敖罗洛的时候，我已经围着它看了个遍，但没看到一个像窗户的东西。

我在十边形的边上赶上了他。他在嗅着空气。"似乎没放出什么有害的气体。"他说，"从排气的颜色来看，我猜应该是氢气或者氧气。干干净净、不带污浊。"

兰达舍尔独自下来了。他好像是命令其他人留在上面了。他张开嘴想说点什么。情况已经完全不是他能控制的了，他看上去已经快疯了。敖罗洛喝住了他："大门开了吗？"兰达舍尔也不知道。不过能听到头顶上汽车呼啸而去的声音。我听得出来，就是带我穿越北极的那两辆车子。坡道顶上亮起了一道光。

"有人把门打开了。"敖罗洛说，"但汽车和降落伞一进来，就得马上把它们关上，还得拴上。你们得做好抵御入侵的准备。"

"你觉得几何学家要发动一场——"

"不。我指的是大佬的入侵。这次事件应该已经被传感器捕捉到了。说不准世俗政权反应会有多快，可能一个小时以内吧。"

"我们不可能把世俗政权拒之门外，要是他们想进来的话。"兰达舍尔说。

"能拖多久就拖多久吧。我只求这一样。"敖罗洛说。

三轮车开下了坡道。离近了以后，我看到珂尔德坐在仪表盘前，萨曼站在后边抓着珂尔德的肩膀保持着平衡。

"你打算用这些时间来干什么？"兰达舍尔问。他此前给我的印象一直是一位明智而通情达理的领袖，但今晚他的压力实在太大了。

"了解情况，"敖罗洛说，"了解那些几何学家，趁着世俗政权还没从我们的手中夺走这个机会。"

三轮车开到了坑底。萨曼一跃而下，从肩上解下了他的唧嘎。他把摄像头

对准了探测器。珂尔德轻轻拨弄着发动机，把车头调转过来，让车灯照向探测器。然后她也跳了下来，开始从后轱辘的货架上取工具。

"为什么——你怎么知道它是安全的？要是有传染病怎么办？敖罗洛？敖罗洛！"兰达舍尔叫了起来，珂尔德的车灯一亮，那东西看得清楚多了，敖罗洛痴迷地朝着它飘了过去。

"他们要是害怕被我们传染就不会来这儿了。"敖罗洛说，"如果我们有被他们传染的危险，那我们也只有任他们摆布的份儿。"

"你真妄想拴上门就能阻止那些人吗？他们有直升机。"兰达舍尔说道。

"我已经有主意了，"敖罗洛说，"让伊拉斯玛修士去管这事儿吧。"

我爬回斜坡顶上的时候，犹尔和格奈尔已经把降落伞取回来了。他们和几个胆大的阿佛特人把伞的大部分塞在了格奈尔的敞篷飞驰后座上，用捆货物的绳子和收回来的降落伞绳把它胡乱捆了一气。拉到坑边的时候，还有一大截伞和一哩长的伞绳耷拉在外面，拖在地上。

这个时候我们本应穿上白色连体服，戴上手套和防护面罩，把这外星降落伞封进无菌塑料袋里，把它送到实验室去进行分子级的检测分析。但我接受了另外的命令。于是我抓住了降落伞的边缘感觉了一下，这是我跟外星系人造物的第一次物理接触。我并非材料专家，只觉得这东西摸上去跟阿尔布赫星的降落伞是一种材料。伞绳也是如此。我认为它们不属于我们称之为新质的那类东西。

一大群人围到了飞驰车的周围。他们遵从兰达舍尔的命令，没有下到坑里。但兰达舍尔可没说降落伞的事儿。我爬到了飞驰车的顶上宣布："你们每个人负责一条降落伞绳。咱们把伞拉出来，把它铺在地上。围着伞边站成一圈，每人选一条伞绳，朝四周散开，把伞绳往外拉，一边拉一边把缠住的地方解开。我希望十分钟内能看到所有奥利森纳人围着这个伞站成一圈，每人拉住一条绳头。"

这是个相当简单的计划，但付诸实施的时候却有点儿混乱。不过他们都是聪明人，我少点儿大惊小怪，他们还能把问题解决得漂亮一点儿。我又让犹尔用他的胳膊丈量了单根伞绳的长度。

格奈尔把他的飞驰车从铺开的伞下开了出去，一直沿着斜坡开到了坑底。他车上装的是一组大功率车灯，我一直都觉得很可笑。今天他可找着用武之地了。我偷空往坑下看了一眼，敖罗洛和珂尔德已经到了探测器跟前二十呎的地方。

　　奥利森纳人花了半天工夫才把降落伞铺开。一架超音速喷气式飞机从头顶上呼啸而来，把我们吓了一跳。

　　犹尔的测量结果印证了我的印象，一根伞绳的长度差不多相当于发掘坑直径的一半。奥利森纳人听我解释完总计划，就开始朝着坑边移动，拉着伞绳沿着坑沿向两侧分开。伞贴着地面磕磕绊绊地朝前移动。我们只好派几个人到伞底下去帮忙。伞布的边缘一到坑边就奋拉了下去，随后就在重力的牵引之下自己往前跑去。要是拉绳子的奥利森纳人感觉伞布下坠的拉力太大，我希望他们能想到把绳子丢开。但那伞还没重到这个地步。整块伞布都滑过坑沿的时候，奥利森纳人已经在周围站成了均匀的一圈，接下来就好办多了。伞的面积看起来大概有发掘坑的一半。奥利森纳人已经明白了我的总体思路，就是把降落伞悬在泰格龙广场上方，弄成一个天篷。不用我指挥，他们就一块儿行动了起来，调整起伞的位置和高度来。看起来差不多的时候，我就绕着圈挨个叫他们把伞绳往外拉，拉到不能再拉的时候就在附近随便找个牢固的锚点把绳头拴住。大约有三分之一的绳子拴在了集修院外墙的顶上。剩下的都拴在了树上、隐修院的柱子上、架子上、石头上，或者地面的桩子上。

　　一阵发动机声响起，我朝坡道望去，看见犹尔正小心翼翼地把他带轱辘的家开向坑底，这恐怕是去给几何学家做早饭的吧。我飞奔过去，爬上了他的驾驶室。奥利森纳人也被勾引得全体造了反，不顾兰达舍尔的命令，跟在我们后头下了坑。

　　犹尔和我沉默地开下了坡道。他好像马上就要歇斯底里地大笑起来似的。开到坑底后，他把车停在了垫殿废墟的中间，就在日行迹的旁边。他熄掉了发动机，转过脸来看着我，终于打破了沉默。"我也不知道事情会发展到什么地步，"他说，"但我确定，我很高兴跟你一起来了。"还没来得及告诉他我也很高兴有他陪在身边，他就出了车门，大踏步地朝珂尔德走去。

　　那飞行器底部辐射出来的热量让人很难靠近。犹尔回到他的车上拿了几条热反射急救毯。珂尔德、敖罗洛和我像穿帛单似的把它们裹在了身上。飞行器大部分都悬在我们头顶上方，于是我们叫人去搬了几架梯子来。

　　这东西的尺寸靠眼睛很难估量，但好在发掘坑里有计量杆，我量出它的直径大约有二十呎。我没带可以写字的东西，但萨曼正在用唧嘎的斯皮里摄录功能录像，于是我便把数字念了出来。

　　一架直升机飞了过来。透过天篷我们就能听见它的声音。它绕着这儿转了

几圈，下冲的下洗流在天篷上激起了一阵波动。然后它又升高了一点儿，悬停在空中了。有了那顶降落伞，它就没法在这儿着陆了。而围墙内的地面要么盖着房子，要么种着树、搭着棚架。他们也只能先降落在外面再来敲门，否则就得爬墙了。

就这样，我们又拖延了几分钟时间。不过所有人都感觉到了时间的紧迫。突然间来了十多架梯子，尺寸各异，都是用木头手工制作的。奥利森纳人开始把它们绑在一起，在探测器的边上搭起脚手架来，架子就搭在看上去像舱口的一面。珂尔德爬了上去，在顶上那架水平放置的梯子上找了个地方，站住了脚。看着她我满心自豪。这件事有很多令人震惊的地方。她可能也在某个层面上受到了惊吓。但这探测器终归是个机器，她能看出它是怎么工作的。只要她把注意力集中在这上头，其他的事儿就全都无关紧要了。

"跟我们说说！"萨曼冲她叫道，一边用唧嘎对着她拍，一边盯着屏幕。

"很显然这儿有个活动舱口。"她说，"是带圆角的梯形，底边宽两呎，顶边一呎五，高四呎。曲度跟机身一样。"她做了个滑稽的跳舞动作，脚手架毕竟是临时拼凑的，她得在两条梯子掌之间找平衡，而梯子还在一直不停地晃。她想看的地方被自己的影子遮住了，于是她从马甲里摸出一顶头灯，把它点亮，用光柱照着那探测器被划伤和灼烧过的表面。

"我们能不能管它叫门？"萨曼问。

"没问题。这门边有喷花印刷形成的几何学家的文字。字母大概高一吋。"

"喷花印刷？"萨曼问。

"是呀。"珂尔德把头灯戴在了头上，调整好角度，腾出了双手。

"真是喷花印刷的？"

"是呀。就是在一张纸上把字母抠掉，放在金属表面，再把漆喷上去印出来的。"我听到一连串金属的碰撞声。珂尔德拿一块磁铁探查着门周围的各个地方，"没有一处是含铁的。"然后又是一阵尖利的金属声，"用钢刀刮也刮不坏。可能是一种高温防锈合金。"

"有意思。"敖罗洛叫道，"你能把它打开吗？"

"我想喷印的那些字就是开关的说明。"她说，"门的周围有四处同样的信息，喷印文字一模一样。每处都画了一条线——"

"箭头吗？"有人叫道。有人站的地方看得更清楚，就更肯定了："那就是箭头！"

"看起来不像是我们的箭头，"珂尔德说，"不过可能几何学家的画法不一样。每个都指向一块巴掌大的板。这些板好像是用紧固件固定上去的，是平头的机制螺钉，每块板四个，我没有能对得上槽的工具，但可以用一把菊花头的螺丝刀当代用品。"她在自己身上摸索起来。

"我们怎么知道这些是不是紧固件？"有人叫着，"我们对这些外星人和他们的实践理学一无所知。"

"这很明显！"珂尔德回叫着，"我都能看见外星机械工在拧它们的时候磨出来的小毛边。螺钉头儿是滚花的，所以拧松了以后外星人就能用手指头拧它们了。唯一的问题：是顺时针的还是逆时针的？"

她把螺丝刀对了上去，又用掌根敲了敲，往里插了插，然后边拧边嘀咕着什么。"逆时针的。"她宣布。不知为什么这引得阿佛特人一片欢呼。"几何学家是右撇子！"有人叫着，所有人都笑了。

珂尔德把螺钉拧下来放进了兜里。那块小板掉了下来，叮当作响地漏过脚手架掉到了石头广场上，有人把它捡了起来，像凝视神圣典籍一样盯着它看了起来。"这板后面是个凹槽，装着个 T 形把手。"她说，"但我要先把其他三块板也打开再来弄它。"

"为什么？"有人问——肯定是个好辩论的阿佛特人，我想。

珂尔德一边去拆另外一块板，一边耐心地回答："这就像给摩布车上轮子，你得轮换着把螺帽上紧才能让应力均衡。"

"要是有压力差呢？"敖罗洛问。

"那又是一个必须慢慢来的理由了。"珂尔德嘟囔着，"我们可不希望有人被飞出来的门砸扁。实际上——"她望了望下面这群挤挤挨挨的阿佛特人。

犹尔明白了她的意思。他把双手做成喇叭形扣在嘴边喊道："后退！所有人都离开舱口。退到一百呎外。退后！"他的声音大得惊人，还带着命令的口吻。人们开始移动，闪出了一条通道，一直通到格奈尔的飞驰车。

珂尔德拆板子的时候，飞过来了更多的飞机，有两三种不同的机型。我们能听见他们在墙外降落的声音。有人朝坑下喊着递消息，说士兵已经出来了，就在旅游纪念品摊的那条路上。

我突然想到了什么。"萨曼，"我问，"你是不是在把这些往大罔上传？"

"笑一个，"萨曼回答，"现在正有十亿人冲你笑哪。"我努力不去想那些士兵和那十亿人。

探测器发出了一阵嘶嘶声。珂尔德往后一跳，差点儿从脚手架上掉下来。那嘶嘶声越来越小，过了几秒钟就消失了。珂尔德紧张地笑了笑。"扳 T 形把手的时候至少发生了一件事儿，"她说，"就是开启了一个压力平衡阀。"

"空气是进去的还是出来的？"敖罗洛问。

"进去的。"珂尔德又扳动了其他三个 T 形把手。"呃，噢，"她说，"来喽！"那门直接掉了下来，还砸到了她站的梯子。犹尔及时出手把它按在了地上。我们全都看着他。然后又全都看向珂尔德，她正站在那儿，双手扶臀，朝一侧扭着胯，用头灯的光柱照向探测器里面。

"里边有什么？"终于有人问道。

"一个死了的姑娘。"她说，"大腿上还有个盒子。"

"是人类还是——"

"差不多，"珂尔德说，"不过不是阿尔布赫星人。"

珂尔德蹲了下来，好像要进到舱里去，却被脚手架的扭转、摇晃和反弹吓了一跳。是犹尔，他爬上去帮忙了。他还没检查过有没有妖怪呢，可不能让女友就这么爬进一艘外星人的飞船。这座脚手架本来是为一个人做的，现在已经达到了承重的极限；而且激动的犹拉赛塔尔·克拉德把地方都占了，再也上不去别人了。这让珂尔德有些不悦；她不肯挪地儿，于是犹尔只好跪下来，从她的大腿旁边把头伸进了门洞。如此对待有着重大理学意义的证据，让人觉得太随便了，太草率了，而且是绝对错误的。要是换作别的场合，阿佛特人可能已经爬到梯子上去制止犹尔了，在测量、照相、检测、分析之前，什么东西都不能碰。但那架旋在头顶上打转的飞机和上边传来的各种声音已经把所有人都装进了一个不同的思维框架。"犹尔！"萨曼喊道。犹尔一回头，伊塔人就把他的唧嘎朝脚手架扔了上去。犹尔马上伸手把它接住，伸进了舱内。它在黑暗中比人类的视力更好，于是他就把唧嘎屏幕当成了夜视仪。用了这个，他才发现死去的几何学家衣服上有块深色污渍。

"她受伤了，"他宣布，"她在流血！"有些阿佛特人惊慌地叫了起来，他们以为犹尔说的是珂尔德，但很快就弄清楚了，他说的是舱里的几何学家。

"你是说他或她还活着？！"萨曼问。

"我不知道！"犹尔边说边转头朝下看着我们。

他一让开，珂尔德就一条腿迈进了门口，把头和上半身都探了进去。我们听到一声模糊的惊叫。犹尔重复着她的话："珂尔德说她还是热的！"

一下子各种各样的理学问题都出现在了我的脑中——可能也出现在了所有人的头脑里：你怎么知道这是女性？你怎么知道他们有性别？你为什么认为他们也和我们一样有血？从她身上出来的真的是血吗？然而压力和混乱再次把所有问题都降格成一种智力隔离。

敖罗洛指出："如果她还有一丝活着的可能，就必须尽我们所能地救她！"

这正是犹尔想听的。他一只手把唧嘎扔回给萨曼，另一只手朝珂尔德递了把刀子。"安全带把她绑得很牢。"他告知我们。现在我们都瞧见珂尔德弯着一条腿撑在脚手架上。一分钟过去了。我们站着、等着，却帮不上珂尔德的忙，也管不了院门和高墙外传来的敲击声、隆隆声和金属发出的刺耳高音。最后珂尔德猛力一拖，半个身子跌出了门外。犹尔又伸手进去拖了一把。就像漂流活动的导游从河里打捞落水游客那样，他拼尽力气手脚并用地把几何学家抱了出来，最后把那外星人背在了背上。红色的液体从他的两肋流了下来，漏过梯子掌之间的空隙，滴在了地上。在犹尔把她从自己身上翻下来的时候，二十只手一块儿举起来接住了那位几何学家。三只手伸向了她的头，小心翼翼地把它托住，不让它垂下去，其中一只手就是敖罗洛的。我飞快地打量了一下那张脸。从五十呎外看去，所有人都会以为她是这个星球上的居民。但离近了一看，就像珂尔德说的，毫无疑问她"不是阿尔布赫星人"。单看五官是看不出这一点的。但她皮肤和头发的颜色与质地，她骨骼的结构，她外耳郭的形状，她牙齿的形状都足够说明问题。

毫无疑问，不能把她放在被火箭冲击过的地面上，那儿还很烫，而且到处都是地砖的碎片，于是我们就近找起了能躺人的地方。结果发现一百呎外格奈尔车上的后座还空着。我们扛起几何学家，尽可能稳当地快步朝那里走去。集修院的医生玛尔莎修女中途迎了上来，不等我们把她放下就用指尖探向了患者的颈部。格奈尔脑子很快，手疾眼快地铺了一张野营垫。我们把几何学家放了上去，让她的头枕在后挡板上。她穿的是一件宽松的浅蓝色工作服，后背浸湿了一片，明显是血。玛尔莎修女扒开了她的衣服，用听诊器检查着她的身体："虽然拿不准她的心脏在哪儿，但我肯定没听到脉搏。只有一点微弱的声音，就我的认识，那是肠鸣音。把她翻过来。"

我们把几何学家翻了过来。玛尔莎修女剪开了她的衣服。这衣服不仅浸满了血，还漏了很多洞。玛尔莎用布擦去她背上的血块，露出了一片密密麻麻的圆形大穿刺伤，这些伤从臀部一直延伸到肩膀，多半是在左侧。所有人都倒抽一口气而后沉默了下来。玛尔莎修女思考了一会儿，控制住自己震惊的情绪，摆开架势，好像要进行一番临床观察。

但格奈尔比她更快一步。"霰弹枪爆破。"他诊断道，"大口径——杀伤性的。中等射程的。"尽管有点儿多余，他还是接着给出了结论："有个浑蛋朝这位可怜的女士背上开了枪。愿神怜悯她的灵魂。"

玛尔莎的助手沉着冷静地把一支体温计插入了她两腿之间的一个孔口。"体温与我们相仿。"她宣布，"她可能刚死几分钟。"

天塌了下来。或者是好像塌了下来。有人剪断了降落伞的伞绳，那伞便落在了我们头上。吓人得要死，不过却没造成伤害。所有人都散开，忙活了起来，抓着，拽着，团着，塞着。并没有统一的计划。不过最后大家都聚拢到广场中间，把降落伞布团成了一个大球，推上了垦殿的台阶，省得挡路。看降落伞收拾得差不多了，我便回头朝探测器走去，想给那边的人递个消息。我本想跑着过去。无奈全副武装的士兵已大举向坡道下开进，奔跑只会激发某些人追逐的本能。

敖罗洛和萨曼在检查一件人造物品——是珂尔德在几何学家膝头看到的盒子里的东西。它是用某种纤维材料制成的，里边装着四支透明试管，管里装满了红色的液体。血样，我猜。每支上都写着一个单词，画着一个圆形图标。单词是用几何学家的语言写的，圆形图标画的是从太空看到的行星——但不是阿尔布赫星，每支上的文字和图标都不一样。

士兵们一把就把它抢了过去。现在我们被包围了。每个士兵都挎着一条子弹带，上面挂满了状如特大号手镯的东西。他们每遇到一个阿佛特人就会扯下一只扣在他们的脖子上，那东西一扣上就亮起灯来，一秒钟闪好几下。项圈的前面印着一串号码，每只的都不一样，这样一来，一拿到你的照片，他们就能认出你的脸和你的号码了。用不着什么想象力也能猜出来，这项圈是带跟踪监视功能的。这种做法虽然邪恶，虽然不人道，却也看不出什么伤害，至少目前还没有——他们想知道的似乎只是每个人在什么地方。

兰达舍尔修士表现得很出色，坚定但平静地询问他们谁是负责人，询问他们这么做依据的是什么法规（"顺便问问，哪条法律是管外星探测器的？"），等等。但那些士兵穿的都是生化武器防护服，几乎没法跟他们说话，此时此地该按什么法律程序办事——兰达舍尔也不大了解。要在六千四百年前，他还有可能来一场出色的正当防卫，但今天可不行了。

一支四人分遣队靠近了探测器，开始打开装备，他们身上带着和别人不一样的徽标，是用塑料胶条匆匆忙忙地粘在制服上的。两个人爬上了脚手架，赶走了上面的修士，开始搜集样品和拍照。

这些士兵当然是奔着探测器来的。他们的衣服上都带着无线电对讲机，自己人之间的沟通毫无障碍，但跟我们说话就没那么顺当了。他们对我们说话时颐指气使，听我们说话时又带着深深的怀疑——就好像他们长官警告说阿佛特人会试图给他们下咒似的。进入探测器的人可能已经注意到了一些红色液体，但其实它们并不是那么明显——舱里几乎没有裸露的地面，光线也很差，加速座椅上包的是深色面料，也显不出血迹来。士兵们的头盔面镜不断被水汽蒙住。戴着手套的双手感觉不到潮湿发黏的东西，而空气过滤装备还把气味也清除得一干二净。我站在探测器附近，一边适应着脖子上那个严丝合缝的项圈，一边意识到一件事情：那些人可能一时半会儿是不会发觉座舱里原来还有个几何学家了，也不会想到她的尸体就躺在一百呎外一辆飞驰车的后座上。但观看萨曼上传的视频的那十亿人都知道这一点。为了保证自身安全，那些士兵只用他们自己的私用网络，所以什么也不知道。当萨曼、敖罗洛、珂尔德和我不约而同地意识到这一点时，便不断交换起惊讶与滑稽的表情来。

犹尔一度吸引了所有人的注意。他把来给他戴项圈的士兵一把推开了，但后来被人用枪一指，他又讨价还价地说他可以自己戴上。不过戴上以后，士兵们一走开他就把项圈从头顶脱了下来。这要得益于他脖子粗，脑袋小。尽管被项圈刮伤了头皮，割破了耳朵，他还是把它摘了下来。但他不过是为自己的成功得意了一通，就又把它戴了回去。

一位长官终于注意到有一小撮儿没带项圈的阿佛特人聚集在格奈尔飞驰车附近，便派了一个小队去照顾他们。似乎只要不试着逃跑或干扰那些士兵，我们就可以随意走动，于是我便在礼貌许可的距离内尾随上了他们。

戴上项圈的阿佛特人都被赶到了墼殿的阶梯上。不远处一队士兵正在列队穿越泰格龙广场，弯腰捡拾着被冲散的砖块和其他碎片，以防它们在飞机降落时飞起来伤人。大型的垂直起降飞机一直悬停在空中，等着士兵们清理降落点。我猜他们的整体计划是把我们装上飞机，带到某个拘留所去。我要是能晚点上飞机就好了。

对于那六个阿佛特人在飞驰车后面干些什么，小队长未表现出丝毫兴趣，只是命令他们离开车子排成一队等着套项圈。这些阿佛特人一脸不知所措地服从了命令。一个士兵绕到飞驰车的后边去搜寻漏网之鱼。他看见了那具尸体，吓了一跳，把枪都端了起来，但随即又放松了下来，把枪背回了背上，但他的举动却引起了队友们的注意。这个士兵缓缓地靠近了车子。从他的动作可以看出，他正在用无线电跟队友通话。我尽可能地凑近，听见小队长对玛尔莎修女说："你们有伤员吗？"这显然是因为她的身上沾满了血，而且一看就是医生。

"是的。"

"你是否需要——"

"她已经死了，"玛尔莎修女说，"不需要医疗了。"她略带挖苦地坦言，跟我刚才一样，她也是才意识到那些士兵并不知道这件事，大吃了一惊。要是他们问过，我们肯定已经告诉他们了，我们是不会缄口不言的。但他们从来也没问过。他们并不关心我们知道什么、我们有什么意见。他们对我们——所有的阿佛特人——都只有一种态度：让他们见鬼去吧！

那些士兵开始从子弹带上摘项圈，开始往玛尔莎和她助手们的脖子上套。但干到一半就停了下来。好几个人都把戴着手套的手伸向头盔。我回头一看，发现广场上的所有士兵都在做着相同的动作。我估计这下露馅儿了。大概坐在千里之遥的办公室里的某位将军接入了民用网络，正在对着麦克风吼叫，说那辆飞驰车后座上有个死掉的外星人。我猜这下子所有的脑袋都得转向我们这边，所有的士兵都得集合到这里来了。

但他们并没有这么做。他们都抬头看向了天空。有什么东西过来了。

那些悬停的飞机也接到了信息：发动机的倾角变了，随着它们调转方向，投下的灯光也随之移动，它们把机身一斜，滑向一边，又升到了高处。

飞驰车边的那些士兵也转过身去面面相觑，不过仍时不时地瞥向天空的方向。

"嘿！"我说，"嘿！看我！"我终于让那个队长把脸转向了我的方向。"告诉我们！"我喊道，"我们听不见！我们不知道要出什么事儿了！"

"……叽里咕噜……撤退！"他说。

这句话加涅里埃尔·克拉德只听了一遍，就飞身上车，点着了发动机。玛尔莎修女和一个助手也爬上了后座，坐到了"伤员"的旁边。我决定先绕回探测器那边，只想确认一下那边的朋友是否接到了这条消息——如果敖罗洛还举棋不定，就得逼着他赶紧做出决断。广场上的士兵都挥舞着胳膊，朝着坡道驱赶着阿佛特人。格奈尔也用比走路还慢的速度把飞驰车开向那边，沿途还拉上了几个走得慢的阿佛特人。犹尔也干起了同样的事情，瞧见珂尔德就坐在他车子的前座，我感到一阵欣慰。但坡道上已经挤满了走路的人，两辆车子开得比走得最慢的人还慢。

他们也许想跑，可是这种情况下，根本跑不起来。"动起来！动起来！"有人喊道。一位长官扯下了头盔——让那些外星传染病见鬼去吧——他开始对着扩音器喊了起来："你们要是能跑就跑起来！跑不动的就上卡车！"

我终于追上了萨曼和敖罗洛，跟他俩一块儿朝坡道慢跑起来。我向萨曼投去了一个询问的表情。他耸了耸肩。"他们一到这儿就把大网给阻塞了，"他说，"我也挤不进他们的通信系统。"

于是我又看着敖罗洛，他边跑边不时朝西天张望。"你觉得还有什么东西要来吗？"我问。

"从这个探测器发射到现在，已经差不多一个轨道周期了。"他指出，"所以如果几何学家们要利用下一次机会朝我们扔点什么的话，应该就是现在了。"

"扔什么东西。"我重复道。

"你看见那可怜的女人身上发生什么了吧！"敖罗洛叫道，"二十面体内发生了叛乱——也可能是内战。一派想跟我们共享信息，另一派要靠杀人来阻止这事儿。"

"连我们也要杀吗？"

敖罗洛耸了耸肩。我们已经到了坡道的起点，陷入了人流的阻塞之中。我朝着上方的坡道扫视了一圈，看到阿佛特人已经和士兵们混在了一起，奔跑着。但由于某些深奥的交通阻塞动力学法则，我们这些在坑底的人还无法前进。能做的只有等待道路通畅。我们是长队中最后一拨阿佛特人，后边是两小队士兵，他们都被沉重的包裹压弯了腰，和数不清的其他士兵一样麻木地等待着。在他们的身后，奥利森纳已经一个人也没有了，空空荡荡的，只剩下了一架外星探测器。

敖罗洛在我的面前摆了个姿势，向我抛来爽朗的一笑。"还记得我们先前的谈话吗？"他开了腔，就像在邀请我加入一场饭厅后厨的对话。

"是的？您还有什么要补充的吗？"

"就实际内容来说，没有。"他坦诚道，"可局面真的要乱起来了，我们可能也得分道扬镳。"

"我打算跟您待在一块儿——"

"他们可能不会给我们选择的机会。"他边说边用手指在他的项圈上一画，

"我的号码是奇数，你的是偶数——他们有可能会把我们分到不同的营地或类似的地方。"

前面的人终于动了起来。萨曼觉察到我们想聊点私事，就径直朝前去了。我们在坡道的下段推推搡搡地朝前挤着。过了一会儿就走了起来，然后又小跑起来。

敖罗洛仍在频繁地看向西边的天空，他接着说："如果你到了特雷德加，比方说吧，如果你对人说起你在这儿的经历，如果你说起今天下午我们谈的，人们对你的反应主要会取决于他们是什么人，来自哪个马特——"

"就像普洛克会士对哈利康会士那样？"我问道，"我已经习惯了，敖罗洛。"

"这次有点儿不一样。"敖罗洛说。"大多数人，普洛克会士和哈利康会士都一样，只会把这看成无所事事的理而上学思考。他们会觉得这无关痛痒，顶多不过是浪费时间罢了。但另一方面，如果你跟嘉德修士这样的人说起来的话……"

他停住了。我想他只是在调整呼吸，因为我们现在真的跑了起来。在我们头上，几架飞机正准备降落在门外，发动机的噪音逼得敖罗洛提高了音量。但当我侧过脸看他的时候，我想我在他的脸上看到了疑虑。这不是我所了解的敖罗洛老爹该有的表情。"我想，"他终于说，"我想这些他们都已经知道了。"

"知道什么？"

"知道我之前告诉你的都是真的。"

"噢。"

"他们起码在一千年前就已经知道这一切了。"

"啊。"

"而且……他们做了实验。"

"什么？！"

敖罗洛耸了耸肩，露出一个扭曲的笑容："打个比方吧，理学者们在失去原子对撞机以后，便把眼光转向了天空，开始在实验室里研究起了宇宙学，因为这是仅存的可以验证理学的地方，也是仅存的可以把哲学转化成理学的地方。同样地，如果这些人被送上高崖，只能翻来覆去地思考咱们讲的那些事儿的时候，噢……我相信，他们之中肯定会有人设计一些实验，来证明这些想法到底是真的还是胡说八道。久而久之，经过试错的过程，总会发展出来某种实践理学。"我看着他，他也朝我挤了挤眼。

"那么，你觉得嘉德修士派我来是为了看看你知不知道这些？"

466

"我猜是这样的，是的。"敖罗洛说，"正常情况下，他们可能已经直接下来把我拉进佰岁纪或仟岁纪马特了，但是……"他又朝西边的天空扫了一眼。"啊，来了！"他欣喜若狂地叫道，就好像刚好窥见了我们正等候的火车进站了一样。

一条白色痕迹自西向东把苍穹切成了两半，毫不减速地落进了我们上方几千呎处的火山口里。

在声音传到我们这儿之前，敖罗洛评论道："聪明。他们不确信自己能一击命中那个探测器。但他们的地理知识足够丰富——"

之后半个小时我就什么都听不见了。听力这东西真是有害无益，遗憾的是我生下来就长着耳朵。

哈里嘉斯特莱梅修士教过我一些能用于此处的地理学术语。但如果我用干巴巴的技术语言来书写充满感情色彩的事实，都想得到珂尔德失望摇头的样子。不过富于感情色彩的事实只有震惊与恐惧形成的黑色混沌，要想合情合理地复述出刚才发生的一切，还是躲不开这些事后拼凑起来的技术细节。

也就是说，几何学家们朝我们扔下了一块巨石。实际上那是一段用某种致密金属做成的长条形礧石，不过它本质上跟一块石头并没有区别。它借着自身的动能，把火山顶上凝固的岩浆层击穿了四分之一哩，引起了一股巨大的压力爆发，也就是我们所说的地震。这股压力顺着礧石在岩层上砸出的创口倾泻而出，那个孔洞也随之扩大，形成了一连串裂隙，裂隙又迅速被下方的岩浆冲破。这些岩浆含水，内部水分处于饱和状态，原本压在顶上的负载一被卸掉，水分就膨胀成了气体，就像汽水瓶的盖子打开时瓶子里冒出的气泡一样。被水蒸气顶起的岩浆爆破成火山灰，大多笔直向上地冲了出去，这就是下风向一千哩范围内所有东西都被灰色尘埃掩埋的原因。但其中也有一部分顺着山坡呈云团状滚了下来，就像是一场雪崩，它发着橙色的光，在我们眼中一目了然。当我们从震惊中缓过神来，在爆破造成的颠簸中站稳脚跟，在绝望的推挤中奔上坡道之后，映入眼帘的便是这种东西——这向我们涌来的发光的云团，如果再不逃跑，它无疑会像巨锤一般将我们碾碎，并像火焰喷射器一般将我们烤焦。唯一的出路就是登上飞机，登上院墙外那片山坡上的飞机。这些飞机只能装下它们带来的士兵和士兵的装备。士兵们仗义地把一身装备都扔在了地上。为了带走更多地乘客——阿佛特人——带着他们逃离危险，他们把带来的东西全扔了。他们甚至把飞机里的装备也成捆地扔了出来，灭火器、医药箱什么的全都扔了，好腾出地方来装更多的人。

剩下的就是对每个理学者来说都非常简单的计算题了。飞行员知道飞机能携带多少重量升空，也知道人的平均体重。用后者除前者就能得出一架飞机能坐多少人了。为了提高载重限度，飞行员把手枪都扔出去了，配备武装的士兵守在舱门的两侧。士兵们基本都知道该上哪架飞机：只要回到来时乘坐的飞机上就可以了。奥利森纳人则成群结队地涌到几架飞机之间的空地上，在丢弃的装备上磕磕绊绊地跳来跳去。飞行员们一个个地数着人头，把他们轰上飞机，再接着数。他们还在不断地想办法扔掉更多装备，带上更多的乘客。我和敖罗洛、萨曼跑出大门的时候，登机工作已经进行了好一阵子了。人们已经占掉了大部分位置。装满人的飞机已经升了空，有的起落架上都挂着绝望的人。没找着地方的人还在从一架飞机跑向另一架飞机，看到还有这么多人在找位子，我也打起了精神。我看见格奈尔和犹尔的车停在那里，灯亮着，发动机还转着，但人已不见了踪影——他们肯定已经上去了！但我却找不到敖罗洛的踪影。一个奔跑的士兵抓住了我的胳膊，把我朝一架引擎已经转了起来的飞机搡去。我穿过一片飞扬的尘土跟跄着向飞机门走去。飞机起落架离地的瞬间，几只手抓住我把我拽了进去。那个士兵爬上了我身后的起落架。我转身从门口向下看去。既没看见萨曼也没看见敖罗洛——太好了！他们找到位子了吧？地面上只剩两架飞机了。其中一架已经离了地，两个奥利森纳人绝望地扒在飞机门框上，却失手滑了下去。地面上至少还有十来个人。在这两个人跌落的地方，有人颓丧地坐着，有人一蹶不振地躺着。还有人向海边奔去。还有一个人朝着仅剩的一架飞机跑去，可惜距离太远了。我心里有点儿疑问，他们为什么就不能再多带几个人呢？但看我乘的这架飞机就一目了然了：引擎已经开足了马力，但爬升的速度比人爬梯子还慢，人们还在找着可以扔的零七八碎，不断抛出敞开的舱门。一只手电筒砸在我的后脑勺儿上，又掉在了地板上，我把它也捡起来扔了下去。

这只手电筒差点儿砸到地面上一个穿着帛单匆匆奔跑的人，格奈尔的飞驰车灯把他的后背照得雪亮，他正弓着身子背着一件重物——浅蓝色的。几何学家的尸体，落在格奈尔的车后座上，被遗弃了。背着她的男人径直奔向地面上仅剩的一架飞机。一些手臂已经从舱门伸了出来。奔跑者使出吃奶的力气，双脚稳稳地踩住地面，用力一蹬，纵身把几何学家的尸体抛了上去。几只手抓着把它拽了上去。门口的士兵龇牙咧嘴地冲着麦克风喊叫着什么。飞机升空了，把那个送来几何学家尸体的男人留在了地上。我强迫自己看向他，看到了我意料之中且害怕看到的一幕：那是敖罗洛，独自一人站在奥利森纳的大门前。

　　现在我们已经升到了一定的高度，我已能看到院壁和建筑后方的山坡，看到了那滚滚而来的东西。正如哈里嘉斯特莱梅修士照本宣科的描述：重如岩石，动如流水，炽如熔炉，而且——已经一路滚落了好几千呎——已经疾如高速列车。

　　"不！"我叫喊着，"我们得回去！"没有人听得见我的声音。但我身后的士兵读出了我脸上的表情，看到了我正转向驾驶舱的眼睛。他冷静地举起了手枪，把枪口顶在了我的脑门正中。

　　下一个念头又冒了出来，我有没有胆魄自己跳下去，让敖罗洛替我上来？但我知道他们不会再落下去把他带上来的。已经没时间了。

　　敖罗洛正在好奇地东张西望，好像已经等不及了。他往边上挪着脚步，找了个可以从大门口清清楚楚看到火山云的地方。我想，这样他就会知道自己还剩下多长时间了。他捡起一把被人丢弃的挖掘铲，用把手在松软的土地上划出了一道弧线。他来回转着身，让弧线的头尾相连，成了一道优美的、永无终结的日行迹。随后他就把挖掘铲丢开，站到了曲线的中央，直面着自己的命运。

　　发光的火山云还未到达，集修院的建筑便在不可见的先行压力波作用下发生了内爆。毁灭只用了几秒钟就席卷了整个集修院，扑到了围墙的内面。墙壁开始鼓胀、开裂，掉落下一些碎块，但仍连在一起，直到最后，火山云给了它们全力的一击，它们便像被浪头击垮的沙堡一般坍塌了下去。

　　"不！"我又一次地尖叫，就在敖罗洛被压力波推倒的一刻。他像一卷绳子般落在了地上。烟雾瞬间便将他笼罩：那是先于火山云到来的辐射热。猛烈的气流摇撼着我们的飞机，冲得它向一边滑去。火山云涌出了大门，越过围墙的碎石，淹没了敖罗洛。刹那间，他变成了光河中的一束黄色火焰，然后便融入了其中。留下的就只有盘旋在火焰洪流之上的一缕蒸汽。

第 9 部

归戒

【大集修】 全世界所有马特与集修院共同举办的大型集会。一般只在仟岁纪大隙节期间或劫掠之后举行，极个别情况下也会应世俗政权的要求举办。

——《词典》，第四版，改元 3000 年

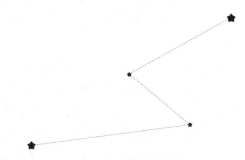

乳白色的光如潮汐一般漫过了森林与草地，凝结成了黏稠的雾霭。这是没有黎明的一日。飞机窗上已生出了无数微小的裂纹，小裂纹又结成了网，将光线粉碎，形成了一片异彩纷呈的尘埃。这是我透过气球服的面罩看到的景象。我旁边的座位上有一只橙色的手提箱，像一具有生命的躯体般呼吸着，发着咕咕的声响，不断地对我排放的物质进行着消毒。从全球各地前来参加大集修的阿佛特人和大佬太重要了，绝不能让他们受到外星细菌的感染，所以在接到进一步的通知前，我就只能活在一个泡泡里。

这根本没有道理。要是真有什么风险，干吗还要把我弄到特雷德加来？我应该被带来，但只能穿着气球服来——这不是有理性的对话能够得出的结论。不过就像敖罗洛说的，这次大集修是政治性的，是靠着折中来做决断的。从来都是这样，两个完全合理的选项一折中，结果就变成了某种毫无道理的东西。

所以我第一眼看到断崖的时候还隔着好几层雾蒙蒙、满是划痕与裂缝的有机玻璃，有机玻璃前边还遮着几哩厚的雾霭：是烟？是蒸汽？还是灰尘？我也说不清。给这断崖写诗的人大概都是在光辉灿烂的黎明或傍晚观赏风景，还得幻想着千年士们在他们的塔楼里干着什么。他们肯定不知道那下边的花岗岩体里布满了存储核废料的隧道。要么就是出于谨慎不愿意提，无玷马特之所以无玷，不是因为墙壁坚固，也不是因为守卫者英勇，而是因为马特世界与世俗政权的交易。我琢磨着，要是一位诗人以我现在的处境去看这断崖，并且了解我所知道的一切，那他写出来的诗读上去该是什么样呢。扑哧一笑，让我的面罩蒙上了一层水雾。可待到水雾散尽，我重又看到那荒凉、朦胧、颜色枯槁的景象，心中便断定那会是一首很酷的诗。那断崖看起来比埃克巴的一切都老上千年，而遮蔽我视线的那些东西，给我造成的情感距离有如宇宙学家透过望远镜观看尘云一般。

特雷德加修建于践行时代后期，比蒙科斯特和巴里托还要远离大都市，再加上此地断崖的奇崛，便赢得了与世隔绝的名声。当然，自那时以来，蒙科斯特和巴里托附近的城市已经历了十余次的毁坏与重建，特雷德加的周边也经历了同样的潮起潮落；可马特世界的人现在还总把它想象成森林深处的隐秘之地。然而我们降落的地方却是座繁忙的机场，从机场到特雷德加日纪门，走路也用不了半个小时，而且车子到了地方我才发现，原先被我看成森林的其实只是几片树园，原先被我看成牧场的其实只是几片草坪，都是林子边上那一大片老式豪宅里住的世俗人游玩的地方。

这座日纪门极其巍峨，我还没注意到就已经走了进去。一条红石铺砌的道路拐向右侧，宽得足够两辆摩布车并排开过，直通到一座巨大的马特建筑脚下，我还以为那就是大院堂呢。但那只是他们的公共医疗点，而那条红石路则是给不识字的病人和探视者指引方向的。护送我进来的是一辆机动小车，因为接在我身上的那个手提箱实在笨重得没法拎。司机拐上了红石路，为了躲避一个坐轮椅的老人还来了个急转弯，那轮椅上还挂着点滴袋和读数器，是个出来透气的老年病患。我们扎进了一道拱门，接着又下了红石路，进了一条服务走廊。车子嗡鸣着经过一排排冷冰冰的房间，房间里满是金属柜台和诡异的管道装置。随后我们又上了一条坡道，进了一个庭院。这庭院的大小跟我们那座回廊院差不多，但它周边的建筑更高，所以它本身给人的感觉要更小。庭院的一角里立着座崭新的箱屋，一些管线从箱屋的窗子里蜿蜒而出，有的通向各种嗡嗡作响的机器，有的通进一间实验室的窗户。我被指挥着进了箱屋，脱掉了气球服。门在我身后关上的时候，我听见了从外头上锁的声音，然后是一阵胶带封箱器的呲呲啦啦，周围所有的缝隙都被封上了。我从那气球服里挣脱出来，关掉了那手提箱的电源，然后把它们通通塞进了床下。这所箱屋里有一间卧室、一间浴室，还有个餐厨角。窗户都从外面用金属网做了加固，所以就算我得了幽闭恐惧症，出现了恐慌发作的倾向，也没法从那儿爬出去，而且这些窗户还是用半透明的厚有机玻璃板密封过的。

相当惨。不过这毕竟是我几周以来的第一次独处，从这个角度来说已经没有比这更奢侈的了。我一个人已经不知如何是好了。我觉得头晕，我知道我就要崩溃了。说到底我觉得这里也不是那么私密，因为我猜自己肯定还在监视之下。我不禁想到了自己因粗心大意而被克莱斯提拉之眼拍下的那张哭泣的面孔，那是在敖罗洛被诅革的时候——也是他的第一次死亡。有种直觉让我想要隐蔽。

我走进浴室，关了灯，打开淋浴，钻到了水流下面。水温刚稳定下来，我就靠着墙垮了下去，无力地坐在了地上，最后倒在下水口上蜷成了一团，完全失去了自控。好多的东西都进了这条下水道，付之东流，化为乌有了。

若非敖罗洛就在我眼前化为蒸汽，我经历的那些冒险真的可以编出一批好故事来。我们那架飞机和其他几架一起飞到了位于埃克巴上风向的最近的一座岛屿，降落在了海滩上一群喝着酒看热闹的当地人旁边。还有几架飞机燃料用尽，在海上迫降了。当初为了给乘客腾地儿，已经把飞机上的救生筏都扔了，但多亏了那些阿佛特人，很多乘客才没被淹死，阿佛特人很容易就把球变成了救生圈。第二批空降突击队把他们从水里捞了上来，一块儿带到了我们栖身的这片海滩。这里已被世俗政权征用，还用警戒线做了隔离。他们给我们空投了帐篷，我们便在这儿支起了自己的营地——"新奥利森纳"。营地的中央还用帐篷补了一座回廊院，又在一截木棍上挂了一座数显时钟，那儿就成了我们举行普洛维纳尔的地方。我们为敖罗洛和未能生还的人们举行了安魂奥特。与此同时，军方也在我们周围搭了些大帐篷，强迫我们赤身裸体地从里面走过，还在我们身上浇了些不明成分的化学试剂，又发了我们一些装排泄物用的塑料袋。我们过了几天依靠军用配给的日子，穿的是脏了就得烧掉的纸质连体服，还得随时被叫去问话、拍照和做生物识别扫描。

第二天中午前后，一架大型固定翼飞机降落在了附近的一条公路上，那儿已经被当成了临时机场。不一会儿，一个车队开上了海滩，拉来了一些平民，其中有些还穿戴着帛单弦索。有人叫了我的名字。我穿过沙滩上一片无感染的安全地带来到了营门，遇到一支来自特雷德加的代表团。他们总共有二三十人，其中有几位帛单弦索的穿着样式跟我们埃德哈人截然不同，若不是他们用纯正的奥尔特语跟我讲话，我都不敢相信他们是阿佛特人。这些人来自多个不同的集修院。我只认出了其中的一位：那是曾在玛什特救过我的谷士。我捕捉到了她的目光，向她示意性地鞠了一躬，她做出了同样的回应。

他们的领头人说了些跟敖罗洛有关的话，表现得相当尊敬，言辞得体。然后他便通知我，我得帮他们准备送往大集修的"入信"，第二天还得跟他们一起回特雷德加去。他说的"入信"，指的当然就是那箱样本和那个几何学家的尸体，这两样东西都已经被军方没收了，在一个专门的帐篷里，正放在冰块上保存着。

与此同时，萨曼也在跟他的伙伴做着类似的谈话。这次来的还有一支伊塔小分队，都被隔离在他们自己的车里。

之后的大部分时间我都在工作，这可能是件好事，因为这意味着可供我忧伤的时间少了。包含在几何学家的遗体中的理学知识是敖罗洛用他的生命换来的，既是如此，往特雷德加运送这具遗体的准备工作就给了我一次机会，让我可以像尊重敖罗洛的遗体一样去尊重它，要是我们能为敖罗洛举办一场正常的葬礼，我也会如此为它做的。为了让我们得到这些知识，已经牺牲了两条生命：一条来自阿尔布赫，一条来自另一个世界。

我真正空闲下来的时候，就会跟珂尔德谈话。一开始只是我单方面在诉说自己的感受。后来珂尔德也开始讲起了她对发生的这些事情的看法，显然，她是从凯尔科斯教的观点来解释这一切的。看来萨尔克法师已经给自己找到了一位皈依者。在玛什特的时候，他的话可能只给她留下了微弱的印象，但是我们在奥利森纳经历的某些事情却让她对他的话信以为真了。我觉得现在还不是说服她的时候。我意识到这就跟炉子坏掉的那次是一样的。就算是我对这些事儿有更正确的解释，可如果我的解释只有一辈子献身理学的阿佛特人才能懂得，那又有什么意义呢？珂尔德是个独立的灵魂，她不愿意在这种思想的支配下过她的日子，就像她不愿意用一台她不明白也不会修的机器做早餐一样。

我已经被拧干了，净化了，虽然虚弱，但已经更坚强了，我开始在新家里东游西逛了。

厨房里有一半地方被捆摆起来的瓶装水塞得满满的。壁柜里诡异地混装着各种食品，既有墙外的食杂，也有特雷德加的地纽、树园种出来的新鲜作物。桌子上还扔着些书：有几本是非常古老的推幻小说（原版应该是用廉价纸张印制的印刷品，大概早就化作尘土了；这里的都是在真正的页子上抄写下来的手抄本），还有几本乱七八糟的哲学、理而上学、量子理学和神经病学。既有普洛塔斯这种名人的著作，也有名不见经传的小马特里钻研学问的阿佛特人写的东西。我得出的结论是，这应该是某个弟子受命为我提供阅读材料，大概是闭着眼在图书馆架子上随便扒拉出来的。

我的床上放着一套新的帛单、弦索和球，还按照传统方式包得整整齐齐，打着结。待到我将它们拆开，将仅有的一身埃克巴装束甩掉，重新穿戴齐整之时，踏出埃德哈日纪门以来的一切就会变得恍如梦境，遥远得一如我录入集修院之前的时光。

走进厨房，我拣出了所有世俗世界的食物，把它们藏到了壁柜里面，看得见闻得着的地方只留下了地纽里出产的作物。他们为我提供了做面包所需的各种材料，于是我不假思索地动起手来。面包的香味弥漫了箱屋，驱散了新塑料、地板胶和粘蝇纸的气味。

等着面团发酵的时候，我试着读了一本理而上学的书。就在我打着盹快要睡着的时候（那书艰深难懂，我的生物钟也没调过来），有人使劲敲起了箱屋的墙壁，差点儿把我吓死。我知道那是阿尔西巴尔特，从敲墙的力道就听得出来，还有他在周围转来转去的脚步声，他挨次敲打墙壁各处的那种有条不紊，就算一开始我没听出来，现在也不会再搞错了。我打开一扇窗户，隔着铁丝网和有机毛玻璃喊叫："这不是石头墙，不是你住惯了的那种房子，敲一下就行了。"

窗口的正中模模糊糊地映出一个阿尔西巴尔特形状的鬼影。"伊拉斯玛修士！听到你的声音，看到你朦胧的身影真是太好了！"

"我也是。那么说我还算是修士吗？"

"他们太忙了，还来不及安排你的诅革——别高兴得太早了。"

久久的沉默。

"我难过极了。"他说。

"我也是。"

阿尔西巴尔特好像很沮丧，于是我又瞎扯了一会儿。"你应该看看我一小时前的样子！那时我简直一塌糊涂，"我说，"现在还是。"

"你……在哪儿？"

"就离着一两百呎吧，我估计。"

然后他就一本正经地哭了起来。我恨不得走上前去张开双臂把他抱住。我拼命想找点儿话说。我明白，这件事对他来说更难接受。倒不是说看着敖罗洛死去对我而言就容易。但是如果是必定要发生的事情，能够亲眼见证毕竟要好过一点儿。同样，事后能在那片海滩上与朋友们共处几天，也要好过一点儿。

在特雷德加代表团现身，告诉我将要何去何从之后，我曾和珂尔德、犹尔、格奈尔和萨曼一起围坐在篝火旁边。不言自明，我们五个可能再也不会凑到一块儿了。

"要是单为了诅革，他们也用不着把我带到特雷德加去，"我推测道，"所以我猜我还会恢复原来的身份。"我环顾着一张张被火光映得暖洋洋的面孔。"但我再也不会是原来的我了。"

"真不是开玩笑的，"犹尔说，"这一脑袋的伤。"

加涅里埃尔·克拉德说："我要跟这些人待在一起了。"

这太出人意料了，我们都没能一下子明白过来他的意思，他是要加入奥利森纳。他被我们的反应逗乐了，接着说："我已经和兰达舍尔谈过这事儿了。"

"他说他们要考验我一段时间，只要我不是太讨厌，也许就能留下。"

犹尔站了起来，转圈过去从背后拥抱了他的堂兄，还在他的背上砸了一拳。我们都举起装着染色糖水的塑料杯子向他表示祝贺。

接下来大家的脑袋都转向萨曼，他举起双手承认："所有这些事儿对我的信誉度和登录权限都大有好处。"我们全都对他一通笑骂，他则报以满足的微笑，"我会跟伊拉斯玛修士一道飞回大集修去，不过可能在飞机上不坐在一起。"这让我为之感动，于是便趁着还有机会，起身过去拥抱了他。

注意力最后转向了珂尔德和犹尔，他们正背靠背地坐在一个冷藏箱上。"既然我们已经成了阿尔布赫星上关于几何学家技术的顶级专家，"犹尔开口说，"说不定可以出去谋个这方面的职业。"

"说真的，"珂尔德说，"这儿有一大堆人想问我们问题。既然那架探测器已经毁了，那我们对所见所闻的记忆就变得更重要了。甚至可能最后我们也会去特雷德加。"

"还有犹尔的房车。"我说。我朦胧记得它的残骸从敖罗洛修士身边飞过的情形。这回犹尔什么也没说。他只是偏着头凝视着大海，摇了摇头。

珂尔德提醒我们："我存在诺尔斯罗夫的飞驰车应该还好好的。等事情稍微安定下来了我们就回去取。然后我们打算到山里去过上一阵子，算是补度蜜月。"

紧跟着一片沉默。她等了好一阵子才说："哦，我没提过我们订婚了吗？"

头天晚上，犹尔曾经一脸诡秘地凑到我跟前，从口袋里掏出个闪闪发光的东西，那是一个他从几何学家的降落伞索具上割下来的金属环。为了能让它适合珂尔德的手指，他还把这东西放进了篝火，用简易风箱把火鼓到白热，对它进行了一番锻造。

"我要向珂尔德求婚，唉，你知道。不是现在！晚一点儿，你知道的，等事情安定下来。"

我意识到犹尔这是来请求我许可的，于是我感动地拥抱了他。"我知道你会照顾她的。"他的拥抱差点儿挤碎了我的脊椎，有一刻我都想召唤个谷士来把他从我身上撬开。

他稍微平静了一点儿以后，让我看了看那指环。"不是那种正经的珠宝，"他承认，"但是，它是来自另一个世界的，绝对是最稀有的，不是吗？"

"是的，"我向他保证，"它是最稀有的。"然后我们便不约而同地转头去看了看我的继姐。

他肯定是已经问过她了，而她肯定也答应了。一时间，我们都疯狂地拥抱起来，大喊大叫，四处狂奔。一撮儿奥利森纳人也聚到了我们周围，他们是被马上就要举行婚礼的小道消息吸引过来的。接下来是好奇的士兵们，再者就是来自大集修的人们，他们都想知道，这里怎么一下子就乱成了这样。在一种疯狂的驱动下，我们都恨不得当天就举行典礼了，就在海滩上。不过几分钟后大家就安定了下来，最后我们只举行了一场宴会。奥利森纳的修女们从路边的沟里连根拔来了一大捧野花，编成了花环。士兵们则陷入了陶醉，不知从哪儿弄了些酒，狂饮了起来，还扯着破锣嗓子冲珂尔德和犹尔欢呼。一个直升机机师还把他最喜欢的菊花头螺丝刀送给了珂尔德。

一小时后，我便坐上了飞往特雷德加的飞机。

阿尔西巴尔特稍稍平静了一点儿。他颤抖着深深地吸了一口气："看起来，他相当平静地接受了自己的命运。"

"是的。"

"你知道他在地上画的符号是什么意思吗？日行迹吗？"

我突然想到了什么。"嘿！"我说，"你怎么知道这些的？他们让你看了斯皮里吗？"

他很高兴能有个由头儿说点什么，这让他平静了下来："我忘了你对大集修一无所知了。每次他们想对所有人说点什么的时候，比如杰斯里从太空返回的时候，他们就会召唤我们到独岁纪士的堂殿去开一次所谓的全体会，那里是唯一一处大得能容下全体大集修成员的地方。现在规矩已经放宽了，他们会给我们放斯皮里。不管怎么说，在奥利森纳访晤过后，开了整整一天的全体会，是最耗神的一次。"

"他们用的是这个名字？"

看得出他在点头。透过有机玻璃看不真切，不过我担心他又要开始留胡子了。

"好吧，"我说，"我跟他一起度过了几天，就在……在你从斯皮里上看见的

那些事儿发生之前。当然，我也看到了日行迹的原物，就是髻殿地板上那圈古代日行迹。"

"那东西肯定是有重要意义的！"阿尔西巴尔特冲口而出。

"过去是的。现在更是了，因为我们再也回不去了。"我说，"不过敖罗洛在海滩上画的那个，恐怕我还没有解读它的特殊洞察力……"

"怎么了？"过了几秒钟，阿尔西巴尔特问道，因为我的话说到一半就停住了。

"我刚想起一件事儿。"我说，"敖罗洛说的一句话，是那个探测器点燃推进器之前他跟我说的最后一句话。'他们肯定破译了我的日行迹！'"

"'他们'指的是那些几何学家吧，我猜。"

"是呀。当时发生的事太多了，我还没顾上问他那是什么意思……"

"当时已经来不及了。"阿尔西巴尔特说。

敖罗洛的死仿佛近在咫尺，每次只要话里提到他，我们都得停上一会儿。不过我们俩都在思考。"他寝室墙上有一张照片，就在布利岗，"我说，"照的就是那个日行迹。古代的那个。"

"对，"阿尔西巴尔特说，"我记得的确看到过。"

"好像那个对他来说近乎一种宗教象征，"我说，"就像三角形对某些圣约教的意义。"

"但那也解释不了他为什么说几何学家'破译'了它。"阿尔西巴尔特指出。

我们又呆坐着猜了一会儿，可毫无收获。

"那么，"我说，"杰斯里从太空回来后的那次全体会……你们看出来天堂督察身上到底发生了什么吗？"

"你看出来了吗？"他问。然后我们俩都沉默了一会儿，想刺激对方说点儿插科打诨的话，不过好像有点儿不是时候。

"其他人都怎么样了？"

他叹了口气："我不大见得着他们。我们都被派到了不同的研究课。裴利克林，当然，绝对是疯人院。而且我们也没有选择同一个乐俱部。"

这些词的意思我只能勉强猜个大概。"但是你至少可以告诉我他们都在干什么吧？"

"你得知道，杰斯里和艾拉的情况跟咱们不一样。"他开口说道。

"为什么？"

"因为他们是通过唤召来到这里的。他们已经死了，跟所有被唤召的人一样，必须开始一次新生。其中有些人颇为乐在其中。渐渐地，所有人都开始习惯这一切。然后，突然间，不过几个星期而已，这事儿一下子成了大集修。"

"他们还得起死回生。"

"是的。你能想得到其中的尴尬。"

"尴尬。唉，至少这个地方就还有很多东西需要熟悉。"

阿尔西巴尔特没笑，只清了清嗓子。

"他们马上就要把你从这玩意儿里放出来了。"杰斯里告诉我。阿尔西巴尔特的预料并不准确，我的面包还没晾凉呢，杰斯里就来看我了。

一看他说得这么自信我就知道这肯定是在放屁。"你这预言的依据是什么？"我问。

"激光的颜色不对。"他说。

我把这话大声重复了一遍，但一点儿也没明白。

"照在无钻马特上的激光，"他解释说，"就是召集大集修那天夜里的激光。"

"是红的。"我说，这么说蛮蠢的，不过我想试试往杰斯里的脑子里扔块石头，把它敲松了好掉点儿信息出来。

"特雷德加这儿有人很懂激光，"杰斯里说，"他们马上就知道了事有蹊跷。能用来制造红色激光的气体或气体组合就只有那么几种。每种所产生的波长都不一样。还有个激光专家只要看到一个光点儿就知道激光介质用的是哪种气体组合。但他们没认出几何学家的激光颜色来。"

"我看不出这有什么……"

"幸运的是，兰姆巴尔弗有位宇宙学家头脑冷静，让一块照相记忆板在那光线下曝了光，"杰斯里接着说，"所以我们知道了它的精确波长。已经证实，它跟任何自然产生的谱线都不吻合。"

"那毫无意义！那些波长都是用量子理学计算出来的，这是一切的基础！"

"但你想想新质呢。"杰斯里说。

"好吧。"我说着就考虑了起来。如果你把原子核的聚集状态打乱，就会改变电子环绕它运行的轨道。激光是电子从一个高能轨道跃迁到另一个能量较低轨道的结果。能量差决定了光线的波长，也就是颜色。"用新质产生的激光，就能带上自然界不存在的颜色。"我承认。

杰斯里没说话，等我接着往下说。

"所以，"我接着说，"几何学家拥有新质，他们用它制造了激光。"

他换了个姿势。隔着塑料窗户，我能看出来的也只有姿势。不过我知道他不同意我的说法。而且我也知道为什么。

"但是他们没有新质。"我接着说，"至少该用的地方都没用。我摸过他们的降落伞、伞绳、舱门。那都是普通的东西，很重，很不结实。"

他点了点头："但你不可能知道——几个小时前我们也还不知道——其实它们全是新质。探测器里的所有物质，所有的物件，所有的血肉，都是我们所谓的新质，意思是它们的原子核聚集方式都是非自然的——无论如何，在这个宇宙中是非自然的。"

"但这些东西大部分都已经毁掉了！"我争辩说，"至少是埋到几百呎厚的火山灰下面去了呀。"

"奥利森纳人和你那些朋友弄到了一些残片。我们有一块嵌在 T 形手柄外面的金属板。珂尔德在口袋里装了些螺栓。还有伞面和伞绳的碎片。盛血样的盒子。我们还有那个背部遭到射击的女人的整个躯体，感谢垫敖罗洛。"

我差点儿把这句给听漏了。一直到刚才杰斯里都还没提过敖罗洛。他的姿势和腔调发生了微妙的变化，让我觉察到了他的悲伤，我之所以能够觉察，只因为我从小就认识他。他将会以一种滑稽而隐蔽的方式悲伤上很长一段时间。

我清了清嗓子："很多人都这么称呼他吗，现在？"

"实际上，随着时间推移，这么称呼他的人已经越来越少了。大家在刚看完斯皮里时，就脱口喊出了这个称号。他的行为明显就是一位垫者的作为，不用费什么脑筋，所有人都能看出来。但大约从昨天开始，就有人反悔了，对他的看法改变了。"

"有什么可改变的？！"

他耸了耸肩，还举起了双手："不用担心。你知道是怎么回事。没人愿意表现得太轻率——怕被人说成是迷信狂。普洛克会士可能正在他们乐俱部里对敖罗洛的所作所为炮制新说法吧。忘了这些吧。他做出了牺牲，而我们得祭奠他的牺牲，我们得尽可能多地从那位女死者身上获取知识。我要告诉你，她身上每一个原子的每一个原子核、她内脏里的枪弹弹丸、她穿的衣服，全都是新质——所以大概二十面体里的所有东西都是如此。"

"所以按这个道理，环绕原子核的电子的行为也不合乎自然法则，"我说，"所以激光打出来的颜色不对。"

"电子行为和化学性质是一个意思，"杰斯里插话说，"人们发明新质的目的，是通过在核合成领域的瞎折腾为我们带来有利用价值的新的元素和新化学性质。"

"而且生物的功能也是以化学性质为基础的。"我说。

杰斯里比我聪明。他肯定也知道这一点，但他并不爱在人前卖弄。尽管很多时候我都听不明白他在说什么，但他还是顽固地相信我有能力理解他所理解的事物。这是种讨人喜欢的品质——他身上唯一一种讨人喜欢的品质。这会儿他又换了个姿势，把身子往前倾了倾，好像对我要说的话真的很感兴趣似的——他是在告诉我，我的思路是正确的。

"我们不会跟那些几何学家发生化学反应——也不会跟他们的病毒或细菌发生反应——就因为那激光的颜色不对！"

"一些简单的反应无疑还是有可能的，"杰斯里说，"电子还是电子。所以我们的原子也能跟他们的原子形成简单的化学键。但他们的细菌要施展作用就得有更精密的生物化学机制。"

"所以，我们能听见他们制造的噪音。他们能看到我们身上的反光，也能揍我们的鼻子，甚至还能……"

"或者礌我们。"这是我第一次听到有人把"礌"这个词当动词用，但我立即想到，他说的是轰击埃克巴的那枚礌石。

"但没法传染我们。"我说。

"反之亦然。当然，随着时间推移，细菌也会进化到与两类物质都能反应，从而把两种生态系统织成一体。但这需要很长的时间，咱们是赶不上了。所以，你很快就能从那盒子里放出来了。"

"他们有水吗？有氧气吗？"

"他们的氢元素跟我们的一样。他们的氧元素也跟我们的足够相似，所以他们也有水。但不知道我们能不能利用这种氧气呼吸。碳元素似乎有点儿差异。金属之类的差异更明显。"

"关于几何学家你们还知道些什么吗？"

"比你知道的还少。敖罗洛在奥利森纳干什么呢？"

"在追踪一条我不完全理解的调查线索。"

"用多重宇宙来诠释正在发生的事情？是这条线吗？"

"正是。"

"跟我讲讲吧。"

"我不敢讲。"

"为什么？"

"我怕我会讲得一团糟。"

杰斯里没有回应，我想他大概正隔着塑料窗怀疑地审视着我。我不愿谈的真实原因，当然是因为我怕会直接把话题引到咒士，而且我猜我们正处于监视之下。

"换个时间吧，"我说，"等我再清醒点儿。我们可以一起散个步，像在敖罗洛的葡萄园里的那次理学对话那样。"

敖罗洛的葡萄园位于一面朝南的坡上，是埃德哈少有的几处从秩序督察窗口看不到的地方之一，因此我们打算为非作歹的时候常会去那里。杰斯里明白了，点了点头。

"艾拉怎么样了？"我问。

"很好。但我不知道你什么时候才能见到她，因为在我们被唤召之后，她和我开始了一段私情。"

我的耳朵着起火来，脊背上也长出了锯齿样的鬃毛。至少我感觉是这样的。可后来照镜子一看，好像也没有瞧出什么不一样的，只是看上去更傻了一点儿。我脑袋里那部分比较高级比较现代的脑细胞——也就是还没原始到五百万年前的那个部分——认为最好还是将谈话继续下去。

"噢。多谢你告诉我。那么，接下来会怎么样呢？"

"唉，就我对她的了解，她马上就会做个决断了。但在她做出决断之前，我俩大概都听不到她的消息了。"

我什么也没说。

"何况她又很忙。"杰斯里接着说。我有种感觉，觉得他想结束这次会面了，他烦了，而且真的想离开了。但是他也知道不能扔下这么个重磅炸弹就一走了之。于是他又聊了一会儿大集修的机构组织情况。我几乎一点儿都没听进去。

这就是他急着来看我的原因。这样他来透露这个消息的时候，还能有个铁丝笼子拦着我。聪明小子！

他离开后我又反省了一番，他来跟我说，是因为他了解我，知道我会耿耿于怀，但也不会不讲道理。他们为什么不能展开私情呢？艾拉被唤召以后，我也已经自认为是单身了。

可就算这样我也没搞出什么新花样！

我吃了一块面包。三个穿气球服的阿佛特人进了箱屋。其中两个又给我抽了一轮血。那俩人吸完血就跑了，只有一个人留了下来。她拔掉了气球服的头套，把手套往里边一塞就扔在了地上。她把手指插进头发，触摸着自己的头皮。"闷在里头太难受了。"发现我在看她，她便解释道，"玛洛娃修女。佰岁纪士。第五司康会的。我来的那个小马特你肯定听都没听说过。那面包我能吃点儿吗？"

"你不怕被感染吗？"

她瞥了一眼自己的头盔，又转回脸来看着我。

我觉得玛洛娃修女颇具魅力，但是她比我要大上十五岁，而且此时此刻我对自己也没有自信，也许只要是不把我当成外星瘟疫传播者的女性都能吸引我吧。于是我给她弄了块面包。"真是个神憎鬼厌的地方！"她环顾着四周评论道，"外人就是这样生活的吗？"

"大部分。"

"不过你很快就能出去了。"她用鼻子深深吸了口气，从她脸上的表情可以看出，她正在琢磨闻到的是什么气味。然后她换上了一副懊恼的神情，摇了摇头。"这儿的工业副产品太多了。"她嘟嚷着。

"你来我这里是干吗的？"我问，"第五司康会是干什么的？对不起，我实在是不知道。"

"谢谢。"她从我手里接过一块面包，还不经意地碰了我一下。她咬了一口面包，一边咀嚼一边发着呆。

在大改组之后，遵守司康派戒律的阿佛特人立即开始了分裂与斗争，各个派系争先恐后地给自己扣上了司康会、改良司康会、新司康会之类的头衔。最后他们终于走向了一种编号制度。现在已经排到了二十多号，所以第五是相当老的资格了。

"我并不认为第五、第四、第六的区别在这儿有什么要紧。"她最后决定用这个方法来消解我的问题。她转过脸来看着我。"我只想知道它们闻起来是什么味道。"

"真的吗？"

"是呀。比如说，你处理过那顶降落伞，对吧？"

"是的。"

"如果你处理的是一顶从阿尔布赫的军用品仓库拿来的旧降落伞，你就会闻到它的气味。可能因为在袋子里放的时间长了，就会有股发霉的味道。"

"我哪有那么气定神闲，还能去注意那个！"我说。

"好吧。"玛洛娃修女说。她是位理学者，已经习惯了受挫折。"看来当时你们很忙。干得漂亮，顺便说一下。"

"噢，谢谢。"

"那位利落帅气的女士——"

"珂尔德。"

"——是啊，她启动了舱口的压力平衡阀，空气的流动是往——？"

"往舱里去的。"我说。

"所以在他们的空气跟我们的混合之前你也能没闻到它的气味喽。"

"没错。"

"该死。"

"也许我们不该那么着急。"我说。

她向我投了个尖利的眼神。"我建议你不要到处去说这样的话！"

我被吓了一跳。她克制了一下，压低声音说道："这儿可是万事通的世界之都。人人都在嫉妒，都希望当时在那儿的是他们，而不是你和一帮宗系怪人。他们都觉得自己会干得更好。"

"好吧，没关系。"我说，"我们当时只能那么做，因为我们知道军方会把事情弄得更糟。"

"这还差不多。"她说，"现在还回到嗅觉的问题上，你记得闻到过什么吗，不管什么时候？"

"是的！我们还谈到过！"

"不是在那个伊塔人拿斯皮里摄录器对着你的时候，那时候你没谈。"

"是在萨曼来之前。那个探测器刚着陆。敖罗洛闻到了发动机羽流的气味。他想知道他们是不是用了有毒的推进剂……"

"他真聪明。那里面有些东西是很可怕的。"玛洛娃插了一句。

"但我们什么也没闻到。断定那要么是水蒸气，要么是氢气或氧气。"

"这仍是个消极的结论。"

"不过后来，那探测器里面确实有种味道，"我说，"这下我想起来了。跟那尸体有关。我猜那是某种体液的味道。"

"你猜？是因为你分别不出那是什么气味吗？"做了一番她认为必要的思考后，玛洛娃修女问。

"对我而言完全陌生。"

"所以，那些几何学家的生物分子的确能跟我们的嗅觉系统发生化学反应。"她下了结论，"这是个有意思的结果。理学者们一直紧盯着我不放，要我回答这个问题，因为这些反应有的是量子理学性质的。"

"我们的鼻子是量子装置？"

"是的！"玛洛娃带着一种近乎微笑的开朗神情说，"鲜有人知的事实。"她站了起来，拿起她的头盔，"这是项有用的结果。我们应该能从那尸体上取一点样，在实验室里跟嗅觉组织放到一块儿。"她再次对我露出了开朗的表情，"谢谢你！"然后便行了个极其怪诞的告别礼，戴上手套，又把头盔扣到头上，真可惜，这样一来我就看不到她的头了。

"等一下！"我说，"怎么可能会是这样？既然那些几何学家是由不同的物质构成的，又怎么可能跟我们那么像？"

"那你得去问个宇宙学家，"她说，"我的专业是研究害虫和消灭害虫。"

"那我算是什么？"我问，但是她太专注于戴头盔了，没理会我这句玩笑。她出去时还经过了一道气闸，那是他们在我的门外安装的。门又关上了，锁又挂上了，胶带封箱器又一次发出了粗暴的噪音。

天黑了下来。那些矛盾令我烦躁不安，几何学家看上去跟我们那么像，但他们的构成物质却根本不同，以至于玛洛娃会认为我们有可能连那种物质的气味都闻不到。大集修上有人惧怕太空细菌，但玛洛娃肯定不怕。

我会被关在这个盒子里，是人们在几百码外的课室里争论的副产品。杰斯里聊大集修的时候我真应该认真听听。

后来利奥也来了，冲着窗子学猫头鹰叫。我们在埃德哈的时候，宵禁以后就会模仿鸟叫来通信儿。

"我根本看不见你。"我说。

"看不见更好。到处都是磕碰和擦伤。"

"你跟谷士们练上啦？"

"要是那样倒安全了。这不，我一直在跟些和我一样笨的人练。钟鸣谷的阿佛特人就在那儿边看边笑。"

"好吧，希望你劳有所获。"

"也许在别人看还算不错，"他承认，"但在我的指导者眼里根本不值一提。"

对着一个空白塑料方块说话让我觉得很滑稽，于是我就把灯关了，跟他一起坐在了黑暗之中。坐了很久。我想着敖罗洛，却没有说出口。

"他们为什么要教你搏斗？"我问，"我还以为他们已经把那行给垄断了。"

"你一下子就跳到了一个相当有趣的问题，拉兹。"他哑声说道。他的嗓子完全嘶哑了，"我还不知道答案，才刚有了点儿想法。"

"好吧，我的生物钟也乱了，这一宿算是没法睡了，他们留给我的书也都没法看。我的女朋友又跟着杰斯里跑了。所以，我很乐意坐在这儿听听你的想法。"

"他们给你留了些什么书？"

"一锅大杂烩。"

"应该不会。肯定是有条线索串着的。你得在第一次膳席之前把它们全部掌握。"

"杰斯里用过膳席这个词。我正想着该怎么从语法上分析它呢。"

"这个词来自一个原奥尔特语单词的指小形式，本义是一个用来供应食物的平台。"

"那就是'小饭桌'——"

"把它想成'小正餐'吧。其实是这里的一项重要传统。这儿跟埃德哈大不一样，拉兹。我们习惯的用餐方式是大家都一块儿在饭厅里吃，可以端着自己的食物走来走去，想坐哪儿就坐哪儿。他们也有一个词是表示这个意思的，但不是那么恭敬。他们觉得那是种落后的、混乱的方式。认为只有弟子和少数怪诞的苦行修会才会那么做。在这儿只有膳席。一桌儿最多七个人。他们认为，围坐一张桌子的人不能超过这个数儿，这样既能让所有人都听得见别人说话，又可以避免有人滥竽充数、窃窃私语。"

"那是不是有个大饭厅，里边摆着好多七人饭桌？"

"不是，那就太吵了。每桌膳席都有一个单间儿——叫膳席室。"

"那就是一圈膳席室围着一个厨房喽？"

利奥被我的天真逗得直乐。他没有恶意。几周前他还跟我一样无知。"拉兹，你不知道这个地方有多阔。根本没有饭厅，也没有集中的厨房。全都是宗产和分会堂。"

"他们还有现行的宗产？我还以为都废除了……"

"第三次劫掠复兴的时候，"他说，"宗产的确被废除了。但是你知道改良老番会是怎么把沙弗宗产给收拾出来的吧？唉，想象一下吧，一座集修院有上百处那种地方会是什么样子，每一处都比原先的沙弗宗产还大还漂亮。那些分会堂就更别提了。”

“我已经觉得自己像个乡巴佬了。”

“你就等着瞧吧。”

“那还得有单独的厨房——”我停了下来，这么疯狂的想法实在让我招架不住。

“每间膳席室一个单独的厨房，一次只做十四份饭。”

“我觉得你刚刚说的是七个人。”

“席侍也得吃。”

“席侍又是什么？”

“就是我们呀！”利奥笑了，“他们放你出去之后，就会给你配一位高级修士或修女，当你的席宾。你得提前一两个小时到安排席宾就膳的宗产或分会堂去，跟别的席侍一块准备正餐。日暮钟一响，席宾们就会现身，围着桌子坐下，席侍们就得来上菜。不用你递盘子的时候，你就得背靠着墙站在席宾的背后。”

“太让人震惊了，”我说，“我简直觉得你是在耍我。”

“一开始我自己都不信，”利奥笑着说，“弄得我跟个乡巴佬似的。不过这一套也有这一套的好处。只有在这个场合你才能听到那些在别的地方不可能听到的谈话。过上些年，等你爬上去成了席宾，也会有自己的席侍。”

“你的席宾要是个傻瓜怎么办？要是这组席宾每晚都谈同样无聊的话题怎么办？总不能像我们在埃德哈那样，转身换到另一桌去吧！”

“我倒不想换回原来那套，”利奥说，“现在也没这个问题，因为被请到大集修来的人大多都很有意思。”

“那么你的席宾是谁？”

“她是一个小马特的守卫督察，这个马特位于一座摩天大楼的顶上，它所在的那个大城市现在正进行宗派圣战呢。”

“有趣。那你的膳席室在哪儿？”

利奥说：“我的席宾和我每晚会轮换到一个不同的地方。跟别人都不一样。”

“嗯。不知道他们会把我放哪儿。”

“所以你得把那些书搞定，”利奥说，“如果你没做好准备，可能就会在你的席宾那儿遇到麻烦。”

"没准备好什么？给他们叠餐巾？"

"你得明白他们正在说的是什么。有时候连席侍都得参加谈话。"

"噢，何其荣耀！"

"真有可能是极大的荣耀，得看你的席宾是谁了。想象一下要是你的席宾是敖罗洛呢。"

"我明白你的意思。但那是绝无可能的。"

利奥一时闷声。"那是另一码事。"他用很轻的声音说道。

"在特雷德加已经将近一千年没举行过诅革奥特了。"

"怎么可能？这地方的人口肯定得有埃德哈的二十倍！"

"这么多各式各样的分会和宗产让各路奇人异士也能各得其所。"利奥说，"你我是在一个粗暴之乡长大的，兄弟。"

"好啊，现在也别对我手软。"

"那应该不会，"利奥说，"我现在每天都跟谷士们练拳脚。"

这提醒了我，他已经累坏了。"嘿！你走之前最后一个问题。"我说。

"什么？"

"我们为什么要到这儿来？这种大集修不就把我们都变成瓮中之鳖了吗？"

"是的。"

"你应该想得到，他们本该将它分散的。"

"艾拉一直在忙，"他说，"就是在为此制订各种应急计划。但命令还没下达。也许他们担心这看起来会像一种挑衅。"

"所以——我们就是……"

"人质！"利奥兴高采烈地说，"晚安吧，拉兹。"

"晚安，利奥。"

尽管有了利奥的忠告，我还是无法领会他们留给我的那些书。脑子太乱了。我试着翻了翻小说。这些倒是比较容易读进去，但是我揣摩不透为什么会指定我读这种东西。我已经开始读第三本小说了，翻看到二十来页时，里面的主人公通过一扇门穿越到了一个平行宇宙。前两本小说的情节也是围绕着平行宇宙展开的，估计是在示意我这个问题得好好琢磨琢磨，而且我推测其他的书籍肯定也跟这个主题有关。困意突然袭来，我的生物钟告诉我该睡觉了，我只好勉强挣扎着朝床上爬去，刚一上床便失去了知觉。

　　我在一阵陌生的变奏调中醒来，图莉亚还叫着我的名字，声音里没有一丝愉悦。有那么一瞬间，我还以为自己回到了埃德哈。但是我的眼睛只睁了一条缝，就看见了活动舱房。

　　"我的天哪！"图莉亚惊呼着，距离近得吓人。我醒了过来，发现她就站在我的床脚。没穿气球服。脸上的表情就像是看见我四仰八叉地躺在妓院门外的沟里。我摸索了一通，发现自己大半个身子还盖在帛单下面，就放心了。

　　"你有什么问题？"我喃喃地说。

　　"你得赶紧起来！现在！马上！他们在为你举行归戒哪！"

　　听起来不像开玩笑的，我瞬间从床上滚了下来，追在她身后出了舱房。气闸已经拆了，我们从塑料布上踩了过去。她领我穿过庭院，进了一道拱门，走下了一座古代马特墓窟，墓窟的另一头是一道铁格栅，是用来分隔两座马特的。格栅上有一道门，门开着，一个弟子神情紧张地守在旁边，我们一过去，他就哐当一声把门关上了。冲出这道门，我们上了一条笔直的长道，道的两边长满了参天大树：页子树。这是一条从页子树林正中穿过的小道。

　　因为这段时间一直穿着世俗世界的鞋，我的脚掌已经变软了，加上不断地踩到石头和根节，所以跑得还没有图莉亚快。页子树林的另一头围着一堵石墙，有三十多呎高，墙上开着一道巨大的拱门，她就在那儿停了下来，边歇气边等着我。

　　待我快到跟前时，她便转过身来朝我伸出了双臂。我给了她一个大大的拥抱，把她举得双脚离地，不知怎的我们俩都不由得笑了出来。我喜欢她这一点。她是我遇到的唯一一个不以悲伤回应敖罗洛之死的人。并不是她不悲伤，而是她以他为傲，我想，她在为他的举动而振奋，为我的幸存和归来而欢乐。

　　接着我们又跑了起来，穿过了拱门，踏上了一片起伏的绿地，绿地上散布着一片片杂木林，林子里还夹杂着一棵棵参天古木，看似绵亘数哩之遥。每隔几百呎就耸立起一座石质建筑，纵横交错的步道将那些建筑连接了起来。这肯定就是利奥说的那些宗产和分会堂了。但让我印象最深的还是那些草坪。在埃德哈，我们可没办法这么浪费土地。

　　钟声已经近在耳旁。我们来到一处特别庞大的建筑跟前，那是片回廊院－图书馆建筑群，绕过它的转角，那断崖便会映入眼帘。图莉亚把我领上了一条格外宽阔的林荫道，这条路直通到断崖下面，那座与断崖底部融为一体的大院堂建筑群就在眼前。

断崖位于三千呎高的花岗岩丘的西面，是岩体滑坡形成的。阿佛特人清理了断崖下方的残骸，用碎石修造了建筑和围墙。因为无法造出可与断崖媲美的钟塔，他们便把大院堂建在了崖下，在上方的花岗岩崖体中凿出了隧道、走廊与栈道，在断崖上造出了大钟，也可以说是把断崖变成了大钟。几千年来，他们一面接一面地修造着钟盘，每一次都比从前修得更高更大，直到现在所有的钟盘都还在报时，都在警告着我——我迟到了。

"归戒，"我喘着气问，"那是……"

"你加入大集修的正式入会仪式。"图莉亚说，"所有人都得经历这一步——才算正式结束游方，我们的在几周前已经举行过了。"

"只为了一个掉队的用得着这么大费周章吗？"

她突然大笑了起来，笑得都喘不上气了："别臭美了，拉兹！我们每周都举行一次。这次归戒的还有八个马特的一百位游方士，都在那儿等着你哪！"

钟声停了——不妙！我俩都闭上嘴加快了脚步，一口气跑出了几百码。

"我还以为人早就到齐了呢！"我说。

"先来的只有大集修院的。有些集修院，你都不会相信他们有多与世隔绝。甚至还有个代表团是从玛塔尔隐修会来的！"

"那我得跟慕像者们共聚一堂了，呃？"

我看清了这里的格局，最古老的分会堂都在大院堂的近旁，尽是一圈套一圈的回廊院、环廊、步道和庭院。从一座座马特大门和大张着嘴的拱券望进去，陈旧的分会堂矮小，简陋，布满了时间的烙印，它们的年代肯定能上溯到大改组时期。新修的塔楼尽管没有这些老邻居的资历、名望和尊严，却有着争奇斗艳的宏伟和富丽。

"还有件事，"图莉亚说，"我差点儿给忘了。归戒结束后马上还有场全体会。"

"阿尔西巴尔特提到过，杰斯里弄过一个？"

"是的。真希望我还有时间再解释一下，不过……只要记住那全是演戏就行了。"

"听起来像是一句警告！"

"不论什么时候，只要把那么多人装进一间屋里，就永远不可能有名副其实的谈话，只会有经过了修饰和过滤的言论。"

"政治性的？"

"当然。只是——在那些人面前别指望要什么小聪明。"

"因为我就是个彻头彻尾的白痴，只要是关乎……"

"没错。"

我们又沉默着往前跑了几步，她又想了想："记得咱们那次谈话吗，拉兹？选遴之前。"

"你要去把政治的那头儿搞定，"我回忆道，"好让我能记住更多位圆周率数字。"

"差不多是这个意思。"她说着，为了保持风度还不禁呵呵一笑。

"这个计划该怎样实行？"

"你只要说实话就好。别想着要花招。你没那本事。"

这时灰色的花岗岩已经占据了我视野的大半。我们跑上了长长的一串台阶，这些台阶的存在仿佛只有一个目的，就是为了托起一级级、一组组、一串串别的台阶。不过跑着跑着视野便一下开阔了起来。一个入口映入眼帘，却不是我该走的。游方士应该从日纪门方向进入，所以还得绕着大院堂跑四分之一圈，从那个最大的入口进去，这座大门真是宏伟，要不是图莉亚抓着我的弦索像牵狗一样把我拽了进去，我可能还会盯着它瞧上半个小时。我们穿过一个门廊似的东西进了一座堂殿，这儿大得让我完全感觉不到是进入了室内。堂殿正中是一条廊道。跑过了廊道的四分之三我才瞧见一条阿佛特人队列的尾巴，这队人马正向着高坛缓步前行。图莉亚跑到我的背后，在我屁股上狠狠拍了一掌，声音响得断崖顶上都听得见，她嘶声叫道："跟上那些裹缠腰布的家伙！他们干什么你就干什么！"至少有三十个脑袋转过来盯着我们，座席上还稀稀拉拉地坐着些世俗人。

我的步子慢了下来，改成了快走，毕竟还得控制一下呼吸，我算计好了时间，在那五六个"裹缠腰布的家伙"走到廊道尽头的屏壁之前刚好赶上了他们。跟着他们穿过屏门，我发现自己进到了一个巨大的半圆室里——这就是高坛——与我们共处一堂的还有其他几队阿佛特人，一个唱诗班，以及形形色色的戒尊。

归戒是我们马特世界的又一种奥特。这是一种正式的程序，要按照若干个关节点完成一系列编排好的动作，喊一些古老的口号，或是以特定的方式摆弄些象征性的器物，中间再串上音乐表演和紫衣戒尊的演讲。在世俗人眼里，这种东西就算不是彻头彻尾的巫术，也肯定是荒唐可笑的表演。我努力让自己进入状态，把这看成是一个阿佛特人的分内之举。毕竟归戒的意义就在于此，让游方士们回归到马特世界的思维框架。就此而言，比起普洛维纳尔那样的日常奥特，归戒也该是更令人惊叹和富于感染力的仪式。当然，也可能他们特雷德加干什么都这么排场。他们的戒尊们真真懂得作秀，能像剧院里的大牌一样俘获观众。他们的衣裳确实不错，人数也令人生畏，大主戒两旁护驾的不止两个督察，还有好几个梯队的戒尊，这些戒尊级别也不低，每一位都有自己的随从，看起来就好像他们本人也当过大主戒似的。看着看着我才意识到，这正是一个高层主戒委员会，这些人都是从各个集修院召唤出来的大主戒，这样才能运作起这场大集修。这还只是马特世界的阵容。屏的另一侧肯定还有个内阁的大佬，那些人在世俗界也有着跟这些戒尊同样的地位。

我觉得自己就像个癞头托钵僧，能站在一帮只穿块手绢儿的阿佛特人旁边可真是天大的运气。然而，等我看着那些手绢儿的时候才明白过来，那其实是磨损到几乎什么都不剩的帛单。从磨损的幅边散开的线头已经打了绺，粘成了一股股脏辫儿，他们（全是男子）就用这些脏辫儿把下剩的布头捆在了腰上。我们埃德哈的传统是允许帛单有一头磨损。不过我们修会年岁最大的成员寿终正寝的时候，陪葬的帛单也只会有几时长的飞边。在这个修会里，似乎帛单都是老的传小的一代代传下来的。有些肯定都用了几千年了。这些奇怪的半裸修士中，只有一位大腹便便，其余的全都骨瘦如柴。他们属于一个生活在赤道附近的人种。这些人的头发很狂野，但更狂野的是他们的眼神，所有人都无目的地瞪着高坛地板上方的空间。我感觉他们并不习惯待在户内。

另外六支队伍则穿着结扎繁复的全幅帛单。但他们之间的共同点也仅此而已。每一队都有一整套与众不同的装束：头巾、帽子、包头、鞋袜、底帛单、罩帛单，甚至还有珠宝。显然，在阿佛特人里，我们埃德哈人的服装更偏简朴。比我们更清苦的可能也只有谷士和那些裹缠腰布的家伙了。

开场的几轮盛大仪式结束后，那位大主戒站出来说了几句话。屏后几座黑暗的堂殿里传来人们叹息和落座的声音。我偷偷低头看了自己一眼，光着一双脏脚，一张帛单粗糙灰暗，只裹了个最简陋的样式（"刚起床特别式"），伤疤还泛着红，青紫的瘀痕也褪成了黄绿色。我就是个标准的浪士。

其他的归戒队伍中，有一支人数最多、穿戴最整齐的，走上前去唱了一首歌。他们真是实力雄厚，一支六声部的复调被他们处理得游刃有余。这是何等威风。跟在后边的一组来了支单声部咢咏，用的调式和调性我都闻所未闻。我瞧见下一组正忙着从帛单里偷偷拿歌篇。然后，我终于明白过来，并产生了一种只有在特别残酷的噩梦里才会有的感觉：我完全陷入了绝境。每组人都得唱点儿什么！我也是一组——只有一个人的组！怯懦地挥手恳求豁免可行不通。在大集修上扭捏作态，既不会有人觉得你可爱，也不会有人觉得你有趣。

不会那么糟的，我告诉自己。人们的期望不会太高。而我又是个相当够格的歌手。只要有人拿张歌篇放到我面前，我就能把它视唱出来。难点在于唱什么。显然其他各组在几周以前就有了安排，他们的选曲就能反映出他们是什么样的人，他们对自己的集修院有什么感想，他们发展了什么样的音乐传统来歌颂他们最珍贵的思想。髹埃德哈集修院的音乐遗产足以匹敌那些大得多的集修院。在这方面我没什么可担心的。不过埃德哈已经来了一支规模可观的代表团，而且已经举行过归戒了。毫无疑问，阿尔西巴尔特和图莉亚肯定操控自如，组织了一场精彩的演出，还有嘉德修士那震撼世界的持续低音压场，肯定至今还会被别人在膳席上津津乐道。那么，留给我的还有什么？和声与多声部就不用想了，我也没本事单凭技巧就震惊四座。最好是简单点的，别过分，别出洋相。厉害到让人听上一两分钟还不解渴的独唱家可谓凤毛麟角。我只能尽我所能，表达一下对这个场合的尊敬，然后就退下来闭上嘴巴。

随随便便地背段书倒挺容易的，而且也足以应付了。但我不想那样做，我想要做的是打动艾拉——即便我完全知道这想法听上去有多疯狂。杰斯里有一点是对的：在艾拉没做出抉择之前我是不会见到她的。但是她肯定在这大院堂里的某个地方，而且别无选择，我唱什么她就只能听什么。唱一首我们在埃德哈学过的老歌可以唤起她胸中的怀旧，稳妥但却无趣。杰斯里上过太空。而我也有了自己的历险，学到了新东西，添了些艾拉还完全不了解的品质。有办法把这些用音乐表达出来吗？

可能有。奥利森纳人使用过一种髹咏计算法，显而易见，这方法其实根植于某种由他们的马特创始人从埃德哈带过去的传统。在这一点上，任何一个埃德哈人都能分辨无疑。那是一种对信息模式的计算方法，其过程就是把给定的一串音符置换为新的旋律，按照细胞自动机的模型构造规则，一边计算一边进行置换。这种音乐诞生于第二次劫掠改组之后，是刚失去计算机的阿佛特人发明出来的。这个传统在一些集修院里已经消亡，在另一些集修院里则变异成了另外的东西，但是在埃德哈，人们一直在认真地演练着。作为儿童音乐游戏，我们小时候都学过这套东西。但在奥利森纳，人们却将它派上了新的用场——用它来解决问题。也可以说只是解决一个问题，一个我连性质都还没弄明白的问题。但无论如何，它听起来很不错——由于某种原因，他们取得的成果往往比埃德哈的版本更富有音乐性。埃德哈也有可以用于计算的音乐，但却不怎么好听。我在与奥利森纳人共度的那段时光里，已经听过这种音乐，并在一定程度上熟悉了它的系统。飞往特雷德加的途中和隔离的那段时间，有一段曲调一直在我的脑海里挥之不去。如果我把它大声地唱出来，也许就能得到解脱。

一想到这里，选什么就变得一目了然、轻而易举了。于是，轮到我的时候，我便走上前去唱出了这支曲子。我唱得轻松自如，因为我已不再为合不合适之类的杂念所扰。

就算我想反悔也来不及了。因为在我把一些词句纳入其中的时候，听众席的一侧便扬起了一阵波涛般的惊愕之声。这声音不是很响，但我不会听错。我忍不住向那边看去，当我发现那声音来自千年士的屏后时，便颤抖了起来，几乎走了调。

觉察到自己可能惹上了某种麻烦，我就像所有犯错的弟子一样，向那些戒尊们投去了偷偷的一瞥。他们正回看着我。他们大多目光呆滞，但也有一些交头接耳地讨论了起来。我注意到，其中之一便是我的老朋友——瓦拉克斯检察官。

知道此刻已无计可施，我反而生出了一股轻松的感觉，不管我打翻的是一篮子什么害虫，现在结果已经注定。大多数听众并没听出这曲子有什么非凡之处，他们只是礼貌地听着，于是我便集中精神一口气把它利落地唱完。但我的余光捕捉到了一点动静，一瞥之下我看到那些裹缠腰布的家伙，他们似乎原本对这场奥特无动于衷，但现在却打乱了队形，变换了位置，每个人都想要把我看个清楚。

我唱完之后，理应寂静下来，这才是对一首唱的不错的歌曲的礼貌反应。但一些千年士仍在窃窃私语。我甚至误以为自己听到了一段向我应和的乐曲。其他屏后的大片座席中，人们也在一小拨一小拨地谈论着它，同时传来的还有邻座让他们保持安静的嘘声。

那些裹缠腰布的人走上前去，唱了一段他们自己的计算婺咏。它是建立在与我们截然不同的调式上的，听起来极其怪异。很难相信有人能把声带训练到这种地步，能够发出这样的声音。但我感觉它作为一种计算与我所做的颇为相似。他们唱到结尾的时候，那个大腹便便者唱出了一段终曲，如果我没理解错的话，它是在宣告：他们唱的是他的修会三千六百年连续计算得出的最新乐章。

最后一组是玛塔尔隐修会会士，他们是极为少有的信神的马特修会之一。

　　玛塔尔隐修会是一个佰岁纪修会的残部分支，那个修会在大改组后几百年间发了百年疯。他们的帛单是蒙头的，把脸盖了个严严实实，只在眼部留了一条纱窗。他们唱的是一支凄婉的歌曲，我意识到，那是一支哀歌，是他们对被迫离开自己集修院的叹惋，也是一种警告，就好像我们有什么危险，若不是迫不得已他们不想跟我们有任何瓜葛。歌唱得很好，但却让我觉得像一种牢骚，还有点儿粗鲁。

　　这场表演已是归戒的倒数第二部分。虽然我还没搞清楚状况，但我们游方士的身份已被注销，成了大集修的正式成员。我们已经重新宣了誓，一些怪模怪样的羊皮纸文书也发回了我们的原籍，宣告了我们的到达。虽然不知道大集修到底是干什么的，唱歌也只是种象征性的行为，但我们刚才唱的却代表了我们为大集修做出的第一份贡献。接下来就只剩一件事了，就是站在那儿，等其余所有人——屏后的数千之众——站起来唱一首赞歌：宣布我们的贡献已被正式接受，他们也乐于接纳我们。唱到最后一节时，戒尊们开始列队穿过屏壁，走向了独岁纪士的堂殿。我们归戒团也按着先前的顺序跟在他们的后边。我还是走在队尾。作为世俗人士（至少是象征性的），我们是经过日纪门和访客堂殿进来的，而现在已再次成了阿佛特人，出了门就得进入一座马特。随着最后一批戒尊鱼贯而出，那赞歌也开始散漫起来，待到我迈过门槛，离开空空的高坛之际，参会者们离开的脚步声和低语声已将那旋律吞没了。

【特雷德加院】　三大院之一，得名于特雷德加勋爵，此人是践行时代中晚期的一位理学者，对热力学进步做出了重要贡献。

——《词典》，第四版，改元 3000 年

我又回归了自己，回到了马特世界，经过了正式的净化，可以自由地追求自己的兴趣了——不过只有两秒。突然，有人喊道："伊拉斯玛修士！"像要来逮捕我似的。

我的脚步刚踏入独岁纪堂殿便停住了。这堂殿巨大且华丽异常，已经来了一两百位阿佛特人。还有几百人正从后边的入口涌进来，几个世俗人也混在其中，他们都快步向前走着，去抢占最好的座位。

前排座位到屏壁之间本应是空的，好让人看清高坛里的状况，现在却被各式各样的世俗设备堆得乱七八糟。那儿还有一座用新质管子搭成的脚手架，它把屏壁框了起来，但并没有挡住，几个魁梧的弟子干起活来，把几块板子搬到脚手架上，又用夹子把板钳住，搭成了一座高出地面的舞台，以便后排的人瞧见台上的东西。装配工松开几条绳索，放下了一面斯皮里投影屏幕，占满了舞台上方的大部分空间。屏幕上闪过一个测试图案，随即就显现出堂殿内一台斯皮里摄录器拍的实况录像，是这座舞台的放大画面。刺眼的灯光亮了起来，好像在说"绝对不要往这儿看"！这些灯安装在脚手架的高处，从各个方向包围着舞台。一位穿帛单弦索的修女从我身边走过，正对着一副无线耳机说着话。

喊我的人是位年轻的戒尊，他唯一的任务就是把我交给一位叫罗铎吉尔的修士——这个人六十多或七十多岁，他的帛单比我的高级多了，跟我的放在一块儿，简直就像一下子从史前爬虫进化到了家禽一般。"拉兹修士，我的好小伙子！"还没等那位年轻戒尊做正式引介，他便大呼了起来，"真说不出我有多

喜欢你唱的歌。这是从哪儿捡来的小曲儿？是在世界之旅的途中吗？"

"多谢您，"我说，"我在奥利森纳听到它的，它一直在我头脑里挥之不去。"

"太迷人了！告诉我，那儿的人怎么样？"

"跟我们一样，大体上来说。一开始我觉得他们很不一样。但我在这儿看见了形形色色的阿佛特人，见识得越多——"

"是的，我明白你的意思！"罗铎吉尔说，"那些裹腰布的野人，他们是从什么树上掉下来的？！"

如果告诉罗铎吉尔修士，他比那些"裹腰布的野人"更让我觉得生疏，我肯定不会有什么好处，于是我便点了点头。

"有人告诉你你就要成为一场全体会的嘉宾了吗？"罗铎吉尔修士问我。

"有人提到了但没解释。"

罗铎吉尔修士对我的谈话方式似乎有点儿不适应，但停顿了一下他又继续说道："好吧，那长话短说，我将是你的话伴……"

"话伴？"

"对话人。"罗铎吉尔修士说，他显得有点儿不耐烦，但竭力一笑加以掩饰，"用你们埃德哈发音念当然正规得多！这对你有好处，坚持到底吧！告诉我，你们是还在说'萨凡特'呢，还是跟我们其他人一样念'堲'呢？"

"堲。"我说。既然罗铎吉尔修士如此滔滔不绝，我想我就没必要多说什么了。

"太好了，那么，是这样的，大集修的参与者们一直在啃奥利森纳访晤事件的数据，分析它的样品，仔细观看它的斯皮里，自然也有人有兴趣听听目击者的说法，这就是为什么你会在这儿的原因。但与其让你费事去准备一场演讲，不如我们采用即兴对话的方式。我有一些问题——"他把一叠页子拍得哗哗直响，"是各种对此事感兴趣的团体交给我的，要是时间允许的话，我本人也有一些题目想要探讨。"

随着这场对话，或者不如说是独白的进行，这次全体会也成了形。那位戴耳机的修女把我们轰上了一段带滚轮的台阶，罗铎吉尔修士也跟着我上了舞台。麦克风就夹在我们的帛单上。舞台后边有一个小桌台，上面放着两个大杯子和一壶水。此外就再没有别的家具了。不知为什么我一点儿也不觉得紧张，也不去想一会儿该说什么，倒是默默思索起我们所站之处的滑稽结构来，这就是三维空间格子上架出的一小块几何平面。它就像一个几何学家的幻想，是埃特拉斯理学者对话道场的现代演绎。

"你有什么想问的吗，伊拉斯玛修士？"我的话伴问我。

"是的，"我说，"您是哪位？"

看来我的问题让他感到有点儿难过，不过随即他的脸就恢复成一种僵硬的表情，从上方的大屏幕可以瞥见，这张脸在斯皮里上看起来要有魅力得多。至少比我的有魅力。"蒙科斯特院墅普洛克修会佰岁纪分会的同侪之首。"

"你的麦克风开了——刚开的。"一个修士边说边按了一下夹在我帛单上的开关，然后也为罗铎吉尔修士做了同样的事。罗铎吉尔给自己倒了一杯水，然后拿起一篇讲稿，从杯子口上递来一个眼神，冷静而好奇地看着我，想知道我在听说他是全世界最显赫的普洛克会士时会有什么反应。但我也不知道他看见了什么。

"全体会开始。"他用低了八度的声音说道，这声音被放大后响彻了整座堂殿。人群开始安静了下来，然后他又停了一会儿，等着人们停止交谈，进入状态。因为灯光的缘故，台下的东西我一点也看不到；罗铎吉尔修士好像成了阿尔布赫星上除了我之外的唯一一个人。

"我的话伴。"罗铎吉尔修士说到这儿又沉默了片刻，"我的话伴是伊拉斯玛，从前是一所号称'埃德哈修会'的旬岁纪分会会员，来自一个，如果我没听错的话，自称是萨凡特埃德哈集修院的地方。"

一片嗤笑传遍堂殿，讥笑着这个过时的可笑发音。

"呃，我想您是听错了——"我开了腔，但不知是麦克风的位置不对还是怎的，我的声音并没被广播出去。

与此同时，罗铎吉尔的声音盖过了我的。"他们说那地方在山上。告诉我，你们只用一张帛单来阻隔自然环境不会觉得冷吗？"

"不会啊，我们还有鞋和——"

"啊，告诉各位听不见我话伴讲话的来宾，他非常骄傲地宣布埃德哈人是有鞋的。"

最后我终于把麦克风对准了我的嘴。"是的，"我说，"鞋——还有礼貌。"满座哗然，"我仍旧是您刚才提到的那个修会的分会成员，而且您可以称呼我修士。"

"噢，请你原谅！我已经调查过了，而且发现了一个不一样的故事，你在游方的第二天就去当了浪士，在到达那个叫作奥利森纳的地方之前还满世界乱跑了一圈，那个奥利森纳，我猜倒也是什么人都欢迎的。"

"那里比我说得出的某些地方更为好客。"我说。想到罗铎吉尔修士刚才的话，我苦思着打断他和推翻他的办法，但他的话句句属实——他对此也了然于胸。

他就是想诱使我对他的措辞来一番咬文嚼字。那样他就能引用证据来碾压我了。他的手上可能正拿着那些证明材料呢。

在布利岗的时候，嘉德修士曾告诉我，他一到特雷德加就会把一切安排妥当，不会让我陷入麻烦的。

他失败了吗？不。如果他失败了，他们就不会准许我归戒了。所以嘉德肯定成功了，在一定程度上。但在这个过程中，也许他也树了敌。

也就是此刻我的敌人。

"您说的都对。"我说，"不过我还是在这里了。"

罗铎吉尔修士看到自己开局不利，一时乱了阵脚，但他就像剑士那样，来了个回刺："对于一个自称懂得那么多礼貌的人来说，这可太不寻常了。在这座宏伟的堂殿里有成千上万的阿佛特人。所有人都是在受到召唤后直奔特雷德加而来。这间屋子里只有一个人选择了去当浪士，还把他的忠诚献给了一个社团，一个不属于马特世界的组织——奥利森纳邪教。到底是什么——或者照我说就是什么人——唆使你做出了这样一个自毁前程的选择？"

这一刻，我的脑袋里冒出了一些有趣的想法。罗铎吉尔修士对我发起了偷袭。他精于此道，而且不管我拿什么自卫他都有反击的招数。我的第一反应，自然是慌了手脚。但他在不自知的情况下犯了一个战术错误。他如此大谈特谈我非法且"自毁前程"的游方之旅，倒让玛什特的那段记忆一下子涌入了我的脑海，让我想起了我在那儿遭遇的偷袭，那种经历实在是太可怕了，无论罗铎吉尔修士对我说什么恶毒话语，都不可能比那一回更为恐怖。比起那次来，他充其量不过是显得有点儿滑稽罢了。想到这里我便冷静了下来，借着这份儿冷静，我注意到，罗铎吉尔修士的最后一个问题露出了他的底牌。他想让我把一切都怪到嘉德修士身上。他要说的是，供出那个千年士，一切就都是可以原谅的了。

就在一个小时前，图莉亚还警告我不要试图玩弄政治——只能说实话。但固执和审慎加在了一块儿，告诉我不能把罗铎吉尔想要的给他。

我想着在玛什特要是没有谷士的突袭，那一幕又会如何收场，想着谷士们是怎么审时度势，并把那理解为突发状况的。我没受过谷士的训练，但我知道

我现在碰上的就是突发状况。

"我自己做的决定。"我说，"我会接受自己的决定带来的后果。我料想到一种可能的后果就是诅革。就是料想到了这一点，我才去了奥利森纳。我想就算是我被遣退，在那里也还可以过马特式的生活。所以，能够回到特雷德加并获得归戒的准许，对我来说是一种惊喜和荣幸。"

大集修的成员们鸦雀无声，正如我看不到他们的身影一般，我也听不到他们的声音。只有我和罗铎吉尔，在这块道场的碎片上，漂浮在太空之中。

罗铎吉尔修士放弃了嘉德，转向了次要的靶子："我实在不理解你是怎么想的！你说你的目标是过马特式的生活？你以前就已经过上了，不是吗？"他转过脸去对着堂殿里的人群，"也许他只是想到一个暖和点儿的地方去过这种生活！"

这句俏皮话博得了一些人的笑声，不过我也能听到一种从灯光后边渗出来的愤怒。"罗铎吉尔修士在浪费大集修的时间！"一个男人喊道，"这次全体会的话题是访晤事件！"

"我的话伴要求我按他自认为正确的头衔去称呼他修士，"罗铎吉尔还了嘴，"既然看起来他对这种事儿这么认真，我就只能试着摆明事实了。"

"噢，对您有所帮助是我的荣幸。"我说，"关于访晤您有什么想知道的吗？"

"既然我们都看了你的伊塔合伙人拍下的斯皮里，那我想你能做的最有益的就是把你没被斯皮里拍下来的经历讲出来了。在你把自己从那位伊塔朋友身上撕下来的稀有瞬间里，都发生了些什么？"

他给了我这么多可供反驳的东西，但无奈我只能选择一样：我得马上把伊塔这个饵先摆脱掉。我能用的最好的办法就是给这个伊塔人一个名字。"探测器刚着陆几分钟萨曼就到了，他一到就开始录像了。"我开了腔，"大多数时间里，我看到的都和他一样。"

"别这么快，你怎么能从故事的中间开始讲！"罗铎吉尔修士以一种宽容慈爱的口吻抱怨道。

"很好，"我说，"那您觉得我倒回去多远才好？"

"尽管我对奥利森纳邪教的奥特和习俗也颇为着迷，"罗铎吉尔修士说，"但还是让我们把谈话限制在访晤事件本身吧。请从你开始意识到发生了极端事件的时候说起吧。"

"它看起来像一颗陨星——不同寻常，但并没到极端的程度。"我说，"它没有一下子就烧光，所以我想它肯定是个大块头。起初很难分辨它的轨道，直到它朝我们飞过来时我才看出端倪。我也讲不出自己断定它不是自然造物的具体时刻。总之我们开始往山下跑。刚跑到一半，那个探测器就开了降落伞。"

"既然你说到了'我们'，那你说的这群人有几个呢？"

不等罗铎吉尔修士套话我就招了："两个。敖罗洛和我。"

"髻敖罗洛！是的，我们认识他。"罗铎吉尔修士说，"整段斯皮里上都是他。但我们到现在还不知道他是怎么到的这个现场。他是第一个到达那个洞底的，不是吗？"

"如果您说的'洞'指的是奥利森纳髻殿发掘坑的话，那就是的。"我说。

"但那个洞是在火山的山脚！"他嚷道，那腔调像是在指责我的无知，仿佛我是个连这点儿事都不知道的笨蛋。

"我清楚这一点。"我说。

"可我们刚才听你说，在那个探测器打开降落伞往洞里降落的时候，你和敖罗洛是从火山的山顶往下跑的。"

"是的。"

"那其他人呢？他们是太过沉迷于叙莱亚理学世界了，所以都没意识到正有个外星空间探测器掉进他们营地的中心吗？"

"在敖罗洛独自跑下坑底的时候，他们都待在发掘坑的边上。"

"独自？"

"好吧，我跟在他的后面。"

"天黑以后你和敖罗洛跑到火山顶上究竟是去干什么的？"问这个问题时，罗铎吉尔修士还千方百计地使出了引人发笑的语调。

"我们并不在山顶，这应该是显而易见的，要是您能稍微想一下火山是个什么东西的话。"

这又引来了一种截然不同的笑声。连罗铎吉尔修士看上去都有点儿想笑。"但你们的确是在山坡的高处。"

"一两千呎。"

"在云层上边吗？"他问，好像这是个极为重要的问题。

"那里并没有云！"

"我再问你一遍：为什么？你们在干什么？"

我犹豫了一下。现在正是帮敖罗洛传播思想的大好时机，以后再也不会有比这更好的机会了，现在大集修的全体成员都在听我说话。但我对他的论点只是一知半解。我听到的那些自己还没充分领会。不过有一点，我知道得很清楚，我知道这会把话题引向咒士。

"敖罗洛和我到山上是去谈话的。"我说，"我们太专注于对话了，所以没发现天已经黑了。"

"既然你选择使用'对话'这个词，就让我觉得，比起你的奥利森纳新女朋友的魅力，这个话题应该来得更有分量。"罗铎吉尔修士毫不留情地说道。

见鬼，他还真棒！他怎么知道什么话刚好能戳中我的痛处？

钟声开始响了起来，在高高的断崖上面。听上去就像是召集普洛维纳尔的钟声。他们在这里是怎么给大钟上发条的？

这让我想起了利奥，几个月前，在我应他的要求揍了他的脸之后，他就两眼乌青地去给大钟上了发条。我努力回想着利奥在那天学到了什么。我强迫自己装出一副波澜不惊的样子，接着说下去。

"您的陈述大部分都是正确的，那是一次严肃的理学讨论。"

"那是什么让敖罗洛如此挂心，以至于非得拽着你爬到火山上去抒发胸臆？"

我惊诧地转着眼珠摇了摇头。

"跟几何学家有什么关系吗？"他试探道。

"是的。"

"那我就不明白你对这话题还有什么可掖着藏着的了。只要是跟几何学家有关的，就是大集修成员的兴趣所在，不是吗？"

"我不愿说是因为我只听到了他想法的一小部分，我怕我无法恰如其分地讲出来。"

"这不就得了！现在所有人都听见你的托词了，也理解你为什么不想说了，所以你已经没有理由再隐藏信息了。"

"因为被诅革，敖罗洛已经失去了搜集几何学家相关数据的能力。他也从未见过他自己拍下的唯一一张清晰的飞船照片。所以从那时起，他对这件事的思考就只能以自己能够接收的入信为基础——"

"我想你是说他已经没法接受入信了。"

"二十面体发出的入信是接收不到了。"

"那就是还有其他种类的入信了？"

"就是您和我随时都在接收的那种入信，仅凭意识就能获得的，还有我们无须科学仪器就能观察到并且自己思考的那些。"

罗铎吉尔修士假装惊讶地眨了眨眼。"你是要宣称你们对话的主题是意识？"

"是的。"

"具体来说，是敖罗洛的意识吗？因为那大概是他唯一能够接触到的。"

"他的，和我的，"我纠正他，"因为我也是那场对话的一分子，而且很明显，敖罗洛对他的意识和我对我的意识的观察是一致的。"

"可是我觉得你告诉过我，就在一分钟前，说这场对话是关于几何学家的！"

"是的。"

"那你现在就自相矛盾了呀，你又承认了它是关于你和敖罗洛意识的共同点的！"

"这也跟几何学家有关，"我说，"因为他们显然也拥有意识。"

"噢——"罗铎吉尔修士叫道，眼神里现出了一丝恍惚，好像绞尽脑汁地想要理解一件荒唐透顶的事情似的，"你是想说，就因为你和敖罗洛有意识，而且几何学家也有意识（我姑且允许你以此作为讨论的依据），你们只靠一直盯着自己的肚脐眼儿，就能明白几何学家的头脑是怎么工作的吗？"

"差不多吧。"

"好吧，我敢肯定洛拉会士们听了这话可得有的忙了。不过在我看来，你说得太少了，同时也说得太多了！"罗铎吉尔修士抱怨道，"太少，是因为我们在阿尔布赫已经盯着自己的肚脐眼儿钻了六千年的牛角尖儿了，却连我们自己都还没弄明白呢。所以用琢磨自己脑袋的这套去对着几何学家瞎摸一通又有什么好处呢？太多，是因为你断定几何学家跟我们的思维是一样的，这可走得太远了。"

"就最后一点来说，完全可以提出有力的论据，证明所有有意识的生物都必定拥有某种共同的思维活动过程。"

"我相信，那些有力的论据的确不是哈利康派门徒的穿凿附会。"罗铎吉尔修士冷冷地说，引得大集修上的普洛克会士全都咯咯笑了起来。

"至于您说的第一点，"我接着说，"恰恰是因为我们自省了六千年还没弄明白我们自己，我相信，敖罗洛的观点就是，我们既然已经接触了其他星系的有意识生物，或许就有可能解决一些悬而未决的古老问题了。"

这让人群安静了下来，我知道，他们突然变得这么安静，是因为他们肯定都在专心致志地思考这个问题。我们已经谈到了核心的问题。斯芬尼克与普洛

特这两个体系已经斗了一千年了，现在，就在这座堂殿的屋檐下，仍在以普洛克会士和哈利康会士的名义继续斗着，罗铎吉尔对伊拉斯玛。两派一致认同的只有我刚才以敖罗洛之口说出的话：几何学家有可能决定天平倾向于这一方还是那一方。倒未必是因为几何学家自己知道答案——他们有可能也跟我们一样困惑——而是因为现在我们能够获得新的入信了。而这也是很多人来到这次大集修的真正目的。没人在乎世俗政权给我们安排的是什么任务。

罗铎吉尔修士也懂得表现出片刻的沉默，向这个问题表示了应有的尊重。接下来，他说："如果它们只是一群聪明而头脑简单的臭虫，或者脉动能量场系统，或者彼此用化学语言交流的植物，是一些跟我们有巨大差异的东西，那也许敖罗洛对伊文内德里克伪哲学余烬的苦心钻研还能让我们稍稍分一下神。但几何学家看上去跟我们相似。敖罗洛在当时不可能知道是这个情况，所以我们就原谅他的一时糊涂吧。"

"但为什么他们看上去跟我们相似？"我问。话一出口我就意识到，我犯了个战术错误，我就不该问问题——即便只是修辞性的。

"让我来帮帮你吧。"罗铎吉尔修士说着，宽宏大量地向一个绝望困惑的弟子伸出了援手，摆出了一张巨大的脸，屏幕上的大脸，好一幅乐善好施的画面，"我们知道，在所有人都还不知道几何学家已经在天上的时候，敖罗洛就已经大干特干好几个月了。用你们集修院的宇宙学设备追踪着那个二十面体。"

"我们确实知道他在干什么。"我开口道。

罗铎吉尔修士打断了我："我们知道他们是怎么告诉你的：那是一个你们自己的许多修士修女都拒绝相信的故事！我们也知道敖罗洛被遣退了。在那个叫作宗系的秘密团体的邪教会友怂恿下，他绕了半个星球到了埃克巴：惊人巧合的是，这地方刚好就是几何学家第一次降落的地方——而且他们降落的时间刚好就是敖罗洛费尽力气爬到活火山高处人烟稀少的地方去做长途夜探的同一天夜里！"

"没那么长途，也没那么费劲儿，我们并不是夜里去的——"我试着说道。但这又是他在逼我咬文嚼字，我说这些只是给了他喘口气喝口水的工夫而已。

"现在请帮帮我们吧，伊拉斯玛修士，"罗铎吉尔修士用一种极为通情达理的腔调说道，"帮我们解开这个令我们如此困扰的谜题吧。"

"这里说的我们是谁？"我问。

"在这里参加大集修的人们，那些觉得除了斯皮里上看得到的，敖罗洛应该还有别的事儿的人。"

我已难掩话音中的疲惫："您说的谜题又是什么？"

"敖罗洛是怎么给那些几何学家发信号的？他是用了什么花招把他的密信发出去的？"

这会儿我要是正在喝水，估计已经喷他一脸了。罗铎吉尔修士的发言引起了一片骚动：如潮的低语、震惊、愤怒和讥笑，碰撞着、交织着，从堂殿的这头儿翻滚到那头儿。我惊愕得完全说不出话来，只能站在那儿久久地看着他，等他露出尴尬的神情，收回刚才的指控。但他脸上的表情已经愉快得不能再愉快，自然得不能再自然了。伴随着他的平静，他的自信高涨了起来，而我的则跌落了下去。我拼了命地想要推翻他！

可敖罗洛的话又回到了我的耳边：他们破译了我的日行迹！就好像他的确给他们发送过信号一样。

不然他们又为什么偏偏要选择降落在奥利森纳——就在敖罗洛找到的避难所？不然敖罗洛又为什么要长途跋涉历尽艰辛旅行到奥利森纳？

回到眼下：就在这里，当着这些观众，关于这个话题，我没有胆量跟罗铎吉尔展开一场严肃的对话。他已经狠狠地把我推倒在地了，他们只能用喷砂机才能把我的残骸从这地板上擦掉。他把敖罗洛跟我一起拿下了。

我与罗铎吉尔修士的对话是有世俗人在场见证的。世俗的要人。大佬们，就像敖罗洛称呼的那样。也许他这套低劣的把戏真的对他们有效。

人们是怎么说雄辩士的？说他们有能力改变过去，他们还真是无孔不入。

我可没有能耐跟一个雄辩士决一雌雄。我能做的只有讲出事实，并希望能让有这个能耐的朋友听到。

"这还真是种新奇的提法。"我说，"我不知道你们在堃普洛克修会是怎么做事的，但作为一个埃德哈会士，我会先找着证据再说。"

"那著名的秤杆法则是怎么说的？"罗铎吉尔问。

"秤杆法则倾向于比较简单的假说。比起您的设想来，敖罗洛没给外星飞船送密信的这种情况更简单一些。"

"噢不，伊拉斯玛修士。"罗铎吉尔宽宏大量地笑着说，"这次我可不能让你溜了。你要记住，有那么多聪明人听着我们说话呢！如果敖罗洛送了密信能解释那些别的说法解释不了的谜，那这就是更简单的假说了！"

"您觉得这能解释什么谜？"

"三个，准确地来说。第一个谜：那个探测器降落在了奥利森纳的废墟上。那是个荒凉无趣的地方，但最显眼的东西是一条日行迹，从太空里就能清楚地看到。"

"如果您有足够好的光学仪器，从太空里一切东西都能清楚地看到。"我指出，"记住，几何学家在他们的飞船上就画了一个阿德拉贡定理的证明式。还有什么比降落在阿德拉贡的塈殿更合理的吗？"

"他们肯定知道我们在这里。"罗铎吉尔指出，"如果他们想找理学者谈话，为什么不直接降落在特雷德加？"

"他们为什么用霰弹枪射自己人？您不能把这个担子压给我，逼着我解释几何学家干的所有事儿。"我说。

"第二个谜：敖罗洛的自杀。"

"这不算什么谜。他做出了选择，保存下来了一件无价的标本。"

"他把自己的命看得还不如一个标本。"罗铎吉尔边说边用两只手比画着用天平称东西的手势，"第三个谜：他在人生中的最后一刻在地上画了一个日行迹，还站在上面迎接他所选择的命运。"

我无话可说。这对我来说也是个谜。

"敖罗洛承担了他的责任。"罗铎吉尔说。

"您完全把我弄糊涂了。"

"不知用了什么法子，在他还是阿尔布赫星唯一一个知道几何学家在天上的人的时候，敖罗洛给他们发了个信息。我推测那个信息的形状就是个日行迹。这个信号，告诉几何学家降落在奥利森纳那个清晰可见的——或者说曾经清晰可见的——日行迹上。他一被遣退就去了那里，在那儿等着。结果你看，几何学家就真的在那儿降落了。但并不像敖罗洛可能天真地盼望着的那样。几何学家的某一派送下来一架非法探测器。那个外星女人牺牲了她的性命。为了报复，另外一个占主导地位的派系就磕击了埃克巴，结果对奥利森纳造成了致命的后果。敖罗洛明白他对发生的事情负有责任。把那女人的死尸扔上飞机是他的自我补赎，在地上画日行迹是他承认对此事负有责任的方式。"

随着罗铎吉尔的控诉，他的腔调也在发生变化：一开始就像是个检察官，但说着说着就柔和了起来，讲到最后的时候他又显得有些难过。我为之动容。茫然不知所措。也许这个雄辩士真的拥有魔力，能进入并干预我的大脑——能改变过去。更要命的是，我都快要相信他是对的了。

"您还是没有证据——只有一个好故事。"我最后说道，"即便您找到了证据，而且证明您是正确的，那这又能说明敖罗洛什么呢？他怎么可能预料到几何学家起了内战？下令礌击埃克巴的几何学家，难道不是应该由他或她为地面上的死亡负责吗？怎么会是敖罗洛？所以即便您的假说中有一些元素得到了证实，但关于敖罗洛在被火山云击倒的一刻究竟在想些什么，仍存在着讨论的空间。我想他的确承担了某种责任，是的。但他自己站到日行迹上迎接死亡的这件事，我想他要说的应该并不是您试图安到他嘴里的那种话。我想他要说的是'尽管如此我仍坚守我所做的'。"

"有点儿太冒失了吧，你不同意吗？你不觉得他应该听从世俗政权的吗？你不觉得让他们来权衡证据——让他们审慎地裁决该怎样处置几何学家才是最好的？"罗铎吉尔的眼睛瞟向一旁，仿佛在提醒我大佬们就在那黑暗之中，正等着听我的回答。

此刻我只出了一招，在整场对话中唯一令我事后感到骄傲的一招——我没有说出我所想的：天堂督察已经以身试法了，记得吗？但这话用不着我说。一阵低语在观众中响起，渐渐变成了哄笑。我非做不可的只有一样，就是沉默地坐着，等待大集修的全体成员领悟到我话伴的声明有多么荒唐可笑。而且，我感觉到了，他这一手是经过了深思熟虑的。

"那要看情况，"我说，"看最后的一切如何收场。"

罗铎吉尔扬起了眉毛，把脸从我的脸上转开，朝向了斯皮里摄录器。"而这，"他说，"也是整个大集修的目的所在。我想我们应该去工作了。"他做了个手势。麦克风停止了工作，斯皮里的屏幕也暗了下来。一时间堂殿里所有人都说起话来。

我独自一人站在平台上，平台上一片黑暗，罗铎吉尔修士已经急匆匆地下了台阶，大概是怕我徒手把他的舌头撕烂吧。工作人员已经开始拆卸舞台。我取下了麦克风，拼命喝了一大口水，蹒跚地走下台阶，感觉自己好像刚给利奥当了一个小时的沙包。

好像还有几个人在等我。其中一个特别引人瞩目，因为他是位世俗人，而且打扮得像个大人物。他已经下定决心要第一个跟我说话，不等我下完台阶他就迎面跳了上来。"埃曼·贝尔多。"他说，然后又念叨出了一串政府某部或某机关的名头，"能否麻烦你告诉我，这到底是怎么一回事？"

他实际上没有那身行头包装出来的那么老，我意识到了：他只比我大几岁。

"你为什么不去问罗铎吉尔修士？"我提议说。

埃曼·贝尔多决定把这句话理解成冷幽默。"我到这儿来是想听几何学家的事儿的。"他开口道。

"——结果我们谈的是意识和日行迹。"

"是啊。你看。别误会。我也当过五年的独岁纪士……"

"你是位聪慧而有文化的市人，读过些书，也是靠头脑吃饭的，但是你还是琢磨不透发生了什么——"

"是啊，我们现在急需讨论的是威胁！还有该怎么应对威胁！"

我一时间走了神，盯着台阶下面，看着一群想跟我说话的修士修女。我试着不去接触他们的目光，只把他们打量了一番。其中有些人，我担心他们会自称宗系成员，来跟我搞什么秘密握手。还有些人，可能想花上整整一个下午跟我讲伊文内德里克为什么是错的。可能还有铁杆的哈利康分子，因为我没能推翻罗铎吉尔修士而狂怒，还会有玛洛娃修女那样对我在奥利森纳的见闻抱着具体问题的人。我想可能还是跟埃曼·贝尔多这样例行公事地过招来得容易……

可以说，罗铎吉尔修士救了我。他刚跟一位高级戒尊结束了一场激烈的讨论，便朝着台阶走了过来。"好啊，你干得好事儿，伊拉斯玛修士！"他说。

"我干什么啦，罗铎吉尔修士？"

"把我们贬逐到了外边的黑暗①之中啦——就我而言，就是到马特世界的屁股那头儿去了。"

"那不会是萨凡特埃德哈集修院吧？"

"不，还有个地方比那儿更糟，"他大声地宣告，"阿夫拉雄宗产的世界多元性膳席。在我能让那些戒尊明白事理之前，那就是我们进食的地方。"

"您说的我们是谁？"

"你得小心了，伊拉斯玛修士！"

"小心什么？"

"你在大集修的地位！"

"我的地位是什么？"

---

① 外边的黑暗（Outer Darkness）：意指人们被放逐的地方，通常被理解为地狱或与神隔绝之处。在《圣经》中译本（和合本、思高本）中均译作"外边的黑暗"。在本书语境中，此语指与马特世界的精神隔绝之处。此处译法从《圣经》中译本。

"我吃饭的时候站在我背后。我去方便的时候给我叠餐巾。"

"什么？！"

"你是我的席侍，伊拉斯玛修士，而我是你的席宾。我在饭前喜欢来块热毛巾，要热但不要太烫。要是你不想把大集修剩下的时间都花在《书》上的话，就得保证做到。"他转过身走掉了。

埃曼·贝尔多正饶有兴味地看着我。

本应被这可怕的消息击垮的我，却有点儿晕头转向。看到罗铎吉尔修士如此恼火，反而把我给逗乐了。

"好了，"我对埃曼·贝尔多说，"现在你可以做个选择了。如果你想了解几何学家带来的威胁呢，去哪儿都成，但别跟着我。但如果你想知道为什么我们会在全体会上谈这么不着调的话题呢，你就可以跟我和罗铎吉尔修士一起到马特世界的屁股那头儿去啦。"

"噢，我会在那儿的！"他说，"我的席宾可不会错过它的。"

"你的席宾是谁？"

"你我都得称呼她为秘书夫人，"他警告我说，"但她的名字是伊葛涅莎·佛拉尔。"

KUWEI
酷威文化
图书 影视

失落的星阵 ③

Anathem

【美】尼尔·斯蒂芬森 著

王方 译

四川文艺出版社

第 10 部

膳席

【洛拉会士】 堊洛拉所创修会的成员，他们相信人类头脑能够产生的所有的想法都已经被想出来了。因此洛拉会士也是思想史学家，他们会在其他阿佛特人的工作中提供帮助，让他们意识到过去是否已经有人思考过相似的事情，以防止他们做重新发明轮子的事情。

——《词典》，第四版，改元 3000 年

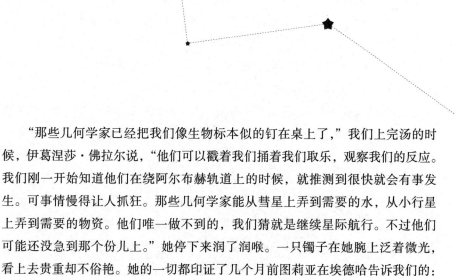

　　"那些几何学家已经把我们像生物标本似的钉在桌上了，"我们上完汤的时候，伊葛涅莎·佛拉尔说，"他们可以戳着我们捅着我们取乐，观察我们的反应。我们刚一开始知道他们在绕阿尔布赫轨道上的时候，就推测到很快就会有事发生。可事情慢得让人抓狂。那些几何学家能从彗星上弄到需要的水，从小行星上弄到需要的物资。他们唯一做不到的，我们猜就是继续星际航行。不过他们可能还没急到那个份儿上。"她停下来润了润喉。一只镯子在她腕上泛着微光，看上去贵重却不俗艳。她的一切都印证了几个月前图莉亚在埃德哈告诉我们的：她出身于一个有钱的市人家族，这个家族与马特世界的联系由来已久。但我还没弄清她怎么会出现在这里，还带着个让人过耳不忘的头衔——秘书夫人。根据图莉亚挖到的情报，她已经被天堂督察免除了世俗职务。不过那也是老消息了。几周前那个天堂督察都已经被扔出气闸了。或许我在埃克巴散心的时候世俗政权就已经改组了，所以又把她捡了起来，派了个新职务。

　　秘书夫人吃了一点儿点心，和在座的其余六个人对上了目光。"至少我跟我的同事们就是这么说的，他们都奇怪我干吗要在这组膳席上浪费时间。"她以一种愉快的腔调说道。罗铎吉尔修士哈哈大笑，其他人也都多少挤出了点儿笑声。只有嘉德修士例外，他正盯着伊葛涅莎·佛拉尔，就像是看着她刚刚提到的生物标本一般。伊葛涅莎·佛拉尔足够敏锐，还不至于连这都注意不到。"嘉德修士，"她说着还把头朝他的方向微微一倾，做了个鞠躬的示意，"你对事物自有长远的观点，大概心里觉得我的同事们肯定目光短浅，危险得很。但是我的专职，不论好坏，就是你们所谓的世俗政权的政治工作。而且对世界上的许多人来说，这组膳席就像是在浪费聪明才智。有人觉得这是个方便之所，可以把那些难相处、不相干或不可理喻的人轰进去，好让他们别碍大集修的正事——这算得上是最温和的异议了。对于那些主张废除这组膳席的论点，在座各位可否提一些

建议，告诉我应该如何去驳斥它们？阿丝葵茵修女？"

阿丝葵茵修女是我们的女主人——阿夫拉雄宗产的现任传人，因此也就是这里事实上的所有人。伊葛涅莎·佛拉尔先点到她是因为她看上去像是有话要说，但是我怀疑这也是出于礼仪的考虑。现在，我更愿意信任阿丝葵茵修女，因为她帮助我们准备了正餐，跟她的席侍特丽丝并肩干活。这还是开天辟地第一场"世界多元性"膳席，因此我们花了点儿工夫才在厨房里摸清了门路，把炉子弄热，如此等等。

"我相信我有一点不公平优势，秘书夫人，因为我就住在这儿。为了解决这个问题，我将带领您的同事们参观一下阿夫拉雄宗产，如您所见，它就像是一座博物馆……"

我正站在罗铎吉尔修士背后，双手背在身后，抓着一段从墙洞里伸出来的打了结的绳子头，这根绳子在墙里绕了三十呎，一直连到厨房。有人在拽着它的另一头，无声地召唤着我。我向前探了探身，确认了我的席宾不需要我替他擦嘴，就侧着身从其他席侍前面绕过了桌子。这时阿丝葵茵修女正在努力展开一个论点，说只要看看分散在宗产各处的古代科学仪器，就能说服大多数持怀疑态度的外人，让他们相信纯理而上学是值得世俗当局支持的。在我看来她显然是在使用超循换题法，把纯理而上学说成是这组膳席的唯一职能，我是完全不赞同的——但没人跟我说话时我是不能开口的，况且我估计这儿的其他人自己也能明白。塔文纳尔修士，也就是巴尔布，正站在嘉德修士背后，他看着阿丝葵茵修女，就像一只鸟盯着个臭虫似的，技痒难耐地想要跳上去推翻她。经过他面前时我朝他使了个眼色，但他却毫无察觉。我穿过一扇加了隔音垫的门，进了一条用作风闸的走廊，这走廊与其说是用来防风的，倒不如说是隔音的。走廊另一头还有一道软垫门。我推开这道双向开合的门，进了厨房，突然就陷入了一团烘热、喧闹和光亮之中。

还有烟，是阿尔西巴尔特把什么东西烧着了。我侧身朝灭火沙桶挪去，却没瞧见明火，还好不是这么回事儿。从一个扩音器里听得见阿丝葵茵修女的声音，世俗政权派伊塔人来装了一套单向传声系统，所以厨房里的我们，还有一些在别处的人，都能听见膳席室说的每一个字。

"出什么事儿啦？"我问。

"没事儿。噢，这个？我烧焦了一块肉。没关系的，我们还有。"

"那你叫我来干吗？"

他不好意思地朝墙上的一块木板瞥了一眼，那上面耷拉着七根绳头，每根绳底下都用粉笔写着一个席侍的名字，只有一根除外。"因为我实在烦的要死了！"他说，"这谈话真愚蠢！"

"才刚开始，"我指出，"这不过是开场的例行公事。"

"难怪人们要废除这组膳席，要都是这个样子的话——"

"那你拽我的绳子有什么用啊？"

"噢，这是这儿的一项老传统，"阿尔西巴尔特说，"我已经读到过了。如果对话开始烦人了，席侍可以用脚投票表示不屑，也就是撤到厨房来。那些席宾就应该注意了。"

"你要是赌这法子能对这帮人起作用，那就跟赌这顿饭不会让他们觉得恶心一样。"

"唉，我们总得有个开头儿。"

我走到那些绳子跟前，捡了一块粉笔在那空白的绳子底下写上了埃曼·贝尔多。

"这是他的名字吗？"

"是呀。全体会后他跟我说话来着。"

"他怎么不来帮厨？"

"他的工作之一是替秘书夫人开车。他是五分钟前才赶到这儿来的，再说外人也不会做饭。"

"拉兹说的是实话！"特莉丝修女从花园抱了一捆柴火进来，"不过你们这些家伙也不一定做得来。"她把炉膛的门拽开，眼神苛刻地瞪着煤床。

"一会儿就要证明我们的价值啦。"阿尔西巴尔特边说边拣了一把大刀，像个要跟人单挑的蛮族武士，"这炉子，还有你们的农产品、你们切肉的样式——我们都不熟悉。"

说到不熟悉的东西……

此时阿尔西巴尔特和我都不约而同地看向了那口沉重的炖锅，为了让它冒出来的蒸汽别那么烫人，它已经被推到了炉子的后面，放到了离火眼稍远的地方。

特莉丝修女轻轻扒拉着那些煤块，又一小块一小块地往炉膛里投着木柴，仿佛在做脑外科手术。我们原本还一直拿这来取笑她，结果自己下场却跟打了场战略核战似的费了半天劲儿。现如今我们只好懊悔地站在一边看着。

"秘书夫人有点儿怪,一上来就说这组膳席是容留失败者的下水道。"我说。

"噢,我可不同意。她是好意!"特莉丝叹道,"她是在激励他们。"特莉丝身材矮胖,也不是特别好看,但她有着漂亮姑娘的性格,因为她是在马特里长大的。

"我不知道这对我的席宾有什么用处,"我说,"他最希望的就是能取消这组膳席,好让他跟那些更酷的人一起进餐。"

一阵铃声响起。我们转头去看。那七根绳子上边还装着七个铃铛;每个铃铛都用一根穿墙遁地的长带子连到膳席室的桌子底下,那头儿是个天鹅绒拉手。席宾只要拽一下这个拉手就可以不动声色地召唤自己的席侍。

那铃铛响了一下又停了,然后又开始不停地响,越来越激烈,就好像要从墙上蹦下来似的。这只铃铛上标的是"罗铎吉尔修士"。

我回到膳席室,转到他的身后,探身向前。"快把这些埃德哈糊糊拿走。"他喘着气说,"难吃透顶。"

"您应该看看玛塔尔隐修会士做的是什么饭!"我嘟囔着。罗铎吉尔修士隔着桌子瞥向一位阿佛特人,是今天早些时候跟我一起归戒的那些人里的一位,他或她脸是用帛单遮着的。那布片像兜帽似的从他或她的脑袋两边耷拉下来,不过这兜帽拉得很低,把脸都遮住了,只在下边留了个口,好把食物送进嘴里——不过这位玛塔尔隐修会士送进嘴里的东西也不知道能不能用"食物"这个词来形容。"我宁愿吃他吃的那个,"罗铎吉尔叱声道,"也不要这个!"

我意味深长地瞥了正往嘴里塞东西的嘉德修士一眼,然后就把罗铎吉尔那份没收了,端着它一溜烟跑了出来,真高兴又有借口回厨房了。"难吃透顶。"我重复着他的话,把它倒进了垃圾桶。

"也许我们应该给他偷偷来点儿善全素。"阿尔西巴尔特提议说。

"或者来点儿更厉害的。"我回了一句。不过这个大有前途的方案还没来得及展开,后门就开了,进来了一个姑娘,身上胡乱裹着一公顷长的黑帛单,还捆着十哩长的弦索。她那只压瘪了的球里装满了各色青菜。她在户外一直遮着头,不过一把青菜放好她就马上把帛单推到了脑后,露出无比光滑的大脑门,她这脑门上全是汗,谁让她大热天的还穿得那么多。阿尔西巴尔特和我都觉得跟卡娃尔修女在一起时不能像跟特莉丝那样随便,于是所有的玩笑都停了下来。"这些青菜挑的真好。"特莉丝开了口,但卡娃尔没接茬儿,只举起一只瘦骨嶙峋的半透明的手来,示意大家安静。

罗铎吉尔修士已经开始发言了。我估计这就是他要求把"糊糊"撤走的原因。

"世界多元性，"他开了腔，又停下来让这个词回响了一会儿，"听起来令人印象深刻。可它对这里的某些人来说有什么意义我就一点儿也不知道了。单凭几何学家存在的这个事实，就已经能证明至少存在另外一个世界了，所以它在一定程度上是完全没有价值的。不过既然我在这组膳席上是给普洛克会士撑场面的，那我就得演好我的角色，我要说的是：我们与这些几何学家毫无共同之处。没有共同的经验，没有共同的文化。只要这一点不变，我们就不可能跟他们交流。为什么呢？因为语言只不过是一串毫无意义的符号，我们只能在头脑里把它们和'意义'联结起来，这是一种文化适应过程。除非我们跟那些几何学家分享经验，并由此发展出一种共享的文化——实际上就是把我们的文化跟他们的融合起来——否则的话我们是无法和他们交流的，而且他们跟我们交流的办法也会跟之前一样不可理喻：把天堂督察扔出气闸，把刚被杀的受害者扔进一个邪教场所，还礤了一座火山。"

他刚一停下，扩音器里就传来了各种反应，几个人说起了话来：

"我不认为那些事儿不可理喻。"

"但是他们肯定一直在看我们的斯皮里！"

"你漏掉了'世界多元性'的要点。"

而阿丝葵茵修女最后一个发了言，意见也最明确："其他的很多组膳席都在谈论您提出的这些话题，罗铎吉尔修士。秘书夫人开场白的主旨在于：我们为什么要单开一组'世界多元性'膳席？"

"噢，那你最好直接去问那些促成此事的戒尊们！"罗铎吉尔修士略带轻蔑地答道，"但是如果你想听听我作为普洛克会士的回答，咳，很简单，几何学家们的到来提供了一个绝好的实验室实验机会，即可以用这个实验来演示和探讨堲普洛克的哲学。简单地说就是：语言、交流，乃至思想本身，都是对符号的操控，这些符号的意义是由且仅由文化赋予的。我只希望他们还没有看过太多我们的斯皮里，省得他们的脑袋被污染了，把这场实验给毁了。"

"这跟我们的主题有什么关系？"阿丝葵茵修女激了他一句。

"她对此一清二楚，"特莉丝修女向我们保证，"她只是在确保一切按伊葛涅莎·佛拉尔的意思进行。"

"多元世界的意思就是多种世界文化——多种迄今为止仍彼此严密隔绝的文化——既是如此，那在当前的一刻，它们自是无法相互交流的了。"

"那是普洛克会士的看法！"有人插了嘴。我没听出这个奇怪的口音是谁的，于是我猜可能是那位玛塔尔隐修会士。

"这组膳席的目的，是要为世俗政权制定一种策略，我真希望它能实施，借助阿佛特人的力量来打破这种多元性，这就跟开发一种共享的语言是一回事。把'多元世界'弄成'一个世界'，我们就能从麻烦里脱身了。"

"他恨这组膳席，"我翻译道，"所以他试图说动伊葛涅莎·佛拉尔把它变成一种别的东西：一种凑巧能成为普洛克会士权力基础的东西。"

我们对席宾的品头论足着实令卡娃尔修女觉得讨厌，但是她也不得不逼着自己慢慢习惯。我们站成一圈，往六只沙拉盘里分蔬菜。只有六份，因为玛塔尔隐修会士显然是不吃沙拉的。

我们几个弄菜的时候，发生了一场热闹的争论：为什么要邀请一位玛塔尔隐修会士来。有一种理论很简单：因为世俗政权是信教的，他们希望有慕像者参加讨论。玛塔尔隐修会士在大集修上的地位也会超过他们在马特世界的重要性——这个论点的意思大概就是——因为大佬们跟他们处得更融洽。另一种理论则更接近伊葛涅莎·佛拉尔刚发表的观点——这个膳席就是个垃圾场。

扩音器传来的叮当声告诉我们，留在膳席室里的席侍们正在收拾汤碗。这样一来对话就中断了，但还能听到一位老年妇女的声音，她趁着席侍干活的当儿，用一种不那么正式的腔调大胆地说道："我相信我能平息您的恐惧，罗铎吉尔修士。"

"哎呀，您真是好人，茉伊拉祖修女，可是我不记得说过什么恐惧呀！"罗铎吉尔修士说，他努力想表现得快活点儿，可没成功。

茉伊拉是卡娃尔的席宾，所以出于对卡娃尔的尊重，我们也真的闭了会儿嘴。

茉伊拉回答说："我相信您的确表示了，您担心几何学家们看多了我们的斯皮里污染了自己的文化。"

"您当然是对的。这就是我反驳一位洛拉会士的下场！"罗铎吉尔修士说。

门开了，巴尔布抱着七只摞成一摞的碗走了进来。

"我觉得您应该改换一下对我的称谓，"茉伊拉考虑了一下，用一种精致的口吻说，"现在请称我为'元洛拉会士'，或者借这个场合的光，称我为'多元世界洛拉会士'。"

这下子不管是在膳席室还是厨房里，所有人都咕哝了起来。卡娃尔修女已经挪到了扩音器跟前，站在那儿出了神。阿尔西巴尔特原本一直在切着什么，这时也停了下来，举着的刀悬在案板上一动不动。

"我们洛拉会士总把自己弄成麻烦制造者，"莱伊拉说，"老是指出这种或那种想法在很久以前就已经有人想出来了。但是现在我们确信我们得扩大范围，把世界多元性也包括进去了，还得说'我太遗憾了，罗铎吉尔修士，您的想法一千万年前已经由扎尔扎克斯行星①上的暴眼怪梦到过了！'"

桌子周围笑声一片。

"精彩！"阿尔西巴尔特说。他还转过头来看了看我。

"她是个深藏不露的哈利康会士。"我说。

"千真万确！"

罗铎吉尔修士也看出了这点，正试着提出反驳："我得说您知道不了这个，除非您跟那暴眼怪或是他的后代交流过……"然后他就继续重复起了前边说过的那些。

我急忙把沙拉端了过去，希望这个能堵住他的嘴。

莱伊拉修女似乎不大买他的账，而伊葛涅莎·佛拉尔则开始变得像个霜打的茄子。

与此同时，阿尔西巴尔特的席宾开始侧头跟嘉德修士耳语了起来，他碰巧就坐在这位千年士旁边。我第一眼看到这个男子的时候，就被一种奇怪的熟悉感困住了。直到阿尔西巴尔特把他的名字告诉我，我才想起以前在哪里见过他：他曾经孤独地站在髹埃德哈的高坛里，笔直地向上望着我。这是帕弗拉贡修士。

嘉德修士点了点头。待到罗铎吉尔开始埋头吃东西时，帕弗拉贡清了清嗓子，终于插了进来："或许在我们证明髹普洛克的全部著作皆完美无瑕时，也会推翻其中的一些理论。"

这下连罗铎吉尔都闭上了嘴，于是又出现了一次短暂的停顿。帕弗拉贡继续说道："开设一组关于世界多元性的膳席另有一个原因，有人会说这个原因几乎跟罗铎吉尔修士关于句法的评论同样有吸引力。这是一个纯粹理学的原因。那就是，几何学家们是由跟我们不同的物质构成的。那些物质并非这个宇宙原

---

① 扎尔扎克斯行星（Zarzax Planet）："Zar zax"在法语里的含义是"南非石斧"，此处暗示人类远祖。

本存在的。不仅如此，我们刚从研究课上得到了一些结果，涉及对埃克巴探测器上那四小瓶液体的检测，据推测它们是血液。这四个样品是由彼此互不相同的物质构成的，也就是说，其中每一个都与其他三个不同，也与构成我们的物质不同。"

"帕弗拉贡修士，我来的半路上才得知这个消息。"伊葛涅莎·佛拉尔说，"请多说一点儿，你谈这些物质的不同，是想说明什么？"

"那些原子核是互不相容的。"他说。然后，他把全桌人的脸挨个打量了一遍，往椅子背上一靠，咧嘴笑了笑，又把双手举起来，摆得像两把并排的刀片，好像在说"请想象一个核子"。"核子是在恒星的心脏里铸成的。恒星灭亡时会发生爆炸，核子就被抛撒出来，就像熄灭的火焰抛射出的灰烬。这些核子带正电。所以，当事物变得足够冷的时候，核子就会吸引电子，形成原子。再进一步冷却，那些原子的电子就会相互作用，形成叫作分子的化合物，而万物都是由分子构成的。[1] 但是，世界的形成也是从恒星的心脏开始的，在那里核子形成所依据的定律只适用于极端高温和非常拥挤的空间。构成我们的那些物质的化学性质便曲折地反映出了那些定律。在我们学会制造新质之前，我们宇宙里的所有核子都是按照自然存在的一套定律构成的。但是那些几何学家却知道另外四种稍有差别而互不相容的核子构成定律，也知道他们自己就是由这些定律构成的。"

"所以，"阿丝葵茵修女说，"他们也懂得制造新质，或是——"

"或是他们来自多个不同的宇宙，"帕弗拉贡修士说，"这就让世界多元性膳席显得跟我关系异常密切。"

"这可真怪异——奇妙！"一个尖细的嗓音说道，口音浓重而奇怪。我们没看见有人的嘴唇在动，于是，根据排除法，我们都转向了那位玛塔尔隐修会士，在那挂铃铛的木板上，他的名字只写了个日瓦恩，也没写是修士还是修女，看不出性别来。从嗓音判断我觉得他是个男的。日瓦恩在座位上轻轻转了转身，打了个手势。他的席侍，一条黑布筒子，阴森森地趋身向前，伸出一条触手，把他的盘子拿走了，明显可以看出，坐在他两边的人都松了口气。"我简直无法相信我们会谈论这样一种不可理喻的可能性，竟会说存在另外的宇宙，还说那些几何学家来自那里。"

---

[1] 此段论述和得出的结论不准确。严格来说，是形成共价键，通过共价键形成分子单质、分子化合物和离子化合物。万物并不都是由分子构成的。

日瓦恩好像是在代表全桌发言。

但不包括嘉德。"话语是无力的。'宇宙'的定义即万物化一，化一了便只有一个宇宙 [①]。它不是我们通过肉眼或望远镜看到的宇宙——那只是一个单一叙事，只是蜿蜒在亥姆空间中的一条线，在我们的叙事之外，还有许多其他的叙事与我们共享着同一个亥姆空间。对于参与到一个叙事中的任何一个意识来说，这个叙事看起来都像是个孤独的宇宙。那些几何学家原本属于其他的叙事——直到他们来到这里，才加入了我们的叙事。"

扔下这枚炸弹后，嘉德修士便道了个歉，上洗手间去了。

"他说的这到底是什么？"罗铎吉尔修士问，"听上去像是文学批评！"但是他说这话并无轻蔑之意，他着了道儿。

"所以这场膳席已经变成了批评它的人所称的那种东西喽。"伊葛涅莎·佛拉尔说。发表完这一挑战性的言论，她便把话题转向了自己做过的研究课题，那是多年前她做独岁纪士时做的。

帕弗拉贡六十多岁，外表虽谈不上英俊，却令人印象深刻，无疑已经习惯于在任何场合都居于最年长最重要的地位。他坐在那儿，带着优雅而勉强的微笑，盯着桌子的中心，心甘情愿地屈尊当起了嘉德修士的翻译。"嘉德修士，"他说，"谈的是亥姆空间。幸好他及早提起到了这个话题。亥姆空间，或位形空间，是几乎所有理学者对世界的看法。在践行时代，它对我们的研究工作来说已明显成了更好的方向，于是我们离开、放弃了三维阿德拉贡空间，转向了它。你们在谈平行宇宙的时候，对嘉德修士毫无意义，正如他说的对你们毫无意义一样。"

"那也许您可以稍微谈谈亥姆空间，既然它这么重要的话。"伊葛涅莎·佛拉尔提议。

帕弗拉贡再次现出苦笑的神情，还叹了口气。"秘书夫人，我尽量想办法讲概要吧，以免把这次膳席变成为期一年的理学学苑。"

于是他自告奋勇地讲开了亥姆空间启蒙课。他发现每当讲到某个深奥的概念，卡了壳解释不下去的时候，只要向茉伊拉修女寻求帮助就可以了。她每次

[①] 宇宙（Universe）：这个词源于拉丁语的"Universum"，由两个词根构成，"uni-"意为一，"vers"意味转、转向、转移，这个词的本义即"化一"，体现了词语使用者以万物化一来定义宇宙的思想。全书仅此一处出现"Universe"这个用法，其他地方出现宇宙一词时均使用"Cosmos"。

都能够把他从泥淖里拖出来。她已经证明了自己是位益友良伴。而作为洛拉会士，她头脑里大量的知识储备又使她善于解释事物，她总能从古往今来的著作中找到有效的比喻和清晰的思路。

听到中途，我又被拉回了厨房，发现绳子那头是埃曼·贝尔多。日瓦恩的席侍站在炉子前，搅和着一锅神秘的东西，因此埃曼和我默契地退到了厨房的另一头儿，靠近通向菜园的那扇开着的门。"我们在谈的这到底是些什么鬼东西？"埃曼想知道，"是'穿越第四维'之类的情节吗？"

"噢，你问的正好，"我说，"因为它绝对不是那种东西——亥姆空间是什么也不会是那个。你讲的是种老调调了，说什么若干彼此隔绝的三维空间摞在一起，像一本书里的书页似的，你可以在它们之间移动……"

埃曼点着头："靠找到某种办法通过第四空间维度移动。但是这个亥姆空间是某种另外的东西吗？"

"在亥姆空间里，任何一个点都意味着 N 个一组的数字，N 就是那个亥姆空间所拥有的维度数目，这样一个点就包含了描述那个系统在给定时刻的状态所需要的全部信息——也就是列出了那个系统能为人所知的所有属性。"

"什么系统？"

"这个亥姆空间所描述的任何系统。"我说。

"噢，我明白了，"他说，"你们可以自己设立亥姆空间——"

"只要你愿意，随时都可以，"我说，"可以用它来描述你在研究中感兴趣的任何系统的状态。在你做弟子的时候，你的老师给你出了一道题，你第一步总要设定一个与这个问道题相对应的亥姆空间。"

"那嘉德提的那个亥姆空间又是怎么回事呢？"埃曼问，"他的亥姆空间给出的是什么系统的所有可能状态呢？"

"宇宙。"我说。

"噢！"

"对他来说，这个宇宙是穿行于一个巨大到荒唐程度的亥姆空间里的一条可行的轨迹。但就在同一个亥姆空间里，可能还有许多点并不在表述我们这个宇宙的轨迹上。"

"但是它们是一些完全合法的点？"

"有一些是，实际上只有极少的一些，但是在如此巨大的空间里，'一些'可能就足以构成许多完整的宇宙。"

"其他的点又如何呢？我是说那些非法的点？"

"它们所描述的状况在某些方面是支离破碎不成体系的。"

"恒星中心的一块冰。"阿尔西巴尔特提出。

"是的，"我说，"在亥姆空间的某处有一个点，描述的是一整个与我们宇宙几乎相同的宇宙，只是在这个宇宙里有某颗恒星的中心存在一块冰。但是这种情况是不可能的。"

阿尔西巴尔特翻译道："不存在能让这种情况发生的历史，因此就不可能遵循一条可行的轨迹到达那里。"

"但不知你能不能先按下对那些点的好奇，"我对埃曼说，"我要讲的要点是，你可以把那些合法的点串联起来，就是那些我们的世界轨迹没有经过，但又有意义的点，把它们串起来就能构成另外一些和我们的世界轨迹同样有意义的世界轨迹。"

"但它们不是真实的，"埃曼说，"还是它们真实存在？"

我犹豫了一下。

阿尔西巴尔特说："这是个深奥的理而上学问题。亥姆空间里的每个点都一样真实，就像所有可能的（x，y，z）值一样真实，因为它们不过就是一些数字组合。那么究竟是什么把我们所说的真实性赋予了一组这样的点，也即一条世界轨迹呢？"

刚才几分钟里特莉丝修女一直在清嗓子，声音还越来越大，现在已经升级为朝我们扔东西了。有好几个铃铛都响了起来。到了上主菜的时间了，其他席侍一直在弥补我和埃曼的空缺。于是我们很是忙了一阵子。几分钟之后，十四个人都回到了他们应有的位置，席宾们在桌边等阿丝葵茵修女举叉子，席侍们则站在他们身后。

阿丝葵茵修女说："我相信尽管还有所保留，但我们都已经决定跟嘉德修士一起转移到亥姆空间中去了。根据我们从帕弗拉贡修士和茉伊拉修女那儿听到的，那里应该不乏接纳我们的空间！"所有的席宾都乖乖地笑了。巴尔布却哼了一声。阿尔西巴尔特和我直转眼珠。巴尔布显然已经急不可耐地想要推翻阿丝葵茵修女了，他要用令人痛苦万分、食难下咽的详尽细节来向其解释庞大无比的宇宙位形空间，为她估算一下这东西描述的状态用数字表示出来得有多少个零，这串数字写下来得有多长等。但是阿尔西巴尔特扬起了一只手，威胁要拍在他肩膀上：安静，马上。阿丝葵茵修女开始进食，其他人也跟着吃了起来。

利用这段幕间休息，有的席宾（不包括罗铎吉尔）对食品的美味发表了得体的评论。然后阿丝葵茵修女继续说道："但是回顾我们的讨论，我想起帕弗拉贡修士在谈亥姆空间之前说的一段话，发现自己还是不大明白，就是关于物质的不同种类的。帕弗拉贡修士，我相信您引证这个是要证明那些几何学家都来自不同的宇宙，或者用嘉德修士的术语，来自不同的叙事。"

"稍微方便点儿的术语应该是世界轨迹，"茉伊拉修女插话说，"用'叙事'有点儿……呃……含蓄。"

"您现在是在用我的语言了！"罗铎吉尔说，显然很高兴，"除了嘉德修士谁还会用'叙事'？他们这么说究竟是什么意思？"

"很罕见，"茉伊拉说，"在某些人的头脑中，这个术语和宗系有关联。"

嘉德修士显得对这一切都充耳不闻。

"除了术语之外，"阿丝葵茵修女有点儿唐突地接着说，"我不很明白的是，这些事儿是怎么凑到一起的？在物质种类的差异和若干世界轨迹之间您看出了什么联系？"

帕弗拉贡说："构成我们的物质，导致它们产生的宇宙起源过程——也就是产生中子和其他物质，中子和其他物质团聚起来形成恒星，以及随之而来的核合成过程——似乎全依赖于某些宇宙常数的值。最为人熟知的例子就是光速，但还有好几个别的常数，这些常数约有二十个。在从前允许我们拥有必要仪器的时代，理学者们曾花了大量时间来测量它们的精确数值。如果这些数据的值不同，我们所知的这个宇宙就不会演变出来，它可能只会成为一团无限大的冷暗气体云或一个巨大的黑洞或某种别的非常简单枯燥的东西。如果你把这些常数想象成一部机器控制盘上的旋钮，好，这些旋钮就全得准确地对在正确的位置上，否则……"

帕弗拉贡再次看向茉伊拉，她似乎早有准备："德慕拉修女把它比喻为一个带密码锁的保险柜，密码的数字有二十个之多。"

"要是按照德慕拉的比喻，"日瓦恩说，"那二十个数每个都应该是一个大自然常数的值，譬如光速。"

"正确。你如果随便拨二十个数字，是永远也打不开那保险柜的，它对你来说不过就是一块顽铁。即便你把十九个数都拨对了，但只要有一个是错的就没用。你必须把它们全都弄对。然后门才会打开，才会涌出这个宇宙全部的复杂性与美。"

"还有一种比喻，"茉伊拉喝了口水，接着说，"是髦孔德兰提出来的，他把这些常数中不能产生复杂性的数值比喻为海洋，一片深度广度皆为一千哩的海洋。能产生复杂性的那一组，就像是一小片还没有树叶宽的油膜，漂浮在那片海洋上：能够形成坚实稳定、适于构成包含生物的宇宙的可能性只是极为稀薄的一层。"

"我喜欢孔德兰的比喻义，"帕弗拉贡说，"那些能支持生命的不同宇宙处于那层油膜的不同位置上。新质的发明者所做的就是想出办法来挪位，只在那层油膜上向邻近的地方挪那么一小点，那里的物质所具有的性质也只是稍有不同。他们制造出来的新质与自然界产生的物质不同，但不一定更好。经过大量耐心钻研，他们便能够挪动到油膜上的一些邻近区域，那些区域的物质比我们的大自然所提供的更好，更有用。我相信，这里的伊拉斯玛修士，对那些几何学家是由什么构成的已经有了自己的看法。"

我对于自己被点名毫无思想准备，好几秒钟都没动一下。而帕弗拉贡修士正在看着我。为了把我从麻木中唤醒，他补充道："你的朋友杰斯里修士已经好意地与我们分享了你关于那个降落伞的观点。"

"是的。"我说，我发现我该清清嗓子了，"它没什么特别的，并没有新质那么好。"

"如果几何学家们已经学会了制造新质，"帕弗拉贡翻译道，"他们就应该做得出更好的降落伞来。"

"或者想一种不那么原始可笑的办法来投放探测器！"巴尔布喊了出来，引得席宾们对他怒目而视，因为他并没有被点名。

"塔文纳尔修士提出了一个极好的论点，"嘉德修士给他解了围，"也许过一会儿他也有兴趣讲讲，等到叫到他的时候。"

"现在这个论点，我明白了，"伊葛涅莎·佛拉尔说，"是说那些几何学家，我该说是那四组几何学家，用的都是他们各自宇宙的天然物质。"

"已经有人给那四种人起了临时名称，"日瓦恩宣布，"南极陆星人、盘古陆星人、流散陆星人、赤道陆星人。"

这是日瓦恩第一次吐出迎合众人的言论，可能也是最后一次。

"这些名字听起来隐约带点地理的意味，"阿丝葵茵修女说，"但是——？"

"大家已经观察到了，那四个行星就画在他们的飞船上，"日瓦恩继续说道，"在髦敖罗洛的照片里清晰可见。探测器带来的四个血样瓶上也各画了一个行星。"

这些非正式名称的灵感就来自它们的地理特征。"

"那么，让我猜猜看，盘古陆星有一整块巨大的大陆？"阿丝葵茵修女问。

"流散陆星有很多岛屿，显而易见。"罗铎吉尔插道。

"赤道陆星的大部分陆块都位于低纬度，"日瓦恩说，"南极陆星最不寻常的特征是南极有一块巨大的冰封大陆。"也许是料到巴尔布又要跳出来纠正，他还补充了一句，"或是位于图片底部的不知哪一极。"

巴尔布哼了一声。

日瓦恩修士来自一个热衷隐逸的慕像者派别，几小时前才加入大集修，消息却灵通得出奇，这可能是因为他跟我参加了同一次吹风会，会是在一间课室里开的，一群修士和修女接二连三地向归戒组介绍了当下的各种话题。也可以说是（从比较愤世嫉俗的观点看来）把某些戒尊想让我们知道的东西灌输给了我们。我这才开始明白真实的信息是如何在大集修上散播的。

这引来了在座的好一番说笑，听得我都不耐烦了，最后连茉伊拉和帕弗拉贡都开始趁机打扫起了盘子。有的席侍也回厨房去准备甜点了。直到我们都动手收拾起了餐碟，谈话还是没有开始，阿丝葵茵修女和伊葛涅莎·佛拉尔交换了个眼色，掖了掖餐巾说道："啊。根据我们几分钟前听到的，我了解到的是这四个种族都还没有发明新质……"

"——或者是不愿意让我们知道他们已经发明了。"罗铎吉尔插嘴道。

"是的，很有……但是不管怎么样，这四种人所来自的每一个宇宙，或者叙事，或者世界轨迹，它们的大自然常数跟我们这里的差别都非常微小。"

没人反对。

伊葛涅莎·佛拉尔说："对我来说，这似乎是个奇特得几乎令人难以置信的发现，但我不明白为什么我们之前没听到过更多的情况！"

"最终的检测结果直到今天的研究课上才刚刚出炉。"日瓦恩说。

"实事求是地说，这组膳席似乎是在归戒之后，实际上就是在归戒期间，仓促地拼凑起来的。"罗铎吉尔说。

"有人一两天前就已经对这些结果有了模糊的了解，就在乐俱部里。"帕弗拉贡说。

"那一两天前也应该让我们知道一下啊。"伊葛涅莎·佛拉尔说。

"乐俱部工作的性质就是这样，不像研究课的工作那样容易传播出去。"阿丝葵茵修女指出，她熟练地扮演起了社会调解员的角色，想把这尴尬的局面摆平。嘉德看着她，就像看着一条横在摩布车前方路面上的减速带。

"但还有另一个原因，秘书夫人可能会更容易体谅，"茉伊拉修女说，"直到今天早晨，占据主流的假设还是几何学家星际航行的推进系统以某种方式改变了他们的物质。"

"改变了他们的物质？"

"是的，局部地改变了自然定律和常数。"

"那说得通吗？"

"这种推进装置在两千年前就已经发明出来了，就在特雷德加。"茉伊拉说，"是我在上星期提出的这个看法。这个说法流行了好几天。所以，您看，都是我的错。"

"这种想法本不该流行的，"嘉德修士声称，"但是谈到其他叙事又让很多人不得安生，心烦意乱。他们急于找到一种解释，能让他们不必去学习新的思维方式，他们忘记了靶子法则。"

"真是伶牙俐齿，嘉德修士。"我的席宾说道，"这是个极好的例子，说的就是那种常常推送各种假装成理性理学话语的暗流。"

嘉德修士盯着罗铎吉尔看了一眼，那眼神难以解读——但肯定说不上是温情脉脉。有人叫了我。我已经能识别出埃曼拉绳子的手感了。确实如此，我进厨房的时候他正在等我。"一会儿秘书夫人坐车回家时，跟我说的第一件事儿肯定就是让我去找那个乐俱部。"

"那你可找错人了，"我说，"我今天早上才刚解除隔离。"

"所以你才是最合适的，你还待价而沽啊。"

我在头脑中拼凑着那个画面，每天上午的时间（普洛维纳尔之前）都得花在研究课上。我得去一个指定的地点，和其他指定的人员研究一个指定的课题。普洛维纳尔之后，膳席之前，是一天中称为裴利克林的时间段，人们会凑在一块儿交换信息（譬如研究课的成果）以便在膳席上进一步地整理和传播。膳席之后是在乐俱部挑灯夜战的时间。所有人都说今晚乐俱部上得干好多事儿，因为白天的时间大部分都被归戒和全体会耗掉了。无论如何，乐俱部应该就是干事儿的地方。来参加大集修的人都想干事儿，但很多人都觉得研究课、膳席之类的活动只能妨碍他们干事儿。乐俱部就是他们一展身手的地方。你可能一上午都得跟一群呆子在一块儿工作，下午可能会被戒尊指派去参加一场乏味透顶的膳席，但在乐俱部里是想干什么就可以干什么的。

"要是你想陪我去乐俱部，我会很乐意的。"我告诉埃曼，这也是实话。

"但你必须理解，我不能保证——"

阿尔西巴尔特和卡娃尔愤怒的嘘声淹没了我。

巴尔布转过脸来向我宣布："他们想让你们安静一下，因为他们想听那儿在说什么，在——"

我嘘了巴尔布。阿尔西巴尔特嘘了我。卡娃尔又嘘了他。

话题已经转到整晚讨论的关键所在：即"盘古陆星""流散陆星""南极陆星""赤道陆星"与阿尔布赫星上存在不同种类物质的这个情况，究竟与世界轨迹与位形空间的思想有何关联。

"大改组前后，曾有一种模因学说甚器尘上，"茉伊拉正在发言，"认为自然界的常数是偶然而非必然的。也就是说，如果宇宙的早期历史稍有不同，它们可能就不是现在这样。事实上，起初导致我们获得新质的正是对这一思想的研究。"

"那么按您的说法，"伊葛涅莎·佛拉尔说，"这种自然界常数偶然的思想已经得到证实了。我们制造新质的能力就证明它是正确的了。"

"通常的解释就是那样。"茉伊拉说。

"您说的'宇宙的早期历史'，"罗铎吉尔插话说，"有多早——"

"我们说的是大爆炸刚发生时的一段无穷小的时间，"茉伊拉说，"基本粒子刚从能量的海洋中凝聚出来的时候。"

"这一论断是说，偶然地以一种特定的方式凝聚出来，"罗铎吉尔说，"但是它也可能以稍有不同的方式发生凝聚，那就会造成一个具有不同常数和不同物质的宇宙。"

"正是。"茉伊拉说。

"我们刚说的这些怎么才能翻译成嘉德修士喜欢的那套位形空间里的叙事的语言呢？"

"我来试试看。"帕弗拉贡说，"如果我们追踪我们的世界轨迹，也就是位形空间里代表我们这个宇宙的过去、现在和未来的那些点，像回放一块连续曝光的照相记忆板那样，从时间上往前推，我们就会看到一个位形较热、较亮、较密集的区域。这会把我们引导到亥姆空间中那些根本不会被辨认为宇宙的区域：也就是大爆炸刚刚发生的瞬间。向后推回某一点，我们又会来到一个位形，在这里，我们刚谈到的物理常数……"

"那二十个数。"阿丝葵茵修女说。

"是的，甚至还没有确定下来。这个位置太特殊了，那些常数在那儿都没有意义——所以它们也不会有数值，因为它们还保留着采取任意值的自由。我的这个故事讲到这里，旧的单宇宙图景与亥姆空间里的世界轨迹图景之间还没出现任何差别。"

"即使算上新质也没有差别吗？"罗铎吉尔问道。

"算上新质也没有差别，因为新质制造者所做的就是建造可以产生高能的机器，在实验室里制造自己的微型大爆炸。但是对我们来说，真正新鲜的认识全都来自今天上午研究课的发现，也就是，如果分别沿着南极陆星、盘古陆星、流散陆星和赤道陆星的世界轨迹回溯，你会发现每条都会回溯到亥姆空间中一个极为相似的部位。"

"叙事汇合点。"嘉德修士说。

"在回溯的时候，你的意思是？"日瓦恩说。

"并没有回溯。"嘉德修士说。这引发了一阵儿沉默。

"嘉德修士不相信时间的存在。"茉伊拉说，她说这话的口气似乎表明，她也是刚刚意识到这一点的。

"啊，好啊！重要细节，那个。"特莉丝修女说，在厨房里，这次没人嘘她了。有那么几分钟，我们全都站在甜点盘子周围，等待时机把它们送上桌去。

"我建议咱们不要在时间是否存在的问题上旁生枝节。"帕弗拉贡说，几乎可以听到大家都松了一口气，"重点在于，这一模型把五个宇宙——阿尔布赫的，以及那四个几何学家种族的——看作亥姆空间中的轨迹，而这些轨迹在大爆炸的那个区域是极为接近的。我们甚至可以问，在达到某一点之前它们是否本来就是同一个东西，而在这一点上发生了某个事件才使它们彼此分开的。或许这可以成为另一组膳席上的问题。也许只有慕像者才敢于探讨它。"在厨房里，我们壮起胆来瞥了一眼日瓦恩的席侍，"无论如何，这些不同的世界轨迹最终采用了略有不同的物理常数。所以你可以说，即使我们可以和一位跟我们长得很像的几何学家坐在同一间屋里，但事实上他们的原子核里仍会携带着某种指纹，证明他们来自另一个叙事。"

"就像我们的基因传序里携带的标记，记录着每一位祖先在他们的一生中所发生的每一种变异和每一种适应，"茉伊拉修女说，"所以构成他们的物质也会携带嘉德修士称之为宇宙叙事的编码，记录着我们在亥姆空间中分开的那一点

的信息。"

"更远。"嘉德修士说。紧跟着是一段嘉德发言后的习惯性静默,但是这次的静默被罗铎吉尔的笑声打破了。

"啊,我明白了!终于明白了!噢,我真笨,嘉德修士,一直都没听出您这是唱的哪一出。不过现在我总算明白过来了,您这是处心积虑地要把我们往哪儿领——叙莱亚理学世界!"

"唔,"我说,"真不知道我只是单纯地讨厌罗铎吉尔的调调,还是烦恼他比我先猜出来。"

几个小时前,就在裴利克林的时候,罗铎吉尔曾经溜达到我跟前,跟我聊起了全体会上的那场冲突,我当时大吃一惊。他都没穿盔甲,也没带上挥着电击枪的检察官就敢跑到我的面前?他应该想得到的,我要用下半辈子的时间来策划一场对他的疯狂报复。这倒让我明白了过来,对他来说,全体会上那些话的确不是人身攻击,所有的修辞技巧、歪曲事实、彻头彻尾的谎言、煽情,无一不是他工具包里的家伙什儿。对他来说,他所做的充其量也就相当于指出了杰斯里的一个理学错误,所以我又怎么可能真的反抗呢?

从头到尾,我都一言不发地盯着罗铎吉尔,算计着我的拳头到他牙齿的距离。他的话只给我留下了模糊的印象,好像是在支使我干这干那,好像还跟今晚的膳席有关,但我一个字也没听清。他看我一句话也不肯说,唱了一会儿独角戏就意兴阑珊地走了。

"夹在他和裁判所中间,真不知道我该怎么熬过去!"我说。

"你已经惹上裁判所了?!"阿尔西巴尔特问,那口气听上去又像是吃惊,又像是赞叹。

"还没有……但是瓦拉克斯已经告诉我他在监视着我了。"我说。

"这到底又是怎么回事?"

"早些时候,我跟罗铎吉尔有过一次冲突,实在很烦人。"

"是的。我看见了。"

"不,我指的是另一次。冲突结束后没几秒,你猜是谁来找我了?"

"啊,根据你这故事背景,"阿尔西巴尔特说,"我也只能猜瓦拉克斯了。"

"是呀。"

"瓦拉克斯说什么了?"

"他说,'我知道你已经念到第五章了!希望那没把你的整个秋天都毁掉'。

我告诉他，那的确花了我几星期的时间，但我并没为这事儿抱怨他什么。"

"就这些？"

"是啊。可能后来又闲聊了点什么吧。"

"瓦拉克斯这话你是怎么理解的？"

"他这是说'别揍你的席宾的鼻子，年轻人，我盯着你哪'。"

"你个傻瓜。"

"什么？！"

"你完全会错意了！这是份礼物！"

"礼物？！"

阿尔西巴尔特解释说："席宾有权指定《书》里的章节来惩罚席侍。但是你，拉兹，你这个惯犯已经读到第五章了。罗铎吉尔只能指定你读第六章，那可是非常重的惩罚——"

"那我就可以申诉了，"我明白了，"向裁判所申诉。"

"阿尔西巴尔特是对的。"特莉丝说，她一直在听（她知道我已经念到第五章以后，似乎完全改变了对我的看法），"在我听来，这位瓦拉克斯是给了你一个极大的暗示，就是说裁判所对罗铎吉尔做的任何判决都将不予受理。"

"他们几乎也只能这么做。"阿尔西巴尔特说。

我端起罗铎吉尔的甜点直奔膳席室而去，心情完全不同了。其他人跟在我的身后。我们进去时看到的是一屋子通红的脸孔和紧咬的嘴唇——紧张而尴尬的肢体语言。罗铎吉尔取得了他在人们身上取得的一贯效果。

"我刚刚觉得咱们就要有点儿进展了，"是伊葛涅莎·佛拉尔在说话，"就又瞧见这场膳席被引入歧途，又成了普洛克会士和哈利康会士之间烦人的老生常谈。理而上学！有时候我真怀疑你们马特世界里的这些人是否真正明白眼下的危急事态。"

显然我进来的不是时候。但是已经来不及了，其他人已经堆在了我的身后，于是我只好闯进去把甜点送给了我的席宾，此时他正在说："我接受您的责备，我向您保证——"

"我不接受。"嘉德修士说。

"您也不该接受！"日瓦恩插道。

"这些事情非常重要，不论你是否愿意费劲儿去理解。"嘉德修士接着说。

"我怎么分得清这是不是首都的那些党派在打嘴仗？"伊葛涅莎·佛拉尔问

道。桌上的所有人都被嘉德修士的语调吓着了，但她却像是受了鼓舞似的。

嘉德修士没理会这个问题，这关他什么事，他把精力转向了甜点。日瓦恩修士对这个话题的兴趣却让我们所有人大吃一惊，他把这问题捡了过来："靠审查这些争论的品质。"

"要是争论是出于纯理学问题的话，我可没法做这种判断！"她指出。

"我不认为叙莱亚理学世界的存在是出于所谓的纯理学，"罗铎吉尔说，"它是种跟信神一样的信仰飞跃。"

"尽管我佩服您的心机，您这一句话就把嘉德修士跟日瓦恩修士都穿在一根钎子上了，"伊葛涅莎·佛拉尔说，"但我必须提醒您，跟我一起工作的人大多数都是信神的，所以，您这招开局弃子在他们那儿只能适得其反。"

"时间已经不早了，"阿丝葵茵修女指出，不过好像谁也没显出累来，"我建议等明晚的膳席上我们再继续谈论叙莱亚理学世界这个话题。"

嘉德修士点了点头，但很难说他究竟是在接受这项挑战，还是单纯地在享受那块点心。

【万灭者】　一套运用异常精密的实践理学打造的武器系统，人们认为，它就是大灾厄中造成毁灭性破坏的罪魁祸首。人们普遍相信理学者是研发这项技术的共犯，这种说法并未得到证实，但催生了一项世界性的协议，即从此以后应将理学者隔离于非科技社会之外，这项政策与大改组有着异曲同工的效果。

——《词典》，第四版，改元 3000 年

　　"你们都还喜欢你们的书吗？"茉伊拉修女一边问一边抓过了一只平底锅，把粘在上边的菜叶刮了下来扔进了垃圾桶。卡娃尔大吃一惊——茉伊拉是悄悄进来的，给我们来了一个伏击。卡娃尔放下自己正在擦洗的锅子，转身离开了水槽，跑到老席宾的跟前，一把从她那羸弱的手中抢走了平底锅。我和阿尔西巴尔特也马上回过头去。卡娃尔裹的黑帛单可能足有一吨重，但我们注意到，绑住帛单的绳子却扎得极其复杂，不仔细看都看不明白。连巴尔布都在看。埃曼·贝尔多开车送伊葛涅莎·佛拉尔回住处去了。日瓦恩的席侍奥尔罕是个谜一样的家伙，整个脑袋蒙得严严实实，连男女都看不出来，但从帛单的皱褶可以看出，他或她的脑袋也跟着卡娃尔转了过去。特莉丝则趁此良机偷偷拿走了一把最好的炊帚。

　　"那些书是归您管的？"我问道。

　　"是我让卡娃尔把它们放到你的箱屋里去的。"茉伊拉说着还冲我一笑。

　　"原来那些书是这么来的。"特莉丝说，然后还解释道，"今天早上我在寝室里发现了一摞书。"看其他几个席侍的样子，我猜他们也有同样的经历。

　　"等一下，这在时间顺序上是不可能的！"巴尔布又抖起了老牌儿的巴尔布式机灵，还补充道，"除非您打破因果律！"

"噢，为了开这组膳席我已经花了好几天工夫了。"茉伊拉说，"只要问问阿丝葵茵修女，她就会告诉你们，我都把自己变成害虫啦。你们该不会真以为这种事是戒尊们在归戒礼上靠传条子拼凑出来的吧？"

"茉伊拉祖修女，"阿尔西巴尔特开口道，"如果这组膳席不是为了今天上午研究课的成果，那又是为了什么呢？"

"唉，要是你们没忙着跟这些可爱的修女调情，也没在厨房里忙得团团转，也许就能听见我刚才说的话了，我是个元洛拉会士。"

"或者多元世界洛拉会士。"我说。

"啊！看来你们确实注意听了！"

"我以为那只是为了打破僵局。"

"谁是他们的伊文内德里克，阿尔西巴尔特修士？"

"对不起，请您再说一遍？"阿尔西巴尔特一下就被这问题吸引住了，但特莉丝修女把一个油腻腻的大浅盘塞进了他怀里，没让他的手闲着。

"塔文纳尔修士，谁是赤道陆星上的墅亥姆？特莉丝，谁是南极陆星的巴里托夫人？奥尔罕修士，盘古陆星的人拜神吗，他们拜的跟玛塔尔隐修会的是一个神吗？"

"肯定是的，祖修女，茉伊拉！"奥尔罕惊呼道，还举起手做了个我以前见过的手势（我已确定他准是个男的），那是某种慕像者的迷信。

"伊拉斯玛修士，是谁在流散陆星的世界发现了哈利康对角线？"

"因为他们显然确实有这些思想，您是说……"阿尔西巴尔特说。

"他们肯定有，才能造出那飞船！"巴尔布说。

"你的思维太清新了，比某些坐在膳席室的人还敏锐，"茉伊拉说，"我觉得你可能有些想法。"

特莉丝修女转过身来问："您是说我们的墅者和他们的有着一一对应的关系？多重世界共享着同样的思维？"

"我在问你哪。"茉伊拉说。

我无话可说，被那种十分熟悉的不安折磨着，近来只要谈话一滑向这个路数，这种感觉就会扑面而来。敖罗洛死前几分钟对我讲的最后几句话已经警告了我：千年士知道这些东西，而且针对它研发了一种实践理学。实际上，关于咒士的传说是有事实根据的。或许我又堕落回了过度焦虑的老习惯，可现在，我隐隐觉得自己参与的每一次谈话都在危险地向咒士的话题逼近。

　　阿尔西巴尔特却不为这种担忧所累，已经准备发言了。他把洗好的大浅盘搁到一个干燥架上，在帛单上擦了擦手，摆好了架势："好吧，这些假设都必须先考虑一个问题，为什么不同世界轨迹里的不同头脑会想出同样的东西。一个人当然可以求助于宗教性的解释，"他接着说，瞥了一眼奥尔罕，"但除此以外……唉……"

　　"你不必对你相信 HTW 讳莫如深，记着你在跟谁谈话！这些我全都见识过！"

　　"是的，茉伊拉祖修女。"阿尔西巴尔特说着还低了一下头。

　　"我就不叫它叙莱亚理学世界了，因为赤道陆星上未必有叫叙莱亚的人，就说公共理学世界吧。这个公共理学世界的知识怎么能传播到不同世界不同晢者的头脑之中呢？在我们与他们之间，此时此刻还在发生这种过程吗？"茉伊拉一边扔下这些思想炸弹，一边朝厨房的后门走去，几乎撞上了送完席宾回来的埃曼·贝尔多。

　　"噢，这听上去好像是明天膳席上要讨论的话题。"我指出。

　　"为什么要等明天？不要自满！"茉伊拉回击了一句就冲进黑夜去了。卡娃尔也扔下一条毛巾，把帛单往头上一拉，匆匆地跟了出去。埃曼礼貌地让了路，然后回头看着卡娃尔，直到什么也看不见了为止。他的脸一转回来，就被特莉丝修女扔出的海绵砸中了。

　　"你们总不能让那些轨迹在亥姆空间里瞎绕呀……"埃曼说。

　　"咱们这不就在黑灯瞎火地瞎绕吗？"我指出。说这话的时候我们正在到处寻找着合适的乐俱部。

　　"……没头没脑没来由的。你们怎能这样？"

　　"你是指世界轨迹？叙事？"

　　"我猜是吧，顺便问问，那是怎么回事？"

　　这问题问得含糊，但我听得出他想问什么。

　　"你是问嘉德修士为什么用'叙事'这个词？"

　　"是啊。那可很难推销给……"

　　"大佬们？"

　　"这就是你们对我席宾这种人的称呼吗？"

　　"不是所有人都这么称呼。"

　　"唉，他们可是很讲求实际的。在他们面前装模作样可行不通。"

"好吧，看我能不能想出个例子。"我说，"记得阿尔西巴尔特说的吗？埋在恒星里的冰块？"

"记得啊，当然。"他说，"在亥姆空间里，有个点所代表的宇宙里包含一颗中心有冰块的恒星。"

"在那个点所编译的宇宙位形之中，"我说，"除了包含所有的恒星与行星，鸟与蜜蜂，书与斯皮里，以及其他的一切事物，还包含着一颗中心有一大块冰的恒星。请记住，那个点只是一长串的数字，只是那个空间里的一个坐标。不多不少，就跟其他任何可能的字串一样真实。"

"它的真实性——或是这个例子里的不真实性——必须从另外一种角度来考虑？"埃曼试探着说。

"你说对了。这个例子里所描述的状况就是如此荒谬。"

"那它又怎么会发生呢，首先？"埃曼质抓住问题的实质问道。

"发生。就是这个关键词。"我说，真希望我能像敖罗洛那么自信地解释这个问题，"说某事发生是什么意思？"这话听上去相当蹩脚，"并不是说这种情况——这个位形空间中的孤立点——瞬间跳出来又消失掉。并不是说你本有一颗正常的恒星，宇宙时钟滴答一声，它的中心就突然出现了一块冰，然后再滴答一声，噗！它又消失得无影无踪了。"

"但这可能发生，如果你有个亥姆空间传送装置，不就可能了吗？"

"嗯，这是个有用的思想实验。"我说，"你想到的是莱伊拉那些小说里写的那种玩意儿吧。一种魔法电话亭，你可以在里面拨亥姆空间任何一个点的号码，将它实现，然后再跳到另一点。"

"是啊。不管理学定律还是什么别的定律。这样你就能使那冰块实现了。只是随后它就会融化掉。"

"只有让自然定律从这一点开始发挥作用，它才会融化。"我纠正他说，"但是你也可以保存它，用你的亥姆空间传送装置跳到另一个点上，这个点编译着处于下一个时刻的同一个宇宙，只要这个宇宙里仍包含着那冰块就可以了。"

"好吧，我明白了——但正常情况下它还是会化的吧。"

"所以，埃曼，问题就来了，'正常'指的是什么？换一个说法，如果你想在电话亭窗外看到一个恒星中心含有不化之冰的宇宙，完全可以按上边的方法，用亥姆空间传送装置拨出一连串的点，然后再观看这一连串的点就可以了。这一连串的点跟一条合理的世界轨迹又有何区别呢？"

"你是说一个遵守自然法则的世界轨迹？"

"是呀。"

"不知道。"

我们都笑了。"好吧，"我说，"我现在开始明白敖罗洛说的关于髤伊文内德里克的一些话了。伊文内德里克研究的是数据分析，这是司康派哲学的一个副产品，它的意思是，我们得到什么入信——就会观察什么。到头来这些入信就成了我们必须研究的一切。"

"我正想问哪，"埃曼说，"我们观察的是什么？"

"一些具有一致性的世界之点，"我说，"也就是恒星里没有冰块的世界之点，而且它们并不是多个孤立的点，而是一连串的点，是一个可能发生的世界轨迹。"

"区别在哪儿呢？"

"不光是恒星里不可能有冰，而且你也不可能把冰弄到恒星里、不可能让它待在那里保持不化——没有一种连贯的历史能够包含这种情况。你要理解，它所涉及的并不是可能不可能，因为在亥姆空间里任何事都是可能的，而是可以不可以并存，也就是说，要是一个恒星里有一块冰，在那个宇宙中所有其他的事物也得是真实的。"

"唉，其实我认为可以把冰弄进去。"埃曼说。实践理学的齿轮在他头脑里转了起来。他就是以此为生的，他的职业原本是火箭经销商，伊葛涅莎·佛拉尔拉他来是做技术顾问的。"你可以设计一种火箭，一种导弹，用厚厚的耐热材料制作弹头，再在弹头里面装上一块冰。把这东西高速发射到一个恒星里去。那些耐热材料就会烧蚀掉。但它烧蚀掉之后，你就能得到一颗包着冰块的恒星了。"

"好吧，那都是有可能的，"我说，"但它回答的问题只是'如果一个宇宙要包含一颗内部有冰块的恒星，其他哪些事物必须为真？'可怎么才能让这块冰冻结在那个时间点上呢……"

"好，"他说，"那就假设那台传送装置有种用户界面功能，可以连续不断地返回同一个点，这样就容易冻结时间了。"

"很好。如果你这样做了，就看看那块冰周围的区域吧，你会看到耐热材料熔化形成的重核子在恒星物质中到处盘旋。你还会看到火箭的尾迹从恒星一直拖到发射架的灼痕处，留在太空中无法消散。火箭的发射架还必须在一个能供养生命的行星上，而行星上的生命还得有足够的智慧来设计和制造那火箭。在

那发射架周围你会看到花费毕生心血设计和制造火箭的人们。他们对于研究工作的记忆，以及对这次发射的记忆，都会编译在他们的神经元里。拍摄那次发射的斯皮里将会存储在他们的罔络里。而且所有这些记忆和记录大致上都得相符。这些记忆和记录还得能够解析为原子在空间中的位置，所以——"

"所以那些记忆和记录，你是说，它们本身就是亥姆空间中那个点编译出来的位形的一部分，"埃曼响亮而坚决地说道，他知道他说的是对的，"这就是你说的可共存性的意思。"

"是的。"

"亥姆空间里能编译出恒星里有冰的点并不多，"他说，"只有很少的几个——"

"少到难以觉察的几个。"我说。

"能包含把冰弄进恒星的全部记录——还得是连贯而又相容的。"

"是的。在你施展实践理学手段空想这个冰导弹发射系统的时候，你所做的，实际上是在设想什么样的叙事能产生出可以与恒星里的冰共存的条件，也就是什么样的叙事能够产生刚才说的那一系列痕迹。"

我们又溜达了一小会儿，他说："或者举个不那么文雅的例子，当你看着卡娃尔修女的装扮时，就会忍不住——"

"在头脑中自动模拟出一系列打结的动作。"

"或是解那些结的动作——"

"她可是百年士，"我警告他，"大集修也不可能永远开下去。"

"别陷得太深。是啊，我知道。可 3700 年的时候我还能再跟她约会——"

"你也可以当修士。"我建议。

"还真有可能，等这事儿过去了。嘿，你知道这是在往哪儿走吗？"

"知道啊。我在跟着你走。"

"噢，一直是我在跟着你呀。"

"好吧，那就是说我们迷路了。"我俩踌躇地在原地打转，直到碰见一对出来遛弯的祖修女，才跟她们打听出去埃德哈分会堂的方向。

"所以，"在我们走上正确路线之后，埃曼说，"底线就是，在任何一个特定的宇宙里——对不起，在任何一个特定的世界轨迹上，事物都是有意义的。它们也都遵守自然法则。"

"是的，"我说，"世界轨迹就是这样的——是一系列在亥姆空间里串联在一起的点，这些点看起来恰好是遵循自然法则的。"

"我要用那套传送装置的术语把它表达出来，因为以后我要用这种方式跟人解释。"他说，"传送装置的目的就在于，它能在任一时刻把你传送到任意一个另外的点。你可以随机从一个宇宙跳到另一个宇宙。但是在亥姆空间里，如果遵循自然法则的话，就只有一个点能编译出时钟下次滴答作响时你现在所在的宇宙的状态——对吗？"

"你的思路是对的，"我说，"但是——"

"我要是这么讲，"他说，"情况就会是这个样子。听我解释的人都是听说过自然法则的，甚至可能还研究过一点。他们也安于此状。现在突然我讲起了亥姆空间。这对他们来说是个全新的概念。我得向他们大大地解释一番——我得谈到传送装置、恒星里的冰、还得讲那火箭发射架上的灼痕。最后，那些人里的一位就会举起手来说，'贝尔多先生，你已经浪费了我们好几个小时的宝贵时间，给我们讲了一套关于亥姆空间的粉本，求求你告诉我们，底线又是什么？'于是我就得回答说'如果您喜欢，大人，底线就是，我们的宇宙里所遵循的自然法则'。然后他肯定就会说——"

"他肯定会说'这个我们早知道了，你个傻瓜，你被解雇了！'"

"千真万确！到那个时候我就只能出家当修士了，最好能进卡娃尔的马特。"

"所以你是问我——"

"如果我们采纳亥姆空间模型，能得到什么有意义的结果？你已经说过了，它能让你们的理学研究更方便，可大佬们并不研究理学啊。"

"好吧，首先看一种说法，'在任何一个给定点，只有一个满足自然法则的邻点'，但实际上情况却并非如此。"

"噢，你是要讲量子理学吗？"

"是啊。一个基本粒子可能衰变，这是符合自然法则的，也可能不衰变，这也是符合自然法则的。但是衰变和不衰变这两种情况会把我们带到亥姆空间中两个不同的点——"

"世界轨迹就会分岔。"

"是的。只要量子态还在不断减少——这种情况比比皆是，世界轨迹就随时都在分岔。"

"但是，我们碰巧所在的这条世界轨迹，还是一直遵守自然法则的。"他说。

"恐怕是的。"

"所以，还是回到我原来的问题——"

"亥姆空间究竟给我们带来了什么？好吧，首先有一点，它把量子理学的思考难度降低了不知多少倍。"

"可大佬们并不思考量子理学啊！"

我无言以对，只觉得自己像个无能的阿佛特人。

"所以，你觉得到底应不应该提亥姆空间这玩意儿？"

"咱们问问杰斯里吧。"我提议，"他看上去很酷。"我们已经到了埃德哈会的回廊院，我瞧见杰斯里正在一条小路上，用一根棍子在砂砾上画着图，他周围站着一群修士修女，都在一边看一边愉快地笑着。月光下，这些人影就像是用灰在壁炉底上画出来的一样。但就算是剪影，他们的形象还是泾渭分明。别的修士修女都来自讲究帛单样式的国际化大修会，跟他们站在一起，杰斯里就像是从古代典籍里走出来的年轻先知。在今天上午的归戒上，我一看到别人的着装，就觉得自己像个真正的土包子。但那只是我。同样的装束放在杰斯里身上，就显出令人敬畏的粗犷、简单、朴素，还有……嗯……富于男子气概。看见他我就明白为什么罗铎吉尔修士那么急于推翻我。埃德哈团队已经给人留下了深刻的印象。敖罗洛已经把我们变成了明星。于是罗铎吉尔就想趁着全体会的机会，拿我们当中的一个来杀杀威风。

"杰斯里。"我叫道。

"嗨，拉兹。我跟那些觉得你在全体会上搞砸了的人可不是一拨的。"

"谢谢。请说出一样只有用位形空间才能推算出来的东西。"

"时间。"他说。

"噢对呀。"我说，"时间。"

"我认为时间并不存在！"埃曼讽刺地说道。

杰斯里看了埃曼几秒钟，然后又看看我："什么？你的朋友跟嘉德修士谈过啦？"

"亥姆空间向了我们说明了时间，这很好，"我说，"但是埃曼会说，他要对付的那些大佬已经相信时间的存在了——"

"可怜、愚昧的傻瓜们！"杰斯里惊叹道，引得埃曼发出一阵低沉而痛苦的笑声，也引得那些阿佛特同伴摆出了揶揄的表情。

"那么亥姆空间图景跟他们有什么关系？"我继续说。

"在从四个宇宙来的陌生人涌进城里之前，"杰斯里说，"的确一点关系也没有。嗨，给你们这些家伙弄点喝的好吗？"

这是杰斯里另一个讨厌的毛病，他常在喝酒的时候做出最好的成果。我们几个席侍在厨房的时候就已经把葡萄酒和啤酒尝了个够，我的脑袋这会儿刚清醒过来，于是我决定只喝点水。我们进了当地埃德哈分会最大的一间课室——至少我认为这是最大的一间。石板墙上涂满了在我认识的算式。"他们让你干上宇宙学啦？"我问。

杰斯里顺着我的目光看向石板上的一个数字表格。表上一列是经度，一列是纬度，我看到后一列里写着五十一点几度，意识到了这是髻埃德哈的坐标。

"今天上午的研究课，"他解释说，"我们得对伊塔人头天夜里所做的计算进行验算。你可以看到，全世界的望远镜，包括 M&M，今天夜里都要指向那些几何学家。"

"是一整夜还是——"

"不。大约半个小时。有事情要发生。"杰斯里用他一贯自信的男中音宣布。我注意到埃曼露出畏惧的神情。"这会让我们看到不一样的情景，"杰斯里继续说，"比我花那么长时间盯着它屁股上的推进盘更有趣。"

"我们怎么知道会发生什么？"我问，不过埃曼那明显的紧张有点儿让我分了神。

"并不知道，"杰斯里说，"我只是推断的。"

埃曼向出口摆了摆头，示意我们跟他到回廊院里去。

"我要告诉你们这些伙计，"我们刚走出乐俱部其他成员的听力范围，他就说道，"既然这个秘密无论如何也保守不了半个小时了。那就告诉你们吧，这个主意是在奥利森纳访晤之后一次非常重要的膳席上炮制出来的。"

"你也参与了？"我问。

"没有，但我就是因为这个才被带到这儿来的。"埃曼说，"我们在同步轨道上有一只老侦察鸟。它装载了很多燃料，所以可以按我们的要求到处移动。我们认为那些几何学家还不知道有这个东西。我们一直让这只鸟保持安静，因此他们还没想到干扰它的频道。唉，今天早些时候我们用窄频道给这东西发了一个指令，让它启动推进器，进入一个新的轨道，这个轨道半小时后就要和那多面体的轨道相会了。"他用脚尖在碎石路面上画出了几何学家的飞船：一个表示二十面体轮廓的粗略的多边形，还用脚跟在一边踩了个印，表示推进盘。"这东西一直对着阿尔布赫，"他边用脚尖指着那个推进盘边抱怨说，"所以我们看不到飞船的其他部分——"他用脚在飞船前边划了个弧,"——他们的所有好东西都装在那里。显然他们是故意这么干的,对我们来说,那一半一直如同月亮的暗面,所以我们始终只能依赖堃敖罗洛的那张照片。"他绕到那图形的侧面,朝着船首方向扫出一条长长的弧线,"我们的鸟,"他说,"就要从这个这个方向靠近了。它有极强的辐射能力。"

"那鸟吗?"

"是的,它是通过辐射热装置获得动力的。那些几何学家会注意到这个正朝他们飞来的东西,别无选择,他们只能做一次调动——"

"把那个推进盘,也就是它们的盾牌,转到他们自己和这个不明飞行物之间。"杰斯里说。

"他们只能把整个飞船转过来,"我翻译道,"把它们的'好东西'暴露给地面上的天文望远镜。"

"那些望远镜正在待命。"

"有可能让那么大个东西在有效时间内转身吗?"我问,"我在想那些推进器得有多大的功率——"

埃曼耸了耸肩:"你问了个好问题。通过观察它的调动我们也能弄清很多问题。明天我们就有好多照片可看了。"

"除非他们生起气来用核武器攻击我们。"我还在搜肠刮肚地琢磨该怎么说得委婉一点,杰斯里就插嘴说道。

"这个问题已经讨论过了。"埃曼坦言道。

"好吧,但愿如此!"我说。

"大佬们现在都睡在山洞和碉堡里了。"

"那是种安慰。"杰斯里说。

埃曼没听出讽刺的味道来:"在处理核事件后果方面,还是马特世界的经验丰富。"

杰斯里和我都转头看着断崖的方向,琢磨着我们能往那些隧道里跑多深,跑多快。

"但所有人都认为这是小概率事件。"埃曼说,"因为埃克巴发生的事件就算不是彻头彻尾的战争行为,也算得上是挑衅了。所以我们是不得已做出严肃回应的,是要让几何学家知道,我们不会坐以待毙。"

"这鸟真会攻击那二十面体吗?"我问。

"不会，除非他们蠢到自己迎头飞上去，不过它会非常逼近，让他们不得不采取预防措施。"

"好吧！"我们把这事好好琢磨了一会儿，杰斯里说，"要想利用乐俱部时间干出点什么，那可真是有的忙了。"

"是啊，"我说，"我猜我们最好还是喝点儿。"

我们拿了一瓶酒出来，放在埃德哈回廊院和第十一司康会回廊院之间的草坪上。我们已经知道该往天空中什么地方看了，于是便找好位置，躺在草地上，等着世界末日来临。

我真想艾拉。已经有一阵子没惦记她了，但核弹雨降临的一刻，我希望能和她在一起。

时候到了，在群星之中，在我们所知的多面体所在的方位，出现了一点微弱的、间断的闪光。在他们的飞船和我们的"鸟儿"之间好像跳出了一个火花。

"他们用什么东西把它拦截了。"埃曼说。

"定向能量武器。"杰斯里吟诵着，就好像他真知道他说的是什么似的。

"X 射线激光，说得具体点儿。"近处一个声音说。

我们坐了起来，看见一个粗壮的身形，裹在样式古老的帛单里，拖着疲惫的双腿朝我们蹒跚走来。

"哈喽，痢痢头！"我叫了出来。

"想溜达溜达吗？趁着大规模报复来临之前。"

"当然。"我说。

"我要睡觉去了。"杰斯里说。我猜他在说谎。"今晚没有乐俱部活动。"百分之百在说谎。

"那我也要去睡了，"埃曼·贝尔多说，他懂得什么时候应该回避，"明天还有很多的工作要做。"

"只要明天我们还在。"杰斯里说。

"我真的必须和艾拉接触一下。"一言不发地逛了半小时以后，我才告诉利奥，"今天下午装利克林时我找过她，但是——"

"她没在那儿，"利奥说，"她在准备这事儿呢。"

"你指的是调望远镜还是——"

"更偏军事方面的。"

"她怎么搅到那里边去了？"

"她擅长于此。有人注意到了。她正是军方想找的人。"

"你怎么知道？你也搅进军方那边了吗？"

利奥没说话。我们又溜达了几分钟。"几天前他们把我调进了一组新的研究课。"他说。看得出这话已在他胸中憋了好一会儿了，现在终于一吐为快。

"噢，真的吗？他们让你干什么了？"

"他们挖出了一些老文件。真的很老。我们一直在熟悉它们、去粗取精、查那些已经不再使用的古文单词。"

"什么类型的文件？"

"技术图纸、说明书、手册，甚至还有写在信封背面的草稿。"

"干什么用的？"

"他们就是不肯说明，也不让任何人看到全部文件。"利奥说，"但我们彼此交谈过，也在乐俱部里对过笔记，再加上那些文件刚好都是大灾厄之前不久的，所以大家都十分肯定我们看到的是万灭者的原始设计方案。"

我扑哧一笑，这纯粹是出于习惯。因为我们从来都把万灭者当成怪力乱神之说。但从利奥的腔调和态度可以看出，他完全是郑重其事的。我沉默良久，努力消化着这个新闻。

我想要证明这是他的误会，便说道："但那是跟这世界所依赖的一切——万物——作对！"我指的是大改组后的世界，"如果他们要真弄那个，一切就都成了谎言。"

"很多人都同意你的意见，当然，"利奥说，"那就是为什么——"他呼了口气，那气息很不平稳，"那就是我想邀请你参加我们乐俱部的原因。"

"这个乐俱部有什么打算？"

"有些人在考虑投靠南极陆星人。"

"投靠？跟他们组成联军？跟几何学家？！"

"跟南极陆星人，"他坚持，"现在已经确定了，那探测器里死去的女人是南极陆星人。"

"根据试管里的血样判断的吗？"

他点了点头："但她身体里的子弹来自盘古陆星宇宙。"

"所以人们猜想南极陆星人是站在我们这边的——"

他又点了点头："而且，跟盘古陆星人存在某种冲突。"

"那你们乐俱部的主意就是让阿佛特人和南极陆星人结盟？"

"你说对了。"利奥说。

"哇！可你们怎么能办到呢？你们怎么跟他们交流呢？我的意思是，怎么做才能不让世俗政权知道呢？"

"简单。已经想好了。"他知道这么说糊弄不了我，又补充道，"就是大天文望远镜上的引导星激光。我们可以用它瞄准二十面体。他们能看到那光线，但地面上的人如果不把光束的通路挡住就拦截不了它。"

我想起了几个月前跟利奥的那次谈话，当时我们都想知道伊塔人对我们的监视究竟是事实还是传说。我像个傻瓜一样东张西望，看到确实没有隐蔽在暗处的麦克风，才说："是伊塔人——"

"的确有他们的人参与其中。"利奥说。

"那这些人到底想跟南极陆星人建立什么关系？"

"我们的时间差不多都用来争论这个了。花的时间太多了。当然也有少数疯子，觉得我们可以登上那个飞船，还可以住在上面，在他们眼里这就跟登天一样。但大多数人还比较理性。我们打算跟几何学家建立自己的联络并且……自己跟他们谈判。"

"但是这完全不符合大改组的精神！"

"大改组提到过外星人吗？提到过多宇宙吗？"

我闭了嘴，知道自己被推翻了。

"况且。"他接着说。

我替他补上了后半句："如果他们要把万灭者重新捡起来，大改组也就成了一纸空文了。"

"'后马特'这个词现在正四处传扬，"利奥说，"人们正在谈论第二次复兴呢。"

"谁在谈这些？"

"相当一批席侍。但席宾没那么多，要是你明白我的意思的话。"

"哪个修会？哪个马特的？"

"唉……钟鸣谷的阿佛特人就认为万灭者是可耻的，希望这话对你有用。"

"这个乐俱部在哪儿聚会？听起来好像很庞大。"

"分布在若干个乐俱部里。这是个细胞网。我们彼此通风报信。"

"那你在做什么，利奥？"

"站在屋子后头表现出无动于衷的样子,听着。"

"你要听什么?"

"有些疯子,"他说,"好吧,不是疯,是过于理性,要是你知道我的意思。他们不懂战术,不懂慎重。"

"那些人怎么说?"

"他们说,该是聪明人出来掌权的时候了。该把权力从天堂督察那种人手里拿回来了。"

"这是要发动第四次劫掠的论调啊!"我说。

"有些人比你说的还离谱,"利奥说,"他们说,好啊,干吧。几何学家们会介入的,会站在我们这边的。"

"真是惊人的鲁莽。"我说。

"这就是我听那些人说话的原因,"利奥说,"听完我会报告给我的乐俱部群,相比之下,我们似乎还是比较通情达理的。"

"几何学家凭什么要下来制止一场劫掠?"

"相信这个的人往往是 HTW 的死忠,不得不遗憾地说。他们看了敖罗洛照片上的阿德拉贡证明式,就认定那些几何学家是我们的兄弟。几何学家首次降落就选在奥利森纳,这个事实刚好坚定了他们的看法。"

"利奥,我有个问题。"

"说。"

"我跟艾拉完全是零接触。杰斯里认为,那是因为她要在两个私情中做抉择。但这似乎不像是她的为人。她知道这个群的事吗?"

"就是她发起的。"利奥说。

【斯芬尼克学派】 一个理学者流派，主要代表人物都出自埃特拉斯古城邦，在那里，他们受雇于富裕家庭，教导其子女。在许多经典对话中，该学派成员都充当了忒伦奈斯、普洛塔斯及其同侪的对手。这个学派最杰出的人物是犹拉洛布斯，他在一场对话中惨败给了忒伦奈斯，乃至当场自杀，于是这段对话便得名为犹拉洛布斯对话。该学派质疑普洛塔斯的观点，大体而言，他们更愿意相信理论可完全产生于双耳之间，不需要任何普洛特形式之类的外部现实。该学派是髽普洛克、句法学会和普洛克派的先驱。

——《词典》，第四版，改元 3000 年

帕弗拉贡的盘子已经光了，罗铎吉尔却连叉子都还没动一下。清嗓子、瞪眼睛、唉声叹气、席侍们全体缺席对他都毫无作用，最后还是饥饿取得了胜利，罗铎吉尔终于安静了下来，拿起了杯子，浇向了他那着火的声带。

帕弗拉贡出奇的平静，近乎快活："只要翻一翻斯芬尼克学派著作的抄本，你就能看到一篇又长又别致的目录，上边会列出书中使用的所有修辞伎俩。我们见过利用暴民情绪的：'再没有人相信 HTW 了。''所有人都认为普洛特主义是不合逻辑的。'我们也见过利用权威论调的：'至少在改元 29 世纪就已经被髽某某驳斥过了。'还有利用我们的个人不安全感的：'一个头脑健全的人又怎会把这当真？'还有很多其他的技巧，我连名字都忘记了，因为我研究斯芬尼克学派已经是很久以前的事了。所以，我必须先赞扬这精彩的修辞盛宴，它让我们其余的人有机会享用丰盛的食物和休息自己的嗓子。但若是不指出下面这点，就是我的过错了。也就是说，对于这个命题——存在一个叙莱亚理学世界，这个世界充斥着我们称作克诺翁的数学实体，这些实体的性质是非时空的，且我们

的思维拥有某种能够接受它们的能力——罗铎吉尔修士您要想反对它，就必须得提供一个货真价实的论点，而不能光是修辞。"

"我不能——永远也不能！"罗铎吉尔修士惊呼，他的下巴正以惊人的速度运动着，忙着在最后几秒钟里把嘴里的食物摆平，"你们普洛特主义者从来都这么处心积虑，总把讨论弄到让人没法理性辩论的地步。正如我无法证明神不存在，我也不能证明你是错的！"

帕弗拉贡自有些肉搏战的技巧，他对罗铎吉尔刚说的话完全置之不理。"一两个星期之前，在一次全体会上，您和另外一些普洛克会士提出过一种说法，说几何学家飞船上那个阿德拉贡定理的图解是伪造的，要么是敖罗洛自己添到那张墅敖罗洛照片上去的，要么就是埃德哈的其他人干的。您现在要撤销那项指控吗？"帕弗拉贡扭头看着一幅分辨率高得惊人的几何学家飞船照片，那是昨天夜里用阿尔布赫最大的光学天文望远镜拍的，那图形在照片上清晰可见。膳席室的每一面墙上都贴着这种照片，桌上还散放着更多。

"讨论过程中提出假说没有什么不对的，"罗铎吉尔说，"显然，那个特定的假说碰巧不正确罢了。"

"我觉得他说的就是'是的，我撤销指控'。"特莉丝刚才还在厨房里说。这会儿我又回了膳席室，表面上是去履行职务，其实是要探查一下那堆照片。大集修上所有人都盯着它们看了整整一天，但我们竟一点儿都没觉得厌烦。

"这招弃子战术能成功真是太走运了。"埃曼死死盯着一张布满噪点的支柱特写照片说。

"你是说，他们没有礌击我们吗？"巴尔布诚恳地说。

"不是，是说我们得到了照片，"埃曼说，"我们靠在这儿办的聪明事得到了它们。"

"啊，你是说政治方面的走运？"卡娃尔有点儿没把握地问。

"是的！是的！"埃曼惊叹道，"大集修的花费这么高！能取得看得见的成果当然会让当局高兴。"

"花费怎么高了？"特莉丝问道，"我们吃的都是自己种的。"

埃曼终于从那张照片上抬起了头。他审视着特莉丝的脸，想看看她是不是认真的。

扩音器里传来帕弗拉贡的声音："阿德拉贡定理在这里是成立的。它在几何学家的那四个宇宙里显然也是成立的。如果他们的飞船出现在某个其他的宇宙，如果那里的一切都跟我们的宇宙相同，只是没有具有感知力的生命的话，那它在那里还成立吗？"

"在几何学家到达那里并说它成立之前都不成立。"罗铎吉尔说。

不等埃曼张嘴，我就连忙插道："要引起埃曼和伊葛涅莎·佛拉尔这样的人密切关注，那肯定得付出不菲的代价。"若不及时把他的话头儿刹住，事后他很可能还得道歉。

"当然，"埃曼说，"不管花费如何，马特世界为它也做了很大的努力呀。成千上万的阿佛特人都在夜以继日地工作。世俗人士，尤其是那些对管理略知皮毛的人，是不喜欢白费劲的。"

"管理"是个弗卢克语词汇。厨房里的人都一脸茫然。我帮忙翻译了一下："就因为大佬们会经营汉堡铺子，所以他们就觉得自己也懂得怎么经营大集修了。大量的人员花了大把时间，要是没什么成果就会让他们紧张。"

"噢，我明白了。"特莉丝不十分肯定地说。

"真滑稽！"卡娃尔说罢就回去干活儿了。埃曼直翻白眼。

"我承认我不是理学者，"扩音器里伊葛涅莎·佛拉尔正在说话，"可关于这些，我听得越多就越不明白你的立场，罗铎吉尔修士。三是个质数。它今天是质数，昨天也是质数。十亿年以前，还没有大脑想过它的时候它就是质数。它作为质数的性质明显跟我们的大脑没关系。"

"跟我们的大脑太有关系了，"罗铎吉尔坚持说，"因为什么是质数就是我们给定义的！"

"没有一个致力于这些事情的理学者能长久逃避这个结论：克诺翁的存在并不依赖于某一特定时刻人们的大脑里发生或不发生什么，"帕弗拉贡说，"这是秤杆法则的简单应用。就说这个事实吧，不同时代，不同学科，甚至不同宇宙的理学家们各自独立研究，却一次又一次地证明着相同的结果，这些结果尽管是通过不同的思路被证明出来的，彼此之间却没有矛盾，这些结果，有的还能转化为理论，圆满地说明物理世界的种种行为，这个事实怎么解释最简单？最简单的答案就是：这些克诺翁是实际存在的，而且它们并不属于这个因果域。"

阿尔西巴尔特的铃响了。我决定跟他一块儿进去。我们从帕弗拉贡背后的壁毯上取下了一张二十面体的巨幅照片。卡娃尔和特莉丝出来帮忙，把那块壁毯也摘了下来，露出了一面深灰色的石板墙和一篮子粉笔。现在对话已经转到对复杂普洛特主义和简单普洛特主义的说明了，于是阿尔西巴尔特就被叫来在

石板上画图，画的就是几周前克里斯坎修士在布利岗的土路上为我和利奥画的那些：货运列车、行刑队、灯芯图之类。在他们解释的过程中，我就在膳席室和厨房之间来回穿梭。伊葛涅莎·佛拉尔早就熟悉这一套了，但也有人是头一回见识。特别是日瓦恩，他问了好几个问题。埃曼是头一回听这个，他还没有自己的席宾听得明白，所以在我俩一起装点甜食的时候，我就观察着他的神色，一看到他的眼睛失了神就插上几句简短的解释。

我回到膳席室清理盘子的时候，正赶上帕弗拉贡在解释灯芯图："这是个完全广义的有向无环图。一方面，对那些所谓的'理学'世界不再加以个别区分；另一方面，对于像阿尔布赫和赤道陆星这种有人居住的地方和其他无人居住的地方也不再加以区分。这是第一次，有箭头从我们阿尔布赫因果域指向其他有人居住的世界。"

"你这是要假定阿尔布赫可能是其他某个有人居住的世界的叙莱亚理学世界？"罗铎吉尔问道，好像不大相信自己的耳朵似的。

"任意多的这种世界，"帕弗拉贡说，"它们本身还可能再成为另外一些世界的HTW。"

"但是我们怎么能验证这样一个假说呢？"罗铎吉尔质问。

"我们不能，"嘉德承认，这还是他今天晚上头一次发声，"除非那些世界的人来到我们这儿。"

罗铎吉尔爆发出一阵大笑："嘉德修士！我赞颂您！没了您的点睛之笔这膳席可得多么乏味？您的话我一个字都不同意，但是它的确给进餐带来了娱乐，因为实在是太出人意料了。"

我只亲耳听到了这话的前一半，后一半是通过扩音器听到的，此时我已经抱着一摞盘子回了厨房。这里有个柜台被我们用来铺照片了，埃曼正站在那柜台前，在他的唧嘎上按着什么。他对我视而不见，但伊葛涅莎·佛拉尔一开始说话他就抬起目光，眼神空洞地定在那里。伊葛涅莎·佛拉尔说："这些材料很有趣，解释得也很好，可现在我就困惑了。昨天晚上我们听到的是如何理解世界多元性的故事，说它跟亥姆空间和世界轨迹有关。"

"我跟一屋子一屋子的官僚们解释这个就解释了整整一天。"埃曼抱怨着，还夸张地打着哈欠，"现在又成了这个！"

"现在，"伊葛涅莎·佛拉尔说，"我们听到的却是一种对它完全不同的讲述，跟第一种似乎还什么关系都没有。我不禁要怀疑，明天的膳席又会带来另一个故事，到了后天还有另一个。"

　　这在膳席室里引发了一阵不那么有趣的谈话。席侍们便抓住机会收拾起了桌子。阿尔西巴尔特则晃进厨房，抱着酒桶忙活了起来。"我最好给自己加点油，"他也不知在跟谁解释，"看来今天晚上剩下的时间我都得画那些该死的灯泡图了。"

　　"灯泡图是什么？"埃曼小声问我。

　　"一种图表，显示信息——也就是因果——是如何跨越空间和时间运动的。"

　　"时间？就是不存在的那东西？"埃曼重复着那个已经陈腐了的笑话。

　　"是啊，但这也没什么的。空间也是不存在的。"我说。埃曼尖锐地看了我一眼，确定我一定是在和他开玩笑。

　　"那你的朋友利奥干得怎么样了？"埃曼问，他提起昨晚的事。值得注意的是他竟然记得利奥的名字，因为还没人给他们做过正式的介绍，他俩几乎也没交谈过。不过在大集修上，人们相遇的途径不计其数，所以他们也可能在别处碰见过吧。要不是因为昨晚利奥跟我谈话的内容，我可能也不会多想。昨天跟埃曼在一块儿我还觉得挺轻松。今天情况就不同了。

　　我在乎的人正被卷进一场颠覆性的运动，艾拉可能还是这场运动的领导者。埃曼都要跟着我去乐俱部了，利奥还在试着吸引我加入其中。会不会是世俗政权已经听到风声了，而埃曼真正的任务就是拿我当突破口把它揪出来？这个想法可不太美妙，但从今往后我就得按照这条路子去思考了。

　　时差加上对第四次劫掠的恐惧，弄得我昨天躺在寝室里彻夜无眠。好在白天大部分时间都在开全体会，讲头天晚上卫星弃子战术的故事，还展示了照片，放映了斯皮里。独岁纪堂殿的后排座席都在暗处，也足够宽敞，能让我跟大批在乐俱部里累坏了的阿佛特人躺平了补觉。大会结束时有人把我摇醒。我站起身来，揉着眼睛向堂殿的另一头望去，看到了艾拉，这还是那次唤召她踏出屏壁以来我第一次见她。她离我大约有一百呎远，站在一圈比她高的阿佛特人中间，那些人大多是男的，全都比她年长，看来她正硬撑着跟他们进行严肃的谈话。人群里还有些穿军装的世俗人。我想这绝不是冲上去跟她打招呼的好时候。

　　"嘿！拉兹！拉兹！我伸的是几个手指？"埃曼在问我。特莉丝和卡娃尔都觉得好笑。"利奥干得怎么样了？"他重复道。

　　"忙着哪，"我说，"跟我们大家一样忙。他一直在跟钟鸣谷的阿佛特人干事，干了不少事儿了。"

埃曼摇了摇头。"他们在那儿训练是不错,"他说,"但我更想知道关节锁和掐筋术跟对抗焚世者有什么关系。"

我的眼光转向了那一堆照片。埃曼推开了几张,扒拉出了一张详细的特写,是个悬装在减震杠上的可分离吊舱。那吊舱是个矮胖的灰色金属蛋,上面既无标记也无装饰。它周围搭着一座结构性的格子架,安装着天线、推进器和一些球形的罐体。这玩意儿显然是可分离的,可以靠自己的动力运动。格子架上伸出了一组悬臂,那个灰蛋就是靠这组悬臂固定在了减震杠上的。这个细节已经引起大集修人员的注意了。人们对那些悬臂的尺寸做了计算。它们的尺寸太大了,大得出奇。根本没必要那么大,除非它们抓的东西,那个灰蛋,非常非常重。重到难以想象。这不是平常的加压容器。或许它的壁特别厚?但只要它的材质是一般金属,不管是哪种都没法通过计算对上号。要想解决这个问题,算出中子和质子数量能够异常到这种地步的究竟是何种物质,唯一能做出的假设就是:制作它的金属处于元素周期表的极远端,以至于它的原子核——不论在哪个宇宙中——都是不稳定的,是会发生裂变的。

这个物体可不只是个装甲。这是一件热核武器,比阿尔布赫星造过的最大的核武器还大好几个数量级。那些推进剂贮箱中带的反应物足够把它送上一条与母飞船轨道对跖的轨道。如果它爆炸了,发射到阿尔布赫上的辐射足够烧毁半个星球。

"我不认为那些谷士真打算穿着太空服蜂拥而上,用拳头去征服焚世者。"我说,"实际上,让我印象最深的是他们在军事史和战术方面的知识。"

埃曼做举手投降状:"别误会我的意思。我愿意他们跟我站在一边。"

又一次,我不由得听出了他的话外之音,但是铃声随即响了起来。跟实验室里的动物一样,我们已学会了辨别各种铃声,不用抬头看就知道叫的是谁。阿尔西巴尔特抱着酒壶一饮而尽,然后着急忙慌地出去了。

茉伊拉的声音从扩音器里传出来了:"乌唐提娜和伊拉斯玛是千年士,所以直到第二次千年大集修时,他们的专著才有抄本流传出来。"她说的是那两位发明复杂普洛特学说的阿佛特人。

"即便在那之后,人们对它的关注还是不够充分,直到改元27世纪才出现了垦埃德哈的克拉特兰德修士,他原本是位百年士,后半生当上了千年士,此人注意到了这些图解,论述了这些网络中因果关系箭头和时间流的同构性。"

"同构性指的是——?"日瓦恩问。

"形式的相同性。时间流动或看似流动的方向一致。"帕弗拉贡说，"过去的事件可以导致现在的事件，但不能反过来，时间永远也不能构成环路。克拉特兰德修士指出了值得注意的问题，即从克诺翁相关信息的流动来看，克诺翁就像是存在于过去一般，因为信息都是沿着那些箭头流动的。"

埃曼又一次目光茫然，在头脑里玩起了连线游戏："帕弗拉贡也是来自埃德哈的百年士，对吗？"

"是啊，"我说，"这大概就是他对这个题目感兴趣的原因，有可能他在什么地方发现了克拉特兰德的手稿。"

"改元 27 世纪。"埃曼重复道，"那么，克拉特兰德的著作应该是在 2700 年的大隙节传播到整个马特世界的？"

我点了点头。

"八十年后刚好兴起了……"但他打住了话头儿，紧张地朝我转了转眼珠。

"发生了第三次劫掠。"我纠正他道。

膳席室里，罗铎吉尔一直在要求解释，最后还是茉伊拉稳住了他："普洛特主义的整个前提是，克诺翁能够实实在在地改变我们，能让我们的神经组织做出不同的表现。但反过来则不成立。我们的神经组织不管发生什么也不能把四变成质数。克拉特兰德所说的，不过是过去的事物可以影响现在的我们，但我们现在做的任何事都无法影响过去的事件。这样一来，对于这些图解中原本略显神秘的东西，我们似乎就有了一种十分平常的解释——那就是克诺翁的纯粹性和不变性。"

正如阿尔西巴尔特所料，说到这里，谈话就变成了关于灯泡图的辅导课，这是理学者们的一种老式图解，是用来跟踪随时间推移从一个位置向另一个位置传播的知识和因果关系的。

"非常好，"日瓦恩最后说，"我可以告诉你们这个克拉特兰德的论点：这些 DAG 中的任何一种——跨越者、灯芯图之类的——都可以跟事物在时空中的配置同构，这些事物可以通过光速的信息传播相互影响。但是克拉特兰德论究竟带给了我们什么呢？他真是要断定克诺翁是在过去吗？要断定我们只是在凭借种种办法回忆它们吗？"

"感知，而非回忆。"帕弗拉贡纠正他，"宇宙学家看到恒星爆炸就能感知它过去的一切，不过凭借知识他就会知道它发生在几千年前，只是入信现在才到达他望远镜的物镜而已。"

"好，但是我的疑问还在。"

日瓦恩如此投入对话可是非同寻常。埃曼和我互递了个疑问的表情，肯定了彼此的感觉。也许这位玛塔尔隐修会士真要说点儿什么了吗？

"在 2700 年之后，各派理学者曾尝试对克拉特兰德论做过各式各样的探讨，"茉伊拉说，"他们对时间的理解各有不同，所采用的普通理而上学方法也各有不同，所以遵循的途径也有所差异。例如——"

"今天已经太晚了，来不及引证例子了。"伊葛涅莎·佛拉尔说。

一句话就让整间屋子都冷掉了，这场讨论似乎也要终结了，接踵而至的是一片静寂，直到日瓦恩脱口问道："这跟第三次劫掠有什么关系吗？"

接下来是更久的静寂。

这种话，就算躲在后厨我也只能跟埃曼小声地念叨，连小声念叨我都会觉得无比尴尬。可日瓦恩竟然在世俗人士在场（和监控）的膳席上公然掀起这样的话题，又岂止是可悲的鲁莽。如果只是暗示阿佛特人对第三次劫掠的抱怨，还只能算是破坏宴席的无礼之举。但要想把这种念头栽到位高权重的世俗人士的头脑中去，可就成了挑战叛国罪的铤而走险。

最后还是嘉德修士的哈哈大笑打破了静寂，厨房的音响几乎都还原不出那低沉的音色。"日瓦恩犯了忌！"他评论道。

"我看不出这话题有什么不能讲的。"日瓦恩说，毫无尴尬之色。

"玛塔尔隐修会在第三次劫掠中遭什么灾了？"嘉德问道。

"根据当时的像志，我们作为慕像者，跟雄辩士和咒士都没有关系，所以人们认为我们——"

"认为你们没犯我们的罪？"这下子阿丝葵茵似乎也不想当和事佬了。

"不管怎么说，"日瓦恩说，"我们撤到了南极深处的一个岛上，靠着当地的植物、鸟和虫子才活了下来。我们的食谱就是这么来的，我知道你们很多人都觉得难吃。我们每吃一口都会记起第三次劫掠。"

我在扩音器里听到了转身、清嗓子和器皿碰撞的声音，自打日瓦恩投下那颗重磅臭气弹以来，屋里已经半天没动静了。但他随即就向嘉德发起了反击，把气氛彻底给毁了："您的人呢？埃德哈也是无玷马特之一，不是吗？"所有人都再度紧张了起来。克拉特兰德就是埃德哈人。日瓦恩似乎一直在编织一种理论，想把克拉特兰德的论著说成是咒士那一套的基础，他现在已经把焦点引向了这一事实，嘉德的马特用了某种办法抵御了那次长达七十年的劫掠。

"太妙了！"埃曼惊叹，"还有比这更糟的吗？"

"幸亏我没在那儿。"特莉丝说。

"阿尔西巴尔特肯定要死了。"我说。厨房背后的小小噪声吸引了我们的注意，奥尔罕——日瓦恩的席侍，这段时间他一直静静地站在那里。我们看不到他的脸，很容易忘了他在那里。

"您是刚到大集修的，日瓦恩修士，"阿丝葵茵修女说，"不了解情况也情有可原，这件事最近几周来已经成了公开的秘密，三座无玷马特都是核废料存储场所，因此可能受到了世俗政权的保护。"

可这在日瓦恩看来，就算是个新闻，好像也没什么大不了的。

"这样下去可不行。"伊葛涅莎·佛拉尔说，"该往前走了。大集修，还有这桌膳席的目的，是要解决问题的。咱们不是来交朋友说客套话的。你们所谓的世俗政权，对马特世界的政策一如既往，也不可能因为吃甜点时的一点儿失态而有所改变。焚世者，你们肯定知道，已经大大吸引了人们的注意，至少在我工作的地方是这样。"

"您希望明天的谈话朝什么方向发展，秘书夫人？"阿丝葵茵修女问。不用看她的脸我就知道，这通责备着实把她惹火了。

"我想知道那些几何学家是谁——是什么，他们是从哪儿来的。"伊葛涅莎·佛拉尔说，"他们是怎么来到这儿的。如果不整晚地讨论多宇宙理而上学就不能回答这些问题，那就讨论！但是跟手头事务无关的东西咱们就再也不要谈了。"

【复兴】 划分旧马特时代与践行时代的历史事件，人们一般认为它发
生于改元前 500 年左右，复兴期间，马特大门洞开，阿佛特人也流散
到了世俗世界。该时期以文化、理学与勘察领域的迅速繁荣为特征。

——《词典》，第四版，改元 3000 年

我一直告诉自己，嘉德修士会来跟我谈谈，毕竟他派我执行的任务差不多
让我死了三次。但是他不像莱伊拉，不是那种膳席过后还泡在厨房里跟席侍们
说说笑笑洗盘子的人。等我们清完场，他已经去了专门储存闲置千年士的地方。

这正是我想找利奥的另一个原因。在从埃德哈去布利岗的途中，嘉德修士
曾暗示我俩，他的年龄已经大得超乎自然了。如果要去找嘉德继续这个话题，
不论如何都应该让利奥跟我一块儿去。

唯一的问题在于，我的身后好像多了一串尾巴：埃曼、阿尔西巴尔特和巴尔
布。要是领着这三位去参加利奥他们的煽动性阴谋大会，阿尔西巴尔特准得昏
倒，我还得把他拖回寝室；巴尔布逢人就会胡说八道，早晚弄得满城风雨；而埃
曼则会把我们举报给大佬。

在厨房拖地的时候，我想出了一个主意，把他们领到杰斯里的乐俱部去。
运气好的话，可以把他们中的一部分或全部都甩在那里。

刚要去找杰斯里，我们就接到了通知，乐俱部活动取消了——埃曼是从唧
嘎上看到的，其他人则是通过高崖排钟传来的密令钟声获知的。实际上所有的
活动都搁置了，在下一次通知下达之前，照常进行的只剩下研究课和膳席了，
膳席之所以还没取消，理由也只有一个——我们不吃饭就没法工作。其余的时
间我们都要去分析几何学家的飞船。世俗界有些句法系统可以建立和演示复杂
的三维模型，所以现在的目标就是给那艘绕着我们行星的星际飞船做个模型，

要精确到每一根支柱，每一个舱门，每一条焊缝，起码得把外壳做出来，因为我们能看到的也只有外壳。这种模型工具埃曼用得很熟，于是他也被叫到了一个研究课，跟一大帮伊塔人折腾这事去了。照我理解，实际上他并不是去建模的，只是去维护系统运行的。我们当中受过理学训练的人则被指派到一组新成立的研究课，专门钻研头天晚上获得的照片，用它们来整合模型。

这些任务有的容易有的难。那套等离子喷射器与推进盘的反作用推进系统就很复杂，连杰斯里那样的人都难以理解。他的任务是吃透那套 X 射线激光拦截系统。我参加的团队负责分析整艘飞船的大尺度动力学。我们推测，在那个二十面体内部应该有个靠旋转产生伪重力的部件。所以，它应该是一个大陀螺仪。当它做机动飞行时，比如昨天夜里那次，它的旋转部分和消旋部分之间一定会产生陀螺力，那就一定要有某种类型的轴承来应对这个力。那些力有多么大？还有那东西到底是怎么做的机动飞行？喷射器——也就是火箭推进器——没有点儿火。推进炸弹也没爆炸。而那个多面体还是异常灵巧地做了旋转。唯一合理的解释就是它的内部有一套用来存储和释放角动量的动量轮，也就是一些高速旋转的陀螺。你可以想象在那二十面体的内表面设有一条环形轨道，这轨道构成一个完整的圆环，一辆列车就在上面不停地绕圈运行。如果这量列车刹了车，就会把它的一部分角动量卸给那个二十面体并驱迫它发生旋转；而放开刹车加大油门就能取得相反的效果。从昨夜的情况推断，显然这个多面体内有六套这样的系统：三个轴上各有两列反方向运行的车。它们尺寸有多大，它们能跟飞船交换多大的动力？有没有线索能推断它们的材质？总体来说，通过对多面体机动运行过程的精确测算，我们能否推断出飞船内部载人部分的尺寸、质量和旋转速率？

阿尔西巴尔特参加的小组在利用光谱和其他入信推算飞船各个部分的材质，看看整个飞船是不是在一个宇宙里造的，如果不是，还要看哪个部分是在哪个宇宙里造的。巴尔布的任务是研究飞船消旋部件上突出的三角形支柱网络。凡此等等。六个小时过去了，我一直沉浸在为我和另外五名理学者指定的问题当中，心无旁骛，直到有人指出太阳已经升起，并通知我们到断崖脚下大院堂前的大广场上去吃东西。

去往广场的路上，我试着把陀螺问题从脑袋里赶走，考虑起了眼前的大局。伊葛涅莎·佛拉尔昨晚已公开表示了她的不耐。膳席一结束，我们就发现大集修已经按照世俗政权的意思改变了路线。我们现在都像实践理学家似的研究起

了问题的细枝末节，而它的全局我们可能永远也无法看到。这会是永久性的改变吗？这对利奥所说的运动会有什么影响？这是大佬们为扼杀那场运动精心设计的策略吗？利奥告诉我的情况让我焦虑，我也害怕我加入艾拉的乐俱部后会知道一些不得了的消息。所以目前这种假死的状态倒让我松了口气。说不定那项密谋昨夜还没有什么进展。但我的心中又产生了另一种忧虑，活动被进一步驱入地下，他们又会做出怎样的反应？

早餐是露天供应的，军人们在广场上摆了一些长桌。虽然对我们来说倒是方便，但这种世俗做派却让人觉得奇怪和被冒犯。这也是一个信号，说明戒尊们已经丧失了权力，或是已把权力拱手让给了大佬。

拿着面包、黄油和蜂蜜走出队伍，我便看到一个小女子正在一张空桌子边上坐下。我飞快地走了过去，坐在了她的对面。中间横着一张桌子，也就免了该不该拥抱、接吻或握手的尴尬。她知道我在这儿，却仍旧盯着盘子里的食物，好半天也不抬头，我猜她要攒足力气，才会抬起眼光与我对视。

"这位子有人坐吗？"一个帛单样式繁复的修士走来，一脸谄媚地向我问道，一看就知道是来巴结埃德哈人的。

我说"滚"，他便溜了。

"我给你寄了两封信，"我说，"不知你收到没有。"

"奥萨带了一封给我，"她说，"直到敫罗洛出事后我才打开。"

"为什么？"我问，努力让自己声音柔和，"我知道杰斯里……"

那双大眼睛痛苦地，不，是愤怒地闭了起来，她摇了摇头。"别提那个了。一直在发生各种各样的事情。我不想分心。"她往折叠椅的椅背上一靠，深深地叹了口气，"直到奥利森纳访晤之后，我才觉得应该看看。就像外人说的，把镜头拉远。我读了你的信。我想——"她的眉头皱了起来，"我也不知道自己是怎么想的。好像已经过了三生三世。唤召以前，唤召以后，和敫罗洛死后。别误会我的意思，你的信是一件可敬的作品，却是写给两世以前的艾拉的。"

"我想我们的故事差不多。"我指出。

她耸了耸肩，又点了点头，开始吃东西。

"唉，"我试探着说，"那就给我讲讲你现在的这一世吧。"

她看着我，时间久得让人不安："利奥已经把你说的告诉我了。"

"是的。"

她终于移开了目光，漫无目的地望向一张张渐渐坐满疲惫者的早餐桌，又望向远处的草坪和特雷德加的高塔："他们带我来这儿是来组织人的。这也就是我一直在做的事。"

"但不是按他们想要的方式？"

她飞快地摇了摇头："没那么简单，伊拉斯玛。"听她直呼我的名字我难过得要死，"我发现一旦你发起了一个组织，这件事就能耗掉你一辈子的时间，从逻辑上来说是几辈子的时间。我猜要是我以前干过这个，就该知道会是这样，就该早有思想准备。"

"好啦，不要打击自己了。"

"我并没有打击自己，是你把情绪加在了我的身上。就像在给娃娃穿衣服。"

那种熟悉的感觉再度袭来——恼怒与爱的奇特混合，还有对这感觉的更多渴望。

"看到了吧，他们一开始就知道大集修不堪一击。一旦公约开始采取敌对行动，这就是个显眼的靶子。"

"公约？"

"我们现在管它叫公约①，代表盘古陆星－南极陆星－赤道陆星－流散陆星。没有几何学家那么拟人化。"

但是他们是似人的，我本打算说。但是打住了。

"我知道，"她说，看了我一眼，"他们是似人的。没关系。我们就叫他们公约吧。"

"好吧，我也一直在怀疑，"我说，"把所有的聪明人都放在一平方哩的范围以内，会不会风险太大。"

"是啊，他们一而再，再而三地叮嘱我的内容，全部都是跟风险有关的。问题在于，承担了这种风险，又能为我们换来什么好处呢？"

在我听来，这就像是那些自命不凡的外人口中喋喋不休的组织诡话，他们从不劳神给自己用的词汇下个定义。但奇怪的是，我的聆听、理解和赞同似乎对艾拉十分重要。她甚至一度伸出手来按在我的手上，让我集中注意力。于是我只好扭捏作态地表示自己在听而且赞同。"在这儿或许也有在这儿的好处，在被炸飞以前，大集修成员可以先把一些有用的事情干起来？"我问道。

---

① 公约（PAQD）：四个星球代称的首字母缩写，与"qact"（公约）一词谐音，前两个自然段中用的是"qact"，表示主人公误把这个名称听成了公约一词。

失落的星阵
Anathem

　　这话似乎还算让她满意，于是她又说了下去："我被指派的任务是'风险缓释'，这个诡话的意思是，如果公约做出什么可怕的事情，大集修就得像一群苍蝇见到苍蝇拍似的四散飞走。不是随意分散，我们要有系统有计划地分散——反群集，伊塔人一直就是这么叫的——而且我们还得跟大罔保持联络，这样即使我们分散到了各地仍然能继续执行大集修的基本功能。"

　　"你是一来就开始干这个了吗，在你被召唤后？"

　　"是的。"

　　"所以你一开始就知道要有一次大集修了。"

　　她摇头："我知道他们——我们——要制定一项大集修的计划。但我不知道是不是真会实行，也不知道谁会被召唤。到大集修启动的时候，我做的计划才显得清晰起来，真实起来。那时我才开始意识到，事情已经势在必行了。"

　　"什么东西势在必行？"

　　"关于复兴，科尔兰丁修士是怎么教的？"

　　我耸了耸肩："你学得比我用功。旧马特时代的结束。那些旧马特大门洞开，有的连铰链都拆掉了。阿佛特人流散到了世俗界——好吧，我想我知道这是要干什么了……"

　　"世俗政权要我计划的事，尽管没明说，但在许多方面都无异于第二次复兴。"艾拉说，"因为，拉兹，不止特雷德加要敞开大门。如果跟公约开战，所有的集修院都必须得疏散。阿佛特人将要移居、掺混、融合到大众中去。然而我们还要通过大罔互联。这就意味着——"

　　"伊塔人。"我说。

　　她点着头，微笑了起来，她对这项任务，对自己正在构建的蓝图充满了热情："每组漂泊的阿佛特人里都得有伊塔。再也不可能维持阿佛特人和伊塔人的种族隔离了。反群集是有任务要执行的，不是阿佛特人传统上做的那些，而是与世俗事务直接相关的工作。"

　　"第二次践行时代。"我说。

　　"没错！"她热情高涨了起来。我也受到了鼓舞，但马上就冷静下来，想到了这种局面只有在战争全面爆发的情况下才会出现。她也觉察到了，脸也拉了下来，我猜她在跟军方领导人开会的时候应该就是那副表情。"已经开始了，"她的声调低了很多，听这声调就知道，她说的就是利奥告诉我的那件事情，"是从小组长会开始的。要知道，启动反群集时我们要分组，每组一位小组长。我

562

一直在跟这些小组长开会，跟他们讲解疏散计划，让他们熟悉自己组里的人。"

"所以那是——"

"已经注定了的。是的。大集修的每个人都已经编进一个小组里去了。"

"但是我还没——"

"你还没得到通知。"艾拉说，"谁都没有，除了小组长。"

"你不想让人们心烦——让他们分心——让他们知道也没有意义。"我猜道。

"情况就要改变了，"她说着便四顾巡视起来，好像要看着变化当场发生似的。的确，我发现又有几辆军用毂车开进广场，停在了露天饭厅的一头；士兵们正在安装一套音响。"这就是我们要在一块儿吃饭的原因。"她哼了一声，"也是我还会吃饭的原因。这是三天来我吃的第一顿名副其实的饭。现在我得放松一下，静观其变。"

"接下来会发生什么？"

"会发给每个人一只背包，一本手册。"

"我们光天化日在户外干这些事不会是偶然的吧。"我说。

"现在你想的跟利奥一样了。"她含着一口面包赞许地说，把面包咽下去之后，她接着又说，"这是一种威慑战略。公约会看到我们在干什么，希望如此，他们会猜测我们在准备疏散。如果他们知道我们已准备好一声号令立即疏散了，他们攻打特雷德加的动力就削弱了。"

"有道理。"我说，"关于这事儿，我想一会儿我还有很多问题想问。但你刚才说跟小组长开会又是怎么回事儿——？"

"是的。你知道跟阿佛特人说话是个什么情况。什么事都不能流于表面。凡事都得追根究底。这就是对话。我是分拨跟他们开会的，一次五六个小组长。我向他们解释组长的权力和职责，跟他们演练各种预案。但似乎每一拨都有些许人想得更多。想把这事儿放进更大的历史背景，把它比作复兴。利奥跟你讲的就是这些人想出来的。有的人问题实在太多，会上的时间根本回答不完。于是我就把他们的名字记下来，告诉他们'你们关心的问题可以留到后续的会上讨论，但只能利用乐俱部时间，因为我再没有别的空闲了'。但我们正要开后续会的时候赶上了奥利森纳访晤事件，可以把这看成幸运，也可以看成不幸，随你喜欢。"

刚说到这儿，音响开始发声，我们的注意力也被吸引了过去。一位戒尊要求"下列人员到前边来"——前边就是卡车，士兵们正在那儿拆着一捆捆军用

背包，包里已经装了东西，都是鼓的。这位戒尊似乎是头一次用扩音器说话，但很快就掌握了窍门，用它叫起了修士修女的名字。被点名的人起初还有点儿犹豫，然后便缓缓地从座位上起身，从桌子之间的窄道走了出去。人群中的话语声停顿了一会儿，再次响起时声调都完全变了，人们开始叫嚷，开始猜疑。

"好吧，"我说，"所以你就在某个乐俱部，在某个课室里，跟这些最挑剔、最任性的小组长们——"

"顺便说一下，他们都很棒！"艾拉插话说。

"想象得到。"我说，"但是在你得知那位可怜的南极陆星女人已经牺牲的时候，他们想的依然是继续讨论那些问题——"

"还有敖罗洛为她所做的一切。"她提醒了一句。说到这儿她只好停顿了片刻，因为悲伤已猝不及防地将她挟制。我们看着，或假装看着那些阿佛特人回到他们的座位上，每个人的肩上都挎着一个背包，脖子上还挂着一枚徽章，或者说是闪光的小牌儿。

"不管怎么说，"她说，停下来清了清已经沙哑的嗓子，"这是我见过的最奇怪的事儿。本以为我们得一直谈到天亮，永远也达不成共识。但事实恰恰相反。我们走进来的时候就已经带着共识了。人人都知道我们必须和送那女人下来的一派取得接触，不管他们是哪派。我们也知道，就算世俗政权不允许，可一旦我们转入了反群集——"

"他们还有什么办法阻止我们？"

"没错。"

"利奥说什么要用大天文望远镜上的引导星激光发信号？"

"是的。人们已经在讨论了。据我所知，有人甚至已经动手干了。"

"这是谁的主意？"

她犹豫了。

"别误会我的意思！"我向她保证，"这是个绝妙的主意。"

"敖罗洛的主意。"

"可你不可能跟他谈过——？！"

"敖罗洛实际上已经做了。"艾拉迟疑地说着，密切注视着我的反应，"从埃德哈。去年。萨曼的一个同事上到 M&M 那儿，发现了证据。"

"证据？"

"敖罗洛设定了 M&M 上的引导星激光，让它在天空中扫描出了一条日行迹。"

　　要是在一周或一个月前，我准会说这是无稽之谈。现在却不行了。"那么说罗铎吉尔是正确的。"我叹了口气，"他在全体会上对敖罗洛的指控，是完全正确的。"

　　"要么是那样，"艾拉说，"要么就是他改变了过去。"

　　我没笑。

　　她接着说："你还应该知道，罗铎吉尔也是我告诉你的这群人里的一个。"

　　"埃德哈的伊拉斯玛修士。"扩音器里的声音在召唤。

　　"好吧，"我说，"我猜我最好去看看你把我放进了哪个小组。"

　　她摇头："不是那样的。不到时候你是不会知道的。"

　　"要是我们都不知道该去找谁，该怎么和自己小组的人汇合呢？"

　　"如果真发生了，如果命令下达了，你的徽章就会被激活，它会告诉你往哪儿走。等你到了地方，"艾拉说，"就会看到你们小组的其他人。"

　　我耸了耸肩："似乎很明智。"这么说是因为她突然变得忧郁起来，我猜不出为了什么。她从桌上探过身来，抓住了我的手。"看着我，"她说，"看着我。"

　　我看着她，我看到她眼里噙着泪，脸上的表情我前所未见。或许我从敞开的飞机舱门望下去，认出敖罗洛的时候脸上就是这种表情。她在用这副面容向我诉说自己无力用话语说出的东西。"你一会儿回来时我应该已经走了，"她说，"如果在那件事发生前我不再见你——"我感觉到这在她的脑中已成定局，"——你就该知道我做出了一个可怕的决定。"

　　"唉，我们都一样，艾拉！我也应该告诉你我最近的一些可怕决定！"但是她已经在甩开我的手，希望我能听懂她的话。

　　"没有什么办法改变你的想法吗？修正它？补充它？"我问。

　　"没有！我的意思是，像敖罗洛在奥利森纳大门前做出那个可怕的决定一样，我也做出了同样可怕的决定。"

　　我花了几秒钟才明白过来。"可怕，"我终于说，"但正确。"

　　她的眼泪喷涌而出，不得不闭上眼睛背转身去。她放开了我的手，跟跄而去，耸着双肩，像是被什么刺伤了后背。她看上去仿如大集修上最弱小的一个。我满心冲动地想要追上她，用双臂抱住她瘦削的肩膀。但我知道那会让她抡起椅子砸在我的头上。

　　我走到卡车跟前，拿到了我的背包和徽章：一个长方形的牌子，像一块被清空了的小型照相记忆板。

然后我便回到了工作岗位，接着去估算几何学家飞船的惯性张量了。

大半个下午我都在睡觉，醒来时感觉糟透了。我的身体刚适应了当地的时间，现在又因为作息混乱而弄得一团糟。

我早早地来到了阿夫拉雄宗产。今天晚餐有很多剥皮和切菜的活儿，于是我便拿着菜刀和案板跑到了阳台上，既是为了欣赏落日的余晖，也是希望能在嘉德修士赴膳席的路上把他截住。阿夫拉雄宗产是一栋庞大的石头宅邸，不同于我心目中那些堡垒般的典型马特建筑，这座房屋既有阳台，也有小圆顶和飘窗，让我忍不住希望成为这里的住户，哪怕只能在这画境之中做些日常工作也好。好像建筑师唯一的目的就是要燃起阿佛特人的嫉妒之心，让人千方百计都想置身其中。我也真是幸运，若非一连串的意外事件，我大概连坐在这阳台上切菜的机会都不会有。与艾拉的谈话提醒了我，这样的良机怕也是机不可失，时不再来的。这栋宗产坐落在一个圆丘上，让绵延于其他宗产和分会堂之间的大草坪尽收我的眼底。成群的阿佛特人来来往往，有人兴奋地谈着什么，也有人默默无语，弓腰驼背，筋疲力尽。裹着帛单，枕球而卧的人随处可见。看到他们风格各异的衣着，让我再次想到了马特世界的多样性，在来这儿之前我还从未意识到这一点，而这也让艾拉谈到的第二次复兴在我心中有了新的含义。拆掉大门的想法令人激动，只因它代表着巨大的变化。但是这是否也意味着阿佛特人三千七百年来构筑的一切就此终结呢？将来会不会有人敬畏地看着空荡荡的大院堂，觉得我们肯定是疯了，才会舍弃这样的地方？

我想知道跟我编在一组的是谁，也想知道负责反群集的人会给我们派什么任务。一种合理的猜想是，我可能还得跟新研究课的这些人在一起，接着干同样的事情。我们会随便找一个城市赌场的房间住下，吃着穿制服的文盲侍者送来的世俗食品，苦苦钻研飞船的图纸。研究课里有两位理学者令人印象深刻，一位来自巴里托，另一位来自海中海沿岸的一座集修院。而其他人则庸庸碌碌，我不是特别愿意跟他们一块儿上路。

偶尔也能瞥见个把钟鸣谷代表团的人，我想象着跟他们分在一组的情形，心跳都快了起来！这是荒唐的幻想，当然——放在这么个团队里，我不单没用，还得添乱——不过做做白日梦也蛮好。真想不出他们会派这组人去些干什么。但是肯定比猜惯性张量更有意思。可能会是某种极端危险的工作？那也许还是别跟他们一组为妙。

再换个思路，嘉德修士那组又会有怎样的情形？派给他们的会是什么任务？回想起来，我竟能和一位千年士同行两日，已经是莫大的荣幸了！就我所知，他是这次大集修上唯一的一位仟岁纪士。

其实只要我们组里能有个埃德哈老发条队的伙计我就安心了。但我怀疑这也不会成真。在组员分配的抉择上，显然有某些问题让艾拉颇为头疼，虽然我不知道困扰她的究竟是什么，但也确确实实得到了一个警告，我不该再想象着跟老友们一路逍遥来哄骗自己了。大集修上有那么多人对我们埃德哈人敬重有加——或者不如说是敬畏——就为这个，也不可能让我们几个凑在一组。他们会尽可能把我们分到各个小组。我们会成为领袖，也会像艾拉一样孤独。

嘉德修士从断崖的方向走了过来。不知他们给他安排的住处是不是在断崖顶上的千年士的马特里面。要是那样的话，他的时间肯定就得大把花在爬楼梯上了。他从老远就认出了我，朝我走了过来。

"我找到敖罗洛了。"我说，不过嘉德当然已经知道。他点了点头。

"很不幸——发生的事情，"他说，"敖罗洛本应时机一到就穿过迷园，在峭壁上成为我的弟兄。要能跟他一起工作，喝上他的酒，分享他的思想，岂非乐事。"

"他的酒可难喝啦。"我说。

"那还是分享他的思想吧。"

"他似乎懂得很多。"我说。我本想问问嘉德，敖罗洛是怎么破译千年士墼咏里那些密码信息的。但是我不想让自己像个傻瓜似的。"他认为，我是说他活着的时候曾经认为，你们已经研发出了一种实践理学。我不禁想象这就是您如此高寿的原因。"

"辐射对生命系统的破坏作用，可以追踪到受损害生物的个别粒子——光子、中子——以及分子之间的相互作用。"他指出。

"量子事件。"我说。

"是的，所以如果一个细胞发生了突变，就必然存在其他没发生突变的情况，把这两个叙事分隔开来的只是亥姆空间里的一个分岔。"

"老化，"我说，"归咎于分裂细胞传序的转录错误，也同样是量子级事件——"

"是的。不难看出为何会出现这种貌似可信还不自相矛盾的神话，说什么核废料处理者们发明了一种实践理学来修复辐射损伤，后来还衍生出了延缓衰老

的效果，等等。"

这个等等似乎包含着多得吓人的可能性，但我想最好还是不要追问下去。

"您知道，"我说，"那神话要是在世俗界流行起来该有多大的爆炸性？"他耸耸肩。世俗界不是他所关心的，但大集修就是另一回事了。

"这儿有些人是迫切希望看到那个神话变成现实的。这会给他们带来安慰。"

"日瓦恩就在问一些关于这个的怪问题。"我边说边朝远处飘过草坪的一队玛塔尔隐修会士点了下头。

这也是个弃子之计。我给嘉德修士制造了一个机会，希望他会像我一样说那些人又怪异又可憎，想借此跟他套套近乎。但他却兜了个圈子："在大集修上，从他们身上能学到的东西比其他任何人的都多。"

"真的吗？"

"可惜人们对隐鳞戢翼者关注得太少了。"

两个玛塔尔隐修会士从那支队伍里分了出来，朝着阿夫拉雄宗产走来。我瞧着日瓦恩和奥尔罕朝我们走来，看了一会儿，琢磨着嘉德在他们身上看到了什么，又回头看向我们的千年士。可他已经溜进去了。

日瓦恩和奥尔罕悄然靠近，在阳台上跟我打了个很不自然的招呼，便进入了宗产。

随后赶来的是阿尔西巴尔特和巴尔布。

"有什么结果吗？"我问道。

"公约的飞船缺了一块！"巴尔布宣布。

"你负责研究的那个结构——"

"就是现在缺了的那块东西！"

"你们认为那是什么？"

"宇宙内交通设备，显而易见！"巴尔布嘲笑我说，"他们不希望我们看到它，因为它是头等机密！所以他们把它停到太阳系里更远的地方去了。"

"你们组呢？阿尔西巴尔特？"

"飞船是由公约的四个宇宙造出的部件拼凑而成的。"阿尔西巴尔特宣布，"它就像个考古发掘坑。最老的部件来自盘古陆星，几乎已经不剩什么了。来自流散陆星的只有一些零碎。飞船的大部分是用南极陆星和赤道陆星宇宙的材料制造的，在这二者当中，我们相当肯定他们访问赤道陆星的时间更近。"

"好料！"我说。

"那你呢？你们那组有什么结果，拉兹？"巴尔布问。

我正在收拾东西准备进去。阿尔西巴尔特过来帮忙。"它晃荡了。"我说。

"晃荡？"

"那天夜里多面体做旋转动作时，它转动得不稳，有点儿摇晃。我们的结论是，它的旋转部分含有大量静止的水，当你突然让它转动时，那些水就会晃荡。"我又即兴发挥了一大段关于高次谐波晃动的学说，还解说了一番它的含义。巴尔布失去了兴趣，进了屋。

"你跟嘉德修士讨论了什么？"阿尔西巴尔特问。

我觉得关于实践理学的那段谈话不宜透露，于是便回答他说："那些玛塔尔隐修会士。他说我们应当留意他们，从他们那儿学习。"这也是老实话。

"你觉得他是要我们刺探他们吗？"阿尔西巴尔特兴奋了起来。这不禁让我觉得，阿尔西巴尔特想要刺探他们只是盼着能够得到嘉德的庇佑。

"他说可惜人们对隐鳞戢翼者关注得太少了。"

"是他的原话吗？！"

"相当接近。"

"他说'隐鳞戢翼者'，而不是说玛塔尔隐修会士？"

"他们根本就不是玛塔尔隐修会士！"阿尔西巴尔特激动地低语道。

"不介意的话，还是我拿这个吧。"我说。他已经热心地把手伸向了我的切菜板。我赶紧把刀给没收了。

"你真的觉得我疯了吗？连利器都不让我碰了！"阿尔西巴尔特垂头丧气地说。

"阿尔西巴尔特！他们要不是玛塔尔隐修会士，还能是什么人？私访的大佬？"

他好像正要泄露一个大秘密，可惜特莉丝修女来了，他便闭上了嘴巴。

"我得周密地考量一下你的假说，"我说，"还有一种假说也得用秤杆跟它比量一下——那些玛塔尔隐修会士可能就是玛塔尔隐修会士。"

【句法学会】 大改组之后出现在马特世界的一些小集团，他们通常自命为普洛克的继承者。如此命名是因为他们相信，语言和理学之类的学科实际上都是在玩弄符号的游戏，而这些符号是不含语义内容的。这种理念可以上溯到古代的斯芬尼克学派，这一派是忒伦奈斯和普洛塔斯在裴利克林的老对手。

——《词典》，第四版，改元 3000 年

罗铎吉尔修士说："这已经是咱们的第三场膳席了。第一次讨论的似乎是把亥姆空间里的世界轨迹当成理解物理世界的手段。我对此本无可非议，但这不过是在给叙莱亚理学世界打幌子罢了。第二次只能说是逛了一圈马戏团，咱们瞧的倒不是什么柔术家、杂技演员、变戏法的，而是一帮 HTW 信徒的智力后空翻、吞刀咽剑和误导魔术。要想不被当成邪教遣退，他们也就只能耍出这些来了。但这一点儿都不要紧，要能把这些东西从我们的体系里踢出去就更好了。埃德哈多元派已经在膳席上亮出了他们的底牌，这也让我佩服。哈，但是对于手头的事务我们又能说什么呢，手头的事务，要是有人忘了的话，就是那公约，他们有着什么样的能力和意图？"

"为什么他们长得跟我们相像？首先，"阿丝葵茵修女问，"这是我头脑中转了一遍又一遍的问题。"

"多谢了，阿丝葵茵修女！"我在厨房里叹道。我正在往一份砂锅菜上撒着面包渣，"我简直不能相信竟然一直都没人注意到这个小小的细节。"

"人们只是不知道该怎么办，不知道从何下手。"特莉丝修女说。好像要证实她的说法似的，七嘴八舌的声音从扩音器里传了出来。我拉开炉门把那锅炖菜端了进去，放在了一个手工锻造的铁架子上。罗铎吉尔修士谈起了平行进化

理论，讲起了在阿尔布赫星上，体型相似而完全无血缘关系的物种，是如何进化出来填补不同大陆上的生态位的。

"您的观点我很赞同，罗铎吉尔修士，"日瓦恩说，"但我认为这种相似性实在太接近了，是平行进化解释不了的。为什么几何学家有五个手指头，其中还有一个是对生的拇指？为什么不是七根手指两个拇指？"

"您对我们这些人隐瞒了什么关于公约的知识？"罗铎吉尔质问道，"您所说的情况对于我们见到的样本，那个南极陆星女人，确实是的。但另外三个几何学家种族就可能有七根手指，就我们所知。"

"当然，您是对的，"日瓦恩说，"可单就南极陆星－阿尔布赫的对应性来说就已经显而易见了，没法用平行进化来解释。"

上汤的过程中，席宾们始终对这一问题争论不休。我们这些席侍则轮班在挤满背包的膳席室里侧身穿梭。我们已被告知，一定不要让那个背包离开自己的视线。这样一旦疏散指令下达，就算是发生了灾祸，在停电或烟尘弥漫的情况下，我们也能摸得到它。我们席侍不可能背着背包在过道里走来走去，也就只好打破规定，沿着走廊的墙根把背包排成一排。席宾们则把背包挂在椅子背上，把徽章转到脖子后头好吃东西。

伊葛涅莎·佛拉尔用目光示意阿丝葵茵修女，让她终止这场关于手指头的争论，阿丝葵茵修女则又一次用威严的声音清了清嗓子，屋子终于静了下来。"在没有更多入信的情况下，平行进化假说无法得到合理的评估。"

"我同意。"罗铎吉尔用一种伤感的语调说。

"另一种假说，如果采纳帕弗拉贡修士的论点，似乎就是信息按灯芯图上画的那样发生了泄露？"

帕弗拉贡修士看上去有点儿不自在："'泄露'这个词听上去让人觉得像一种故障。情况绝非如此，只是正常的流动，如果你愿意的话，也可以说是沿着世界 DAG 的渗透。"

"您所说的渗透，到目前为止，我猜不过就是理学者们看到的关于等腰三角形的永恒真理吧。"罗铎吉尔说，"这些论断再怎么升级，再怎么夸大我都不会吃惊，但您现在不是要我们相信某些更重大的论断吗？要是我说错了敬请纠正：您这是打算把顺着灯芯图的信息渗透跟生物进化联系到一块儿吗？"

尴尬的停顿。

"您的确相信进化，不是吗？"罗铎吉尔继续说。

"是的，尽管对于像普洛塔斯那样的人来说，进化论听上去可能有点儿奇怪，他也对 HTW 之类的事情公然持有神秘的异教徒观点，"帕弗拉贡说，"但是任何一种现代版的普洛特主义都不会违背公理，不仅对宇宙学，对进化论也是如此。然而我不同意您论述中的论辩部分，罗铎吉尔修士。那不是更大的论断，而是更小的、更合理的一个。"

"噢，对不起！我以为您既然断言了'更'，那就是个更大的论断？"

"我只断言什么是合理的。正如您在和伊拉斯玛修士一起出席全体会时指出的，合理的论断往往就是最小的论断，也就是最简单的论断。我要说的是，信息在灯芯图中运动的方式在一定意义上可以比作从过去到现在。信息在流动过程中，作用之一就是在神经组织中激发可以实际测量到的变化……"

"就是说，"阿丝葵茵修女说道，她只是想澄清一下，"我们看到克诺翁真理靠的就是这种作用。"

"是的，"帕弗拉贡说，"我们就是这样了解到 HTW 和罗铎吉尔修士喜爱至深的理学普洛特学说的。但是神经组织就是组织而已，它就是遵循自然法则的物质。不管您会对我的见解有何想法，它都不是神也不是魔。"

"听您这么说我真是欣慰。"罗铎吉尔说，"估计到伊拉斯玛修士给我上甜点的时候，我都得把您尊为我们普洛克派的战友了！"

帕弗拉贡沉默了片刻，待到人们的笑声平息，才接着说道："如果说在灯芯图上，'叙莱亚'等级较高的上游世界能引起'叙莱亚'等级较低的下游世界发生物理性变化，若不假定其中存在着某种不带神秘色彩，且可用理论说得通的机制，我就无法完全相信自己所说的那些。而且我也看不出有什么理由可以说——这种机制的作用只跟等腰三角形有关，整个宇宙受影响的物质只有理学者头脑中的神经组织。那么说才是一种极端夸张而且相当奇怪的论断。"

"那我们达成某种共识啦！"罗铎吉尔说。

"按照戛尔丹秤杆法则，更为经济的论断就是，不管是什么机制在起作用，这种机制都应当作用于所有的物质，而不是拘于生物或理学者体内的物质！不过是观察偏倚影响了人们的认识。"

两三个人在点着头。

"观察偏倚？"日瓦恩问。

阿丝葵茵修女转向他说："星光随时都落在阿尔布赫星上，即使在正午也不例外，但如果我们整夜都在睡觉，就永远也不会知道那些星星的存在。"

"是的，"帕弗拉贡说，"正如宇宙学家只有在暗夜里才能看到星星一样，我们也只有在'叙莱亚流'于我们的思想意识中表现为对克诺翁的感受之时才能观察到它。就像正午的星光，它一直存在着，一直在起作用，但是只有在纯理学的语境下，人们才注意得到它，才会把它认定为某种重要的东西。"

"呃，既然你们埃德哈会士那么喜欢在说话的时候设埋伏，那就让我来澄清一些事吧。"罗铎吉尔说，"您是在宣称叙莱亚流才是阿尔布赫和几何学家们平行进化的支配因素吗？"

"是啊，"帕弗拉贡说，"这样讲如何？"

"简单明了多了，谢谢您，"罗铎吉尔说，"但您还是相信进化论的！"

"是的。"

"好，既然如此，您就必须得承认叙莱亚流会影响到活下来的生物，或至少会影响到特定生物传序的能力。"罗铎吉尔说，"因为这才是我们和那些南极陆星人都有五个手指头、两个鼻孔之类的原因。"

"罗铎吉尔修士，您这是在替我做功课哪！"

"总得有人做。帕弗拉贡修士，有什么可能的脚本能证明这一切？"

"我不知道。"

"您不知道？"

"奥利森纳访晤才过了十天。入信还在不断涌入。您，罗铎吉尔修士，现在已经站在了下一代普洛特学说的前沿。"

"我没法告诉您这让我有多不自在——真的，我宁愿吃日瓦恩修士吃的东西。那到底是什么？"

"罗铎吉尔修士终于问了个好问题。"阿尔西巴尔特说。埃曼已经在拽我们了，有个锅潽了，我们得去看看。现在我们都知道罗铎吉尔说的到底是什么了。它就在炉子上，我们一晚上都在围着它紧张地转悠。炖成一锅的头发跟切成块的包装材料和碎块状的虫子甲壳，总之就是这一类的东西。那头发似乎是种蔬菜。但真正让罗铎吉尔和其他席宾头疼的，是那虫子甲壳在日瓦恩白齿间发出的嘎巴嘎巴声。隔着扩音器我们也能真真切切地听到那种噪音。

阿尔西巴尔特四下里扫视一圈，确认了厨房里只有我们俩和埃曼才说。"我本人作为一个苦行、隐修和冥想门派的成员，"他说，"也许本不该去批评那些可怜的玛塔尔隐修会士——"

"噢，说吧。"埃曼说。他正在勇敢地试着修理那只裂了的砂锅。

"好吧，既然你坚持。"阿尔西巴尔特说。他用帛单的一角垫着，取下了那只炖锅的盖子，露出了一团团冒着泡的枯草，枯草里还缠着些模样可怖的甲壳。"我觉得用一千多年的时间选择性地培育出这种除了他们自己谁都无法忍受的食材，未免也有点儿太过分了吧。"

"我打赌，这是那种吃起来不像看上去、听上去、摸上去、闻上去那么糟的东西。"我边说边屏住呼吸向那口锅凑了过去。

"多少？"

"你说什么？"

"你赌多少？"

"你是建议我们尝尝吗？"

"我是建议你尝尝。"

"为什么只有我？"

"因为打赌是你提的，而且你是理学者。"

"那你管自己叫什么？"

"学者。"

"那你呢？记录我的症状？等我死了好给我来设计彩色玻璃花窗？"

"是的，这窗户我们就装在那儿。"阿尔西巴尔特指着墙上一个巴掌大的通风孔说。

埃曼凑得更近了。卡娃尔和特莉丝也从膳席室回来了，她俩站在一块儿看着我们。

女性旁观改变一切。"赌什么？"我说，"除了我的三宝，什么都行。"这是马特世界最老的规矩之一，不准拿帛单、弦索和球打赌。

"赢了的今天不洗碗。"阿尔西巴尔特提议。

"说定了。"我说。这太容易了，只要宣称它没那么糟糕，而且别吐出来我就赢了，只要别当着阿尔西巴尔特的面吐就行。就算输了，从那锅糨糊里捞点东西放进嘴里也能吓唬吓唬特莉丝和卡娃尔，能看到她俩惊恐万状的模样也是个乐子。那是一块（我猜）凝乳状的发酵物，缠在枯萎的叶子里，还夹杂着些许脆硬的碎片。在我用舌头顶住碎片的时候，叶子已经有一半滑下了食道，让我的喉头一阵痉挛。那方块也跟着叶子滑了下去，活像是被海草缠住拖进水底的淹死鬼。我只好轻咳一下，让那蔬菜状的东西回到嘴里，再把它嚼碎。

这增加了过程的戏剧性，让其他人觉得更有趣了。我举起一只手，示意一切顺利，从容地咀嚼着剩下的东西，只希望我的内脏别被尖利的东西划伤。最后它们终于结成一块麻麻渣渣、油油腻腻的纤维团，被我硬吞了下去。估计这东西不返上来的概率只有六成。"你们知道，"我宣布，"这并不比站在锅边干瞪眼坏到哪儿去。"

"什么味道的？"特莉丝问。

"你用舌头舔过电池的电极吗？"

"没有，我连电池都没见过。"

"嗯。"

"现在，咱们打的那个赌——"阿尔西巴尔特不大肯定地说。

"是的，"我说，"祝你洗碗好运。看锅的时候加把劲儿吧，好吗？"

阿尔西巴尔特还来不及争辩，他的铃就响了。他溜出厨房时脸上的表情逗得特莉丝和卡娃尔直乐。

膳席室里的席宾也一直在询问着日瓦恩的食物，只是不像我们这么冒失。但帕弗拉贡修士决心再次把谈话引上正轨："那些宇宙学家为了能在可以看到星星的夜晚工作，宁愿把睡觉的时间留到白天，和他们一样，我们也要在意识的实验室里艰苦钻研，因为意识就是我们知道的仅有的能观察叙莱亚流的环境。"然后他又小声跟阿尔西巴尔特说了点儿什么，接着补充道，"不过我们现在要谈的是灯芯图而不是单一的 HTW，叙莱亚流是从比我们的宇宙'更理学'或'更高级'的多宇宙复杂网络中渗透出来的。"

阿尔西巴尔特回了厨房："帕弗拉贡不要我。他要的是你。"

"他为什么要我？"我问。

"我说不准，"阿尔西巴尔特说，"不过昨天我跟他聊天时提到了你跟敖罗洛的一些谈话。"

"噢。多谢了！"

"先把牙缝里的渣子掏出来再去吧！"

就这样，我利用上主菜的时间复述我跟敖罗洛在埃克巴的两次对话：第一次的内容，根据他的说法，意识不过是在大脑内部快速流畅地产生出的一些虚拟世界；而在第二次的时候，他论证说这不仅有可能，不仅行得通，而且事实上还很容易，只要把意识想象为大脑的多个略有不同的版本的总和，让每一个版本持续跟踪一个宇宙就可以了。帕弗拉贡最后说得更好："如果亥姆空间是风景，一个宇宙是其中一个单独的几何点，一个特定的意识就是一个在那风景中移动

的光点，就像一束探照灯光，光束中间明亮，边上半明半暗，外围则完全是暗影，这束光会照亮一群彼此临近的点，也就是一群宇宙。在明亮的光束中心，大脑的多个变体相互发生着串扰。半明半暗区域的贡献较少，外面的暗影区则全无贡献。"

我心怀感谢地退后一步靠在墙上，努力让自己消失到暗影中去。

"我要感谢伊拉斯玛修士，让我们能坐在这儿好好吃点东西，否则老得开口讲话，我们都没法大快朵颐了。"罗铎吉尔最后说道，"或许我们应该换一下位子，让席侍们坐下安安静静吃东西，让席宾们来给他们上一课！"

巴尔布咯咯笑了起来。近来他对罗铎吉尔的机智表现得越来越欣赏，都让我产生了忧虑，或许罗铎吉尔就是巴尔布老了以后的模样。但回味片刻我就抛弃了这悲催的想法。

罗铎吉尔接着说："我想让你们知道，我完全接受帕弗拉贡的前一个论点，就是把意识当作观察所谓的叙莱亚流的实验室。但我们能做的就只有这一点了吗？这不过是在反刍伊文内德里克数据分析的原始形式而已。"

"我在巴里托可是花了两年时间写了一篇关于伊文内德里克数据分析的专著哪。"伊葛涅莎·佛拉尔指出，听起来她不像是生气，倒更像是被逗乐了。

我退出了屋子，这似乎比大笑出声显得更有政治头脑。在厨房里，我给自己倒了一杯饮料，把双臂撑在柜台上，好让双脚轻松一会儿。

"你没事儿吧？"卡娃尔问。这屋就剩我们两个席侍了。

"只是有点儿累——太耗神。"

"啊，我觉得你讲的真的很好，这也值了。"

"谢谢，"我说，"值大发了，真的。"

"茉伊拉祖修女说我们现在真是干出点事儿来了。"

"抱歉请再说一遍？"

"她相信这膳席已经不再是老生常谈了，很快就要谈出新思想了。"

"哇，这么杰出的洛拉会士能这么说，那可真有点儿意思啦！"

"她说，这都是拜公约所赐。要不是他们来了，带来了新入信，这些都根本不会发生。"

"噢，我的朋友杰斯里要是听到这话会开心的，"我说，"他这辈子盼的就是这个。"

"你这辈子盼的是什么？"卡娃尔问。

"我？不知道。能跟杰斯里一样聪明吧，我猜。"

"今晚你的聪明比得上所有人了。"她说。

"谢谢！"我说，"就算是真的，那也全是因为敖罗洛。"

"还因为你的勇敢。"

"有人会称之为愚蠢。"

要是没有早餐时跟艾拉的那次谈话，估计这会儿我都要爱上卡娃尔了。不过我很肯定卡娃尔并没爱上我，她只是在陈述她看到的事实。站在这里接受一位迷人的年轻女士恭维，当然令人颇感惬意，但我跟艾拉在一起的时候，哪怕只是短暂的交流，也会体验到一种持续触电的感觉，跟那种感觉相比，这种惬意完全是种低层次的体验。

我本应该还以恭维之辞，但此刻却没有那个勇气。洛拉会士有种慑人的气势。我已经知道了，他们那精致的装束——剃头，花几个小时打结着装——都是为了表示对往生者的尊敬，是为了每天提醒自己，一个人得做许许多多的工作才能赶得上前人，才能胜任从旧思想中筛出新苗头的职责。可就算知道了这种象征的含义，也丝毫没能让卡娃尔变得更容易接近。

扩音器里日瓦恩那奇怪扭曲的嗓音分散了我们的注意力："因为我们玛塔尔隐修会士离群索居，可能连茉伊拉修女都没有听说过那个被我们称作墅阿塔芒特的人。"

"我不认识这个名字。"茉伊拉说。

"对我们来说，他是有史以来最有天赋、最一丝不苟的内省者。"

"内省者？是你们修会里的一种职位吗？"罗铎吉尔不含恶意地问道。

"也可以这么说。"日瓦恩回应道，"他在一生中的后三十年里，一直都在看着一只铜碗。"

"这碗有什么特别的吗？"伊葛涅莎·佛拉尔问。

"没有。不过他写了十篇专著，更确切地说是口述，来阐释自己盯着碗时头脑中所想的事情。其中的大部分都跟敖罗洛关于虚拟的冥想有着相同的意味，阿塔芒特用思维给那只碗不可见的背面填上了假设，假设它看起来肯定是什么样的。从这种思想出发，他发展出了一种关于虚拟和可共存性的理而上学，长话短说，这一学说与我们在第一次膳席上谈到的亥姆空间和世界轨迹完全相符。他做出断言说，所有可能的世界都实际存在，而且小到细枝末节都跟我们自己的世界一样真实。这使得很多人将他斥为疯癫。"

"但这恰好就是多重宇宙诠释所假定的。"阿丝葵茵修女说。

"的确。"

"那我们第二天晚上的讨论呢？堃阿塔芒特说过什么与那有关的吗？"

"我一直都在拼命地考虑那个。你们知道，他的专著中有九部是关于空间的。只有一部是关于时间的，不过人们认为它比其余九部加起来还难懂。但是他的著作里要是有什么适用于叙莱亚流的成分，也肯定藏在《第十书》的什么地方。昨天夜里我重读了这一本，我的乐俱部就是干这个的。"

"那关于时间，阿塔芒特的铜碗都告诉他什么了？"罗铎吉尔问。

"我首先得告诉您他懂得理学。他知道理学定律都是有时间可逆性的，也知道要确定时间箭头的方向，唯一的办法是测量系统的无序程度。宇宙似乎是不关心时间的。时间只是对我们有意义。意识是时间的构筑者。我们是用每一时刻通过感觉器官流入的瞬间印象构筑出时间的，然后这些印象就退化为过去。我们称之为过去的是个什么东西？它是编码在我们神经组织里的一系列记录——能讲成一个完整故事的记录。"

"我们之前已经听说过这些记录了。"伊葛涅莎·佛拉尔指出，"它们对于亥姆空间的图景来说必不可少。"

"是的，秘书夫人，但现在请让我添加点新东西。可以用苍蝇、蝙蝠和蚯蚓的思想实验把它很好地概括出来。我们对于意识的一种能力未给以足够的重视，那就是它能吸收感官传入的杂乱、模糊、相互矛盾的入信，并把它们加以整理，然后告诉我们'这一入信模式与现在我面前的铜碗一致，与一秒钟前我面前的铜碗也一致'，从而赋予我们所感知的对象以'此性'。我知道你们可能对宗教语言感到不舒服，但是我们的意识能做到这一点似乎就是一种神迹。"

"但是从进化的立场来看这绝对是必需的。"罗铎吉尔指出。

"诚然！但这也无损于它的非凡。我们意识所具有的这种看的能力——不仅是像斯皮里摄录器那样看（吸收入信加以记录），而且还能辨识事物，比如铜碗、曲调、面孔、美、思想，并使这些事物可被认知——阿塔芒特说，这种能力是所有理性思维的终极基础。如果意识能辨识出铜碗性，那它为什么不能辨识等腰三角形性或阿德拉贡定理性？"

"您所描述的不过是模式识别，然后再给模式起个名罢了。"罗铎吉尔说。

"句法学者们是那么说的。"日瓦恩答道，"但我要说，您把它弄颠倒了。你们普洛克会士有一种理论或一种模型，来解释意识是什么，并让其他的一切都从属于此。你们的理论是所有可能论断的依据，而意识的过程则被视为需要用这种理论的名词加以解释的纯粹现象。阿塔芒特说你们已经陷入了循环推理的错误。如果不运用意识掌握和领会入信的此性力量，你们就没法发展出你们的基础理论，而你们再用这种理论去解释意识的基本工作原理，就成了语无伦次和循环论证了。"

"我理解阿塔芒特的论点，"罗铎吉尔说，"但他这么说不是把自己也从理性理学的话语中放逐出去了吗？意识的这种能力呈现出一种神秘的状态，对它不能质疑也无法检验，它就是如此。"

"恰恰相反，从我们所接受到、所观察到的开始，自问我们何以能观察它，然后再以透彻和一丝不苟的方式对它进行研究，没有比这更理性的了。"

"那就让我这么问吧，阿塔芒特按照这样的步骤又能得出什么结果来呢？"

"他在决定这样进行之后，开过几个错误的头，走过几条死胡同，其症结在于：意识是在物质世界的物质设备上制定出来的——"

"设备？"伊葛涅莎·佛拉尔锐声问道。

"神经组织，或许还有些具有相同能力的人造装置。关键在于它得有伊塔人所谓的硬件。但是阿塔芒特的前提是，意识本身而非设备才是首要现实。整个宇宙是由物质和意识构成的。去掉意识就只剩尘埃；加上意识你就得到了物体、思想和时间。这个故事又长又曲折，但最后他终于获得了一条卓有成效的探查路线，这个路线就植根于量子理学的多重宇宙诠释。他相当合理地把这一前提应用在了他喜欢的这个话题上——"

"铜碗？"罗铎吉尔问。

"意识 - 现象的复杂性，这归结为他对一只铜碗的领悟，"日瓦恩纠正他说，"以及在这一框架内对它的解释。"今天晚上日瓦恩反常地健谈，他接着给我们讲述了一个粉本，概括了阿塔芒特在那铜碗上的发现。如他所警示的，这跟我在几分钟前汇报的两场对话有诸多共同之处，导出的结论也基本相同。实际上它也颇为重复，以至于我怀疑他干吗要费这个事，莫非只是为了显摆阿塔芒特是个多聪明的人，好给玛塔尔隐修会团队加分？作为席侍我可以自由进出。日瓦恩兜了一圈终于绕到了一项论断，也是我们以前听过的：不同的宇宙在世界轨迹分岔的那段时间内所发生的串扰，经常会被承载着意识的系统利用。

罗铎吉尔说："请给我解释件事儿。我印象中你说的这类串扰只能发生在两个完全相同的宇宙之间，他们之间只能有一个粒子的量子态差别。"

　　"我们只能验证到这种程度，"茉伊拉说，"因为您刚才所描述的恰好是实验室实验正在研究的东西。建立一套实验设备实现那一类设想还是相对容易的——'粒子是上自旋还是下自旋''光子通过的是左边的缝还是右边的缝'，诸如此类。"

　　"好吧，这太令人欣慰了！"罗铎吉尔说，"我刚才还以为您要宣布那串扰跟叙莱亚流是一回事儿哪。"

　　"我认为它就是，"日瓦恩，"它只能是。"

　　罗铎吉尔看上去有点儿难堪："可茉伊拉修女刚解释过了，我们有实验证据的宇宙际串扰只有一种形式，就是两个宇宙除了一个粒子的量子态差异以外完全相同。而叙莱亚流，按照其热衷者的说法，可以连接完全不同的宇宙。"

　　"您要是通过一根麦秆看世界，也就只能看到一小点儿，"帕弗拉贡说，"茉伊拉说的那种实验听上去十全十美，而且表现出了自己特有的壮丽，但它们告诉我们的只是单粒子系统的情况。如果我们设计出更好的实验，我们可能就能观察到新的现象。"

　　嘉德修士把餐巾往桌上一扔说道："意识能够把那些如同在树木间结蛛网般网罗不同叙事的微弱信号加以放大。不仅如此，它还能将其选择性地放大，从而产生出驱动那些叙事的反馈回路来。"

　　一片寂静，只有阿尔西巴尔特用粉笔在墙上做记录的声音。我溜进了膳席室。

　　"拜托您能解释一下您的论断吗？"阿丝葵茵修女终于说道。她瞥了一眼阿尔西巴尔特的书法，接着说："首先，您说的放大微弱信号是什么意思？"

　　看起来嘉德修士好像不知该从何说起，也不打算去费那个事儿，但是茉伊拉勇挑重担："'信号'就是用来说明量子效应的那种宇宙间相互作用。如果您不同意多重宇宙诠释，您就必须为那些效应寻出某种其他的解释。但是如果您的确同意它，那么，为了让它与我们长期以来对量子理学的知识相符，您就必须接受这样的前提——不同宇宙在其世界轨迹彼此接近时能够相互作用。如果您把自己限制在一个特定的宇宙中，这种串扰就可以解释为一个信号，一个相当微弱的信号，因为它只牵涉很少几个粒子。如果那些粒子是在不知什么地方的一个小行星上，那什么事也不会有。但是如果那几个粒子碰巧处在大脑中的某个关键位置，噢，那'信号'可能最后就会改变受那大脑支配的生物的行为。这种生物体本身就比任何通常可能受到量子干涉影响的物体都要大得多。当你考虑到这种生物的种群已经延续了这样长的时间跨度，而且在有些地方发展出了改变世界的技术，那您就应该明白嘉德修士说的'意识能把网罗多个宇宙的微弱信号放大'的论断了。"

日瓦恩一直在拼命地点头："这与我昨晚读到的阿塔芒特的某些说法相符。他说的是，意识在本质上是非时空的。但是当有意识的物体要对自己的认知做出反应，并试图与其他有意识的物体进行交际时，意识就开始参与到时空世界中去了，因为它们只有让它们时空性质的躯体参与进去才能做那些事。这是我们从唯我论世界进入到跨主体世界的方法。唯我论世界只能被单一的主体认知，只对这一主体是现实的；而在跨主体世界中，我可以确定你看到了那铜碗，还能确定你对它的此性的认定是和我协调一致的。"

"谢谢你们，茉伊拉修女，日瓦恩修士。"伊葛涅莎·佛拉尔说，"我估计嘉德修士还得保守他箴言式的风格，那您二位或其他人能不能对他说的第二部分做点儿解释？"

"我愿意说说，"罗铎吉尔修士说，"因为嘉德修士已经越说越像普洛克会士了！"这让人对罗铎吉尔投去了莫大的关注，他陶醉了一会儿才接着说："我认为嘉德修士用了选择性放大，要说的是得到放大的并不是所有的宇宙间串扰，而只有其中的某一些。引用茉伊拉修女的例子，如果串扰影响的是深空里一块岩石的基本粒子，那它就没什么效果。"

"没有非凡的效果，"帕弗拉贡纠正他，"没有出乎预料的效果。但是，提醒您，它也会影响到那块岩石的一切——它吸收和重新辐射光线的方式，它的核子的衰变，诸如此类。"

"但那都在一定程度上统计平均掉了，您实际上也无法把这一块岩石和另一块区分开来。"罗铎吉尔说。

"是的。"

"重点在于，唯一能被意识放大的是影响到神经组织的串扰。"

"或影响到任何其他意识承载系统的。"帕弗拉贡说。

"所以，这里一开始就有一种高度排他性的选择过程在起作用，在我们的宇宙和所有其他接近到足以可能发生串扰的宇宙之间，在某一特定瞬间发生的所有串扰中，绝大部分串扰所影响的都是岩石之类的东西，它们都没有复杂到能以某种我们认为有意义的方式对那些串扰做出回应的程度。"

"是的。"帕弗拉贡说。

"让我们把讨论限制在恰好影响到我们神经组织的那极小一部分串扰。就像我刚说完的，这已经给了我们选择性。"罗铎吉尔冲那石板点了点头，"但是，不管嘉德修士是否有意如此，他已经为另一种可能在这儿起作用的选择过程开启了门户。我们的大脑能接受这些'信号'，不错。但是大脑不是被动地接受。它不仅是一台晶体管无线电！它能计算。它能认知。它思考的成果也绝不可能会被输进来的信息轻易地预测到。那些成果就是我们拥有的意识思维，我们付诸实施的决策，我们与其他有意识主体的交际，以及多少世代以来的社会行为。"

"谢谢您，罗铎吉尔修士。"伊葛涅莎·佛拉尔说着再次转过脸去看那石板，"哪位愿意解释一下'反馈回路'？"

"这就不用解释了。"帕弗拉贡说。

"您是什么意思？"

"已经在我们一直讨论的模型里了，不需要再补充什么了。我们已经看到了，经过神经组织和有意识生物种群特殊结构的放大，小信号也能导致叙事发生变化，即宇宙的位形发生变化，而且这些变化远比所论的原始信号强烈。若干世界轨迹会响应那些微弱的信号从而转向并改变它们的路径，而且通过观察不同宇宙的世界轨迹的表现，你可以把居住着有意识生物的宇宙跟无有意识生物的宇宙区分开来。但请记住，所谈论的信号仅能在世界轨迹彼此接近的宇宙间传递。您的反馈就在这里。串扰会使承载着意识的宇宙的世界轨迹转向；那些转向后彼此接近的世界轨迹间又会交换更多的串扰。"

"所以随着时间推移，反馈会把世界轨迹相互拉近，是吗？"伊葛涅莎·佛拉尔问，"这就是对几何学家与我们样貌相似的解释吗？"

"不仅如此，"阿丝葵茵修女插话说，"也是对克诺翁跟 HTW 以及所有其他问题的解释，要是我没有误会的话。"

"我得当个称职的洛拉会士，"茉伊拉说，"我得提醒你们，'反馈'是个外行说法，它涵盖的是范围极广的现象。理学的所有分支，过去一直，现在仍旧，在发展研究这种外行称之为反馈的系统行为。有反馈的系统中最通常的行为就是退化。例如公共广播系统发出的胡言乱语，或是完全的混沌。只有极少的这种系统能产生稳定的行为——或是让你我一看就会说'看，它在做这个'的行为。"

"此性！"日瓦恩惊叹。

"但是反过来看，"茉伊拉接着说，"在混乱的万物之中，那些确为稳定的系统，通常是必须具有某种反馈才能存在的。"

伊葛涅莎·佛拉尔点了点头："所以嘉德修士假定的这种反馈，如果真的让我们跟那几个公约种族的世界轨迹越走越近，那它就不是随便的哪种反馈，而是一种非常特殊、高度协调的反馈。"

"如果一种东西能在一个复杂系统内持续存在或反复发生的话，"帕弗拉贡说，"我们就称之为吸引子。"

"所以，如果那些公约的人确实拥有跟我们相同的阿德拉贡定理以及其他类似理学概念的话，"罗铎吉尔修士说，"那些东西不过就是我们一直在描述的反馈系统中的吸引子。"

"或者说简直就是。"嘉德修士说。

人们都一言不发，让这句话在安静的房间里回响了一分钟。罗铎吉尔和嘉德隔着桌子盯着彼此，我们都觉得有什么事儿要发生了。

一位普洛克会士就要跟一位哈利康会士达成共识了。

然而日瓦恩毁了这个局面。他好像根本就不明白要发生什么，也可能 HTW 不是他的兴趣所在。他还沉浸在阿塔芒特之碗的话题中无法自拔。

"阿塔芒特，"他宣布，"改变了他的碗。"

"抱歉请再说一遍？"伊葛涅莎·佛拉尔要求道。

"好。那个碗底上曾有道划痕，三十年来一直都有。这是有照片为证的。然后，在他冥想的最后一年，就在他死前不久，他让那道划痕消失了。"

"请把这翻译成多重宇宙语言好吗？"阿丝葵茵修女问道。

"他到达了一个与他一直居住的宇宙相同的宇宙，只是那里的碗是没有划痕的。"

"但是那里有它被划过的记录——那些照片。"

"是的，"日瓦恩说，"所以他已经到了一个包含着不协调的记录的宇宙。而那就是我们现在所在的宇宙。"

"他是怎样实现这一壮举的？"茉伊拉问，她好像已经猜到了答案。

"要么是通过改变那些记录，要么是移动到一个具有不同未来的宇宙中去。"

"他不是个雄辩士就是个咒士！"一个稚嫩的声音脱口而出。巴尔布，他又充当起了他的角色，把谁都不会说出口的话给说了出来。

"我说的不是那个，"茉伊拉没理会他的打扰，"他是怎么做到的？"

"他拒绝公开他的秘密，"日瓦恩说，"我觉得这儿可能有人可以给个说法。"

他的目光在桌子边上扫了一圈，但主要是盯着嘉德和罗铎吉尔。

"如果谁有说法，可以明天再说。"伊葛涅莎·佛拉尔宣布。"今晚的膳席到此结束。"她把椅子朝后一推，狠狠地瞪了日瓦恩一眼。埃曼冲进门来拿起她的背包。秘书夫人像整理自己的一件首饰似的整理着脖子上的徽章，昂首阔步地走了，后边跟着她的席侍，两个背包把他压得直哼哼。

跟阿尔西巴尔特打赌，为我赢来了难得的空闲，这空闲让我想出了许多宏大的计划。但我对这份奖励的计划太多，都不知从哪个开始了。我回到了自己的寝室，拿着几个笔记本坐在硬板床上。等我再睁眼时，发现已经是早晨了。

不过夜里那几个小时也没浪费，因为我醒来时头脑里的想法与意愿都是闭眼之前还不存在的。一想到我们最近在膳席上谈论的那些，就很容易产生一种联想：当我毫无知觉地躺着时，我的思维却一直忙碌着，在亥姆空间的一些局部区域漫步，探索着这个世界的不同版本。

我去找了阿尔西巴尔特，他睡得比我还少，都有点儿暴躁了，直到我跟他分享了我所思考的事情他才平静下来——希望"思考"这个词可以用在我的意志未参加的那个无知觉状态下的过程。

早餐时我吃了些坚硬的小点心和果子干。然后，我去了第一司康会分会堂后的一个小树丛。阿尔西巴尔特正在那儿挥舞着一把从花园窝棚借来的铲子等着我。他在地上挖了个饭碗大小的浅坑。我在坑里垫了块塑料薄膜，这是从一个垃圾堆里捡来的，世俗人走到哪儿就把垃圾扔到哪儿——最近这座集修院的地上也像麻子似的长出了许多的垃圾堆来。

"不管那么多了。"我边说边拉起了我的帛单。

"最简单的实验，"他说，"就是最好的。"

分析入信只花了几分钟。这天的其余时间都用来做准备了。要说起我俩是怎么把其他人拉进来的，还有我们每个人在这一天的小小冒险，都够编成一部有趣的逸事集了，但我决定还是不在这里赘述了，因为比起晚上发生的事儿来这些都不过是无关紧要的。简而言之，我们不仅拉上了埃曼、特莉丝、巴尔布、卡娃尔、利奥和萨曼，还设法说服了阿丝葵茵修女，让她睁一只眼闭一只眼，由着我们对宗产做了些小小的临时改造。

第四场世界多元性膳席照常开席，献完了酒，上过了汤。巴尔布和埃曼回了厨房。不一会儿就有人召唤了奥尔罕。特莉丝也跟着他出去了。大约一分钟后，我感觉到了绳子上传来的一串信号，通知我厨房里一切都在按计划进行，奥尔罕一直在煮的炖菜让鲁莽的巴尔布"不小心"给打翻了。被这事儿分了神，加上特莉丝和埃曼开演的锅碗瓢盆进行曲，奥尔罕很难发现扬声器已经不再出声了。

我隔着桌子朝阿尔西巴尔特点了点头。

"请原谅，日瓦恩修士，您忘记餐前祈祷了。"阿尔西巴尔特宣布，声音洪亮。

谈话停下来了。在此之前膳席一直进行得异常压抑，好像所有的席宾都在琢磨着怎么才能重启对话又不陷入日瓦恩昨晚企图把大家拉进去的尴尬领域。不过即使在最粗野的膳席上，一个席侍不经要求就擅自发言也会引起震惊，阿尔西巴尔特说话的内容更是引起了加倍的震惊。趁所有人目瞪口呆之际，他又接着说："我一直在研究玛塔尔隐修会士的信仰和习俗。他们从来不会不念祷词做手势就进食。您既没有念祷词也没有做手势。"

"那又怎样？我忘记了。"日瓦恩说。

"您总是忘记。"阿尔西巴尔特回道。

伊葛涅莎·佛拉尔正在给帕弗拉贡使眼色，意思是你什么时候才罚你的席侍念《书》？帕弗拉贡此刻也的确扔下了他的餐巾，做出要把椅子往后推的姿态。但嘉德修士伸出一只手按在了帕弗拉贡的手臂上。

"您总是忘记，"阿尔西巴尔特重复道，"要是您愿意，我还可以列出无数您和奥尔罕模仿玛塔尔隐修会士不够像的地方。是因为你们不是真正的玛塔尔隐修会士吧？"

在兜帽底下，日瓦恩的头动了一下。他在瞄着门的方向。不是他和其他席宾进来时走的那扇，而是奥尔罕出去时走的那扇。

"您的保镖听不见，"我告诉他，"广播线已经被我的一位伊塔朋友切断了。这边的声音出不去。"

日瓦恩仍然保持着一动不动与沉默。我朝卡娃尔修女点了点头，她把一张壁毯向旁边一拉，露出一面闪亮的金属丝网，我们已经用它铺满了整面墙壁。我绕过去走到日瓦恩那儿，伸出一个脚拇趾挑着地毯的边缘，把它掀了起来，露出了地板上更多的网子。日瓦恩把这一切都看在了眼里。"这是动物养殖园里的围护器材，"我解释说，"可以在墙外买到散装的。它是导电的，现在已经接了地。"

"这一切都是什么意思？"伊葛涅莎·佛拉尔质问道。

"我们已经被装进堃布克尔篮子了！"茉伊拉惊叹道。她作为一名极为高级的半退休洛拉会士，一生中大概还没有遇到过什么意外事件，所以像被铁丝网围起来这种稀松平常的事情似乎也成了一次历险。不过我相信她看到这些也应该高兴，这些席侍真的记住了她的嘱咐，干出了那些席宾做梦也想不到的事情。"那是一个接地的金属丝网，可以防止无线电信号进入或漏出这间屋子。这意味着我们已经屏蔽了与阿尔布赫其他地方的信息交流。"

"在我的世界里，"日瓦恩说，"我们管这叫法拉第笼。"他站了起来，把帛单从头上褪下，一把抛在了地上。我还在他的背后，所以看不到他的脸——只能看见其他人脸上的畏怯与惊讶，他们或许是天堂督察以外第一批看见活外星人脸的阿尔布赫人。从他头部和躯干的背面判断，我猜他和那乘探测器下来的女死者属于同一种族。在他的内衣底下，有一个用塑料胶条粘在皮肤上的小小装置。他把手伸进衣服，把它扯了下来，和一团导线一起扔在了桌上。

"我是地球人儒勒·凡尔纳·迪朗，地球就是你们叫作南极陆星的世界。奥尔罕是乌尔努德世界的人，乌尔努德星就是你们说的盘古陆星。你们最好把他关进这法拉第笼来，要不——"

"完事儿了。"门口一个声音说道，是利奥，他刚进来，高兴得满脸通红，"我们把他弄进食品贮藏室里一个单独的布克尔篮子啦。萨曼发现他的身上带着这个。"他拿着另一个贴身无线发报机。

"神机妙算，"儒勒·凡尔纳·迪朗说，"不过这只能为你们争取几分钟的时间；那些监听的人发现失联就会生疑的。"

"我们已经向艾拉修女发了警报，可能需要把大集修疏散了。"利奥说。

"好，"儒勒·凡尔纳·迪朗说，"我很抱歉地跟你们说，那些乌尔努德人对你们来说才是危险。"

"看来对你们地球人也是！"阿尔西巴尔特说。因为席宾们都已经目瞪口呆，没法再重新加入谈话了，阿尔西巴尔特酝酿了一番就把局面接了过来。

"是这样的，"地球人说，"我可以直截了当地告诉你们，乌尔努德星跟特洛星——你们叫流散陆星——的人想法相同，他们敌视弗琐斯人——你们叫——"

"赤道陆星，用的是排除法。"罗铎吉尔说。

我设法绕到了一处能从正面看到儒勒·凡尔纳·迪朗的地方，感受着其他人已经感受过的惊讶。先是惊讶于地球人与阿尔布赫人面容的差异，继而又惊讶于我们的相似，接着又再度惊讶于我们的差异。我能想到的跟这种感受最接近的类比，就是你跟一个脸部有先天缺陷的人交谈时的反应，那缺陷使他的面孔在几何形状上发生了微妙改变，却并未因此剥夺或损害它相应的功能。当然，我知道眼前的这个人是来自另一个宇宙的，所以这种感受实际上是无可比拟的。

"你和你的地球人伙伴又如何呢？"罗铎吉尔问道。

"介于弗琐斯人和另一拨人之间。"

"你，我理解，是效忠乌尔努德–特洛轴心的吧？"罗铎吉尔问，"否则你也不会被派来这里。"

"派我来这儿是因为我的奥尔特语比其他人说得都好，我是个语言学家，实际上资历不深。所以早些时候，当人们还以为奥尔特语是个小语种的时候，他们就让我研究这个了。他们对我的忠诚是怀疑的，理应如此！我的保镖奥尔罕，正如你们猜到的，其实是来监视我的。"他看向阿尔西巴尔特。"你戳穿了我的伪装。不足为奇，的确。但我想知道你是怎么做到的？"

阿尔西巴尔特看向了我。我说："昨天我吃了一点儿你的食物，它通过了我的消化系统但没有发生变化。"

"当然，因为你们的酶不能跟它发生反应，"儒勒·凡尔纳·迪朗说，"恭喜你。"

伊葛涅莎·佛拉尔终于恢复到了能加入谈话的状态。"我代表最高委员会对您表示欢迎，并为您在这些年轻人手里遭受的不公正对待表示歉意——"

"打住。这是你们所谓的诡话。现在不是说这个的时候，"地球人说，"我受到了乌尔努德–特洛轴心的军事情报司令部的指派，任务是查明咒士的传说是否真有事实依据。乌尔努德星–特洛轴心，用他们的话说叫作'基座'，对这种可能性极为恐惧，因此他们还策划了一次发动先发制人的攻击。所以才有了我前几天晚上的那些问题，我知道那颇为鲁莽。"

"你是怎么到这儿来的？"帕弗拉贡问。

"一支突击队袭击了玛塔尔隐修会的集修院。我们有办法在你们的传感器探测不到的情况下把小型太空舱送到你们行星上。送下来的有一队士兵和几个像我这样的平民专家，突击队包围了那座集修院。真正的玛塔尔隐修会士还被关在那里，没受伤害，但与外界隔绝。"

"这是极端的侵略性手段！"伊葛涅莎·佛拉尔说。

"你们不习惯于世界不同版本之间的冲突，当然会有这样的感觉。但是基座

已经这么干了几百年了，早就胆大妄为了。当我们的学者知道了玛塔尔隐修会之后，就有人指出，他们衣着的风格便于我们伪装自己和潜入大集修。于是很快就下达了行动命令。"

"你们是如何在宇宙之间航行的？"帕弗拉贡问。

"解释起来太费时间，"儒勒·凡尔纳·迪朗说，"而且我也不是理学家。"他转向茉伊拉修女，"但您应该知道一种思考重力的方法，大概可追溯到厄报时期，我们称之为广义相对论。它的前提是质量－能量可以使时空弯曲……"

"几何动力学。"茉伊拉修女说。

"如果能用几何动力学方程得出一个恰好在旋转的宇宙的特解，就可以证明一艘飞船若航行得足够远足够快——"

"就能逆着时间航行，"帕弗拉贡说，"是的，结果我们已经知道了。不过，我们几乎一直将其视为一种奇谈怪论。"

"在地球上，这个结果是个叫哥德尔的垩者发现的，他是早先发现几何动力学的那位垩者的朋友。这两个人，你们可能会说是同一所马特里的修士。对我们来说，这种理论也不过是一种奇谈怪论。首先一点，我们不清楚，我们的宇宙是不是旋转的——"

"如果它不旋转，那个结果就没用了。"帕弗拉贡说。

"在同一个研究所工作的另外一些人发明了一种用原子弹推进的飞船——它的能力足以将这一理论付诸实践。"

"我明白了，"帕弗拉贡说，"所以地球人建造了这样一艘飞船并且——"

"不，我们从来没有造过！"

"正如阿尔布赫也从来没造过一样，尽管我们也有过同样的想法！"利奥插话说。

"但是在乌尔努德星情况就不同了，"儒勒·凡尔纳·迪朗说，"他们拥有几何动力学。他们拥有旋转宇宙解。他们拥有宇宙学证据，证明它们的宇宙是旋转的。他们也有造原子弹飞船的想法。并且，他们真的建造了好几艘。他们之所以会付诸实施，是源于一场可怕的联盟间战争。这场战役也侵害到了太空，整个太阳系都变成了战争的舞台。这些飞船之中，最后一艘也是最大的一艘，叫作达坂乌尔努德，意思是'第二乌尔努德星'。它的设计目标是向一个邻近的星系移送一批殖民，那个星系跟他们的距离只有四分之一光年。但是发生了叛乱，指挥换了人。飞船落入了一批理学者的手中，他们懂得我说的那些理学。

他们决定转向另一个行程，他们希望这个行程能把他们带回到过去的乌尔努德星，他们希望能在那里取消那些导致战争爆发的决定。但是到达行程终点的时候，他们发现自己没有回到乌尔努德星的过去，而是到了一个完全不同的宇宙，到了一颗类似于乌尔努德星的行星的轨道上——"

"特洛星。"阿尔西巴尔特说。

"是的。这就是万有保护自己的方法，防止因果律被破坏的方法。如果你企图通过某种行动让自己违反原因导致结果的定律，让自己沿着时间倒退回去杀死你的祖先——"

"你就会发现自己落入了一个不同的而且与原来隔绝的因果域？多么不可思议！"罗铎吉尔说。

地球人点了点头。"你被转移到一个完全不同的叙事中去了，"他说着还瞥了嘉德修士一眼，"这样在新旧两个叙事中，因果律就都得以保全了。"

"那他们现在已经习以为常喽！"罗铎吉尔说。

儒勒·凡尔纳·迪朗考虑了一下："您说'现在'，就好像这是件一蹴而就的事情，但是从乌尔努德人发现特洛星人的第一次接触，到我们正在经历的第四次接触，已经积淀了相当丰厚的历史。单是第一次接触就持续了一个半世纪，他们把特洛星变成了废墟。"

"老天！"罗铎吉尔惊叹，"乌尔努德人有那么险恶吗？"

"不完全是，但那是第一次。无管是乌尔努德人还是特洛人，对多重宇宙的理解都还没达到你们阿尔布赫人的这种精密程度。乌尔努德人过于匆忙地卷入了特洛人的政治。灾难性的事件发生了，但那几乎全是特洛人自己犯的错误。他们最后重建了达坂乌尔努德，好让两个种族都能居住在上面，然后便着手进行了第二次宇宙际航行。他们在哥德尔去世后十五年来到了地球。"

"请原谅，"伊葛涅莎·佛拉尔说，"但是为什么那飞船要做那么大的改装？"

"部分原因是它已经磨损了，用坏了，"儒勒·凡尔纳·迪朗说，"但更主要的是食物问题。每个种族必须维持他们各自的食品供应，伊拉斯玛修士的实验已经清楚地揭示了个中缘由。"他停顿了一下，环顾膳席，"现在，如果你们不通过外交途径敦促达坂乌尔努德上的人送些我能消化的食物下来，我就注定得在饱食中饿死了。"

特莉丝是在谈话开始不久时回到膳席上的，她说："我们会竭尽全力保存厨房里剩下的地球食物！"说完她便匆匆离开了餐厅。

伊葛涅莎·佛拉尔补充说："我们会在未来与基座的一切沟通中将此事置于最优先地位。"

"谢谢你们，"地球人说，"对于我们种族来说，饿死是一种最不光彩的命运。"

"第二次接触发生了什么，在地球上？"茉伊拉修女问。

"细节我就不说了。这次接触不像特洛星那么糟。但他们每造访一个宇宙，那里都会发生天翻地覆的变化。接触的时间会延续二十年到一两百年。不管有没有你们的合作，达坂乌尔努德都会彻底重建一次。你们所有的政治制度，你们所有的宗教，也都不会再维持现有的形态。将会发生战争。当飞船开始向另外一个叙事进发时，你们之中也会有一些子民登上那艘新版的飞船。"

"我理解，您也是在它离开地球时登上去的？"罗铎吉尔问道。

"噢，不是我。是我的曾祖父，"接触者说道，"我的先祖经历了通往弗琐斯的航程和第三次接触。我是在弗琐斯上出生的。这里或许也会发生类似的事情。"

"前提是他们不会对我们使用焚世者。"伊葛涅莎·佛拉尔说。

我刚刚学会解读地球人的面部表情，但是我敢肯定，他一听到焚世者，脸上就出现了恐惧的神情。"那可怕的东西是乌尔努德星发明的，是他们在大战中制造的，不过必须承认，我们地球上也有过类似的计划。"

"我们也有过。"茉伊拉说。

"你们知道，乌尔努德人的头脑中有一种根深蒂固的猜想，那就是每一次接触，都会到达一个比原来更理想的世界，一个更接近你们所谓的叙莱亚理学世界的世界。我没时间复述所有的细节，但我常觉得，乌尔努德星和特洛星似乎就像是不够完美的地球，而弗琐斯星相较于我们似乎就像我们相较于特洛星。现在我们又来到了一个新世界，但是基座的人有着极深的忧虑，生怕阿尔布赫人拥有某些他们所无法掌握甚至无法理解的能力。他们对任何疑似这种能力的事物都极端敏感——"

"所以才有了这场精心策划的突击队袭击，这出雄心勃勃的刺探咒士的诡计。"罗铎吉尔说。

"还有雄辩士。"帕弗拉贡提醒他。

茉伊拉笑了起来："第三次劫掠的政局全部重演！只是更凶险万倍。"

"你们——我们——所面临的问题是，你们完全没法让他们相信咒士和雄辩士是不存在的。"儒勒·凡尔纳·迪朗说。

"阿塔芒特和他那铜碗是怎么回事？"罗铎吉尔问。

"这个故事大体上是依据一位名叫埃德蒙德·胡塞尔的地球哲学家和他一直放在自己桌上的铜烟灰缸改编的。"地球人说。要是我没看错他的面部表情,他肯定是有点儿害羞了。

"我对这个故事做了很大程度的虚构。让划痕消失的部分,当然,是个计策,想引你们坦白说出在阿尔布赫是否有人拥有办到这事的能力。"

"你觉得这个计策奏效了吗?"伊葛涅莎·佛拉尔问。

"你们的反应加深了控制我的那些人的怀疑。他们指示我今晚要加大力度。"

"所以他们还没能确定。"

"噢,我相当肯定,现在在他们已经确定了。"

地板在我们脚下摇晃起来,空气中突然充满了灰尘。继之而来的寂静又被一连串的震荡声终结。震荡声一声接着一声,可能持续了十五秒——总共响了二十次。利奥宣布:"不用惊慌。这是按计划进行的。你们听到的是在掌控之中的爆破拆除,炸掉了几段外墙,这样我们就不用都往日纪门挤了,可以从豁口迅速撤离集修院。疏散已经开始。请看你们的徽章。"

我把自己的徽章从帛单褶子里掏了出来。它已经激活了,显示出了我附近的彩色地图,就像是舆图器上的导航屏幕。我的疏散路线用紫颜色高亮凸显了出来。图上叠加着一个背包的卡通图样,背包上还有个闪动的问号。

席宾们终于迈出了里程碑式的一大步——把椅子向后一推。他们看着自己的徽章,发表着种种议论。利奥跳到了桌上,把脚跺得山响。他们都抬起头看着他。"别说话了。"他说。

"但是——"罗铎吉尔说。

"一个字也不要说了。行动!"利奥发这个命令时用了一种我从未听他用过的嗓音,不过在玛什特街头我倒听过类似的。他一直在训练他的嗓音,还有他的身体,他在学习以身体为武器的谷术技巧。席宾们背着各自的背包朝一个方向鱼贯而去,我则侧身挤过他们身旁,朝着另一面走去。我进了走廊,背包还在原地。我将它拷在了肩上,再去看我的徽章。背包的卡通标志消失了。我大踏步进了厨房。特莉丝和利奥正在帮着儒勒·凡尔纳·迪朗把他剩余的食物装进袋子和篮子。

我出了阿夫拉雄宗产的后门,汇入了这座古老集修院的全体大疏散中。

几千呎的上空,几架飞机正停在那些千年士的塔楼顶上。

徽章啦、背包啦这一套，我们聊到的时候都觉得像一种侮辱智商的玩意儿，好像大集修成了一场五岁小孩儿的夏令营似的。但在特雷德加大院堂里一路小跑的十五分钟里，我开始理解了。成千上万的人同时执行一个计划，要想不搞砸，没有比这更简单的计划和步骤了。在黑暗中行动会让混乱成平方倍数地增加，在匆忙中行动更让混乱成立方倍增加。遗忘了徽章和背包的人转来转去，慌里慌张，好在一些卡车不断广播着"谁丢了徽章或背包，请到我这儿来"。还有些人崴了脚，呼吸困难，甚至犯了心脏病，军队的医务人员迅速地朝他们扑去。那些跟不上的祖修士、祖修女都被弟子背在了背上。在黑暗中跑路，贪看徽章的人们像演闹剧似的撞在一起，跌倒在地，鼻孔流血，争论着是谁的过错。我放慢脚步帮助了几个倒霉鬼，但是医疗队的效率奇高，还会用相当粗暴的方式让我知道我该赶紧离开别碍他们的事。这上面确实打着艾拉的烙印。对疏散的成功有了信心之后，我便加快了脚步，快速穿过了页子树种植园，满树的页子再也不会有人来采摘了，我走向古老围墙上一处被炸得崎岖不平的缺口。碎石堵塞着缺口。灯光从墙外照进来，把缺口上方飘满浮尘的空气照得一片蓝白，在那些攀爬碎石堆的阿佛特人身后投下摇曳的长长阴影，不好爬的地方有士兵帮忙，他们用手电把难以下脚的地方照亮，还向跌跌撞撞犹豫不前的阿佛特人喊话提着建议。我的徽章告诉我该从这里穿过去，我照做了，竭力不去想我踩过的这些石头在今夜之前已在此地立了好几百年，不去想那些将它们切割成形安置到位的阿佛特人。

　　墙外有一道缓坡，是一段被当地人当成公园的开放地带。今晚这里已经成了一座军用毂车停车场，停了不少后斗盖着帆布篷的平板卡车。因为灯光照射范围有限，我最初只看到停在碎石堆旁的少数几辆车子。但我的徽章坚持让我闯入黑暗继续前进。走出光亮之后我才意识到，停放毂车的地方足有几平方哩。到处都能听见发动机惰转的声音，到处都能看到星星点点的冷光，有小灯泡发出的光，有阿佛特人的球发出的光，也有司机眼睛里反射出的仪表盘的光。车辆本身则隐没在黑暗之中。

　　有人从后面赶了上来，分成两路绕过我的身旁，又接着向前跑去。我能感觉到他们的脚步，却没听到他们的声音。那是一小队谷士，裹着黑色的帛单，无声无息地在黑夜中跑过。

　　我又慢跑了几分钟，走了一段弯弯曲曲的路线，因为我的徽章一直让我从那些停着的毂车中间穿行。另一截断壁和大片的灯光从我的右侧掠过，沿着墙基的弧线还能看到断壁的另外一翼。所有的缺口都在不断地吐出阿佛特人，我也没有了迟到的焦虑。可以看到一个个被徽章照亮脸孔的修士或修女，走到一辆辆敞着后门的毂车跟前，眼光在徽章和车辆之间来回跳跃，脸上的表情越来越肯定：对了，就是这辆。黑暗中有手伸出来拉他们上车，有声音向他们问候。每个人都出奇的快活，他们还不知道我们要去做些什么，只有我和少数人知道。

那条紫线终于把我领出了最后一批停着的毂车。只剩下一辆大车了，大得可以装下一个人数可观的小组：这是一辆大轿子车，俗艳地装饰着赌鬼的画像。肯定是从某个赌场征用的。我无法相信这就是我的目的地，但我一绕过它，那条紫线就会不安分地改变指向，把我再次引回来。于是我来到侧门处，朝踏板上看去。一位军用司机坐在那儿，唧嘎的光线照着他。"埃德哈的伊拉斯玛？"他向外招呼，显然是读到了我徽章发出的信号。

"是。"

"欢迎来到 317 小组。"他说着，还摆了一下头示意我上车。我摇晃着走过他身边时，他咕哝着："六个已到，还差五个。把背包放在你旁边的座位上——上车要快，下车也要快。"

轿车的过道上和行李架下都有发着微光的条带，把微弱的亮光投在了座位和座位上的人身上。座位上的人坐得分散。几名忙着摆弄唧嘎或打电话的军人占据了头两排座位。当官的，我想。然后，在几排空座位之后，我发现了一张熟悉的面孔——萨曼，像往常一样映照在他那超级唧嘎的光线之中。他抬头瞥了一眼，认出了我来，但是我没在他脸上看到那古老而熟悉的微笑，甚至有一刻他还避开了目光。

望向他身后的一片模糊，我看见好几排座位已经占上了背包。每个背包旁都是一颗剃光的脑袋，这些脑袋都聚精会神地低垂着。

我猛地停了下来，背包的惯性几乎把我弄了个跟头。我心说：小子，你上错车了吧，傻瓜！我的双腿像有了自由意志一般，想趁着司机还没关门赶紧带我离开。

随即我才想起，那司机是按着名字跟我打招呼，让我上车的。

我瞥向萨曼，他堆出了一脸只有伊塔人摆得出的饱经磨难的表情，耸了耸肩。

于是我选了一排空座，把背包甩了上去。就要坐下的时候，我扫了一眼那

些谷士们的脸：奥萨修士，同侪之首；瓦伊修女，用渔线把我缝起来的那位；埃斯玛修女，在玛什特广场上闪转腾挪攻下狙击手的那位；还有格拉索修士，用身体挡在我和基特人头头儿的枪口之间，最后缴了他的械的那位。

我一动不动地坐了一会儿，琢磨着如何应付接下来的事情，也盼着事情赶快开始。

下一个上车的是杰斯里。他也看到了我看到的一切。我想我在他脸上读到了某些相同的情绪，只是没那么严重。他已经上过太空了，大概也预计到会有这种事儿了。他走过我身边的时候砸了我的肩膀一拳。"跟你在一块儿真好，"他说，"除了你，我不愿和任何人一起蒸发，我的弟兄。"

"你如愿了。"我回想着我们在大隙节的谈话，说道。

"已经超乎我的愿望了。"他回应着，一屁股坐进了过道那边跟我一排的座位上。

几分钟之后，嘉德修士也加入了我们，他独自一人坐在了军官们身后。他冲我点点头，我也点头回应。不过他刚一坐稳，那些谷士就一个接一个地穿过走道，来向他自我介绍和表达敬意。

一个年轻的女伊塔人上了车，随后是一个很老的伊塔男人。他们在萨曼旁边站了几分钟，互相背诵了几个数字。我猜我们小组里大概要有三名伊塔人了，但那两位访客又下车去了，此后我就再也没见过他们。

阿尔西巴尔特到达的时候，站在过道一头，挨着司机，足足犹豫了半分钟要不要逃跑。最后他吸了一口大气，好像要把全车的空气都吸进去似的，接着才笨拙地沿着过道走来，坐在了杰斯里后面。"为了这，最好能给我一面专属的彩色玻璃窗。"

"也许还能给你一个专属修会，或者一座专属集修院呢。"我提出。

"是啊，也许，要是接触结束后这些东西仍然存在的话。"

"少来了，我们可是那些人的叙莱亚理学世界！"我说，"他们又怎么可能毁得掉我们？"

"让我们自己把自己毁掉呀。"

"是呀，"杰斯里说，"你，阿尔西巴尔特，你都把自己当成 317 小组的士气官了吧。"

我和阿尔西巴尔特聊的这些杰斯里还没完全弄懂，于是我们便解释起膳席上发生的那些事来。讲到一半，儒勒·凡尔纳·迪朗就上车了，浑身上下挂满了各色各样的袋子、瓶子和篮子。他出现在这个小组，肯定是最后一分钟做的临时决定，艾拉做计划时还不可能算到有个他。一开始他看上去还有点儿惊骇，然后，要是我没看错他的表情，他又高兴了起来。"我的同名者肯定会无上荣幸！"他大声说着，走过了整条过道，轮流向 317 小组的每个成员自我介绍，告诉他们自己叫儒勒，"能跟你们做伴我饿死也开心。"

"那外星人肯定有个同名者！"儒勒从我们身边走过后，杰斯里嘀咕道。

"我的朋友，在即将到来的探险之旅中，我会原原本本地告诉你关于他的事情！"儒勒说，他站得虽远却听到了这话。显然，地球人的耳朵特别尖。

"到了十个，差一个。"那司机冲什么人喊着，那个人似乎就在台阶底下。

"好啦，"一个熟悉的声音说，"走吧！"利奥跳上车来。门在他的身后嘶的一声关上，我们也立即动了起来。利奥跟儒勒一样，上车后先在整条过道上忙活了一通，尽管大轿车在粗糙的路面上东摇西晃，他却不知怎的还保持着平衡。他和那些素不相识的人握了手，又给了我们几个埃德哈发条队的伙计一人一个熊抱。他向那些谷士鞠躬，我注意到，奥萨修士向利奥鞠躬时比利奥鞠躬还要正式，还要深。这是我得到的第一个暗示：利奥是我们这组的小组长。

不到二十分钟我们就到了机场。警车开路确实加快了速度，没有验票安检的麻烦。车子穿过一个有警卫的大门直接开上了跑道，停在了一架固定翼的军用飞机跟前，那是一架货机，除了乘客什么都能运，但今天夜里却为载客进行了临时改装。轿车前头那些军官就是它的机组人员。我们鱼贯下了车，走过十步长的露天步道，踩着滚梯上了飞机。我并不高兴，也不悲伤。最重要的是，我并不意外。我完全看透了艾拉的逻辑：一旦她认命了，必须做出一项"可怕的决定"，唯一的出路就是实实在在地把它做好——坚持到底。把她喜欢的人全都放在一起。这个计划对她来说风险更大——她可能会一下子失去我们所有人，那样一来她在余生中就要时时刻刻想起自己要对此事负责。而对我们每一个人来说，风险就要小得多了，因为我们可以相互帮助渡过难关。而且，就算我们会死，也可以在好伙伴的陪伴下死去。

"有法子给艾拉修女送个信吗？"大家都已就座，发动机的轰鸣大到可以盖过我的话音之后，我问萨曼，"我想告诉她，她是对的。"

"包在我身上，"萨曼说，"还有别的吗，趁我还有一个频道开着？"

我考虑了一下，能说的、该说的还有很多。"这个是私人频道吗？"我问。

"别说荒唐话。"他指出。

"那不用了，"我说，"没别的事儿了。

萨曼耸耸肩，转过身去看他的唧嘎。飞机向前冲去，我跌在了一个座位上，摸黑找到了安全带扣，把自己绑了起来。

第 11 部

降临

【**泰格龙**】　一道极富挑战性的几何题，连续好几代理学家都曾致力于这道题目，先是奥利森纳堻殿的理学家，后来是全阿尔布赫星的理学家。题目内容是用七种形状不同的砖块，按一定规则拼出一个正十边形。

——《词典》，第四版，改元 3000 年

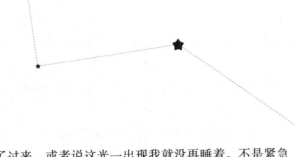

　　我被一片红光晃得醒了过来，或者说这光一出现我就没再睡着。不是紧急警报那种鲜明、冰冷的血红，而是一种带着橘色的粉红，温暖而散漫，是从机舱侧面少得可怜的小窗射进来的。我解开安全带，拖着被别扭的睡姿弄得酸软刺痛的四肢，走到了一扇窗前，眯起眼看向外面冰天雪地之上的壮丽的黎明，那正是我前不久乘雪橇走过的冰原。

　　一时间我都糊涂了，以为我们正为某种目的赶回埃克巴去。但眼前的山脉、冰川和我记忆中的画面却很难对上号。我习惯性地找起了萨曼，希望他能变出一幅地图来。但他正跟儒勒·凡尔纳·迪朗挤在一起。两人都戴着耳机。萨曼只是听，儒勒则是连听带说，不过说得多，听得少。他有时会在萨曼的唧嘎上画些图，萨曼就会把他画的东西发出去。

　　我发现自己生起气来。把地球人放进 317 小组，就像是在我们的胸脯上别了一枚胸章。尽管有他在，我们可以了解更多的情况，能比别的小组更有作为。但是我可不希望哪个好奇的大佬也通过无线网络把他锁定为利用对象。他们会拼命地压榨他，直到榨干为止。飞机的噪声太大，他说的我一个字也听不见，但看得出他已经说了半天，累得很，开始为找一个词搜肠刮肚，为修正动词变位把病句说得病上加病。奥尔特语是一种难得要命的语言，儒勒只练了一两年就把它说得这么好，在我看来简直是种奇迹。（我们权且认为他学奥尔特语的时间跟几何学家开始从阿尔布赫接收信号的时间大致相当。）若不是地球人都比我们聪明，就是他本人有惊人的天赋。

　　阿尔西巴尔特起来了，沿着过道走了过来。他在我站着的窗口停下，我俩开始面对面地喊话。根据记忆中的地理知识，我们确信，飞机现在正沿着某条埃克巴以东的子午线从极点下行。这个想法很快便得到了证实，因为我们离开了冰原和冻土带，进入了温暖的地带：下面森林众多，城市稀少。

难怪大家都起晚了，原来我们已经跨越了五六个时区。我还以为自己睡了一整夜，其实不过是自欺。事实上，我可能根本就没睡。

利奥已经独自坐到了前排，试着摆弄起一部军用型唧嘎。我一看到他撂下唧嘎，就跑过去坐在了他的旁边。"卡住了。"他宣布。

我回头去看萨曼和儒勒。他们也正在摘下头上的耳机。萨曼与我四目相接，厌烦地举起双手。儒勒倒因为断罔而显得如释重负，他重重地陷进座位里，闭上眼睛，开始揉搓脸孔，按摩头皮。

我转回头看着利奥。"这肯定是有预谋的。"我说。但他已经陷入了不理人的恍惚状态。我抓起唧嘎用力敲了一下他的肩膀，一扬手又把它扔在了一边。他奇怪地看着我，然后咧嘴一笑。

"伊塔人还维持着大罔的地面线路。"他说，"飞机一停我们就能重新连罔了。"

"你得到的是什么指令？"我问。

"转入地下——这就是我们现在做的。其他所有小组也都一样。"

"然后呢？"

"我们要去的地方应该已经安装了一些设备。我们得在那里受训。"

"哪种设备？"

"不知道，只有一点线索——杰斯里负责培训。"

我朝杰斯里望去，他一个人占了一排座位，文件在他的周围搭成了一座露天剧场。他正紧张地翻阅着那些文件，我早就知道，这种时候是不能打扰他的。

"我们要进入太空。"我下了个结论。

"唉，"利奥说，"问题就在这里。"

既然现在噪音轰鸣，无线通信也中断了，我便决定利用一下这个机会。"万灭者有什么消息吗？"我问。

他看起来有点儿晕机的早期症状。"我想我可以告诉你它们的工作原理。"

"好啊。"

他做了个一拳打在我脸上的动作，用指节抵着我的脸颊，推着我的脑袋："暴力，主要就是送出能量。拳头、棍棒、刀剑、子弹、死亡射线——它们的目的都是把能量倾泻到人体中去。"

"那毒药呢？"

"我说了主要。不要搞凯斐多赫列斯那套。不管怎么说吧，大灾厄前后人们所知的能量最集中的能源是什么？”

“核裂变。”

他点了点头：“这种能源有种最愚蠢的利用方式，就是在一座城市上空分裂一大堆的核子。这很有效，但污染严重，还会毁掉很多不该毁的东西。核攻击最好只针对人。”

“怎么才能做到呢？”

“要杀一个人，你需要的裂变材料微乎其微，这倒是好办。问题是怎么才能把它送到该送的人那儿去。”

“这么说，这是个脏弹类型的计划了？”

“优雅得多。他们设计了一种针尖大小的反应堆。那是个有活动部件的小型机械，里面装着几种不同的核材料。关闭的时候，它几乎完全是惰性的。你可以吃下一匙的这种反应堆，不会比埃菲慕拉修女的麸皮松饼更难吃的。当反应堆调到‘开’的状态时，就会向着各个方向发射中子，杀死周围的所有生命，它的作用半径取决于暴露时间，最大可达半哩。”

“所以才取了这么个名字。”我说，“那发送机制是什么？”

“你能想得到的都可以，”他说。

“那用什么触发？”

他耸了耸肩：“体温。呼吸。人声。定时器。某些基因传序，某种无线电波，或者某种无线电波的‘消失’。还要我继续下去吗？”

“不用了。不过世俗政权现在要用的是哪种发送机制？哪种触发机制？”

他朝远处看了看：“记住，把有重量的东西发射到太空是很昂贵的。发射一个人所需的能量可以把成千上万的万灭者送入轨道。它们尺寸极小，大多数雷达都发现不了。只要能送几个到达坂乌尔努德附近……”

“是啊，这个策略我看明白了。让人产生了一种极为恶心的想法……”

“要我们去发送这些东西？”利奥说，“我想答案是‘不会’。就算去，我们也是去牵制攻击的。”

“我们去是让他们分神的，”我翻译道，“还要用另一种技术来发送万灭者。”

利奥点了点头。

“还挺振奋人心的。”我说。

他耸了耸肩。“也有可能是我想错了。”他指出。

真想出去呼吸点儿新鲜空气。这当然是不可能的，我只好在过道上来回溜

达了一会儿。儒勒·凡尔纳·迪朗在睡觉。萨曼在他旁边低头摆弄着唧嘎。可我一想，不是断网了吗？便从他的背后看了一眼，他正在做着什么演算。

我又从杰斯里背后看了看，发现他看的的确是一本太空服使用手册。再看之下才恍然大悟。不过事实就是这么简单。瓦伊修女坐在相邻的一排，也在钻研着这些文件，还时不时和杰斯里互相交换。其他的谷士都在睡觉。嘉德修士醒着，还在吟唱，但我的耳朵无法在发动机的嗡鸣声中辨出他的低音。我又走了回去，接着瞭望窗外。

飞机斜着飞过一列古老的侵蚀山脉，来到了一片褐色的上空，这片褐色一直延伸到东方的地平线，那是旱草原上被夏季烈日染成褐色的干草。飞机开始下降了。一条河从我们脚下一闪而过，接着出现了一座中型城市的外围工业区。随后我们便降落在了一座空军基地，这片基地十分宽阔，仿佛四面都望不到边，这是由于此处地势平阔，没有用地紧张的问题。

一辆遮着帆布篷的军用毂车来接我们。篷子没有车窗，前面也不透风，但背后有一道缝隙，透过车尾扬起的灰尘，可以看到纵横交叉的街道，这是一座不太繁华的古城。这里的马路和我们见惯的不同，路上的动物很多，还有很多人扛着货物，换了别的地方，这种货物都是托付给轮子的。突然间，街道变得稠密起来，房子也变得古老起来，黄砖上还装点着五颜六色的瓦片。一片浓重的阴影从我们头顶掠过，好像有什么东西低飞了过去。但什么也没有，是车子刚穿过一座开在厚墙上的拱道。连续三道大门在我们的身后关闭，还上了栓。车子停在了一片铺着地砖的广场之上。我们爬下车来，发现已经置身于一座庭院之中，庭院的四围是一圈四层高的古建筑。房屋由砖石和铸铁砌筑而成，依着房屋的是一株花朵盛放的藤蔓，软化了建筑的线条，那藤的主干都和我腰一般粗了。庭院中央是一座喷泉，用来给藤蔓和花盆里的果木浇水，那些果木枝干扭曲，投下了一片片阴凉，若是少了它们，大概也不会有人愿意驻足于此。

"欢迎来到埃尔克哈兹革驿站。"有人用文雅的奥尔特语说道。我们转过头，看到树荫下有位老人，他好像不是当地人——他的种族只应该出现在阿尔布赫星的其他地方。"我是此地的继承人。我叫马格纳斯·佛拉尔，很高兴能够接待你们。"

引见过后，马格纳斯·佛拉尔向我们简要地介绍起了埃尔克哈兹革的历史。大部分内容已不必劳神细听，这段历史我们作弟子时已经学过，只需稍加提点就全都想了起来。这里拥有最古老的一座嘉尔塔斯会马特，它的创建者亲眼见证了巴兹帝国的灭亡，还认识嘉尔塔斯阿妈本人。那些修士修女长途跋涉，穿山越岭，来到茫茫荒野之中，在一条河流主干之外几哩的一个牛轭湖边创立了这处地方。附近还有一条由东向西跨越河流的商道，这条商道说远不远，说近不近，有需要随时可以去买卖东西，又不会对马特造成干扰或威胁。几个世纪过后，一场严冬形成了一座冰坝，紧接着一场春季暴雨引起了河流改道，牛轭湖又变回了活水。商道顺应了这一变化，结果就把渡口选在了埃尔克哈兹革，因为这里驻扎着一座马特，而且它的围墙外边已经有了一圈相对繁荣稳定的世俗社会。

要按阿佛特人的个性，本应放弃这里，迁到更远的地方，或许还会到山里去。然而埃尔克哈兹革的督察却并未如此，因为他们注意到，渡河的牲口驮的不光是纺织品、皮毛和香料，还有书籍和手卷。他们不仅做出了妥协，还挨着马特建造了一座驿站和一座渡口，发展起了繁荣的副业，这真能让嘉尔塔斯阿妈从棺材里蹦出来，抢起酒瓶追着他们打。他们还设了一项关税，通关者都要把书籍和手卷拿出来，让埃尔克哈兹革的修士修女们誊抄一份副本。他们连不知道是什么意思的书籍也抄了下来。继而他们又拓展了对权限的解释，开始临摹起了纺织品、陶瓷和其他货物上的几何纹样。长话短说，因为这里的修士修女对平面几何和拼砖问题有着特别的兴趣，所以在全世界理学者的心目中，埃尔克哈兹革都成了拼砖问题的代名词。很多重要的砖块形状和相关定理都得名于这里的修士、修女或这组建筑群中某块特定的墙壁、地板。

它早已不再是一所马特。在复兴时代，它的藏书流散和传抄到了世界各地，这座建筑也落入了私人手中。在改组时代，它没有转型为一座新马特。相反地，尽管马格纳斯·佛拉尔没明说，但也不难推测，是一个历史悠久的综合金融机构接管了它，而现在埃克巴的经营者就是这个机构。

嘉德修士没听这段介绍，溜达到别的庭院去了。埃尔克哈兹革过去曾是个庞大而富有的地方，这里的庭院连绵不尽。但如今在人口稠密的城市版图上，它就像个漫无边际的黑洞，这里住的人很少，只有马格纳斯·佛拉尔和他的一位合作伙伴，一些来访的阿佛特人（不过这些人昨天已经被打包送走了），以及看门人与文物保管员组成的员工队伍，他们是负责照看这个地方的。因为这里的艺术品——那些拼嵌在石墙上的花砖——是无法装在车上运进博物馆的。

要是能把大脑关掉就好了，自打前在天特雷德加的那个挖坑实验以来，我基本上一刻未曾歇息，这段时间实在是状况频出。但埃尔克哈兹革的视觉环境实在过于丰饶，一组接一组的拼嵌图案，不仅是一件件精致迷人的艺术品，也是一道道深奥的理学命题，它们都在向我呐喊，我却因为疲惫或愚蠢而听不懂它的语言，可即便如此，它们的丰饶依旧扑面而来。就像是一针跳草萃取剂，让我又神志不清地睁了一个小时眼。而当我合上双眼，暂时从这无情的华丽之中解脱的时候，黑暗中又爬出了一连串的疑问。我们的主人与秘书夫人同姓，这当然有趣。317 小组来到这里会是巧合吗？显然不是。这意味着什么呢？说不上来。我应该现在就试着去解开这个谜题吗？不，就像我不应该试图去掌握那些图案的含义一样，那些图案爬满了我周围的所有墙面，就像是要爬进我闭着的眼皮，侵入我的大脑似的。

庭院中有一座十边形的空场——理所当然。嘉德修士找到了它。这块地上是已经完成的泰格龙，解出它的或许是某位往昔的几何大师，或许是一台句法机。我们当中还没人亲眼看见过它的完全解，于是全都呆望了一阵。院子周边有些筐子，里面是颜色各异的泰格龙砖块，嘉德修士正在用脚指头推着砖块挪来挪去。我突然想到，还没见他睡过觉呢。可能千年士是不睡觉的吧，于是我们把他留在了那里。马格纳斯·佛拉尔领着我们其余的人来到了老回廊院，五千年来它一直未曾被改造过。也就是说，没有电，甚至都没有下水道。我们每人分到了一间小寝室。我那间屋里有张床，还有一大堆砖块。我把那些老旧、破烂得出奇的百叶窗关了起来，省得因为有光让那些砖块映入眼帘，钻入大脑，然后便跪爬着摸到了床铺。

"我忽然想到，"我们再次醒来的时候，阿尔西巴尔特说，"我觉得我们的世界没有一样东西是这个样子的。"

"我们的世界指的是——？"

"现代的，改组后的马特世界。"

"那这个样子指的是——？"

他挥舞着双臂东张西望，摆出一副"你瞎了吗？"的架势。

我俩站的地方是一层的一间凹室，凹室的开口对着回廊院内侧。回廊院的地板上也铺着成千上万的地砖，都是一模一样的角状九边形，以机床切割般的精准度拼出了一幅不带重复的双螺旋图案，看一眼都让人头晕目眩。我转头便看到了桌上摆着的面包卷，非常新鲜，面包上还冒着热气，阿尔西巴尔特这个声名狼藉的小偷，已经下了手。这面包卷是用几条面坯以少见的样式编结而成的，恐怕这花样都有着深刻的理论的意义，还冠着某位埃尔克哈兹革髦人的名字。"我只是想，我们的世界可没有一样东西如此古老，如此——唉，美妙。"阿尔西巴尔特含着半口面包接着说道。

"要成为无玷马特，办法不止一种，我猜。"我撕了一块面包坐在了桌边，那桌面上也毫不例外地镶满了切割细密的异域木材。"只要不再是一所马特就行。"

"因此也就可免于劫掠。"

"没错。"

"但什么样的企业能持有一件产业长达四千年之久？"

"在埃克巴的时候我就一直在问自己这个问题。"

"啊，那你比我抢先了一步，伊拉斯玛修士。"

"我猜你可以这么想。"

"你得出什么结论了？"

我停了一会儿，嚼着面包，这大概是我吃过的最棒的面包。"我不在乎那些，"我最后说道，"我无须知晓宗系的那些规章制度，那些组织机构，那些财务报表，还有他们冗长的历史。"

阿尔西巴尔特吓了一跳："你怎么可能不着迷于——"

"我着迷，"我坚持，"问题就在这儿。我已经得了着迷倦怠症了。在所有让人着迷的东西里，我只能选择一两样。"

"这儿就有个选项。"萨曼宣布，他已从隔壁的院子跨了进来，估计那个院子能连上大罔。他在我旁边坐下，把唧嘎放在了桌上。屏幕上显示的是我在飞机上看他做的那套演算。"年表，"他说，"按儒勒的说法，自从达坂乌尔努德踏上它的第一次宇宙际航程以来，已经过了八百八十五年半的时间。"

"谁的年？"杰斯里问，他寻着面包的香味从寝室一路飞下楼梯，像个摔跤手似的扑了过来，撕下了一块。

"那，当然就是全部问题所在了。"萨曼咧嘴笑道。

阿尔西巴尔特从餐柜里找到了一罐水，把水倒进了几个雕着几何纹样的平底陶杯里。

"如果乌尔努德星的年也跟我们的差不多的话，那时间可够长的，"我说，"谢谢你，阿尔西巴尔特修士。"

"那些乌尔努德人和后来的特洛人，在若干次接触之间都在长时间地漫游。

儒勒认为那就是他们脾气暴躁的原因所在。"

"能给我们一个换算系数吗——"杰斯里说，他的腔调在说：我是绝不会让这次谈话跑题的。

"这就是我一直在研究的。"萨曼边说边向阿尔西巴尔特点头致谢。他喝了口水。埃尔克哈兹革的气候能吸干你的水分，"问题是，儒勒是个语言学家。他没太注意过这个问题。他知道的是乌尔努德年的时间表，乌尔努德年是他们那儿的标准单位，但是他不知道它跟阿尔布赫年的换算系数。但无论如何，我能通过某些线索把它算出来——"

"什么线索？"杰斯里问道。

"在我们撤离特雷德加的时候，有一群谷士突袭了所谓玛塔尔隐修会的住宿地，趁着乌尔努德的那些家伙还来不及毁尸灭迹，攫取了大批的文件和句法机。我的同胞们还在对那些句法机做虚拟化，先别管这个，但那些文件带有乌尔努德单位的时间标记，可以拿这些事件的时间跟我们的日历做个比对。"

"请等一下，我们怎能看得懂乌尔努德语写的文件呢？"阿尔西巴尔特一边问一边坐下吃起了另一块面包头。

"我们看不懂，但密码分析员很容易就能看出，那些文件具有相同的格式，其中包括一串字符，很容易解译为时间标记。他们有一套特殊的拼音字母表，是用来拼写专有名词的；只要他们遇到一颗新行星，就会把这套字母表重新捡起来。这对破译来说太基础了。所以，我们要是看到一份文件上有'杰斯里'和他在全体会上的话伴名字的拼音——"

"我们就能推断出，这份文件肯定是汇报我从太空回来后参加的那次全体会的，"杰斯里说，"而我们知道这个事件的阿尔布赫日期。很好。我同意，这些信息的确能让你确定阿尔布赫年和乌尔努德年之间的换算系数。"

"是的，"萨曼说，"尽管还有一点儿误差，不过我相信，按阿尔布赫年计算，乌尔努德星人开始他们的宇宙际航行的时间距今差不多有九百一十年了，至多往前或往后推二十年。"

"就是介于八百九十年前和九百三十年前之间。"我翻译道，可惜这么一大早的，我的算数能力也就到此为止了。萨曼使劲盯着我的眼睛，希望我能醒得快点儿，能再进一步，但是计算可不是我的强项，尤其是当着观众的面。

"改元 2760 至 2800 年吧？"一个新的噪音加入了进来。利奥，他正和儒勒·凡尔纳·迪朗一起从回廊院的对面走来。这两人看上去可不像刚起床的，我猜利奥肯定去找儒勒弄情报来着。

"对！"萨曼说，"第三劫掠的时候。"

马格纳斯·佛拉尔的一名员工端着一大盆去了皮切成块的水果走了过来，他把水果舀进几只碗里，递给了大家。

儒勒撕了一块面包开始吃了起来。这起初让我吃了一惊，他又不能吸收里面的营养。但我猜这能让他填饱肚子，让他觉得不那么饿。

"等一下，"杰斯里说，"你是想提出一种理论，说这是种因果关系在起作用？那些乌尔努德人开始他们的航行，是因为在阿尔布赫发生的事件？"

"我只是说，这是个值得注意的巧合。"萨曼说。

大家便趁吃东西的时候思考起了这个问题。我来得早些，已经吃完了，便向杰斯里和利奥——还有后来的几位，包括三名谷士——简单介绍了我们在那次"世界多元性"膳席上谈到的"灯芯图"，以及阿尔布赫可能是其他世界（例如乌尔努德星）的HTW的想法。后来的人也没完全弄清刚才在谈些什么，还得给他们"补课"，有那么一会儿，谈话竟乱成了一锅粥。

直到杰斯里高声总结道："所以，根据那个脚本，信息是能从阿尔布赫流到乌尔努德的。"声音大得一举夺回了阵地，让别人都闭上了嘴巴，"但为什么第三次劫掠会在一位乌尔努德星的舰长身上触发这样的行径呢？"

"杰斯里修士，别忘了萨曼指出的误差界限，"阿尔西巴尔特说，"触发的因素可能是改元2760年前后四十年中发生的任何一件事情。我要提醒你，这可能包括——"

"导致第三次劫掠的那些事件。"我脱口而出。

沉默。不安。目光躲闪。只有儒勒·凡尔纳·迪朗除外，他直盯着我，正在点头。我想起膳席上他也曾表现出想要碰触这个痛苦话题的愿望，才终于下定了决心。"咱们就别再兜圈子了，"我说，"现在一切都对上号了。埃德哈的克拉特兰德修士只是冰山一角。当时还有很多人都在研究某种特定的实践理学，说不定成千上万的阿佛特人都投入了这种研究，而且普洛克派和哈利康派的都裹了进去。这种实践理学究竟有何用途？现在已经不得而知。但从停车场恐龙的事件可以看出，这种技术在出错的时候会发生些什么。出了这种事儿，我们也知道世俗世界的人是怎么想的，怎么做的。他们销毁了一切记录，屠杀了所有研究者——只有三座无玷马特除外。完全没人知道自那以后像嘉德修士这样的人一直在忙些什么。但我敢打赌，他们肯定一直在守护着它——"

"让导航灯一直亮着。"利奥叫道。

"是啊,"我说,"不过在 2760 年前后,在这种实践理学达到巅峰的时候,某种相关的信号沿着灯芯图上的路线传了下去,不知怎的就被乌尔努德的理学者注意到了。"

"他们是被吸引到这儿来的,你是说,"利奥说,"就像开饭铃似的。"

"就像这面包的香味。"我说。

"吸引他们来的或许不仅有面包的香味,伊拉斯玛修士,"阿尔西巴尔特提出,"或许还有谈话的声音。似有若无的说话声,虽然离得远了听不出说的是什么,但足以让有知觉的人产生兴趣。"

"你是说,飞船上的乌尔努德理学者当初沿着灯芯接收到阿尔布赫渗透下来的气息、暗示或是信号时,就是这种情况?"我说。

"正是。"阿尔西巴尔特说。

我们都转向了儒勒。他已经从一个口袋里掏出了他的地球食物——他是先用消化不了的东西满足口腹之欲,再来几口身体能够消受的食物。他发现大家都在看着自己,耸了耸肩,把吃的咽了下去。"你们没必要干等着'基座'给什么解释。九百多年前的理学者是有理性的,这个可以肯定。但经过了漫长、黑暗的流浪之旅,他们已经变得越来越像一群祭司。这些祭司离他们的神越近就越恐惧。"

"我想知道,能不能让他们发现自己其实离神并没有那么近,好让他们平静下来。"杰斯里说。

"你是什么意思?"儒勒问。

"嘉德修士的确是个有趣的家伙,"杰斯里说,"但是他似乎不喜欢什么神,甚至不喜欢什么先知,我觉得。虽然他整宿都在吟唱或者玩泰格龙,但不管他究竟在干什么,应该都跟神没关系。我想他只是在采集从灯芯上游传向阿尔布赫的信号。"

现在所有人都吃完了,就差嘉德修士了。我们发现他正坐在十边形的中心吃东西,原来职员把他的食物送到那儿去了。那个十边形看上去完全变了。昨天我们走时,还是用巴掌大的泥砖铺的,这种砖块和我在奥利森纳玩的一样,是深棕色的,表面上有凹槽,只是按比例缩小了一点。凹槽线应该从一个顶点连续不断地延伸到对角,我也没花工夫核对,但估计那个解法是正确的。昨天我还看到,庭院边上也堆着一筐一筐的白色瓷砖,是为想要一试身手的人预备的，瓷砖上的线条是用黑釉画上去的，不是凹槽。而现在，那些篮子全都空了，嘉德修士正在一片天衣无缝的白色庭院里品味着他的早餐，一条黑线在白色的地面上蜿蜒而过。一夜之间他就全拼完了。我们看明白之后，爆发出了一片掌声。阿尔西巴尔特和杰斯里还像看球赛似的喝起彩来。谷士们则走到嘉德修士面前，深深地鞠躬致敬。

出于好奇，我退到了十边形外面。这块十边形是个比地面高出几吋的平台。我蹲下身，掀起了一块嘉德铺的白瓷砖，露出了下面的棕色泥砖。如我所料，嘉德做出的是一种全新的解法，棕色砖块的位置和新铺上去的并不匹配，说明嘉德修士并不是在重复旧的解法。

"这已经是第四种了。"一个声音说道。我一抬头，发现马格纳斯·佛拉尔正看着我。他冲我手里那块瓷砖点了点头。我又仔细地看了看十边形台子的边缘，才发现棕色泥砖的下面是一层绿砖，再下面还有一层赤陶的。

"哦，"我说，"我猜你又得烧一批新的了。"

佛拉尔点了点头，面无表情地说道："我觉得没必要那么着急。"

我把那白瓷砖放回了原位，站起身来，又踏上了那个十边形。这里是露天场所。我仰起脖子笔直向上看去。"你觉得他们也注意到了吗？"我问。马格纳斯·佛拉尔露出一脸困惑的表情，什么都没说。

317组的集会地点是一座昨天没到过的庭院。这座庭院是圆形的，顶上遮着一座生态凉棚。他们栽了五六棵巨大的藤本开花植物，几株藤蔓在庭院的上方相互纠缠，形成了一座稳定的拱顶，有五十呎高。斑驳的光线透过枝蔓，照亮了凉棚下的空间，但从顶上俯瞰，这就是一个缀着彩色斑点的绿色实心半球。庭院靠边的地方码放着几捆看起来非常贵重的神秘物品。我们一上午都在给这些东西解捆，拆包装，还列出了一份物品清单。我们这些人现在需要的就是这种不动脑子的劳动。

看这些东西的质地，就知道我们肯定是要上太空了。百分之八九十的重量都来自包装。那些漂亮的箱子有二十磅重，打开一看，里面的装备却轻得像干花一样。我们甩掉帛单和弦索，换上了那轻若无物的炭灰色连体服。"这是为你好，"杰斯里审视着我说，"在零重力下，帛单是不会下垂的，不知你懂不懂我的意思。那可就糠了。"

"跟你自个儿说去吧，"我说，"还有什么是我需要知道的吗？"

"如若你觉得晕——你是肯定会的——就会一连晕上三天。三天后有可能会

好起来，不然的话就会一直晕下去。我也说不准。"

"你觉得我们能有三天的时间吗？"

"除非把我们送上去只是为了分散对方的注意力——"

"所以你的意思是他们不是让我们去送死的？"

"是呀，那样的话完全可以送普洛克派的人去嘛。"

我们的谈话引来了别人的注意，连谷士们都看了过来，但他们却不是听杰斯里逗贫嘴的。杰斯里便清了清嗓子，朝利奥喊道："怎么了，我的弟兄。"

利奥跳上了一座盖着篷布的台架，所有人都安静了下来。

"我们不知道要执行什么任务，"他开始说道，"也不知道为什么要去，这些都不让问。但是我们必须得到那儿去。"

"去哪儿？"儒勒问道。

"去那个达坂乌尔努德。"利奥说。

原先我们也不是没集中注意力，只是现在的注意力更集中了。所有人好像都精神了起来，尤其是儒勒。"吃的！我来啦。"

"我们如何才能登上一艘全副武装的——"阿尔西巴尔特开口问道。

"还没告知我们。"利奥说，"这样也好，光是离开地面就够困难的了。我们不能使用一般的发射点。估计基座已经发出过威胁了，如果他们发现哪里在做发射准备，就会把发射点碾平。这就意味着我们也不能用一般的火箭，因为它们都是定制的，只能从站点发射。这还意味着我们不能坐一般的太空船，杰斯里，你坐过的那种我们坐不了了，因为那种太空船只能用我刚说过的那种火箭发射。不过有种替代方案。在上次大战中，研制了一套使用可贮存推进剂的弹道导弹。它们可以用野战履带车发射。"

"那不成，"杰斯里反对，"弹道导弹并不能把有用载荷送入轨道，顶多只能把弹头送到星球的另一面。"

"但你可以把弹头去掉，换成这种东西。"利奥说着就跳了下来，抓起盖在台子上的篷布，双臂和腰胯一齐发力才把它扯了下来。露出来的是一件设备，比大件家用电器大不了多少。看起像是在焊台顶上装了个小亭子。不过这个"小亭子"非常之小，利奥演示了一下，它的大小只够一个人蜷成一团缩在里面。亭子顶是个冲压成圆帽形的金属片，表面上还涂了一层坚硬的涂料。支着顶子的是四根纺锤形三棱柱，就像四个微型的无线电发射塔。

所以说这个小亭子有顶也有柱，但没有底。底板的位置只有个环形的框子，框子边上有三个向内的突耳。只有一块三合板搭在这些突耳上，利奥进去的时候，后背就顶着这块板子。不过他一出来就把板子撤掉了，下面是空的，只有一些结构性部件和管道系统。管道系统连着一些球形的罐子，两个大的，几个小的，大的外面还套着一圈圆环，但不论哪种，都比体育用品店卖的皮球还小。罐子的外面都包绕着各式的管道和电线。这东西底下还拖着一条昆虫螯针似的东西，那是个火箭的喷管，小得让人沮丧。"真用的时候还要用螺栓在下边接一个喷管裙，"利奥告诉我们，"有这个整整一级那么大。"

"一级？！"萨曼惊叹道。"你的意思是，像在——"

"是的！"利奥说，"我正要告诉你们哪，抱歉我没说清楚。这就是火箭最顶上的一级，咱们一人一个。"为了让我们看清那个喷管，他还抓着一根支柱往上一提。这一级火箭便整个歪倒，露出了底部。

"你肯定是在开玩笑！"我惊呼着，伸手抓住他手里那根支柱，用肩膀把他拱到了一边。他便松了手，让我自己扶着。这一级火箭的重量比我的体重还要轻得多。其他人也都挨个儿试了一把。

"火箭的其他部分呢？"杰斯里问。

一阵尴尬的沉默。

"这就是全部了，"儒勒·凡尔纳·迪朗惊叹道，虽然大家都是第一次见这东西，但他已经完全看明白了，"这想法真是模拟爱飞客[①]！"

"好吧，看来你是一位模拟爱飞客的专家，"杰斯里说，"既然如此，也许你能告诉我们，四条腿加一个顶盖怎么能够包住加压的大气！"

"它不叫模拟爱飞客，"利奥温和地提出异议，"它是——噢，算了吧。"

"我们只有太空服，我说得对吗？"儒勒望向利奥问道。

利奥点了点头："儒勒明白了。因为反正我们也需要太空服，它已经配有生命支持、卫生，以及其他所有设施了，再发送一个配备同样系统的加压舱就多余了。"

我原以为杰斯里会进一步提出反对意见，但他突然话头儿一转，扬起双手把杂乱的低语声压了下来。"我到过那儿，"他提醒我们，"我可以告诉你们，我

---

① 模拟爱飞客（Monyafeek）：模仿英文拼读规则的法语单词"Magnifique"（宏伟）。人物儒勒·凡尔纳·迪朗的姓名已暗示了他的法国血统，此处的特殊拼写应暗示人物在说奥尔特语的时候夹带了法语单词，后文亦可见，这个单词因被阿尔布赫人误解，最后将错就错成了这种发射技术的代名词。

可一点儿也不想重温与他人共用太空舱的体验了。没被飘过来的呕吐物砸个正着，你都不知道什么叫恶心。更别提那种冒充厕所的东西了。从那些小窗户往外看也太困难。我认为这是个伟大的想法：每人封在自己的私人太空船里，自己放屁自己闻，透过面罩尽享辽阔美景。"

"穿着太空服又能活多久？"我问。

"你会爱上它的，"杰斯里叹道，看到利奥点了头，他就走到一件组装好的太空服前讲了起来。那是利奥刚才在格拉索的帮助下花了一个小时装起来的，杰斯里拍着一个插在太空服背囊上的绿色金属罐说道，"液氧！可以用整整四个小时，就在这儿。"

"但要遵守使用规则。"瓦伊修女插话说。

"液氧？！低温存储的？"萨曼问。

"当然。"

"低温能维持多长时间？"

"在太空里吗？这倒不成问题。只要燃料罐里有充足的燃料，制冷器就能一直运行，要制冷多久都行。"他又拍着一个红色罐子说道，"液氢。容易开，容易关。"他把罐子拧下来，给我们看了些复杂的闭锁（密封）器件，就又把它拧了回去。

"这么说我们得跟燃料罐争氧了？"阿尔西巴尔特问。

"要把这想象为合作。"

"废物呢？"有人问，但杰斯里早有准备。

"二氧化碳用这个吸收。"他拧下一个白罐，朝着大家挥了一下，"这个失效了可以换新的。然后把用过的拿到供应站那儿去，就像这样。"他拿着罐子走到了另一台设备跟前。这台设备看上去和太空服是一套的，上面布满了各种颜色的接口，连着各式各样的瓶瓶罐罐。他把那个二氧化碳吸收器插到了一个插口上，"它会通过焙烧驱除吸收器里的二氧化碳。等到这个标记变色的时候——"他指着罐子侧面的一个指示器说，"——就可以重新使用了。"

"这台设备也是气体和燃料的储备站吧？"瓦伊修女盯着氧罐和氢罐的插口问道。

"只要它还在工作，就可以提供这些补给，"杰斯里说，"这就意味着还得给它接一个水袋和一个能量源，一般是用太阳能板，不过我们用的是微型核反应堆。它可以把水分解成氢和氧，把它们液化，再充进插在出口的罐子里。它还

可以利用热能对回收器进行再生，这我刚才已经说了。同样的，你们的废物袋
满了之后，这个一会儿再说——就把袋子接到这儿——"他一丝不苟地指向一
排黄色的接口。

"你是说我们要在这套衣服里排泄？"阿尔西巴尔特问。

"谢谢你自愿为大家演示这项出色的实践理学特性！"杰斯里叹道，"利奥，
拉兹，劳驾帮你们的弟兄挡一下好吗？"

利奥和我捡起了阿尔西巴尔特扔在一边的帛单，一人扯着一头，拉起了一
道帘儿，阿尔西巴尔特就在后面脱掉了他的连体服。与此同时，杰斯里把一套
超大号的太空服推了过来。太空服是挂在一台有轮子的装置上的，杰斯里称之
为着装台。太空服的头身部是一体的坚硬部件，简称 HTU，在它的背面上半截装
有合页，可以像开冰箱门那样掀开。胳膊和腿是分体的，每一节都像鼓豆荚似的，
又短又硬，可以像串珠一样连成一串。这套太空服跟我记忆中在斯皮里上看到
的不大一样，也不同于天堂督察穿的那套。这件更大，更厚实，看着就让人放心。
它的涂装也跟别的截然不同，和杰斯里刚才摆弄的其他东西一样，这套太空服
也是哑光黑的。

阿尔西巴尔特朝着着装台走去，伸手抓住下巴前面的一根横杠，连爬带拽地
蹬上了太空服后门处的踏板。这次他表现得出人意料的勇敢。也许他是想起了
进集修院之前看的那些科幻斯皮里，要么就是他不喜欢光着身子。杰斯里也来
帮忙，让他先把两条腿伸进 HTU 下面的腿孔，然后再坐进去。他两条腿滑下来
的时候，一节节硬壳还扭来扭去的。看来每两节球段之间都是用气密轴承连接
的。每一节都能独立转动，所以胳膊肘和膝盖都能正常弯曲，也就用不着一整
套复杂的关节了。这下子阿尔西巴尔特看上去更像个不倒翁了。他先后活动起
了双腿，让我们看清了这些节段的活动方式。

"希望你注意到大腿和腰部周围的袋子了。"杰斯里指着垂挂在 HTU 内壁上
的几个袋子，它们看上去像是橡胶制品，"它们将在几分钟后颠覆你的世界。"
杰斯里说。

"注意到了。"阿尔西巴尔特说着又把两条胳膊伸进了手臂部分，这是两段
没有手的桩子，最下面一节是笨重的半球形帽。现在他只有后背和屁股露在外
面了。杰斯里替他关上了后门。

既然我们的弟兄已经梳妆得当，我和利奥就放下帛单，转到了阿尔西巴尔
特的正面。他的声音被捂在里面，我们几乎什么都听不到。杰斯里把一条电线

插在他胸部的一个插座上，打开了放大器。我们便从扬声器里听到了阿尔西巴尔特的声音："在这里面我还有好多要学的，真希望我能看见自己在干什么。"

"这个我们看着呢。"杰斯里做着保证，但这话说得心不在焉，因为他正忙着检查太空服正面的显示数据，好确认他的弟兄不会憋死在里面。我发现别人都盯着阿尔西巴尔特的正面开心地乐着，于是也绕到那面，看到他胸口正中镶着一小块平板斯皮里显示屏。正在直播阿尔西巴尔特的脸，那是头盔里面的斯皮里摄录器拍到的。因为是鱼眼镜头近距离拍摄，所以他的脸严重地变了形，不过我们总算不用干瞪着那个不透明的烟色玻璃面罩了。"求你告诉我，我嘴前面的那些喷嘴都是干什么的？"阿尔西巴尔特眼睛瞟着下方问道。

"左边，水。右边，食物和急救药物。中间那个大的是排水口。"

"什么？"

"你可以吐到里面。别弄错了。"

"啊。"阿尔西巴尔特转着眼睛透过面罩看向应该是手的部位。他抬起一条胳膊，把那段桩子举到看得到的地方。突然，它弹开了一个锁扣。我们都吓了一跳，里面蹦出了一只金属大蜘蛛，还挥着爪子。再看之下，原来是一只骷髅手：骨骼、关节、筋腱，都和真手一模一样，不过都是用机械加工的黑色阳极化金属做的，没有皮肤，只有指尖上贴着一点点黑色橡胶垫。这只手整个地连在桩子端头的腕关节上。一开始，它只能断断续续地扭转和摆动。渐渐地，那些关节好像一个个落入了阿尔西巴尔特的掌控之中，开始像一只真手那样做起了动作。他抬起另一条胳膊，锁扣弹开，另一只手也冒出来了。不过这只没那么像人手，上面装的是一些小工具。

"讲讲你自己的两只手都在干什么吧。"我请求道。

"胳膊顶端有很大的空间，"阿尔西巴尔特说，"里面有个手套，我可以把手伸进去。你们看到的那只骷髅手和这只手套之间有机械连接。"

"纯机械的？"萨曼问，"没有伺服助力吗？"

"纯机械的。"杰斯里说，"你们自己看吧。"于是我们都围上去看了个仔细。那骷髅手是由若干金属带和金属推杆驱动的，这些驱动件都收进了桩子里面，我们猜它们是直接连在那只手套上的。

"从某种角度看很简单，"奥萨修士评论说，"但其实又非常复杂。"

"是的。如果不要求气密性，一位中世纪的工匠也能靠手工把它整个打造出来，只要肯花工夫就行。"杰斯里说，"幸运的是，马特世界有的是中世纪工匠。

而且，不管你信不信，制作这样的东西要比制作一只什么都能干的太空服加压手套还容易。"

"这桩子头上还有些别的控制装置。"阿尔西巴尔特主动说，"如果我把手从手套里抽出来——"那骷髅手一阵摆动，垂了下来，然后就又弹回了桩子头上的储藏部，锁扣也关上了。"现在，"阿尔西巴尔特说，"我正在这桩子的内壁上摸索，里面装满了各式各样的按钮和开关。"

"那些可得小心。"杰斯里建议，"太空服的功能大部分是声控的，但也有手动超驰控制，你可别把它们弄乱了。"

"我们又看不见，怎么分得清这些按钮？还有好多不知道是什么的东西。"阿尔西巴尔特问道，在斯皮里屏幕上我们可以看见，他的眼珠正无奈地转来转去。

"大部分按钮是键盘，可以用手指在上面输入字母和数字。萨曼可以直接用。其他人还得摸索摸索。"

"那么，"我问，"你总体上感觉如何？"

"舒服得让人吃惊。"

"你发现了吧，这套衣服跟身体接触的部位相对较少，"杰斯里说，"那是为了舒适。只要有这样一套简单的空调系统就可以调节你的体温了，就不需要天堂督察穿的那种管子服了。但是有限的接触的部分也能把你抓牢——说一句'保洁周期开始'。"

"保洁周期开始。"阿尔西巴尔特笨嘴拙舌地重复道，还没说完他就吓了一跳。显示人脸的斯皮里下方有一块状态面板显出了"保洁周期"这几个字。他的眼睛都瞪大了。"噢，天哪！"他惊叹着。

大家都笑了。"不介意的话就讲讲吧？"杰斯里说。

"你原来指给我看的那些气囊，都鼓起来了。就是我的腰和大腿周围的那些。"

"你的胯部现在已经跟太空服的其他部分完全隔离了。"杰斯里说。

"没错！"

"你可以解决生理需要了。"

"我觉得咱们可以跳过演示的这个部分，杰斯里修士。"

"随你的便。说'保洁周期结束'。"

阿尔西巴尔特照着说了，我们看到听到他的反应禁不住又笑起来。"有热水正在冲我喷射。前后都有。"

"对啦。男女一律，不管你喜不喜欢。"杰斯里说。着装台上有一根粗管，杰斯里把它拽了过来，插在了太空服上一个不大体面的位置，"地面上没有太空里的真空吸力，所以我们模拟了一个。"他一按开关，一台真空吸尘器便响了起来。屏幕里又上演了一段喜剧。阿尔西巴尔特告诉我们，现在正有一股强气流在把他吹干，然后说："完事了，袋子都瘪了。"

"我们知道。"萨曼看着状态显示板说道。

"这项工作每做一次就会耗掉一些空气，所以要节约使用，"杰斯里警告我们，"但重点在于——"

"只要那座供应站开着而且持续运转，我们就可以在这里面活上很长一段时间。"我说。

"对了。"

"这太空服跟天堂督察穿的那件完全不一样，"奥萨修士指出，"更高级。"

"加工得很漂亮。"我说，真希望珂尔德能到这儿来，她一定会称赞那条围绕在阿尔西巴尔特腰部的环形轴承，这道轴承位于太空服后门的下方，这样扭腰的动作也毫无阻碍了。

"简直难以置信，"这是阿尔西巴尔特的评价，"就算我再佩服大集修上的修士修女，也无法相信他们能在得到通知后的短短几天里设计出这么复杂的东西来。"

"不是他们，"杰斯里说，"这种太空服的样式，小到细枝末节，都是二十六个世纪以前的设计。"

"为了大銆？"萨曼问。

"没错，那次大集修可为它花了好几年的工夫。设计稿被送到了埘拉布集修院，第三次劫掠的时候，那里的修士和修女随时都把它们带在身上，这才保存了下来。去年几何学家落在环阿尔布赫轨道上的时候，就已经有过一整轮唤召了，只是我们在埃德哈从来没听说过，那次的目的就是集中人才重启这个计划。为了制造这个——"他拍了拍阿尔西巴尔特的肩膀，"——和那个，"他又指了指那台模拟爱飞客，"花的钱多到难以想象。注意这几个衔接点，"他把阿尔西巴尔特转了过来，向我们指出了他后背上的三个凹槽，它们排成了一个三角，形状跟模拟爱飞客环形底框上那三个突耳一样，"凹槽和突耳可以扣在一起，将二者形成一体。因此也不需要其他的附件了——没有加速靠垫。发射时太空服内侧的气袋会充气，可以支撑住我们的身体。"

"叹为观止。"萨曼说，"在这里面唯一干不成的就是偷偷摸摸了。"

所有人都不明所以地看着他。他咧嘴一笑，朝阿尔西巴尔特的胸部挥了挥手，斯皮里画面、数显和状态指示灯一应俱全地亮着："完全防止了暗箱操作。"

格拉索上前一步，抠住 HTU 锁骨位置一条几乎看不出的突沿往下一拉。一道黑色的伸缩板被拉了出来，它往下一滑，正好锁在了腰部轴承的上方。所有的指示灯和显示屏都被遮住了。现在阿尔西巴尔特从头到脚都是清一色的哑光黑了，就像是一整块湿木炭雕出来的一样。

"真了不起，"奥萨指出，"杰斯里修士，要知道，你跟天堂督察上去的时候这些还都没做出来哪。"

杰斯里点了点头："现在有十六套了。"

"但我们是十一个人！"扩音器里传来阿尔西巴尔特的惊叹。我们都已经忘了他还在那儿了。他把骷髅手伸到腰间，摸到挡板的锁扣，把它撩了上去。斯皮里露了出来，我们又看到了他那令人熟悉的眼睛外突的吃惊表情。

"不错。"杰斯里说。

"个中用意应该显而易见，"利奥说，"但我还是要说个明白，这事儿不能搞砸，我们不能，导弹发射人员也一样。这些都是军事机密。基座从阿尔布赫获取的信息几乎都是通过大众文化泄露到太空中去的，所以他们应该不会知道这些东西的存在。它们已经专门设计成了从上空很难看到的样子。但是只要发射，几何学家的监视器就能捕获到热信号，他们就能了解到它们的一切了。所以不发则已，要发就得一次全部发出去。要发射的东西总共有一两百发，得在十分钟的发射窗口期里全部发完。现在离这个窗口期还剩整整三天。其中十一发是运载本小组成员的'模拟爱飞客'。还有几发要运载我们需要的设备和消耗物资。"

"其余的呢？"萨曼问。

利奥什么也没说，不过瞥了我一眼。我们俩都想到了万灭者。"诱饵和干扰箔条。"他最后才说。

"我们上去以后要干些什么？"阿尔西巴尔特问。

"归并其他的有效载荷，把它们装上一个推进平台——我实在没法管这东西叫'运载器'——这个平台会把我们再投射到一条新的轨道上，"利奥说，"上了这条轨道，我们就能与达坂乌尔努德交会了。"

"这些我们也能猜得到。"杰斯里说,"阿尔西巴尔特修士真正想问的是——"

奥萨修士走上前来,朝利奥使了个眼色,意思是"我可以说两句吗"。我们还没怎么听过这位谷士首领讲话,便全都凑到了能看清他的地方。"对于你们这些人来说,最大的困难不是完成指定的任务,而是克服无法得知全盘计划的羞辱感和不确定感。这种情绪会妨碍你们。你们现在必须当机立断,要么继续,要么退出。如果要继续就得明白,全盘计划可能永远也不会向你们泄露,因为一旦泄露就会产生明显的弊病。不然就退出,把太空服让给别人。"他说就就退了回去。之后一分钟里都没人说话,大家都在做着各自的决断。但不知我此刻的所思所想能不能用"决断"来描述。因为我心里一丝与决断相干的情绪也没有。现在退出这个团体简直不可想象。根本没什么决断可做。奥萨修士毕生都在为这样的情况做准备,无疑对此了然于胸。他并不是真的要让我们做决断,而是以一种得体的外交辞令告诫我们:别多嘴了,把精力集中在手头的事情上吧。

在卡车拉我们去机场之前,我们每天都要工作十八个小时。不过粗心的旁观者可能会以为我们只有一半时间在工作,其余时间都在玩电子游戏。挨着庭院的三间屋里都装上了句法机,每台句法机连着一个巨大的环绕式斯皮里屏幕。每个屏幕中间都放着一把椅子,椅子边上装着一只拆下来的太空服手臂。我们便轮流坐上椅子,把手伸进那只手臂里去摸索那些控制开关。屏幕上放映的是模拟场景,是我们绕底轨道漂浮时透过面罩看到的情景,上面还有各式各样的读数和指示标记,那是太空服内的句法机在面罩上映出的内容。我们手下的控制开关还可以接到模拟爱飞客的推进器,这样我们进入轨道后就可以机动飞行,完成一些任务了。左手下方有个可以自由转动的小球;右手下方有个蘑菇形手柄,可以向四个方向推动,也可以按进拉出。左手的小球是控制太空服转动的,很容易操纵,但单用这个只能在太空中原地打转。右手的手柄才是控制位移的,这个操作起来难度较高。在轨道上,物体的运动完全跟我们习惯的不同:要追赶同一轨道上的目标,我会出于本能地启动一个能把我向前推的推进器。但那只会把我送上一个更高的轨道,我的目标也会落到我的下方。到了那里,我们在地面上熟悉的一切都会变得不对头。就算有谁曾经抱着敖罗洛的脚丫子学过轨道力学,要想把这套动作掌控自如也只能先把这套游戏玩熟。

"这也太骗人了。"儒勒发着议论。他跟我在一间屋里练习。

因为我明白这一套理论,所以很快就玩得炉火纯青了,我的任务也就变成了辅导别人。

"左手似乎能产生明显的效果。"他转着小球,屏幕上的影像便疯狂地飞转起来,阿尔布赫星和我们"轨道"上的所有东西都在转,我只好闭上眼睛咽了口吐沫,"但实际上那六个参数一点都没变。"他指的是在模拟显示屏底部排成一排的六个数字,这就是我在饭厅厨房里曾经教给巴尔布的那六个数字。

"你说得对,"我说,"不管怎么自转,你都无法改变轨道参数,而只有那些参数才是真正有意义的。"右下角的状态指示灯闪烁了起来,说明儒勒正在用他的右手操纵那根蘑菇形手柄,现在他已经把右手叫作吉利手,把那根蘑菇形手柄叫作快乐杆了。六个轨道参数开始波动,其中一个由绿变黄。"啊哈,"我说,"你把倾角破坏了。现在你已偏离了轨道面。"

"偏差太大的确会有很严重的问题,"他说,"可现在我根本看不出有什么差别啊。"

"的确如此。但是,我可以把进程往前推,好让你知道会发生什么。"我有个教练员操作终端,便用它加速了模拟进程,把接下来的半小时进程压缩为大约十秒。周边的卫星便飞速地离我们而去,消失在了视线之外。

"一旦飞出这么远,你就看不到你的朋友们了,也没法分清他们和那些诱饵了。"

"我已经跑丢了。"他坦白地说,"你能把它退回去吗?"

"当然。"我把模拟进程退回到他刚把倾角弄乱的状态。

"怎么才能修正它呢——或许像这样?"他嘟囔着,试着拨弄着快乐杆。倾角变得更糟了,而偏心率指示灯从黄色变成了红色。"倒霉,"他说,"现在六个里面我已经搞砸两个了。"

"朝反方向试试。"我提议说。他启动了反方向的推进器,偏心率改善了,但半长轴又变坏了。"真是道难题,"他说,"为什么我学的是语言学而不是天体力学呢?语言学让我陷入了这极端的混乱——只有物理学才能救我出来。"

"你们那飞船上是什么样的?"我问他。看他越来越沮丧,我觉得休息一下对他也许有好处。

"噢,我敢肯定你见过那模型了。它的外形很精确,就是你们的望远镜能看到的部分。当然,飞船上的四万人里见过这个的也寥寥无几。他们一辈子都生活在那些球舱里面。"他讲的是达坂乌尔努德的生活中心:那是十六个空心球舱,每一个直径略小于一哩,聚集在一根旋转的中轴周围,靠着中轴的旋转产生伪重力。

"我正想问这个呢，"我说，"地球人的万人社会是什么样子的？"

"现在分裂了，支持支柱的和支持基座的各占一边。"支柱是弗琐斯人领导的反抗运动。

"但在正常时代里——"

"在我们到这儿来之前，基座和支柱各自的立场还没有这么强硬，那里曾经是个美好的城镇，就像是那种坐落着大学或实验室的乡下小镇。每个球舱里都有一半是水。水面上建满了船屋。我们就在船屋的顶上培育食物——啊，我想念食物了！"

"每个种族有四个球舱吧，我估计？"

"官方说来是这样的，但是当然不同的社会间也会有交混。当飞船没在加速状态的时候，我们就可以打开通向相邻球舱的门，人们也可以在球舱之间自由往来。在地球人的一个球舱里，我们还开了一所学校。"

"这么说还有孩子了？"

"当然，我们有孩子，还把他们教养得非常非常好——教育是我们的一切。"

"真希望我们在阿尔布赫星也能做得更好一点儿。"我说，"墙外，我是说。"

儒勒思索了一会儿，耸了耸肩："你明白吗，我不是在描述一个乌托邦！我们教育年轻人不仅是出于对高尚理想的尊重。我们需要他们活下去，还得让达坂乌尔努德继续航行下去。而且乌尔努德人、特洛人、地球人和弗琐斯人的孩子还要竞争指挥部内部的权力席位。"

"语言学这样的领域也算在内吗？"我问。

"是的，当然了。我就是一件战略资产！向新的宇宙进发和接触是指挥部存在的理由 [①]。而在接触时，没有比语言学家对他们更有用的了。"

"当然，"我说，"那么，一万人的城镇规模允许人们结婚吗？或者也许你们有别的方式——"

"我们结婚。"他确认，"起码我们之中有足够多的人结婚生子，好维持一万的人数。"

"你呢？"我问，"你结婚了吗？"

"我结过。"他说。

---

① 存在的理由（Rayzon Det）：法语"Raisond'etre"（存在的理由）的拟音。

那看来他们又离了，我问道："有孩子吗？"

"没有，还没有。今后不会有了。"

"我们会送你回家的。"我告诉他，"也许你在那儿还会遇到一个新人。"

"再不会有人像她一样了。"他说，然后做出一副痛苦的表情，耸了耸肩，"莉丝和我在一起的时候，我总是对她说这种话。甜蜜而毫无意义的话。'噢，再不会有人像你一样了，我亲爱的。'"他哽咽了，望向了一旁，"不是虚情假意的，当然。"

"当然不是。"

"但是她的去世让事实变得如此清晰，如此明了，真的没有人能像她一样了。一个只有一万人的社会，一个永远切断了家乡宇宙之根的社会，唉，我认识他们所有的人，拉兹，所有我这个年龄的女人。在这个一万人的社会里，再没有人像她一样了。我还可以肯定地告诉你，在你我现在待的这个宇宙里，也不会有人像我的莉丝了。"

"我实在太抱歉了，"我说，"我真是个傻瓜。我不知道你妻子去世了。"

"她死了，"他证实，"你知道，我看到了她遗体的照片，她的脸，就在大集修上。"

"我的神哪！"我惊叹道，不是我喜欢用宗教咒语，而是实在想不出比这更强烈的表达方式了，"在奥利森纳探测器里的那位女士——"

"她就是我的莉丝。"儒勒·凡尔纳·迪朗说，"我的妻子。我已经告诉萨曼了。"他一说完就彻底崩溃了。

儒勒和我坐在暗下来的房间里，什么也看不见，只有虚拟的阿尔布赫星和虚拟的月球反射出的虚拟阳光。穿着太空服的模拟人无声地绕着我们漂浮。他在俯身哭泣。

我回忆起我们在膳席上的谈话，想起我们与几何学家尽管不可能发生生物学交互，但还可以发生简单的物理交互。我走过去，张开双臂抱住那个地球人，一直到他停止哭泣。

"他告诉我了。"事后我对萨曼说。

他马上就知道了我说的是谁，是什么事。他避开我的目光，摇了摇头："他怎么样了？"

"好些了……他说了好些话。"

"说的什么？"

"我碰触过敖罗洛。敖罗洛碰触过莉丝——还为她放弃了自己的生命。所以当我碰触儒勒的时候，就像是——"

"在闭合一个环。"

"是啊。我告诉了他我们是怎样处理她的遗体的，还有我们对它表达的敬意。他好像还愿意听这个。"

"他在飞机上告诉我的，"萨曼说，"让我别告诉别人。"

"你有这样的爱人吗，萨曼？"在我们共处的时光里，还从未提及过这一类话题。

他笑着摇摇头。"像那样的？没有。没有像那样的。倒是有过几个女朋友，此外就只有家人了。伊塔人，唉，还是比较顾家的。"他尴尬地停了下来。跟阿佛特人的反差太明显了。

"好吧，按这个路数，"我最后说，"你能帮我把另一个环也闭合起来吗？"

他耸了耸肩："很乐意试试。你需要什么？"

"那天你替我给艾拉发了个信息。就是在飞机起飞之前。我那时有点儿——害臊。"

"因为没有私密空间，"他说，"是呀，我看出来了。"

"你能再给她发一个吗？"

"当然。但也不能比上一个更私密。"

我轻轻笑了笑："是啊。好吧，考虑到方方面面，这还是可以接受的。"

"好了。你想让我告诉艾拉什么？"

"要是我还能有第四世，我愿和她一起度过。"

"哟！"他惊叹了，两眼放光，就像我打了他一个嘴巴似的。"让我把它敲下来，免得你改主意。"

"我们现在做的一切都是在向前走，"我说，"不会发生改主意这种事了。"

【礌】　军事俚语。意思是从天体轨道抛出礌石来轰击目标，通常用来
破坏行星表面的目标。礌石是用高密度材料制成的实心弹，既没有可
活动部件，也没有爆炸力；其破坏力源于极高的速度。

——《词典》，第四版，改元 3000 年

　　飞向轨道的过程中，我始终以为发射失败了，相信自己就要死了。设计师
没时间，也没经费，都没法给这个模拟爱飞客设计窗户，就更别提什么斯皮里
影像之类的花头儿了：只有一个整流罩，一层薄薄的外壳，它的功能就是挡风，
就是遮蔽所有光线——让我们在绝对的黑暗和无知中航行，还有就是振动。这
后两项功能结合在一起，把恐怖推到了极致。想象一下，把你装在桶里扔进激
流会是什么感觉。记住这个感觉，再想象一下把你钉在快散架的木箱里，从立
交桥上扔到一条川流不息的八车道高速路会是什么感觉。接着再想象一下，给
你穿上带棉垫的衣服，让你在钟鸣谷里当棍棒击技靶子会是什么感觉。最后再
想象一下，在你脑壳上粘上个巨大的扩音器，播放超出永久丧失听力阈值两倍
的纯噪声会是什么感觉。现在把所有这些感觉叠加起来，想象一下它们持续作
用十分钟会是什么样子吧。
　　要让我说，唯一的好处就是，比起发射前那一个小时受的罪，这些都得算
是安慰——整整一个小时，紧紧蜷成一团，塞在小亭子里，被绑得结结实实，
在黑暗里仰面朝天，预想着死亡。比起那个滋味儿，真正去死原来竟是一块蛋糕。
最不愉快，而且回想起来最尴尬的，是我消磨时间时进行的那些哲学思考，敖
罗洛之死，莉丝之死，已经让我准备好去接受我自己之死。我已经把信息传
给了艾拉，那很好。如果我在这个宇宙中死去，我还会在另一个宇宙中生存下去。
　　有偷渡客在用管子砸我的脊梁。不是，等等，那是发动机爆炸。也不是，

实际上是爆破性的冲击力把整流罩炸开了。几道裂缝把黑暗劈成了四瓣，裂缝扩张开来，把黑暗逼出了视野。四瓣整流罩都翻到后头去了，我发现自己正俯瞰着阿尔布赫星。抖振的陪音有一部分（气动干扰）减弱了，还有一部分（燃烧室不稳定）加剧了。在此之前的主要问题还是抖振，加速倒不十分明显，但差不多就在这时，随着导弹发动机燃烧的终结，加速开始变得非常剧烈，大约持续了半分钟之久。让人都没法欣赏美景了。背后的另一下敲击告诉我，助推器已经脱落了。谢天谢地。现在就剩下我和模拟爱飞客了。随着各个转向推进器投入工作，才持续了几秒的漂浮和失重又被截然打断，这一级火箭被扭入了正确的方位，干脆利落得让人放心，却弄得我五脏六腑都挪了位。然后模拟爱飞客的发动机开始了它的长程运行，让我感到重量在持续增加。天空漆黑一片，从种种迹象来看，我已经脱离了大气层，那小亭的顶子除了遮挡前方的视线，已别无他用。但我们的飞行接近轨道速度时，那顶子的边缘又生出了一层等离子体的叶片，它们颤动着从我的双肩和双脚旁边划过，距离近得让人觉得有趣。这是由于上层大气受到了强烈的撞击，电子都从原子上脱落下来了。

在发射现场，我刚刚吞下"大药丸"（体核体温转发器），穿好太空服，就被征入发射队的几个阿佛特人用保鲜膜裹成了木乃伊，塞进了小亭子，他们用肩膀抵住我的脚掌，用塑料胶带把我整个固定了起来。随后他们又拿出了几张图表、几条码尺，图表是匆匆打印的纸件，上面还标着各种手写的批注，码尺是当地百货商场免费赠送的那种。他们就对着那些图表，用码尺在我身上量了一通。量完又用胶带捆了一气，直到我的长宽高都压缩到了图表上给定的范围内为止。最后他们又拿着喷罐挤到我的身边，在我的膝盖和胸部之间，脚跟和臀部之间，手腕和面罩之间挤满了绝缘发泡胶，进一步对我做了固定。这些发泡胶刚一硬化，就有人凑过来撕掉了我面罩前方的保鲜膜，好让我能看见东西，他拍了拍我的头盔，将一把美工刀塞进我的骷髅手里。限制尺寸的重要性，在二级火箭点火后的几分钟里凸显了出来，我可以看见白热的大气射流在我脚边几吋的地方飞舞。直到当我们爬升到完全脱离大气层之后，这些射流才终于消失。小亭子整个弹开了（确实如此，因为它是用弹簧锁定的），脱落了，飘走了，只剩下我这个装饰性的发动机罩了。此时我有了一股强烈的冲动，要从那些包装材料里解放出来。但这条轨道的速度－时间曲线我心里有数，知道离轨道速度差得还远。速度累积主要发生在发动机点燃的最后阶段，那时模拟爱飞客会还消耗掉大把的推进剂，抛掉四分之三的重量。就像利奥眉飞色舞地说的那样，推力不变，负荷减轻，得到的加速度是"近乎致命的"。"但这也不要紧，"他说，"因为等不到真正出事儿你就会昏过去的。"

我试着瞭望四周。在过去的三天里，我一直幻想着这幅景象，幻想着它的奇妙，它的激动人心。我幻想着自己能看到别的火箭升空：二百多发，全都沿着大致平行向上转东的弧形轨迹前进。但是太空服里的气囊比杰斯里告诉我们的多，而且都已经胀到了最大限度（意思是：我正躺在一堆岩石上），它们锁死了我头部和躯干的姿势，这是为了最大限度地保证我免于死亡、残废或器官损伤。我的脾可能还安然无恙；但我的眼睛除了一片星空和右下方一小块亮蓝色的阿尔布赫星大气层，什么也看不到。但这些景色也模糊了起来，因为我的眼睛开始出水，眼球本身也因为自身的重力变了形，就像是一颗水球上面坐着一个阿尔西巴尔特……

我在下坠。我悬在了半空。我没死。我的太空服正在和我谈话。它已经说了一会儿了。

"请发出'约束减压'指令为约束系统减压并开始下一阶段操作。"一个奥尔特语的声音一遍又一遍地提示着：那是一位口齿清晰地修女，是被召来给录音装置诵读信息的。我想跟她约会。

"呦收揪呦。"我说，想着这应该能打动她。

太空服吸了一口气，然后说："请发出'约束减压'指令为——"

"约收减呦！"我强忍着又说了一遍。她开始让我心烦了。也许我根本就不想约她。

"请发出'约束——'"

"约束。减。伊。呀。"

气囊瘪了。"欢迎来到阿尔布赫低轨道！"那声音说道，语调也完全不同了。

现在我的头和躯干可以在 HTU 里活动了，但双臂和双腿还被胶带和发泡胶约束着。我开始用那把美工刀忙活了起来。一开始进展缓慢，但很快发泡胶和胶带的碎片就四散飞离了模拟爱飞客，驻留在了我的周围。这些东西由于质量小阻力大，终将会重入大气层烧掉。但在此之前，它们也会造成一片视觉乱象，可以用来迷惑几何学家。

说到乱象，我开始看到周围的一些亮点儿了。这些亮点儿分成两种：除了成百上千万闪动的光斑（别的导弹发射上去的箔条），还有几十个又大又稳定的信

标。后面这种有几个离我很近，我的眼球逐渐恢复了原状，已经可以看出它们像圆盘或者像月亮的形状。因为它们与太阳的相对位置不同，所以有的像满月，有的像新月，有的介于二者之间。

在我的右侧有个半月，随着我俩的轨道逐渐靠近，它也在变得越来越大。这是一个直径五百呎的金属镀膜塑料气球，是跟我同一拨发射上来的。我根据面罩上的标度网线计量着它的视觉尺寸，可以估计出它的距离：大约两哩。这肯定就是我应该抵达的目的地之一。

我在两个臂桩里摸索，左手找到了轨迹球，右手握上了操纵杆。它们还处于锁死的状态，我又发了一条语音指令，按了一个开关确认，才把它们激活。模拟爱飞客的推进器终于落入了我的掌控。在此之前操纵它的一直是内置导航系统。如果说附近这个气球就是我该抵达的目的地，那导航系统的工作真算得上是干得漂亮。它又没有眼睛，没有大脑，没法瞄着那个气球前进。况且几何学家还一直在干扰我们的导航卫星，能把我送到这么近就已经不错了。从这往后我就只能用眼睛做传感器，用大脑做导航系统了。我想确认一下系统是否能够工作，只极轻地转了一下轨迹球，那些推进器便吐着蓝光，把我转到了一个新的角度。我调整好方向，参照身下的阿尔布赫星地平线，弄清了哪个方向是东南（即我的轨道所指的方向），做了一下心算，为了保险又验算了一遍，然后朝两个相反的方向各推了一下操纵杆。模拟爱飞客给我来了个左右连击。此外也没发生什么可怕的事情，那气球在视野中的表现也令我高兴，引得我都想重复一遍那个动作了。不过我马上改了主意。在电子游戏里，我们就经常惹出这种麻烦：把正确的事做过了头儿。

太空服里装着一套远程无线电接收器，但仅供紧急时刻使用，我没把它打开。等到气球进入了我的短程系统作用范围，我便说了一声"罔络扫描"，几秒之后太空服就回应了一句"罔络已连接"，但这个声音很快就被萨曼的声音淹没了：

"这次兜风感觉如何啊？"

"我想退票。"我极力压制着听到他的声音带来的狂喜之情——其实不管是谁的声音都会产生这种效果。我浏览着面罩下方的显示屏（它实际上是投射到我眼球上的，只是看上去像在面罩上而已），看到了我、萨曼和格拉索修士的图标。还没浏览完，埃斯玛和儒勒的脸就先后加了进来。我环顾四周，看到另外两架模拟爱飞客正在向我们靠近。它们的飞行距离近得离谱。实际上是埃斯玛那一架在牵引着另一架。"我抓住了儒勒。他正在漂移。"埃斯玛说。好在我已经习惯了谷士的谦虚低调。我一个人都是勉勉强强才到了这里，而埃斯玛还追踪到了其他人，靠着机动飞行抓住了他，带着他一起来到了目的地。

"儒勒，怎么了？你还好吗？地球人都是这么开玩笑的吗？"萨曼问道。

"我把他从网络上切断了，"埃斯玛说，"他正语无伦次地念叨着什么奶酪。"

"二十分钟后进入视线。"一个声音自动冒了出来，那是报告达坂乌尔努德还要多久就能看到我们的。那只气球在我的视野中占了很大地方，可以看到萨曼正操纵着模拟爱飞客飘向它的一侧，格拉索大约在五十呎开外。他们俩看上去都很奇怪，色彩鲜艳而且毛茸茸的，像是婴儿的玩具。他俩的模拟爱飞客和同批发射的非人有效载荷都裹在一团塑料网兜织成的不规则云朵之中，这些塑料网兜原来是塞在密封胶囊里发射上来的，一到达轨道胶囊就开了，那些塑料网兜的体积也膨胀了十倍，弄得我们看上去像一堆漂浮的红色绒球。

"你俩做过星座检查了吗？"

"做过了，"格拉索说，"但要请你来验证我们的结果。"

我用轨迹球变换了自己的方位，直到甲兵星座在我的眼前隐隐勾勒出圆形盾牌的轮廓，我比较了一下阿尔布赫星、气球和这个星座的位置关系。这是一个简单的办法，可以保证我们随着轨道进入达坂乌尔努德的望远镜视野范围内时，气球刚好挡在我们和他们之间。

现在几何学家肯定已经知道有大东西升空了。不过我们也是掐准时间发射的，两百发导弹升空的时候他们正在阿尔布赫星的另一面。这种情况当然很快就会改变。我们的轨道几乎是个正圆，它的偏心率仅有 0.001，而且这条轨道高度只有一百哩，就贴着大气层边缘。在这条轨道上，我们每一个半小时就会绕行阿尔布赫一周。达坂乌尔努德的轨道更像椭圆，高度在一万四千哩和两万五千哩之间来回变化。它绕行一周的时间大约是我们的十倍，即十五个小时。你可以想象两个绕着池塘赛跑的人，一个离池边极近，脚都湿了，而另一个与池边保持着半哩的距离。靠外的跑完一圈，要跟靠里的交会十次。达坂乌尔努德每次与我们交会的时候，都可以在阿尔布赫星的前面看到我们。不过用不了多久我们又会快速地溜到行星背后，接下来的四十五分钟到一个小时里他们还是看不到我们的。我们的发射就选在这样一个隐秘的时间段内，而现在这个时间已经过去了一半。

为什么不干脆发射到一个更高的轨道呢？因为临时拼凑的发射系统没法为

有效载荷提供那么高的能量。

再过几分钟，达坂乌尔努德就能看到那二百发导弹送上轨道的"云团"了，但他们只能看到几十个气球和遍布周边的雷达干扰箔条——那是无数的金属镀膜的塑料条，散布范围达几百哩之广，且随着轨道发散还在迅速扩大。这些箔条会使得长波监测（雷达）失效。他们便只好用短波（光线）来探测我们，这必然意味着要在海量的照片中搜寻目标，搜寻那些不是气球也不是箔条的物体。如果我们能成功地让自己和全部器材都隐蔽在一个气球背后，他们就算能收集到所有的图像，也还是什么也看不到。

但这意味着接下来二十分钟里会发生许多情况。我全神贯注地想着这些，差点儿忘了杰斯里的第一条警告：别弄错了排水器。好在喉咙的第一阵冲动攫住了我的注意力，我及时地咬住了下面的橡胶管口。我的早餐被真空吸走了，跑到某个废物袋里冷冻干燥去了。我又回到手头的任务。幸亏"大药丸"没反上来，这也有点儿令人吃惊。它肯定还待在我肚子里的什么地方，正向太空服的处理器发送着我的体温和其他生物学数据。

无论如何，这之后我的感觉就好些了，几乎有十秒都没有再吐过。

萨曼是第一个赶到的，他已经自觉担任起了吞镖人的角色，这就意味着，他的任务是在气球底下驻守站点，把陆续到达的有效载荷归拢成一堆。头号载荷就是儒勒·凡尔纳·迪朗。埃斯玛一把他牵引到位就踩了刹车。她的模拟爱飞客停下来了，但儒勒还在接着往前走，就像结冰的路面上因打滑而甩尾的拖车。为了不被儒勒拽走，她只好开动了倒退的推进器。格拉索警惕地盘旋着，思考着这是否算"突发状况"。在这个关头，萨曼靠了过去，还就地转了个身。眨眼间一条细长的绳索从他的模拟爱飞客中甩出，绳头飞出了二十呎，没入了儒勒周围的红色绒团。"搞定！"现在他和埃斯玛已经一人一头牢牢地牵住了儒勒，"放心脱手吧。"

"脱开了。"埃斯玛报告，"我试着去找找其他的载荷。"她的推进器又喷出火光，把她和儒勒的绒球连在一起的绳子也松开了。

萨曼就这样开始了他的吞镖人工作。除他以外，其余的人都是抓镖人，要使用机动推进器在周围游动，盯着飘近的有效载荷，把它们带回到吞镖人这里来。我转动我的座驾，搜索起了有效载荷。最要紧的载荷是用红色绒球标记的，比如人，总共应该是十一个。供应站和配套的小型核电站也是红的，离了它们我们就活不长了。还有五十架模拟爱飞客是用蓝色绒球做的标记，它们装载的货物都是相同的——每架都装了一些水、一些食物、一些燃料，还有其他的一些必需品。之所以这么装，是因为我们不敢指望能把它们全部拿到手。我四顾张望，看到一个相当小的区域内集中漂浮着多到难以想象的红色和蓝色绒球。大脑直接告诉我，要把它们一网打尽是不可能的。这是一场灾难。不过起码可以赶到最近的红色绒球那儿，去看看被发射的人有没有挺过来，是不是还有意识。我开始瞄准，预备交会，但没等我挪窝，那台机动推进器就冒出了火光。杰斯里的标记出现在了我的显示屏上。"我很好，"他不耐烦地宣布，"去照顾那些照顾不了自己的东西去吧。"

他的身后正有个蓝色载荷飞来，它处于正确的轨道面上，可惜偏心率有点儿高，所以正在失去高度，估计几分钟后就会重入大气层烧掉。我先把自己转到面朝"前"的方向，就是我和这些东西在轨道上运动的方向，然后把自己转到"直立"的姿势，让脚掌指向阿尔布赫，让地平线在我眼中呈现水平。此时那个载荷便在我的视野中缓缓地"下降"。我用操纵杆做出倒退的动作，把自己的速度减了下来。那载荷便不再"下降"了，这就意味着我现在已经和它处在同一个致命的轨道上了。稍做了一点儿机动飞行，我便来到了距它不足二十呎的地方。

这时又来了分散注意力的东西：一个红色载荷从左向右穿入视野，擦撞上了一个蓝色载荷，把我的目光吸引了过去。红色和蓝色贴在了一起。我估计那是其他组员在干跟我一样的事情。要真是这样的话，他肯定没用抓钩，只是用骷髅手或其他什么东西抓那网子。红色载荷和蓝色载荷已经合成了一对缓慢转动的联星。我没看到推进器的火光，甚至看不出那人还有意识的迹象。"我想我们这儿有人遇到了麻烦——发生了无意碰撞。"我报告说。

"我看到你说的东西了，我来检查吧。"阿尔西巴尔特说。

回头见他正向这边飞来，我提议说："我离得更近，我可以——"

"不用，"他说，"去把你盯住的那个弄到手吧。"

于是我便接着捕捉原来的目标。进行下一步动作之前，我忍不住向那气球眺望了一眼。这个载荷已经把我带到了离气球很远的地方，但让人欣慰的是，那里已经聚集了许多蓝色和红色的载荷。瓦伊修女和奥萨修士已经把五六个载荷连在一起，凑成了一个缓缓转动的大绒团，一块儿拉着朝气球飞去，准备把它们加进气球遮蔽下那个越来越大的堆栈。

阿尔西巴尔特报告："我已经接近了嘉德修士。他和一个蓝色载荷缠到一起

了，似乎没有意识了。"

"你看他的轨道参数如何？"利奥问。

"e 值太高，有危险，"阿尔西巴尔特说的是嘉德的轨道偏心率，"再过几分钟就要掉进汤里了。"

"那就小心别把你自己裹进去！"我警告他说。

"后抓钩镜头开。"刚说完，一幅宝石般的彩色激光影像就投在了面罩上，遮住了外边的景象。那是一片绿色的网格，正中还有一个红色十字准星。这是模拟爱飞客背后的斯皮里摄录器传来的图像。我检查了一下方位角，把轨迹球转到增量 180°。那个载荷便进入了摄录器的视野。现在它就在我的正后方。"抓钩一号发动。"我说，一小罐压缩空气爆破开来，我感觉尾骨部位被踢了一脚。抓钩绳子是一条长长的薄纤维软管，不用的时候就像长筒袜一样卷成一盘。压缩空气爆破后它就会像长条形的气球一样伸直并弹射出去。绳头上戴着一枚圆形的弹头，可以穿透绕着有效载荷的网云，弹头里面藏着几根用弹簧锁着的突刺，一旦软管伸展到头或撞到东西，突刺就会弹出来。

看后视镜头传来的粗糙图像，我相信自己已经成功了。但要确认这一点只有一个办法。"后抓钩镜头关。"我一边说一边把自己向前推进。我感觉我的心脏都漏跳了两秒。随后就感受到一股后拽的力道，这才知道我的抓钩已经抓住那网云了。我不禁欢呼一声，再次查看起了气球。

阿尔西巴尔特报告说："嘉德已经跟那个载荷焊牢了。我无法把它们分开了。"

利奥说："你什么意思，焊牢？"

阿尔西巴尔特说："他飘过去与蓝色载荷相撞的时候，蓝网碰上他模拟爱飞客的热喷管裙，熔化后牢牢地粘在了上面。我正试着着把它们一起抓住。"

利奥说："你的推进剂还够用吗？"

阿尔西巴尔特说："一分钟内告诉你。"

利奥说："我得走了。别耗光你的推进剂。我们还不知道嘉德是否仍然活着。"

"十七分钟后进入视线。"

时间还充裕。我把自己恢复到先前的方向，拖着载荷向前推进，修正着之前形成的轨道偏差。这次要搬运双倍的质量，点火的时间变长了，耗费的燃料也更多了。我有点儿紧张，如果操作有误，点火时间越长错误就会越严重。我随时关注着显示器底部的偏心率读数，它现在已经到了 0.005 左右，但我得把它调整到 0.001 以下才能跟其他人达到有效的同步状态。

在耳机里可以听到，其他人也在做着类似的计算。估计阿尔西巴尔特已经成功抓住了嘉德和跟他粘在一块儿的那个载荷，正和我一样努力调整着轨道参数。他向利奥念着自己的参数，利奥则调整着自己的位置，以便在必要的时候搭救阿尔西巴尔特。杰斯里也在监测他们的情况，计算所需的推进剂用量，向他们提着建议，随着行动的推进，他的建议又变成了指令。他们的声音太让人分神，我只好不情愿地关闭了无线电连接，集中精力关注起了自己的状况。

我把 e 值调到了 0.001 以下，才把手从操纵杆上松开，转过头去寻找气球。一开始还以为它已不在附近，把我急得要死，但过了几秒就发现它在我右侧的"上方"，离我只有一千呎了，而且还在缓缓地靠近。它的"下面"还有一团蓝网，那是317组其他成员正在搬运的有效载荷。既然已经离得这么近，我也就放心了，便四下张望了一番，想看看附近是否还有别人。

"十五分钟后进入视线。"

我已失去了跟阿尔西巴尔特和利奥的联系，但当飘进短程网络范围的时候，显示器上又跳出了其他几人的图标。我再次打开了声音，心中也带着紧张和恐惧，不知会听到怎样的消息。

尖啸声塞满了我的耳朵——电子元器件过载了。我赶紧回忆该怎样把音量调小。这种声音，与其说像一场恐怖表演，倒不如说像是一场两强相遇的体育赛事，终场险胜时引发的尖叫。利奥的图标冒了出来。这阵怪声扰乱了秩序，把他吓了一跳。"冷静！冷静！"他重复着说道。阿尔西巴尔特的图标也出现了。"萨曼，请准备抓住嘉德修士。他没有反应。"一种不自然的沉静让他的声音显得稳重，但我感觉得出来，如果检查一下他的生命指标读数，看到的一定是近乎致命的激动状态。

气球正在迅速变大。不过我的高度有点儿过——离阿尔布赫过远了——于是便向西北方向做了个假动作，减了轨道速度才把高度降下来。听起来"向西北方向做个假动作"好像很简单，但我身后还有二十呎的抓钩，尾巴上还拖着一个载荷，做这个动作可就复杂多了。我得先绕到载荷的另外一侧，然后才能施加推力。这就减缓了我向气球靠近的速度。

萨曼说："接住他了。还活着。不过生命指标读数混乱。"

刚才大家还在关注着阿尔西巴尔特牵引过来的嘉德修士。但突然之间我的耳中就传来了一片喊声。"当心当心！""该死！""它过来了！""大事不好——

是红色的！"

我扭过头去，看到了引起他们反应的东西：一个红色的有效载荷正从气球旁边飞过，距离不足几码，相对运动速度还很高，再"高"一点儿就要酿成大祸了。这个载荷来得太快了，谁都没反应过来，没有一个人靠近它，抓住它，控制住它。"那是核反应堆。"我宣告了一句，就对太空服说了声"抓钩脱开"。

"已脱开。"它回应道。

我稍加推力，让自己离开了那个蓝色载荷。"我去对付它，"我对大家说，"来个人抓住这个载荷。"那个反应堆移动得非常快，我也只能求助于在地面玩游戏时培养的直觉了。我点了一下横向推进器，但问题没解决，还把速度降低了，让我和反应堆离得更远了。我一冲出短程网络范围，显示屏上的那些图标就全都不见了，传进来的声音也变得断断续续，杂乱无章。但我肯定听见了阿尔西巴尔特说的"轨道面错了"，跟我想的一样：核反应堆所在的轨道平面与我们所在的轨道平面有个小小的夹角，是发射的时候忙中出错了。

不管怎么说，还有一个声音清晰可闻："十三分钟后进入视线。"

我又尝试了另一次机动，彻底搞砸了，带着近乎恐慌的感觉看着反应堆在我的视野中陡然向上滑去。瞬息之后，阿尔布赫星也在我的脚下飞掠而过，我意识到自己是在打转。肯定是我的手蹭到了轨迹球，把它设定在旋转上了。我花了几秒钟稳住了姿态，再小心地转过身，终于没让反应堆逃出视线。稳住了自己，我又回头瞟了一眼气球。已经远得惊人了。

再回头看反应堆时，它又不见了。是赤道海反射的日光晃了我的眼睛。给了个向后的推力，降低了自己的高度，我才再次看到红色的绒球，它已经升到地平线之上了。

附近一个人也没有了。他们应该是听到我说我要来对付反应堆了，认为我能对付得来吧。

"冷静。"我告诫自己。下次尝试要慢一点，准一点，总比匆匆忙忙屡试不中要强，只有尽快成功才能早点回到朋友们身边。我稳住了自己，让反应堆定在了视野前方靠下的位置，强迫自己三十秒内什么都不做，只是用眼睛追踪着它，观察我和它的运动有何差别。

它的轨道面倾角确实有错误。要想追上它，我只能开动推进器把我的轨道面也改成错的。我动了手，但机动的过程中我的半主轴和另两个参数也乱了套，这个状况十分钟就能要了我的命。又摸索了一分钟，总算把它们全部摆平了。

轨道面变化机动成本很高。

我一直强迫自己别再去找那气球。既是因为看到庇护所和朋友们都已遥不可及会使我害怕，也是因为那已经不是最重要的了。只有靠着反应堆的动力才能把水分解成氢和氧，失去了它的话，不到两个小时我们就全得窒息而死。如果我丧失了勇气，放弃了它空着手返回气球，就等于是宣判了整个小组的死刑。

我们接近了，但在最后一分钟发生了侧滑。稍微旋转一点，停住，这里的"停"指的是我和反应堆相对静止。

"三分钟后进入视线。"那声音说道。我极轻地推了一下控制杆，满意地看着反应堆一点点向我靠近。静观其成。我努力控制呼吸。

我没用锚钩，而是花了几秒钟的时间，机动到离它只有一臂远的地方，伸出骷髅手抓住了网子。然后我便转回身去，极尽所能地猜测那气球在哪儿，可什么都看不到。或者说看到的太多了。我们的诱饵计划适得其反。隔着这么远的距离，我自己也根本分不清真伪了。我能看到三个气球，跟我的距离差不多都有十几哩。靠着现在这点推进剂，如果猜错了目标，我就只能困在那儿了，可就算猜对了，三分钟内我也赶不过去。

不过此刻我和反应堆倒是处在一条稳定的轨道上。我又把那几个参数复核了一遍，因为所有人的性命都取决于我这个判断。这条轨道的形状和大小可以确保我们不会坠入大气层烧毁，至少一两天内不会。

要是留在这条轨道上会怎样？我的氧气只剩了大约两小时的用量，但保持镇静的话还能让这时间延长一点。我肯定这条轨道的问题出在倾角上，也就是轨道面与赤道面之间的夹角出了问题。我们的轨道倾角只比伙伴们的稍大一点。所以这条轨道和 317 小组的轨道有两个交会点，分别位于行星的两面，所以我们每四十五分钟可以和他们交会一次。正如老话说的，停了的钟一天也能"走"对两次。上次交会的时间差不多在十五分钟以前，当时反应堆差点儿撞上我的朋友们，我也是从那时开始追它的。之后我们才离得越来越远。但再过几分钟，我们又会开始彼此接近。半小时后，我们就会迎来下一次的近距离相遇。

"一分钟后进入视线。"

一切问题的关键在于：我的朋友们是怎么想的？他们现在在说些什么？我曾听到阿尔西巴尔特说反应堆的轨道面不对。他们眼睁睁看着我飘走可能会越来越焦虑，可能还会争论要不要派出一支援救队。

但他们没有，利奥没下这种命令。不仅如此，他们还忍着一直没开远程无

线电。

要是换了别人，我可能根本猜不出对方在想些什么，对方也同样猜不到我的想法。但我们几个弟兄都是敖罗洛教出来的。他们应该想得到，反应堆在四十五分钟后会在阿尔布赫的另一面与他们相遇——也许他们比我想得还早。同样重要的是，他们相信我，敢于把生命托付给我，相信我会想到同样的事并采取相应的行动。

"相应的行动"是什么呢？是保持冷静，别丢掉现在的轨道。只要我不乱动，他们就能预知我的位置。但如果我动了，他们就推测不出我在哪里了。

我也没什么应急物资，只有一条绑在太空服胸部的金属箔面塑料毯子，跟敖罗洛被诅革时他们给的那条应急毯一样。哑光黑的太空服在猛烈的阳光照射下会变得过热，导致制冷器消耗更多的氧气，所以阳光炽烈的时候可以用它来遮蔽日光。我把它解了下来，展开，尽可能地把反应堆盖住，用骷髅手来干这事儿还真不容易，弄好之后，我自己也蜷到了毯子底下。

"进入视线。"

现在达坂乌尔努德的望远镜应该可以看到我了，但就算看得到，我也跟二百发导弹送上来的其他破烂无异，不过是一块箔条。

达坂乌尔努德的椭圆轨道高度在一万四千哩到两万五千哩之间，而我们的高度只有一百哩。不妨想象一下：他们在轨道最低点的时候，整个星球在他们看来也不过只有馅饼大小。到了最高点，星球就只有茶碟大小了。而我们之间的距离也得在一万四千哩往上。要想看到我打开的这张毯子，他们就得有本事从一百哩外看见一张糖纸。更糟的是，还是在一片丢满垃圾的田野里找一块糖纸，当然，这对我来说倒是好事。

但是另一方面，利奥也告诫过我们不要骄傲自大，他把《践行时代的外大气层武器系统》都随身带到了大集修上，儒勒也为他的告诫增加了分量，他提醒过我们，乌尔努德人，那些昔日的太空武器大师，已经把句法机和优良的望远镜结合了起来，让他们能够在海量的图像中筛选出看起来不对头的东西。譬如诱饵就很容易被识破，因为它们通常就是些气球，尺寸大、重量轻，在通过大气层的瞬间比真正的有效载荷受到的阻力更为明显。

所以诱饵和非诱饵也会在轨道上表现出些许差异。不仅如此，乌尔努德人只要对这二百发导弹送上来的物体建立起普查数据，就能发现什么东西消失了，什么东西改变了轨道。而这种现象只会发生在带有推进器和导航装置的载荷上。

　　所以从这个角度来说，我们已经搞砸了。只能从数量中求安全了。但愿基座不会太快发现我的毯子从垃圾云中消失，不要得到采取行动的机会。

　　但我也顾虑得太早了点。要让这毯子突然消失，我也得先跟其他人交会才行。

　　还得有氧气才有可能。我闭上眼睛，试着放松下来，试着不去想基座，不去想他们精妙绝伦的望远镜和句法机。绝少有人会因忧虑而死，可现在过度的忧虑真能要了我命。

　　脉搏一降到正常范围，我就摸索起臂桩里的键盘，给珂尔德和艾拉敲起了信息，就算我死了，太空服也可能完好无损地被人回收。

　　我也预想了与他们交会时该做的动作，太空服的句法机里装着一部轨道理学计算器，我几乎一直都没有时间使用，现在我把它调了出来，验算起了我的设想。不过，集中精力却变得异常困难，令人恼火。我的大脑已经成了一块用旧的海绵，再也吸不动更多的水了。

　　在零重力的条件下，太空服和里面的人体几乎没有接触。空气以正适宜的温度在我的肌肤表面循环流动，就像在洗空气浴。我背后有个小型化工厂正在全力运行，但在我的意识里它只是一个温和的白噪声源。除了这个声音，我就只能听见自己的心跳了。正常情况下，只要睁开眼睛看看面罩外面的光景就能让我激动上一阵：我在太空里啊！但此刻我只能看到皱巴巴的毯子背面，我就像一只装在烤盘里的家禽。所以要感受睡意也并非难事。我的身心从未像现在这样需要休息。由于时差和训练，我们在埃尔克哈兹革睡得很少，过去二十四小时更是压根儿没睡。刚才的半小时里压力又大得出奇，经历完这一番体验，任何有理智的人都会急着爬上一张温暖的床铺，钻进被窝里哭到睡着为止。

　　我之所以还挺着没晕过去，纯粹是出于对睡着的恐惧。经过了那些训练，二氧化碳中毒的症状我现在背得比字母表都熟。恶心，有了。头晕，有了。呕吐，有了。头疼，有了。但是被一架模拟爱飞客踢上一百哩高的楼梯之后，谁还能没有这些症状呢？接下来该什么了？噢，对了，差点儿忘了，是嗜睡和思维混乱。

　　我查看了屏幕上的读数。再查看一次。闭上眼，等视觉清晰之后，第三次查看。读数都还好。储氧罐水平显示为黄色，经过那么剧烈的一番呼吸，这种状况也在预料之中，不过我现在吸入的空气中的氧气含量还不错，而且二氧化碳水平为零——吸收器都把它除干净了。

　　也保不齐是我在嗜睡和思维混乱的状态下读错了数字。

　　我昏睡了过去，但每隔几分钟就会惊醒一次。时间已经过得够久了，我再次思量起刚发射上来时发生的事情。发现嘉德和蓝色载荷相撞的时候，我太专注于手头的事情了，所以才会决定不去查看。那是个错误。本该我去的。结果倒让阿尔西巴尔特去追嘉德了，当他回来的时候，听杰斯里喊叫的方式就能判断出来，他差点儿就没能捡回自己那条命，还有嘉德的。

　　这不是个好计划。这个主意是谁想出来的？

　　它的逻辑我明白。阿尔布赫只有二百发导弹，再多也没有了。每一颗导弹也只能勉强把一个小载荷送上一条危险而且短时的低轨道。靠着这些导弹，我们能做的也就只有这么多了。在埃尔克哈兹革的时候，我们都研究过这个计划，明白了它的内容，点了头，也接受了。

　　但这只是一方面。让那些载荷在空中横冲直撞，你推我挤，熔化了粘在一块儿——还要躲藏在太空毯底下——可能出错的地方太多了。

　　接下去还有可能出错。现在可能就正在出错。

　　要是抓住反应堆时我再来急一点儿，非要把它拖回去会怎样？我们都得死。

　　我又忧虑了起来。实际上，情况更糟，甚至更没有意义。我不是在忧虑未来，未来还有可能改变，我是在忧虑过去可能犯下的错误，那是无论如何也不能改变的了。

　　让咒士和雄辩士们分头对付去吧。

　　那些千年士现在都在哪儿呢？聚在体育馆里唱着垩咏？

　　“拉兹！”

　　我睁开了眼睛。一时之间简直弄不清身在何处——我无法让自己相信这次发射不是一场梦。

　　“拉兹！”

　　显示屏上出现了一个图标：杰斯里修士。

　　“在。”我说。

　　“听到你的声音真是太好了！”他惊叹着，声音听上去如释重负。

　　“唉，听你这么说我很感动，杰斯里——”

　　“闭嘴吧。我马上过来。掀掉那毯子你就明白状况了。”

　　“你肯定？我们不在视线之内吗？”

　　“不在。”

　　“可我认为我们在视线之内，杰斯里。”

"曾经在，上次。现在我们不在了。"

"上次？"

"第一次我们把你错过了。和你的路径交叉了，但高度差太多。没能用无线电跟联系上你。"

"这是我们第二次尝试？"我看了看时间。他是对的。已经过去了九十分钟，而不是四十五分钟。我的氧指示器已经变成红的了。第一次交会我竟然睡过去了。

我把毯子掀开。看见了一个气球，在一哩之外，正在迅速地靠近。它的下方藏着一组奇形怪状的东西，是由几条充了气的抓钩管子编织起来的，这些管子把几十个红色和蓝色的载荷拢成了一堆。几个穿太空服的人正乘着模拟爱飞客在附近守着，他们都转过来朝我这边看着。在我重新连入网络之后，一排图标便亮了起来。但说话的只有杰斯里，他是一个人跑出来的。

"如果我没能成功，保持冷静和等待，"他说，"还有两种备用计划。"

"可他们已经把最好的先派出来了，嗯？"我用很轻的动作踢开了反应堆，又向它的网云发射了一个抓钩。

"谢谢，但你这回可有吹牛的本钱了，拉兹。"杰斯里已飘浮到有效范围内了。他打了个转，把自己稳定住，然后发射出了自己的抓钩。

"也许等我们老了以后的确可以吹吹。"我说，"我还该做些什么？"

"取正径向。"他说。这意味着我们要从原来面对轨道的方向后仰90°，变成背对阿尔布赫的方向。我照做了，当我俩肩并肩的时候，我和杰斯里轻轻地碰了一下。

"向下转45°，推进器点火十五秒。"杰斯里说。

十五秒的时间可不短，如果计算有误，我们就会远远地偏离轨道，剩下的推进剂都不够回来的。但我还是照做了，甚至想都没想就接受了。这可是杰斯里。我去追反应堆的时候，他一直在冷静地看着我，已经在头脑里进行了理学计算，又用句法机做了三重检验。我旋转并点燃了推进器。做了这个动作我就什么都看不到了。

"你们正在奔向我们，就像是我们卷着线轴把你们拉过来的一样。"萨曼宣告。但是我真正想听的是他说话的腔调。

"不要采取任何行动，"利奥警告我们，"你们正从我们下方通过，我们就来抓住你们——"瞬间过后，两次突然的拉拽，其他人的一阵欢呼，让我知道我们已经被逮住了。为了避免不小心手抖碰开推进器，我把手从控制杆上拿了下来，任由利奥和奥萨把我们拖了进来。

"拉兹，你安全了。"利奥说。

"萨曼，请问最后一次星座检查？"

"我们还在气球底下。"萨曼说。

"好，"利奥说，"我敢肯定大家都想祝贺伊拉斯玛修士，但请别那么做。要节省氧气，以后再祝贺吧。阿尔西巴尔特，你知道接下来该干什么，如果你需要借用氧气，请告诉我们。"

其他人已经穿上由结实的纤维制成的白色外套，是用来抵御微流星体和太阳热量的。这让他们看上去更像地道的太空人了。他们也给了我一件，我把它穿上了，然后像别人一样把自己也连到了那个抓钩绳、网子和有效载荷编成的大团上，趁阿尔西巴尔特和利奥给供应站连线的工夫睡了一觉。得把供应站和核电站移动到一个地方，再把它们连起来。供应站已经连上了一个柔性的大水袋。我不在的时候，其他组员一直在忙，他们把蓝色载荷储水器里的水都转移到了这个水袋里，现在它已经胀到浴缸那么大了。

阿尔西巴尔特用弹簧钩环把自己挂在了核电站的控制面板上，好长一段时间一动不动，大概正在阅读面罩内置显示屏上的说明书，按照检查清单逐项地做着检查。过了一会儿，他开始忙活起来，在核电站的一侧安装了几根长杆，让它们像刺一样伸了出来。这些杆子靠近顶端的部位有些花瓣似的东西，挡住了我们的视线，所以我们也看不到杆子头上是什么东西。阿尔西巴尔特又回到控制面板前操作了一会儿，然后便向我们宣布："我已经启动了反应堆。请躲开那些杆子的顶端。它们很烫。"

"烫？像放射性装置那样？"杰斯里问。

"不。只有'哎哟'那么烫。系统的废热就是从那儿辐射出来的。"他停顿了一下又说，"不过它们的确也有放射性。"

没人说话，但是我相信我不是唯一一个检查自己氧供应的。现在水正被分解为氢和氧。过上几个小时我们就可以把消耗殆尽的空气罐和燃料罐拿去更换了，也可以更换新的吸收器了。但在此之前，我们必须保持放松，还要把资源匀给更需要的人。譬如埃斯玛，她一直在负责收集蓝色载荷里的水，氧气消耗得就更多。

利奥说："除了萨曼和格拉索，其他人都要吃、喝、睡。要是实在睡不着，就温习接下来的任务。萨曼，格拉索，请把我们连上罔吧。"

萨曼和格拉索从他们的模拟爱飞客里爬了出来，开始在载荷堆栈上攀爬起来。他们找出了一个魔术匣子，从一团乱七八糟里把它择了出来，拴在了一个可以俯瞰阿尔布赫的地方。几分钟后，萨曼告知我们已经连上了大罔。不过我已经猜到了，我已经用余光看到了一些新的亮光和唧嘎屏幕。

"喂，伊拉斯玛修士，这是 87 小组，"我的耳边响起了一个声音，"你能听到吗？"

"是的，图莉亚，听得很清楚，早上好，或者你们那儿的什么时候好。"

"晚上，"她说，"我们在特雷德加西南一千哩外一座农场的设备仓库里。这么久了，你们这些家伙在干什么？"

"我们在欣赏风景开派对哪。"我说，"你们是怎么过的？ 87 小组在设备仓库里干什么呢？"

"只要是能让你们轻松的我们都干。"

"图莉亚，我从来都不知道你如此乐于助人，如此驯顺……"

"看来你需要小便。还等什么呢？"

"马上就办。"

"你的脉搏这么快，有什么特殊原因吗？"

"老天，我不知道，让我想想……"

"饶了我吧，"她说，"这儿有一张你们那里一团乱麻的图片，你撒尿的时候看一下吧。"我的面罩被一幅三维图像充满了，一个大银球，旁边是一堆杂乱的柱子、绒球、带颜色标记的有效载荷。

"你在这儿。"我的名字变成了黄色，闪了起来，"你得到那儿去。"在那堆东西另一侧，一件载荷闪了起来，"我们计算出了最高效的路线。"一根曲曲弯弯的线条把我的名字和目标连了起来。

"可这看上去并不怎么高效啊。"我开始说。

她把我打断："你不知道。你们组里其他人还得按其他的路线到其他载荷那儿去。这条路线已经优化过了，可以将干扰减到最少。"

"我认错。"

在我这条路线的中途，有个红框闪了起来。"那红的是什么？"我问。她跟设备仓库里的什么人确认了一下，然后回答："那是个你要回避的有尖角的载荷。不用担心，我们会一路引导你过去。"

"老天，多谢。"

她翻着几张纸对我说："我将全程引导你从 S2-35B 解脱出来。"

"我们在这儿管它叫模拟爱飞客。"

"不管叫什么，把你的右手抬到左侧锁骨上方的锁扣处……"

接下来的事情，说起来好像一下子就能干完。可就像老笑话说的：整整一小时的工作只用了二十四个钟头就完成了。

不过要是没有地面支援小组时刻跟踪着我们的操作，时刻提出有帮助的建议，这项工作就得干上二十四天。在私人医生无情地强制我们中途休息时，我们聊起了各自的支援组，阿尔西巴尔特的支援组藏在一所凯尔科斯教区的学苑，在一个抽干了的游泳池里工作；利奥的支援组躲在一座维修站，在一辆没有标记的毂车里干活。在这些小组的背后，还有更多的反群集小组在提供着支援，一层层地形成了网络。

开头的二十分钟，我们手忙脚乱地整理着收来的物资，先把混在一起的东西分开，再把同类项合并到一起。瓦伊修女照看着儒勒·凡尔纳·迪朗和嘉德修士。二人后来都好了起来。地球人由于缺乏营养而显得虚弱，上升过程中也受了更多的罪。但他只是恢复得慢些，最后还是恢复了正常。嘉德修士到底发生了什么就真的不清楚了。有一段时间他完全没有反应，不过生命指征都没有超出可接受的范围，眼睛也是睁着的。最后他终于醒了过来，请求瓦伊修女不要打扰自己。后来他退出了网络，整整一个小时什么也没做。这之后他才开始活动，也加入了拆包装的工作。真想知道他的支援小组里都有些什么人。

绒球都被取了下来，团成一团放到了一边。我们用塑料绳把有效载荷捆在了一起，防止它们从气球底下飘出去暴露我们的位置。我们把这捆载荷和一架模拟爱飞客装配在一起，用它的推进器来保持定位。气球的低质量和高阻力造成了一个不可避免的后果：我们必须时不时地打开推进器减速，否则就得飘出气球的遮蔽范围。要是再这么干上一两天，我们就得跟这气球一起重入大气层了，到了那个时候焚烧和撞击式减速就会争相要了我们的命。但我们并不打算拖那么久。

阿尔西巴尔特、奥萨和我装配诱饵，317 组的其他成员同时装配"冷黑镜"。

这套诱饵装在一个六角形底座上，底座是用七架模拟爱飞客绑成的。像埃斯玛修女取水那样，我们也把蓝色载荷里的推进剂倒了出来，灌进了诱饵的几个燃料箱里。

这个底座是负责推进的。我们在平台顶上安装了一个可以充胀的东西，看上去像一大包形状不规则的纺织品，这包东西就是一整个有效载荷。包的侧面有条拉锁。我们把它拉开，把用不着的东西统统都塞了进去：网子、拆下来的包装材料、其他模拟爱飞客的部件，还有四个穿连体工作服的假人。为了防止垃圾飘走，我们又把拉锁拉上了，别人带废弃物过来时可以随时拉开再往里塞。不过我们还没有给它充气，因为气球底下的空间有限，而且随着冷黑镜的组装成型还在变得更加紧张。

我这样一说，你可能会觉得冷黑镜是件很重的东西，但实际上它和送到这儿来的所有东西一样，非常轻，就是用一些充胀的支柱、记忆合金丝、薄膜和气凝胶搭建起来的。冷黑镜呈正方形，每边长五十呎。它的上表面是纯平的（是一张绷在四条薄边上的薄膜，像一张鼓皮），拥有完美的反射能力。制作它的材料不仅能反射可见光，也能反射微波——也就是几何学家的雷达所用的波段。当我们冒险冲出气球遮蔽范围的时候，就得把它挡在我们和达坂乌尔努德之间，但镜面要斜着，这样他们用雷达扫描我们附近的区域时，射线就会被反射到其他的方向。我们仍然会发出巨大的回声，但回声永远也不会传到达坂乌尔努德附近的任何地方，也不会显示在他们的屏幕上。

以太空为背景时，只要我们当心镜面的朝向就不会被看到，因为尽管镜面会反射太空的其他部分，但整个太空看上去差不多都一个样：黑。就算是他们碰巧用一架特别好的望远镜逮住了我们，那他们也只会偶尔地看到一两颗星的位置不对，而这种可能性几乎也是不存在的。

当然，我们处于达坂乌尔努德和阿尔布赫星的亮面之间时就是另一码事了，但我们希望，在一个八千哩直径的背景上不会有人注意到一个五十乘五十呎的绝对黑方块。它就像餐碟上的一粒细菌。

如果镜面变暖，它就会发出几何学家注意得到的红外线，所以设计它的时候大部分智慧都用在了如何保持冷态上。它上面交织着一些以核电站为能源的固态制冷器。正如杰斯里提过的，核电站会产生大量废热。要是我们愚蠢到让红外线照到达坂乌尔努德，它就会像红外地图上的一座赌场那么耀眼，但只要把散热器藏在冷黑镜底下对着阿尔布赫方向，我们就绝不会被几何学家发现。

供我们爬升的推进装置是三架不用的模拟爱飞客和一卷绳子（以后用）。我们的太空服可以用作起居室、床铺、厕所、餐厅、药房和娱乐中心。但不能用

作隐修院。太空旅行有诸多趣事，但安静的沉思不在其内。在大隙节期间和被召唤之后，我们受到过各种各样的文化冲击，其中最糟糕的就是那些唧嘎。我都不记得对自己说过多少次了："感谢嘉尔塔斯，没有把我和那可怕的东西连在一起！"可现在我就像是住进了一部唧嘎：一部超超超级唧嘎——它的屏幕包围了我的整个视野，它的扩音器塞进了我的耳朵，它的麦克风把我说的每个字、每一声呼吸和叹气都传给了线路另一端的听众。它的一部分甚至还进入了我的体内：那个巨大的体温转发器。

我们只许连续工作两个小时，每两小时就会横插一段强制性的休息。休息到第二次或第三次的时候，我开始猜测，与其说这是让我们休息身体，毋宁说是休息心灵，让它免受大量信息的折磨，因为那些从耳朵和眼睛灌进来的信息实在是令人困惑、令人不安、令人恼火。

奇怪的是，在这片刻宁静的间隙，我却只想跟人说话——以正常的方式说话。

"图莉亚，你在吗？"

"你竟然还没睡着？太让我吃惊了！"她开了个玩笑，"你晚点了，赶紧放松下来！"

我没笑。

"对不起，"她说，"怎么了？"

"没事。只是在思考，仅此而已。"

"呃噢。"

"阿尔布赫星有那么多人，却派我们来做这些事，我们真的合适吗？"

"啊，决定就是如此，答案是'是'。"

"但决定是怎么做出来的？等一下，我知道了，是艾拉向某个委员会反复灌输的。"

"这可能不是靠灌输就能办得到的，"图莉亚语带嫌恶地说，可对这嫌恶我也只好一笑了之，"不过你是对的，艾拉与此有很大关系。"

"好吧，不是灌输。但我敢打赌靠的也不是什么甜言蜜语，更不是什么理性对话。跟那帮人是不可能的。"

"与战时军方进行对话会理性得让你吃惊。"

"但是军方一定会说：'看，这显然是我们的工作。干这个的应该是突击队，而不是一帮阿佛特人、一个叛变的伊塔人和一个饿得要死的外星人。'"

"的确有过一个后备队，现在还有，"图莉亚承认，"我想他们都是军人，和你们这些家伙受的是一样的训练。"

"那为什么决定把这些太空服和模拟爱飞客给了我们——"

"部分是因为语言问题。儒勒·凡尔纳·迪朗是块无价之宝，他会说奥尔特语，但不会说弗卢克语。所以队伍里至少得有一部分人会说奥尔特语。但是构成一个双语团队又会产生各种各样的问题。"

"唔，那么说如果没有儒勒这个天上掉下来的馅饼，我们大概就只能是后备选项了。"

"他不是掉到你们头上的，"图莉亚提醒我说，"是你们主动出击的，而且——"

"尽管如此，我还是觉得奇怪，既然他们拥有对这类事务轻车熟路的突击队和宇航员，那些大佬又怎么会容忍这种想法？"

"但是拉兹，你们是可教的，你们能学会'这类事务'，如果你指的是操纵S2-35B 和装配冷黑镜的话。从你进集修院那天开始，你已经用了一辈子的时间把自己变成了一个可教之材。"

"好吧，你这个论点可能是对的。"我一边说一边回忆着阿尔西巴尔特修士启动核反应堆的情形，在此之前这是根本无法想象的。

"但问题的关键在于，整个任务——你们正在进行的航程——并非到此为止，我想艾拉就是这么组织她的论点的。谁知道你们到地方以后还会被安排什么任务？到时候就不得不依靠你们当上弟子以来所学的一切知识，所获的全部才能了。"

"自我当上弟子以来……那好像已经是很久以前的事儿了。"

"是啊，"她说，"我那天也回想过当初的情景。走通了迷园，踏进了阳光里。塔穆拉祖修女拉住我的手，给我做了一碗汤。我也记得你刚录进来的情形。"

"你领着我到处参观，"我回忆着，"就像已经在那儿住了一百年了。我还以为你是个千年士呢。"

我听到无线岗那头儿的一声啜泣，也把眼睛闭了一分钟。太空服能应付所有的分泌功能，只有哭泣除外。

我当初怎么会蠢到想跟图莉亚谈私情？要真是那样的话，现在可就狼狈了。

"你跟艾拉谈过吗？你俩有联系吗？"我问。

"有必要的话我可以联系她，"她说，"但我还没试过。"

"你们都一直在忙。"我说。

"是啊,你们小组发射上去以后,她就成了大忙人了。真的很忙。"

"唉……希望她是在琢磨我们到地方以后该干些什么。"

"她肯定在琢磨呢,"图莉亚说,"你都想象不到艾拉对自己的职责和已经发生的事情有多认真。"

"其实我有个好主意,"我说,"我知道她担心我们会全体送命。但是如果她看到我们组在一块儿干得这么好,也会受到鼓舞的。"

我们又一次转到了阿尔布赫星的后面。已经数不清我们进出达坂乌尔努德的视线多少次了。其他人都把自己绑在了冷黑镜下面的突起上。我还在上方那个诱饵的下面,核对着一张二百多行的检查清单,只剩最后十七项了。

"拉充胀操纵绳,"我宣布,并执行了,"成功了。"我听不到气体逸出发出的嘶嘶声,但抓着诱饵的那只手能感觉到。

"通过。"利奥说。

"监测充气过程。"我麻木地念着下面的一行技术诡话。昨天还被我们当成垃圾袋的这包花布刚才还无精打采,现在却动弹了起来,几条充当骨架的突脊立了起来,随着一点点充气,也变得越来越坚挺。我一开始还担心它撑不起来,怕气不够,怕出什么问题,可结果只用了几秒它就撑开了。

"状态?"利奥发指令问道。他在镜子底下什么也看不到。

"状态是,太漂亮了,真想坐着它飞上一段。"

"通过。"

"执行目测检查。"我花了一分钟的时间,爬到了它的顶上,欣赏着这台手工折纸的"姿态控制推进器组",欣赏着轻如纸片的记忆合金丝和塑料薄膜做成的"天线",欣赏着表面上手绘的"烧焦痕迹",欣赏着各种舞台艺术的奇迹,大集修上那些研究课肯定为它辛苦了好几个星期。我发现有一台"推进器"没撑开,便用骷髅手指帮它弹展到位了。接着我又用力拍打薄膜贴着骨架打褶的部位,让气体把它们全部胀开。"状态良好。"我宣布。

"通过。"

剩下的检查项目主要是底下那些发动机的阀门和压力。我意识到这里的管道要是出了事故也会要了我的命,但也只能接着干。

"十分钟后进入视线。"

最后一个步骤是设定五分钟的定时器并启动倒计时。利奥的最后一个"通过"言犹在耳，我就感觉到安全绳传来了一股强大拉力，奥萨把我拖了回去。几秒钟后我就被拖到了镜子底下，还被人一通五花大绑，就像个被人穷追猛打了一整天终于落网的杀人狂。所有的交流都变成了一连串的检查项目和简短口令。

"八分钟后进入视线。"太空服的气囊鼓起来了。冷黑镜的发动机冒出了火光，我感到背后传来了推力。因为我们面朝冷黑镜的底面，所以无法看到正在发生的情况。不过这次不同于以往，我们还有斯皮里画面可看，可以看到气球和诱饵渐渐地退向远方。五分钟的定时结束时，诱饵已经完全看不到了，画面上只能看到发动机点火时形成的蓝白色光斑。

再过几分钟它就要烧毁了，这一幕也会被几何学家看到。因为到时候达坂乌尔努德已经沿着轨道回到我们视线之内了。

我们的发动机完成了使命，给了我们攀上新轨道的加速度，已经再也用不着了。我们恢复了失重的状态。太空服内侧的气囊也瘪了下来。

我解开了两条绑带，扭身望向那个诱饵。它的发动机继续燃烧了一分钟左右，做出了极力要从低轨道攀上达坂乌尔努德轨道高度的样子。

然后它就爆炸了。

本应如此。任务设计师给发动机设定了程序，故意让其在错误的时刻打开错误的阀门，让基座来不及对它采取措施，免得连累我们。它就这样散了架。没什么可烧的东西，我们当然也听不到爆炸的声音。那玩意儿只剩了一堆迅速分散的碎片，不复存在了。直到几分钟后，那些碎片重入的时候，我们才看到一些火光掠过下方的大气层。希望基座会认为我们的可怜计谋已经折在了火箭发动机故障上面，这完全合乎情理，希望他们会集中全部精力，调集所有传感器去拍摄那些尚未被大气层吞没烧毁的碎片。那他们就不会看到冷黑镜了。

下一段航程持续了几天的时间。这段时间跟最初的二十四小时也没多大差别。我们失去了与地面的宽带联络，而且也没什么事情可做，一切都安静了下来。

这次点火把我们从气球的掩蔽下推了出来，也让我们陷入了直面达坂乌尔努德的窘境，我们就像一只向飞机撞去的鸟。现在抵达达坂乌尔努德毫无问题了，但如果不想在它的碎石外壳上变成一坨冷干肉，就得在相撞之前把速度减下来。

要做到这一点，别的太空任务肯定都会在最后一分钟临时启动火箭发动机，接着还会用机动推进器做些美妙的动作。但既然我们想要潜入那里，这就行不通了。我们要找一种既能产生推力又不会突然喷出白热气体的方式。

大集修的成员已经找到了解决方法——电动系绳。只用一根两头配重、单向导电的绳索就可以了。这条绳索大约五哩长，很细，但很结实，有点儿像我们的弦索。为了把它绷紧，绳头上需要吊个重物。已经没用的模拟爱飞客可以充当重物，把它们藏在一面较小的简版冷黑镜底下就可以了。所以冲出气球的掩护，离开原来的轨道后，我们的第一项任务是把那几台模拟爱飞客紧凑地绑在一起，拴在系绳的头上，再在上方装一面冷黑镜。我们一直等到阿尔布赫挡在我们和达坂乌尔努德之间，才开始执行这项行动中最棘手、最疯狂的部分，就是先让我们自己旋转起来，再利用离心力把那五哩长的绳索放出去。头几分钟我们全都觉得恶心和恐惧，直到配重离我们稍远一点儿才好起来。距离的增大降低了我们与配重绕着共同的重心旋转的速度，阿尔布赫星也不再频繁地掠过我们的视野了。等到配重被甩到头的时候，转速已经慢得几乎感觉不到。从这时起，我们每绕行轨道一周正好旋转一圈，这就意味着那配重总是在我们"下方"五哩处，绳索处于垂直的方位，而冷黑镜总是位于我们"上方"，这也正是我们想要的。这缓慢的旋转产生的伪重力差不多是我们在阿尔布赫地面上所感到重力的百分之一，让我们和所有物资缓缓地离开星球，向上"落"去，除非我们被什么挡住。挡住我们的就是绷平冷黑镜表面用的充气支柱框架结构。我们向上漂浮到并贴在了它的背后，就像一片垃圾被难以察觉的微风吹得贴在篱笆上。

完成这项机动之后不久，我们转到了阿尔布赫的夜晚侧。这给我们提供了一个绝佳的视角，让我们看到基座用礌石袭击阿尔布赫赤道上的所有大型轨道发射站的情形。行星表面大部分处于黑暗之中，只有温带陆地上有人居住的区域分布着一串串一片片的亮光。飞下的礌石在这地幕上划出一道道亮线，如同拘禁在地壳之下的地灵神在用气割炬为自己劈开通往自由之路。礌石击中地面的时候，它的光亮便会熄灭，片刻之后又会燃起一团半球形的火光，比原来的光亮更暖更红，可与核爆匹敌，只是没有放射性。我们的轨道正好经过杰斯里登上首次太空之旅的那座发射架，清晰地看到一个橘红色的拳头向我们打来。杰斯里原本正在忙着鼓捣供应站，但此刻也停下了手里的活计，向下看了几分钟。

我听到了些微的机械声响，抬头看到阿尔西巴尔特刚把一条硬线插进我太空服前胸的插孔。往后我们就得用这种方式交谈了。即便是短程无线电也让人觉得风险太大。所以我们便改用了硬连接——太空服对太空服，用导线连接。同样地，我们也不再与地面进行 24/7 宽带联络了。取代它的是萨曼带来的联络设备，它可以沿着一道几何学家发现不了的狭窄"视线"波束断断续续地缓慢喷射信息。所以 87 小组再想跟我说话，就只能使用文本信息了，信息会显示在面罩内的显示屏上，但不会实时显示。我们也已被告知，信息延迟预计会在两小时左右。而且我们只有把自己硬连接到网络上才能收发信息。

"这就是走钢丝啊。"阿尔西巴尔特说道。出于习惯，我看了一眼他的面罩，却只看到上面映出一团扭曲的蘑菇云。我这才低头去看他胸部的显示屏，他正盯着阿尔布赫星，过了一会儿才抬眼瞟来，看向我胸前的屏幕。

我稳了稳心神。这是几天以来我头一次进行真正的，也是私下的交谈。自从吞下大药丸，爬进太空服以来，我发出的每个声音，我心脏的每次跳动，我吞下的每一口水，都被记录了下来并实时发送到了某个地方。我已经养成了习惯，知道自己说的每一个字都在大佬们的监控之下，都会被委员会讨论，还要被永久存档。我们几乎没法进行诚实或有趣的交谈。不过我很快就适应了耳中听不到 87 小组声音的情况。现在我又有了跟阿尔西巴尔特交谈的机会，也没有别人跟我们硬连接。我俩又能单独交谈了，就像漫步于埃德哈的页子林间。

"钢丝"是个文字游戏，那是对我们是刚放出去的系绳的形象描述，但阿尔西巴尔特当然有另外的意思。"是的，"我说，"我们一个个打开那些载荷的时候，我一直留着心眼儿，想看看有没有什么可以用作——"一个航天术语尚未出口就被我咽了回去。我想说的是"大气重入和减速系统"，但不管是在页子林里还是这儿，这话听上去都有点儿不对头。

还是阿尔西巴尔特替我把这句话说完了："下去的方法。"

"是啊。咱们已经把所有的包装都拆完了，而且大部分都已经扔了——只剩下绝对的基本物资了——显然没什么东西可以让我们回到阿尔布赫去。根本就从来也没有过。"我思考着这件事，看着又一朵蘑菇云在我们下方闪现，迅速扩散，迅速暗淡，就像一抹黎明划过冷冽的上大气层。

阿尔西巴尔特捡起了我的话头儿："于是你就安慰自己，他们以后可以从这里或那里发射一艘重入太空船来接我们。"他指指蘑菇云刚刚熄灭的地方，又指了指东边几千哩处刚刚升起的另外一朵。"或是那里。"他最后指向的是下方一

颗尚未穿透大气层的礌石。我不知道它要攻击什么，也许是座火箭工厂。

当然，阿尔西巴尔特是要制造一个论点：我们死定了，没救了，除非成功抵达达坂乌尔努德。这幅拼图他拼得比我还快，弄得我有点儿不爽，不过也只有一点儿。"又来了。"我无奈地想着，然后硬撑了十个小时，一直保持着跟他的硬连接，对他施以百般劝慰，尽力让他摆脱近乎歇斯底里的状态，还劝他服点镇静剂，我猜太空服里应该也存有这类补给。

但他并非我所想的那样。他跟所有人一样清楚我们真实的处境，比我还要清楚。他并不是沮丧，只是茫然不知所措。

"咱们刚被召唤的时候，"我提醒他，"你还造谣说我们要被带进毒气室呢。"

"确实，"他说，"不过那时我的想法简单得多，想到的做法也简单得多，快得多，便宜得多。"

这玩笑开得太没营养，我都盼着杰斯里和利奥能来救场了。不过没过多久，谈话也没了后劲。阿尔西巴尔特把我断开找别人去了，就像在饭厅里换桌似的。

他跟杰斯里连线的时候，杰斯里正在给系绳通电。把电流送到系绳远端并不是什么难事。但要让电流形成回路，就得想法子让电子回到核电站来。常用的办法是另设一根跟头一根平行的线，就像电灯线路那样。不过这法子在这儿可行不通，会破坏我们的计划。好在我们现在位于大气极上层的电离层，太阳辐射造成了这一层永久性的电离，所以它整个是导电的，也就为我们提供了免费的回路。电流只需沿着那根导线单向流动就可以了。通电以后，导线就产生了磁力，和阿尔布赫的磁场相互作用就产生了一个推力。这个推力并不大，不像火箭发动机那么强，却可以持续运行好几天，慢慢地内旋，让我们进入所需要的轨道。这样一来，过上一段时间，我们就会进入达坂乌尔努德当初变入的轨道，就是我和艾拉在主楼的暗箱里观察到的那条。

阿尔西巴尔特和杰斯里连上以后，就当起了给我们发通知的联络员，他先挥着胳膊吸引了我们的注意，又做了个让我们抓东西的手势。然后就先后用骷髅手和工具手数起倒计时来。数到"五"的时候，他就收回骷髅手，抓住了核电站控制面板的一根支架。数到"一"的时候，杰斯里扳了个开关，他的工具手也抓在了支架上。效果并不剧烈，但也十分明显，我们看到系绳微微地弯曲起来，就像一阵风吹到了绷紧的绳子。与此同时，冷黑镜也稍稍地发生了偏转，定在了一个新的角度，它的底面不再正对着阿尔布赫表面，几不可察地偏转了一点。情况就是这样。我们受到了推力，就好像杰斯里点燃了一个火箭发动机。

648

不过这个推力太微弱了，我们的身体根本感觉不到，它得对我们作用上好几天才能产生效果。

　　做完了这事，我也腾出点儿工夫想了想阿尔西巴尔特刚说的话。在这次航程中，尽管儒勒和嘉德的身体出过点状况，还发生了我和核电站的出轨事件，但也不得不说，发射、冷黑镜装配、诱饵点火和系绳部署等工作都进行得比我们期待的还要顺利。没有人死掉，也没有人神秘失踪。没有发生事故——没有人无可奈何地飘走——我们回收的有效载荷也完全能够满足需要。这些致命的环节都没出问题，我便沉浸在了一种过度乐观的情绪之中。但只要反思上十秒就能看得一清二楚：这是一次自杀式任务。

【因果域】一套通过因果关系网而相互链接的事物。

——《词典》，第四版，改元 3000 年

社交规则已经变了。我原来还觉得两三个人私下连线交谈会引起别人的误会。但我现在不这么想了，因为我很快就注意到利奥正在和奥萨交谈，萨曼正在和儒勒·凡尔纳·迪朗交谈，很明显，现在小组里每个人都乐于为他人提供私密空间。萨曼在补给站的框架上连出了一个电线网，需要开全体会的时候所有人都能连到这个网上，我们也达成了一致，全体会每八小时开一次。除此之外都是自由时间，一天三段。我们都尽可能把其中一段用作睡眠时间，但并不是那么顺利。本以为只有我才有这个问题，但阿尔西巴尔特也在这个时间段飘了过来，跟我连上了线。

"你在睡吗，拉兹？"

"不睡了。"

"你睡着了吗？"

"没有，没睡着。你呢？"

当年我们刚进集修院时，睡在陌生的寝室里，半夜睡不着的时候也是这样聊天的。不过聊着聊着话题就变了。"难以言表，"阿尔西巴尔特说，"我觉得我在这里经历的不是入睡醒来的正常循环。坦白地说，我已经再也分不清做梦和清醒了。"

"啊，你梦见什么了？"

"所有可能出的事故我都梦见了——"

"但并没有真的出事？"

"千真万确，拉兹。"

"我还没完完整整听你讲过援救嘉德的故事哪。"

"我都不敢肯定能不能有条有理地把它讲出来，"他叹了口气，"我脑袋里只有一堆片段，有的是我想过的事儿，有的是我干过的事儿，而所有的情况，拉兹，都存在另外一种可能性。而且那些可能性全都是坏的。这个我可以肯定。我的脑袋里一直在反复重温那个过程。在每个节骨眼上，我都是碰巧做了正确的事情。"

"啊，就像是人择原理在发挥作用，不是吗？"我指出，"要是哪个节骨眼儿上稍有差池，你们就会死掉，你也就没法再用大脑去回忆了。"

阿尔西巴尔特半天没吱声，最后叹了一口气："通常情况下，人择理论都不是让人满意的解释，这次也一样。我更中意另一种解释。"

"哪种解释？"

"我不仅聪明，而且在压力之下还很冷静。"

这句话我假装没听见。"这种梦我也做过，"我承认，"所有的情形都跟真的一样，只是你和嘉德不在了，你们死了。"

"是啊，我还梦见过我没能把嘉德拖回来，只好把他放弃了，还眼睁睁地看着他掉进大气层烧掉了。还梦见过别的，梦见你没成功，拉兹。我们收回了核电站，但是你却消失了。"

"可你醒来时——"我刚要说。

"我醒过来就看见了你和嘉德。但是梦和醒的界限在这儿太不清晰了，有时我分不清究竟我是从梦里醒了过来还是相反。"

"我知道你想说什么了，"我说，"我有可能已经死了，你有可能已经死了，嘉德也有可能已经死了——"

"我们这儿已经成了敖罗洛修士说的流浪的万年马特了，"阿尔西巴尔特宣告，"一个与宇宙其他部分相隔绝的因果域。"

"唷！"

"但有个副作用，敖罗洛可从来没警告过我们，"他接着说，"我们已经脱节了。我们既不存在于此，亦不存在于彼。只要不到大隙节，大门不打开，就什么都有可能发生，什么都有可能发生过。"

"有可能是这样，"我说，"也有可能只是我们困了，忧虑了。"

"那正是另一种有可能实现的可能性。"阿尔西巴尔特说。

我们不打盹儿（照我们大多数人的说法）的时候——或者说不在彼此分歧却同样实在的世界轨道间漂流（照阿尔西巴尔特的说法）的时候——都在研究达坂乌尔努德。儒勒·凡尔纳·迪朗对它的描述已经在大罔上广为流传，这给了反群集足够的信息，让他们构建出了这艘外星飞船的三维模型，照这位地球人的说法，这个模型逼真得不可思议。

先用钢吹出一个直径一哩左右的气球，在里面充上一半的水。再做三个一样的。把四个圆球摆成方阵，彼此靠近，但并不接触。

再做四个一样的圆球，摆成一样的方阵，把这个方阵水平旋转 45°，摆到前一组的上方，还要像水果摊摆水果那样，让上层的球坐到下层球的缝里。

再按相同的套路往上加两层，你就会得到一个包含十六个圆球的堆栈，高度略大于两哩，宽度略小于两哩①。这个堆栈的中心是一条垂直的空隙，就像一根直径半哩的烟囱。这条烟囱里装的是各种各样复杂、昂贵、设计精巧的宇航专用实践理学装置。这些球总是处于运动之中，为了制造伪重力，堆栈每分钟要以烟囱为轴旋转一周；为了躲避敌方攻击，飞船要做机动飞行，机动的时候飞船还会产生晃动。有时要利用原子能加速，有时这些运动还会同时发生。所以烟囱里的大部分装置都是结构性部件，主要是连接和固定圆球的钢铁桁架，它们可以确保所有球体都能在运动中保持应有的位置。

一旦堆栈的结构稳定性得到了保证，就可以安置其余的非结构性装置了，包括一座弹药库，几座核反应堆，一堆复杂得难以想象的管线，几条加压廊道和几条光纤干路。弹药库可以容纳数十万发核推进弹药；核反应堆可以在飞船远离太阳的时候供应电力；加压廊道可以供乌尔努德人、特洛人、地球人和弗琅斯人从一个球舱进入另一个球舱；光纤可以从二十面体表面采集阳光，传送到球舱内部，照射屋顶的农场。

而球舱本身就简单一些。在它们内部，水可以自由流动，形成平面。整个堆栈旋转起来时，水会被甩到外侧，形成一个稳定的曲面，而且这个曲面上的"重力"与四颗母行星上的重力相当。而飞船靠动力加速的时候，水会被甩向船尾的方向，形成稳定的平面。人们居住在水面上的船屋里，所有的船屋都用缆绳编结在一起，相邻的船屋间还隔着结实的气囊——水面形状变化的时候总会

---

① 尺寸计算存在问题，以作者描述为条件，形成堆栈尺寸计算结果为高度约 3.67 哩，宽度约 2.5 哩。前文有萨曼根据敖罗洛的天文望远镜照片做的估算，说二十面体直径约 3 哩。与此处的计算结果有矛盾，已更改。

发生一点推挤。和一般的船只一样，这些船屋也有相应的水上配置：柜子都有锁扣，不会被甩开；家具都固定在地板上，不会滑走。人们住在这里，就像住在母行星上的祖先们一样，并不会时时想到自己正关在钢气球里，被原子弹推着在太空里游走，就像他们在乌尔努德星、特洛星、地球或弗琐斯星的亲族们，可能也从不会想到自己正住在一颗奔驰于真空中的湿漉漉的岩石球上。

这个结构——球舱栈——是一件美妙的作品，却难以抵御宇宙射线、流浪的陨石、太阳光和外星武器。所以才会在它的外面用巨大的抗震活栓构筑起网络框架，再在框架上张起砾石拼嵌的外壁。球舱栈就悬挂在这外壳的中心，且与之相连。跟外部宇宙相关的设备——雷达、望远镜、武器系统、侦察车——都安置在外侧，有的附在抗震活栓上，有的附在活栓交汇的顶角。顶角一共有十二个，围着尾部推进盘的那三个是裸露的机械设备，其余的九个都是复杂的太空舱体。有几个是供指挥部成员使用的加压球形舱，在里面可以失重漂浮；有几个顶角的中心带有宽敞的隧道，可供穿太空服的人和小型运载器进出飞船；还有一个顶角是光学天文台，这里享有太空的真空环境，所以它比阿尔布赫星上的所有天文台都好。

我和队友们在埃尔克哈兹革装配太空服和玩电子游戏的日子里，反群集的聪明脑袋瓜们已经把这些东西都建成了模型。这模型现在就存在我的太空服里。我们可以用原来操纵模拟爱飞客的轨迹球和操纵杆在这个模型里漫游。这模型从远处看去完备得令人震撼，好像还带有某种生物般的复杂性。但当我游到近处，想一探球舱栈的芯部时，却发现到处都悬着半透明的批注框，都是阿佛特人用标准奥尔特语写上去的，全是些令人遗憾的告知：从该点往后的所有东西纯属臆测。

嘉德修士终于得到了他梦寐以求的东西——六分仪。我们的补给品中有一部带广角镜头的仪器，那个镜头和克莱斯提拉之眼一样，拥有广阔的视野，这部仪器也足够智能，能够识别特定的星座，可以获知我们与一些固定恒星的相对位置。再加上太阳、月亮和阿尔布赫的位置，以及精确的内部时钟和星历表，它就有了足够的信息，可以算出我们的轨道参数了。嘉德修士一听说有这种工具，就立即把它逮住，花了好几个小时来掌握它的功能。

既然这场冒险已经成了孤注一掷的命题，儒勒也就不再拼命地节省余粮。一甩开腮帮子，他的能量水平就迅速恢复了，情绪也改善了不少。他醒着的时候太空服上总是挂着好几个人，询问他模型里没做出来的各种内部细节，譬如

门是什么样的，闭锁机构如何操纵，怎样区分弗琐斯人和特洛人。听说几何学家特别害怕飞船的零重力区域发生火灾，所以你走不了一百呎就会碰到一个装着防毒面罩、消防衣和灭火器的柜子。

还剩下很多的空闲时间。过了两天，我跟杰斯里做了一次私人连线，把我了解到的万灭者的情况告诉了他。他像听课似的认真听着，没说多少话。从斯皮里屏幕上可以看出，他正在冥思苦想这种做法有什么道理。在他看来有一点是显而易见的，那就是还有些事情没告诉我们。否则只从表面上看这次任务是毫无道理的。我给了他一些可供思考的东西，而在他想透之前——在他找到某种不那么浅显的想法之前——他是什么都不会说的。

我的屏幕上缓慢地滚动着 87 小组传来的文本信息。前几个都还是例行公事，后面却变得诡异了起来。

图莉亚：地面的人们一直在争论……你们上边的人数是多少？

我敲了一条回复信息：对不起，你是问我们还有多少人活着吗？敲完就随手发了出去。又把这些信息反了几分钟，我才意识到还没有回答她的问题。不过此时已经和地面失去了联系。

我召集了一次会议，把所有人都拉了进来。

"我的支援小组不知道我们还有几个人活着。"我宣布。

"我的也是，"杰斯里马上说，"他们说几个小时前我给他们发了条信息，暗示我们死了两个人。"

"你发了吗？"

"没有。"

"这么久以来，我的支援小组根本没给我发过任何信息，"埃斯玛修女说，"因为他们相信我在发射过程中就已经死了。"

"这让我怀疑是不是反群集在什么地方出了错儿，"我说，"这些小组应该都能在大阔上互联，对吗？比较一下记录不就得了？"

我们全都看向萨曼，还用上了新的肢体语言。因为无法直接看到脸，我们已经养成了向交谈者转动上身的习惯，这样才能让对方知道我们在注意倾听。于是九套太空服都朝着萨曼扭了过去。但嘉德修士好像不感兴趣，他已经断开了这次会议的连线，爬到框架的另一边去了。自从我们上了太空以后，他几乎还没吐过一个字呢，我们也就没再管他。我甚至开始怀疑他的脑子是不是受了伤。

"有些地方已经出了错。"萨曼肯定道。

"是几何学家发现了阻塞大网的方法吗？"奥萨问。

"不是，网的工作是正常的，至少物理层面上是。但信誉空间机能有一个低层次漏洞。"

"用伊塔人的话说，"我说，"一件东西层次低就意味着它非常重要，对吗？"

"对。"

"这对我们意味着什么？你能多说一点吗？"利奥请求道。

"几千年前，早期的大网上曾充斥着错误、过时和纯粹误导的信息，几乎完全废掉了。"萨曼说。

"废料，你有一次是这么叫的。"我提醒他。

"是的——技术术语。所以废料过滤就变得非常重要。围绕着这项工作还建立了很多企业。有的企业为了多赚钱还要起了小聪明——给井里下毒。他们开始故意往大网里投放废料，逼着人们用他们的产品来过滤这些废料。他们制造了一些句法机，唯一的功能就是往大网里投放废料。但必须得是好废料才行。"

"什么是好废料？"阿尔西巴尔特用一种犹疑而有礼貌的语气问道。

"唉，坏废料是未经格式化的乱码文件。而好废料得是格式漂亮、书写良好的文件，一百个正确的、可验证的句子里只能有一个略带小错的句子。生成好废料要难得多，起初他们不得不雇人来制作。大多是往正规合法的文件里边塞错误，比如张冠李戴。但在军方对此产生兴趣之前它一直没派上真正的用场。"

"你的意思是，可以作为一种战术往敌方网络里植入错误信息，"奥萨说，"这我知道。你指的是改元后第一个千年中叶的人工愚蠢程序。"

"没错！"萨曼说，"正是为了奥萨修士说的那个目的，人们建立了非常复杂强大的人工愚蠢系统。这种实践理学马上就泄露到了商业圈，还发展出了'猖獗孤儿僵尸网络生态公司'。这都无关紧要。重点在于，在我们伊塔人的先驱掌控事态之前，大网曾有过一段黑暗的时代。"

"那现在猖獗孤儿僵尸网络生态公司还在搞那个人工愚蠢系统吗？"阿尔西巴尔特很感兴趣地问。

"猖獗孤儿在第二个千年就已经彻底变成了别的东西。"萨曼轻蔑地说。

"它变成了什么？"杰斯里问。

"确切情况没人知道。"萨曼说，"只有他们借尸还魂的时候我们才能一窥端倪，好在这种情况不常发生。不过咱们跑题了。人工愚蠢的功能仍然存在，可

以说那些让网络走出黑暗时代的伊塔人也只能通过招安来抵御它了。所以，长话短说，漫游在大网上的每一个合法文件都有成千上万个伪造版本，我们管它们叫'假货'。"

"以攻为守。"奥萨说，傻瓜都猜得出他在引用一句古老的谷术格言。

"是的，"萨曼说，"这非常有效，大多数时间里大网的用户都不知道它的存在。就像你不会意识到每时每刻都有上百万的细菌在试图攻击你的身体却未能成功。然而，目前的事态，以及反群集造成的压力，看来已经引发了我刚才所说的低层次漏洞。"

"所以对我们造成的实际后果，"利奥说，"就是——？"

"我们那些地面小组可能难以区分合法信息和假货，而且我们屏幕上显现的那些信息也有可能是假货。"

"都是因为这些东西被什么地方的一台句法机给翻腾出来了。"杰斯里说。

"比你说的要稍微复杂一点儿。"萨曼反驳说。

"但杰斯里的意思是，"我说，"这种含混性的根本原因，是某处一定数量的逻辑闸和记忆单元处于错误的状态，或至少是处于不明确的状态。"

"我猜你可以这么解释。"萨曼说，虽然看不见，但我能感觉到他正在耸肩，"但这问题很快就能解决，那时候我们就能停止接到愚蠢信息了。"

"绝对能停的。"格拉索修士说。

"您为什么这么说？"利奥问。

"瞧。"格拉索修士边说边伸出了手臂。顺着他的指向，我们瞧见了嘉德修士，他正抱着我们与地面联络的唯一一部无线电匣子忙活着。他在用螺丝刀一次次地捅着。一块块碎片不时从匣子里飘出来，他都一丝不苟地用骷髅手把它们捞了回来，防止它们逃出冷黑镜的遮蔽，跑出去反射雷达信号。

忙活完了他就飘回来把自己连进了会议，利奥仍保持着沉默，等着他开口说话。

嘉德说："泄漏逼人选择，选择于事无补。"

好吧。那么说，实际上，我们是跟一位发了疯的巫师锁在一间屋子里了。这让事情清楚了一点儿。我们都沉默了片刻，知道要求澄清是没有意义的。嘉德修士已经用他能用的方法表达清楚了。我瞧见杰斯里在他的显示屏上朝我这儿看着。这就是咒士的做法，他现在干的就是。

萨曼最后打破了沉默。"太古怪了，"他说，听起来竟然是不可思议的感动，

"但这一直是我想干又不敢干的。"

"什么？毁掉信号发射器？"利奥问。

"是的。事实上，几小时前我就梦见自己已经干了。这让我感觉很好，但醒来后却惊讶地发现它还是老样子。"

"为什么你会想要毁掉它？"阿尔西巴尔特问。

"我一直在观察它的习性。我们每绕行轨道一周，它就会进入一次地面设备的视线，并跟它连接一次。然后就会清一次缓存——把队列删除。"他接着又把那些伊塔术语翻译成了奥尔特语。队列就像是一摞写着信息，一有机会就发送到阿尔布赫去的页子。它们发出去的顺序和它们在队列里的顺序相同，就像商店里排队的顾客一样。

"那么队列里东西就是？比方说，我发给地面支援小组的那些文本信息喽？"

"你写了多少条？"他问我。

"大概五条。"

"利奥呢？"

"好像十条。"

"奥萨？"萨曼逐个统计了一遍。每个人发的都不过几条，"现在队列里的条目数，"他宣布，"有一千四百多条。"

"那都是些什么？"阿尔西巴尔特问，"你能读它们吗？"

"不能。它们都是加密的，谁都不愿意给我密钥。它们大部分都很小。大概是些文本信息、生理数据和相关的假货。但其中有些要大上好几千倍。既然这里我是唯一有这方面知识的人，我得告诉你们，这些大家伙极可能是声音和视频文件，对一个伊塔人来说这是显而易见的。"

我可以想出各种各样的解释，但阿尔西巴尔特却直接跳到了最富戏剧性的一种，不得不承认，他可能是对的："监视！"

萨曼没反驳："我闲着的时候就一直盯着这队列的行为方式，反正我有的是空闲。那些大文件的行为方式颇不寻常。首先，它享有超出那些小文件的优先权，一旦生成，系统就自动把它们置于队列的顶端。其次，这些文件产生的时间似乎与谈话的开始和结束重合。举个例子吧，不久以前，大概在 10:15 到 10:30 之间，我看见伊拉斯玛和杰斯里有过一次私人谈话。杰斯里再次连到网络时，大约不过十五分钟以前吧，我就看见队列里跳出来了一个大文件，而且立即置了顶。产生时间是 10:17。最后修改时间是 10:30。"

"我们所有谈话都存在这种情况吗？"利奥问道。他的语调告诉我，正如我一直怀疑的，这件事对他来说也是新闻。

"不是，只有一些。"

"我建议做个实验，"杰斯里说，"萨曼，它还能工作吗？"

"啊，是的。嘉德修士毁掉的只是发射机，句法机的功能一如既往。"

"你现在在监控那个队列吗？"

"当然。"

杰斯里断开连接，打手势让我也断开。我们俩建立了私人连接。杰斯里开始了一段非常古老陈旧的对话，是我们当弟子时必背的：口头证明二的平方根是个无理数。我这边也尽可能对答。结束之后我们再次连到网络上，等了几秒。"什么都没有。"萨曼说。

我们再次断开，建立二人连接。

"你还记得在埃德哈的时候，"我开始说，"我们和其他几个咒士在晚餐后坐在一块儿用玉米秆儿和鞋带儿制作万灭者的情形吗？"

"当然，"杰斯里说，"那些万灭者真不错，因为它们能刺杀那些肮脏的大佬，而且谁都不用负责任。"

"我们背叛阿尔布赫投降基座的时候就用得上了。"我指出。

我们又照着这个路子接着说了几分钟，然后又一次连到了网络上。"有一个新文件，"萨曼宣布，"在队列的头上。"

"好吧，"我宣告，"这么说那些大佬似乎真的很想知道我们是否在谈万灭者之类的话题。"

"哈！"萨曼惊叹，"一个新文件刚刚开启，它还在变大变长……我……接着……说吧。"

小组里还从未大鸣大放地讨论过万灭者这个题目，所以大家提了好多问题，利奥都一一作答。与此同时，杰斯里和我还在继续已经开始的实验，接下来的半小时里跟网络断开重连了一二十次。每中断一次，我们就试几个新词，我们只想看看哪些话题会触发自动记录系统。随便一试就又发现了几个触发词，包括攻击、中子、大规模杀伤、疯狂、耻辱、不合理、拒绝和叛乱。

每重连一次，都能从他们的交谈中听到些可以试验的潜在触发词。除了上述几个，还有很多词会在谈话中自然而然地频繁出现。他们也开始变得越来越情绪化，幸亏我和杰斯里可以随时连上，随时断开，也可以把这些内容当作理学研究的对象。但不一会儿谈话就发展到了我们无法袖手旁观的地步，我俩也就没再断开。

阿尔西巴尔特刚刚问了一个关于谷士的相当尖锐的问题：谷士们终极的效忠对象是谁？

奥萨修士答道："我对钟鸣谷的弟兄姊妹有种无法精确解析的忠诚，因为它并非理性之物，而是像家人一样的羁绊。我也不想浪费氧气去讨论我对所属团队的交叉重叠的忠诚——我忠诚于这个小组，忠诚于马特世界，忠诚于大集修，忠诚于阿尔布赫人，甚至忠诚于超乎这个宇宙界限的社会，就是这种忠诚把我们和儒勒·凡尔纳·迪朗这样的人团结了起来。"

"赛如斯①。"地球人应和道，我们猜那就是他表达赞成的方式。

"在突发状况的紧要关头是不可能纠结行动的忠诚和义务的，你只能依靠平素训练所获得的简单反应。"

儒勒还没听说过这个概念，于是奥萨简短地给了他上了一堂突发状况学的课，还举了决策树的例子——剑士对决的时候，要做出正确的动作肯定得遵循决策树来进行决策。但很显然，在迅速的劈刺交击之际，事态会复杂到无法用理性方法解决的地步，所以，能在对决中屡次幸存的剑士，用的肯定是别的方法。钟鸣谷的阿佛特人已经把研究和培养这种别的方法当成了唯一的追求。儒勒·凡尔纳·迪朗轻而易举地领悟了这个论点："这对复杂的棋类游戏也同样适用。我们地球上也有跟你们这儿类似的情况，下棋的时候，可能的出数与对招也会形成决策树，这棵树很快就会大到人脑无法穷尽和筛选的地步。可以用这种方式下棋的只有统筹机——你们称之为句法装置，但成功的人类棋手用的似乎就是一种截然不同的方法了，他们得观察整个棋盘，抓住某些图式并使用某些经验法则。"

"泰格龙。"嘉德修士插了一句。用不着多做解释了，我们在埃尔克哈兹革都见识了他的丰功伟绩。我们也都清楚，那靠试错法可是办不到的，也不可能是从一个点出发向外构建出来的。他必须一下子把握住整个图案。

"这很危险，"杰斯里直截了当地说，"这是要说我们可以放弃耙子法则，像一帮迷信狂那样行事，而且只因为我们和多重宇宙达到了全面统一，一切就都会

---

① 赛如斯（Say zhoost）：法文 "C'est juste"（没错）的拟音。

迎刃而解。"

"你说的的确是个问题,"儒勒说,"但没人敢说,这种自我放任的行为不会在剑斗中取胜,不会解决泰格龙问题。"

"杰斯里是在耍稻草人诡辩术呢。"阿尔西巴尔特说,"他提出了一种将来可能出现的问题:如果咱们不用决策树的方法,把理性分析抛到九霄云外,那到了要做困难抉择的节骨眼上,又该拿什么来评估可能的选项呢?"

"关键时刻的神机妙算,只能靠多年的系统训练和冥想来培养。"奥萨修士说,"没人会说一个新手可以单凭感觉解决泰格龙问题,那是抬杠。嘉德修士的能力都培养了好几十年了。"

"好几百年了。"我纠正了他,现在已经没必要再遮遮掩掩了。罔络里传来了两三声惊叹,大家却都不置一词。

连嘉德修士都没什么反应。他只说:"能做到对一切胸有成算的人,必是平素已建立了与其他诸多宇宙的联系,洞见了此宇宙仅为可能之事在彼宇宙的实现。训练有素的意识在度与量上都远远不同于未经训练的头脑,也正是因此才能在突发状况下做出正确的抉择,到了那个时候未经训练的头脑可就派不上用场了。"

"好,"杰斯里说,"但是它会把我们带到什么地方?我们要怎么做?"

"我觉得咱们已经有所进展了。"我说,"几分钟前咱俩重新加入谈话的时候,大家还激情澎湃地想要依据义务和忠诚制定决策。奥萨修士证明了这条路子行不通,因为我们分属于多个无法同时效忠的团体,这才让谈话不那么感情用事。我们也得出了一个论点,不可能事先把所有的棋招都设计出来。但又如你所说,单纯地率性而行也注定会失败。"

"所以我们必须养成嘉德修士解泰格龙那样的决策能力,"杰斯里说,"但那需要时间和知识。我们没有时间,也没有太多的知识。"

"我们还有两天。"利奥说。

"有很多知识是我们可以推断出来的。"阿尔西巴尔特说。

"比如说?"杰斯里语带怀疑地问道。

"万灭者可能已经埋在这些设备里了。我们的目的可能就是把它们送到达坂乌尔努德去。"阿尔西巴尔特说。

"这些设备大部分都没打算弄到达坂乌尔努德那儿去的,"利奥指出,他面色阴沉地补充道,"你们当中审查过'终端会合机动计划'的人应该也知道这个。"

"只有我们，跟我们的太空服。"杰斯里说，"能上飞船的就只有这些，还得是运气好的情况下。他们——计划的制订者——是无法预测这些太空服的命运的。要是基座把我们俘虏了怎么办？他们有可能把这些太空服扔进太空，或者把它们拆掉。"

"你的论点已经越来越明确了，"奥萨修士说，"但重要的是你的推论。"

"好。我们就是武器。万灭者已经植入我们体内了。我们都知道是怎么干的。"

"那些大药丸。"儒勒说。

"没错，起飞前我们吞下的那些体核体温转发器。"杰斯里说。

"有人拉出来了吗？"

"我想起来了，没有。"阿尔西巴尔特说，"它好像长在我肚子里了。"

"这样你就明白了吧，"杰斯里说，"除非动手术把它们取出来，否则我们就全是活生生的会呼吸的核武器。"

"所有人，"瓦伊修女说，"除了嘉德修士，还有儒勒·凡尔纳·迪朗。"

见我们一头雾水，于是她便解释道："我相信你们都能听见他们的体核体温转发器滚来滚去的动静，就在他们太空服里的什么地方。"

"我把它吐出来了。"儒勒解释说。

"我没把那个吞下去。"嘉德说。

"作为小组医生，瓦伊修女，您知道这个是因为他们的体核温度读数不对吧？"利奥问。

"是的。而且错误的读数也导致他俩的太空服无法做出正常的反应，这就是为什么发射后他俩老是需要医疗护理。"

"您为什么不吞那个药丸，嘉德修士？"阿尔西巴尔特问。"您已经知道它是什么了吗？"

"我判断不吞为妙。"嘉德修士只肯给出这种答案。

"这个主意——就是把我们都变成核武器——真是个惊人的理论，"我说，"但我简直不相信艾拉会做出这种事来。"

"我猜她不知道，"利奥说，"这肯定是瞒着她添加到计划里去的。"

奥萨修士说："如果我是负责制定战略的人，我会找到艾拉并跟她说：'请你组织一支你认为最有本事登上达坂乌尔努德的队伍。'而她的答复就会是：'那我就得跟几何学家里反对基座的人交朋友，他们会把我们的人带进去并为他们提供帮助。'"

"太骇人听闻了。"我说。

"骇人听闻——可能也是一个触发词。"杰斯里若有所思地说。我想抽他，可他说到点子上了。

两天之后，我们脱掉了白色连体服，又拉下了伸缩挡板，藏起了太空服胸前的灯光和显示屏。我们现在都是通身哑光黑了。我们用一条辫线把大家像登山运动员那样连在了一起，这根线既是安全绳又是通信线路。嘉德、杰斯里和我在值最后一班岗的时候，又花了很多工夫用六分仪做了计算。算着算着嘉德修士就单手持刀从核电站的底面跳了出去，沿着系绳瞄准，就像沿着枪桶瞄准似的，观察着系绳另一头盘旋的星座。就在系绳对准某颗恒星的一刻，他便手起刀落将它斩断了。绳头的配重便拖着系绳向太空飞去，我们也是，这是最后一次动量调整，希望这能让我们的轨道与达坂乌尔努德的轨道达成同步。

半小时后，我们全都用脚抵住镜子的底面，只待利奥的一声号令便把它蹬开——也可以说是从镜子的背面跳了起来，这要看你以什么为参照系了。当镜子滑走时我们才第一次直接看到了达坂乌尔努德。现在它离我们如此之近，我们已无法看到它的全貌，占据大部分视野的只有二十面体的一块三角形外壁。

几何学家的监控系统和遥感系统基本上都是为观察几千哩以外的物体而设计的。杰斯里他们带天堂督察上来的时候已经知道了，达坂乌尔努德的确装有探查附近事物的近距离雷达，但如果他们想不到有人来访就没有理由把它们打开了。而且我们是在尽可能避开雷达有效范围的地方钻出冷黑镜的。能做到这点，靠的也是运气。如果我们的轨道稍有不准，就得在更远的地方蹬掉镜子，也就有可能暴露在雷达的侦察之下了。但嘉德修士挥刀的时机准确无误。就算接下来什么都不用干，他也可以名垂青史了。

要想发现我们，他们就只能用眼睛看了。就得有人从一个窗口或者（更可能是）通过斯皮里摄录器的摄像头往外看，还得凑巧注意到十一个哑光黑的人影在漆黑太空的衬托下滑过来。

它的表面像一片卵石海滩，平整，是由从四个宇宙搜集来的不计其数的小游星拼嵌而成的。石头的缝隙间闪闪发亮，是固定它们用的金属丝网。一根抗震活栓像地平线似的横在我们的前方，我们仿佛眼看着就要撞上去了，但实际上却从离它只有几码远的地方掠了过去，开始在二十面体另一个面的"上方"滑行，这一面此时正处在阴影之中。我们每人都装备着一把弹簧枪，只听利奥一声号令，十一个抓钩便拖着绳子向那碎石盾面射了出去。我估计有一半钩子抓在了固定岩石的金属丝网上。抓钩绳一根接一根地绷紧，把发射抓钩的人向后拽去。经过一连串复杂且无法预料的动作，连接我们的辫绳也绷了起来，于是组员们又互相碰撞、纠缠了几秒钟，最后全组人都被甩到了这个临时纠缠而成的系绳网的一头。在动量的作用下，我们又朝前朝下往碎石壁面上荡去，四位谷士在一定程度上缓解了这个吓人的变局，他们把配发的冷气体推进器抓在手中，像开枪似的朝着我们将要坠落的方向射去。这又造成了一通几近荒谬的碰撞纠缠，但也实实在在地降低了我们坠落的速度。随着离壁面越来越近，我们都竭力把胳膊腿当减震器朝前伸去。我设法让右脚落在了一块巨石上。冲击力却让我翻了个跟头。我翻滚着撞向另一块四十五亿年前形成的岩石，险些摔个嘴啃泥，好在及时用太空服的臂桩撑住了。随后我又被几根绳索拽向不同的方向，被拖行了一小段距离。不过碰撞与拉拽很快就结束了，我们都用骷髅手指勾住了金属丝网，317 小组终于牢牢地抓住了达坂乌尔努德。

【安魂】 为纪念阿佛特人逝世而举行的奥特。

——《词典》，第四版，改元 3000 年

这黑暗近乎绝对。阿尔布赫现在在飞船的另外一面，没有一丝光线照到这里。不过一轮新月刚好从最近一根抗震活栓形成的地平线上升起，洒下了微弱的光芒，借着月光，我们把自己解开，收拾利索。我们的磁性鞋底可以轻微地吸附在二十面体外壁的镍－铁砾石上。萨曼像脚底粘着口香糖似的走动着，巡回检查了一遍我们与系绳（导线）的连接。

"这面处于黑暗的时间还有二十分钟，"杰斯里通知我们，"然后咱们就得挪到那面去。"我猜他正指着三根抗震活栓中离我们最近的一根，但我看不见他的动作。由于达坂乌尔努德在绕着阿尔布赫星旋转，它的明暗交界线——划分日照面与阴影面的界限——也在二十面体的表面不断地爬行。每一面上的日出和日落都是爆发式的。我们最好不要暴露在任何一个亮面上，因为从十二个顶角处隐隐突起的那些堡垒式建筑里可以清楚地看到周围的各个表面。

"从我的仪器来看，"格拉索修士宣布，"咱们没有受到任何短程雷达的照射。"

"它们只是还没打开。"利奥说，"但他们早晚都会注意到嘉德修士斩掉的那些模拟爱飞客或者冷黑镜，到时候他们就会提高警戒状态了。所以，到焚世者那儿该怎么走？"

"跟我来。"奥萨修士说着便迈开了脚步。不知道这种笨拙的动作能否称之为"走"。我倒觉得我们更像一群踉跄的醉汉，但就算是黑灯瞎火跌跌撞撞摸回寝室的醉汉，脚步也比我们稳当。这二十分钟的"黑夜"，大部分都被我们耗在了开头的两三百呎上。经过了这一番折腾，就算没学会该怎么走路，也学会了

怎么能不栽跟头，"黑夜"还剩几分钟的时候，我们终于摸到了最近的一条地平线。

那根抗震活栓像一根半埋在碎石之中的横管，不过表面上有几条起补强作用的鳍状突棱，防止它在受力的时候像稻秆儿一样发生弯折。它的两端距我们大约都有一哩，像骨头棒子的两头一样膨隆起来，形成了两个厚重的关节窝。五条抗震栓从不同的方向朝顶角汇聚，五个关节窝就拼成了一个顶角的底座。每个顶角都不一样，但大体上都是由穹顶、柱体、格架和天线拼凑而成的。它们的"顶"上茂盛地"长"着一丛丛银色抛物面形的角，这些抛物面处于受光面的时候就会盯着我们的太阳窃取一点儿阳光。

我们踏过的这片三角形砾石面并不是紧贴在抗震活栓上的，因为这个系统在空间上必须留有缓冲的余地，减震杠要是整个焊死在一块坚固的三角板上就起不到任何作用了。相反地，砾石面在离抗震活栓还有十呎的地方便结束了，它的边上有许多滑轮，还有一连串的缆绳来回盘绕着把它"缝"到了减震杠上的。打眼看去这个结构极为复杂，让我想到了帆船，而不是太空船。但是既然乌尔努德人修建这种东西已经有一千年的历史了，他们就肯定有法子让它发挥作用。

这道缝还向外透着光。我们靠近时慢下了脚步，弯腰从缝隙中俯视着二十面体的内部，里面的容积有二十三立方哩，还洒着一片柔和的光线，那是从其他缝隙照进来，又被二十面体的内表面和十六个球舱的表面散射开来的阳光。跟我们在模型上看到的一模一样，但亲眼所见当然是另一番感受。离我们最近的几个球舱占据了大部分视野，它们的转速和钟表上的秒针一样，上面还用乌尔努德文字涂写着巨大的数码。用我学到的乌尔德语足可以把它翻译出来，那是个 5.5 号球舱住的是高等级的特洛人。

直觉告诉我得小心跳过那道缝隙，因为要是"掉下去"，就会坠落很长的一段距离，会掉在某个旋转的球舱上摔成稀巴烂。不过当然这里并没有重力，无所谓上下，也就没什么可往下掉的。

奥萨第一个跳过了那道缝隙，在抗震活栓的鳍状突棱上站住了脚。瓦伊是最后一个起跳的。我们都跳上去以后，便用双手攀着爬过了抗震活栓的表面，我们不愿磁靴与钢铁接触发出明显的声学信号。另一个三角面出现在视线中的时候，让人感到了一刹那的晕头转向，这个新的表面定义出的新水平面和新地平线颠覆了我们刚建立起来的上下观。但我们很快就适应了，又按先前的顺序越过了另一道缝隙。对于十呎的空间位移来说这可能显得有点儿过于谨慎。但

如果所有人同时起跳，跳得太猛我们就有可能飘走。

我们的双脚落在这个三角面上的时候，阳光已经照亮了我们刚刚踩过的那些突脊，而这一面还有几个小时的黑暗可以利用。我们用不了这么长的时间，实话实说，我们也没有这么长的时间可用了，因为我们的氧气供应只剩下一个小时了，那个供应站也已经不在了。

两哩之外，就在这个面的另外一头，有一枚氢弹，足有一栋六层的办公楼那么大。它的形状基本上是个卵形。但一整套怪异的支柱和管道把它连接在那个顶角堡垒之上，弄得它像一只陷在蜘蛛网里的甲虫，形象也模糊了起来。实际上那个顶角纯粹就是焚世者的支座，此外再没有别的用途了。这枚氢弹就算没这么大个，也很难被人忽视，因为它正被灯光照得通体发亮。

把它照亮，是为了方便那一百多个穿着太空服围着它爬来爬去的人。

"你觉得他们是准备要发射了吗？"阿尔西巴尔特问。

"总不可能是在给它刷漆吧。"杰斯里说。

"很好。"利奥说。不知道他是跟谁说的，也不知道他要赞成什么。线上传来咔嗒一响，说明有人刚刚下了线。

我们停止了对焚世者装置的观赏，看到四个穿着太空服的黑色人影脱离了我们的队伍。这里是暗面，加上太空服隐身的特点，弄得我们也分不清谁是谁了，但这几位的运动方式让人确信这正是钟鸣谷团队。他们四人并肩前行，一个人稍微领先一点儿，大概是奥萨修士。他们一边前进还一边向四个方向分散。

"利奥，发生了什么？"我问。

"突发状况。"他推断道。

四位谷士彼此分开了大约二十呎的距离，奥萨修士便伸出骷髅手，像枪战中的草原骑手一般，从太空服臀部的枪套里抽出一对手枪似的东西，那是冷气推进器。其他三人也做了同样的动作。接着奥萨修士又做了个前扑的动作。他双脚一并，身体随着惯性往前一冲，带磁性的鞋底就脱离了碎石表面。他就这样把自己从二十面体的表面拔了起来，又把双腿往上一甩，完全变成了俯卧的姿态，双臂放在身体的两侧，用冷气推进器指向后方，借着它们的推力头前脚后地在碎石面上滑行了起来，就像一位低空飞行的超级英雄。瓦伊、埃斯玛和格拉索也都做出了相同的动作。可以看到，随着喷出的气流在太空中消散，光线也在他们的身后像热浪般波动。他们的运动一开始极为缓慢，但很快就提高了速度。有时他们也会像海豚一样跃起，但随即又会冷静地转动手腕加以修正。

他们分散开来，奔向了焚世者装置的不同部分，带着一种邪恶而冷静的美感滑过了发亮的蓝紫色砾石面。在那座庞杂装置的灯光映衬下，我们只能看到他们的剪影，而且几分钟后，随着他们远去，那些剪影也消失在了视野之中，那些簇拥在炸弹周围的太空服几何学家们自然也看不到他们。

利奥宣布："可能过不了几分钟达坂乌尔努德就要锁死所有的门了，咱们再不抓紧进去就找不到能呼吸的东西了。"

"那谷士们怎么办？"阿尔西巴尔特说。

"我想他们和焚世者现场的那些人都必死无疑了，最好有这个思想准备。"利奥想了一下说道。

"他们现在就要进攻吗？"我问。

"他们现在要登上它。"利奥说。

严格说来，他这是在提醒我。因为我们已经讨论过这种可能性了。"如果焚世者出现在眼前时，而我们看到几何学家正准备发射它，该怎么办？"

"啊，唉，当然那会把一切都改变的，我们也必须改变旧案，转到一个完全不同的分支上去，一刻也不能耽搁！"我知道现在已经到了这一步了。但我在头脑里还是把它归为"发生的可能性很低，是可以抛在脑后的事情"。不过利奥可没忘。"如果谷士们能够秘密登上焚世者，他们就会隐藏起来，直到他们的空气供应马上要耗尽的时候才会采取进一步的行动。这样我们其余的人就有时间想办法进去了。但如果焚世者发射了，或是有人发现了他们，发了警报——唉——"

"那就大事不妙了。"杰斯里厉声说道。

"所以我们可能还有一点点时间，也可能根本就没时间了。"我说。

"这就意味着，我们应该按根本没时间的情况采取行动了。"利奥回应道，"儒勒？"这位地球人已经沉默了很久，"你还在听我们说吗？"

"对不起，"儒勒回应道，"我太震惊了，还在思考我们的钟鸣谷朋友要发动的破坏。这可是基座想象不到的噩梦，是他们一千年来可能承受的最可怕的困境。我的忠诚被撕成了好几瓣儿，你们知道。"

"不管你的心灵会产生多大的冲突，"我说，"你总不可能反对毁掉焚世者吧，你会吗？"

"不会，"儒勒声音很轻，但我们都听得清楚，"我对这东西的感情并不复杂。要是伺候它的人都会被干掉，那可真是奇耻大辱！可研究这种恐怖的装置……"这话他没说完，但我知道，太空服里的他应该正在耸肩。

"所以，你主要是不想把万灭者带进达坂乌尔努德去吧。"我说。

"这当然是正确的。"

利奥插了进来："我从未想过自己会说这种话，不过还是得说——把我们交给你们的首领吧。"

"对不起，能再说一遍吗？"

"向乌尔努德人告发我们。这样你的任务就完成了，你也可以回家吃顿像样的大餐了。"

"这种好处我们可不是为自己捞的。"阿尔西巴尔特指出。

"是啊，"儒勒说，"真是讽刺。不会给你们吃的东西的。这儿也没有！"

"那么，"利奥说，"你的决定是？"和他一样，我们也都失去了耐性，不说别的，我们空气也要耗尽。我也想说我还在冷静地思考，还在用耙子法则考量着脑袋里乱七八糟的事情。可是说实话，奥萨、瓦伊、埃斯玛和格拉索的突然离去让我感到震惊和迷惑，而且——不知道这么说有没有意义——也让我感到痛苦。我当然知道有各种各样的应急预案，也从不以为自己能对所有的预案了然于胸。但是我始终都告诉自己，这些谷士会一直跟我们在一起。在特雷德加的大轿车上，我一看到他们就被吓坏了：我要去执行什么任务呀？都得用上这些人了！但经过这段时间的磨炼，我已经习惯了这种任务，也引以为傲。现在我们终于到了这里，到了最紧要的关头，谷士们却突然离去了，没有一句解释，连一声"再见，祝你好运"都没有！他们决断的逻辑是无懈可击的，还有比破坏焚世者更重要的吗？但这又将置我们于何地？

"有没有这种可能，"我听到自己说，"我们现在已经成了用完了的运载工具？就像把我们送上太空的那些助推器，就要被扔进海里去了？"

"完全说得通，"杰斯里毫不犹豫地说，"我们的功课做得不错，施展种种妙计把四位谷士送到了这里。现在，任务完成了，就把我们撂在这儿。没吃的，没氧气，没有联络，也没有回家的路。"

"你们高估了焚世者的重要性，"嘉德声明，"它只是虚张声势的。有它存在，我们的军方就不会做出无视它的举动。如果把它毁掉，就能为阿尔布赫争取一些余裕。但世俗政权会怎样利用这种余裕还是未知数，我们的行动可能还有别的意义。接着干吧。"

"儒勒，"利奥说，"怎么样？"

"大家都想从这条缝下去吧，不是吗？"儒勒说。他说的是我们刚才跳过的那道缝隙，为了不去看那焚世者，我们已经不由得转回了身，就像只要背对着它，将至的灾难就不会伤害到我们一般。我们再次从缝隙看下去，看到 6 号和 7 号球舱转过眼前，堆栈正中的芯部也从它们的间隙露了出来。"但那样一来我们就到了亮处，可能会被人看到。而且球舱栈转得太快，我们也抓不住。不，我们必须从芯部进去。要进入芯部，我们就得先进入一个顶角。"他跌跌撞撞地来回走着，终于盯上了我们面前这条抗震栓左侧的顶角，"那是天文台。你们研究过那些照片的。"他又朝右踉跄了几步，"那是军事指挥所。"

"天文台有气闸吗？"阿尔西巴尔特问。现在我们都看着左边，谁都没有胆量去入侵军事指挥所，离了谷士我们也没有那个能耐。

"哦，是的，你看到的就是。"儒勒说着便朝那边迈开了脚步。我们也都跟了上去。

"呃——我看到的？"

"罩着天文望远镜的穹顶本身就是大气闸。"儒勒解释道。

"有道理。"杰斯里说，"在操作望远镜的时候，可以在穹顶里充上空气。准备观测的时候，又可以把穹顶打开，放出空气，让望远镜暴露在太空里。"杰斯里总是这么好为人师，每次都让人搓火。但这会儿我可顾不上生气。一个想法让我着了迷，发了呆——脱掉太空服，就能摸到我的脸了。这可是我一周以来想都不敢想的奢望。

阿尔西巴尔特也在想同样的事情："我身上这个味儿啊，估计再过多少年想起来都得难受。"

"是的，"利奥说，"如果气味能在宇宙之间传递的话，我们灯芯下游的东西一会儿准得死光光。"

"谢谢你的预言。"杰斯里说。

"可别把话说早了。"我提议。

萨曼问："这天文台有人值班吗？"

"也许没人，"儒勒说，"望远镜是用我们的大闸遥控的。但那架大的应该正在做观测，当然是在勘察你们这可爱的宇宙，对我们来说这还是个全新的宇宙呢。"

聊着聊着，这个顶角就像小山似的耸立在了眼前。昔日的直觉告诉我，我们将迎来一场令人筋疲力尽的攀登。但其实根本就不存在攀登的问题，这里又没有重力。二话不说，我们便直奔那座"最高"最大的穹顶而去，儒勒已经保

证过了，它在观测，所以穹顶是开着的。这座穹顶是个半球形的壳子，由两半拼成，现在壳子已经沿轨道向两侧滑开，露出了一个直径大约三十呎的多段式镜面。这道开口宽得足够扔进一套三居室的房子，我们都从这里爬了进去，然后就两手并用地"下"到了支撑镜面的桁架和常平架上，我觉得这完全是一种本能，让我们想要摆脱长期暴露在太空中的可怕状态，进入门内，得到遮蔽。儒勒指向了一个舱门，一旦穹顶关闭，完成了充气，我们就可以从这里进到顶角的加压区了。舱门旁还有个漂亮的红色大按钮，砸下去就可以为穹顶紧急加压。但是儒勒劝我们不要用它，因为它会触发达坂乌尔努德的所有警报器。他反而抓着物镜的支撑杆爬了上去，一把扯下了绑在胸部的反光毯，塞进了物镜和反光镜之间，然后便爬"下来"与我们会合。看着他的动作，我们都尽力保持着平静，控制着呼吸。阿尔西巴尔特用氧比别人都多，他的氧气已经只够用十分钟的了，我的还有十八分钟，萨曼的还有二十五分钟，他俩交换了氧气罐。利奥建议我们尽量多吃，一旦与太空服分离我们就没有食物供给了，只能随身带上几条仅剩的能量棒。于是我又从喷嘴里吸了不少汤汤水水，一下子吃多了，痛苦地忍了半天才没把它们吐出来。

"你好。"儒勒打了个招呼，但更像是惊叹而非问候。过了一会儿我们才明白过来，他招呼的对象是舱门窗口映出的一张面孔，那是一位来检查望远镜变黑故障的宇宙学家。儒勒讲过这几个人种的特征，所以看她眼睛的颜色和鼻孔的形状，我便判断出这是位弗琐斯人。要完全看懂弗琐斯人的表情可能还得花点儿时间，但我敢说，在她的脸上我已经看到了两种表情，先是迷惘，继而是震惊——竟然有一件样式陌生的哑光黑太空服出现在了她的窗口。儒勒抓着舱门两边的把手，把面罩抵在了窗玻璃上，随后就开始用（我猜是）弗琐斯语喊叫起来，我们赶紧调小了麦克风的音量。里面的女人明白了他的意思，把耳朵贴在了玻璃上。声音无法在真空中传播，但儒勒的大喊可以引起面罩振动，振动又可以通过直接接触传递给玻璃，所以还是可以传到宇宙学家的耳朵里的。

他反复说着那几句，努力让自己的腔调显得高兴而不是绝望。他似乎是想让这一切显得堂堂正正。可以看到那女人的嘴唇在动，她在回话。

穹顶里亮了起来。我猜是她按下了电灯开关，想看看这里到底发生了什么。但再看之下我才发现，光是从穹顶的开口照进来的。太阳升起来了？我们知道这里的日出是爆炸式的。但这似乎不是爆炸式日出，那光只亮了一下就暗了下去，随后又变得更亮了。一阵无声的震荡传过了整个二十面体的框架。利奥一跃而起，差点儿从穹顶直接飞出去，险些铸成大错。好在他及时控制住自己，抓住了与我们相连的通信电线，在望远镜的上方打了个转，勉强在穹顶开口的边沿停了下来。他的面罩上映出一团逐渐熄灭的亮光。"焚世者，"他说，"我想他们肯定是把它的推进剂储罐炸掉了。"接着他就惊呼一声，猛推了穹顶一把，朝我们所在的"地板"滑了"下来"。穹顶的两半动了起来，开口眼看着变得越来越窄。电灯也真的亮了起来。

开口咔嗒一下就闭上了，听不到声音，但能感觉到。不管怎么说，我们总算是被关起来了。我一直盯着那红色的大应急按钮。罐里的氧气还有八分钟。

面罩的显示屏上有个读数开始变化——外部空气压力，自打被发射上太空，它就一直是个红色的零，现在开始向黄色区域爬升了。儒勒也发现了，他跑到舱门附近的格栅式通风口前，贴了上去，送出的空气把他的胳膊吹到了边上。

"感谢嘉尔塔斯，"阿尔西巴尔特说，"我不在乎空气来自哪个宇宙。我只想呼吸。"

"等待的时候可以再复习一下脱太空服的步骤，"利奥跟我们说，"还有，亮出你们的脸吧。"他把胸前的挡板掀了上去。其他人也纷纷效仿。两小时来我们第一次在斯皮里显示屏上看到了彼此的脸和那些读数。因为镜面的支架结构复杂，"底下"的空间狭窄，大家只能分散在一个个小空里，所以我没法看到所有人的屏幕。但可以看到杰斯里的，他还有两分钟。我有五分钟。我和他交换了氧气罐；给穹顶加压要花上很长的时间。

几分钟后，外部压力的读数终于从黄转绿：可以呼吸了。我的氧气供应指标刚好也从红色（极端危险）变成了黑色（你死了）。用完了肺里的最后一口阿尔布赫空气，我说出了让太空服解除气密性的口令。我的耳朵鼓胀了起来。我的鼻子受到了刺激，闻到了一种奇怪的气味，是我身体之外的某种东西或所有东西发出的气味。利奥一直密切注视着我的读数（在我看得到的几块屏幕上，我的氧气是最少的），他转到我的背后，打开了我太空服背面的门。我抽出双臂，撑着头胸部的边缘把我自己从那鬼东西里赤条条地拽了出来。我呼吸着外星的空气。伙伴们饶有兴趣地观察着我。除我之外，呼吸过这东西的阿尔布赫人还只有天堂督察一个，显然他没挺几分钟就完了。我飞快地把双手伸到脸上。我搓着面颊，挠着鼻子，揉着眼睛，抠掉攒了一个星期的眼屎，又把手指插进了头发。也许应该干点儿更有用的事儿，但这就是生理的必然性。

利奥把手伸到胸前，摸索着打开了一个开关："能听到我说话吗？"

"是的，听得到。"其他人也摸起了他们的开关。

"虽然我们也得出来——不过还是想问问，你的感觉如何啊，我的弟兄？"

"我的心脏跳得像是发了疯。"说到这儿我就停了下来，只说了这么几个字我就已经累坏了，"我想我只是有点儿紧张。但是——也可能是我们用不了这种空气。"我边说边喘，话说得断断续续，身体在命令我呼吸得再快一点，"我知道为什么天堂督察的动脉瘤会破裂了。"

"拉兹？"

呼，吸，呼，吸。"啊？"呼吸呼吸呼吸……

"把我从这东西里弄出来！"利奥坚持道。

杰斯里抓住了利奥，把他转过去，拽开了他背后的门。利奥像逃离火场似的从太空服里蹿了出来，带着一脸疯狂的表情飘了过去。在老家的时候我们就知道，利奥陷入这种情绪时最好躲他远点，可我连这点力气也没有了。他伸开了双臂，用那两条让我吃过无数苦头的胳膊给了我一个熊抱。

他把耳朵贴在了我的胸前，他的脑袋像个蒺藜。我感觉到他的胸腔开始呼扇着一起一伏。杰斯里、阿尔西巴尔特和儒勒也正从他们的太空服里游出来。儒勒径直走到舱门跟前，扳起了一根杠杆，推开了舱门。所有的东西都褪了色了，不是归于黑暗，而是变成一种洗得发旧的灰褐色，就像是被光照得太久了一样。

我和嘉德修士飘在一条白色的走廊里。我光着身子，他穿着一件我们随装备带来的灰色连体服。看得出，他一直在翻嵌在墙上的铁储物柜。两团银色的织物在他的旁边飘着，有一团已经被他打开了，原来还有袖子有腿的。他时不时也会朝我瞥上一眼。发现我正在看着他，便扔过来一个灰色的塑料袋，那是另一件还没拆封的连体服。"把这个穿上，"他说，"再把这套银色的套在外面。"

"我们是要去灭火吗？"

"在某种意义上可以这么说。"

拆个包装袋就费了我好大力气，弄得我心跳不已。穿连体服的动作更让我陷入了深度缺氧的状态。等我恢复了一会儿，终于能说几个字了，便问道："其他人呢？"

"有一个叙事，和你我正在感知的这个差别不大，在那个叙事里，他们正要去引爆飞船。他们的计划是，一旦被人发现就和平投降。"

"那他们为什么把我们落在后边？有什么特殊原因吗？"

"原因很多：突然从待久了的太空服里出来；习惯了浩瀚无边的太空后突然进入局促的空间；呼吸另一个宇宙的大气；长期失重的影响；一般性的紧张和激动——这些因素加在一块儿会诱发一种暂时性症状，人会进入休克状态，造成意识混乱或神志丧失。如果你身体健康，几分钟就过去了。我估计天堂督察就没挺过来。"

"那么说，"我试着说，"脱掉太空服以后，我们都有过几分钟思维混乱或失去知觉的时候。这就意味着——按您的思维方法来说——我们失去了对叙事的把握。不再跟随它了。当时，支持苍蝇-蝙蝠-蚯蚓戏法的那种机能关闭了一会儿。"

"是的。在他们恢复意识的那条世界轨迹里，你我都已经死了。"

"死了。"

"我说的就是这个意思。"

"所以这就是他们把咱们落下的原因了，"我说，"他们并不是把我们落在了后边，因为在他们的世界轨迹里，我们根本到不了这里。"

"是的。把这个戴上。"他递给我一个能盖住整张脸的防毒面具。

"那弗琐斯天文学家怎么样了？她不是要去叫人吗？"

"她跟着儒勒走了，儒勒在跟她搭讪。他在这方面有天赋。"

"那利奥、阿尔西巴尔特、杰斯里和萨曼呢？就公然在飞船里到处游荡，找人投降吗？"

"这样的世界轨迹的确存在。"

"真古怪。"

"一点儿也不怪，在战乱之中常有这等事。"

"这条世界轨迹又如何呢？他们四个在你我所在的这个叙事里会做些什么？"

"我同时在几条轨迹里，"嘉德修士说，"这是一种不容易维持的高难状态。你的问题只能增加这种难度。所以给你个简单的答案吧。他们都死了。"

"我不想待在一条朋友们都死了的世界轨迹里，"我说，"带我回另一条去吧。"

"没法带，也没法回，"嘉德说，"只能往前走。"

"我不想待在朋友们都死了的叙事里。"我坚持道。

"那你有两个选择：把自己扔出气闸，或者跟我来。"嘉德修士说完就把防毒

面具拉了下来，把脸一蒙，结束了我们的谈话。他递给我一个灭火器，自己也拿了一个，然后便顺着走廊向前飘去。

　　我的意识做起了荒唐事来，真正重要的东西它不去注意，却要注意那些飞船上的螺钉和螺母。好像我的头脑中有个巴尔布抢上前来，把我的灵魂挤到一边，把我的精力和智力都引向了巴尔布才感兴趣的那些东西，比如门把手的工作原理什么的。而跟这些无关的几乎都顾不上了，比如对朋友们的哀悼，对死亡的恐惧，对那些世界轨迹的迷惘，还有掐死嘉德修士的欲望。

　　这儿有很多的门，全都关着，但没上锁。照儒勒的说法，这里的常态既是如此。飞船的外部区域被分隔成了许多独立加压的隔间，这样就算撞上了小行星，也只会破坏少数的隔间，不会发生大范围泄漏。但这样一来，开门关门花掉的时间就会多得超乎想象。这些门都是直径大约三呎的圆盖，它们的闭锁机构和银行金库用的那种类似，操纵开关的是个带把手的转盘，开门时需要抓住把手转动转盘，这在零重力的条件下绝非易事，因为根据理学定律，我无法依靠体重，也很难用脚做支撑。我被这活儿累得够呛，跟在嘉德修士屁股后头一路喘。我还有个问题想要烦他：为什么是我？您就不能干点自己一个人就能搞定的事情，好让我也能到一个朋友们都活着的叙事？而这些门可能就是答案。我被选中的理由跟埃德哈的戒尊选我进发条队的原因一样：我是个傻大个儿。我能打开沉重的门。但总要好过无所事事，于是我便飘到了嘉德修士的前头，专心致志地干起了这个。每次打开一道门，我都以为等着我的是乌尔努德太空员的枪口，可天文台这边根本就没那么多人。我们好不容易才在走廊上碰到一个人，她却吓得倒抽一口冷气，马上给我们让了路。灭火器的伪装如此简陋，我原来还觉得肯定没用。但才碰到一个人就完美地发挥了作用，这可能就意味着再碰上一百个人也会屡试不爽。

　　这条走廊通到了一个球形的房间，好像是整个顶角的门厅。不管怎么说，我们必须走出这里才能离开顶角，进到达坂乌尔努德的其他部分。这房间有好几个出口，我们用试错法挨个把它们打开，才在一扇门后找到一条长长的管形井筒。"肌腱。"一看到它我就宣布。嘉德修士点了点头，顺着井筒冲了出去。

　　惊人的二十面体，壮观的顶角堡垒——截至此时，我对这飞船的全部印象几乎仅止于此。它们的规模与奇特，让人很容易忘记达坂乌尔努德的复杂事物和人口基本都在别处——都在旋转的球舱栈里。嘉德修士和我就像两个野蛮人，

674

一直在一间帝国大门外的废弃警卫室里不停地踹门。不过现在我们终于走上了通往首都的康庄大道。这种肌腱总共有十二根，分别位于堆栈的上下两端——堆栈中央的芯部两头各有一个大轴承，每个轴承辐射出六条肌腱，连着六个顶角。整个堆栈就像一只包装箱里的猴子，伸长了胳膊腿把自己撑在中间。这些胳膊腿抓在箱壁上，有时推，有时拉。飞船是柔性的，可以吸收冲击力。而且就像一个活体：有骨骼保证强度，有肌肉做出反应，有运载器运输物资，有神经进行通信，有皮肤抵御外面的一切。肌腱则要集所有这些功能于一身，所以也有着同样的复杂性。我和嘉德修士只能看到肌腱中心直径十呎的井筒内壁，但通过跟儒勒的交谈可以知道，肌腱的总直径有一百多呎，筒壁内充斥着我们看不到的结构和细节，这从筒壁上那些令人眼花缭乱的舱口、阀门手轮、接线板、显示屏、控制面板和标牌，就可见一斑。我们都没练习过失重状态下的运动，还是新手，根本无法精准地沿着通道中轴前进，行进中我们不断地偏来偏去。快撞到筒壁的时候，只要够得着什么把手样的东西，我们就推上一把，给自己加加速，在撞向另一侧的筒壁之前，我们还会做上几次深呼吸。在肌腱里走了一半的时候，我们碰到了四个几何学家，一看到我们，他们就抓住把手，贴着筒壁给我们让路。我们飘过的时候，听到他们喊了些什么，我猜是在问我们什么，但我们也别无选择，只能不予理睬。

　　肌腱尽头的舱口通向了一间半球形的穹顶室，半球的直径大约有一百呎：是我们目前在这儿看到的最大的房间。我知道，这肯定就是前轴承室了，这是有证据的：穹顶室的地板上有个直径约二十呎的脐眼，可以看到的脐眼另一侧的东西都在旋转。看来我们已经到了芯部的一端。那我们所在的地方应该就是芯部一端的巨大轴承了，只可惜我们看不到它的全貌，只能看到内壁。这个轴承一头连接着旋转的球舱栈，一头连接着不会旋转的二十面体外壳。

　　这里一片混乱。六根肌腱通过巨大的门道射入了穹顶的"天花板"，我和嘉德修士就是从其中的一条冒出来的。与之相邻的一条则热闹非常，引人注目，看起来就像大城市的股票交易所。这条肌腱连接的，当然就是焚世者装置——既然谷士们已经光顾过，那现在就应该称之为焚世者装置的残骸了。那条肌腱的出口差不多一秒钟就有两个人进出，看上去就像是盛夏的马蜂窝。进去的大多都带着武器或工具。出来的有些已经受了伤。进出的人流在这轴承室里推推撞撞，还有人在努力整顿着秩序，指挥着人们往哪儿走，做什么，但我也看不出什么效果，只看到他们在吵架。我高兴的是根本听不懂他们在说些什么。而

且在这混乱局面下，我和嘉德修士跑来跑去也不容易引起人们注意。实际上唯一的问题只有如何从众多消防员装扮的人里认出嘉德修士。但片刻焦虑过后我便发现一个消防员正朝我的方向看着，还指着这间屋子的"地板"：这个平面的中心是个大洞。

而大洞正在缩小。

正像儒勒解释的，达坂乌尔努德的建筑师在芯部的各个重要连接部位都设置了球闸，球闸的外面是个球窝，里面就是这种有大孔的球体。这个球不会从球窝里掉出来，但可以随意转动。中间这个孔开启的时候可以让人自由通行，闭合的时候就成了一道坚固的屏障。闸门就在这个房间的"地板"上。它是如此巨大，以至于一开始我都没看出它是闸门。但一动起来它的性质和功能就一目了然了。它的动作沉重缓慢，不过当我和嘉德修士注意到的时候，它差不多已经关了一半，就像一只正在缓缓闭合的眼睛。

嘉德修士伸腿朝一个士兵背上踹了一脚，脚下一蹬便飞了起来，那个士兵被踹向了屋顶，而他自己则飞向球闸。我已经到了一段梯子或步道的旁边，便用力一推跟上了嘉德修士。当我们到达闸口的时候，开口已经变得很窄，最宽的地方可能也只有三呎，但还够我们挤过去。我们借着全部惯性才勉强冲到了跟前，而且准头很差。经过一番狂乱的折腾，我们终于飘进了那个开口，发现自己漂浮在球体正中的一段孔道内，眼看着孔道另一头的眼睛渐渐变小。这里没有抓手，我们没地方借力了。如果那道闸门关闭之前我们出不去，就只能困在里面等着下次再开闸了。

我已经快喘不上气了，太大的动作也做不了。于是我冲着来时的方向扳下了灭火器的开关。它的后坐力把我向后推去；我用双臂接住这推力，感觉自己在向后翻倒。但我动了起来，撞到了另一头的壁面，挣扎着扒住闸口边缘，把我自己推了出去。一秒钟过后，嘉德修士也带着一身雪白的灭火泡沫冲了出来。我抓住了他的脚脖子，才把他的速度降了下来。我们发现自己正飘在一个井筒的前端，这条井筒有两哩长，直径一百呎，纵贯了整个球舱栈，筒壁还在我们的周围缓慢地转动。我们已经来到了芯部。就算轴承室里有人发现了我们的可疑行径，应该也没能来得及跟上来。在球闸的周围还有几个只能钻过一个人的舱口，是气闸，所以就算球闸没开，人们也可以往来于芯部和轴承室之间。这让我警惕了起来，怀疑会不会有太空警察从那里飞出来向我们发难，但随即就断定这是不可能的。我想起了儒勒在几分钟前说的话。谷士们的所作所为——

也就是我们的所作所为——是这些人们一千年来遭遇的最可怕的军事困境。那颗炸弹还在着火，灾难才刚刚开始。有可能谷士们还活着，还在战斗。所以一两个消防员的异常举动是不会让他们小题大做的。

穿过球闸时我们几乎是慌不择路，出来后便随着惯性撞向了芯壁，这壁面正以秒针的速度滚动。也就是说我们撞上去的时候，它会以快走的速度与我们发生摩擦运动。好在芯部的这段内壁上有一条栅栏，正好适合抓握，我们便自然而然地攀了上去。并没有产生剧烈的效果，但加速度是不可避免的，于是我们的身体被甩了起来，双脚也贴在了栅栏上。现在我们已经随着周围的一切转了起来。在这种速度之下，我们的体重还不及一个新生的婴儿，但已经是我们长久以来承受的最大"重力"了，适应这点体重也花了一点儿时间。

我们在栅栏上贴了两三分钟，喘着粗气，竭力不让自己晕过去。嘉德修士从来就不是个会跟旅伴讨论计划和意图的人，他已经扒着栅栏沿着芯壁滑行了起来。在微重力下移动不像零重力下那么困难，因为我们总会缓缓地"落"到芯壁上，每次都能推上一把，获得一点儿新的动量。沿着芯部的轴向装有一套快速交通系统，是一部传送带式的梯子，可以把人从芯部的顶端一路送到底端。我看到很多人都在使用这部电梯，总共得有百十来人。梯子磴还有弹性，所以抓上去也不至于把胳膊拽脱臼。疲惫之下，我也忍不住想要试试，可又怕出洋相。因为嘉德修士似乎对它毫无兴趣。我们的速度没有电梯上的人快，这对我们也有好处：总有人经过我们身边时会冲着我们喊话，问些什么，但还不至于为了满足好奇心就跳下来追着我们谈话。

沿着芯部的轴向，等距分布着四层环廊状的汇聚部，几分钟后我们就到了离得最近的一层，这里是最前端四个球舱的聚会点，连接着 1 号、5 号、9 号和 13 号球舱。从这组等差数列的规律来看，1 到 4 号舱是乌尔努德人的，5 到 8 号舱是特洛人的，9 到 12 号舱是地球人的，其余的则是弗琐斯人的。按照儒勒介绍的传统，一组中号码最小的球舱住的是每个种族地位最高的成员。所以这一层汇聚部就是几何学家的 VIP 聚会场所。但我们从芯部的内侧也看不出这里有什么特别之处，只能看到壁面上有四个凹坑，是通往四个球舱的竖井口。不过按照儒勒的说法，围绕在芯壁外侧的有办公室、会议室和环形走廊——指挥部的办公点就设在这里，从芯部内壁的那些舱门也可见一斑。但是"基座"与"支柱"的冲突已经让指挥部环廊分裂成了大小不一的几个部分。舱门上了锁，还焊上了隔档，设置了岗哨，切断了电缆。

这跟我们倒没什么关系，因为芯部的这条中央通道只起走廊或电梯井的作用，指挥部的人几乎不可能到这里来，甚至连这种想法都不会有。更吸引我们的是芯壁上的那四个凹坑。到了汇聚部我们才看到凹坑的里面，每个凹坑里有一条管状的井筒，直径约二十呎，竖直向"下"，长约四分之一哩。每条井筒的"底"部都有一个巨大的球闸，此刻全都关着。那些闸门的后面就是直径约一哩的居民球舱了。

通往 1 号球舱的井筒是最好找的。在它入口旁边的芯壁上漆着一个巨大的数字。数字是用乌尔努德文写的，但是任何一个宇宙的有感生物都能认出这个代表 1 的象形字，它是某种事物的单个复写。不过没时间流连，也没空琢磨它的奥义了，因为嘉德修士已经抓着筒壁上的梯子爬了下去。

我也跟了下去。往下爬着爬着，重力就慢慢地增加了。这感觉糟得无法形容。我之所以还强撑着没晕过去，纯粹是害怕松了手掉下去砸到嘉德修士。难受至极的时候，一个声音钻进了我的意识，震得我脑壳嗡嗡作响。嘉德修士唱起了千年士髻咏，和那天夜里在巴兹修道院里听到的很像。它就像我手中抓着的钢梯磴，让我的意识也有了可抓的东西。手中的梯磴是我与这旋转的巨大复合体之间唯一的有形联系，让我不会坠落，而嘉德的歌声拴住了我的思绪，不让它飘走，不让它飘向我在这条错误的世界轨迹里醒来的地方。

我还在继续向下攀爬。

我蹲在了一个巨大的钢铁脐眼上方，把头埋在两膝之间，强忍着不让自己晕倒。

嘉德修士正在一个入墙式键盘上敲着数字。

那球开始在我脚下转了起来。

"您怎么知道密码的？"我问。

"我随机选择了一个数。"他说。

只听得键盘响了四声。是四个数字。只有一万种可能的组合。所以，如果有一万个嘉德在一万条世界轨迹里……而且如果我的运气够好，跟了对的那个……

阳光透过球闸的孔洞射了出来。我看着它让自己平静下来，又低头望向半哩之下的水面、菜园和房屋。

这个闸腔里装着梯磴，一直延伸到下方的闸口边缘。我们顺着它爬了下去，出来后上了一条悬挂在球舱顶部的环形步道，这条步道环绕着闸口，从下方仰视，球舱上半形成的穹顶就是这小小世界的小小天空，而这闸口是巨大穹顶正中的一口眼窗。一部阶梯从下方通到这里。几个持枪的男子沿着阶梯跑了上来，想要跟我们打招呼。一看到他们，嘉德修士便扯下了防毒面具。继续伪装已经没有意义了。我也照做了。

两名士兵冲上步道，枪筒朝下指着。其中一个朝着嘉德修士扑了过去。我上前一步，本能地举起了双手。但嘉德修士手上的一个银色小物件吸引了我的注意力，像是一只唧嘎！另一名士兵朝我来了，挥着枪托击中了我的下巴。我仰身从扶栏上翻了下去，在这球舱的中央做自由落体时，老朋友零重力又将我拥入了它的怀抱。我肚子里有什么东西出了大问题。瞬间过后我听到了一声枪响。我中枪了？不太像——我都已经掉下来了。我的视野再次一片空白，我的五脏六腑都着起火来，熔化了。

他们射中了嘉德修士。万灭者已经触发。我成了一件核武器，一个黑暗的太阳，向着下面的乌尔努德居民和耕地发出了致命的射线。

我们的使命完成了。

【厄报】发生在践行时代最后几十年里的三大连环灾难，这些灾难席卷了阿尔布赫星的大部分疆土，被后人视为大灾厄的前导或警报。由于记录资料毁失殆尽（很多记录存储在已经不能使用的句法装置上），厄报的准确细节已难考证，但根据人们的普遍认识，第一次厄报是爆发于全世界范围的暴力革命，第二次厄报是世界大战，第三次厄报是种族灭绝。

——《词典》，第四版，改元 3000 年

"我们已经来了。"那穿袍子的男人说道，"我们响应了你们的召唤。"他说的是奥尔特语。不像儒勒·凡尔纳·迪朗那么流利，但已经相当不错了，我觉得他应该和儒勒一样，也已经学了很久了。只要我们别像下雪似的不停抛洒神秘时态和复杂长句，跟他对话应该问题不大。

虽然我说的是"我们"，但我本人并不打算张嘴。在我们刚刚抵达这座漂在 1 号球舱水面中央的建筑门口时，我曾问过嘉德修士："我怎么会在这里？"

"来当听写员的。"他这样回答道。

"那些人连自给自足的宇宙际飞船都造得出来，又怎么会没有记录设备？"

"听写员可不止是记录设备。听写员是有意识的系统，就像我们在阿夫拉雄宗产谈到的，他在自己的宇宙里观察到的东西也会对其他宇宙发挥作用。"

"您才是有意识的系统，您玩这种多宇宙棋好像比我强得多。所以我不是可有可无的吗？"

"这几个星期以来，发生了很多事情。现在很多有你存在的宇宙版本里我都已经不在了。"

"您的意思是，您死了而我还活着？"

"用'不在'和'存在'来表达更好，但如果你坚持要用那两个词，我也不想吹毛求疵。"

"嘉德修士？"

"怎么，伊拉斯玛修士？"

"死了以后我们又会怎样？"

"我知道的你已经都知道了。"

谈话至此戛然而止，我们被请进了房间，房间里有个穿袍子的人。我对乌尔努德文化一无所知，实在猜不出这人是干什么的。房间里没有任何线索。那是个半球形的房间，地板是平的，就像一座小型天文馆。我猜这里应该就在球舱的几何中心附近。房间的内壁是哑光的，光纤导入的阳光柔和地亮着。圆形地板的正中有把椅子，周围是一圈环形的板凳。板凳上放着几个容器，里面盛着热气腾腾的液体。此外这房间便再无家具，再无装饰。到了这里我有种回家的感觉。

"我们已经响应了你们的召唤。"

嘉德修士会如何应答？我的脑子里蹦出了几种可能的回答：唉，怎么这么久才来？或是，你说的什么鬼话？但嘉德修士精明而圆滑，他说："那我就是来向你们表示欢迎的。"

这人侧身把手臂伸向了环形板凳。那袍袖像一面旗子似的，在他的胳膊上展开，垂了下来。袍子的面料差不多都是白的，但有着精美的装饰。不知道是织锦还是刺绣，穿帛单的苦修生活让我在装饰艺术方面词汇贫乏，所以我也只能说它们非常漂亮。"请吧，"他说，"我们有茶。这是纯粹象征性的供奉，因为你们的躯体对它无可奈何，不过……"

"我们很乐意喝你们的茶。"嘉德修士说。

于是我们走到环形板凳前坐下。我让嘉德修士坐在离主人更近的地方，让他俩面对面坐着，自己则坐到了稍远的地方。我们的主人拿起茶杯，做了个礼仪性的动作，嘉德修士和我也试着模仿。然后我们都啜了一口。差不多就是"日瓦恩"在膳席上喝的那种，我可一点儿也不想往家带。

这人从袍子内侧的口袋里拿出几个笔记本，一边说话一边翻查着："我叫奥德鲁汗。在达坂乌尔努德历史上，我是第四十三个封汗者，奥德鲁是我的名字。在奥尔特语里，与'汗'最接近的译法是'元帅'。但只是近义。在我们的军事体系里，一个等级的军官掌管树木，另一个等级的掌管森林。"

失落的星阵
Anathem

"分别是战术和战略。"嘉德修士说。

"正是。'汗'是最高级的战略军官，负责指挥整个舰队，如果有文职政府的话，就向文职政府报告。战舰的具体指挥权则由汗分配给军衔为普拉格的战术军官，也就是你们所说的舰长。很抱歉，说这些或许会让你们觉得很烦，但可以解释达坂乌尔努德对阿尔布赫采取行动的方式。"

"一点儿也不烦。"嘉德修士说着还朝我瞥了一眼，确认我正在履行自己的任务：按我的理解，这个任务顶多就是让自己保持神志清醒。

"达坂乌尔努德的第一任汗曾受命在另一个星系建立一个殖民地。"奥德鲁汗接着说，"由于飞船与乌尔努德星的联系越来越脆弱，他的责任就越来越大，成了顶级的权威，已经无须再向任何人报告了。但这位汗的舰队只有一艘战舰，所以他的属下也只有一名普拉格，因为早已远离了战争，这位普拉格也根本没什么战术决策可做，于是汗和普拉格的关系就变得不再稳定，也复杂了起来。简单来说，就是汗变得像你们的阿佛特人，普拉格变得像你们的世俗政权。这场变化只延续了一代，二者的关系最后变得极为稳定，再也没有发生过变化。我穿的衣服和几千年前乌尔努德星海上舰队的汗服毫无二致。不过，他们当然不会穿着这个上船，因为穿着袍子没法游泳。"

在这里，幽默是最出乎我意料的东西，惊讶胜过了愉悦，弄得我反应完全迟钝，几乎都没笑出来。

"第二任汗由于疾病和软弱，在任时间只有六年。第三任是第一任的年轻门徒；他的职业生涯很长，借着人格力量与非凡的才智，夺回了一部分旁落到普拉格手中的权力。他在任期结束之前意识到了你们的召唤，决定改变达坂乌尔努德的轨道，让它飞回过去。他们把自己听到的信号理解成了祖先的声音，认为这声音是在召唤他们回到过去——他们认为乌尔努德星的乱局应归咎于领袖的愚蠢，觉得这个声音是让他们回到过去，把乌尔努德星建设成应有的样子。

"我猜你们对达坂乌尔努德后来的漫游，与特洛星、地球和弗琐斯星的接触，以及接触的结果都已经有了一定概念。我并不想复述全部的历史，只想对我们在这里的行动做个说明。"

"其实我们更希望知道，"嘉德修士说，"那位天堂督察出了什么事。"

"很久以前，"这下奥德鲁汗没有笔记可念了，只能一边造句一边说话，便只好换了一种更为迟缓的语调，"汗和普拉格的关系就已经毒化了。普拉格已经放出话说，第三任汗的想法根本就是错的。达坂乌尔努德的那些漫游全都毫无

682

意义，简直就是一个古老错误的无穷延续。秉着这种信念，他们认为自我保存才是唯一的目的。持有这种想法的人，只想找个地方定居下来，生活下去。所以每次接触的时候都有人这样做。我们已经在特洛星上留下了一些乌尔努德人，在地球上留下了一些特洛人，如此等等。尽管不是自己的宇宙，他们还是在那里找到了生路。所以那些愤世嫉俗的人，那些相信这个旅程毫无意义、彻底错误的人，大部分都在历次接触中下了船。与此同时，新宇宙里也会有相信漫游的人加入我们。于是我们就会改造飞船，为新宇宙分出一部分空间。一开始时汗还握有权力，普拉格还会执行他们的命令。但航程太长了，最初的追求已被遗忘，经过了一代又一代，普拉格掌了权，汗则失了势。我们也把这两派势力称作了'基座'和'支柱'。所以你们在这里看到我，孤零零地待在这仪式性的地方，尽管做着和前任相同的事，却丝毫也没有尊严和权力。

"就这样，我们来到了阿尔布赫。我的对手是艾施娃尔普拉格，她和她的追随者把你们的行星看作了又一个可以掠夺的文明，认为可以利用它的资源来重建飞船，延续航行。但是艾施娃尔是个聪明的女人，她读过我们的历史，知道在接触的过程中大权往往会从基座和普拉格手中落入支柱和汗的手中。她也已经想好了预防这一情况的战术。

"天堂督察来到这里的时候，大家一眼就看出他是个笨蛋，是个江湖骗子。当然，通过对阿尔布赫大众文化的考察，我们早就知道了这个事实。这位普拉格也已经设好了局，要把我和这位天堂督察相提并论，想把他的愚蠢和虚伪安到我的头上，我却蠢得完全没有想到。

"于是天堂督察就穿着太空服被带到了这里。他坚持要脱掉它。我们劝他不要脱。他进到这间屋子的时候，把这里当成了一个神圣的地方，坚持说他能承受脱掉太空服的风险。说他的神灵会照应他，保他平安。于是他就把太空服脱掉了，随即开始变得呼吸急促。我们的医生试着用那件太空服把他包回去，但已经没用了，因为他的一根主动脉已经破裂了。医生们又把他放进一个冷高压舱，那是一种十分成熟的疗法。他们很快就把他剥得精光准备治疗，可惜为时已晚，他已经死了。接下来，又爆发了一场关于尸体怎么处理的争论。但争论还没结束，一些过分热心的研究人员就已经取了他的血液和组织样本，并且开始了尸检。所以，这具遗体已经遭到了亵渎——也许你们会这样想。艾施娃尔普拉格便做出了决断，任何道歉都是示弱的表现，透露任何信息都只会有利于阿尔布赫。另外，出于内部的政治原因，她也想要对这具尸体表示轻蔑，或至

少不予理睬，因为她已经把它裱糊成了我的象征。所以天堂督察才会那个样子被送回去。"

"结果事与愿违，"我说，"不是吗？"

"是的。'支柱'的人为此感到了尴尬和愧疚，便想出了一个以血还血的交换计划。因为我们从天堂督察身上取了血样，所以也该把我们的血样送到阿尔布赫去。当时我们已经侦测到了从行星发来的信号，后来才知道那是敖罗洛修士发的。这些信号是日行迹的形状。那时儒勒·凡尔纳·迪朗已经成了奥尔特语和阿佛特事务的权威，也在秘密地同情支柱。他认为敖罗洛的信号是指向埃克巴的，觉得把血样送到那里会有深远的象征意义。他甚至志愿坐上那艘探测器把血样带去。但与此同时，他也接到了派他去袭击玛塔尔隐修会的命令，所以他没去成，是莉丝替他去的，当然，莉丝不像他那么有知识。但她从儒勒那里了解了不少阿佛特人的情况，甚至学会了几个奥尔特语词汇。结果计划出了纰漏，她在登上探测器的时候被人击毙了，这你们是知道的。"

我们好一会儿都没说话。

"自那以来事态发展迅速。我要说，艾施娃尔普拉格已经行使了普拉格的职责，那就是——"

"做出战术反应，却没有战略思想。"嘉德说。

"是的，于是我们就被带到了这个关头。已经有三十一个人被你们的修士修女杀掉了，从钟鸣谷来的吧，我猜？"

嘉德修士未做回应，但奥德鲁汗朝我看来，我点了点头。他接着说："还有八十七人成了人质，你们的伙伴把他们赶进了一间屋子，还把门焊死了。"

"这是曲解，"嘉德修士说，"他们不是要抓人质，把那八十七个人关进屋里是为了让他们避险。"

"不管对错吧，艾施娃尔普拉格已经把这解释成了人质事件。她一手准备着对策，另一手则向我伸来，要我和你们谈谈。她被吓着了。但到底是为什么我也不知道。那颗被毁掉的大炸弹一直都是留着压箱底的，根本没人会真的考虑去用它。"

"对不起，奥德鲁汗，可是基座正在准备发射它。"我脱口而出。

"只是当作一种威胁，是的——只是把它悬在你们行星上空施加压力用的。这就是它唯一的实际用途。所以我不明白为什么它的损失会让艾施娃尔普拉格受到那么深的震撼。"

"不是因为它，"嘉德修士说，"艾施娃尔舰长是感觉到了极大的危险。"

"您是怎么知道的？"奥德鲁汗礼貌地问道。

嘉德修士对这个问题置之不理："她可以这样解释，声称她做了一场噩梦，或是在洗澡的时候突然来了灵感，或是说她有种直觉，认为应该转而寻求更安全的途径。"

"这就是你们带来的东西吗？！"奥德鲁汗说，他的语气更像是感叹而非提问。他对嘉德修士很是不满，于是又转过来看着我。我猜不出他在我的脸上看到了什么，可能是迷惑与震惊吧。因为就在刚才的一瞬，我看到了另外一个叙事，我们到了一个被毁得一塌糊涂的球舱。

"也许是我们给艾施娃尔普拉格送了一个信号呢？——你，奥德鲁汗，既然支撑你们传统的信念就是我的祖先召唤了你们，那你作为这个传统的千年传人，相信这种事情有那么困难吗？"

"我想没有。但是过了这么长的时间，很难不让人产生怀疑。太容易把这种信念当作一种上帝已死的宗教了。"

"有怀疑是好事，"嘉德修士说，"归根结底，天堂督察错就错在不会怀疑。但是你必须小心选择怀疑的对象。你们的第三任汗侦测到来自另一个宇宙的信息流，认为是他的祖先发出了神秘信息。你们那些普拉格，始终对这两件事都心存怀疑。你只是不相信这信息来自你的祖先。但你可能还是相信这个信息的存在，只是认为第三任汗对它的来源判断有误。所以，你相信信息，也就是叙莱亚流，会在不同的宇宙间传递。"

"但我是否可以问一下，你们已经掌握了操纵那信号的能力了吗？已经能像那样传送信息了吗？"

我的耳朵竖了起来，可嘉德修士什么都没说。奥德鲁汗等了几秒，接着说道："我想我们已经得到证实了，不是吗？显然你们已经用某种方法进入了艾施娃尔普拉格的头脑。"

"第三任汗在九百年前接到的是什么信号？"我问。

"一个预言，一场恐怖的大破坏。被劫掠的神父遭到屠杀，教堂被拆毁，书籍被焚烧。"

"他为什么会认为这信号来自过去？"

"那些教堂非常巨大。书籍也是用不认识的文字写的。在一些焚烧的书页上有我们不认识的几何证明式，但后来它们全都得到了我们理学者的证实。我

们乌尔努德人有个失落的神秘黄金时代的传说。他认为自己找到了一个窥探黄金时代的窗口。"

"但是他看到的实际上是第三次劫掠。"我说。

"是的,似乎是这样。"奥德鲁汗说,"但我的问题是:这些幻想是你们发送给我们的,还是它自己出现的?"

我们已经来了……我们响应了你们的召唤。他是某个伪宗教的最后一位祭师吗?他跟那个天堂督察是不是一丘之貉?

"答案我也不知道。"嘉德修士说,他转过脸来看着我,"你们得自己去寻找。"

"那您呢?"我问他。

"我就到此为止了。"嘉德修士说。

第 12 部

安魂

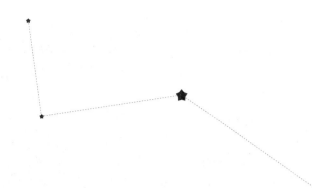

有什么东西紧紧地顶着我的后背，在推着我加速。这不是什么好事儿。

不，那只是重力，或某种像重力的东西，向下拉着我，我贴在了一个又平又硬的东西上。我觉得冷得可怕。我开始发抖。

"看来脉搏和呼吸更正常了，"一个声音用奥尔特语说，"血氧上升。"

儒勒把这句话翻译成了某种别的语言："体核温度正在进入恢复意识的范围。"

他们说的可能是我的意识。我睁开双眼。强光消失了。我正在一个房间里，房间虽小却很舒服。儒勒·凡尔纳·迪朗坐在我的床边，干干净净，整整齐齐。这无比清晰地印证了我那模糊的印象：已经过了很长时间了。我的身上挂着一堆东西。我的鼻子底下系着一根管子，正向我鼻孔里吹着某种又冷又干又甜的东西。有位医生，是阿尔布赫人！他正来回地瞥着我和一个唧嘎。还有个穿白大褂的女人，是个地球人，她旁观着，还操作着一台大型设备，它正在把热水循环到……好吧……说了你们也不会信的，那些细节不说也罢。

"你想问点什么吧，我的朋友，"儒勒说，"但也许你该等等——"

"他很好。"那位阿尔布赫人穿戴着帛单和弦索，上唇还拴着一根管子。他把注意力转向了我，"依我看，你的状态不错，感觉如何？"

"冷得难以置信。"

"会好起来的。知道你的名字吗？"

"埃德哈的伊拉斯玛修士。"

"知道你在哪儿吗？"

"我猜是在达坂乌尔努德的球舱里。但有些事我不明白。"

"我是兰姆巴尔弗集修院的希尔达尼克修士，"那位医生说，"我得去照看你的伙伴了。我需要儒勒陪着我当个翻译，让郭大夫在这儿监视体核加温吧。说

到这个，那东西我们得用一下。"

郭大夫给这句话加了个句号，用的是你能想得到的最戏剧性的方式，她把手从床脚处伸进了我的被单，一下子把我从体核加温器上断开了，害得我平生第一次发了毒咒。

"对不起。"希尔达尼克修士说。

"死不了人的。那么——"

"那我们就先不回答你的问题了，"希尔达尼克修士接着说，"不过外面还有人等着呢，我想，这位会乐意把一切都告诉你的。"

他们离开了。透过敞开的门，我瞥见水面上一派怡人的景色，到处都绿意盎然，然而一个飞速冲进来的小小身影很快就挡住了我的视线。转眼之间，艾拉就全身扑到了我的身上，还抽泣着。

她在抽泣，我在发抖。头半个小时都用来提升我的体温和平稳她的情绪了。我俩配合得太默契了，艾拉就是医生指定为我升温的手段，而我这个床垫似乎也是慰藉她痛苦的良方。让人骨头散架的颤抖大约在十五分钟后达到了巅峰，这段时间她一直紧紧地抱在我的身上，就像搂着游乐园里的旋转木马，防止我从床上颠下去。但这种颤抖不觉间就被另一种迷人的生物学现象取代了，为了不让这本书变成另一种文献，我也只能就此打住。

"好啦，"她最后说，"我要向希尔达尼克修士报告，说你的四肢血流极为通畅。"这是从她嘴里说出的第一句整话。我们已经共度一个半小时了。

我笑了："我还在想这是天堂吗？但天堂可没有这些。"我轻轻地碰了碰她鼻子底下嘶嘶作响的管子。她哼了一声，把我的手打开了。"阿尔布赫来的氧气？"我问。

"显而易见。"

"这是怎么来的，还有你？"

看出我要长篇累牍地提问了，她叹了口气，爬了起来，骑跨在我的身上。我支起膝盖，她就把背靠在我的腿上。她抓过一个枕头把自己垫得舒舒服服的，又调整了一下氧气管。她在看着我，我在天堂的想法又冒了出来。但这是不可能的。要上天堂也得看资格。

"你们上去后，"她说，"基座捣毁了我们所有的太空发射设施。"

"这我知道。"

"噢，对。我忘了。你们看得比我们清楚。这样我们就知道了，他们已经被那二百发导弹给气坏了。但他们上了诱饵的当，就是你们放出的那个充气的东西。他们给我们发来了那些残骸的特写照片。他们还以为自己赢了！"

"也许他们只是假装上当。"

"这一点我们也想到了。不过请记住：几天以后，你们这些家伙就大摇大摆地走进去了。"

"呃，哪有你说得这么轻松！"我想笑，但她的重量压在我肚子上，笑都笑不出来。

"我知道，"她马上说，"但我想说的是——"

"基座没有采取任何特殊的防御，"我附和道，"所以这下他们彻底傻眼了。"

"是的。前一刻他们还觉得自己赢了。但转瞬间他们的焚世者就完蛋了。他们还死了一拨人。十二个顶角也被阿尔布赫突击队包围了。"

"哇！这都是谷士们干的？"

"他们潜入了焚世者，把带去的四枚塑形炸药装了三枚在上面。然后他们奔向了一个窗口——"

"等等，一个窗口？"

"那个顶角是指挥站和焚世者相关器材的维修站。那里有间会议室，从它的窗口就能看到那枚炸弹。奥萨和他的伙伴显然计划在那里会合。但他们在半路上被人发现了，几个穿太空服的维修工袭击了他们。不过那些维修工并没有随身携带武器。"

"谷士们也没带。"我说。

她向我投来怜悯的一瞥，或许还带着一点儿爱怜。"好吧，"我说，"谷士用不着武器。"

"那些几何学家的太空服是软的，我们的是硬的。想象一下吧。"

"好吧，"我说，"我宁愿不去想。但我明白会是什么结果。"

"瓦伊修女死了。她被五个家伙围攻了，其中一个正好带了把激光切割器。唉，那是个非常不愉快的故事。最后她和那五个家伙都死了。不过，拜她的牵制所赐，另外三位谷士成功抵达了那个窗口。"

她停了下来，让我自己消化着这个噩耗。瓦伊修女在玛什特事件之后给我缝针的时候，我真恨她，可这会儿一想起那场餐桌手术，我就想哭。

我们为瓦伊修女像模像样地默哀了一番，随后艾拉才说："你不妨从会议室里那些大老板的角度想象一下。他们眼睁睁地看着一大批自己人在眼皮子底下

变成了浮尸，却对此束手无策。奥萨修士蹒跚到了窗前，甩出了一枚塑形炸药，正中窗子的玻璃。他们不确定那是什么东西。而他做了一个手势，焚世者就爆炸了三处：主引爆器、内部导航系统、推进剂储罐。推进剂储罐的破裂又引发了剧烈的二次爆炸。"

"这我们都看到了。"

"爆炸飞出的碎片砸死了格拉索修士。"

"什么！"我的双眼酸疼起来，"他还为我挡过子弹……"

"我知道。"她柔声说道。

又沉默了一会儿，她接着说："这下子大老板们知道扔在窗户上的是什么东西了。他们看懂了这个信号，打开了一道气闸。埃斯玛进去了。奥萨还待在原地，他就是那把指着他们脑袋的枪。埃斯玛还穿着太空服。她把找到的所有几何学家都轰进了会议室，锁上门，还用堃罗伊粉把门焊上了。这时，奥萨取回了那枚塑形炸药，跟她会合了。他们锁上了所有进入那个顶角的门，又焊死了它们，把这个顶角变成了一个与达坂乌尔努德其他部分隔绝的封闭空间。他们引爆了第四枚炸药，放跑了这个顶角的大部分空气。这样就只有穿太空服的人才能到这儿来了。他们钻进了一间空气尚未泄漏的房间。太空服里带的空气已经用光了，于是他们就脱掉了太空服，出现了那些常见症状。"

"顺便问问，这是怎么回事？"

她耸了耸肩："血红蛋白是一种优良的分子。它需要精确的条件才能发挥自己的作用——从肺里获取氧气，再把氧气送到身体的每个细胞之中。只要给它的氧气和它习惯的差别不大它就可以工作，只是不太正常，就像在高海拔地区。你会觉得头晕气短，无法正常思考。"

"幻觉？"

"可能吧。怎么，你有过幻觉？"

"没什么……不过等一下，儒勒在阿尔布赫的空气里可是好好的呀。"

"你会适应的。你的身体会做出反应，产生更多的红细胞。过上一两周你就没问题了。举例来说，飞船的公共区域就存在着混合空气，那些几乎从未离开过自己球舱的居民到了那儿就会出问题。而其他人之所以没问题，是因为他们已经习惯了。"

"比如在天文台领我们进入空气闸的那位弗琐斯宇宙学家。"

"千真万确。她一看你们这些家伙喘不上气，陷入昏迷，就知道出了什么事。

她拉响了警报。"

"她真拉了？"

她再次用怜爱的目光看了我一眼："怎么，你以为你们已经成功地溜上飞船了吗？"

"我，呃，就是这么想的呀。"

她抓起我的手吻了一下："你们实际的所作所为也足以名垂青史了，我想你的自尊心应该可以满足了。"

"好吧，"我觉得自尊心这个话题可以到此为止了，"她拉响了警报。"

"是的。当然，由于谷士们造成的混乱，警报器已经响成一片了，"艾拉说，"但医务人员还是来到了天文台，发现你失去了知觉，但还活着。你运气不错，这儿的医生常常处理这种问题。他们给你输了氧，似乎有点儿用处。但他们也没有十足的把握，因为他们从来没治疗过阿尔布赫人，担心你会发生脑损伤。为了稳妥起见，他们把你放进了高压氧舱，还放在了冰上。"

"冰上？"

"是呀。就是冰。他们给你降低体温以限制脑损伤，同时尽可能用地球的空气给你的血液供氧。你已经昏迷了一星期了。"

"奥萨和埃斯玛怎么样啦，关在那个顶角了？"

她过了好久才说："唉，拉兹，他们死了。乌尔努德人猜出了他们的位置。在墙上开了个洞。所有的空气都泄露出去了。"

我静静躺了一分钟之久。

"唉，"我终于说道，"我猜他们一定死得像真正的谷士。"

"是的。"

我惨然一笑："而我还活着，像个真正的非谷士。"

"我很高兴你还活着。"说着她又哭了起来。这既不是为死去的谷士们悲伤，也不是为活下来的我们庆幸。这是她在为自己将我们置于死地而羞愧和痛苦，但她受肩负的职责与局势所迫，别无选择，只能做出这可怕的决定。她的下半辈子——希望也是我俩的下半辈子里——她会常常在半夜里冷汗淋漓地惊醒。但这是一种只能她一个人承受的痛苦，这种事跟谁说都很难得到同情吧，"你把朋友们打发上去不就是送死的吗？！而你自己却安安稳稳地坐在地上？！"所以我知道，这将成为我们之间的私事，永远。

待到故事终于可以继续的时候，我问她："在发生那件事之前，奥萨和埃斯

玛在那个房间里待了多久才……？"

"两天。"

"两天？！"

"基座认为这地方已经被人设了陷阱，也许还潜伏着别的谷士。但他们必须采取行动，因为人质的空气也要用光了。再不动手，就得在斯皮里上眼睁睁地看着自己人丧命了。"

"所以说他们已经快被吓死了。"

"是，"艾拉说，"我想是的。也许说吃惊得要死更确切。因为他们曾一度认为我们已经被封锁在特雷德加了，他们也已经渗透了进去。后来你和朋友们揭穿了儒勒·凡尔纳·迪朗，他们就丧失了地面的耳目。与此同时，大集修和所有的大集修院，都分散成了反群集。"

"这真是个绝妙的主意！谁想出来的？"

她强忍住笑意，脸都红了，却不愿让我把注意力转移到她的身上，便接着说道："他们真正害怕的是千年士——也就是咒士，那时候他们肯定注意到了，所有的千年马特都已经人去楼空。千年士们都到哪儿去了？他们在打什么主意？随后，那二百发导弹就发上去了。给他们造成了极大的麻烦。一大堆的数据要处理。不计其数的不明飞行物要跟踪。他们认为自己看到了一艘飞船的爆炸，以为自己躲过了一劫。可没过几天，他们最大的战略资产就遭到了来源不明的毁灭性打击。此后的两天，他们就只能操心那批关在顶角的人质了。不仅如此，还有一批穿黑制服的家伙进入了飞船，只是因为不能呼吸这里的空气才没能得逞——"

"他们把我们当成另一拨谷士突击队了？"

"要是你处在他们的位置又会怎么想？我想他们最大的忧虑就是不知道外头还有多少人。他们只知道还有一百多个和你们一样的人正在路上，还带着更多的武器。所以，到头来他们只能——"

"决定谈判。"

"对。在基座、支柱和两制首脑之间启动四方会谈。"

"对不起，最后那个是什么？"

"两制首脑。"

"意思是——？"

"这是在你们离开阿尔布赫以后才出现的。一方的首脑是世俗政权。另一方是马特世界，就是现在的反群集。这两个并在一起就是——嗯——"

"一起管理这个世界？"

"也可以那样讲。"她耸了耸肩，"在我们想出更好的制度之前，无论如何就只能这样了。"

"那么你，艾拉，也是当下世界管理者的一员吗？"

"我不是在这儿吗？"她没理解我的幽默。

"你是代表团成员？"

"溜边儿的，是个助手。我被选中的唯一理由就是军方喜欢我，他们觉得我酷。"

我想要指出还有比这好得多的理由，那就是她曾经负责发送 317 小组执行了一项成功的任务，但还没开口她就从我的脸上看出来了，把眼光转向了一旁。她不想听人提这个。"我们有四五十个人，"她急忙说道，"还带着医生，氧气。"

"吃的？"

"当然。"

"你们是怎么来到这里的？"

"几何学家下去接我们上来的。当然，我们一到达坂乌尔努德就直奔这里了。"

"唔，"我反省道，"真不该提到吃这个话题。"

"你饿了吗？"她问，好像我会饿是件令人吃惊的事似的。

"显而易见。"

"那你干吗不说，我们给你们几个带了五大筐吃的，绝对都是最棒的。"

"怎么会是五筐？"

"你们每人一筐啊。当然没算儒勒，他回来以后早就吃得撑肠拄肚了。"

"嗯。我只想看看我的脑子坏了没有，能说一下这五个人的名字吗？"

"你、利奥、杰斯里、阿尔西巴尔特，还有萨曼。"

"那……嘉德呢？"

她惊呆了，幸亏我的社交直觉战胜了大脑，赶紧收住。

"对不起，艾拉。我经历了这么多奇怪的事，我的记忆有点儿模糊了。"

"不，该说对不起的是我，"她说，"这可能是创伤后遗症。"她紧绷着脸，掩饰着颤抖。

"怎么，什么创伤？"

　　"就是眼睁睁看着他飘走，眼看着他出了事。"

　　"我什么时候看见他飘走啦？"

　　"唉，二百发导弹发射上去以后，他一直就没能恢复神志，"艾拉柔声说道，"你看见他撞上了一个有效载荷，粘在了上面。你决定去追他——想试着救他，但情况很棘手，你没抓住，时间也不够了。阿尔西巴尔特来帮忙。但你俩又差点儿蹭上核反应堆。嘉德飘走了。重入了大气层。就在阿尔布赫上空烧毁了。"

　　"噢，是的，"我说，"我怎么能忘了呢？"用的当然是嘲讽的口吻。但我也小心翼翼地观察着艾拉的脸。最近的处境让我对艾拉的表情比五大宇宙中任何事物都更加在意。她相信——更确切地说是她知道——她刚才提醒我的是真事。

　　我敢肯定，阿尔布赫的地面上还有证明这件事儿的记录。

【雄辩士】　民间传说中的人物，人们常把雄辩士与普洛克派相提并论，据说他们拥有操纵记忆和其他实体记录的能力，并可以借此改变过去。

——《词典》，第四版，改元 3000 年

现在我能想到的只有吃了。不过也得先穿上衣服。艾拉溜了出去，虽然看到我的裸体不算什么，但看着我穿衣就有点儿不雅了。阿尔布赫代表团给我们带来了帛单、弦索和球。几何学家的四个种族多多少少也对阿佛特人有些着迷，要是我们隐藏身份，可能倒反而招来误会。

我刚一穿戴齐整，医务人员就帮我背上了一个装着阿尔布赫氧气罐的背包，还有一根管子把氧气送到我的鼻子底下。然后我便跟着一串象形文字的指示来到了医院屋顶的晒台上，看到利奥和杰斯里正抱着各自的筐子埋头苦吃。希尔达尼克修士也在那儿。他带着一种听天由命的神情，告诫我别吃得太快，否则会生病的。我跟那两个埋头苦干的弟兄一样的急不可耐，把他的告诫当成了耳旁风。过了好几分钟我才把眼光从碗里拔出来，环顾起周围的这个人造世界。

形成一组的四个球舱彼此靠得非常近，几乎都亲上嘴儿了，彼此之间有门道连通，这种门道有点儿像列车车厢之间的过道。在达坂乌尔努德要进行机动或加速运动时，就得把这些门道关起来，但今天它们是开着的。

地球人住在 9 到 12 号球舱。医院在 10 号，离通往 11 号的门道不远。这个屋顶晒台和别处一样，密密麻麻地种满了蔬菜，只腾出了一小块地方来放桌子和凳子。不过桌面和凳子面也是玻璃的，底下的托盘里也种着蔬菜。我们的头顶上还支着拱形的凉棚，架着长满绿色果实的藤蔓。要是不看远处，这里俨然就是一座阿尔布赫的菜园。但远景可就不一样了。医院是用五六艘船屋连成的，

每一艘都是水上三层，水下三层。连接各层和相邻船屋的是一些柔性的舷梯。这些船屋分布在水上，像是一圈环形的垫子，似乎已盖满了每吋水面。但是因为这里的"重力"是靠旋转制造出来的，所以尽管我们的内耳或铅锤都会把水面当成平的，但它实际上是个曲面。这些游艇形成的环形垫是陷在一个槽里的。凭借内耳的感知，我们走到哪里都会觉得自己位于这个曲面的最低点。所以如果眺望远处，不出一哩，我们就会看到水面上翘的奇景。但如果蒙着眼睛走过去，仍会觉得如履平地，绝不会有爬山的感觉。

这球舱的内表面大约有一半没在水中。其余的部分则构成了"天空"。它是蓝色的，上边还有个太阳。如果不看那两条通往 9 号和 11 号球舱的门道，你很可能会忘记那蓝色是涂上去的漆料。这两处门道就像两个古怪的宇航员飘浮在苍穹之上，两组缆椅连接着它们与下方的游艇。那个太阳其实是一束光纤导入的光亮，这些光是用二十面体外表面那些抛物面形采光角采集来的，处理和过滤后才用光纤传导进来。这些光纤安装在球舱天花板的不同位置，一天中在不同的时刻把光线导入不同位置的光纤，就能制造出太阳划过天空的假象。儒勒曾经向我们解释，许多游艇的舱室里还设有昼夜栽培设施，那里装的是固定光纤，可以让植物二十四小时接受日光。这个系统非常高产，所以几何学家才能在这些完全没有田地的拥挤城市里种出足够养活自己的食物。

医院的房顶上能看见这么多可做谈资的新奇事物，从某个角度来说是件好事，不然谈话就要陷入沮丧和尴尬了。利奥和杰斯里都是一脸木然。噢，他们看到我时脸上才绽出灿烂的微笑。我看到他们也是再开心不过。这种愉快大家立刻就心领神会。可随后他们的脸就像拳头一样缩成一团，好像是想拼命阻止我大声说话。

另外我们也吃得不亦乐乎，根本没空说话。此外，希尔达尼克修士和另一位阿尔布赫医生一会儿就上来一趟。还有，虽然不该把我们的地球主人往坏处想，但我也不知道这晒台上有没有窃听器。地球人有一半都是追随基座的。就算是支柱的追随者，知道了我们在袭击中扮演的角色，也不可能对我们笑脸相迎。谷士们干掉的人里很可能就有他们的亲友。要是不小心说漏了嘴，让人知道有个千年士攻破船壳又消失了可就不得了了。肚里刚有了点食儿，我就开始为此焦虑起来，浑身都不自在了。

阿尔西巴尔特一上来就像挖土机似的冲向他的筐子，直等到他的嘴里塞满了东西我才举起杯子："为嘉德修士。在我们缅怀四位谷士的同时，也不要忘记那位登空不足十分钟，尚未脱离阿尔布赫大气层就牺牲了的同伴。"

"为故去的嘉德修士。"杰斯里迅捷而有力地发出了响应，我知道他想的肯定跟我一样。

"我永远也无法抹去他骤然坠入大气层的记忆。"利奥还装模作样地补了一句，害得我差点儿把奠酒从鼻子里喷出来。我留意着阿尔西巴尔特，发现他已经停止了咀嚼，鼓起双眼瞪着我们，想知道这是不是精心设计的黑色幽默。我便盯着他朝上翻了个白眼：这是埃德哈的老暗号，只要朝秩序督察的窗口翻个白眼，就等于告诉对方"什么也别说，假装没事儿人"。他点了点头，告诉我暗号他已经看懂了，但脸上还明白地写着震惊和迷惑。我耸了耸肩，让他知道迷惑的不止他一个。

萨曼来了，穿着传统的伊塔服装，表现出极好的自控能力，转着圈挨个和我们握起手来，又是一番勾肩搭背，过后才打开自己的筐子，那里面的食物不知道比我们的好上几倍，味道也不知道香上几倍。我们就看着他吃。还像在埃德哈的小尖塔顶上吃午餐一样，他依旧吃得安静而专注，仍旧是那种我早就看惯了的方式。至于为什么这里会是五个人和五只筐子，他丝毫也没有好奇的表现。事实上，他表露出的只有矜持与冷漠，再加上那套伊塔正装，不由得勾起了尘封在我心底的种种陈规旧习。

趁他停止进食，端起酒杯的时候，我告诉他："刚才我们为故去的嘉德修士和其他逝者敬了奠酒。"他敷衍了事地点了点头，说："很好。为我们逝去的伙伴们。"是的，我也明白。

"是不是只有我一个人得了那种奇怪的神经系统后遗症？"阿尔西巴尔特问道，他还是有点儿慌乱。

"你的意思是，脑损伤？"杰斯里用一种助人为乐的语调问道。

"那要看是不是和你一样永远也好不了啦。"阿尔西巴尔特还击道。

"我的部分记忆有些模糊。"利奥发了言。萨曼盯着他清了清嗓子。

"但是我醒的时间越长，好像就越明白了。"利奥补充说。萨曼的眼光又转回到食物上面。

儒勒·凡尔纳·迪朗也顺道上来了，一看这个场面就笑了起来。"啊哈！"他惊叹道，"在天文台的时候，看着你们五个脱了太空服，像离了水的鱼似的喘不上气时，我还真怕再也看不到这样的场面了。"

我们都朝他举起杯来，邀他加入。

　　"其他人怎么样啦——我的意思是,那四具遗体怎么处理的?"杰斯里问。五双阿尔布赫人的眼睛齐刷刷地投向了地球人的脸。但儒勒就算是注意到了五个人的异样,也并没显露出来。"这已经成了谈判的一项议题。"儒勒说,"四位谷士的遗体已经冷冻起来了。你们也猜得到,有些基座的人希望把他们当成标本进行解剖。"一片阴云笼罩了他的脸孔,他的话也停了下来。我们都知道,他是在回忆他的妻子莉丝,她在大集修上就被当作了生物标本。恢复了平静之后,他接着说:"阿尔布赫的外交人士已经措辞强烈地表示,这是不可接受的,遗体必须要被视为圣物,要完好无损地移交给代表团,现在你们也是这个代表团的成员了。移交仪式就定在两小时后的开幕典礼上,在4号球舱举行。"(基座还不知道你们体内植入了万灭者,我没有泄露这个秘密,但是这实在让我紧张。)

　　代表团带来了更多的万灭者吗?已经有成千上万的这种东西撒遍飞船了吗?代表团里有人掌握着引爆它们的权力吗?我"记起"了嘉德修士手中的那个银盒子,那个引爆器——但对于不曾发生在这个宇宙里的事情,能说"记起"吗?在这四五十个人里,带着它们的都有谁呢?说得更明白点儿,扣扳机的会是谁呢?在某些人的头脑里,这可是一桩划算的买卖。只要付出四五十条阿尔布赫人的性命,就能把达坂乌尔努德上的人消灭得一干二净,就算没把他们全部干掉,至少也得逼得他们无条件投降。这可比打一仗要便宜多了。

　　出于多方面的原因,我已经一点也不饿了。

　　每个人的脑子里都转着类似的想法,所以谈话就完全活跃不起来了。实际上谈话根本就不存在。沉默开始变得显明昭彰。这些球舱里空气也不怎么流动。只是因为每个球舱每一天都有不同的温控方案,所以空气的热胀冷缩会在球舱之间的门道处形成一点气流,变成股股微风从上方吹拂而下。但这种气流微弱得连水面都无法吹皱,连树叶都无法吹走。声音就在这静止的空气中传播,从球舱的天花板上奇怪地反弹。听得到有人在用弦乐排练复杂的乐段,听得到小孩吵架,听得到一群妇女的笑声,还能听得到一种气动工具的循环噪音。空气很稠密,空间在收缩,在凝结,令人窒息。但也有可能是肚子里的食物闹的。

　　"4号球舱是乌尔努德人的。"利奥终于开口,惊醒了我们。

　　"是的,"儒勒沉重地说,"你们也要到那儿去。"(公事公办,但也希望你们这些人肉炸弹尽快离开我们这个球舱。)

　　"那是编号最靠后的乌尔努德球舱,"阿尔西巴尔特评论着,"这就意味着——依我对惯例的理解——是在最遥远的尾部,也是居民最多的,呃……"

"级别最低的，是的，"儒勒说道，"最古老、最重要的东西，指挥部里地位最高的人，都在 1 号舱。"（那才是你们想要施行核打击的目标。）

"我们会去造访 1 号舱吗？"利奥问。（我们有机会对它进行核打击吗？）

"我想不可能，"儒勒说，"那里的人非常奇怪，几乎从来都不出来。"

我们全都面面相觑。

"对啦，"儒勒说，"有点儿像你们的千年士。"

"说得好，"阿尔西巴尔特说，"他们的航程也持续了一千年了。"

"这样说来，嘉德修士在发射中丧生可真是双重的不幸，"我说，"如果在某个叙事里，能有个像我这样的人替他开门，让他来到这里，那 1 号舱很可能就是他直奔而去的地方。"

"那你猜他到了那儿会干些什么？"杰斯里兴趣十足地问。

"那要看我们进去后会受到什么样的招待，"我指出，"如果事情出了严重的差错，我们就没法存活下来，我们的意识也就没法再追踪那个叙事了。"

萨曼又清了清嗓子，切断了这个话头儿。

"我们从这儿到 4 号球舱要花多长时间？"杰斯里问。我想现在能说话的也就只有他了，利奥和阿尔西巴尔特都已惊得目瞪口呆。

"方便的话，越早动身越好，"儒勒回答，"那里已经去了一个先遣队了。"（万灭者已经进了 4 号球舱，已经无计可施了。）

我们便包起了食物，重新装回了筐子。"那儿有几位奥尔特语翻译？"阿尔西巴尔特问。（我们得跟你在一起吗？）

"我这种水平的就我一个。"（我会极忙，往后就不能再跟你们交谈了。）

"阿尔布赫代表团里都有些什么人？"利奥问。（万灭者的引爆器上按的是谁的手指头？）

"要让我说的话，简直是个滑稽的大杂烩。各个圣约教的领袖、娱乐界人士、商船船长、马格纳斯·佛拉尔之流的慈善家、阿佛特人、伊塔人、市民，还有几个人跟你很熟。"这是冲我说的。

"你开玩笑吧。"我说，一瞬间就把那些潜台词全给忘了，"珂尔德和犹尔？"

他点了点头："鉴于他们在奥利森纳访晤事件中扮演的角色，人们都认为应该让他们作为民众代表到这里来。萨曼，那么多人都看到了你放上大囡的斯皮里。"政客们正在帮他们跟大众媒体拉皮条。

"懂了，"利奥说，"但是除了那些流行歌手和巫医，肯定（至少）得有几个

世俗政权的真代表吧？"

"四位来自军方，我印象中都是可敬的人。"不是那种会引爆万灭者的人，"十位来自政府，包括我们的老朋友秘书夫人。"

"姓佛拉尔的还真是无处不在。"我忍不住说道。萨曼对我扬了扬眉毛。儒勒接着又背诵了一串世俗政权代表的名字和头衔，还不厌其烦地指出哪些只是助手。"……最后是我们的老朋友埃曼·贝尔多，我感觉，他身上有着你们的眼睛看不到的东西。"他就是那个人。

不管引爆万灭者的是什么技术，都应该是最先进的，有可能还是某种原型机。它应该会伪装成某种无害的东西。应该会需要一个埃曼这样的人来操纵。而且他应该是听命于人的，有可能听命于代表团里级别最高的哪个大佬。不可能是伊葛涅莎·佛拉尔，她到这儿来是处理宗系事务的，我对此深信不疑。无论她在世俗政权里顶着什么头衔，顶了多长时间，她和她那堂兄或者什么亲戚马格纳斯，还不至于毫无保留地去追随那些大佬的奇思怪想，世俗政治就是无休止的闹剧，那些大佬不过是碰巧刚在小丑打架里占了上风的鼠雀之辈。

这两位佛拉尔了解嘉德修士吗？他们是否曾有过共事？我们在埃尔克哈兹革的时候他们共谋过什么吗？

要想的事儿太多，只好把大脑关了，接下来的半个小时，我大部分时间只是在接纳新感受。我已经变成了工匠弗莱克的斯皮里摄录器：只有眼睛，没有脑子。用我的鹰眼，我的防抖和我的动态对焦，默默地观察和记录着我们从医院离开的情景。文书事务，似乎一直是各个宇宙通行不变的普洛克吸引子之一。我们被移交给一队特洛人照看，那五个人戴着鼻管，装扮得跟我的梦里、幻觉里或另一重宇宙诠释里那些袭击我和嘉德的暴徒一模一样。利奥直勾勾地盯着他们的武器，好像是些棍棒、喷雾罐和电力器械，显然他们也不愿在一个局促的环境里使用高能射击装备。他们也回望了我们好一阵子，一直在琢磨我们哪个是哪个，但对利奥是格外的关注，因为他的身上已经染上了某种谷士的神秘气质。

儒勒和两个士兵走在我们前面，三个殿后。我们踏过一条跳板，来到了某家的菜园，透过一臂之隔的窗口，我看到里边有个地球男子正在洗盘子。他对我视而不见。接着我们又穿过一个学校的操场。操场上玩耍的小孩们停下了动作，目视着我们走过。有的小孩还向我们问好，我们微笑，鞠躬，还以问候。一路上都顺顺当当。离开了操场我们又穿越了一座船屋，那儿有两三位妇女在移栽蔬菜。一路走过都是如此。这个社会才不会把空间浪费在修建街道上。他们的交通系统就是那些能走人的船屋棚顶和露台织成的网络。任何人都可以去到任何地方，而社会习俗则要求人们彼此漠不相闻。船屋之间也偶有狭窄的露天水道，有些水道还隐蔽在活动凉棚的底下，有一些窄而深的小舟正载着沉重的货物穿行于此，这些水道从医院的晒台上看去就像深绿色动脉与静脉般遍布市镇。

几分钟后，我们来到了一条用作缆椅站的船上。从这里可以乘坐缆椅升上空中的门道，缆椅一次乘坐两人，一个特洛士兵伴送一个阿尔布赫人，最后所有人都集合在 10 号与 11 号舱之间的门道里。强劲的风吹在脸上，弄得我们眼睛刺痛，帛单飞扬。

在等别人上来的时候，我就站在门道里，观赏着蓝色天罩背面的舞台机械，一束束玻璃纤维正把光线输送进来。那太阳明亮却寒冷，红外线都被过滤掉了。相反，天罩本身倒是发着热，有如低温烤箱那般辐射着柔和的热量。我们站在这里感觉很热，幸亏有风。

我们又接着乘缆椅下到了 11 号舱的游艇垫上，步行跨越水面，再乘缆椅上另一个门道，进入 12 号球舱，这个球舱编号最高，是四个地球球舱中最远端的一个。所以再也没有下一个门道了，已经到了最后一节车厢。不过天空中还悬着一条管道式的阶梯步道，我们沿着它盘旋而"上"，到了天空的"最高"点——极点，这里还有一条门道。因为靠近芯部，这里的重力也明显减弱。我们停留在门道下方的环形步道上观察了起来，这条门道连每一颗铆钉都跟 1 号球舱那条门道里的一模一样，那里就是嘉德修士中枪的地方。我四下里到处查看，看着那些我清楚"记得"的细节，我把屁股靠在扶栏上，重温着我被掀翻时撞上它的"记忆"。

儒勒得在一台斯皮里终端上验证身份，还得向某人申明他的任务，我猜他用的是乌尔努德语。领头的士兵语气粗暴地不停插嘴。我们五个不得不轮流站在机器前面，让它扫描我们的脸。我们一边等候一边审视着那个球闸，它就在我们头顶的正上方，看起来就像是镶在天花板里的。它的样式给人以老旧的感觉。我从它的设计之中辨认出了雷霆万钧式的践行时代宏大风格，你也可以称之为重型宇宙际乌尔努德太空舱，支配飞船外观的就是这种风格，从外面和芯部内壁看去皆如此，好在球舱内还看不出来。

这只钢铁大眼睛今天没有为我们打开。我们只能使用圆形的代用舱口，这

个舱口尺寸狭窄，窄得阿尔西巴尔特和携带着笨重装备的特洛人都得发牢骚。一个遥控指令，舱口打开，我们鱼贯从这里爬了上去。

“一种威胁。”杰斯里哼了一声，朝那庞大的球闸点了点头。我能从他的腔调里听出，他在为自己这么半天才看出这一点而懊恼。我的脸上肯定是写满了困惑。“得了吧，”他说，“实践理学家为什么要把它设计成这样？为什么要用球形而非其他形状的闸门？”

“就算两侧有着巨大的压力差，球闸也可以正常工作，”我说，“这样指挥部就可以把芯部排成真空——让它向太空开放——然后再打开这个闸门，把整个球舱的人全都弄死。你想的是这个吧？”

杰斯里点了点头。

“杰斯里修士，你这种解释太愤世嫉俗，太不合情理了。”一直听着我们对话的阿尔西巴尔特说道。

“噢，我肯定这种设计还有别的目的，”杰斯里说，“但仍然是一种不折不扣的威胁。”我们一个接一个穿过那道狭小的舱口，登上了一架梯子，爬过一段不长的垂直管道，又穿过了第二道舱口——这是个气闸，出来后便是位于一条井筒底端的环形步道，这条井筒足有一千二百呎，直通着“上方”的芯部，我们在这条步道上再次集结，等候。借此机会，我又看了看墙上的键盘——正是我记忆中的那个样子。

利奥头一个走上前去，戴上了一副软垫式遮眼罩。从气闸出来的时候儒勒也给我们一人发了一个。“干吗？”我尖锐地问。

“这样你就不会因科里奥利力效应而感觉眩晕了，”儒勒说。“不过，要是你还晕的话——”他又递给我一个袋子，“想起来了，看你刚才那种吃法，还是拿两个吧。”

带上眼罩之前，我又向上看了最后一眼。我们就要爬上一条高得吓人的梯子了。但我知道，我们登得越高“重力”就越弱，所以任务也不是那么艰巨。不过在我们朝中轴线运动的过程中，会产生强烈的偏向惯性力效应。于是我也担心起了晕动病来。

我摸索着找到了最低的一磴。“慢着，”儒勒说，“每一步都要踏稳，等到感觉没问题了再迈下一步。”

整架梯子外面都包着一层管形的外罩，所以不会有掉下去的危险。我按要求一步一步缓缓向上攀爬，倾听着上方利奥的动静，每次都是听到他动了我才再上一步。但爬着爬着，那些梯磴就成了摆设，腕子或手指轻轻一抖就能飘上一阶。顶头的特洛士兵却仍旧保持着平稳的步调，他肯定已经吃过苦头学乖了。如果爬得太快，马上就得去摸呕吐袋了。

我又思考起了那个键盘。嘉德修士按下的要是那 9999 个错误号码中的一个又会如何？他要是反复尝试又会如何？某个守卫舱里就会亮起红灯。他们会打开斯皮里摄录器，看到两个消防员在胡乱摆弄着键盘。这样一来他们就会派人去把这俩人轰走。但派来的人也用不着荷枪实弹吧，只要带上我们的护卫人员这种非致命武器就可以了呀。

我想起了杰斯里的话：一种威胁。他是对的。打开那个球闸就等于是拿枪指着一球舱人的脑袋。无怪乎那些士兵要冲上来枪毙我们！在嘉德修士知道或猜到键盘号码的那个宇宙里，我们自是必死无疑。不过我是例外，我似乎要终结在别的地方。

但还有那么多他按错号码的宇宙呢，在那里又会发生什么？

我们会被活捉。

接下来呢？

我们会被监禁一段时间，然后被带去跟奥德鲁汗谈判。

我凭着耳朵判断出自己已经钻出了井筒，我伸手在空中摸索，已经摸不到往上的梯磴了。只摸到了那个特洛人的手，他把我拽了出来，为了抵消动量，我出来后他还把我往回拽了一把，接着便把我领到一个有东西可抓的地方。我从眼罩的边上偷偷看去，发现我们已经进入了芯部。通往后轴承室的球闸就在我们身后一箭之地。看不出它和另一头的前轴承室离得多远，但是我知道应该是二又四分之一哩。和我"记得"的一样：芯部的内壁上，沿着轴向安装着一排排发光管，输送着过滤后的阳光，传送带也在不停地运转，润滑良好的机械发出一片叮当与嗡鸣之声。

汇聚部的这一层还有另外三条井筒连到芯部。我们的正"上"方，或者说我们的对面，就是通向 4 号球舱的井筒。它跟我们刚才爬的这条连成了一条直线，芯壁上有一圈连接着四条井筒的环梯。不过训练有素的人也可以直接跳过去。

我在这里等了一会儿。首先得等后边的几位赶上来。其次，此刻通往 4 号球舱的井筒已经发生了交通拥堵。根据安全规定，整条梯子一次只能承载有限的人数，井筒口上还有个士兵在进行监管。还有另外一个代表团要在我们前面下去，得等他们到底儿了我们才能进去——不过从我们现在站的地方看去，他

们像是正在头下脚上地朝上倒爬。

于是利奥和我瞎转悠了起来。我们想试试自己能否在芯部中央定住。这就得让自己到达大隧道的中轴附近，还得止住自己的转动，让整个飞船绕着自己旋转。要做到这一点，需要一套组合动作：精准地跳离壁面，在空气中游泳来调整姿态。我们头五分钟的尝试只能用"笨得要死"来形容。"笨得要死"继而又成了"无能得碍事"，我在胡蹬乱踢中踹到了利奥的脸，把他的鼻血都踹出来了。那些特洛人越看越乐。虽然我们的话他们一个字也没听懂，却完全明白我们想干什么。利奥被我踢了以后，他们就可怜起我们来——也可能是怕我们伤得太重害他们挨骂吧。其中一个把我叫了回去。他一手抓住我的弦索和帛单，另一只手放在我脖子后面，只轻轻一推，还加了点转速。我游到隧道中心停下来时，发现比哪次都更接近目标。

我听到有人在说弗卢克语，顺着话音望去，看到芯部那头正有一支二十来人的队伍朝我们过来。多数人都没使用传送带，他们是沿着芯部的中轴飘过来的，所以就算他们不说弗卢克语我也能看出他们是游客。其中一个突然冲到了人群的前头，招来了士兵的一顿斥责。

珂尔德就在百呎开外，正两手交替推着芯壁向我冲来。碰撞近在眼前，把我吓了一跳，幸亏空气阻力减慢了她的速度，撞上来的力度还不算太大，只像是被走路的人撞了一下。我们来了个长时间的零重力拥抱。她身后不远处还跟着另一个阿尔布赫人，一个世俗男青年。这人我不认识，但他给了我一种奇怪的感觉：他渴望认识我。他朝我和继姐飘来的时候正缓缓地绕着三个轴向打滚，一边还在手舞足蹈，徒劳地调整着自己的方向。这一通翻滚倒把他的衣服和发型弄得漂亮极了。我们的卫兵里有人伸手推了他的膝盖一把，让他停止了翻滚，也降低了他的速度，终于不那么像流星了。来到我和珂尔德面前时，他差不多已经停了下来。珂尔德的右耳紧紧贴在我的脸上，我敢说她的耳环都在我脸上划出血道子了，我的目光越过她的耳畔，看到那男青年朝我们举起了一台斯皮里摄录器。"在外星飞船这冰冷的心中，"他用漂亮的男中音吟诵道，"姐弟的重逢多令人心暖。珂尔德，这对英雄姐弟中世俗的那一半，流露出深深的欣慰之情，当她——"

就在我也要流露出某种深深的——但不那么令人心暖的——情感时，拿斯皮里的男人却魔术般地变成了犹拉赛塔尔·克拉德。这个奇迹还是带伴奏的：一声沉闷的撞击，还有拿摄录器者的一声尖叫，听上去就像一声狗吠。犹尔只是从一段距离之外朝他全速冲来，与他撞了个满怀，把动量一丝不剩地传给了目标，自己便戛然停在了空中。

"动量守恒，"他宣布，"不光是个好主意——还是一个定律！"远处又传来砰的一声，那个发型男撞上了顶盖，又发出了一声尖叫。不过这声尖叫马上就被一片哄笑和说话的声音淹没，我想那是卫兵们在表达赞叹。一开始我还吃惊，犹拉赛塔尔·克拉德怎么会成为外交使团的一员，现在可算看出他的天赋了。

待到珂尔德平静下来把我放开，我就飘过去和犹尔撞了一下（只是轻轻一撞），我俩还来了个拥抱。萨曼也从12号球舱的井筒里冒了出来，精神抖擞地向他俩问了个好。想跟珂尔德和犹尔说的当然还有很多，但是那个拿摄录器的人已经爬了回来，重新将我们纳入了他的视线，虽然我们的距离还算礼貌，但我还是闭上了嘴巴。"回头再说吧。"我说，犹尔点了点头。这会儿珂尔德似乎只想盯着我看，她的脸上尽是疑惑。我不禁想知道她看到了什么。也许是一脸的疲惫与苍白。相反，她倒是为这个场合好好打扮了一番，所有的钛金属首饰全亮了出来，重新做了头发，还打劫了一家女装店。但好在她还有自知之明，没把自己捯饬得过分女气，看上去还是那个珂尔德：光着脚，一双名贵的鞋子别在罩衫的腰带上。

陆陆续续地又来了些人，一对漂亮得出奇但我不认识的人物，几个老头子。两位佛拉尔也挎着胳膊优雅地飘来，好像他们家族几百年来都保持着零重力散步的习惯。还有三位阿佛特人，其中一个我认识——罗铎吉尔修士。

我马上朝他飘去。他发现我来了，便向两位同伴道了个歉，抓住芯壁上的扶手等我。

我们省略了寒暄。"您知道嘉德修士怎样了吗？"我问他。

他马上就开始滔滔不绝，但他的脸比话语更善于雄辩。他知道了。他知道了。表面文章都是假的。我知道的他都知道，这可能意味着他比我知道的还要多得多，他也知道有些话已经到了我的嘴边。但我及时闭紧了嘴，眨着眼睛告诉他，我会谨慎行事的。

"是呀。"罗铎吉尔说，"无权无势的阿佛特人还能怎样？对我们来说，嘉德修士的命运有何意义，会带来什么后果？我们能从中得到什么教训，我们该如何改变自己的行为？"

"是的，罗铎吉尔老爹，"我应付差事地说着，"我来找您就是要听这些答案的嘛。"只能祈祷他听得出话里的讽刺了，但他毫无反应。

"在某种程度上，像嘉德修士这样的人，一生都在为这样的时刻做着准备，不是吗？他意识中出现过种种深刻思想，他毕生积累的种种技巧和能力，已经汇聚成了一座巅峰。不过，我们只能凭借回顾才能仰望那座巅峰了。"

"漂亮，但我们还是来谈谈前瞻吧。前方等着我们的是什么，嘉德修士的命运会怎样改变我们的前途？还是我们该依然故我，就像什么都没发生过一样？"

"对我来说，实际的后果就是，被老百姓称之为雄辩士和咒士的两种流派会继续合作，而且合作也会越来越有效，"罗铎吉尔说，"如你所知，最近一段时间普洛克派和哈利康派已经开始了合作，取得的成果虽罕有人知，但知道的人都大为震惊。"说这话时他直视着我的眼睛。我知道，他所说的成果之一就是世界轨迹的改道：就在阿尔布赫星记下嘉德之死的同时，他也被送上了达坂乌尔努德。

"比如我们揭露了间谍日瓦恩。"这么说只是为了摆脱那些监视者。

"是的，"他边说边否定地微微摇头，"可以把这看作一种迹象，证明这种合作应该而且必须坚持下去。"

"这种合作的目的是什么？拜托请告诉我。"

"宇宙际和平与团结。"他回答道，虔诚得让我想笑，但我可不能让他得逞。

"在什么条件下？"

"你问得还真巧，"他说，"在你处于假死状态的时候，有些人一直在讨论这个问题。"他有点儿不耐烦了，朝着 4 号舱的井筒口点了点头，其他人都已经聚拢过去了。

"您认为嘉德修士的命运会影响谈判的结果吗？"

"噢，是的，"罗铎吉尔修士说，"它的影响比我能说的还大。"

我开始觉得自己有点儿惹眼了，也看出从罗铎吉尔那儿再也得不到什么了，于是便转身陪着他朝 4 号球舱的井筒飘去。

"我看见咱们这儿有几个大牌普洛克会士。"杰斯里说，朝罗铎吉尔和他那两位同伴点了点头。

"是啊。"我说，又过了一会儿才恍然大悟。我刚认出来，罗铎吉尔的两位同伴都是千年士。

"他们应该得心应手。"杰斯里继续说。

"政治和外交？毫无疑问。"我说。

"而且，如果我们需要改变过去，他们应该派得上用场。"

"你的意思是，比他们已经改变了的还多？"我猜我们可以转移话题了，因为这听起来就像是例行的普洛克式抨击，"不过严肃地说，罗铎吉尔修士对嘉德修士的故事已经给予了密切关注，对它的意义也有了各种深刻的思考。"

"我可真是愿闻其详。"杰斯里面无表情地说，"他还有什么切实的建议吗？"

"这个我们还没来得及说。"我说。

"唔。那就意味着，这是我们的事啦？"

"恐怕是的。"

因为那些安全规定，我们花了好长时间才下到 4 号球舱。

"我原本还以为这是不可能的，"我们往下爬的时候，阿尔西巴尔特的声音从眼罩外面的某个地方传了过来，"可现在才发现其实都是老一套，根本就是家常便饭。"

"什么家常便饭？是说你的脚踩在我脸上吗？"他老是想下得快点儿，好多次都差点儿踩在我的手上。

"不，是说我们和几何学家的交往。"

我闭着嘴又下了几磴，思考着。我知道还是不争论为妙。于是便在脑子里给阿尔西巴尔特口中的"老一套"开起了清单，就是我在达坂乌尔努德上看到的，那些一度让我觉得新奇，随后又觉得司空见惯的事物：天文台门口的红色紧急按钮、体内加温器、医院的文书事务、那个洗盘子的地球男子、梯子磴上的脏手印。"是啊，"我说，"要不是不能吃这里的食物，这儿也不过就像是阿尔布赫星上的外国。"

"还不如外国像外国呢！"阿尔西巴尔特说，"阿尔布赫星上的外国在某些方面可能还处于前实践理学状态，有着奇怪的宗教或道德习俗，但是——"

"但是这个地方已经把这些都消除了，它是技术专家治国的。"

"没错。专家治国的程度越高，就和我们越接近。"

"真的。"我说。

"什么时候才能来点新鲜的？"他问道。

"你脑子里装的是什么，阿尔西巴尔特？你以为这是情节炫酷的科幻斯皮里吗？"

"有一点吧。"他没否认。我们默默地又下了几磴。然后他才用一种谦虚的语调补充道，"我想说的只是——'好啦，够啦！我懂了！叙莱亚流让所有世界轨道里有意识的体系都朝着相互接近的方向发展了！'但收益何在？总不能就

像这艘大飞船吧，穿越了一个又一个宇宙，只是收集了一堆人种样品又把他们做成了标本装进了钢球。"

"也许他们也有和你一样的感受。"我提出，"这种事儿他们已经干了一千年了，感觉厌倦的时间不知道比你要长多少倍。你可是两小时前才醒过来的！"

"唉，这是个好论点，"阿尔西巴尔特说，"可是拉兹，照我看他们可是乐此不疲，都把这变成一种宗教追求了。他们是带着不切实际的期望到这儿来的。"

"嘘！"杰斯里惊道，他就在我的下头，他继续说，"阿尔西巴尔特，要是你再这么信口开河，罗铎吉尔修士就不得不抹掉所有人的记忆了！"声音大得恨不得让十二个球舱都能听到。

"什么记忆？"利奥说，"我什么也不记得。"

"所以那根本就不是什么雄辩士的法术，"罗铎吉尔修士叫了出来，"而是要小聪明没能得逞的尝试在记忆里消失得太快。"

"你们这些人究竟在聊什么？"犹尔用弗卢克语问道，"你们把那些大明星都吓坏了。"

"我们在聊这到底有什么意义，"我说，"为什么我们跟他们一样。"

"也许他们比你们想得要古怪。"犹尔提出。

"除非让我们访问 1 号舱，否则我们永远也不会知道。"

"那就去呀。"犹尔说。

"他已经去过了。"杰斯里讽刺道。

我们到了底，又从和其他球舱一样的气闸爬了下去，看到了正下方的 4 号球舱船屋垫。这个舱的中间有一块开放水面，形成了一个椭圆形的水池：这是地球人的所有球舱都享受不起的奢侈。也许乌尔努德人的农业生产力比别人高，还有余裕把空间浪费在装饰上面。水池的周围是个广场，大部分地方都摆上了桌子。

"这是个会议中心。"儒勒解释道。

我的思绪一下子就拉回到阿尔西巴尔特对"老一套"的抱怨。外星人也有会议中心！

他们在天罩上焊了一些台阶，还把它们涂成了蓝的。我们叮当作响地往下走着，越走脚步就越沉重。船屋顶上的农作跟我们在地球球舱里看到的也没多大差别。但这些平顶建筑的样式却极为丰富。看那些繁复的装饰，可以分辨出各种各样的建筑风格，但这些建筑大部分都遮蔽在坠满果实的藤蔓与层层叠叠的树荫之下。通过船屋建筑群的道路是一条虽然狭窄却笔直通畅的林荫道，直通到椭圆形的水池的边上；这样我们就不用一个露台接一个露台地乱转了。

我们在这里也碰到了零星的几个乌尔努德人，看到他们的脸，我不禁觉得他们就像是灯芯图里那些上游高等生命的草稿。我们走近他们，从他们身边经过的时候，他们便移开视线，耐心地等在一旁，给我们让路，让人觉得那是一种顺从的姿态。

"我们在这里看到的有多少是乌尔努德的本土文化？"我大声询问着身后的利奥，"又有多少是在这军事太空船上的一千年里演化出来的？"

"一半一半吧，可能，"利奥指出，"起码，这艘飞船最初就是乌尔努德人造出来的。"

林荫道直通到围绕着水池的会议广场。这片广场，正如我们俯瞰时所看到的，分成了大小均等的四段。在四片广场的外围，还四道弯月形的玻璃廊亭。

"看那门上的密封条！"犹尔朝一座廊亭的入口点着头说，"这玩意儿简直就是个水族箱。"的确，我们看到玻璃墙内都是没装鼻管的弗琐斯人，有的拿着文件快步走着，有的对着弗琐斯版的唧嘎说着话。"他们的呼吸装备都在门口寄存着呢。"珂尔德说。封得严严实实的玻璃门里，一个架子上挂着十来个瓶瓶罐罐。

杰斯里用胳膊肘拱了我一下："翻译！"他指出了"水族箱"上层一个有窗户的阁楼。在几台可以俯瞰水池的终端后面，坐着几位正在摆弄头戴式耳机的弗琐斯男女。像是为了证实这种猜测，乌尔努德服务员开始端着放入耳塞的托盘在我们代表团里巡游：红色耳塞是奥尔特语的，蓝色是弗卢克语的。我拿了一个红的塞进耳朵，就听到了儒勒·凡尔纳·迪朗那熟悉的声音。我快速地扫视了一周，就在地球人廊亭的译员阁楼上看到了他。"本指挥部欢迎阿尔布赫代表团，请到池边集合准备开幕典礼。"他正在说着。他的腔调给了我一种印象，这句话他好像已经重复了上百遍了。

在我们之前，阿尔布赫代表团已经先来了一拨人了，是来提前做安排的，省得那些明星、记者和宇航军官们来了以后事情难办，艾拉就在其中。大佬们和他们的随从也比我们先到一步，正在水池边上一个单元房大小的充气塑料帐篷里等着。这顶帐篷就在我们刚走过的林荫道出口左侧，帐篷的后面堆着不少器材和设备，还有一批压缩空气罐，肯定是从阿尔布赫带来的。看来是要把它当成一座临时会馆，象征性地把我们的大佬和几何学家的政要置于同等的地位。

这座帐篷的外壁是一种乳白色的塑料板，就是我在特雷德加住过的那辆检疫箱屋上挡窗户的材料。依稀可以看到桌子周围坐着几个穿深色衣服的人影，我把他们想象成席宾；他们的周围还有些跑来跑去的人影，或是忙着伺候他们，或是忙着处理文书，我把他们想象成了席侍。

我盯着帐篷看了一会儿，看到了进进出出的艾拉，她有时戴着耳机，盯着伪造的天空对着麦克风说话，有时又把耳机从头上摘下，用手掩住麦克风，和人面对面地交谈。我还回味着早晨与她共度的二人时光，别的事儿都想不起来了。我觉得自己就像个练熟了走路的跛子，已经忘了自己的残疾。然而试着走了一程，却发现又回到了出发的地方，那条跛腿害得我走了个圆圈。但如果能找到个跛腿长在另外一边的跛子，俩人结伴出发的话……

珂尔德拧了我的屁股一把，害得我差点儿栽进水里，她只好拽着帛单把我拉了回来。

"她可真漂亮。"不等我生气她就说道。

"是呀。多谢。绝对是的。"我说，"她就是我要找的那个人。"

"你告诉她了？"

"是的。实际上告诉她并不是问题。关于这点你大可以放心。"

"噢。那就好。"

"但这一切的其他状况都是问题。"

"这可都是相当有趣的状况啊！"

"很抱歉你也这样被卷了进来。这不是我想要的。"

"可这跟你想要什么毫不相干啊，"她说，"你看，兄弟，就算我嗝屁了也是得偿所愿。"

"怎么能这么说，珂尔德，你怎么啦——"

她摇了摇头，伸出手来，把指尖放到了我嘴上："别问，闭嘴。咱们别讨论这个。"

我抓起她的手，放在我的两手之中握了一会儿。"好吧，"我说，"那是你的生活。我闭嘴。"

"不要光是闭嘴。要相信它，兄弟。"

"嘿！"一个坏脾气的声音叫道，"你在干吗，跟我的妞儿手拉手？"

"嗨，犹尔，埃克巴一别后你们都在忙些什么？"

"时间过得飞快，"他慢慢地走过来，站在了珂尔德的背后，她就舒服地倚在了他的身上，"我们到处坐免费的飞机，看世界，用大把时间回答提问。三天后我就立了法，声明我不会再回答任何已经答过的问题，但他们一开始还不肯就范。我逼着他们组织好了再问，打那儿以后大家就都好过了。他们把我俩安顿在了首都的一家宾馆里。"

"货真价实的宾馆，"珂尔德想让我听个明白，"不是小客店。"

"我们也不想虚度时光，就去逛博物馆，"犹尔说，"然后他们又会突然兴奋起来，把我们叫回去，我们就又得花上几个小时，去回忆仪表盘上的按钮是方的还是圆的。"

"他们甚至催眠我们。"珂尔德说。

"后来有人把我们出卖给了媒体。"犹尔惨兮兮地说，还警惕地四下寻摸起那个拿斯皮里摄录器的，"这个还是少说为妙。"

"后来他们又把我们移送到特雷德加外面不远处的一个地方，有那么两天吧。"珂尔德说。

"紧接着他们就炸开了围墙。"犹尔补充道，"然后我们又反群集到了沙漠里的一个旧导弹基地。我喜欢那儿，没有媒体，可以到处远足。"他无可奈何地叹了口气，"不过现在我们到了这儿。这儿可没法远足了。"

"你们登上这飞船前他们给过你们什么东西吗？"

"像个大药丸？"犹尔说，"像这个？"他伸出手来，万灭者就躺在他的手心里。我赶紧伸手把他的手合上，还摇了摇。他看上去大吃一惊。松手的时候，我已经把那药丸弄到了我的手里。

"你想要我这个吗？"珂尔德问，"他们说这是个跟踪装置，是为了我们的安全。可我不愿意被跟踪，而且，呃——"

"你们要是想安全就不该来。"我说。

"没错。"她把她的药丸也递给了我，比犹尔小心多了。

"这到底是什么？"犹尔问。我本想扯个谎，但抬眼一瞥，就看见他正以一种"我才不上当"的眼神盯着我。

"武器。"我用嘴形比画着。犹尔点点头，挪开了目光。珂尔德看上去想吐。我发现埃曼·贝尔多从充气帐篷里钻了出来，便跟他俩告了辞，把这两个药丸塞进了帛单的褶子。埃曼还带着一位助手，从举手投足来看地位应该不高。我把耳塞拔出来扔到了一边。埃曼见我朝他走去，就把那助手打发走了。我俩在水池边上碰了头。

　　他看到我的第一句话就是"稍等片刻"。说着便打开了脖子上挂的一只电子装置。这东西一打开就说起话来，念出了一堆杂乱的奥尔特语音节和词语片段。听起来像是用埃曼和其他几人的说话录音搅拌成的杂烩。"这是什么？"我问，短短一句话还没说完，我的声音也进了搅拌器。我便来了个自问自答，"这是反监控设备，"我说，"所以现在咱们可以自由交谈了。"

　　他对这话不置可否，只是饶有兴趣地看着我："看来你经历了一些变化。"他努力让自己的话从埃德加伊拉斯玛的胡言乱语中脱颖而出。

　　我翻开帛单的褶子，给他看了看从犹尔和珂尔德那儿弄来的东西："你们打算在什么情况下引爆它们？"

　　"在有人命令我这样做的情况下。"他回头瞥了一眼塑料帐篷。

　　"你知道我问的是什么。"

　　"这显然是下下策，"埃曼说，"只有在外交失败，我们可能遇害或被俘虏的情况下才会动手。"

　　"但我怀疑那些大佬根本就不配做这种裁决。"我说。

　　"我知道你对世俗政治没有好感，"他说，"但自从我们好客的主人把天堂督查扔出气闸之后，他们已经有了进步。反群集耀武扬威以来就更是如此。"

　　"好吧，这种事儿我又怎么可能知道？"我指出，"最近两周我一直都在忙活别的。"

　　埃曼哼了一声："顺便说一句，干得漂亮。不是开玩笑的！"

　　"谢谢。回头我会跟你讲讲故事。不过眼下反群集到底是怎么耀武扬威的？"

　　"他们连话都不用多说，"埃曼告诉我，"那是显而易见的。"

　　"哪是显而易见的？"

　　他深吸了一口气，又把它叹了出来："你看，三千七百年之前，阿佛特人之所以被轰进马特，就是因为他们用实践理学改变世界的能力给人们带来了恐惧，"他还冲我怀里藏的万灭者点了点头，"我猜就是因为这种奇技淫巧。于是实践理学止步不前，或者起码是速度慢了下来，终于让人可以理解，可以应付，可以控制了。一切都很好，可突然之间这些家伙来了。"他抬起头四顾张望。"原来我们所做的一切就是为了在军备竞赛里输给别的宇宙，输给那些没给阿佛特人套上枷锁的宇宙。你猜怎么着？当阿尔布赫决定扳回一城的时候，是谁发起了反击？我们的军队？世俗政权？非也。是你们这些穿帛单系弦索的家伙。所以，反群集几乎什么都不说，只是干了很多事，就赢得了巨大的势力。所以才有了两制的概念，那是——"

"我听说了。"我说。

我俩又站了一会儿，眺望着椭圆形池塘的对岸，看着乌尔努德人和特洛人的政要正排着队走出他们的廊亭，朝着水边走来。然而埃曼脖子上的搅拌器却不知该怎么关上了。

"所以现在就是那个所有人都要搅和进来的叙事喽？"我问他。

他警觉地看着我："我猜你可以那么想。"

"好吧，"我说，"如果事情弄到无可挽回的地步，某个大佬命令你引爆万灭者，而到头来却发现是你跟大佬把叙事领会错了，那不就糠了吗？"

"你什么意思？"他尖锐地问道。

"三千七百年前他们把我们给圈了起来，的确。但他们没能夺去我们鼓捣新质的能力，结果就给我们来了个第一次劫掠。很好，再也没有新质了，只剩下几样进了祖父条款而得到豁免的：就是那些还在制造新质的工厂，员工是现用现召唤的前阿佛特人。光阴荏苒，我们研究了传序操控，事情变得有点儿让人毛骨悚然，于是又给我们来了个第二次劫掠。再也没有传序工程了，集修院里也没有句法机了，只剩下几样进了祖父条款而得到豁免的：伊塔人、大钟、页子树和图书馆葡萄，也许还有些墙外的实验室，员工是被召唤的精英和你这种受过集修院训练的实践理学家。很好，现在事情得到了控制，对吧？阿佛特人要是一无所有，没有句法机，除了耙子铲子也没别的工具，还有个裁判所成天监视，他们就没什么可干的了吧？这回我们真的被攥在世俗政权的手掌心里了——可他们直到两千五百年后才发现，那些被关在悬崖峭壁上，除了思考无事可做却足够聪明的人，还真能弄出几种不需要工具却可怕得多的实践理学来。于是又给我们来了个第三次劫掠——也是最惨的一次，比前两次都野蛮得多。七十年后，马特世界也改了组。但你们还得问自己一个显而易见的问题……"

"这回进了祖父条款的是什么？"我还没说完埃曼就补充道，"这回得到了豁免的是什么？"随后就只剩下沉默了，只剩下他那搅拌器里冒出来的胡言乱语。我俩都等着对方来完成这个句子——给出这个问题的答案。我希望他会知道——希望他会乐意跟我分享这个答案。但看他脸上的表情就知道了，显然是不可能的。

所以我只能跟着自己的逻辑来了。幸运的是，马格纳斯·佛拉尔和伊葛涅莎·佛拉尔在这个节骨眼上来到了水边——很显然，有事情要发生了。我看着

他们，埃曼·贝尔多也和我一起看着。

"那些家伙。"他说。

"那些家伙。"我肯定道。

"宗系？"

"准确地说不是宗系——要说宗系就得一直追溯到美忒克兰斯时代了——是宗系的某种世俗化身，是第三次劫掠前后投资建立的一桩宗产。它以各式各样的方式联系着马特世界。它拥有埃克巴和埃尔克哈兹革，可能还拥有别的地方。"

"这也许只是你的看法，"埃曼说，"但我可以向你保证，你称之为大佬的那些人里听说过这桩宗产的寥寥无几。对他们来说那根本不值一提——毫无影响力。马格纳斯·佛拉尔只不过是个老朽的艺术珍品收藏家罢了，他们可能连他的名字都没听说过。"

"不过这正是他们想要的，"我说，"这样他们才能在第三次劫掠后成事。那些家伙的名气和影响力可能也维持了十来分钟。但几场战争、几次革命、几段黑暗时代过后，它就被人们忘在了脑后。它也就成了本应成为的样子。"

"它本应成为的是哪种样子？"埃曼问我。

"我还想知道呢，"我说，"不过我想我要说的是——"

"对于这种事儿，我们这些世俗人的脑子根本就不够用？"埃曼提出，"你要这么说我也心安理得。"

"可面对实际的后果你也会心安理得吗？"我问他，"要是——"

"要是我接到命令，"他瞥了一眼我藏万灭者的地方说，"也许应该置之不理？因为下令的是个始终搞不清状况的世俗人士？"

"一点儿也不错。"我注意到他正在用大拇指摩挲着他的唧嘎。特雷德加一别后，他已经换了一个新的唧嘎，最不寻常的那种。跟珂尔德泡在一块儿，我也学了些名词，埃曼的唧嘎是用某种坚固的合金坯料车出来的，不是塑料的，也不是板材冲压的，非常昂贵，不是批量生产的。

"漂亮吧，嗯？"他捕捉到了我的目光。

"我之前见过一个。"我说。

"在哪儿？"他连忙问道。

"嘉德有一个。"

"你怎么可能知道？那可是临发射的时候才发给他的。你还没来得及跟他说话他就坠毁了。"

我只能盯着他看，却不知从何说起。

"我们的脑子这就不够使了吗？"他问。

"差不多吧。告诉我，这种东西还有多少？"

"在这儿？至少还有一个。"他把头转向了充气帐篷。帐篷气闸的外门已经打开，一堆衣着光鲜的男男女女走了出来，一边适应着鼻管一边自觉地拍着自己的脑袋，"第三个，那个秃头，有个和这一模一样的。"

我的右胳膊退出了谈话，它被艾拉拽走了。为了不让肩膀脱臼，剩下的部分也只好及时跟了上去。"你应该把耳塞戴上，"她告诉我，"这样你就会知道我们的奥特已经进行到一半了。"她把一个耳塞拍在我手里，我把它塞进了耳朵。水池对面的一个乐队已经开始奏乐。我举目望去，看见了四个长方匣子——灵柩，由乌尔努德人、特洛人、地球人和弗琐斯人混合编队的士兵行列正护送着它们朝水边走来。

艾拉把我领到了充气帐篷后边，阿尔西巴尔特、杰斯里和利奥正站在另一具灵柩的三个角上。

"头一回啊，我竟然不是最后一个！"利奥疑惑地说。

"一当上领导你就变了。"说着我便到站到了自己的位置上。我们把灵柩抬了起来，我知道那一定是莉丝的遗体。

这些灵柩将我打入了一种截然不同的心境。我们把莉丝从充气帐篷后抬了出来，放在了通向水边的道路中央，等待着对岸的进程结束。那音乐在我们听来当然陌生，但阿尔布赫星也有的是同样陌生的东西。看来叙莱亚流在音乐领域尤为强大，不同宇宙的作曲家在脑中听到的都是同样的东西。那是一曲哀乐，缓慢而严肃。很难说它究竟是在反应乌尔努德的文化，还是在提醒我们：棺中四人已屠戮了许多几何学家，我们在缅怀之前最好先记住这点。

这几乎起了作用。我真的开始为谷士们被派到达坂乌尔努德的事情感到负疚了。我也偶然瞥到了膝边的这具棺木，想知道是什么人从背后射杀了儒勒的妻子。是谁下令礌击了埃克巴？谁该为敖罗洛之死负责？这个他或她也站在这水池周围吗？这不是该在一场和平会议上思考的事情。但如果我们不曾互相杀戮，也就不会需要一场和平会议。

护送奥萨、埃斯玛、瓦伊和格拉索的士兵走得相当缓慢，每迈一步就停上几拍。我走神了，就像每一次在冗长的奥特中那样，我发现自己正想着那四位谷士，回忆他们在玛什特给我留下的第一印象，当时我正身陷绝境，也未曾意

识到他们是何许人也。那些场景像斯皮里一般在我的头脑中播放：奥萨单腿站立在掩护我的球上，以闪电般的弹踢抵御着攻击；埃斯玛以辗转腾挪的身姿穿越广场，向那狙击手奔去；而格拉索用他的身体替我挡住了枪口；瓦伊还为我做了缝合——如此有效，如此无情，痛得我涕泗横流。

　　这疼痛此时犹在，因为我又在哭泣了。我努力想象着他们最后的时刻。特别是瓦伊修女，在二十面体的外面，一人对抗着多个手持切割器的受惊男子。在黑暗之中，她孤身一人，与阿尔布赫星的蔚蓝表面远隔千哩，直到最后一刻才知道，自己再也呼吸不到阿尔布赫的空气，再也听不到钟鸣谷千溪的佩环之声了。

　　"拉兹？"是艾拉的声音。她把手放在我胳膊上，这次更温柔了。我用帛单擦去泪水，却只能让视野片刻清晰。池水对面的荣誉卫队已放下棺木，肃然立定。"是时候了。"艾拉说。利奥、杰斯里和阿尔西巴尔特都看着我，也都在哭。我们弓身屈膝，握住灵柩的手柄，把它从架子上抬了起来。

　　"唱点儿什么吧。"艾拉提议。我们不知所措地望着她，直到她说出了一首髻咏的名字，那是我们在埃德哈的安魂奥特上唱的。阿尔西巴尔特起了头，用清亮的男高音为我们定调，随之我们也以各自的声部加入了进来。我们也不得不做一点儿即兴发挥，但没有人注意也没有人在意。当我们进入了地球人的视野，儒勒·凡尔纳·迪朗已退出了广播。透过翻译阁楼的窗户，我们看到另外几个地球人冲到他的身边，把手放在了他的身上。我们将歌声变得更加嘹亮。

　　"还有好多话要翻成奥尔特语呢。"我们刚走到水边把莉丝放下，杰斯里就说了这么一句。可他的语调单纯而哀伤，让我都不忍伤害他。

　　"没关系的，"利奥说，"对一场奥特来说这是件好事。言辞并不重要。"他又不经意地把手放在了灵柩盖上。

　　对岸的士兵把灵柩移到了一只平底船上。他们本可以抬着它们绕着池边行进到这里，但渡水而来似乎更有仪式性的内涵。"我明白了，"阿尔西巴尔特说，"它代表不同的宇宙，我们之间的鸿沟。"音乐重新奏起。四位穿袍子的女士上了渡船，她们开始划起桨来。这一支乐曲比那支哀乐稍显轻松，多种乐器奏出轻柔的曲调，一位地球女子站在水边独唱，她那嗓音的力量似乎让整个球舱都发生了共鸣。我估计那是一首很棒的思乡曲。

　　四位女士划到一半的时候，杰斯里发了话："她们不是要打破速度纪录吧？"

　　"是啊，"利奥说，"我也是这么想的。给我们一条船，我们准能超过他们！"

　　这并没那么可笑，但我们的躯壳却忍不住想笑，以至于随后的几分钟里，我们拼尽了力气憋着笑，才避免了一场外交事故。船终于到岸的时候，我们将那些灵柩抬下，又将莉丝的灵柩放上。音乐再次响起，几位缓慢的女士绕了个大弯，把她送到了地球人的岸边，将她抬下船的是五六个平民护柩者，我猜是儒勒和莉丝的朋友，还有两三个朋友搀扶着儒勒，在旁边看着。我们分了四次把谷士的灵柩抬到了帐篷后的停灵区。此时莉丝已被移至地球人的廊亭内，好让儒勒能和她有一段私下相处的时间。几位女桨手又划回了乌尔努德人的岸边。罗铎吉尔修士和奥德鲁汗在水池两岸各自发表了一番讲话，让我们不要忘记，在这场即将终结的小型战争中，还有许多其他的逝者，包括阿尔布赫星上死于礌石的人，还有飞船上死于谷士之手的人。

片刻静默之后，迎来了场间休息，侍者用托盘四处分发着食物和饮料。显然，葬礼之后大吃一顿就像阿德拉贡定理一样放之四海而皆准。女桨手把一张桌子抬到了船上，那桌上盖着下垂的蓝布，上面摆着一摞摞文件。

"拉兹。"

我正瞄着托盘里的食物蓄势待发，一转身却在几步开外发现了埃曼，他正偷偷把什么东西向我递来。我条件反射地一把接了过来，又是一个谈话搅拌器。

"我从一个普洛克会士那儿偷来的。"他解释说。

"那个普洛克会士不需要它了吗？"我问，努力装出担心的样子。

"不需要，多出来的。"

这谈话搅拌器成了个焦点，朋友们都聚过来玩耍，被它滑稽的声音逗得直笑。犹尔冲它骂街，让它生成随意而粗俗的句子。但没过几分钟，耳机里的儒勒·凡尔纳·迪朗便操着粗哑沉着的声音，告诉我们奥特的下一项议程即将开始。

我们再次集合在水边，聆听四位领袖的发言，几分钟后他们就要将协议落于纸面了。奥德鲁汗领衔。接下来是艾施娃尔普拉格：一个穿军装的粗壮女人，一身超乎想象的大姑婆做派。再往后是阿尔布赫的外交部部长。最后是曾与罗铎吉尔修士结伴的两位千年士之一。所有人在发言结束后都登上了驳船。我们的千年士最后一个上船。待到乘客就位，女桨手们就载着他们到了水面中央。他们纷纷提起笔来开始签字。有那么几秒大家还静静地观望，但签字的过程十分漫长，很快人们就开始了交头接耳。谈话遍地生花，人们也四处溜达了起来。

听起来可能颇为古怪，但我还是溜了出来，绕到了充气帐篷背后，数起了灵柩的数目。一，二，三，四。

"盘点？"

我转过身来，罗铎吉尔修士正跟在我身后。

我打开谈话搅拌器，听着它爆出一串犹尔的粗口，趁机说道："我只能用这个办法来确认还有谁死了。"

"现在你可以确认了，"他说，"都结束了。数目不会再变了。"

"您能让人消失，也能把他们弄回来吗？"

"不能，除非把那个取消。"他朝签署和约的驳船点了点头。

"我明白了。"我说。

"你是希望让髲敖罗洛回来吧？"他轻声问道。

"是。"

罗铎吉尔什么都没说，可我自己也琢磨得出来。"但是如果敖罗洛活着，就意味着莉丝得被埋在埃克巴。我们收集不到她遗体上的情报——这一切就全都不会发生。只有莉丝和敖罗洛皆死，并且维持这种状态，才能与和平相容。"

"对不起，"罗铎吉尔说，"有些世界轨迹——有些事物状态——若不想自相矛盾，其中的某些人物就只能……'不在'。"

"嘉德修士用的就是这个词，"我说，"那是在他'不在'之前。"

罗铎吉尔修士像磨炼耐心似的听着我迸出一知半解的词汇。我接着说道："嘉德修士呢？他还有机会重新'存在'吗？"

"对他的悲惨命运有广泛的记录，"罗铎吉尔修士说，"但我不敢妄谈一位咒士能干什么不能干什么。"他移开了原本盯着我的眼睛，扫过乱哄哄的人群，最后停在了马格纳斯·佛拉尔身上，当然这也许只是我的感觉。只有这次，这位埃尔克哈兹革的继承人身旁没有秘书夫人相伴——她正在忙她的职务——于是我便径直朝他走了过去。

"是你们——是我们——把他们召唤到这儿来的吗？"我问他，"是我们召唤了这些乌尔努德人吗？还是一千年前某个乌尔努德人梦见一个几何证明式，将它树为宗教，并认定自己受到了更高级世界的召唤？"

马格纳斯·佛拉尔听我说完一席话，才把脸转向水面，将我的注意力引向即将签署的和平协议。"你看，"他说，"那艘船上有两位阿尔布赫人，他们有着同等的尊严。自埃特拉斯黄金时代以来，还从不曾有过这样的局面。特雷德加的院墙已经推倒。阿佛特人已从关押他们的监牢里逃出。伊塔人与他们混在了一起，与他们并肩工作。如果所有这些事情的出现是源于你所猜想的一种召唤，

720

那么对于宗系来说触发召唤岂不是一项伟绩？噢，我非常愿意领受这一赞扬。我的前任和我期待这巅峰时刻已久。若这一切成真，将会有怎样的荣耀来装点宗系！但是它的实现并非如此干净、如此直接。我不知道答案何在，伊拉斯玛修士。这个宇宙的任何生物也不可能知道，直到有一天我们能搭上这样一艘航船，旅行到下一个宇宙中去。"

第 13 部

大改组

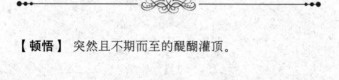

【**顿悟**】 突然且不期而至的醍醐灌顶。

——《词典》，第四版，改元 3000 年

　　标桩有多少都不够用的。我们的志愿者把能找到的一切都做成了标桩：遍地的建筑残骸上剪下来的钢筋，倒塌的发射架上锯下来的拧了麻花儿的角铁，炸烂的树枝。这些东西成捆成捆地堆在我帐篷的门帘外面，我简直都出不去了。

　　"我得把这些东西送到坑边的勘测队那儿，"我说，"你愿意跟我一块儿去吗？"

　　奎因工匠已经跟巴尔布一块儿在飞驰车里坐了六天，这在他听来是个不错的建议。我们掀开发霉的篷布，走进了清晨泛白的阴霾。我俩掇掇着气力，尽可能多的扛上标桩，步履蹒跚地向坡上进发。当初下坑时走过的小道已经被侵蚀成了一条条冲沟，等新人来了还得在土层上挖台阶，修出之字形道路。艰巨的工作，也是让过客们现原形的试金石，只有真正想在敖罗洛院扎根的人才能坚持到底。

　　"万事的草创皆始于木头和泥土。"说这话的时候我们正从一队人马身边经过，队伍里既有阿佛特人也有世俗人，他们正往地上栽着尖头的木桩，"在我死前，我们对这儿的建设应该形成个粗略的设想。这样后辈们才能规划着用石头把它建成。"

　　奎因的脸上瞬间露出了惊愕的神色，直到弄明白我说的是老死，才终于放松了下来。"你们上哪儿去弄石头？"他问道，"我只瞧得见泥巴。"

　　我停下脚步，回头向礌石坑望去。这个大坑一冷却下来就被水注满了，从我们站的高度很容易看出它整体的形状：这是个西北－东南向的椭圆，正是礌石撞击的来向。我们就在这大坑东南面的坡上。从此处望去，可以看到一座从黄褐色的湖水中冒出的碎石岛屿，这就是坑内最显眼的景物，离湖岸边只有几百码远。但我让他看的是数哩外的岸边上一道不易察觉的缺口。"那边有一条从远处流过来的河，那个缺口就是河水注入湖泊的地方。"我说，"从这里不容易看清。

但只要沿着那条河往上游走一两哩地，就能看到一处在冲击中发生滑坡的山体，那里露出了一大片的石灰岩。我们的后辈完全可以想盖什么就盖什么。"

奎因点了点头，我们又接着向上攀爬。他沉默了一会儿，终于问道："你们要有后代了吗？"

我笑了："已经有了！在反群集期间，人们纷纷怀孕。我们开始吃正常的食物，男人也恢复了生育能力。上星期已经诞生了第一个阿佛特宝宝，我是从大阁上听说的。噢，你会发现我们的接口不太稳定。有一段时间，它全靠着我们的前伊塔人萨曼独力维护。但每天都会有更多的前伊塔人来到这里。现在我们已经有二十来人啦。"

奎因对这种事儿没什么兴趣。他打断了我："那么说，巴尔布有一天也能当爸爸了。"

"是的，他能。"随后——虽然有点儿迟——但总算明白了他的暗示，"你也能当爷爷了。"

奎因加快了脚步——好像急着要把垫敖罗洛院马上建成。我气喘吁吁地跟在他身后，又补充了一句："当然，这又会引发古老的血统问题。不过现在我们已经有了足够的知识，绝不会让人类分化成两个物种。因此我们也有了责任，要让每一个这样的地方都敞开大门，欢迎我们口中曾经的外人。"

"那你们现在怎么称呼他们——我们——呢？"奎因问。

"我还不知道呢。重要的是，经过二次大改组，现在已经有了两制。人们以后会想出叫法的。"

我们来到了礌石坑的坑口，曾经利如刀锋的边缘已在风雨的侵蚀下变成了缓和的圆垄。圆垄上点缀着零星的野草，还树立着一个个标桩，沿着标桩拉着一道彩色的线绳。"拉绳子的地方就是我们的边界，这里就是。"我扯起了一段红色的线绳。

奎因惊得目瞪口呆："你们哪能这么干？一出来就打桩圈地？律师们会发疯的。"

"我们可有一拨会耍嘴皮子的普洛克会士，律师们毫无胜算。"

"那么说绳子这边都是你们的财产了？"

"是的。绳子的里面就是围墙。"

"你们还要建围墙？"

"是的。还有门洞——但没有门。"我说。

"那还费事儿修什么墙呀？"

"墙是有象征意义的，"我说，"它会告诉你，'你就要进入另一套体制了，有些东西必须放下'。"但我知道这话并不够坦诚。半哩之外，可以看到十来个穿帛单的人，边用仪器勘测边在地上打桩：那是前钟鸣谷的阿佛特人和跟他们打成一片的利奥。我很清楚他们在讨论些什么：一旦两个体制间爆发了战争，我们就用大门把门洞封住，相邻的两座棱堡还要能形成交联火力网，这样才能守住棱堡间的围墙……

我含住手指打了个口哨，他们朝我俩望了过来。我指了指刚放在地上的标桩。两位谷士飞奔了过来，他们会把这些标桩拿过去的。我和奎因便回过头沿着来路向坡下走去。但又一声口哨马上就把我拉了回来，听得出那是利奥。我向他看去，他朝礌石坑的外坡下比比画画，应该是想让我看什么东西。也不知那里有什么可看：那面坡上只有被沸水翻腾过的泥土、烧焦的树木、散碎的绝缘材料和粉碎的石头。再远点儿是一块平地，停着一些朝墅者的车子，奎因就是他们中的一员。不过我终于明白利奥要让我看什么了：一条黄色的星星花藤，正在迅速地向坡上爬来。

"那是什么？"

"异族入侵。"我说，"说来话长。"我冲利奥挥了挥手。

我和奎因再次转身向礌石坑的内坡下走去。我们的时间还富裕，便从容地走过一条迂回小道，踏上了一片梯田中的一块，这块地是我和埃德哈的弟兄姊妹刚来时开的。它和其他的大部分地块不同，那些地块上种下的植物会渐渐长成地纽，而这块地里却有座用废旧金属搭起的棚架，是支撑图书馆葡萄藤用的。几个月前，哈里嘉斯特莱梅修士从埃德哈来看过我们一次，他带来了从敖罗洛的老葡萄园里取出的根茎。我们已经把它种在了棚架下的土里，打那以后就常常来光顾，看看这些葡萄藤会不会气得自杀。但它们选择了遍地发芽。我们这里靠近赤道，海拔却将近两哩，因此阳光强烈，天气凉爽。谁曾料想，火箭和葡萄藤会喜欢同一种地方？

看完了葡萄，我们又向下方的湖畔走去，一阵沉默之后，奎因清了清喉咙："你刚才说，当你进入这个新体制的时候必须把一些东西放下，"他提醒着我，"那也包括宗教信仰吗？"

这问题一点也没让我感到紧张，也说明了事态的变化之大。"很高兴你提到这一点，"我说，"我注意到了，弗莱克工匠也跟你们一块儿来了。"

"弗莱克度过了一段艰难的时光，"奎因想让我知道他的情况，"他老婆跟他离了婚，生意一直不景气，天堂督察的事也让他陷入了混乱。他需要离开那个镇子。巴尔布已经尽了全力，呃……"

"推翻他？"

"是呀。不管怎么样，我只是想说，要是他在这里也不合适的话……"

"我们有个一直在用的经验法则：只要不固执己见，慕像者我们也欢迎，"我说，"但如果你坚信自己是对的，那待在这里也不会有意义。"

"现在弗莱克已经不坚信任何事物了。"奎因向我做着保证，过了一分钟又说，"要是不坚信自己的正确，那怎么会有圣约堂呢，不然它就成了社交俱乐部了吗？"

我放慢了脚步，指向礌石坑内壁上一块出露的基岩。岩石的顶上生着一堆火，缭绕的青烟从火堆上升起，旁边就是一顶帐篷的门口。我的弟兄正在那儿"烧"他的早餐。"弗莱克应该上去，到阿尔西巴尔特的宗产那儿去，"我建议说，"那里就要成为研究这类事务的中心了。"

奎因尴尬地咧嘴一笑："我可不敢说弗莱克想要研究它。"

"他只想听人讲？"

"是的。或者这起码是他的习惯——他对此心安理得。"

"现在我有了几个地球人朋友，"我说，"其中有一位前几天给我讲了一个故事，讲的是一个叫爱默生的哲学家，关于诗人和神秘主义者的区别，他有一些有用的顿悟。我想这些顿悟也同样适用于我们的宇宙。"

"好吧，别吊胃口啦，区别在哪儿？"

"神秘主义者会把一种符号钉死在一个含义上，这在某一时刻是正确的，但很快就会出错。与此相反，诗人在它正确的时候会将其视为真理，但也懂得符号是一直变化的，它们的含义是转瞬即逝的。"

"这里肯定也有人说过类似的话吧。"奎因说。

"噢，是的。现在当洛拉会士可算赶上好时候了。我们这儿就有一大拨，都在摩拳擦掌呢，他们要展开一项从四个新宇宙吸收知识的伟大工程。"我朝那座帐篷回廊院看去，卡娃尔、茉伊拉和他们的弟兄姊妹就驻扎在那里，但这会儿还没有一个钻出帐篷。大概还在捆束衣装吧。"不管怎么说，我的意思是弗莱克这样的家伙有个弱点，他们使用头脑的方式更像是神秘主义者而非诗人，这几乎也是一种执迷。但就乐观的一面来看，我想这种执迷是可以打破的，他们也可以被训练得像诗人一样思考，并承认符号和含义的流动性。"

"好吧，那悲观的一面是怎么说的？"

"诗人式的思考是大脑的一种特性，是一种专门的官能或能力，你要么就有，要么就没有。拥有它的人注定要跟没有它的人斗个没完没了。"

"唉，"奎因说，"听上去你好像打算跟阿尔西巴尔特在那块石头上消磨大把的时间喽。"

"唉，总得有人去陪陪那可怜的家伙。"

"你们还有什么活儿可以让我和弗莱克这样的人干吗？除了往泥地里打桩子以外？"

"其实我们正在兴建一些永久性的建筑，"我说，"大部分都在那座岛上。新体制需要一个总部，一座圣殿。你们来的恰逢其时，可以看到它的奠基。"

"什么时候？"

我再一次放慢脚步，查看着天空中那团亮光的位置，差不多就要云开日出了："正中午。"

"你们有大钟吗？"

"正在造。"

"为什么是今天？在你们的日历上是什么特殊的日子吗？"

"今天之后，"我说，"即将是零年零日。"

不知是偶然还是运气，在通往小岛的湖面上，我们已经有了半条堤道：那是一座发射架，像一棵被强风摧倒的大树般躺在了那里。它的一半已经熔化变形，剩下的部分也已扭曲，断裂，但仍足以承受行人和手推车的重量。这条堤道从湖边一路伸向小岛，中途却倾斜着没入了水下。我们又往前接了一段闭孔泡沫塑料的浮桥，还用废旧缆绳把它和发射架的水下部分绑在了一起。剩下的一二百码还得靠小船来对付。犹尔喜欢游泳过去。"我们想修个简单的缆车系统，"划船渡过这段缺口时我告诉奎因，"但要把台架锚固在岛上还是个难题，这是项严峻的实践理学挑战，因为岛上的土壤还很松软。你们父子俩也许可以一块儿显显身手了。"这么说是因为巴尔布也跟我们一块儿来了。我觉得他之所以同意与我们做伴，主要还是因为岛上的饭香已经随风飘到了岸上。巴尔布还坐在船上，就已经认出了烤肉架和一些类似的场景，都是他肯定会优先访问的地方。"你们还有炉子！"他指着一座冒烟的砖石穹顶发出了惊叹，那穹顶刚好

在天际线上冒出了头。

"那是我们修建的第一座永久性建筑。阿尔西巴尔特开的头，特莉丝收的尾。以后我们要修一个厨房，再围着它建一座餐厅。"

"膳席室呢？"巴尔布问道。

"可能也要有一两个，"我承认，"给那些离了席侍就吃不下饭的人用。"

"那么说，这里将要成为坒敖罗洛集修院喽？"奎因问我。

我犹豫了一下，把桨放回了船上，免得砸着蹚水来拖船的犹尔。"会是坒敖罗洛某院，"我肯定地向奎因说道，"但集修院这个词让我们觉得有点儿不舒服。我们需要一个新词。嘿，巴尔布！"我看到巴尔布快要跳下去了，他已经等不及了，恨不得蹚着水去找吃的。他没听见我叫他，好在犹尔已经把湿漉漉的大手搭上了船舷，他碰了碰巴尔布的胳膊，又指了指我。巴尔布这才回过头来："我淹不着的，"他跟我保证，就像在安慰一个焦躁的小孩儿，"我的衣服是不吸水的布料做的。"

"那你也吃不上。那些吃的得晚点儿才能吃。"

"多晚？"

"你得耐着性子看完两场奥特，"我说，"第一场在中午。第二场接着第一场。然后，剩下的时间咱们可以都用在吃上。"

"现在几点了？"

"咱们去问问杰斯里。"

杰斯里的大钟正在小岛的顶上显露雏形。那也是一项在我们有生之年无法完成的工程，不过它起码已经走起来了。对于如何建造一座"真正"的大钟，杰斯里的想法太过先进，我连一半都弄不明白。不过我们坚持，他必须得弄出点儿今天就能走的东西才行。他和珂尔德已经苦熬了一两个月，把那些原型装了又拆、拆了又装。在珂尔德弄到更多的工具之后，工作进度已经快了起来。我和巴尔布、奎因爬到山顶的时候，没有看到珂尔德，她被叫去准备别的事情了。杰斯里一个人跟一堆机械待在那里，像一位半癫的神圣隐士，正透过护目镜观察着一个刺目的光点。这光点正在一块人造石板上缓缓爬行，是一个抛物面反射镜投上去的，打磨镜子这事我们所有人都有份儿。"幸亏出太阳了。"他用打招呼的语气如此说道。

"一天中的这个时候，常会如此。"我说。

"你准备好了？"

"是啊，阿尔西巴尔特过几分钟就到，我还看见图莉亚和卡娃尔在商量什么，所以……"

"不是说这个，"他说，"我的意思是，你准备好另一件事了吗？"

"噢，那件事？"

"对，那件事。"

"当然，"我说，"准备得再好不过了。"

"你啊，我的弟兄，真是个骗子。"

"几点了？"我觉得该转换话题了。

他又把护目镜拉下来遮住了眼睛，估量着那光点和一条线段的距离，那条线正无助地躺在光点必经的路径上。"还剩一刻钟了，"他判断说，"在那儿见。"

"好吧，杰斯里。"

"拉兹，那儿有慕像者吗？"

"可能有，怎么啦？"

"那就请他们祷告一下，让这玩意儿起码坚持十五分钟不要散架。"

"我会的。"

沿着机关触发线，我们从大钟一路下到了奥特的场地。这座岛上平地极少，不过我们已经清出了一块足够举行奠基典礼的地方，都是用手工工具修整后再夯平的。犹尔已经在这里用废钢焊成了一座三脚架。三脚架的顶点处垂吊着一块石头，那是几何学家从太空投下的真正的礴石。我们现在也有了好几位阿佛特砖石匠，于是他们就把它打磨成了一个立方体，一面上刻着"博学者敖罗洛□□"，空白处等我们有合适的词了再往上填，另一面上刻的是"第二次大改组0年"。还有一面，房子盖好以后就看不到了，我们所有人都在上面刻下了自己的名字。我也邀请巴尔布和奎因添上他们的名字。

巴尔布专心致志地刻着名字，估计这场奥特他连一个字、一个音符都没听进去，这段音乐还是阿尔西巴尔特、图莉亚和卡娃尔专门为我们写的。不过我也和巴尔布一样，我的脑袋里还装着别的事情，而且出席这场活动的宾客也看得我眼花缭乱，惊叹不已：加涅里埃尔·克拉德；费尔曼·贝勒和一对巴兹教僧侣；杰斯里的三个兄弟；埃斯特马尔德和他的妻子；一大群的奥利森纳人；帕弗拉贡修士和埃曼·贝尔多；四大种族的几何学家也都戴着鼻管来了。

随着正午临近，我们开始演唱起叙莱亚祝歌，这个版本是阿尔西巴尔特特意选的，说是因为它具有"时间弹性"，意思就是即便大钟出了毛病我们也能应

付得过去。唱着唱着，突然就看到杰斯里从他的钟屋里跳了出来，也不知是不是真正的太阳正午即将来临，只见他把护目镜一扔就朝着我们奔来。从他的步态可以看出，是好消息。触发线明显地绷了起来。我朝三脚架下的犹尔递了个眼色，伸出大拇指往脖子上横着一抹。他便一把抱起巴尔布向后退去。瞬间过后，一个机关咔嗒一响，那方石块便轰然坠地，落在了正确的位置，我们的脚踝都能感到震动。一片掌声与欢呼响起，但我却无法融入其中，因为讲台上主持会场和指挥祝歌的阿尔西巴尔特盯着我看了一眼，还朝坡上不远处的一座帐篷摆了摆头。"OK。"我做了个口形，服从了他的指挥。

我进来后不久，犹尔也进了帐篷。他帮我把帛单裹成了花哨的特雷德加样式，我也帮他穿上一套圣约堂的礼服。事实证明，我俩对各自的任务都有点儿力不从心，奥特都结束了，我俩还没准备好，隔着篷布就能听到人们在外边烦躁地转来转去，还发表着粗暴的批评。埃曼·贝尔多只好停下跟卡娃尔修女的搭讪，钻进帐篷来插手犹尔的事务。同时进来的另一拨人则帮我给罩衣打褶、固定，连罗铎吉尔修士也在其中，他出现在这里，大概是要看看墼敖罗洛院里是不是已经有了势力强大的普洛克学会。

犹尔和我在门槛的位置踌躇了一下，还互相比画着"您先请"的手势——其实完全是多此一举，毕竟这儿根本就没有门槛。利奥和几位谷士已经不耐烦了，他们割断了帐篷的拉绳，把帆布从我们俩的头上掀开，就像在给一对塑像揭幕。

事实上，看到艾拉和珂尔德的时候，我俩的表现大概也的确和塑像一样，她俩穿得可比我们利落多了。本以为我的新娘只能用星星花和其他入侵物种来编她的花环。不过现在我总算明白了，奎因的车子上就载着正经的鲜花，都是在远方的花田和暖房里种的。

这场奥特有点儿复杂，因为我还得给犹尔的新娘当送亲人，但那些聪明脑袋瓜早把一切都安排得妥妥帖帖了。主持珂尔德和犹尔成婚的是萨尔克法师，他干得真是圆满漂亮，要知道凌晨三点他还在跟阿尔西巴尔特把酒言欢呢。他也不失时机地发表了一番令人又惊又恼的布道，充满了智慧、顿悟与人间真理，不过全都捆绑在一套四千年前就被推翻了的宇宙学说上。

萨尔克那边收摊了以后，我和艾拉便分别在杰斯里和图莉亚的陪同下来到了帕弗拉贡面前，伴着一支欢快的歌曲，我们结成了一场佩莱莉斯式的私情，远方还传来了嘉尔塔斯阿妈在玉髓石棺里翻身的隆隆之声。

根据传统，主持奥特的修士或修女也要发表讲话，所以进行到了这一步，所有阿佛特人都安静了下来，把目光投向了帕弗拉贡修士。这原本会是种尴尬的状况，因为听众们在倾听他发言的时候，不可能不把他与萨尔克法师做比。但帕弗拉贡却没打算浑水摸鱼，真是一桩美事。

"既然对话的传统是我们的骄傲，那么能够拥有萨尔克法师这样一位可敬的对话人便是我的荣幸。从他的话语之中，我清晰地看到了他的前辈留下的足迹，看得出，他的前辈在数千年前曾偶然地获得过一次顿悟，也为它找到了一种表述方式，在那个时刻，他的顿悟真实可信，表述方式也正确无误。因为当一座时钟的指针并为一线，当一根别针落入狭缝，当一些事情偶然发生的时候，一扇大门就会开启，小小的罅隙就会出现，透过这罅隙，便是对另外一个宇宙的惊鸿一瞥。根据最近的研究动态，或许不该说是另外一个宇宙，而该称之为一个另外的宇宙。"说到这里，帕弗拉贡的目光扫过人群，与乌尔努德人、特洛人、地球人和弗琐斯人目光相交，"大门开启的时候，在场的人知道这是真的，也会将它记录下来，还会把它融入宗教——而他们之所以要做这些，就是为了把他所领悟的传给自己所爱的人们。换一种情况，或许我们还可以展开热烈的辩论，讨论一下这种做法是否成功，但就我而言，只得遗憾地说，他们并没有成功。"

我忍不住朝加涅里埃尔·克拉德望去，看他会做何反应。我丝毫没看到怒火中烧的迹象，要在以往，只要感觉到我们对他的信仰有所不恭，他总会迫不及待地表露出来。他在奥利森纳已经发生了某些变化。

"我们相聚的这个地方采用了敖罗洛修士之名，而敖罗洛也曾做过一段时间我的弟子，"帕弗拉贡继续说道，"在他年岁比你们稍长的时候，"说到这里他看了看我和艾拉，然后又看向杰斯里、图莉亚，还有其他从埃德哈或大集修来的人们，"曾经告诉过我他为什么会选遴了我的修会。他说他也曾想过趁大隙节的时候离开马特世界，到世俗界去讨生活，就算接着当修士，可能也会加入新圈子。但他说，头脑是复杂的，而宇宙和头脑间也存在着密不可分而又神秘莫测的联系，对这二者了解得越多，他就越倾向于把它视为奇迹，他说的奇迹与慕像者所说的不完全是一个意思，因为他认为这奇迹完全是自然的。他想说的是，比起这个世界上种种宗教描述过的种种奇迹，无生命的物质进化为我们的头脑才是真正美丽非凡的。因此只要一种思想体系号称包含这一奇迹，还想用这种办法为这个奇迹划定界限，不管是宗教还是理学，他都会抱有本能的怀疑。这就是他选定这条道路的原因。现在乌尔努德、特洛、地球和弗琐斯的朋友们来到

此处，已经向我们展示了多宇宙运行的某些状况，而这一切在过去都还只是我们的猜想。所有人都必须重新审视我们所知的一切，也要相信这启示带来的光明。现在这里开始的就是这样一种工作。这是一个伟大而渐进的开端，其中还包含着许多同样美丽的小开端——譬如艾拉与伊拉斯玛的结合。"

我险些错过了他对我的提示，但我感觉到艾拉正向我转过身来。我俩便走近彼此，在碎石滩上拥抱在了一起。你可能会觉得奇怪，这样一个故事怎会有着流行斯皮里或舞台喜剧一般的结尾，竟然会以一吻告终。但是这一吻既是诸多新事的起点，也正是诸多旧事的终点，这些旧事便是我在本书中记述的内容，所以也该在页子上的这个位置画上一条终止符了。

外篇

失落的星阵
Anathem

粉本 1：切蛋糕

"比如说，每人份都得是正方形，宽度和铲刀一样。在托盘角上切出四人份来吧。"

于是达思是这样切了下去：

然后又多切了几下，按我的要求切出了四块来：

"我简直不敢相信你们在干这个！"阿尔西巴尔特嘟囔着。

"既然忒伦奈斯可以这样做……"我也嘟囔着回道，"闭嘴吧。"我又把注意力转回到正等着下一步指示的达思身上，"我们现在有几人份了？"我问他。

"四人份。"他说。我这容易得出奇的问题弄得他有点儿不安。

"那么，如果还让你切相同的形状，但边长是现在的两倍怎么样？就是说每条边不是两个单位——两铲宽——那会怎样？"

"四个单位？"

"是的。我们这里已经有四人份了——如果这个形状的尺寸加了倍，我们能切出几人份？"

"嗯，二乘四等于八。"

"我也同意二乘四等于八。往下切切看吧。"我说。达思又切了几刀，成了这样：

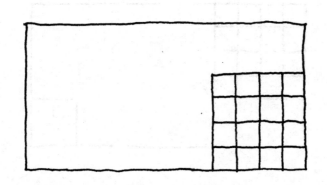

切到一半他就发现自己错了，做了个苦脸儿，但我鼓励他善始善终。"十六人份，"他说，"我们实际上得到了十六人份。而不是八人份。"

"那回过头去想想：我们在切出一个方格，每边两个单位时得到了几人份？"

"四人份。"

"你刚才告诉我说一个每边四个单位的方格能供给我们十六人份。但是如果我们只要八人份怎么办？我们的方格得几个单位？"

"三个？"达思小心翼翼地说。然后他的眼睛就落在蛋糕上数了起来，"不，那会切出九份来。"

"不过我们已经热完身了。现在有件重要的事情已经起了变化，就是你已经知道你不知道了。"

达思的眉毛扬了扬："那重要吗？"

"在这里对我们很重要。"我说。

我不记得六千年前忒伦奈斯在道场上和童奴做到这一步后又做了什么，于是只好去问敖罗洛。

我掉转了托盘，把没切过的一角冲着达思："再切出块够分四份的方块来。但不用分成份。"

"我能在糖霜上画线吗？"

"只要有帮助就行。"

在珂尔德的暗示和肘触下，达思弄出了这样一个方块：

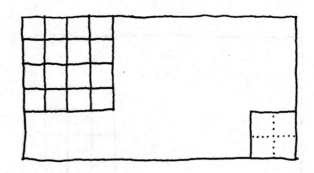

"好，"我说，"现在再加上三个这样的方块。"

达思把已经切好的线延长了，又添了几条新线，就把它放大成了这样：

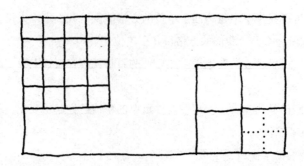

738

"现在再告诉我，从整个一大块里我们能分出多少人份？"

"十六份。"

"很好。那现在只看右下角这个方块。"

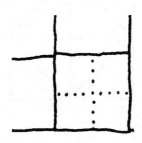

"有没有办法只有一刀就把它切成两等份？"

他准备沿着一条虚线下刀，但我摇了摇头："阿尔西巴尔特对他那份蛋糕可是特别计较，他要确保没有人得到的比他那块大。"

"太谢谢你了，聪明的忒伦奈斯。"阿尔西巴尔特插嘴道。

我没理他："你能切出保证让他满意的一刀吗？这块不一定是正方形的。其他形状也行——比如三角形。"

根据这句暗示，达思切了这么一刀：

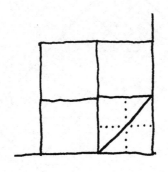

"现在把另外几块也切成这样吧。"我说。他就切成了这样：

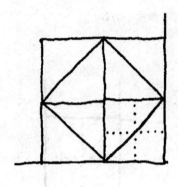

"你在切第一条对角线时，把一个正方形精确地切成了两半，对吧？"
"对。"
"另外三条对角线和另外三个方块也一样吗？"
"当然。"
"那么好比说我把托盘转一下，你从这个角度看一下。"

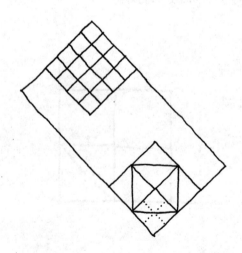

"你在中间看到的是什么形状？"

"一个正方形。"

"这个正方形相当于几人份的蛋糕？"

"我不知道。"

"好吧，它是由四个三角形构成的，对吧？"

"对呀。"

"每个三角形是小方块的一半，对吧？"

"对。"

"每个小方块相当于几人份？"

"四人份。"

"所以每块三角形够几人份呢？"

"两人份。"

"而这个由四块三角组成的方块够——"

"八人份，"他说着便明白了过来，"这就是我们之前想要解决的问题。"

"我们一直在试着解决这个问题，"我纠正他说，"也只花了一两分钟而已。现在能否请你把它切成八份？"

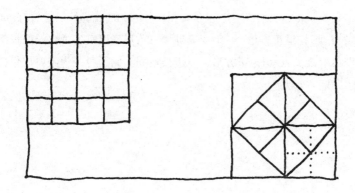

"就是这样。"我说。

"现在咱们可以吃了吗？"

"是的。你看到刚才发生了什么吗？"

"呃……我切了八等份的蛋糕？"

"你做的听起来容易……但从某一方面来说实际很难。"我说，"记得吗，几分钟前你就知道怎么切出四份。那很容易。你也知道怎么切十六份。那也容易。九份也不成问题。但你还不知道怎么切八份。那似乎是不可能的。但是把它想通了我们就能得到答案。而且还不是仅仅近似的答案，而是完全正确的答案。"

译者说明：此题目开篇仅设定一个叫作 serving 的单位，并限定该单位的尺寸和形状。但自此处开始，题目的要求与原本的限定发生了矛盾。因为最终的正确解法已违背对 serving 必须是边长一铲子宽的正方形的限定，变成了与这个形状面积相等的直角等腰三角形。此为一处漏洞。另一个漏洞在于，在提出 8 servings 的要求时，应要求切出一块够供 8 人份的正方形，而不是要求切出 8 人份，否则直接从上一步切成的 16 人份中取 8 块，此题即得解。只有在要求切出面积相当于 8 人份的正方形时，才需按后续步骤解题，并以最后结果为正确答案。

实际上作者在本题中暗含了两个层级的概念，一个是 serving，另一个是 figure（square）。在这个问题中，serving 只限定面积，不限定形状；figure 只限定形状，不限定面积。这样一来，伊拉斯玛依次要求弟弟做的事情就是：A. 切出包含 4 servings 的一个 square；B. 切出一个边长为原来 2 倍的 square，里边包含 16 servings；C. 切出一个包含 8 servings 的 square。这样在 AB 两步中，serving 的形状是正方形，C 中变成等腰三角形。但三步中它的面积都未改变。三个步骤中 figure 均为正方形，但边长不同。此题便成为经典切蛋糕问题。否则现在只是一个伪题。

粉本 2：亥姆（位形）空间

我们走来走去的时候刚好踢倒了一个空酒瓶，它就这样倒在厨房的地板上：

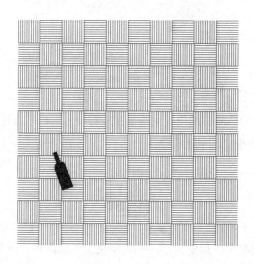

这地板是用木条拼的，形成了田字铺的网格图案，它让我想到了一个坐标平面。

"去拿石板和粉笔来。"我对巴尔布说。

这么支使着他团团转我也觉得有点儿惭愧，但我也在生他没帮我清下水道的气。他好像倒不在乎，不一会儿就满足了我的要求，因为厨房里到处都有石板和粉笔，这是我们用来写菜谱和调料清单的。

"现在听我会儿话，把地板上那个酒瓶的坐标写下来。"

"坐标？"

"是的。把这个图案想象成莱斯佩尔坐标的网格。比如说地板上的每个方块是一个单位。我把一个土豆放在这儿，当作原点。"

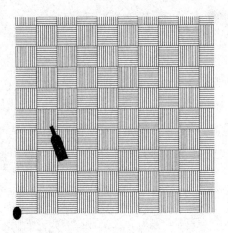

"好吧，这样的话酒瓶的位置大约是在（2，3）。"巴尔布说着，用粉笔写了一会儿，然后把石板立起来让我看：

x	y
2	3

"现在，这就是个位形空间了——大概是你能想象到的最简单的一种。"我告诉他，"酒瓶的位置（2，3），是这个空间中的一个点。"

"这不就是跟正常的二维空间一样吗，"他抱怨说，"你怎么不早说？"

"你能再加一列吗？"

"当然。"

x	y	
2	3	

"注意这酒瓶不是正的。它旋转了大约 $\pi/10$——或者按你在墙外惯用的单位，大约就是 20°。转角要作为这个位形空间的第三个坐标——也就是你石板上的第三列。"

巴尔布继续用粉笔写着，成了这样：

x	y	∠
2	3	20

"好吧，现在看起来有点儿不像普通的二维空间了，"他说，"现在它有了第三维，这第三维不正常。它有点儿像我在学苑里曾经学过的某种——"

"极坐标？"我问道，他还知道这个，可真让我佩服。奎因肯定花了大把的钱送他进了一所好学苑。

"是啊！一个角度，而不是一段距离。"

"好，让我们研究一下这个空间的某些性质。"我建议说，"我要移动这个瓶子，只要我一说'记录'，你就把它当时的坐标记下来。"

我把瓶子拖了一小段距离，并稍稍转了一下："记录。"

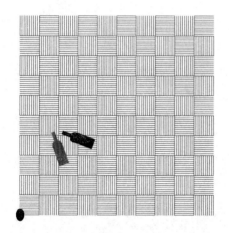

x	y	∠
2	3	20
3	3.5	70

"记录。记录。记录……"

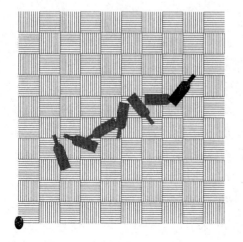

x	y	∠
2	3	20
3	3.5	70
4	4	120
5	4.5	170
6	5	220
7	5.5	270
8	6	320

我说："好，位形空间里的这一组点就像是我偶然踢到这个瓶子时它在地板上滑移和转动的情况。你同意吗？"

"的确。我刚在也是这么想的。"

"不过我把它移动得很慢，好让你更容易把数据记下来。"

巴尔布没能领会我对幽默的这种小尝试。尴尬地顿了顿，我又接着往前拱："现在你能画个图吗？把这些数字画成一个三维的图？"

"当然能，"巴尔布不太有把握地说，"可是那会很奇怪。"

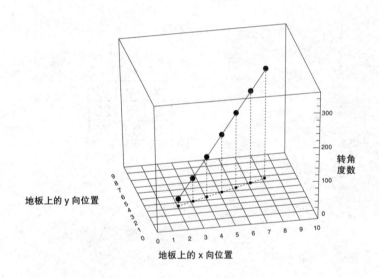

"底面上的虚线只表示了 x 和 y，"巴尔布解释说，"那是它在地板上的运动轨迹。"

"你把它画出来很好——要不然，不熟悉位形空间的人就会搞糊涂，"我说，"因为它的一部分——也就是你用虚线画出来的 xy 轨迹——看上去正像我们都认识的阿德拉贡空间里的东西；它只表明瓶子在地板上的位置。但表示角度的第三维却完全是另外一码事。它表示的并不是空间里的一段实际距离。它表示的是瓶子的角位移——转动。你一旦懂了这点，就可以直接从图上读出来，并说：'啊，我看出来了，它从 20° 开始，一边在地板上滑动一边转到了三百多度。'但是你要是不知道这个密码，它就没有任何意义。"

"那这有什么好处呢？"

"好吧，想象一下，你现在有了比一个瓶子在地板上更复杂的情况。比如说你有一个瓶子和一个土豆。那时你就需要一个十维位形空间才能表示出这个瓶子－土豆系统的状态。"

"十维？！"

"瓶子五维，土豆五维。"

"哪儿来的五维？这个瓶子我们只用了三维！"

"是的，但是我们刚才作了弊，没有把它的另外两个转动自由度算进去。"我说。

"意思是——？"

我蹲下去把手放在瓶子上，标签恰好冲着地板。我把它翻了过来。

"看见没有，我在让它绕着长轴转动，这样我们才能读到标签。"我指出来，"这个方向的转动是个完全独立的数字，与你刚才记录在石板上的瓶子被踢发生的旋转无关。因此我们需要再多一维来代表它。"我抓住瓶子，把瓶底按在地板上并把瓶子翘起，让瓶颈与地板形成个角度，像一架大炮那样，"我现在做的这个又是另一个完全独立的转动。"

"这样我们就有了五维了，"巴尔布说，"才只是一个瓶子。"

"对呀。要做到完全概括，我们还得加上一个第六维，来记录垂直运动，"我说着把瓶子从地板上提了起来，"这就构成了我们位形空间里的六个维度，这才能够代表一个瓶子的位置和方向。"我把瓶子放了回去，"不过只要不让它离开地面，我们有五维也就够用了。"

"好吧。"巴尔布说。他只有在完全弄懂一件事的时候才会这么说。

"我很高兴你能同意。用六维进行思考是困难的。"

"我只要把它想成石板上的六列，而不是三列就好了。"他说，"可我不明白为什么还需要为土豆另加上六个新维度。为什么不重复用已有的那六个瓶子的维度呢？"

"我们可以这么做，"我说，"但要把数字记在分开的列里。这样，表里的每一行就代表这个瓶子－土豆系统在某一特定时刻的全部情况。每一行——一串十二个数字给出了瓶子的 x、y、z 位置，它的踢转角、它的标签转角和它的上仰角，还有土豆的这六个数——这就是十二维空间里的一个点。而直到我们把位形空间里的各个点连接起来形成轨迹的时候，才只是形成了便于理学者使用的方法

之一。"

"你说到'轨迹'的时候我想到了某个飞在空中的东西,"巴尔布说,"但我不明白你把这个词用到十二维空间里到底是什么意思,那根本就不像是个空间。"

"好吧,来个超简单的,把瓶子和土豆都限制在 x 轴上,"我说,"而且忽略它们的所有转动。"我们把它们摆成了这样:

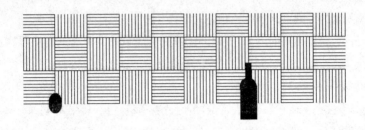

"你能用石板记下它们的 x 位置吗?"我问道。

"当然。"他说。几秒钟后便给我看了这个:

瓶子 x	土豆 x
7	1

"现在我要让它们彼此相撞,"我说,"当然是缓缓地。请你把它们的位置记下来。"就跟上次那样,我开始一边以小幅度移动瓶子和土豆,每叫一次"记录"就让他在表里添上一行。

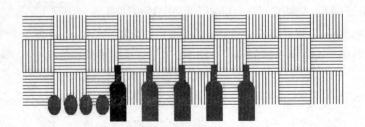

"瓶子移动得更快些。"他在我们操作的时候评论道。

"对呀。要快上一倍。"最后在 3 的位置上我把土豆摞在了瓶子上。

瓶子 x	土豆 x
7	1
6	1.5
5	2
4	2.5
3	3

"它们刚才是碰到一起，"我说，"现在又要弹开了。不过它们这次运动得要慢一点了，因为土豆在碰撞时被压瘪了，一些能量已经损失了。"在我给了一点手把手的指导之后，巴尔布在表里填上了碰撞后的几个点：

瓶子 x	土豆 x
7	1
6	1.5
5	2
4	2.5
3	3
3.2	2.5
3.4	2
3.6	1.5
3.8	1

"好啦。"我边说边放下了这两个发射体，站了起来，"那么，所有这些动作都是发生在一条直线上的。所以如果你还按堅莱斯佩尔坐标系来思考，这就是种一维的情况。但是现在堅亥姆要做的事儿就会让你惊讶了。亥姆会把表里每一行的数字想成是二维的位形空间里标出的一个点。"

"把一对数字当成一个点，"巴尔布翻译道，"那起始点就是（7，1），后续的以此类推。"

"不错。你能给我画出张图来吗？"

"当然。小菜一碟。"

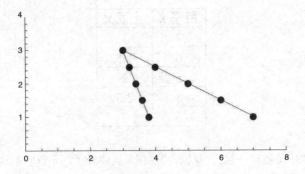

"这很奇怪啊！"巴尔布叹道，"好像髻亥姆把整个情况从里到外翻了个面。"

"好吧，把粉笔给我，我加上点注解就能帮你看出它的意思来了。"我说。

几分钟之后，我们有了像这样的一张图：

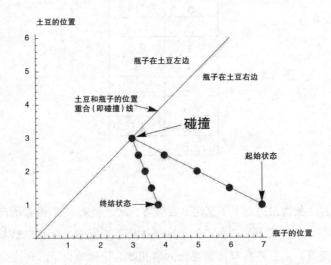

"这条碰撞线，"我说，"只是瓶子和土豆碰巧在一起的点的集合，也就是它们坐标相同时的那些点的集合。任何一位理学者，即便不知道瓶子、土豆和地板的实际情况，看到这张图也能马上看出这条线代表着某种特殊状况。在碰到这条线之前，系统状态的进行方式都是按部就班，可以预测的。然后意外发生了。轨迹发生了逆转。相邻点之间的距离更接近了——这意味着物体移动得更慢了，而更慢则意味着系统已经损失了能量。我也不想拿这来吓唬你，但是这可能会给你点启发，让你明白为什么理学者喜欢用位形空间作为思考物理系统的手段。"

"应该不止如此吧。"巴尔布说，"我们本来就有更简单的方法来画它呀。"

"这就是更简单的，"我坚持说，"它更接近于实际情况。"

"现在你是在说叙莱亚理学世界吗？"巴尔布问道，半是耳语半是幸灾乐祸，好像这就是修士能干出来的最淘气的事儿了。

"我是个埃德哈会士。"我回答说，"不管这里有些人会怎么想……我还是个埃德哈会士。我们自然要尽可能用最简单、最优雅的方式来表达我们的想法。在理学者感兴趣的许多——不，大部分——情况下，髻亥姆的位形空间都要比髻莱斯佩尔的 xyz 坐标好用，也就是你们迄今为止仍被迫使用的那套坐标。"

巴尔布想起什么来了："瓶子和土豆各有六个数——亥姆空间里的六个坐标。"

"是啊，一般来说都要用六个数来表示一件东西的位置。"

"轨道上的一个卫星也需要六个数啦！"

"是的——就是轨道参数。不管你用什么坐标系，一个轨道上的卫星总是需要一个六维亥姆空间。如果你要用髻莱斯佩尔坐标系，就会出现你先前抱怨的那种问题——"

"xyz 实在说明不了任何问题！"

"是的。但如果你换到一个不同的六维空间里，使用六个不同的数字，事情就会变得非常清晰，就像那个瓶子-土豆的脚本，只要我们选择适当的空间来描述，情况就一目了然了。对一颗卫星来说，这六个数是：偏心度、倾斜度、近日点角距，还有三个名字特别复杂的——我就不打算在这儿叨叨了。不过在这儿提两个吧：偏心度，它一目了然地告诉你轨道是否稳定；倾斜度，它告诉你轨道是极轨道还是赤道轨道。凡此种种。"

粉本3：复杂普洛特主义与简单普洛特主义

"这是我们都见到过的两个方框的图。"克里斯坎一边开始说，一边在地上画出了这样一个图形：

"箭头表明，叙莱亚理学世界的存在体能够对阿尔布赫因果域造成影响，但反过来则不然。如果你们要费神去解读人们用粉笔在石板上画这种东西究竟是要论证什么，那就会归结出一小组前提，也就是定义所谓普洛特主义的前提。我知道你们对此已经很清楚了，不过如果你们允许的话，我还想简单地把它们过一下，以保证我们拥有共同的出发点。"

"请吧。"我说。

"请便。"利奥说。

"那好。第一项前提是：构成理学研究对象的存在体是独立于人类的知觉、定义与结构而存在的。理学者不能创造它们；理学者只能发现它们。第二项前提是：人类头脑能够感知这些存在体；这也正是理学者发现它们时所做的事。"

"至此为止我们都同意。"我说。

"很好，"克里斯坎说，"现在你们要想在仅仅背诵这两个前提的基础上更进一步的话，就得拿出论据，证明人类的头脑怎样才能获得关于理学存在体的知识，根据第一项前提，那些理学存在体是非时空的，而且在它们与构成我们所知的这个宇宙的存在体之间，不存在通常的因果关系。一千多年以来，理而上学者们一直在尝试提供这样的论据，在这个过程中已经引发了许多的争辩。例如，哈利康就受到了普洛克会的猛烈攻击，因为他认为人脑中有一个器官就是管这个的。"

"一个器官？像是种腺体还是什么？"利奥问。

"有人就是这样解释的，这也能解释为何他因此受到了这么多的抨击。不过这或许是个翻译错误。哈利康当然是大改组前的人物，所以他的写作用的不是奥尔特语，而是一种当时的小语种。把他的著作翻译成弗卢克语的人由于选择了错误的词语而损害了他的著作。哈利康想到的不是什么腺体。他想到的是一种能力，一种大脑固有的能力，它并不存在于某一具体的组织部位里。"

"这样才好让人认真对待啊。"我说，"好吧。"感觉到克里斯坎已经准备为哈利康发表冗长的辩护词了，我赶紧把话题引开，"那么他是怎么用这种才能来说明这张图所表示的情况的呢？"

"有某种入信，与我们通过眼、耳等感官能够接收到的信息不同，它们不知怎么进入了阿尔布赫因果域，被人们的哈利康官能接受到了。"克里斯坎说。

"这说法造成的问题比它解答的还多呀。"利奥指出。

"它根本就没解答任何问题，"克里斯坎回道，"它实际上并不是企图回答疑问，它要做的是在棋盘上落子或者约定术语之类的事情。所以 HTW 中的理学存在体——三角形、定理，以及其他的纯粹概念——就被叫作了克诺翁。"

"克诺翁，将军！"利奥说。

"在我们与 HTW 之间有一种关系，关于它的细节还存在着争议，哈利康也没有给它起名，但这个箭头表示的就是它，所以最后人们就管它叫作哈利康箭头了。"

"哈利康箭头，将军！"

"哈利康箭头是单行的通道，供与克诺翁有关的入信通行。这些入信通过一种我们还很不了解的过程进入阿尔布赫因果域，这种过程叫叙莱亚流，它会冲击到哈利康官能，而我们就是这样感知它们的。"

"叙莱亚流，将军！"

看得出克里斯坎已经有点儿不喜欢利奥了，但他还是决定尽力容忍。我挤到了对话者的位置上，用肩膀把利奥拱到一边。利奥反应夸张，四脚朝天地跌倒在路肩上，好像被快速行驶的载物车撞上了似的。我没理他。

"那么，"我对克里斯坎说，"既然我们已经把这些术语定下来了，现在要拿它们怎么办呢？"

"现在我们要跳过一千五百年，"克里斯坎说，"谈谈伊拉斯玛与乌唐提娜，他们决定研究一下，要是把这幅图解释为一种特别简单的'有向无环图'或 DAG 会是什么情况，让我们看看他们是怎么做的。在这里'有向'指的就是'箭头都是单向的'。修饰词'无环'指的是这些箭头不会连成环，也就是说，如果我们有个箭头是从 A 到 B 的，就不能再有从 B 到 A 的箭头了。"

"为什么要费事规定这个？我不明白。"

"无环的性质是维持普洛特学说的基本原理——克诺翁不变性——所必需的。如果箭头能环绕成环，那就意味着我们这宇宙的事件能够改变叙莱亚理学

世界的事物了。"

"当然，"我说，"抱歉，你这么一提醒就显而易见了。"

"这个图表，"克里斯坎把我的注意力引回到了他的双框图上，"对一位理学家来说似乎就是错误的了。"

"你说似乎是错误的是什么意思？那你还怎么能用这种论据来自圆其说？"

"在理而上学中有项规定动作，你得不断地问自己：'为什么事物是这样而不是那样？'如果你对着这张图做这个动作，马上就会碰到一个问题：世界就正好有两个吗？既不是一个，也不是许多个，而是正好两个？我们可以画出只有一个世界的图，这个世界就是阿尔布赫因果域，而箭头是零个。这个图就几乎不会遭到理而上学家们（至少是那些非普洛特主义者）的反对。因为另一方面你还是可以断言'有许多个世界'，并着手提出充分的理由说明其道理何在。但是要说'世界有两个——且只有两个'！似乎就跟说'世界是正好一百七十三个，谁说有一百七十二个谁就是神经病'一样令人无法接受了。"

"好吧，你要是这么说，我也同意那是有所偏颇的。就像是慕像者声称他们的经书是由三十七书构成的，凡是提出不同数目的人都得死一样。"

"是的，就是因为这个，或者部分出于这个原因，普洛特主义在某些方面有令人恼火之处。于是伊拉斯玛和乌唐提娜只说'对一个 DAG 成立的，也应该对另一个 DAG 成立'，并设想出了一些世界数目各不相同的 DAG。"

克里斯坎又拿起了小棍，画出了这样一个图表：

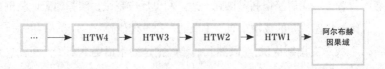

"他们管这个叫列车，"克里斯坎称，"在列车的拓扑结构里，有多个（或许无穷多）处于等级关系之中的叙莱亚理学世界，每个都比下一个'更普洛特'，比上一个'更不普洛特'。这就引出了'类普洛特主义'的概念。因为在简单普洛特主义里，'普洛特'只是一种二进制的数字性质。"

"也就是说一个世界要么是普洛特的，要么不是。"我做着注释。

"是的。但在这里就是另一种情况了，普洛特性质是可能分级的。"

"不只是可能，"我指出，"而且是必需的。"

"是的。"克里斯坎有点儿不耐烦，因为他已经在画另外一个图了。

"这个是行刑队,"他说,"在行刑队的拓扑结构里,一定数目的叙莱亚理学世界是直接连接到阿尔布赫因果域上的。这引出了彼此间毫无关系的分支普洛特域概念。在简单普洛特主义里,所有可能的理学存在体都堆集在一个标为'叙莱亚理学世界'的方框里,这似乎暗示它们在这个框里彼此间可能存在因果关系。可情况也许并非如此,每个数学存在体都应该像上面这样分别被单独的世界隔离开来。"

这下他又花了会儿工夫,画了幅更复杂的图表出来:

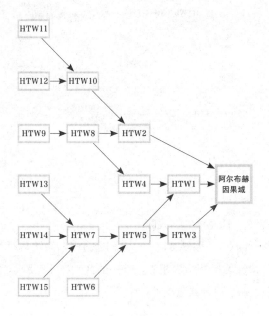

"倒三角洲,"克里斯坎说,"它有着河流三角洲的拓扑结构,只是箭头方向是反的,所以叫作倒三角洲。最简单地总结倒三角洲,就可以说河流三角洲结合了列车与行刑队的拓扑结构特点。"

"明白了,"我想了一会儿说道——我感觉,克里斯坎正在考验我,"它包含类普洛特主义——多级普洛特性,也包含行刑队的思想:不同的克诺翁可能彼此毫无关联——可能来自完全不同的理学世界。"

对此克里斯坎未置可否,因为他又忙着用小棍画了起来。"跨越者。"他说。

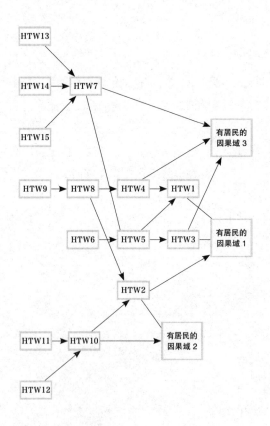

"跨越者?怎么个跨越法?"我问。

"它得名于一种树,一种热带树木,它们通过多根系统与地面相连。你可以看到,它和倒三角洲的拓扑结构相似。唯一的区别在于,跨越者包含的有居民的宇宙不止一个。你会注意到我换了名称。"

"是的。此前都是以箭头指向阿尔布赫因果域告终的。但这里你提出了一种多重宇宙方案——多个有居民的宇宙，互相之间也没有因果联系。"

"没错。因果上互不相关，但是有非因果的关联，它们共享着与同一批克诺翁有关的知识，这点很重要。另外那些宇宙的居民接收到的叙莱亚流与到我们接收到的来源相同。作为结果，比如，和我们一样，他们也可以拥有阿德拉贡定理。"

"这也终于把我们引向了灯芯图。"

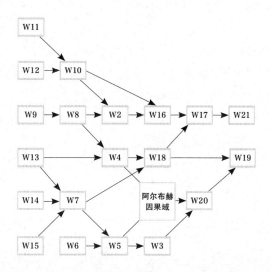

"灯芯图是得到充分归纳的 DAG，"克里斯坎说，"叙莱亚流通过灯芯从左向右流动——从普洛特程度高的世界流向普洛特程度低的——不过我们在这儿把类普洛特学说推到了逻辑极端，不再区分世界的类型了。"

"我们的世界在那儿。"我指着标有"阿尔布赫因果域"的那个方框说道。

"是的，"克里斯坎说，"我把它标出来只是为了和其他的区分开。但原则上它与这张图里的其他任何一个宇宙在类型上都没有区别；在这里，所有的世界本质上都是可居住的宇宙，看起来都和我们所居住的这个相似。"

"好吧，看来你已经完全放弃可能有某个特殊的满是纯思想的 HTW 这种想法了。"我说。

克里斯坎耸了耸肩："也许在左边很远的某处有某个那样的东西，不过你基本上说对了。这是一个与我们的宇宙类似的多宇宙的网络。它有一点是我已经

画过的其他拓扑图里所没有的，那就是——"

"我想我看到它了，"我说着便用脚趾点在"阿尔布赫因果域"那个方框上，"在这幅灯芯图里，我们被表示成了其他世界的叙莱亚流来源。"

"没错，"克里斯坎说，"这一灯芯图引入了这样一个概念：实际上我们的世界也可以成为另外某个世界的 HTW。"

"或者说可以这样看，"利奥纠正他说，"要是那个世界上还没人想出过复杂普洛特主义的概念的话。"

"是的。"从被他认定为讨厌小丑的人那儿听到这么好的想法，克里斯坎有点儿吃惊。

"这会让你对表亲产生好奇吧。"说着我便想起阿尔西巴尔特昨晚提出的那个疯狂的念头：表亲可能不是来自另一个太阳系，而是来自另一个宇宙。

"是的，"克里斯坎说，"这会让你对表亲产生好奇。"

世俗精英墙破立，宇宙之外远亲来

——科幻小说《失落的星阵》漫谈

美国作家尼尔·斯蒂芬森（Neal Stephenson）2008年出版的一部作品 *Anathem*，现在以《失落的星阵》为题名，由四川文艺出版社出版了中文译本。这是一部颇具特色的科幻小说，值得加以评介。

1. 小说故事梗概

《圣地牙哥联合论坛报》（*San Diego Union-Tribune*）对本书的评论中，将它称为"好的历险故事，好的成长故事，好的第一次接触（first-contact）的故事"，这是一个很好的概括。

西方小说评论术语中的"第一次接触"（first-contact），通常是指地球人类与外星来客的初次遭遇。本书描述的外星来客，还不是来自我们所在的这个宇宙中另一个星系中的某个行星，而是来自另外的宇宙。故事发生的那个行星叫作阿尔布赫，存在于与我们所在的宇宙分隔的另一个宇宙中，它的发展程度要比地球先进几千年，虽然与地球在相互隔离的不同宇宙中，却受着相同物理规律的支配，因此它的历史和现实，包括其中人类的形体结构和思维方式都与地球十分接近，信息（书中称之为"入信"，given）还可以以一种神秘的方式在不同宇宙之间流动。入侵阿尔布赫的外星飞船，就是受到这种神秘信息的感召而来临的。在此之前，这艘飞船已经经历了四个不同宇宙上的行星，它上面载的是来自四个宇宙的居民（其中包括我们的地球人），他们已经无法回到原来的宇宙，已经成了永久的太空流浪者。他们来到阿尔布赫的意图是掠夺资源以供飞船的维修和补给，它上面携带着危险的热核武器和动能武器。它巡弋在环绕阿尔布赫的轨道上，在互不了解的双方之间形成了一场异常紧张的局面。

历险就是在这个背景上展开的。阿尔布赫星的知识精英阶层，称为阿佛特人，由于历史的原因已经被隔离于世俗社会之外，过着苦行的修道院生活。在外星人入侵的重大危机来临之际，世俗政权把他们征召出来以谋求应对之策。被征召者中间来自偏远小集修院埃德哈的一批阿佛特人从而开始了他们的历险征程。其中既有行动的历险，包括穿越大陆的长途跋涉以及最后乘火箭突袭外星飞船；也有思想的历险，包括如何一步步地探索，从而获得对外星来客以至宇宙和意识本质的了解。整个叙述具有史诗般的宏大规模。

小说的第一主人公是年轻的阿佛特人伊拉斯玛修士，昵称拉兹，事件发生时他刚在集修院里成年。在他正要选择自己前途之际，被征召参加了这次探险。虽然小说中的环境是虚幻的，但一个来自偏远地区的青年，以他的质朴和坚韧，经历了各种考验而成长起来的过程却是栩栩如生，让读者感同身受。这个年轻人积极奋进、追求崇高的精神是这部作品特别着力描绘的。

故事情节中还有一条暗线，涉及拉兹在集修院中的导师敖罗洛，他是书中的另一个重要角色。当敖罗洛较他人更早地感觉到天外入侵的危险时，不惜违反戒律采取了激进的手段对入侵者进行追踪，甚至试图发出信号与其沟通。结果他被集修院革出教门。拉兹被征召后，历险途中特意去寻找他这位导师。而在他们再次会合之际，敖罗洛在外宇宙飞船的袭击中为保护重要的证物而壮烈牺牲，因此获得了髻者的荣誉称号。本书英文标题 *Anathem* 的含义之一就是"诅革"，就发生在敖罗洛身上。

2. 解题和本书性质

本书的英文名称 *Anathem*，是作者杜撰的一个英文词，它在本书中的不同语境中，以两种含义使用。在书的开头，作者就表明："Anathem"这个词是用"anthem"（圣歌）和"anathema"（诅咒）所作的文字游戏，这两个词分别源自拉丁语和希腊语。这个词在故事中的马特（Math，也是杜撰词汇）世界举行庆典时，它的意思是合唱的"祝歌"；而当这个社群出现了不安定因素时，它的意思却是"诅革"，即将不遵守传统教义的异端分子以一种庄重而严厉的仪式革除出去。我认为，作者此举不纯粹是他自称的"文字游戏"，他是试图用这个词的两面来表达这样一种思想——要维护一种传统和一种秩序，需要两种经常的仪式：一是持续地歌颂传统，一是时刻警觉随时驱除破坏秩序者。这个词的两种含义似乎矛盾，却是相辅相成的。作者用这个词做他的书名，反讽的意味是不言而喻的。

这个书名难用对应的中文醒豁地表达出来，现在这个中文标题《失落的星阵》并非原题名的翻译，而是反映了译者对本书内容的一种理解。"星阵"的原文"starhenge"是作者借鉴"stonehenge"（石阵）而造出来的，指的是天文台（不过目前网上已有人用这个词来表示"文艺明星阵容"了，与此无关），象征着故事中的知识界仅被允许保留的古老科技设施，如果连它也"失落"了，智能就被逼上了绝境。这是本书要表达的主题之一。在这个意义上，《自然》杂志为本书所作书评的标题《智能的囚徒》（见下文），似乎也可以挪来一用。

这本书篇幅甚巨，除了讲故事，还掺杂着大量的学术性论辩。它描绘的是一个虚幻的世界，却极力保持着细节的真实性。这究竟算是本什么样的书呢？

当然，它仍是一本小说，而且属于流行小说（或通俗小说）。它的原文出版后，国外众多的评论对它的性质有着不同的界定。有人将其称之为"奇幻史诗"（epic fantasy/epic-length fantasy）。也有人说，它可以名副其实地称之为"科幻小说"（SFF-Sci-Fi/Fantasy，Science Fiction&Fantasy），但它同时又是对人类认知以及可认知物本质的一项哲学探讨。另外一些人则将其宽泛归类于"推想小说"（speculative fiction），或据其某方面的特色而称之为"传奇故事"（narrative saga），或"理念小说"（novel of ideas），或"赛博朋克"（cyberpunk）小说。这些说法都抓住了这部作品某方面的特色，都不无道理。另外还可以给它加上"硬科幻""乌托邦"或"反乌托邦"小说等名目。这种情况说明了这部作品内容的丰富性和复杂性。

目前我国文艺评论界似对流行小说尚未给以很多关注，对作品类型也无明确划分。不过从本书内容来看，它属于流行小说中的推想小说一类是没有问题的，而按照目前对科幻作品的一般理解，它也就属于推想小说中的科幻小说一类。当然，事物都是复杂的，以这部作品而言，它不因为是流行小说就缺乏文学性，不因为属于推想小说就缺乏现实性，也不因为属于幻想作品就缺乏科学性。

3. 科学内容一瞥

在本书的"致谢"中作者明确指出了他这部作品所依据的三个学术和技术背景：

（1）丹尼·希利斯及其"今日永存基金会"的合作者斯图尔特·布兰德与亚历山大·罗斯等人施行的"万年钟计划"。——这项计划现在仍在进行，本书作者也是参与者之一。

（2）源于泰勒斯，历经柏拉图、莱布尼兹、康德、哥德尔和胡塞尔的哲学传承。——西方哲学史的主要脉络以一种镜像的方式嵌入了本书的历史叙述中，而故事情节发展中涉及的人物、学派和理念都有着地球上西方哲学的影子。

（3）20世纪50年代末至60年代初的"猎户座计划"。——这是美国曾推行的一项研究计划，试图用小型核弹爆炸产生推力作为火箭的发动机，后来由于环境污染问题而停止了。小说中外宇宙飞船所用的推进技术是有实际来源的。

作者在这里没有提到的另一个重要背景就是他曾经为了学术而习得和研究过的量子力学。当代自然科学发展中有一个趋势，就是试图把描述微观量子世界的规律应用到宏观甚至巨观世界中去，例如用来研究宇宙和人类的意识。这部科幻作品就是在文学上对这种趋势做出的一个反映。

基于量子力学的"多宇宙"观念构成了本书科学幻想内容的基本框架，也是故事情节发展的基本脉络。书中还探讨了对意识的量子解释，但多少有些游离于基本框架之外。

多宇宙的情节此前已出现在科幻作品，例如著名的儿童科幻作品《时间的皱折》（*A Wrinkle in Time*）中。这部作品中的人物，借助于"时空皱折"可以在不同宇宙之间穿越，那种时空皱折就是某种类似于"缩地成寸"或"虫洞"之类的东西。那部作品写作于1962年，作者麦德琳·兰歌（Madeleine L'Engle）对于宇宙的观念是受到了爱因斯坦和普朗克科学理论的启发。而在《失落的星阵》这部书写作时，多宇宙的观念已经进入了科学与幻想交界的边缘地带。

早在1957年，休·埃弗莱特（Hugh Everett）就在他的博士论文中发表了对量子力学的"多世界诠释"（MWI），作为对"薛定谔之猫"悖论的说明。这在当时并不为主流科学界所重视。直到20世纪70年代，经过布莱斯·德威特（Bryce S.DeWitt）的宣扬，MWI才成为被广泛接受的量子力学解释之一。按照这种概念，我们周围同一时空中真实存在着多个"平行"或"重叠"的宇宙，但它们之间并不能相互沟通，而在人们进行"实验"或"测量"时，就实现了其中一个世界，或宇宙。例如，装着死猫和活猫的薛定谔盒子都是真实存在的。但当你去打开看时，只能有一个状态被感知，也就是说你进入了其中的一个宇宙，可能看到的是活猫。而你无法知道的是，与此同时，在另一个宇宙里，或许正有另一个"你"看到了死猫。

1982年霍金提出了量子宇宙论，得出结论说，我们存在的这个宇宙是由一次大爆炸形成的一个有限无界的封闭宇宙。接着他又提出，同样的过程完全可能在我们的宇宙之外形成其他的宇宙，只是受到"视界"（由光速极限所限定的时空观测范围）的限制，这些不同的宇宙之间也是无法沟通的。他去世前的最后一篇论文就是讨论多宇宙的。

这两种多宇宙的观念是不同的，《失落的星阵》的作者是学量子力学的，自然对这两种观念都有了解，他在书中把这两者烩进了一锅。在说到异域飞船的来历时，用的是霍金的分离宇宙概念，那艘飞船通过超光速飞行而实现了不同宇宙之间的穿越。而在故事结尾，阿尔布赫人登陆异域飞船后，故事情节出现了歧异的平行叙述，这是书中最易令人困惑的部分——千年士嘉德带着主人公拉兹同时进入了多个平行宇宙，事件都发生在当时的同一艘飞船上，而各自的情节发展却截然不同，这种穿越和在几个平行宇宙中同时出现，凭借的却是千年士的超人能力。

霍金曾经提出疑问：不同的宇宙是否会有不同的宇宙常数，也就是说它们是否遵从相同的自然规律？本书回答了这个问题，作者用"有向无环图"构筑起一个成体系的多宇宙模型，每个宇宙在作者描述的"亥姆空间"（位形坐标系）中形成一条轨迹，小说的主人公们就活动在这个多宇宙模型中的其中一条"世界轨迹"上。且独特之处在于，不同的世界轨迹之间是可以发生接触和碰撞的。首先，"入信"（given）可以向处于时间下游的其他宇宙传播，而原始的信息则有着唯一的共同来源，书中称为"叙莱亚理学世界"，也就是纯粹理念的世界，其中充满了的只有"圆""三角形"等纯粹的数学理念。这个理念世界处于网络的最上游，所有宇宙都接受来自那里的信息，因此都遵循相同的自然规律，也就是都拥有相同的宇宙常数。甚至不同宇宙中的智慧生物都具有相近的结构和形状，他们之间通过共同的"信息"而有着亲缘关系——这在书中是用"表亲"（cousin）一词来描绘的。其次，有智慧的生物可以在不同宇宙之间穿越，本书的故事情节就是这样展开的。

基于作者的上述假定，他书中来自不同宇宙的智慧生物只要通过语言翻译

就容易交流，几何学更成为他们之间的共同语言。外宇宙飞船上醒目地标志着勾股定理的证明图解，它与阿尔布赫人的几何知识是完全一致的，因此阿尔布赫人就把外宇宙来客称为"几何学家"。

多宇宙观念本身并非幻想，至少可以说已是某种科学假说。而本书中出现的涉及多宇宙以及意识本质的诸多情节和论辩，却包含着若干幻想的成分。例如，故事中不同宇宙中的物质虽然一一对应相似，但在原子结构上却有细微的差异，以致激光具有不同的光谱，不同宇宙上的"人类"不能呼吸其他宇宙中的空气，也不能消化彼此的食物。不仅如此，改变物质原子结构已经成为阿尔布赫星上获得实用的高科技。更有甚者，千年士们可以通过修炼，改变自身的原子结构，从而延长寿命和具有穿越平行宇宙，以致改变过去或改变未来的超能力。这些情节，经作者以合乎逻辑的方式娓娓道来，不仅富有文学的兴味，也会诱发读者在科学层面的思考。

这部小说在对所构筑的虚幻世界中的事物进行描绘时，花了很大力气保持细节的真实性，建筑物和机械的结构和尺寸，飞船的运行操纵，探险的旅途经历，都纳入了具体的数理考量，例如那座二十面体的外宇宙飞船，是靠自转产生人工重力的，它的尺寸设计和自转速度恰好能产生近似于地球表面的重力，显然是经过仔细计算的。作者甚至请人专为阿尔布赫人设计了一套语言，虽然并没有用在小说里，但作者的认真态度可见一斑。因此，这部小说的确可以称为"硬科幻"之作。不过也已有细心的读者在其中发现了若干细节的错误，倒不是出在高深的量子力学方面，而是出在初等的几何问题上。这对于一部科幻小说来说，或许是无伤大雅的吧。

作为一部科幻作品，本书对于科学相关的哲学问题给予了特别的关注，特地为阿尔布赫星上的知识体系造了一个词"Theorics"（中译本译为"理学"是合适的，但应区别于我国传统儒家的理学）。而且把是否钻研和精通"理学"作为在精神上区分精英界与世俗界的标志。故事里的理学界，由于哲学观念不同而分成派系，主要是两个对立的大派别——"普洛克派"和"哈利康派"。这两个派系的斗争构成本书情节发展的一条重要脉络，阅读时有必要加以厘清。

这两个派系分别对应于地球上西方哲学发展的两条脉络：普洛克派对应于中世纪经院哲学中的"唯名论"（bominalism）和近代哲学中的"经验论"（empiricism）；哈利康派则对应于中世纪的"实在论"（realism）和近代的"唯理论"（rationalism）。中世纪经院哲学主要与宗教相关，而近代哲学则主要与科学相关。两派的根本区别在于：前者认为人们只能通过经验认识具体个别的事物，而后者则认为能够通过推理认识抽象普遍的理念。

本书作者在构建他的"多宇宙"模型时，是倾向于哈利康派的立场的，因为这个模型和故事情节都承认了"叙莱亚理学世界"和入信（given）的真实存在。有趣的是，在作者构筑的阿尔布赫世界中，社会由于哲学理念的不同而发生了分歧。在马特世界，普洛克派的传人组成了"句法学会"（地球上的计算机在那里就叫作"句法机"），而哈利康派的传人则进入了"语义学会"。两派的修士，修炼到极致（千年士），则可能分别成为"雄辩士"和"咒士"，传说前者能够改变过去，后者则能够改变未来。这些固然是创造科幻情节的需要，也未尝不是我们这个现实世界的一幅漫画像。

除了"理学"体系内部的派系分野，作者也在书中构建了与"理学"体系对应的宗教体系，并以各种各样的教派对应地球上的多种宗教，对各种宗教的教义也各有阐述。

本书的哲学内容和科学内容是相辅相成的，作者肯花这么大的力气尝试把它们融合纳入一部通俗小说里，表明了他对当代科学发展趋势的敏感，也显示了他的勇气和驾驭能力。这一尝试基本上是成功的，不过有些过于烦冗的论辩，偶尔也会驱使读者的思绪游离于情节发展之外。

4. 文学品格一见

本书作者尼尔·斯蒂芬森曾在一次访谈中谈到了"通俗小说"（popular fiction, genre fiction）和"文学小说"（literary fiction）的区别，大意是：前者的价值是由书籍市场的排行榜评定的，而后者的认定则靠的是文学界的同行评议。从这个意义来说，这部作品是作为流行小说写作的。然而从内容来看，反映人类生活状况，包含社会评论和政治批评，是"文学小说"应有的特征。这部作品在这方面较之许多文学小说并不逊色。作者所创造的阿尔布赫星球，与诺贝尔奖得主马尔克斯的《百年孤独》中的世界以及莫言作品中的高密乡，在反映现实上，实有异曲同工之妙。

作品中描绘的阿尔布赫星，比地球先进了数千年，按照作品所构筑的宇宙图景，那实际上就是对地球未来面貌的一种预测。那里早已发展出高度的科学与技术，但却造成了毁灭社会的恶果，于是不得不把智能关进笼子。那里已经实现了世界大同，已经没有了国家的区别，整个星球已在统一的治理之下，但社会的分裂依旧：不仅有一道高墙将马特世界与世俗世界隔开，而且在各自内部仍然有阶层、族群、教派、学派的界限与冲突。政治的肮脏、大佬的昏庸虚伪、学术权威的自以为是和专横、陈规陋习的桎梏、民众的愚昧、先知先觉者的无奈、年轻人的彷徨，对社会以及学术活动意义的怀疑，对灾难前途的恐惧，无一不是现实的映照，如果这就是作者心目中地球的未来，那么斯蒂芬森无疑是一位悲观主义者，他这部小说应该说是一部反乌托邦的作品。但作者却又按照好莱坞的模式给故事安了一个光明的尾巴：与外星侵入者达成了和解；马特世界与世俗世界的隔墙打破，阿尔布赫实现了第二次"大改组"，阿佛特人取得了和世俗世界同等的地位，建立了自己的政权，在外星飞船轰击过的废墟上建起了一座世外桃源；英雄的主人公也有情人终成眷属。但作者毕竟是一位现实主义者，最后一章开头的情节是：人们正在给这片新开辟的"殖民地"建起一道围墙，而且暗示大门并非对内外自由开放的，防御碉堡也在计划之中。旧墙推倒了，新墙又立起，新的对立取代了旧的对立，新的平衡代替了旧的平衡。矛盾并未解决，因而基本保持了整部作品悲剧的格局和反乌托邦的色彩。

小说的年轻主人公伊拉斯玛修士，塑造得是成功的。一个成长中的青年，他的青春悸动，对周围环境的逆反心理，对真诚亲情、友情、爱情的愿望，对公平正义的向往，不甘于平庸而追求卓越的勇气，都随着他的历险进程而淋漓尽致地展现了出来。次要人物，如拉兹的导师敖罗洛、伊塔人萨曼、拉兹的继姐珂尔德、地球人儒勒·维恩·凡尔纳（作者故意用了科幻小说先驱的名字来称呼他自己小说中的这个人物），以及对立派角色罗铎吉尔也都描写得比较成功。其他辅助人物虽然由于情节的需要，不免有脸谱化的倾向，但仍然能够显现出符合其环境和地位的个性特征，给人留下了比较鲜明的印象。至于千年士嘉德修士，就像鲁迅批评《三国演义》中的诸葛亮那样"智而近妖"了，不过这也是"推想小说"这个体裁所允许的，或许也是无法避免的吧。

本书作者是一位多面手，在文学和科学领域都有涉猎，在文学范围内也不只撰写科幻作品，而且写小说也写专论。值得一提的是，他早在1993年就曾来我国，对香港、深圳和上海做过一次两个星期的探访，回去在《连线》（WIRED）杂志上写了一篇论文《在毛·贝尔的国度》（In the Kingdom of Mao Bell），着眼点仍然是他一向关注的科学技术和社会文化的关系问题，其中毛·贝尔这个杜撰的人名也反映了作者爱玩弄文字游戏的特点。

5. 传播影响

这部小说发表后获得了出版界的热议，登上过《纽约时报》的畅销书排行榜榜首，还获得过不少出版奖项或提名。评论大多是积极的，不过也有人批评它原创性不够和比较沉闷。无论如何，科学和哲学概念的过分密集，写法上的过于学术性，可能会击退一批追求轻松阅读和休闲娱乐的读者。或许是这些因素使得 Anathem 错过了 2009 年的"雨果奖"。但此书作为流行小说却享有两个独特的荣誉：一个是粉丝们为它建立了一个专有的"维基"网站，一个是登上了《自然》杂志的书评。

不仅可以在维基百科（Wikipedia）上找到 Anathem 和作者 Neal Stephenson 的详细条目，我们还能发现一个独特的 Anathem "维基"网站。这个网站自 2008 年建立起，至今已有了 200 多个条目，包括情节、人物的"剧透"，对书中虚拟历史人物和新创词汇来源的索引，以及对内容漏洞（包括情节错误和科学内容偏差）的揭发。这说明这部小说如何激发了读者的求知兴趣。当然，如这个网站开头发出的警告，若读者要享受自己猜谜的乐趣，最好先不忙到这个网站中去找答案。

英国的顶尖科学刊物《自然》杂志有为科幻作品（包括小说和电影）写评论的传统，2008 年第 456 期《自然》上，伦敦大学学院 UCL 细胞生物学家珍妮佛·罗恩（Jennifer Rohn）——她本人也写小说——为 Anathem 写了一篇书评，题目为《智能的囚徒》（或《为智能所监禁》）（Imprisoned by intelligence），着眼于这部作品中所反映的科学与社会的分裂，把作品对于这种分裂可能导致的后果的预测看作一项"思想实验"。

有评论进而认为，"作者对科学与社会关系进行探索的思想实验是在'反科学主义'纲领下展开的"。这却未免是望文生义的误解，或许评论者并未通读过全书。虽然本书中故事展现的是对科学研究的限制和对科学家的桎梏，但作者显然是不赞成这样做的，所以故事的结局恰恰是要打破这一限制。"反科学主义"或"科学主义"的帽子扣到这部书头上都是不合适的。

撇开主义不谈，作者的确看到并反映了当前现实生活中科学技术与社会相冲突的一些表现。技术改进带来的生产力提高、引起的资源耗竭和环境破坏不用说，那已经是老问题了。当前引起关注的与先进科学和高技术有关的问题至少有：遗传工程带来的食品安全和伦理问题；霍金警告过的，对外星文明的探索

可能带来的危险；以及人工智能可能引起的伦理问题和对于机器胜过人类的恐惧。*Anathem* 对其中的前两个问题都有所触及，它的中心故事情节就是外星人的入侵，其实这是一个最古老的科幻题材，本书的新意在于提出了平行宇宙间信息传播以至人员交往的概念，这在目前还只是幻想。还有一种更为玄奥的幻想，是千年士通过自己的意识进入多个版本的平行叙事的本领，借助这种本领，嘉德修士不仅获得了超长寿命，也帮助阿尔布赫人在与外星飞船的"接触"中掌握了全面的主动。至于对生物遗传性能的干涉，作者不仅设想出页子树和图书馆葡萄之类带有理想色彩的物种，还使用了几种带有现实色彩的设定，比如血液中"善全素"（对应于多巴胺）浓度与人的情绪的关系，还有转基因粮食对阿佛特人生殖能力的抑制。后者与当前人们对转基因食品的担忧可能也有所关联，但这在本书中并未展开说明。

与其说这部书的主旨在于揭示科学与社会的分裂和对立，毋宁说它要揭示和批判的是社会自身的分裂，是精英界与世俗界的对立。这个问题本文就不打算再做进一步的探讨了。

6. 文体特色和翻译困难

这部小说带有"推理小说"的色彩。一方面，故事情节是以明暗两条线索交织着逐步展开的，但并不算复杂；而复杂的是另一方面，是作者为他虚构的故事赋予了宏大的社会历史和科学哲学史背景，这也是随着情节的发展而逐步展开的。

这决定了这本书的文学性与学术性相融合的文体特色，特别是在涉及学术性问题的情节描写以至对话中，行文颇类似于科技论文的书写方式。作者声明，为了不使作品过于学术化，他限制自己不在正文里使用脚注，但为了写作和阅读的方便，还是用了好几个附录——历史年表、名词索引和最后的三个教材式的"粉本"。

这本书为了对地球之外世界的描述更具异域氛围，使用了大量自造的词汇，这些词的构成借鉴了拉丁文、法文及英文中含义相近的词汇，对这些词汇的解释穿插在相应的章节中，并汇总在书后的名词索引里。

这些情况为翻译带来了两个额外的困难。

第一个困难就是那些杜撰词汇的翻译。那些词汇由于与英文既有词汇形义相近，英语读者不难从语境中理解其含义，并随着阅读而熟悉起来。即便如此，阅读时还不得不借助于"名词索引"的提示。而中文就难以做到相应的处理。

例如，书名 *Anathem* 的翻译就是第一只拦路虎。在英文读者看来，这个题目很新颖，而且立即会产生对它两方面寓意的联想。中文怎么办呢？虽然本书此前尚未有中文译本，但在中文评论中已被多次提到，对书名有几种不同的处理。有的意译作《革逐》，最接近本意，但也只反映了一个侧面。有人干脆把这个生造的词音译为《阿纳塞姆》，虽然未为不可，但令人不知所云。还有人觉得这个词怎么译都不够醒豁，因而根据故事情节而自取名为《走出围墙》《飞越修道院》等。这个译本最初用的译名是《诅革》，仍觉得不够醒豁，与编辑商量后定为《失落的星阵》。

对其他这类词汇，译者做了三种不同的处理。一种是像原文那样，用一个生僻（但不是杜撰）的异体汉字作译文。例如，原文用"fraa"（杜撰词）来称呼故事中的"fra"（通行词），中文就用"修士"（异体字词）来指称"修士"（通行字词）。类似的有，用"墅"（Saunt）来指代"圣"（Saint）。但只有极少数几个词能够这样做。另一种方法就是音译，例如"哈利康""普洛克"，这本来就是专名词，也只能如此。第三种就是，按原文要表达的意思直接用通行汉语词汇表达出来，例如"Periklyne"和"Peregrin"就译作"道场"和"游方"，因为要是把它们音译为"裴利克林"和"裴理葛林"，不但常常会造成阅读障碍，而且易发生混淆。由于这类词汇远离当代社会生活，这样翻译已经可以达到原文意图表达的疏离效果了。

第二个困难是原作某些部分的行文过于学术性，再加上隐喻和反讽的使用，即使逐字逐句忠实地翻译出来，仍然会不大符合大多数小说读者的阅读习惯。因此译者与编辑商定，对全文做了一次文艺性的修饰，以便让它读起来更顺畅一些，当然只是字句上的调动，对原意不会有所增减。对于这样做的得失，可能就会见仁见智了。为了使译文更易为人接受，或更符合目的语的审美习惯，究竟在翻译中应该对原文"修饰"到什么程度，在翻译界历来是有争议的。当然，这只不过是一篇小说，译者也非专业文字工作者，她选择这部作品的翻译作为文字和学术的试炼，态度倒是非常严肃认真的，诚恳希望方家给以批评教正，以免贻误广大读者。

7. 读后感

　　总体来看，这不是一本轻松的消闲故事书，其中包含了太多值得严肃思考的东西，我相信，无论是对科学和哲学问题，还是对社会和政治问题感兴趣的读者，都会从中获得一定的感悟和启发。没有学过量子力学而对量子现象感到新奇的读者，是否也可以从这部书里得到某种启蒙呢？

　　笔者有机缘对本书的原文和中译初稿先睹为快，也分尝了译者翻译中的若干甘苦，因此有了上面这些管见。我对当代外国文学作品涉猎极浅，对国内科幻作品也极少拜读，因此对本书也就像百花丛中偶撷一朵，纵然惊艳也只是个人眼力所及，孤陋自不能免。

　　最后戏撰韵语数句，作为读后感，以结束本述评。

　　　　宇宙尽头，原来另有宇宙；
　　　　惊鸿天外，谁知竟似同胞。
　　　　世已大同，高墙仍分内外；
　　　　科技高精，智能反陷囚牢。
　　　　愤世少年，幸而天真未泯；
　　　　潜修耆宿，不免智而近妖。
　　　　思辨至极，真可改今换古？
　　　　旧局打破，新局能胜几毫？
　　　　似真似幻，梦境原是实境；
　　　　亦文亦理，赏心也费推敲。
　　　　过去未来戏一场，
　　　　离合悲欢定几遭。
　　　　须弥量子能齐视，
　　　　纵属子虚也风骚！

2019 年 4 月于清华园

王存诚

图书在版编目（CIP）数据

失落的星阵 /（美）尼尔·斯蒂芬森著；王方译
. -- 成都：四川文艺出版社，2021.5
ISBN 978-7-5411-5133-0

Ⅰ.①失… Ⅱ.①尼…②王… Ⅲ.①幻想小说—美
国—现代 Ⅳ.① I712.45

中国版本图书馆 CIP 数据核字 (2021) 第 037186 号
著作权合同登记号 图进字：21-2018-323

Anathem
by Neal Stephenson
Copyright © 2008 by Neal Stephenson
Published by arrangement with Neal Stephenson c/o
Darhansoff & Verrill Literary Agents
through Bardon-Chinese Media Agency
Simplified Chinese translation copyright © 2017
by Jiangsu Kuwei Culture Development Co., Ltd
ALL RIGHTS RESERVED

SHILUO DE XINGZHEN

失落的星阵

[美]尼尔·斯蒂芬森 著

王方 译

出 品 人　张庆宁
出版统筹　刘运东
特约监制　刘思懿
责任编辑　荆　菁　张亮亮
特约策划　刘思懿
特约编辑　苟新月　夏君仪
责任校对　汪　平
封面设计　原　色
封面插画　郭　建

出版发行　四川文艺出版社（成都市槐树街2号）
网　　址　www.scwys.com
电　　话　028-86259287（发行部）　028-86259303（编辑部）
传　　真　028-86259306

邮购地址　成都市槐树街2号四川文艺出版社邮购部　610031
印　　刷　天津旭丰源印刷有限公司
成品尺寸　160mm×235mm　　　　开　本　16开
印　　张　50　　　　　　　　　　字　数　1000千字
版　　次　2021年5月第一版　　　印　次　2021年5月第一次印刷
书　　号　ISBN 978-7-5411-5133-0
定　　价　158.00元

阿尔布赫星词典

ANATHEM

DAG	见有向无环图。
HTW	见叙莱亚理学世界。
老爹 （Pa）	非正式的尊称，弟子用它来称呼比较高级的修士。
阿德拉贡定理 （Adrakhonic Theorem）	一条古代平面几何定理，被归于奥利森纳墼殿创立者阿德拉贡名下。这条定理说的是直角三角形斜边边长的平方等于另两条边边长的平方之和。相当于地球上的毕达哥拉斯定理（勾股定理）。
阿尔布赫 （Arbre）	发生本故事的星球名称。这个名称的灵感源于树。
阿佛特人 （Avout）	誓愿服从嘉尔塔斯戒律者，居住在与世俗世界相对的马特世界。
阿妈 （Ma）	非正式的尊称，弟子用它来称呼比较高级的修女。

埃德哈 （Edhar）	伊文内德里克修会的一位堃徒，他在 297 年创立了一个新的修会，后来又建立了一座集修院，在那里终老一生；修会和集修院都以他的名字命名。后者全称为"堃埃德哈集修院"，但常被简称为堃埃德哈或埃德哈。
埃克巴 （Ecba）	海中海上的一座火山岛，在改元前 2621 年那场悲剧性火山大爆发之前，曾是奥利森纳堃殿所在地。
埃特拉斯 （Ethras）	古代世界一个较为繁盛的城邦，黄金时代（约改元前 2600 年至前 2300 年）许多理学者曾经居住于此，其中就有忒伦奈斯和普洛塔斯。为弟子们研习、演练和背诵的许多重要对话都发生于此地。
埃特雷旺式 （Etrevanean）	见埃特雷旺式私情。
埃特雷旺式私情 （Liaison, Etrevanean）	大致相当于世俗世界的恋爱关系。

安魂
（Requiem）

为纪念阿佛特人逝世而举行的奥特仪式。

奥尔特语
（Orth）

一种古典语言，是巴兹帝国所有阶层共同使用的语言，在旧马特时代，这种语言在嘉尔塔斯创立的马特世界和巴兹正教的修道院内使用。在践行时代，奥尔特语为科学用语与学术写作用语。经过复兴与现代化之后，奥尔特语成了阿佛特人的语言，他们几乎在所有场合都使用这种语言。奥尔特语使用的字母称为奥尔特字母。

奥利森纳髻殿
（Orithena）

古时候埃克巴岛上的一座神庙，创立者为阿德拉贡，这里曾住满来自世界各地的自然哲学家。奥利森纳髻殿在改元前 2621 年毁于火山爆发，阿佛特人于改元 3000 年开始对其进行发掘，并围绕着发掘坑建造起了一座新的马特。

奥特
（Aut）

马特世界举行的仪式。比较重要和常见的奥特包括普洛维纳尔、暹遴、夏员和安魂。比较少见的奥特包括诅革、唤召和归戒。

巴兹 （Baz）	一座古代城邦，后来发展为帝国，疆土遍及整个已知世界。
巴兹对立教 （Counter-Bazian）	巴兹正教的同源宗教，巴兹对立教与巴兹正教植根于相同的经书，敬仰相同的先知，但反对巴兹正教的权威性和某些学说。
巴兹正教 （Bazian Orthodox）	巴兹帝国的国教，巴兹帝国灭亡之后仍然存续，并在帝国灭亡后建立了一套与嘉尔塔斯马特系统平行且独立的马特系统，一直是阿尔布赫星最大的信仰之一。
百年士 （Hundreder）	佰岁纪士的俗称（见佰岁纪士）。
佰岁纪士 （Centenarian）	宣誓在下一次佰岁纪大隙节前不脱离马特世界也不与外界联系的阿佛特人。俗称"百年士"。
保卫 （Fendant）	见守卫督察。

补赎 （Penance）	作为惩罚，秩序督察向违反戒律的阿佛特人指派的枯燥乏味令人讨厌的杂务。
裁判所 （Inquisition）	一个全球性机关，负责维护戒律在各个马特与集修院的统一标准，履行其职责的通常为秩序督察。
超循环题法 （Hypotrochian Transquaestiation）	灌输给弟子们（特别是普洛克派修会监管下的弟子）的五花八门的修辞技巧之一。其方法是断言一个有争议的观点已经通过这样或那样方式得到了解决，并借此改变谈话主题。
秤杆法则 （Steelyard）	见戛尔丹秤杆法则。
传序 （Sequence）	有机生命体的遗传密码。在不同的语境中分别相当于地球上的"基因""遗传学的"或"DNA"。
大改组 （Reconstitution）	大灾厄之后形成的态势，社会格局发生了急剧的分化，几乎所有有学识

的人都被集中到了马特和集修院里。

大集修
（Convox）

全世界所有马特与集修院共同举办的大型集会。一般只在仟岁纪大隙节期间或劫掠之后举行，极个别情况下也会应世俗政权的要求举办。

大佬
（Panjandrum）

敖罗洛修士对世俗政权高层官员的蔑称。

大罔
（Reticulum）

最大的罔络，集全世界所有罔络的优势于一身。

大隙节
（Apert）

一种为期十日的奥特，在此期间，马特会敞开大门，阿佛特人可以自由出入马特和墙外世界，世俗人士也可以自由进入马特观光或与阿佛特人交谈。不同类别马特的大隙节举办周期也不同，有的一年一度，有的十年一度，有的百年一度，也有的千年一度。

大院堂
（Mynster）

建造于很多集修院中心位置的大型建筑，该建筑用来安置钟表，也用来举办奥特，或在其他情况下用于全员聚集。

大灾厄
（Terrible Events）

一场世界性的大灾难，关于这场灾难记载甚少，人们认为它始于改元前5年。尽管不知是何等灾祸，但正是它带来了践行时代的终结和接踵而至的大改组。

大主戒
（Primate）

马特或集修院内级别最高的戒尊。

德雅特
（Deät）

克诺乌斯的两个女儿之一，她的姊妹是叙莱亚。对于父亲所见的异象，德雅特的解释为：父亲瞥见的是天神之国，在那里居住着受至上造物统治的天人。

灯芯图
（Wick）

在复杂普洛特主义理论中，指一种高度概括的有向无环图，图中大量（可能是无限多）的宇宙通过一套有些复杂的因果关系网链接在一起。信息可从"灯芯上游"的宇宙流向"灯芯下游"的宇宙，而反之则不成立。

狄亚克斯 （Diax）	居住在奥利森纳鬐殿的一位早期自然哲学家，他曾驱逐迷信狂，并在坚实、严谨的理性基础上创立了的理学，因而为人称颂。
狄亚克斯耙子法则 （Diax's Rake）	一个精辟的典故，是狄亚克斯在奥利森纳鬐殿阶梯上用园丁耙子驱逐算命者时创造的。总体而言，这个法则的含义可以概括为：一个人永远不应该因为希望一件事情是真的而相信它。驱逐事件发生之后，大部分自然哲学家都接受了耙子法则，用狄亚克斯的话说，这些人成了理学者。而其余的自然哲学家则被称作了迷信狂。
地组 （Tangle）	外轮廓近似六边形的耕地块，可栽培一组特定品种的植物，这些植物都是经过一定程度基因改良的粮食作物，全部收成合在一起便可以提供一个阿佛特人所需的全部营养。这些物种间存在着网状的共生关系，这种共生关系既可促进植物的健康和产量，也能防止土壤枯竭。在采用地组系统的集修院里，每个

阿佛特人负责维护一块地纽；所有地纽产出的粮食都被囤积起来用作集修院的食物供给。为了遵守戒律，马特世界不能凭借世俗贸易来获取食物，所以地纽也成了一项对大改组来说根本性的使能技术（译注：使能技术指的是能够带来新产品、新服务或更高效的过程的新技术或现有技术的新应用）。

弟子
（Fid）

年轻的阿佛特人；尚未加入修会的阿佛特人。见选遴。

第十夜
（Tenth Night）

大隙节的传统闭幕式，举办于大隙节的第十个夜晚，即最后一夜。第十夜也指马特举办的一种宴席，用来宴飨所有愿意参加的墙外访客。在与世俗政权共同处理某些必要的事务性问题时，马特也会举办这种宴席，比如世俗政权将新录士正式转入马特的时候。

独岁纪士
（Unarian）

宣誓在下一次独岁纪大隙节前不脱离马特世界也不与外界联系的阿佛特人。俗称"一年士"。

对话；对话录 （Dialog）	对话指的是理学者之间的交谈，通常为正式的对谈。"插话"指的是旁观者临时起意加入讨论。对话录指的是历史对话的书面记录；这类文献是马特世界文字传统的基石，可供弟子们研习、演练和背诵。经典形式的对话包含两名主讲人和若干旁观者，旁观者偶尔也会加入其中。另一种常见的形式为三人对话，其特点在于，对话成员中包括一名博学之士、一名求知的普通人和一名愚钝者。还有数不清的其他形式，比如学苑式、裴利克林式和游方式对话。
顿悟 （Upsight）	突然且不期而至的醍醐灌顶。
多宇宙 （Cosmi）	宇宙的复数形式。为论述多重宇宙理论所造的词汇。
多重宇宙 （Polycosm）	一种关于宇宙的理论，该理论认为存在两重或更多重的宇宙（多宇宙），认为各重宇宙之间有着相互接触的可能性。

厄报 （Harbinger）	发生在践行时代最后几十年里的三大连环灾难，这些灾难席卷了阿尔布赫星的大部分疆土，被后人视为大灾厄的前导或警报。由于记录资料毁失殆尽（很多记录存储在已经不能使用的句法装置上），厄报的准确细节已难考证，但根据人们的普遍认识，第一次厄报是爆发于全世界范围的暴力革命，第二次厄报是世界大战，第三次厄报是种族灭绝。
二十面体 （Icosahedron）	一个近似球形的几何体，有二十个面，每一面都是一个等边三角形。
番会 （Faanians）	普洛克派的一个早期分支修会。
飞驰车 （Fetch）	城外使用的一种有轮交通工具，通常为工匠所用，可运输少量货物、工具等。通常比摩布车大，但没有摩布车舒适。
分会 （Chapter）	阿佛特修会的地方性组织机构。通常一个阿佛特修会的势力可遍及整个

马特世界，可以在多个马特和集修院设立地方性分会。一般来说，一座马特可以容纳两个或两个以上修会的分会，如埃德哈集修院就设有三个修会的分会。

粉本
（Calca）

一段说明、定义或教义，可在发展某个较大的主题时加以利用，但会被择出对话主体之外，放在脚注或附录部分。

佛特
（Vout）

阿佛特人。墙外人对阿佛特人的贬称。爱用这种称呼的世俗人多信奉极端丑化阿佛特人的像志。

弗卢克语
（Fluccish）

世俗世界占主导地位的全球性语种，源自一种古代"蛮族"（非奥尔特）语言。弗卢克语中涉及抽象、科技、医学或法律事务的词汇与奥尔特语有交集。城外世界曾经历过一些漠视文字，以文盲为主流的时期（占大部分时间），弗卢克语在这些时期用过一些短命的专有书写系统，比如基纳文或记号文，不过这些文字也可以用奥尔特语字母系统改拼。

复兴 （Rebirth）	划分旧马特时代与践行时代的历史事件，人们一般认为它发生于改元前500年左右，复兴期间，马特大门洞开，阿佛特人也流散到了世俗世界。该时期以文化、理学与勘察领域的迅速繁荣为特征。
复杂普洛特主义 （Protism, Complex）	对传统（"简单"）普洛特主义的新解（出现于改元14世纪），这种理论将两个以上（可至无穷多）的因果域链接在一幅有向无环图（DAG）中，即通常所谓的灯芯图。该理论假定，沿着DAG线路，与克诺翁有关的信息可从"叙莱亚级别较高的"宇宙流向"叙莱亚级别较低的"宇宙。
夏员 （Regred）	为高级阿佛特人举办的退休奥特。
改元 （A.R.）	改历纪年法。阿尔布赫星的历法将大改组发生之年定为0年；在此之前的年份计为负数，之后的年份计为正数，前缀"改元"以作标记。

毂车
（Drummon）

在墙外用于重型货物道路运输的大型有轮交通工具。

古宗系
（Lineage, Old）

根据一些传统说法，古宗系是一条延绵不断的师徒传承链，发端于美忒克兰斯，一直延续到本故事发生的时代，他们形成了一个独立的理学者谱系，历史比堃嘉尔塔斯创立的马特传统还要悠久。

谷
（Vlor）

谷术的非正式简称（见谷术）。

谷士
（Valer）

钟鸣谷的阿佛特人；也是毕生习武的阿佛特人。

谷术
（Vlore）

武术。与钟鸣谷有关（见钟鸣谷）。

归戒
（Inbrase）

一种很少举行的奥特，用来欢迎周游世俗世界之后回归马特世界的游方者。

哈利康
（Halikaarn）

践行时代最后几十年里现身的一位

垫者,他与同时代的普洛克对立。人们有时称他为大垫哈利康。大体上来说,哈利康被视为一个理学流派的旗手,该流派抱持着几千年前由普洛塔斯和忒伦奈斯提出的理论,在他死后,他的理论被门徒伊文内德里克和语义学会传承了下来。

哈利康的;
哈利康会
（Halikaarnian）

与垫哈利康有关,或自称承袭语义学会衣钵的修会。常被视为普洛克派和番会的宿敌。

海中海
（Sea of Seas）

一个面积较小但形态复杂的咸水体,通过三个海峡与阿尔布赫星的大洋连通,通常被视为古典文明的摇篮。

亥姆空间
（Hemn Space）

即地球上所谓的位形空间、状态空间或相空间。

话伴
（Loctor）

对话者的俗称,意思是对话中的搭档。

唤召
（Voco）

一种很少举行的奥特,当世俗世界需

要利用某位阿佛特人的才能时，世俗政权可通过唤召奥特将此人召唤到马特之外。除了极个别的情况，被召唤的阿佛特人将再也不会回到马特世界。

唧嘎
（Jeejah）

世俗世界普遍使用的手持式电子设备，集移动电话、影片播放器、网络浏览器等功能于一体。马特世界禁止使用。

基纳文
（Kinagrams）

一种简单的表意文字，世俗世界用它来充当书面语言。

基特人
（Gheeth）

一种不正规的说法，近乎种族污蔑，指的是世俗世界某些特定的种族群体。

集修院
（Concent）

规模相对较大的阿佛特人社区，在一座集修院内，有两座或两座以上的马特毗邻而居。一般来说，佰岁纪修会和仟岁纪修会只能驻扎在集修院内，因为从实际角度出发，这两种修会很难以孤立的马特形式存在。

记号文
(Logotype)

世俗世界使用的一种简单书写系统，但在本故事发生的时代，记号文已然废弃，并被基纳文取代。

《纪事》
(*Chronicle*)

记录马特或集修院内事件的志书，承担其编纂及保管责任的人为戒尊，他们孜孜不倦地将马特或集修院内发生的所有事件记录其中，事无巨细。

嘉尔塔斯戒律
(Cartasian Discipline)

墼嘉尔塔斯在巴兹帝国灭亡后创立了马特世界，并因此而为人称颂，她制定的一套戒律便被称作嘉尔塔斯戒律。阿佛特人即誓愿信守该戒律者。

戛尔丹秤杆法则
(Gardan's Steelyard)

一种经验法则，说的是一个人在比较两种假设时，总会倾向于比较简单的一种。也称作墼戛尔丹秤杆法则或秤杆法则。

简单普洛特主义
(Protism, Simple)

乌唐提娜和伊拉斯玛为普洛特主义的传统概念追加的名称，用以区别他们创造的新理论，他们将新理论命名为复杂普洛特主义。简单普洛特主义的概念中只有两个因果域，与阿尔布赫星所在宇宙存在因果关系的只有叙莱亚理学世界。见复杂普洛特主义。

践行时代
（Praxic Age）

阿尔布赫星历史上的一个时期，始于复兴之后的一个世纪（即改元前 500 年前后），终于大灾厄和大改组之年（0 年）。之所以称作践行时代，是因为复兴后，旧马特系统的居民流散到世俗世界，并运用他们的理学知识探索了星球，创造了科技。

法师
（Magister）

凯尔科斯教教士的称号。

劫掠
（Sack）

一类违背大改组条款的恶性事件，指世俗入侵者对马特或集修院的暴力破坏与劫掠。一般专指大劫掠，即大多数或全部马特和集修院都在同一时间遭受劫掠。

戒律
（Discipline）

见嘉尔塔斯戒律。

戒尊
（Hierarch）

阿佛特人的一个特化阶层，他们的职责包括：履行马特与集修院的行政事务；与世俗世界和其他马特的戒尊交涉，保护马特免受世俗侵犯；制定政策和维护戒律。

句法机
（Syndev）

句法装置的简称。即计算机。

句法学会
（Syntactic
Faculties）

大改组之后出现在马特世界的一些小集团，他们通常自命为普洛克的继承者。如此命名是因为他们相信，语言和理学之类的学科实际上都是在玩弄符号的游戏，而这些符号是不含语义内容的。这种理念可以上溯到古代的斯芬尼克学派，这一派是忒伦奈斯和普洛塔斯在裴利克林的老对手。

句法装置
（Syntactic
Device）

在地球上称作计算机。

**凯尔科斯教；
凯尔科斯堂**
（Kelx）

（1）凯尔科斯教是创立于改元16或17世纪的一种宗教信仰。这个名称是奥尔特语"戛纳凯鲁克斯"（Ganakelux，意为"三角地"）的缩写，如此命名是因为三角形在该教圣像学中有着重要的符号意义。(2) 凯尔科斯堂是凯尔科斯教的圣约堂。

凯斐多赫列斯
（Kefedokhles）

自以为是、卖弄学识的对话者。

凯教徒
（Kedev）

凯尔科斯教或三角教信徒。

克诺翁
（Cnoön）

按照普洛特理而上学的观点，克诺翁指的是纯粹、永恒、不变的本质，比如几何形、定理、数字等，它们属于另外一个存在层面（叙莱亚理学世界），有能力的理学者通过某种方式领悟或发现（而非捏造）了它们。

克诺乌斯
（Cnoüs）

一位古代历史人物，因看到异象而闻名，他自称看到了另外一个更高级的世界。他的两个女儿叙莱亚和德雅特以两种相异且相互矛盾的方式解释了他所看到的异象。

莱斯佩尔坐标系
（Lesper's Coordinates）

也称鬃莱斯佩尔坐标系。相当于地球上的笛卡尔坐标系。

兰姆巴尔弗
（Rambalf）

一座集修院。三座无玷马特之一。

诡话
（Bulshytt）

一种谈吐方式（不绝对，但通常是商务或政治用语），措辞委婉，说话者会不失时机地闪烁其词，运用令人头脑麻木的陈词滥调以及其他类似的修辞手段，给人留下一种不知所言的印象。

浪士
（Feral）

有着文学和理学头脑，居住在世俗世界且与马特世界断绝联系的人。通常是放弃誓约，遭到遣退的前阿佛特人，不过实际上，这个名号也用于那些从未当过阿佛特人的自学成才者。

乐俱部
（Lucub）

大集修上一种非正式的工作小组，根据成员个人意愿组成，从傍晚开始聚会，"开夜车"讨论一些大家都感兴趣的话题。

礧
（Rod）

军事俚语。意思是从天体轨道抛出礧石来轰击目标，通常用来破坏行星表面的目标。礧石是用高密度材料制成的实心弹，既没有可活动部件，也没有爆炸力，其破坏力源于极高的速度。

理而上学 （Metatheorics）	相当于地球上的形而上学。作为人类思想，理而上学提出的是一些非常基础的问题，而这些问题的解决是有效开展一切理论工作的先行条件。
理学 （Theorics）	大致相当于地球上的数学、逻辑学、科学与哲学。这个术语可通用于所有以严谨规范的模式展开的知识性工作。这个名称是狄亚克斯创造的，目的是用它来区分遵守耙子法则的人和耽于痴想的人。
理学家 （Theorician）	差不多相当于理学者，但含义略有不同。"理学家"多指专门从事非常具体、复杂的技术研究的人，即精密计算者。
理学者 （Theor）	所有从事理学研究的人士。
录；录士 （Collect）	用作动词录时，指大隙节期间从墙外接纳新成员加入马特。新成员年龄通常不足旬岁。名词录士指的是录入的新成员。

洛拉会士
（Lorite）

塈洛拉所创修会的成员，他们相信人类头脑能够产生的所有的想法都已经被想出来了。因此洛拉会士也是思想史学家，他们会在其他阿佛特人的工作中提供帮助，让他们意识到过去是否已经有人思考过相似的事情，以防止他们做重新发明轮子的事情。

马特
（Math）

规模相对较小的阿佛特社区（通常不足百人，有时只有一人）。一般来说，同一座马特的成员庆祝大隙节的周期相同，也就是说一座马特里住的要么全是独岁纪士，要么就全是旬岁纪士或佰岁纪士、仟岁纪士。比较参照集修院。

玛塔尔隐修会
（Matarrhite）

在第二次和第三次佰岁纪大隙节之间，创立于塈拜亚丁集修院佰岁纪马特的修会之一。它是为数不多的具有鲜明宗教性质的阿佛特修会之一。即便按照马特世界的标准，该会也属遁世者修会。在第三次劫掠期间，他们逃到了南极地带的一座岛上，在那里发展出了独具一格的文化特色，比如用帛单包裹全身，还有只用当地有限的食材制作的简朴菜肴。

美忒克兰斯 （Metekoranes）	一位古代理学者，在那场毁灭奥利森纳堃殿的火山爆发中葬身于火山灰下。在关于古宗系的传说中，此人即为古宗系的创始人（可能并非出于本意）。见古宗系。
迷信狂 （Enthusiast）	对奥利森纳堃殿一些早期自然哲学家的贬称，这些自然哲学家不愿或不能进行缜密的思考，因而受到了狄亚克斯的驱逐。
秘法家；秘法派 （Mystagogue）	秘法家是喜爱神秘思想与晦涩隐语的人。秘法派是旧马特时代的一个派系，在复兴前的几百年里势力强大得过分。秘法家也是一种贬称。
摩布车 （Mobe）	城外载客用的一种有轮交通工具。
慕像者 （Deolater）	他们倾心于德雅特对父亲克诺乌斯所见异象的解释，并因此相信天堂住有神明。与自然哲学家相对应。
耙子法则 （Rake）	见狄亚克斯耙子法则。

裴利克林
（Periklyne）

埃特拉斯古城邦内的一片露天场地，市场所在地，也是黄金时代理学者们惯常聚会和相约对话的地方。

裴利克林式对话
（Dialog, Periklynian）

一种竞争性的对话，对话者以推翻对方的主张为目的（见推翻）。

佩莱莉斯式私情
（Liaison, Perelithian）

相当于世俗世界的婚姻。

佩莱莉斯式私情
（Perelithian Liaison）

见佩莱莉斯式私情。

普洛克
（Proc）

践行时代晚期的一位理而上学家，在一个可以上溯到斯芬尼克学派的理学宗系之中，他有着一代领军者的地位，也是大改组之后所有早期马特句法学会（与语义学会相对）的先驱。与哈利康对立。

普洛克的;普洛克派
（Procian）

与墼普洛克相关的，或自称承袭句法学会衣钵的修会。常被视为哈利康会的宿敌。

普洛塔斯
（Protas）

埃特拉斯黄金时代的人物，或伦奈斯的学生，后来成了阿尔布赫史上最重要的理学者。叙莱亚为理学奠定了基础，奥利森纳墼殿的学者们对它进行了巩固，而普洛塔斯便在这个基础上发展出了一种观念：在一个更高的层面存在着纯粹、理想的形式，而人类领会和思考的事物与理念都是对这些形式的不完美的显现。

普洛特
（Protan）

与古埃特拉斯哲学家普洛塔斯有关的。

普洛特主义
（Protism）

普洛塔斯的哲学思想。更专门地指一种概念，即理学家所领会的纯粹理念来自另外一个被称作叙莱亚理学世界的存在领域。

普洛维纳尔
（Provener）

马特世界最常举行的奥特，通常在每天中午进行，与为大钟上发条有关。

千年士 (Thousander)	仟岁纪士的俗称（见仟岁纪士）。
仟岁纪士 (Millenarian)	宣誓在下一次仟岁纪大隙节前不脱离马特世界也不与外界联系的阿佛特人。俗称"千年士"。
遣退 (Throw Back)	通俗用语，意为送某个阿佛特人去接受诅革。
遣退者 (Throwback)	被革逐出门的前阿佛特人。
墙外 (Extramuros)	马特院墙之外的世界；见世俗世界。
全体会 (Plenary)	大集修期间，出于某种目的，全体与会者集结在一个房间内举办的活动。
日行迹 (Analemma)	日行迹是一项天文学观测成果，它是个细长的"8"字形。天文学家发现，一年中每天的同一时刻，太阳在天空中出现的位置都有差异，将这些位置的移动轨迹描摹下来便可得到日行迹。

萨提亚人 （Sarthian）	古时候居住在草原上骑马射箭的民族，他们造成了巴兹帝国的衰落与劫难，而这又导致了巴兹帝国的灭亡与旧马特时代的肇始。
三大院 （Big Three）	三座集修院：堲蒙科斯特院、堲特雷德加院和堲巴里托院。这三座集修院历史较为悠久，也较为富裕、显赫，且地理位置比较靠近。
三角教； **三角圣约堂** （Triangle Ark）	凯尔科斯教和凯尔科斯堂的另外一种说法。
桑布勒教 （Samblites）	一个宗教派别，起源与堲布利有关，以布利岗为中心活动，离堲埃德哈集修院不远。
善全素 （Allswell）	一种天然化学物质，只要人脑中善全素浓度够高，就会产生一种差不多一切良好的感觉。善全素水平可以人工调节，如摄入无忧草。
膳席 （Messal）	某些集修院（通常是历史较为悠久的大集修院）的传统晚餐形式，入席者

为高级阿佛特人 (席宾)，人数不超过七个，服侍者为人数相等的初级阿佛特人 (席侍)。

圣约堂
（Ark）

相当于地球上的教堂、寺庙、犹太会堂等。

垩
（Saunt）

颁给伟大思想家的封号。

垩巴里托；
垩巴里托院
（Baritoe，Saunt）

(1) 垩巴里托是践行时代中期的一位女贵族，司康派的东道主与领袖。(2) 垩巴里托院是一所同名集修院，为三大院之一。

垩布利
（Bly，Saunt）

一位理学者，被垩埃德哈集修院遣退，在一座孤山上度过了余生，这座山后来被称作布利岗。据传说，当地的愚氓曾奉他为神明，最后却将他杀害并吃掉了他的肝脏。

垩嘉尔塔斯
（Cartas，Saunt）

一位有学识的巴兹女贵族，她在巴兹帝国灭亡后建立了第一座马特，并创立了人们在旧马特时代始终遵循的戒律，大改组后人们对戒律做了革新，仍在马特世界奉行。

髣蒙科斯特；髣蒙科斯特院
（Muncoster, Saunt）

(1) 髣蒙科斯特是践行时代晚期的一位学家，对一种理论的研究起到了关键性的推进作用，这种理论在地球上称为广义相对论。(2) 髣蒙科斯特院为三大院之一。

百年疯
（Hundred, to go）

丧失理智，精神失常，在理学道路上迷失方向。

十年士
（Tenner）

旬岁纪士的俗称（见旬岁纪士）。

十一种
（Eleven）

墙内禁止种植的植物品种清单，通常是因为具有不良的药效而遭禁。戒律规定，马特内一旦发现清单上的植物，必须立刻连根拔除、烧毁，并作为事件载入《纪事》。

实践理学
（Praxis）

科技。

实践理学家　　应用科学家、工程师。
（Praxic）

世俗　　　　　非马特世界的或与非马特世界有关的。
（Sæcular）

世俗界　　　　世俗世界。
（Sæculum）

世俗政权　　　统治非马特世界的政权。
（Sæcular Power）

守卫督察　　　掌管马特或集修院保卫事务的戒尊，
（Warden　　　 这项事务是阻止世俗人使用包括暴力
Fendant）　　　 在内的各种手段闯入，守卫督察通常
　　　　　　　　 还监管着一组级别较低的戒尊，他们
　　　　　　　　 是受训承担这类职能者。

《书》　　　　一种用各种不合逻辑的素材精心编成
（*Book*）　　　 的大部头书籍，因行为失当而被罚补
　　　　　　　　 赎的阿佛特人有时会被迫研读此书。
　　　　　　　　 《书》的内容分若干篇章，难度呈指
　　　　　　　　 数增长。

树种师　　　　利用基因改良技术设计新树种的人。
（Arbortect）

数据分析
（Datonomy）

一种植根于司康派理论成果的哲学方法，以对数据的缜密研究为基础，所谓数据，准确地来说即获知事物，意思是我们的头脑通过感觉器官获知的事物。

司康派
（Sconic）

践行时代的一个理学家群体，他们常在巴里托夫人家中聚会。关于人对外部事实的感知问题，司康派提出了一种支派理论，认为我们并非直接领会物质宇宙，而是通过感觉器官的中介来领会它的。

私情
（Liaison）

马特世界的情爱，通常指性关系，或至少是恋爱关系。

斯芬尼克学派
（Sphenics）

一个理学者流派，主要代表人物都出自埃特拉斯古城邦，在那里，他们受雇于富裕家庭，教导其子女。在许多经典对话中，该学派成员都充当了忒伦奈斯，普洛塔斯及其同侪的对手。这个学派最杰出的人物是犹拉洛布斯，他在一场对话中惨败给了忒伦奈斯，乃至当场自杀，于是这段对话便得名为犹拉洛布斯对话。该学派质疑普洛塔斯的观点，大体而言，他们更愿意相信理论可完全产生于双耳之间，不需要任何普洛特形之类的外部现实。该学派是髻普洛克、句法学会和普洛克派的先驱。

泰格龙
（Teglon）

一道极富挑战性的几何题，连续好几代理学家都曾致力于这道题目，先是奥利森纳髻殿的理学家，后来是全阿尔布赫星的理学家。题目内容是，用七种形状不同的砖块，按一定规则拼出一个正十边形。

忒伦奈斯
（Thelenes）

埃特拉斯黄金时代的一位伟大理学者，许多对话的主角，普洛塔斯的导师。因反宗教学说（或者起码是不敬重宗教的学说）而被埃特拉斯当权者处决。

特雷德加院
（Tredegarh）

三大院之一，得名于特雷德加勋爵，此人是践行时代中晚期的一位理学者，对热力学进步做出了重要贡献。

天堂督察
（Warden of Heaven）

本故事发生前几年出现的一位著名宗教领袖，他因自称拥有马特世界的智慧而掌管世俗政权。

跳草
（Jumpweed）

一种遍地生长的野草，咀嚼后可产生兴奋作用。大剂量摄入可产生精神活性。十一种中的一种。

推翻
（Plane）

用作动词，指在对话中将对手的主张彻底推倒。

外人
（Extra）

阿佛特人对世俗人略带轻蔑的叫法。

万灭者
（Everything Killer）

一套运用异常精密的实践理学打造的武器系统，人们认为，它就是大灾厄中造成毁灭性破坏的罪魁祸首。人们普遍相信理学者是研发这项技术的共犯，这种说法并未得到证实，但催生了一项世界性的协议，即从此以后应将理学者隔离于非科技社会之外，这项政策与大改组有着异曲同工的效果。

罔
（Ret）

见罔络。

罔络
（Reticule）

一种互联网；两台或两台以上的句法装置可通过罔络相互沟通。

乌唐提娜
（Uthentine）

改元 14 世纪堑巴里托院的一位修女，她与伊拉斯玛共同创立了理而上学的分支理论，即所谓的复杂普洛特主义。

无玷马特
（Inviolate）

三座在第三次劫掠的七十年中始终未受侵犯的仟岁马特。这三座无玷马特分别位于堑埃德哈集修院、堑兰姆巴尔弗集修院和堑特雷德加集修院。

无忧草
（Blithe）

一种转基因野草，可以在脑内产生一种叫作善全素的化学物质。阿佛特人禁用。

席宾
（Doyn）

在遵守膳席传统的集修院里，拥有入席特权的高级阿佛特人，席间享受席侍的服侍。

席侍 （Servitor）	在遵守膳席传统的集修院里，受到指派服侍席宾的初级阿佛特人。
像志 （Iconography）	世俗世界使用的一种过分简单化的阿佛特人图谱，多数情况下毫无准确性，只能证明世俗人对马特世界知之甚少，像志常带有阴谋论的性质，有的也会讽喻大众娱乐人物和事件。
新质 （Newmatter）	这类物质的原子核是人工合成的，因而有着天然元素或天然元素化合物所不具备的物理特性。
星阵 （Starhenge）	在地球上称作观象台，尤指拥有高倍望远镜的观象台。
雄辩士 （Rhetor）	民间传说中的人物，人们常把雄辩士与普洛克派相提并论，据说他们拥有操纵记忆和其他实体记录的能力，并可以借此改变过去。
修女 （Suur）	女性阿佛特人。

修士
（Fraa）

男性阿佛特人。

叙莱亚
（Hylaea）

克诺乌斯的两个女儿之一，她的姊妹
是德雅特。对于父亲所见的异象，叙
莱亚的解释为：父亲瞥见的是一个更
高级、更完美的世界（叙莱亚理学世
界或 HTW），居于这个世界的是纯
粹的几何形，而地上世界的几何学家
只是粗略地拷贝了这些图形。

**叙莱亚理学
世界**
（Hylaean
Theoric World）

大多数普洛特主义拥护者使用的名
词，指的是更高级的存在层次，居于
这个层次的是完美的几何形、定理和
其他一些纯理念（克诺翁）。

选遴
（Eliger）

弟子接受遴选，并在其所在马特选择
某一分会的奥特，弟子经过选遴后即
脱离弟子身份。选遴通常在弟子不足
20 岁时举行。

学苑
（Suvin）

学校。

学苑式对话 （Dialog, Suvinian）	一位导师教导一名弟子的对话，通常是导师向弟子提问，与东拉西扯式的对话相反。
旬岁纪士 （Decenarian）	宣誓在下一次旬岁纪大隙节前不脱离马特世界也不与外界联系的阿佛特人。俗称"十年士"。
亚特兰式 （Atlanian）	见亚特兰式私情。
亚特兰式私情 （Liaison, Atlanian）	一种不常见的私情，发生在十年士和城外居民之间，因此每隔十年才能相会一次。
研究课 （Laboratorium）	大集修的一项日常工作，通常在早晨进行，与会者按照戒尊指派加入不同的小组，研究特定的课题。
一百六十四种 （One Hundred and Sixty-Four）	在本故事发生的时代，现行戒律里列出的准许在马特内种植的植物清单。这份清单在乸嘉尔塔斯以来的各版戒律中不断得到扩充，逐渐形成了现有的规模。人们认为这一百六十四种植

物足以满足阿佛特人的营养需求，以及药用、乘凉、防腐等其他需要。比较参照十一种。

一年士
（One-off）

独岁纪士的俗称（见独岁纪士）。

伊拉斯玛
（Erasmas）

改元 14 世纪堲巴里托院的一位修士，他与乌唐提娜共同创立了理而上学的分支理论，该理论叫作复杂普洛特主义。在改元 37 世纪的堲埃德哈还有一位同名的修士，即本故事的叙述者。

伊塔人
（Ita）

生活在马特世界的一个社会阶层，但他们与阿佛特人隔绝，担任着所有与句法装置和大阁相关的职能。

伊文内德里克
（Evenedric）

哈利康的一位门徒，将哈利康的学术成果传承至大改组时代，并对语义学会的建立做出了贡献，因此而为人称颂。

**伊文内德里
克会**
（Evenedricians）

哈利康会的一个早期分支。

因果域 （Causal Domain）	一套通过因果关系网而相互链接的事物。
犹拉洛布斯 （Uraloabus）	埃特拉斯黄金时代一位杰出的斯芬尼克理学家，尽管他曾因质疑普洛塔斯而为人称颂，却在被忒伦奈斯推翻后自杀。
游方 （Peregrin）	(1) 游方时代指的是古代的一个时期，始于改元前 2621 年奥利森纳墼殿毁灭之际，几十年后，随着埃特拉斯黄金时代的兴起而告终。(2) 游方家指的是奥利森纳墼殿毁灭之后仍然在世的理学家们，他们曾周游于古代世界，有的独行，有的与同类相伴。(3) 游方家对话指的是据推测发生在游方时代的对话，许多游方者对话被记录了下来，收录在马特世界的文献中。(4) 在现代，游方士指的是某些在个别情况下离开马特，在世俗世界旅行的阿佛特人，他们试图奉行戒律的精神而非条款。
游方式对话 （Dialog, Peregrin）	一种对话形式，两位对话者的学识与智慧不相上下，他们会通过交谈发展

出一种理念，通常发生在出外游方的
过程之中。

有向无环图
（Directed Acyclic
Graph）

一套通过单向链接连在一起的节点
（以箭头连接的文字框），它们被排布
为无法循着链接形成回路的方式。

愚氓
（Sline）

未受过专门教育、没有技术、胸无大
志且不希望获得他人认可的人，一般
指社会底层人员。

舆图器
（Cartabla）

一种便携式的小器具，用来定位和显
示地图，正如地球上的 GPS 设备。

宇宙学家
（Cosmographer）

这类人在地球上称作天文学家／天
体物理学家／宇宙学家。

语义学会
（Semantic
Faculties）

大改组后的几年中出现在马特世界的
一些小集团，他们一般自称承袭哈利
康衣钵。起这个名字是因为他们相信
符号可以携带实际的语义内容。这种
理念可以上溯到普洛塔斯和更早的叙
莱亚。比较句法学会。

召唤 （Evoke）	在唤召奥特上召唤某位阿佛特人。
秩序 （Regulant）	见秩序督察。
秩序督察 （Warden Regulant）	掌管维护墙内戒律事务的戒尊，拥有调查和处罚的权力。理论上地位低于大主戒，但对调查对象有最终负责权，在某些特殊情况下也有权驱逐大主戒。
钟鸣谷 （Ringing Vale）	一条山谷，改元 17 年此地建造了一座同名的马特，这座马特专长于武术和相关问题的研究和发展（见谷术）。
钟穴 （Chronochasm）	马特建筑的钟楼内部空间，用来安置大钟的机芯和钟盘、铃等相关设备。
咒士 （Incanter）	民间传说中的人物，人们常把咒士和哈利康会相提并论，据说他们能用某种加密的咒语改变物理现实。
主楼 （Præsidium）	在马特建筑中，指集修院内最高的建筑物，通常指钟楼。

祝歌；诅革
（Anathem）

（1）在原奥尔特语中，祝歌指的是为叙莱亚圣母祝圣的诗歌或音乐，在普洛维纳尔奥特上使用。（2）诅革指的是将无药可救的修士或修女逐出马特世界的奥特。

自然哲学家
（Physiologer）

克诺乌斯时代与狄亚克斯时代之间，追随叙莱亚道路的思想家，也就是那些愿意相信叙莱亚对父亲所见异象的解释的人。自然哲学家是理学者的先驱，也是奥利森纳圣殿的创立者。与慕像者相对应。

宗产
（Dowment）

最常用的含义是马特世界里由宗系积累传承下来的财富。宗产几乎都是建筑和建筑内的物品。

宗系
（Lineage）

一般指的是，在第三次劫掠改革之前获得了财产（帛单、弦索和球除外）的阿佛特人的世系，这些阿佛特人在去世时会将财产移交给选定的继承人。在这个意义上，宗系常被联系于宗产。有时也用作古宗系的简称；见古宗系。

卒业
(Graduation)

独岁纪、旬岁纪或佰岁纪马特的阿佛特人分别升级进入旬岁纪、佰岁纪和仟岁纪马特的程序，根据传统，卒业者需要通过一座连接两所马特的迷园。

祖修女
(Grandsuur)

一种非正式的尊称，可对非常高级的修女使用，特别是对那些已经举行过夏员奥特的修女，但也并非必须。

祖修士
(Grandfraa)

一种非正式的尊称，可对非常高级的修士使用，特别是对那些已经举行过夏员奥特的修士，但也并非必须。